明/珠/玉/燕/奇/合/錄

명주옥연기합록

영남대학교출판부

역자 소개

서인석 영남대학교 국어국문학과 교수
권미숙 영남대학교 국어국문학과 강사
박은정 영남대학교 국어국문학과 교수
이현주 영남대학교 국어국문학과 강사

명주옥연기합록

초판1쇄 2018년 8월 30일

옮긴이 서인석, 권미숙, 박은정, 이현주
펴낸이 서길수
펴낸곳 영남대학교출판부

출판등록 1975년 9월 5일 경산 제16-1호
주 소 경북 경산시 대학로 280
전 화 053-810-1801~3
팩 스 053-810-4722
홈페이지 book.yu.ac.kr

ISBN 978-89-7581-579-9 93810

※ 이 도서의 국립중앙도서관 출판예정도서목록(CIP)은 서지정보유통지원시스템
홈페이지 (http://seoji.nl.go.kr)와 국가자료공동목록시스템(http://www.nl.go.kr/kolisnet)에서
이용하실 수 있습니다. (CIP제어번호 : CIP2018022690)

※ 이 책은 2010년도 정부재원(교육과학기술부 인문사회연구 역량강화사업비)으로
한국연구재단의 지원을 받아 연구되었음(NRF-2010-322-A00089).

明/珠/玉/燕/奇/合/錄

명주옥연기합록

서인석 권미숙 박은정 이현주 譯註

영남대학교출판부

머리말

영남대 소장 〈명주옥연기합록〉의 역주본을 간행하려 하니 새삼 내 선생님들이 생각난다. 내가 영남대에 부임해 올 때 김진세 선생님께서 〈명주옥연기합록〉을 살펴보라고 하신 적이 있었다. 이 작품이 영남대에 소장된 과정에 선생님의 관여가 있었다고 들었는데 그만큼 이 작품에 대해 애정이 많으셨던 듯하다.

김진세 선생님의 말씀이 아니더라도 내 마음 속에는 늘 가문소설 연구에 대한 마음의 빚 같은 것이 있었다. 지도교수이신 이상택 선생님은 누구나 인정하듯이 가문소설 연구를 대표하는 분이신데, 그 분의 제자로서 학문을 계승하지 못하고 있다는 데서 미안함이 있었던 것이다. 그럼에도 불구하고 가문소설에 관심을 갖기까지 이렇게 오랜 세월이 흐른 것은 가문소설에 대한 거리감 때문이었다. 1980년대에 대학원을 다닌 세대에게는 공통적인 것이겠지만 가문소설이 보여주는 세계가 리얼리즘에 입각한 현실 비판을 중시했던 시대와 안 맞는다고 생각했던 것이다. 그리하여 선생님들의 학문도 계승하지 못하고 가문소설 연구의 2세대가 될 수 있었던 기회도 잡지 못했다.

이제 세월이 흘러 나도 가문소설에 대해 관심을 갖게 되었다. 고전소설을 좀 더 폭넓게 보게 되었기도 하지만, 근래 이들에 대한 새로운 연구 성과들이 보여주는 활력에 관심을 갖게 되었기 때문이기도 하다. 게다가 영남대에서 가르친 제자들 중 가문소설로 박사 논문을 쓴 사람이 둘이나 나왔다. 자연스럽게 가문소설 연구의 한가운데로 들어가게 된 것이다.

이런 이유들로 해서 이번에 〈명주옥연기합록〉 역주본을 내게 되었다. 생각만 하고 있던 이 작업을 구체화할 수 있게 된 것은 한국연구재단에서 지원하는 영남대학교 중앙도서관 소장 귀중도서 연구 덕분이다. 이 연구 과정에서 이 작품의 영인본과 원문 입력 자료집이 이미 간행되었고 마지막으로 본 역주본이 나오게 된 것이다.

널리 알려진 바와 같이 〈명주옥연기합록〉은 〈현씨양웅쌍린기〉, 〈명주기봉〉, 〈명주옥연기합록〉으로 이루어진 연작의 한 작품이다. 이 작품의 이본은 현재 2종이 알려져 있는데, 영남대본은 근래 서강대본이 발견되기 전까지는 국내 유일본으로 알려져 왔고 그런 만큼 이 작품에 대한 연구의 주 대상이 되어 왔다. 두 이본은 표기상으로 약간의 차이와 오류들을 보여주는데, 영남대본은 필사 연대와 필사자에 대한 귀중한 정보가 있어 가치를 더한다. 따라서 이 작품에 대한 역주본의 간행은 연구사적으로 의의가 있다고 본다.

아울러 이 역주본을 내면서 가문소설들끼리는 어휘 측면에서 강력한 친연성이 있음을 새삼 확인하였거니와, 자연스럽게 기존의 가문소설 역주 성과에 도움을 받았다. 이에 지면으로나마 고마움을 표하고자 한다. 그리고 본 역주본은 이제는 학문의 길을 함께 가는 동학으로 성장한 제자들과의 공동 작업인 바, 바라건대 그동안 힘들게 해온 이 작업이 제자들의 학문적 도정에서 의미 있는 성과로 이어지기를 바란다.

2018년 8월

서인석

일러두기

1. 이 역주본은 한국연구재단에서 지원하는 '2010년 기초연구지원 인문사회(토대연구)사업'인 〈영남대학교 소장 희귀 · 귀중 국학 자료 해제 · 연구 및 DB 구축 사업〉의 결과물 중 하나이다.
2. 역주 대상 자료는 영남대학교 중앙도서관 소장 『명쥬옥연긔합녹』 25권 25책(등록번호 : Y0225780)이다.
3. 역주의 구체적인 원칙은 아래와 같다.
   1) 본 역주본은 원문을 현대어로 옮긴 것이다. 원문에서 오자(誤字)나 탈자(脫字)가 있을 경우 바로잡고 주석에서 원문의 표기를 밝혔다. 이 경우 오자, 탈자의 판단은 영남대본의 문맥을 우선하였고, 부분적으로 서강대학교도서관 소장본(25권 25책)을 참조하였다.
   2) 현대어역은 한글 맞춤법에 의거하되, 고어의 형태가 현대어와 비슷한 경우 현대어 표기로 바꾸고, 고어의 형태가 현대어와 다를 경우 고어의 느낌을 살리기 위해 가능하면 고어 형태를 유지하며 현대어 표기를 하고 주석에서 그 뜻을 밝혀 두었다. 주격 조사 'ㅣ'는 맥락에 따라 '이/가'로 고치되, 아예 생략하는 게 현대어에 자연스러운 경우 생략하였다.
   예) 엇디 → 어찌, 일홈 → 이름, ᄒᆞ시ᄂᆞ니잇가 → 하시나니잇가, 술쥼치 → 술줌치(술주머니), ᄒᆞ신 ᄇᆞ라 → 하신 바라.
   3) 띄어쓰기 역시 한글 맞춤법을 따르되, 성 아래 '공'이나 '부인'과 같은 호칭이 나올 경우 원래는 띄어 써야 하나 가독성을 높이기 위해 붙여 썼다. '왈(曰)'은 '탄왈(歎曰)', '소왈(笑曰)'과 같이 한 글자로 이어진 경우에는 붙여 쓰고 '양노(佯怒) 왈(曰)'과 같이 '왈' 앞에 두 글자 이상의 표현이 있는 경우는 띄어 썼다.
   예) 장공, 조씨, 하부인, 소왈(笑曰), 칭사(稱謝) 왈(曰).
   4) 내용의 이해를 돕기 위해 어려운 용어에는 ( ) 속에 한자를 병기하였다. 단, 원문의 단어와 한자어가 음이 일치하지 않을 경우 [ ]로 표시하였다.

한자어는 어려운 일반 어휘, 관직이나 친족 용어, 선행 시문의 인용문 등에 병기하고, 고유명사(사람이나 건물 이름)의 경우 역사적으로 확인 가능한 경우와 현씨에는 병기하고 그렇지 않은 경우는 그대로 두었다.

예) 비웅(羆熊), 태우[大夫], 현부(玄府).

5) 내용의 흐름을 고려하여 문단 구분을 하고, 원문의 유장한 흐름을 크게 해치지 않는 범위 안에서 적절하게 끊어 쉼표와 마침표를 찍었다. 대화는 행을 바꾸고 큰따옴표를 써서 구분하였다.

6) 주석은 표제어를 제시하고 의미 풀이를 하였다. 주석 대상은 어려운 한자어, 전고가 있는 어휘, 설명이 필요한 인물, 한글 고어 등이다. 자주 반복되는 경우에는 주석을 생략하고, 앞선 주석 위치가 멀 경우에만 다시 주석을 하였다. 주석의 표제어는 용언의 경우 기본형으로 제시하였다.

7) 원문의 면이 바뀌는 경우에는 ( ) 속에 아라비아 숫자로 표시하였다.

4. 본 역주본의 원문은 별도의 영인본으로 간행하였으니 참고할 수 있다. 단 영인본(영남대학교 민족문화연구소 편, 『명주옥연기합록』, 경인문화사, 2013) 출판 과정에서 약간의 오류가 있는바 역주본에서는 수정 보완하였다. 영인본 오류의 내용은 다음과 같다.

1) 권지이: 원문 35쪽 뒤에 36쪽, 37쪽이 누락되었음.

2) 권지사: 원문 47쪽, 48쪽이 64쪽 다음에 잘못 들어가 있음.

3) 권지십팔: 원문 5쪽 뒤에 6쪽, 7쪽이 누락되었음.

5. 본 역주에는 많은 선행 역주 작업의 도움이 있었는 바, 『서울대 규장각 고전 작품 역주 사업 어휘 목록』(미간), 『삼대록사전』(미간), 이윤석 · 이다원 교주, 『현씨양웅쌍린기』(경인문화사, 2006), 박재연 · 이현희 편, 『고어사전』(학고방, 2016)의 도움을 많이 받았기에 특별히 밝혀 둔다.

차례

권지일

(1)대송(大宋) 인종(仁宗)[1] 연간에 용두각(龍頭閣) 체찰사(體察使)[2] 이부총재(吏部冢宰) 서평후(西平侯) 대승상(大丞相) 현웅린의 자(字)는 운강이니 승상 충현공 현무의[3] 증손(曾孫)이요 좌승상(左丞相) 충무공 현택지의 손(孫)이요 병부상서(兵部尙書) 겸 안찰사(按察使) 대사마대도독(大司馬大都督) 평제왕(平齊王) 오국공 수문의 장자요 참지정사(參知政事) 하세걸의 외손이니, 공의 모부인이 잉태시(孕胎時)에 비웅(羆熊)의 상서(祥瑞)[4]를 응하여 생성하여 갓 나매 영호발월(英豪發越)[5]하여 유시(幼時)로부터 성현유풍(聖賢遺風)(2)이 있는지라.

---

1 인종(仁宗): 중국 송나라 4대 황제(재위 기간 1022년~1063년).

2 체찰사(體察使): 원문에는 '체찰'로 되어 있음. 고려 말부터 조선 시대에 걸쳐 비상시에 군대를 지휘하던 벼슬이나 중국 송대에 이런 벼슬이 있었는지는 미상임.

3 현무의: 원문에는 '현무긔'로 되어 있으나 서강대본의 '현무지'를 참고하여 고침. '현무'는 낙선재본 〈현씨양웅쌍린기〉에는 '현후'로, 연세대본과 덕흥서림본 〈현씨양웅쌍린기〉에는 '현우'로 되어 있음.

4 비웅(羆熊)의 상서(祥瑞): 아들 낳을 꿈. 『시경(詩經)』「소아(小雅)」〈사간(斯干)〉에 "길몽이 무언가 하면, 큰 곰과 작은 곰에다, 큰 뱀과 작은 뱀이로다. 대인이 꿈을 점치니, 큰 곰과 작은 곰은 남아를 낳을 상서요, 큰 뱀과 작은 뱀은 여아를 낳을 상서로다(吉夢維何 維熊維羆 維虺維蛇 大人占之 維熊維羆 男子之祥 維虺維蛇 女子之祥)."라고 한 데서 온 말이다.

5 영호발월(英豪發越): 영웅호걸다움이 뛰어남.

용화(容華)[6]의 탁월함과 풍채의 수미(秀美)함이 진선진미(盡善盡美)하여 빛나는 얼굴은 백옥(白玉)을 조탁(彫琢)하여 취미봉안(翠眉鳳眼)[7]이요 연협단순(蓮頰丹脣)[8]이니 의희(依稀)히[9] 왕이보(王夷甫)[10]가 들에서 노는 때 아니면 육백언(陸伯言)[11]의 머리지으심과 방불(彷佛)한지라. 또 겸하여 흉중에 제세안민(濟世安民)할 재주를 감추고 충선효행(忠善孝行)이 흡연(洽然)히 칠십자(七十子)[12]의 자리를 사양치 아닐지라.

출천성효(出天誠孝)는 증자(曾子)를 압두(壓頭)할 것이요 정충대절(精忠大節)은 이윤(伊尹),[13] 곽광(霍光)[14]과 흡사하나 공의 백행충효(百行忠孝)와 관인후덕지행(寬仁厚德之行)을 본전(本傳)[15]에 (3)해비(該備)하므로 차전(此傳)은 번거치[16] 아니하고 자녀 성혼의 기이한 설화(說話)만 기록할새, 사중의 부인 사마씨는 사마광(司馬光)[17]의 여(女)니 골육(骨肉)의 변(變)[18]을 인하여 아시(兒時)에 백우(百憂)를 경력(經歷)하고 성상(聖上)의 정표(旌表)[19]하심을 받자와 형제 일부(一夫)를 종가(從嫁)[20]한 허다(許多) 설화가 본전(本傳)에 해비(該備)한지라.

서후(西侯)[21]가 사마부인과 회합(會合)하니 슬하에 사자일녀(四子一女)를 두었으니 개개

---

6 용화(容華): 아름다운 얼굴 모습.
7 취미봉안(翠眉鳳眼): 푸른 눈썹과 봉 같은 눈.
8 연협단순(蓮頰丹脣): 연꽃 같은 뺨과 붉은 입술.
9 의희(依稀)히: 거의 비슷하게.
10 왕이보(王夷甫): 왕연(王衍). '이보(夷甫)'는 왕연(王衍)의 자(字). 왕연은 위진 시대 죽림칠현 중의 한 명인 왕융(王戎)의 사촌 동생으로, 용모가 단정하고 수려했으며 청담에도 능하였음.
11 육백언(陸伯言): 중국 삼국 시대 오나라의 명장 육손(陸遜). '백언'은 그의 자(字)임.
12 칠십자(七十子): 공자의 칠십 제자.
13 이윤(伊尹): 중국 은(殷)나라의 명재상. 탕왕을 도와 하(夏)나라의 걸왕을 없애는 데 공을 세웠음.
14 곽광(霍光): 중국 전한(前漢) 때의 명신.
15 본전(本傳): 이 작품의 전편인 〈명주기봉(明珠奇逢)〉을 말함.
16 번거하다: 일의 갈피가 어수선하고 복잡하다. 번거롭다.
17 사마광(司馬光): 중국 북송 시대의 문인 정치가(1019~1086). 신종 때 왕안석의 신법당과 대립하여 실각하였다가 철종 때 복권되었음. 『자치통감(資治通鑑)』의 편찬자로 유명함.
18 골육(骨肉)의 변(變): 여기에서는 사마예주의 언니 사마영주가 현웅린을 좋아하여 동생에게 온갖 모해를 가한 것을 가리킴.
19 정표(旌表): 어진 행실을 드러내어 널리 알림.
20 종가(從嫁): 시집감.
21 서후(西侯): 서평후 현웅린을 말함.

(個個)이 곤산미옥(崑山美玉)[22]이요 여수겸금(麗水兼金)[23]이라. 계비(繼妃) 사마영주는 사마부인 동태(同胎)로 방계곡경(傍蹊曲逕)[24]으로 기제(其弟)를 해하고 서후를 섬겨 후래(後來)에 간모(奸謀)가 (4)패루(敗漏)[25]하여 운남 이역(異域)의 십년 풍상을 겪어 사마부인 혈심우애(血心友愛)로 삼 권 『열녀전(列女傳)』을 잠심(潛心)[26]함이 되어 바야흐로 회과책선(悔過責善)[27]함이 되었더니, 현문(玄門) 은사(恩赦)를 입어 고향에 돌아오니 현상부는 본시 인의적선지가(仁義積善之家)라 전전악사(前前惡事)를 사(赦)하고 서후의 계비를 허(許)하여 부중(府中)에 용납하고 서후를 개유(開諭)[28]하니, 서후는 본디 관인후덕(寬仁厚德)한지라 존당 부모의 권유하심과 부인의 혈심지우(血心之憂)를 긍념(矜念)[29]하여 일삭(一朔)에 수일씩 고문(叩門)[30]함이 있더니 만래(晩來)에 겨우 일자(一子)를 생하니, 아해 (5)부모 영풍(英風)을 품수(稟受)하여 지극히 청수단아(淸秀端雅)하니 존당 구고(舅姑)가 깃거하며 서후와 사마부인이 역희(亦喜)하니 영주 스스로 신세 무광(無光)함을 슬퍼하다가 아자(兒子)를 얻은 후는 만념(萬念)이 풀어져 다시는 서후의 오기를 바라지 아니터라. 서후 칠곤계(七昆季)[31]의 자녀 가취(嫁娶)는 명주옥연으로 행빙성혼(行聘成婚)하던 설화가 각별 기이한 사적이 많은 고로 후인이 기록하여 대략을 초(抄)하니라.

신책[32]장군(神策將軍) 내사인(內舍人) 전전태우[殿前大夫] 병부상서 대사마 천하도총병 월성도위 태원부마 평제(6)왕(平齊王) 현천린의 자는 운창이니 좌승상 진국공 경문의 장자라. 태자소부(太子少傅) 주명기의 외손이니 종백(宗伯)[33] 서평후로 더불어 해를 연(連)하여

---

22 곤산미옥(崑山美玉): '곤산'은 중국 서북쪽에 있는 곤륜산을 말하는데, 여기에서 좋은 옥이 많이 나왔다는 데서 나온 말로, 뛰어난 인물을 말함. 『천자문』에도 '옥출곤강(玉出崑崗)'이라는 구절이 있음.

23 여수겸금(麗水兼金): '여수'는 『한비자』에 나오는 물 이름으로, 여기에서 좋은 금이 나왔다 함. '겸금'은 일반적인 금보다 갑절이나 가치 있는 금. 『천자문』에도 '금생여수(金生麗水)'라는 구절이 있음.

24 방계곡경(傍蹊曲逕): 곁으로 난 좁은 길과 굽은 소로. 정도가 아닌 그릇된 길이나 방법.

25 패루(敗漏): 일이 잘못되어 사실이 다 드러남.

26 잠심(潛心): 어떤 일에 마음을 두어 깊이 생각함.

27 회과책선(悔過責善): 잘못을 뉘우치고 착한 일을 권함.

28 개유(開諭): 알아듣도록 깨우쳐 타이름.

29 긍념(矜念): 불쌍하게 생각함.

30 고문(叩門): 집을 찾아가 문을 두드림.

31 칠곤계(七昆季): 일곱 형제. 구체적으로는 현수문의 자녀 웅린, 선염, 현경문의 자녀 천린, 희염, 명린, 월염, 홍린을 말함.

32 신책: 원문에는 '신칙'로 되어 있음.

33 종백(宗伯): 남에게 자기의 사촌 맏형을 이르는 말.

강세(降世)[34]하여 및 장성하매 일일(一日)에[35] 취실(娶室)하고 동방(同榜)에 조과(早科)[36]하여 도량(度量)이 출명(出明)하고 보필지신(輔弼之臣)이 된지라.

왕의 위인이 건곤(乾坤)의 수이(殊異)한 정맥(精脈)과 산천의 영수(靈秀)[37]를 아울러 흉중(胸中)에 경제대략(經濟大略)[38]을 품어 안방정국지재(安邦靖國之才)[39]를 두었고 충천장기(衝天壯氣)[40]는 태산을 끼고 북해를 뛸 듯하고 출천대효(出天大孝)는 증왕기석[41]을 볼지라. (7)애군충렬(愛君忠烈)은 고자(古者) 충신열사로 흡사하고 운주유악(運籌帷幄)의 결승천리(決勝千里)[42]와 손오양저(孫吳穰苴)[43]의 모략을 겸하여 남정북벌(南征北伐)하던 허다 사의(事意)와 왕의 소시(少時)의 광패지사(狂悖之事)[44] 본전에 해비(該備)한 고로 자녀 성혼지사(成婚之事)만 기록하나니, 원비 월성 공주 지성선혜군제국비 조씨는 인종(仁宗)의 만금소교(萬金小嬌)[45]며 정궁(正宮) 선인왕후 탄생이니 용자봉손(龍子鳳孫)[46]이요 왕희지존(王姬至尊)[47]이라 어찌 여염(閭閻) 부녀와 비기리오. 그 용안(容顔) 재모(才貌)의 교수무비(翹秀無比)[48]는 이르지 말고 성덕광휘(聖德光輝) 자고(自古)에 없을지라. 연기(年紀)[49] 유충지세(幼沖之歲)[50]에 명주(明珠)의 (8)인연으로 제왕께 하가(下嫁)하매 설씨의 교음간악(嬌淫奸惡)으로 말미암아 부마의 광패지사(狂悖之事)가 공주 천금약질(千金弱質)[51]이 손상함이 많고 성상(聖上) 천노(天怒)가

---

34 강세(降世): 이 세상에 내려와 태어남. 강생(降生).

35 일일(一日)에: 한날에. 같은 날에.

36 조과(早科): 이른 나이에 과거에 합격함.

37 영수(靈秀): 뛰어나고 빼어남.

38 경제대략(經濟大略): 세상을 다스리고 백성을 구제하는 큰 방책.

39 안방정국지재(安邦靖國之才): 어지럽던 나라를 평안하게 하는 재주.

40 충천장기(衝天壯氣): 하늘을 찌를 듯한 장한 기운.

41 증왕기석: '증왕'은 효자로 유명한 증자(曾子)와 왕상(王祥)을 가리키나 '기석'은 미상임.

42 운주유악(運籌帷幄)의 결승천리(決勝千里): 계획을 세워 장막 안에서 천리 밖의 승부를 결정지음. 『사기』「고조본기(高祖本紀)」.

43 손오양저(孫吳穰苴): 중국 춘추시대의 유명한 병법가 손무, 오기, 사마양저.

44 광패지사(狂悖之事): 몰상식하고 도리에 어긋난 일.

45 만금소교(萬金小嬌): 귀한 어린 딸.

46 용자봉손(龍子鳳孫): 용의 아들과 봉의 손자. 임금이나 황제의 자손을 말함.

47 왕희지존(王姬至尊): 왕가의 여자라는 귀한 몸을 가리킴.

48 교수무비(翹秀無比): 몹시 뛰어나 비길 데가 없음.

49 연기(年紀): 나이.

50 유충지세(幼沖之歲): 어린 나이.

51 천금약질(千金弱質): 천금같이 귀한 몸의 약한 체질.

진첩(震疊)[52]하사 금중심처(禁中深處)에 사오 년 은신하였더니 다시 무고사(無辜事)[53]로 말미암아 설씨 관아의 전전악사(前前惡事) 탈루(脫漏)[54]하여 사마영주로 더불어 동해 십 년 고초를 겪고 겨우 공주 성덕으로 천의(天意)를 두루혀[55] 환쇄(還刷)[56]하나 오히려 악심을 버리지 못하였더니 특은으로 현부에 돌아오매 형세 능히 공주로 더불어 다시 겨루지 못하여 민면귀순(黽勉歸順)[57]함이 되고, 제왕(9)이 설씨의 악사(惡事)를 깨달은 후는 공주를 사상(思想)하여 허다 기관(奇觀)을 니르혀고[58] 성상 군은 성의를 두루혀 복합(復合) 이후 위임신(爲姙娠)[59]하여 팔삭 태아를 사태(死胎)하고 또 수년 등대(等待)[60]하여 공주께 양자를 생하고 군주 조씨 육자삼녀를 두고 우비 설씨 이녀를 생하며 빈실 우씨 강양이 양자를 두니 적서(嫡庶) 아울러 십자오녀(十子五女)라. 개개이 해상명주(海上明珠)요 화씨보벽(和氏寶璧) 같으니 기여(其餘) 왕의 곤계(昆季) 군종(群從)[61] 십수 인이 층층하여 남아는 옥청군선(玉淸群仙) 같고 여자는 요지선아(瑤池仙娥) 같으나 능히 서후의 자녀와 왕(10)의 자녀의 탁세(卓世)한 풍화재학(風化才學)을 밎지 못하니 차(此)는 무타(無他)라 현씨 세대 충렬로서 오·진 양국 종사(宗社)의 흥륭(興隆)할 근본이라.

초(初)에 현태사[62]와 장부인이 상선북당(上仙北堂)하고 하선형제(下鮮兄弟)[63]하며 그림자가 외로우니[64] 다만 부부 양인이 상경상화(相敬相和)하여 일찍 양개(兩個) 기자(奇子)를 두고 생산의 길이 막히니 자녀의 수소(數少)함을 탄석(嘆惜)하나 요행 양자(兩子)의 비범함이 구천(九天)에 나는 봉(鳳)과 창해(滄海)의 교룡(蛟龍) 같으니 농장지경(弄璋之慶)[65]이 극하고

---

52 진첩(震疊): 존귀한 사람이 계속 성을 내어 그치지 않음.

53 무고사(無辜事): 잘못이나 허물이 없는데도 당한 일.

54 탈루(脫漏): 드러남.

55 두루혀다: '돌이키다'의 옛말.

56 환쇄(還刷): 쇄환(刷還). 사람을 데리고 돌아옴.

57 민면귀순(黽勉歸順): 마음에 내키지는 않지만 돌아와 순종함.

58 니르혀다: '일으키다'의 옛말.

59 위임신(爲姙娠): 원문에는 '위인신'으로 되어 있으나 문맥에 맞추어 고침.

60 등대(等待): 미리 준비하고 기다림.

61 군종(群從): 여러 종형제.

62 현태사: 오공 현수문과 진공 현경문의 아버지 현택지를 말함.

63 상선북당(上仙北堂) 하선형제(下鮮兄弟): 위로는 모친이 안 계시고 아래로는 형제가 드물다. 『시경』『정풍(鄭風)』 〈양지수(揚之水)〉와 이밀(李密)의 〈진정표(陳情表)〉에 '종선형제(終鮮兄弟)'라는 말이 있음.

64 그림자가 외롭다: 혼자 있어 쓸쓸하다. 고영(孤影).

65 농장지경(弄璋之慶): 아들을 낳은 기쁨.

부인 형남(兄男)[66] 장시랑이 동린(洞隣)에 우거(寓居)하여 남매 상득함이 타인께 지난지라.[67] 조모(朝暮)에 (11)왕반(往返)하여 남매 상수(相隨)하매 피차 질자(姪子) 사랑이 친생에 무감(無減)하니 고로 시종(始終)이 여일(如一)하여 시중(侍中) 장성기, 장성양 등이 오·진 양공으로 친친지정(親親之情)이 타인 표층(表層)으로 각별하더라.

태사 부부가 도금(到今)하여는 양자의 지엽(枝葉)이 선선(詵詵)[68]하여 족히 문왕(文王)의 일백 아들과 일천 손자로써 주종(周宗)[69]의 영창(榮昌)함을 부러워 아닐 것이요 위극인신(位極人臣)[70]함은 곽분양(郭汾陽)[71]의 현달함을 귀타 못할지라. 옥보금인(玉寶金印)[72]은 상협(箱篋)[73]에 가득하고 화개주륜(華蓋朱輪)[74]이 곡부(轂府)[75]에 매였으니 금은필백(金銀疋帛)과 산진해물(山珍海物)이 고(庫)(12)중에 썩고 미말(微末)[76] 노예에 니르히[77] 염어(厭飫)하니[78] 진짓 석숭(石崇)[79]의 부(富)라도 이에 밎지 못할지라. 태사와 부인이 사사(事事)에 성만(盛滿)함을 두려 자손을 경계하여 충즉진명(忠則盡命)하라 하더라.

노공 부부가 노모(老耄)[80]키에 미치도록 기력이 강건하고 정기 씩씩하더니, 희(噫)라 물성이쇠(物盛而衰)는 천리의 떳떳한 바라. 오·진 양공이 북당한훤(北堂寒暄)에 일일쇠로(日日衰老)하심을 초우(焦憂)[81]하여 제손(諸孫) 가취(嫁娶)를 의논코자 하나 연유(年幼)하여 조혼소

66 형남(兄男): 남자 형제.

67 지나다: 더하다.

68 선선(詵詵): (자손이) 많음.

69 주종(周宗): 중국 주나라 종실.

70 위극인신(位極人臣): 지위가 신하로서는 최고에 오름.

71 곽분양(郭汾陽): 곽자의(郭子儀). 중국 당 나라 때 분양의 왕으로 봉함을 받고 부귀영화를 누린 사람으로 유명함.

72 옥보금인(玉寶金印): 옥보는 임금의 존호를 새긴 도장이고 금인은 금으로 만든 도장으로, 임금에게서 받은 임명장 등의 문서를 말함.

73 상협(箱篋): 상자.

74 화개주륜(華蓋朱輪): 호화롭게 꾸민 수레.

75 곡부(轂府): 수레를 보관하는 곳.

76 미말(微末): 아주 작음. 또는 아주 보잘것없음.

77 니르히: 이르기까지.

78 염어(厭飫)하다: 싫증나도록 실컷 먹다.

79 석숭(石崇): 중국 서진(西晉) 시대의 대부호. 시중, 형주자사 등의 벼슬을 지냈으며 중국 역사상 유명한 부자로 알려짐.

80 노모(老耄): 일흔이나 여든의 노인. 또는 노인이 됨.

81 초우(焦憂): 애타게 근심함.

빙(早婚少聘)[82]이 불가한 고로 주저터니 시운(時運)이 부제(不齊)하여 장태부인이 홀연 유질(有疾)하여 신음(呻吟) 사오 (13)일에 기세(棄世)하고 성복(成服)하며 태사가 이어 졸하니 시세 중춘염간(仲春念間)[83]이요 부부의 연세 팔십육 세라. 오·진 양공이 일시에 천지 어둡는 지통(至痛)을 만나 피발곡용(披髮哭踊)[84]하고 애훼골립(哀毁骨立)[85]하매 일월 같은 풍광이 날로 감하고 추천 기상(氣像)이 쇠모(衰貌)하여 겨우 상장(喪杖)을 의지하였으나 성음(聲音)이 닛다히지[86] 못하고 사시 곡읍(哭泣)에 혈루(血淚)가 점점(霑霑)하니 최마(衰麻)[87]에 반족(絆足)을 쳤으매 견자(見者) 휘루(揮淚)하고 문자(聞者) 감체(感涕)하여 참불인견(慘不忍見)[88]이러라.

자부 제손이 주야로 관위(棺衛)하여 장월(葬月)[89]이 다다르(14)매 산동 고향에 돌아가 선산에 안장하니 상이 예관을 보내사 조위(弔慰)하시고 시호를 충무공이라 하시고 대승상 겸 구석중서령(九錫中書令)을 추증하시고 부인으로 문덕숙비 태군부인이라 하시니 현씨 제공이 천은을 황감하여 감루(感淚)가 상복(喪服)을 적시더라.

시(時)에 서평후는 이미 우상(右相)을 하여 삼태(三台)[90]에 거하였고 평제왕은 군국 중사(重事)가 몸에 있는 고로 능히 태각(太閣)의 중좌를 비우지 못하여 군종(群從) 곤계(昆季) 십사 인이 체번(替番)하여 향리에 왕반(往返)하여 부모 숙당(叔堂)을 관위하더니 하·윤·(15)주·철 사위(四位) 부인이 또한 구고(舅姑)의 자애를 받자와 혜택이 협골(浹骨)[91]한지라 조운석월(朝雲夕月)에 추모지통이 그음 없거늘 더욱 제왕 모친 주부인은 부군 친상을 만나 삼기(三忌)를 겨우 맞고[92] 구고가 쌍망(雙亡)하고 또 자부인이 기세(棄世)하니 겹겹지통이 층출(層出)함은 자기 당년 사화 봉변 중 불효망극(不孝罔極)던 바를 각골애상(刻骨哀傷)하니 차시를 당하여는 육씨의 무궁 투미한[93] 인사로도 구고의 지공무사한 덕화를 추모하여 조

---

82 조혼소빙(早婚少聘): 어려서 혼인하여 신부를 맞음.
83 중춘염간(仲春念間): 음력 2월 20일 무렵.
84 피발곡용(披髮哭踊): 머리를 풀어 헤치고 곡을 하며 발을 구름.
85 애훼골립(哀毁骨立): 부모의 죽음을 몹시 슬퍼하여 몸이 크게 쇠약해진 꼴.
86 닛다히다: '잇대다'의 옛말.
87 최마(衰麻): 부모, 증조부모, 고조부모의 상중에 아들이 입는 상복인 베옷.
88 참불인견(慘不忍見): 참혹하여 차마 보지 못할 정도임.
89 장월(葬月): 죽은 사람의 사주에 따른 장례에 알맞은 달.
90 삼태(三台): 삼정승.
91 협골(浹骨): 뼈에 사무침.
92 맞다: 마치다. 원문에는 '맛고'로 되어 있음.
93 투미하다: 어리석고 둔하다.

석 증상(蒸嘗)[94]을 당하여 상없이 부르짖어 어즈러이 슬퍼(16)하며 외구(外舅) 주소사께 각골지통이 무한하여 하니 일로 보아도 현공 부부의 애인후덕(愛人厚德)을 가지(可知)요 주소사의 자인(慈仁)함을 알리러라.

이러구러 일월이 유매(逾邁)[95]하여 현공 부부의 삼기(三忌)를 훌훌이 지나니 오·진 양공이 세월이 오랠수록 지통이 자심(滋甚)[96]하여 환로(宦路)에 사연하나[97] 천자가 오·진 양공의 재덕을 잊지 못하사 노태사의 삼상(三喪)이 지나매 은지(恩旨)[98]를 나리와 위문을 두터이 하시고 바삐 상경하라 하시니, 양공이 천은을 황감(惶感)하나 부모 상 후로 세념(世念)이 돈무(頓無)하여 표(表)(17)를 올려 사직하고 해골을 빌어[99] 향리에 가 여년을 맞기를 빌어 사의 처절(悽絶)하되 상(上)이 종불윤(終不允)하시니[100] 양공이 본의를 세우지 못하여 솔가(率家)하여 경사(京師)로 돌아오니, 수십 리 전도에 하풍익, 가안백, 위형부, 소박사, 이추밀 등이며 문생(門生) 고구(故舊) 친척(親戚)이 다 나와 맞아 성내(城內)에 들어와 부인 내행(內行)은 자질여서(子姪女壻)[101]와 시중 장공 형제의 자질 장생 등이 호행(護行)하여 본부에 돌아가 안둔(安屯)하고 오·진 양공은 자질을 거느려 궐하에 숙사(肅謝)[102]하니, 천자가 크게 반기(18)사 빨리 인견(引見) 면유(面諭)[103]하시고 옥배에 향온(香醞)[104]을 나리와 사주(賜酒)하시며 노태사의 삼상(三喪)이 훌훌함을 치위(致慰)하시매 또한 옥색(玉色)이 척의(戚誼)하사 용음(龍音)이 비절하시니, 양공이 또 용안(龍顏)을 우러러 반기며 천은을 감격하여 고두(叩頭)[105] 주왈(奏曰),

"신 등이 죄악이 여천(戾天)[106]하와 일조(一朝)에 하늘이 무너지는 변을 만나오니 무애

---

94 증상(蒸嘗): '증(蒸)'은 겨울 제사이고 '상(嘗)'은 가을 제사로, 합쳐서 제사의 뜻으로 쓰임.
95 유매(逾邁): 지나감.
96 자심(滋甚): 더욱 심함. 원문에는 '지심'으로 되어 있으나 문맥에 맞추어 고침.
97 사연하다: 어떤 일을 하고자 하는 생각이나 욕구가 없다.
98 은지(恩旨): 성지(聖旨). 임금의 뜻.
99 해골을 빌다: 걸해골(乞骸骨). 임금께 사직하기를 빌다.
100 종불윤(終不允)하다: 끝까지 윤허하지 않다.
101 자질여서(子姪女壻): 아들, 조카, 사위.
102 숙사(肅謝): 정숙하게 사례함.
103 면유(面諭): 면전에서 말로 타이름.
104 향온(香醞): 향온주. '향온주'는 술의 한 가지. 원문에는 '향은'으로 되어 있으나 문맥에 맞추어 고침.
105 고두(叩頭): 머리를 바닥에 두드림.
106 여천(戾天): 죄나 허물이 하늘에까지 닿음.

지통(无涯之痛)이 극(極)하온지라 생념(生念)이 사연하오되 성주(聖主)의 관유(寬裕)[107]하시는 은택을 입사와 능히 잔명을 지보(持保)하와 금일 천안(天顔)에 뵈오니 석사(夕死)라도 무한(無恨)이로소이다. 연(然)이나 신 등(19)이 초토지여(焦土之餘)[108]에 정력(精力)이 모황(眊荒)[109]하옵고 천질(賤疾)이 미류(彌留)[110]하오니 능히 삼태(三台)의 큰 자리를 웅거(雄據)하와 사시를 다스리지 못하올지라. 복원(伏願) 폐하는 신 등의 작직(爵職)을 환수하시고 임하(林下)에서 여년을 맞게 하소서."

상이 옥음(玉音)[111]이 온화(溫和)하고 은근(慇懃) 위유(慰諭)[112]하시고 종시(終是)[113] 벼슬을 갈지 아니시니 오·진 양공이 하릴없어 종일 탑하(榻下)[114]에 근시(近侍)하였다가 파조(罷朝)[115]하여 부중(府中)에 돌아오니 여부(女婦) 제손(諸孫)이 성렬(成列)[116]하여 구고(舅姑)[117]를 받들어 정당(正堂)에 뫼시니 가중(家中)이 화려함이 예 같되 북당(北堂)[118]이 황(20)연(荒煙)하여[119] 천양(天壤)[120]에 가렸는지라. 양공이 문묘(文廟)에 배알(拜謁)하고 엄읍유체(掩泣流涕)[121]하여 쉬이[122] 일지 못하니 자손(子孫)이 관위(寬慰)[123]하더라.

정당에 좌(座)를 이루니 사마부인(司馬婦人)과 월성 공주가 제사소고(娣姒小姑)[124]를 거느

107 관유(寬裕): 마음이 너그러움.

108 초토지여(焦土之餘): '초토(焦土)'는 거적자리와 흙 베개로 상중에 있음을 이르는 말.

109 모황(眊荒): 말이나 행동이 흐릿하고 거침.

110 미류(彌留): 병이 오래 낫지 않음.

111 옥음(玉音): 임금의 음성.

112 위유(慰諭): 위로하고 타일러 달램.

113 종시(終是): 끝내.

114 탑하(榻下): 임금의 자리 아래. '탑'은 임금이 공식 행사를 할 때 앉아 있는 의자.

115 파조(罷朝): 조회를 마침.

116 성렬(成列): 줄지어 늘어섬.

117 구고(舅姑): 시부모.

118 북당(北堂): 모친. 모친이 거처하는 곳.

119 황연(荒煙)하다: 인기척이 없다.

120 천양(天壤): 하늘과 땅. 천지.

121 엄읍유체(掩泣流涕): 얼굴을 가리고 눈물을 흘리면서 소리 내어 욺.

122 쉬이: 쉽게. 오래지 않아. 원문에는 '슈히'로 되어 있음.

123 관위(寬慰): 너그럽게 용서하고 위로함.

124 제사소고(娣姒小姑): 동서 및 시누이.

려 시좌(侍坐)하니 양공이 자녀부(子女婦)[125]를 무애(撫愛)[126]하고 제손(諸孫)을 교무(嬌撫)[127]하여 장성수미(長成秀美)함을 두굿기며,[128] 승상의 장자(長子) 희백은 십오 세요, 차자(次子) 희천은 십삼 세요, 차녀 미혜는 십이 세요, 왕의 장자 희성은 십일 세라. 승상의 장녀(長女) 운혜와 제공(諸公)의 자녀(子女) 층층(層層)이 자라니 희백, 희천은 (21)노창(老蒼)키[129]에 미친지라. 오공이 장탄(長歎) 왈(曰),

"삼년 내에 백아의 노성(老成)함[130]이 여차(如此)하되 대고(大故)[131]에 골몰(汨沒)하여 관례(冠禮)를 이루지 못하였으니 혼취(婚娶)를 언제 하리오?"

진공이 탄왈(歎曰),

"쌍친(雙親)을 여희오매[132] 만사(萬事)가 여몽(如夢)[133]함이로소이이다."

장공 왈(曰),

"전일(前日)은 그러하거니와 이제는 형제 모였으니 희백의 관례(冠禮)를 먼저 이루고 신부를 택하라."

양공이 기연(其然)[134]하여 길일(吉日)을 택하니 수일(數日)이 격(隔)하였더라.

어시(於是)에 현공자(玄公子) 등(等) 탁월(卓越)함을 모를 이 없는 고로 후문잠영(侯門簪纓)[135]의 유녀자(有女者)[136]는 (22)저마다 갈구(渴求)하니 천파만매(千婆萬媒)[137] 낙역부절(絡繹不絶)[138]하였으되 이때는 태존당(太尊堂) 상중시(喪中時)라. 오·진 양공이 주상(主喪)[139]하여 향

---

125 자녀부(子女婦): 아들, 딸과 며느리.
126 무애(撫愛): 어루만지며 사랑함.
127 교무(嬌撫): 사랑하여 어루만짐.
128 두굿기다: 즐거워하다. 몹시 기뻐하다.
129 노창(老蒼)하다: 점잖고 의젓하다.
130 노성(老成)하다: 나이에 비해 어른 티가 나다.
131 대고(大故): 부모의 상사(喪事).
132 여희다: '여의다'의 옛말.
133 여몽(如夢): 꿈같음.
134 기연(其然): 그렇게 여겨.
135 후문잠영(侯門簪纓): '잠영(簪纓)'의 원뜻은 관원이 쓰던 비녀와 갓끈을 가리키는 말이지만 지위가 높은 벼슬아치 또는 그 지위를 비유적으로 이르는 말로도 쓰인다. 잠영세족(簪纓世族).
136 유녀자(有女者): 딸을 둔 자.
137 천파만매(千婆萬媒): 혼인을 중매하는 수많은 노파들.
138 낙역부절(絡繹不絶): 왕래가 잦아 소식이 끊임없이 이어짐.
139 주상(主喪): 죽은 사람의 제전(祭奠)을 대표로 맡아보는 사람.

리(鄕里)에 수묘(守墓)하고[140] 승상(丞相)과 제왕 등 곤계(昆季)[141] 체번(替番)[142]하여 산동에 있고 가중(家中)에 머무는 때 없으니 일가(一家)의 홍황(興況)[143]이 돈무(頓無)하니[144] 능히 결을 하여[145] 자녀 혼취(婚娶)의 염(念)이 및지 못함이라.

화설(話說). 서평후 우승상(右丞相)의 장자(長子) 희백의 자(字)는 성중이니 품수(稟受)[146]한 바 수구금심(繡口錦心)[147]이요 사마부인 소생(所生)이라. 신생지초(新生之初)에 영기(英氣) 과인(過人)하고 재모(才貌) 탁출(卓出)하니 경자옥골(瓊姿玉骨)[148]이라. (23)옥면선풍(玉面仙風)[149]은 수려쇄락(秀麗灑落)[150]하여 홍일(紅日)[151]이 서광(瑞光)을 머금어 산두(山頭)에 처음으로 내왓는[152] 듯, 두렷한 천정(天庭)[153]은 훤칠하여 등원수의 천원지방(天圓地方)[154]을 향하였고, 효성쌍안(曉星雙眼)[155]은 정채(精彩) 당당(堂堂)하여 추수사일(秋水斜日)[156]이 조요(照耀)[157]한 듯하며, 호비주순(皓鼻朱脣)[158]은 도솔(兜率)[159]의 금단(金團)[160]을 연히 여기니, 남자(男子)

---

140 수묘(守墓)하다: 묘를 지키다.
141 곤계(昆季): 형제.
142 체번(替番): 순번이나 당번의 차례를 갈마듦.
143 홍황(興況): 경황(景況).
144 돈무(頓無)하다: 급작스럽다.
145 결을하다: 틈을 내다.
146 품수(稟受): 선천적으로 타고 남.
147 수구금심(繡口錦心): 글재주가 매우 뛰어난 사람을 일컫는 말. 비단같이 훌륭한 말과 생각.
148 경자옥골(瓊姿玉骨): 옥같이 아름다운 자태와 고결한 풍채.
149 옥면선풍(玉面仙風): 옥같이 깨끗하고 아름다운 얼굴과 신선과 같은 풍채.
150 수려쇄락(秀麗灑落): 빼어나게 아름다움. 기분이나 몸이 상쾌하고 깨끗함.
151 홍일(紅日): 새벽에 막 떠오르는 붉은 해를 이르는 말.
152 내왓다: 내밀다. 나오다.
153 천정(天庭): 관상(觀相)에서 '두 눈썹의 사이' 또는 '이마'를 이르는 말.
154 등원수의 천원지방(天圓地方): 미상.
155 효성쌍안(曉星雙眼): 샛별 같은 두 눈.
156 추수사일(秋水斜日): 가을 물처럼 맑은 눈에 해 같은 눈동자.
157 조요(照耀): 밝게 비치어 빛남.
158 호비주순(皓鼻朱脣): 흰 코에 붉은 입술로, 잘 생긴 얼굴을 묘사하는 말임.
159 도솔(兜率): 도솔천(兜率天)에 있는 궁전. 도솔천은 육욕천의 넷째 하늘로서 수미산의 꼭대기에서 12만 유순(由旬) 되는 곳에 있는 미륵보살이 사는 곳. 내외(內外) 두 원(院)이 있는데, 내원은 미륵보살의 정토이며 외원은 천계 대중이 환락하는 장소라고 한다.
160 금단(金團): 도솔천에 있는 금단천자(金團天子). 전생의 석가모니인 도솔천의 호명보살에게 카필라성에 태어나라고 추천한 잘생긴 천신임.

의 미색(美色)은 말기 여사니 다시 의논치 말고, 문장(文章)이 초월(超越)하여 붓을 떨치매 지상(紙上)에 용사(龍蛇)가 뛰놀고 필하(筆下)에 주옥(珠玉)이 난락(亂落)하며,[161] 시를 읊으매 풍운(風雲)이 변색(變色)하고 봉황(鳳凰)이 쌍쌍이 (24)춤추는 듯하며, 흉중(胸中)에 만 권 서(書)를 감추었고, 경륜대재(經綸大才)[162]를 품었으니 한갓 부공(父公)의 온중단아(穩重端雅)[163]함만 아니라 걸출뇌락(傑出牢落)[164]하여 시서(詩書)를 잠심(潛心)[165]한 여가(餘暇)에 그윽이 육도삼략(六韜三略)[166]을 이미 들어[167] 육예(六藝)[168]를 정통(精通)하며 별안간에 재주를 자랑치 아니나 고인(古人)의 생이지지(生而知之)[169]하며 신생초(新生初)에 자언기명(自言其名)[170]하시던 총명이 있으니 존당부모(尊堂父母)가 과애(過愛)하고 선태사(先太師)가 생시(生時)에 매양(每樣) 일컬어 왈(曰),

"희백은 오가(吾家)의 천리구(千里駒)[171]라. 신명수달(神明秀達)[172]하여 제 한아비 소탈(疏脫)함과 같지 아니하고 관후침(25)중(寬厚沈重)[173]하여 제 아비 걸음마다 조심하며 말씀마다 지제(遲偍)[174]하여 나아감에 서슴고 물러감에 그칠[175] 듯하여 너무[176] 약하기에 가까움과 같지 아니니니 진짓 손아(孫兒)가 승어부조(勝於父祖)[177]라. 일로조차 오문(吾門) 대

---

161 난락(亂落)하다: 어지러이 떨어지다.

162 경륜대재(經綸大才): 천하를 다스릴 수 있는 뛰어난 재주.

163 온중단아(穩重端雅): 조용하고 침착하며 단정하고 우아함.

164 걸출뇌락(傑出牢落): 남보다 훨씬 뛰어나면서 마음이 넓고 비범함.

165 잠심(潛心): 어떤 일에 마음을 두고 깊이 생각함. 마음을 가라앉힘.

166 육도삼략(六韜三略): 중국 전래의 병법을 전하는 책. 태공망(太公望)의 『육도(六韜)』와 황석공(黃石公)의 『삼략(三略)』을 아울러 이르는 말.

167 이미 들어: 원문에는 '의미 드려'로 되어 있으나 오기인 듯함.

168 육예(六藝): 군자육예(君子六藝), '예악사어서수(禮樂射御書數)'를 말함. 『논어』「자한(子罕)」.

169 생이지지(生而知之): 삼지(三知)의 하나. 태어나면서 바로 아는 경지, 즉 도를 스스로 깨달음을 이른다. 삼지는 생이지지(生而知之), 학이지지(學而知之), 곤이지지(困而知之)를 말하는 것임.

170 자언기명(自言其名): 제가 자신의 이름을 말함. 제곡 고신씨(帝嚳 高辛氏)에 대한 이야기로, 고신씨는 현효의 아들로 황제의 증손으로 태어나면서부터 신령스러워 스스로 자기 이름을 불렀다고 한다.

171 천리구(千里駒): 천리마(千里馬). 뛰어나게 잘난 자손을 칭찬하여 이르는 말.

172 신명수달(神明秀達): '신명'은 '신령스럽고 이치에 밝다'는 뜻이고, '수달'은 '뛰어나게 우수하다'는 뜻임.

173 관후침중(寬厚沈重): 너그럽고 후하며 무게가 있음.

174 지제(遲偍): 말이나 행동이 늦고 멈칫거림.

175 그칠: 원문에는 '것칠'로 되어 있음.

176 너무: 원문에는 '너모'로 되어 있음.

177 승어부조(勝於父祖): 그 할아버지나 아버지보다 뛰어남.

종(大宗)[178]이 창기(倡起)하리로다."[179]

하니 공자(公子)가 불감당(不堪當)임을 대하더라.

승상은 왕부(王父)[180]의 과장(過奬)[181]하심을 민망(憫惘)하여 색(色)이 나타나니 장공이 소왈(笑曰),

"숙부(叔父) 성교(盛敎)[182]가 마땅하시거늘 웅린의 기색(氣色)이 어찌 다르뇨?"

공이 미소(微笑) 왈(曰),

"형의 모르는 일이 어이 있으리오. 우리 형제 소시(少時)부터 즈즐이[183] 겪었(26)더니 시틋하니[184] 말참례(參禮)[185]를 그만하라. 어데 말 못하는 약이나 얻어 먹여 벙어리나 되게 하리라."

시중이 양노(佯怒)[186] 왈(曰),

"바른말 하기로 벙어리 만들련다 하니 이제는 주려도 네 음식 먹지 아니리라."

하니 모두 웃더라.

희백이 조부모의 편애(偏愛) 중 생장하여 일가 중망(衆望)을 천자(擅恣)[187]하되 가지록[188] 인효(仁孝)를 힘쓰더니 가중 상하의 화기(和氣) 감흥(感興)이 사연하니 삼기(三忌)[189]를 마치매 공자 등이 장성(長成)하였더라. 공자가 비록 성문(盛門) 자제(子弟)나 연기(年紀) 장성하매 호색(好色)이 병통이라. 궁중 홍(27)장(紅粧)[190] 미아(美兒)를 지내보지[191] 아니나 엄위(嚴

---

178 대종(大宗): 동성동본의 일가 가운데 가장 큰 종가의 계통.

179 창기(倡起)하다: 제창하여 일으키다.

180 왕부(王父): 편지 따위의 글에서 다른 사람에게 자기 할아버지를 높여 부르는 말.

181 과장(過奬): 과찬. 지나치게 칭찬함.

182 성교(盛敎): 성대한 가르침.

183 즈즐이: 지질히. 싫증이 날 만큼 지긋지긋하게.

184 시틋하다: 마음이 내키지 아니하여 시들하다. 원문에는 '싀틋ᄒᆞ니'로 되어 있음.

185 말참례(參禮): 말참견.

186 양노(佯怒): 거짓으로 성을 냄.

187 천자(擅恣): 거리낌 없이 자기 마음대로 함.

188 가지록: 갈수록.

189 삼기(三期): 삼년상(三年喪).

190 홍장(紅粧): 연지 따위로 붉게하는 화장. 여인의 화장을 비유적으로 이르는 말.

191 지내보다: 주의하지 아니하고 건성으로 흘려 보다.

威)[192]를 두려 미취지년(未娶之年)[193]에 먼저 여색(女色)을 가까이 함이 불가한 줄 깨쳐 조심하나 가기(佳期)[194] 늦음을 초조하더니 태사 종사(從祀)[195]를 맞고 일가(一家)가 환경(還京)하여 인사(人事)가 예 같으니 비로소 양 공자를 관례(冠禮)할새 날이 다다르매 내외빈객(內外賓客)이 함취(咸聚)하니 백화원 광실이 좁고 분잡(紛雜)하여 성만(盛滿) 화려(華麗)함이 비길 데 없더라. 백운차일(白雲遮日)[196]과 금수병장(錦繡屛帳)[197]은 일광(日光)을 가리오고, 금반옥기(金盤玉器)에 호주성찬(好酒盛饌)은 반(盤)마다 가득하니 기구(器具)의 장려(壯麗)함이 여차(如此)하더라. 날이 (28)반오(半午)[198]에 대례(大禮)를 이룰새 현상서 등 모든 숙부(叔父)가 양(兩) 신아(新兒)[199]를 이끌어 좌(座)에 나니[200] 빈객(賓客)이 처음 보는지라. 대경(大驚) 칭도(稱道)[201]하고 황홀(恍惚) 경찬(慶讚)하여 일시(一時)에 현공을 향하여 하성(賀聲)이 분분(紛紛)하더라.

예부(禮部)가 공자의 청운(青雲) 같은 녹발(綠髮)[202]을 거두니 원외랑(員外郞)[203] 덕린이 망건을 씌우고 사마(司馬) 숙린이 예복(禮服)을 입히고, 제왕이 관(冠)을 들어 얹으며 소왈(笑曰),

"백아는 문호(門戶)의 종손(宗孫)이요 일가 중망(重望)[204]이라. 성관(成冠)[205] 성취(成娶)[206]를 범연(凡然)히 못할지니 제제(諸弟) 비록 공명현달(功名顯達)[207]하나 이름이 높지 못하고 규중(閨中) 일(29)처(一妻)만 혹(惑)하니 어찌 문왕의 유복함에 비하리오. 오수용재(吾雖

---

192 엄위(嚴威): 엄하고 위풍이 있음. 또는 그 위풍.
193 미취지년(未娶之年): 아직 혼인하지 않음.
194 가기(佳期): 결혼. 사랑을 처음 맺게 되는 좋은 시기.
195 종사(從祀): 배향(配享). 학덕이 있는 사람의 신주를 문묘나 사당, 서원 등에 모시는 일.
196 백운차일(白雲遮日): 흰 구름 같은 차일.
197 금수병장(錦繡屛帳): 비단에 수놓은 병풍과 장막.
198 반오(半午): 한나절.
199 신아(新兒): 희백과 희천을 말하는 것임.
200 나다: 밖으로 나오거나 나가다.
201 칭도(稱道): 입으로 늘 칭찬하여 말함.
202 녹발(綠髮): 푸른 머리털이란 뜻으로, 검고 윤이 나는 아름다운 머리를 이르는 말.
203 원외랑(員外郞): 원문에는 '원의랑'으로 되어 있음.
204 중망(重望): 매우 두터운 명성과 인망. 또는 그런 것을 가진 사람.
205 성관(成冠): 성인이 되는 관례를 행함.
206 성취(成娶): 장가를 들어 아내를 얻음.
207 공명현달(功名顯達): 공을 세워 이름과 덕망이 높아져 세상에 드러남.

庸才)나[208] 조과(早科)[209] 용방(龍榜)[210]하여 문무(文武)에 괘방(掛榜)[211]하매 불차(不次)[212]로 성주(聖主)의 간발(簡拔)[213]하심을 입사와 미한 공으로써 위거열토봉왕(位居列土封王)[214]하니 가히 남아(男兒)의 입신현달(立身顯達)이 쾌(快)하다 할 것이요, 실중(室中)이 번화(繁華)하니 또한 장부행락(丈夫行樂)이라 할 것이며, 슬하(膝下)에 십자오녀(十子五女) 있으니 지엽(枝葉)[215]이 선선(詵詵)[216]한지라. 오늘날 종질(從姪)에 관을 쓰여 복록(福祿)이 구전(俱全)케 하리라."

설파(說罷)[217]에 완이미소(莞爾微笑)[218]하니 춘풍화기(春風和氣) 봄 동산 같으니 좌우(左右)가 제성(齊聲)[219]하여 왕의 융복(隆福)[220]을 (30)칭선(稱善)하고 말씀이 유리함을 일컬으니 좌상(座上) 제공(諸公)이 제성(齊聲) 대소(大笑) 왈,

"가히 우치(愚癡)[221]로다. 남이 기릴새 좋지 운창이 스스로 벼슬 높음과 처첩(妻妾)의 번화(繁華)함을 자랑하고 자녀의 수 많음을 자득(自得)[222]하니 진짓 춘치자명(春雉自鳴)[223]이로다. 운창의 옛 일을 생각하여 보라. 만일 월성 옥주의 성덕 곧 아니런들[224] 금일 복록(福祿)이 누구로 말미암았으리오."

---

208 오수용재(吾雖庸才)나: 내가 비록 평범하고 졸렬한 사람이나.

209 조과(早科): 조년등과(早年登科). 어린 나이에 과거에 급제함.

210 용방(龍榜): 과거 급제자 명단을 적은 방.

211 괘방(掛榜): 과거나 시험에 합격한 사람의 이름을 써 붙이던 일.

212 불차(不次): 순서를 따르지 않는 인사 행정의 특례.

213 간발(簡拔): 여러 사람 가운데 골라 뽑음.

214 위거열토봉왕(位居列土封王): 지위가 토지를 분봉 받은 왕에 거함. '열토(列土)'는 황제가 신하에게 토지를 분봉(分封)하는 일이며, '봉왕(封王)'은 황제가 신하를 왕으로 봉하는 일임.

215 지엽(枝葉): 식물의 가지와 잎. 여기서는 '후손'을 뜻함.

216 선선(詵詵): 자손이 많은 모양. 화기애애하게 모여드는 모양.

217 설파(說罷): 말하기를 마침.

218 완이미소(莞爾微笑): 소리 없이 빙그레 웃음. 또는 그런 웃음.

219 제성(齊聲): 여러 사람이 일제히 소리를 지름.

220 융복(隆福): 융성한 복. 큰 복.

221 우치(愚癡): 매우 어리석고 못남.

222 자득(自得): 스스로 만족하게 여겨 뽐내며 우쭐거림.

223 춘치자명(春雉自鳴): 봄철의 꿩이 스스로 운다는 뜻으로, 제 허물을 제 스스로 드러냄으로써 남이 알게 된다는 말.

224 성덕 곧 아니런들: 원문에는 '싱각ᄒᆞ여런들'로 되어 있으나 서강대본을 참고하여 고침.

좌간(座間)의 장시중 형제 편편(翩翩)[225] 광수(廣袖)[226]로 미염(美髥)[227]을 어루만지며 눈 주어 하풍익 등을 돌아보아 웃어 왈,

"노인이 말하면 언변(言辯) 좋(31)은 자가 무엇이라 변화할지 모르거니와 즉금(卽今) 천린의 몸은 벼슬이 왕공(王公)이 되매 턱을 하늘에 걸고 아들이 많으매 몸이 큰 체하여 그 거동을 보니 아니 나는 잔기침에 긴양스러온 소리와 거여온[228] 양 하는 꼴이[229] 그려 두고 보고 싶은데 노인의 정력(精力)이 예와 달라 볼 만하여 양양자득(揚揚自得)[230]하여 저의 유복(有福)함을 자랑하여 그 거동이 가히 우습도다."

만좌(萬座)가 대소(大笑)하고 말이 그치지 아니하니 오·진 양공이 부모의 제손(諸孫) 사랑하시던 바를 생각고 경하(慶賀)[231]를 못 보(32)심을 슬퍼 묵연비상(默然悲傷)이더니 제인(諸人)의 희소(喜笑)함과 장공 형제의 말을 듣고 날호여[232] 이르되,

"희롱은 연소배(年少輩)의 할 바라. 양형은 늙도록 소배(少輩)의 벗이 되어 저리 실없으니 빌건대 진중(鎭重)하소서."

장공 왈(曰),

"비록 노인(老人)이나 귀와 눈이 있으니 말이야 못하랴."

하거늘 양공이 묵연잠소(默然潛笑)하니 승상 곤계(昆季)[233] 부숙(父叔)의 친상(親喪) 후에 웃으심을 보지 못하였더니 희색(喜色)을 보매 여득천금(如得千金)[234]하여 좌중(座中)에 소색(笑色)이 가득[235]하고 제왕이 소왈(笑曰),

"장숙(叔)은 바른 말씀하소서. (33)소질(小姪)이 아니 유복(有福)하니잇가? 좌중(座中)에 소질(所姪)의 복록(福祿)에 미칠 이 있나니잇가?"

돌아 하풍익 등을 꾸짖어 왈,

---

225 편편(翩翩): 하늘거림.

226 광수(廣袖): 통이 넓은 소매.

227 미염(美髥): 아름다운 구레나룻.

228 거여온: 웅건(雄建)한. 웅장하고 건장한.

229 양 하는 꼴이: 원문에는 '셩덕곳아니'로 되어 있으나 서강대본을 참고하여 고침.

230 양양자득(揚揚自得): 뜻을 이루어 뽐내며 꺼드럭거림. 또는 그런 태도.

231 경하(慶賀): 원문에는 '경화'로 되어 있으나 오기인 듯함.

232 날호여: 천천히.

233 곤계(昆季): 형제(兄弟).

234 여득천금(如得千金): 많은 금을 얻은 것과 같이 흡족하게 여김. 여득만금(如得萬金).

235 가득: 원문에는 '가득득'으로 되어 있음.

"그대 등은 한갓 술줌치[236] 고기잘[237]이라. 먹는 때나 입을 열고 이런 좌중에 바른말 할 때는 벙어리 되었난다?"

하니 좌중(座中) 제인(諸人)이 박장대소(拍掌大笑)하더라.

희천이 관(冠)하기를 마치매 양 공자가 행례(行禮)할새 수려(秀麗)한 안모(顔貌)의 동탕쇄연(動蕩灑然)[238]한 풍용(風容)[239]이 기이(奇異)한지라. 황숙(皇叔) 연왕이 연만(年晩)[240] 팔십여 세요, 성도(性度)[241]가 인후공검(仁厚恭儉)[242]하며 자손이 번성(蕃盛)하고 상총(上寵)[243]을 입어 부(34)귀(富貴) 현혁(顯赫)[244]한지라. 양 공자의 예배(禮拜)함을 당하여 그윽이 살피건대 양인의 머리에 팔학관[245]을 쓰며 채봉양익(彩鳳兩翼)[246]에 예복(禮服)을 입고, 옥반(玉盤)에 촉금단(蜀錦緞)[247]을 담아 진헌(進獻)[248]하고 연왕께 사배(謝拜)[249]하니 왕이 칭선(稱善) 왈,

"기재(奇哉)며 신재(新哉)라. 대대(代代) 적덕지문(積德之門)이로다. 이 같은 기자현손(奇子賢孫)이 대(代)마다 날 줄 알리오. 가히 시(詩)[250]에 이른 바 '영월길기(令月吉期)에 시가원복(始加元服)'[251]이라 하니 가(可)히 생복(生福)하리라."

양 공자가 퇴이재배(退而再拜)하고 다시 유관유의(儒冠儒衣)[252]로 좌(座)에 나아가니 제객

---

236 술줌치: 술주머니.

237 고기잘: 고기자루. '잘'은 '자루'.

238 동탕쇄연(動蕩灑然): 활달하고 호탕하며 쇄락함.

239 풍용(風容): 풍채와 용모.

240 연만(年晩): 나이가 아주 많음.

241 성도(性度): 성품(性品)과 도량(度量)을 아울러 이르는 말.

242 인후공검(仁厚恭儉): 마음이 어질고 무던하며 공손하고 검소함.

243 상총(上寵): 임금의 은혜.

244 현혁(顯赫): 이름이 높이 드러나 빛남.

245 팔학관: 머리에 쓰는 관의 일종이나 자세한 것은 미상.

246 채봉양익(彩鳳兩翼): 아름다운 봉황이 양 날개를 펴고 있는 듯한 풍채를 갖춘 모습을 말하는 듯하나 정확한 것은 미상.

247 촉금단(蜀錦緞): 촉나라에서 나는 귀한 비단.

248 진헌(進獻): 임금에게 재물을 바치던 일.

249 사배(謝拜): 사은숙배(謝恩肅拜). 임금의 은혜를 감사히 여겨 공손하게 절을 함.

250 시(詩): 『시경(詩經)』.

251 영월길기(令月吉期)에 시가원복(始加元服): 길한 달 좋은 날에 비로소 어른의 옷을 입고 관을 씌우노라. 관례(冠禮)를 할 때의 축사에 '길월영일(吉月令日) 시가원복(始加元服)'이 있음.

252 유관유의(儒冠儒衣): 유생들이 쓰던 관과 의복.

(諸客)이 눈을 들어 보매 이 문득 명문대가(名門大家)의 화(35)벌명예(華閥名裔)[253]라. 천지정맥(天地精脈)과 일월영기(日月靈氣)를 띠어 일쌍(一雙) 선인(仙人)이라. 풍신재화(風神才華)[254]가 막상막하(莫上莫下)하여 희백은 미려(美麗)한 중 엄위(嚴威) 씩씩하여 숙침 쇄락(灑落)[255]하여 하일지위(夏日之威)[256]와 동일지애(冬日之靄)[257] 있으니 월모단순(月貌丹脣)[258]은 백면장군(白面將軍) 마맹기(馬孟起)[259] 아니면 양주(揚州) 노상(路上)에 투귤(投橘)하던 두자미(杜紫微)[260]요, 잠미봉안(蠶眉鳳眼)[261]은 추수명광(秋水明光)[262]이요, 얼굴은 태양(太陽)이 부상(扶桑)[263]에 오르는 듯 흉중(胸中)에 제세안민지재(濟世安民之才)[264]를 감추었으니 강세군자(降世君子)[265]라. 희천은 여옥미인(如玉美人)[266]이라. 단엄군자지풍(端嚴君子之風)[267]이 가작하니[268] 성문지자(盛門之子)[269]로 금세아성(今世亞聖)[270]이라. (36)전습부공(傳襲父公)[271]이요, 희백은 조부(祖父)

---

253 화벌명예(華閥名裔): 세상에 드러난 높은 문벌의 뛰어난 후예.

254 풍신재화(風神才華): 풍채와 뛰어난 재주.

255 쇄락(灑落): 기분이나 몸이 상쾌하고 깨끗함.

256 하일지위(夏日之威): 여름 해와 같은 위엄. 똑바로 쳐다볼 수 없는 위엄.

257 동일지애(冬日之靄): 겨울날에 피어오르는 아지랑이.

258 월모단순(月貌丹脣): 달처럼 훤한 얼굴과 붉고 고운 입술.

259 마맹기(馬孟起): 삼국시대 촉한의 무장 마초(馬超, 176~222). 자(字)는 맹기(孟起).

260 두자미(杜紫微): 당나라 때의 시인(詩人) 두목(杜牧, 803~852). 두목은 중서사인(中書舍人)을 역임하였는데 중서성의 다른 이름이 자미성(紫微星)이었던 까닭에 그를 '두자미(杜紫微)'라고 불렀음. 두목은 풍채가 아름다웠는데, 그가 양주(揚州) 거리를 수레를 타고 갈 때면 기생들이 그의 얼굴을 보고자 귤을 던져[投橘] 수레가 귤로 가득 찼다고 함.

261 잠미봉안(蠶眉鳳眼): 누에 같은 두툼한 눈썹과 봉황의 눈.

262 추수명광(秋水明光): 가을의 물빛처럼 맑은 눈빛.

263 부상(扶桑): 해가 뜨는 동쪽 바다 혹은 중국 전설에서 해가 뜨는 동쪽 바다 속에 있다고 하는 상상의 나무 또는 그 나무가 있다는 곳.

264 제세안민지재(濟世安民之才): 세상을 구제하여 백성을 편안하게 할 만한 뛰어난 재주.

265 강세군자(降世君子): 하늘이 내린 군자.

266 여옥미인(如玉美人): 구슬과 같이 아름다운 사람을 이름.

267 단엄군자지풍(端嚴君子之風): 단정하고 위엄이 있는 군자의 풍채.

268 가작하다: 성대하고 훌륭하다. 잘 갖추어지다.

269 성문지자(盛門之子): 전통과 법도가 있는 큰 가문의 아들.

270 금세아성(今世亞聖): 지금 세상에서 성인(聖人)에 버금가는 사람. '아성(亞聖)'은 유학에서 공자 다음가는 성인(聖人)이라고 하여 '맹자(孟子)'를 이르는 말.

271 전습부공(傳襲父公): 아버지의 모습을 그대로 전하여 물려받았음.

오국공의 소시여풍(少時餘風)이 완연(宛然)한지라.[272] 양공이 두굿기고[273] 손아(孫兒) 등의 손을 어루만져 척연(戚然) 하루(下漏) 왈(曰),

"부모 재시(在時)에 백아 등 휵애(畜愛)[274]하심이 연성지벽(連城之璧)[275]에 지나시고 장성(長成)함을 굴지계일(屈指計日)[276]하시더니 금일(今日) 기경(奇慶)을 당하나 선고비(先考妃)[277]의 유명(幽明)[278]이 즈음쳐[279] 경사(慶事)를 고(告)할 곳이 없으니 어찌 인자(人者)의 견딜 바리오."

언미(言未)에[280] 양(兩) 항루(行淚)[281]가 방타(滂沱)[282]하니 좌우(左右)가 개용(改容) 위회(慰懷)[283]하더라.

광평왕이 희백의 손을 잡고 소왈(笑曰),

"과인(寡人)이 제공(諸公)으로 교집(交集) 심후(深厚)하고 다시 월성[284] 매자(妹子)로 인(37)

---

272 완연(宛然)하다: 모양이 서로 비슷하다.

273 두굿기다: 즐거워하다. 매우 기뻐하다.

274 휵애(畜愛): 사랑하여 기름.

275 연성지벽(連城之璧): 화씨지벽(和氏之璧). 전국시대, 초(楚)나라에 변화(卞和)란 사람이 산 속에서 옥(玉)의 원석을 발견하자 곧바로 여왕에게 바쳤는데 여왕이 보석 세공인에게 감정시켜 보니 보통 돌이라고 하였고, 화가 난 여왕은 변화를 발뒤꿈치를 자르는 형벌에 처했다. 여왕이 죽은 뒤 변화는 그 옥돌을 무왕(武王)에게 바쳤으나 결과는 마찬가지여서 이번에는 왼쪽 발뒤꿈치를 잘리고 말았다. 무왕에 이어 문왕(文王)이 즉위하자 변화는 그 옥돌을 끌어안고 궁궐문 앞에서 사흘 낮 사흘 밤을 울었는데 문왕이 그 까닭을 묻고 옥돌을 세공인에게 맡겨 갈고 닦아 본 결과 천하에 둘도 없는 명옥이 영롱한 모습을 드러냈다. 문왕은 곧 변화에게 많은 상을 내리고 그의 이름을 따서 이 명옥을 '화씨지벽'이라 명명했다. 그 후 이 화씨지벽은 조(趙)나라 혜문왕(惠文王)의 손에 들어갔는데, 진(秦)나라 소양왕(昭襄王)이 이를 탐내 15개의 성(城)과 맞바꾸자고 하는 바람에 양국 간에 갈등이 조성되기도 했다. 이에 연유하여 화씨지벽은 '연성지벽(連城之璧)'이라고도 불렸다.

276 굴지계일(屈指計日): 손가락을 꼽아 가며 예정된 날을 기다림.

277 선고비(先考妃): 선고(先考)와 선비(先妣). 세상을 떠난 아버지와 어머니를 남에게 이르는 말.

278 유명(幽明): 저승과 이승을 아울러 이르는 말.

279 즈음치다: 막히다. 격(隔)하다.

280 언미(言未)에: 말이 끝나지 않아.

281 항루(行淚): 흘러내리는 여러 줄기의 눈물.

282 방타(滂沱): 눈물이 뚝뚝 떨어짐.

283 위회(慰懷): 괴롭거나 슬픈 마음을 위로함.

284 월성: 월성 공주. 현천린의 부인이자 현희문의 모친.

하여 인친(姻親)[285] 후의(厚誼)를 겸한지라. 족히 서의타[286] 할 것이 아니로되 형 등의 내외(內外)가 심하여 여차(如此)한 기자(奇子)를 두었으되 일찍 보지 못하였으니 아지 못게라. 소탈무정(疎脫無情)함이 여차하뇨."

승상(丞相)이 왈,

"돈아(豚兒)[287]의 박면미질(薄面微質)을 저렇듯 사랑하시니 학생 부자(父子)가 수불민(雖不敏)이나 어찌 감격지 아니리잇가마는 존하(尊下)에 등배(等拜)[288]치 못함은 무심(無心)함이라. 존언(尊言)이 이에 미치시니 불승황괴(不勝惶愧)[289]하나이다."

왕이 흔연(欣然)[290] 소왈,

"금일(今日) 영윤(令胤)[291]을 보매 늦게야 봄을 한(恨)하나니 목전(目前) 가랑(佳郎)[292]을 질족자(疾足者)[293]에게 아이리오.[294] (38)내 정비(正妃)의 자녀(子女)가 수소(數小)하여 이자일녀(二子一女)를 두어 양자(兩子)가 유미(幼微)하고 여아(女兒)가 장성(長成)하여 금년(今年)이 이칠(二七)이라. 비록 기특다 이르지 못하나 부덕(婦德)이 정순(貞順)하여 족히 군자(君子)의 건즐(巾櫛)[295]을 소임(所任)함 직한지라. 바라건대 존공(尊公)은 소종(小宗)의 용우(庸愚)함[296]과 소녀의 잔미(孱微)함[297]을 허물치 마시고 진진(秦晉)[298]의 좋음을 맺게 하소서."

오·진 이공(二公)이 이미 월성궁으로조차 광평왕의 여아(女兒) 옥화 군주의 초출비상

285 인친(姻親): 사돈. 혈연관계가 없으나 혼인으로 맺어진 친족.

286 서의하다: '섭섭하다, 부족하다'의 의미를 지닌 옛말.

287 돈아(豚兒): 남에게 자기 아들을 낮추어 부르는 말.

288 등배(等拜): 분부에 따라 미리 갖추어 두고 기다려 절함.

289 불승황괴(不勝惶愧): 황송(惶悚)하고 부끄러움을 이기지 못함.

290 흔연(欣然): 기쁘거나 반가워 기분이 좋음.

291 영윤(令胤): 남을 높이어 그의 '아들'을 일컫는 말. 영식(令息).

292 가랑(佳郞): 훌륭한 신랑. 잘난 젊은 남자.

293 질족자(疾足者): 발 빠른 사람.

294 아이다: 빼앗기다.

295 건즐(巾櫛): 수건과 빗. 남편이 세수할 때 아내가 곁에서 수건과 빗을 들고 시중을 든다는 뜻으로, 아내의 소임을 낮추어 말하는 것.

296 용우(庸愚)하다: (남보다) 못나고 옹졸하며 어리석다.

297 잔미(孱微)하다: 가냘프고 약하며 변변하지 못하다.

298 진진(秦晉): 진(秦)과 진(晉) 두 나라가 대대로 혼인했다는 데에서 유래하여 '사돈의 우의가 두터움'을 뜻함.

(超出非常)[299]함을 알았는지라. 비록 국척(國戚)[300] 연혼(連婚)이 겹겹함을 불쾌하나 사체(事體)[301] 가히 물리치지 못(39)할지라. 오공이 흔연 칭사(稱謝) 왈(曰),

"대왕(大王)이 손아(孫兒)의 불미(不美)함을 알지 못하시고 금지옥엽(金枝玉葉)의 옥주(玉主) 교아(嬌兒)로써 낮게 구하시니 불감청(不敢請)이언정 고소원야(固所願也)라.[302] 어찌 감히 성의(聖意)를 거역하리잇고."

왕이 크게 깃거 재삼(再三) 칭사(稱謝)하기를 마지아니하고 공자(公子)를 나호여[303] 사랑함을 이기지 못하며 쾌서(快壻)라 일컬으니 장공 형제 웃어 왈(曰),

"대왕이 석일(昔日) 천린의 소행(所行)을 어떻다 하시나니잇고?"

왕이 소왈,

"운창[304]의 석년(昔年) 행사(行事)는 생각할수록 놀라운지라. 수연(雖然)이나 개과책선(改過責善)은 (40)성문(聖門)의 용납(容納)하신 바니 이제 일컬어 무엇하리오."

장공이 우왈(又曰),

"희백이 제 아비는 닮지 아니하고 전주(專主)[305] 천린을 닮았으니 대왕의 농주(弄珠)가 월성 공주의 성덕(聖德)을 전습(傳襲)[306]하였으면 희백을 진압(鎭壓)[307]하려니와 불연즉(不然卽) 귀주(貴主)[308]의 정상(情狀)[309]이 불안할까 하나이다."

왕이 연소(連笑) 왈(曰),

"아서(我壻)는 인중기린(人中麒麟)[310]이라. 운창이 어찌 아서(我壻)의 고풍대재(高風大才)[311]를 가져 승할 리 있으며, 월성 매자는 당금(當今) 여사(女士)라 아녀(兒女)가 좀 재용(才

---

299 초출비상(超出非常): 다른 사람에 비하여 두드러지게 뛰어나 보통이 아님.
300 국척(國戚): 임금의 인척(姻戚).
301 사체(事體): 사태(事態).
302 불감청(不敢請)이언정 고소원야(固所願也)라: 감히 청하지는 못하나 진실로 원하던 바라.
303 나호다: 나오게 하다.
304 운창: 현천린의 자(字).
305 전주(專主): 오로지.
306 전습(傳襲): 전하여 물려받음.
307 진압(鎭壓): 강압적인 힘으로 억눌러 진정시킴.
308 귀주(貴主): 왕의 딸. 공주나 옹주를 높여 부르는 말.
309 정상(情狀): 있는 그대로의 사정과 형편.
310 인중기린(人中麒麟): 여러 사람 가운데 재주와 지혜가 썩 뛰어난 사람. 기린아(麒麟兒).
311 고풍대재(高風大才): 고상하고 뛰어난 풍채나 품격과 뛰어난 재주.

容)이 있으나 어찌 매자의 천재독보(千載獨步)한 색광재모(色光才貌)를 당하리잇고."

장공이 (41)대소(大笑) 왈(曰),

"대왕이 미처 언도 않은 사회[312]를 저대도록[313] 과장(過奬)하사 천승(千乘) 군왕(君王)의 체위(體位)를 잃으시나니잇고. 천린이 오죽 불통(不通)하니잇가. 영녀(令女)가 월성 옥주만 못하다시니 겸언(謙言)이시나 진짓 말씀이 이 같으면 천린의 석일(昔日) 광패(狂悖)를 당하실소이다."

왕이 미급대(未及對)[314]에 하풍익 등이 나와 말씀하되,

"양존(兩尊)은 이런 말씀을 마소서. 사외로오니이다.[315] 대왕의 군주(郡主)는 용자봉손(龍子鳳孫)이요 금지옥엽(金枝玉葉)이니 월성 옥주로 방불(彷佛)하실 것이요 사덕(四德)[316]이 갖출지라.[317] 또 희아[318]가 당시 도(42)원(桃園)의 길을 열지 아니하였는지라. 옛날 운창의 이른바 송홍(宋弘)[319]의 죄인이라 유세(有勢)함이 없으니 무슨 연고(緣故)로 금타지엽(金朶枝葉)의 요조숙녀(窈窕淑女)를 나무랄 과거가 있으리오. 괴이한 말씀을 하시나니잇가."

장공이 웃고 왈(曰),

"괴이한 말이 아니라 희백이 천린과 같은 고로 혹 그러할까 우연히 말함이러니 실언(失言)하도다. 연(然)이나 늙은이 망언(妄言)을 웃지 말라."

오공이 소왈(笑曰),

"형의 나이 몇이완대 매양 늙을와[320] 하나뇨. 육순(六旬)도 못하여 망령(妄靈)이면 팔십에 이르면 오죽지 않으리로다."

중(43)좌(衆座)가 웃고 다시 주배(酒杯)를 통음(痛飮)하고 진취(盡醉)하더라.

---

312 사회: 사위.

313 저대도록: 저다지.

314 미급대(未及對): 미처 대답을 하지 못함.

315 사외롭다: 꺼림칙하다.

316 사덕(四德): 여자로서 갖추어야 할 네 가지 덕. 마음씨[婦德], 말씨[婦言], 맵시[婦容], 솜씨[婦功]를 이른다.

317 갖추다: 갖다. 원문에는 'ᄀᆞ졸지라'로 되어 있음.

318 희아: 희문.

319 송홍(宋弘): 후한 광무제 때의 인물. '빈천지교불가망(貧賤之交不可忘) 조강지처불하당(糟糠之妻不下堂)'이라는 말로 조강지처를 버릴 수 없다 함.

320 늙을와: 늙는구나.

양 공자가 경근지례(敬謹之禮)[321]를 다하여 말석(末席)에 시좌(侍坐)하니 옥면영풍(玉面英風)이 볼수록 기이(奇異)하니 좌객(座客) 중 평진왕 구경린은 구래공(寇萊公)[322]지자(之子)요, 동진왕 소운성[323]은 소현성[324]의 제삼자(第三子)요 소황후 형남(兄男)이니 월성 공주의 외구(外舅)[325]요, 안국공(安國公) 좌각로 조현기[326]는 무혜왕 조빈의 손(孫)이요 충정공 조모의 장자(長子)라. 현씨 제공(諸公)의 자제(子弟)의 기이함을 보고 저 소공자 등 보기를 청한대 승상과 왕이 제자(諸子)를 부르니 면전(面前)에 승명(承命)[327] 예알(禮謁)[328](44)하매 만좌(滿座)[329]가 일첨(一瞻)하니 의심컨대 화씨(和氏)의 벽(壁)이 보배 아니요 혜왕지주(惠王之珠)[330]가 무광(無光)이라. 표표(表表)하고[331] 교교(皎皎)하여[332] 단혈(丹穴)[333]의 봉조(鳳鳥)와 창해(滄海)의 신룡(神龍)이라. 보매 눈이 어리고 바라매 정혼(精魂)이 아득하니 만좌(滿座)가 칭도경찬(稱道慶讚)하여 암암(暗暗)히 신기함을 부르고 신신(申申)히 복경(福慶)[334]을 이르더라.

시(時)에 제왕[335]의 장자(長子) 희성은 십일 세요 차자(次子) 희문은 구 세니 월성 공주의

---

321 경근지례(敬謹之禮): 공경하고 삼가는 예(禮).

322 구래공(寇萊公): 〈구래공정충직절기(寇萊公貞忠直節記)〉의 등장인물. 송나라 때의 정치가로 이름은 준(準), 자는 평중(平仲).

323 소운성: 〈소현성록〉의 등장인물. 소현성의 셋째 아들.

324 소현성: 〈소현성록〉의 등장인물. 1세대 주인공임.

325 외구(外舅): 주로 장인(丈人)을 지칭하는데, 외삼촌을 말하기도 함.

326 조현기: 〈조씨삼대록〉의 등장인물.

327 승명(承命): 임금이나 어버이의 명을 받듦.

328 예알(禮謁): 배알(拜謁). 지위가 높거나 존경하는 사람을 찾아가 뵘. 원문에는 '예왈'로 되어 있음.

329 만좌(滿座): 모든 좌석에 가득 앉은 사람들.

330 혜왕지주(惠王之珠): 위혜왕(魏惠王)의 구슬. 전국시대 위혜왕이 제위왕(齊威王)에게 "저의 나라가 비록 작기는 하지만 그래도 수레 12대의 전후를 각기 비출 수 있는 직경 한 치 되는 구슬이 열 개가 있는데 어찌 대국인 제나라에 보물이 없겠습니까?"하고 묻자, 제위왕은 "내가 보배로 삼는 바는 대왕과는 좀 다릅니다. 내 신하 가운데 단자(檀子)가 있는데 그가 남쪽 성을 지키면 초(楚)나라가 감히 넘보지 못하며, 전분(田盼)이 고당(高唐) 지방을 지키면 조(趙)나라 사람이 우리 국경을 넘어와 고기잡이를 하지 못하며, 검부(黔夫)가 서주(徐州)를 지키면 연(燕)나라 사람들이 자기 나라를 침범하지 말아 달라며 제사를 지내니, 이런 사람들이 우리나라의 보배라고 할 수 있지요."라고 말하였다는 고사에 나오는 말.

331 표표(表表)하다: 사람의 생김새나 풍채, 옷차림 따위가 눈에 띄게 두드러지다.

332 교교(皎皎)하다: 희고 깨끗하다.

333 단혈(丹穴): 예전에, 중국에서 남쪽의 태양 바로 밑이라고 여기던 곳.

334 복경(福慶): 행복과 경사를 아울러 이르는 말.

335 제왕: 평제왕 현천린.

소생(所生)이라, 이른바 용자봉손(龍子鳳孫)이요 인아봉추(麟兒鳳雛)[336]라. 안서(安舒)한[337] 동작(動作)과 정위한 체용(體容)이 전습모비(傳習母妃)요 희문은 풍채(風采) 양류(楊柳) 같고 거지(擧止)[338] 수앙(秀昻)하여 기(45)운(氣運)이 광천(廣天)을 받들고 지개(志概)[339] 우주를 삼킬 듯 앙앙(仰仰)히 태산(泰山)을 끼고 북해(北海)를 넘뛸 듯한 기상(氣像)이니 전혀[340] 부왕(父王)의 품맥(稟脈)이요 기이하니 좌중(座中)이 양공(兩公)을 향하여 기자현손(奇子賢孫)으로 흥기(興起)하심을 치하(致賀)하니 양공(兩公)이 좌수우응(左酬右應)[341]에 불감승당(不堪承當)[342]이라.

이윽고 좌중(座中)이 정혼(定婚)할새 소상서(尙書) 아자(兒子)는 숙혜 소저(小姐)와 정혼하고, 조각로 장자는 십삼(十三)이라 미혜 소저와 정혼하매, 남주절도사 고성익이 희문의 손을 잡고 사랑하여 유의(有意)함이 가장 외모(外貌)에 (46)나타나더니, 호부상서(戶部尙書) 연기화는 현병부(玄兵部) 명린의 부인 형남(兄男)이라. 슬하(膝下)에 소교(小嬌)[343]를 두고 희문을 유의한 지 오랜지라. 현부(玄府) 대고(大故)[344] 이후로 자녀 혼취(婚娶)의 염(念)이 없음을 보매 그 형제(兄弟) 차례를 기다려 정혼치 못하였더니 금일(今日) 연상(宴床)에 분분히 정혼하고 고절도가 희문 편애(偏愛)함을 보니 자기 유의타가 질족자(疾足者)[345]에게 아일까 저어하여[346] 소왈,

"희아는 나의 소애자(所愛子)라. 소제(小弟) 유시(幼時)로 유의하였으되 대고(大故)에 수우풍(愁愚風)[347] 있으므로 뜻을 품고 발언(發言)치 못하였더니 금일 (47)연차(宴次)에 열

336 인아봉추(麟兒鳳雛): 기린아와 봉추. '기린아(麒麟兒)'는 슬기와 재주가 남달리 뛰어난 사람. '봉추(鳳雛)'는 봉의 새끼라는 뜻으로 재주와 지략이 뛰어난 소년을 비유하여 이르는 말.

337 안서(安舒)하다: 마음이 편안하고 조용하다.

338 거지(擧止): 행동거지.

339 지개(志概): 지기(志氣).

340 전혀: 오로지.

341 좌수우응(左酬右應): 이쪽저쪽의 요구에 바쁘게 응함. 술잔 따위를 이쪽저쪽으로 부산하게 주고받음.

342 불감승당(不堪承當): 감히 받들어 감당할 수 없음.

343 소교(小嬌): 어린 딸.

344 대고(大故): 부모의 상사(喪事).

345 질족자(疾足者): 발 빠른 사람.

346 저어하다: 염려하거나 두려워하다.

347 수우풍(愁愚風): 근심스러운 분위기.

위(列位)[348] 자녀의 정혼 뇌약(牢約)[349]하시니 내 어이 홀로 구혼(求婚)을 더디리오."

제왕이 전일(前日) 연상서의 희문 유의함과 연소저의 천자(天姿)가 수미(秀美)함을 알았는지라. 흔연(欣然) 점두(點頭)[350]하니 고절도가 차언(此言)을 듣고 아연(啞然)[351]하여 면색(面色)이 변이함을 금치 못하더니 돌아 제왕을 향하여 희연 소왈,

"만생(晩生)[352]이 미문종장(微門宗長)[353]으로 재덕(才德)이 암매(暗昧)[354]하되 행여 조선여음(祖先餘蔭)[355]으로 공명(功名)이 극의(極矣)라. 연(然)이나 자경(子耕)[356]이 박(薄)하여 다소(多少) 요척(夭膌)[357]하고 만래(晩來)[358]에 자녀 남매(男妹)를 두어 여아(女兒)가 장성(長成)하니 (48)시금(時今) 일순(一旬)[359]에 부덕(婦德)이 정순(貞順)하여 군자지측(君子之側)의 욕(辱)지 아닐 고로 마음의 써 택서(擇壻)를 발분망식(發憤忘食)[360]하기에 있으되 능히 가랑(佳郞)을 만나지 못하였더니 금일 영윤(令胤)[361]을 보니 소망(所望)에 과(過)한지라. 문호(門戶)의 한미(寒微)함과 약녀(弱女)[362]의 잔미(孱微)함을 생각지 못하고 적승(赤繩)[363]의 호연(好緣) 맺기를 청하려터니 어찌 남에게 아이리오. 연형(兄)이 먼저 현랑(玄郞)으로 호연(好緣)을 결승(結繩)하니 아녀(我女)는 부빈(副嬪)으로 허하심을 바라노라."

제왕이 불열(不悅) 왈(曰),

"돈아(豚兒)의 구상유취(口尙乳臭)[364]로 혼사를 의논할 때 아니나 연형의 후(49)의(厚意)를

---

348 열위(列位): 제위(諸位).

349 뇌약(牢約): 굳게 약속함. 또는 그런 약속.

350 점두(點頭): 승낙하거나 옳다는 뜻으로 머리를 약간 끄덕임.

351 아연(啞然): 너무 놀라거나 어이가 없어서 또는 기가 막혀서 입을 딱 벌리고 말을 못하는 모양.

352 만생(晩生): 말하는 이가 선배를 상대하여 자기를 낮추어 이르는 일인칭 대명사.

353 미문종장(微門宗長): 한미한 가문의 어른.

354 암매(暗昧): 어리석어 생각이 어두움.

355 조선여음(祖先餘蔭): 조상의 공덕으로 자손이 받는 복.

356 자경(子耕): 자식 농사.

357 요척(夭膌): 자식이 어려서 죽는 일.

358 만래(晩來): 늙은 뒤.

359 일순(一旬): 열 살.

360 발분망식(發憤忘食): 끼니까지도 잊을 정도로 어떤 일에 열중하여 노력함.

361 영윤(令胤): 남을 높이어 그의 '아들'을 일컫는 말. 영식(令息).

362 약녀(弱女): 어린 딸.

363 적승(赤繩): 인연을 맺는 붉은 끈. 또는 부부의 인연.

364 구상유취(口尙乳臭): 입에서 아직 젖내가 난다는 뜻으로, 말이나 행동이 유치함을 이르는 말.

매몰치[365] 못하여 정약(定約)[366]하나 어찌 십 세 전(前) 유치(幼齒)[367]에 재취(再娶)를 의논하리오. 하물며 형의 소교(小嬌)가 타인(他人)에 지난 귀중함이라. 어데 옥인가사(玉人佳士)[368]가 없어 돈아(豚兒)에게 위굴(委屈)[369]하는 망령(妄靈)됨을 바라리오. 만만불가(萬萬不可)[370]하니 존공(尊公)은 익히 생각하라."

고절도가 아연(啞然) 간청(懇請) 왈(曰),

"만생(晩生)이 영랑(令郎)의 재모(才貌)를 심허(心許)[371]하여 약녀(弱女)를 의탁(依託)고자 하매 장부(丈夫)가 어찌 소소(小小) 혐의(嫌疑)를 구애(拘礙)하여 초의(初意)를 고치리오."

왕이 재삼 불가(不可)함을 사양(辭讓)하되 고절도가 간청(懇請)키를 그치지 아니코 보챔을 지(50)루히 하는지라. 진공이 본디 고절도의 고집을 아는지라 그만하지 않을 줄 알매 날호여[372] 가로되,

"소아(小兒)의 재취(再娶)를 결(結)함이 만만불가(萬萬不可)하나 고장군 간청(懇請)이 여차(如此)하니 너무 매매(浼浼)함[373]이 불사(不似)[374]한지라. 오아(吾兒)는 권도(權道)[375]로 허락하고 문아(兒)가 장성커든 연아를 취하고 입신(立身)함을 기다려 고씨를 취함이 가함이라."

왕이 만심(滿心) 미온(未穩)하나[376] 엄교(嚴敎)가 지차(至此)하시니 사양치 못하고 사사(謝辭)할 뿐이라.

하공이 웃어 왈,

"운창이 어찌 미부(美婦)를 사양하리오마는 연형의 있음을 구애(51)하여 타일(他日) 연

---

365 매몰하다: 인정이나 싹싹한 맛이 없고 쌀쌀맞다.
366 정약(定約): 약속이나 계약을 정함. 또는 그 약속이나 계약.
367 유치(幼齒): 어린 나이.
368 옥인가사(玉人佳士): 용모와 마음씨가 아름답고, 품행이 단정한 선비.
369 위굴(委屈): 몸을 굽혀 남에게 복종함.
370 만만불가(萬萬不可): 천만불가. 전혀 옳지 아니함.
371 심허(心許): 진정한 마음으로 허락함.
372 날호여: 천천히.
373 매매(浼浼)하다: 창피를 줄 정도로 거절하는 태도가 쌀쌀맞다.
374 불사(不似): 격에 맞지 않음.
375 권도(權道): 목적 달성을 위하여 그때그때의 형편에 따라 임기응변으로 일을 처리하는 방도.
376 미온(未穩)하다: 마음에 다소 좋지 않게 여기다.

씨의 투기(妬忌)를 헤아리지 못하여 불허(不許)하거늘 합하(閤下)[377]가 졸연(猝然)히[378] 허하시니 고장군께 치사(致謝)는 받으시려니와 목금(目今)[379] 현형의 불평함이 있고 타일 연씨 희아의 재취(再娶)날 존당(尊堂)을 고마워 아니리로소이다."

호부(戶部)가 이르되,

"금일은 오가(吾家) 경사(慶事)를 당하여 형 등이 진찬미주(珍饌美酒)[380]나 포식(飽食)함이 옳거늘 무슨 말을 하나뇨. 연씨는 당세(當世) 성녀(聖女)라 어찌 타일(他日) 투심(妬心)으로 존당(尊堂)을 한(恨)하는 불초(不肖)[381]함이 있으리오."

가안백·이추밀이 연성(連聲) 소지(笑之) 왈,

"너는 생심(生心)[382](52)도 이리 못하리라. 네 아무리 애처객(愛妻客)인들 처질(妻姪)을 편들어 희해(戲諧)[383]를 막는다? 예백[384] 형언(兄言)이 작히[385] 옳으랴."

호부가 청파(聽罷)에 장목시지(張目視之)[386]요 다시 언(言)치 않으니 존전(尊前)에 경근지례(敬謹之禮)를 다함이라. 좌중(座中)이 미미함소(微微含笑)[387]하고 장공 형제는 대취(大醉)하여 각각 자손(子孫)에게 붙들려 취와(醉臥)[388]하니 간예(干預)[389]치 아니터라.

좌중(座中)이 제인(諸人)의 혼사(婚事)를 뇌약(牢約)[390]함을 보매 유녀자(有女子)는 현씨 제아(諸兒)를 유심치 않을 이 없는지라. 말씀을 이어 청혼하니 상서(尙書) 범중엄(范仲淹)[391]은 예부(禮部)의 장자 희옥으(53)로 정혼(定婚)하고, 태학사(太學士) 오희는 원외랑(員外郞)[392] 장

---

377 합하(閤下): 정1품 벼슬아치를 높이어 일컫던 말.

378 졸연(猝然)히: 갑작스럽게.

379 목금(目今): 눈앞에 닥친 현재.

380 진찬미주(珍饌美酒): 진기하고 맛이 좋은 음식과 맛이 좋은 술.

381 불초(不肖): 아버지를 닮지 않았다는 뜻으로, 못나고 어리석은 사람을 이르는 말.

382 생심(生心): 어떤 일을 하려고 마음을 먹음. 또는 그 마음.

383 희해(戲諧): 농담하면서 함께 즐거워하는 것을 말함. 우스갯소리.

384 예백: 하풍익의 자(字).

385 작히: (주로 의문문에 쓰여) '얼마나'의 뜻으로 희망이나 추측을 나타내는 말.

386 장목시지(張目視之): 눈을 크게 부릅뜨고 바라봄.

387 미미함소(微微含笑): 아주 작게 웃음을 머금음.

388 취와(醉臥): 술에 취하여 누움.

389 간예(干預): 간여(干與). 관계하여 참여함.

390 뇌약(牢約): 굳게 약속함. 또는 그런 약속.

391 범중엄(范仲淹): 중국 송(宋)나라 때의 학자, 개혁가.

392 원외랑(員外郞): 원문에는 '원의랑'으로 되어 있음.

자 희빈으로 정혼하고, 문성은 사간의 장자 희반으로 정혼하고, 윤공 추밀은 봉린의 장자 희상으로 정혼하고, 두령장 여식은 총재의 장자 희몽으로 뇌정(牢定)[393] 대사(大事)하니, 오·진 양공이 제·진 양공의 어진 재상(宰相)임을 공경(恭敬)하는지라 일언(一言)에 쾌허(快許)하니 기여(其餘) 제아(諸兒)가 가득하였으나 만조재상(滿朝宰相)[394]이 그 상적(相敵)[395]한 이 없음을 한하더라. 공자(公子) 등이 십 세 전 해동(孩童)[396]이요 유(類)에 희문이 더욱 연소(年少)하더라.

화국공이 이때 진취(盡醉)하(54)였는지라. 희몽의 약혼(約婚)함을 보니 주감(酒酣)[397]에 감회(感懷)하여 몽아의 손을 잡아 척연(惕然)[398] 타루(墮淚)[399] 왈(曰),

"세월(歲月)이 여류(如流)하여 당년(當年)의 여아(女兒)의 비고(悲苦)한 정사를 생각하니 신세(身世)를 느낄 때에 어찌 금일(今日)이 있을 줄 알았으리오. 이 다 인옹(仁翁)의 성덕(盛德)이 여산약해(如山若海)[400]함이라. 만생(晩生) 화정윤[401]이 구천지하(九泉地下)[402]의 함환결초(銜環結草)[403]를 기약(期約)하리로다."

설파(說罷)에 누수(淚水)가 잔 가운데 난락(亂落)하니 진공이 흔연(欣然) 위로(慰勞) 왈,

"왕사(往事)가 이의(已矣)라. 이미 일월(日月)이 오래거늘 어찌 좋은 때를 당하여 근어부인(近於婦人)하기를 염(念)치 않(55)으며 소제(小弟) 더욱 재박덕소(才薄德少)하여 사람에게 은혜 끼침이 없거늘 존형(尊兄)의 과장(過奬)을 당하리오. 형은 회홍원철[404]하여 물우성려(勿憂省慮)하소서."

화공이 사왈,

---

393 뇌정(牢定): 돈정(敦定). 자리를 잡아서 확실하게 정함.

394 만조재상(滿朝宰相): 온 조정의 재상.

395 상적(相敵): 서로 모자람 없이 비슷함.

396 해동(孩童): 어린아이.

397 주감(酒酣): 술이 거나하게 취한 상태.

398 척연(惕然): 근심스럽고 두려움.

399 타루(墮淚): 눈물이 흐름.

400 여산약해(如山若海): 산과 바다와 같이 매우 크고 넓음.

401 화정윤: 화국공. 희몽의 외조부. 원문에는 '하정윤'으로 되어 있으나 오기인 듯함.

402 구천지하(九泉地下): 구천(九泉). 땅속 깊은 밑바닥이란 뜻으로, 죽은 뒤에 넋이 돌아가는 곳을 이르는 말.

403 함환결초(銜環結草): '함환'은 한대(漢代)의 양옥(楊玉)이 아홉 살 때 매에 쫓겨 땅에 떨어진 공작새를 구해 치료해 주었더니 그날 밤 꿈에 새가 옥으로 된 팔찌를 물고 나타나 보답하였다는 고사에서 유래한 말. '결초'는 '결초보은(結草報恩)'을 가리킴. 원문에는 '함호결초'로 되어 있음.

404 회홍원철: 미상.

"사사에 어찌 형의 명교(名敎)를 불봉(不奉)하리오마는 주감(酒酣)에 석사(昔事)를 상감(傷感)하고 목금(目今)을 헤아리매 경사(慶事) 중도 석사(昔事)를 상상하매 위태(危殆)하고 경심(驚心)함을 이름이러니 형언(兄言)이 여차(如此)하시니 소제(小弟) 명심불망(銘心不忘)하리라."

하고 희허탄식(噫噓歎息)[405]하니 진공이 위로하고 관억(寬抑)[406]하라 하더라.

종일(終日) 진환(盡歡)[407]에 제객(諸客)이 각귀기가(各歸其家)할새, 제공(諸公)이 각각(各各) (56)여서(女婿)[408]를 분수(分手)[409]하매, 제아(諸兒)가 하당배별(下堂拜別)[410]하고 들어오니, 모든 손(孫)이 희롱(戲弄) 왈,

"백·천[411] 양아(兩兒)는 연장(年長)하매 세사(世事)를 알려니와, 기여(其餘)는 무엇을 알관대 따라 문(門)에 송별(送別)한다?"

공자 등이 함소저두(含笑低頭)[412]하고 희성 공자는 대왈,

"자고(自古) 성인(聖人)은 생이지지(生而知之)하시니 음양호합지리(陰陽好合之理)는 인인상사(人人常事)라. 소질배(小姪輩) 연소(年少)하오나 그 이(理)를 모르리잇가, 제숙부(諸叔父)가 연소아(年小兒)를 가르치지 아니시고 도로혀 농(弄)하사 웃으시니 불감(不敢)[413]하오나 불복(不服)하나이다."

제공(諸公)이 청파(聽罷)에 어이없어 크게 웃고 하공 등 (57)삼인(三人)은 완만(頑慢)타[414] 꾸짖으며 제왕께 이름으로 저히니,[415] 소박사가 범람(汎濫)[416]함을 웃으며 미소(微笑) 왈,

"젊지 아닌 노옹(老翁)이 아소(兒少)[417] 등에게 실체(失體)타."

---

405 희허탄식(噫噓歎息): 한탄하여 한숨을 쉼. 또는 그 한숨.

406 관억(寬抑): 격한 감정이나 분노를 너그럽게 억제함.

407 진환(盡歡): 기쁨을 다함. 잔치를 끝냄.

408 여서(女婿): 사위.

409 분수(分手): 서로 작별함.

410 하당배별(下堂拜別): 당에 내려와 절하고 이별함.

411 백·천: 현희백과 현희천.

412 함소저두(含笑低頭): 웃음을 머금고 머리를 숙임.

413 불감(不敢): 감당할 수 없음.

414 완만(頑慢)하다: 성질이 모질고 거만하다.

415 저히다: 겁주다. 위협하다.

416 범람(汎濫): 제 분수에 넘침.

417 아소(兒少): '어린아이', '소인' 정도의 뜻인 듯함.

하니 좌중(座中)이 대소(大笑)하더라.

위·소 양공(兩公)이 미소(微笑) 왈,

"어린아해를 어른이 무슨 희롱(戲弄)하리오. 그만 그치라."

하니 제공(諸公)이 묵연(默然)하더니 날이 저물매 객(客)이 파하여 돌아가니, 지친(至親)[418]이 촉(燭)[419]을 이어 한담(閑談)할새 이날 사마부인(司馬婦人)[420] 제사금장(娣姒錦帳)[421]이 양 공자의 관례 경일(慶日)을 당하여 존당(尊堂)을 추모(追慕)하고 사위(四位) 부인[422]이 추파(秋波)[423]에 물결이 동(動)하(58)고 옥안(玉顔)에 홍운(紅雲)이 침노(侵擄)하여 앵순(櫻脣)[424]에 호치(皓齒)를 비침이 없으니 그 성효(誠孝)를 묻지 아니해도 알 바요, 태사(太師) 부부(夫婦)의 성덕(聖德)과 자애(慈愛)함을 가지(可知)러라. 좌객(座客)이 모든 부인의 지효(至孝)를 감탄(感歎)하고 항복(降服)지 아닐 이 없더라.

육부인이 또한 좌(座)에 있더니 주식(酒食)을 탐(貪)하매 봉관(鳳冠)[425]이 부정(不整)하고 의상(衣裳)이 부제(不齊)하며 운동(運動)하매 패옥(佩玉)이 어지럽고 황잡(荒雜)하여[426] 휘두르며 주력(酒力)을 이기지 못하더니, 하·윤·주·철 사위 부인의 추원영모(追遠永慕)[427]함과 사마부인(司馬婦人) 등의 감회(感懷)함을 보아 역유인(59)심(亦有人心)[428]이라 망연자실(茫然自失)하여 구고(舅姑)[429]를 생각는 뜻이 천성소발(天性所發)[430]이라. 눈물을 어즈러이 뿌리고 아니꼬운 성음(聲音)으로 이르되,

"석년(昔年) 구고(舅姑)를 뫼셔 즐기던 일과 장숙부(叔父)의 일택상수(一宅常隨)[431]하던 성

418 지친(至親): 매우 가까운 친족.
419 촉(燭): 촛불.
420 사마부인(司馬婦人): 희백·희천의 어머니이자 현웅린의 처인 사마예주를 가리킴.
421 제사금장(娣姒錦帳): 동서.
422 사위(四位) 부인: 하·윤·주·철부인.
423 추파(秋波): 가을의 잔잔한 물결같이 아름다운 미인의 눈길.
424 앵순(櫻脣): 앵두같이 아름다운 입술.
425 봉관(鳳冠): 황태후나 황후가 쓰던 관.
426 황잡(荒雜)하다: 거칠고 잡되다.
427 추원영모(追遠永慕): 조상의 덕을 생각하여 제사에 정성을 다하고 죽을 때까지 어버이를 잊지 아니함.
428 역유인심(亦有人心): 또한 사람의 마음이 있음.
429 구고(舅姑): 시부모.
430 천성소발(天性所發): 천성이 발현하는 바.
431 일택상수(一宅常隨): 한집에서 지내며 늘 따름.

덕(聖德)을 염(念)컨대 흉중(胸中)에 일만(一萬) 칼이 결리는[432] 듯한지라. 첩이 입승존문(入承尊門)[433]하매 소천(所天)[434]의 매야함[435]이 여시행로(如視行路)[436]하고 미말(微末) 노예(奴隸)에 니르히[437] 첩(妾)을 천대(賤待)하되 구고(舅姑)의 여산약해지자(如山若海之慈)[438]와 장숙부(叔父)의 홍은(鴻恩)[439]을 받자와 박명(薄命) 신세(身世)를 회복(回復)함은 구고(舅姑)와 장숙부(叔父)(60)의 은덕(恩德)이라."

하고 우는 거동(擧動)이 가소로우니, 비록 포사(褒姒)[440]의 냉담(冷淡)함이라도 절도(絶倒)[441]할지라.

좌중(座中) 제부인(諸婦人)이 육씨의 허다(許多) 가당(可當)치 아닌 말에 다만 탄식부답(歎息不答)이요, 좌객(座客)이 눈을 기울여 절도(絶倒)함을 깨닫지 못하니 가안백 부인[442]이 모친(母親)의 늙도록 해거(駭擧)[443]가 저 같음을 애달프고 부끄러 스스로 면홍(面紅)이 자저(自著)[444]함을 면치 못하니, 육씨 매양 아무 말이라도 못 해 당치 아닌 말하다가, 여아의 간유(懇喩)[445]함을 여러 순 들었는 고로 이 말을 하면서도 곁눈으로 여아의 기색(氣色)(61)을 탐관(探觀)[446]하더니 여아 자가(自家)의 언론(言論)으로조차 면광(面光)이 홍예(虹霓)[447]하고 추파(秋波)가 미미(微微)하여 사색(辭色)이 많이 불평(不平)한지라. 혹자(或者)[448] 조인광좌(稠

---

432 결리다: 숨을 크게 쉬거나 몸을 움직일 때에, 몸의 어떤 부분이 당기어서 딱딱 부딪치는 것처럼 뜨끔하게 아프다.

433 입승존문(入承尊門): 남의 가문에 들어와 대를 이음.

434 소천(所天): 아내가 남편을 이르는 말.

435 매야하다: '매정하다', '박정하다'의 옛말.

436 여시행로(如視行路): 행로지인(行路之人)을 보는 것같이 함.

437 니르히: 이르도록.

438 여산약해지자(如山若海之慈): 산이나 바다와 같이 매우 크고 넓은 자애로움.

439 홍은(鴻恩): 넓고 큰 은혜.

440 포사(褒姒): 기원전 700년 전 주(周)나라 유왕(幽王)의 애첩. 유왕은 잘 웃지 않는 포사를 위해 걸핏하면 봉화를 올려 결국 나라를 망하게 하였다.

441 절도(絶倒): 포복절도(抱腹絶倒).

442 가안백 부인: 희염 소저. 가유진의 처이자 육부인의 딸임.

443 해거(駭擧): 괴상하고 얄궂은 짓.

444 자저(自著): 저절로 드러남.

445 간유(懇喩): '깨우침에 힘씀' 정도의 뜻인 듯함.

446 탐관(探觀): 살펴봄.

447 홍예(虹霓): 무지개. 여기서는 붉은 빛을 뜻함.

448 혹자(或者): 혹시.

人廣座)[449] 중에 괴로운 간언(諫言)이 있을까 대겁(大怯)하여 황망(慌忙)히 이르되,

"내 말이 어떻다 하고 여아가 매운 눈깔로 어미를 그릇 여기나뇨. 내 말이 자자(字字) 정론(正論)이라. 다른 말 젖히고 네 몸이 세상에 나 가랑(郞)[450] 같은 군자를 만나 일생(一生) 호화(豪華)하며 오복(五福)이 겸전(兼全)함이 전(專)혀[451] 장숙부(叔父)[452] 대덕(大德)이라. 이러므로 여모(汝母)가 그 대은(大恩)을 간폐(肝肺)에 새겨 미사지전(未死之前)에 (62)잊지 못할 마음이 있는 고로, 여모(汝母)가 매양 구고(舅姑)를 추모(追慕)한 끝에 언론(言論)이 난즉 장숙부(叔父)께 미치나니, 여아는 어미 진정(眞情) 소발(所發)을 괴이(怪異)히 여기지 말라. 진실로 장숙(叔)이 아니시면 네 몸이 어데로조차 삼겼으며[453] 여모가 능히 진공의 처실(妻室)[454] 소임(所任)을 하였을까 싶으냐."

설파에 가부인이 스스로 모친을 위하여 해연(駭然)[455] 참수(慙羞)[456]함이 장차 문경(刎頸)[457]하기에 미칠 듯싶은지라. 육씨 가뜩한 우패지인(愚悖之人)[458]이 더욱 주흥(酒興)을 띠었는 고로, 주정(酒酊)을 겸하여 당년(當年) 해거(駭擧)를 들춤(63)을 기탄(忌憚)치 아니하니, 좌객(座客)이 곡절을 아는 자는 그 신이 쇠막대 같음[459]을 절도(絶倒)하나 가부인 안면(顔面)을 구애(拘礙)[460]하여 가만히 지소(指笑)[461]함을 마지아니하고, 모르는 이는 그 언론(言論)을 의괴(疑怪)[462]하더라.

주부인이 여아의 심사(心事)를 어엿비[463] 여기고 육씨의 행사(行事)를 가참(可慙)하여 안색(顔色)을 씩씩히 하고 정색(正色) 왈,

---

449 조인광좌(稠人廣座): 여러 사람들이 앉아 있는 자리.
450 가랑(郞): 가유진을 가리킴.
451 전(專)혀: 오로지.
452 장숙부(叔父): 장시랑.
453 삼기다: '생기다'의 옛말
454 처실(妻室): 아내.
455 해연(駭然): 몹시 이상스러워 놀람.
456 참수(慙羞): 매우 부끄러워함.
457 문경(刎頸): 목을 벰.
458 우패지인(愚悖之人): 어리석고 패악한 인물.
459 신이 쇠막대 같다: 미상.
460 구애(拘礙): 거리끼거나 얽매임.
461 지소(指笑): 손가락질하여 비웃음.
462 의괴(疑怪): 의심스럽고 괴이함.
463 어엿브다: '불쌍하다'의 옛말.

"오늘이 사실지회(私室之會)[464]에 옥하사담(屋下私談)[465]을 베푸는 날이 아니라 백아 등의 관례(冠禮)를 인하여 존빈귀객(尊賓貴客)[466]이 내외(內外) 함집(咸集)하니, 다만 술을 마시고 안주(按酒)를 맛보아 경사(慶事)를 치하(致賀)할 (64)것이요, 그렇지 아니면 구고(舅姑)를 영모(永慕)하고 석사(昔事)를 회감(悔感)할 따름이니, 아름답지 아닌 사단(事端)을 들추어 시인(時人)의 지소(指笑)를 휘(諱)치 아니시나뇨. 현제(賢弟) 벌써 술이 취하여 주담(酒談)이 과하니 모로미[467] 사실(私室)에 돌아가 쉬소서."

설파(說罷)에 기운이 씩씩하고 말씀이 준절(峻切)하니 육씨 심하(心下)에 분노(憤怒)하나 형세(形勢) 감히 거우지[468] 못할지라. 취삼(翠衫)[469]을 떨치고 금군(錦裙)[470]을 거두어 들고 주리(珠履)[471]를 어즈러이 끌어 침소(寢所)로 돌아가니, 가부인이 또한 불평(不平)하여 모친(母親)을 따라 실중(室中)에 이르니, 육씨 (65)여아의 괴로이 간언(諫言)을 들을까 겁(怯)하여 취기(醉氣)를 참고 예복(禮服)도 벗지 아니코 침상(寢牀)에 쓰러져 누우니 취몽(醉夢)이 혼혼(昏昏)[472]한지라. 가부인이 모친의 잠들었음을 보고 하릴없어 물러나, 다시 정당(正堂)에 가지 아니코 협실(夾室)에 들어 역시 잠와(暫臥)[473]하였더라.

차시(此時) 날이 저물고 빈객(賓客)이 흩어지매, 오·진 양공이 자질(子姪), 제서(諸婿)와 제손(諸孫)을 거느려 내당(內堂)에 이르니 남좌여우(男左女右)가 가작하여 항렬(行列)이 제제(濟濟)하되[474] 홀로 육부인의 모녀(母女)가 없는지라. 제인(諸人)이 괴(怪)히 여겨 하(66)부인께 묻자오되,

"육숙모(叔母)와 가매(妹)[475] 어찌 없나니잇고?"

---

464 사실지회(私室之會): 개인의 집에서 모임. 사적인 모임.

465 옥하사담(屋下私談): 지붕 아래의 사담(私談)이라는 뜻으로, 쓸데없는 사사로운 이야기를 이르는 말. 원문에는 '옥화ᄉᆞ담'으로 되어 있음.

466 존빈귀객(尊賓貴客): 귀한 손님.

467 모로미: 모름지기.

468 거우다: '거스르다', '대적하다'의 옛말.

469 취삼(翠衫): 푸른 소맷자락.

470 금군(錦裙): 비단 치마.

471 주리(珠履): 구슬로 꾸민 신발.

472 혼혼(昏昏): 정신이 가물가물하고 희미함.

473 잠와(暫臥): 잠깐 누움.

474 제제(濟濟)하다: 많고 성하다.

475 가매(妹): 가유진의 처 가부인. 현희염. 육부인의 딸.

하부인이 빈미(顰眉)[476] 왈,

"육제(弟) 신기(身氣) 불평(不平)하니 질녀(姪女)가 구호(救護)하러 감이로다."

이때 설씨의 여아 교혜, 나이 사세(四歲)라. 애용(愛容)이 절세요나(絶世嫋娜)[477]하나 성도(性度)가 전도조협(顚倒躁狹)[478]한 싹이 있고 말씀이 빠르고 영리(怜悧)하니 존당 부모가 총오(聰悟)함을 사랑하나 전도(顚倒)함을 경계(警戒)하여 마음을 고치라 이르더니, 오늘날 문득 내달아 육부인의 주후(酒後) 광설(狂說)을 낱낱이 고하고 존당(尊堂)의 책언(責言)을 들으시매 얼굴이 주홍(朱紅) 칠한 듯 (67)눈물이 비오듯하여 침소(寢所)로 물러갔음을 고(告)하니, 말씀이 분명(分明)하여 유지(柳枝)에 꾀꼬리 우는 듯하여 육씨의 주후광거(酒後狂擧)[479]가 안전(眼前)에 벌었는지라.

진공은 듣는 듯 마는 듯 묵언불어(默言不語)하고 하풍익 등은 그윽이 실소(失笑)하여 서로 눈주어 웃으니 제왕이 광미(廣眉)를 찡기고 소리를 높여 교아를 즐퇴(叱退) 왈,

"어리나 자라나[480] 남녀의 처신(處身)이 별이(別異)하거늘 너 사 세 유녀(幼女)가 무슨 아는 것이 있관대 어른이 너다려 묻지 않는 바에 먼저 내달아 말하는다? 네 만일 (68)자라도록 전도함을 고치지 아닐진대 어찌 인류(人類)에 충수(充數)[481]하리오. 차후(此後) 다시 그름이 있은즉 결단코 용서(容恕)치 아니리라."

교아가 불승전율(不勝戰慄)[482]하여 별 같은 쌍성(雙星)에 애루(哀淚)가 교주(交注)[483]하니 절묘(絶妙)한 거동(擧動)이 눈이 시고 정신(情神)이 어려지는지라. 철부인이 나호여 옥수(玉手)를 잡고 슬상(膝上)에 얹어 앵순(櫻脣)을 접(接)하고 왈,

"여부(汝父)가 본디 시험(豺獫)[484]하여 인정(人情)이 없으니 네 차후(此後)는 조심하여 부질없는 말을 말라."

---

476 빈미(顰眉): 눈썹을 찌푸림.

477 절세요나(絶世嫋娜): 세상에 견줄 수 없을 정도로 뛰어나고 가녀린 모습.

478 전도조협(顚倒躁狹): 차례, 위치, 이치, 가치관 따위가 뒤바뀌어 원래와 달리 거꾸로 되며 성미가 너그럽지 못하고 좁음.

479 주후광거(酒後狂擧): 술 마신 후 주정하는 행동.

480 어리나 자라나: 어리거나 성장했거나 상관없이.

481 충수(充數): 일정한 수효를 채움.

482 불승전율(不勝戰慄): 두려움으로 인하여 몸이 벌벌 떨림을 이기지 못함.

483 교주(交注): 눈물이 뒤범벅되어 흐름.

484 시험(豺獫): 승냥이같이 사나움.

교아가 조모(祖母)의 가차(假借)[485]하심을 승시(乘時)[486]하여 가만히 대왈,

"석상(席上)[487]에 (69)육조모(祖母)의 주정(酒酊)하심이 하 우습기로 옮겼삽더니 부왕의 책교(責敎)가 이 같으시리잇고."

부인이 웃고 왈,

"이제는 그리 말라."

하더라.

육씨 어둡도록 자고 황혼(黃昏) 때에 바야흐로 빗쓸고[488] 일어앉으니, 주부인이 석상(夕床)을 갖추어 보내고 제왕 곤계 칠인(七人)이 혼정(昏定)[489]하고 물러나니 가부인이 바야흐로 들어와 정색(正色)고 왈,

"석상(席上) 거동이 여차여차(如此如此)하시니, 종시(終始) 이렇듯 하시면 소녀가 자문이사(自刎而死)[490]하려 하나이다."

육씨 여아의 죽으련다 함을 대황(大遑)하여[491] 선웃음 지으며 왈,

"오늘(70)은 술을 취하고 실언(失言)하였으니 여아는 허물치 말라. 이후(以後)는 하늘로서 나려온 천일주(千日酒), 만년주(萬年酒), 옥액경장(玉液瓊漿)[492]이라도 취토록 먹지 아니코 조심(操心)할 것이니, 너는 염려(念慮) 말라. 내 중맹(重盟)[493]하리라."

부인이 한심하여 가로되,

"태태(太太)[494] 말씀마다 실언(失言)하시니 복망(伏望) 태태(太太)는 다시 해거(駭擧)[495]를 마소서."

---

485 가차(假借): 사정을 봐주거나 용서함.

486 승시(乘時): 적당한 때를 타거나 기회를 얻음.

487 석상(席上): 누구와 마주한 자리. 또는 여러 사람이 모인 자리.

488 빗쓸다: 손으로 머리카락을 빗는 것처럼 어루만지며 쓸다.

489 혼정(昏定): 잠자리에 들 때에 부모의 침소에 가서 잠자리를 살피고 밤 동안 안녕하기를 여쭘.

490 자문이사(自刎而死): 스스로 목을 베어 죽음.

491 대황(大遑)하다: 몹시 황급하다.

492 옥액경장(玉液瓊漿): 옥의 즙, 신선이 마시는 음료수. 여기서는 좋은 술.

493 중맹(重盟): 거듭 다짐하여 약속함.

494 태태(太太): 어머니.

495 해거(駭擧): 괴상하고 엉뚱한 행동.

육씨 만구응순(萬口應順)[496]하나 작심삼일(作心三日)이라. 언마[497] 오래리오마는 여아를 기탄(忌憚)[498]하여 아직 수졸(守拙)[499]하더라.

화설(話說). 광평왕은 인종 황제 차자(次子)며 정궁 소낭랑(娘娘) 탄생(誕生)이요 월성 (71)공주 제왕비의 동복(同腹) 형남(兄男)[500]이라. 본디 황가여엽(皇家餘葉)[501]으로 용종인지(龍種麟趾)[502]의 귀함이 있으되 성도(性度)가 침정돈후(沈靜敦厚)[503]하고 풍채(風采) 관옥(冠玉) 같으니 제(帝)[504] 어여삐 여기시고 태자(太子)가 사랑하시더니, 철공의 집의 윤씨를 취(取)하니 윤비 색덕(色德)이 초출(超出)하매[505] 왕이 허심(許心)하여 금슬종고(琴瑟鐘鼓)[506]의 관관(關關)[507]한 화락(和樂)이 국풍(國風)에 노래하니 옥동화녀(玉童華女)를 연생(年生)하여 요척(夭腈)[508]을 자로[509] 보고 늦게야 이자일녀(二子一女)를 두니 양자(兩子)가 유하(乳下)[510]에 있고 여아가 먼저 장성(長成)하였더라.

(72)대한개국(大韓開國) 오백사년(五百四年)에 철종황제(哲宗皇帝) 후궁(後宮) 김상궁(金尙宮) 철영 씨(氏)가 쓴 글씨.

---

496 만구응순(萬口應順): 많은 말로 순종함을 대답함.

497 언마: '얼마'의 옛말.

498 기탄(忌憚): 어렵게 여겨 꺼림.

499 수졸(守拙): 우직한 태도로 조심함.

500 형남(兄男): 남자 형제.

501 황가여엽(皇家餘葉): 황실의 핏줄.

502 용종인지(龍種麟趾): 어진 군왕의 일가.

503 침정돈후(沈靜敦厚): 마음이 차분하고 조용하며 인정이 두텁고 후하다.

504 제(帝): 인종 황제.

505 초출(超出)하다: 다른 사람에 비해 두드러지게 뛰어나다.

506 금슬종고(琴瑟鐘鼓): 거문고와 비파, 종과 북. 부부 간의 사랑.

507 관관(關關): '관관저구(關關雎鳩)'. 관관(關關)은 물수리의 우는 소리인데 남녀의 사이가 좋음을 뜻함. 『시경(詩經)』「국풍(國風)」〈관저(關雎)〉.

508 요척(夭腈): 자식이 어려서 죽는 일.

509 자로: 자주.

510 유하(乳下): 어머니의 품 안.

권지이

(1)차설. 광평왕이 늦게야 이자일녀(二子一女)를 두니 양자(兩子)가 유하(乳下)에 있고 여아가 먼저 장성(長成)하니, 윤비 잉산(孕産) 초(初)에 신인(神人)이 계란만 한 구슬을 주어 왈,

"이 진주는 범연(凡然)한 보배 아니라 위왕(魏王)의 조주 진주[1]이니 현신(現身)한[2] 구슬이라. 열국시(列國時)에 나제국(羅諸國)이 서로 다툼이 되고 그 후 이곳에 인연이 있어 세전지물(世傳之物)이 되니 자고(自古)로 연심(年深)함에 화(化)함이 떳떳한지라. 한말(漢末)에 정기 사라져 십이승 덕화전 정기 스스로 업더니 기운이 엉기어 인형(人形)이 되어 천상에 올라가 상제께 소원(所願)[3]하여 한 번 인도(人道)를 얻어 환도인세(還道人世)를 발원하(2)니 상제 허(許)하시니, 위혜왕(魏惠王)이 또한 벽주를 사랑타가 공연히 제국에 잃음이 되니 천 년 후 음영이 옥청(玉淸)에 조회하기에 미쳤으니 벽진주를 잊지 못하여 주야(晝夜) 슬퍼하더니 벽주가 인도(人道)를 얻어 인세(人世)에 나림을 보고 소원하여 일일을 먼저 현가(玄家)에 강세(降世)하였나니 이 곧 벽주의 천정배필(天定配匹)

---

1 조주 진주: 서강대본에는 '조주지주'라 되어 있음.

2 현신(現身)한: 원문에는 '현신ᄒᆞᆫ'으로 되어 있음.

3 소원(所願): 원문에는 '송원'으로 되어 있으나 문맥에 맞추어 고침.

이 될 것이요, 또 때를 빌려 제국군이 한가지로 세상에 나왔는지라 반드시 벽주의 전정(前程)을 작희(作戲)하리니 벽주의 취혼(娶婚)이 다 험하려니와, 이로써 신명계활(身命契闊)[4]에 유해(有害)함이 없으리니 현비(賢妃)는 아름다이 길러 천연(天緣)을 어기오지 말라."

하거늘 윤비 받아보니 장광(長廣)이 계란 같고 오채(五彩)[5] 현(3)황(炫煌)한지라. 놀라 깨달으니 침상일몽(枕上一夢)이라. 이달부터 잉태하여 십이 삭(朔) 만에 생녀(生女)하니 산실(產室)에 향운(香雲)이 사기(四起)하고 생아(生兒)가 크게 기특하니 왕의 부부가 만심환희(滿心歡喜)[6]하여 명(名)을 벽주라 하고 호(號)를 옥화 군주(郡主)라 하다.

자라매 날로 비상하여 옥안화태(玉顔花態) 찬란쇄락(燦爛灑落)[7]함은 이르지 말고 성도(性度)[8]가 유한정정(幽閑貞靜)[9]하고 단일현검(端一賢儉)하니 부모가 기애(奇愛)[10]할 뿐 아니라 황야(皇爺)[11]와 낭랑(娘娘)[12]이 보시고 크게 애중(愛重)하시더라.

윤비 연생양자(連生兩子)[13]하니 개개(個個)이 기린옥수(麒麟玉樹) 같고, 비빙[14]이 유자자(有子者)가 여럿이니 서자(庶子)가 삼인이요 서녀(庶女)가 오인이니 적서(嫡庶)에 오자육녀(五子六女)라. 이 중 동궁 좌숙빈 황씨는 사족지녀(士族之女)라 십사(十四)에 왕의 계빈(繼嬪)이 되니 (4)용모가 꽃 같고 성질이 총혜(聰慧)하나 투현질능(妬賢嫉能)[15]하고 간음요사(姦淫妖邪)하더라. 윤후가 슬하요척(膝下夭腈)[16]을 자로 보고 자기는 먼저 생자(生子)하여 자라기에 미쳤고 연생자녀(連生子女)하여 이자삼녀라. 어린[17] 뜻에 기자(己子)로써 천승국군(千乘國君)을 정할까 희상(希想)터니 의외에 윤비 주화옥수(朱花玉樹) 같은 자녀를 연생(連生)하

---

4 신명계활(身命契闊): 살아가려고 애를 쓰고 고생함.
5 오채(五彩): 원문에는 '오치영'으로 되어 있음.
6 만심환희(滿心歡喜): 마음에 기쁨이 가득함.
7 찬란쇄락(燦爛灑落): 찬란하고 상쾌하며 깨끗함.
8 성도(性度): 성품과 도량.
9 유한정정(幽閑貞靜): 성품이 그윽하고 한가로우며 곧고 고요함. 부녀의 높은 덕을 기리는 표현임.
10 기애(奇愛): 기특하게 여기고 사랑함. 특별히 더 사랑함.
11 황야(皇爺): 황제.
12 낭랑(娘娘): 제왕이나 귀족의 아내를 높여 이르던 말.
13 연생양자(連生兩子): 연속해서 두 아들을 낳음.
14 비빙: 궁중에서 비빈(妃嬪)을 이르던 말.
15 투현질능(妬賢嫉能): 어질고 유능한 사람을 질투함.
16 슬하요척(膝下夭腈): 자식이 어려서 죽음.
17 어리다: '어리석다'의 옛말.

여 아름다움이 저의 자녀의 감히 바라지 못할지라. 황씨 시애(猜睚)[18]하여 죽이기를 꾀하나 해(害)할 기틀을 얻지 못하더니, 이러구러 세월이 홀홀하여[19] 군주(郡主)가 십삼 세 되매 체형(體形)이 정숙하고 사덕(四德)[20]이 가작하고 성효(誠孝)가 출천(出天)하며 문장이 광박(廣博)하고 재혜(才慧) 달민(達敏)[21]하니 상후가 보실 적마다 칭양(稱揚)[22]하시니 광평왕이 (5)주왈(奏曰),

"신이 매양 월성 매자(妹子)의 너무 인약겸손(仁弱謙遜)[23]함을 답답히 여기옵더니 여아가 매자를 품수(稟受)한 곳이 많으니 신은 그 너무 약함을 깃거 아닛나이다."

상후가 소왈(笑曰),

"아해(兒孩) 월성 닮았음을 짐(朕)은 깃거하거늘 오아(吾兒)가 어찌 누의[24]를 하자(瑕疵)하나뇨?[25] 그리면 축융부인(祝融夫人)[26] 같은 딸을 두던들 경심(卿心)에 암합(暗合)[27]하렷다?"[28]

왕이 소이대왈(笑而對曰),

"축융의 완악(頑惡)함은 불가하옵거니와 여중호걸이 또한 나쁨이 없사리이다."

낭랑(娘娘)이 웃으시고 왈,

"옥화가 금년 십삼의 계차지년(笄釵之年)[29]이라. 군자(君子)를 택함이 있는가?"

왕이 주왈(奏曰),

"진실로 인재(人才) 흔치 아니하온지라. 신이 벽주를 위하여 널리 가서(佳壻)를 구하되 만나(6)지 못하오니 깊은 근심이로소이다."

---

18 시애(猜睚): 시기하여 흘겨 봄.

19 홀홀하다: 훌쩍 지나가다.

20 사덕(四德): 여자로서 갖추어야 할 네 가지 덕. 마음씨[婦德], 말씨[婦言], 맵시[婦容], 솜씨[婦功]를 이른다.

21 달민(達敏): 민달(敏達). 눈치가 빠르고 민첩함.

22 칭양(稱揚): 칭찬.

23 인약겸손(仁弱謙遜): 지나치게 순하고 겸손함

24 누의: '누이'의 옛말.

25 하자(瑕疵)하다: 흠을 잡아 말하다.

26 축융부인(祝融夫人): 〈삼국지연의〉에 나오는 남만의 왕 맹획의 부인. 용맹하고 무예가 뛰어나 남편 대신 제갈공명의 촉군과 싸워 장수들을 사로잡기도 함.

27 암합(暗合): 암암리에 마음에 합치됨.

28 하렷다: 원문에는 'ᄒᆞᆯ낫다'로 되어 있음.

29 계차지년(笄釵之年): 여자가 비녀를 꽂을 나이. 성년이 되었음을 뜻함.

후가 왈,

"갑제후문(甲第侯門)[30]에 옥인미남(玉人美男)이 어찌 없으리오. 하물며 벽주는 천강성녀(天降聖女)라 어찌 천정숙채(天定宿債)[31]에 매인 곳이 없으리오. 당시 조정에 풍신재화(風神才華)[32]가 기특함은 현가(玄家)만 한 이 없을까 하노라."

왕이 대왈,

"비록 아오나 일면부지(一面不知)[33]라 한번 보온 후 결(決)하려 하나이다."

상후가 점두(點頭)하시더라.

차후 왕이 매양 현부 제공자(諸公子)를 구경코자 하더니 공교히 현부 연석(宴席)에 승상의 장자(長子) 희백을 보매 의사(意思)가 기울고 뜻이 결(決)하여 이미 정혼한지라. 상후께 이 사연을 아뢰니 상후가 깃거하사 혼수(婚需)를 차리시며 흠천관(欽天館)[34]에 택일하라 하시니 성만(盛滿)함(7)이 일구(一句)로 이르지 못할러라.

길일(吉日)을 택하여 현상부에 통(通)하니 불과 수순(數旬)이 가렸더라.[35] 현부에서 또한 깃거 양신길일(良辰吉日)에 선송납채(先送納采)[36]할새 명주 일 쌍과 순금 팔쇠[37]로 빙(聘)하니 이 명주는 승상 계부(季父) 진국공[38]이 외국에 봉사(奉使)하여 돌아올 적 국왕이 예단 드리는 중 네 낱 명주가 있으되 오채찬란(五彩燦爛)하여 위혜[39]의 구슬과 상칭(相稱)함을 보고 공의 청고지심(淸高之心)으로도 차마 버리고 오지 못하여 무수 예단은 다 물리치고 다만 두 쌍 명주를 거두어 돌아와 한 쌍은 오공[40]께 드려 승상의 빙물(聘物)을 삼고 한 쌍은 평진왕[41]의 빙례(聘禮)에 쓰려 하더니 홀연 실포(失捕)하여 설가행에 (8)능히 쓰지 못하

---

30 갑제후문(甲第侯門): 문벌 좋은 집안.

31 천정숙채(天定宿債): 하늘에서 미리 정해진 것.

32 풍신재화(風神才華): 좋은 풍채와 뛰어난 재주.

33 일면부지(一面不知): 한 번도 만나 본 적이 없어 알지 못함.

34 흠천관(欽天館): 황실에 두었던 천문 관측 기관. 하늘의 운행을 살피고 길일을 잡는 일을 함.

35 가리다: 떨어져 있다. 남아 있다.

36 선송납채(先送納采): 먼저 납채를 보냄. '납채'는 신랑 집에서 신부 집에 혼인을 청하는 의례에 맞추어 보내는 것.

37 팔쇠: 금속으로 만들어 팔목에 끼는 장식물.

38 진국공: 현경문을 말함.

39 위혜: 위혜왕.

40 오공: 오국공 현수문을 말함.

41 평진왕: 구래공의 아들 구경린.

고 차후 금궁지엽(禁宮枝葉)[42]에 결연하여 〈명주기봉(明珠奇逢)〉이 성전(成全)하니 차역이사(此亦異事)러라.

이러므로 드대어 자손의 빙물(聘物)이 되니 차일(此日) 광평왕 부부가 현부(玄府) 채례(采禮)[43]에 명주의 광염(光焰)을 보매 크게 기특히 여겨 왈,

"현가의 두 쌍 명월주가 본디 천황지엽(天皇枝葉)의 연분이 있도다. 일쌍 진주가 먼저 월성의 기연을 점복(占卜)하였더니 금차 일 쌍 구슬이 이 또 아녀의 자장지물(自藏之物)이 되니 어찌 천도의 미묘함이 이같이 기이하리오."

비 또한 차탄하여 기이함을 일컫고 좌우 비빙이 다 칭선(稱善)하되 홀로 숙빙 황씨 심하(心下)에 시심(猜心)이 더욱 대발하여 생각하되, '요괴로운 옥화 남매 삼기지 않았(9)던들 아자(我子)가 어찌 국본(國本)을 잇지 못하며 내 또 사문일맥(士門一脈)이라 가세문벌(家勢門閥)이 윤씨의 하등(下等)이 아니어니 아자 또 어찌 승종(承宗)치 못하리오? 요종(妖種) 남매 하풍지출(下風之出)로 나의 옥동화녀(玉童華女)가 무용(無用)하니 어찌 애달프지 아니리오?' 하고 침소에 돌아와 아자(兒子) 형과 문을 불러 심회를 의논할새, 형은 나이 이십이니 이미 취처(娶妻)하고 황야가 봉작을 나리와 문희군이라 하시고, 차자 문은 십칠 세니 또한 취실(娶室)하고 벼슬이 문양군이요, 장녀 교주는 십사 세요, 차녀 삼녀 미주 계주는 겨우 십 세, 칠 세러라. 문양군 문과 미주, 계주는 다 순박한 인물이로되 문희군 형과 교주가 간험질투(姦險嫉妬)[44](10)하여 전혀 모풍(母風)이라.

교주는 안색(顏色)이 절세(絶世)하여 삼춘(三春) 도리화(桃李花)가 웃는 듯하고 행사(行使)[45]가 민첩하고 성도(性度)가 공교하더라. 황씨 차녀 잉시초(孕時初)에 흉몽을 얻으니 한 사람이 몸에 융복(戎服)[46]을 입고 일신에 피를 흘리고 들어오니 황씨 대경(大驚)하여 피(避)코자 하더니 그 남자가 빨리 나아가 붙들어 절하여 왈,

"소장(小將)은 칠국시(七國時)에 위국(魏國) 무음군[47]이러니 반생을 횡행천하(橫行天下)하

---

42 금궁지엽(禁宮枝葉): 제왕의 자손.

43 채례(采禮): 납폐.

44 간험질투(姦險嫉妬): 성격이 간험하고 질투가 심함.

45 행사(行使): 행동이나 하는 짓.

46 융복(戎服): 군복.

47 무음군: 전국시대 위(魏)의 장수 방연(龐涓, ?~B.C.342). 손빈과 함께 귀곡자에게 병법을 배운 뒤 위나라의 장수가 되었으나 손빈을 시기하여 왕에게 모함하여 월형(刖刑)을 당하도록 했다. 그런데 제나라 사신을 따라 몰래 도망친 손빈을 나중에 전쟁터에서 만나 죽음을 당했다고 한다.

다가 계교가 그릇되어 일조(一朝)에 도제[48]의 써 흘린 형체(形體) 칠국(七國)에 분시(分屍)하는 욕(辱)을 받으니 대장부가 죽음은 쉽지 아니나 만세의 매명(埋名)[49]이 어찌 한홉지[50] 아니리오. 부디 한번 출세(出世)하여 은원을 복(復)고자 하나 손빈(孫臏)(11)은 이미 귀곡(鬼谷)[51]을 좇아 성도(成道)하여 자최 선적(仙籍)에 있으니 감히 명부(冥府)에서 처단치 못할 뿐 아니라 내 저에게 원(怨)을 먼저 맺었으니 다시 복수치 못하려니와, 나의 무고히 제국의 원을 맺어 참독흉사(慘毒凶死)함은 다 벽진주의 탓이라. 이제 인도(人道)를 얻어 출세하매 위왕(魏王), 제왕(齊王)이 각각 발원하여 출세하였는지라 내 또한 위왕(魏王)의 총서(總署)로 부귀타가 참혹히 죽었으니 위왕이 벽주를 다시 제에 드리고 만세에 니르히[52] 벽주는 잊지 못하는 정이 환세(還世)하여 만대 기연을 이루고자 하되 나의 죽음을 슬퍼 아니하고 기녀의 죽음을 또 관계치 아니게 여기니 그 무신(12)박행(無信薄行)이 여차한지라. 소장이 한번 윤회에 보복고자 하나니 부인은 어엿비 여기소서."

설파(說罷)에 문득 변하여 가려(佳麗)한 여자가 되어 침중에 들거늘 황씨 대경실색하여 깨달으니 침변일몽(枕邊一夢)이라. 과연 이달부터 잉태하여 십 삭 만에 생녀(生女)하니 아해 얼굴이 옥 같고 눈이 샛별 같으니 황씨는 깃거하나 왕과 비는 그 불길지상(不吉之相)임을 알고 흔열(欣悅)치 아니나 명을 교주라 하고 호(號)를 연환(涓還)이라 하니 왕은 무심(無心)히 지은 바로되 연(涓)[53]의 환세(還世)함을 밝힌 듯하더라.

세월이 여류(如流)하여 옥화 군주가 장성하여 혼사를 현상국(玄相國) 장자와 정하여 납폐(納幣)를 받으매 일쌍 (13)명주의 찬란한 보광(寶光)이 이목(耳目)이 현란하니 불인(不人)[54]의 악심을 돋우는지라. 황씨 눈물을 흘리고 자녀를 대하여 왈,

"우리 황씨 문벌이 어찌 윤부인만 못하리오마는 저는 왕의 정비(正妃) 되고 나는 후빙[55]

---

48 도제: 미상.

49 매명(埋名): 이름이 알려지지 않음. 이름이 묻힘.

50 한홉다: '한스럽다'의 옛말.

51 귀곡(鬼谷): 귀곡자(鬼谷子). 손빈과 방연의 스승. 원문에는 '귀국'으로 되어 있으나 서강대본을 참고하여 고침.

52 니르히: 이르도록.

53 연(涓): 방연(龐涓).

54 불인(不人): 사람답지 못한 사람.

55 후빙: 궁중에서 후빈(後嬪)을 이르던 말.

이 되니 분앙(憤怏)[56]하나 요행 바라는 바가 자녀라. 스스로 혜오되 군왕의 위(位)를 이을 자는 오직 형아 밖 나지 아닐까 하였더니 몽매(夢寐) 밖 윤씨의 세 낱 자녀가 비상(非常)하여 우리 모자로 하여금 무용지인(無用之人)이 되게 할 줄 알리오. 만일 벽주가 아니런들 현상국 아자(兒子)로써 교주의 배필을 정치 못하리오. 오늘날 현가 빙례(聘禮)를 보니 일 쌍 명주의 기특함이 천하 무가보(無價寶)라. 현가에 이(14)런 보화가 있으니 그 가산(家產)의 호부(豪富)함과 문호(門戶)의 성만(盛滿)함이 천자 버금이라. 벽주가 왕궁(王宮) 교아(嬌兒)[57]로 황가의 총(寵)을 껴 현씨 총부(冢婦)[58]가 된즉 그 부귀존영(富貴尊榮)함이 만대에 무적(無敵)하리니 일로조차 윤씨의 우익(羽翼)[59]은 점점 성하고 나의 형세는 날로 쇠하리니 어찌 애달프지 아니리오?"

문희군 형이 분연(憤然) 탄왈(嘆曰),

"고자(古者)에 당요(唐堯)[60]가 지성(至聖)[61]이시되 위(位)를 순(舜)에게 전하시고, 순(舜)이 지현(至賢)하시되 위(位)를 우(禹)에게 전하시고 기자(己子)를 세우지 아님은 큰 그릇을 가져 경이(輕易)히[62] 유자(幼子)에게 전치 못함이라. 차고(此故)로 국본(國本)이 길이 완전하시고 아조(我朝)에 이르러 태황 태고후가 유조(遺詔)[63]를 나리오사 태조(太祖)가 위(位)를 태종(太宗)[64]께 전하시고 제 불초(不肖)(15)하거늘 사살(死殺)하시니 이제 사대(四代)에 천하(天下)가 정하였는지라. 소자(小子)는 당당(堂堂)한 부왕(父王) 장자(長子)이어늘 윤낭랑(娘娘)[65]이 용간(用奸)[66]하여 소자를 폐(廢)하고 그 소생(所生) 유자(幼子)를 동궁(東宮)에 책립(冊立)[67]하여 십여 세 유아(幼兒)의 사생(死生)을 하이정지(何以定之)리오.[68]

---

56 분앙(憤怏): 분하고 원망스러움.

57 교아(嬌兒): 귀염 받고 자란 아이. 교만한 아이.

58 총부(冢婦): 맏며느리. 종부(宗婦).

59 우익(羽翼): 날개처럼 옆에서 도와주는 세력.

60 당요(唐堯): 중국의 요임금을 달리 이르는 말. 당(唐)이라는 곳에서 봉(封)함을 받은 데서 유래한다.

61 지성(至聖): 슬기와 덕행이 뛰어난 성인.

62 경이(輕易)히: 일 따위가 힘들지 않고 쉽게. 대수롭지 않게.

63 유조(遺詔): 임금의 유언.

64 태종(太宗): 중국 송나라 2대 황제. 송 태조의 동생으로 제위를 이었음.

65 낭랑(娘娘): 황후(皇后). 왕비나 귀족의 아내를 높여 이르는 말.

66 용간(用奸): 간사한 꾀로 남을 속임.

67 책립(冊立): 황태자나 황후를 황제의 명령으로 봉하여 세우던 일.

68 하이정지(何以定之)리오: 어찌 정하리오.

소자(小子)가 이미 계교(計巧)를 정한 지 오래니 미구(未久)[69]에 대사(大事)를 도모(圖謀)하리이다."

교주가 쌍안(雙眼)에 눈물을 흘려 왈(曰),

"소녀는 마음이 어떠하여 그런지 세속(世俗) 여자(女子)가 거짓 단일(端一)[70]할와[71] 자랑하여 부부 화함을 위지음욕(謂之淫慾)이라 함을 괴(怪)히 여기나이다. 속담(俗談)에 남녀소욕(男女所欲)은 인지상정(人之常情)이라 하니 여자(女子)가 저마다 정결(貞潔)[72]함을 자랑하나 마침내 물욕(物慾)에 뛰어난 이 없으니 소녀는 써 하되 문군(文君)[73]이 다정함 (16)과 가녀(賈女)의 투향(偸香)[74]함을 그르다 아니 하나이다. 벽주는 소녀의 아[75]이라. 형제(兄弟) 차례 명명(明明)커늘 부왕이 소녀를 두고 차례를 걸러 벽주를 먼저 취가(娶嫁)[76]하니 어찌 애달프지 아니리오. 소녀 차라리 삭발위승(削髮爲僧)[77]하오나 이런 노여움을 보지 아니려 하나이다."

문양군이 정색(正色) 왈(曰),

"모친과 매제(妹弟)[78]의 말 같을진대 자고(自古)로 이제(夷齊)[79]의 수양산(首陽山) 아사(餓

---

69 미구(未久): 얼마 오래지 아니함.

70 단일(端一): 얌전하고 의젓함. 곧고 한결같음.

71 할와: 하구나.

72 정결(貞潔): 정조가 굳고 행실이 깨끗함.

73 문군(文君): 탁문군(卓文君). 한나라 때의 이름 난 미인으로 여류 문인이다. 한(漢)나라 촉군(蜀郡)의 부호인 탁왕손(卓王孫)의 딸로 과부가 되어 집에 왔을 때 사마상여(司馬相如)가 탁왕손의 잔치에 왔다가 거문고를 타면서 문군의 마음을 유혹하자 문군이 그 소리에 반해 부친의 반대에도 불구하고 사마상여와 도망을 가서 그의 아내가 되었다. 작품으로 〈백두음(白頭吟)〉, 〈수자시(數字詩)〉가 전해지고 있다. 원문에는 '군문'으로 되어 있으나 서강대본으로 참고하여 고침.

74 투향(偸香): 향을 훔친다는 뜻으로 남녀 간에 사사로이 정을 통함을 비유하거나 악한 일을 하면 자연히 드러남을 비유하여 이르는 말. 진(晉)나라의 가충(賈充)의 딸이 향을 훔쳐서 미남인 한수(韓壽)에게 보내고 정을 통한 고사에서 나온 말이다.

75 아: 아우.

76 취가(娶嫁): 가취(嫁娶). 결혼, 혼인.

77 삭발위승(削髮爲僧): 머리털을 깎고 승려가 됨.

78 매제(妹弟): 누이동생.

79 이제(夷齊): 백이(伯夷)와 숙제(叔齊)를 아울러 이르는 말.

死)함이 어리기[80] 가깝고, 소부(巢父)·허유(許由)의 기산(箕山)[81] 영수(穎水)[82]를 따름이 극히 가소로우니 이제 어찌 주나라 부귀(富貴)를 탐치 아니코 적막산중(寂寞山中)에 아사(餓死)를 감심(甘心)하며 소부·허유는 만승(萬乘)[83]을 헌신같이 여겼으리오. 우리 형제 이미 나라가 봉(封)하신 군직(君職)이 있어 녹봉(祿俸) 소산(所產)이 족(足)(17)히 일명(一命)을 안과(安過)[84]할 만하니 구태여 천승(千乘)[85]을 모림(冒臨)[86]하여든 무엇이 더 빛나리오. 모친은 여차(如此) 비의지언(非義之言)을 마소서."

하고 돌아 교주를 책왈(責曰),

"규녀(閨女)의 도리(道理) 정정(貞正)함이 으뜸이라. 옥화 군주는 당당한 정궁(正宮) 탄생(誕生)이요, 모친(母親)은 비록 문미(門楣)[87] 사족(士族)이시나 정궁(正宮)으로 선후(先後)가 명백(明白)하시고 적첩(嫡妾)[88]의 존비(尊卑) 명명(明明)하시거늘, 모친이 설사 실언(失言)하신들 소매(小妹)[89] 사리로[90] 간(諫)치 아니하고 도로혀[91] 규행(閨行)[92]을 잊어버리고 무행(無行)[93] 패덕(敗德)[94]함이 여차(如此)하뇨."

황씨 발연작색(勃然作色)[95] 왈(曰),

---

80 어리다: '어리석다'의 옛말.

81 기산(箕山): 중국 하남(河南) 등봉현(登封縣) 동남쪽에 있는 산. 중국 요임금시대에 소부(巢父)와 허유(許由)가 속세를 떠나 숨어 살던 곳.

82 영수(穎水): 소부(巢父)와 허유(許由)가 은둔했던 곳. 요(堯)임금이 소부에게 천하를 맡아달라는 말을 하자, 소부는 영수(穎水)에 귀를 씻고, 그 말을 들은 허유는 그 물을 말에게 먹이지 않았다고 한다.

83 만승(萬乘): 만대의 병거(兵車)라는 뜻으로, 천자 또는 천자의 자리를 이르는 말.

84 안과(安過): 아무 탈 없이 편안히 지냄.

85 천승(千乘): 천 대의 병거(兵車)라는 뜻으로, 제후를 이르는 말.

86 모림(冒臨): 외람되게 그 자리를 차지한다는 뜻임.

87 문미(門楣): 문벌(門閥).

88 적첩(嫡妾): 본처와 첩을 아울러 이르는 말.

89 소매(小妹): 어린 누이동생.

90 사리로: 원문에는 'ᄉᆞ릐고'로 되어 있으나 서강대본을 참고하여 고침.

91 도로혀: 도리어.

92 규행(閨行): 부녀자의 행실.

93 무행(無行): 품행이 단정하지 못함.

94 패덕(敗德): 사람으로서 마땅히 지키거나 행하여야 할 올바른 도리나 도덕, 의리 따위를 그르침.

95 발연작색(勃然作色): 발끈하여 성난 얼굴을 함.

"불초자(不肖子)가 어찌 이대도록[96] 무상(無狀)하뇨.[97] 여모(汝母)가 자소(自少)로[98] 인분(忍忿)하기[99]도 많이 하였으니 시금(時今)은 울화(鬱火)가 성(盛)하였는지라. 한번 쾌(快)히 기갑(機甲)[100]을 다스려 결전(決戰)하여 윤씨로 더불어 승패(勝敗)를 다투(18)어 만일 저의 모자(母子)를 죽이지 못한즉 우리 모자(母子)가 죽어 분함을 잊으리라."

교주가 또한 몸이 여자(女子)나[101] 전생(前生)은 남자(男子)라. 비록 전세사(前世事)를 자시[102] 알지 못하나 벽주의 연고(緣故)[103]로 제·위(齊·魏) 상쟁(相爭)하여 저의 사망재화(死亡災禍)가 벽주의 탓이라 보원(報怨)[104]하려 났으니 어찌 무심(無心)하리오. 하므로 앙앙(怏怏)[105] 분노(憤怒)하더라.

일일(一日)은 교주가 일몽(一夢)을 얻으니 한 장수(將帥)가 만신(滿身)에 피를 흘리고 울며 왈,

"나는 곧 위국 무음군이라. 네 나를 아는다?"

교주가 놀라 말을 못하고 어린[106] 듯하니 기인(其人) 왈,

"나는 곧 네요, 너는 곧 내라. 네 어찌 전생(前生) 발원(發願)을 잊고 위왕과 벽진주의 원(怨)을 잊으려 하는다? 네 전생(前生) 일을 보고자 하거든 이리 오라."

하고 교주의 손을 이끌어 한 곳에 이르러는 백사(白沙) (19)광야(廣野)에 제후(諸侯)의 백월(白鉞)[107]이 표표(漂漂)하고[108] 검극(劍戟)[109]이 삼라(森羅)한데[110] 천병만마(千兵萬馬)[111]가 구름이

---

96 이대도록: 이토록.

97 무상(無狀)하다: 아무렇게나 함부로 행동하여 버릇이 없다.

98 자소(自少)로: 자소이래로. 젊고 어렸을 때부터 이때까지.

99 인분(忍忿)하다: 분을 참다. 원문에는 '잉분ᄒᆞ기'로 되어 있음.

100 기갑(機甲): 기동력을 갖춘 병기로 무장함. 또는 그런 병과(兵科).

101 여자(女子)나: 원문에는 '녀ᄌᆞᆯ라'로 되어 있으나 서강대본을 참고하여 고침.

102 자시: 자세히.

103 연고(緣故): 인연.

104 보원(報怨): 앙갚음.

105 앙앙(怏怏): 매우 마음에 차지 아니하거나 야속함.

106 어리다: 황홀하거나 현란한 빛으로 눈이 부시거나 어른어른하다.

107 백월(白鉞): 흰색 도끼.

108 표표(漂漂)하다: 공중에 높이 떠 있다.

109 검극(劍戟): 칼과 창을 아울러 이르는 말.

110 삼라(森羅)하다: 벌여 있는 현상이 숲의 나무처럼 많다

111 천병만마(千兵萬馬): 천군만마(千軍萬馬). 천 명의 군사와 만 마리의 군마라는 뜻으로, 아주 많은 수의

지피며[112] 안개 뭉기듯이 진세(陣勢)를 베풀었는데 문득 그 대장이 철상[113] 엄위(嚴威)하여 시상(屍上)에 행형(行刑)[114]하여 시수(屍首)[115]를 찢으며 헤쳐 경색(景色)이 흉참(凶慘)하거늘 교주가 차경(此境)을 보매 넋이 날아나 소리 지르며 통곡하니 상하의 유모(乳母)가 직숙(直宿)[116]하더니 놀라 급히 깨우거늘 교주가 바야흐로 꿈을 깨달으매 일신(一身)에 한한(寒汗)[117]이 첨의(沾衣)[118]하고 몽사(夢事)가 명명(明明)한지라. 일변(一邊) 슬프며 일변 놀랍고 애달파 졸연(猝然)히 옥화를 미운 마음이 크게 일어나니 이 어찌 보원(報怨)함이 아니리오.

이러구러 옥화 군주의 길일(吉日)이 다다르니 왕궁(王宮)에 대연(大宴)을 배설(排設)하고 황친국족(皇親國族)[119]이 모(20)드니 연석(宴席)의 장려(壯麗)함이 무비(無比)하더라.

차시(此時) 현부에서 또한 대연(大宴)을 배설(排設)하고 신랑을 보내며 신부를 맞을새 이때[120] 현(玄)공자와 제왕의 장녀(長女) 숙혜 소저의 길일(吉日)이 한날이라. 희백 공자의 길일은 오류 일이 격(隔)하였더라.

차일(此日) 제객(諸客)이 대회(大會)하니 제후(諸侯) 왕공(王公)이며 춘경재열(春卿宰列)[121]의 존빈(尊賓) 귀객(貴客)과 재상(宰相) 명부(命婦)[122] 국척(國戚)[123] 제부인(諸婦人)네 연가결친(連家結親)[124]으로 서로 모이니 황황(煌煌)한 위의(威儀)[125]와 휘휘(輝輝)한 복색(服色)이 참치

군사와 군마를 이르는 말.

112 지피다: 한데 엉기어 붙다. 원문에는 '집희며'로 되어 있음.

113 철상: 미상.

114 행형(行刑): 형벌을 집행함.

115 시수(屍首): 송장.

116 직숙(直宿): 숙직(宿直). 관청, 회사, 학교 따위의 직장에서 밤에 교대로 잠을 자면서 지키는 일. 또는 그런 사람.

117 한한(寒汗): 식은땀.

118 첨의(沾衣): 옷을 적심.

119 황친국족(皇親國族): 황족과 임금의 혈족.

120 이때: 원문에는 '이'가 없으나 서강대본을 참고하여 보충함.

121 춘경재열(春卿宰列): 춘경(春卿)은 원래 주대(周代)의 춘관(春官) 벼슬인데 육경(六卿)의 하나로 국가의 예(禮)를 관장했기 때문에 후에 예부장관을 이르는 말이 됨. 또 재열(宰列)은 재상의 반열을 말함.

122 명부(命婦): 봉작(封爵)을 받은 부인을 통틀어 이르는 말. 내명부와 외명부의 구별이 있었다.

123 국척(國戚): 임금의 인척(姻戚).

124 연가결친(連家結親): 집안끼리 혼인을 맺음.

125 위의(威儀): 위엄이 있고 엄숙한 태도나 차림새.

(參差)하여[126] 부성(富盛)[127]함을 이로 기록지 못할러라. 현승상, 평제왕 등 군종(群從)[128] 곤계(昆季)[129] 십사 인이 자포금장(紫袍金裝)[130]을 정(整)히 하고 오·진 양공을 수석(首席)에 받들어 좌(座)를 이루고 빈객(賓客)이 함취(咸聚)하니[131] 곡부(轂府)[132]의 화거주륜(華車朱輪)[133]이며 벽제(辟除)[134] 쌍(21)곡(雙轂)이 분잡(紛雜)하고 월패(月牌)[135] 성관(星冠)[136]이 제제(濟濟)하니[137] 내연(內宴)[138]의 성함이 일체(一體)러라.

사마부인(司馬婦人)이 제사금장(娣姒錦帳) 소고(小姑)[139]로 더불어 하·윤·주·철·육 오위(五位) 부인을 뫼셔 좌석을 정돈하고 하·윤·주·철 사(四) 부인이 연기(年紀)[140] 쇠모지년(衰耗之年)[141]이로되 풍완호질(豊婉好質)[142]이 청월쇄락(淸月灑落)[143]하며 사마씨 등 제부인(諸婦人)의 빛난 광염(光艶)[144]과 월성 공주의 백만 염태(艶態)[145] 서광(瑞光)[146]이 요일(曜日)[147]하여 홍옥초춘(紅玉初春)[148]을 하직(下直)할수록 더욱 고고(孤高) 담담(淡淡)하여 태허(太虛)[149]의 맑은 기운

---

126 참치(參差)하다: 참치부제(參差不齊)하다. 길고 짧고 들쭉날쭉하여 가지런하지 아니하다.
127 부성(富盛): 넉넉하고 융성함.
128 군종(群從): 여러 종형제.
129 곤계(昆季): 형제.
130 자포금장(紫袍金裝): 금으로 장식한 자줏빛 도포. 매우 훌륭한 옷이나 예복.
131 함취(咸聚)하다: 다 모이다.
132 곡부(轂府): 수레를 보관하는 곳.
133 화거주륜(華車朱輪): 귀한 사람이 타고 다니는 아름다운 수레.
134 벽제(辟除): 지위가 높은 사람이 행차할 때, 구종(驅從) 별배(別陪)가 잡인의 통행을 금하던 일.
135 월패(月牌): 달 모양의 패. 또는 달을 그린 패. 허리나 가슴에 차던 패옥의 하나.
136 성관(星冠): 별모양으로 생긴 관(冠)을 말함.
137 제제(濟濟)하다: 많고 성하다.
138 내연(內宴): 내진연(內進宴). 남녀간의 내외(內外)로 부인들이 따로 벌이는 잔치.
139 소고(小姑): 시누이.
140 연기(年紀): 대강의 나이.
141 쇠모지년(衰耗之年): 늙어 힘이 없어지는 나이.
142 풍완호질(豊婉好質): 얼굴 생김새가 넉넉하고 근본 바탕이 아름다움.
143 청월쇄락(淸月灑落): 마음이나 몸이 밝고 깨끗함.
144 광염(光艶): 매우 아름다운 광택.
145 염태(艶態): 아리따운 모양이나 태도.
146 서광(瑞光): 상서로운 빛.
147 요일(曜日): 햇빛에 비치어 빛남.
148 홍옥초춘(紅玉初春): 붉은 옥과 이른 봄. 붉은 옥은 젊은 미인의 피부를 비유하며 이른 봄은 젊은 나이를 비유함. 합쳐서 '젊은 여인들'이라는 의미.
149 태허(太虛): 하늘을 달리 이르는 말.

과 산천(山川)의 영수(英秀)한 기맥(氣脈)을 일편되이[150] 거두어시니 개개(個個)이 일대(一代) 서물(瑞物)[151]이며 만고숙완(萬古淑婉)[152]이라. 육씨 일인(一人)이 나이 많을수록 우람광패(愚濫狂悖)[153]하여 외모동지(外貌動止)[154]에 무일가관(無一可觀)[155]이라. 그 인물(人物) 행사(行使)[156]에 가리어 취할 (22)곳이 없으나 다만 양빈(兩鬢)[157] 하(下)에 잠깐 복기(福氣) 어리고 양협지하(兩頰之下)[158] 풍만하니 이 또한 일국 승상(丞相)의 재실(再室)[159]이요, 왕후장상(王侯將相)의 의모(義母)요, 가부인 같은 기녀(奇女)를 두어 만래(晩來)[160] 영복(榮福)이 가작하더라.

위상서 부인, 소박사 부인, 가안백 부인, 이추밀 부인, 하풍익 빈실(嬪室)[161] 등이 자녀를 거느려 좌중(座中)에 벌었으니 한결같이 기화(奇花)[162] 명월(明月) 같은지라. 층층(層層)한 소공자(小公子)와 아소저(娥小姐)들은 주옥(珠玉)으로 꾸미며 채화(綵華)로 장식하여 각하(閣下)로 벌었으매 금수(錦繡) 돗[163] 위에 아름다운 거동이 서어(鉏鋙)히[164] 의빙(依憑)[165]컨대 요지(瑤池)[166] 금원(禁垣)에 선자(仙子)가 모였으며 무릉도원(武陵桃源)에 도화(桃花) 일천 점이 다투어 붉었는 듯하니 좌객(座客)이 황홀경찬(恍惚慶讚)하더라.

일색(日色)이 늦으매 희백 공자가 (23)옥모영풍(玉貌英風)에 길복(吉服)을 가(加)하고 금안백마(金鞍白馬)[167]에 만조요객(滿朝繞客)이 옹위(擁衛)하여 왕궁에 이르러 옥상(玉床)에 홍

---

150 일편되다: '편벽되다'의 옛말. 원문에는 '일편도이'로 되어 있음.

151 서물(瑞物): 음양도(陰陽道)에서 기린이나 봉황 따위와 같이 길상(吉祥)의 증표가 되는 것.

152 만고숙완(萬古淑婉): 세상에 비길 데 없이 아름답고 상냥함.

153 우람광패(愚濫狂悖): 어리석고 외람되어 말과 행동이 이치에서 벗어남.

154 외모동지(外貌動止): 외모와 행동거지.

155 무일가관(無一可觀): 한 가지도 볼 만한 것이 없음.

156 행사(行使): 행동이나 하는 짓.

157 양빈(兩鬢): 양쪽 관자놀이와 귀밑에 난 털.

158 양협지하(兩頰之下): 두 뺨 아래.

159 재실(再室): 두 번째로 장가들어 얻은 아내.

160 만래(晩來): 늙은 뒤.

161 빈실(嬪室): 빈첩(嬪妾).

162 기화(奇花): 선경에 있다는 아름답고 고운 꽃.

163 돗: 돗자리.

164 서어(鉏鋙)히: 조심스럽게.

165 의빙(依憑): 의거(依據). 어떤 힘을 빌려 의지함.

166 요지(瑤池): 중국 주(周)나라 목왕(穆王)이 서왕모(西王母)와 만났다는 선경(仙境)인 곤륜산(崑崙山)에 있다는 못.

167 금안백마(金鞍白馬): 금으로 장식한 안장을 한 흰 말.

안(鴻雁)[168]을 전하고 신부의 상교(上轎)를 기다릴새 이때 광평왕의 두굿김[169]은 이르지 말고 허다(許多) 황친(皇親) 국척(國戚)[170]과 제왕(諸王) 부마(駙馬)[171]가 신랑의 풍채(風采)를 복복탄성(復復歎聲)하더라.

이윽고 신부(新婦)가 웅장성식(雄粧盛飾)[172]으로 주거(朱車)에 오르매 신랑(新郎)이 순금쇄약(純金鎖鑰)[173]을 가져 봉고(奉敎)하기를 맞고 상마(上馬)하여 본부에 돌아올새 두 줄 분면화안(粉面和顔)은 향촉(香燭)을 잡아 옹위(擁衛)하고 한 줄 생가(笙歌)[174]는 요량(嘹喨)하여[175] 반공(半空)에 어리는데 주분(朱幩)은 표표(鑣鑣)하고[176] 세유는 승조[177]하여 상부에 돌아오매 쌍쌍(雙雙)한 경군취대(輕裙翠黛)[178] 난향(蘭香) 보촉(寶燭)을 잡아 신부를 뫼셔 청중에 나아가 양 신인(新人)[179]이 교배(交拜)를 파(罷)(24)하고 합환주(合歡酒)를 나눌새 남풍여모(男風女貌)[180]가 일월(日月)이 병명(倂明)함[181] 같더라. 예파(禮罷)에 공작선(孔雀扇)[182]을 기울이매 신부가 조율(棗栗)[183]을 받들어 나아갈새 오·진 양공이 여차(如此) 경사(慶事)를 당하여 출천대효(出天大孝)[184]로서 궁천영모(窮天永慕)[185]에 구회(舊懷)[186] 천단(千端)하니 어찌 신부의 예를

---

168 홍안(鴻雁): 혼례 때 쓰는 나무 기러기.
169 두굿기다: 몹시 기뻐하다.
170 국척(國戚): 임금의 인척(姻戚).
171 부마(駙馬): 임금의 사위.
172 웅장성식(雄粧盛飾): 얼굴을 단장하고 옷을 화려하게 차려 입음.
173 순금쇄약(純金鎖鑰): 순금으로 만든 자물쇠.
174 생가(笙歌): 생황과 노래를 아울러 이르는 말.
175 요량(嘹喨)하다: 소리가 맑고 낭랑하다. 원문에는 '뇨량'으로 되어 있음.
176 주분표표(朱幩鑣鑣): 붉은 말 재갈 끈의 장식이 성한 모양. 『시경(詩經)』「위풍(衛風)」〈석인(碩人)〉.
177 세유 승조: 미상. 권지육 42쪽에는 '세유 능조'라 되어 있음.
178 경군취대(輕裙翠黛): 가벼운 치마를 입고 눈썹 화장을 잘 한 여자.
179 신인(新人): 막 결혼한 사람.
180 남풍여모(男風女貌): 남자의 풍채와 여자의 맵시. 잘 생긴 아들과 딸을 일컫는 말.
181 병명(倂明)하다: 나란히 밝다.
182 공작선(孔雀扇): 나라의 의식에 쓰던 부채. 붉은빛으로 공작을 화려하게 그린 것으로, 자루의 길이가 1.8미터 정도이다.
183 조율(棗栗): 신부가 시부모에게 드리는 '폐백'을 이르는 말.
184 출천대효(出天大孝): 출천지효(出天之孝). 하늘이 낸 효자라는 뜻으로, 지극한 효자나 효성을 이르는 말.
185 궁천영모(窮天永慕): 하늘에 사무칠 정도로 어버이를 오래도록 사모함.
186 구회(舊懷): 지난 옛 생각. 지난날을 생각하고 그리는 마음. 본문에는 '구회'로 되어 있으나 오기인 듯함.

먼저 받으리오. 먼저 선조문묘(先祖文廟)와 선태사 양위(兩位) 사묘(四廟)[187]에 헌배(獻杯)하고[188] 다시 폐백(幣帛)을 받들어 존당구고(尊堂舅姑)께 헌(獻)하고 좌중에 예를 이룰새 만목(萬目)이 일첨(一瞻)에 문득 듣던 바에 세 번 더으고[189] 이름 아래 헛되지 아니니 향남긔[190] 구슬꽃이 향기롭고 금가지에 옥여름[191]이 어찌 범연(凡然)하리오. 멀리 나아오매 부금[192]에 오르고자 하매 육종[193]이 시승에 상운(祥雲)이 중중(重重)하여 광채(光彩)를 먼저 팔(25)해에 흘리는 듯하더니 점점 가까이 나아오매 두삽채화관(頭插綵花冠)과 신착수라삼(身着繡羅衫)에 백태요일(百態曜日)[194]하니 육척향신(六尺香身)이 염염(冉冉)히[195] 옮기는 곳에 염모(艷貌)가 나작하여 섬진(纖塵)[196]이 부동(不動)하고 육화(六花)[197] 홍금상(紅錦裳)이 가작하고 진퇴(進退)함에 참치(參差)[198]한 예복 사이에 패옥(佩玉)이 낭랑하여 먼저 아름다운 걸음을 보하는 듯 육운(六雲)이 층층(層層)한 운환(雲鬟)[199]을 거두어 무빈(霧鬢)[200]에 난봉(鸞鳳) 구란차(九鸞釵)[201]를 진정하였으니 칠보관잠(七寶冠簪)[202] 아래 보광(五珮寶光)이 총롱(蔥籠)하고 월액(月額)[203]에 일곱 줄 진주가 침노하니 의희(依俙)히[204] 모운(暮雲)[205]이 희미하여 추천(秋天)에 안

---

187 사묘(四廟): 고조부모, 증조부모, 조부모, 부모 등 4대 조상의 신위(神位)를 모신 사당(祠堂).
188 헌배(獻杯)하다: 술잔을 올리다.
189 더으다: '더하다'의 옛말.
190 향남긔: 향나무(에).
191 옥여름: 옥열매.
192 부금: 미상. 가마의 일종인 듯함.
193 육종: 미상.
194 백태요일(百態曜日): 온갖 아름다움을 갖춘 자태. 백태천광(百態天光). 백태찬란(百態燦爛).
195 염염(冉冉)히: 천천히.
196 섬진(纖塵): 매우 가는 티끌.
197 육화(六花): 육화 무늬. 눈송이의 여섯 모 결정이나 치자꽃의 여섯 화판이 달린 꽃송이 모양.
198 참치(參差): 참치부제(參差不齊). 길고 짧고 들쭉날쭉하여 가지런하지 아니함.
199 운환(雲鬟): 여자의 탐스러운 쪽진 머리.
200 무빈(霧鬢): 윤이 나는 아름다운 검은 머리.
201 구란차(九鸞釵): 아홉 마리 난새가 새겨진 비녀.
202 칠보관잠(七寶冠簪): 칠보로 만든 관과 비녀.
203 월액(月額): 달처럼 환한 이마.
204 의희(依俙)히: 거의 비슷하게.
205 모운(暮雲): 날이 저물 무렵의 구름.

개 몽몽(濛濛)한[206] 듯 유미성안(柳眉星眼)[207]과 연협단순(蓮頰丹脣)[208]이 기기묘묘(奇奇妙妙)하여 한 덩이 백옥(白玉)을 교탁(巧琢)하여 진채(眞彩)[209]로 장식(裝飾)하였으니 성덕(盛德)이 자연(自然)하고 광휘(光輝) (26)아나(婀娜)하여[210] 세고(世故)[211]에 희세(稀世)한 성녀 명완(名婉)이라. 만일 월성 공주가 아니면 다시 대두(對頭)[212]가 없을 것이요, 그 존고(尊姑) 사마부인 아니면 가히 방불(彷佛)한[213] 이 없을지라. 존당구고(尊堂舅姑)가 대희(大喜)하고 만당빈객(滿堂賓客)이 연성치하(連聲致賀)[214]하는 소리 요란하기에 가깝더라.

종일 진환(盡歡)[215]하고 일모도원(日暮途遠)[216]에 제객(諸客)이 각산(各散)하매 신부 숙소를 채봉각에 정하여 시녀가 옹위(擁衛)하여 가니 월성 공주가 이·설 양(兩) 상궁(尙宮)으로 더불어 봉각에 이르러 질녀(姪女)를 보니 군주(郡主)가 단의홍군(單衣紅裙)[217]으로 촉하(燭下)에 단좌(端坐)하였다가 일어 맞으니 공주가 옥수(玉手)를 이끌고 운환(雲鬟)[218]을 어루만져 두긋기더니[219] 이윽고 완완(緩緩)히[220] 신 끄는 소리 나며 공자가 존명(尊命)[221]을 이어 침소(寢所)에 이르러 공주의 내림(來臨)하심(27)을 알고 족용(足容)[222]을 중지하여 난간(欄干)에 오르니 공주가 소리를 화히[223] 하여 왈(曰),

"우숙(愚叔)[224]이 왔나니 현질(賢姪)은 혐의(嫌疑)로이 여기지 말고 들어오라."

---

206 몽몽(濛濛)하다: 비, 안개, 연기 따위가 자욱하다.
207 유미성안(柳眉星眼): 버드나무 잎 같은 눈썹과 별 같은 눈동자.
208 연협단순(蓮頰丹脣): 연꽃 같은 두 뺨과 붉은 입술. 미인의 모습을 형용함.
209 진채(眞彩): 진하고 강하게 쓰는 채색. 또는 그것으로 그린 그림.
210 아나(婀娜)하다: 곱고 아리땁다. 원문에는 '아라ᄒᆞ여'로 되어 있음.
211 세고(世故): 세상의 이러저러한 일. 또는 속세의 일.
212 대두(對頭): 대적(對敵).
213 방불(彷佛)하다: 거의 비슷하다.
214 연성치하(連聲致賀): 칭찬하고 축하하는 말을 연거푸 함.
215 진환(盡歡): 기쁨이 다함.
216 일모도원(日暮途遠): 날은 저물고 갈 길은 멀다는 뜻.
217 단의홍군(單衣紅裙): 홑옷과 붉은 치마. 간편한 옷.
218 운환(雲鬟): 여자의 탐스러운 쪽 찐 머리.
219 두긋기다: 몹시 기뻐하다.
220 완완(緩緩)히: 동작이 느리고 더디게.
221 존명(尊命): 남의 명령을 높여 이르는 말.
222 족용(足容): 발의 동작. 발걸음.
223 화히: '온화하게'의 옛말.
224 우숙(愚叔): 말하는 이가 조카뻘 되는 사람을 상대하여 자기를 겸손하게 이르는 일인칭 대명사. 여기

공자가 연성(連聲)[225] 배사(拜謝)하고 입실(入室)하매 중중(重重)한[226] 금병(錦屛)[227]에 장교(藏嬌)[228] 천손(天孫)이 웅장성식(雄粧盛飾)으로 기신영지(起身迎之)[229]하니 화미(華美)한 단장(丹粧) 아래 선염아질(鮮艷雅質)이 기묘(奇妙)하여 일륜은섬(一輪銀蟾)[230]이 동곡(東谷)에 솟으매 광채(光彩) 실벽(室壁)에 찬란(燦爛)한지라.

공주가 저 부부(夫婦)의 상적(相敵)함[231]을 두굿겨 왈,

"하소(下所)가 고단하고 질아(姪兒)가 약질(弱質)이 종일 구치(驅馳)[232]하였으니 일찍 쉬게 하라."

공자가 공경하여 난두(欄頭)[233]에 나와 송지(送祗)하고 다시 입실좌정(入室坐定)하매 유아(乳兒), 보모(保姆) 등이 이미 야심(夜深)함을 보고 나아가 침금(寢衿)을 포설(鋪設)[234]하고 장외(帳外)로 퇴(退)하니 공자(公子)가 본성(本性)이 화려한 가운데 (28)숙완(淑婉)[235]을 상대(相對)함에 은애(恩愛) 구름 모이듯 하되 태존당(太尊堂)에 배현(拜見)치 못하심을 참연(慘然)[236]하여 침음묵색(沈吟默色)이러니 후(後) 창하(窓下)에 인적(人跡)이 홀홀커늘 규시자(窺視者)[237]가 있는가 의심하여 더욱 나작하였더니[238] 문득 어성(語聲)이 미미(微微)하여 이르되,

"왕비 낭랑(娘娘)이 군마의 풍채(風采) 기상(氣像)이 평제왕 같다 하시고 군주의 약질(弱質)을 심히 염려하사 금야(今夜)에 사어(私語)[239]를 규시(窺視)[240]하고 명조(明朝)에 밀보(密

서는 고모인 월성 공주가 자신을 지칭하는 말로 씀.

225 연성(連聲): 연거푸. 계속하다. 연거푸 말하다.

226 중중(重重)하다: 겹겹으로 겹쳐져 있다.

227 금병(錦屛): 비단으로 수놓은 병풍.

228 장교(藏嬌): 남에게 드러내지 않고 곱게 자람.

229 기신영지(起身迎之): 웃어른이 자신의 처소에 들어오면 예의로 일어나 맞이함.

230 일륜은섬(一輪銀蟾): 밝은 달. 일륜(一輪)은 밝은 달을 비유적으로 이르는 말이고, 은섬(銀蟾)은 은빛 두꺼비라는 뜻으로, 둘 다 '달'을 달리 이르는 말이다.

231 상적(相敵)하다: 양편의 실력이나 처지가 서로 걸맞거나 비슷하다.

232 구치(驅馳): 말을 몰아 빨리 달린다는 의미로 남을 위하여 분주하게 수고하는 것을 말함.

233 난두(欄頭): 난간머리.

234 포설(鋪設): 펴서 베풂.

235 숙완(淑婉): 아름답고 상냥한 여성.

236 참연(慘然): 슬프고 참혹함.

237 규시자(窺視者): 엿보는 자.

238 나작하다: 나직하다. 소리가 꽤 낮다.

239 사어(私語): 드러나지 아니하게 가만히 속삭임. 또는 그런 말.

240 규시(窺視): 몰래 훔쳐봄. 엿봄.

報)하라 하시더니 군마의 기색(氣色)이 아모란 줄 알지 못하니 명일 낭랑께 무엇을 규시(窺視)하였노라 하고 회주(回奏)[241]하리오."

이렇듯 규규(叫叫)[242]하거늘 공자가 심하(心下)에 혜오되,[243] '광평왕은 황자(皇子)이나 덕기(德氣) 성인(成仁)하여 교만(驕慢)함이 없거늘 어찌 가제어하(家齊於下)는 이대도록 불명(不明)하여 후(29)비(后妃)의 불초(不肖)함이 여차(如此)하뇨. 반드시 투협(妬狹)한[244] 부인이 기녀(己女)가 액(厄)이 궂을까[245] 염려함인가 어찌 비배(婢輩)를 처결(處決)하여 이런 괴사(怪事)가 있으리오. 가히 한번 그 뜻을 시험하리라.' 의사(意思)가 이에 미쳐는 장차 큰 고집이 발작(發作)하는지라. 가연히[246] 일어나 신부를 아는 체 아니코 상상(床上)에 쓰러져 한잠을 쾌히 자고 깨어보니 옥촉(玉燭)이 명미(冥微)한데 신부가 그린 듯이 단좌(端坐)하였으니 요요정정(夭夭貞靜)하여[247] 그림 가운데 선자(仙子) 같은지라. 생이 규시자(窺視者)의 언근(言根)[248]을 헤아려 왕비를 통한(痛恨)하나 옥인(玉人)[249]의 요나(嫋娜)한[250] 재미(才美)를 보매 심사(心思)가 흔연(欣然)하고 약질(弱質)이 병이 날까 우려(憂慮)함도 없지 않아 금금(錦衾)[251]을 밀치고 번신(飜身)[252]하여 밖으로 나가니 장외(帳外)에 경·손 양인(兩人)이 종(30)야(終夜) 대후(待候)[253]하여 사어(私語)를 탐지(探知)하고 공자(公子)의 냉락(冷落)함[254]을 의괴(疑怪)[255]터니 공자(公子)가 나가매 즉시 장내(帳內)에 들어와 군주(郡主)를 붙들어 장소(妝梳)[256]

---

241 회주(回奏): 임금에게 회답하여 아뢰던 일.
242 규규(叫叫): 멀리서 소리가 들림.
243 혜다: '생각하다'의 옛말.
244 투협(妬狹)하다: 질투심이 많고 속이 좁다.
245 궂다: 원문에는 '구질가'로 되어 있음.
246 가연히: 개연(慨然)히. 흔쾌(欣快)히.
247 요요정정(夭夭貞靜)하다: 나이가 젊고 용모가 아름다우며 마음이 올바르고 침착하다.
248 언근(言根): 소문의 출처.
249 옥인(玉人): 용모와 마음씨가 아름다운 사람.
250 요나(嫋娜)하다: 부드럽고 날씬하여 간드러지다. 원문에는 '뇨ᄂᆞᄒᆞᆫ'으로 되어 있음.
251 금금(錦衾): 비단으로 만든 이불.
252 번신(飜身): 몸을 번드침.
253 대후(待候): 웃어른의 분부를 기다리는 일.
254 냉락(冷落)하다: 서로의 사이가 멀어져 정답지 않고 쌀쌀하다.
255 의괴(疑怪): 의심스럽고 괴이함. 또는 그렇게 여김.
256 장소(妝梳): 몸단장.

를 다스려 정당(正堂)에 나아가 신성(晨省)[257]하고 돌아와 예복(禮服)을 끄르고 침석(寢席)에 쉬게 하더라.

시야(是夜)에 상부(相府) 시녀(侍女) 설완이 장공 형제와 하풍익 등의 명(命)을 받아 신방(新房)을 규시(窺視)하되 동정(動靜)이 없으니 무류히[258] 돌아와 고하매 제공(諸公)이 경의(驚疑)[259]함을 마지아니터라.

슬프다, 어찌 이 가운데 불인(不人)[260]의 간계(奸計) 불측(不測)[261]하여 심복(心腹)을 놓아 군자(君子) 숙녀(淑女)의 금슬(琴瑟)을 희지음[262]을 뉘 알리오.

이날 나조[263]에 신부(新婦)가 낮 단장(丹粧)을 다스려 존당(尊堂)에 문안(問安)하니 일가(一家) 제인(諸人)이 새로이 사랑하고 하·윤 이 부인이 소왈(笑曰),

"숙아(兒)[264]는 소부(小婦)[265]로 척의(戚誼)[266] 있는지(31)라. 일택(一宅)에 상수(常隨)[267]하매 정의(情誼) 자별(自別)하리니[268] 여등(汝等)은 화기(和氣)를 열어 친친지의(親親之誼)를 두터이 하라."

숙혜 소저(小姐)와 군주(郡主)가 재배수명(再拜受命)하더니 육부인이 문득 가안백 유자(幼子)를 안고 희롱(戲弄)하다가 왈,

"숙숙(叔叔)과 저저(姐姐)는 손부(孫婦)의 아름다움을 너무 깃거 마소서. 예부터 홍안박명(紅顔薄命)[269]하니 옛날도 우리 주매(妹)와 사마질(姪)과 월성 옥주와 소화 등이 다 용색(容色)의 화(禍)를 면치 못하였나니 이제 신부가 저리 초월(超越)하니 또 무슨 재앙(災殃)이 있을 줄 알리잇고."

---

257 신성(晨省): 아침 일찍 부모의 침소에 가서 밤사이의 안부를 살피는 일. 신성지례.
258 무류히: 무료(無聊)히. 흥미 있는 일이 없어 심심하고 지루하게. 부끄럽고 열없이.
259 경의(驚疑): 놀라고 의심함.
260 불인(不人): 사람답지 못함. 또는 그런 사람.
261 불측(不測): 생각이나 행동 따위가 괘씸하고 엉큼함.
262 희짓다: 남의 일에 방해가 되게 하다.
263 나조: '낮'의 옛말.
264 숙아(兒): 숙혜 소저.
265 소부(小婦): 며느리.
266 척의(戚誼): 인척 사이의 정의(情誼).
267 일택상수(一宅常隨): 한 집에서 지내며 늘 따름.
268 자별(自別)하다: 친분이 남보다 특별하다.
269 홍안박명(紅顔薄命): 얼굴이 예쁜 여자는 팔자가 사나운 경우가 많음을 이르는 말.

좌우(左右)가 그 언참(言讖)[270]이 괴이(怪異)함을 경아(驚訝)[271]하고 진공과 주부인이 의아(疑訝)하여 눈을 들어 자연 군주(郡主) 신상(身上)을 살피니 과연 액간(額間)에 푸른 기운이 끼어 미우(眉宇)[272]에 재앙(災殃)이 어리었으니 사람이 비록 알(32)지 못하나 재액(災厄)이 목전(目前)에 급하였는지라. 진공과 주부인이 대경(大驚)하여 안색(顔色)이 자로 변하고, 오공은 대체(大體)한[273] 군자(君子)라 모든 기색(氣色)을 각별(各別) 유의(留意)함이 없으되 윤부인은 영오(穎悟)[274]한지라 모든 기색(氣色)을 살피고 염려(念慮) 방하(放下)치 못하더라.

이윽고 좌(座)를 파(罷)하니 군주가 퇴(退)하여 봉각에 돌아오매 경·손 양(兩) 상궁(尙宮)이 가로되,

"작야(昨夜) 군마(郡馬)[275]의 기색(氣色)이 심히 냉락(冷落)하신 중에 금일(今日) 육부인 언론(言論)이 극히 괴이(怪異)하니 아지 못게라. 군마(郡馬)가 약관지년(弱冠之年)이라, 하주(河州) 기약(期約)[276]이 늦으므로 가중(家中) 홍장분대(紅粧粉黛)[277] 가운데 유정(有情)한 자(者)가 있어 옥주(玉主) 신상에 유해(有害)할까 하나이다."

군주가 청미(聽尾)에 유미(柳眉)[278]를 찡기고 책왈(責曰),

"내 신인(新人)이라, 구문(舅門)에 입승(入承)[279] 수일(數日)에 좌석(座席)이 미란(迷亂)커(33)늘[280] 그대 등이 어린 주인(主人)을 부도(婦道)로 규정(規正)[281]치 아니코 문득 구가(舅家) 사적(事蹟)을 아는 양하여 머리를 맞추어 규규(糾糾)히[282] 서로 의논(議論)함이 가하리오. 이는 부왕(父王)과 모비(母妃)의 나로써 그대 등을 맡기신 바가 아니로다. 여차

---

270 언참(言讖): 미래의 사실을 꼭 맞추어 예언하는 말.

271 경아(驚訝): 놀랄 정도로 의아하게 여김.

272 미우(眉宇): 이마의 눈썹 근처.

273 대체(大體)하다: 체모를 크게 여기다.

274 영오(穎悟): 남보다 뛰어나게 영리하고 슬기로움.

275 군마(郡馬): 종실의 딸, 즉 군주(郡主)의 남편. 임금의 사위. 부마(駙馬).

276 하주(河州) 기약(期約): 혼인의 기약. 『시경(詩經)』「주남(周南)」〈관저(關雎)〉의 "꾸우꾸우 물수리 모래섬에 있네. 요조한 숙녀는 군자의 좋은 짝이로다(關關雎鳩 在河之州 窈窕淑女 君子好逑)."라는 구절에서 왔음.

277 홍장분대(紅粧粉黛): 화장한 아름다운 여자를 비유적으로 이르는 말.

278 유미(柳眉): 버들잎 같은 눈썹이란 뜻으로, 미인의 눈썹을 이르는 말.

279 입승(入承): 여자가 혼인하여 시집에 감.

280 미란(迷亂)하다: 정신이 혼미하여 어지럽다.

281 규정(規正): 바로잡아서 고침.

282 규규(糾糾)히: 서로 모여서.

괴이한 말을 두 번 이르지 말라. 다시 이런 말이 있을진대 허물을 요대(饒貸)[283]치 않으리라."

설파(說罷)에 옥안(玉顔)이 씩씩하니 경·손 양 상궁이 구연(懼然)[284] 사퇴(辭退)하더라.

차야(此夜)에 현공자가 신방(新房)에 들어오나 신부를 본 체 아니 하고 스스로 편히 자고 나갈 따름이니 삼일 동방(洞房)[285]에 부부(夫婦) 회실(會室)이 약수(弱水)[286] 삼천리(三千里) 즈음친[287] 듯하니 군주가 약질(弱質)이 연(連)하여 침수(寢睡)[288]가 불안(不安)하니 유아(乳兒)[289] 등이 가장 근심하나 감히 말을 못하더라.

현공자가 악모(岳母) 윤(34)비의 투협(妬狹)함[290]을 미온(未穩)하나 엄명(嚴命)을 좇아 삼일 견빙악지례(見聘岳之禮)를 행하니 왕의 부부가 내전(內殿)에 청입(請入)하여 주과(酒果)로 대접(待接)하며 옥안영풍(玉顔英風)을 볼수록 사랑하는지라. 생이 가만히 추파(秋波)를 흘려 악모를 보니 연기(年紀)[291] 삼순(三旬)[292]이 지났으되 방용(芳容)[293]이 쇄연(灑然)하고[294] 태도(態度)가 절세(絶世)하며 덕기정성(德氣精誠)하고 언론(言論)이 정대(正大)하니 생이 두 번 거듭 떠 살피고 의아(疑訝)하여 생각하되, '이 부인의 외모(外貌)가 저렇듯 현철(賢哲)하거늘 내자(內子)[295]가 어찌 투한(妬悍)하기에[296] 가까운고. 내 듣기를 잘못하였던가. 혹자(或者) 왕궁(王宮) 비빙[297] 가운데 질투불현자(嫉妬不賢者)가 있어 우리 부부의 금슬(琴瑟)을 희짓고

---

283 요대(饒貸): 너그러이 용서함.

284 구연(懼然): 구연(懼然)히. 두려워하는 모양.

285 동방(洞房): 신방(新房).

286 약수(弱水): 신선이 살았다는 중국 서쪽의 전설 속의 강. 길이가 3,000리나 되며 부력이 매우 약하여 기러기의 털도 가라앉는다고 한다.

287 즈음치다: 막히다.

288 침수(寢睡): '잠'의 높임말.

289 유아(乳兒): 유모를 돕는 아이.

290 투협(妬狹)하다: 질투심이 많고 속이 좁다.

291 연기(年紀): 나이.

292 삼순(三旬): 서른 살.

293 방용(芳容): 꽃다운 용모라는 뜻으로, 남의 용모를 높여 이르는 말.

294 쇄연(灑然)하다: 기분이나 몸이 상쾌하고 깨끗하다.

295 내자(內子): 남 앞에서 자기의 아내를 이르는 말. 옛날 중국에서, 경대부의 정실(正室)을 이르던 말.

296 투한(妬悍)하다: 질투심이 강하고 사납다.

297 비빙: 궁중에서, '비빈(妃嬪)'을 이르던 말.

자[298] 하는가.' 홀연 신기로운 총명(聰明)이 소연명각(昭然明覺)[299]하여 사일(斜日)을 흘려 좌우(左右)를 (35)살피니 이때 왕의 제자(諸子)와 비빙이 좌우에 있는지라. 정궁(正宮)의 양자(兩子)는 다 어렸으니 세자(世子) 영은 십 세요 왕자(王子) 문신군 계는 칠 세로되 풍신재모(風神才貌)[300]가 초출탁아(超出卓雅)[301]하여 옥인군자(玉人君子)요 세자 영은 천일지표(天日之表)[302]가 완전하여 천승귀격(千乘貴格)이 가작하고 버거[303] 왕자(王子) 등이 다 순후(淳厚)하여 몸을 보전할 만하되, 홀로 문희군 형이 면모(面貌)가 단아(端雅)한 듯하나 불길영종지상(不吉永終之相)[304]이요 숙빙 황씨 태도(態度)가 절세(絶世)하나 흘리는 눈찌[305] 독기(毒氣) 어리었고 얇은 입술에 번득이는 혀끝이 혼란(混亂)하여 결비현인(決非賢人)이라.

심중(心中)에 헤아려 신혼 초야(初夜)의 기괴지언(奇怪之言)이 벅벅이[306] 차인(此人) 등의 당류(黨類)가 용사(用事)하여 군주(郡主)의 비배(婢輩) (36)중 불령자(不逞者)[307]의 교통(交通)하였던 줄 깨달아 공연히 의심이 백옥무하(白玉無瑕)[308]한 악모(岳母)에게 미쳐 동방화촉(洞房華燭)[309]에 천고기완(千古奇婉)[310]을 대하여 금슬(琴瑟)의 낙(樂)이 스스로 사연함[311]을 뉘우치고 실소(失笑)하여 미흡(未洽)던 온심(慍心)[312]을 풀어 백안성모(白眼星眸)[313]에 동황(東皇)[314] 좋

---

298 희짓다: 남의 일에 방해가 되게 하다.

299 소연명각(昭然明覺): 일이나 이치 따위가 밝고 선명함.

300 풍신재모(風神才貌): 풍채(風采). 재주와 용모를 아울러 이르는 말.

301 초출탁아(超出卓雅): 다른 사람에 비하여 두드러지게 빼어나고 우아함.

302 천일지표(天日之表): 사해(四海)에 군림할 인상(人相). 곧 임금의 인상을 이르는 말.

303 버거: 둘째. 다음. 다음으로. 버금으로.

304 불길영종지상(不吉永終之相): 불길한 영종지상. '영종지상'은 제 명대로 오래 살다 죽는 상.

305 눈찌: 흘겨보거나 쏘아보는 눈길.

306 벅벅이: 그러하리라고 미루어 헤아려 보건대 틀림없이.

307 불령자(不逞者): 불만을 품은 자.

308 백옥무하(白玉無瑕): 백옥에 아무런 티나 흠이 없다는 뜻으로, 아무런 흠이나 결점이 없음 또는 그런 사람을 이르는 말.

309 동방화촉(洞房華燭): 동방에 비치는 환한 촛불이라는 뜻으로, 혼례를 치르고 나서 첫날밤에 신랑이 신부 방에서 자는 의식을 이르는 말.

310 천고기완(千古奇婉): 천고숙완(千古淑婉). 오랜 세월을 통하여 둘도 없는 여성스럽고 아름다우며 상냥한 여자.

311 사연하다: 사그라들다. 사라지다.

312 온심(慍心): 성내는 마음.

313 백안성모(白眼星眸): 흰 눈자위에 별 같은 눈동자.

314 동황(東皇): 봄의 신(神). 또는 봄. 여기서는 '봄기운'의 의미인 듯함.

은 빛을 열어 단순옥치(丹脣玉齒)에 현하지변(懸河之辯)[315]이 도도(滔滔)하여[316] 응대수답(應對酬答)[317]이 창해(滄海)를 거후르는[318] 듯하니 왕의 부부의 귀애(貴愛)함은 비할 데 없고 좌우(左右) 관광지인(觀光之人)이 정신을 잃었더라.

이때 합장(閤牆)[319] 사이에서 규사(窺伺)하는 음녀(淫女)의 간장(肝腸)이 마르고 애[320] 끊어질 듯하고 황씨는 공연한 시심(猜心)이 일어나 걷잡지 못하더라. 일모석양(日暮夕陽)에 현생이 하직(下直)고 본부(本府)에 돌아와 존(37)당(尊堂)에 배알(拜謁)하매 때 황혼(黃昏)이라 석식(夕食)을 올리니 약간 하저(下箸)[321]하고 차야(此夜)에 현생이 비로소 신방에 나아가 군주를 대하여 그 색모광염(色貌光艶)을 애중하여 바야흐로 상(牀)요[322]에 나아가 만복(萬福)의 원(源)과 이성(二姓)의 합(合)[323]을 이루니 금(琴)이 고르고 슬(瑟)이 화하여 국풍시(國風詩)[324]를 노래하염 직하더라. 군주가 인하여 상부(相府)에 머물매 효봉존당구고(孝奉尊堂舅姑)하고 승순군자(承順君子)하며 화우숙매(和友叔妹)하니 예성(譽聲)[325]이 진동하더라.

일일은 제·후가 현상국 부자(父子)에게 하조(下詔)[326]하사 옥화 군주가 군마(郡馬)로 더불어 입조(入朝)하라 하시니 승상(丞相) 부자가 천은(天恩)의 호성(豪盛)[327]하심을 불안하고 월성 공주가 질녀(姪女)로 더불어 입조(入朝)하니, 제 광(38)록시(光祿寺)[328]에 설연(設宴)하사 현씨 제공(諸公)을 대접하라 하시고 제·후가 태자 제왕비와 삼천 비빙을 다 부르사 옥화 군마(郡馬) 현생과 군주를 태청전에서 불러 보실새, 군주의 천염이질(千艶異質)[329]은 이미

---

315 현하지변(懸河之辯): 현하구변(懸河口辯). 물이 거침없이 흐르듯 잘하는 말.

316 도도(滔滔)하다: 말하는 모양이 거침이 없다.

317 응대수답(應對酬答): 부름이나 물음 또는 요구 따위에 응하여 상대함.

318 거후르다: 거우르다. 기울이다.

319 합장(閤牆): 규방 앞을 가로막은 칸막이.

320 애: '창자'의 옛말.

321 하저(下箸): 젓가락을 댄다는 뜻으로, 음식을 먹음을 이르는 말.

322 상(牀)요: 침상에 편 요라는 뜻으로, '잠자리'를 이르는 말.

323 만복(萬福)의 원(源)과 이성(二姓)의 합(合): 만복(萬福)의 근원(根源)이며 두 성씨(姓氏)가 합함. 남녀 간의 혼인을 의미함.

324 국풍시(國風詩): '국풍(國風)'은『시경(詩經)』의 한 부분.

325 예성(譽聲): 칭찬하는 소리.

326 하조(下詔): 임금이 아랫사람에게 알리거나 명령함.

327 호성(豪盛): 매우 성대함.

328 광록시(光祿寺): 궁궐의 술과 음식을 관장하는 관서.

329 천염이질(千艶異質): 매우 아름다운 자태와 특이한 자질.

아시는 바이어니와 현생의 표치풍광(標致風光)[330]과 추천(秋天) 같은 기상(氣像)이 호호(皓皓)히[331] 태허(太虛)[332]의 맑은 기상과 엄웅(嚴雄)한 영풍(英風)[333]이 당당하여 벅벅이[334] 명만천하(名滿天下)하고 위진해내(威振海內)할 비범한 기질이라. 제·후가 일견(一見)에 대경기애(大驚奇愛)[335]하사 수륙진미(水陸珍味)와 상방(尙房)[336] 향온(香醞)[337]을 사급(賜給)하시고 광평왕을 돌아보사 왈,

"경이 옥화의 배필을 근심하더니 원래 멀지 않은 곳에 있닷다. 현자(玄子)의 인물풍채(人物風采) 많이 기숙(其叔) 천린과 흡사(恰似)하고 또한 기조(其祖)를 전습(傳襲)하(39)였으니 가히 삼대(三代)의 내림이 있는지라.[338] 짐(朕)이 오아(吾兒)의 택서(擇壻) 잘함을 깃거하고 국가에 인재 있음을 다행하여 하노라."

왕이 함소(含笑) 주왈(奏曰),

"성교(聖敎)가 마땅하시니 다시 주할 말씀이 없사오나 연이나 월성 매자(妹子)가 신에게 장성한 여자가 있음을 모르지 아니하오되 구가지친(舅家之親)에 일찍 아름다운 양자(良子)가 있사오나 신의 부부를 대하여 한 번 현자(玄子)의 현부를 일컫지 아니하오니 만일 발이 빠르지 아니턴들 이 같은 기서(奇壻)를 하마[339] 질족자(疾足者)에게 아일[340] 뻔하괘이다. 신이 매자를 유감함이 깊사오니 복원(伏願) 황상(皇上)과 모후(母后)는 금차(今次)에 한 잔 독주(毒酒)로써 월성 매자에게 벌배(罰杯)[341]를 나리오소서."

소낭랑(娘娘)이 차언(此言)을 들으시고 공주를 돌아보사 미(40)소 왈,

"월성은 금세의 한낱 성사(聖士)라, 성인(聖人)의 덕(德)이 호호(浩浩)하고 양양(洋洋)하

---

330 표치풍광(標致風光): 수려하거나 아름다운 사람의 용모와 풍채.

331 호호(皓皓)하다: 깨끗하고 희다. 빛나고 밝다.

332 태허(太虛): '하늘'을 달리 이르는 말. 중국 철학에서, 음양을 낳는 기(氣)의 본체를 달리 이르는 말. 송나라 장횡거(張橫渠)가 주장한 개념으로 이것이 응집되어 만물이 되고, 만물은 분해하여 이것이 된다고 한다.

333 영풍(英風): 영웅스러운 모습이나 자세.

334 벅벅이: 그러하리라고 미루어 헤아려 보건대 틀림없이.

335 대경기애(大驚奇愛): 크게 놀라 특별히 사랑함.

336 상방(尙房): 상의원(尙衣院). 임금의 의복과 궁내의 일용품, 보물 따위의 관리를 맡아보던 관아.

337 향온(香醞): 멥쌀과 찹쌀을 쪄서 식힌 것에 보리와 녹두를 섞어 만든 누룩을 넣어 담근 술. 원문에는 '향은'으로 되어 있음.

338 있는지라: 원문에는 '업ᄂᆞᆫ지라'로 되어 있으나 문맥에 맞추어 고침.

339 하마: 하마터면.

340 아이다: 빼앗기다.

341 벌배(罰杯): 원문에는 '별배'로 되어 있으나 오기인 듯함.

여 무위이화(無爲而化)[342]하나니 어찌 사람의 선악(善惡)을 호불호간(好不好間) 구두(口頭)에 올려 어즈러이 칭양(稱揚)[343]하여 방인(傍人)의 부박(浮薄)히[344] 여김을 스스로 받으리오. 하물며 혼인(婚姻)은 인륜대관(人倫大關)이라 그 천연(天緣)인즉 이역천애(異域天涯)라도 면치 못하나니 월성이 비록 이르지 않으나 어찌 천연(天緣)을 거스르리오. 경이 누의[345]를 꺼림이 심하도다."

왕이 대왈,

"모후(母后)가 신의 지공무사(至公無私)[346]한 긍심(矜心)으로써 누의를 꺼리다 하시나 매자는 너무 기리시고 신은 기리지 아니시니 너무 원민(寃悶)[347]토소이다."

후가 소왈(笑曰),

"너는 옥화를 위하여 누의를 논폄(論貶)[348]하니 짐(朕)이 또한 여아를 위하여 신백(申白)[349]지 아니리오."

상(41)이 소왈,

"후의 모자(母子)가 딸을 위하여 아들을 나무라하고 또한 누의를 그르다 하니 오조(烏鳥)의 자웅(雌雄)을 어찌 분간하리오.[350] 오아(吾兒)의 원민한 정사(情事)를 살펴 한 잔 벌배(罰杯)로써 월성을 주리라."

하시고 좌우를 명하사 상방(尙房) 일등(一等) 홍로주(紅露酒)를 만작(滿酌)[351]하여 공주를 주시니 공주가 불감역명(不敢逆命)하여 다만 꿇어 받자와 앵순(櫻脣)에 접하고 물려 궁인(宮人)을 주고자 하거늘 왕이 조당(阻擋)[352]하여 핍박(逼迫)하여 먹기를 재촉하니 공주가 마지

---

342 무위이화(無爲而化): 힘들이지 않아도 저절로 변하여 잘 이루어짐. 성인의 덕이 크면 클수록 백성들이 스스로 따라와서 잘 감화됨.

343 칭양(稱揚): 칭찬.

344 부박(浮薄)하다: 천박하고 경솔하다.

345 누의: '누이'의 옛말.

346 지공무사(至公無私): 지극히 공정하여 사사로움이 없음.

347 원민(寃悶): 억울하고 답답함.

348 논폄(論貶): 폄론(貶論). 남을 깎아내려 헐뜯음. 또는 그런 말.

349 신백(申白): 윗사람에게 사실을 자세히 아룀.

350 오조(烏鳥)의 자웅(雌雄)을 분간하다: 까마귀의 자웅을 분간하다. 까마귀의 암수를 구별하기 어려운 것처럼 시비나 선악 등을 분명하게 가리기 어려운 경우를 말함. 『시경(詩經)』「소아(小雅)」<정월(正月)>.

351 만작(滿酌): 잔에 가득하도록 술을 부음. 또는 그런 술잔.

352 조당(阻擋): 나아가거나 다가오는 것을 막아서 가림.

못하여 마시기를 다하고 물러 단좌(端坐)하니 본디 일작불음(一酌不飮)[353]이라 이윽고 옥면(玉面)에 홍광(紅光)이 염염(艶艶)하여 설산(雪山)에 홍도(紅桃)가 정히 핀 듯하고 주력(酒力)을 이기지 못하여 아황(蛾黃)[354]이 빈저(鬢低)[355]에 나작하고[356] 화관(花冠)이 부제(不齊)(42)하여 광염(光艶)이 아나(婀娜)하니[357] 볼수록 기이한지라.

낭랑(娘娘)이 아끼고 사랑하여 손을 잡고 물으시되,

"광평왕 수의 말이 본디 근사치 아니하거늘 여아가 어찌 한 말 변백(辨白)[358]이 없어 벌주(罰酒)를 맛보뇨."

공주가 쌍환(雙鬟)[359]을 숙이고 양수(兩手)로 땅을 짚어 대주(對奏) 왈(曰),

"신이 본디 너무 혼약소졸(昏弱疏拙)[360]하와 평생에 남과 겨루고자 않음으로써 형왕(兄王)[361]의 희롱(戱弄)하옴을 알오되 능히 변백(辨白)지 못함이로소이다."

제·후가 한가지로 웃으시고 태자는 너무 약함을 책하시더라.

종일 한담(閑談)하여 장차 금오(金烏)[362]가 몰서(沒西)하고 대하(臺下)에 파연곡(罷宴曲)을 주(奏)하매 모두 퇴조(退朝)할새 제·후가 현공자 부부에게 각별(各別) 기진이보(奇珍異寶)를 상사(賞賜)하시다. 윤비와 월성 공주는 대내(大內)에 수일(數日)을 머무르고 오직 군(43)주가 용전(龍殿)[363]에 배사(拜謝)하고 부부(夫婦) 양인(兩人)이 채거금륜(彩車金輪)을 갈와[364] 상부(相府)에 돌아와 존당(尊堂)에 뵈오니 존당 상하가 연설(筵說)[365]을 물어 천총(天寵)[366]의 관유(寬裕)하심을 불승감탄(不勝感歎)하더라.

---

353 일작불음(一酌不飮): 한 잔의 술도 마시지 못함.

354 아황(蛾黃): 여자들이 바르던 노란 색 분을 말하며 여기서는 아리따운 여자의 얼굴로 볼 수 있음.

355 빈저(鬢低): 귀밑머리.

356 나작하다: 위치가 꽤 낮다. 기운이나 모습, 소리가 꽤 낮다.

357 아나(婀娜)하다: 곱고 아리땁다. 원문에는 '아라ᄒᆞ니'로 되어 있음.

358 변백(辨白): 변명.

359 쌍환(雙鬟): 양쪽으로 쪽진 머리를 말함.

360 혼약소졸(昏弱疏拙): '혼약(昏弱)'은 어리석고 나약함. '소졸(疏拙)'은 꼼꼼하지 못하고 서투름.

361 형왕(兄王): 광평왕을 가리킴. 광평왕과 월성 공주는 남매간.

362 금오(金烏): 태양.

363 용전(龍殿): 어전(御殿).

364 갈오다: 나란히 하다.

365 연설(筵說): 연석(筵席)에서 임금의 자문에 답하여 올리던 말.

366 천총(天寵): 임금의 총애.

이러구러[367] 희천 공자와 평제왕 장녀 숙혜 소저의 길일(吉日)이 임박하니 소·진 양 부중(府中)에서 길월(吉月)을 현상부에 보(報)하니 희천은 승상 원비 사마부인(司馬婦人) 차자(次子)니 품수(稟受)[368]한 바가 경자옥골(瓊姿玉骨)[369]이요 수구금심(繡口錦心)[370]이라. 풍채(風采) 춘원(春園)의 웃는 꽃 같고 기상이 돈후(敦厚)하며 재기 출류(出類)[371]하고 문장(文章)이 초월(超越)하여 사마천(司馬遷),[372] 왕희지(王羲之)[373]의 일류(一流)[374]라. 금년(今年) 십사(十四)에 군자지행(君子之行)이 부족함이 없어 이미 소부(蘇府)의 가연(佳緣)을 점복(占卜)한 바라.

시(時)에 태학사 이부상서 소세현[375]은 승상 소현성의 진손(眞孫)[376]이요 진왕 소운(44)성의 장자라. 일찍 실중(室中)에 취부현필(取婦賢匹)하여 자녀가 가작하니 장녀 혜교의 방년(芳年)이 십사(十四)에 도지요요(桃之夭夭)하며 작작기화(灼灼其華)라.[377] 이 또한 고문(高門)[378] 벌열(閥閱)[379]의 잠영(簪纓)[380] 숙녀라. 꽃 같은 용안(容顔)과 출인(出人)한 사덕(四德)[381]이 가작한 고로 조부(祖父) 진왕의 만금교애(萬金嬌愛) 제손(諸孫)의 위러니 우연히 현상부 양 공자 관례(冠禮) 시에 희천을 보매 풍류재덕(風流才德)이 진짓 손녀의 배필이라. 왕이 일안(一眼)에 대기(待期)치 못하여[382] 연석지간(宴席之間)에 면청(面請)함을 간절히 하니 현공 부자가

---

367 이러구러: 이럭저럭 시간이 흐르는 모양.

368 품수(稟受): 선천적으로 타고남.

369 경자옥골(瓊姿玉骨): 옥같이 아름다운 자태와 옥같이 희고 깨끗한 골격이라는 뜻으로, 고결한 풍채를 이르는 말.

370 수구금심(繡口錦心): 글재주가 매우 뛰어난 사람을 일컫는 말. 비단같이 훌륭한 말과 생각.

371 출류(出類): 같은 무리 가운데에서 뛰어남.

372 사마천(司馬遷): 중국 전한(前漢)의 역사가(?B.C.145~?B.C.86).

373 왕희지(王羲之): 중국 동진(東晉) 때의 서예가(307~365).

374 일류(一類): 같은 종류. 동류(同類).

375 소세현: 원문에는 '쇼계현'으로 되어 있으나 〈소현성록〉과 뒤의 표기를 참조해서 고침.

376 진손(眞孫): 아들이 낳은 자식. 친손(親孫).

377 도지요요(桃之夭夭)하며 작작기화(灼灼其華)라: 싱싱한 복숭아나무에 화사한 꽃이 피었네. 『시경(詩經)』「주남(周南)」〈도요(桃夭)〉.

378 고문(高門): 돈 많고 지체가 높은 집이나 집안.

379 벌열(閥閱): 나라에 공을 세우거나 큰 벼슬을 지낸 사람이 많은 집안.

380 잠영(簪纓): 관원이 쓰던 비녀와 갓끈. 양반이나 지위가 높은 벼슬아치 또는 그 지위를 비유적으로 이르는 말.

381 사덕(四德): 여자로서 갖추어야 할 네 가지 덕으로 마음씨[婦德], 말씨[婦言], 맵시[婦容], 솜씨[婦功]를 이름.

382 못하여: 원문에는 'ᄒᆞ여'로 되어 있으나 문맥에 맞추어 보충함.

소왕의 관후장자(寬厚長者)임을 공경하고 또 조항(祖行)[383] 간(間)의 면분(面分)이 두터우며 월성 공주의 외구(外舅)라. 능히 구하는 바에 매연[384]치 못하여 쾌허(快許)하니 드대어 길석(吉席)[385]을 뇌정(牢定)[386]하고 양가(兩家)가 혼수를 성비(盛備)할새 희백 공자의 (45)대례(大禮)를 지내며 오륙 일이 얼픗 다다르니 차시(此時) 현상부에서 영화(榮華)와 길성(吉星)이 방다첩의(方多疊矣)[387]라. 하물며 소진왕의 손녀(孫女)와 질자(姪子)[388]로써 기연(奇緣)을 일시에 점복(占卜)하여 한날 신랑을 보내며 서로 신부를 맞는 위의(威儀) 범연(凡然)하리오. 소상서 부중에서 또한 혼수를 풍비(豐備)히 차려 현훈(玄纁)[389]을 선행(先行)하고 왕궁에서 길기(吉期) 보(報)함으로조차 대례를 갖추어 길신(吉辰)[390]을 등대(等待)[391]하니 소진왕 부중의 부귀성만(富貴盛滿)함이 또한 현상부로 차등이 없더라.

차시 평제왕의 장녀 숙혜 소저는 제왕 좌부인 의빈 군주 조씨의 소생이라. 자(字)는 성강이니 아름다운 용안(容顔)은 추택(秋澤)의 부용(芙蓉)이요, 꽃다운 성행(性行)은 임강(任姜),[392] 마등(馬鄧)[393]으로 병행(竝行)하며 총명다(46)재(聰明多才)하고 온화자인(溫和慈仁)하여 말하는 꽃이라. 제왕의 자녀 중 초산(初產)이니 왕이 소년(少年)에 먼저 의빈에게 양녀(兩女)를 연생(連生)하니 가론[394] 숙혜, 미혜라. 왕이 연소지심(年少之心)에 그 여아임을 불쾌하나 점점 자라기에 미쳐는 재용(才容)의 한아(閑雅)함과 인품(人品)의 낭연(朗然)함을 과애(過愛)하여 연애(戀愛)하는 정이 제자(諸子)에 나리지 아니하며 존당이 또한 어여삐 여겨 슬상농주(膝上弄珠)로 귀중함이 범연치 아니터라.

숙혜 점점 자라매 평생 특용(特容)이 날로 기이(奇異)하여 그 생모의 박면(薄面)을 조

---

383 조항(朝行): 조반(朝班). 조정의 항렬(行列). 벼슬아치.

384 매연: 매몰차게 거절함.

385 길석(吉席): 혼례식 등의 기쁜 자리.

386 뇌정(牢定): 확실하게 정함.

387 방다첩의(方多疊矣): 바야흐로 거듭됨.

388 질자(姪子): 조카.

389 현훈(玄纁): 검은 헝겊과 붉은 헝겊의 두 조각 폐백.

390 길신(吉辰): 길일(吉日).

391 등대(等待): 미리 준비하고 기다림.

392 임강(任姜): 주(周) 문왕(文王)의 어머니 태임(太任)과 주나라 선왕(宣王)의 비인 강후(姜后)를 이르는 말로 현덕(賢德)이 있음을 말함.

393 마등(馬鄧): 한(漢)나라 명제(明帝)의 마황후(馬皇后)와 화제(和帝)의 등황후(鄧皇后). 둘 다 현명함으로 이름 높은 황후임.

394 가론: 말하기를, 이른바. 원문에는 '골온'으로 되어 있음.

금도 닮지 않았으니 전(專)혀[395] 부조여풍(父祖餘風)[396]이라. 유미(柳眉) 성안(星眼)은 태진(太眞)[397]의 살찜을 염(厭)히 여기고 자약요나(自若嫋娜)[398]한 체용(體容)은 비연(飛燕)[399]의 경신(輕身)[400]함을 나삐 여기니 성정이 자인온화(慈仁溫和)하여 시어(鰣魚)가 다골(多骨)[401]하고 감(47)귤이 씨 없는 듯하니 응대 민첩하고 수답(酬答)[402]이 혜일(慧逸)하며 또한 슬기 과인(過人)하여 사람을 한번 본즉 그 현우(賢愚)를 거울같이 비추듯 알오되 또한 박(薄)히 아니 하며 총명예지(聰明叡智)[403]하여 불과 오륙 세에 스스로 가르치지 않은 문자를 해득(解得)하여 십 세 전에 학문이 초세(超世)하고 성효(誠孝)가 출인(出人)하니 공주의 무애(撫愛)함이 기출(己出)이나 다름없고 설씨의 불인(不仁)함으로도 기특히 여김을 마지아니하고 지어(至於)[404] 강양 등 대접함을 설씨께 많이 강등(降等)치 아니하니 강양이 불승황감(不勝惶感)하여 칭찬 귀중(貴重)하더라.

광음이 훌훌하여 숙혜 소저의 꽃다운 연기(年紀) 십삼(十三)에 이르매 금봉(金鳳)[405]이 바야흐로 함담(菡萏)[406]을 벌리고자 하고 신월(新月)[407]이 보름이 차고자 하니 백태(48)제미(百態濟美)[408]하고 덕기정성(德氣精誠)하여 체형이 진숙(振肅)[409]하니 도요(桃夭)[410] 방매(芳媒)의 당체지화(唐棣之華)[411]를 노래함이 그 때를 얻었는지라. 왕이 여아의 장성수미(長成秀美)함

---

395 전(專)혀: 오로지.

396 부조여풍(父祖餘風): 아버지와 할아버지로부터 받은 성품과 용모.

397 태진(太眞): 양귀비.

398 자약요나(自若嫋娜): 침착하고 부드럽고 날씬하고 간드러짐.

399 비연(飛燕): 한나라의 조비연(趙飛燕). 동서고금을 통해 가장 날씬한 미인으로 가볍기 그지없어 손바닥 위에서도 춤을 출 수 있을 정도 [作掌中舞]였다고 함.

400 경신(輕身): 마른 몸. 경신세요(輕身細腰)의 줄임말.

401 시어다골(鰣魚多骨): 맛이 좋은 준치가 가시가 많다. 좋은 면의 한 편에는 좋지 못한 면이 있음을 이르는 말로도 사용되나, 여기서는 좋은 뜻으로 사용됨.

402 수답(酬答): 묻는 말에 대답함.

403 예지(叡智): 사물의 이치를 꿰뚫어 보는 지혜롭고 밝은 마음.

404 지어(至於): 심지어.

405 금봉(金鳳): 금봉화(金鳳花). 봉숭아꽃을 가리킴.

406 함담(菡萏): 연꽃의 봉우리.

407 신월(新月): 원문에는 '신원'으로 되어 있으나 문맥에 맞추어 고침.

408 백태제미(百態濟美): 온갖 자태가 아름답게 이루어짐.

409 진숙(振肅): 엄숙하게 바로잡음.

410 도요(桃夭): 예쁘고 싱싱한 복숭아나무. 혼인할 때를 뜻함. 『시경(詩經)』「주남(周南)」〈도요(桃夭)〉.

411 당체지화(唐棣之華): 산매자나무의 꽃. 산매자나무 열매가 많이 열리듯 형제를 많이 두는 복 많은 집

을 보매 택서(擇壻)의 마음이 갈망(渴望)하기에 미쳤더니 천정(天定) 숙채(宿債)[412]는 하늘이 정하신 바라. 이미 소진왕 형제로 더불어 연석(宴席)에 언약(言約)을 뇌정(牢定)[413]하니, 비록 여아나 초혼(初婚)[414]이라 혼구(婚具)의 풍비(豐備)함은 이르지 말고 월성 공주 범사(凡事)에 자상신밀(仔詳愼密)[415]하여 자장(資裝)[416] 즙물(什物)[417]의 가작함이 그 친모 의빈 군주의 슬거움[418]이라도 이같이 자상치 못할지라.

제왕이 공주의 성덕을 이제야 앎이 아니로되 새로이 항복(降伏)[419]하며 공경(恭敬)함을 마지아니하고 진공과 주·철 양 부인이 더욱 애경(愛敬)하고 모든 숙매(叔妹) 금(49)장(錦帳)[420]이 항복(降伏)지 아닐 이 없으되 홀로 육부인이 이르되,

"이는 공주가 어짊이 아니라 소싯(少時)적부터 천린[421]의 시험(豺獫)[422]한 호령에 훈(訓)하여 백사(百事)에 다 기운을 펴지 못하고 슬프나 좋으나 가여불가(可與不可)[423]에 다 귀순(歸順)[424]함이라."

하니 이는 우람(愚濫)한[425] 여자가 늙기에 이르도록 혬이 없어 인인(人人)의 칭송하는 바가 전혀 주부인[426] 고식(姑媳)[427]의 신상(身上)의 완전함을 깃거 아니함이러라.

시시(是時)에 현공자와[428] 숙혜 소저의 길기(吉期) 다다르니 소진왕부에서 설연청객(設

안을 가리킴. 『시경(詩經)』「소남(召南)」〈하피농의(何彼襛矣)〉.

412 숙채(宿債): 묵은 빚.

413 뇌정(牢定): 자리를 잡아서 확실하게 정함.

414 초혼(初婚): 한 집안의 여러 자녀 가운데 처음으로 치르는 결혼.

415 자상신밀(仔詳愼密): 인정이 넘치고 정성이 지극하며 신중하고 빈틈이 없음.

416 자장(資裝): 시집갈 때 가지고 가는 혼수, 시집갈 때 화려하게 갖추어서 잘 차림. 또는 그런 차림새.

417 즙물(什物): 집안 살림에 쓰는 갖가지 세간이나 그릇, 연장.

418 슬겁다: 겉으로 보기보다는 속이 꽤 넓다.

419 항복(降伏): 깊이 탄복함. 상대편의 힘에 눌리어 굴복함.

420 금장(錦帳): 동서.

421 천린: 현천린.

422 시험(豺獫): 승냥이같이 사나움.

423 가여불가(可與不可): 되든 안 되든.

424 귀순(歸順): 반항심을 버리고 스스로 돌아서서 복종하거나 순종함.

425 우람(愚濫)하다: 어리석어 분수를 모르고 외람되다.

426 주부인: 현천린의 어머니.

427 고식(姑媳): 고부(姑婦).

428 와: 원문에는 '의'로 되어 있으나 오기인 듯함.

宴請客)할새 상서 소세현은 진왕의 장자요 양학사의 여서(女婿)라. 소상서가 가정지자[429]로 풍모재화가 고금에 독보(獨步)한 옥인군자(玉人君子)요, 양씨는 대가여생(大家餘生)이라. 요조현숙(窈窕賢淑)하여 금슬우지(琴瑟遇知)[430]하여 오자이녀를 두어 위로 (50)양자(兩者)가 성인(成姻)하고 여아 혜교 소저가 바야흐로 장성하고 진왕 필제(畢弟)[431] 호부상서 소운필의 삼자니 필자(畢子)[432] 세문의 자(字)는 자수라. 또한 미산(眉山)[433] 남은 정맥(精脈)[434]으로 옥안화모(玉顔花貌)가 수려쇄락(秀麗灑落)[435]하여 고산(高山)의 춘송(春松)이 화무(華茂)하고 양류(楊柳)가 휘듣는[436] 듯 문장이 초세(超世)하고 영기발월(英氣發越)[437]하며 효우(孝友)가 출천(出天)하니 당세 옥인군자라. 부모가 과애(過愛)하여 미부(美婦)를 광구(廣求)터니 현소저의 방향(芳香)을 사모하여 이미 양가가 상의 정약(定約)하여 혼기(婚期)를 대후(待候)[438]러니 광음(光陰)이 신속하여 가기(佳期) 임박하여 오동(梧桐) 일엽(一葉)이 꽃다운 기약을 보하는지라. 소낭랑이 들으시고 크게 깃그사 금화채단(金貨綵緞)과 옥백(玉帛)을 많이 도우시고 진찬(珍饌)과 어원풍류(御苑風流)[439]로써 길석(吉席)을 빛내시니 호호(晧晧)[440]한 영광(51)이 금수익화(錦繡益花)[441]러라.

어시(於是)에 현공자 희천이 옥면영풍(玉面英風)에 길복(吉服)을 가하고 금안백마(金鞍白馬)[442]의 만조요객(滿朝繞客)이 나열하여 자운산 소부에 이르러 옥상(玉床)에 전안(奠雁)[443]하

---

429 가정지자: 미상.

430 금슬우지(琴瑟遇知): 부부간 사이가 좋고 서로 인격이나 학식을 인정해서 잘 대우함.

431 필제(畢弟): 막내 동생.

432 필자(畢子): 막내아들.

433 미산(眉山): 중국 송나라 때의 대문장가 소순(蘇洵)과 그 아들 소식(蘇軾) 소철(蘇轍)을 가리킴. 이들은 사천(四川) 미산(眉山) 사람임.

434 정맥(精脈): 정기와 혈통을 아울러 이르는 말.

435 수려쇄락(秀麗灑落): 상쾌하고 깨끗함.

436 휘듣다: 휘휘 떨어지다.

437 영기발월(英氣發越): 뛰어난 기상과 재기(才氣)가 훤칠함.

438 대후(待候): 분부를 기다림.

439 어원풍류(御苑風流): 궁궐의 동산이나 후원에서 여는 풍류.

440 호호(晧晧): 맑고 빛남. 넓고 큼.

441 금수익화(錦繡益花): 수를 놓은 비단, 화려한 옷에 꽃을 더함. 금상첨화(錦上添花).

442 금안백마(金鞍白馬): 금으로 된 안장과 흰 말. 화려한 차림새.

443 전안(奠雁): 혼례 때, 신랑이 기러기를 가지고 신부 집에 가서 상 위에 놓고 절함. 또는 그런 예(禮). 산 기러기를 쓰기도 하나, 대개 나무로 만든 것을 쓴다.

고 소소저를 백량우귀(百兩于歸)[444]할새 소공자가 또한 허다(許多) 위의(威儀)를 거느려 제왕궁에 이르러 현소저를 우귀(于歸)하여 소부로 돌아가니 양가 위의(威儀) 도로(道路)에 분행(分行)하여 난향(蘭香)[445]이 십리(十里)에 쏘이고 그 어악(御樂)이 진천(振天)하며 영광이 금고(今古)에 없으니 사람의 어깨가 야이고[446] 견자(見者)가 칭찬 불이(不已)러라. 현공자가 소소저를 맞아 본부에 돌아오니 홍장(紅粧)[447] 시아(侍兒)가 수풀을 이뤘고 신부를 이끌어 청중에 나아가 합환교배(合歡交拜)를 마치매 조율(棗栗)을 받들어 구고(舅姑)께 헌(獻)할새 만목(萬目)이 관첨(觀瞻)하니 이른(52)바 고문세덕(高門世德)은 영지방향(靈芝芳香)이요, 명가기맥(名家奇脈)은 형옥여정(荊玉餘精)[448]이라.

소씨의 여맥(餘脈)이 또 어이 범연(凡然)하리오. 칠보주취(七寶珠翠)[449] 가운데 농롱(瓏瓏)한[450] 장염(粧艶)과 묘묘(淼淼)[451]한 옥태(玉態) 빙정쇄락(氷淨灑落)[452]하여 계궁소월(桂宮素月)[453]이 비로소 두렷고자 하며 선원(仙苑) 아화(雅花)가 함담(菡萏)[454]을 버을고자[455] 하니 화안옥질(花顔玉質)이 윤염소쇄(潤艶瀟灑)[456]하여 태진(太眞)[457]의 완혜(婉蕙)[458]함을 웃으며 비연(飛燕)의 경신(輕身)함을 낮게 여기니 덕기유한(德氣幽閑)[459]하고 진퇴예절(進退禮節)이 진선합도(盡善合道)하여 규구(規矩)[460]에 응목(應目)[461]하니 가히 요조숙완(窈窕淑婉)이요 무쌍성

---

444 백량우귀(白兩于歸): '지자우귀백량어지(之子于歸百兩御之)'. 많은 수레로 부인을 정식으로 맞이함. 『시경(詩經)』「소남(召南)」〈작소(鵲巢)〉.

445 난향(蘭香): 원문에는 '난항'으로 되어 있음.

446 야이다: 서로 닿아 붐비다.

447 홍장(紅粧): 연지 따위로 붉게 하는 화장. 여인의 화장을 비유적으로 이르는 말.

448 형옥여정(荊玉餘精): 형옥(荊玉)의 남은 정채. 형옥은 초(楚)의 변화(卞和)가 형산에서 얻은 화씨벽을 이름.

449 칠보주취(七寶珠翠): 칠보와 구슬과 비취. 잘 차린 여자.

450 농롱(瓏瓏)하다: 빛이 매우 찬란하다.

451 묘묘(淼淼): 넓고 끝없이 아득함.

452 빙정쇄락(氷淨灑落): 얼음처럼 맑고, 개운하고 깨끗함.

453 계궁소월(桂宮素月): 흰 달. 계궁은 달의 다른 말.

454 함담(菡萏): 연꽃의 봉우리.

455 버을다: 꽃봉우리가 벌어지려 하다.

456 윤염소쇄(潤艶瀟灑): 윤이 나고 고우며 맑고 깨끗함.

457 태진(太眞): 당나라의 미녀 양귀비(楊貴妃).

458 완혜(婉蕙): 아름다움.

459 덕기유한(德氣幽閑): 어질고 넉넉한 마음씨나 낯빛 등 여자의 인품이 조용하고 그윽함.

460 규구(規矩): 목수의 줄, 자 따위 등을 일컫는 말로 법을 의미함.

461 응목(應目): 법도에 맞음.

염(無雙聖艶)[462]이라. 예파(禮罷)에 좌(座)에 나아가 옥화 군주로 안항(雁行)[463]을 이루매 아름다운 자질이 일목지화(一木之花)[464] 같고 일수생금(一水生金)[465] 같아여 옥질방용(玉質芳容)이 의희(依稀)히[466] 같은 듯하되 묘질(妙質)이 작작(灼灼)[467]하여 (53)염태요일(艶態嫋逸)[468]하며 서광(瑞光)이 애애(靄靄)함[469]은 소소저가 군주께 밎지 못하고 덕기(德氣) 완전(完全)하고 유화(柔和)[470] 상냥함은 소소저가 군주에 더은 듯한지라.

만당(滿堂) 빈객(賓客)이 눈이 어리고 하성(賀聲)이 이음차니[471] 존당(尊堂) 구고(舅姑)의 환열(歡悅)함은 불문가지(不問可知)라. 진공이 손녀의 우귀(于歸)하는 위의(威儀) 문(門)을 나매 신부의 예를 받고 재용(才容)을 과애(過愛)하여 형장(兄丈)께 하례(賀禮) 왈,

"금일 신부를 보니 성덕광휘(聖德光輝) 진선진미(盡善盡美)함은 종손부(從孫婦)를 바라지[472] 못하나 기질이 유화다복(柔和多福)하고 평생이 무흠(無欠)하올 며느리오니 진짓 형장 소원에 합(合)하도소이다."

공이 흔연(欣然) 점두(點頭) 왈,

"정합오의(正合吾意)[473]라. 원간[474] 여자의 색이 불관(不關)하니 며느리마다 그만 못하여도 재앙이 없으면 만행(萬幸)[475]이(54)라. 맹광(孟光)[476] 같은 여자가 원이로되 양손부(兩孫婦)가 이렇듯 비범하니 영행(榮幸) 중 불행(不幸)하도다."

장공 형제 소왈,

---

462 무쌍성염(無雙聖艶): 요염함이 서로 견줄 만한 것이 없을 정도로 뛰어남.
463 안항(雁行): 기러기의 행렬이라는 뜻으로 남의 형제를 높여 이르는 말.
464 일목지화(一木之花): 한 나무에서 핀 꽃. 같은 조상을 가진 사람들을 말함.
465 일수생금(一水生金): 같은 물에서 나온 금(사금). 같은 조상을 가진 사람들을 말함.
466 의희(依稀)히: 매우 비슷하게.
467 작작(灼灼): 몹시 화려하고 찬란함.
468 염태요일(艶態嫋逸): 매우 곱고 예쁜 자태.
469 애애(靄靄)하다: 분위기가 부드럽고 포근하여 평화롭다.
470 유화(柔和): 성품이 부드럽고 온화함.
471 이음차다: 줄줄이 이어지다.
472 바라지: 원문에는 '바리지'로 되어 있으나 서강대본을 참고하여 고침.
473 정합오의(正合吾意): 내 뜻에 꼭 맞음.
474 원간: 원래.
475 만행(萬幸): 아주 다행함.
476 맹광(孟光): 후한(後漢) 때 양홍(梁鴻)의 처. 못생겼으나 남편을 공경하여 거안제미(擧案齊眉)함.

"오래 사니 귀한 일도 보았도다. 자여[477]야, 여색(女色)이 진실로 불관(不關)터냐? 그렇거든 하수(下嫂)[478]의 용안(容顔)과 표매(表妹)의 자미(姿美)를 염고(厭苦)[479]하여 부디 갈구하여 아무 재앙도 없이 동락(同樂)고자 교염[480]의 자모(慈母) 같은 추용(醜容)을 얻었던가 싶으다마는 흉상(凶相)도 단명하니 하릴없어 이십도 못 채워 죽더구나. 저런 말을 들으면 웃음이 절로 나고 아무리 남 싫은 말 말자다가도 절로 입이 움직이니 잊었던 일도 곁에 신명이 일깨우니 생각이 절로 나는도다. 우리 (55)죽거든 코를 추혀들고[481] 그런 말 하라. 내 생전(生前)은 생심(生心)도 못하리라. 허리 아파 말하기 싫도다."

진공은 미소하고 오공은 어이없어 말을 내고자 하더라.

개국(開國) 오백사년(五百四年)에 쓴 철종황제(哲宗皇帝) 후궁(後宮) 김상궁(尙宮) 철영 씨(氏) 글씨.

---

477 자여: 오국공 현수문의 자(字).

478 하수(下嫂): 제수(弟嫂).

479 염고(厭苦): 어떤 일을 싫어하고 괴롭게 여김.

480 교염: 귀형녀(鬼形女)의 딸. 〈현씨양웅쌍린기〉에서 현수문은 혼인 전 윤소저를 겁탈한 일이 있다. 윤소저가 이를 설욕하기 위해 현수문과의 결혼식 날 추녀 중의 추녀인 귀형녀를 자신처럼 꾸며 현수문과 신혼 초야를 보내게 했는 바 이 때 생긴 딸임.

481 추혀들다: '추켜들다'의 옛말.

권지삼

(1)차설. 오공이 어이없어 잠소(潛笑) 왈,

"뉘서 대사(大事)로이 와 코 허리 싀고[1] 머리 아픈 꼴을 보라 하는다? 표형(表兄)[2] 같은 이는 백 년 아니 보아도 생각 없고 형 등 없다 우리 자손들 성취(成娶)[3] 못 할 것 아니니 다사(多事)히 굴지 말고 오지 말라."

진공 왈,

"매양 잊어 생각지 못하더니 생각한 김에 종자(從者)로 장아 왕래하는 협문(夾門)을 막사이다."

양장[4]이 선자(扇子)로 등을 치며 장목시지(張目視之)[5]하며 즐왈(叱曰),

"옳은 말 하니 듣기 싫을 만도 하리라. 협문을 막으라마는 그리 못 하리라. 대인(大人)과 숙모 생시에 이 문을 내어 아등(我等)을 경계하사 고인(古人)의 구세동거(九世同居)[6]

---

1 싀다: 시큰거리다.

2 표형(表兄): 외사촌형.

3 성취(成娶): 장가를 들어 아내를 얻음. 원문에는 '셩치'로 되어 있으나 서강대본을 참고하여 고침.

4 양장: 장공 형제 두 사람을 가리킴.

5 장목시지(張目視之): 눈을 크게 뜨고 바라봄.

6 구세동거(九世同居): 중국 당(唐)나라 장공예(張公藝)의 9대가 함께 살았다는 데서 나온 말로, 집안이 대

를 효측(效則)하라 하신대 이제 삼대도 못 하여 사이를 막는단 말가? 우리는 (2)막든 아니니 아모리나 하라."

설파(說罷)에 대소(大笑)하고 밖으로 나가니 오·진 양공이 다만 절도(絶倒)[7]하더라.

이윽고 제공(諸公)이 외헌(外軒)으로 나가매 내외 빈객(賓客)이 낙극단란(樂極團欒)[8]하여 일모서령(日暮西嶺)하고 옥토(玉兎)가 동승(東升)하니[9] 남녀 빈객이 각귀기가(各歸其家)하니 신부 숙소를 채경당에 정하고 신부가 혼정(昏定)[10] 후 침소(寢所)에 돌아가니 포진(鋪陳)[11]이 정제(整齊)하며 기완(器玩)[12]이 화려(華麗)할지언정 사치(奢侈)함이 없더라.

양랑(養娘)[13] 시아(侍兒)가 소저를 이끌어 예복을 벗기고 단의홍군(單衣紅裙)[14]으로 촉하(燭下)에 단좌(端坐)러니 야심(夜深)하매 신랑이 부명(父命)을 이어 향방(香房)[15]에 이르러 신인(新人)[16]을 상대하니 남풍여모(男風女貌)[17]가 실중(室中)에 조요(照耀)[18]하니 일대양필(一對良匹)[19]이라. 유랑(乳娘)[20]이 우러러 기쁨을 이기지 못하더라.

유모가 비취 원앙을 쌍설(雙設)하고 장외(帳外)로 퇴(退)하니 공자가 밤이 깊고 인적(人跡)(3)이 없음을 보고 바야흐로 눈을 들어 신부의 절세(絶世)한 용광(容光)[21]을 보매, 군자의 정대한 뜻이 그 색(色)을 깃거함이 아니요 안모(顔貌)에 덕성(德性)이 현출(顯出)함을 깃거

단히 번성하고 화목함을 이르는 말.

7 절도(絶倒): (배를 움켜잡고) 넘어질 정도로 크게 웃음.

8 낙극단란(樂極團欒): 즐거움이 극에 달하여 원만하고 화목함.

9 일모서령(日暮西嶺)하고 옥토(玉兎)가 동승(東升)하니: 해가 서쪽 고개로 저물고 달이 동쪽에 떠오르니. '옥토'는 달을 가리킴.

10 혼정(昏定): 저녁에 부모의 잠자리를 보살펴 드림. 즉 부모의 안부를 물어 봄. 아침저녁으로 부모의 안부를 물어 살핀다는 '혼정신성(昏定晨省)'이라는 말로 많이 씀.

11 포진(鋪陳): 이부자리나 방석 등의 깔 자리.

12 기완(器玩): 감상하며 즐기기 위한 기구나 골동품.

13 양랑(養娘): 유모.

14 단의홍군(單衣紅裙): 홑옷과 붉은 치마. 간편한 옷.

15 향방(香房): 젊은 여인이 거처하는 방. 여기선 신혼부부의 방을 가리킴.

16 신인(新人): 막 결혼한 사람. 여기서는 신부를 가리킴.

17 남풍여모(男風女貌): 남자의 풍채와 여자의 용모.

18 조요(照耀): 밝게 비쳐서 빛남.

19 일대양필(一對良匹): 한 쌍의 좋은 배필.

20 유랑(乳娘): 유모(乳母).

21 용광(容光): 빛나는 얼굴.

하며, 의대(衣帶)[22]를 끄르고 신부를 예로 청하여 나위(羅幃)[23]에 나아가니 은정(恩情)의 견권(繾綣)함[24]이 여교여칠(如膠如漆)[25]하되 신중정대(愼重正大)하여 조금도 연소배(年少輩)의 부박(浮薄)함[26]이 없더라. 명조(明朝)에 부부가 존당(尊堂)에 신성(晨省)하니 존당 구고(舅姑)[27]가 볼수록 연애(戀愛)하더라.

차시(此時)에 소공자 세문이 허다 위의(威儀)로 현소저를 친영(親迎)하여 운산 소부에 돌아가니 쌍쌍한 녹의홍상(綠衣紅裳)이 난향보촉(蘭香寶燭)[28]을 잡아 양 신인(新人)을 인도하여 배석에 나아가 합환교배(合歡交杯)[29]를 맞고 칠보선(七寶扇)을 기울이매 조율(棗栗)[30]을 받들어 구고(舅姑)께 헌(獻)하니 구고 숙당(叔堂)[31]과 제빈(諸賓) 상하가 신부의 방향(芳香)을 ⑷우레같이 들은 지 오랜지라 일시에 바라보니 이 또한 황가여엽(皇家餘葉)이요 화벌명예(華閥名裔)로 천승(千乘)의 소교(小嬌)[32]라. 두삽채화관(頭插綵華冠)과 신착홍금직취오운삼(身着紅錦織毳五雲衫)[33]은 보광(寶光)이 상사(相似)하고 오채영롱(五彩玲瓏)한데 예모동작(禮貌動作)의 진퇴함이 절차가 있고 굽으며 펴며 수단이 합도(合道)하여 일대성녀(一大聖女)요 천추가인(千秋佳人)이라. 구고(舅姑)가 일견(一見)에 대경(大驚) 기애(奇愛)[34]하고 숙당 제빈이 연성(連聲) 치하(致賀)하더라.

종일 진환(盡歡)하고 일락함지(日落咸池)[35]하니 빈객(賓客)이 각산(各散)하고 신부가 침소

---

22 의대(衣帶): 옷과 띠. 또는 옷의 띠.

23 나위(羅幃): 비단으로 만든 장막.

24 견권(繾綣)하다: 생각하는 정이 두터워 서로 잊지 못하거나 떨어질 수 없다.

25 여교여칠(如膠如漆): 아교와 옻칠처럼 매우 친밀하여 서로 떨어질 수 없음.

26 부박(浮薄)하다: 천박하고 경솔하다.

27 구고(舅姑): 시부모.

28 난향보촉(蘭香寶燭): 난초 향이 나는 좋은 초 혹은 그런 촛불.

29 합환교배(合歡交杯): 합환주를 주고받음.

30 조율(棗栗): 밤과 대추. 신부가 시부모에게 드리는 '폐백'을 이르는 말.

31 숙당(叔堂): 조부에게서 갈라져 나온 일가.

32 소교(小嬌): 어리고 아리따운 딸.

33 신착홍금직취오운삼(身着紅錦織毳五雲衫): 몸에는 붉은 비단에 오운을 새긴 옷을 걸침.

34 기애(奇愛): 기특하게 여기며 사랑함.

35 일락함지(日落咸池): 해가 서쪽 함지로 떨어짐. '함지(咸池)'는 해가 지는 곳으로 해가 뜨는 곳인 '부상(扶桑)'과 짝이 됨.

에 돌아오니 단정(端整) 채각(彩閣)에 수달난창(繡闥欄窓)[36]이 정쇄(精灑)하며[37] 광활(廣闊)하여 누대(累代) 공후제택(公侯第宅)인 줄 알러라. 야심(夜深)하매 신랑이 청사흑건(青紗黑巾)으로 완완(緩緩)히[38] 들어와 부부가 상대할새 염전(簾前)의 시아(侍兒), 복첩(僕妾)[39]이 구름 의상을 정히 하고 난향(蘭香)을 잡아 금병(錦屛)(5)을 여희고 나유(羅帷)를 반권(半卷)하여 선랑(仙娘)이 예영(禮迎)[40]하는 절도를 디디어 방중 숙인(淑人)이 기이영지(起而迎之)[41]하니 홍군(紅裙)이 난란(爛爛)하고[42] 향풍(香風)이 진울(震鬱)[43]하는 곳에 패옥(佩玉)이 쟁쟁(錚錚)[44]하니 월훈화영(月暈花影)[45]의 빛난 경색(景色)이 먼저 연소 풍류랑의 넋을 놀래는지라. 신랑이 정혼(精魂)이 흔열(欣悅)하여 일쌍 봉목(鳳目)이 길이 비침을 깨닫지 못하니, 의심컨대 항아(姮娥)[46]가 수정창(水晶窓)에 빗겼는 듯 천손(天孫)이 은하(銀河)에 배회(徘徊)하여 선랑(仙郎)을 지영(祇迎)[47]하는 듯 선연아질(嬋姸雅質)[48]이 교연쇄락(撟然灑落)[49]하여 명촉지하(明燭之下)에 더욱 가려(佳麗) 소담한지라.

소생이 또한 대가생출(大家生出)로 눈 높음이 무산(巫山)[50]과 요지(瑤池)[51]를 보았는지라 소씨 성장한 겨레 가운데 절염가인(絶艶佳人)이 하나둘이 아니어니 현소저의 아명(雅名)을 높이 들으나 스스로 의려(疑慮)[52]함이 없지 (6)않아 혜오되, '현씨 어떤 우물(尤物)[53]인지 알

---

36 수달난창(繡闥欄窓): 수를 놓은 듯 장식한 문과 난초 무늬 새긴 창.
37 정쇄(精灑)하다: 아주 깨끗하고 맑다.
38 완완(緩緩)히: 동작이 느릿느릿하게
39 복첩(僕妾): 남녀종을 아울러 이르는 말.
40 예영(禮迎): 원문에는 '여영'으로 되어 있으나 문맥에 맞추어 고침.
41 기이영지(起而迎之): 일어나서 맞이함.
42 난란(爛爛)하다: 번쩍이며 눈부시다.
43 진울(震鬱): 강하게 진동함.
44 쟁쟁(錚錚): 울림이 좋은 쇠붙이가 맞부딪쳐서 내는 맑은 소리.
45 월훈화영(月暈花影): 달무리와 꽃 그림자.
46 항아(姮娥): 궁술의 명인 예(羿)의 아내로서 예가 서왕모에게 얻어온 불사약을 몰래 마시고 달나라로 도망가서 산다는 선녀.
47 지영(祇迎): 공경하여 맞이함.
48 선연아질(嬋姸雅質): 아리땁고 고운 모양.
49 교연쇄락(撟然灑落): 꿋꿋한 가운데 깨끗하여 속기가 없음.
50 무산(巫山): 중국의 초(楚) 양왕(襄王)이 꿈속에서 만나 정을 나누었다는 신녀가 산다는 곳.
51 요지(瑤池): 곤륜산의 선경(仙境)으로 서왕모(西王母)가 주 목왕(穆王)과 만났다는 곳임.
52 의려(疑慮): 의심하여 염려함.
53 우물(尤物): 얼굴이 빼어나게 잘생긴 여자.

지 못하거니와 어찌 감히 우리 제수, 제매의 옥모염태(玉貌艷態)[54]를 미치리오.' 하였더니, 이에 보매는 오히려 소씨 제소저(諸小姐) 부인에 비겨 두어 층(層) 나음이 있으니 스스로 경동(驚動)하는 마음이 나는지라. 옥안성모(玉顏星眸)에 화기 이연(怡然)하여[55] 동서 분좌(分坐)러니 유모가 침금(寢衿)을 배설하고 장외(帳外)로 퇴(退)하매 생이 바야흐로 옥안봉목(玉眼鳳目)에 소용(笑容)이 환연(歡然)하여[56] 나아가 근이좌(謹而坐)하고 소매를 들어 왈,

"소생은 임하(林下)의 서생으로 재학(才學)이 노둔(駑鈍)[57]하거늘 외람히 악장(岳丈)[58]의 지우(知遇)[59]하심을 입사와 규중 옥화(玉花)로써 허(許)하시니 성택(聖澤)을 깊이 감사하여 악장의 사랑하시는 은혜(恩惠)[60]를 저버리지 아니하리라."

소저가 불승수괴(不勝羞愧)[61]하여 성안(星眼)[62]이 나작하고 강시(絳腮)[63]에 훈향(薰香)이 염
(7)염(冉冉)[64]하여 저수부답(低首不答)[65]하니 시청(視聽)이 없는 듯한지라.

생이 양구(良久)[66] 첨시(瞻視)[67]에 소왈(笑曰),

"부부호합(夫婦好合)은 인지상정(人之常情)이라 곤충 초수(草樹)에 니르히[68] 쌍이 가작하니[69] 소저의 총명혜식(聰明慧識)으로 어찌 천리(天理)의 소연(昭然)한 이(理)와 양인(良人)[70]의 존중함을 어찌 알지 못하리오. 모르고 여차(如此)한즉 미거(未擧)하기에[71] 가깝

---

54 옥모염태(玉貌艷態): 옥과 같은 얼굴에 풍염한 자태.

55 이연(怡然)하다: 기쁘고 좋다.

56 환연(歡然)하다: 마음에 즐겁고 기쁘다.

57 노둔(駑鈍): 둔하고 어리석어 미련함.

58 악장(岳丈): 장인을 높여 이르는 말.

59 지우(知遇): 인격이나 학식을 알아내어 후하게 대우해 줌.

60 은혜(恩惠): 원문에는 '흔혜'로 되어 있으나 문맥에 맞추어 고침.

61 불승수괴(不勝羞愧): 부끄럽고 창피함을 이기지 못함.

62 성안(星眼): 별처럼 총총한 눈.

63 강시(絳腮): 붉은 뺨.

64 염염(冉冉): 부드럽고 약함.

65 저수부답(低首不答): 머리를 숙이고 아무런 답이 없음.

66 양구(良久): 한참 동안. 오래도록.

67 첨시(瞻視): 쳐다봄.

68 니르히: 이르도록.

69 가작하다: 성대하고 훌륭하다. 잘 갖추어지다.

70 양인(良人): 부부가 서로를 일컫는 말. 여기서는 남편을 이름.

71 미거(未擧)하다: 철이 없거나 잘 알지 못하여 어둡다.

고 알며 여차한즉 여자의 경부지도(敬夫之道)[72]가 아니로다."

소저가 청파(聽罷)에 신혼 초봉(初逢)에 그 말씀이 이 같음을 십분 불열(不悅)하여 쌍성(雙星)[73]이 더욱 나작하고 옥모(玉貌)가 냉담하여 설상(雪上)의 한매(寒梅) 같으니, 공자가 웃고 드대어 야심함을 일컬어 탈관해의(脫冠解衣)하고 옥촉(玉燭)을 멸(滅)하매 소저를 예로 청하여 비취상 상(上)에 원앙장(鴛鴦帳)[74]을 한가지로 하니 유모가 창하(窓下)에서 규시(窺視)하고 기쁨을 이기지 못하더라.

(8)효명(曉明)을 응(應)하여 부부가 한가지로 일어 관소(盥梳)[75]하고 존당(尊堂)에 신성(晨省)하니 구고(舅姑) 숙당(叔堂)이 애지연지(愛之戀之)하더라. 현소저가 인류구가(因留舅家)[76]하여 효봉구고(孝奉舅姑)하고 승순군자(承順君子)하니 예성(譽聲)이 인리(隣里)에 진동(振動)하더라. 삼일이 지나매 현공자가 소왕부에 나아가 견빙악지례(見聘岳之禮)[77]를 행할새, 소부 상하가 한 당에 모여 공자를 맞아 반기며 진왕비와 악모(岳母) 양부인이 말씀이 자별(自別)하여[78] 소녀의 평생을 부탁하니 언단(言端)[79]이 유화(柔和)하여 성녀(聖女)의 풍이 가작하니 현공자가 순순화답(恂恂和答)[80]하여[81] 옥치단순(玉齒丹脣) 가운데 옥성(玉聲)이 도도(滔滔)하여[82] 말씀이 정대하니 제소(諸蘇)[83]가 불승애경(不勝愛敬)하더라.

현공자가 좌우를 고면(顧眄)하니 고대광실에 남좌여우(男左女右)가 정정제제(正正濟濟)하여 낱낱이 수미쇄락(秀美灑落)하여 남자는 옥경선군(玉京仙君) 같고 여자는 무릉(9)선아(武陵仙娥) 같으니 현공자가 그윽이 암탄(暗歎)하더라. 소공자 세문이 또한 현부로 향코자 하다가 현공자를 만나 한가지로 말씀하더니 현공자가 왈,

---

72 경부지도(敬夫之道): 남편을 공경하는 도리.

73 쌍성(雙星): 두 눈.

74 원앙장(鴛鴦帳): 원앙을 수놓은 휘장.

75 관소(盥梳): 세수하고 머리를 빗음. 원문에는 '관수'로 되어 있으나 서강대본을 참고하여 고침.

76 인류구가(因留舅家): 시댁에 머무름으로 인함.

77 견빙악지례(見聘岳之禮): 장모[聘母]와 장인[岳丈]을 뵙는 의례.

78 자별(自別)하다: 친분이 남보다 특별하다.

79 언단(言端): 말씨.

80 순순화답(恂恂和答): 믿음직하고 거짓 없이 화답함.

81 하여: 원문에는 없으나 서강대본을 참고하여 보충함.

82 도도(滔滔)하다: 말 하는 모양이 물 흐르듯 거침없다.

83 제소(諸蘇): 소씨 집안의 여러 사람들.

"자수[84]는 어찌 금일 우리 당숙께 배현(拜見)치 아닛나뇨?"

소공자가 웃어 왈,

"내 정히 가려 하다가 현중을 만나 미처 가지 못하였거니와 현중이 생심(生心)코[85] 나의 자호(字號)를 부르지 못하리라."

현공자가 몰라 듣는 체하고 미소 왈,

"자수가 내게 아래 매부(妹夫)라. 어찌 자호를 부르지 못하리란 말고?"

소공자가 소왈(笑曰),

"영매(令妹)[86]로 이르지 말고 그대 나의 질녀서(姪女壻)[87]니 감히 처숙(妻叔)을 경만(輕慢)치 못하리라."

현생이 대소 왈,

"처숙이 원간 무엇이 존중(尊重)하여 경만치 못하며 자수가 나의 수하 매부라 무엇이 높을와[88] 하고 존대한 체하리오?"

진왕이 질아(姪兒)의 현생(10)과 희롱(戱弄)함을 보고 날호여[89] 웃어 왈,

"현서(賢壻)의 말이 옳으니 질아(姪兒)가 아무리 기승(氣勝)하나 말이 막히리로다."

소생이 함소(含笑) 대왈(對曰),

"현중의 말 같사올진대 소질이 또한 사촌 처남으로 그리 대사(大事)로이[90] 여기리잇가?"

현생이 목송지(目送之) 소왈(笑曰),

"나는 사체(事體) 그러므로 당초에 먼저 가여불가(可與不可)의 논폄(論貶)함이 없으되 자수가 스스로 자존(自尊)코자 하다가 패루(敗漏)하매 도로혀[91] 이런 말을 하니 이는 진짓 아창지가(我唱之歌)를 군이 화(和)하는도다."

소생이 답할 말이 없어 묵연대소(默然大笑)하고 좌중이 개소(皆笑)러라.

이윽고 금반옥기(金盤玉器)에 진수미찬(珍羞美饌)을 내와 철음(撤飮)하기를 맞고 상을

---

84 자수: '소세문'의 자(字).

85 생심(生心)하다: 어떤 일을 하려고 마음을 먹다.

86 영매(令妹): 남의 누이동생을 높여 부르는 말.

87 질녀서(姪女壻): 조카사위.

88 높을와: 높구나. 원문에는 '놉흘와'로 되어 있음.

89 날호여: 천천히.

90 대사(大事)로이: 대수롭게.

91 도로혀: 도리어

물리매 문득 현상부로조차[92] 월성궁 궁환(宮鬟)이 소공자 내림(來臨)함을 청하는지라. 현공자가 드대어 좌중에 하직하고 소공자로 더(11)불어 청려(青驢)[93]를 몰아 제왕부 월성궁에 이르니 제왕 부부 삼인이 제자를 거느려 상부에 나아가 중청(中廳)에 포진(鋪陳)을 배설하고 소공자를 청하여 상부 제부인과 한가지로 볼새 하·윤·주·철·육 오부인(五婦人)이 예복을 갖추어 수좌(隨座)에 거(居)하고 오·진 양공이 병익(竝翼)하여 앉았는데 소년 제인과 모든 부인네 남좌여우(男左女右)를 분(分)하여 존전에 시립(侍立)하여 경근지례(敬謹之禮)[94]를 다하니 예의(禮儀) 정제(整齊)하고 절차가 숙숙(肅肅)한지라.[95] 현공자가 소생의 소매를 이끌어 들어와 좌중에 차례로 배알(拜謁)하기를 맞고 좌(座)에 나아가니 제부인이 각각 청아(青蛾)를 드리워 흔연 치관(致款)[96]함을 마지아니하고 주부인이 흔연히 위유(慰諭)[97] 왈,

"존문(尊門)은 세대(世代) 덕문화벌(德門華閥)[98]이어늘 미문(微門) 약녀(弱女)[99]로써 외람(猥濫)히 성문(聖門)에 의(12)탁(依託)하니 평생 바람에 넘은지라. 원컨대 현서(賢壻)는 길이 유신(有信) 유의(有義) 유덕(有德)하사 약녀(弱女)의 평생이 쾌락함을 바라나이다."

월성 공주와 의빈 군주가 말씀을 온화(溫和)히 하여 여아(女兒)의 평생(平生)을 부탁하니 의문(懿文)[100]이 수어(數語)에 넘지 아니나 언사(言辭)가 관곡(款曲)하고[101] 사의(辭意) 은근(慇懃)하니 공자(公子)가 순순배사(順順拜謝)하고 투목(偸目)[102]으로 살피건대 하·윤·주·철 사부인(四婦人)이 쇠모지년(衰耗之年)[103]에 이르렀으나 소안(素顏)[104]이 결백(潔白)하고 설부(雪

---

92 현상부로조차: 현상부로부터
93 청려(青驢): 검푸른 당나귀.
94 경근지례(敬謹之禮): 공경하고 삼가는 예의.
95 숙숙(肅肅)하다: 삼가는 마음이 생길 만큼 분위기가 엄숙하다.
96 치관(致款): 매우 정겹고 친절하게 대함.
97 위유(慰諭): 위로하고 타일러 달램.
98 덕문화벌(德門華閥): 덕이 있고 번성하는 집안.
99 약녀(弱女): 어린 딸.
100 의문(懿文): 아름다운 말이나 문장.
101 관곡(款曲)하다: 매우 정답고 친절하다.
102 투목(偸目): 곁눈. 훔쳐봄.
103 쇠모지년(衰耗之年): 늙어 힘이 없어지는 나이.
104 소안(素顏): 화장하지 않은 얼굴.

膚)[105]가 윤택(潤澤)하여 소년(少年) 홍옥(紅玉)의 연분(臙粉)[106] 취색(取色)을 더러이 여기며 안모(顔貌)에 성덕(盛德) 광휘(光輝) 어리어 당시(當時)의 숙인성사(淑人聖士)요, 버거[107] 사마부인 제사(娣姒)[108] 금장(錦帳)[109]에 이르러 개개(個個)이 초세탁아(超世卓雅)[110]하여 오히려 소년 춘색(春色)이 머물렀고, 더욱 악모(岳母) 월성 공주와 의빈 군주로 보건대 공주는 이 곧 숙모 낭랑(娘娘) 소생(所生)이(13)니 자가(自家)가 어렸을 제 친잠(親蠶)[111] 연회(宴會)에 모부인(母夫人)을 따라 대내(大內)에 들어가 보았는지라. 그 성모월태(聖貌月態)를 처음 봄이 아니로되 새로이 기이(奇異)함을 이기지 못하고, 악모(岳母) 의빈 군주가 용안(容顔)이 수미(秀美)치 못하나 체용(體容)이 유한(幽閑)하고 기위(其威) 신중(愼重)하여 당시 계차군자(笄釵君子)[112]요 결군장부(結裙丈夫)[113]라.

생이 그윽이 암칭(暗稱)함을 마지아니하고 또 설씨의 교용묘질(嬌容妙質)[114]이 소쇄(瀟灑)[115] 표연(表然)함[116]을 보고 심하(心下)에 유의(留意)하여 살피며 암탄(暗歎)[117] 왈(曰), '차(此) 부인이 진짓 매달(妺妲)[118]의 정령(精靈)이라. 만일 제왕의 관인(寬仁)함[119]과 공주의 성인지풍(聖人之風)으로 감화(感化)함이 아니런들 선도(善道)에 나아감이 어려울낫다.' 그윽이 탄식(歎息)함을 마지아니하고 또 강양의 화태(華態) 상랑(爽朗)[120]한 기질(氣質)을 보고 차탄(嗟歎) 왈(曰),

---

105 설부(雪膚): 눈처럼 흰 살갗이라는 뜻으로, 미인의 살결을 비유적으로 이르는 말.
106 연분(臙粉): 분과 연지.
107 버거: 다음으로, 둘째.
108 제사(娣姒): 동서.
109 금장(錦帳): '금장(錦帳)'은 '금장소고(錦帳小姑)'의 준말로 시누이와 동서를 말함.
110 초세탁아(超世卓雅): 초연하고 고아(高雅)함.
111 친잠(親蠶): 양잠을 장려하기 위하여 왕비가 몸소 누에를 치던 일.
112 계차군자(笄釵君子): 비녀 꽂은 군자란 뜻으로 여장부를 가리키는 말.
113 결군장부(結裙丈夫): 치마 두른 장부. 여장부란 뜻.
114 교용묘질(嬌容妙質): 교태를 띤 얼굴과 아름다운 자태
115 소쇄(瀟灑): 기운이 맑고 깨끗함.
116 표연(表然)하다: 겉으로 드러나다.
117 암탄(暗歎): 혼자 속으로 탄식함.
118 매달(妺妲): 매희(妺姬)와 달기(妲己)를 아울러 이르는 말로 나라를 망하게 한 여자라는 뜻임.
119 관인(寬仁)하다: 마음이 너그럽고 어질다.
120 상랑(爽朗): 시원하고 맑음.

"진짓 전국(戰國)의 왕양(王襄)[121]을 승기(勝氣)[122]니 여중호걸(女中豪傑)이라. 제왕(帝王)의 용호지(14)상(龍虎之像)이 아니런들 차인(此人)을 진압(鎭壓)기 어려울낫다."[123]

하더라.

주부인이 좌우를 명하여 팔진미찬(八珍美饌)을 가져 앒앒이 벌이고 신랑(新郎)을 은근히 권하여 말씀하매 좌상(座上)[124]에 춘풍(春風)이 일어나고 화담미어(和談美語)[125]가 쟁쟁(錚錚)하여 금수(錦繡) 돗[126] 위에 빛난 말씀이 봄빛을 자았으니, 홀로 육부인이 주뻣하여[127] 앉아 이리 두렷 저리 두렷 헤식은[128] 웃음뿐이러니 주·철 양(兩) 부인이 신랑(新郎)을 화접(和接)[129]하여 설화(說話)가 도도함을 보매 문득 생각하되, '철씨도 할미 소임(所任)을 차리노라 소생을 대하여 말하니 낸들 그리 못 할 것이 아니라.' 하고 두용(頭容)을 끄(15)덕이며 목용(目容)을 지긋거려[130] 이윽히 주사(酒邪)[131]타가 이에 두세 번 잔기침하고 가장 지예(踟豫)하여[132] 소생을 향하여 왈(曰),

"낭군(郎君)은 새사람이라 어른이 가르치지 아니면 차례를 어찌 알리오. 노첩(老妾)은 진공의 계비(繼妃)요, 그대 악부(岳父) 제왕의 의모(義母)라. 철부인과 일체(一體)로되 그러나 노첩(老妾)은 제왕에게 각별 친애(親愛) 범연(凡然)치 아니나니, 주부인으로 표종(表從)[133] 자매지간이라 일택(一宅)에 생장(生長)하여 일부(一夫)를 종(從)하매 소위(所謂) 황영(皇英)[134]의 자매(姉妹) 같은 정(情)이 있는지라. 주매(妹) 소시(少時)에 형아 군주 년의 작용으로 만상(萬狀) 비고(悲苦)를 겪고 사생(死生)이 미분(未分)할 때에 어찌 오늘날

---

121 왕양(王襄): 위나라 장수.

122 승기(勝氣): 지지 않고 이기려는 기개.

123 어려울낫다: 어려우렸다.

124 좌상(座上): 여러 사람이 모인 자리. 원문에는 '좡상'으로 되어 있으나 오기인 듯함.

125 화담미어(和談美語): 정답게 주고받는 아름다운 말.

126 돗: 돗자리.

127 주뻣하다: 어줍거나 부끄러워서 머뭇거리거나 주저하다. 원문에는 '즙벗ᄒᆞ여'로 되어 있음.

128 헤식다: 맺고 끊는 데가 없이 싱겁다.

129 화접(和接): 만나서 어울림.

130 지긋거리다: 찡긋거리다. 눈이나 코를 약간씩 자꾸 찡그리다.

131 주사(酒邪): 술 마신 뒤에 버릇으로 하는 못된 언행.

132 지예(踟豫)하다: 머뭇거리다.

133 표종(表從): 외종.

134 황영(皇英): 순임금의 두 아내 아황(娥皇)과 여영(女英)을 말함.

일국 재상(宰相)(16)의[135] 부인으로 다시 천승국군(千乘國君)의 태비(太妃) 되어 어느 사이 손자사회를 얻어 경사(慶事)를 보리라 하였으리오. 노첩(老妾)이 낭군의 아름다운 재모(才貌)를 애모(愛慕)할 뿐 아니라 우리 주매의 복됨을 깃거하나니 이제 주·철 양 부인의 소녀를 이르는 말은 다 낮 가리와 시속(時俗)의 말이라 첩이 실로 괴이히 여기노라. 손녀는 가히 이른바 계궁(桂宮)[136]의 맑은 달이요 선원(仙園)의 봉화라. 성인이 전전반측(輾轉反側)[137]하시고 오매구지(寤寐求之)[138]하여도 만나기 어려운 절염숙녀(絶艶淑女)니 무슨 일 낭군의 풍신재화(風神才華)[139]를 따르지 못하리오. 노첩의 이 말은 직언(直言)이니 현서(賢壻)는 괴이히 여기지 말라."

설(17)파(說罷)에 흔흔(欣欣)히[140] 웃으니 소공자가 심리(心裏)에 그 우람(愚濫)한[141] 언단(言端)[142]을 실소(失笑)하나 사색(辭色)[143]지 아니코 다만 공경(恭敬)하여 들을 따름이라. 좌우(左右)가 면면(面面)이 돌아보아 웃음을 참지 못하고 장공이 흔연(欣然) 위자(慰藉)[144]하여,

"육수(嫂)의 성언(誠言)이 지극 유리(有理)하시니 소랑이 가히 처자를 높은 스승으로 대접하라."

제왕이 육부인 실언(失言)하심을 민망(憫惘)하여[145] 봉안(鳳眼)[146]을 들어 부공(父公)의 기색(氣色)을 살피니 진공이 단연(端然)[147] 위좌(危坐)[148]하여 시청(視聽)이 없는 듯하니 이는 사

---

135 의: 원문에는 '상의'로 되어 있으나 오기인 듯함.

136 계궁(桂宮): 월궁(月宮). 달에 있다는 전설 속의 궁전.

137 전전반측(輾轉反側): 누워서 몸을 이리저리 뒤척이며 잠을 이루지 못함. 원문에는 '전전반칙'으로 되어 있음.

138 오매구지(寤寐求之): 자나 깨나 그리워함. 『시경(詩經)』「주남(周南)」〈관저(關雎)〉의 일부임. '參差荇菜(올망졸망 조아기풀) 左右流之(이리저리 찾고요) 窈窕淑女(아리따운 아가씨) 寤寐求之(자나 깨나 그리네)'.

139 풍신재화(風神才華): 풍채와 재주가 뛰어남.

140 흔흔(欣欣)히: 매우 기쁘고 만족스럽게.

141 우람(愚濫)하다: 어리석어 분수를 모르고 외람되다.

142 언단(言端): 말다툼을 일으키는 실마리.

143 사색(辭色): 말과 표정. '사색지 아니코'는 말과 표정의 변화가 드러나지 않음을 말함. 사색불변(辭色不變).

144 위자(慰藉): 위로하고 도와줌.

145 하여: 원문에는 없으나 서강대본을 참고하여 보충함.

146 봉안(鳳眼): 봉황의 눈같이 가늘고 길며 눈초리가 위로 째지고 붉은 기운이 있는 눈. 귀상(貴相)으로 여긴다.

147 단연(端然): 바르게 정돈되어 가지런함.

148 위좌(危坐): 정좌(正坐). 몸을 바르게 하고 앉음.

사(事事)에 족가(足枷)치[149] 아님이러라. 좌간(座間)의 하풍익이 소왈(笑曰),

"소랑이 어찌 존언(尊言)을 대(對)하지 아닛나뇨?"

소생이 또 부답(不答)이라. 제왕이 정색(正色) 왈(曰),

"형이 어리지 (18)아니하고 미치지 않았거늘 소배(少輩)를 대하여 무익(無益)한 희담(戲談)을 하나뇨."

장시중이 소왈(笑曰),[150]

"천린이 요지(瑤池)[151] 선아(仙娥)[152] 같은 두 딸을 두고 왕자안(王子安)[153] 같은 맏사회를 얻었으니 또 오래지 않아 이적선(李謫仙)[154] 같은 사회를 얻을지라. 그대 실없이 희어(戲語)를 창수(唱酬)하여 행여 사회 노하여 돌아갈까 겁(怯)하나니 실없이 굴지 말라. 나도 젊어서부터 아무 말을 하여도 장래(將來)까지 그 말이 맞아 가니 일생 그대 등(等)처럼 실없이 말하여 본 일 없노라."

하풍익, 가안백이 일시에 가로되,

"몰랐삽더니 원래 장존공이 원천강(袁天綱),[155] 이순풍(李淳風)[156]과 곽박(郭璞)[157] 선생 같도소이다. 수연(雖然)이나 전부터 영(19)험(靈驗)할와[158] 자랑하시되 우리 등의 장래 길흉(吉凶)은 아이의[159] 이르지 않으시니 실로 고맙지 아냐이다."

시중 왈(曰),

"나는 마치[160] 현부 남녀 제인(諸人)의 길흉만 점복(占卜)하지 다른 사람의 화복(禍福)은 알지 못하노라. 내 젊어서 꿈을 꾸니 신인이 몽중(夢中)에 와 한 권 책을 가르치니 다

---

149 족가(足枷)하다: 따지다. 다그치다.

150 소왈(笑曰): 원문에는 없으나 서강대본을 참고하여 보충함.

151 요지(瑤池): 중국 곤륜산(崑崙山)에 있는 연못. 주(周) 목왕(穆王)이 서왕모(西王母)를 만나 즐겼다는 곳.

152 선아(仙娥): 선녀(仙女).

153 왕자안(王子安): 당나라의 문인 왕발(王勃, 650~676). 자안(子安)은 그의 자(字)임. 조숙한 천재로 유명한 〈등왕각서(滕王閣序)〉를 지음.

154 이적선(李謫仙): 이백(李白, 701~762). 성당(盛唐) 때의 대시인. 자(字)는 태백(太白). 호(號)는 청연(青蓮).

155 원천강(袁天綱): 당나라 때의 유명한 관상술사.

156 이순풍(李淳風): 당나라 때의 유명한 천문학자·수학자(602~670).

157 곽박(郭璞): 중국 서진(西晉) 말에서 동진(東晉) 초의 학자·시인(276~324). 『목천자전(穆天子傳)』, 『산해경(山海經)』, 『이아(爾雅)』 등의 주석이 유명하다.

158 영험(靈驗)할와: 영험하구나.

159 아이의: 아예. 전적으로.

160 마치: '맞추어', '알맞게'의 옛말.

웅·천 등 십사(十四) 곤계(昆季)[161]의 길흉만 일렀고 다른 말은 없더라."

좌우(左右)가 대소(大笑)하니 육부인이 문득 성내어 왈(曰),

"이 좌중에 뭇다락이[162] 소랑을 대하여 온갖 고담(古談)의 말을 다 하되 아무도 이렇다 말이 없더니 내 한 말을 이르매 좌중에 웃는 빛이 일어나니 내 낯가죽에 광대를 쓰지 않았고 각별 웃을 일 없건(20)마는 사람이 다 웃는 빛이요, 여아의 우선 매운 눈꼴과 찬 낯빛으로 노모(老母)를 미안히 여기니 어찌 사람을 대접(待接)하는 도리리오."

설파(說罷)에 금군(錦裙)[163]을 떨쳐 일어나 분분(紛紛)히[164] 침소(寢所)로 돌아가니 좌우가 그 거동(擧動)을 해연(駭然)하여[165] 묵연(默然)히 만류(挽留)치 아니니 가부인이 모친(母親)의 해거(駭擧)[166]를 부끄려 머리를 숙이고 옥면(玉面)이 홍예(虹霓)[167]하여 말이 없더라. 이윽고 소생이 하직(下直)고 돌아가니 모두 결연(缺然)하여[168] 자로[169] 보기를 일컫더라.

소공자가 본부(本府)에 돌아가 부모께 뵈옵고 차야(此夜)에 신방(新房)에 들어가 소저(小姐)를 대하여 석상(席上) 현부 수말(首末)을 이르고 육부인 거동을 전하며 실소(失笑)함을 마지않으니 소저(小姐)가 조모(祖母)의 행(21)사(行使)[170]를 참괴(慙愧)[171]하나 제 당당한 장부(丈夫)가 되어 지내어 보는 일이 없어 세쇄지언(細瑣之言)[172]을 다 옮김을 미안(未安)하여 문득 생을 거두어 옥모(玉貌)가 씩씩하고 사색(辭色)[173]이 십분(十分) 불열(不悅)하니, 공자가 지기(知機)[174]하고 저의 답언(答言)을 부디 듣고자 하여 다시 가로되,

"원간 전언(傳言)이 미쁘지[175] 아닌지라. 석자(昔者)에 육부인이 진공 대인을 좇을 제 주

161 곤계(昆季): 형제.
162 뭇다락이: 일제히 함께. 원문에는 '뭇드락이'로 되어 있음.
163 금군(錦裙): 비단 치마.
164 분분(紛紛)히: 떠들썩하고 뒤숭숭하게.
165 해연(駭然)하다: 몹시 이상스러워 놀랍다.
166 해거(駭擧): 괴상하고 얄궂은 짓.
167 홍예(虹霓): 무지개. 원문에는 '홍예'라고 되어 있으나 서강대본을 참고하여 고침.
168 결연(缺然)하다: 모자라서 서운하거나 불만족스럽다.
169 자로: 자주.
170 행사(行使): 행동이나 하는 짓.
171 참괴(慙愧): 매우 부끄러워함.
172 세쇄지언(細瑣之言): 시시하고 자질구레한 말.
173 사색(辭色): 말과 얼굴빛을 아울러 이르는 말.
174 지기(知機): 기미나 낌새를 알아차림.
175 미쁘다: 믿음성이 있다.

부인인 체하고 진합하(閤下)를 속이려다가 사기(事機) 패루(敗漏)하매 궐하(闕下)에 격고등문(擊鼓登聞)[176]하여 진합하를 좇았더라 하거늘, 생이 전언(傳言)을 듣고 현마[177] 그러하랴 하였더니 석상(席上)[178] 경색(景色)을 보니 전언이 과실(果實)한가 하노라."

소저(小姐)가 청파(聽罷)에 정색(正色) 염용(斂容)[179] 왈(曰),

"성인이 운(云)하되, '사람의 허물을 듣거든 부모의 이름같이 하라.' 하시니 다뭇[180] 군여첩(君與妾)은 후생(後生)이라 보도 아닌 옛 말을 전(22)언(傳言)으로 어찌 알며 조모(祖母)가 설사 허물이 진적(眞的)하다[181] 한들 후생 소배(少輩) 감히 시비(是非)함은 장유유서(長幼有序)의 도리 아니요 성인(聖人)의 경계(警戒)를 저버림이니 그름이 또한 군자(君子)에 있는지라. 첩이 진실로 사정(私情)에 거리껴 조모(祖母)를 두호(斗護)[182]함이 아니라 군자 백행(百行)에 흠이 되실까 저어하나이다."

언파(言罷)에 옥성(玉聲)이 정숙하고 낭랑(朗朗)한지라. 생이 번연(幡然)[183] 개용(改容)[184] 왈(曰),

"선재(善哉)라. 현조(賢助)[185]의 통달한 지식이 여차(如此)하니 차후(此後)로 생의 그른 곳을 규정(糾正)[186]하여 내조(內助)의 공덕(功德)이 호대(浩大)할지라. 금자(今者) 장대인이 희언(戱言)이시나 높은 스승으로 대접하라 하신 말씀이 유리(有理)토다."

소저가 수용(羞容) 정색(正色) 대왈(對曰),

"군자가 어찌 의외지언(意外之言)으로 첩을 조롱(嘲弄)하심을 어린아해같이 하시니 첩이 부끄려 죽으리로소이다."

생이 미소(微笑) 왈(曰),

"일시(一時) (23)희언(戱言)이라. 그대는 용서하라."

---

176 격고등문(擊鼓登聞): 신문고(申聞鼓)를 울리는 일을 함.

177 현마: '설마'의 옛말.

178 석상(席上): 원문에는 '셕싱'으로 되어 있으나 서강대본을 참고하여 고침.

179 염용(斂容): 자숙하여 몸가짐을 조심하고 용모를 단정히 함.

180 다뭇: 더불어. 함께.

181 진적(眞的)하다: 확실하다. 참되고 틀림없다.

182 두호(斗護): 남을 두둔하여 보호함.

183 번연(幡然): 깨달음이 갑작스러움.

184 개용(改容): 얼굴빛을 엄숙하게 고침.

185 현조(賢助): 현내조(賢內助)의 준말. 어진 부인.

186 규정(糾正): 잘못을 밝혀 바로잡음.

소저가 묵연부대(默然不對)러라. 후래(後來)에 소공자가 등과(登科)하여 작위(爵位)[187] 삼태(三台)[188]에 이르고 한낱 희첩(姬妾)이 없이 현소저로 화락(和樂)하여 슬하(膝下)에 오자이녀(五子二女)를 두어 기이(奇異)한 설화(說話)가 〈소현성록(蘇賢聖錄)〉에 있으므로 이에 빼다.[189]

차설(且說). 광평왕의 소녀 교주가 간악(奸惡)한 모(母)와 형(兄)으로 동심합모(同心合謀)하여 아득한 가운데 평생 사원(私怨)을 갚을 뜻이 급한지라. 현공자의 빙부모(聘父母)[190]를 현알(見謁)[191]할 때에 존당(尊堂) 합문(閤門) 사이에 숨어 저의 화풍경운(和風慶雲)[192]을 자시 보매 반가운 듯 슬픈 듯 한하는 듯 연고(緣故) 없는 비원(悲怨)이 층생(層生)[193]하여 하염없는 눈물이 만면(滿面)하여 가만가만 입속에 부르짖어 원(怨)하여 왈(曰),

"벽주가 나로 더불어 삼생(三生)에 무슨 원가(怨家)[194]로 일천지하(一天之下)에 강생(降生)하여 먼저 부군(父君)의 자애(慈愛)를 천자(擅恣)하며[195] 또 천고(千古) 옥인(玉人) 기자(奇子)로 (24)취혼(娶婚)하여 나로 무용(無用)이 되게 하나뇨. 내 당당히 기모(奇謀)로 부디 벽주를 없이하고 현생의 가인(佳人)이 되어 원(怨)을 풀리라."

하고 침소(寢所)에 돌아와 모친을 보니 황씨 또한 현생을 갓 보고 돌아와 저 같은 옥랑(玉郎)으로 제 딸의 가랑(佳郎)[196]을 정치 못함을 통해(痛駭) 분한(憤恨)하여 모녀(母女)가 대(對)하여 원언(怨言)이 철골(徹骨)[197]하더니 문득 문희군 형이 일개(一個) 미남자(美男子)를 이끌어 들어와 이르되,

"표제(表弟)[198] 고향에서 이르러 모친께 배현(拜見)하려 하나이다."

---

187 작위(爵位): 벼슬과 직위를 통틀어 이르는 말.

188 삼태(三台): 자미궁(紫微宮)의 주위에 있는 상태(上台)·중태(中台)·하태(下台)의 각각 두 별씩 도합 여섯 별을 뜻함. 전(轉)하여 삼공(三公)의 뜻으로 쓰임.

189 빼다: 원문에는 '섇이다'로 되어 있음.

190 빙부모(聘父母): 장인과 장모.

191 현알(見謁): 알현(謁見). 지체가 높고 귀한 사람을 찾아가 뵘.

192 화풍경운(和風慶雲): 성인(聖人)다운 상서로운 풍모.

193 층생(層生): 거듭하여 일어남.

194 원가(怨家): 자기에게 원한을 품은 사람. 원문에는 '원기'로 되어 있음.

195 천자(擅恣)하다: 제 마음대로 하여 조금도 꺼림이 없다.

196 가랑(佳郎): 재주가 있는 훌륭한 신랑.

197 철골(徹骨): 뼈에 사무침.

198 표제(表弟): 외사촌 동생.

황씨 청파(聽罷)에 크게 반겨하니 원래 이 소년은 다른 이 아니라 황씨 부모가 다 죽고 다만 한 오라비 있더니 일자(一子)를 두고 죽으매 기아(其兒)의 이름은 제라. 제 아비 죽은 후 어미를 따라 고향에서 살더니 이제 연(年)이 십팔(十八)이라. 가세(家勢) 빈한(貧寒)하니 모(母)가 이르되,

"오아(吾兒)가 이(25)제 장성(長成)하였으니 배필(配匹)을 맞음이 마땅하되 가세(家勢) 영정(零丁)하고[199] 또 궁향(窮鄕) 하읍(下邑)에 아름다운 여자가 쉽지 아닌지라. 마땅히 경사(京師)에 가 숙모를 배견(拜見)하고 서로 자뢰(藉賴)하기[200]를 청하여 숙모의 형세(形勢)를 빌려 경성(京城) 번화지지(繁華之地)에 가 어진 아내를 얻어 돌아옴이 어떠하뇨?"

제 모명(母命)을 듣고 서간(書簡)을 구하여 품고 발행(發行)하여 경사(京師)에 이르러 왕궁(王宮)에 나아가 명첩(名帖)[201]을 드리고 현알(見謁)[202]을 청하니, 왕이 외전(外殿)에서 청하여 보니 황생이 소년 표치준아(標致俊雅)[203]하나 행지(行止)[204] 경도(輕倒)[205]하고 어성(語聲)이 쟁쟁하여 무일가관(無一可觀)[206]이라. 불예(不豫)[207]하나 흔연(欣然)[208] 대접하며 원로(遠路) 발섭(跋涉)[209]을 위로하니 황생이 배사(拜謝)[210]하고 물러나 형과 문으로 더불어 숙모(叔母)를 보니 황씨 반기고 슬퍼 설화(說話)가 탐탐(耽耽)하더니[211] 제 모친 서간을 전하니 황씨 받아(26)보매 대개 일렀으되, 떠난 지 십여 년이라 도로(道路)가 요원(遙遠)하니 다시 반김이 어려움을 일컫고 일자(一子)가 장성(長成)하였으되 능히 성인(成姻)[212]할 길이 없으니 바라건

---

199 영정(零丁)하다: 세력이나 살림이 보잘것없이 되어서 의지할 곳이 없다.

200 자뢰(藉賴)하다: 무엇을 빙자하여 의지하다.

201 명첩(名帖): 사람의 이름을 적은 명함.

202 현알(見謁): 알현(謁見). 지체가 높고 귀한 사람을 찾아가 뵘.

203 표치준아(標致俊雅): 용모가 수려하고 아름다움.

204 행지(行止): 행동거지(行動擧止).

205 경도(輕倒): 가볍게 행동하는 것.

206 무일가관(無一可觀): 한 가지도 볼 만한 것이 없음.

207 불예(不豫): 기쁘지 않음.

208 흔연(欣然): 기쁘거나 반가워하는 모양.

209 발섭(跋涉): 산을 넘고 물을 건너 다님.

210 배사(拜謝): 존경하는 웃어른에게 공경히 받들어 사례하는 것.

211 탐탐(耽耽)하다: 즐거워하고 기뻐하다.

212 성인(成姻): 혼인.

대 저저(姐姐)[213]는 경성(京城) 번화지지(繁華之地)의 상적(相敵)[214]한 가문을 얻어 아자(兒子)를 성인하여 주기를 청하였는지라.

황씨 간필(看畢)[215]에 눈물을 흘리고 왈,

"여모(汝母)가 비록 이르지 않으나 아질(我姪)은 나의 조선(祖先)과 부모의 혈사(血嗣)[216]를 이을 아해라 사심(私心)이 어찌 범연하리오. 수연(雖然)이나[217] 경사 재상가에 규수가 아무리 있은들 뉘 우리 쇠문(衰門)에 결혼하며 딸을 멀리 떠나고자 하리오. 너비[218] 매작(媒妁)[219]으로 인연(因緣)하여 농가 촌장(村莊)이라도 규수가 미려(美麗)한 곳을 구하리라."

제 배사(拜謝) 왈,

"삼가 숙모(27)의 어엿비[220] 여기심을 바라나이다."

황씨 화미진찬(華味珍饌)[221]을 내어 대접하며 말씀할새 황생이 교주의 자미운치(姿媚韻致)[222]를 보고 대경(大驚) 황홀(恍惚)하여 자로[223] 돌아봄을 면치 못하니 교주는 안고태악(眼高太岳)한지라 심리(心裏)에 냉소(冷笑)하더라.

날이 늦으매 황생이 후당(後堂)으로 나가니 황씨 질아(姪兒)의 배필을 근심함을 마지 않으니 교주가 웃고,

"모친이 목전(目前)에 기화(奇貨)[224]를 두고 어찌 근심하시나니잇고?"

황씨 왈,

"어느 곳에 기화가 있나뇨?"

교주가 귀에 대어 두어 말을 헌책(獻策)하니 황씨 차경차희(且驚且喜) 왈,

---

213 저저(姐姐): 누이나 여자 형제에 대한 존칭. 여기서는 '시누이'를 가리킴.
214 상적(相敵): 서로 모자람 없이 비슷함.
215 간필(看畢): 보기를 다함.
216 혈사(血嗣): 혈손.
217 수연(雖然)이나: 비록 그러하나.
218 너비: '널리'의 옛말.
219 매작(媒妁): 매파(媒婆).
220 어엿브다: '불쌍하다'의 옛말.
221 화미진찬(華味珍饌): 진귀하고 맛이 좋은 음식.
222 자미운치(姿媚韻致): 자태가 아름답고 운치 있음.
223 자로: 자주.
224 기화(奇貨): 뜻밖의 이익을 얻을 수 있는 물건. 또는 그런 기회.

"차계(此計) 절묘하나 어찌 이루리오."

교주가 웃어 왈,

"아조 쉬우니 무엇이 어려우리잇고? 옥화 구가(舅家)[225]에 간 지 여러 날이 되면 반드시 귀녕(歸寧)[226]할 것이니 가히 여차여차하여 황형이 향리(鄕里)로 돌아가노라 하고 부왕께 하(28)직고 그윽한 곳에 숨었다가 금옥(金玉)을 흩어 무뢰배(無賴輩)를 처결(處決)하여 길에서 옥화를 앗아다가 고향으로 돌아가 부부가 되면 옥화가 아무리 정결(貞潔)하나 광접(狂蝶)[227]의 수중(手中)을 어찌 벗어나리오."

황씨 요두(搖頭)[228] 왈,

"불가(不可)하다. 옥화는 타녀(他女)와 달라 천승교아(千乘嬌兒)로 금지옥엽(金枝玉葉)이요 현상부 총부(冢婦)[229]로 기세(氣勢) 거룩하거늘 어떤 담 큰 적류(賊類)가 이런 악사(惡事)를 작두(作頭)하리오."[230]

교주가 아연(啞然) 양구(良久)에 웃고 왈,

"그리면 또 일계(一計) 있나니 시속(時俗)에 변용단(變容丹)[231]이 있는지라. 다만 이를 얻으면 성계(成計)할까 하나이다."

황씨 대희(大喜) 왈,

"차계(此計) 심묘(深妙)하니 질아(姪兒)와 의논하리라."

하고 명조(明朝)에 황생을 불러 가만히 심중(心中) 소회(所懷)를 이르고 옥화 군주의 (29)초출비상(超出非常)[232]함을 갖추어 기리며 계교(計巧)를 의논한대 황생이 대경대희(大驚大喜)하여 연망(連忙)히[233] 칭사(稱辭)하고 천만 번이나 은혜를 일컬은 후 다시 가로되,

"일찍 알지 못하여 이미 적인(敵人)[234]함이 흠사(欠事)[235]로소이다."

---

225 구가(舅家): 시집.

226 귀녕(歸寧): 근친(覲親). 시집간 딸이 친정에 가서 부모를 뵘. 원문에는 '귀령'으로 되어 있음.

227 광접(狂蝶): 미친 듯이 날아다니는 나비. 탐화광접(貪花狂蝶). 꽃을 탐하는 미친 나비.

228 요두(搖頭): 고개를 저음.

229 총부(冢婦): 종부(宗婦).

230 작두(作頭)하다: 우두머리가 되다. 일을 나서서 행하다.

231 변용단(變容丹): 얼굴을 바꿀 수 있다는 단약.

232 초출비상(超出非常): 평범하지 아니하고 특히 뛰어남.

233 연망(連忙)히: 급히.

234 적인(敵人): 여자가 시집감을 말함.

235 흠사(欠事): 흠이 되는 일.

황씨 소왈(笑曰),

"가소(可笑)로다. 진승상(陳丞相)의 부인[236]이 다섯 번 개가(改嫁)[237]하되 진승상의 중대(重待)[238]하는 부인이 되었고 한소열(漢昭烈)[239]은 만승천자(萬乘天子)로되 오씨(吳氏)[240]를 들여 황후를 삼았나니, 옥화는 금지옥엽으로 재용(才容)이 겸전(兼全)하니 네 비록 황금으로 횡대(橫帶)하고 구름으로 의상(衣裳)을 이루나 이 같은 절염가인(絶艶佳人)은 구경도 못하였으리니 요행 계교를 이루나 옥화가 하[241] 열렬(烈烈)[242] 초강(超彊)[243]하니 즐겨 순종할 줄 믿지 못하거늘 이 일이란 염려치 아니하고 이런 가소지언(可笑之言)을 하는다?"

황생이 웃고 왈,

"숙모의 말씀이 너(30)무 과실(過失)한가 하나이다. 혈육지신(血肉之身)이 그대도록 할 리 있으며 세간(世間)에 표매(表妹)[244]에 더은[245] 색광(色光)이 있사리잇가?"

황씨 머리를 흔들며 손등을 두드려 왈,

"네야 진짓 진토우맹(塵土愚氓)[246]이요 우물 밑 개구리로다. 옥화의 색(色)이 교주 같으면 무엇이 기특다 하리오. 네 계교를 이루는 날 나의 말을 생각하라."

황생이 대희하여,

"연즉(然則) 소질(小姪)에게 심양 근처에 가 연단(煉丹)[247]하는 도사에게 얻은 신기한 약

---

236 진승상(陳丞相)의 부인: 진승상은 중국 한나라의 정치가 진평(陳平). 진평의 처가 다섯 번 개가(改嫁)한 것을 말함.

237 개가(改嫁): 원문에는 '개과'로 되어 있으나 오기인 듯함.

238 중대(重待): 매우 소중히 대접함.

239 한소열(漢昭烈): 유비(劉備, 161~223). 삼국시대 촉한(蜀漢)의 제1대 황제. 자는 현덕(玄德)이고 묘호가 소열제(昭烈帝)임. 원문에는 '한소렬'로 되어 있음.

240 오씨(吳氏): 목황후(穆皇后). 약혼한 남편이 죽어 과부가 되었으나 유비의 부인이 죽은 후 유비의 황후가 됨.

241 하: '아주', '몹시'의 뜻.

242 열렬(烈烈): 씩씩하고 위풍당당한 모양.

243 초강(招彊): 지나치게 굳셈.

244 표매(表妹): 외종사촌 누이.

245 더으다: '더하다'의 옛말.

246 진토우맹(塵土愚氓): 속세의 어리석은 백성.

247 연단(煉丹): 몸의 기력을 단전(丹田)에 모으는 방법, 또는 진사(辰砂)로 황금을 만드는 연금술을 이름. 본문에서는 단약(丹藥)을 만드는 일을 뜻함.

이 있는지라. 매양 신변(身邊)에 지니고 다니더니 실로 고비에 인삼(人蔘)[248]이요 차역 연분(此亦緣分)인가 하나이다."

황씨 모녀가 대희하여 연망히 보기를 청하니 황축이 낭중(囊中)을 열고 한 쌈 약봉을 내니 풀어본즉 봉피(封皮)에 (31)각각 썼으되 '개용단(改容丹)'[249]과 '외면회단(外面回丹)'[250]과 '도봉'[251]이라. 황축이 의미를 가르쳐 왈,

"개용단을 먹은즉 되고자 하는 얼굴이 되고, 외면회단은 본형(本形)이 돌아오는 약이요, 도봉잠은 후한 자에 소(疎)하고 소한 자에게 후하고 일명은 미혼단(迷魂丹)이라 하더이다."

황씨 모녀가 크게 깃거 이수가액(以手加額)[252] 왈,

"이는 하늘이 도우심이로다."

하더라.

인하여 밀밀(密密) 상의하여 틈을 여흐니[253] 하회(下回) 어찌 된고.

시시(是時)에 군주가 구가(舅家)에 돌아간 지 수월(數月)이라. 왕부(王府)에서 귀녕(歸寧)을 청코자 하더니 마침 천자가 설과(設科)하시니 희백·희천 형제 존당(尊堂) 명을 받자와 장옥(場屋)[254] 제구(諸具)를 갖추어 과장(科場)에 나아가니 천만(千萬) 과사(科士)가 구름 모이듯 하였더라. 시객이 다다르매 천자가 구룡금상(九龍錦裳)[255]에 숙위(宿衛)[256]를 베푸시고 좌반우열(左班右列)(32)에 청룡(青龍)과 백호(白虎)가 항렬(行列)을 가작이 하였으니 삼십 층 옥계하(玉階下)에 위의(威儀) 정제(整齊)하고 옥장(玉匠) 명하여 문무재열(文武宰列)의 성관(星冠)[257] 월패(月佩)[258] 분분하고 대하(臺下)의 어양(魚樣)북이 자로 울어 시객(時刻)을 보(報)하는지라.

---

248 고비에 인삼(人蔘): 꼭 필요한 중요한 시기의 인삼. 필요할 때 마침 갖춰져 있다는 뜻.

249 개용단(改容丹): 얼굴을 바꿀 수 있다는 단약.

250 외면회단(外面回丹): 본래의 얼굴로 돌아오게 하는 약.

251 도봉: 도봉잠. 사람의 마음을 바꾸는 약. 친했던 사람은 소원하게 되고 소원했던 사람은 친하게 되는 약. 변심단 또는 미혼단이라고도 함.

252 이수가액(以手加額): 이마에 손을 댐. 어떤 일을 골똘히 생각하는 동작.

253 여흐다: 엿보다.

254 장옥(場屋): 시험장(試驗場). 과장(科場)에서 햇볕이나 비를 피하여 들어앉아서 시험을 칠 수 있게 만든 곳.

255 구룡금상(九龍錦裳): 아홉 마리 용을 수놓은 비단 치마.

256 숙위(宿衛): 황제를 호위하는 사람.

257 성관(星冠): 별 모양으로 생긴 관(冠)을 말함.

258 월패(月佩): 허리나 가슴에 차던 패옥(佩玉)의 하나.

양 공자가 시지(試紙)를 펼치고 생각는 바가 없이 일필휘지(一筆揮之)하여 시동(侍童)을 명하여 바치라 하고 일 공자가 홀로 홋걸어[259] 제사(諸士)의 글 짓는 양을 보더니 문득 눈을 들어 연무청(鍊武廳)[260]을 보매 웅웅하며 장숙한 무반(武班)과 무사(武士)가 수백 보 밖에 관혁(貫革)[261]을 세우고 너른 소매를 높이 걷고 용기(龍旗)를 비양(飛揚)[262]하며 궁시(弓矢)를 가져 재주를 자랑하거늘 현공자가 바라보고 나아가 보니 모두 주낭육대(酒囊肉袋)[263]요 하나도 능히 맞(33)히지 못하거늘 불승해연(不勝駭然)[264]하여 중인(衆人)을 헤치고 중무사(衆武士)[265]다려 왈,

"제형(諸兄)의 높은 재주를 보니 스스로 임하(林下)에 썩은 글귀만 읊조리던[266] 줄 부끄려 하나니 열위(列位)는 학생의 용우(庸愚)함을 웃지 말고 궁시(弓矢)를 잠깐 빌리면 한번 시험하여 열위 웃음을 도우리라."

중무반(衆武班)이 돌아보니 일위 선인이 훤칠한 신장(身長)에 버들허리요 옥안영풍(玉顔英風)이 찬란쇄락하니 오작(烏鵲) 중 봉황(鳳凰)이요 우마(牛馬) 중 기린(麒麟)이라. 모든 무반이 대경황(34)홀(大驚恍惚)하여 공수(拱手)[267] 대왈,

"천생(賤生) 등은 진토우맹(塵土愚氓)이라. 일찍 존사(尊師)로 더불어 일면지분(一面知分)이 없으니 존성대명(尊姓大名)을 듣고자 하나이다."

공자가 정색 왈,

"사해지내(四海之內) 다 형제라. 열위 제공과 학생이 일국 신료(臣僚)[268]라 어찌 처음 만나 이렇듯 과장(過奬)하리오. 성명은 자연 알 때 있으리니 다만 궁시를 잠깐 빌리라."

모든 무반이 면면상고(面面相顧)[269]하며 신선이 하계(下界)하여 희롱함인가 서로 지저귀며 주지 아니하더니 일위 무반 소년이 궁시를 주며 이르되,

---

259 홋걷다: '산책하다'의 옛말. 원문에는 '홋거러'로 되어 있음.

260 연무청(鍊武廳): 군사 훈련을 위해 설치된 관청.

261 관혁(貫革): 과녁.

262 비양(飛揚): 공중으로 높이 떠오름.

263 주낭육대(酒囊肉袋): 술 주머니 고기 자루. 쓸데없는 사람.

264 불승해연(不勝駭然): 놀람을 이기지 못함.

265 중무사(衆武士): 원문에는 '중모사'로 되어 있음.

266 읊조리던: 원문에는 '읍읍쥬어리던'으로 되어 있음.

267 공수(拱手): 왼손을 오른손 위에 놓고 두 손을 마주 잡아 공경의 뜻을 나타내는 예.

268 신료(臣僚): 모든 신하. 신하끼리의 동료. 원문에는 '신노'라고 되어 있음.

269 면면상고(面面相顧): 서로 얼굴만 바라봄.

"소생은 경사인(京師人) 정위요 나이는 이십 세라. 존사는 성명을 가르쳐 길이 교도(交道)를 맺음이 원이로소이다."

공자가 정위의[270] 출범(出凡)함[271]을 암탄(暗歎)하고 다만 후의(厚意)를 (35)사사(謝辭)[272]하고 궁시를 받아 조궁(雕弓)에 한 살을 만작하여[273] 높이 다래매[274] 구름이 행하며 별이 흐르는 듯이 세 살이 연하여 관판을 낱낱이 맞히니 대상(臺上)에서 습독관(習讀官)[275]이 붉은 기를 두르고 북을 울려 장원(壯元)을 청하니 수풀 같은 무사가 일시에 소리 질러 칭찬하니 소성(騷聲)이 훤화(喧譁)[276]하여 구천(九天)을 들네는[277] 듯한지라.

공자가 쏘기를 다하매 활을 던지고 표연(飄然)히[278] 만인총중(萬人叢中)을 헤치고 나는 듯이 나아가니[279] 용행호보(龍行虎步)[280]가 편편(翩翩)하여[281] 순식간에 간 바를 알지 못할러라. 공자가 몸을 빼어 있던 곳에 돌아오니 희천과 소생 등 모든 동접(同接)[282]이 갔던 곳을 묻거늘 공자가 답왈,

"부질없이 두루 완경(玩景)[283]하였노라."

하고 형제 (36)한가지로 이끌어 배회할새 만방다사(萬方多士)가 구름이 집희며[284] 벌이 뭉기듯[285] 개얌이[286] 쑤시듯 너른 뜰에 떼 지어 모였으니 그 수가 천만(千萬)으로 산둘러라.[287] 혹 의지하여 성편(成篇)하는 이도 있고, 유건(儒巾)을 끄덕이며 입을 모으고 눈살을 괴로

---

270 정위의: 원문에는 '경위예'로 되어 있으나 문맥에 맞추어 고침.
271 출범(出凡)하다: 출중하다.
272 사사(謝辭): 예를 갖추어 사양함.
273 만작하다: 활시위를 한껏 당기다.
274 다래다: '당기다'의 옛말.
275 습독관(習讀官): 훈련원에 속한 종구품 무관 벼슬.
276 훤화(喧譁): 시끄럽게 지껄이며 떠듦.
277 들네다: 들썩이다.
278 표연(飄然)히: 바람에 나부끼는 모양이 가볍게. 훌쩍 나타나거나 떠나는 모양이 거침없이.
279 나아가니: 원문에는 '간 나아가니'로 되어 있음.
280 용행호보(龍行虎步): 위풍당당한 걸음걸이나 제왕의 위엄 있는 모습.
281 편편(翩翩)하다: 나는 모양이 가볍고 날쌔다. 풍채가 멋스럽고 좋다.
282 동접(同接): 같은 곳에서 함께 공부함. 또는 그런 사람이나 관계.
283 완경(玩景): 풍경 따위를 즐김.
284 집희다: 구름 같은 것이 '모여들다'의 옛말.
285 뭉기다: 엉겨서 무더기를 이루다.
286 개얌이: 개미. 원문에는 '기얌이'로 되어 있음.
287 산두다: '산 놓다', '셈하다'의 옛말.

이 집흐려[288] 어즈러이 음영(吟詠)하는 자도 있고, 혹 의사가 삭막하여 조희[289]를 어루만져 귀밑을 긁으며 생각이 막연하여 거의 눈물이 떨어질 듯한 자도 있고, 착급(着急)하여[290] 날치는[291] 자도 있으니 일장(一場) 가관(可觀)이라.

공자 형제 인재 없음을 탄식하더니 이윽고 탁방(坼榜)[292]하매 전두관(銓頭官)[293]이 옥계하에서 소리를 높여 문무(文武) 방하(榜下)[294]를 차례로 차례로 (37)호명(呼名)할새, 장원은 산동인 현희백의 연이 십오니 부(父)는 승상 웅린이라. 부르기를 세 번 하매 현공자가 만인 총중을 헤치고 편편(翩翩)히[295] 걸어 천정(天庭)[296]에 추진(趨進)[297] 배무(背舞)[298]하니 전상(殿上) 전하(殿下)가 바라보매, 멀리서 나올 적은 희희하여 홍일(紅日)[299]이 부상(扶桑)[300]에 나왔는 듯하고 편편(翩翩)하여 기러기 나는 듯하며 완완(緩緩)하여 운대(雲臺)에 비등(飛騰)하는 듯하더니, 가까이 나아오매 신장이 훤연(喧然)하고[301] 원비(猿臂)[302] 과슬(過膝)[303]하며 천정(天庭)[304]이 두렷하고 잠미봉안(蠶眉鳳眼)[305]에 옥빈연함(玉鬢姸頷)[306]이요 넉 사(四) 주순(朱脣)[307]이

288 집흐리다: 찌푸리다.

289 조희: 종이. 원문에는 '됴희'로 되어 있음.

290 착급(着急)하다: 몹시 급하다.

291 날치다: 날뛰며 기세를 올리다.

292 탁방(坼榜): 과거에 급제한 사람의 성명을 게시하던 일.

293 전두관(銓頭官): 전주관(銓注官). 인재를 뽑는 일을 담당하던 부서인 전부(銓部)의 우두머리. 인물을 심사하여 알맞은 직책을 주는 임무를 맡은 관리. 과거시험 채점관.

294 방하(榜下): 같이 과거에 급제하였지만, 순위가 떨어지는 사람들을 말함.

295 편편(翩翩)히: 풍채가 멋스럽고 좋게.

296 천정(天庭): 조정을 말함.

297 추진(趨進): 빨리 앞으로 나오는 모습.

298 배무(背舞): 절하는 예식을 행할 때 하는 동작.

299 홍일(紅日): 붉은빛을 띤 해. 새벽에 막 떠오르는 붉은 해를 이르는 말이다.

300 부상(扶桑): 해가 뜨는 동쪽 바다.

301 훤연(喧然)하다: 풍채가 당당하고 의젓하다.

302 원비(猿臂): 원숭이의 팔이라는 뜻으로, 길고 힘이 있어 활쏘기에 좋은 팔을 이르는 말.

303 과슬(過膝): (팔이 길어) 무릎을 넘어감.

304 천정(天庭): 관상에서, 두 눈썹의 사이 또는 이마의 복판을 이르는 말.

305 잠미봉안(蠶眉鳳眼): '잠미(蠶眉)'는 누에가 누워 있는 모양과 같은 눈썹. 잘생긴 남자의 눈썹을 표현할 때 주로 사용되는 표현임. '봉안(鳳眼)'은 봉의 눈같이 가늘고 길며 눈초리가 위로 째지고 붉은 기운이 있는 눈.

306 옥빈연함(玉鬢姸頷): 옥 같은 귀밑머리와 예쁜 턱.

307 넉 사(四) 주순(朱脣): 정방형의 반듯하고 아름다운 입술.

라. 풍완(豊婉)[308]이 절인(絶人)[309]하고 신위(身位) 동탕(動蕩)하여[310] 구천(九天)에 날기를 중지하는 대봉(大鳳)이요 발해(渤海) 창랑(滄浪)[311]의 기세를 발코자 하는 비룡(飛龍)이라. 양미(兩眉)에 문명(文明)[312]이 혁연(赫然)[313]하여 소호(少昊)[314]의 재략(才略)이 신기함과 헌(38)원(軒轅)[315]의 신무(神武)를 감추었으며 흉중(胸中)에 경륜대재(經綸大才)[316]를 품었으니 이른바 삼대지상(三代之相)이며 금천하제일(今天下第一)인 듯싶은지라.

위로 천안(天顔)이 처음 보심이 아니로되 새로이 경동역색(驚動易色)[317]하시고 아래로 문무천관(文武千官)이 제성갈채(齊聲喝采)[318]하여 일시에 산호만세(山呼萬歲)[319]하여 성주(聖主)의 득인(得人)하심을 하례(賀禮)하더라. 천자가 장원을 계에 올려 어화(御花) 청삼(靑衫)을 주시고 차차 신래(新來)[320]를 부르시니 해원(解元)[321]은 현희천이니 연이 십삼이요 현승상 차자(次子)요, 탐화(探花)[322]는 소세문이라. 양인(兩人)의 옥모재풍(玉貌才風)과 풍신덕용(風神德容)이 출류탁세(出類卓世)[323]하여 일세(一世) 옥인기남(玉人奇男)이라. 천안(天顔)이 대열(大悅)하사 모든 신래(新來)를 차례로 어화청삼(御花靑衫)을 주시며 옥배(玉杯)에 향온(香醞)[324]을 나리와

308 풍완(豊婉): 얼굴 생김새가 넉넉하고 아름다움.
309 절인(絶人): 남보다 아주 뛰어남. 또는 그런 사람.
310 동탕(動蕩)하다: 얼굴이 두툼하고 잘생기다.
311 창랑(滄浪): 큰 바다의 푸른 물결.
312 문명(文明): 문채(文彩)가 뛰어나고 분명함.
313 혁연(赫然): 빛나서 성한 모양.
314 소호(少昊): 중국 신화 상의 제왕인 소호 금천씨(金天氏).
315 헌원(軒轅): 중국 신화 상의 제왕인 황제(黃帝).
316 경륜대재(經綸大才): 포부를 가지고 계획적으로 일을 진행하는 큰 재주.
317 경동역색(驚動易色): 놀라서 얼굴빛을 고침.
318 제성갈채(齊聲喝采): 일제히 소리 높여 칭찬함.
319 산호만세(山呼萬歲): 나라의 중요 의식에서 신하들이 임금의 만수무강을 축원하여 두 손을 치켜들고 만세를 부르던 일.
320 신래(新來): 과거에 급제하여 처음 관직에 임명된 사람.
321 해원(解元): 송대(宋代) 이후 향시(鄕試)에서 일등으로 합격한 사람을 일컫는 것임. 과거에 2등으로 합격한 사람을 가리키기도 함.
322 탐화(探花): 과거의 갑과(甲科)에서 세 번째로 급제한 사람.
323 출류탁세(出類卓世): 무리 가운데 뛰어나고 세상에서 뛰어남.
324 향온(香醞): 향온주(香醞酒). 원문에는 '향은'으로 되어 있음.

현승상 부자(父子)를 사주(賜酒)[325]하시고 돈유(敦諭)[326] (39)왈,

"경의 세대충렬(世代忠烈)로서 다시 희백·희천 등 같은 기자현손(奇子賢孫)을 두어 국가의 주석대보(柱石大寶)[327]를 삼으니 어찌 아름답지 아니리오."

오공 부자가 천은(天恩)을 불승황공(不勝惶恐)[328]하여 머리를 두드려 숙사(肅謝)[329]하더라.

문관(文官) 신래(新來) 부르기를 다하매 다시 무과(武科) 신은(新恩)[330] 탁방(坼榜)[331]은 무과(武科) 장원(壯元)은 회람인[332] 정위니 연(年)이 이십(二十)이라 하고 차례(次例)로 부르매 탐화(探花)가 또 회람인 정위니 연이 이십이라. 전상(殿上) 전하(殿下)가 막불의괴(莫不疑怪)하고 천안(天顔)이 경동(驚動)하사 정위를 탑하(塔下)에 불러 물으시되,

"너의 성명(姓名)이 어찌 방목(榜目)[333]에 두 번 머물렀나뇨?"

정위 황공(惶恐) 복지(伏地) 왈,

"소신(小臣)의 천한 무재(武才)로 어찌 감히 방두(榜頭)[334]에 참예(參預)하리잇고. 다만 그 사람이 있으되 성명(姓名)을 알지 못하옵고 다만 여차여차(如此如此)하와 신의 궁시(弓矢)를 빌려 무과(武科)(40)의 방두(榜頭)를 응(應)하고 성명을 이르지 아니하여 종적(蹤迹)을 감추니 신이 시러곰[335] 방목을 응하옴이러니 전폐(殿陛)[336]에서 보옵건대 문과 장원 현희백이 신의 궁시를 빌려 희롱한 재주의 사람인가 하나이다. 탐화는 진짓 신(臣)의 이름이로소이다."

상이 청파(聽罷)에 현 장원(壯元)의 출인웅장(出人雄壯)한 문무(文武) 신재(神才)를 크게 기특히 여기사 천안(天顔)에 희색(喜色)을 띠어 정위의 공심(公心)을 표장(表章)하시고 현

---

325 사주(賜酒): 임금이 공훈을 세운 신하에게 그 공로를 위로하기 위하여 술을 내리던 일. 또는 그 술.

326 돈유(敦諭): 교지를 내려 정승이나 유학자가 노력하도록 권하던 임금의 말.

327 주석대보(柱石大寶): 주석과 같은 큰 보배. '주석'이란 기둥과 주춧돌을 의미하는 것으로 가장 중요한 역할을 하는 사람을 비유적으로 이르는 말로 사용됨.

328 불승황공(不勝惶恐): 황공함을 이기지 못함.

329 숙사(肅謝): 숙배(肅拜)와 사은(謝恩)을 아울러 이르는 말. 새 벼슬에 임명되어 처음으로 출근할 때 먼저 대궐에 들어가서 임금에게 숙배하고 사은함으로써 인사하는 일이다.

330 신은(新恩): 과거에 새로 급제한 사람. 신래(新來).

331 탁방(坼榜): 과거에 급제한 사람의 성명을 게시하던 일.

332 회람인: 앞에서는 '경사인'으로 되어 있으나 원문을 존중하여 그대로 둠.

333 방목(榜目): 과거에 급제한 사람의 성명을 적던 책.

334 방두(榜頭): 합격자의 첫머리.

335 시러곰: '능히'의 옛말.

336 전폐(殿陛): 대궐의 계단이란 뜻으로 대궐을 말하기도 함.

장원으로 다시 문무(文武) 장원(壯元)을 하이시니 장원이 황공 고사(固辭) 왈,

"소신이 일시(一時) 연소지심(年少之心)으로 연무청(鍊武廳)에 나아가 사재(射才)를 관광(觀光)하옵다가 우연히 두어 살을 시험(試驗)함이 있사오나 본디 창하(窓下)에 독서(讀書)하던 무리라 궁예(弓藝)의 정숙(精熟)함이 없사오니 어찌 감히 문무에 괘방(掛榜)[337]하리(41)잇고."

현승상이 또한 돈수(頓首)[338] 주왈(奏曰),

"신자(臣子) 희백이 불과 연치(年齒) 약관(弱冠)이라 오히려 만인 다사(多士)를 압두(壓頭)하옴도 복분(福分)에 과하옵거늘 어찌 또 감히 문무(文武) 괘방(掛榜)함을 당하리잇가."

상이 웃으사 왈,

"사람이 어찌 재주를 품고 없는 체하리오. 석년(昔年)에 천린은 십삼(十三)에 문무 두 길을 디디었으니 이제 희백은 약관지년(弱冠之年)을 당하여 장부(丈夫)의 기상(氣像)과 호걸(豪傑)의 풍채(風采) 부족함이 없으니 족(足)히 문무 장원을 이르리라.[339] 경(卿) 등은 고집(固執)지 말라."

하시고 종(終) 불윤(不允)[340]하시니 현 상국 부자(父子)가 감히 다시 사양(辭讓)치 못하더라. 광평왕이 반부(班部)[341] 중(中)에 있어 여서(女壻)의 등과(登科)함을 불승대희(不勝大喜)하여 희색(喜色)이 만안(滿顔)하니 태자가 그 손을 잡으시고 웃어 가라사대,

"현제의 여서(女壻)가 이같이 초출(超出)하여 용방(42)천인(龍榜千人)을 압두(壓頭)하는 재주가 있으니 과인(寡人)이 특별히 아[342]의 기서(奇壻) 얻음을 치하(致賀)하노라."

왕이 웃음을 머금고 배사(拜謝)[343]하온대 상이 또한 향온(香醞)[344]을 나리와 왕을 사주(賜酒)하시고 택서(擇壻)의 아름다움을 치하(致賀)하시니 왕이 복지(伏地)하여 쌍수(雙手)로 어주(御酒)를 받잡고 사배사은(謝拜謝恩)하더라.

군신(君臣)이 종일(終日) 진환(盡歡)하여 일색(日色)이 서령(西嶺)에 나리고 명월(明月)이

---

337 괘방(掛榜): 과거에 합격한 사람의 이름을 써 붙임.

338 돈수(頓首): 머리가 땅에 닿도록 하는 절.

339 이르리라: 원문에는 '니르리오'로 되어 있으나 문맥에 맞추어 고침.

340 불윤(不允): 임금이 신하의 청을 허락하지 아니함.

341 반부(班部): 조정의 행렬.

342 아: 아우.

343 배사(拜謝): 존경하는 웃어른에게 공경히 받들어 사례하는 것.

344 향온(香醞): 향온주(香醞酒). 향기롭고 좋은 술.

동곡(東谷)에 나오니 대하(臺下)에 파연곡(罷宴曲)을 주(奏)하매 파조(罷朝)하여 장원(壯元)이 문무(文武) 방하(榜下)[345]를 거느려 궐문(闕門)을 나니 촉농(燭膿)[346]과 횃불이 조요(照耀)하여 백주(白晝)를 묘시(藐視)[347]하고 삼현오악(三絃五樂)이 훤천(喧天)[348]하며 희자(戱者)의 파람 소리 십 리에 들리더라.

이때는 절당중추(節當仲秋)[349]요 일당망후(日當望後)[350]라. 월명지하(月明之下)에 만조제공(滿朝諸公)[351]이 화개주륜(華蓋朱輪)[352]과 거마쌍곡(車馬雙轂)[353]이 분분(紛紛)하고 마제(馬蹄)[354] 인린(隣隣)한데[355] 앞에 (43)재전(在前)하고 집사(執事) 아역(衙役)[356]이며 장관(將官) 배리(陪吏)와 하리(下吏) 추종(騶從)[357]이 부지기수(不知其數)라. 현씨 제공의 곤계 군종(群從) 십사 인이 오·진 양공을 뫼셔 장원(壯元) 형제(兄弟)를 앞세워 부중(府中)으로 돌아오니 기여(其餘) 만조제공(滿朝諸公)의 종후(從後)하는 자가 무수한지라. 위의(威儀) 도로(道路)에 덮였고 생소고악(笙簫鼓樂)[358]이 훤천(喧天)하여 악음(樂音)이 수십 리에 미치니 일만가호(一萬家戶)의 집마다 문전(門前)에 불을 밝히고 여민부로(黎民父老)[359]가 거리에 메였으며 여항사녀(閭巷士女)가 집 잡아 구경하며 어즈러이 칭찬하는 소리 만목(萬目)이 시고[360] 백구(百口)가 갈성(喝聲)키에 미쳤더라.

빛내[361] 행하여 본부(本府)에 이르니 이때 양공자(兩公子)의 등용(登龍)한 소식이 먼저 상

---

345 방하(榜下): 같이 과거에 급제하였지만, 순위가 떨어지는 사람들을 말함.
346 촉농(燭膿): 초가 탈 때 녹아서 흐르는 기름.
347 묘시(藐視): 업신여기어 깔봄.
348 훤천(喧天): 소리가 몹시 커서 하늘까지 울려 퍼지는 것.
349 절당중추(節當仲秋): 계절로는 가을이 한창일 때. 음력 8월.
350 일당망후(日當望後): 날짜로는 음력 보름 이후.
351 만조제공(滿朝諸公): 조정의 모든 벼슬아치. 만조백관(滿朝百官).
352 화개주륜(華蓋朱輪): 화려한 덮개를 하고 바퀴를 붉게 칠한 아름다운 마차.
353 거마쌍곡(車馬雙轂): 두 쌍의 바퀴가 있는 수레.
354 마제(馬蹄): 말발굽.
355 인린(隣隣)하다: 이웃하다. 계속 이어지다.
356 아역(衙役): 수령이 지방 관청에서 부리던 남자종. 아역(衙役). 아노(衙奴).
357 추종(騶從): 상전을 따라다니는 종.
358 생소고악(笙簫鼓樂): 생황, 퉁소, 북 등으로 연주하는 음악.
359 여민부로(黎民父老): 일반 백성으로 나이가 많은 사람들.
360 시다: 강한 빛을 받아 눈이 부시어 슴벅슴벅 찔리는 듯하다.
361 빛내: '빛나게'의 옛말.

부에 보(報)하였는지라. 하·윤 양 부인이 가중(家中)에 연석(宴席)을 배설(排設)하고 제손(諸孫)을 거느려 양손(兩孫)의 돌아오기를 기다릴새 주·철 양 부(44)인과 월성 공주의 깃거함이 하·윤에 나리지 아니터라. 장원 형제 벌써 이르러 문묘(文廟)에 배알(拜謁)하고 차례로 진작(進爵)[362]할새 백련(白蓮) 용화(容華)[363]에 감회(感懷)하는 처색(悽色)이 은영(隱映)[364]하니 오·진 양공과 승상, 제왕 등이 추파성안(秋波星眼)[365]에 물결이 요동(搖動)하는지라.

이때 육부인이 많은 음식을 과히 자시고 술을 크게 취하였는지라. 취안(醉眼)을 빗기 뜨고 한 가에 서서 관광(觀光)하더니 제공(諸公)의 처완(凄惋)[366]한 비색(悲色)을 보고 행여 하·주 등 부인이 보면 구고(舅姑)를 추모하여 먼저 슬퍼할까 겁하여 섰던 자리에 왈학[367] 주저앉으며 손으로 난함(欄檻)[368]을 두드려 에에[369] 처울어 왈,

"어질으실사 우리 구고여. 인심(仁心)도 갸륵하시고 자애(慈愛)도 고로로[370] 은혜(恩惠)롭더니 어찌 백세(百歲)를 못 사오시고 죽으(45)신고. 저 손자들을 천금(千金)같이 길러내어 오늘날 저 자미를 다 못 보신고. 불명(不明)하실사 하늘이요 무지(無智)할사 귀신이라. 어진 사람이 복(福)하단 말이 거짓말이로다. 우리 구고의 관인후덕(寬仁厚德)하심으로 어찌 팽조(彭祖)[371]만치 못 사오신고."

이렇듯 어즈러이 부르짖어 우는 소리 골 안이 터질 듯하니 가중상하(家中上下)가 무망중(無妄中)[372] 곡성(哭聲)을 듣고 크게 놀라니 하·주 양 부인이 웃고 이르되,

"반드시 육제(弟)의 호읍성(號泣聲)[373]이로다."

설씨의 여아(女兒) 교혜 내달아 이르되,

"육조모(祖母)가 오늘 술을 많이 자시고 취기를 겨워 연정(蓮亭)에 가 발 씻고 누워 계

---

362 진작(進爵): 진연(進宴) 때에 임금에게 술잔을 올리던 일.
363 용화(容華): 아름다운 얼굴.
364 은영(隱映): 겉으로 드러나지 아니하면서 은은하게 비침.
365 추파성안(秋波星眼): 가을 물결같이 고운 눈.
366 처완(凄惋): 슬퍼하여 한탄함.
367 왈학: '와락'의 옛말.
368 난함(欄檻): 난간.
369 에에: '어이어이'의 옛말.
370 고로로: '골고루'의 옛말.
371 팽조(彭祖): 중국 고대의 전설적 인물로 800세의 수를 누렸다고 함.
372 무망중(無妄中): 별 생각이 없는 상태.
373 호읍성(號泣聲): 목 놓아 큰소리로 우는 소리.

시더니 이제야 깨어 양 거거(哥哥)의 사묘(四廟)[374]에 오르시는 양을 보시고 저리 슬퍼하시나이다. 이는 태존당(太尊堂)[375]을 추모하옵는 정성(精誠)이 아니라 반드시 주(46)정(酒酊)함이로소이다."

주부인이 청파(聽罷)에 불열(不悅) 왈,

"어찌 어린아해가 경도(輕倒)[376]히 난언(亂言)을 하나뇨. 여부(汝父)가 들으면 책언(責言)이 있으리니 조심하라."

교아가 낯빛을 붉히고 사죄(謝罪)하더라.

제왕이 육부인 곡성(哭聲)을 듣고 경아(驚訝)[377]하여 자기 아니면 그 주광(酒狂)을 두루혀지[378] 못할 줄 알고 몸을 빼어[379] 나아가 육부인을 붙들어 개유(開諭)[380]하여 침소로 돌아보내니 육씨 원래 제왕은 자못 싫게 여기는지라. 그 효순(孝順)한 낯빛으로 과도(過度)하심을 간(諫)하여 사침(私寢)에 가 쉬심을 청하고 가부(府)에 가 매자(妹者)를 청하여 자부인을 뫼시라 하니 육씨 행여 여아가 알까 놀라 가로되,

"내 가만히 들어가 편히 잘 것이니 내 아해(47)는 여아(女兒)를 부르지 말라. 요망(妖妄)한 아해의 잔말 듣기 싫다."

하고 시녀(侍女)에게 붙들려 침당(寢堂)으로 가더라.

시시(是時)에 장원 형제 문묘(文廟)에 배알(拜謁)을 맞고 존당(尊堂)에 뵈올새 양인의 옥안성모(玉顔星眸)에 휘듣는[381] 사화(賜花)는 구름 빈상(鬢上)[382]에 어른기고[383] 채봉양익(彩鳳兩翼)에 금수청삼(錦繡青衫)이 정제(整齊)하며 일요(逸腰)[384]에 보대(寶帶) 둥그러시니 수앙(睟盎)[385]한 골격과 쇄락(灑落)한 기질이 이날 더욱 기이하니 양 조모와 모부인의 애중(愛重)함

---

374 사묘(四廟): 고조, 증조, 조부, 부의 위패를 모신 사당.
375 태존당(太尊堂): 존당은 남의 어머니를 일컫는 말. 태존당은 여기서 증조모의 뜻.
376 경도(輕倒): 가볍게 행동하는 것.
377 경아(驚訝): 놀라고 의아하게 여김.
378 두루혀다: 돌이키다.
379 빼어: 원문에는 '쌘혀'로 되어 있음.
380 개유(開諭): 사리를 알아듣도록 타이름.
381 휘듣다: 흔들흔들거리다.
382 빈상(鬢上): 귀밑머리 위.
383 어른기다: 어른거리다.
384 일요(逸腰): 날씬한 허리.
385 수앙(睟盎): '수면앙배(睟面盎背)'를 뜻하는 말로 덕성이 밖으로 드러나 온화하게 빛나고 돈후한 모습이

을 이루 기록지 못할러라. 사마부인(司馬婦人)이 평생(平生) 처음으로 아협(雅頰)[386]에 소용(笑容)[387]이 환연(歡然)[388]하니 하·윤 양 존고(尊姑)[389]가 웃어 왈,

"현부(賢婦)의 담연(淡然)함이 소시(少時)로부터 만사에 무념(無念)하여 일찍 웃는 빛을 보지 못하더니 금일 현부의 희색(喜色)을 보니 바야흐로 천륜(天倫) 상정(常情)이 범연(凡然)치 아님을 알리(48)로다."

부인이 복수(伏首)[390] 미소(微笑)러라. 광실(廣室)의 은촉(銀燭)이 휘황하고 석상(席上)을 미처 파(罷)치 못하여서 외헌(外軒)에 하객이 부절(不絶)하여 신래(新來)[391] 부르는 소리 요란하니 승상이 모든 곤계로 더불어 양자(兩者)를 데리고 외당(外堂)에 나오니 열후공경(列侯公卿)이며 육경재상(六卿宰相)이 구름같이 모이매 대서헌(大書軒)[392] 광실(廣室)이 터질 듯하고 각 집사(執事), 하관(下官), 배리(陪吏) 문에 메였으니[393] 다투어 굿보는[394] 자 어깨가 야이더라.[395]

모든 진신(縉紳)[396] 명사(名士)가 두 신래를 나리와 백단(百端) 유희(遊戲)하니 양인의 옥안성모(玉顔星眸)에 미인으로 더불어 웃음을 머금고 진퇴유희(進退遊戲)하니 월명지하(月明之下)에 양인의 금수광삼(錦繡廣衫)[397]과 창녀(娼女)의 홍수(紅繡) 치마가[398] 서로 섯돌아 삼춘(三春) 화림(花林)의 광풍(光風)(49)이 만화(萬花)를 춤추는 듯 묘무(妙舞)가 아아(峨峨)하고[399]

있음을 의미함.

386 아협(雅頰): 우아한 뺨. 원문에는 '아험'으로 되어 있음.

387 소용(笑容): 웃는 얼굴. 웃는 모습.

388 환연(歡然): 마음에 즐겁고 기쁜 모양.

389 존고(尊姑): 시어머니를 높여 이르는 말.

390 복수(伏首): 머리를 조아림.

391 신래(新來): 과거에 새로 급제한 사람.

392 대서헌(大書軒): 큰 서재. 서헌은 서재, 공부하는 방을 뜻함.

393 메다: 어떤 장소에 가득 차다.

394 굿보다: 구경하다.

395 야이다: 서로 부딪치다.

396 진신(縉紳): 벼슬아치를 통틀어 이르는 말.

397 금수광삼(錦繡廣衫): 넓은 비단 소매.

398 치마가: 원문에는 '치몌'로 되어 있음.

399 아아(峨峨)하다: 위엄이 있고 성하다.

가관(茄管)[400]이 요량(嘹喨)하여[401] 만리장천(萬里長天)의 행운(行雲)이 중지(中止)하고 선악(仙樂)이 곡조를 화(和)하는 듯하니 양(兩) 신래(新來)의 옥안영풍(玉顔英風)은 이르지 말고 연소교아(年少嬌兒)[402]의 대무(對舞)하는 절세 미모가 가작하니 창녀 중 옥란, 채홍은 낙양(洛陽)의 유명한 창기(娼妓)로 나이 삼오 이칠이요, 해원(解元)[403]을 대무(對舞)하는 양창(兩娼)은 금란, 채월[404]이니 또한 십삼사 연소매아(年少妹兒)라. 제녀(諸女)가 다 동남(東南)의 이름난 창아로 상부(上部) 교방(敎坊)[405]에 속하였는 고로 금일 연석에 가무를 받들어 장원 형제로 대무할새 제창이 분면홍안(粉面紅顔)[406]을 빛내 다스리고 녹의홍상(綠衣紅裳)을 치레하고 섬섬옥수(纖纖玉手)에 진쟁(秦箏)[407]을 안아 옥수금관(玉手錦冠)의 아름다움을 다하니 연소호신(年少豪身)이 어찌 참선(參禪)하는 유가 아니어니 무심(無心)하기 쉬우리고.

장원(壯元)이 (50)그윽이 옥란, 채홍을 유정(有情)하여 백단(百端) 유희하매 방탕(放蕩)하기에 가까워 좌중(座中) 웃음을 도우니 좌객(座客)이 제성(齊聲) 칭도(稱道)[408]하여 연소호기(年少豪氣)를 웃으나 그 야야(爺爺)[409] 승상은 십분(十分) 미온(未穩)하여 정색묵도(正色默道)[410]하여 양안(兩眼) 정채(精彩) 장원 신상(身上)에 어리었으니 장원이 눈결에 야야의 기색을 알아보고 불승황공(不勝惶恐)하여 머리를 숙이고 호흥(好興)이 저상(沮喪)[411]하니 장시중이 저 부자(父子)의 기색을 보고 웃어 왈,

"희백아, 겁내지 마라. 네 아비 기상(氣像)이 원래 인품 없어 쌀쌀함이 본품(本品)이라. 만일 너를 아모리나[412] 하면 네 조부(祖父)가 있으니 어련히 구하랴. 노조(老祖)도 너를 편들어 한 말 힘을 도울 것이니 근심 말고 유희(遊戱)하여 좌상(座上) (51)홍(興)

---

400 가관(笳管): 피리.

401 요량(嘹喨)하다: 맑고 낭랑하다.

402 연소교아(年少嬌兒): 나이가 어린 귀여운 남자아이.

403 해원(解元): 향시(鄕試)의 1등을 '해원'이라 하였음. 이 문맥에서는 2등을 가리킴.

404 옥란·채홍·금란·채월: 이후에 사창(四娼)의 이름이 조금씩 다르게 표기되어 있으나 원문을 존중하여 그대로 표기함.

405 교방(敎坊): 기생을 가르치던 곳.

406 분면홍안(粉面紅顔): 화장한 젊고 예쁜 얼굴.

407 진쟁(秦箏): 진나라의 악기인 쟁(箏)을 말함.

408 칭도(稱道): 늘 칭찬해 말함.

409 야야(爺爺): 아버지.

410 정색묵도(正色默道): 얼굴에 엄정한 빛을 나타내고 말하지 않음.

411 저상(沮喪): 기운을 잃음.

412 아모리나: 아무렇게나.

을 도우라."

장원이 날호여[413] 계수(稽首)[414] 왈,

"소자(小子)가 종일(終日) 분주(奔走)하여 신사(神思)가 불평(不平)하오니 열위(列位) 대인은 찬조(贊助)를 봉행(奉行)치 못하는 죄(罪)를 사(赦)하소서."

제공이 불열 왈,

"조카가 약관(弱冠) 장년(壯年)이 바야히라[415] 춘색(春色)이 의구(依舊)하니 너무 추탁(推託)[416]지 말라."

하고 연(連)하여 핍박(逼迫)고자 하거늘 광평왕이 재좌(在座)러니 웃고 왈,

"열위는 아서(我壻)를 너무 보채지 말라. 과인의 낯을 보아 사(赦)하라."

제공이 일시에 웃고 왈,

"만생(晩生)[417] 등이 장원을 보채고자 하더니 대왕 존교(尊敎)가 여차하시니 영서(令婿)는 임의로 보채지 못하려니와 해원(解元)은 가히 사(赦)치 못하리로소이다."

좌상(座上)의 소진왕이 웃고 왈,

"열위(列位) 용심(用心)이 가히 부정(不正)하도다. 어찌 광평왕 여서(女壻)는 안면(顔面)을 고자(顧藉)[418]하고 홀로 나의 손서(孫壻)는 괴롭도록 보(52)채자 하나뇨."

좌우를 명하여 해원(解元)의 유희하기를 그치라 하니 제공이 웃고 한가지로 허(許)하여 당(堂)에 오르라 하니 해원(解元)은 금대·화월[419] 양녀(兩女)의 절염미모(絶艶美貌)를 겻지어[420] 유희하나 다만 제선생(諸先生)의 시키는 바를 시행할 따름이요 눈을 낮추고 시첨(視瞻)[421]이 띠를 넘지 아니니 좌중(座中)이 장원(壯元)의 풍류호기(風流豪氣)를 칭찬하고 해원(解元)의 온중정대(穩重正大)함을 탄복(歎服) 애경(愛敬)하고 주배(酒杯)를 나려 진취(盡醉)하고 각각 허여지니라.[422]

---

413 날호여: '천천히'의 옛말.

414 계수(稽首): 이마가 땅에 닿도록 절함.

415 바야히다: '무르녹다'의 옛말.

416 추탁(推託): 다른 일을 핑계로 거절함.

417 만생(晩生): 늦게 태어나 아는 것이 없는 사람이란 뜻으로 자기 자신을 낮추어 표현하는 말.

418 고자(顧藉): 돌아보며 아낌. 소중히 여김.

419 금대·화월: '금난·채월'의 오기인 듯함.

420 겻짓다: 더불다. 동행하다.

421 시첨(視瞻): 이리저리 둘러봄. 첨시(瞻視).

422 허여지다: 헤어지다. 흩어지다.

이러구러 삼일유가(三日遊街)한 후 모든 신은(新恩)이 궐하(闕下)에 숙사(肅謝)[423]하니 상이 새로이 인견(引見) 돈유(敦諭)[424]하시고 장원(壯元)으로 집현전(集賢殿) 학사 호가장군(扈駕將軍)[425]을 하이시고[426] 해원(解元)으로 한림학사 동(53)궁사인(東宮舍人)을 하이시고 기여(其餘) 신은(新恩)을 차례로 봉작(封爵)하시니 제생이 천은(天恩)을 황감(惶感)하고 백료(百僚)[427]가 현학사의 중망(重望)을 추앙(推仰)하고 현부 상하가 천은(天恩)을 황축(惶蹙)하고 옥화 군주와 소소저가 연광(年光) 초춘(初春)에 봉관화리(鳳冠花罹)[428]를 갖추어 명부(命婦)[429]가 되니 옥안자질(玉顔資質)이 더욱 빙정(冰淨) 쇄락(灑落)하더라. 현학사(學士) 형제 영광(榮光)을 띠어 각각 빙가(聘家)[430]에 나아가 알현(謁見)하더라.

철종황제(哲宗皇帝) 후궁(後宮) 김상궁(金尙宮) 철영 글씨.

---

423 숙사(肅謝): 숙배(肅拜)와 사은(謝恩)을 아울러 이르는 말. 새 벼슬에 임명되어 처음으로 출근할 때 먼저 대궐에 들어가서 임금에게 숙배하고 사은함으로써 인사하는 일이다.

424 돈유(敦諭): 임금이 의정(議政)과 유현(儒賢)에게 힘써 할 것을 권하는 말.

425 호가장군(扈駕將軍): 임금이 탄 수레를 호위하며 따라가는 일을 맡은 장군.

426 하이시다: 하게 하시다.

427 백료(百僚): 많은 벼슬아치.

428 봉관화리(鳳冠花罹): 옛 신부가 봉(鳳)을 장식해 머리에 쓰던 예관(禮冠)과 꽃을 수놓은 얼굴가리개.

429 명부(命婦): 봉작(封爵)을 받은 부인을 통틀어 이르는 말. 내명부와 외명부의 구별이 있었다.

430 빙가(聘家): 장가든 집. 처가(妻家).

권지사

(1)차설. 현학사 형제 각각 빙부모(聘父母)께 알현(謁見)하니 광평 부부가 여서(女壻)의 득의(得意)함을 만심환희(滿心歡喜)하여 여서(女壻)를 청하여 동방(洞房)의 쌍유(雙遊)하는 자미[1]를 보고자 하는지라. 왕이 친히 상부에 나아가 여아의 귀녕(歸寧)[2]을 청하니 승상 부자가 쾌허(快許)하고 즉시 금거옥륜(金車玉輪)[3]을 갖추어 식부(息婦)[4]를 돌아보내니 군주가 존당(尊堂)에 배사(拜謝)하고 본궁(本宮)에 돌아가니 차시(此時) 숙혜 소저가 또한 귀녕하여 월성궁에 머무는지라.

소생(蘇生)이 이미 옥당금마(玉堂金馬)[5]의 주인이 되어 부부가 쌍쌍이 왕래(2)하여 문란(門闌)[6]의 광채(光彩)와 작소(鵲巢)[7]의 자미 극진하니 승상과 제왕이 각각 자부여서(子婦女壻)

1 자미: 재미.

2 귀녕(歸寧): 친정에 가서 부모를 뵙는 일. 원문에는 '귀령'으로 되어 있음.

3 금거옥륜(金車玉輪): 금과 옥으로 장식한 좋은 수레.

4 식부(息婦): 며느리.

5 옥당금마(玉堂金馬): 금마옥당. 한나라 미앙궁의 금마문과 옥당전은 문사가 출사하는 곳으로, 후에 한림원을 뜻하게 됨.

6 문란(門闌): '란'은 문에 가로지르는 나무 즉 빗장으로 '문란'은 가문을 이름.

7 작소(鵲巢): 부인을 얻어 가정을 이룸. 『시경(詩經)』「소남(召南)」〈작소(鵲巢)〉.

의 경사를 두굿겨[8] 서로 한담(閑談)하며 제왕이 가로되,

"여서가 비록 아름다우나 마침내 자부(子婦)의 경사와 같지 못하리니, 형장(兄丈)은 일년 내에 양자(兩子)를 입장(入丈)[9] 현달(顯達)하고 또 양부(兩婦)가 기화명월(奇花明月) 같으니 소제 실로 부러워하나니, 희성이 언제 자라 며느리를 볼꼬? 일각(一刻)이 삼추(三秋) 같도소이다."

승상이 소왈(笑曰),

"현제(賢弟)는 우스운 말 말라. 속담에 이르되, '며느리 기특하나 종요(宗要)롭고 사랑함은 딸만 못하다.' 하나니, 현제 먼저 주화옥수(朱花玉樹) 같은 기녀(奇女)(3)를 쌍쌍이 두어 소생 같은 기서(奇壻)를 얻어 소년입신(少年立身)하여 문란(門闌)의 광채 혁혁(赫赫)하고 또 희성의 비상 초출(非常超出)함은 오등(吾等)에 비길 바가 아니라. 언마[10] 하여 입신취처(立身娶妻)하는 경사(慶事)를 볼 것이라 저리 바빠하는다?"

장시중이 소왈(笑曰),

"진실로 세상이 늦겁도다.[11] 너의 형제 일찍 입신취처(立身娶妻)하여 사마질(姪)과 월성공주가 만상기화(萬狀奇禍)[12]를 경력(經歷)할 제 여등(汝等)이 각각 안해[13]를 구수(仇讐)[14]하여 하나는 죽지 아님을 한하며 하나는 온가지로 죽이려 (4)서돌던[15] 일이 어제로운 듯하더니 어느 사이 자식들 낳아 며느리 얻고 사회 보았노라 하고, 천린은 거의 다 자란 아들 두고 며느리 얻기 저리 바빠 하니 우리 어찌 늙지 아니리오? 초(初)에 처자를 어찌 구수(仇讐)같이 하던다?"

오·진 양공이 잠소(潛笑) 왈,

"누고서 사람이 늙으면 후기(後期)[16] 없다 하더뇨? 표형제는 늙어갈수록 총명이 새록새록 이상하여 온갖 생각을 다 하니 아등(我等)이 아무 말이나 하려도 무섭든 아니하

---

8 두굿기다: 기뻐하다.
9 입장(入丈): 장가를 듦.
10 언마: '얼마'의 옛말.
11 늦겁다: '느껍다'의 옛말. 마음에 복받쳐 참기 어렵다.
12 만상기화(萬狀奇禍): 온갖 모양의 재앙.
13 안해: '아내'의 옛말.
14 구수(仇讐): 원수.
15 서돌다: '서두르다'의 옛말.
16 후기(後期): 뒷날의 기약.

나 표형 등 잡담(雜談) 망설(妄說) 듣기 괴로워 (5)매양 먼저 말할 때 표형의 기색(氣色)을 살피나니 웅·천 양자가 석년(昔年)에 부부 양액(兩厄)이 괴이하여 설사 견과(見過)함이 있은들 저대도록 좋은 일 궂은일에 대사(大事)로이[17] 들출 것이 무엇이리오. 진짓 형 등으로 더불어 도적질하염 직하도다. 도적질이란 것이 다 같이 한 후는 아무 광자(狂者)라도 말이 없거니와 아서라 하 점직하도다."[18]

시중 왈,

"당년 현제 등 부자, 숙질(叔姪)의 우스운 거조(擧措)[19]는 생각할수록 조사(弔事)라도 대소(大笑)할 일 많으니 늙다 하고 잊으(6)랴. 이 몸이 죽은 후는 잊지 않아 부디 그대 등 꿈에라도 와서 이런 말을 다하리라."

오공이 소왈(笑曰),

"그리면 좋은 방법이 있으니 표형 등이 죽거든 분상(墳上)에 무쇠 말뚝을 크게 만들어다가 나리꽂으면 꺽 소리도 못하리라."

시중이 대로(大怒) 왈,

"너희 날과 무슨 원(怨)이 있관대 죽거든 차마 못할 노릇을 하자 하는다? 너희 이런 불측(不測)한 말을 하니 차후는 아조 친의(親誼)를 절(絶)하고 협문(夾門)을 막고 돌아가리라."

장주사가 웃고 해위(解慰)[20] 왈,

"형장은 식노(息怒)[21]하소(7)서. 말이나 그러한들 저희 생심(生心)이나 그리 하리잇가? 상담(常談)에 분항(糞缸)[22]을 무서워 치움이 아니라 더러워 치운다 하니 말이 궁진(窮盡)하여 우리를 관속(官束)[23]고자 함이니 노(怒)치 마소서."

시중이 탄왈(歎曰),

"현제지언(賢弟之言)이 통달(通達)하니 한 무리 인사불성(人事不省)을 족가(足枷)치[24] 아니리라."

---

17 대사(大事)롭다: 대수롭다. 중요하게 여길 만하다.

18 점직하다: '부끄럽다'의 옛말. 원문에는 '졈즉ᄒᆞ도다'로 되어 있음.

19 거조(擧措): 말이나 행동을 하는 태도.

20 해위(解慰): 위로함.

21 식노(息怒): 노여움을 가라앉힘.

22 분항(糞缸): 똥항아리.

23 관속(官束): 단속함. 관리함.

24 족가(足枷)하다: 따지다. 다그치다.

오·진 양공이 어이없어 도로혀 한가히 웃을 따름이요, 승상과 제왕은 부숙(父叔)이 대고(大故)[25] 이후는 시시(時時)로 우수울억(憂愁鬱抑)하시다가 장공 형제와 화담희어(和談戲語)[26]로 찬조(贊助)하여 그 심회(心懷)를 풀어 세월을 보내(8)더라.

차야(此夜)에 학사 희백이 광평궁에 이르니, 이때 광평왕과 윤후가 천금지란(千金之蘭)[27]으로써 현생 같은 군자를 맞으매 일월이 오래지 않아서 용갑(龍甲)을 맞혀[28] 용방천인(龍榜千人)을 압두(壓頭)하고 문무(文武) 두 길을 드대어 위로 천총(天寵)[29]이 혁연(赫然)하고 아래로 만조(滿朝)가 기경(起敬)[30]하여 청현아망(淸顯雅望)[31]이 일세를 기울이니 여아(女兒)가 이칠(二七) 청춘에 봉관화리(鳳冠花纚)[32]로 명부(命婦) 직첩이 고명(高名)하니, 왕의 부부가 깃거하며 현학사가 유가(遊街)[33] 시에 기제(其弟) 한림으로 더불어 외전(外殿)에 이르니 왕의 부부가 팔진경(9)찬(八珍瓊饌)[34]으로 관대(款待)[35]하고 금은필백(金銀疋帛)으로 그 좌우를 사급(賜給)하매 집사아역(執事衙役)[36]이며 창부재인(倡夫才人)이 대열(大悅)하더라. 윤후가 여서를 내당에 청하여 볼새 현생의 풍광옥골(風光玉骨)이 단계청삼(丹桂青衫)[37] 가운데 더욱 빛나니 왕비 두굿기며 청아(青蛾)[38]를 드리워 용문지경(龍門之慶)[39]을 치하하니 학사가 또한 사랑하는 정을 감사하여 간간이 문견(聞見)을 전하여 춘풍화기 우훨[40] 듯하매 세자와 모든 왕자며 후빈 궁아(宮娥)[41]의 무리 탄복기경(歎服其景)하더라.

---

25 대고(大故): 어버이의 상사(喪事).

26 화담희어(和談戲語)로: 서강대본에는 이 다음에 '우스실 씨 만흐믈 깃거 화셩유어로'가 있음.

27 천금지란(千金之蘭): 천금과 같이 귀한 난초. 여기서는 귀한 딸을 가리킴.

28 용갑(龍甲)을 맞히다: 장원 급제를 하다.

29 천총(天寵): 임금의 특별한 사랑.

30 기경(起敬): 공경하는 마음을 일으킴.

31 청현아망(淸顯雅望): 청현직에 있으면서 얻은 훌륭한 인망.

32 봉관화리(鳳冠花纚): 옛 신부가 봉(鳳)을 장식해 머리에 쓰던 예관(禮冠)과 꽃을 수놓은 얼굴가리개.

33 유가(遊街): 원문에는 '유과'로 되어 있으나 문맥에 맞추어 고침.

34 팔진경찬(八珍瓊饌): 맛있는 음식과 좋은 반찬. 보통 '맛있는 음식과 좋은 술'의 뜻인 '팔진경장(八珍瓊漿)'을 많이 씀.

35 관대(款待): 정성껏 대접함.

36 집사아역(執事衙役): 집안일을 맡아보는 사람과 수령이 개인적으로 부리던 종.

37 단계청삼(丹桂青衫): '단계'는 장원급제를 뜻하므로 장원급제한 사람의 푸른 도포를 입은 모습을 이름.

38 청아(青蛾): 눈썹먹으로 그린 푸른 눈썹. 미인.

39 용문지경(龍門之慶): 과거에 급제한 경사.

40 우희다: '움키다', '움켜쥐다'의 옛말.

41 궁아(宮娥): 궁 안에서 왕과 왕비를 모시는 내명부를 이르는 말.

이윽고 학사가 하직고 돌아가니 왕과 비 새(10)로이 잃은 것이 있는 듯 창연(悵然)하여[42] 쉬이 여서(女壻)를 한가지로 청하여 동방에 봉황이 깃들이는 자미를 보고자 하거늘 뉘 이 사이에 조물이 다 시(猜)하여 현학사 부부의 백년 금슬에 마희(魔戲)[43]하는 재앙이 일어날 줄 알리오.

이날 황씨 모녀가 합문(閤門) 안에서 현학사의 옥면신채(玉面神采)와 입신현달하여 계지청삼(桂枝青衫)으로[44] 거룩한 위의를 갖추어 이르매 왕의 부부가 가득한 사랑이 타인에 지남을 보매 황녀의 만복(滿腹) 시심(猜心)은 칼을 겨룰 듯하며 벽주의 무사(11)히 장성하여 저 같은 옥인군자(玉人君子)의 배필이 됨을 한(恨)하고 교주 요녀는 대음대악(大淫大惡)을 걷잡기 어려우니 공연히 교아절치(咬牙切齒)[45]하여 쉬이 벽주를 없이하고 현학사 거문고 줄을 잇지[46] 못함을 한하여 분분히 침소에 돌아와 모녀 양인이 고장(鼓掌)[47] 분분(忿憤)하며 절치분애(切齒憤哀)함을 마지아니하고 공교로운 계교가 장차 궁극함에 미치니 이미 황축으로 모계(謀計)하여 천금을 흩어 요약(妖藥)을 구함이 있으나 미처 계교가 빠르지 못할까 하더니 황축이 문득 헌책(獻策) (12)왈,

"소질이 수일 전에 한 꿈을 얻으니 일위 대장이 와 이르되, '나는 위국(魏國) 무음군 방연(龐涓)이러니 평생 재주를 다 못 펴고 죽었는 고로 원혼이 흩어지지 않아 부디 재세(再世)에 보원보수(報怨報讎)하렸노라.' 하고 또 이르되, '오히려 손빈(孫臏)을 해하던 『칠전정후서』를 두었더니 너를 주나니 조씨 교주로 하여금 뜻을 이루게 하라.' 하거늘 그 주는 책을 받고 깨달으니 한 꿈이라. 몽리(夢裏)[48] 신인(神人)의 가르치던 말이 명명(明明)하고 과연 침변(枕邊)에 적은 책이 있으니 서중(書中)에 기록한 (13)묘방이 있어 하였으되, '초인(草人)을 만들어 연월일시와 성명을 써 흉복(胸腹) 중에 넣고 향탁(香卓)을 벌이며 칠등(七燈)을 밝히고 상 위에 『칠전정후서』란 글을 놓고 복성화[49]로 활과 살을 만들어 삼칠일을 재계(齋戒)하고 분향(焚香)한 후에 그 궁시(弓矢)로 초인을 날마다

42 창연(悵然)하다: 몹시 서운하고 섭섭하다.

43 마희(魔戲): 귀신의 장난이라는 뜻으로, 일의 진행 과정에 나타나는 뜻밖의 방해나 곤란을 말함.

44 계지청삼(桂枝青衫)으로: 원문에는 '계지청슴을'로 되어 있으나 서강대본을 참고하여 고침.

45 교아절치(咬牙切齒): 몹시 분하여 이를 갊.

46 거문고 줄을 잇다: 속현(續絃)하다. '속현'은 다시 결혼하여 아내를 맞이하는 일.

47 고장(鼓掌): 손뼉을 침.

48 몽리(夢裏): 꿈속.

49 복성화: '복숭아'의 옛말.

쏘고[50] 칠등을 하나씩 꺼버리면 칠일 만에 주등이 마저 꺼지면 그 사람이 반드시 죽는다.' 하니 이 계교를 쓰면 가히 계교가 빨리 이루거니와 소질(小姪)은 가인(佳人)을 잃을까 하나이다."

황녀가 깃거 왈,

"먼저 행계(行計)하(14)여 현질(賢姪)의 소원을 이루지 못하면 후에 이 계교를 쓰리라."

황축이 깃거 사례하니 교주가 심하(心下)에 군주를 아조 죽여 복원보수(復怨報讎)를 못하고 황축이 탈취코자 함을 앙앙(怏怏)하나[51] 문득 계교 가운데 꾀를 쓰고자 하여 가로되,

"소매(小妹)는 매양 옛글을 보매 은(殷) 시절에『칠전정후서』란 글이 있고 후에 다시 칠국(七國) 적에 귀곡자(鬼谷子)[52]가『칠전정후서』를 가져 방연을 가르치단 말을 옛말로 들었더니 형의 몽사를 들으니 본디 이 소매에게 전하라 함이니 (15)거거(哥哥)[53]는 천의를 좇아 내게 전함이 어떠하뇨?"

황축이 한갓 탐욕이 무량(無量)할 뿐이요 잔꾀는 알지 못하는지라 교주의 말을 듣고 그러히 여겨 소매로조차 일편『정후서』를 내어 주거늘 교주가 받아보니 길이 오촌(五寸)은 되고 너비 사촌(四寸)은 하니 장수가 구십 장이라. 불과 사오 촌 너비 작은 책이로되 전자(篆字)로 메워 글씨 정묘(精妙)하고 비단으로 갑(匣)을 만들어 가장 기묘히 꾸몄고 사의(辭意)를 살피매 묘한 꾀와 공교한 방술 잡기 낱낱이 쓰였으니, 황축은 (16)본디 노둔(駑鈍)한[54] 고로 대강(大綱)을 알고 깊은 의리(義理)를 알지 못하되 교주는 총명이 과인한지라 한 번 보매 묘한 꾀와 궁극한 기미를 능히 깨달으니, 한 번 보매 대경대희(大驚大喜)하고 두 번 살피매 자득양양(自得揚揚)함이 지상 초충(草蟲)이 날개를 부쳐 승피상운(乘彼祥雲)[55]할 듯하니 심하(心下)에 만분 득의(得意)함을 마지아니나 행여 제 다시 찾을까 겁(怯)하여 또 저의 탐욕이 무쌍함을 아는 고로 가연히[56] 상협(箱篋)[57]을 열어 백은 수백 냥과 명주 한 꿰미[58]와 순금

50 쏘고: 원문에는 없으나 서강대본을 참고하여 보충함.

51 앙앙(怏怏)하다: 마음에 차지 않거나 야속해 하다.

52 귀곡자(鬼谷子): 중국 전국시대의 사상가. 소진, 장의의 스승으로 알려짐.

53 거거(哥哥): 오빠. 중국 백화 발음임.

54 노둔(駑鈍)하다: 둔하고 어리석다.

55 승피상운(乘彼祥雲): 상서로운 구름을 타고 하늘에 오름.

56 가연히: 개연히. 흔쾌히.

57 상협(箱篋): 상자.

58 꿰미: 원문에는 '쩨음'으로 되어 있음.

팔쇠[59] 열 쌍을 주어 (17)왈,

"차서(此書)가 본디 네게[60] 속한 것을 값없이 취하리오? 백은이 족히 생계를 보탤 것이요 명주와 팔쇠는 취실(娶室)할 때 빙례(聘禮)에 보태어 쓰소서."

황축이 불과 수촌(數寸) 책이 쓸데없는 줄로 알았더니 많은 은자(銀子)와 보물을 얻으니 대열(大悅)하되, '미련하다. 이 책을 무엇에 쓰고자 많은 재물을 주는고? 내 빈한(貧寒)하여 숙모의 덕으로 구생(苟生)[61]하거늘 이제 얻은 휴지(休紙)[62]로 값을 과히 받음이 불안타.' 하여 숙모를 돌아보며 매자(妹子)가 어떻게 여길까 사념(思念)함이 없지 않아 (18)손으로 은자를 어루만지며 왈(曰),

"현매(賢妹)에게는 가할 것이 무엇이리오. 『정후서』가 본디 나는 쓸데없어 현매를 그저 주나니 현매 또 우형(愚兄)을 값 주노라 말고 다만 빈한한 생계(生計)를 돕노라 하라."

교주는 간악(奸惡) 영물(靈物)이라 황축의 흉의(凶意)를 짐작고 미소 점두(點頭)하니 황녀가 흔연(欣然) 왈(曰),

"질아(姪兒)가 지친(至親)을 사랑하는 정이 고마우니 여아(女兒)가 어찌 표형(表兄)[63]의 후의(厚意)를 감사치 아니리오."

정히 말할 사이에 문양군 문이 들어오니 황녀 모녀 숙질(叔姪)이 문양의 어짊을 싫게 여기는 (19)고로 말을 그치고 황축은 연망(連忙)히[64] 은자를 거두며 교주는 『정후서』를 거거(哥哥)가 볼까 저어[65] 황망(慌忙)히 나상(羅裳)[66]으로 덮고 물러앉으니 문양군이 기색을 괴(怪)히 여겨 문왈(問曰),

"매자(妹子)와 표제(表弟)[67] 무엇을 감추나뇨?"

교주는 묵연(默然)하며 황축은 귀밑을 긁적이며 대답이 자못 군속(窘束)하여[68] 이르되,

---

59 팔쇠: 팔찌.
60 네게: 원문에는 '늬게'로 되어 있으나 문맥에 맞추어 고침.
61 구생(苟生): 구차하게 겨우 살아감. 또는 그런 생활.
62 휴지(休紙): 원문에는 '슈지'로 되어 있음.
63 표형(表兄): 내외종 및 이종사촌형.
64 연망(連忙)히: 황급히.
65 저어: 저어하다. 두려워하다.
66 나상(羅裳): 얇고 가벼운 비단으로 만든 치마.
67 표제(表弟): 어머니의 형제자매의 아들
68 군속(窘束)하다: 묶여 있는 것처럼 옴짝달싹할 수 없게 어렵다. 군색(窘塞)하다.

"숙모가 우리 모자의 간초(艱楚)한[69] 생으로 빈한(貧寒)함을 긍측(矜惻)하사[70] 은냥인지 주시기에 거두어 앗음이라.[71] 도적한 것이 아니니 무엇 하러 형장(兄丈)을 보고 감추리잇가."

문양군이 괴히 여겨 (20)침음묵연(沈吟默然)[72]하거늘 황녀가 문득 이르되,

"지친지간(至親之間)에 부자(富者)가 빈자(貧者)를 구급(救急)함이 예사(例事)라. 아자(兒子)가 어찌 괴이히 굴어 질아(姪兒)로 불안케 하나뇨?"

문양군이 심리(心裏)[73]에 모씨(母氏)와 매자(妹子)의 행사(行事)를 괴아(怪訝)하나 그 괴로이 여기는 바에 알려 하기 부질없어 다시 묻지 아니하더라.

과연 오래지 않아 옥화 군주가 귀근(歸覲)[74] 왕궁(王宮)하니 왕의 부부가 자녀와 비빙[75]을 거느려 한가지로 여아를 보니, 군주가 이슬(離膝)[76] 수월(數月)에 수미(秀美) 쇄락(灑落)[77]함이 새로운 듯하여 봉관(鳳冠)[78] 옥패(玉佩) 가운데 절세방용(絶世芳容)이 더욱 (21)묘묘신신(妙妙新新)하여 홍련일지(紅蓮一枝) 추수(秋水)에 나왔는 듯, 동정소월(洞庭素月)[79]이 일년(一年) 십이월(十二月) 정기(精氣)를 머금어 칠월중원(七月中元)[80]을 새로이 닷가는[81] 듯, 반가운 안목(眼目)이 상연(爽然)[82] 현란(絢爛)한지라.[83] 모후가 옥수(玉手)를 잡고 왈(曰),

"수월지내(數月之內)에 아해(兒孩) 변하여 어른이 되고 용광(容光)[84] 색모(色貌)가 더욱 풍

---

69 간초(艱楚)하다: 힘들고 괴롭다.

70 긍측(矜惻)하다: 긍련하다. 불쌍하고 가엾다.

71 앗다: '가지다'의 옛말. 원문에는 '아ᄉᆞ미라'로 되어 있음.

72 침음묵연(沈吟默然): 속으로 깊이 생각하여 잠잠히 말이 없음.

73 심리(心裏): 마음속.

74 귀근(歸覲): 귀성(歸省). 부모를 뵙기 위하여 객지에서 고향으로 돌아가거나 돌아옴.

75 비빙: 궁중에서 비빈(妃嬪)을 이르던 말.

76 이슬(離膝): 이별.

77 쇄락(灑落): 마음이나 몸이 상쾌하고 깨끗함.

78 봉관(鳳冠): 옛 부인들이 쓰던 관으로 봉황 모양을 장식한 예관.

79 동정소월(洞庭素月): 중국 동정호(洞庭湖)에 뜬 흰 달.

80 칠월중원(七月中元): 도교에서 '백중날'을 이르는 말. 도교에서는 천상(天上)의 선관(仙官)이 일 년에 세 번 1월 15일, 7월 15일, 10월 15일에 인간의 선악을 살피는 때를 '삼원'이라고 하여 초제(醮祭)를 지내는데, 이 가운데 7월 15일을 이르는 말이다.

81 닷가는: 닦는.

82 상연(爽然): 매우 시원하고 상쾌함.

83 현란(絢爛)하다: 눈이 부시도록 찬란하다.

84 용광(容光): 빛나는 얼굴이라는 뜻으로, 상대편의 얼굴을 높여 이르는 말.

염(豊艷)하니 가히 구문(舅門) 상하(上下)에 애인(愛人) 관회(關懷)함[85]과 서랑(壻郎)[86]의 유신(有信)함을 알리로다."

군주가 옥협(玉頰)에 웃음을 머금고 모후의 쌍수(雙手)를 받들어 존후(尊候)[87]를 묻잡고 모든 사모(姒母)와 형제를 대하여 그 사이 사모턴 회포(懷抱)를 (22)펴니 모두 깃거하되 홀로 황씨 모녀가 만복(滿腹) 시심(猜心)[88]은 저의 부귀은총(富貴恩寵)을 들을수록 한입골수(恨入骨髓)하여 시객[89]에 너흐지[90] 못함을 한하니 어찌 삼생(三生)의 깊은 원(怨) 곧 아니면 이러하리오. 교주의 가슴 가운데 일천(一千) 소원(所願)이 넘놀아 옥안(玉顔)이 봄술에 취한 듯하더니 왕이 양구(良久) 후 여아를 교무(嬌撫)[91]타가 외전(外殿)에 빈객(賓客)[92]이 왔음을 인하여 나가니 교주가 문득 참지 못하여 웃고 이르되,

"옥주의 화모월태(花貌月態)[93] 규수(閨秀)로 계신 적보다가 배(倍)히 윤택(潤澤)하시고 소쇄(瀟灑)하시니[94] 구가(舅家) 인심이 (23)흡연(洽然)하시고[95] 군마의 은애(恩愛) 후하심을 묻지 아냐 알리로소이다. 천승(千乘)[96] 군왕(君王)의 귀하신 교아(嬌兒)로 다시 신진명사(新進名士)의 부인이 되어 봉관화리(鳳冠花離)[97] 팔좌(八座)의 존함을 점득(占得)하시니, 다정(多情) 양인(兩人)의 백년 금슬(琴瑟)이 재천원작비익조(在天願作比翼鳥)요, 재지원위연리지(在地願爲連理枝)[98]를 효측(效則)하니 또 언마[99]하여 비웅(羆熊)의 상서(祥瑞)[100]를 꿈

---

85 관회(關懷)하다: 걱정하고 그리워하다. 원문에는 '관혜'로 되어 있으나 오기인 듯함.

86 서랑(壻郎): 남의 사위를 높여 이르는 말.

87 존후(尊候): 주로 편지글에서, 남의 건강 상태를 높여 이르는 말.

88 시심(猜心): 시기심(猜忌心). 원문에는 '싀싐'으로 되어 있음.

89 시객: 시각. 시간. 일정한 순간. 또는 짧은 동안.

90 너흘다: '물다'의 옛말. 씹다. 물어뜯다.

91 교무(嬌撫): 사랑하여 어루만짐.

92 빈객(賓客): 귀한 손님.

93 화모월태(花貌月態): 꽃과 달같이 아름다운 모습.

94 소쇄(瀟灑)하다: 기운이 맑고 깨끗하다.

95 흡연(洽然)하다: 매우 흡족한 듯하다.

96 천승(千乘): 천 대의 병거(兵車)라는 뜻으로, 제후를 이르는 말.

97 봉관화리(鳳冠花離): 옛 신부가 봉(鳳)을 장식해 머리에 쓰던 예관(禮冠)과 꽃을 수놓은 얼굴가리개.

98 재천원작비익조(在天願作比翼鳥) 재지원위연리지(在地願爲連理枝): 당(唐)나라 시인 백거이(白居易)의 〈장한가(長恨歌)〉의 한 구절. "하늘에서는 비익조가 되기를 원하고, 땅에서는 연리지가 되기를 원했네."

99 언마: '얼마'의 옛말.

100 비웅(羆熊)의 상서(祥瑞): 아들 낳을 꿈. 『시경(詩經)』「소아(小雅)」〈사간(斯干)〉에 "길몽이 무언가 하면, 큰 곰과 작은 곰에다, 큰 뱀과 작은 뱀이로다. 대인이 꿈을 점치니, 큰 곰과 작은 곰은 남아를 낳을 상서요, 큰 뱀과 작은 뱀은 여아를 낳을 상서로다(吉夢維何 維熊維羆 維虺維蛇 大人占之 維熊維羆 男子之祥 維虺維蛇 女子之祥)."라고 한 데서 온 말이다.

꾸지 못하리오."

하고 호호(浩浩)히 대소(大笑)하니 군주가 그 방일(放逸) 음탕(淫蕩)한 말을 어이없어 옥안(玉顔)이 냉담하여 묵연정색(黙然正色)하고 윤비 교주의 방자(放恣)함을 불쾌하여 정성(正聲) 책(24)왈(責曰),

"비록 자매간이나 너는 규리(閨裏)[101]의 처자(處子)라 어찌 남의 부부간 사사(私事) 은밀(隱密)을 구두(口頭)에 올려 경박(輕薄)함을 취하나뇨. 알괘라. 이는 나의 덕의(德義) 엷고 교화(敎化)가 밝지[102] 못하여 예의치화(禮儀治化)로써 여등(汝等)의 귀에 들리지 못한 고로 너의 방일(放逸)함이 이에 미치니 가탄가석(可歎可惜)이라. 여년(汝年)이 이미 도요(桃夭)[103] 방매시(芳媒詩)를 외울 때라. 그 사람에게 가(嫁)하매 허물을 이룸이 반듯하리니[104] 일로조차 백년(百年) 전정(前程)이 빛나기를 기필(期必)치 못하리로다."

교주가 발연(勃然)히 성내어 왈(曰),

"소녀가 무슨 잘못함이 있관대 (25)이대도록 편잔주실 묘리[105] 있나니잇가? 소녀는 아무 죄도 없으니 부왕 전하가 아시나 죽일 밖 더으시리잇가?"

설파(說罷)에 노기(怒氣) 발연(勃然)하며 양미(兩眉)에 살기(殺氣) 등등(騰騰)하여 홍군(紅裙)[106]을 떨쳐 제 방으로 돌아가니 황녀의 대간대음(大奸大淫)이나 깊이 무안(無顔)하고 또 앙앙(怏怏)하여[107] 말을 못 하고 윤비 모녀가 어이없어 말을 그치더라.

이윽고 황녀가 물러나고 모든 후궁 궁첩(宮妾)이 다 물러나매 윤후가 탄왈(歎曰),

"교아의 거동이 타일(他日)을 불문가지(不問可知)[108]라. 어찌 황가 여엽(餘葉)으로 이 아해(兒孩) 추탁(推託)[109]할 줄 알리(26)오."

군주의 보모 경상궁이 문득 좌우를 돌아보아 사람 없음을 보고 가까이 나아와 꿇어

101 규리(閨裏): 처녀가 있는 규방 안.

102 밝지: 원문에는 '밝지'로 되어 있으나 문맥에 맞추어 고침.

103 도요(桃夭): 도요는 『시경(詩經)』의 편명으로 "싱싱한 복숭아나무 탐스러운 열매 맺었네(桃之夭夭 有蕡其實)."라는 구절이 나오는데 이는 복숭아꽃이 필 시기라는 뜻으로 여자가 시집갈 때가 되었음을 상징하는 것임.

104 반듯하다: 어떤 일이 틀림없이 그러하다. 기필(期必)하다.

105 묘리: 이유. 까닭.

106 홍군(紅裙): 붉은 치마.

107 앙앙(怏怏)하다: 매우 마음에 차지 아니하거나 야속하다.

108 불문가지(不問可知): 묻지 아니하여도 알 수 있음.

109 추탁(推託): 다른 일을 핑계로 거절함.

나작이 고왈(告曰),

"비자(婢子)[110]가 황숙비 모녀의 근본을 자시 아옵되 일이 중난(重難)하여 아뢰지 못하였나이다. 낭랑(娘娘)이 비자의 허망(虛妄)을 책(責)지 아니실진대 문견(聞見)의 진적(眞的)한[111] 바를 아뢰리이다."

윤비 경문기고(驚問其故)한대 경씨 고왈(告曰),

"황숙빈이 본디 황공(公)의 정실녀(正室女)가 아니라 창첩(娼妾) 대선이 숙빈을 낳으며 즉시 죽으니 그 적모가 비록 아들이 있으나 딸이 없는 고로 무모유녀(無母幼女)가 교연(嬌然)[112]함을 어엿(27)비 여겨 정당(正堂)에 두고 스스로 낳은 체하니 친척과 인인(隣人)이라도 다 알지 못하고 황효렴의 적매(嫡妹)로 알았더니, 숙빈이 자라 색모(色貌)가 탁월(卓越)하여 경국(傾國)할 빛[113]이 있는지라 그 부모가 세상을 다 속이고 대왕의 후비(后妃) 뽑으시는[114] 간선에 들었더니 과연 천의(天意)[115]를 얻어 전하의 후궁이 되어 그 부귀영총(富貴榮寵)이 분에 과하되 근본이 연분(臙粉)[116]에 행창(行娼)[117]하던 태휵(胎慉)[118]이라 영귀(榮貴)하나 간험(姦險)함을 버리지 못하여 위로 정궁이 계시고 여러 후궁과 시첩(侍妾)이 있어 군왕의 은총(恩寵)(28)이 전일(專一)[119]치 못함을 한하여 외간(外間)에 음일(淫佚)[120]한 사정이 있더라 하니 연환 소저가 비록 교염(嬌艶)한[121] 빛이 있다 하나 진실로 옥엽(玉葉)[122]의 좋은 골격이 없으니 혹자(或者) 간부(奸夫)의 골육(骨肉)이런동 어찌 알리잇고."

윤후와 군주가 청미파(聽未罷)에 대경실색(大驚失色) 왈(曰),

---

110 비자(婢子): 예전에, 여자가 자기를 낮추어 이르던 일인칭 대명사.

111 진적(眞的)하다: 참되고 틀림없다.

112 교연(嬌然): 어여쁜 모양.

113 경국(傾國)할 빛: 경국지색(傾國之色). 임금이 혹하여 나라가 기울어져도 모를 정도의 미인이라는 뜻으로, 뛰어나게 아름다운 미인을 이르는 말.

114 뽑으시다: 원문에는 'ᄲᅡ시ᄂᆞᆫ'으로 되어 있음.

115 천의(天意): 임금의 뜻.

116 연분(臙粉): 분과 연지.

117 행창(行娼): 드러내 놓고 몸을 파는 창기 노릇을 함. 또는 그 창기(娼妓).

118 태휵(胎慉): 태육(胎育). 태생(胎生).

119 전일(專一): 마음과 힘을 모아 오직 한 곳에만 씀.

120 음일(淫佚): 마음껏 음란하고 방탕하게 놂.

121 교염(嬌艶)하다: 교태가 있고 요염하다.

122 옥엽(玉葉): 임금의 자손이나 문중을 존대하여 이르는 말.

"이 진짓 말인가? 어데로조차 분명 앎이 있느냐?"

경씨 고두복지(叩頭伏地) 왈(曰),

"비자(婢子)의 아자비[123] 전일(前日) 황효렴 부인 심복(心腹) 비자 태란의 가부(家夫)[124]라. 황가 내외(內外) 일동일정(一動一靜)[125]을 태란이 분명히 알고 태란의 아오[126] 태섬이 숙빈의 유모이니 (29)어찌 이런 중대지사(重大之事)를 허언(虛言)으로 아뢰리잇가? 또 태란은 어지오되 태섬은 음악(淫惡)한지라 주인을 도움에 불의(不義)로 인도하여 태섬의 지아비는 또한 양민(良民)이라 그 조카 전수재(秀才)라 하는 이 있어 얼굴이 아름다우니 태섬의 부부가 전수재를 여복을 입혀 데려 숙빈의 협실(夾室)에 숨기고 음락(淫樂)[127]하더니 점점 소문이 사오나와 전수재의 아비 듣고 일이 발각(發覺)한즉 변(變)이 일어 대화(大禍)가 연루(連累)할까 두려 아들을 잡아다가 가만히 죽이렸노라 하고 전가(家)가 아조 경사(京師)를 떠나 멀리 하방(遐方)[128]으로 (30)가다 하고 아자비 살았을 제 이르고 태섬의 무상함을 꾸짖고 태란이 그 아[129]를 아조 의절(義絶)하고 찾아오지 아니터니 태란은 수년 전에 죽고 아자비 죽은 후는 소문을 모르나이다. 아무 제라도 조각[130]을 응(應)하여 태섬을 져주면[131] 근본이 자서하리이다."[132]

윤후가 그 진적(眞的)함[133]을 알매 면색(面色)이 여토(如土)[134]하여 말을 못하더니 양구(良久) 후 비로소 입을 열어 이르되,

"차사(此事)가 진실로 중대하니 장차 어찌 처치하리오."

군주가 날호여[135] 탄식(歎息)고 주왈(奏曰),

---

123 아자비: 아저씨. 작은아버지.

124 가부(家夫): 남편.

125 일동일정(一動一靜): 하나하나의 동정. 또는 모든 동작.

126 아오: 아우.

127 음락(淫樂): 원문에는 '음악'으로 되어 있으나 서강대본을 참고하여 고침.

128 하방(遐方): 서울에서 멀리 떨어진 지방.

129 아: 아우.

130 조각: 기미나 낌새. 겨를 또는 틈.

131 져주다: '따지다'의 옛말. 신문(訊問)하다.

132 자서하다: 자세하다.

133 진적(眞的)하다: 확실하다. 참되고 틀림없다.

134 여토(如土): 흙과 같음.

135 날호여: 천천히.

"황씨는 부왕(父王)의 총애자(寵愛者)이라. 자녀로써 위세(威勢) 모후의 아래 한 사람이라. 이런 불측(不測)한 말로써 먼저 발구(發口)[136]한즉 증참(證參)[137]이 분명치 아닌 바에 일(31)이 아무라 할 줄 알지 못하는 중 경씨의 사생(死生)이 가려(可慮)[138]이니 비록 여차(如此) 음악지녀(淫惡之女)로서 일궁(一宮)에 거느려 부자간에 용심(用心)[139]케 함이 실로 통한(痛恨)하오나 모후와 소녀가 스스로 적발(摘發)함은 가치 아니하오니 복원(伏願) 모후는 그 때를 기다리소서. 석자(昔者)[140]에 양옥진[141]의 부용여면류여미(芙蓉如面柳如眉)[142]로도 천운(天運)이 돌아지매 마외역(馬嵬驛)[143]에 육군(六軍)이 끄는 머리 다리 아래 버림을 면치 못하였나니 부왕이[144] 비록 황씨의 재용(才容)을 총애하시나 마침내 명황(明皇)[145]의 불명(不明)함이 없으니 언마 하여 귀역(鬼蜮)[146]의 정적이 판단하여 요음(妖淫)한 자최 왕법(王法) 아래 나아가리잇고."

윤후가 묵연양구(默然良久)에 점두(點頭) 탄식(歎息)(32)할 뿐이러라.

황혼 후 현학사가 이르니 왕이 크게 반겨 친히 소매를 이끌어 내전에 들어가니 후가 여아로 더불어 정히 말씀하더니 왕이 서랑(壻郞)을 이끌어 승함취사(昇檻就舍)[147]하니 윤후가 날호여 맞아 학사가 예필좌정(禮畢坐定)에 수일(數日) 존후(尊候)를 묻자오니 신신(新新)한 풍채(風采)와 쇄락(灑落)한 기상(氣像)이 볼수록 기이하니 왕이 좌우로 고면(顧眄)[148]하여

---

136 발구(發口): 입을 열어 말을 함.

137 증참(證參): 참고가 될 만한 증거(證據).

138 가려(可慮): 걱정이 되어 마음이 편하지 못함.

139 용심(用心): 마음을 씀. 원문에는 '용식'으로 되어 있음.

140 석자(昔者): 옛적.

141 양옥진: 양귀비.

142 부용여면류여미(芙蓉如面柳如眉): 양귀비(楊貴妃)의 부용여면류여미(芙蓉如面柳如眉). 백거이(白居易)가 당 현종(玄宗)과 양귀비(楊貴妃)의 비련(悲戀)을 읊은 〈장한가(長恨歌)〉의 구절로 부용 같은 얼굴에 버들 같은 눈썹의 뜻.

143 마외역(馬嵬驛): 안녹산(安祿山)이 반란을 일으키자, 양귀비(楊貴妃)가 현종과 함께 피난하다가 마외역(馬嵬驛)에 이르러 관군에게 책망당하고 목매어 죽었다.

144 부왕이: 원문에는 '부왕의'로 되어 있음.

145 명황(明皇): 영명한 황제.

146 귀역(鬼蜮): 귀신과 불여우라는 뜻으로, 음험하여 남몰래 남을 해치는 사람을 비유적으로 이르는 말.

147 승함취사(昇檻就舍): 난함(欄檻)을 올라 방에 들어감.

148 고면(顧眄): 잊을 수가 없어 돌이켜 봄.

여서(女壻) 부부의 상적(相敵)함[149]을 두굿겨[150] 용미봉안(龍眉鳳眼)에 희기(喜氣) 무르녹아 비를 돌아보니 봉관(鳳冠)을 숙이고 강잉(强仍)[151]하여 언소(言笑)[152]를 이루나 화기(和氣) 맥맥하니[153] 왕이 경아(驚訝)[154]하여 숙(33)시(熟視)[155] 양구(良久)에 문왈(問曰),

"현서(賢壻)가 어데 불안하시냐? 어찌 화기 없나니잇고?"

후가 청파(聽罷)에 수렴하여 왈(曰),

"화복(禍福)이 문(門)이 없다 하니 불평함이 괴이하리잇가. 수연(雖然)이나 신환(身患)이 대단치 아니니 전하는 물념(勿念)[156]하소서."

왕 왈(曰),

"신상(身上)이 만일 불평하면 조호(調護)[157]함이 가하니이다."

비 강잉(强仍) 화색(和色)하여 관계치 아님을 대하더라.

좌우가 금반옥기(金盤玉器)에 팔진성찬(八珍盛饌)을 내오니 왕의 부부가 한가지로 권하여 자애(慈愛) 간간(懇懇)하니[158] 학사가 지우(知遇)[159]를 감사하여 사양치 아니코 호상(壺觴)[160]을 자작(自酌)[161]하며 성찬(盛饌)을 맛보아 화려한 말씀과 (34)풍륭(豊隆)한[162] 담소(談笑)가 이이(怡怡)하여[163] 화란춘성(花爛春盛)에 만화(萬和)가 방창(方暢)함은 그 용광(容光)이요, 설만궁학(雪滿窮壑)[164]에 고송(孤松)이 특립(特立)은 그 지개(志槪)[165]요, 태산(泰山)이 최외(崔

149 상적(相敵)하다: 양편의 실력이나 처지가 서로 걸맞거나 비슷하다.
150 두굿기다: 기뻐하다.
151 강잉(强仍): 억지로 참음. 또는 마지못하여 그대로 함.
152 언소(言笑): 담소(談笑).
153 맥맥하다: 기운이 막혀 갑갑하다.
154 경아(驚訝): 놀랄 정도로 의아하게 여김.
155 숙시(熟視): 눈여겨 자세하게 들여다봄.
156 물념(勿念): 생각하지 않음.
157 조호(調護): 환자를 잘 보양하여 병의 회복을 빠르게 함.
158 간간(懇懇)하다: 매우 간절하다.
159 지우(知遇): 남이 자신의 인격이나 재능을 알고 잘 대우함.
160 호상(壺觴): 술병과 술잔을 아우르는 말.
161 자작(自酌): 자기 스스로 술을 따라 마심.
162 풍륭(豊隆)하다: '흘러나오다'의 의미인 듯함.
163 이이(怡怡)하다: 기쁘고 좋다.
164 설만궁학(雪滿窮壑): 눈이 가득한 깊숙한 골짜기.
165 지개(志槪): 원문에는 '지식'로 되어 있으나 서강대본을 참고하여 고침.

嵬)[166]하고 대해(大海) 양양(洋洋)함은 그 도량(度量)이라. 술이 사오 배에 취기 은연(隱然)하여 백설이 무르녹은 빈하(鬢下)에 홍광(紅光)이 염염(焰焰)하니[167] 옥계(玉階) 화분(花盆)에 홍백(紅白) 모란이 섞여 핀 듯 양주(揚州)[168] 노상(路上)의 투귤지풍(投橘之風)[169]은 방일(放逸)함이 나쁘고, 침향전(沈香殿)[170] 상에 일일수경삼백배(一日須傾三百杯)[171]하고 작시(作詩) 삼백 수 하던 용광(容光)은 허랑(虛浪)함이 부족하거늘 술이 취하매 행여 실례함이 있을까 저어 백라(白羅) (35)광삼(廣衫)[172] 사이로조차 초옥섬수(楚玉纖手)[173]를 내어 의관(衣冠)을 수렴(收斂)하니 동탕(動蕩)[174] 쇄락(灑落)한 풍용(風容)이 볼수록 아름다운지라.

군주(郡主)가 월액무빈(月額霧鬢)[175]에 채봉관(彩鳳冠)[176]을 숙이고 비봉양익(飛鳳兩翼)에 직금(織金)[177] 오운삼(五雲衫)을 가하고 섬섬초요(纖纖楚腰)[178]에 육복(六服)[179] 홍금(紅錦) 수라상(繡羅裳)[180]을 착(着)하고 모비(母妃)를 시립(侍立)하였으니 천교백미(千嬌百媚)와 만태억채(萬態億采)를 불가형언(不可形言)이라. 다만 오채(五彩) 영영(玲玲)[181]하고 서광(瑞光)이 아나

---

166 최외(崔嵬): 원문에는 '최호'로 되어 있음.

167 염염(焰焰)하다: 활활 타고 있다.

168 양주(揚州): 원문에는 '양뉴'로 되어 있으나 오기인 듯함.

169 투귤지풍(投橘之風): 투귤하던 행태. 두목이 풍채가 아름다워 그가 양주(揚州) 거리를 수레를 타고 갈 때면 기생들이 그의 얼굴을 보고자 귤을 던져[投橘] 수레가 귤로 가득 찼다고 한다.

170 침향전(沈香殿): 침향정(沈香亭). 당 현종의 대궐 흥경지(興慶池) 동쪽에 있는 정자.

171 일일수경삼백배(一日須傾三百杯): 이백의 〈양양가(襄陽歌)〉 중에 나오는 구절로 '하루에 모름지기 삼백 잔을 마셔야 한다.'는 의미이다.

172 광삼(廣衫): 고운 솜을 넣고 짓던 옷.

173 초옥섬수(楚玉纖手): 초나라의 옥과 같이 희고 깨끗한 손.

174 동탕(動蕩): 얼굴이 두툼하고 잘생김.

175 월액무빈(月額霧鬢): 달과 같이 아름다운 이마와 아리따운 귀밑머리.

176 채봉관(彩鳳冠): 무늬가 아름다운 봉황새를 수놓은 관.

177 직금(織金): 남빛 바탕에 은실이나 금실로 봉황과 꽃의 무늬를 섞어 짠 직물.

178 섬섬초요(纖纖楚腰): 미인의 가느다란 허리.

179 육복(六服): 일반적으로 왕비의 의복을 말함. 주(周)나라의 왕후가 위의(褘衣)·유적(揄狄)·궐적(闕狄)·국의(鞠衣)·전의(展衣)·연의(綠衣)의 육복을 갖춘 데서 나왔음. 여기서는 귀족 여성들이 입었던 여섯 가지 의복을 뜻하는 것으로 쓰였음.

180 수라상(繡羅裳): 수를 곱게 놓은 비단치마. 원문에는 '슈라삭'으로 되어 있음.

181 영영(玲玲): 아롱져 빛나는 모양.

(婀娜)하여[182] 금오(金烏)[183]가 약목(若木)[184]에 오르고 옥토(玉兔)[185]가[186] 부상(扶桑)[187]에 걸리매 만국(萬國)의 명광(明光)을 먼저 흘리는 듯 용안(容顔)의 수출(秀出)함은 천지(天地)의 별(36)기(別奇)라. 수이(秀異)한 정맥(精脈)을 거두었고 현철(賢哲)한 성덕(聖德)은 임사(任姒)[188]의 단일(端一)[189]함과 마등(馬鄧)[190]의 현검(賢儉)함을 아울렀으니 가히 천추(千秋)의 기보(奇寶)요 만대(萬代)의 서물(瑞物)이요 고금(古今)의 독보(獨步) 성녀(聖女)라. 부부(夫婦) 양인(兩人)의 풍광(風光)[191] 덕채(德采) 상하(上下)치 아니하니 이 진짓 천보(天寶)며 지보(地寶)요 물호아[192] 산령(山靈)이라. 그림으로 모사(模寫)키 어렵고 입으로 형언(形言)치 못할지라. 왕이 좌시우면(坐視右眄)에 만면(滿面) 웃음이 영자(榮滋)하였고[193] 윤후가 역시 두굿겨[194] 어여쁨을 이기지 못하더라.

이윽고 석식(夕食)을 올리매 빈주(賓主)[195]가 동식(同食)하고 상을 물(37)리매 촉(燭)을 밝히고 군주의 침소(寢所) 선향루를 쇄소(刷掃)[196]하여 인도하니 학사가 향실(香室)에 나아가매 광활한 채루(彩樓)에 단청(丹青)[197]이 휘황(輝煌)하며 산호(珊瑚) 갈고리와 수정렴(水晶簾)[198]이 정결(淨潔)하여 왕궁(王宮) 귀택(貴宅)인 줄 알 것이요 방중(房中) 물색(物色)이 정쇄

182 아나(婀娜)하다: 곱고 아리땁다. 원문에는 '아라ᄒᆞ여'로 되어 있음.
183 금오(金烏): 해. 태양 속에 세 개의 발을 가진 까마귀가 있다는 전설에서 유래함.
184 약목(若木): 해가 지는 곳에 서 있다는 나무임. 원문에는 '양목'으로 되어 있음.
185 옥토(玉兔): 달.
186 옥토(玉兔)가: 원문에는 '옥칙'로 되어 있으나 서강대본을 참고하여 고침.
187 부상(扶桑): 해가 뜨는 동쪽 바다 속에 있다고 하는 나무. 또는 그 나무가 있는 곳.
188 임사(任姒): 주(周)나라 문왕(文王)의 모친인 태임(太任)과 왕비 태사(太姒)를 말함. 이들은 부덕이 훌륭했던 여성들로 후세에 칭송을 받음.
189 단일(端一): 얌전하고 의젓함.
190 마등(馬鄧): 한(漢)나라 명제(明帝)의 마황후(馬皇后)와 화제(和帝)의 등황후(鄧皇后). 둘 다 현명함으로 이름 높은 황후임.
191 풍광(風光): 사람의 용모와 품격.
192 물호아: 미상.
193 영자(榮滋)하다: 무성하게 자라나다.
194 두굿기다: 흐뭇하게 여기다.
195 빈주(賓主): 손님과 주인.
196 쇄소(刷掃): 쓸고 닦아 깨끗이 함.
197 단청(丹青): 원문에는 '단정'이라고 되어 있으나 오기인 듯함.
198 수정렴(水晶簾): 수정 구슬을 꿰어서 만든 아름다운 발. 원문에는 '수렴념'으로 되어 있으나 오기인 듯함.

(精灑)하여[199] 사치함이 없더라. 취기를 이기지 못하여 긴 옷을 벗고 단의침건(單衣枕巾)[200]으로 서안(書案)[201]을 지혔더니[202] 문득 후창하(後窓下)에 인적(人跡)이 은은(隱隱)하며[203] 혼잣말로 이르되,

"옥인(玉人)의 기약(期約)이 오늘로 있더니 어찌 정부(情夫) 황생으로써 임하(林下)에 외로이 기다리게 하는고."

불언종시(不言終時)에 한 사람이 내달아 가만히 (38)불러 왈,

"황공자야, 애달프고 위태하다. 현학사가 왔나니라."

기인(其人)이 대경(大驚)하여 급히 닫는[204] 소리 가장 요란하니 좌우 낭하(廊下)의 궁비(宮婢) 등 기르는 황견백구(黃犬白狗)가 인적의 종용치 않음을 놀라 일시에 짖으니, 학사가 심하(心下)에 왕궁(王宮)의 간인(奸人)이 은복(隱伏)[205]하여 자기 부부 금슬(琴瑟)을 마희(魔戲)[206]하려 하는 줄 알고 십분 통해(痛駭)하나[207] 창졸(倉卒)[208]에 요적(妖賊)을 찾을 길 없으매 길이 탄식(歎息) 불열(不悅)이러니, 이윽고 향풍(香風)이 진진(津津)[209]하며 패옥(佩玉)[210]이 낭랑(朗朗)하더니[211] 경·손 양 상궁이 두 쌍 소궁아(小宮娥)로 촉을 잡히고 군주를 뫼셔 나아오니 월명지하(月明之下)에 (39)세세한 연보(蓮步)[212]를 옮겨 나아오는 경상(景狀)이 정정요요(婷婷嫋嫋)[213]하여 무릉선아(武陵仙娥)가 낙포(洛浦)에 나리고 직녀(織女)가 은하수변(銀

---

199 정쇄(精灑)하다: 매우 맑고 깨끗하다.
200 단의침건(單衣枕巾): 간편한 옷과 잠잘 때 두르는 두건(頭巾). 잠옷을 의미함.
201 서안(書案): 책상.
202 지혀다: '기대다'의 옛말.
203 은은(隱隱)하다: 겉으로 뚜렷하게 드러나지 아니하고 어슴푸레하며 흐릿하다.
204 닫다: '달리다', '뛰다'의 옛말. 원문에는 '닷는'으로 되어 있음.
205 은복(隱伏): 몸을 엎드려 숨음.
206 마희(魔戲): 귀신의 장난이라는 뜻으로, 일의 진행에 나타나는 뜻밖의 방해나 헤살을 이르는 말.
207 통해(痛駭)하다: 몹시 이상스러워 놀랍다.
208 창졸(倉卒): 미처 어찌할 사이 없이 매우 급작스러움.
209 진진(津津): 넘쳐흐르는 모양.
210 패옥(佩玉): 왕과 왕비의 법복이나 문무백관의 조복(朝服)과 제복의 좌우에 늘이어 차던 옥.
211 낭랑(朗朗)하다: 소리가 맑고 또랑또랑하다.
212 연보(蓮步): 미인의 정숙하고 아름다운 걸음걸이를 비유적으로 이르는 말. 금련보(金蓮步).
213 정정요요(婷婷嫋嫋): 요요정정(嫋嫋婷婷). 한들한들 아름다운 모습.

河水邊)에 배회(徘徊)하여 선랑(仙郎)을 지영(祗迎)[214]하는 듯 멀리서 나아올 적은 금가마귀[215] 약목(若木)[216]에 오르는 듯하고 가까이 나아오매 왕모(王母)[217]가 요지(瑤池)[218]에 부회(赴會)하는 듯하니, 몸이 스스로 날아 목왕(穆王)의 요지회(瑤池會)를 임(臨)한가 의심하고 의희(依稀)히[219] 주모(主母)의 호호(浩浩)하신[220] 성덕(聖德)이 아니로되 남교(藍橋)[221]를 건너 하주(河州)의 성녀(聖女) 사씨(姒氏)[222]를 대한 듯하니, 하염없이 팔척(八尺) 장신(長身)을 낙락(落落)[223]히 움직여 속인(俗人)을 영대(迎對)하여 동서분좌(東西分坐)에 군주의 좌우가 군마(郡馬)[224]의 취하였음을 인하여 비(40)취금(翡翠衾) 원앙침(鴛鴦枕)을 연설(連設)하고 장외(帳外)에 퇴하니, 일쌍(一雙) 추수(秋水)[225] 사일(斜日)이 다정하여 부인을 보니 군주가 홍수(洪袖)[226]를 정히 끗고[227] 염슬단좌(斂膝端坐)[228]하여 시첨(視瞻)[229]이 띠 위에 오르지 아니하니 정정유한(靜貞幽閑)[230]한 기질이 볼수록 기이한지라.

---

214 지영(祗迎): 공경하여 맞음.

215 금가마귀: 금까마귀. 금오(金烏). 해. 해 속에 세 개의 발을 가진 까마귀가 있다는 전설에서 유래함.

216 약목(若木): 해가 지는 곳에 서 있다는 나무임. 원문에는 '양목'으로 되어 있음.

217 왕모(王母): 중국 고대의 선녀로 곤륜산(崑崙山) 요지(瑤池)라는 곳에 살며, 성은 양(楊)씨, 이름은 회(回)라고 함. 사람의 얼굴에 호랑이의 이와, 표범의 꼬리에 머리를 헝클어뜨렸다고 하며, 불사약을 가진 선녀라고 함.

218 요지(瑤池): 중국 곤륜산에 있다는 못. 신선이 살았다고 하며, 주나라 목왕이 서왕모를 만났다는 이야기로 유명하다.

219 의희(依稀)히: 거의 비슷하게.

220 호호(浩浩)하다: 한없이 넓고 크다.

221 남교(藍橋): 섬서성(陝西省) 남전현(藍田縣) 동남쪽에 있는 땅. 당 전기 <배항(裴航)>에서 배항이 운영(雲英)을 만난 곳.

222 하주(河州)의 성녀(聖女) 사씨(姒氏): 사씨는 주(周) 문왕(文王)의 비(妃)인 태사(太姒)를 가리킴. 덕이 높은 여인을 의미함. 하주는『시경(詩經)』「국풍(國風)」<관저(關雎)>의 "자웅이 응하여 우는 저 비둘기가 하수의 모래섬에 있구나. 요조한 숙녀는 군자의 좋은 짝이로다(關關雎鳩 在河之州 窈窕淑女 君子好逑)."라는 구절에서 온 말임.

223 낙락(落落): 뜻이 크고 도량이 넓어 작은 일에 얽매이지 않음. 큰 소나무의 가지 따위가 아래로 축축 늘어진 모습.

224 군마(郡馬): 종실의 딸, 즉 군주(郡主)의 남편. 임금의 사위. 부마(駙馬).

225 추수(秋水): 맑고 명랑한 눈매를 비유적으로 이르는 말.

226 홍수(洪袖): 큰 소매. 참고로 홍수(紅袖)는 붉은 소매로 궁녀의 옷을 가리킴.

227 끗다: 자리를 다른 곳으로 옮기도록 힘을 가하다.

228 염슬단좌(斂膝端坐): 무릎을 꿇고 단정히 앉음.

229 시첨(視瞻): 첨시(瞻視). 이리저리 둘러봄.

230 정정유한(靜貞幽閑): 유한정정(幽閑靜貞). 부녀의 태도나 마음씨가 얌전하고 정조가 바름.

흔연(欣然)히[231] 근이좌(謹而座)하여 집기수(執其手)하고 문왈(問曰),

"우리 부부가 우봉(遇逢) 수월(數月)에 일찍 은정(恩情)의 생소함이 없으되 부인이 일양(一樣)[232] 냉락(冷落)하여[233] 생의 묻는 바를 한 번도 대(對)함이 없으니 이는 숙녀(淑女)의 경부(敬夫)하는 도리 아니라. 금야(今夜)는 이 집 주인이 되었고 생은 손이라, 주인이 손의 묻는 바를 너무 집미(執迷)[234]한즉 벅벅이[235] 소천(所天)[236](41)을 경모(輕侮)[237]함이 과연(果然)하니 비록 밤이 깊으나 즉각(卽刻)에 돌아가리라."

군주가 만분 괴롭고 수괴(羞愧)하나[238] 날호여[239] 옥수(玉手)를 빼어 좌를 물리며 안서(安舒)히[240] 대왈(對曰),

"미첩(微妾)은 본디 심규(深閨) 미물(微物)이라 품질(稟質)[241]이 소조(蕭條)하여[242] 감히 하문(下問)하시는 바에 답언(答言)이 쉽지 못하오나 어찌 감히 군자를 경모(輕侮)[243]하는 방자(放恣)함이 있으리잇고."

설파(說罷)에 옥성(玉聲)이 요료(嘹嘹)[244]하여 경개[245] 육률(六律)[246]을 화하는 듯 말씀으로조차 수란(愁亂)한[247] 빛이 옥설에 무르녹으니 승절(勝絶)한[248] 방용(芳容)이 더욱 염염소쇄(艶艶瀟灑)[249]하여 눈 옮기기 아까운지라. 학사가 흔연 소지(笑之)하고 우문(又問) 왈(曰),

---

231 흔연(欣然)히: 기쁘거나 반가워 기분이 좋게.
232 일양(一樣): 한결같은 모양, 또는 같은 모양.
233 냉락(冷落)하다: 서로의 사이가 멀어져 정답지 않고 쌀쌀하다.
234 집미(執迷): 고집스러워 깨닫지 못함.
235 벅벅이: '분명히', '틀림없이'란 뜻의 옛말.
236 소천(所天): 아내가 남편을 이르는 말.
237 경모(輕侮): 남을 하찮게 보아 업신여기거나 모욕함.
238 수괴(羞愧)하다: 부끄럽고 창피하다.
239 날호여: 천천히.
240 안서(安舒)히: 마음이 편안하고 조용하게.
241 품질(稟質): 품성(稟性).
242 소조(蕭條)하다: 고요하고 쓸쓸하다.
243 경모(輕侮): 원문에는 '견모'로 되어 있으나 오기인 듯함.
244 요료(嘹嘹): 소리가 맑고 영롱함. 원문에는 '뇨료'로 되어 있음.
245 경개: 미상.
246 육률(六律): 십이율 가운데 양성(陽聲)에 속하는 여섯 가지 소리. 황종, 태주, 고선, 유빈, 이칙, 무역.
247 수란(愁亂)하다: 시름이 많아서 정신이 어지럽다.
248 승절(勝絶)하다: 훌륭하고 뛰어나다.
249 염염소쇄(艶艶瀟灑): 아리땁고 고결하며 맑고 깨끗함.

"고어(古語)에 일렀으되 (42)부부(夫婦)는 일신(一身) 같다 하니 일일지간(一日之間)에도 서로 뜻을 안다 하나니 생이 비록 군자라 이르지 못하나 현조(賢助)[250]의 빙청옥결지심(氷清玉潔之心)[251]을 밝히 아나니 부인은 차후(此後)에 운액(運厄)이 기구(崎嶇)하여 괴이한 변란(變亂)이 있을지라도 또한 명철보신(明哲保身)함을 계교(計較)하고 태산(泰山)의 무거움으로써 홍모(鴻毛)[252]에 던지지 마소서."

군주가 청파(聽罷)에 언근(言根)을 의아하나 아자(俄者)[253] 일은 전연(全然) 부지(不知)라. 다만 명모(明眸)[254]를 낮추어 들을 따름이요 말이 없더라. 야심(夜深)하매 부부가 한가지로[255] 나위(羅幃)[256]에 나아가니 은정(恩情)이 여교여칠(如膠如漆)[257]하더라.

차시(此時) 군주의 시녀(侍女) 매교는 나이 어리고 인물(43)이 영민(英敏)하나 마음이 실(實)치 못하여 황씨의 심복(心腹) 태섬의 달래옴을 듣고 은금(銀金) 주는 김에 반하여 학사(學士)의 신혼(新婚) 초야(初夜)에 간사한 말로 창외(窓外)에서 격동(激動)하였더니 학사가 진가(眞假)를 깨닫고 구외불출(口外不出)하매, 태섬에게 전할 말이 없어 초민(焦悶)[258]하더니 군주가 본궁(本宮)에 귀근(歸覲)[259]하매 뇌셔와 틈을 타 태섬을 보고 실계(失計)한 사연을 이르니 태섬이 흔연 왈,

"대계(大計)를 운동(運動)함에 시각[260]에 이룰 것이 아니라, 세월을 천연(遷延)하여[261] 누에 뽕 삭이듯 서서히 행계(行計)할지라. 너는 다만 조각[262]을 응하여 처변(處變)[263]을 잘하여 불세대공(不世大功)을 세우(44)라. 황낭랑과 연환 소저가 반드시 천금(千金)으로 공을 갚고 어진 장부(丈夫)를 맡겨 일생을 부귀(富貴)케 하리라."

---

250 현조(賢助): 현내조(賢內助)의 준말. 어진 부인.
251 빙청옥결지심(氷清玉潔之心): 얼음같이 맑고 옥같이 깨끗한 마음.
252 홍모(鴻毛): 기러기의 털이라는 뜻으로, 매우 가벼운 사물을 이르는 말.
253 아자(俄者): 아까.
254 명모(明眸): 맑은 눈동자.
255 한가지로: 함께. 같이.
256 나위(羅幃): 얇은 비단으로 만든 장막.
257 여교여칠(如膠如漆): 교칠은 아교와 옻. 사귀는 사이가 아주 친밀하여 서로 떨어질 수 없음을 뜻하는 말.
258 초민(焦悶): 속이 타도록 몹시 고민함. 또는 그런 고민.
259 귀근(歸覲): 부모를 뵙기 위하여 객지에서 고향으로 돌아가거나 돌아옴.
260 시각: '시각(時刻)'의 옛말. 짧은 시간.
261 천연(遷延)하다: 일이나 날짜 따위를 미루고 지체하다.
262 조각: 기미(幾微)나 낌새. 겨를 또는 틈.
263 처변(處變): 실정에 따라 융통성 있게 잘 처리하여 감.

매교가 흔흔수명(欣欣受命)[264]하니 태섬은 흉휼(兇譎)한 인물이라 은근히 사랑하며 이르되,

"한 번 패함은 병가(兵家)의 상사(常事)라. 네 금야(今夜)에 여차여차(如此如此)하여 군마를 격동(激動)하고 가만히 사어(私語)를 탐문(探聞)하라."

매교가 응낙(應諾)고 황혼(黃昏)에 난함(欄檻)[265] 사이에 숨었더니 가장 어둡게[266] 태섬이 남의(男衣)를 개착(改着)하고 선향루 후창하(後窓下)에 어른기며[267] 가만가만 말하여 짐즛 현생을 격동하고 매교가 바삐 내달아 은은(隱隱)히[268] 말하여 이르되,

"황공자(45)야, 현학사가 왔다."

하매 태섬이 급급히 돌아간 후 매교가 타연(妥然)히[269] 들어와 사후(伺候)[270]하더니 야심 후 군주가 나오매 경·손 양 상궁과 제시녀(諸侍女)가 다 물러 낭하(廊下) 소당(小堂)에 머무는지라. 매교가 한가지로 물러나 자는 체하다가 가만히 나와 창외에서 규시(窺視)[271]하여 호흡(呼吸)[272]을 낮추어 귀를 기울이고 곡속(觳觫)히[273] 엎대었으니, 가히 이른바 여오[274] 맵시 쥐 장식이라 함이 매교를 이름 직하더라. 매교 새도록 참청(參聽)하니 학사가 군주를 견권(繾綣)[275] 진중(鎭重)함[276]을 알 것이요 홍안지해(紅顔之害)[277]를 일컬어 부부가 지기(知己)의 수작(酬酌)을 대강 알지라. 가만히 돌아와 자고 (46)밝는 날 태섬을 보려 하더라.

---

264 흔흔수명(欣欣受命): 매우 기쁘고 만족스러워하며 명령을 받음.

265 난함(欄檻): 난간.

266 가장 어둡게: 많이 어두워졌을 때.

267 어른기다: 어른거리다.

268 은은(隱隱)히: 소리가 아득하여 들릴 듯 말 듯 하게.

269 타연(妥然)히: 태연(泰然)히. 아무렇지도 않은 듯이 예사롭게.

270 사후(伺候): 웃어른의 분부를 기다리는 일.

271 규시(窺視): 몰래 훔쳐봄.

272 호흡(呼吸): 원문에는 '호읍'으로 되어 있음.

273 곡속(觳觫)히: 두려워하면서.

274 여오: 여우.

275 견권(繾綣): 생각하는 정이 두터워 서로 잊지 못하거나 떨어질 수 없음. 원문에는 '겨권'으로 되어 있으나 서강대본을 참고하여 고침.

276 진중(鎭重)하다: 무게가 있고 점잖다.

277 홍안지해(紅顔之害): 젊고 예쁜 여자가 겪는 피해나 시련.

명조(明朝)에 군주가 먼저 일어 소세(梳洗)[278]하고 아미(蛾眉)[279]를 다스리더니 학사가 또한 일어 관소(盥梳)[280]하고 의관(衣冠)을 정제(整齊)할새 문득 궁인이 안으로서 나와 조선(朝膳)[281]을 아뢰고 상을 들이니 금옥기완(金玉器玩)에 성찬(盛饌)이 자못 화미(華美)한지라. 학사가 군주를 머물러 왈,

"손이 어찌 홀로 하저(下箸)[282]하리오."

군주가 마지못하여 염슬단좌(斂膝端坐)하니 학사가 흔연히 하저하여 위력(威力)으로 부인을 권하며 먹기를 다하매 상을 물리고 부부가 한가지로 정전(正殿)에 이르니 왕과 후가 제자(諸子)를 거느려 학사와 군주의 쌍유(雙遊)[283]하고 나옴을 반기고 두굿겨 애중(愛重)함을 이기지 못하(47)더라. 학사가 하직고 돌아갈새 왕과 후가 자로자로 왕래하기를 은근히 청하니 학사가 유유(唯唯)[284]히 대(對)하고 인하여 본부에 돌아와 존당부모숙당(尊堂父母叔堂)에 배알(拜謁)하고 야래문침(夜來問寢)하온 후 물러 서당(書堂)에 이르니 제제(諸弟) 맞아 소왈(笑曰),

"형장(兄丈)이 빙가(聘家)[285]에 가 사랑을 얼마나 바치시니잇고."

학사가 소왈(笑曰),

"아이 범람(汎濫)[286]토다. 어데서 형을 기(譏)하나뇨."[287]

한림이 소왈(笑曰),

"그 말씀이 기롱(譏弄)이니잇가. 존수(尊嫂)[288]는 용자봉손(龍子鳳孫)[289]이요 왕궁부귀(王

---

278 소세(梳洗): 머리를 빗고 낯을 씻음.

279 아미(蛾眉): 누에나방의 눈썹처럼 미인의 가늘고 길게 굽어진 아름다운 눈썹을 이르는 말.

280 관소(盥梳): 세수하고 머리 빗음.

281 조선(朝膳): 아침 식사.

282 하저(下箸): 젓가락을 댄다는 뜻으로, 음식을 먹음을 이르는 말.

283 쌍유(雙遊): 쌍을 지어 같이 노닒.

284 유유(唯唯): 공손하게 대답하는 소리, 또는 남의 뜻에 순종하는 유순(柔順)한 모양.

285 빙가(聘家): 처가.

286 범람(汎濫): 제 분수에 넘침.

287 기(譏)하다: 기롱(譏弄)하다. 실없는 말로 놀리다.

288 존수(尊嫂): '형수'의 높임말.

289 용자봉손(龍子鳳孫): 용의 새끼와 봉황의 손자새끼란 뜻으로, 매우 훌륭한 가문의 자손들을 비유하여 쓰는 말.

宮富貴)로서 동상(東床)[290] 요객(繞客)[291] 대접이 범연(凡然)치 아니실 듯하오매 묻자옴이로소이다."

제왕의 차자(次子) 희문이 소왈,

"소(48)제(小弟) 더욱 존수와 표종지간(表從之間)[292]이라. 정리(情理)의 자별(自別)하여[293] 묻자옴이로소이다."

학사가 미소(微笑)하더라.

학사가 창방(唱榜)[294]날 대무(對舞)하였던 옥란·채홍의 절대아미(絶大蛾眉)[295]를 사랑하여 가만히 심복(心腹) 서동(書童)으로 하여금 양녀(兩女)를 분부하여 마침내 버리지 않음을 알게 하니 제녀(諸女)가 다 상부 교방(敎坊)에 매인 창녀(娼女)라. 오·진 양공이 제손(諸孫)에 호방(豪放)한 자가 있을까 두려 제창(諸娼)을 가까이 두지 아니하고 창월루에 머물게 하더니 학사의 창방날 왕궁 연석(宴席)에 참연(參宴)하니 기중(其中) 옥란·채홍과 금대·화월이 나이 어리고 가무(歌舞)가 기특한지라. 금대·화월은 한림으로 대무하나 생의 기색(氣色)이 냉락(冷落)하니 양녀가 또한 나이 (49)어린지라 물욕(物慾)을 알지 못하는 고로 다만 많은 상사(賞賜)[296]를 거두어 돌아가고, 옥란·채홍은 돌아와 울울(鬱鬱)히[297] 즐기지 아니하니 동류(同類)가 고이히[298] 여기더니 수일 후 학사의 서동이 이르러 옥란·채홍을 보고 밀서(密書)를 전하니 난·홍 등이 대희(大喜)하여 시일(是日)로부터 분면(粉面)을 다스려 문에 빗겨 기다리더니, 일일은 학사가 승시(乘時)하여 왕궁에 가는 체하고 창월루에 이르니 난·홍 등이 홍군취삼(紅裙翠衫)[299]으로 나아와 배례(拜禮)하거늘 학사가 양창(兩娼)의 옥수(玉手)를 이끌어 소당에 들어가 말할새, 창모(娼母) 영낭이 또한 월성궁 비자(婢子)라 (50)현학사를

---

290 동상(東床): 동쪽 평상이라는 뜻으로, '사위'를 달리 이르는 말. 중국 진(晉)나라의 극감(郄鑒)이 사위를 고르는데, 동쪽 평상 위에서 배를 드러내고 누워 있는 왕희지를 골랐다는 고사에서 유래함.

291 요객(繞客): 위요(圍繞). 혼인 때에 가족 중에서 신랑이나 신부를 데리고 가는 사람.

292 표종지간(表從之間): 외종사촌지간.

293 자별(自別)하다: 본디부터 남다르고 특별함.

294 창방(唱榜): 방목(榜目)에 적힌 과거 급제자의 이름을 부름. 또는 그 일.

295 절대아미(絶大蛾眉): 절세미인. 아미(蛾眉)는 미인의 아름다운 눈썹을 이르는 말.

296 상사(賞賜): 상(賞). 칭찬하여 상으로 물품을 내려줌을 의미.

297 울울(鬱鬱)하다: 마음이 상쾌하지 않고 매우 답답하다.

298 고이히: 괴이(怪異)하게. 원문에는 '고히이'로 되어 있으나 서강대본을 참고하여 고침.

299 홍군취삼(紅裙翠衫): 붉은 치마와 푸른 적삼. 여인의 아름다운 의상.

보고 고두배알(叩頭拜謁)[300]하며 호주성찬(好酒盛饌)[301]을 대후(待候)하니, 학사가 흔연히 먹은 후 동자(童子)를 불러 가져온 백금(百金) 오백 냥과 채단(綵緞) 수십 필을 가져오라 하여 영낭을 주며 왈,

"난·홍 등 양녀(兩女)는 나의 정인(情人)이라. 타일 반드시 거두리니 깊이 두어 나의 찾기를 등대(等待)[302]하라. 이 금백채단(金帛綵緞)[303]은 그 의식(衣食)을 삼게 하노라."

하니 영낭이 고두수명(叩頭受命)[304]하고 금백(金帛)을 거두어 물러나다.

학사가 차야(此夜)에 이에 머물러 양창(兩娼)으로 밤을 지내고 명조(明朝)에 학사가 돌아올새 양창이 눈물을 뿌려 후회(後會)[305] 아득하니 종시(終是) 버리(51)지 말기를 애걸하니 학사가 흔연 허락하고 돌아오매 양녀가 이후 다시 중인(衆人) 공회(公會)에 나지 아니하고 학사의 찾기를 등대하더라.

어시(於是)에 매교가 날이 밝기를 기다려 급급히 태섬을 찾아보고 작야(昨夜) 시말(始末)을 전하니 태섬이 대경(大驚)하여 매교로 더불어 황씨 모녀를 보고 이대로 고하니 황녀가 아연(啞然) 왈,

"아등(我等)의 계교(計巧)가 공교(工巧)하여 가히 귀신도 측량(測量)치 못하려든 현가 소자가 기색(氣色)이 여차하니 이 무슨 의사(意思)인고."

교주가 탄식 왈,

"이른바 현생은 사광지총(師曠之聰)[306]과 이루지명(離婁之明)[307]이로소이다. 범인(凡人)이야 어찌 이 계교에 속지 아니(52)리잇고. 현생이 조금도 의심치 아니코 그 모함하는 자가 있는 줄을 명명(明明)히 지기(知機)[308]하며 언근(言根)이 여차하니 우리 무리 장차

---

300 고두배알(叩頭拜謁): 지위가 높거나 존경하는 사람에게 머리를 조아려 뵘.

301 호주성찬(好酒盛饌): 좋은 술과 성대한 음식.

302 등대(等待): 미리 준비하고 기다림.

303 금백채단(金帛綵緞): 금과 온갖 비단.

304 고두수명(叩頭受命): 머리를 조아리며 명을 받듦.

305 후회(後會): 뒷날에 만나는 일.

306 사광지총(師曠之聰): 귀가 예민함을 이르는 말. 중국 진나라의 악사(樂士) 사광이 음조를 듣고 잘 판단하였다는 데서 유래함.

307 이루지명(離婁之明): 눈이 몹시 밝음을 이르는 말. 중국 황제(黃帝)때 사람인 이루가 눈이 밝았다는 데서 나온 말. 원문에는 '니루지명'으로 되어 있음.

308 지기(知機): 기미나 낌새를 알아차림.

무슨 계교로 차인(此人)을 속이리잇고. 이제 이 같은 서의한[309] 계교는 그치고 마땅히 각별한 계교를 행하여 벽주를 아조 죽이지 못하면 대계(大計)를 행하여 그 몸을 만장(萬丈) 갱참(坑塹)[310]에 함닉(陷溺)[311]하여 사람이 애매한 줄을 알오되 벗기지 못하고 스스로 입이 있으나 발명(發明)[312]치 못하게 하여 천하(天下)가 지시(指是)하며 만성(萬姓)[313]이 타비(唾飛)[314]하여 왕법(王法)에 죽게 하고 만일 면사(免死)한다 하여도 절역(絶域)[315] 안치(安置)[316]는 면치 못할 (53)것이니 여차 지경(地境)에 밎게[317] 한 후야 그 사생(死生)이 아등의 손에 농락(籠絡)[318]하리니 이 밖은 계교가 없도소이다."

황녀가 칭지(稱之) 왈,

"내 아해 지혜(智慧) 선능(善能)하도다. 바삐 행계(行計)하여 벽주로써 다시 구가(舅家)에 가지 못하게 하고 질아(姪兒)다려 행계케 하리라."

교주가 불열(不悅) 왈(日),

"표형(表兄)이 옥화의 재용(才容)을 흠모(欽慕)하여 스스로 취(取)코자 하나니 이 일은 구태여 아뢰지 말고 가만히 행사(行事)케 하소서."

황녀가 점두(點頭)[319]하고 매교를 십분(十分) 후대(厚待)하여 군주(郡主)의 일동일정(一動一靜)을 낱낱이 살펴 아뢰라 하니 교[320]가 언언수명(言言受命)하고 돌아가다.

교주가 태섬을 데리고 원(54)중석혈(園中石穴) 그윽하고 인적 없는 곳에 나아가 포진(鋪陳)[321]을 배설(排設)하고 옥화 군주의 화상(畵像)을 만들어 나무 끝에 걸고 가만히 침방

---

309 서의하다: 서툴다.

310 갱참(坑塹): 구덩이.

311 함닉(陷溺): 물속으로 빠져 들어감.

312 발명(發明): 죄나 잘못이 없음을 말하여 밝힘. 또는 그런 말.

313 만성(萬姓): 만민(萬民). 모든 백성. 또는 모든 사람.

314 타비(唾飛): 침을 뱉음.

315 절역(絶域): 한 국가 내에서, 멀리 떨어져 있는 지역. 멀리 떨어져 있는 다른 나라.

316 안치(安置): 먼 곳에 보내 다른 곳으로 옮기지 못하게 주거를 제한하던 일. 또는 그런 형벌.

317 밎다: 미치다. 원문에는 '밎계'로 되어 있음.

318 농락(籠絡): 새장과 고삐라는 뜻으로, 남을 교묘한 꾀로 휘잡아서 제 마음대로 놀리거나 이용함.

319 점두(點頭): 승낙 또는 옳다는 뜻으로 고개를 약간 끄덕임.

320 교: 매교.

321 포진(鋪陳): 바닥에 깔아 놓는 요, 방석, 돗자리의 총칭.

(針房)[322] 궁인(宮人)에게 납뢰(納賂)[323]하고 군주의 예[324] 입던 여(餘)벌 의상(衣裳)을 구하니, 침방 궁인 손씨는 옥화 군주 보모 손씨의 종제(從弟)라 성정이 충근(忠勤)하더니 숙빈의 궁인이 무단(無斷)히 금백(金帛)을 주고 군주의 의상(衣裳)을 구함을 괴이히 여겨 사기(事機)[325]를 알고자 하여 금백을 받지 아니하고 다만 이르되,

"옥주가 출가하신 후 남은 의상을 경상궁(尙宮)과 손보모(保姆) (55)다 거두어 돌아가고 낡고 더러워 입지 못하는 것은 침방 궁아(宮娥)의 무리를 다 나누어 주었으니 이미 없는지라. 낭랑(娘娘)이 여벌을 구하시매 비록 금백을 주지 아니시나 감히 거역지 못하려든 하물며 재물을 주시니 옷이 있으면 아니 드리리오."

금백을 도로 주며 스쳐 묻되,

"숙빈(淑嬪) 낭랑(娘娘)이 옥주의 의상을 얻어 무엇에 쓰려 하시나뇨?"

궁인이 진실로 알지 못하는지라. 대왈(對曰),

"다만 부리시는 명을 받자올 뿐이라 그 연고(緣故)를 알지 못하나이다."

손씨 그 모름을 보고 하릴없어 (56)다시 묻지 아니하고 궁인이 돌아간 후 한 계교(計巧)를 생각고 심복(心腹) 궁녀 은심을 불러 수말(首末)을 이르고 여차여차(如此如此)하라 하니 은심이 수명(受命)하여 동궁(東宮)에 이르러 황씨를 볼새 이때 궁인이 돌아가 복명(復命)[326]하니 황씨 모녀(母女)가 대로(大怒) 왈,

"천한 궁인이 이같이 방자(放恣)하니 아무 모로나[327] 죄를 얽어 죽이리라."

하고 정히 분연(忿然)하더니 손상궁의 심복(心腹) 궁아(宮娥) 은심[328]이 이르러 황씨를 보고 왈,

"아자(俄者)[329]에 낭랑이 시녀를 보내어 주인에게 군주의 여벌 의상을 구하시되 진실로 없사와 (57)보내지 못하옵고 천인(賤人)이 입으려 하고 얻은 의복(衣服)이 있사와 고하오니 장차 무엇을 입고자 하시나니잇고."

---

322 침방(針房): 궁중에서 침모들이 바느질하던 곳.

323 납뢰(納賂): 뇌물을 줌.

324 예: 예전에.

325 사기(事機): 일이 되어가는 중요한 기틀.

326 복명(復命): 명령을 받고 일을 처리한 사람이 그 결과를 보고함.

327 모로나: '모(모ㅎ)'는 사물이나 사람의 면면이나 측면을 말함. 원문에는 '모흐로나'로 되어 있음.

328 은심: 원문에는 '은섬'으로 되어 있으나 전후 표기를 고려하여 고침.

329 아자(俄者): 아까.

황씨 모녀가 듣고 깃거 왈,

"쓸 곳은 긴한 일이 있어 구함이니 백금(百金)으로써 바꾸리라."

은심이 유유(唯唯)[330]타가 왈,

"가져옴은 어렵지 아니하오나 주인의 뜻을 몰라 하나이다. 천인(賤人)이 본디 가난한 집 자식으로 의지 없어 궁비(宮婢)에 충수(充數)[331]하와 겨우 의심(疑心) 아니토록 사환(使喚)[332]하옵는 바요 의식(衣食)을 얻어 자생(自生)하오나 늙은 어미와 여러 동생이 기한(飢寒)에 간고(艱苦)[333]하여 아사(餓死)함이 조석(朝夕)에 있으(58)되 넉넉히 구(求)치 못하는지라. 헌 옷을 드리고 금백(金帛)을 받아 노모(老母)를 주고자 하되 임의(任意)치 못하나이다."

언파(言罷)에 상연유체(傷然流涕)[334]하니 황씨 불쌍히 여겨,

"너는 호의(狐擬)[335] 말고 가져가라. 그와 같은 의상(衣裳)을 바꾸어 주리니 구태여 손씨를 아뢰어 무엇하리오."

또 금백(金帛)을 주어,

"노모(老母)를 구호(救護)하라."

하니 은심이 고두사례(叩頭謝禮)[336] 왈,

"'생아자(生我者)는 부모(父母)요 지아자(知我者)는 포숙(鮑淑)이라.' 하오니 낭랑(娘娘)의 은택(恩澤)이 이렇듯 후(厚)하시오니 이는 사골무휵(死骨撫慉)[337]하옴이라. 첩(妾)이 각골감은(刻骨感恩)하나이다."

황씨 깃거 왈,

"네 진실로 (59)심담(心膽)을 쏟아 나를 섬기고자 할진대 내 당당히 너의 평생(平生)을 좋이 제도(提導)[338]하리라."

---

330 유유(唯唯): 시키는 대로 순종함.

331 충수(充數): 수를 채움.

332 사환(使喚): 심부름을 함.

333 간고(艱苦): 가난하고 고생스러움.

334 상연유체(傷然流涕): 애상하고 슬퍼하여 눈물을 흘림.

335 호의(狐擬): 지나치게 의심함. 여우가 의심이 많다는 데서 유래함.

336 고두사례(叩頭謝禮): 머리를 조아리며 고맙다고 인사함.

337 사골무휵(死骨撫慉): 보살펴 길러줌을 죽어도 잊지 않음. 원문에는 'ᄉᆞ골부휵'으로 되어 있으나 오기인 듯함.

338 제도(提導): 잡아 이끎.

은심이 백배사례(百拜謝禮)하고 돌아가 수말(首末)을 손씨께 고(告)하고 군주의 여벌 의상(衣裳)을 가져다가 황씨를 주니 황씨 모녀가 대희(大喜)하여 교주의 남은 의상을 은심을 주니 장단체도(長短體度)가 마치[339] 같더라. 또 금백과 명주 수십 낱[340]을 상사(賞賜)하니 은심이 고두사례(叩頭謝禮)하고 간절히 물어 왈,

"천인이 낭랑(娘娘) 후은(厚恩)을 받자와 가히 이른바 은여태산(恩如泰山)[341]이요 덕여하해(德如河海)라. 사생(死生)으로써 갚고자 하옵나니 원간 이 의상을 무엇에 쓰려 하(60)시나잇가."

황씨 모녀가 은심의 관곡(款曲)한[342] 언어와 지극한 정성을 보매 문득 마음이 기울어 대소사(大小事)에 쓰고자 하여 벽좌우(辟左右)[343]하고 심중(心中) 소유(所有)와 군주(郡主) 해(害)코자 하는 주의(主意)를 이르니 은심이 들으매 모골(毛骨)이 송연(竦然)하나 사색(辭色)지 아니하고 웃는 낯빛으로 이르되,

"차계(此計) 심묘(甚妙)하이다마는 군주(郡主)를 없이하나 소주[344]의 인연(因緣)을 어찌 현학사(玄學士)에게 이으리잇가."

교주가 희허(欷歔)[345] 탄식(歎息) 왈,

"자고(自古)로 위천하자(爲天下者)는 불고가(不顧家)라. 어찌 시속(時俗) 적은 염치(廉恥)와 소소(小小) 곡절(曲折)로써 일신(一身) 전정(前程)과 반생(半生) 계활(契活)[346]을 그르게 하리오. 고(61)어(古語)에 왈, '현신(賢臣)이 임금을 그릇 만나매 굴원(屈原)[347]이 장사(長沙)에 내치이고 가의(賈誼)[348]는 〈복조부(鵩鳥賦)〉[349]를 지으며 이백(李白)이 장야음(長夜飮)

---

339 마치: '알맞게', '맞추어'의 옛말. 원문에는 '맛치'로 되어 있음.

340 낱: 셀 수 있는 물건의 하나하나. 아주 작거나 가늘거나 얇은 물건을 하나하나 세는 단위.

341 은여태산(恩如泰山): 원문에는 '은혀틱산'으로 되어 있으나 서강대본을 참고하여 고침.

342 관곡(款曲)하다: 매우 정답고 친절하다.

343 벽좌우(辟左右): 밀담하려고 곁에 있는 사람을 물리침.

344 소주: '교주'를 가리킴.

345 희허(欷歔): 한숨지음.

346 계활(契活): 삶을 위하여 애쓰고 고생함.

347 굴원(屈原): 중국 전국 시대 초나라의 정치가·시인(?B.C.343~?B.C.277). 이름은 평(平), 자는 원(原). 모함을 입어 자신의 뜻을 펴지 못하다가 마침내 물에 빠져 죽었다. 작품에 〈이소(離騷)〉, 〈천문(天問)〉, 〈구장(九章)〉 등이 있음.

348 가의(賈誼): 중국 한대(漢代) 정치가이자 시인. 〈복조부(鵩鳥賦)〉는 기원전 174년에 조정에서 쫓겨나 장사왕(長沙王)의 태부(太傅)로 임명되어 떠날 때 지은 작품.

349 복조부(鵩鳥賦): 원문에는 '북됴부'로 되어 있으나 오기인 듯함.

에 취광(醉狂)[350]하니 여자가 어찌 그 임자를 가려 섬기지 아니리오. 현자(玄子)[351]는 천하의 기재영걸(奇才英傑)이라. 내 뜻이 이미 이위공(李衛公)[352]의 홍불기(紅拂妓)[353]를 효측하며 망부석이 되기를 원하나니 어찌 즐겨 타인(他人)에게 오래 사양(辭讓)하리오. 이번 요행(僥倖) 득계(得計)하여 벽주를 소제(掃除)하여 유[354]와 양[355]을 내 신탄[356]이 없이하고 서서히 도모하여 현자의 실중(室中)을 거(居)하리니 부왕이 듣지 아니시고 사세(事勢) 어(62)려울진대 임시처변(臨時處變)이 자연(自然) 있으리니 전두(前頭)[357]를 어찌 미리 헤아리리오. 네 또 진정으로 나를 돕고자 하니 내 어찌 너를 후(厚)히 갚지 아니리오. 내 연소무지(年少無知)하나 너를 보니 재모(才貌)가 절세(絶世)하고 위인(爲人)이 양선(良善)하여 심궁고단(深宮孤單)을 감심(甘心)치 아님 직하니[358] 우리 모녀가 너를 위하여 일대 풍류랑(風流郎)을 섬겨 평생(平生)을 평안(平安)케 하고 유자생녀(有子生女)하여 영귀(榮貴)케 하리니 우리 표형(表兄) 황수재(秀才) 유실(有室)[359]치 않았고 풍신(風神)[360]이 아름다우니 너를 천거(薦擧)하여 친의(親誼)[361]를 두터이 하리라."

은심이 (63)교주의 말마다 가살[362]이라 심한골경(心寒骨硬)[363]하더니 말단(末端)에 다다라 저를 적인(適人)[364]하랴 함을 놀라 황망(慌忙)[365]히 사양(辭讓) 왈,

---

350 취광(醉狂): 술에 취해 제정신을 차리지 못함.

351 현자(玄子): 여기서는 '현희백'을 말함.

352 이위공(李衛公): 두광정의 전기소설 〈규염객전〉의 등장인물. 이름은 이정(李靖), 자(字)는 약사(藥師). 위국공(衛國公)에 봉해졌기 때문에 이위공(李衛公)이라고 불림.

353 홍불기(紅拂妓): 두광정의 전기소설 〈규염객전〉의 등장인물. 양소(楊素)의 밑에 있다가 이정(李靖)을 사랑하여 따라 도망침.

354 유: 두광정의 전기소설 〈규염객전〉의 등장인물. 유문정.

355 양: 두광정의 전기소설 〈규염객전〉의 등장인물. 양소.

356 신탄: 미상.

357 전두(前頭): 앞.

358 아님 직하니: 원문에는 '아념즉ᄒᆞ니'로 되어 있음.

359 유실(有室): 아내를 둠.

360 풍신(風神): 풍채(風采).

361 친의(親誼): 매우 친밀한 정.

362 가살: 말씨나 행동이 가량맞고 야살스러움. 또는 그런 짓.

363 심한골경(心寒骨硬): 몹시 놀라 마음이 서늘하고 뼈가 굳는 듯함. 원문에는 '심한골결'로 되어 있으나 오기인 듯함.

364 적인(適人): 여자가 시집감을 말함.

365 황망(慌忙): 몹시 급하고 당황하여 어리둥절함.

"천인(賤人)을 사랑하사 손상궁의 앙역(仰役)[366]을 면(免)하고 일생을 장대하(粧臺下)[367]에 뫼시라 한즉 원(願)이어니와 적인(適人)함은 원(願)치 아닛난 바라. 천첩(賤妾)이 어렸을 제 어미 상자(相者)[368]를 뵈니 상자가 이르되, '이 아해 팔자(八字)가 극히 극히 박(薄)하여 적인하면 불길(不吉)하고 위승(爲僧)하거나 궁녀(宮女)가 되면 좋으리라.' 하니 어미 이 말로 인하여 궁인의 앙역(仰役)을 자원(自願)한 바라. 어찌 팔자(八字)를 도망하여 그릇 (64)하리잇고."

황씨 모녀가 소왈(笑曰),

"수요장단(壽夭長短)[369]이 정수(定數)가 있나니 어찌 허탄한 복설(卜說)을 믿으리오. 연이나 적인(適人)함을 원치 아니하니 다만 부귀(富貴)로써 일신(一身)을 평안(平安)케 하리라."

은심이 낯빛을 지어 사례(謝禮)하고 돌아가 수말(首末)을 손상궁(尙宮)께 고하니 상궁이 대경(大驚)하여 급히 손보모(保姆)와 경상궁(尙宮)을 보고 이 말을 이르니 경·손 양인이 대경실색(大驚失色)하여 윤비(妃)와 군주(郡主)께 고하여 선처(善處)하심을 청하니 윤비 역경(亦驚) 왈,

"흉인(凶人)의 간모(奸謀)가 여차 불측(不測)하니 장차 어찌하리오. 군왕(君王)께 아(65)뢰어 죄악(罪惡)을 밝힘이 옳도다."

군주가 탄식고 왈,

"성인(聖人)도 오는 액(厄)을 능히 면치 못하시고[370] 다만 명철보신(明哲保身)하였으니 지자(智者)와 철인(哲人)의 할 바라. 고인(古人)이 능히 건곤(乾坤)을 두루혀는[371] 수단이 있으나 액(厄)을 면(免)치 못하였사오니 해아(孩兒)가 무슨 사람이라 수액(數厄)을 잘 면하리잇고. 비록 황씨 모녀의 작얼(作孼)[372]이 아니라도 간인(奸人)이 한때 득시(得時)함이 이도 하늘이 정한 바에 인력(人力)으로 어찌 면하리잇고. 또한 천의(天意) 해아(孩兒)로

---

366 앙역(仰役): 직접적인 노동력을 제공하며 주인가로부터 확실한 관리가 되는 노비.

367 장대하(粧臺下): '장대(粧臺)'는 부녀자의 화장용 경대로, 규방을 뜻하기도 함. 부인을 직접 지칭하기가 외람되어 그의 장대를 들어 말한 것임.

368 상자(相者): 관상쟁이.

369 수요장단(壽夭長短): 오래 삶과 일찍 죽는 것.

370 면치 못하시고: 원문에는 '면ᄒᆞ시고'로 뒤어 있으나 문맥에 맞추어 고침.

371 두루혀다: '돌이키다'의 옛말.

372 작얼(作孼): 훼방을 놓음.

써 일찍 간액(姦厄) 가운데 부생지도(復生之道)[373]를 빌리신 고로 은심의 영오(穎悟)함[374]과 손씨의 선능(善能)함이 서(66)로 응시(凝視)하였나니 신여명(身與命)이 구전(俱全)하여 보신(保身)함을 생각지 아니시고 지레 일을 발각고자 함에 단서(端緖)의 근본(根本)을 미해(未解)하고 요계(妖計) 궁극(窮極)하니 비컨대 시랑(豺狼)[375]이 기세(氣勢)를 발(發)하고 독사(毒蛇)가 발독(發毒)함이라. 복원(伏願)[376] 모후(母后)는 지레 발구(發口)치 마시고 다만 은심으로써 여차여차하여 임시(臨時) 처변(處變)의 기미(幾微)를 살피며 대사(大事)를 손씨에게 맡기사 악사(惡事)가 극(極)하매 스스로 발각(發覺)함을 기다리소서."

설파(說罷)에 사기(辭氣) 정숙(整肅)하니 윤후(后)가 석연(釋然)[377] 돈오(頓悟) 왈,

"여아의 말이 극히 마땅한지라. 여모(汝母)가 어찌 너의 계교(67)를 좇지 아니리오."

드대어 손상궁과 경씨를 명하여 왈,

"과인(寡人)이 경 등의 충의를 깊이 앎으로 대사(大事)를 부탁하나니 모로미[378] 소루(疏漏)치[379] 말라. 타일(他日) 공뇌(功勞)를 갚으리라."

양인이 고두배사(叩頭拜謝)[380]하고 또 고왈(告曰),

"근간(近間) 간모(奸謀)를 찬조(贊助)[381]하는 자를 살피건대 이는 곧 황축이라. 감히 지엄(至嚴) 궁중(宮中)에 엄류(淹留)[382]하여 흉계 백출(百出)[383]하니 마땅히 좇아 내침이 옳삽고, 또 매교의 행지(行止) 공교(工巧)하와 조각[384]을 탄즉 숙빈궁(宮)에 나아감이 잦고 예 없던 패산지류(佩珊之類)[385]와 금백(金帛)이 많으오니 이 분명 적군(敵軍)의 세(68)작(細作)이 된가 하나이다."

---

373 부생지도(復生之道): 다시 살아나는 방도.

374 영오(穎悟)하다: 남보다 뛰어나게 영리하고 슬기롭다.

375 시랑(豺狼): 승냥이와 이리.

376 복원(伏願): 웃어른에게 엎드려 공손히 원함.

377 석연(釋然): 의혹이나 꺼림칙한 마음이 없이 환함.

378 모로미: '모름지기'의 옛말.

379 소루(疏漏)하다: 생각이나 행동 따위가 꼼꼼하지 않고 거칠다.

380 고두배사(叩頭拜謝): 공경의 뜻으로 머리를 숙이고 삼가 사례함.

381 찬조(贊助): 어떤 일에 찬성하여 도움.

382 엄류(淹留): 오래 머무름. 엄박(淹泊).

383 백출(百出): 여러 가지로 많이 나옴.

384 조각: 겨를, 틈, 기미, 낌새를 뜻하는 고어.

385 패산지류(佩珊之類): 패물과 산호 같은 보석 종류.

군주(郡主)가 빈미(顰眉)하니 차하(此下)가 하여(何如)오. 하문(下文) 분석(分析)하라.

철종황제(哲宗皇帝) 후궁(後宮) 김상궁(金尙宮) 철영 글씨.

권지오

(1)차설(且說). 군주가 빈미(顰眉) 왈,

"차녀(此女)의 행지(行止) 간악하나 다만 심복(心腹)에 두지 아닐 따름이라. 이미 신임(信任)[1]하던 바로써 이제 졸연(猝然)히 나타난 허물이 없이 내친즉 요인(妖人)이 더욱 원망하고 겁(怯)하여 변을 지음이 빠를 것이요, 황가가 저의 아자미[2]를 인하여 머무는 것을 무단히 박축(迫逐)함이 또한 불가하니 아는 체함이 비(比)컨대 벌의 독을 거움이라.[3] 비록 국가 중수(重囚)[4] 모역(謀逆)이라도 죄악이 드러나지 아닌 전(前)은 법률을 행치 아니하나니 그대 (2)등의 의논이 너무 오활(迂闊)치[5] 아니랴. 다만 스스로 명철보신(明哲保身)함이 지자(智者)의 할 바니라."

경씨 등이 묵연(默然)히 말이 없으니 윤비 역시 묵연하고 여아의 명달(明達)함을 칭애(稱愛)하더라.

---

1 신임(信任): 원문에는 '심임'으로 되어 있으나 서강대본을 참고하여 고침.
2 아자미: '아주머니'의 옛말.
3 거우다: 집적거려 성나게 하다.
4 중수(重囚): 큰 죄를 지은 죄수.
5 오활(迂闊)하다: 우활하다. 실제와 관련이 멀다. 일의 사정에 어둡다.

이후는 은심이 황씨로 자로 찾아 지성으로 섬기며 사기(事機)를 규찰(窺察)할새 교주가 친히 원중(園中)에 들어가 그윽한 수풀 아래서 군주의 화상(畵像)을 만들어 걸고 그 앞에 향탁(香卓)과 칠등(七燈)을 벌이고 복성화[6] 궁시(弓矢)로 설법(設法)할새 좌우에 태섬, 초선 등이 뫼셔 사후(伺候)[7]하더니 홀연 황씨 사람을 보내어 왈,[8]

"정궁 낭랑(娘娘)(3)이 불의(不意) 중악(中惡)[9]하시니 일궁이 진동(振動)하여 문안하는지라. 숙빈 황낭랑이 소주(少主)를 불러 한가지로 정궁에 문안하려 하나이다."

발 구르며 재촉하는지라 교주가 비록 가지 말고자 하나 인사에 어찌 면하리오. 묵연불열(默然不悅)하여 유유지지(悠悠遲遲)[10]하거늘 태섬이 전왈(傳曰),

"소주는 빨리 행하소서. 정궁 낭랑은 일국 국모(國母)라. 그 병이 중한 때에 가지 아니면 전하가 그릇 여기실 것이요, 세자와 군주가 또 어찌 미온(未穩)치 아니리잇고. 이 일은 비자(婢子)가 대행하여도 소루(疏漏)함이 없사리이다."

교(4)주가 마지못하여 궁시(弓矢)와 『정후서』를 다 태섬을 맡겨 부디 상심(詳審)[11]하라 부탁하고 시녀를 좇아 정전에 나아가니 일 궁인이 벌써 다 모였고 황씨 또한 먼저 왔더라. 교주가 심내(心內)에 괴로움을 머금고 멀찍이서 관망(觀望)하니 윤후가 눈을 감고 침석에 몸을 던져 통성(痛聲)이 의의(猗猗)[12]하니 가장 대단한 형상이라. 왕이 세자 남매와 사지궁인(事知宮人)[13]의 무리 약종(藥鍾)[14]과 진미(珍味)를 받들어 가까이서 구호(救護)하니 모든 궁인과 자녀들이며 궁인의 무리 다만 장(帳) 밖에서 사후(伺候)하니 병세 대단함을 들을 따름(5)이라 그 진가(眞假)를 어찌 알리오. 종일 난간(欄干) 밖에 사후하여 날이 저물매 병후(病候)[15]가 더욱 침중(沈重)타 하니 염치(廉恥)에 물러나지 못하여 주야(晝夜) 있어 이렇듯 사오 일이 지나니 교주 모녀의 민망함은 비길 데 없더라.

오 일 만에 윤비의 병후가 가헐(假歇)하니 후궁 궁녀의 무리 바야흐로 안심하여 흩어

---

6 복성화: 복숭아.
7 사후(伺候): 웃어른의 분부를 기다림. 웃어른을 뵙고 문안을 드림.
8 왈: 원문에는 없으나 서강대본을 참고하여 보충함.
9 중악(中惡): 홍분으로 갑자기 졸도하는 것.
10 유유지지(悠悠遲遲): 머뭇거림.
11 상심(詳審): 자세히 살핌.
12 의의(猗猗): 소리가 끊어지지 않고 가늘게 이어지는 모양.
13 사지궁인(事知宮人): 일을 맡아 그 일을 잘 알고 있는 궁인.
14 약종(藥鍾): 약사발.
15 병후(病候): 병의 증세.

질새 이때 황씨 모녀와 형이 시시(時時)로 군주의 기색을 살피나 사기(事機) 여상(如常)하여 모후 병소에 떠나지 아니하되 조금도 불안한 색(色)이 없는지라. 황씨 모녀가 자못 이상히 여기고 초조하여 이날 급급히 침실에 물러와 원중(園中)으로 향코자 (6)하더니, 문득 태섬이 신색이 차악(嗟愕)하고[16] 거지(擧止) 실조(失措)하여 들어와 가슴을 두드리며 하는 말이 먼저 황씨 모녀의 심담(心膽)이 떨어지는지라.

이때 태섬이 원중에서 작법하더니 제육일야(夜)[17]에 미쳐 중야(中夜)에 문득 화광(火光)이 일어나며 금고(金鼓)[18] 소리 진동하며 천군만마(千軍萬馬)가 짓쳐 오는 듯하더니 홀연 향탁이 거꾸러지며 화세(火勢) 맹렬(猛烈)하여 다못 화상(畵像)과 포진(布陳) 등물(等物)을 낱낱이 소화(燒火)하고 뇌위지성[19]이 대발(大發)하니 모두 정신이 황홀(恍惚)하여 엎더졌더니 이윽고 정신을 차려보니, 춘교는 반생반사(半生半死)하였고 초선은 칠규(七竅)[20]로 피를 토하고 죽었고 벌인 바 향탁 제구(祭具)와 (7)『정후서』를 낱낱이 불 질렀고 암석 위에 예 없던 사운(四韻) 글이 있어 가라사대,

만세불멸(萬世不滅) 만세에 잊지 못할 원이
할족지수(割足之讐) 발 버힌 원수로다
손군유령(孫君有靈) 손군의 신령이 있으니
전정후서(傳偵候書) 정후서를 전하노라

하였고,

재설(再說). 윤후와 옥화 군주가 대사(大事)로써 은심에게 부탁하나 전두(前頭)를 근심하매 심사(心思)가 요요(搖搖)하고[21] 우려 그윽한지라. 윤후가[22] 스스로 신상(身上)이 불평함을 인하여 짐즛 상두(床頭)에 침돈(沈頓)하여 신(8)음(呻吟) 사오 일에 통세(痛勢) 대단하니 황씨 모녀가 비록 대사를 경영하는 바가 있으나 감히 물러나지 못하더니, 사이에 손상궁이 은심으로 더불어 설계할새 군주의 지교(指敎)를 받들어 그윽한 심야에 만뢰구적(萬籟

---

16 차악(嗟愕)하다: 몹시 놀라다.

17 제육일야(夜): 원문에는 '졔뉵일일야'로 되어 있으나 서강대본을 참고하여 고침.

18 금고(金鼓): 군에서 지휘할 때 쓰던 징과 북.

19 뇌위지성: 뇌우지성(雷雨之聲).

20 칠규(七竅): 사람의 얼굴에 있는 눈, 귀, 코, 입의 일곱 구멍.

21 요요(搖搖)하다: 마음이 흔들려 안정되지 않고 들뜨다.

22 윤후가: 원문에는 없으나 서강대본을 참고하여 보충함.

俱寂)[23]함을 기다려 경·손 양 상궁과 은심이 후원에 들어가 교주의 설법하는 곳을 향하여 바랄 만치 포진을 벌이고 향화 등촉을 갖추고 지전(紙錢)을 사르며 경·손 양 상궁이 공중을 향하여 암암히 도축(禱祝)하기를 마지아니하고 군주의 친히 지은 축사(祝辭)를 소화하여 일주야(一晝夜)를 잠심(潛心) 도축하기를 맞고 돌아오니 (9)성인 숙녀의 지공무사(至公無私)한 덕을 신명이 어찌 감응(感應)치 아니리오. 더욱 문성진군 손진인(孫眞人)의 신령이 천만대에 민멸(泯滅)치 않았거늘 벽주의 인도를 얻어 인세에 하강함과 방연(龐涓)의 보원(報怨)함이 능히 문성에게 갚지 못하매 원(怨)이 벽주에게 돌아와 황축의 『정후서』를 얻어 간모(奸謀)가 궁극함을 알지 못하리오.

경씨 등이 향화(香火)를 흠향(歆饗)하고 축사를 소감(昭鑑)[24]하여 천만대에 썩지 아닌 원분(怨憤)이 격렬함을 깨닫지 못하여 신기한 조화를 발하여 요인(妖人)의 벌인 (10)바 향화(香火) 기명(器皿)을 다 불 지르고 암석 위의 신서를 거둣처[25] 돌아가니 일로조차 윤후의 소환(所患)이 차성(次醒)하며 군주의 신상이 반석(盤石) 같으니 윤후 모녀가 신명의 묵우(默祐)[26]함을 천만 지행(至幸)하여 손씨와 은심의 충의를 못내 포장(褒奬)[27]하고 이후지사(以後之事)를 다 기탁(寄託)하여 은심을 적군(敵軍)에게 세작(細作)[28]을 삼으니 흉인의 사사(私事) 밀계(密計) 먼저 손씨의 앎이 되었더라.

교주가 뜻밖 『정후서』를 얻어 만금지보(萬金之寶)같이 믿었더니 신명이 악사(惡事)를 돕지 않아 헛되이 소산(燒散)함이 되니 (11)흉담(胸膽)이 분분(忿憤)하며 구회(久懷) 영락(零落)하여 차생(此生)에 다시 현학사의 원앙채(鴛鴦債)[29]를 이어 군주를 없이할 모책(謀策)이 없을 듯하여 능히 수미(愁眉)[30]를 펴지 못하는지라. 황녀가 민망하여 재삼 해유(解諭) 왈,

"벽주를 구태여 죽여든 무엇이 쾌(快)하리오. 차라리 질아(姪兒)의 원(願)을 이뤄 벽주를 겁탈(劫奪)하여 멀리 달아나게 하면 벽주가 만일 절(節)을 완전코자 한즉 반드시 쇄

---

23 만뢰구적(萬籟俱寂): 밤이 깊어 모든 소리가 그치고 아주 고요해짐.

24 소감(昭鑑): 일의 형편이나 까닭을 밝게 비추어 보살핌.

25 거둣치다: 걷어올리다.

26 묵우(默祐): 암중으로 보우해줌.

27 포장(褒奬): 칭찬하여 장려함.

28 세작(細作): 적의 내부에 침투하여 그 기밀을 알아내는 사람. 간첩.

29 원앙채(鴛鴦債): 연인들 간의 이루지 못한 숙원을 비유하는 말.

30 수미(愁眉): 근심에 잠겨 찌푸린 눈썹. 찌푸린 얼굴.

옥낙화(碎玉落花)[31]하는 거조(擧措)가 있을 것이요, 명완(命頑)하여[32] 죽지 아닌즉 속절없이 질아의 기물(己物)[33]이 되리니 (12)여차(如此) 지조(志操)에 살았은들 어데 가 생존한 소식을 본궁엔들 전하며 더욱 현가에 이르리오. 전하와 윤씨로 하여금 속절없이 층봉(層峰)의 설움[34]이 자하(子夏)의 상명(喪明)[35]과 단장지곡(斷腸之哭)에 더함이 있음은 사생(死生)을 미본(未本)[36]하고 시체도 궁진(窮塵)[37]에 장(葬)치 못함을 각골통박(刻骨痛迫)[38]하리니 어찌 군왕의 오아(吾兒)를 사랑치 아니턴 한과 윤씨 모녀의 교오방자(驕傲放恣)[39]하던 원(怨)을 갚음이 쾌치 아니리오."

교주가 탄식 왈,

"이미 죽이지 못한 후는 이 계교를 쓰고자 하나이다."

황녀가 깃거 (13)즉시 후당에 가 황축을 청하여 이르되,

"사기 여차여차하니 너는 모로미[40] 전하께 하직(下直)하고 고향으로 돌아가는 체하고 이 궁중을 떠나 그윽한 곳에 머물다가 가만히 밤을 당하여 궁비(宮婢)의 복색을 고치고 들어오라. 우리 모녀가 임시응변(臨時應辯)함이 있으리라."

황축이 대희 칭사(稱謝)하고 이날 외전(外殿)에 나와 왕께 뵈옵고 하직하니 왕이 그 무상한 인물이 쓸데없음을 불관(不關)히[41] 여기나 천품이 관인(寬仁)한 고로 다만 찾아[42] 이르렀으매 흔한 의식으로 후휼(厚恤)하더(14)니 이날 하직함을 보고 다만 후회(後會)를 기약하며 수백 냥 은자로 행재(行財)를 도우며 향리의 생계를 이루라 하니 황축이 사례하고

---

31 쇄옥낙화(碎玉洛花): 옥이 부서지고 꽃이 떨어짐.

32 명완(命頑)하다: 목숨이 질기다.

33 기물(己物): 자기 소유의 물건.

34 층봉(層峰)의 설움: 당나라 한유(韓愈)가 불교를 배척하는 글을 올렸다가 조주자사(潮州刺史)로 좌천되어 가는 길에 층봉에서 넷째 딸을 잃었다는 데서 나온 말로, 딸을 잃은 슬픔을 이름.

35 자하(子夏)의 상명(喪明): 공자의 제자 자하가 아들을 잃고 슬피 운 끝에 눈이 멀어졌다는 데서 온 말로, 아들을 잃은 슬픔을 이름.

36 미본(未本): 근본을 알지 못함.

37 궁진(窮塵): 땅속. 황폐하고 먼 곳.

38 각골통박(刻骨痛迫): 뼈에 새길 정도로 마음이 몹시 절박함.

39 교오방자(驕傲放恣): 원문에는 '교ᄋᆞ방ᄌᆞ'로 되어 있음.

40 모로미: 모름지기.

41 불관(不關)히: 별 관계없는 듯이. 중요하지 않게.

42 찾아: 원문에는 'ᄎᆞᄌᆞ니'로 되어 있음.

행리(行李)[43]를 타점(打點)하여[44] 왕부를 떠나니 간모(奸謀)가 여차하더라.

황축이 왕궁을 수 리는 떠나 주점(酒店)을 찾아 주육(酒肉)을 사 먹고 날이 어둡기를 기다려 황씨 주던 궁비의 의복을 개착(改着)하고 완연히 왕궁에 이르러 원문으로조차 들어가 숙모를 보니 황녀가 대희하여 깊이 협실(夾室)에 두고 모계(謀計)할새 매교와 은심을 깊이 (15)맺어 정궁 일동일정(一動一靜)을 규찰(窺察)하는지라.

현학사의 오지 아닛난 날을 등대(等待)[45]하더니 일일은 매교가 와 이르되,

"금조(今朝)에 현학사 노야가 용각(龍閣)에 입직하시니 아무 때 출번(出番)할 줄 알지 못하니 낭랑(娘娘)은 금야(今夜)에 행계(行計)하소서."

황씨 모녀 숙질이 대희하여 차야(此夜)에 행계(行計)할새 일이 공교하여 이날 마침 은심이 병들어 동궁에 오지 아닌 고로 사기(事機)를 망연부지(茫然不知)[46]라. 흉인의 간모(奸謀)가 하여(何如)오?

차야에 교주가 두 아오[47] 미주, 계주로 더불어 유모, 시녀를 명하여 향(16)과주육(香菓酒肴)을 갖추어 선향루에 이르러 군주를 보니 군주가 정히 정전으로서 갓 돌아와 예복을 벗고 정히 쉬더니 문득 교주 삼 형제 이름을 보고 흔연(欣然)히 맞아 이르되,

"이미 야심(夜深)하였거늘 현매(賢妹) 어찌 자지 아니하고 분주(奔走)하뇨?"

교주가 흔연 소왈(笑曰),

"월백풍청(月白風淸)[48]하매 청소양야(淸宵良夜)[49]에 잠이 없고 금준옥로(金樽玉露)의 술이 맛이 극히 아름다운지라 옥주가 귀근(歸覲)하시매 동기지정(同氣之情)에 일야 이회(離懷)를 위로코자 하연 지 오랜지라. 전언(傳言)으로 들으니 금야는 군마(君馬)의 자최 불임(不臨)(17)하신다 하매 일야(一夜) 모여 정회를 논란하고 시사(詩詞)를 담론(談論)코자 이르렀나이다."

군주가 흔연(欣然)[50] 왈(曰),

---

43 행리(行李): 여행할 때 필요한 물건. 행장(行裝).

44 타점(打點)하다: 준비하다. 꾸리다.

45 등대(等待): 준비를 하고 기다림.

46 망연부지(茫然不知): 아득하여 알지 못함.

47 아오: 아우.

48 월백풍청(月白風淸): 달이 환하고 바람이 상쾌하게 붊.

49 청소양야(淸宵良夜): 맑게 갠 좋은 밤.

50 흔연(欣然): 기쁘거나 반가워 기분이 좋음.

"내 또한 이 뜻이 있은 지 오래되 시러곰[51] 청치 못하였더니 삼 현제(賢弟) 한가지로 와 보니 우애(友愛) 지극함을 다감(多感)하노라."

언필(言畢)에 의상(衣裳)을 다시 수습하고 옥소, 경아 등을 명(命)하여 은대 옥촉(玉燭)을 상두(床頭)에 가작이 놓고 백옥향로(白玉香爐)에 월난향을 더으며 방석을 연(連)하여 말씀할새 교주가 시녀를 명하여 앞마다 향과(香菓)를 벌이고 옥종(玉鍾)[52]에 산호대(珊瑚臺)를 받쳐 감향주(甘香酒)[53]를 부어 권하며 만두(饅頭)[54] (18)안주를 내오니 군주가 정색(正色) 왈(曰),

"음주자락(飮酒自樂)은 남자의 놀이요 여자의 못고지[55] 아니라, 향과미찬(香菓美饌)이 족하니 술이 어찌 부질없지 아니리오."

교주가 소왈(笑曰),

"오주(吾主)가 주량(酒量)이 없는 줄 알았는 고로 부러 감향주(甘香酒)를 작주(作酒)하여 왔나니 소매(小妹)는 본디 술을 즐기는 고로 일등(一等) 운향주(芸香酒)를 가져 왔나니 청컨대 미성(微誠)[56]을 물리치지 마소서."

설파(說罷)에 그릇을 내와 운향주를 수삼(數三) 배(杯)를 타연히 거후르니[57] 취기(醉氣) 기괴(奇怪)하더라. 취함을 인하여 잔을 붙들어 지리히[58] 권하니 군주가 그 (19)단정치 않음을 가지록[59] 미온(未穩)하여 하더니 마지못하여 한 잔을 마시매 감렬(甘冽)하고[60] 청상(淸爽)하나[61] 향기 기이(奇異)하여 예사 맛이 아니라 경아(驚訝)[62]하여 잔을 물리고 왈(曰),

"감향(甘香)이 기특(奇特)하나 내 본디 술을 먹지 못하여 그런가 일배(一杯)에 정신이 혼미(昏迷)하니 다시 먹지 못하리로다."

---

51 시러곰: 능히.
52 옥종(玉鍾): 옥으로 만든 종지.
53 감향주(甘香酒): 단맛이 나고 향기가 있는 약재를 넣어 만든 술.
54 만두(饅頭): 원문에는 '만도'로 되어 있음.
55 못고지: 모꼬지. 놀이나 잔치 또는 그 밖의 일로 여러 사람이 모이는 일.
56 미성(微誠): 조그마한 정성. 말하는 이가 자기의 정성을 낮추어 이르는 말.
57 거후르다: 거우르다. 기울이다.
58 지리히: 지루하게.
59 가지록: 갈수록.
60 감렬(甘冽)하다: 달고 아주 차갑다.
61 청상(淸爽)하다: 맑고 시원하다.
62 경아(驚訝): 놀랄 정도로 의아하게 여김.

교주가 아연(啞然)하여 재삼(再三) 권하되 군주가 다시 접구(接口)[63]치 아니하고 스스로 취기를 이기지 못하는 거동이니 교주가 심하(心下)에 생각하되, '암약(暗藥)이 이같이 신기하여 한 잔 술에 저리 취하니 어찌 속이지 못하리오. 다만 저만 먹어서(20)는 거짓 것이니 좌우(左右) 시인(侍人)을 낱낱이 먹여 취케 하리라.' 하고 낭랑(朗朗)히 웃으며 주량이 바히[64] 없음을 아는 고로 웃고 남은 것을 다시 기울여 군주의 좌우를 다 먹으라 하니 경상궁이 흔연(欣然) 칭사(稱謝)[65] 왈(曰),

"소주의 은택(恩澤)으로 호주미찬(好酒美饌)[66]을 먹이시니 어찌 감격(感激)지 아니리잇고마는 노주의 경근(敬謹)[67]하는 도리에 어찌 감히 음주(飮酒) 시식(試食)하기를 타연히 하리잇가. 물러 장(帳)[68] 밖에 가 먹고자 하나이다."

교주가 낭소(朗笑) 왈(曰),

"고어(古語)에 일렀으되 장수(將帥)가 충(忠)하매 군사(軍士)가 열(烈)하다 하니 그대 등의 예(禮) 앎이 여차(如此)하니 (21)내 어찌 말리리오."

경씨 등이 교주의 어진 인심을 칭선(稱善)하고 주찬(酒饌)을 거두어 장 밖에 나와 동류(同類)가 서로 모여 권하는 체하며 넌즈시[69] 그릇에 엎쳐 감추고 빈 그릇을 내어 교주의 시비(侍婢)를 주고 거짓 정신을 모르는 체하고 노소(老少) 수십(數十) 인(人)이 일시에 혼혼(昏昏)한[70] 체하니 이 중에 매교는 경상궁이 독주(毒酒)를 많이 먹여 재웠는지라.[71] 교주가 저 노주의 취함을 보고 암희(暗喜)[72]하며 군주를 향하여 왈(曰),

"귀체(貴體) 불안하신가 싶으오니 일찍 안휴(安休)하소서. 아등(我等)이 후일(後日) 다시 오리(22)이다."

군주가 과연 취기(醉氣)를 이기지 못하여 점두(點頭) 부답(不答)하니 교주가 크게 깃거 양제(兩娣)와 시녀(侍女) 등(等)을 거느려 돌아가니 경상궁이 바야흐로 일어나 매교를 보

---

63 접구(接口): 입에 댄다는 뜻으로, 음식을 아주 조금 먹음을 이르는 말.
64 바히: '바이'의 옛말. 아주 전혀.
65 칭사(稱謝): 고마움을 표현함.
66 호주미찬(好酒美饌): 좋은 술과 찬.
67 경근(敬謹): 공경하고 삼감.
68 장(帳): 둘러쳐서 가리게 되어 있는 장막, 휘장, 방장 따위를 통틀어 이르는 말.
69 넌즈시: '넌지시'의 옛말.
70 혼혼(昏昏)하다: 정신이 가물가물하고 희미하다.
71 재웠는지라: 원문에는 '지웟는지라'로 되어 있으나 문맥에 맞추어 고침.
72 암희(暗喜): 남몰래 속으로 기뻐함.

니 술과 만두를 많이 먹고 암약에 취하여 거꾸러져 인사(人事)를 모르니 아무리 흔들어도 깨지 아니하거늘, 또 군주를 보니 군주가 기운이 아득한 듯하나 오히려 많이 먹지 않았고 정명지기(精明之氣) 범인(凡人)과 다른 고로 매교처럼 취하든 않았는지라. 경상궁과 손보모다려 왈(曰),

"술에 반드시 독이 있던가 싶으(23)고 또 저의 기색이 수상하니 혜건대[73] 무슨 변(變)이 금야(今夜)에 있을 듯싶으되 그대 등은 어찌코자 하나뇨?"

양인(兩人)이 대왈(對曰),

"비자(婢子) 등이 이미 지기(知機)[74]함이 있삽는지라. 매교를 많이 먹여 취하였으니 정히 계교(計巧) 위에 계교를 씀이 이 가운데 있는가 하나이다."

군주가 역연(亦然) 왈(曰),

"차계(此計) 신묘(神妙)하니 정합아심(正合我心)[75]이라. 연(然)이나 나의 정혼(精魂)이 아득하니 이 심야(深夜)에 기거(起去)함이 심히 번거한지라.[76] 그대 등이 나를 붙들어 협실(夾室)로 옮기고 매교를 두어 변을 방비(防備)하라."

경씨 등이 수명(受命)하여 즉시 군주(24)를 뫼셔 협실에 옮기고 옥소, 경아와 심복(心腹) 궁아(宮娥)[77] 육칠 인이 시침(侍寢)하게 하고, 매교를 붙들어 그 의상을 벗겨 군주의 여벌 금침(衾枕) 속에 넣어 군주의 와상(臥床) 위에 두고 촉(燭)을 장후(帳後)에 내치고 경·손 양인(兩人)이 스스로 상하에 멀리 시침하고 모든 궁녀는 장 밖에 숙직(宿直)하였더라.

제인(諸人)이 짐즛 취몽(醉夢)이 혼혼(昏昏)하여 변(變)을 기다리더니 아이(俄而)오[78] 밤이 삼경(三更)을 지나더니 홀연 창외(窓外)에 인적(人跡)이 미미(微微)하며 문을 여는 곳에 일개(一個) 효용(驍勇)한[79] 남자가 뛰어드니 경씨 등이 (25)거짓 자는 체하고 코 고는 모양으로 혼침(昏沈)하니[80] 황축이 크게 깃거 완연(宛然)히[81] 돌입(突入)하여 와상(臥床) 위의 매교

73 혜다: '생각하다'의 옛말. 생각건대.
74 지기(知機): 기미나 낌새를 알아차림.
75 정합아심(正合我心): 내 생각과 같음.
76 번거하다: 조용하지 못하고 자리가 어수선하다.
77 궁아(宮娥): 나인.
78 아이(俄而)오: 조금 있다가. 이윽고.
79 효용(驍勇)하다: 사납고 날쌔다.
80 혼침(昏沈)하다: 정신이 아주 혼미하다.
81 완연(宛然)히: 눈에 보이는 것처럼 아주 뚜렷하게.

를 취하여 금리(衾裏)[82]에 휘몰아 옆에 끼고 뛰어 내달으니 경·손 양인이 그제야 소리 질러 내각(內閣)에 도적이 들었다 웨지지니[83] 이곳이 내전(內殿)이 사이 뜬 고로 밤소리 자못 요란하나 여자의 음성이 멀리 사못지[84] 못하고 좌우의 무수(無數) 행각(行閣)에 머무는 궁녀(宮女)와 문 외(外)에서 자는 궁환(宮鬟), 궁노(宮奴)의 무리 다 첫잠이 곤한 때라 아무리 웨지져도 알아들을 이 없으니 이러구러[85] (26)적이 매교를 끼고 달아나 황씨의 후당(後堂)에 숨은지라. 식경(食頃)[86]이 지난 후 바야흐로 궁비(宮婢)의 무리 놀라 떨며 일어나 서로 웨지져 숙직(宿直) 궁노와 순초(巡哨)[87] 군졸을 모아 불을 밝히고 홰[88]를 잡아 궁중 장외(牆外) 장원(牆垣)[89]을 다 돌아 적을 추심(追尋)한들[90] 깊이 황씨 후당에 감춘 도적을 어찌 찾으리오. 경씨 등이 모두 도적을 웨지지나 사람을 실포(失捕)함은 이르지 아니하니 내외(內外) 다만 진경(震驚)[91]할 따름이라.

차야(此夜)에 왕이 내궁(內宮)에 숙침(宿寢)하였더니 변(變)을 듣(27)고 대경(大驚)하여 중헌(中軒)에 불을 밝히고 경·손 양 상궁을 불러 수말(首末)[92]을 물으니 양인이 자못 지식(智識)이 있는지라 다만 주왈(奏曰),

"비자(婢子) 등이 야심(夜深)토록 옥주를 뫼왔삽더니[93] 연환 소저가 여차여차(如此如此) 이르러 한화(閑話)타가 돌아가오니 옥주가 신기(身氣) 불안타 하사 고요히 취침(就寢)코자 하여 협실(夾室)에 머무르시니 비자 등은 다만 동류(同類)를 거느려 잠들었삽더니 첫잠에 도적이 돌입하여 궁비 매교를 잡아 갔나이다."

왕(王)과 후(后)가 청파(聽罷)에 대경(大驚) 왈(曰),

---

82 금리(衾裏): 이불 속.

83 웨지지다: 외치다. 소리치다.

84 사못다: 통(通)하다.

85 이러구러: 원문에는 '이러구'로 되어 있으나 서강대본을 참고하여 보충함.

86 식경(食頃): 밥을 먹을 동안이라는 뜻으로, 잠깐 동안을 이르는 말.

87 순초(巡哨): 돌아다니면서 적의 사정이나 정세를 살핌.

88 홰: 화톳불을 놓는 데 쓰는 물건. 싸리, 갈대, 또는 노간주나무 따위를 묶어 불을 붙여서 밤길을 밝히거나 제사를 지낼 때에 쓴다.

89 장원(牆垣): 담.

90 추심(追尋)하다: 좇아다니다.

91 진경(震驚): 두렵고 무서워 떪.

92 수말(首末): 머리와 끝을 아울러 이르는 말.

93 뫼다: 모시다.

"궁중(宮中)이 심수(深邃)하거늘[94] 어떤 도(28)적이 감히 내각에 들어와 사람을 잡아가리오. 이 범연(凡然)한 도적이 아니로다."

경씨 주왈(奏曰),

"적이 반드시 멀리 갔삽는지라. 재물을 취치 아니하고 사람을 잡아감이 범상(凡常)한 무리 아니라 급히 추심(追尋)하오나 찾기 어렵사오리니 밝는 날 서서히 수포(收捕)[95]하심이 가할까 하나이다."

윤후가 거의 짐작한 바라. 점두(點頭) 왈(曰),

"비자의 말이 옳으니 대왕은 찰납(察納)[96]하소서."

왕이 또한 옳이 여겨 궁중에 하령(下令)하여 요란함을 금지하고 명일(明日)에 처치하여 추부와 금포청에 공사(公事)하여[97] 적(29)괴(賊魁)를 추포(追捕)하여 매교의 종적(蹤迹)을 찾으려 하더라.

황씨의 처소(處所)는 사이 초간(稍間)한[98] 고로 사기(事機)[99]는 사뭇 알지 못하니 미처 군주의 매교를 대신함을 알지 못하니라. 황축이 매교를 옆에 껴 후당에 돌아와 불을 밝히지 아니하고 어두운 구석을 향하여 나리와 놓으니 비단 이불이 보드랍고 미인의 취몽(醉夢)이 아득하여 혼혼히 인사를 버렸는지라. 더듬어 만져보니 연연한 살갗과 경영(輕英)[100]한 체지(體肢)[101] 가작하니 어찌 진가(眞假)를 분변(分辨)치 못하리오마는 음탕(淫蕩) 뭉치 황축(30)이 혜오되, '이 분명 군주라. 이렇듯 혼혼한 가운데 먼저 친하여 부부가 되면 제 정신을 차려도 하릴없어 나를 좇으리니 달래어 데리고 멀리 가 좋이 살 것이라.' 하고 흔연(欣然)히 옷을 벗고 미인으로 동숙(同宿)하여 운우(雲雨)의 낙이 흡연(洽然)하되 미인이 혼혼 아득하여 알지 못하더라.

황축이 흔흔(欣欣) 쾌열(快悅)하여 능히 잠을 이루지 못하더니 이때 교주가 돌아와 황

---

94 심수(深邃)하다: 깊고 그윽하다.
95 수포(收捕): 거두어 잡음.
96 찰납(察納): 제안이나 요청을 자세히 살펴본 뒤에 받아들임.
97 공사(公事)하다: 공문을 보내다.
98 초간(稍間)하다: 한참 걸어가야 할 정도로 거리가 조금 멀다.
99 사기(事機): 일이 되어 가는 가장 중요한 기틀.
100 경영(輕英): 여리고 아리따움.
101 체지(體肢): 몸매.

축을 보내어 매교를 앗아 오매 진짓 군주를 잡아 왔나니라 하여 호의(狐擬)[102]치 아니하고 계성(鷄聲)을 기다려 (31)황축의 있는 곳에 나아가 황녀가 태섬으로 더불어 혼동[103] 왈(曰),

"날이 밝아오니 질아(姪兒)는 빨리 행하고 더디지 말라. 행여 패루(敗漏)할까[104] 저어하노라."[105]

황축이 응성(應聲) 왈(曰),

"근수교의(謹受敎矣)[106]리니 염려 마소서."

언파(言罷)에 큰 농(籠)을 가져 미인을 금리(衾裏)에 싼 채 농중(籠中)에 넣되 희미한 새벽빛을 띠어 행사(行事)하되 그 얼굴을 살핌이 없고 오히려 암약이 취한 것이 깨지 못하여 혼혼히 인사(人事)를 버렸음을 암희(暗喜)하더라. 황축이 그제야 숙모와 표매(表妹)[107]를 사례(謝禮)하여 하직하고 스스로 궁비(宮婢)(32)의 의복을 입고 농을 머리에 이고 동궁 후문으로조차 나가니 알 이 없더라. 이미 수십 리를 격(隔)하여 황녀의 심복 궁노의 무리 하처(下處)[108]를 그윽한 곳에 정하고 중로(中路)에 방황하여 기다리다가 황생을 만나 협력하여 농을 운전(運轉)하여 하처에 돌아가니 종말(終末)이 여하(如何)오.

시시(是時)에 왕궁에서 날이 밝아오매 가중(家中) 상하가 일시에 정궁(正宮)에 문안(問安)할새 황씨 사기(事機)를 관찰코자 하여 정궁에 들어가니 천만 몽매(夢寐)[109]에도 기약(期約)지 아니한바 옥화 군주가 성(33)장아태(盛裝雅態)[110]로 낭랑한 옥결(玉玦)[111]을 울려 좌중에 시립(侍立)하였으니 황씨 모녀가 대경(大驚)하여 말을 못 하더니 왕이 군주다려 왈(曰),

"작야(昨夜)에 흉적(凶賊)이 오아(吾兒)의 장각에 들어 요행(僥倖) 인명(人命)은 상치 아니코 다만 매교를 잡아가거늘 비록 궁비 하나가 천하나 지엄(至嚴) 궁중에 흉적이 돌입하니 극한 대변(大變)이라. 당당히 금포청과 추부에 고하여 천하 구주(九州)에 방색(訪索)하리라."

---

102 호의(狐擬): 여우가 의심이 많다는 뜻으로, 매사에 지나치게 의심함을 이르는 말.

103 혼동: '큰 소리로 꾸짖거나 소란스럽게 재촉함'이란 뜻을 가진 옛말.

104 패루(敗漏)하다: 탄로 나다.

105 저어하다: 염려하거나 두려워하다.

106 근수교의(謹受敎矣): 삼가 말씀을 따름.

107 표매(表妹): 외종사촌 누이.

108 하처(下處): 손님이 길을 가다가 묵음. 또는 묵고 있는 그 집. 원문에는 '햐쳐'로 되어 있음.

109 몽매(夢寐): 잠을 자면서 꿈을 꿈. 또는 그 꿈.

110 성장아태(盛裝雅態): 옷을 화려하게 차려 입고 단아한 태도로 있는 모습을 형용하는 말.

111 옥결(玉玦): 옥으로 만들어 허리에 차는 고리.

군주가 화관(花冠)을 숙이고 옥안(玉顔)이 자약(自若)하여[112] 대왈(對曰),

"차사(此事)가 극히 흉완(凶頑)[113]하오나 매교[114] 요비(妖婢) 본디 (34)음사(陰邪)[115] 간특(姦慝)하여[116] 궁녀의 청정한 마음이 없고 봄을 느끼며 가을을 슬퍼 반드시 외간(外間)에 규규(糾糾)한[117] 사정(私情)이 있던 양하여 근래(近來)에 방외(房外) 출입이 빈빈(頻頻)하더니 벅벅이[118] 외인(外人)을 누통(累通)하여 달아남인가 하옵나니 구태여 구색(求索)[119] 하심이 무익(無益)할까 하나이다."

왕이 불열(不悅) 왈,

"나의 거한 바 궁중이 또 어찌 범범(凡凡)한 사태우[120]의 부중(府中)이 아니라, 궁비(宮婢) 비록 천하나 법에 궁인(宮人)이 외간(外間)을 사통(私通)하면 사죄(死罪)라 흉적(凶賊)과 매교가 어찌 사죄인(死罪人)이 아니리오."

군주가 우(又) 주왈(奏曰),

"존교(尊敎)가 당연(35)하시나 당금(當今) 천하가 사방에 일이 많고 법사(法司)가 다사(多事)하여 하관말졸(下官末卒)에 니르히[121] 한가치 못하거늘 역수(逆囚)[122]가 아닌 후야 이 무슨 대사(大事)라 요란하리잇고. 법사의 위엄을 빌리지 않아도 부왕(父王)의 위엄이 일궁(一宮) 가정(家丁)[123]과 궁노(宮奴)가 적지 않으니 각처(各處)에 추포(追捕)하여 어찌 일개(一個) 소적(小賊)과 요비(妖婢)를 잡지 못하리잇고."

윤후가 또한 황씨 모녀의 기색(氣色)을 보아 쾌히 알지라. 나작이 간하여 여아(女兒)의 간언(諫言)이 유리(有利)함을 일컬으니 왕이 이에 본궁(本宮) 궁노, 가정을 발하여 사처(四處)로 흩어 흉적과 요비(36)를 추심(追尋)하여 만일 찾아 들이는 자는 천금(千金)으로 중상

---

112 자약(自若)하다: 큰일을 당해서도 놀라지 아니하고 보통 때처럼 침착하다.

113 흉완(凶頑): 흉악하고 모짊.

114 매교: 원문에는 '미교의'로 되어 있으나 서강대본을 참고하여 고침.

115 음사(陰邪): 성격이 음흉하고 사악함.

116 간특(姦慝)하다: 간사하고 악독하다.

117 규규(糾糾)하다: 서로 뒤얽혀 있다. 원문에는 '규슈흔'으로 되어 있음.

118 벅벅이: 그러하리라고 미루어 헤아려 보건대 틀림없이.

119 구색(求索): 애를 써서 찾아냄.

120 사태우: '사대부(士大夫)'의 옛말.

121 니르히: 이르도록.

122 역수(逆囚): 대역죄를 저지른 죄수.

123 가정(家丁): 집에서 부리는 남자 일꾼.

(重賞)하리라 하니 모든 궁노, 가정이 사처로 흩어 추심하더라.

이때 황씨 모녀가 노주(奴主)의 흉장(凶腸)[124]이 분분(紛紛)하여[125] 좌석이 불안하니 행여 기색을 남이 알까 두려하며 교주는 불의(不意)에 복통(腹痛)이 중하다 하고 못 견디는 형용(形容)을 하니 황녀가 양경(佯驚)[126]하여 여아를 붙들어 돌아가니 미주, 계주는 다 따라가되 다만 문과 형이 시립(侍立)하였더라.

이윽고 왕이 좌를 파하니 모든 비빙,[127] 궁희(宮姬) 물러나고 자녀가 흩어지니 윤(37)후가 군주를 대하여 탄왈(歎曰),

"악인(惡人)의 흉사(凶邪)가 궁극(窮極)하니 금일(今日) 화(禍)를 면하나 명일(明日) 무슨 변이 있을 줄 알리잇고. 비록 이정(離情)[128]이 결연(缺然)하나[129] 쉬이 구가(舅家)로 돌아가 불의지변(不意之變)을 방비(防備)함이 어떠하뇨?"

군주가 대왈(對曰),

"성인(聖人)도 오는 액(厄)을 면치 못하옵는지라, 소녀가 구가(舅家)로 가나 아니 가오나 능히 화액(禍厄)을 면하리잇고. 복망(伏望) 모후(母后)는 사세(事勢) 되어감만 보시고 무익지려(無益之慮)[130]를 허비(虛費)치 마소서."

모녀가 대하여 차탄(嗟歎) 비읍(悲泣)함을 마지아니하더라.

이러구러 날이 늦으매 혼정(昏定)을 파하(38)고 선향루에 돌아오니 경·손 양 상궁이 좌우에 시립이러니 문득 침방(針房) 상궁 손씨 나아와 배알(拜謁)하고 가만히 고왈(告曰),

"궁내(宮內)의 변란(變亂)이 기괴하온 가운데 맞추어 은심이 병들어 사기(事機)[131]를 탐문(探聞)치 못하였더니 금일 은심이 병이 조금 나은 듯한 고로 여차여차 동궁에 나아가 일을 탐청(探聽)하오니 황생이 벌써 매교를 착래(捉來)[132]하여 황숙빈 후당(後堂)에 숨었다가 계명(鷄鳴) 때에 나아갔다 하고, 숙빈 모녀가 초조하여 또 사람을 보내어 부

---

124 흉장(凶腸): 흉한 마음.

125 분분(紛紛)하다: 떠들썩하고 뒤숭숭하다.

126 양경(佯驚): 거짓으로 놀라는 체함.

127 비빙: 비빈(妃嬪). 비(妃)와 빈(嬪)을 말함.

128 이정(離情): 이별할 때나 헤어져 있던 동안 느끼는 정회(情懷).

129 결연(缺然)하다: 모자라서 서운하거나 불만족스럽다.

130 무익지려(無益之慮): 무익한 생각이나 염려.

131 사기(事機): 일이 되어 가는 가장 중요한 기틀.

132 착래(捉來): 사람을 붙잡아 옴.

르고자 하나 종적(蹤迹)이 발(39)각(發覺)[133]할까 저어[134] 번거히[135] 도로 부르지 못하고 스스로 계교(計巧)가 니지[136] 못함을 앙앙(怏怏)하여[137] 다시 궁모곡계(窮謀曲計)[138] 여차(如此)하다 하오니 옥주는 먼저 방비하소서."

군주가 청미(聽未)에 한심경악(寒心驚愕)하나 불변안색(不變顔色)하고 안연자약(晏然自若)[139] 왈,

"수단(壽短)[140]이 유수(有數)[141]하고 화복(禍福)이 재천(在天)하니 어찌하리오. 그대 등은 과려(過慮)[142]치 말라."

손씨 등이 다시 말 아니하고 장외(帳外)에 머물러 요녀(妖女)의 작용(作用)을 보려 하더라. 밤이 삼경시말(三更時末)[143]에 만뢰구적(萬籟俱寂)[144]하니 군주가 촉영(燭影)[145]을 장후(帳後)에 물리고 상(牀) 아래 올무[146]를 놓아 스스로 한 끝(40)을 잡고 타연(妥然)히[147] 상에 올라 숙침(宿寢)하니 옥소, 경아 등이 또한 예같이 시침(侍寢)하였더니 이슥고 한낱 표일(飄逸)한[148] 남자가 짧은 옷을 입고 일척(一尺) 패도(佩刀)[149]를 안고 완연히 돌입(突入)하여 군주의 와상(臥牀)을 향하여 치고자 하더니 문득 걸음을 미처 옮기지 못하여서 상 아래로조차 한 거리 노[150]를 던져 양족(兩足)을 옭아 던지니 두 발이 모두 옭혀 엎더지니 소리 자못 요

---

133 발각(發覺): 숨기던 것이 드러남. 원문에는 '발박'으로 되어 있으나 서강대본을 참고하여 고침.

134 저어하다: 염려하거나 두려워하다.

135 번거히: 조용하지 못하고 자리가 어수선하게.

136 니다: 이루어지다.

137 앙앙(怏怏)하다: 매우 마음에 차지 아니하거나 야속하다.

138 궁모곡계(窮謀曲計): 억지로 꾸민 계책.

139 안연자약(晏然自若): 큰일을 당해서도 놀라지 아니하고 보통 때처럼 침착하여 편안하고 안정된 것을 말함.

140 수단(壽短): 오래 삶과 일찍 죽음.

141 유수(有數): 모든 것의 운명이 정해져 있음.

142 과려(過慮): 정도에 지나치게 염려함.

143 삼경시말(三更時末): 삼경의 끝 무렵.

144 만뢰구적(萬籟俱寂): 천지가 고요함.

145 촉영(燭影): 촛불의 그림자.

146 올무: 새나 짐승을 잡기 위하여 만든 올가미. 원문에는 '올모'로 되어 있음.

147 타연(妥然)히: 태연(泰然)히. 아무렇지도 않은 듯이 예사롭게. 원문에는 '타연의'로 되어 있음.

148 표일(飄逸)하다: 성품이나 기상 따위가 뛰어나게 훌륭하다.

149 패도(佩刀): 패검. 차는 칼.

150 노: 실, 삼, 종이 따위를 가늘게 비비거나 꼬아 만든 줄.

란한지라. 기인(其人)이 무망(無妄)[151]에 대경(大驚)하여 크게 소리하며 혼불부체(魂不附體)[152]러라. 장외(帳外)의 경씨 등이 제궁아(諸宮娥)(41)를 분부하여 장중 내외에 촉을 밝히고 차려보니 한 소년 남자가 이미 올무를 끊어버리고 보보전경(步步顚傾)[153]하여 달아나는지라. 제녀(諸女)가 이미 아는 일이로되 불승분해(不勝忿駭)[154]하여 소리 질러 도적을 웨지지려 하거늘 군주가 금지(禁止) 왈,

"이미 도적이 달아났고 큰일이 미처 나지 않아서 우리 먼저 발각(發覺)하리오."

좌우 시인(侍人)이 그 화홍(和弘)[155]한 말씀을 듣고 배복하례(拜伏賀禮)하더라.

어시(於是)에 황씨 모녀가 군주의 무사히 면화(免禍)함을 알고 황축이 매교를 앗아 벌써 멀(42)리 갔음을 생각하매 분해(忿駭)하여 다시 사람을 보내어 부르고자 하되 사처에 심방(尋訪)하는 추종(追蹤)이 흩어졌으니 능히 다시 이루지 못하고 한갓 애달아하더니 문득 문희군 형이 들어와 분연(憤然)[156] 왈,

"매자(妹子)가 진실로 지식이 천단(淺短)[157]하더라. 옥화는 요악(妖惡)한 여자라, 예(豫)[158] 없이 현매(賢妹) 밤에 가 보매 문득 의심을 발하여 짐즛 매교로 대신하였나니 표제(表弟) 아무리 용렬(庸劣)한들 그릇 매교를 잡아왔으리오. 아등(我等) 모자(母子), 형매(兄妹) 몇 사람이 동심합계(同心合計)하여 일개 소녀자(小女子)를 (43)속이지 못하니 어찌 통해(痛駭)치[159] 아니리오. 내 금야(今夜)에 반드시 일척 검(劍)을 빛내 갈아 옥화를 쾌히 찔러 죽여 부왕(父王)과 적모(嫡母)[160]의 교애(嬌愛)하는 예기(銳氣)[161]를 꺾지르고 서서히 도모(圖謀)하여 미혼단(迷魂丹)으로써 부왕을 침닉(沈溺)[162]하고 현학사로써 매자(妹子)의 가서(佳壻)를 정케 하리라."

---

151 무망(無妄): 무망중(無妄中). 별 생각이 없이 있는 상태.
152 혼불부체(魂不附體): 혼비백산(魂飛魄散). 너무 놀라 혼이 흩어짐.
153 보보전경(步步顚傾): 넘어질 듯이 급히 걸음.
154 불승분해(不勝忿駭): 분하고 놀람을 이기지 못함.
155 화홍(和弘): 온화하고 도량이 넓음.
156 분연(憤然): 벌컥 화를 내는 모양.
157 천단(淺短): 지식이나 생각 따위가 얕고 짧음.
158 예(豫): 예고(豫告).
159 통해(痛駭)하다: 몹시 이상스러워 놀랍다.
160 적모(嫡母): 서자가 아버지의 정실을 이르는 말.
161 예기(銳氣): 날카로운 기상.
162 침닉(沈溺): 술이나 노름, 여자에 빠짐.

황씨 모녀가 왈,

"만일 실족(失足)[163]한즉 일이 점점 거츨지라.[164] 아직 잠잠함만 같지 못할까 하노라."

형이 분분(忿憤[165]) 대언(大言) 왈,

"실즉허(實卽虛)요 허즉실(虛卽實)이라. 옥화가 아무리 신명(神明)하나 또 오늘밤에 변이 있을 (44)줄 알리오. 매자는 오원(迂遠)한[166] 근심을 말라."

하더니 이윽고 은심이 웃음을 머금고 들어와 이르되,

"천비(賤婢) 마침 신병(身病)이 침곤(侵困)[167]하와 여러 날 대하(臺下)에 배현(拜見)치 못하였삽더니 금일은 적이 쾌하와 이르러괘이다."[168]

하고 좌우에 사람 없음을 보고 가만히 가로되,

"낭랑(娘娘)이 대사(大事)를 도모코자 하시매 어찌 소비(小婢)를 알게 않으시고 소루(疏漏)[169]히 실계(失計)하시니잇고. 비자(婢子)가 손상궁의 종형제 모여 서로 하는 말을 듣사오니 손보모(保姆)가 이르되, '옥주가 본디 총명하여 사람의 낯빛을 보(45)아 눈치를 알고 말씀을 들어 심폐(心肺)를 사뭇차니[170] 이른바 좌탁천리(坐度千里)하는 지혜 있으니 간인(奸人)이 서어(齟齬)히[171] 모의(謀議)타가 도로혀[172] 패루(敗漏)하리라.' 하더이다."

교주가 청파(聽罷)에 만복(滿腹) 시심(猜心)이 더욱 발하여 왈,

"벽주가 비록 신명하나 십년 매복(埋伏)을 어찌 벗어나리오. 은심아, 너는 일비지력(一臂之力)[173]을 도우라."

은심이 배복(拜伏) 왈,

"천비 낭랑과 소주의 후은(厚恩)을 입었삽는지라. 갈충보은(竭忠報恩)[174]코자 하오니 어

---

163 실족(失足): 행동을 잘못함.
164 거츨다: '허망하다', '망령되다'의 옛말.
165 분분(忿憤): 분하고 원통하게 여김.
166 오원(迂遠)하다: 우원하다. 세상일에 어둡거나 본래의 일과는 거리가 멀다.
167 침곤(侵困): 편치 않음.
168 이르러괘이다: 이르렀나이다.
169 소루(疏漏)히: 생각이나 행동 따위가 꼼꼼하지 않고 거칠게. 원문에는 '소리히'로 되어 있음.
170 사뭇차다: 사무치다.
171 서어(齟齬)히: 익숙하지 아니하여 서름서름하게.
172 도로혀: 도리어.
173 일비지력(一臂之力): 한 팔의 힘이라는 뜻으로 조그마한 힘을 말함. 원문에는 '일비지녁'으로 되어 있음.
174 갈충보은(竭忠報恩): 충성을 다하여 은혜를 갚음.

찌 일호(一毫)나 나태(懶怠)하리잇고."

하고 물러 있어 모자녀(母子女)의 작계(作計)함을 스쳐 알(46)고 급히 손씨께 고하여 군주로 면화(免禍)케 하니라.

차야(此夜)에 문희군이 칼을 둘러 선향루에 돌입하였다가 도로혀 올무에 얽혀 엎더지매 크게 놀라 평생 힘을 다하여 칼을 들어 올무를 끊고 뛰어 내달아 황황(遑遑)히[175] 침소(寢所)로 돌아오니, 황씨 모녀와 태섬이 서서 기다리다가 놀라 보니 형이 천식(喘息)[176]을 정치 못하고 우시(右顋)[177]에 혈흔(血痕)이 낭자(狼藉)한지라. 연고(緣故)를 물으니 형이 정신을 차려 지낸 일을 설파(說破)하고 제 손에 든 칼에 뺨이 상하(47)였음을 이르고 분하여 우니 피와 눈물이 합하여 흐르는지라. 모두 놀라 수건으로 피를 씻기고 금창약(金瘡藥)[178]을 붙이고 일시에 선향루를 가리켜 교아절치(咬牙切齒)[179]하며 무수 곤욕(困辱)하더니 교주가 왈,

"명일(明日)에 형이 저 모양으로 중인공회(衆人公會)에 나지 못하리니 가히 여차여차하여 선발제인(先發制人)[180]하는 일을 행하소서."

황씨 크게 깨달아 좌우 심복(心腹)을 지휘하여 일시에 도적이 들었다 웨지지니[181] 이때 밤이 거의 오경(五更)이라 궁중 내외 허다 사람이 첫잠이 깬 이 많은(48)지라. 정궁(正宮)은 사이 멀어 들리지 않으나 선향루 근처는 다 듣고 놀라 궁노(宮奴), 궁환(宮鬟), 궁비(宮婢) 등이 궁중 내외 순초(巡哨)[182]하는 군(軍)을 지휘하여 일시에 불을 밝히고 내외로 도적을 웨며 적을 추심(追尋)하나 한갓 뷔인[183] 소리뿐이요 진짓 것[184]이 없는지라. 아무리 잡으려 한들 무엇을 잡으리오. 효명(曉明)[185]에 이르도록 분주하다가 도적이 돌아갔음을 보(報)하더라.

---

175 황황(遑遑)히: 갈팡질팡 어쩔 줄 모를 정도로 급하게.

176 천식(喘息): '숨결'을 예스럽게 이르는 말.

177 우시(右顋): 오른쪽 뺨.

178 금창약(金瘡藥): 쇠끝에 다친 데에 바르는 약.

179 교아절치(咬牙切齒): 몹시 분하여 이를 갊. '교아'란 어금니를 깨문다는 뜻이고, '절치'란 이를 간다는 뜻으로 대단히 분한 마음 상태를 말함.

180 선발제인(先發制人): 남의 꾀를 사전에 알아차리고 일이 일어나기 전에 미리 제압함.

181 웨지지다: '외쳐 대다'의 옛말.

182 순초(巡哨): 돌아다니면서 적의 사정이나 정세를 살핌.

183 뷔다: '비다'의 옛말.

184 진짓 것: 참된 것. 실체.

185 효명(曉明): 날이 밝을 무렵.

황씨 돈족(頓足)[186] 실성(失性)하여 왈,

"당당한 천승왕궁(千乘王宮)에 어떤 담 큰 도적이 들어와 감히 칼로 사람을 치리오. (49)문희군의 뺨이 상하였다."

하고 소리 지르니 이러구러 점점 사람이 다 모여 숐두어리며[187] 형의 처(妻)와 미주, 계주와 문양군의 부부가 다 모여 괴이함을 이기지 못하더니, 날이 점점 밝으매 황씨 자녀를 거느리고 정궁에 들어가니 왕과 후가 정히 자녀의 문안(問安)을 받는 때라. 황씨 울며 작야(昨夜) 자객(刺客)의 변을 고하며 왈,

"첩이 작석(昨夕)에 관격(關格)[188]이 되어 형아와 교아가 마침 있어 구호(救護)하더니 야심(夜深) 후 홀연 난데없는 도적이 돌입하여 이르되, '나는 천하 호한(好漢)(50)이라 본디 재물(財物) 도적이 아니요 향(香)을 탐하여 들어왔나니 쾌히 미인(美人)을 죽여 염려를 끊으리라. 작야에 천하를 품고자 하다가 그릇 초화(草花)를 꺾어 돌아가니 어찌 분치 아니리오.' 하고 달아드니 모두 경겁(驚怯)[189]하여 피하되 홀로 형이 분기(憤氣)를 이기지 못하여 도적을 겨루려 하다가 형이 우시(右顋)를 상하고 적은 달아났사오니 이 무슨 변괴니잇고."

설파(說罷)에 통곡(痛哭)하니 왕과 후가 미처 말을 못하여서 경·손 양 상궁이 나아와 작야 적변(賊變)[190]을 고하니 좌우가 경해(驚駭)(51)하고 왕이 대경(大驚) 왈,

"과인(寡人)이 자유(自幼)[191]로 미말천인(微末賤人)[192]에게라도 위엄을 자뢰(藉賴)[193]함이 없고 학정(虐政)을 행함이 없거늘 하처(何處) 흉인(凶人)이 궁내(宮內)에 발검(拔劍) 돌입(突入)[194]하리오."

후가 탄왈,

"간계(奸計) 불측(不測)하오니 요인(妖人)이 하처(何處) 은신(隱身)함을 어찌 알리잇고. 저

---

186 돈족(頓足): 발을 구름.

187 숐두어리다: '떠들다', '떠벌리다', '수군거리다'의 옛말.

188 관격(關格): 먹은 음식이 갑자기 체하여 가슴 속이 막히고 위로는 계속 토하며 아래로는 대소변이 통하지 않는 위급한 증상.

189 경겁(驚怯): 놀라서 겁을 냄.

190 적변(賊變): 도둑이 일으키는 변.

191 자유(自幼): 어렸을 때부터.

192 미말천인(微末賤人): 신분이 미천한 사람.

193 자뢰(藉賴): 무엇을 빙자하여 의지함.

194 돌입(突入): 세찬 기세로 갑자기 뛰어 듦. 원문에는 '도립'으로 되어 있으나 서강대본을 참고하여 고침.

의 패운(敗運)[195]이 돌아오는 날이야 잡으리니 이제 급히 찾고자 할수록 적의 방자(放恣)함을 도움이오니 전하(殿下)는 재삼(再三) 명찰(明察)하소서. 다만 여아가 근심되고 근친(覲親)[196]한 지 오래오니 그만하여 구가(舅家)로 돌아가게 하소서."

군주가 또한 나작이 돌아가기를 청하니 (52)왕이 불열(不悅) 왈,

"궁내 화변(禍變)이 여아의 탓이 아니라, 어찌 급히 돌아 보내리오."

언파(言罷)에 적을 추심(追尋)함을 명(命)치 아니하고 의약(醫藥)을 갖추어 좌우로 하여금 형을 구호하라 하고 문양군으로 더불어 입궐조회(入闕朝會)하고 돌아올새 노상(路上)에서 현상국(玄相國)을 만나니 승상이 가로되,

"현부(賢婦)가 귀녕(歸寧)[197]한 지 오래지 아니하나 마침 진궁 태부인(太夫人)이 유병(有病)하시고 소부(少婦)가 재작일(再昨日)[198]에 근친(覲親)[199]하매 존당(尊堂)이 양소부(兩少婦)를 떠나시니 안전(眼前) 기화(奇花)가 없는 듯하사 좌와(坐臥)[200]에 불락(不樂)하시는지라. 대왕(53)은 모로미[201] 그만하여 소부를 돌아 보내소서. 금일 거교(車轎)[202] 보내리이다."

왕이 결연(缺然)하나[203] 추사(推辭)[204]치 못하여 명을 받들기를 대(對)하고 본궁(本宮)에 돌아와 숙빈궁에 이르러 형의 검흔(劍痕)을 보고 조리(調理)함을 이른 후 정당(正堂)에 이르러 후(后)와 군주(郡主)를 대하여 현상국의 말을 전하니 군주가 심중(心中)에 다행히 여기더니 오래지 않아 현상부로조차 사지관환(事知官喚)[205] 설환이 봉명(奉命)하여 위의(威儀)[206]를 거느려 이르러 배알(拜謁)[207]하고 태부인 말씀으로 군주의 오기를 청하는지라. 비(妃) (54)흔연(欣

---

195 패운(敗運): 기울어져 가는 운수.

196 근친(覲親): 시집간 딸이 친정에 가서 부모를 뵘.

197 귀녕(歸寧): 시집간 딸이 친정에 가서 부모를 뵘. 원문에는 '귀령'으로 되어 있음.

198 재작일(再昨日): 그저께.

199 근친(覲親): 원문에는 '근침'으로 되어 있으나 서강대본을 참고하여 고침.

200 좌와(坐臥): 앉는 것과 눕는 것을 아울러 이르는 말.

201 모로미: 모름지기.

202 거교(車轎): 귀한 사람이 타고 다니는 수레와 가마.

203 결연(缺然)하다: 모자라서 서운하거나 불만족스럽다.

204 추사(推辭): 물러나며 사양함.

205 사지관환(事知官喚): 일에 익숙한 사환.

206 위의(威儀): 예법에 맞는 태도나 차림새. 또는 그것을 갖춘 사람들.

207 배알(拜謁): 높은 어른을 찾아가 뵘.

然) 회사(回謝)하고 주육진찬(酒肉珍饌)으로 상부 요속(僚屬)[208]을 관대(款待)[209]하더라.

군주가 인하여 주취(珠翠)[210]를 다스리고 부모께 배사(拜謝)[211]할새 인심(人心)이 지령(至靈)하여 추파(秋波)에 교루(交淚)가 빈저(鬢低)하니[212] 왕과 비 옥수(玉手)를 잡고 무애(撫愛) 왈,

"떠남이 결연(缺然)하나[213] 모둠이 어렵지 아니하거늘 어찌 비척(悲慽)하나뇨?"

군주가 눈물을 금(禁)하고 대왈(對曰),

"여자유행(女子有行)은 원부모형제(遠父母兄弟)라.[214] 소녀가 어찌 홀로 부도(婦道)를 알지 못하리잇고마는 근래(近來)에 심사(心事)가 울적(鬱寂)하고 몽사(夢事)가 불길(不吉)하오니 반드시 좋지 않은 근심이 있을까 (55)위구(危懼)[215]하온지라. 금일(今日) 떠나오매 자연(自然) 비척(悲慽)하여이다."

왕의 부부가 그 언참(言讖)[216]의 불길함을 크게 놀라 빈미(顰眉) 왈,

"아해 말이 어찌 이러하뇨. 너의 식견(識見)이 협애(狹隘)하기에[217] 가깝도다."

군주가 불효(不孝)를 깨달아 개용화기(改容和氣)[218]하고 나작이 실언(失言)함을 사죄(謝罪)하고 인(因)하여 배별(拜別)한 후 남매(男妹) 분수(分手)[219]하고 금거옥륜(金車玉輪)에 올라 상부에 돌아와 배현(拜見) 구고존당(舅姑尊堂)하니 가중(家中) 상하(上下)가 그덧 사이[220]나 반기고 깃거함이 비길 데 없더라.

모든 아소저 등이 옥안연협(玉顔蓮頰)[221]에 반기는 웃음을 머금고 소고(小姑) 운혜 (56)소저가 군주의 옥수를 이어 반겨 소왈(笑曰),

---

208 요속(僚屬): 관리의 무리.

209 관대(款待): 정성껏 대접함.

210 주취(珠翠): 주취화장(珠翠化粧). 진주나 비취로 장식하고 단장함.

211 배사(拜謝): 웃어른께 삼가 사례함.

212 빈저(鬢低)하다: (눈물이) 귀밑머리까지 흐르다.

213 결연(缺然)하다: 모자라서 서운하거나 불만족스럽다

214 여자유행(女子流行) 원부모형제(遠父母兄弟): 여자는 시집가면 친정의 부모형제와는 멀어진다는 말. 『시경(詩經)』「패풍(邶風)」〈천수(泉水)〉.

215 위구(危懼): 염려하고 두려워함.

216 언참(言讖): 미래의 사실을 맞추어 예언하는 말.

217 협애(狹隘)하다: 마음이 너그럽지 못하고 소견이 좁다. 원문에는 '협액'으로 되어 있으나 오기인 듯함.

218 개용화기(改容和氣): 얼굴빛을 온화하게 고침.

219 분수(分手): 서로 작별함.

220 그덧 사이: 잠시 동안.

221 옥안연협(玉顔蓮頰): 아름다운 얼굴과 고운 뺨.

"저저(姐姐)는 친당(親堂)에 돌아가사 영존대왕과 현후의 교애(嬌愛) 중 형제자매(兄弟姊妹) 채의환락(彩衣歡樂)을 다하시매 소매 등을 아득히 잊어 계시거니와 소매 등은 조모(朝暮)에 저저(姐姐)를 그리워 숙식(宿食)의 맛이 없더이다."

군주가 옥안(玉顔)에 화기아연(和氣峨然)[222]하여 안서(安舒)히[223] 사왈(辭曰),

"첩수불혜(妾雖不慧)나 어찌 소저의 이렇듯한 성우(誠遇)[224]를 알지 못하리오. 부모형제로 연락(宴樂)하는 가운데나 존당(尊堂) 성은(盛恩)과 숙매(叔妹)의 우애(友愛)를 잊지 못하였나이다."

운혜 미소(微笑) 왈,

"소매 무(57)슨 덕이 있어 저저의 이렇듯 과장(過奬)[225]하심을 받자오리잇고."

조모 윤부인이 웃어 왈,

"여등(汝等)이 떠났다가 만나매 다만 우애할 따름이라. 이렇듯 의문(懿文)[226]을 치례(致禮)[227]하니 도로혀 동기(同氣) 후정(厚情)이 서어(齟齬)[228]할까 하노라."

소저가 낭연(朗然)히 웃고 사죄(謝罪) 왈,

"소녀가 불민(不敏)하와 실언(失言)하오니 차후(此後)는 왕모(王母)[229] 교훈을 봉행(奉行)하리이다."

하부인이 좌우로 손부 손녀의 손을 잡고 교무하여 화기 춘풍(春風)같더라. 제인(諸人)의 수작(酬酌)이 이윽하매 날이 저물었는지라. 물러 침소에 돌아오니 이날(58)이야 학사가 비로소 출번(出番)[230]하여 부중에 돌아오매 부인의 환귀(還歸)함을 알고 혼정(昏定)을 맞고 사침(私寢)에 돌아와 부인을 상대(相對)하니 옥안성모(玉顔星眸)[231]에 화기 가득하여 수작(酬酌)이 탐탐(耽耽)하니[232] 경씨 등이 우러러 깃거하나 차인(此人) 등(等)은 지식(知識)이 있

---

222 화기아연(和氣峨然): 온화한 기운이 높음.
223 안서(安舒)히: 마음이 편안하고 조용하게.
224 성우(誠遇): 정성스러운 대우.
225 과장(過奬): 과찬. 지나치게 칭찬함.
226 의문(懿文): 아름다운 문장. 칭찬하는 문장.
227 치례(致禮): 예를 다하여 행함 혹은 무슨 일에 실속 이상으로 꾸미어 드러냄.
228 서어(齟齬): 익숙하지 아니하여 서름서름함.
229 왕모(王母): 자신의 할머니.
230 출번(出番): 당직 따위의 근무를 마치고 나옴.
231 옥안성모(玉顔星眸): 옥 같은 얼굴과 별 같은 눈동자.
232 탐탐(耽耽)하다: 깊고 으슥하다.

는지라 황씨의 작용(作用)이 그치지 아닐 바를 근심하더라.

어시(於是)에 황씨 모녀 남매 옥화의 돌아감을 깃거하나 해할 계교(計巧)를 정(定)치 못하더니 일일은 군주의 심복 궁아(宮娥) 홍도가 군주의 명을 받아 왕궁(王宮)에 이르러 윤후(后)께 뵈(59)옵고 군주의 글월을 올리고 회간(回簡)을 맡아 돌아갈새 홍도가 홀연 목이 갈(渴)하여 주방(廚房)에 가 차를 얻어먹고자 하더니 문득 황씨의 유모 태섬이 궁비(宮婢)로 차완(茶碗)[233]을 들리고 지나가더니 홍도를 보고 반겨 말하고자 하거늘 홍도가 왈,

"정히 번갈(煩渴)[234]하니 차를 얻어먹고 마마를 좇아 명(命)을 들으리라."

태섬 왈,

"목전(目前)에 차를 두고 어찌 멀리 구하리오."

언파에 차완을 기울여 일기(一器)[235]를 먹이고 우왈(又曰),

"숙빈 낭랑(娘娘)이 그대를 잠깐 부르시니 다녀가라."

홍도가 감히 매(60)절[236]치 못하여 따라 동궁(東宮)에 이르러 숙빈 모녀를 배알(拜謁)하니 황씨 흔연(欣然)히 반겨 군주의 존문(存問)을 묻고 이르되,

"군주가 홀홀히[237] 귀거(歸去)하니 사모지심(思慕之心)이 극(極)하더니 너를 보니 반겨 하노라."

교주가 또 청안(青眼)[238] 우대(優待)하며 주육(酒肉)을 먹이니 홍도가 본디 식량(食量)[239]이 너른지라 포량(飽量)토록 먹더니 이윽고 양안(兩眼)을 직시(直視)하고 자리에 거꾸러지니, 황씨 노주(奴主)가 대희(大喜)하여 급급히 한 잎 초석(草席)[240]에 휘몰아 큰 농(籠)[241]에 넣어 봉쇄(封鎖)하기를 단단히 하고 급히 태섬의 필녀(畢女) 설매를 단(61)약(丹藥)을 먹여 홍도의 얼굴이 되매 홍도의 의상(衣裳)을 개착(改着)하고 허다 흉계(凶計)를 획책(劃策)하여 돌아보내니 설매 언언(言言)이 응낙고 의구히 윤비의 답간(答簡)을 품고 홍도의 얼굴이 되어

---

233 차완(茶碗): 찻종의 하나. 조금 크고 뚜껑이 있다.
234 번갈(煩渴): 가슴이 답답하고 목이 마른 증세.
235 일기(一器): 한 그릇.
236 매절: 매정하게 끊음.
237 홀홀히: 빠르게.
238 청안(青眼): 좋은 표정의 눈빛. 반가운 눈빛. 반대말은 백안(白眼).
239 식량(食量): 음식을 먹는 분량.
240 초석(草席): 풀방석. 왕골·부들 따위로 엮어 만든 자리.
241 농(籠): 대그릇. 삼태기.

상부에 돌아오니 뉘 능히 알리오. 홍도의 시신(屍身)은 농(籠)에 들어 강심(江心)에 띄우게 하니라.

차일 홍도가 상부에 돌아와 군주께 복명하니 군주가 문왈,

"어찌 어둡게야 왔나뇨?"

대왈(對曰),

"낭랑(娘娘)의 회간(回簡)을 가지고 나오다가 갈함을 인하여 차(茶)를 구하다가 숙빈궁 유마(乳媽)[242]를 만나 차를 먹이고 숙빈(62)이 부르신다 하거늘 따라가 한담(閑談)하기로 늦었나이다."

군주가 귀로 그 말을 들으며 모비(母妃) 답서(答書)를 받자와 보기를 다하매 심하(心下)에 의아(疑訝)하여 눈을 들어 홍도를 보니 얼굴이 비록 같으나 행동거지(行動擧止)는 전일 홍도와 같지 아닌지라. 홍도는 기질(氣質)이 순후(淳厚)하고 행지(行止)[243] 충박(忠朴)하여 일찍 눈 두루기[244]를 아니 하고 몸 가지기[245]를 신중(愼重)히 하니 동류(同類)가 매양(每樣) 투미하고[246] 이완(弛緩)[247]함을 기롱(譏弄)[248]하여 토귀[249] 식충(食蟲)이라 하고 이날은 홀연 두루는 눈이 호란(胡亂)하고[250] 유심(有心)히 살피는 거동이 가장 예(63)사롭지 아니니 타인은 무심(無心)하되 군주가 대경실색(大驚失色)하여 숙시반향(熟視半晑)[251]에 물러가라 하고 차야(此夜)에 경·손 양인과 옥소, 경아를 대하여 홍도의 거동(擧動)이 의심(疑心)됨을 이르니 제인이 역경(亦驚) 차악(嗟愕)하여[252] 대왈,

"과연 홍도의 거지(擧止) 전일과 다름을 괴히 여겨오나 이런 변괴(變怪) 있을 줄 알리잇고."

군주가 장탄(長歎) 왈,

---

242 유마(乳媽): 젖마. 궁중에서, 임금의 유모(乳母)를 이르던 말.

243 행지(行止): 행동거지.

244 눈 두루기: 시선을 여기저기 돌림.

245 몸 가지기: 몸가짐.

246 투미하다: 둔하다.

247 이완(弛緩): 긴장이 풀려 느슨해짐.

248 기롱(譏弄): 나무라고 놀림.

249 토귀: 미상.

250 호란(胡亂)하다: 한데 뒤섞여 어수선하고 분간하기 어렵다.

251 숙시반향(熟視半晑): 한참 동안 눈여겨 봄.

252 차악(嗟愕)하다: 슬픈 일을 당하여 몹시 놀란 상태에 있다.

"화근(禍根)의 싹이 차차 비치니 다만 천의(天意)를 바랄 따름이라 인력(人力)으로 어찌 하리오. 연(然)이나 모르면 하릴없거니와 알며 불인(不人)의 세작(細作)을 안전(眼前)에 둠이 불가(不可)하니 여(64)차여차(如此如此) 일러 돌아보내고자 하노라."

경씨 대왈,

"성의(誠意) 마땅하시오나 다만 진짓[253] 홍도의 자최를 찾기 어려우니 목전(目前)의 간당(奸黨)을 휘각(揮却)[254]하오나 이 또한 만전지계(萬全之計)[255] 아닌가 하나이다."

군주가 점두(點頭) 왈,

"내 또한 아나니 차녀(此女)를 출척(黜陟)[256]함에 가여불가(可與不可)에 환난(患難)의 유무(有無)가[257] 있지 아니하나니 내 차마 간적(奸賊)을 안전(眼前)에 두고자 아닛노라."

경·손 양인이 분개(憤慨)하여 다시 말을 하고자 하더니 문득 신 끄는 소리 완완(緩緩)[258]하며 학사가 들어오니 노주(奴主)가 말을 그치더라.

원래 학사가 이미 난함(欄檻)[259](65)에 머물러 노주(奴主)의 사어(私語)를 참청(參聽)[260]하매 필유묘맥(必有苗脈)[261]함을 깨달아 족용(足用)[262]을 중지(中止)하여 입실(入室)하니 경씨 등은 장외(帳外)로 퇴하고 군주가 안서(安舒)히 일어[263] 맞아 동서로 분좌(分坐)하니 학사가 각별 말이 없어 다만 서안(書案)의 『춘추좌씨전(春秋左氏傳)』[264]을 맑게 음영(吟詠)하여 오래도록 그치지 아니터니 야심(夜深) 후 좌우(左右)가 고요하매 군주다려 왈,

"아자(俄者)[265] 부인과 경씨 등의 문답(問答)을 들으니 이 가히 등하불명(燈下不明)[266]이라.

---

253 진짓: 원문에는 없으나 서강대본을 참고하여 고침.

254 휘각(揮却): 물리쳐 버리고 돌아보지 아니함.

255 만전지계(萬全之計): 아주 완전하거나 안전한 계책. 만전지책(萬全之策).

256 출척(黜陟): 못된 사람을 내쫓고 착한 사람을 올려 씀.

257 유무(有無)가: 원문에는 '유뫼'로 되어 있음.

258 완완(緩緩): 느림.

259 난함(欄檻): 난간.

260 참청(參聽): 참여하여 들음. 여기서는 '엿듣다'의 의미로 사용됨.

261 필유묘맥(必有苗脈): 반드시 곡절이 있음.

262 족용(足用): 발걸음. 발동작.

263 일어: 원문에는 '너러'로 되어 있으나 서강대본을 참고하여 고침.

264 『춘추좌씨전(春秋左氏傳)』: 『춘추(春秋)』를 해설한 책. 중국 전국 시대 좌구명(左丘明)이 지었다고 하나 명확하지 않으며, 『곡량전(穀梁傳)』, 『공양전(公羊傳)』과 함께 춘추삼전(春秋三傳)의 하나이다.

265 아자(俄者): 아까.

266 등하불명(燈下不明): 등잔 밑이 어둡다는 뜻으로 가까운 것이 도리어 알아내기 어려움을 일컫는 말.

현조(賢助)[267]는 언제 알았던지 모르거니와 학생(學生)은 부인을 우봉(遇逢) 초일(初日)에 사기(事機)를 짐작함이 있나니 이 (66)어찌 멀리 임하(林下)의 취당(聚黨)이리오. 반드시 귀궁(貴宮)에 은복(隱伏)[268]한 요인(妖人)이 있어 악사(惡事)를 수창(首創)[269]하매 이미 나몾에 송곳 비치듯[270] 하며 종이에 물 젖듯 하였으니 이때에 어찌 적군(敵軍)의 세작(細作)이 영중(營中)에 돌입(突入)함을 놀라리오. 이미 악인을 휘각(揮却)하매 그 시객[271]이 넘지 못할 바이어늘 문득 일일지간(一日之間)이나 가내에 머물러 명일(明日)에 무슨 일이 있을 줄 알리오."

군주가 청미필(聽未畢)에 저의 신명(神明)함을 크게 놀라고 차사(此事)가 마침내 자가(自家)로서 비롯한 화근(禍根)이라 심리(心裏)에 참안(慙顔)[272]함이 없지 아니(67)하되 제 벌써 명명지기(明明知機)[273]하고 묻는 바에 암밀(暗密)[274]히 꾸며 대답할 바가 없는지라. 추파(秋波)[275]를 낮추고 옥모(玉貌)가[276] 자약(自若)하여[277] 염임(斂衽)[278] 대왈(對曰),

"성인(聖人)이 이르시되 듣지 아닌 바에 신(信)치 말며 보지 아닌 곳에 신(信)치 말라 하시니, 일시(一時) 의심(疑心)된 바로써 사사(事事)[279] 의논(議論)이 불가(不可)한 줄 알오되 종시(終是)[280] 여자의 선회[281]함을 면(免)치 못함이러니 어찌 군자의 하문(下問)[282]하심이 될 줄 알리잇고. 수연(雖然)이나 군자의 수신행도(修身行道)는 청천백일(青天白日) 같

267 현조(賢助): 현내조(賢內助)의 준말. 어진 부인.

268 은복(隱伏): 몸을 엎드려 숨음.

269 수창(首創): 맨 먼저 일을 주도함.

270 나몾에 송곳 비치듯: 낭중지추(囊中之錐). 재능이 아주 빼어난 사람은 숨어 있어도 저절로 남의 눈에 드러난다는 것을 비유적으로 의미한 말. '나몾'은 주머니, 자루를 뜻함. 원문에는 'ᄂᆞ몾치 송곳 빗최듯'으로 되어 있음.

271 시객: '시각'의 옛말.

272 참안(慙顔): 부끄러움.

273 명명지기(明明知機): 환하게 낌새를 알아차림.

274 암밀(暗密): 남모르게 은밀히 함.

275 추파(秋波): 여자의 아름다운 눈짓.

276 옥모(玉貌)가: 원문에는 '옥미'로 되어 있음.

277 자약(自若)하다: 큰일을 당해서도 놀라지 아니하고 보통 때처럼 침착하다.

278 염임(斂衽): 옷깃을 여밈.

279 사사(事事): 매사(每事). 모든 일.

280 종시(終是): 끝끝내. 원문에는 '뇽시히'로 되어 있음.

281 선회: 부족함, 속 좁은 견해, 모자람 등의 뜻인 듯함.

282 하문(下問): 윗사람이 아랫사람에게 물음.

다 하나니 성인(聖人)이 경계(警戒)하시되 군자가 반드시 승당입실(昇堂入室)에 눈 두루기를 경(輕)히 아니시(68)며 남의 허물 이르기를 즐기지 말라 하오니 첩(妾)이 감히 당돌(唐突)하오나 가만한[283] 자최 여자의 옥하사담(屋下私談)[284]을 참문(參聞)하실 줄은 실시 여외(慮外)로소이다. 첩의 수신수덕(修身修德)이 그르므로 사람의 미움을 받음이오니 허물을 자책(自責)할지언정 사람을 책(責)하지 못하올 것이요, 첩이 한 조각 집심(執心)[285]이 불설자(不屑者)[286]는 목전(目前)에 보고자 아니므로 천비(賤婢) 홍도가 홀연(忽然) 무슨 괴질(怪疾)을 얻어 행동거지(行動擧止) 전일(前日)과 다르므로 돌아보내고자 함이요, 각별 그 해(害)를 저어함[287]이 아니로되 모든 비자(婢子)의 무리 (69)문득 의논(議論)이 효효(囂囂)[288]하여 한결같지 못하니 첩이 역시 처치할 바를 정(定)치 못하오나 화복(禍福)이 재천(在天)하오니 첩수박덕(妾雖薄德)이오나 현마 명(命) 아닌 곳에 버리리잇가."

하더라.

철종황제(哲宗皇帝) 후궁(後宮) 김상궁(金尙宮) 철영 글씨.

283 가만하다: 은밀하다. 비밀하다.

284 옥하사담(屋下私談): 지붕 아래의 사담(私談)이라는 뜻으로, 쓸데없는 사사로운 이야기를 이르는 말. 원문에는 '옥화ᄉᆞ담'으로 되어 있음.

285 집심(執心): 흔들리지 않게 단단히 먹은 마음.

286 불설자(不屑者): 탐탁하게 여기지 않는 사람.

287 저어하다: 염려하거나 두려워하다.

288 효효(囂囂): 시끄러움. 떠들썩함.

권지육

(1)차설. 옥화 군주가 설파(說罷)에 안색(顔色)이 여일(如一)하고 말씀이 정숙하니 학사(學士)가 듣기를 다하매 길이 칭사(稱辭) 왈,

"현재(賢哉)라. 부인의 성덕(盛德)이 호연(浩然)함과 부도(婦道)의 진선(盡善)함이 여차(如此)하니 학생이 어찌 부인의 내조의 유광(有光)함을 저버리리오. 부인이 또한 이후에 백만 고경(苦境) 가운데라도 명철보신(明哲保身)하고 신여명(身與命)이 구전(俱全)하여 합호(合互)의 구슬이 완전하고 백두종시(白頭終時)에 한결같기를 원하노라."

군주가 다만 손사(遜辭)하여 불감당(不堪當)임을 이르더라. 학사가 다시 말을 아니 하고 야심(夜深)함을 일컬어 부인을 권하여 옥상 나(羅)요[1]에 향몽(香夢)을 한가지로 하니 금(琴)이 고르고 슬(瑟)이 화하여「국풍(國風)」의 시(詩)[2]를 지음 (2)직하더라.

명효(明曉)[3]에 부부가 한가지로 존당(尊堂)에 신성(晨省)하고 물러와 군주가 좌우로 홍도를 불러 안전(眼前)에 이르매 안색을 화평(和平)히 하고 이르되,

---

1 나(羅)요: 비단 요.

2 「국풍(國風)」의 시(詩):『시경』「국풍」〈관저(關雎)〉에 '琴瑟友之'라는 어구가 있음.

3 명효(明曉): 이튿날 새벽.

"내 구가(舅家)[4]에 처하매 이곳 시하인(侍下人)이라. 봉사접빈(奉祀接賓)[5]의 번사(煩事)함이 없으니 쓸데없는 시아(侍娥)의 무리 많아 부질없는지라. 더욱 너는 소임(所任)이 한가하여 부릴 곳이 없고 하물며 너의 부모가 왕부에 있는지라. 금일로조차 너를 방량(放良)하여 찾지 아닛나니 거취(去就)를 임의로 하여 좋이 살라."

홍도가 복지청교(伏地聽敎)[6]에 아연(啞然)[7] 실망하여 눈물을 흘리고 왈,

"비자(婢子)가 어려서 옥주를 뫼셔 십여 재(載)[8]에 한 번도 성의(誠意)를 어기어 노주(奴主)의 화기(和氣)를 잃지 않았삽더니 작일(昨日) 숙빈의 부름을 인하여 시객[9]이 늦었사오나 사죄(死罪) 아니어늘 어찌 죄를 (3)삼으사 가라 하시나니잇고? 대하(臺下)에서 죽음을 원하옵고 물러가기를 원치 아닛나이다."

군주가 정색 왈,

"내 뜻이 결(決)하여 너를 둘 마음이 없나니 천비(賤婢) 어찌 어즈러이 변백(辨白)[10]하나뇨."

좌우로 하여금 홍도를 밀어 내치라 하니 말씀이 맹렬하여 씩씩 엄숙한지라. 좌우 궁아(宮娥)가 막불전율(莫不戰慄)[11]하여 홍도의 등을 밀어 나가라 하니 홍도가 발연작색(勃然作色)[12]하고 일어나[13] 제 방에 가 세사(細事)를 수습하며 이르되, '내 본디 공이 있고 죄 없거늘 옥주의 졸연(猝然) 이렇듯 하심이 어찌 괴이치 아니리오?' 하고 왕부로 돌아가 바로 황씨 모녀를 보고 수말(首末)[14]을 고하니 황씨 모녀가 절치교아(切齒咬牙)[15] 왈,

"벽주 요녀(妖女)가 사사(事事)에 신명(神明)한 체하거니와 나의 기묘비계(奇妙秘計)로써

---

4 구가(舅家): 시부모가 사는 집. 시집.

5 봉사접빈(奉祀接賓): 제사를 받들고 손님을 대접함.

6 복지청교(伏地聽敎): 엎드려 가르침을 들음.

7 아연(啞然): 너무 놀라거나 어이가 없어 입을 벌리고 말을 못하는 모양.

8 재(載): 해. 년(年).

9 시객: '시각(時刻)'의 옛말.

10 변백(辨白): 옳고 그름을 가려 사리를 밝힘. 변명.

11 막불전율(莫不戰慄): 무섭거나 두려워 몸을 떨지 않음이 없음.

12 발연작색(勃然作色): 발끈하여 성난 얼굴빛을 함.

13 일어나: 원문에는 '닒더나'로 되어 있음.

14 수말(首末): 일의 처음부터 끝까지의 과정.

15 절치교아(切齒咬牙): 몹시 분하여 이를 갊.

함지갱참(陷地坑塹)[16]하여 (4)천장(千丈) 망라(網羅)에 걸릴 제도 신명을 자랑하는가 보자."

설매 진왈(進曰),

"비자(婢子)가 작일(昨日) 돌아가오니 군주가 무슨 의심으로 기색이 수상커늘 비자가 행여 대사를 이루지 못할까 저어[17] 무고(巫蠱)[18]를 가져 정당(正堂) 난함(欄檻) 석주(石柱) 밑에 묻고 금조(今朝)에 구축(驅逐)함을 입어 돌아왔사오니 바삐 행계(行計)하소서."

교주가 점두(點頭)하더라.

이러구러 달이 바뀌매 황씨 모녀가 흉계를 크게 발할새 먼저 미혼단(迷魂丹)을 주식(酒食)에 섞어 왕에게 내오니 왕이 비록 총명 인재나 이미 옥화의 험액(險厄)[19]이 다다랐는지라 어찌 면하리오. 광평왕이 홀연 수일 신음(呻吟)하더니 병세 차도(差度)에 미쳐는 문득 본성을 잃음이 되어 황씨를 총애함이 이상하고 교주를 편애함이 세자에게 더으며 정궁(正宮)[20]의 총(寵)이 쇠(衰)하(5)여 내전(內殿)에 자최를 끊으며 범사(凡事)에 가찰(苛察)[21]하니, 윤비 군왕의 무단(無斷)히[22] 전일과 다름을 의혹하나 사람되옴이 심지(心志) 홍원(弘遠)[23]하고 지혜 명달(明達)한지라 왕의 본심이 아님을 깨달아 왕의 무고한 책언(責言)을 당하나 온순히 사죄하고 사사(事事)에 승순(承順)하여 반호불미(半毫不美)[24]함이 없으니 왕이 본성을 잃으나 후(后)의 사사순화(事事順和)[25]함을 보매 능히 허물을 이루지 못하더라.

왕이 일일은 현부에 이르러 제공으로 한담하더니 문득 보니 본궁 시녀 홍도가 안으로서 나와 총총히 합장으로 돌아 나아가되 거동이 요악(妖惡)하거늘 왕이 괴히 여겨 좌우 근시(近侍)로 홍도를 부르라 하니 이윽고 회보(回報) 왈,

"홍도가 소명(召命)을 듣고 이르되, '내 옥주의 명을 받아 (6)가진 것이 있으니 감히 전하께 뵈옵지 못하노라.' 하고 급급히 돌아가더니이다."

---

16 함지갱참(陷地坑塹): 구덩이에 빠트림.
17 저어: 두려워.
18 무고(巫蠱): 무술(巫術)로써 남을 저주함. 또는 무고하는 데 사용되는 도구.
19 험액(險厄): 모질고 사나운 운수.
20 정궁(正宮): 왕후나 왕비를 후궁에 상대하여 이르는 말.
21 가찰(苛察): 까다롭게 따지어 살핌.
22 무단(無斷)히: 아무 이유 없이.
23 홍원(弘遠): 넓고 멂.
24 반호불미(半毫不美): 약간의 불미스러움.
25 사사순화(事事順和): 일마다 순탄하고 화평함.

왕이 심하(心下)에 비자(婢子)의 방자함을 통해(痛駭)하고[26] 또 괴이(怪異)히 여기되 이미 가고 없다 하니 하릴없어 다만 한담하더니 이윽고 내각에 들어가 여아를 보고자 하더니 문득 제왕이 이르되,

"질부(姪婦)가 우리 궁중에 갔으니 대왕은 궁으로 가소서."

왕이 좇아 협문(夾門)으로 월성궁에 이르니 월성 공주가 의빈과 숙혜 등 제녀(諸女)와 옥화 군주와 한림 부인 소씨로 한담하더니 광평왕이 이르매 부녀 남매 한훤필(寒喧畢)[27]에 왕이 봉안(鳳眼)을 흘려 공주를 보며,

"현매 가히 복이 두껍도다. 양자를 두매 당세 성현군자요 태휵(胎慉)[28]함이 없으되 기화옥수(奇花玉樹) 같은 자녀가 쌍쌍하니 남의 며(7)느리를 부러워하리오. 비록 미처 보지 않았으나 구씨, 연씨 당세 숙녀리니 아녀와 소질을 설치(雪恥)하려든 구차히 남의 며느리를 부러워하리오."

공주가 미소 왈,

"구씨, 연씨는 아직 얻도 않은 며느리니 인물 선악을 미리 어찌 알리잇고? 설사 약간 재용(才容)이 있은들 질아와 소질의 옥질방용(玉質芳容)을 미치기 쉬우리오? 연(然)이나 궁중이 종용(從容)하고[29] 한가함을 인하여 양질(兩姪)을 부름이러니 의외(意外) 형왕(兄王)의 존가(尊駕)가 이르시니 불승영행(不勝榮幸)이로소이다."

말을 마치매 성안(星眼)을 흘려 왕을 보니 양미(兩眉)에 푸른 기운이 어리고 봉안(鳳眼)에 정채 감(減)하였거늘 공주가 의아(疑訝) 왈,

"형왕이 근래 자녀의 혼취에 정기 소삭(消索)[30]하시도소이다."

왕이 소왈,

"현매(賢妹)는 알지 못하는도다. 교아(8)는 당세 무쌍 가인숙녀(佳人淑女)라. 배필을 구하매 금천하제일(今天下第一) 인재를 구하노라."

공주가 어이없어 묵연(默然)이러니 이윽고 왕이 하직고 돌아가되 우애와 자애함이 전일과 내도(乃倒)[31]이 없으니 공주가 개탄하며 군주가 크게 놀라고 슬퍼하더라.

---

26 통해(痛駭)하다: 몹시 이상스러워 놀라다.

27 한훤필(寒喧畢): (춥고 더움을 물어) 안부 인사를 마침.

28 태휵(胎慉): 태육(胎育). 태교.

29 종용(從容)하다: 조용하다.

30 소삭(消索): 점점 줄어들어 없어짐.

31 내도(乃倒): 판이함. 다름.

날이 늦으매 군주가 소소저로 더불어 상부에 돌아오니 이날 현학사가 옷 갈아입고자 하여 채각(彩閣)에 이르니 각중(閣中)이 비고 시녀 여남은 이 난간 밖에서 혹 졸며 혹 한유(閒遊)하거늘 학사가 스스로 입실하여 가상(架上)의 신의(新衣)를 찾아 입을새 문득 안상(案上)에 한 봉 간첩(簡牒)[32]이 나려졌거늘[33] 집어보니 이미 봉피(封皮)를 뜯었거늘 대개 가라사대, '우부(愚夫) 황생은 근배서(謹拜書)라.' 하고 고향을 떠난 지 오래고 편모(偏母)가 기다림이 절(切)하니[34] 마지못하여 돌(9)아가나 옥인(玉人)을 원별(遠別)함을 슬퍼하나니 마땅히 현생 필부(匹夫)를 절제(切除)[35]하고 옥인으로 더불어 서서히 탈신(脫身)하여 고향에 돌아가 화락하기를 원하였고 기약이 아득함을 초사(焦思)[36]하는 설화(說話)가 만지장화(滿紙長話)[37]의 허다 음비지설(淫非之說)이 기서(其書)에 기록할 바가 아니라. 학사가 간필(看畢)에 한 번 웃고 즉시 홍로(紅爐)에 소화(燒火)하고 타연히 거리끼지 아니코 나오니, 대재(大哉)라! 현자의 위인이여, 능히 만리(萬里)를 사뭇는[38] 총명이 있음이라.

차야(此夜)에 학사가 침소(寢所)에 들어가 군주를 대하여 문왈(問曰),

"금일 존부(尊府)에서 뉘 왔더니잇가?"

대왈(對曰),

"부왕이 이르러 계시더이다."

우왈(又曰),

"악장(岳丈)이 오신 줄은 생이 또 알았나니 궁녀배 뉘 왔더니잇가?"

군주가 침음(沈吟) 대왈,

"홍도가 왔더니 첩이 존당에서 바로 제(10)궁으로 가니 홍도가 궁에 와 다녀갔거니와 군자가 알아 무엇하려 하시나니잇고?"

학사가 미소 왈,

"알 일이 있어 물음이라. 무슨 연고가 있으리오."

---

32 간첩(簡牒): 편지.

33 나려지다: 놓여지다.

34 절(切)하다: 간절하다.

35 절제(切除): 제거함.

36 초사(焦思): 애를 태우며 생각함. 또는 그런 생각.

37 만지장화(滿紙長話): (편지) 종이에 가득한 긴 이야기.

38 사뭇다: '통하다'의 옛말.

군주가 괴히[39] 여기나 감히 묻지 못하더라.

차일 광평왕이 본궁에 돌아와 정궁에 이르러 석반(夕飯)을 대하고 비를 향하여 왈,

"금일 홍도가 무슨 일로 현부에 갔더니잇고?"

비 대왈,

"홍도가 무슨 일인지 여아에게 득죄하여 내쳐 왔다 하나 첩이 찾지 아니하였나이다."

왕이 묵연하고 일어 황씨의 침소에 이르니 황씨 없거늘 여측(如厠)[40]하러 간가 하여 홀로 안석(案席)[41]에 지혔더니[42] 문득 후함(後檻)[43]에 인적(人跡)이 있고 일인이 이르되,

"낭랑(娘娘)아, 천비(賤婢) 오늘 궁문 안에서 홍도를 만나니 기색이 당황하여 바삐 안으로 들어(11)가며 품속으로서 무슨 서간을 빠뜨리고[44] 들어가거늘, 비자(婢子)가 집어보니 가장 긴히 봉하였거늘 뜯어보매 여차여차 사의(辭意)니 어찌 놀랍지 아니리오?"

황씨 대경 왈,

"내 저즈음께 질아(姪兒)의 행지(行止)와 홍도, 매교 등의 거동이 수상커늘 고이히 여겼더니 무단히 고향으로 돌아가니 원간 이런 일이 있닷다.[45] 아깝다. 일로조차 금지(金枝)의 빛이 감하고 옥엽(玉葉)을 추락하리니[46] 오질(吾姪)이 연소하나 사람이 인진(引進)[47]함이 없으면 제 어찌 통로(通路)하리오."

또 가슴을 두드리며 왈,

"이 일이 어찌 뒤칠[48]동 알리오."

하며 슬퍼하거늘 기녀(其女)가 우왈,

"사기(事機)를 들으니 매교가 황공자와 사정이 있어 황랑이 매교를 사통하였더니 어찌하여 인진하오니 군주는 황생을 알오되 황(12)생은 군주를 모르던가 하나이다. 연

---

39 괴히: 원문에는 '괴히이'로 되어 있음.

40 여측(如厠): 뒷간에 감.

41 안석(案席): 벽에 세워놓고 앉을 때 몸을 기대는 방석.

42 지혀다: '기대다'의 옛말.

43 후함(後檻): 뒤편 난간.

44 빠뜨리고: 원문에는 'ᄲᅡ지오고'로 되어 있음.

45 있닷다: 있더구나.

46 금지(金枝)의 빛이 감하고 옥엽(玉葉)을 추락하리니: (옥주는) 금지옥엽(金枝玉葉)으로서의 자격을 잃으리니.

47 인진(引進): 이끌어줌. 인도(引導).

48 뒤치다: 엎어진 것을 젖혀놓거나 자빠진 것을 엎어놓다.

이나 옥주가 현학사 같은 옥인군자에게 배(配)하시니 무엇이 부족하여 황랑(黃郞)을 유정(有情)하신고? 작일(昨日)에 황부 가동(家僮)[49]이 원문 안에서 안다히[50]를 규규(窺窺)히 엿보거늘 의심하였더니 사고(事故)[51]가 여차(如此)하여이다."

황씨 또 말하고자 할 제 문득 일인(一人)이 가만히 고왈,

"전하가 임어(臨御)하여 계시이다."

황씨 놀라 급히 난함(欄檻)[52]으로 올라 지게[53]를 열고 입실하매 왕이 안석에 비꼈음을 보고 양경(佯驚)[54] 왈,

"전하가 어느 때 오시니잇고?"

왕이 이르되,

"온 지 수식경(數食頃)[55]이로되 경(卿)이 없으니 정히 기다리노라."

언미(言未)에 교주, 미주, 계주가 연하여 들어오니 옥안화태(玉顔花態)[56] 개개 절묘한지라. 왕이 애중(愛重)하여 황씨다려 왈,

"교아가 이렇듯 장성하여 비녀 꽂기[57]에 (13)미진함이 없거늘 천연(天緣)이[58] 차라(遮蘿)하여[59] 한낱 가랑(佳郞)[60]을 만나지 못하니 가석(可惜)이로다."

황씨 빈미(顰眉)[61] 왈(曰),

"그리 바쁘리잇고. 고인(古人)이 삼십(三十)에 가유실(可有室)[62]하고 이십(二十)에 취부(取

---

49 가동(家僮): 집안 심부름을 하는 사내 아이 종.
50 안다히: 안쪽. '다히'는 '쪽'의 옛말.
51 사고(事故): 어떤 일이 일어난 까닭.
52 난함(欄檻): 난간(欄干). 층계, 다리, 마루 등의 가장자리에 일정한 높이로 막아 세운 구조물.
53 지게: 지게문(戶). 마루와 방 사이의 문이나 부엌의 바깥 문.
54 양경(佯驚): 거짓으로 놀라는 체함.
55 식경(食頃): 밥 한 끼 먹을 정도의 시간.
56 옥안화태(玉顔花態): 옥 같은 얼굴과 꽃 같은 자태.
57 비녀 꽂기: 시집가기.
58 천연(天緣)이: 원문에는 '텬이이'로 되어 있으나 서강대본을 참고하여 고침.
59 차라(遮蘿)하다: 막히다. 늦어지다.
60 가랑(佳郞): 좋은 신랑.
61 빈미(顰眉): 눈살을 찌푸림
62 삼십(三十)에 가유실(可有室): 서른 살에 아내를 얻을 만함. 『예기(禮記)』「곡례편(曲禮篇)」의 '三十日壯有室'에서 나온 말이다.

夫)[63]한다 하니 아직 이십이 멀었으니 오륙 년을 두고 양재(良才)를 유심(留心)하면[64] 현마 아니 옥면가사(玉面佳士)를 만나리잇가. 복설(卜說)을 믿을 것이 아니로되 복자(卜者)[65]가 교아를 보고 이르되, 십오 세 전에 취가(娶嫁)[66]한즉 전정(前程)이 해롭다 하고 또 저의 몽사(夢事)가 괴이(怪異)하여 남의 조강(糟糠)[67]이 못 되고 후(後) 자최를 이으리라 하고 신인(神人)이 명명(明明)히 이르되, 동근지엽(同根枝葉)[68]이 반드시 일부(一夫)를 섬기리라 하니 가장 괴이하더이다."

왕이 침음(沈吟) 왈(曰),

"시속(時俗)에 상한(常漢) 소녀도 이십에 종가(從嫁)[69]함이 없나니 교아는 황가 여맥(餘脈)이라. 어찌 허망(虛妄)한 복설을 믿으리오."

(14)우왈(又曰),

"아자(俄者)[70]에 난간(欄干) 밖에 무슨 말을 하였나뇨?"

황씨 만면(滿面) 불안(不安) 기색으로 쉬이[71] 대(對)치 못하거늘 왕이 재삼(再三) 재촉 왈(曰),

"과인(寡人)이 이미 들었나니 경은 은휘(隱諱)[72]치 말라."

황씨 빈미(顰眉) 대왈(對曰),

"진실로 아뢰고자 하매 입이 쓰고 혀가 돕지 아니니 옮김이 누연(陋然)하고,[73] 교아 등은 규아(閨衙)의 몸이라 청문(聽聞)[74]의 해연(駭然)한[75] 바를 휘지(諱之)하나이다."

언파(言罷)에 교주가 야심(夜深)함을 일컫고 미주, 계주로 더불어 침소로 돌아가니 황

---

63 취부(取夫): 남편을 얻음.

64 유심(留心)하다: 유의(留意)하다. 마음에 새겨 두어 조심하며 관심을 가지다.

65 복자(卜者): 점을 치는 사람. 점쟁이.

66 취가(娶嫁): 가취(嫁娶). 시집가고 장가 듦.

67 조강(糟糠): 조강지처(糟糠之妻). 지게미와 쌀겨로 끼니를 이을 때의 아내라는 뜻으로, 몹시 가난하고 천할 때에 고생을 함께 겪어 온 아내를 이르는 말. 『후한서』「송홍전(宋弘傳)」.

68 동근지엽(同根枝葉): 형제. 동근기맥(同根氣脈).

69 종가(從嫁): 시집감.

70 아자(俄者): 아까. 조금 전.

71 쉬이: 원문에는 '슈히'로 되어 있음.

72 은휘(隱諱): 꺼리어 감추거나 숨김.

73 누연(陋然)하다: 더럽다.

74 청문(聽聞): 들리는 소문.

75 해연(駭然)하다: 몹시 이상스러워 놀랍다.

씨 바야흐로 길게 탄식하고 양목(兩目)에 교루(交淚)가 낭자(狼藉)하고 성음(聲音)이 열열(咽咽)[76]하여 가로되,

"차언(此言)을 발코자 하나 군주를 위하여 가로되 마음이 골돌하고 황가의 빛을 감함을 부끄리고 또 소첩(小妾)의 오라비 독자(獨子)를 두어 문호(門戶) 부귀(富貴)와 첩의 부모 혈사(血嗣)[77]가 차아(此兒) 신상(身上)에 있(15)거늘, 질아(姪兒)가 우연히 첩을 찾아 궁중에 누삭(屢朔)[78] 유처(留處)함이 어찌 문득 상여(相如)[79]의 〈봉구황(鳳求凰)〉[80]을 탐이 없사되 문군(文君)[81]의 다정함이 진수(溱水)[82]의 이슬 맞기를 염치 아닐 줄 알리잇고. 질아가 당초(當初)는 진실로 매교의 인진(引進)[83]함을 인하여 궁중 시녀배(侍女輩)만 여겨 불미지사(不美之事)가 있던가 싶으되 첩이 망연(茫然) 부지(不知)러니 질아(姪兒)가 고향에 돌아간 후에 선향루에 도적이 들어 처음 매교를 잃고 두 번째 여화(餘禍)가 형아의 신상(身上)에 미쳐 하마면 죽을 뻔하니 이 어떤 곡절(曲折)임을 알지 못하였더니 또 여차여차한 변이 있더라 하니 어찌 경해(驚駭)[84]치 아니리잇고."

왕이 청파(聽罷)에 침음(沈吟) 불예(不豫)[85]러니 양구(良久)에 왈(曰),

"옥화가 현마 여차(如此) 천행(賤行)이 있으리오. 의심컨대 현랑이 풍류호신(風流豪身)으로 어(16)느 곳에[86] 유정자(有情者)가 있어 아녀(兒女)의 빙옥방신(氷玉芳身)을 모해(謀害)하는가 하노라."

---

76 열열(咽咽): 슬퍼서 목이 멤.

77 혈사(血嗣): 혈손(血孫). 혈통을 이어 가는 자손.

78 누삭(屢朔): 여러 달.

79 상여(相如): 사마상여(司馬相如, ?B.C.179~B.C.117). 중국 전한(前漢)의 문인. 자는 장경(長卿). 그의 사부(辭賦)는 한(漢)·위(魏)·육조(六朝) 문인의 모범이 되었다. 작품에 〈자허부(子虛賦)〉 등이 있다.

80 봉구황(鳳求凰): 봉구황곡(鳳求凰曲). 중국 한나라 때 사마상여(司馬相如)가 녹기금(綠綺琴)으로 연주하여 탁문군(卓文君)을 유혹했다는 곡의 이름.

81 문군(文君): 탁문군(卓文君)을 말하는 것임. 한나라의 이름난 미녀.

82 진수(溱水): 『시경(詩經)』「정풍(鄭風)」〈건상(褰裳)〉에 나오는 '子惠思我, 褰裳涉溱(그대가 나를 사랑하면 치마 걷고 진수라도 건너가리라).'에서 온 말. 애인이 자기를 좋아만 해준다면 큰 강도 치마 걷고 건너가겠다는 적극적인 애정을 표현하는 내용을 음란한 것으로 본 것임.

83 인진(引進): 이끌어줌. 인도(引導).

84 경해(驚駭): 뜻밖의 일로 몹시 놀라 괴이하게 여김.

85 불예(不豫): 불열(不悅). 기쁘지 않음. 편치 않음.

86 어느 곳에: 원문에는 '느'가 없으나 서강대본을 참고하여 보충함.

황씨 악연(愕然)하여[87] 왈(曰),

"첩도 처음은 믿지 않았더니 유모의 얻은 필적(筆跡)을 보니 군주 글씨와 방불(彷彿)한 듯하더이다. 대왕이 명백히 알고자 하시면 홍도를 불러 물으신즉 곡절을 아시리이다."

왕이 믿는 듯 마는 듯 부답(不答)하니 황씨 초조(焦燥)하여 종야(終夜)토록 교언(巧言) 영참(佞讒)[88]으로 참소(讒訴)하더라.

명조(明朝)에 왕이 궐하(闕下)에 조회(朝會)할새 마침 소낭랑이 일시(一時) 미양(微恙)[89]으로 옥후(玉候)[90]가 불녕(不寧)하시니 왕이 돌아오지 못하고, 또 윤비 낭랑(娘娘) 환후(患候)로 인하여 역시 입궐(入闕)하니 낭랑 환후가 우연히 침돈(沈頓)[91]하사 날로 미류(彌留)[92]하시니 왕의 부부가 유처(留處) 사오일(四五日)이러니, 낭랑 옥후가 적이[93] 가복(可復)하시매[94] 군주가 먼저 (17)용전(龍殿)[95]에 배사(拜謝)하고 돌아올새 이 사이에 문득 흉변(凶變)이 상생(相生)할 줄 알리오.

이때 황씨 모녀가 조각[96]이 묘함을 암희(暗喜)하여 태섬과 가(假)홍도로 더불어 행계(行計)할새, 일일에 현씨 제공이 정당(正堂)에 혼정(昏定)[97]하고 서헌(書軒)[98]에 모여 한담(閑談)터니 제왕은 본궁에서 숙침(宿寢)하고 다만 승상이 제제(諸弟)와 제자질(諸子姪)로 더불어 말씀하더니 홀연(忽然) 일인(一人)이 중문까지 들어와 기웃거리는지라. 모두 괴이 여겨 자시 보니 나이 불과 십삼(十三)은 한 동자(童子)로되 해어진 초리(草履)[99]와 진흙 묻은 나말

---

87 악연(愕然)하다: 몹시 놀라 정신이 아찔하다.
88 영참(佞讒): 참녕(讒佞). 교묘한 변설로 아첨하며 남을 모함함. 또는 그렇게 하는 사람
89 미양(微恙): 가벼운 병.
90 옥후(玉候): 임금의 건강 상태를 이르던 말.
91 침돈(沈頓): 기운이 빠짐.
92 미류(彌留): 병이 오래 낫지 않음.
93 적이: 꽤 어지간한 정도로.
94 가복(可復)하다: 회복(回復)하다.
95 용전(龍殿): 어전(御殿). 임금이 있는 궁전을 이르던 말.
96 조각: 기미나 낌새.
97 혼정(昏定): 잠자리에 들 때에 부모의 침소에 가서 잠자리를 살피고 밤 동안 안녕하기를 여쭘.
98 서헌(書軒): 공부방.
99 초리(草履): 짚신.

(羅襪)[100]이 향중(鄕中) 촌아(村兒)로 발섭(跋涉)[101]한 거동(擧動)이라. 현예부가 의아(疑訝)하여 가인(家人)으로 기아(其兒)를 부르라 하니 그 동자가 겁(怯)하여 달아나려 하거늘 가인이 급히 끌어 안전(眼前)에 미치니 기아(其兒)가 놀라 떨며 이르되,

"소인(小人)은 향촌(鄕村) 사부가(士夫家) (18)가노(家奴)라. 주인의 부림을 받아 존택(尊宅)에 이르와 채봉각 시녀 홍랑, 경랑 등을 보고 전할 말이 있어 왔나이다."

예부(禮部)가 노왈(怒曰),

"채봉각 시아(侍兒)는 왕부(王府)의 근시(近侍)어늘 너 하방(遐方)[102] 천노(賤奴)가 무슨 연고(緣故)로 찾나뇨?"

기아(其兒)가 연망(連忙)히[103] 품속으로서 일봉서(一封書)를 내어 드려 왈(曰),

"이 글을 보시면 소인의 죄 아님을 아시리이다."

예부가 그 봉서(封書)를 뜯어보니 만만(萬萬) 좋지 않은 설화(說話)라. 일가(一家)에 추대(推戴)하는 바 만금(萬金) 종부(宗婦) 당금(當今) 숙인성사(淑人聖士) 옥화 군주의 빙옥(氷玉) 신상(身上)을 함지갱참(陷地坑塹)[104]함을 남은 땅이 없게 하였는지라. 예부가 간필(看畢)[105]에 대경대로(大驚大怒)하여 잠미(蠶眉)[106]를 거사리고 봉안(鳳眼)이 둥긂을 깨닫지 못하여 서간(書簡)을 밀어 승상께 드려 왈(曰),

"아지 못게이다. 하처(何處) 흉인(兇人)이 은복(隱伏)하여 천고숙녀(千古淑女)로 하여금 함지(19)갱참(陷地坑塹)하나니잇고. 악인(惡人)의 여당(餘黨)을 수고치 않아 잡았으니 마땅히 엄추힐문(嚴推詰問)[107]하여 질부(姪婦)의 누설(陋說)[108]을 신백(申白)[109]하사이다."

승상(丞相)이 추파(秋波)를 들어 살피기를 다하매 안색(顔色)이 여일(如一)하여 다만 서

---

100 나말(羅襪): 비단 버선.
101 발섭(跋涉): 여러 곳을 두루 돌아다님.
102 하방(遐方): 서울에서 멀리 떨어진 지방.
103 연망(連忙)히: 급히. 황급히.
104 함지갱참(陷地坑塹): 구덩이에 빠트림.
105 간필(看畢): 보기를 다함.
106 잠미(蠶眉): 누에 같은 두툼한 눈썹.
107 엄추힐문(嚴推詰問): 엄하게 추문하여 따져서 물음.
108 누설(陋說): 더러운 욕설.
109 신백(申白): 윗사람에게 사실을 자세히 아룀.

간(書簡)을 홍로(紅爐)[110]에 들이쳐 소화(燒火)하기를 맞고[111] 촌아(村兒)를 쾌히 방석(放釋)하여 왈(曰),

"내 비록 묻지 않으나 너희 쥐무리 자최[112]를 밝히 아나니 너를 다스려 실적(實跡)을 핵실(覈實)[113]할 줄 모르지 아니하되 이로써 연루(連累)하매 사람이 많이 상할 바를 앗겨[114] 너를 방석(放釋)하노라."

하고 기아(其兒)를 놓아 보내니 촌아(村兒)가 황황(遑遑)히[115] 머리를 싸고 쥐 숨듯 돌아가니 예부 등 제제(諸弟) 분연(憤然) 왈(曰),

"차사(此事)가 등한(等閑)치 아니커늘 형장(兄丈)이 어찌 물시(勿施)[116]하시니잇고?"

승상(丞相)이 잠소(潛笑) 왈(曰),

"흉당(凶黨)을 방석(放釋)함이 소루(疏漏)하나[117] 이제 비록 놓았으(20)되 명일(明日) 다시 오리니 수고로이 가두어 무엇하리오."

예부 등이 애달아하되 다만 분분(紛紛)할 따름이러라.

차야(此夜)에 승상이 명월각에 숙침(宿寢)하되 이다히[118] 말을 사색(思索)지 아니니 부인이 역시 알지 못하니라. 명일야(明日夜)에 승상이 또 내각에 숙소(宿所)하고 오·진 양공이 대서헌(大書軒)에 머물더니 학사(學士) 곤계(昆季)[119] 군종(群從)[120] 수십 인이 돌려가며 시침(侍寢)할새 차야(此夜)는 학사가 희성, 희문, 희옥[121] 등 제제(諸弟)로 시침하는지라. 당야(當夜) 삼경(三更)에 만뢰구적(萬籟俱寂)[122]하고 상하노소(上下老少)가 침수(寢睡)[123]가 혼혼(昏昏)[124]

---

110 홍로(紅爐): 빨갛게 달아오른 화로.

111 맞다: '마치다'의 준말. 원문에는 '맛고'로 되어 있음.

112 자최: '자취'의 옛말.

113 핵실(覈實): 일의 실상을 조사함.

114 앗기다: '삼가다'의 옛말.

115 황황(遑遑)히: 갈팡질팡 어쩔 줄 모르게 급하게.

116 물시(勿施): 하려던 일을 그만둠. 해온 일을 무효로 함.

117 소루(疏漏)하다: 생각이나 행동 따위가 꼼꼼하지 않고 거칠다.

118 이다히: 이쪽. 이편.

119 곤계(昆季): 형제.

120 군종(群從): 여러 종형제(從兄弟).

121 희옥: 원문에는 '희유'로 되어 있으나 오기인 듯함.

122 만뢰구적(萬籟俱寂): 밤이 깊어 아무 소리 없이 아주 고요해짐.

123 침수(寢睡): '잠'의 높임말.

124 혼혼(昏昏): 정신이 가물가물하고 희미한 모양.

이러니 학사와 희성이 홀로 잠이 없어 침상(寢牀)에서 논문(論問) 담화(談話)하더니 홀연 들으니 후창(後窓) 밑에서 인적(人跡)이 은은(隱隱)하며 가만히 조어(鳥語)[125]하되,

"현로(玄老)와 희백 필부(匹夫)가 자는가 깨었는가? 내 금야(今夜)에 지기지우(知己之友)의 소청(所請)으로 (21)현가 조자손(祖子孫) 삼인(三人)의 명(命)을 끊어[126] 지우(知友)의 청촉(請囑)[127]을 저버리지 말고, 둘은 조군주의 아름다운 시녀로써 내게 한 은혜를 갚아 저희 부부가 좋이 모여 화락(和樂)게 하리라."

하거늘 학사와 희성이 십분(十分) 경아(驚訝)하여 가만히 일어나 열어보니, 일개(一個) 영한(獰悍)한[128] 자가 서리 같은 보검(寶劍)을 안고 장차 지게[129]를 열고 돌입(突入)고자 하더니 홀연 실족(失足)하여 숙직 서동(書童)에게 거쳐[130] 엎더질 듯하며 칼을 놓아버리니 쇳소리 쟁연(錚然)하며[131] 서동이 잠결에 크게 한소리 지르고 칼날이 바로 흉복(胸腹)에 찔려 촉사(促死)하니[132] 적이 황겁(惶怯)하여 미처 칼을 거두지 못하고 달아나니, 서동의 놀란 소리에 방중(房中) 상하가 다 깨어 일시(一時)에 도적 웨는[133] 소리 진동하니 모든 숙직 가인(家人)과 (22)가까운 익랑(翼廊)[134]에 자던 남녀노복(男女奴僕)이 다 잠결에 어둔(語鈍)하여[135] 능히 적을 따르지 못하니, 학사가 분연(奮然)히 단삼(單衫) 홑옷으로 적을 따름에 용행호보(龍行虎步)로 나는 듯하여 거의 잡을 듯하여 수보지지(數步之地)를 즈음하여 원비(猿臂)[136]를 늘여[137] 적의 요패(腰佩)[138]를 잡아 나오혀니,[139] 적이 분용(奮勇)하여 한번 떨침에 요대와 금낭(錦囊)이 끊

---

125 조어(鳥語): 알아듣지 못하게 지껄이는 말소리를 비유적으로 이르는 말.
126 끊어: 원문에는 '슷쳐'로 되어 있음.
127 청촉(請囑): 청을 들어주기를 부탁함.
128 영한(獰悍)하다: 영맹(獰猛)하다. 모질고 사납다.
129 지게: 지게문.
130 거치다: 무엇에 걸리거나 막히다.
131 쟁연(錚然)하다: 쇠붙이가 부딪쳐 울리는 것같이 소리가 날카롭다.
132 촉사(促死)하다: 급사하다.
133 웨다: '외치다'의 옛말.
134 익랑(翼廊): 대문의 좌우 양편에 이어서 지은 행랑.
135 어둔(語鈍)하다: 말이나 행동이 둔하다.
136 원비(猿臂): 원숭이의 팔이라는 뜻으로, 길고 힘이 있어 활쏘기에 좋은 팔을 이르는 말.
137 늘이다: 원문에는 '느릐혀'로 되어 있음.
138 요패(腰佩): 띠드리개. 허리띠에 장식으로 늘어뜨린 패물.
139 나오혀다: 나오게 하다. 원문에는 'ᄂᆞ호혀니'로 되어 있으나 서강대본을 참고하여 고침.

어져 나려지고 작은 몸을 날아 십척(十尺) 장원(牆垣)[140]을 넘뛰어 달아나니 경각(頃刻)에 불견거처(不見去處)라.

그제야 노복(奴僕)이 일시에 모여 적을 추심(追尋)한들 어데 가 찾으리오. 학사가 적을 실포(失捕)하고 다만 낭대(囊袋)[141]를 앗아 돌아오니 명주 수백 낱과 일봉서(一封書)를 넣었으니 가라사대,

"황수자는 사생지우(死生之友) 천하호한 신검수에게 붙이나니 소제 우연히 자최 경궁(瓊宮)[142](23)에 놀매 상여(相如)의 거문고로 탁씨(卓氏)[143]를 돋우지 않았으되 옥루(玉樓)의 천손(天孫)이 작교(鵲橋)[144]에 못고지[145]를 허(許)하니 이미 가인(佳人)이 다정하매 풍류남자(風流男子)가 봉황(鳳凰)의 놀음을 사양하리오. 가만한[146] 가운데 양정(兩情)이 교밀(巧密)커늘 숙모가 사기(事機)를 알고 책(責)하여 머물기를 용납지 아니니 마지못하여 귀향(歸鄕)하나 양정(兩情)의 연연(戀戀)함을 잊지 못할지라.[147] 주야(晝夜) 탁량(度量)[148]에 백계무책(百計無策)하니 먼저 절대미아(絶代美兒)를 헌(獻)하고 조초[149] 수백(數百) 낱 명주(明珠)로써 정을 표하나니 현희백과 다뭇[150] 그 부조(父祖)로부터 삼대(三代)를 다 죽이고 나로써 미망(未忘)[151] 옥인(玉人)[152]을 맞게 한즉 이는 어진 형의 대은(大恩)이 되리니 어찌 천금(千金)으로 갚기를 더디 하리오."

기하(其下)에 연월(年月)을 기록하고 이름 두어 정녕(丁寧)[153]히 언약(言約)하였더라. 제(24)인(諸人)이 간필(看畢)에 오·진 양공이 완이(莞爾)[154]히 소(笑)하고 학사다려 문왈(問曰),

---

140 장원(牆垣): 담.
141 낭대(囊袋): 자루.
142 경궁(瓊宮): 경궁요대(瓊宮瑤臺). 옥으로 장식한 궁전과 누대라는 뜻으로 호화로운 궁전을 이르는 말.
143 탁씨(卓氏): 탁문군(卓文君).
144 작교(鵲橋): 오작교(烏鵲橋).
145 못고지: 모꼬지. 놀이나 잔치 또는 그 밖의 일로 여러 사람이 모이는 일.
146 가만하다: 움직임 따위가 그다지 드러나지 않을 만큼 조용하고 은은하다.
147 못할지라: 원문에는 '못못홀지라'로 되어 있으나 오기인 듯함.
148 탁량(度量): 앞이나 뒤의 형편을 헤아림.
149 조초: '따라', '좇아'의 옛말.
150 다뭇: '더불어', '함께'의 옛말.
151 미망(未忘): 잊으려 해도 잊을 수가 없음.
152 옥인(玉人): 용모와 마음씨가 아름다운 사람.
153 정녕(丁寧): 조금도 틀림없이 꼭. 또는 더 이를 데 없이 정말로.
154 완이(莞爾): 빙그레 웃는 모양.

"차서(此書)를 보니 소작자(所作者)가 하인(何人)야오? 너의 소견(所見)을 듣고자 하노라."
학사가 복수(伏首) 문파(聞罷)에 피석(避席) 청죄(請罪) 왈(曰),
"차사(此事)가 유명무실(有名無實)[155]이라. 수악자(首惡者)[156]를 부지명각(不知明覺)이오되 어린 소견에 생각하옵건대 소손(小孫)의 처실(妻室)로 말미암아 허실간 망극하온 변이 존당에 밎사오니 존당과 엄위는 명정기죄(明正其罪)[157] 하심을 바라나이다."
오공이 그 어린아해 능히 간계를 깨달음을 기특히 여겨 진공을 돌아보아 왈(曰),
"아손[158]은 가히 승어부(勝於父)[159]로다. 석년(昔年)에 사마 현부(賢婦)가 천고(千古) 원앙(怨怏)한 죄명을 실어[160] 혈혈(孑孑) 아녀자가 원로(遠路) 찬적(竄謫)[161]을 당하되 웅아[162]가 일분 측은지색(惻隱之色)이 없더니 이제 손아는 기처(其妻)의 원앙함을 짐작하니 어(25) 찌 승어부가 아니리오."
진공이 대왈(對曰),
"형장 성교(聖敎)가 정합제심(正合弟心)이로소이다. 연이나 고인이 십삭(十朔) 태교를 일렀으니 희아의 아름다움이 사마질의 어진 태훈(胎訓)[163]인가 하나이다."
오공이 미소 왈(曰),
"현제(賢弟) 다만 사마부의 어진 줄만 알고 오아(吾兒)의 기특함을 알지 못하는도다. 자고(自古)로 인명군자(仁明君子)[164]와 투철장부(透徹丈夫)라도 영인(佞人)[165] 부수지참(膚受之讒)[166]을 신지(信之)[167]하나니 당년에 오아가 혈기 미정지년(未定之年)에 세사(世事)를 경력(經歷)지 못하였거늘 흉인의 요계 천만의외(千萬意外)니 연소남아(年少男兒)가 곧이들

155 유명무실(有名無實): 원문에는 '유명유실'로 되어 있으나 문맥에 맞추어 고침.
156 수악자(首惡者): 원흉.
157 명정기죄(明正其罪): 명백하게 죄목을 지적하여 바로잡음.
158 아손: 원문에는 '아아손'으로 되어 있으나 오기인 듯함.
159 승어부(勝於父): 아버지보다 나음.
160 싣다: '얻다'의 옛말.
161 찬적(竄謫): 벼슬을 빼앗고 귀양을 보냄. 찬출(竄黜).
162 웅아: 현웅린.
163 태훈(胎訓): 원문에는 '퇴훈'으로 되어 있으나 문맥에 맞추어 고침.
164 인명군자(仁明君子): 원문에는 '민명군ᄌ'로 되어 있으나 서강대본을 참고하여 고침.
165 영인(佞人): 간사스럽게 남의 비위를 잘 맞추는 사람.
166 부수지참(膚受之讒): 살을 에는 듯한 간절한 참소.
167 신지(信之): 원문에는 '신긔'로 되어 있으나 서강대본을 참고하여 고침.

음이 괴이하리오."

진공이 웃고 지당(至當)하심을 일컫더라.

학사가 적(賊)을 실포(失捕)함을 애달아 밤이 맞도록 양조부(兩祖父) 상하에 시립(侍立)하였으니 오래지 않아 철고(鐵鼓)가 융융(隆隆)하니[168] 제생(諸生)이 소세(梳洗)[169]하기를 맞고 정당(正堂)에 신성(晨省)코(26)자 하더니 문득 내당(內堂) 시녀(侍女)가 나아와 고왈(告曰),

"태군부인이 홀연 몽압(夢魘)[170]하사 겨우 깨오시매 심정(心精)이 황홀(恍惚)[171]하시고 병후(病候)가 하(何) 급하시오니 제노야(諸老爺)와 제부인(諸夫人)이 다 모여 계시이다."

제생이 놀라 오·진 양공을 뫼셔 정당에 들어가니 가중(家中) 상하가 다 모였더라.

차시(此時) 태부인(太夫人)이 신기(身氣) 불안하여 일찍 숙침(宿寢)하였더니 삼경(三更)은 하여 비몽사몽(非夢似夢)간에 침전(寢殿) 좌우 벽 틈과 난간 아래로서 무수(無數) 귀졸(鬼卒)이며 홍상미인(紅裳美人)이 도검(刀劍)을 들고 나와 범코자 하니 흉악한지라. 부인이 크게 놀라 대호(大呼) 왈,

"어떤 흉귀(凶鬼) 나를 죽인다?"[172]

하니 승상의[173] 여아(女兒) 운혜 등이 잠결에 놀라 급히 깨우며 기운을 묻자오니 부인이 혼혼(昏昏)하여 기운을 차리지 못하시니 시녀배(侍女輩) 총망(悤忙)히[174] 내외 각당(各堂)에 (27) 아뢰니 승상 곤계(昆季)와 사마·소·위녀 등 제부인(諸夫人), 제소저(諸小姐)가 일시에 정당에 모이니 하부인이 비로소 정신을 수습하여 몽사(夢事)를 이르고 왈,

"혜건대 가중(家中)에 요변(妖變)이 있는가 하나니 여등(汝等)은 과념(過念) 말고 요사(妖邪)한 형적(形迹)을 없이하라."

제인(諸人)이 대경(大驚)하고 오공이 탄왈(歎曰),

"가란(家亂)의 장본(張本)[175]이 근본(根本) 없이 일어나 현인(賢人)이 화(禍)에 나아가리니 어찌 가석(可惜)지 아니리오. 작야(昨夜) 외헌(外軒)에 여차여차한 변이 있고 또 여차지

---

168 철고(鐵鼓)가 융융(隆隆)하다: 새벽을 알리는 북소리가 울리다.

169 소세(梳洗): 머리를 빗고 얼굴을 씻음.

170 몽압(夢魘): 자다가 가위에 눌림.

171 황홀(恍惚): 흐릿하여 분명하지 아니함.

172 죽인다: 죽이는가.

173 승상의: 원문에는 '승상이'로 되어 있으나 서강대본을 참고하여 고침.

174 총망(悤忙)히: 매우 급하고 바쁘게.

175 장본(張本): 어떤 일이 크게 벌어지게 되는 근원.

사(如此之事)가 있으니 이는 가변(家變)의 싹이라, 불행치 않으랴."

승상 곤계 경동실색(警動失色)하여 주왈(奏曰),

"해아(孩兒) 등이 성효(誠孝)가 천박(淺薄)하와 여차 윤상(倫常)[176] 대변(大變)이 있사오되 알지 못하오니 불초(不肖)함을 청죄(請罪)하나이다."

공이 소왈,

"조소부(趙少婦)는 문호(門戶)의 종부(宗婦)요 숙인성염(淑人聖艶)이라. 용안(容顔)이 너무 수이(秀異)하므로 재앙(災殃)이 나니 지자철인(智子哲人)이 (28)어찌 숙녀를 의심하리오. 작야 손아(孫兒)의 말이 여차여차하더니 너의 말이 어찌 또 이러하뇨."

드대어 좌우를 명하여 정당 난간 아래부터 벽간(壁間)을 다 헤치고 보니 온갖 괴이한 매골(埋骨)[177]과 무수한 목인(木人)을 만들어 도창(刀槍)을 들려 기형괴상(奇形怪狀)으로 각색(各色)을 만들고 축사(祝辭)가 있으되 조씨 벽주의 암축(暗祝)하는 사연이요 오공으로부터 조자손(祖子孫) 삼대(三代)와 하부인과 사마부인 모녀(母女)의 명 끊기를 축수(祝手)하였고, 만일 원(願)이 족한즉 명승지지(名勝之地)에 사우(寺宇)를 세우고 일월성신(日月星辰)과 황천후토(皇天后土)[178] 제신(諸神)을 사시(四時) 향화(香火)를 받들어 공덕(功德)을 갚으리라 하였더라.

좌우 방관(傍觀)이 다 경해(驚駭)하며 학사가 차경(此景)을 보고 면관돈수(免冠頓首)[179] 청죄 왈,

"손아가 효성(孝誠)이 천박하온 연고(緣故)이오니 복망(伏望) 왕부(王父)[180]는 소손(小孫)의 (29)죄를 먼저 다스리소서."

승상이 계수(稽首)[181] 청죄 왈,

"차사(此事)가 오조(烏鳥)의 자웅(雌雄)[182] 같사오니 소작자(所作者)는 알지 못하오되 유명

---

176 윤상(倫常): 인륜의 떳떳하고 변하지 아니하는 도리.

177 매골(埋骨): 남을 저주하기 위해 사람이나 짐승의 뼈를 묻음.

178 황천후토(皇天后土): 하늘의 신과 땅의 신.

179 면관돈수(免冠頓首): 관을 벗고 머리를 조아리는 것.

180 왕부(王父): 남에게 자기의 할아버지를 높여 이르는 말임.

181 계수(稽首): 머리를 조아림.

182 오조(烏鳥)의 자웅(雌雄): 수지오지자웅(誰知烏之雌雄). 누가 까마귀의 암수를 구별하겠는가. 까마귀의 암수를 구별하기 어려운 것처럼 시비나 선악 등을 분명하게 가리기 어려움을 비유하는 말임. 『시경』「소아(小雅)」〈정월(正月)〉.

무실간(有名無實間) 소부가 능히 염치(廉恥)의 안안(晏晏)치[183] 못하오리니 대인(大人)의 처분을 바라나이다."

오공이 차경을 보니 도로혀 탄왈,

"아지 못게라. 어느 곳에 간인(奸人)이 은복(隱伏)하여 하이수원(何以誰怨)으로 나의 천금(千金) 소부를 이같이 괴롭게 하나뇨. 소부가 차마 용종인지(龍踵麟趾)[184]로서 성죄(成罪)함이 불가하거늘 하물며 무죄(無罪)함이냐? 목전(目前)의 요예지물(妖穢之物)[185]을 소화(燒火)하고 외인(外人)이 미처 알지 못하게 한 후 간인의 눈치를 살피고 행여 소부를 경동(驚動)치 말라."

승상이 재배(再拜) 주왈(奏曰),

"성교(聖敎)가 지극하시나 요인이 반드시 나중을 미봉(彌縫)[186]치 않아 발각(發覺)하도록 할 것이요, 죄범(罪犯)인즉 강상(綱常)에 관계하오니 황손(皇孫)을 이(30)르지 마옵고 친황녀(親皇女)이나 왕법(王法)을 도망하리잇가. 해아의 소견(所見)은 분운(紛紜)한[187] 시비(是非)를 니르혀지 않은 전(前)에 권도(權道)[188]로 식부(息婦)[189]를 왕궁에 돌아보내어 사기(事機)[190]를 보고자 하나이다."

공이 정색(正色) 왈,

"노부(老父)가 또한 헤아림이 있나니 너는 두 번 이르지 말라."

승상 부자가 황공(惶恐)하여 다시 개구(開口)치 못하고 진공은 미봉치 않을 줄 아나 형장(兄丈)의 고집을 아는 고로 다만 방관(傍觀)이 되었을 뿐이요 입을 열어 가부(可否)를 이르지 아니하더라. 공이 좌우로 불을 가져오라 하여 허다 요예지물(妖穢之物)과 자객(刺客)의 낭대(囊袋) 아울러 다 소화(燒火)하고 자부(子婦)를 명하여 부인을 붙들어 전(殿)으로 옮기고 의약(醫藥)으로 다스리게 하고 타연(妥然)히[191] 거리낌이 없더라.

---

183 안안(晏晏)하다: 즐겁고 화평하다.

184 용종인지(龍踵麟趾): 용의 발뒤꿈치와 기린의 발가락이란 뜻으로, 제왕의 자손을 말함.

185 요예지물(妖穢之物): 요망스럽고 더러운 물건.

186 미봉(彌縫): 일의 빈 구석이나 잘못된 것을 임시변통으로 이리저리 주선하여 꾸며 댐.

187 분운(紛紜)하다: 이러니저러니 말이 많다.

188 권도(權道): 목적 달성을 위하여 그때그때의 형편에 따라 임기응변으로 일을 처리하는 방도.

189 식부(息婦): 며느리.

190 사기(事機): 일이 되어 가는 가장 중요한 기틀.

191 타연(妥然)히: 태연(泰然)히. 아무렇지도 않은 듯이 예사롭게.

이적에 군주가 금중(禁中)에 유처(留處) 사오 일에 소낭랑 옥후(玉候)[192]가 적이 가복(可復)하시니[193] (31)윤비와 월성 공주는 아직 머물렀으나 군주는 존당 기후(氣候)가 불안하심을 듣고 경의(驚疑)하여 빨리 용전(龍殿)에 배사(拜謝)하고, 상부에 돌아와 존당구고(尊堂舅姑)께 배알(拜謁)하고 제사금장(娣姒錦帳)[194]으로 반길새 존당구고가 새로이 반기는 중 하태부인(太夫人)의 병이 대체는 나았는지라. 바야흐로 곡절을 자시 알고 경해(驚駭)[195]하여 제자(諸子)를 대하여 탄왈,

"손부(孫婦)는 당세(當世) 무적(無敵)한 숙녀(淑女)라. 무단(無斷)한 누명(陋名)이 핍신(逼身)하니 어찌 가석(可惜)지 아니리오. 상공이 이미 차사(此事)를 물시(勿視)하여 나중을 보고자 하시나니 여등(汝等)은 수구여병(守口如甁)[196]하라."

제자(諸子)가 수명(受命)하더라.

차일(此日) 군주가 존당에 뵈올새 옥안성모(玉顔星眸)[197]에 승안(承顔)[198] 화기(和氣)를 머금고 삼촌(三寸) 금련(金蓮)[199]이 자약하여 안서(安舒)히[200] 나아와 차례로 배알하고 태부인 상하에 나작이 꿇어 존후(尊候)[201]가 불안절[202]히 계시되 아해 지엄(至嚴) 궁중에 (32)있어 막연(漠然) 부지(不知)하옵고 누일(累日) 신혼(晨昏)의 예(禮)와 병측(病側)에 시호(侍護)치 못하와 불효불민(不孝不敏)함을 청죄하매 옥성(玉聲)이 한아(閑雅)하여 임사(任姒)[203]의 덕(德)과 마등(馬

---

192 옥후(玉候): 귀한 분의 건강상태를 이르던 말.

193 가복(可復)하다: 회복하다.

194 제사금장(娣姒錦帳): 동서.

195 경해(驚駭): 뜻밖의 일로 몹시 놀라 괴이하게 여김.

196 수구여병(守口如甁): 입을 병마개 막듯이 꼭 막는다는 뜻으로, 비밀을 다른 사람이 알지 못하도록 함을 이르는 말.

197 옥안성모(玉顔星眸): 옥 같은 얼굴과 별 같은 눈동자.

198 승안(承顔): 웃어른을 뵙는 것.

199 금련(金蓮): 금으로 만든 연꽃이라는 뜻으로, 미인의 예쁜 걸음걸이를 비유적으로 이르는 말. 중국 남조(南朝) 때 동혼후(東昏侯)가 금으로 만든 연꽃을 땅에 깔아 놓고 반비(潘妃)에게 그 위를 걷게 하였다는 고사에서 유래한다.

200 안서(安舒)히: 편안하고 조용하게.

201 존후(尊候): 남의 건강상태를 높여 이르는 말.

202 불안절: 안절부절못하여 편안하지 못함.

203 임사(任姒): 주(周)나라 문왕(文王)의 모친인 태임(太任)과 왕비 태사(太姒)를 말함. 이들은 부덕이 훌륭했던 여성들로 후세에 칭송을 받음.

鄧)[204]의 현검(賢儉)함을 아울렀으니 태부인이 연애(憐愛)[205]하여 옥수(玉手)를 나호여[206] 평신(平身)함을 이르고 흔연 왈,

"사람의 화복(禍福)이 문(門)이 없다 하니 노모(老母)의 유질(有疾)함이 괴이하리오. 연이나 낭랑의 옥후(玉候)가 가복(可復)하시니 국가의 만행(萬幸)이라. 노모가 도로혀 소환(所患)을 잊고 깃거하더니 아부(兒婦)를 보니 스스로 즐거워 신질(身疾)을 잊나니 무슨 청죄할 사단(事端)이 있으리오."

군주가 운환(雲鬟)[207]을 낮추고 쌍수(雙手)로 땅을 짚어 존교(尊敎)의 지극하심을 사례하고 물러 제소저와 소고(小姑) 등으로 더불어 한훤(寒喧)을 파하고 좌에 나아가니 정숙한 예모(禮貌)가 수단이 합중(合中)하니 오공과 (33)하·윤 이 부인이 흔연 애중(愛重)하고 승상 곤계(昆季) 제자제질(諸子諸姪)로 더불어 들어오니 군주가 하석영지(下席迎之)[208]하여 엄구(嚴舅)와 숙당(叔堂)에 예하고 수숙(嫂叔)[209]이 예필(禮畢)에 옥안(玉顔)에 수색(愁色)을 머금고 학사를 향하여 예하니 학사가 답례하고 남좌여우(男左女右)를 분하매 학사가 안색(顔色)이 늠연(凜然)하여[210] 화기 맥맥하되[211] 군주는 본디 사실(私室)에 있어도 학사를 대하면 수습(收拾)하여 눈 들어 살핌이 없던 바에 더욱 존전(尊前)에 시립하여 시첨(視瞻)[212]이 띠 위에 넘지 않으니 어찌 저 군자의 엄준(嚴峻)한 기색을 알리오마는 경상궁이 주군(主君)의 색위(色威)[213]를 살피고 경아(驚訝)하더니, 군주가 종일 시립하였다가 혼정(昏定) 후 숙소에 돌아오니 소고 운혜 소저가 종제(從弟) 옥혜, 창혜를 거느려 이르며 제왕의 차(34)녀(次女) 미혜, 교혜 함께 이르러 소어(笑語)가 낭랑(朗朗)하여 사오 일 별회(別懷)를 문답(問答)하더니 교혜 문득 군주를 향하여 왈,

---

204 마등(馬鄧): 한(漢)나라 명제(明帝)의 마황후(馬皇后)와 화제(和帝)의 등황후(鄧皇后). 둘 다 현명함으로 이름 높은 황후임.

205 연애(憐愛): 불쌍하게 여겨 사랑함.

206 나호다: 내다.

207 운환(雲鬟): 여자의 탐스러운 쪽진 머리.

208 하석영지(下席迎之): 공경의 의미로 자리에서 내려와 맞이함.

209 수숙(嫂叔): 형제의 아내와 남편의 형제를 아울러 이르는 말.

210 늠연(凜然)하다: 위엄이 있고 당당하다.

211 맥맥하다: 기운이 막혀 감감하다.

212 시첨(視瞻): 이리저리 둘러봄. 첨시(瞻視).

213 색위(色威): 얼굴과 거동. 기색.

"저저(姐姐)가 석상(席上)에 거거(哥哥)의 불예(不豫)[214]하신 기색을 아시나닛가?"

군주가 잠소(潛笑) 왈,

"첩이 불민(不敏)하여 사람의 눈치를 모르나니 영형(令兄)의 기색을 어찌 알리오."

교혜 왈,

"저저는 진짓 등하불명(燈下不明)이라. 저저가 입궐하신 후 수일간 가중에 대변(大變)이 났더니 차고(此故)로 거거가 저저를 미안(未安)하나이다."

언미필(言未畢)에 제소저가 교혜의 경설(輕說)[215]함을 민망하여 눈으로 뜻을 보내되 교혜 제형(諸兄)의 기색을 바히[216] 알지 못하는지라. 군주가 청파(聽罷)에 말을 그치고 경상궁이 나작이 시립이러니 교혜의 말끝을 듣고 흔흔(欣欣)히[217] 웃으며 나아앉아 가로되,

"우리 옥주(玉主)가 심궁(深宮)(35)에 생장(生長)하사 노첩(老妾)의 어질이 돕지 못하여 행여 군마(郡馬) 노야(老爺)의 미온(未穩)함이 계신가 우구(憂懼)[218]하옵더니, 소저 말씀을 듣사오니 별단(別段) 묘맥(苗脈)[219]이 있는가 하옵나니 전두(前頭)를 밝히 해석하시면 옥주와 노첩이 소저의 선심인의(善心仁義)를 명심불망(銘心不忘)하리로소이다."

교혜 경씨의 유세(遊說)함을 듣고 말하고자 하더니 군주가 소고를 향하여 자초지종(自初至終)을 묻는지라. 교혜 이에 다다라는 꾸미지 못할지라 날호여[220] 가로되,

"저저는 금지옥엽(金枝玉葉)이요 성덕성염(盛德聖艶)이라, 존당이 과애(過愛)하시고 소매(小妹) 등이 우러르는 바라. 불의(不意) 향일(向日)[221]에 여차여차한 일이 있으매 존당 부모가 추호도 의심치 않으시고 전후 간서(簡書)와 요예지물(妖穢之物)을 소화하시고 가중을 당부하사 행여 저저가 알고 불안(36)할까 하사 함구불언(緘口不言)하라 하시더니 소매 참지 못하여 은휘(隱諱)[222]치 않음이로소이다."

언파(言罷)에 제궁인이 실색(失色)하고 손보모가 눈물을 흘려 왈,

---

214 불예(不豫): 불열(不悅). 기쁘지 않음. 편치 않음.

215 경설(輕說): 비밀을 지키지 못하고 가볍게 이야기해 버림.

216 바히: '바이'의 옛말. 아주 전혀.

217 흔흔(欣欣)히: 매우 기쁘고 만족스럽게.

218 우구(憂懼): 근심하고 두려워함.

219 묘맥(苗脈): 일의 실마리나 단서.

220 날호여: 천천히.

221 향일(向日): 지난번.

222 은휘(隱諱): 꺼리어 감추거나 숨김.

“상궁과 제시인(諸侍人)은 다 옥주를 뫼셔 입궐하므로 이런 곡절을 몰랐거니와 비자(婢子)는 봉각을 지켰으되 일택지상(一宅之上)에서도 알지 못하오니 어찌 불충 무상치 않으리잇고. 아지 못게라. 옥주의 성덕이 미말차두(微末叉頭)[223]에게도 은택(恩澤)이 미치지 않은 곳이 없더니 하처(何處) 흉인(凶人)이 이렇듯 옥주를 함지갱참(陷地坑塹) 하나니잇고.”

군주가 안색(顔色)이 자약(自若)하여 일영장탄(一詠長歎)에 추파성안(秋波星眼)[224]에 옥루(玉淚)가 요동(搖動)하여 왈,

“수한수원(誰恨誰怨)[225]이리오. 유유창명(悠悠蒼冥)[226]이 나의 박덕(薄德)으로 부귀(富貴) 완전함을 어찌 허(許)하시리오.”

제소저(37)를 향하여 사례 왈,

“첩이 불민하여 신명(神明)의 죄를 얻되 또한 암매(暗昧)하여 오예(汚穢)[227]한 취명(臭名)이 몸 위에 있음을 알지 못하고 석상(席上)에 부끄러운 낯을 들어 안연(晏然)히[228] 중인공회(衆人公會)에 참예(參預)하니 존당구고가 홍은(鴻恩)[229]을 드리오시나[230] 군자의 미온(未穩)하심이 어찌 괴이하리오. 제소저가 첩의 누누(陋陋)함[231]을 개회(介懷)[232]치 않으시고 허물을 이르니 성덕을 감격하나이다.”

운혜와 미혜 손사(遜辭)[233]하고 교혜의 경설(輕說)함을 미온(未穩)하며 군주의 불안함을 헤아려 주인의 즐기지 않은 바에 손이 오래 있음이 가치 않은 고로 즉시 일어 하직고 돌아갈새, 일쌍 관환(官喚)[234]이 촉(燭)을 잡아 인도하고 쌍쌍한 소아(小兒)가 뫼셔 돌아가

---

223 미말차두(微末叉頭): 보잘것없는 계집종.
224 추파성안(秋波星眼): 가을 물결같이 고운 눈.
225 수한수원(誰恨誰怨): 누구를 한하고 누구를 원망하겠느냐는 뜻.
226 유유창명(悠悠蒼冥): 저 멀리 있는 푸른 하늘. 천지.
227 오예(汚穢): 지저분하고 더러움. 또는 그런 것.
228 안연(晏然)히: 불안해하거나 초조해하지 아니하고 차분하고 침착하게.
229 홍은(鴻恩): 넓고 큰 은혜.
230 드리오다: ‘드리우다’의 옛말.
231 누누(陋陋)하다: ‘작고 비루하다’ 즉 ‘구구하다’의 옛말.
232 개회(介懷): 개의(介意). 어떤 일 따위를 마음에 두고 생각하거나 신경을 씀.
233 손사(遜辭): 좋게 거절함.
234 관환(官喚): 사환(使喚).

니 홍군(紅裙)이 난란(爛爛)하고[235] 채삼(彩衫)이 표표(飄飄)한데[236] 제소저의 옥모화태(玉貌華態)[237] 참치(參差)[238] (38)상하(上下)하여 낙포(洛浦)[239] 선자(仙子)가 무릉(武陵)에 배회(徘徊)하는 듯하더라.

제소저가 돌아가매 군주가 서안(書案)에 비겨[240] 명등(明燈)을 사뭇 보며 초연(悄然)[241] 자실(自失)하여 말이 없으니 경·손 양 상궁이 분한 눈물이 쌍쌍하여 왈,

"천지간(天地間)에 이런 원민(冤悶)[242]한 일이 어데 있으리잇가. 태노야(太老爺)로부터 제노야(諸老爺) 제부인(諸夫人)이 믿지 않으시나 군마 노야는 연소(年少)하시니 어떻게 여기시는동 알리잇고. 기색이 냉락(冷落)하심이 그리 아시는가 싶더이다."

군주가 추연(惆然)[243] 탄왈,

"차사(此事)가 진실로 수지오지자웅(誰知烏之雌雄)[244]이라. 다만 천지신지(天知神知)하고 아지자지(我知子知)하니 하위무지(何爲無知)리오.[245] 스스로 명박(命薄)함을 슬퍼할지언정 수원수한(誰怨誰恨)이리오."

경씨 등이 다만 탄식할 뿐이러라.

군주(郡主)가 차야(此夜)에 능히 자지 못하고 명조(明朝)에 봉관옥패(鳳冠玉佩)[246]를 끄르고 (39)신성(晨省)을 불참(不參)하니 존당구고(尊堂舅姑)가 대경(大驚)하여 학사(學士)를 돌아보아 왈,

---

235 난란(爛爛)하다: 빛이 번쩍번쩍하여 눈부시다. 원문에는 '날난ᄒᆞ고'로 되어 있음.

236 표표(飄飄)하다: 팔랑팔랑 나부끼거나 날아오르는 모양이 가볍다.

237 옥모화태(玉貌華態): 옥과 같은 얼굴에 아름다운 자태.

238 참치(參差): 참치부제(參差不齊)하다. 길고 짧고 들쭉날쭉하여 가지런하지 아니하다.

239 낙포(洛浦): 무산(巫山)의 선녀가 놀던 곳.

240 비기다: 의지하다.

241 초연(悄然): 의기(意氣)가 떨어져서 기운이 없음.

242 원민(冤悶): 억울하고 답답함.

243 추연(惆然): 슬프거나 상심하는 모양. 서글피.

244 수지오지자웅(誰知烏之雌雄): 누가 까마귀의 암수를 구별하겠는가. 까마귀의 암수를 구별하기 어려운 것처럼 시비나 선악 등을 분명하게 가리기 어려움을 비유하는 말임. 『시경』「소아(小雅)」〈정월(正月)〉.

245 천지신지(天知神知)하고 아지자지(我知子知)하니 하위무지(何爲無知)리오: 하늘이 알고 신이 알고 내가 알고 그대가 아니 어찌 알지 못하리오. 후한 양진(楊震)의 도움을 받은 사람이 밤에 선물을 가져오자 거절하며 한 말에서 온 것임. '사지(四知)'라고도 함. 『후한서(後漢書)』〈양진전(楊震傳)〉.

246 봉관옥패(鳳冠玉佩): 고관(高官)의 부인들이 머리에 쓴 봉을 장식한 예관(禮冠)과 옥으로 만든 노리개. 계급에 따라 옥의 종류가 달랐음.

"우리 가중(家中)을 엄칙(嚴飭)[247]하여 변란(變亂)을 소부(府)에게 전(傳)치 말라 하였더니 뉘 전하였관대 이런 거조(擧措)[248]가 있으니 네 무엇이라 하나?"

학사가 역경(亦警) 주왈(奏曰),

"아해 작석(昨夕)에 저를 존당(尊堂)에서 볼 따름이요, 사실(私室)에 대(對)함이 없나이다."

좌우(左右)가 면면(面面)이 돌아보아 말한 자를 찾는지라. 사마(司馬)의 소녀(少女)[249] 창혜, 교혜와 동년(同年)이라. 문득 사마에게 고왈(告曰),

"작야(昨夜)에 소녀가 제형을 따라 채봉각에 갔삽더니 교혜 여차여차(如此如此)하나이다."

좌우(左右)가 청파(聽罷)에 어이없이 여기고 오공이 웃어 왈,

"속어에 '주언(晝言)은 문조(聞鳥)하고 야어(夜語)는 문서(聞鼠)라.'[250] 하니 수다(數多) 인원에 교아 아닌들 소부가 어찌 모르리오."

제왕을 돌아보아 교아를 책지 말라 하니 (40)왕이 화(和)히 웃고 대왈(對曰),

"유자(猶子)[251]가 어찌 존교(尊敎)를 역(逆)하리잇고마는 교혜는 소소 미과(微過)라도 엄히 가르치지 못한즉 반드시 욕이 문호(門戶)에 미치고 저의 평생이 안한(安閑)[252]치 못하리이다."

공이 소왈,

"교혜 경솔(輕率)하나 온순양정(溫順良正)[253]하니 어찌 이런 폐(弊) 있으리오."

하더라. 승상이 아부(兒婦)의 심사를 애련(哀憐)하여 운혜로 위로케 하고 하부인이 사지관환(事知官喚)[254]을 보내어 위로(慰勞) 왈,

"우리 이미 현부(賢婦)의 백옥무하(白玉無瑕)[255]함을 아나니 일시 누명(陋名)이 차악(嗟愕)

---

247 엄칙(嚴飭): 엄하게 분부함.

248 거조(擧措): 행동거지.

249 소녀(少女): 딸.

250 주언문조(晝言聞鳥) 야어문서(夜語聞鼠): 낮말은 새가 듣고 밤 말은 쥐가 듣는다. 원문에는 '아어'로 되어 있으나 '야어(夜語)'의 오기인 듯함.

251 유자(猶子): 조카.

252 안한(安閑): 평안하고 한가로움.

253 온순양정(溫順良正): 온순하고 선량함. 원문에는 '온슌낭정'으로 되어 있음.

254 사지관환(事知官喚): 일에 익숙한 사환.

255 백옥무하(白玉無瑕): 백옥에 아무런 티나 흠이 없다는 뜻으로, 아무런 흠이나 결점이 없음 또는 그런 사람을 이르는 말.

하나[256] 창승(蒼蠅)[257]이 어찌 백옥(白玉)의 하점(瑕點)이 되리오. 일시 부설(浮說)[258]로 중회(衆會)[259]에 나기를 부끄릴새 우리 또 현부 심사(心事)를 참작(參酌)[260]하여 중회에 나기를 권(勸)치 아닛나니 모로미[261] 보중(保重)하여 아등(我等)의 염려를 더으지[262] 말라."

하고 사마부인(司馬婦人)이 친히 봉각[263]에 나(41)아가 위로하고 연애(戀愛)함을 마지아니하니 군주가 존당성은(尊堂盛恩)과 구고은택(舅姑恩澤)을 감격하여 심사를 널리 하고 주야(晝夜) 석고(席藁)[264]에 처하여 성정(省定)[265]을 폐(廢)하고 문을 닫고 본부에도 통신(通信)치 아니하니 상부의[266] 화기(和氣) 사연하고[267] 왕부에서도 이런 줄 모르더라.

이때 제왕의 차녀(次女) 미혜 소저[268]의 자(字)는 선희니 의빈 군주의 차녀(次女)라. 화용(花容)이 절세(絶世)하고 사덕(四德)이 유한(幽閑)하여 연(年)이 십삼(十三)에 체형(體形)이 정숙(整肅)하니[269] 존당(尊堂) 부모가 과애(過愛)하여 일찍 조부와 약혼(約婚)함이 있던 고로 길일(吉日)을 택하여 조상부에 보(報)하고 혼수(婚需)를 성비(盛備)하여 양신가기(良辰佳期) 다다르매, 조공자 창문이 옥안영풍(玉顔英風)에 길복(吉服)을 정히 하고 백마금안(白馬金鞍)에 허다(許多) 위의(威儀)를 거느려 제궁에 이르러 옥상(玉床)에 홍(42)안(鴻雁)을 전하고[270] 신부의 상교(上轎)를 재촉하매 신랑의 표치풍광(標致風光)[271]이 적선목지(謫仙牧之)[272]의 영풍(英

---

256 차악(嗟愕)하다: 슬픈 일을 당하여 몹시 놀란 상태에 있다.

257 창승(蒼蠅): 파리.

258 부설(浮說): 근거 없이 떠돌아다니는 말.

259 중회(衆會): 여러 사람이 모이는 모임.

260 참작(參酌): 이리저리 비추어 보아서 알맞게 고려함. 헤아림.

261 모로미: 모름지기.

262 더으다: '더하다'의 옛말.

263 봉각: 채봉각.

264 석고(席藁): 석고대죄(席藁待罪). 거적을 깔고 앉아 죄를 받기를 기다림.

265 성정(省定): 혼정신성(昏定晨省).

266 상부의: 원문에는 '상부의의'로 되어 있음.

267 사연하다: 사그라들다. 사라지다.

268 미혜 소저: 현천린의 둘째 딸.

269 정숙(整肅)하다: 몸가짐이나 차림새가 바르고 엄숙하다.

270 홍안(鴻雁)을 전하다: 신랑이 신부에게 기러기를 전하는 의식임. 혼인의 예식 중 신랑이 신부 집에 가서 예식을 올리고 신부를 맞아오는 친영(親迎)의 절차 가운데 하나로 전안례(奠雁禮), 홍안지례(鴻雁之禮)라고도 불림.

271 표치풍광(標致風光): 수려하거나 아름다운 사람의 용모와 풍채.

272 적선목지(謫仙牧之): 중국 당나라의 유명한 시인인 이백(李白)과 두목(杜牧).

風)이라. 제객(諸客)이 만구갈채(萬口喝采)[273] 하더라.

공주가 소저의 나맟[274]을 채우며 수어(數語)로 경계(警戒)하여 주거(朱車)에 오르니 조공자가 봉문(奉聞)[275] 상마(上馬)하여 돌아가니 세유 능조[276]하고 주분(朱幩)이 표표(鑣鑣)하여[277] 향풍(香風)이 인온(絪縕)[278]하고 오색(五色)이 현요(顯曜)[279]하여 위의(威儀) 일로(一路)에 덮였더라. 행하여 조부에 이르니 두 줄 분면(粉面)이 인도하여 양신인(兩新人)이 청중에 들어가 교배(交拜)하고 자하상(紫霞觴)[280]을 나눌새 남풍여모(男風女貌)[281]가 발월하여 일월(日月)이 쌍(雙)으로 밝은 듯하더라. 신부가 조율(棗栗)을 받들어 구고(舅姑)께 진헌(進獻)하니 절세화용(絶世花容)과 동용주선(動容周旋)[282]이 성사숙염(聖士淑艶)이라. 조각로 부부가 대희과망(大喜過望)[283]하고 빈객(賓客)의 치하(致賀)가 분분(紛紛)(43)하더라. 종일진환(終日盡歡)하고 일모객산(日暮客散)[284]하매 신부 숙소(宿所)를 정하여 보내니 혼정(昏定) 후 조공자가 부명(父命)으로 신방(新房)에 나아가 금장나유(錦帳羅帷)[285] 가운데 군자가 숙녀 상대하여 야심 후 동취(同就) 원앙금침(鴛鴦衾枕)하여 이성지합(二姓之合)을 이으니 은정(恩情)이 여교여칠(如膠如漆)[286]하더라.

현소저가 인하여 머물러 효봉구고(孝奉舅姑)하고 승순군자(承順君子)하며 화우자매(和友姊妹)하니 구고(舅姑)가 애중(愛重)하고 공자(公子)가 중대(重大)하며 비복(婢僕)이 추앙(推仰)하니 조각로의 오자삼녀(五子三女)가 남혼여가(男婚女嫁)한 기묘지설(奇妙之說)과 조공자의 미혜 소저로 금슬화락(琴瑟和樂)하여 유자생녀(有子生女)하고 부귀(富貴) 극(極)하던 사연(事緣)이 〈조씨삼대록〉에 있기로 차전(此傳)에 번다(繁多) 불기(不記)하다.

---

273 만구갈채(萬口喝采): 많은 사람이 외침이나 박수로 칭찬이나 환영의 뜻을 나타냄.

274 나맟: ᄂᆞᆺ. ᄂᆞᆾ. 주머니.

275 봉문(奉聞): 웃어른의 가르침을 받음.

276 세유 능조: 미상. 권지이 23쪽에는 '세유 승조'로 되어 있음.

277 주분표표(朱幩鑣鑣): 붉은 말 재갈 끈의 장식이 성한 모양. 『시경(詩經)』「위풍(衛風)」〈석인(碩人)〉.

278 인온(絪縕): 하늘의 기운과 땅의 기운이 합하여 어림.

279 현요(顯曜): 드러나 빛남.

280 자하상(紫霞觴): 자줏빛 안개 같은 빛깔의 술잔 또는 자하주(紫霞酒)를 담는 술잔.

281 남풍여모(男風女貌): 남자의 풍채와 여자의 맵시. 잘 생긴 아들과 딸을 일컫는 말.

282 동용주선(動容周旋): 몸을 갖는 태도와 일을 주선하는 솜씨.

283 대희과망(大喜過望): 기대 이상이라 크게 기뻐함.

284 일모객산(日暮客散): 날이 저물어 손님들이 돌아감.

285 금장나유(錦帳羅帷): 비단 휘장.

286 여교여칠(如膠如漆): 아교와 옻칠같이 매우 친밀하여 서로 떨어질 수 없는 상태.

어시(於是)에 승상(丞相) 현공의 일녀(一女) 옥혜 소저의 자(字)는 선교니 원비(元妃) 사마부인(司馬婦人) 소생(所生)이라. 찬란(燦爛)한 색광(色光)은 이르지 말고 유한(幽閑)한 (44) 성행(性行)과 단일(端一)[287]한 덕도(德道)가 규합(閨閤)의 성녀(聖女)니 존당(尊堂)[288] 부모가 과애(過愛)하여 미랑(美郎)을 널리 듣보더니,[289] 광평왕의 세자(世子) 영이 천일지표(天日之表)[290]가 당당(堂堂)하고 옥안성덕(玉顔聖德)이 군왕지상(君王之相)이라. 뜻이 기울어 혼인(婚姻)을 청(請)코자 하더니 현상부 상하(上下)가 지자철인(智者哲人)의 명감(明鑑)[291]으로 능히 광평왕 미간(眉間)에 액기(厄氣) 있음을 보매 궁내(宮內)에 간인(奸人)이 있음을 짐작(斟酌)고 옥화의 운액(運厄)이 기구(崎嶇)함이 다 그곳 빌미임을 알매 어찌 천금교아(千金嬌兒)로써 저 집에 들여보낼 의사가 있으리오마는 하늘이 별(別)로이 천승군왕(千乘君王)[292]과 만고성염(萬古聖艶)[293]을 내심에 배합(配合)함이 어찌 어긋나리오.

광평왕 세자가 공주를 문후(問候)하러 자로 왕래하더니 일이 공교하여 일일(一日)은 공주가 심기(心氣) 불안(不安)하여 제소저(諸小姐)를 안전(眼前)에 명하여 산호(45)판(珊瑚板)에 구슬바둑을 벌여 소저 등으로 승부를 결(決)하게 하여 병심(病心)[294]을 조회(朝會)하더니 광평왕 세자가 전일도 여부(與否)없이 왕래(往來)하므로 이 날 들어오매 제소저가 대경(大驚)하여 급히 피할새 선교[295] 소저가 마침 발이 저려 쉬이 일어나지 못하므로 세자와 마주쳐 본 바가 된지라. 이러므로 이 일을 현상부가 알고 천연(天緣)[296]임을 깨닫고 사세(事勢) 타처(他處)에 성혼(成婚)치 못할 것이요 바로 광평왕께 구혼(求婚)치 못할지라. 사세 마지못하여 승상(丞相)이 궐하(闕下)에 조회(朝會)하고 제신(諸臣)이 파조(罷朝)한 후 종용한 때를 타 상(上)께 주(奏)하여 광평왕 세자와 신(臣)의 일녀(一女)로 성친(成親)함을 청하온대

---

287 단일(端一): 얌전하고 의젓함.

288 존당(尊堂): 원문에는 '존단'으로 되어 있으나 서강대본을 참고하여 고침.

289 듣보다: 듣기도 하고 보기도 하며 알아보거나 살피다.

290 천일지표(天日之表): 사해(四海)에 군림할 인상(人相). 곧 임금의 인상을 이르는 말.

291 명감(明鑑): 뛰어난 식견.

292 천승군왕(千乘君王): 천승(千乘)은 제후를 뜻함. 승(乘)은 병거(兵車)를 뜻하는데 주대(周代)의 제도에 천자(天子)는 사방 천리(千里)의 땅을 다스리고 전쟁이 났을 때에는 만승(萬乘)의 병거를 내놓으며, 제후(諸侯)는 사방 백리(百里)의 땅을 다스리고 전쟁 시에는 천승(千乘)의 병거를 내놓는다고 한 데에서 연유함.

293 만고성염(萬古聖艶): 세상에 비길 데가 없는 삼감과 고움을 가진 사람.

294 병심(病心): 근심을 품은 마음.

295 선교: 옥혜 소저의 자(字).

296 천연(天緣): 하늘이 맺어준 인연.

상이 깃그사 즉시 왕부와 상부에 사혼지(賜婚紙)를 나리오시니 상부는 이미 아는 바나 광평왕이 감히 역(逆)(46)지 못하고 자못 의아함을 마지않아 혜오되, '상부 남녀(男女)가 다 군자(君子) 아니면 성녀(聖女)라. 사람의 구(求)치 못할 바이어늘 스스로 성혼코자 함이 희한(稀罕)[297]한 일이라.' 하고[298] 세자 영은 현소저를 우연히 마주쳐 보고 그 용색광휘(容色光輝)[299]를 그윽이 사모(思慕)하던 차(次) 수고 않아 정혼(定婚)함을 대희(大喜)하고 윤후가 또한 깃거하나 홀로 황씨 모녀가 대경(大驚)하여 서로 이르되,

"현녀로써 세자빈(世子嬪)을 삼으니 옥화의 형세(形勢) 태산(泰山) 같은지라. 오아(吾兒)의 가기(佳期)[300]는 어느 때 이루리오."

교주가 분연절치(忿然切齒)[301]하더니 차야(此夜)에 왕이 이르러 숙침(宿寢)할새 황씨다려 왈,

"금일 황야(皇爺)[302]가 현상국 일녀로 사혼하시니 불구(不久)에 성례(成禮)하려니와 교주를 미처 가(嫁)치 못하였으니 어찌하리오."

황씨 빈미(顰眉) 대왈,

"세자(世子)는 사직지주(社稷之主)[303]라. 타(47)일(他日) 전하(殿下)의 종묘(宗廟)의 이으실 종사지본(宗社之本)[304]이니 황야(皇爺)가 사혼(賜婚)하심이 범연(凡然)하리잇고. 교주는 유무(有無)[305]가 불긴(不緊)[306]하오니 이십을 그음하면[307] 아니 한낱 인재(人才)를 만나리잇가."

왕이 크게 착히 여겨 흔연(欣然) 칭사(稱辭)[308]하니 이미 요약(妖藥)에 잠긴지라 어찌 요녀의 간계(奸計)를 알리오. 황씨 모녀가 악심(惡心)이 발발(勃發)하여 태섬과 모의할새 문

---

297 희한(稀罕)하다: 드물다.

298 하고: 원문에는 '고고'로 되어 있으나 서강대본을 참고하여 고침.

299 용색광휘(容色光輝): 용모가 아름답게 빛남.

300 가기(佳期): 아름다운 기약이라는 뜻으로 혼사를 말함.

301 분연절치(忿然切齒): 몹시 분하여 이를 갊.

302 황야(皇爺): 황제.

303 사직지주(社稷之主): 나라의 주인. '사직(社稷)'은 토지의 신(神)과 오곡(五穀)의 신(神)이라는 뜻으로 나라·조정을 일컫는 말.

304 종사지본(宗社之本): 나라의 근본. '종사(宗社)'는 종묘와 사직이라는 뜻으로 나라를 일컫는 말.

305 유무(有無)가: 원문에는 '유뫼'로 되어 있으나 서강대본을 참고하여 고침.

306 불긴(不緊): 꼭 필요하지 아니함.

307 그음하다: 한정하다.

308 칭사(稱辭): 칭찬하는 말.

득 대계(大計)를 운동(運動)하여 십여 장 흉서(凶書)를 지어내니 이 곧 황가지엽(皇家枝葉)을 오예(汚穢)[309]하여 전혀 군주를 모함(謀陷)하는 글이라. 가만히 심복(心腹) 궁비(宮婢)와 궁노(宮奴)를 천금(千金)으로 후상(厚賞)하고 흉서를 주어 장안 십자가(十字街) 시상(市上)에 두루 붙이니 과연 날이 오래지 아냐 노상(路上) 아동(兒童)이 저마다 외우니 듣는 자가 경해(驚駭)[310]치 아닐 이 없더라.

교주가 또[311] 천금(千金)을 흩어 탐관(貪官)을 (48)깊이 맺으니 이 곧 도어사 홍범과 추강이라. 벼슬과 재물 아낌을 성명(性命)[312]같이 하더니 왕궁 총비(寵妃) 많은 금백(金帛)과 빛난 채단(綵緞)이며 진금보패(眞金寶貝)를 보내고 청촉(請囑)하여 옥화 군주를 논핵(論劾)[313]할 말을 가르치니, 홍범·추강이 금백재보(金帛財寶)를 차마 사(謝)치[314] 못하여 스스로 일봉(一封) 상소(上疏)를 지어 현상부 승상 부자를 논핵(論劾)하고, 광평왕녀 옥화 군주의 누행(陋行)이 앵앵(鶯鶯)[315]의 일류(一流)라 금지(金枝)를 오예(汚穢)하며 옥엽(玉葉)을 휴(虧)이 하니 기죄가살(其罪可殺)이라 왕법(王法)은 사사(私私)가 없으니 마땅히 죽여 풍교(風敎)를 밝히고 후세 음비(淫非)한 유(類)를 징계(懲戒)하소서 하고 만언장화(萬言長話)[316]를 이뤄 옥탑(玉榻)[317]에 올리니, 이때 정히 아침 조회(朝會)를 파(罷)치 않았더니 천안(天顔)이 일청(一聽)에 발연변색(勃然變色)[318]하시고 양반(49)문무(兩班文武)가 상고실색(相顧失色)[319]이라.

광평왕은 어린[320] 듯하여 말이 없고 오직 현씨 제공이 일호(一毫) 경동(驚動)함이 없더

---

309 오예(汚穢): 지저분하고 더러움.

310 경해(驚駭): 뜻밖의 일로 몹시 놀람.

311 또: 원문에는 '도'로 되어 있으나 서강대본을 참고하여 고침.

312 성명(性命): 생명.

313 논핵(論劾): 잘못을 따지고 꾸짖음.

314 사(謝)하다: 물리치다.

315 앵앵(鶯鶯): 〈서상기(西廂記)〉에 나오는 여주인공 최앵앵(崔鶯鶯). 홍랑을 통해 자신이 사모하는 장생에게 편지를 전하게 하여 장생과 사랑을 나누었으나 결국은 헤어져 각각 다른 사람과 결혼하게 됨.

316 만언장화(萬言長話): 긴 이야기.

317 옥탑(玉榻): 임금이 앉은 의자.

318 발연변색(勃然變色): 왈칵 성을 내어 안색이 변함.

319 상고실색(相顧失色): 서로 돌아보며 놀라서 얼굴빛이 달라짐.

320 어리다: 상심이 되어 얼떨떨하다.

니 현상국이 날호여[321] 몸을 빼어[322] 전폐(殿陛)[323]에 부복(俯伏)하여 상언(上言)을 기다릴새 현학사와 광평왕이 일시에 복지(伏地)한대 상이 양구(良久)에 옥색(玉色)을 고치시고 옥음(玉音)을 나리와 가라사대,

"금일 사고(事故)는 천고대변(千古大變)이라. 여염필부(閭閻匹夫)의 소소가사(小小家事)라도 이렇지 못하려든 천황가(天皇家) 금지옥엽(金枝玉葉)에 이런 일이 있을 줄 알리오. 아지 못게라. 황손(皇孫) 옥화 군주가 누행(陋行)과 음란(淫亂)함이 있단 말가. 타인(他人)은 부지(不知)하나 기부(其夫)와 현경부자(玄卿父子)가 소견이 없으리오. 언관(言官)의 소사(疏辭)가 진실로 가(可)한즉 법은 왕자(王者)가 세운 바니 어찌 귀한 곳에 법을 굽혀 만세(萬世)의 시비(是非)를 (50)이루리오."

현승상이 응성(應聲) 주왈,

"군신(君臣)은 부자일체(父子一體)라 폐하(陛下)가 진정(眞情)으로 하문(下問)하시니 신이 또 어찌 소견을 은휘(隱諱)[324]하리잇고. 신이 일찍 황손(皇孫) 옥화 군주로 위부(爲婦)하오니 그 외모재덕(外貌才德)은 폐하의 보시는 바니 새로이 일컬을 바가 아니라 천생여질(天生麗質)이 출범(出凡)하와 반소(班昭)[325]의 어진 덕(德)과 공강(共姜)[326]의 절조(節操)와 백희(伯姬)[327]의 고집(固執)이 있사오니 어찌 이럴 리 있으리잇고. 신은 생각건대 멀지 않은 곳에 간인(奸人)이 재방(在傍)하와 숙녀의 신세를 마희(魔戲)코자 함이오니 복원(伏願) 폐하는 명찰(明察)하소서."

광평왕이 주왈,

"신이 무상(無想)하와 불초녀(不肖女)의 악행을 알지 못하오니 이 다 신의 죄라. 원컨대

---

321 날호여: 천천히.

322 빼어: 원문에는 '쌔혀'로 되어 있음.

323 전폐(殿陛): 궁전으로 오르는 계단의 섬돌. 원문에는 '뎐혜'로 되어 있음.

324 은휘(隱諱): 꺼리어 감추거나 숨김.

325 반소(班昭): 중국 후한(後漢)의 시인. 남편이 죽은 후 궁정에 초청되어 황후와 귀인의 스승이 되었으며 조대가(曹大家)로 불렸음. 어질고 현철한 여인으로 알려졌음.

326 공강(共姜): 위(衛)나라의 제후의 공자 공백(共伯)의 처. 공백이 일찍 세상을 떠나자 공강은 굳은 절개를 지키고 부모의 재가 권유를 끝까지 뿌리치면서 〈백주(栢舟)〉라는 시를 지어 자신의 굳은 지조를 나타냄.

327 백희(伯姬): 춘추시대 노나라 선공(宣公)의 딸 송백희(宋伯姬). 송나라의 공공(共公)에게 시집간 지 10년 만에 과부가 되어 수절하였음. 양공(襄公) 30년에 송나라 궁에 불이 났는데 대신들이 피하라고 권하였으나 '부인이 밤에 외출할 때는 보모가 없으면 마루에도 내려서지 않는다.'고 하고는 불에 타 죽었음.

황야는 음악지녀(淫惡之女)를 죽이사 법을 정히 하소서."

하니 만(51)조(滿朝)가 해연경아(駭然驚訝)[328]하더라. 성상(聖上) 처치(處置) 어찌 되며 옥화가 무사(無事)한가 차청하회(且聽下回)하라.

철종황제(哲宗皇帝) 후궁(後宮) 김상궁(金尙宮) 철영 글씨.

328 해연경아(駭然驚訝): 아주 놀라고 의아하게 여김.

권지칠

(1)차설. 상이 광평왕의 주사(奏辭)를 들으시고 어이없어 변색(變色) 탄왈(歎曰), "지자(知子)는 막여부(莫如父)[1]라 하거늘 운의 자식 알지 못함이 여차하니 옥화가 진실로 그 아비 말 같으면 당시(當時) 가살(可殺)이라. 수지오지자웅(誰知烏之雌雄)[2]고?"

홍범, 추강이 다투어 가로되,

"지신(知臣)은 막여주(莫如主)요 지자(知子)는 막여부(莫如父)라. 석(昔)에 측천무후(則天武后)[3]와 태진(太眞),[4] 비연(飛燕)[5]이 다 얼굴이 곱되 행실이 파측(叵測)하오니[6] 부인의 행실은 얼굴 곱기에 있지 아니하온지라. 옥화 군주가 용색(容色)이 절출(絶出)하나 유박(帷

1 지자막여부(知子莫如父): 자식을 아는 데는 아비만 한 사람이 없음.

2 수지오지자웅(誰知烏之雌雄): 누가 하늘을 나는 까마귀의 암수를 알겠는가. 즉 일의 진실을 알기 어렵다는 말임.

3 측천무후(則天武后): 당 고종의 황후 무측천(武則天). 고종 사후 실권을 쥐고 스스로 황제가 되었음.

4 태진(太眞): 양귀비. 중국 당나라 현종이 사랑하던 미인. 안녹산의 난을 유발시켰다 하여 피난 중에 죽음을 당함.

5 비연(飛燕): 조비연. 한나라 성제 때의 미인. 성제의 후궁으로 들어가 나중에 황후를 쫓아내고 황후가 되어 부귀를 누리다 성제 사후 축출됨.

6 파측(叵測)하다: 불측(不測)하다. '파'는 '어렵다', '불가하다'는 뜻.

箔)[7] 〈건상(褰裳)〉의 섭진지행(涉溱之行)[8]이 있사오니 차는 앵앵(鶯鶯)[9]의 일류(一流)라. 만일 법을 굽히신즉 후세 공론을 면치 못하시리이다. 폐하가 문견(聞見)을 믿지 아니신즉 군주의 (2)좌우를 져주어[10] 물으시면 사사(事事)가 명정언순(名正言順)하리이다."

말을 이어 일류 간당(奸黨) 십여 인이 출반(出班)하여 흉서(凶書)로 빙거(憑據)하여 군주의 죄를 이루니 광평왕이 듣는 말마다 사색(辭色)이 분개(憤慨)하니 현씨 제공이 왕의 불명(不明)함을 개탄하고 상이 십분 노하사 옥색(玉色)이 엄려(嚴厲)하사[11] 왈,

"옥화는 당세의 숙녀라. 아시(兒時)로부터 덕행이 정숙하니 어찌 이럴 리 있으리오? 아지 못게라. 어떤 요인(妖人)이 은복(隱伏)하여 용종지엽(龍種枝葉)[12]을 갈기고자 하나뇨? 만일 수악(首惡)[13]의 단서를 얻을진대 천참만륙(千斬萬戮)[14]하리라. 유명무실간 옥화의 취명(臭名)이 사서(私書)에 편행(遍行)하니 단서를 가리지 못한 전(前)은 법을 굽히지 못하리니 마땅히 옥화의 좌우를 엄문하여 당(3)죄자(當罪者)를 밝히리라."

평제왕이 출반복지(出班伏地)[15] 왈,

"왕궁가변(王宮家變)은 진실로 불가사문어인국(不可使聞於隣國)[16]이라 행여 일없는 사관(史官)이 청사(靑史)에 기록하여 후세의 욺이 될까 저어하나이다. 연이나 현인이 운건

---

7 유박(帷箔): 안방. 규방.

8 〈건상(褰裳)〉의 섭진지행(涉溱之行): 치마를 걷고 진수를 건너던 행실. 『시경(詩經)』「정풍(鄭風)」〈건상(褰裳)〉에 나오는 '子惠思我, 褰裳涉溱(그대가 나를 사랑하면 치마 걷고 진수라도 건너가리라).'에서 온 말. 애인이 자기를 좋아만 해준다면 큰 강도 치마 걷고 건너가겠다는 적극적인 애정을 표현하는 내용을 음란한 것으로 본 것임.

9 앵앵(鶯鶯): 당나라 애정 전기(傳奇) 〈앵앵전〉의 여주인공 최앵앵(崔鶯鶯). 앵앵은 홍랑을 통해 자신이 사모하는 장생에게 편지를 전하게 하여 장생과 사랑을 나누었으나 결국은 헤어져 각각 다른 사람과 결혼하게 됨.

10 져주다: 따지다. 심문하다.

11 엄려(嚴厲)하다: 엄하다. 성격이나 행동이 철저하고 까다롭다.

12 용종지엽(龍種枝葉): 제왕의 뛰어난 자손. 원문에는 '농둥긔엽'으로 되어 있으나 서강대본을 참고하여 고침.

13 수악(首惡): 우두머리 악인. 주모자.

14 천참만륙(千斬萬戮): 천 번 만 번 칼로 베어 죽임.

15 출반복지(出班伏地): 무리에서 나와 엎드림.

16 불가사문어인국(不可使聞於隣國): 이웃 나라에 소문이 들리게 해서는 안 됨.

(運蹇)[17]하매 '옷밤의 정령(精靈)과 부헝의 무리'[18] 탁란(濁亂)하오니[19] 수악(首惡)을 찾기 어렵삽고 흉인의 무참(誣譖)하는 흉서(凶書)로 신지(信之)하여 승평세계에 무단한 옥사를 니르혀리잇고.[20] 하물며 설국엄문(設鞫嚴問)[21]은 대역(大逆)을 다스리는 위엄이라 증참(證參)[22]이 없고 분명치 아닌 곳에 국정(鞫正)[23]을 번거롭게 하리잇고. 신의 우견(愚見)은 차사(此事)가 미봉(彌縫)하옴은 불가하오니 아직 흉사(凶事)가 발각 전에 옥화를 폐위서인(廢位庶人)하고 희백으로 이이(離異)[24]하여 폐출(廢黜)하시고 심규(深閨)에 수졸(守拙)하여 액(4)회(厄會)[25] 소멸한 후는 자연지중(自然之中)에 간정(姦情)이 발각하리이다."

상이 옳이 여기사 점두(點頭) 칭선(稱善)[26]하시고 광평왕을 대책(大責)하사 일 년 월봉(月俸)을 거두어 본궁에 안치하라 하시고 옥화 군주를 위호(位號)를 앗아 현부에 이이(離異)하여 소주 낙읍현에 적거(謫居)하라 하시고 홍·추 양 어사를 책교(責敎) 왈,

"서중(書中)의 소사(疏辭)가 증참(證參)이 자서치[27] 아닌지라. 국체(國體)에 마지못하여 광평왕 부녀를 추고(推考)하였거니와 차후 세세히 사핵(查核)[28]하여 당죄자(當罪者)를 찾은즉 사세를 좇아 경등(卿等)이 또한 죄를 면치 못하리라."

하시니 홍·추 양 어사가 상교(上敎)가 준절(峻截)하심[29]을 듣고 구연황공(懼然惶恐)하고 한출첨의(汗出沾衣)[30]하여 물러나니 광평왕이 엄조(嚴詔)를 듣사오매 황공불승(惶恐不勝)하여 다만 고두청죄(叩頭請罪)[31]하고 감히 오래 머물지 (5)못하여 퇴하여 궁에 돌아갈새 감히 위

---

17 운건(運蹇): 운수가 막힘.

18 옷밤의 정령(精靈)과 부헝의 무리: '옷밤'은 올빼미, '부헝'은 부엉이를 가리킴. 『시경』「빈풍(豳風)」〈치효(鴟鴞)〉에 보면, 이들은 '내 자식 잡아먹고 집까지 헐려는 무리'로 나옴.

19 탁란(濁亂)하다: 세상을 흐리게 하고 어지럽게 하다.

20 니르혀다: 일으키다.

21 설국엄문(設鞫嚴問): 국청을 설치하고 죄를 엄하게 따짐.

22 증참(證參): 참고할 만한 증거.

23 국정(鞫正): 죄상을 엄격하게 캐물어 조사함.

24 이이(離異): 이혼.

25 액회(厄會): 재앙이 닥치는 불행한 고비.

26 칭선(稱善): 원문에는 '칭셩'으로 되어 있으나 서강대본을 참고하여 고침.

27 자서하다: 자세하다.

28 사핵(查核): 실제 사건을 자세히 조사하여 밝힘.

29 준절(峻截)하다: 매우 위엄이 있고 정중하다.

30 한출첨의(汗出沾衣): 부끄럽거나 무서워서 흐르는 땀이 옷을 적심. 한출첨배(汗出沾背).

31 고두청죄(叩頭請罪): 머리를 땅에 부딪치며 죄를 청함.

의(威儀)를 갖추지 못하여 사마(駟馬)[32]를 물리치고 필마(匹馬)로 궁에 돌아오니 궁중 상하가 진경(震驚)[33]하여 면면(面面)이 변을 차악(嗟愕)하는지라.

왕이 내전에 들어가니 윤비 관패(冠佩)[34]를 끄르고 빈실(賓室)에 대죄(待罪)하였더니 왕이 환궁함을 듣고 궁인으로 전어사죄(傳語謝罪)[35] 왈,

"첩이 불민(不敏)하와 십삭(十朔) 태교(胎敎)를 어질이 못하와 불초녀(不肖女)의 사오나온 죄상(罪狀)이 만성(萬姓)[36]에 나타나니 이 다 첩의 죄라. 황상이 비록 첩의 죄를 사(赦)하시나 군왕이 불초녀(不肖女)의 연고로 책교(責敎)를 받잡고 죄녀(罪女)가 전리(田里)[37]에 원적(遠謫)하니 첩이 하면목(何面目)으로 왕을 뵈오리오?"

상궁이 이대로 전하니 왕이 미우(眉宇)를 찡기고 울울불락(鬱鬱不樂)하여 소당(小堂)에 처하니 세자 형제와 문양군이 뫼셔 떠나지 아니하(6)더라.

왕이 비록 요약(妖藥)에 잠겼으나 정충대절(貞忠大節)은 있는지라. 성상 엄교(嚴敎)를 받자오매 울울불락(鬱鬱不樂)하고 군주의 적행(謫行)을 바로 제왕궁에서 차려 가라 하시니 현상부에서 군주의 옥보방신(玉步芳身)[38]의 누명을 차악(嗟愕)하고 적행(謫行)을 놀라나 상명이 이이(離異)하라 하고[39] 유죄무죄간 가국(家國)의 죄인이라 오래 유처(留處)함이 가(可)치 않아 장차 왕부로 돌아보내고자 하더니 제왕이 상의(上意)를 전하고 군주를 불러볼새, 차시 군주가 소당에 자처죄인(自處罪人)하여 불견천일(不見天日)하고 소조(所遭)[40]가 기구함을 탄아(歎哦)하더니 이날 존명을 인하여 담장청의(淡粧青衣)[41]로 시녀를 좇아 존당에 이르매 감히 승당(昇堂)치 못하고 중계(中階)에 복지청죄(伏地請罪)하니, 존당 구고 숙당이 보건

---

32 사마(駟馬): 네 필의 말이 끄는 수레.

33 진경(震驚): 두렵고 무서워 떪.

34 관패(冠佩): 머리에 쓰는 관과 몸에 차는 장식물.

35 전어사죄(傳語謝罪): 말을 전하여 사죄함.

36 만성(萬姓): 만민(萬民). 모든 사람.

37 전리(田里): 향리. 고향 마을.

38 옥보방신(玉步芳身): 옥 같은 걸음걸이와 향기로운 몸매. 고귀한 여성의 몸을 형용하는 말.

39 이이(離異)하라 하고: 원문에는 '니이ᄒᆞ고'로 되어 있으나 문맥에 맞추어 고침.

40 소조(所遭): 치욕이나 고난을 당함.

41 담장청의(淡粧青衣): 연한 화장에 천한 사람이 입는 평복을 입은 모습.

대 취환(翠鬟)[42]이 삽삽하여 월액설빈(月額雪鬢)[43](7)을 덮었으니 묘질(妙質)[44]이 애원하고 염모(艶貌)가 요나(嫋娜)[45]하며 근심하는 아미(蛾眉)와 부끄리는 태도가 폐한 단장(丹粧) 가운데 더욱 표연(飄然)하여 약소월(若素月)이 운리명(雲裏明)이이요 사환빙이일매(似環氷而一梅)라.[46] 수안척용(瘦顔瘠容)[47]이 더욱 기이하니 존당 구고가 이 거동을 보매 아끼고 슬픔이 골절(骨節)이 녹는 듯하여 빨리 오르기를 명하니 한림 부인 소씨와 운혜 소저가 나아와 좌우 옥수를 이끌어 승당(昇堂)하니 군주가 마지못하여 당(堂)에 올라 돗[48] 앞에 엎대어 고두청죄(叩頭請罪) 왈,

"소첩이 불혜불민(不慧不敏)[49]하와 시봉(侍奉) 수년에 구고(舅姑)의 홍은혜택(鴻恩惠澤)을 갚삽지 못하옵고 마침내 신상(身上)에 취명(臭名)을 실어 황가(皇家)의 빛을 감(減)하고 여자의 몸이 타향에 적거(謫居)하오니 가히 한번 죽어 속죄하옴이 옳사오되 결단이 쾌(快)(8)치 못하와 일루(一縷)[50]를 끊지[51] 못하옵고 존하에 뵈오매 욕사무지(欲死無地)[52]로소이다."

옥성이 애원하고 기운이 안서(安舒)하니[53] 존당 구고가 추연(惆然)하여 옥수(玉手)를 잡고 왈,

"오지소부(吾之小婦)는 당금성녀(當今聖女)라. 자고로 봉황이 오래 농중(籠中)에 곤(困)치 아니하고 환난(患難)의 벗어나지 못하는 성현(聖賢)이 없나니 오부(吾婦)가 용안이 너무 빛나기로 천도(天道)의 휴영지리(虧盈之理)와 인도(人道)의 오영지겸(惡盈之謙)[54]을 면

---

42 취환(翠鬟): 푸른 머리.

43 월액설빈(月額雪鬢): 달과 같이 훤한 이마와 눈부신 귀밑머리. 미인을 형용하는 말.

44 묘질(妙質): 아름다운 자태.

45 요나(嫋娜): 부드럽고 가냘픈 모습.

46 약소월운리명(若素月雲裏明) 사환빙이일매(似環氷而一梅): 하얀 달이 구름 너머에서 밝은 것과 같고, 얼음에 둘러싸인 흰 매화 같음.

47 수안척용(瘦顔瘠容): 수심에 잠겨 마른 얼굴.

48 돗: 돗자리.

49 불혜불민(不慧不敏): 슬기롭지도 명민하지도 못함.

50 일루(一縷): 몹시 미약하거나 불확실하게 유지되는 상태.

51 끊지: 원문에는 '긋지'로 되어 있음.

52 욕사무지(欲死無地): 죽고자 해도 죽을 곳이 없음.

53 안서(安舒)하다: 평온하고 차분하다.

54 천도(天道)의 휴영지리(虧盈之理)와 인도(人道)의 오영지겸(惡盈之謙): 『주역』의 '겸괘(謙卦)'에서 나온 말. 천도는 가득 찬 것을 이지러지게 하며 겸손한 데는 더해주고, 인도는 가득 찬 것을 미워하며 겸손한 것을

치 못하였거니와 하늘이 반드시 길인(吉人)을 보호하시나니 어찌 누설(陋說)에 마치리오. 여자 적행(謫行)이 희한(稀罕)하나[55] 이도 명(命)이라 설마 어찌하리오?"

승상이 이어 위로 왈,

"현부가 운액(運厄)이 기구하여 차행(此行)이 있으나 천의(天意) 지공무사(至公無私)하시니 풍운에 길시(吉時)를 만나리니 모로미 방신(芳身)을 보중하여 몸이 스스로 둔 바가 (9)아님을 생각하라."

하·윤 양 조모가 희허(欷歔)[56] 왈,

"아등(我等)이 소부를 상리(相離)하는 심회 여차하니 영당 현후의 애녀지심이 또 어찌 견디시리오. 어떤 흉인이 차마 이런 흉사를 지었나뇨. 비록 만인이 지시(指示)하고 천하가 다 시비(是非)하여도 우리 부자 조손 삼대와 가인이 다 의심치 아닛나니 소부는 지기(知己)하는 구고와 지심(知心)하는 가부(家夫)가 있음을 생각하여 방신(芳身)을 보중하여 운액(運厄)이 진(盡)하는 날 영화로이 몯기[57]를 바라노라."

사마부인이 다만 추연자상(惆然自傷)하여 말이 없고 금장소고(錦帳小姑)[58]가 면면이 손을 잡고 이별을 아껴 쉬이 몯기를 원하니 군주가 운환(雲鬟)[59]을 숙이고 성안(星眼)에 진주 이슬이 어리어 복수사례(伏首謝禮)[60]하고 존당의 만수무강(萬壽無疆)함을 축수하고 모든 데 (10)이별을 고할 뿐이요 차마 입을 열어 말씀을 이루지 못하니 일좌(一座)가 함루장탄(含淚長歎)[61]함을 마지않아 차마 떠나지 못하고 학사와 한림은 입직(入直)하여 돌아오지 아니하였는 고로 모든 소공자가 들어와 배별(拜別)하더라. 제왕이 가로되,

"이회(離懷) 무한하나 상명(上命)이 계시니 지류(遲留)함이 가(可)치 아니타."

한대 제인(諸人)이 일시에 물러나 명일(明日) 제궁으로 분수(分手)[62]함을 일컫더라. 군주가 배사(拜謝)하고 경·손 양 상궁이 뫼셔 협문(夾門)으로 월성궁에 이르니 공주가 의빈과 설

좋아한다는 뜻임.

55 희한(稀罕)하다: 매우 드물거나 신기하다.

56 희허(欷歔): 한숨을 지음. 허희(歔欷).

57 몯다: '모이다'의 옛말.

58 금장소고(錦帳小姑): 시누이와 동서.

59 운환(雲鬟): 여자의 탐스러운 쪽 진 머리.

60 복수사례(伏首謝禮): 머리를 숙이고 사례함.

61 함루장탄(含淚長歎): 눈물을 머금고 길게 탄식함.

62 분수(分手): 헤어짐. 작별함.

씨, 우희를 거느려 군주를 슬하(膝下)에 앉히고 옥안(玉顔)이 자상(自傷)하여 탄상(歎傷) 왈,

"아질(我姪)의 성덕 자질로 소장지화(蕭墻之禍)[63]가 여차할 줄 알리오. 더욱 왕형(王兄)의 변성(變性)하심이 무참(誣譖)을 신지(信之)하고 언관의 풍문을 의연(依緣)(11)하여 천정(天廷)에서 너의 원상(寃傷)을 일분(一分) 적발함이 없으니 어찌 불명함이 심치 아니리오. 황상이 인명(仁明)하사 전두(前頭)[64]를 예지하시나 물시(勿施)함은 국법이 와해(瓦解)할까 하사 권도(權道)[65]로 적거(謫居)하시나 본의 아니시요, 또 본궁에 나아가매 왕형의 불명(不明)함이 별단 거조(擧措)가 있을까 염(念)하사 우리 부부를 명하사 선처(善處)하라 하시니 현질은 상회(傷懷)[66]치 말라. 언마[67]하여 부자 모녀가 단원(團圓)하리오."[68]

군주가 추파(秋波)에 주루(珠淚)가 만면(滿面)하니 좌우가 탄식유체(歎息流涕)[69]치 아닐 이 없더라.

이때 상이 광평왕의 불명함을 미온(未穩)하사되[70] 왕이 벌써 요약에 심정(心精)이 상한 바를 일시에 해석(解釋)하리오. 중외 공론을 괴로이 여기사 소주 정배(定配)하라 하시고 본궁에 가지 말고 제왕부에서 발행케 하(12)시니 왕과 공주가 상의(上意)를 깨달아 군주를 데려옴이라. 날이 저물매 군주를 협실에 머무르게 하고[71] 차야에 범사(凡事)를 준비하여 명조(明朝)에 이발(離發)할새 상부 합문 상하가 제궁에 이르러 이별하니 오·진 양공이 제왕의 고(告)함으로 사기(事機)를 알았는 고로 부인과 제부를 명하여 총총히 작별하고 본부로 돌아오게 하니라.

차일(此日) 광평왕이 비실(鄙室)에 고요히 있더니 황씨 모녀가 나아와 문안(問安)하고 가로되,

"옥주가 불의(不意) 원적(遠謫)하시니 금수(錦繡) 옥질(玉質)이 도로 간난(艱難)[72]에 어찌 위태(危殆)치 아니리잇고. 어떤 사람으로써 배행(陪行)하시나니잇가?"

---

63 소장지화(蕭墻之禍): 집안 내부나 한 패 속에서 생기는 재앙.

64 전두(前頭): 다가오게 될 앞날. 내두(來頭).

65 권도(權道): 그때그때의 형편에 따라 임기응변으로 일을 처리하는 방도.

66 상회(傷懷): 마음속으로 애통히 여김.

67 언마: '얼마'의 옛말.

68 단원(團圓)하다: 한 가정이 화합하다.

69 탄식유체(歎息流涕): 탄식하고 눈물을 흘림.

70 미온(未穩)하다: 마음에 다소 좋지 않게 여기다.

71 머무르게 하고: 원문에는 '머무르고'로 되어 있으나 문맥에 맞추어 고침.

72 간난(艱難): 몹시 힘들고 고생스러움.

왕이 빈미(顰眉)[73] 왈(曰),

"불초녀(不肖女)를 죽이지 못함이 한(恨)이라. 성상(聖上)이 관전(寬典)[74]을 드리오시니 과인(寡人)이 사사로이 처치(處置)치 못하거니와 대강 불초녀의 사생(死生)(13)이 불관(不關)하니 좇은 궁비(宮婢), 차환(叉鬟), 군관(軍官)의 무리 족하니 뉘 배행하리오."

황씨 청파(聽罷)에 유체(流涕)[75] 왈(曰),

"군주는 만고성녀(萬古聖女)라. 만만(萬萬)코 음루천행(淫陋賤行)을 감심(甘心)[76]치 아니리니 대왕이 어찌 이런 곳에 의심하시나니잇고. 형아가 연기(年紀) 장성(長成)하고 궁중에 저의 유무(有無)가 불긴(不緊)하오니[77] 마땅히 군주를 배행함이 옳을까 하나이다."

왕이 십분(十分) 불열(不悅)하여 배행을 보내지 말고자 하나 황씨 어짊을 감동하니 미미(微微)히 허락하니 황씨 크게 깃거 이에 문희군을 불러 제왕부에 가 군주의 적행(謫行)을 배행하라 하니, 형이 흔연(欣然) 수명(受命)하고 윤비께 하직하니 윤비 다만 점두(點頭)할 뿐이요 한 말 부탁함이 없으니 이는 제왕과 월성 공주의 신명(神明) 예지(叡智)함이 여아를 사화(死火)[78](14)에 던지지 아닐 줄 짐작고 무익지설(無益之說)을 허비치 아니려 함이러라.

문희군이 제궁에 나아가 제왕 부부께 배알(拜謁)하고 적매(嫡妹)를 배행하러 온 뜻을 아뢰니 왕과 공주가 점두(點頭)하고 행거(行車)를 차리매 군주가 승교(乘轎)하니 교중(轎中)에 경상궁이 한가지로 들고 손상궁은 옥소, 경아, 난향, 비취 등 십여 개 궁비(宮婢)로 더불어 초초(草草)한[79] 죽교(竹轎)에 몸을 실어 궁문(宮門)을 나니 상하 이정(離情)이 슬픔이 가이없더라. 형이 스스로 계교(計巧)가 암합(暗合)함을 대희(大喜)하여 행마(行馬)를 재촉하여 남문을 나니 현씨 제공의 거마(車馬)가 나열(羅列)하고 윤씨 제친(諸親)이 이어 보내는 거마가 교외(郊外)에 이었더라.

촉행(促行)하여 남녘으로 향하니 비록 천승(千乘) 왕희(王姬)[80]의 존(尊)함과 한원(翰苑)

---

73 빈미(顰眉): 눈살을 찌푸림.

74 관전(寬典): 관대지전(寬大之典). 관대한 은전(恩典). 특히 죄수의 은사(恩赦) 같은 것을 이른다.

75 유체(流涕): 눈물을 흘림. 또는 그 눈물.

76 감심(甘心): 괴로움이나 책망 따위를 기꺼이 받아들임. 또는 그런 마음.

77 불긴(不緊)하다: 꼭 필요하지 아니하다.

78 사화(死火): 큰 화재가 꺼짐과 같다는 뜻으로, '죽음'을 비유적으로 이르는 말.

79 초초(草草)하다: 몹시 간략하다. 갖출 것을 다 갖추지 못하여 초라하다.

80 왕희(王姬): 왕녀(王女).

명부(命婦)[81]의 귀함이나 누(陋)얼[82]을 실(15)어[83] 무광(無光)한 신세(身世)와 피폐(疲弊)[84]한 행색(行色)이 일호(一毫)나 옥엽황손(玉葉皇孫)의 부귀번화(富貴繁華)함이 있으리오. 석양모천(夕陽暮天)에 창망(滄茫)한 서색(曙色)[85]을 띠어 인린(轔轔)한[86] 수레바퀴 한제(漢帝)[87]와 연(輦)을 한가지로 아니 하고 장신궁(長信宮)[88]에 돌아가는 반비(班妃)[89]의 행거(行車) 같으나 첩여(婕妤)[90]는 이름이 좋고 죄 없거니와 다만 비연(飛燕)의 투기(妬忌)를 만나 심궁(深宮)에 장신(藏身)[91]함이어니와 차인(此人)은 비연 같은 강적(强敵)이 자리를 웅거(雄據)함이 아니로되 이름 없는 시기(猜忌)를 만나 금옥방신(金玉芳身)이 속절없이 나망(羅網)[92]에 걸린 금오(金烏)[93]가 되어 천리(千里)에 표령(飄零)[94]하니 가히 식자(識者)의 강개(慷慨)할 바라. 종일 행하여 여점(旅店)에 주인(主人)하니[95] 경·손 양 상궁이 군주를 붙들어 내실(內室)에 들이고 형은 외실(外室)에 머물새 면강(勉强)하여[96] 안에 들어와 군주를 문후(問候)(16)하고 보고자 하거늘 군주가 금리(衾裏)[97]로 낯을 싸고 향벽잠와(向壁潛臥)[98]하였더니 경씨로 전어(傳語) 왈(曰),

"죄매(罪妹)는 세상 죄인이라. 임행(臨行)에 부모 형제로 서로 이별치 못하니 이미 인륜(人倫)을 버린 인생이라. 어찌 대인(對人)할 뜻이 있으리오. 이러므로 서로 보기를

---

81 명부(命婦): 봉작(封爵)을 받은 부인을 통틀어 이르는 말. 내명부와 외명부의 구별이 있었다.

82 얼: 겉에 드러난 흠. 언걸. 다른 사람 때문에 당하는 괴로움이나 해(害).

83 싣다: '얻다'의 옛말.

84 피폐(疲弊): 지치고 쇠약하여짐.

85 서색(曙色): 새벽 빛. 또는 새벽의 흐릿한 빛과 같은 것.

86 인린(轔轔)하다: 수레바퀴가 굴러 덜거덕거리다.

87 한제(漢帝): 한 고조. 한나라의 제1대 황제. 유방(劉邦).

88 장신궁(長信宮): 한나라 성제의 후궁이었던 반첩여가 거처하던 곳.

89 반비(班妃): 한나라 성제의 후궁이었던 반첩여(班婕妤)를 이름. 매우 아름다워 성제의 총애를 받았으나 나중에 조비연에게 총애가 옮겨가자 참소당하여 장신궁으로 물러났다.

90 첩여(婕妤): 반첩여(班婕妤).

91 장신(藏身): 잠신(潛身). 몸을 숨기고 나타내지 않음.

92 나망(羅網): 새그물.

93 금오(金烏): 금까마귀. '해'를 달리 이르는 말로 태양 속에 세 개의 발을 가진 까마귀가 있다는 전설에서 유래한다. 여기서는 '까마귀'의 뜻으로 쓰였다.

94 표령(飄零): 신세가 딱하게 되어 안착하지 못하고 이리저리 떠돌아다님.

95 주인(主人)하다: 잠시 거처할 곳을 정하다.

96 면강(勉强)하여: 억지로.

97 금리(衾裏): 이불 속.

98 향벽잠와(向壁潛臥): 벽을 향해 잠잠히 누워 있음.

원치 아닛나이다."

형이 심리(心裏)에 냉소(冷笑)하고 혜오되, '옥화가 전일(前日) 부왕(父王)의 자애(慈愛)를 띠어 우리 남매를 썩은 풀같이 여기더니 오늘날 만고 죄인이 되니 천도(天道)가 살핌이 소소(昭昭)하도다.' 하고[99] 흔연(欣然)히 답왈(答曰),

"군주가 일시 유액(有厄)하여 액회(厄會) 공참(孔慘)하나[100] 본디 부왕의 소중(所重) 교와(嬌瓦)[101]요, 현상국 귀한 자부(子婦)로 만세제후(萬世諸侯)의 은권(恩眷)[102]이 중하시니 액운(厄運)이 소멸(消滅)한즉 당당히 화교옥륜(華轎玉輪)으로 지방관이 호송(護送)하여 평안히 돌아와 부귀영(17)화(富貴榮華)가 무량(無量)하시리니 이대도록 자겸(自謙)하여 동기(同氣)를 보지 아니리오."

설파(說罷)에 은은(隱隱) 함소(含笑)하니 제궁인(諸宮人)이 심리(心裏)에 통해(痛駭)하나 말을 아니터라.

명일(明日) 문희군이 자다가 깨어 보니 일색(日色)이 늦고 종자(從子)가 조선(朝膳)[103]을 대령(待令)하여 깨기를 기다린 지 오래고 군주는 벌써 상교(上轎)하였더라. 형이 심리(心裏)에 괴로움을 이기지 못하여 생각하되, '나는 왕궁 귀공자로 고당난실(高堂暖室)에 주육(酒肉)이 배부르고 비단자리에 잠이 편하거늘 옥화의 연고(緣故)로 공연히 행로(行路)에 괴로움을 감심(甘心)하고 점방(店房) 초사(草舍)에 고로히[104] 잠드니 어찌 우습지 아니리오. 어서 두어 날 곧 지나면 남강에 행선(行船)할 것이니 옥화 노주(奴主)를 쾌히 해심(海心)[105]에 들이치면 좋으련마는 모친과 누의[106]는 황생을 맡겨 (18)보내자 하니 아모리면 옥화가 우리 모자 남매를 고마워할까. 부인 여자는 가히 혬이 져르도다.'[107] 이렇듯 헤아려 눈썹을 괴로이 찡기고 게을리 일어나 소세(梳洗)[108]를 맞고 식반(食飯)을 파하매 말에 올라 행거(行車)를 좇으니 경씨 군주 말씀으로 전어(傳語)하되,

---

99 하고: 원문에는 없으나 서강대본을 참고하여 보충함.

100 공참(孔慘)하다: 매우 참혹하다.

101 교와(嬌瓦): 어여쁜 딸.

102 은권(恩眷): 임금의 총애. 어여삐 여겨 잘 보살펴 줌.

103 조선(朝膳): 아침식사.

104 고로히: 괴로이. '고롭다'는 '괴롭다'의 옛말.

105 해심(海心): 바다의 한가운데.

106 누의: 누이.

107 져르다: 짧다.

108 소세(梳洗): 머리를 빗고 낯을 씻음.

"길이 멀고 행색(行色)이 비편(非便)하니 일찍 인가(人家)를 찾지 말고 일찍이 행하고 늦게 들어 속히 행하사이다."

형이 불열(不悅) 왈(曰),

"군주는 귀골(貴骨) 약질(弱質)이라. 도로(道路) 발섭(跋涉)[109]에 이렇듯 근로(勤勞)하여 방신(芳身)이 불안케 하리오. 궁희(宮姬)는 이대로 전하라."

하고 완완(緩緩)히[110] 행하여 일반(一飯)에 길나고[111] 일락(日落)에 점사(店舍)를 찾으니 자연 도로(道路)에 지체(遲滯)하여 여러 날 만에 남강 수변(水邊)에 이르러 행선(行船)할새 정히 중류(中流)하였더니 문득 서녘 수(19)상(水上)으로조차 어즈러운 어선(漁船)이 행류(行流)하여 군주의 탄 배 뒤에 좇으니 선중(船中)에 다만 한낱 노고(老姑)[112]와 일개(一個) 병든 남자라. 모구(毛裘)[113]로 몸을 가리우고 모건(毛巾)으로 머리를 덮었으니 사람이 그 면목(面目)을 알기 어렵더라. 형이 반드시 황축이 군주의 행도(行途)[114]를 엄습(掩襲)[115]고자 하는 줄 알고 암희(暗喜)하여 차야(此夜)에 중류(中流)하여 배를 강심(江心)에 띄우고 닻을 지우니[116] 뒤에 좇은 배 또 한가지로 머물더라.

가장 밤든 후 또 난데없는 행선(行船)이 뒷배에 모이니 수십여 명 호한(好漢)이라. 군주의 탄 배에서 선주(船主)가 보고 괴(怪)히 여겨 묻되,

"우리 선중(船中)에 뫼신 행거(行車)는 범연(凡然)하신 행차(行次)가 아니라 경궁귀택(京宮貴宅)의 금옥(金玉) 귀주(貴主)[117]의 적행(謫行)이시니 비록 피폐(疲弊)하나 객선(客船)이 방자(放恣)히 들레지[118] 못하리니 열위(列位)는 요란(20)히 굴지 말고 배를 멀리 매라."

뱃사람들이 일시에 응성(應聲)하여 이르되,

"산촌우맹(山村愚氓)[119]이 무지하여 눈이 있어도 태산을 알아보지 못하였더니 원래 존

---

109 발섭(跋涉): 산을 넘고 물을 건너 길을 감.

110 완완(緩緩)히: 동작이 느리고 더디게.

111 길나다: '출발하다'의 옛말.

112 노고(老姑): 노파(老婆).

113 모구(毛裘): 털가죽으로 만든 옷.

114 행도(行途): 행정(行程). 멀리 가는 길.

115 엄습(掩襲): 뜻하지 아니하는 사이에 습격함.

116 지우다: 아래로 떨어뜨리거나 놓다.

117 귀주(貴主): 왕의 딸. 공주나 옹주를 높여 부르는 말.

118 들레다: 떠들썩하다. 야단스럽게 떠들다.

119 산촌우맹(山村愚氓): 매우 외진 곳에 사는 어리석은 백성.

귀(尊貴)하신 행차(行次)랏다. 우리 어찌 요란하리오마는 우리 무리 서촉(西蜀) 땅에 물화(物貨) 실으러 갔다가 동반(同伴)이 풍병(風病)[120]을 얻어 노중(路中)에 죽어가니 그 노모가 친히 와 데려가는 고로 우리 모두 보내는 길이러니 이런 귀한 행차를 만날 줄 어찌 알리오. 문희군 노야(老爺)가 배행(陪行)하신다 하니 더욱 촌한(村漢)의 무리 방자(放恣)치 못하리라."

하고 곁 배를 지휘하여 수삼 리를 물러가더라.

차시(此時)는 초추회간(初秋晦間)[121]이라. 밤이 어두워 지척(咫尺)을 분변(分辨)치 못하는 즈음이러니 야반삼경(夜半三更)에 홀연 물 위에서 고함이 진동하며 사오십 명 적도(賊徒)가 서리 (21)같은 창도(槍刀)와 긴 막대를 두르며 군주의 행선을 에우고 선중에 돌입하며 일시에 대호(大呼) 왈,

"선중의 사람은 해치 말고 다만 배 가운데 부인을 편히 뫼시라."

불언종시(不言終時)[122]에 선창(船倉) 안에 달아드니 형은 벌써 아는 일이라 거짓 놀라 크게 소리 지르고 호흡이 끊어져 죽어가는 체하니 중인(衆人)이 대경(大驚)하여 일시에 붙들고 떨며 이르되,

"열위(列位) 호한(好漢)은 우리 공자를 해치 말라. 군주 부인은 장(帳) 안에 계시니 뫼셔가나 말리지 아니리라."

수두(首頭) 적한(賊漢)이 여성(厲聲)[123] 왈(曰),

"다만 미인(美人)을 취할 따름이요, 인명(人命)을 해(害)치 말라."

제적(諸賊)이 응성(應聲)하여 일시에 선창 안에 들어가니 과연 일위(一位) 부인이 금금(錦衾)으로 낯을 싸고 애원(哀願)히 통곡(痛哭)하니 좌우의 노궁인(老宮人)이 붙들어 호곡(號哭)하고 십(22)여 개 궁비(宮婢) 저마다 오읍(嗚泣)하여 성명(性命)을 애걸(哀乞)하여 제적(諸賊)이 보건대 부인은 낯을 쌌으니 얼굴을 알지 못하나 나는 듯한 어깨 표연(飄然)히[124] 깎아 이룬 듯하고 세요(細腰)는 섬섬(纖纖)하여[125] 자궁(紫宮)[126] 부인으로 흡사하니 비록 보지

---

120 풍병(風病): 풍사(風邪)를 받아 생기는 병을 통틀어 이르는 말.

121 초추회간(初秋晦間): 초가을 그믐께.

122 불언종시(不言終時): 말을 다 끝내지 못했을 때.

123 여성(厲聲): 성이 나서 큰 소리를 지름. 또는 그 소리.

124 표연(飄然)히: 바람에 나부끼는 모양이 가볍게.

125 섬섬(纖纖)하다: 가냘프고 여리다.

126 자궁(紫宮): 대궐 또는 황궁.

아니나 미색(美色)의 싹이 나타나니 황축이 미처 보도 않아서 정혼(精魂)이 비월(飛越)하니 바삐 좌우를 지휘하여 미인을 가벼이 활착(活捉)하여[127] 선창 밖에 내달으니 여적(餘賊)이 일행(一行) 재보(財寶)를 수탐(搜探)하여 돌아갈새 옥소, 난향 등이 금야(今夜)에 변이 있을 줄 알고 더러운 진토(塵土)와 재를 가져 낮에 칠하니 완연(宛然)한 봉두귀면(蓬頭鬼面)[128]이라. 적이 보고 다만 부인과 재물만 앗아 돌아가니라.

차야(此夜)에 선중(船中)이 소요(騷擾)하여 능히 자지 못하고 경·손 양인과 옥소 등(23)이 거짓 가슴만 두드리고 군주를 부르짖어 통곡하며 밤을 새우니 궁관(宮官), 궁노(宮奴)들이 역시 황황(遑遑)[129] 망조(罔措)[130]하여 문희군을 구호(救護)하니 반향(半晌)[131]에 형이 기운을 차리는 체하여 군주의 봉변(逢變)함을 듣고 거짓 통곡 왈(曰),

"내가 현매(賢妹)를 잃고 하면목(何面目)으로 돌아가 부왕(父王)과 적모(嫡母)께 무엇이라 고하리오."

하더니 선창 안에서 홀연 한 봉 서간(書簡)을 얻으니 형이 괴이 여기는 체하고 뜯어 보니 하였으되,

"평생 미망가인(未忘佳人)을 해중(海中)에서 상봉(相逢)하니 어찌 헛되이 버리고 돌아가리오. 그대 등은 잃은가 놀라지 말라. 산림녹수(山林綠水)에 유정랑(有情郎)을 좇아 화락(和樂)이 무흠(無欠)하리라."

하였더라.

형이 울던 눈을 비벼 씻고[132] 혀 차 이르되,

"현마[133] 어찌리오. 이 한 장 글이 표물(表物)이 되었으(24)니 가져 돌아가 부왕께 아뢰리라."

하고 행선(行船)을 두루혀니[134] 경·손 양인(兩人)과 제궁아(諸宮娥)가 통한(痛恨)하며 또 저를

127 활착(活捉)하다: 생포하다.

128 봉두귀면(蓬頭鬼面): 머리털이 마구 흐트러져 어지럽게 된 머리에 귀신의 얼굴 같은 추루(醜陋)한 모습.

129 황황(遑遑): 갈팡질팡 어쩔 줄 모르게 급함.

130 망조(罔措): 망지소조(罔知所措). 너무 당황하거나 급하여 어찌할 줄을 모르고 갈팡질팡함.

131 반향(半晌): 한참 동안, 반나절.

132 비벼 씻고: 원문에는 '빗쁘 쁫고'로 되어 있으나 문맥에 맞추어 고침.

133 현마: '설마'의 옛말.

134 두루혀다: '돌이키다'의 옛말.

따라 경사(京師)에 가 왕궁(王宮)에 잠기이면 주인을 뫼시기 어려운지라 비록 행량(行糧)[135]을 잃었으나 신변(身邊)의 경보(輕寶)[136]는 수습(收拾)함이 있는지라 배에 나리매 형에게 하직(下直) 왈,

"아등(我等)이 군주(郡主)를 잃고 차마 돌아가 전하(殿下)와 낭랑(娘娘)께 뵈옵지 못할 것이니 이에 떨어져 천하에 주류(周流)하여도 옥주(玉主)의 사생(死生)을 알고야 결단(決斷)하려 하나이다."

하고 하직하니 형이 가장 괴로워하더니 시원히 여겨 허락하니 양 상궁이 정색(正色) 왈,

"요인(妖人)이 흉모(凶謀)를 배포(排布)[137]하여 빙옥방신(氷玉芳身)[138]을 함(陷)하여[139] 원지(遠地)에 적행(謫行)을 짓고 중로(中路)에 강적(强敵)을 보내어 탈취(奪取)하나 어찌 환란에 마치리(25)오. 아주(我主)는 반드시 풍운(風雲)에 길시(吉時)를 만나시려니와 악인(惡人)은 풍진(風塵)에 낙척(落拓)하여 소죄(小罪)는 만리(萬里)에 유찬(流竄)[140]하고 대죄(大罪)는 종시(終是)에 요참(腰斬)[141]하리니 공자는 타일(他日)을 보소서."

하고 설파(說罷)에 기색이 씩씩하고 성음(聲音)이 강개(慷慨)하니 형이 무참 분노하나 무엇이라 하리오. 낯을 붉히고 무언(無言)이러니 양구(良久)에 강잉(强仍)[142]하여 왈,

"궁희(宮姬) 등의 거취(去就)는 나의 알 바가 아니라 임의로 하라."

양인(兩人)이 면강(勉强)[143] 하직하고 그윽한 촌점(村店)에 들어가 신변(身邊)에 장(藏)하였던 경보(輕寶)를 내어 거느린 궁노(宮奴)로 하여금 시상(市上)에 가 팔아 반전(盤纏)[144]을 삼고 촌가(村家)에 가 일월(日月)을 지류(遲留)[145]하여 형의 일행이 쾌히 환경(還京)할 만한

---

135 행량(行糧): 들고 다니는 양식.

136 경보(輕寶): 몸에 지니고 다니기에 편한 가벼운 보배.

137 배포(排布): 머리를 써서 일을 조리 있게 계획함. 또는 그런 속마음.

138 빙옥방신(氷玉芳身): 얼음과 옥과 같이 맑고 깨끗하며 꽃다운 몸. 귀하고 아름다운 여자의 몸을 높여 이르는 말.

139 함(陷)하다: 해치다. 궁지에 몰아넣다.

140 유찬(流竄): 유배(流配).

141 요참(腰斬): 죄인의 허리를 베어 죽이던 일. 또는 그런 형벌.

142 강잉(强仍): 억지로 참음. 마지못하여 그렇게 함.

143 면강(勉强): 억지로 하거나 시킴.

144 반전(盤纏): 노자(路資).

145 지류(遲留): 머뭇거림. 오랫동안 머무름.

후에 경사(京師)에 돌아와 각각 제 집에 흩어져 머물다가 승야(乘夜)[146]하여 제왕궁에 모여 (26)공주께 배알하고 벽원심처(僻遠深處)[147]에 주인을 복사(服事)[148]하여 천도(天道)의 순환함을 기다리니, 아지 못게라. 옥화 군주가 적행시(謫行時) 제왕[149]과 공주[150]가 능히 도중(道中) 적변(賊變)을 헤아려 군주는 깊이 감추고 누고[151]로써 대신하여 이불로 낯을 싸고 짐즛 가변(假變)을 당하고 옥화는 무사히 있는고? 하회(下回)를 찾아보면 알리로다.

차시(此時) 현상부에서 몽매(夢寐)에 풍파(風波)가 상생하여 군주가 누(陋)얼[152]을 무릅써 천리 적객(謫客)이 되니 존당구고(尊堂舅姑)가 그 재용(才容)을 아끼고 학사의 환부(鰥夫)[153] 생애 고초(苦楚)함을 탄석(歎惜)하니 사마부인(司馬婦人)이 울울불락(鬱鬱不樂)하여[154] 숙침좌와(宿寢坐臥)에 여실지보(如失至寶)[155]하니 제사금장소고(娣姒錦帳小姑)[156]가 위로하여 왈,

"석년(昔年)에 저저(姐姐)의 소주(蘇州) 적행도 희한커늘 군주의 차행(此行)이 괴이하니 (27)또 어떤 자의 작용(作用)인고? 계부(季父)[157]가 이르시되 사마질(司馬姪) 고식(姑媳)[158]의 만난 바가 방불(彷彿)타 하시니 반드시 광평왕 부중(府中)에 요사(妖邪)가 있다 하사 불구(不久)에 정적(情跡)[159]이 탈루(脫漏)하리라 하시니 저저의 총명(聰明)을 헤아림이 있나니잇가?"

사마부인이 사람이 매양 석사(昔事)를 이른즉 후생(後生)이 행여 알 이 있을까 깃거 아닛난 고로 강잉 잠소(潛笑) 왈,

---

146 승야(乘夜): 밤중을 틈탐.
147 벽원심처(僻遠深處): 한쪽으로 치우쳐 외지고 멀며 깊숙한 곳.
148 복사(服事): 좇아서 섬김.
149 제왕: 현천린. 옥화 군주의 고모부.
150 공주: 월성 공주. 옥화 군주의 고모.
151 누고: '누구'의 옛말.
152 얼: 겉에 드러난 흠. 언걸. 다른 사람 때문에 당하는 괴로움이나 해(害).
153 환부(鰥夫): 홀아비.
154 울울불락(鬱鬱不樂)하다: 마음이 답답하고 즐겁지 않다.
155 여실지보(如失至寶): 더없이 중요한 보배를 잃은 것같이 함.
156 제사금장소고(娣姒錦帳小姑): 동서와 시누이.
157 계부(季父): 아버지의 막내아우. 여기서는 '현천린'을 가리킴.
158 고식(姑媳): 고부(姑婦).
159 정적(情迹): 감정으로 느낄 수 있는 흔적 또는 사정의 흔적.

"첩이 이루지명(離婁之明)[160]과 사광지총(師曠之聰)[161]이 아니니 자부(子婦)의 화란(禍亂)을 어찌 알리잇고. 수연(雖然)이나 사람의 길흉화복(吉凶禍福)은 천정(天定)이니 다만 첩의 고식(姑媳)의 팔자가 순치 못하리라, 스스로 명각(明覺)함을 부끄릴지언정 사람을 탓할 것이 없도소이다."

좌간(座間)에 큰 사마씨 있더니 제부인 말씀을 듣고 아미(蛾眉)를 숙여 면홍(面紅)이 자저(自著)하니 사마부인(28)이 기형(其兄)의 기색을 보고 제부인이 볼까 저어 비회(悲懷)를 물리치고 화담미어(和談美語)[162]가 도도(陶陶)하니[163] 제부인이 사마씨 자매의 기색을 모르리오. 심리(心裏)에 실소(失笑)하더라.

차시 광평왕이 본궁에 폐치(廢置)하고 옥화 군주가 적거(謫居)하니 왕부와 상부의 화기(和氣) 사연한지라.[164] 존당 상하가 홍미 소삭(消索)[165]하여 근심이 적지 아니하더니 문득 오래지 않아 군주가 중로(中路)에서 실산(失散)한 소식이 이르니 왕자 형이 차관(差官)[166]으로 더불어 돌아와 조정에 주문(奏聞)[167]하니, 제후가 대경(大驚)하여 소주에 조서(詔書)를 나리오사 행도(行途)를 상심(詳審)치 않음을 책(責)하시니 형이 앙앙(怏怏)하여[168] 돌아와 부왕(父王)과 윤후를 뵈옵고 수말(首末)을 고하니 왕은 상성(喪性)[169]한 가운데나 경해(驚駭)함을 마지아니하고 윤비는 희허(欷歔) 탄왈(歎曰),

"옥(29)화 소조(所遭)가[170] 기험(崎險)[171]함이니 수원수한(誰怨誰恨)이리오. 수연(雖然)이나 천도(天道)가 마침내 오아(吾兒)에게 매몰치 않으리니 내 아해 재모성덕(才貌盛德)으로

---

160 이루지명(離婁之明): 눈이 몹시 밝음을 비유적으로 이르는 말. 중국 황제(黃帝)때 사람인 이루가 눈이 밝았다는 데서 나온 말.

161 사광지총(師曠之聰): 귀가 예민함을 이르는 말. 중국 진나라의 악사(樂士) 사광이 음조를 듣고 잘 판단하였다는 데서 유래함.

162 화담미어(和談美語): 정답게 주고받는 아름다운 말.

163 도도(陶陶)하다: 매우 화평하고 즐겁다.

164 사연하다: 사그라들다. 사라지다.

165 소삭(消索): 점점 줄어들어 다 없어짐.

166 차관(差官): 특별한 임무를 띠고 임시로 파견된 관리. 원문에는 '치관'으로 되어 있음.

167 주문(奏聞): 주달(奏達). 임금에게 아뢰던 일.

168 앙앙(怏怏)하다: 매우 마음에 차지 아니하거나 야속하다.

169 상성(喪性): 본래의 성질을 잃어버리고 전혀 다른 사람처럼 됨.

170 소조(所遭)가: 원문에는 '쇼졔'로 되어 있으나 서강대본을 참고하여 고침. '소조(所遭)'는 치욕이나 고난을 당함.

171 기험(崎險): 기구(崎嶇). (비유적으로) 세상살이가 순탄하지 못하고 가탈이 많음.

어찌 힘힘히[172] 간인(奸人)의 독수(毒手)에 마치리오."

하니 황씨 모녀가 차언(此言)을 듣고 냉소(冷笑) 왈,

"벽주가 춘추대성(春秋大聖)[173]이 아니리니 어찌 진채(陳蔡)의 난(亂)[174]을 면하며 천라지망(天羅之網)[175]을 벗어나리오. 우람(愚濫)한[176] 여자가 기녀(己女)로써 감히 춘추성인(春秋聖人)에게 비하나뇨. 석자(昔者)에 한광무(漢光武)[177]가 일대 명주(名主)로되 곽후(郭后)[178]를 고념(顧念)[179]치 아니하고 동해(東海) 소방(小邦)[180]에 출송(黜送)[181]하였나니 음여화(陰麗華)의 큰 위(位)를 엿보는 기틀이 홀로 이 황숙빈(淑嬪)에게 있는 줄 모르는도다. 하늘이 우리 모녀로 하여금 윤씨 모녀를 소제(掃除)[182]하고 각각 그 자리를 앗을진대 전일 윤씨 모녀가 군왕의 은총을 천자(擅恣)하여[183] 안(30)하무인(眼下無人)하던 분(憤)을 갚은즉 쾌함이 항우(項羽)[184]를 오강(烏江)[185]에 가두고 통일천하(統一天下)하던 한고조(漢高

---

172 힘힘히: 부질없이.

173 춘추대성(春秋大聖): 공자(孔子).

174 진채(陳蔡)의 난(亂): 공자가 초(楚)나라 소왕(昭王)의 초청을 받고 초나라로 가는 것을 알게 된 진(陳)나라와 채(蔡)나라 대부들이, 초나라가 공자의 지도를 받아 강대해질 것을 우려하여 공자가 초나라로 가지 못하도록 공자의 일행을 포위하고 식량 공급선을 차단하여 공자의 일행이 굶주리게 된 일.

175 천라지망(天羅之網): 하늘에 새 그물, 땅에 고기 그물이라는 뜻으로, 아무리 하여도 벗어나기 어려운 경계망이나 피할 수 없는 재액을 이르는 말.

176 우람(愚濫)하다: 어리석어 분수를 모르고 외람되다.

177 한광무(漢光武): 중국 후한(後漢)의 제1대 황제(B.C.6~A.D.57). 본명은 유수(劉秀). 자는 문숙(文叔). 왕망의 군대를 무찔러 한나라를 다시 일으키고 낙양에 도읍하였다. 재위 기간은 25~57년이다.

178 곽후(郭后): 『후한서(後漢書)』에는 음여화(陰麗華)가 광무제의 정실이고, 곽후는 광무제의 둘째 부인으로 아들을 낳아서 황후가 되었지만 은총이 쇠해져 결국 폐위되었다고 기록되어 있다. 그러나 〈옥환기봉(玉環奇逢)〉에서는 곽후가 광무제의 원비이자 조강지처(糟糠之妻)이며, 음여화는 둘째 부인인 것으로 서술되고 있다. 황숙빈이 음여화를 자신에 빗대고 있는 것으로 보아 〈옥환기봉〉의 내용을 의식한 서술로 보인다.

179 고념(顧念): 남의 사정이나 일을 돌보아 줌. 남의 허물을 덮어 줌.

180 소방(小邦): 소국(小國).

181 출송(黜送): 쫓아 보냄.

182 소제(掃除): 깨끗이 쓸어 없앰.

183 천자(擅恣)하다: 제 마음대로 하여 조금도 꺼림이 없다.

184 항우(項羽): 중국 진(秦)나라 말기의 무장(B.C.232~B.C.202). 이름은 적(籍). 우는 자(字)이다. 숙부 항량(項梁)과 함께 군사를 일으켜 유방(劉邦)과 협력하여 진나라를 멸망시키고 스스로 서초(西楚)의 패왕(霸王)이 되었다. 그 후 유방과 패권을 다투다가 해하(垓下)에서 포위되어 자살하였다.

185 오강(烏江): 중국 안후이 성 동쪽 끝, 양자강(揚子江) 강변에 있는 도시. 항우(項羽)가 한(漢)나라 고조(高祖)에게 패하여 스스로 목숨을 끊은 곳임.

祖)[186]의 세업(世業)으로 다름이 있으리오."

교주가 역소역탄(亦笑亦歎) 왈,

"모비(母妃)는 이리 이르지 마소서. 속담에 일렀으되 구슬이 열 섬이 있어도 꿰지 못하면 보배 아니라 하니 벽주가 진짓 벽주가 되면 교주가 무슨 빛남이 있으리잇고. 우리 모녀가 천신만고(千辛萬苦)하고 천방백계(千方百計)로 벽주를 겨우 절제(切除)하였으니 윤비의 모자(母子)를 소제하노라면 심력(心力)이 얼마나 허비(虛費)할동 알리오. 이 일은 관기형세(觀其形勢)하여 선처(善處)하려니와, 소녀의 홍안(紅顔)이 점점 늦어가는지라 이렇듯 세월을 천연(遷延)[187]치 못할 것이니 모친은 빨리 도모하시고 옥모가랑(玉貌佳郎)[188]을 질족자(疾足者)[189]에게 아이지[190] 마소서."

황씨 왈,

"오역유(31)심(吾亦有心)이로되 아직 옥화가 갓 적거(謫居)하고 군왕이 죄루(罪累)[191]에 처하였으니 궁중이 우황(憂惶)[192] 중 있는지라, 바삐 혼사(婚事)를 의논함이 중론(衆論)이 있을까 하노라. 세도(勢道)를 보아가며 선처(善處)하리니 아해(兒孩)는 바삐 말라."

하더라.

현상부(玄相府)와 제왕부에서 군주의 도중 적변(賊變)을 듣고 간인의 모계(謀計) 불측함을 불승통해(不勝痛駭)[193]하여 본적(本迹)을 모르는 자는 군주의 옥보방신(玉步芳身)[194]이 어찌 된고 위하여 슬퍼하고, 존당 오국공 부부가 월성 공주의 선견지명(先見之明)이 사광(師曠)[195]에 지남을 칭복(稱服)하더라. 승상 부자와 제왕이 광평궁에 나아가 왕을 보고 군주의 도중 봉변을 치위(致慰)[196]하고 사생존망(死生存亡)을 근심하니, 왕이 황녀의 참소(讒訴)를

---

186 한고조(漢高祖): 한(漢)나라 고조(高祖) 유방(劉邦)(? B.C.247~B.C.195).

187 천연(遷延): 일이나 날짜 따위를 미루고 지체함.

188 옥모가랑(玉貌佳郎): 옥같이 아름다운 모습과 재주를 가진 훌륭한 신랑.

189 질족자(疾足者): 발 빠른 사람.

190 아이다: 빼앗기다.

191 죄루(罪累): 죄에 연루되는 일.

192 우황(憂惶): 근심하며 두려워한다는 뜻.

193 불승통해(不勝痛駭): 몹시 이상스러워 놀라움을 이기지 못함.

194 옥보방신(玉步芳身): 귀한 분의 걸음걸이와 몸이란 뜻으로, 건강을 비유적으로 이르는 말.

195 사광(師曠): 중국 진나라의 악사(樂士). 총명한 사람의 뜻으로 쓰임.

196 치위(致慰): 상중(喪中)이나 복중(服中)에 있는 사람을 위로함.

혹히 들었는지라 여아가 벅(32)벅이[197] 죽지 아니코 간부(間夫)를 좇아간 줄 알매 승상과 제왕의 내도히[198] 아는 기색을 묵연무어(默然無語)하여 침음양구(沈吟良久)[199]에 학사의 손을 잡고 웃어 왈,

"불초녀(不肖女)가 원간[200] 유무(有無)가 긴치 않으나 다만 내 복이 없고 여아가 자작지얼(自作之孼)로 제 몸이 파천(破天)[201]하고 현랑(玄郞) 같은 대현군자(大賢君子)를 타인에게 사양하니 어찌 애달프지 아니리오. 소종(小宗)이 당당한 적종(嫡宗) 황자(皇子)로 천승국군(千乘國君)이어늘 불초음악지녀(不肖淫惡之女)를 생휵(生慉)한 연고로 만조(滿朝)의 허다한 부끄림을 받아 궁중에 폐치하니 어찌 참괴치 아니리오. 고어(古語)에 왈, '한번 목 메기로써 밥을 폐치 못한다.' 하니 진실로 말 내옴이 참괴(慙愧)커니와 이 도시(都是) 성중[202]의 풍신재모(風神才貌)[203]가 과중(過重)하여 타문(他門)에 보내기를 아낌(33)이니 상국과 운창[204]은 행여 용납하라. 소종(小宗)의 서궁 황씨 또한 사문(士門) 여자라 가히 문세 혁혁(奕奕)하고[205] 또 소녀가 있어 당시 계차(笄叉)[206]에 이르렀으니 용색(容色)과 성덕(盛德)이 유한(幽閑)하여 죄녀(罪女)와 같지 아니하니 소종(小宗)의 이녀(異女)로써 다시 성중의 원앙채(鴛鴦債)[207]를 잇고자 하나니 존의(尊意) 하여(何如)오?"

승상이 청파(聽罷)에 왕의 총명하던 바로 혼암(昏闇)함이 이렇듯 불초함을 대경차악(大驚且愕)하여 아자(兒子)를 돌아보니, 학사가 봉안(鳳眼)[208]이 시슬하고[209] 시청(視聽)이 고요한

---

197 벅벅이: 그러하리라고 미루어 헤아려 보건대 틀림없이.

198 내도히: 판이하게. 반대로.

199 침음양구(沈吟良久): 한참 동안 말없이 속으로 생각함.

200 원간: '워낙'의 옛말.

201 파천(破天): 천리에 어긋남.

202 성중: 현희백. '성중'은 '희백'의 자(字).

203 풍신재모(風神才貌): 풍채(風采). 재주와 용모를 아울러 이르는 말.

204 운창: 현천린의 자(字).

205 혁혁(奕奕)하다: 매우 크고 아름다워 성(盛)하다.

206 계차(笄叉): 계차지년(笄叉之年). 여자가 시집갈 나이인 15세에 이르러 처음으로 비녀를 꽂게 되었음을 뜻함.

207 원앙채(鴛鴦債): 연인들 간에 이루지 못한 마음의 소원을 비유하는 말로 부부가 되거나 연인이 되는 것을 의미함.

208 봉안(鳳眼): 봉황의 눈같이 가늘고 길며 눈초리가 위로 째지고 붉은 기운이 있는 눈. 귀상(貴相)으로 여긴다.

209 시슬하다: 시서늘하다. 좀 으스스할 정도로 차고 서늘하다.

중 옥면성모(玉面星眸)[210]에 찬웃음이 은은하니 제왕이 광평왕의 실성(失性)한 말을 들으매 일언에 거절하여 왕의 말끝을 무주리고자[211] 하다가 헤아림이 있어 문득 미소 왈,

"전하가 희백을 이같이 사랑하사 다시 슬하에 두고자 하시(34)니 후의(厚誼) 다감(多感)한지라 어찌 사양하리오마는, 생각건대 희질(姪)은 현씨 대종(大宗)이요 문호(門戶)의 중함이 있거늘 영녀(令女)가 비록 귀하나 이 곧 전하의 첩녀(妾女)요 황숙빈이 비록 사족(士族)이나 전하의 소실(小室)이니 전하가 기녀(己女)로써 군주의 자리를 잇자 함은 만만(萬萬) 가(可)치 아니하니,[212] 자고로 법전(法典)은 왕자(王者)의 세운 바라 아등(我等)이 수미소(雖微小)하나 대조(大朝) 중신(重臣)으로 작위(爵位) 열후왕궁(列侯王宮)에 이르렀고 대왕이 수존(雖尊)하시나 귀극(貴極)하신즉 일개 번신(藩臣)이라. 대조 훈신(勳臣)으로 어찌 한 번신의 첩녀로써 실중(室中)에 거(居)하리오. 전하는 식리명달(識理明達)[213]하신지라 복(僕)의 광망(狂妄)한 말씀을 허물치 마시고 진실로 희질을 사랑하실진대 영녀로 빈실(嬪室)에 맞으라 하신즉 복이 극력(極力) 주(35)선하오리니, 영녀 옥화가 옥안(玉顏)이 너무 수출(秀出)한 고로 조물(造物)이 다시(多猜)하여 풍상(風霜) 간액(艱厄)을 경력(經歷)하나 본디 복록(福祿)이 완전지상(完全之相)이니 모로미[214] 환(患)에 마칠[215] 바가 아니라. 하므하나[216] 적환(賊患)을 만났다 하나 사생존망(死生存亡)을 판단함이 없으니 길인(吉人)은 반드시 신명(神明)이 보조(補助)하나니 군주가 어찌 죽었으리오. 간인(奸人)의 농술(弄術)이 패루(敗漏)하는 날이면 벅벅이 생환(生還)하리니 질아(姪兒)가 마땅히 원위(元位)를 비워 군주의 돌아옴을 등대(等待)할 것이요 수삼 년을 그음하여[217] 종시(終始) 존망(存亡)이 돈절(頓絶)[218]한즉 고문대가(高門大家)의 요조숙녀(窈窕淑女)를 가리어 원위를 정히 하리니 전하는 복의 말을 어떻다 하시나뇨?"

왕이 청파(聽罷)에 유구무언(有口無言)이라 침음부답(沈吟不答)하니 승상 부자가 심리(心

---

210 옥면성모(玉面星眸): 옥 같은 얼굴과 별 같은 눈동자.

211 무주리다: 무지르다. '끊다', '자르다'의 옛말. 원문에는 '무쥬리고ᄌᆞ'로 되어 있음.

212 아니하니: 원문에는 '아니아니ᄒᆞ니'로 되어 있으나 오기인 듯함.

213 식리명달(識理明達): 이치를 알고 지혜롭고 사리에 밝음.

214 모로미: 모름지기.

215 마치다: '맛ᄎᆞ다'는 '마치다'의 옛말. 원문에는 '맛촐'로 되어 있음.

216 하므하나: 미상. '하물며'의 의미인 듯함.

217 그음하다: '한정하다'의 의미.

218 돈절(頓絶): 편지나 소식 따위가 딱 끊어짐.

裏)에 실소(失笑)하여 (36)다른 말하다가 돌아올새 광평왕이 황씨의 뜻을 몰라 다만 가로되,

"소녀의 혼사는 그리 바쁘지 않으니 별단(別段)[219] 의논하려니와 돈아(豚兒)[220]의 입장(入丈)[221]함은 날을 어기오지 못하리니 비록 우수(憂愁) 중인들 대사(大事)를 어기어 지류(遲留)하리잇가."

승상이 점두(點頭)[222] 왈,

"고인(古人)은 삼십(三十)에 가유실(可有室)[223]이요, 여자는 이십(二十)에 가취(嫁娶)[224]하나니 그리 바쁘리잇가."

제왕이 우문(又問) 왈,

"공자가 어데 갔나뇨?"

왕 왈,

"폐합(敝閤)[225]이 불초녀의 일로 용려(用慮)함이 과도하여 상(牀)요[226]에 떠나지 못하는 고로 미돈(迷豚)[227]이 시약(侍藥)[228]에 분주하여 내각에 있나이다. 합하(閤下)가 보고자 하시니 부르사이다."

승상이 만류(挽留) 왈,

"영윤(令胤)[229]이 바야흐로 시탕(侍湯)[230]에 결을치[231] 못하거늘 번거히 불러 무엇하리오. (37)후일(後日) 보사이다."

하고 학사를 명하여 내전(內殿)에 가 다녀오라 하니 학사가 수명(受命)하고 내전에 들어가니, 이때 윤후가 군왕이 상성(喪性)함으로 자녀의 전두(前頭) 화란(禍亂)이 아무리 될 줄 몰

---

219 별단(別段): 따로 별다르게.
220 돈아(豚兒): 남에게 자기 아들을 낮추어 부르는 말.
221 입장(入丈): 장가를 듦.
222 점두(點頭): 승낙하거나 옳다는 뜻으로 머리를 약간 끄덕임.
223 가유실(可有室): 아내를 얻을 만함.
224 가취(嫁娶): 시집가고 장가듦.
225 폐합(敝閤): 자기 아내를 낮추어 이르는 말.
226 상요(牀-): 침상에 편 요라는 뜻으로, '잠자리'를 이르는 말.
227 미돈(迷豚): 어리석은 돼지라는 뜻으로, 남에게 자기 아들을 낮추어 이르는 말. 가아(家兒).
228 시약(侍藥): 탕약을 받들어 올림.
229 영윤(令胤): 남을 높이어 그의 '아들'을 일컫는 말. 영식(令息).
230 시탕(侍湯): 어버이의 병환에 약 시중을 드는 일.
231 결을하다: 틈을 내다. 한가하다.

라 자연 병이 되어 상석(床席)에 떠나지 못하더니 문득 현학사의 내림(來臨)함을 듣고 청하여 볼새 학사가 들어와 문후(問候)하고 이윽이 말씀하다가 하직(下直)고 돌아오니라.

광평왕이 현공(玄公) 부자(父子)를 관대(款待)[232]하여 말씀하다가 돌아가니 광평왕이 현공 부자를 보내고 차야(此夜)에 황씨를 보고 제왕과 문답사(問答事)를 이르고 우왈(又曰),

"원래 현가(玄家)의 가법(家法)이 중(重)하여 하나를 존(尊)한즉 기여(其餘)는 빈실(嬪室)로 하나니 현경이 부디 교주로써 현생을 맏기고자 할진대 소성(小星)[233]으로 구하면 혹 허(許)할 듯하거(38)니와 불연즉(不然則) 허치 아니리니 매파(媒婆)로 옥인(玉人)을 듣보아[234] 정혼하리라."

황씨 묵연양구(黙然良久)에 교주가 차언(此言)을 듣고 아미(蛾眉)를 숙이고 사색이 불호(不好)하거늘 황씨 알아보고 길이 탄왈(嘆曰),

"차아(此兒)가 원간 팔자가 순(順)치 못함인지 당시(當時) 계차(階次)[235]에 가합(可合)한 혼처(婚處)가 쉽지 못하니 어찌하리오. 너를 잉태(孕胎) 초(初)에 몽사(夢事)가 괴이하여 반드시 남의 하풍(下風)에 굴(屈)하리라 하고 근간(近間) 무녀(巫女)에게 물은즉 사람의 재실(再室) 삼취(三娶)나 될 팔자라 하니 아모커나[236] 현학사의 가인(家人)[237]이 되면 범부속자(凡夫俗子)[238]의 배필되는 것보다[239] 아니 나으랴."

군주가 묵연(黙然)하니 황씨 왕을 대하여 왈,

"제왕의 이른바 옥화 군주가 요행(僥倖) 생환(生還)치 못하면 타처(他處)에 재취(再娶)를 구하리라 하니 소녀로 그 재실을 이뤘다가 (39)군주가 생환하거든 소녀는 재실로 소임을 당하리니 첩은 이로써 구애(拘礙)[240]치 아니하나이다."

왕이 청파(聽罷)에 흔연(欣然) 칭지(稱之) 왈,

"현재(賢哉)라. 경(卿)의 어진 덕이 여차(如此)하니 가히 현부에 통혼(通婚)하리로다."

---

232 관대(款待): 친절히 대하거나 정성껏 대접함.

233 소성(小星): 첩.

234 듣보다: 듣기도 하고 보기도 하며 알아보거나 살피다.

235 계차(階次): 계급의 차례.

236 아모커나: 아무러하거나.

237 가인(家人): 아내.

238 범부속자(凡夫俗子): 평범한 사람. 속인.

239 되는 것보다: 원문에는 '되니의셔'로 되어 있음.

240 구애(拘礙): 거리끼거나 얽매임.

황씨 교언영색(巧言令色)으로 함소(含笑)하고 술을 내와 위로할새, 미혼(迷魂)한 약효(藥效)가 신이(神異)한지라. 두어 순(順)에 왕이 대취(大醉)하여 좌우를 물리치고 황씨로 새로운 은애(恩愛)는 은왕(殷王)[241]의 덕성루 행락(行樂)이 아니로되 공연히 주칠화각(朱漆畵閣)[242]에 소희(小姬)를 총(寵)하고 주실(周室)[243]의 쇠(衰)함이 아니로되 조정[244]의 계집을 사랑하여 가란(家亂)이 상생(常生)하니 무죄(無罪)한 처아(妻兒)의 평생 마장(魔障)[245]이 되니 어찌 간악음사(奸惡淫邪)를 장부(丈夫)가 삼가지 아니리오.

차후(此後) 왕이 황씨를 총(寵)함이 날로 더으여 저의 말인즉 언청(40)계용(言聽計用)[246]하니 심복(心腹) 궁감(宮監)으로 중매(仲媒)를 삼아 현상부에 구혼(求婚)하니, 어시(於是)에 현승상 부자와 제왕이 본부에 돌아와 존당(尊堂)에 배현(拜見)하고 군종(群從) 곤계 한담(閑談)할새 언단(言端)[247]에 광평왕의 서녀(庶女)로써 구혼함을 고하니 오공이 놀라 왈,

"불가하다. 천하에 어찌 공도로운[248] 여자가 없어 구차한 인연을 도모하리오."

진공이 재좌(在座)러니 미우(眉宇)[249]를 찡기고 왈,

"차혼(此婚)이 별단(別段) 묘맥(苗脈)이 있나니 형장이 아무리 말고자 하셔도 나뭊의 송곳[250] 같으니 제 만일 구혼하거든 쾌허(快許)하고 기녀(其女)를 취하여 가중(家中)에 두어 시종(始終)을 살피고 후환(後患)을 제방(制防)[251]함이 옳으니 형장(兄丈)과 현질(賢姪)은 익히 생각하여 선처(善處)하소서."

왕이 대인의 신명(神明)하심을 탄복하여 이에 백부(伯父)께 고왈,

"엄(41)교(嚴敎)가 성명(聖明)하시니 복원(伏願) 백부는 상찰(想察)하소서. 광평왕의 서녀

---

241 은왕(殷王): 은나라 마지막 주왕(紂王). 지혜롭고 용맹하였으나 달기(妲己)에 빠진 후 주색을 일삼고 포학한 정치를 하여 주나라 무왕에게 살해되었다.

242 주칠화각(朱漆畵閣): 원문에는 '쥬침화각'으로 되어 있으나 문맥에 맞추어 고침.

243 주실(周室): 원문에는 '실'로 되어 있으나 서강대본을 참고하여 보충함.

244 조정: 미상.

245 마장(魔障): 일에 방해나 탈이 생기는 일.

246 언청계용(言聽計用): 남의 말을 듣고 계책을 쓴다는 뜻으로, 남의 인격이나 계책을 깊이 믿어 그가 하자는 대로 함을 이르는 말.

247 언단(言端): 말 끝. 말다툼을 일으키는 실마리.

248 공도롭다: 공도(公道)에 맞다.

249 미우(眉宇): 이마의 눈썹 근처.

250 나뭊의 송곳: '나뭊'은 주머니, 자루란 뜻. 주머니 속의 송곳처럼 결국에는 드러난다는 의미. 원문에는 'ᄂᆞ못친 송곳'으로 되어 있음.

251 제방(制防): 제어하여 막음.

(庶女)로서 정실(正室)로 구한즉 불허(不許)하려니와 소성(小星)으로 구(求)한즉 불관(不關)한 것이오니 짐즛[252] 허하여 가내(家內)에 이룬즉 유익(有益)함이 많으리이다."

좌간(座間)의 장시중 형제 대소(大笑) 왈,

"너희 하 신기(神奇)한 체 마라. 너희만 한 총명(聰明)은 내게도 있다. 원간[253] 희백이 아비를 닮은 곳이 많더니 우선 팔자(八字)부터 닮았다.[254] 광평왕의 양녀(兩女)를 취하여 나중에 또 무슨 사단이 있음을 알리오. 예부터 하나가 궂기면[255] 하나가 길(吉)하다 하나니 너희 부자가 진짓 난부난자(難父難子)[256]로다. 급금(及今)에 황영(皇英)[257]의 성사(聖事)가 희귀하니 조씨(趙氏) 형제 다 현숙(賢淑)하기를 어찌 믿으리오. 하나가 적거(謫居)하다가 부지거처(不知居處)하고 또 하나(42)를 얻으매 석일(昔日) 운남(雲南) 적행(謫行)을 입내낼[258] 것이니 굿보기는 좋거니와 내외 쟁단(爭端)하여 상하의 분분한 경색과 장차 이부(二婦)의 출거(黜去)하는 거동을 또 어찌 보리오. 희백아, 여조(汝祖)의 용렬(庸劣)한 기질과 여부(汝父)의 잔망(孱妄)한 의논과 여숙(汝叔)의 슬기로운 체하는 말 곧이듣지 마라. 장안 갑제(甲第)[259]의 벌 버듯한[260] 주문(朱門)[261]에 옥녀가인(玉女佳人)이 어데 없어 구태여 남의 첩녀(妾女)를 취하리오."

오·진 양공이 소왈,

"아무리 슬거온 체하여도 우리 보기에는 초목(草木)같이 미욱하니 모로미[262] 배불리 먹고 잠이나 잘 자소서. 이런 일은 군자와 현인이 헤아릴 것이요, 형 같은 토석지인(土石之人)은 아랑곳없으니 가만히 앉아 굿이나 보고 떡이나 먹음이 옳지 아니리오."

---

252 짐즛: '짐짓'의 옛말.

253 원간: 원래.

254 팔자(八字)부터 닮았다: 아버지인 현웅린은 사마예주와 사마영주를 아내로 맞이하고 아들인 현희백은 벽주와 교주를 아내로 맞이하게 됨을 이른다.

255 궂기다: 일에 헤살이 들거나 장애가 생기어 잘되지 않다.

256 난부난자(難父難子): 누구를 아버지라 하고 누구를 아들이라 하기 어렵다는 뜻으로 둘의 낫고 못함을 분간하기 어려움을 말함. 난형난제(難兄難弟)에서 비롯됨.

257 황영(皇英): 아황(娥皇)과 여영(女英). 두 사람 모두 요임금의 딸로 함께 순임금의 아내가 되어 매우 사이좋게 지냈음. 아황은 상군(湘君), 여영은 상부인(湘夫人)이 되었다고 함.

258 입내내다: '흉내내다'의 옛말.

259 갑제(甲第): 크게 잘 지은 집이란 뜻으로, 높은 벼슬아치가 사는 집을 이르는 말.

260 벌 버듯한: 벌이 우글거리며 모여 있는 듯한.

261 주문(朱門): 지위가 높은 벼슬아치의 집.

262 모로미: 모름지기.

(43)양인이 소왈,

"아노라. 너희 나를 흙과 나무 사람으로 알고 욕하거니와 슬거온 너희 다 보았노라. 너희 마음에도 좋이 조씨(趙氏) 형제로써 석일(昔日) 사마질 형제같이 아니 들어오면 형을 신원(伸寃)할 근본을 삼아내려 하는 눈치를 모르리오. 우리도 다 알건마는 내 설치(雪恥) 아님은 사마질 형제 어찌 여길까 설파(說破)치 아니터니 너희야 아조[263] 먀욱하여[264] 말치(致)[265]를 모르니 실로 답답한지라. 이러므로 이 폐(弊) 저 폐(弊) 없이 아이의[266] 거절함이 옳으니라."

오·진 양공이 미급답(未及答)에 제왕이 소왈,

"양 숙부가 아무리 명철(明哲)하셔도 근래는 노망(老妄)을 겸하셔 생각이 통철(通徹)[267]치 못하시니 소질이 잠깐 사기(事機)[268]를 베풀리이다. 자고로 성품의 공교(工巧)한 이 여자 (44)같은 이 없으니 군자가 보지 아닌 바에 의심할 바가 아니로되 희질이 아직 취처작첩(娶妻作妾)의 번화함이 없으니 군주를 무단히 해할 이 뉘 있으며 허다 죄명이 윤상대변(倫常大變)[269]이니 조군주의 현철(賢哲)함이 범상치 아닌 바로써 가히 이 죄에 지목지 못하리니, 그러나 아직 오조(烏鳥)의 자웅(雌雄)을 분석지 못한[270] 때 조궁(趙宮)에서 구혼하니 이 또한 의심이 없지 아닌지라. 이를 추이(推移)하여 생각하온즉 헤아림에 나지[271] 아닐 것이요, 아이의 거절코자 한즉 또 반드시 별단(別段) 묘계(妙計) 궁극(窮極)하리니 모로미 다시 허혼하고 관기사세(觀其事勢)[272]하여 계교 위에 계교를 이룸이 당연하니 여차즉(如此則) 악인(45)이 스스로 풍진(風塵)에 떨어지고 현인이 참루(慘

---

263 아조: 아주.

264 먀욱하다: 매욱하다. 하는 짓이나 됨됨이가 어리석고 둔하다.

265 말치(致): 말의 이치.

266 아이의: 아예. 전적으로.

267 통철(通徹): 막힘없이 통함.

268 사기(事機): 일이 되어 가는 가장 중요한 기틀.

269 윤상대변(倫常大變): 인륜의 떳떳하고 변하지 않는 도리에 대한 중대한 변고.

270 오조(烏鳥)의 자웅을 분석지 못하다: 수지오지자웅(誰知烏之雌雄). 까마귀의 암수를 구별하기 어려운 것처럼 시비나 선악 등을 분명하게 가리기 어려움을 비유하는 말이다. 『시경(詩經)』「소아(小雅)」〈정월(正月)〉.

271 나다: 일어나다.

272 관기사세(觀其事勢): 일이 되어가는 형세를 살핌.

陋)를 신설(伸雪)[273]하기 쉬우리니 어찌 유유도일(悠悠度日)[274]하여 현인으로 하여금 오래 망라(網羅)[275]에 괴롭게 하리오."

장공 등이 석연대오(釋然大悟)[276] 왈,

"네 백만사(百萬事)에 다 영(靈)한 체하니 그리면 옥화 군주가 봉변(逢變)하였으니 진실로 살았느냐 죽었느냐?"

왕이 미소 왈,

"소질이 원천강(袁天綱)[277]이 아니니 어찌 사람의 화복(禍福)을 알리잇고. 연이나 군주는 신성하매 하늘이 어찌 성녀(聖女)를 나리오시고 종시(終是) 명박(命薄)하게 하시리잇고. 반드시 백액(百厄)을 소멸(消滅)하고 풍운(風雲)의 길시(吉時)를 만나 부부가 상봉하며 금슬이 화락하여 유자생녀(有子生女)하리이다."

양공이 십분(十分) 믿지 아냐 학사를 돌아보아 왈,

"희백아, 내 말이 어떠하니? 여숙(汝叔)의 말이 아니 오원(迂遠)[278]하냐? 참란(慘亂)(46)을 만나 영웅장부도 생존함이 극난(極難)커든 삼촌약녀(三寸弱女)[279]가 능히 보전치 못할 줄 아느냐."

학사가 성안(星眼)이 나작하여 대왈,

"사람이 화복길흉(禍福吉凶)은 운수(運數)에 달린 바요, 수요장단(壽夭長短)[280]은 천정지수(天定之數)라. 저 조씨(趙氏) 천정(天庭)[281]에 타는[282] 바가 달수하원(達壽遐遠)[283]할진대 비록 수화(水禍)에 밀쳐도 죽지 아니려니와 본디 박복단수(薄福短壽)하면 아무리 편한 곳에 머물러도 자연(自然) 위란(危亂)하오리니 소년 우몽(愚蒙)이 다만 사사(事事)에 존명(尊命)을 승순(承順)할 따름이니이다."

---

273 신설(伸雪): 가슴에 맺힌 원한을 풀어 버리고 창피스러운 일을 씻어 버림. 신원설치(新元雪恥)의 준말.
274 유유도일(悠悠度日): 하는 일 없이 세월만 보냄.
275 망라(網羅): 그물.
276 석연대오(釋然大悟): 의혹이나 꺼림칙한 마음 없이 크게 깨달음.
277 원천강(袁天綱): 당(唐)나라 성도(成都) 사람으로 관상을 아주 잘 보았다고 함.
278 오원(迂遠): 세상일에 어둡거나 본래의 일과는 거리가 멂.
279 삼촌약녀(三寸弱女): 세 치밖에 안 되는 약한 여자. 일촌(一寸)=3.03cm.
280 수요장단(壽夭長短): 오래 삶과 일찍 죽음.
281 천정(天庭): 관상에서, 두 눈썹 사이 또는 이마의 복판을 이르는 말.
282 타다: 복이나 재주, 운명 따위를 선천적으로 지니다.
283 달수하원(達壽遐遠): 하늘로부터 정해진 수명의 끝이 아주 멂.

언파에 사기 온화하니 존당이 크게 두굿기더라.[284] 우(又) 명일(明日)에 광평왕이 군관(軍官) 이흡을 보내어 소녀로써 학사의 빈실로 구혼하니 승상이 흔연(欣然) 허락(許諾) 왈,

"대왕이 돈아(豚兒)의 용우(庸愚)함을 허물치 아니시고 천금교아(千金嬌兒)로 재(47)실(再室)을 염(厭)치 아니시니 생(生)의 부자가 어찌 감격지 아니리오. 삼가 명을 받들리이다."

이흡이 돌아가 복명(復命)하온대 왕이 크게 깃거 황씨 모녀다려 이르니 양요(兩妖)가 대열(大悅)하더라. 황씨 즉시 택일(擇日)하여 상부에 보(報)하니 길기(吉期) 수순(數旬)이 가렸더라. 상부에서 불행함을 이기지 못하고 학사가 심히 깃거 아냐 부전(父前)에 고왈,

"해아(孩兒)가 취첩(取妾) 일사(一事)가 무엇이 바빠 그리 급하리잇가. 매자(妹子)의 혼사를 이룬 후 해아가 조녀(趙女)를 취코자 하나이다."

승상 왈,

"만사(萬事)가 유수(有數)하니 종말(終末)을 볼 따름이라. 왕궁에서 기녀(其女)가 아들의 위라 하여 차례로 하고자 함인가 하나니 금월(今月)에 차혼을 지내고 후월(後月)에 여아를 성취함이 무엇이 바쁘리오. 수연(雖然)이나 전두(前頭)에 헤아(48)림이 이 밖에 지나지 아니리니 여혼(汝婚)이 결단코 정삭(正朔)[285]에 되지 못하리니 어찌 또 인력의 미칠 바리오. 물이 가득하면 찌는[286] 환(患)이 있다 하니 간적(奸賊)이 언마[287]하여 패루(敗漏)하리오. 오아(吾兒)는 전두(前頭)의 되어가는 것을 보고 일시 분란(紛亂) 효효(囂囂)[288]함을 거리끼지 말라."

학사가 복수청교(伏首聽教)[289]에 석연돈오(釋然頓悟)[290]하여 배이수명(拜而受命)[291]하더라. 이러구러 길기(吉期) 임박하니 상부에서 초초(草草)히[292] 위의(威儀)를 다스려 길일(吉日)에

---

284 두굿기다: '기뻐하다'의 옛말.

285 정삭(正朔): ①일 년 동안의 월일, 해와 달의 운행, 월식과 일식, 절기, 특별한 기상 변동 따위를 날의 순서에 따라 적은 책. 역서(曆書). 역일(曆日). ②정월 초하루. ③역법의 하나. 여기서는 '좋은 때(제때)'의 의미인 듯함.

286 찌다: 들어온 밀물이 나가다. 원문에는 'ᄢᅵ이ᄂᆞᆫ'으로 되어 있음.

287 언마: 얼마.

288 효효(囂囂): 시끄러움. 떠들썩함.

289 복수청교(伏首聽教): 머리를 조아려 가르침을 들음.

290 석연돈오(釋然頓悟): 의문점 없이 갑자기 깨달음.

291 배이수명(拜而受命): 절하고 명을 받듦.

292 초초(草草)히: 몹시 간략하게.

학사가 광평궁에 나아가 전안행례(奠雁行禮)하고 교배(交拜)할새 한 때 홍군채의(紅裙彩衣) 시녀가 일위(一位) 신인(新人)을 붙들어 배석(拜席)에 임하니 단장(丹粧)이 찬란(燦爛)하고 태도가 묘묘(妙妙)하여 일대(一代) 요물(妖物)이라. 무수(無數) 궁아(宮娥)가 교주를 붙들어 학사를 향하여 사배(四拜)하니 학사가 (49)한번 읍(揖)하고 즉시 밖에 나오니 약간 빈객(賓客)이 모였으나 학사의 기운이 씩씩하여 감히 희롱을 발(發)치 못하더라.

철종황제(哲宗皇帝) 후궁(後宮) 김상궁(金尚宮) 철영 글씨.

권지팔

(1)차설. 학사가 즉시 하직(下直)고 돌아오려 하니 왕의 부자 제인(諸人)이 재삼 청류(請留)하여 차야(此夜)를 머물새 석반(夕飯)을 올리매 그 사려(奢麗)한[1] 진찬(珍饌)이 옥반금기(玉盤金器)에 가득한지라. 학사가 심하(心下)에 왕의 평일 돈후침정(敦厚沈靜)[2]함으로써 치가(治家)에 여차 혼암(昏暗)함을 개탄하더라.

야심(夜深)하매 신방에 나아가 신인(新人)이란 것을 대하여 잠깐 살피니 교주가 칠보웅장(七寶雄粧)으로 일신을 꾸몄으니 보배의 빛이 찬란하고 옥모화태(玉貌花態)[3] 염교(艷巧)하여 범안(凡眼)으로 볼진대 아름답다 할 것이로되 어찌 현학사의 조심경(照心鏡)[4] 안광(眼光)을 도망하리오. 초월(初月) 같은 눈썹 사이에 살기(殺氣) 등등하고 양성(兩星) 세안(細眼)에 불량(不良)이 은은하니 (2)학사가 이미 짐작함이 있으나 일견(一見)에 심한골경(心寒骨硬)[5]하여 옥화 군주의 신상 참루(讒陋)가 다 차인(此人)의 작얼(作孼)[6]임을 깨달아 유유단좌

1 사려(奢麗)하다: 사치스럽고 화려하다.

2 돈후침정(敦厚沈靜): 도탑고 차분함.

3 옥모화태(玉貌花態): 옥같이 고운 얼굴과 꽃같이 아름다운 자태.

4 조심경(照心鏡): 마음을 비추어 보는 거울.

5 심한골경(心寒骨硬): 마음이 차가와지고 뼈가 굳어짐.

6 작얼(作孼): 지은 죄.

(悠悠端坐)[7]러니, 야심하매 침구(寢具)에 나아가되 불탈의관(不脫衣冠)하고 교주를 돌아보지 아니코 괴로이 계명(鷄鳴)[8]을 응하여 일어나 소세(梳洗)[9]하고 외당(外堂)에 나오니 왕이 놀라 왈,

"아직 날이 일렀으니 돌아가기 어려우리로다."

학사가 왈,

"오늘이 소생의 입번(入番) 차례라 조회(朝會) 늦을까 함이로소이다."

설파(說罷)에 소매를 떨쳐 배사(拜謝)하고 표연(飄然)히 돌아가니 왕이 말리지 못하더라.

어시(於是)에 학사가 본부에 돌아와 존당(尊堂)에 뵈오니 부모가 각별 말이 없는지라. 드대어 부숙(父叔)을 뫼셔 옥궐(玉闕)에 조회하고 인하여 입번하니 이러구러 수일이 지나매 상부에서 소작(小酌)[10](3)을 열고 일가 친족을 약간 모으고 거교(車轎)를 갖추어 교주를 데려올새 시녀가 열 쌍이 차지 못하고 위의(威儀) 초초(草草)한지라[11] 황씨 앙앙대로(怏怏大怒)[12]하고, 교주는 신혼 초례(醮禮)[13]로 옥인군자(玉人君子)를 동방화촉(洞房華燭)에 상대하매 소원(所願)이 족의(足矣)라. 원앙장리(鴛鴦帳裏)[14]에 비취금(翡翠衾)[15]이 다정하고 운우대의 윤지락[16]이 무흠(無欠)할까[17] 하더니 생각 밖 뜻밖 일분 유의(有意)함이 없이 나감을 보매 분애(憤哀)한 심장이 끊어질 듯하여 눈물이 방방(滂滂)하니,[18] 장후(帳後)의 태섬 등 심복 시아(侍娥)가 역시 애달음을 이기지 못하여 교주를 만단 위로하며 황씨 또한 작야사(昨夜事)를 규시(窺視)하고 분완(憤惋)하여 여아를 안고 교아절치(咬牙切齒)[19] 왈,

"현가 소축(小畜)이 무슨 사람이완대 감히 나의 천금교아(千金嬌兒)를 소가(小家)[20]로 지

---

7 유유단좌(悠悠端坐): 태연하고 느긋하게 단정히 앉아 있음.
8 계명(鷄鳴): 새벽을 알리는 닭 울음소리.
9 소세(梳洗): 머리를 빗고 세수를 함.
10 소작(小酌): 조촐하게 차린 술자리.
11 초초(草草)하다: 갖출 것을 제대로 못 갖추어 초라하다.
12 앙앙대로(怏怏大怒): 마음에 들지 않아 크게 화냄.
13 초례(醮禮): 혼인하는 예식.
14 원앙장리(鴛鴦帳裏): 원앙을 수놓은 휘장 속.
15 비취금(翡翠衾): 비취색의 비단 이불. 신혼부부가 덮는 화려한 이불.
16 운우대의 윤지락: 미상. '운우지락(雲雨之樂)'의 오류일 수도 있음.
17 무흠(無欠)하다: 별 흠이 없다. 사귀는 사이가 허물없다.
18 방방(滂滂)하다: 눈물 나오는 것이 비 오듯 하다.
19 교아절치(咬牙切齒): 몹시 분하여 이를 갊.
20 소가(小家): 첩. 첩의 집.

점(指點)[21]하여 육례(六禮)를 감(4)동(撼動)[22] 하등(下等)함도 분애하거든, 더욱 신혼 초야에 이대도록 천대(賤待)하여 얼음같이 맑으며 수정같이 여린 약질(弱質)을 공연히 제상직(上直)[23]하고 비첩(婢妾)을 삼으니 어찌 애달프지 아니리오."

하더니 제삼일이 되도록 현학사의 종적(蹤迹)이 이르지 아니코, 문득 하관(下官) 송숙을 보내어 권솔(眷率)[24]하는 위의(威儀) 이렇듯 초솔(草率)하니[25] 악인의 심담(心膽)이 더욱 분울(憤鬱)하여 터질 듯한지라.

황씨 교주를 어루만지며 왈,

"현생 필부가 진실로 여차즉(如此卽) 차마 어찌 분함을 견디리오?"

교주가 역시 한하여 모녀가 그윽이 밀계(密計)를 의논하고 연연(戀戀) 이별하고 교녀가 나아와 부왕과 윤후께 배사 하직하고, 이에 교자(轎子)에 올라 현부에 이르러 배현(拜見) 존당구고(尊堂舅姑)하오니, 모두 일시에 눈을 드니 (5)신인(新人)의 옥모화안(玉貌花顔)이 교염소쇄(嬌艶瀟灑)[26]하여 해당화 일지(一枝) 아침 이슬을 띠었는 듯하니 좌객(座客)이 다 아름다움을 일컫되[27] 존당구고와 진공과 주·철 양 부인이며 제왕 등 곤계(昆季)[28] 제인(諸人)의 조심경(照心鏡) 안광(眼光)을 어찌 도망하리오. 한번 보매 이미 의심턴 바나 새로이 한심 경해(驚駭)하더라. 이슥고 일락함지(日落咸池)[29]하고 제객(諸客)이 각산(各散)하매 교주의 숙소를 정하여 보내니 당사(堂舍)가 너르지 못하고 벌인 것이 정제(整齊)하나 심히 간략(簡略)하니 교주와 시인(侍人)이 다 깃거 아니터라.

학사가 차일이야 출번(出番)[30]하여 돌아오매 존당에 뵈옵고 인하여 혼정(昏定)을 맞고 모든 군종(群從) 형제를 거느려 서재로 나가더니, 차시 교혜 모든 소아(小兒)로 더불어 정당 협실(夾室)에서 말하더니 학사를 보고 소왈,

---

21 지점(指點): 손가락으로 가리켜 보임. 지정(指定)함.
22 감동(撼動): 이리저리 뒤흔듦.
23 상직(上直): 벼슬아치가 당직이 되어 관가에서 잠.
24 권솔(眷率): 자신이 거느리는 식구 또는 식구를 거느리는 일.
25 초솔(草率)하다: 거칠고 엉성하다.
26 교염소쇄(嬌艶瀟灑): 요염하면서도 맑고 깨끗함.
27 일컫되: 원문에는 '일ㅋ르니'로 되어 있으나 서강대본을 참고하여 고침.
28 곤계(昆季): 형제.
29 일락함지(日落咸池): 해가 서쪽으로 짐.
30 출번(出番): 일직이나 당직의 번에서 나옴. 입번(入番)의 반대.

⑹"오늘 신형(新兄)[31]을 보니 비록 옥화 저저(姐姐)[32]만 못하나 또한 아름답거늘 어찌 기쁜 빛이 없나니잇고?"

학사가 소왈,

"너희는 어린아해라 무슨 아는 체하는다?"

창혜 소왈,

"어린아해는 귀 눈이 없어 보고 듣지 못하리잇가? 거거(哥哥)가 가장 소매(小妹)를 미거히[33] 여기도소이다."

교혜 낭소(朗笑) 왈,

"신형이 외모는 아름답거니와 무슨 흉이 있는지 존당 기색이 흔연(欣然)치 아니시고, 또 사마 숙모는 더욱 불안(不安)하여 하시니 내 유모다려 물은즉 어미 이르되, '이 소저가 옥화 군주만 못하시니 저리 구노라.' 말이 옳으니잇가? 거거는 바른말 하소서."

학사가 미급언(未及言)[34]에 희성 공자가 책왈(責曰),

"여자는 침묵 단정함이 으뜸이라. 매자(妹子)가 비록 나이 어리나 배운 것이 바히 어리지[35] 아니커늘 어찌 말⑺을 많이 하여 일찍 엄전(嚴前)[36]의 책교(責敎)를 받자옴이 한두 순(巡)이 아니어늘 무익지사(無益之事)를 알건 양하여[37] 방인(傍人)의 이목(耳目)을 휘(諱)치[38] 아닛나뇨?"

교혜 청파(聽罷)에 만면수참(滿面羞慚)[39]하여 추파(秋波)에 물결이 어리어 말을 그치니 학사가 웃고 공자의 과도함을 이르더라. 차야(此夜)에 학사가 제제(諸弟)를 거느려 서헌에서 오·진 양공을 시침(侍寢)하고 신방에 가지 아니니 존당 부모가 또한 권치 아니하더라.

차시 교주가 현생의 옥안영풍(玉顔英風)을 신혼 초야에 얼핏 보고 비록 양정(兩情)이 내도(乃倒)함[40]을 한(恨)하나 입번(入番) 삼 일이 지나면 다시 찾을까 하였더니 차야에 밤이

---

31 신형(新兄): 새언니.

32 저저(姐姐): 여자 형제를 가리키는 말.

33 미거히: '어리석게'의 옛말.

34 미급언(未及言): 미처 말하지 못함.

35 어리다: '어리석다'의 옛말.

36 엄전(嚴前): 부친. '엄'은 '엄친(嚴親)'을 말함.

37 알건 양하여: 원문에는 '알거 냥ᄒᆞ여'로 되어 있으나 서강대본을 참고하여 고침.

38 휘(諱)하다: (입 속에 내어 말하기를) 꺼리다.

39 만면수참(滿面羞慚): 부끄러운 빛이 얼굴에 가득 참.

40 내도(乃倒)하다: 뒤집히다. 판이하다. 달라지다.

깊도록 옥면낭군(玉面郎君)의 자최를 희망하여 장차 발광(發狂)하기에 이르러 희망하는 눈물이 연락(連落)하여 화시(花腮)[41]를 잠으고[42] 원(怨)하는 소리 (8)오오(嗚嗚)[43]하여 가로되,

"내 무엇이 현자의 눈에 미흡(未洽)하리오마는 처음부터 요괴로운 벽주가 적모(嫡母)의 소생으로 제후와 부왕의 자애를 독당(獨當)[44]하여 먼저 현생의 원위(元位)[45]를 웅거(雄據)한 연고로 이제 그 자최 풍진(風塵)에 유락(流落)하여 사생(死生)을 정치 못하는 즈음에도 현상부 부자가 괴이한 의사(意思)를 발하여 나로써 위굴(委屈)[46]하여 없는 자리를 등대(等待)[47]하라 하니 어찌 우습지 아니리오마는, 내 스스로 개회(改悔)치 아님은 벽주가 표형(表兄)[48]에게 잡혀감이 분명하니 훼절(毁節)함이 반듯할 것이요, 그렇지 아닌즉 죽어 종적(蹤迹)이 없으리니 결연(決然)히 생환(生還)치 못할 것이요 또 벽주가 돌아오지 못한즉 타인을 비록 취하나 용색(容色)이 날과 같기 어렵고 설사 아름다울지라도 나 교주의 기모(9)신산(奇謀神算)이 저를 어찌 두리리오.[49] 진실로 여차즉(如此卽) 천하 별음대악(別淫大惡)으로 부월(斧鉞)[50]의 죽음을 받을지언정 너 축생(畜生)을 위하여 내 꽃다운 홍안(紅顔)을 심규(深閨)에 마칠지언정, 또 어찌 축생의 성명(性命)[51]을 요대(饒貸)[52]하리오?"

이렇듯 부르짖더니 동방이 기백(旣白)[53]하여 계성(鷄聲)이 잦으니 교주가 분앙돌돌(憤怏咄咄)[54]하나 마지못하여 신장(新粧)을 다스리고 존당에 신성(晨省)하니 밤새도록 번뇌하고 울었으니 양목(兩目)이 부어 뜨지 못하게 되었는지라. 존당구고가 이미 지기(知機)하여 시

---

41 화시(花腮): 꽃같이 아름다운 뺨.
42 잠으다: 잠그다. 물속에 물체를 넣거나 가라앉게 하다. '적시다'의 의미.
43 오오(嗚嗚): 슬플 때 내는 소리.
44 독당(獨當): 혼자서 차지함.
45 원위(元位): 본처의 자리.
46 위굴(委屈): 몸을 굽혀 남에게 복종함.
47 등대(等待): 기다림.
48 표형(表兄): 외사촌 형이나 오빠.
49 두리다: '두려워하다'의 옛말.
50 부월(斧鉞): 중국에서 천자가 제후나 장수에게 생살권의 상징으로 준 작은 도끼와 큰 도끼.
51 성명(性命): 생명. 목숨.
52 요대(饒貸): 너그러이 용서함.
53 기백(旣白): 이미 하얗게 밝음.
54 분앙돌돌(憤怏咄咄): 분하고 원망스러워 탄식함.

이불견(視而不見)[55]하고 모든 소년들은 투목지소(偸目指笑)[56]하더라. 교주가 어찌 눈치를 모르리오. 기운이 분분(忿憤)하나 사색(辭色)지 못하고 십분 수렴(收斂)하더니 이윽고 학사가 제제로 더불어 와 시좌(侍坐)하니 여옥지모(如玉之貌)와 여화지풍(如花之風)이 볼수(10)록 비상하여 음녀(淫女)의 눈을 놀래는지라. 한 쌍 눈이 학사의 신상(身上)에 온전하니 좌중 남녀가 불승경해(不勝驚駭)[57]하더니 학사가 우연히 몸을 일어 동(動)하매 조녀(趙女)의 눈이 마주치니 심하(心下)에 통해(痛駭) 대로(大怒)하여 안색이 경각(頃刻)에 변하여 상풍열일(霜風烈日)[58] 같아여 날호여[59] 일어 밖으로 나가니 교주가 악연(愕然)하여 여실중보(如失重寶)[60]하여 안색이 혹홍혹청(或紅或靑)[61]하니 희연이 경망(輕妄)한 마음에 참지 못하여 크게 웃고 왈,

"우리 형장(兄丈)이 평일 관후(寬厚)하사 하배(下輩)에도 매몰치 아니시더니 금일 조수(趙嫂)[62]께 많이 매야하신지라.[63] 수씨(嫂氏) 애달아 아니리오?"

교혜 좌(座)에 있더니 교주의 우스운 거동을 보고 또 희연이 말을 들으매 부왕이 좌에 없음을 방심(放心)하여 낭소(朗笑) (11)왈,

"거거의 말이 옳다. 종백씨(從伯氏)[64] 전에 군주 저저(姐姐)께는 저렇지 아니시더니 즉금(卽今)은 너무 냉락(冷落)하시니[65] 괴이한지라. 아니 새 부인이 광평 전하 후궁 소생이라 하사 그러한가 용색이 군주만 못하여 그런가 알지 못할 일이로다."

교주가 문파(聞罷)에 대로대분(大怒大憤)하여 옥안(玉顔)을 붉히고 쌍쌍한 눈물이 홍군(紅裙)[66]을 적시는지라. 성음(聲音)이 또 불열(不悅)하여 왈,

"첩이 비록 부왕의 서녀(庶女)나 모비(母妃) 또한 사문(士門) 일맥(一脈)이니 어찌 윤낭랑(娘娘)만 못하며 첩이 또 어찌 옥화만 못하리오? 군자가 무고히 냉박(冷薄)하니 첩이

---

55 시이불견(視而不見): 보아도 보이지 아니함.
56 투목지소(偸目指笑): 곁눈질하면서 손가락질하고 비웃음.
57 불승경해(不勝驚駭): 놀라움을 이기지 못함.
58 상풍열일(霜風烈日): 찬바람과 뜨거운 햇살. 엄하고 권위가 있는 모양.
59 날호여: 천천히. 원문에는 '늘호호여'로 되어 있으나 오기인 듯함.
60 여실중보(如失重寶): 귀중한 보물을 잃은 것 같음.
61 혹홍혹청(或紅或靑): (얼굴빛이) 혹은 붉었다 혹은 파랬다 함.
62 조수(趙嫂): 조씨 형수. 송나라의 황제는 성이 조(趙)씨임.
63 매야하다: '미야ᄒᆞ다'는 '매정하다'의 옛말.
64 종백씨(從伯氏): 종백(從伯). 사촌 맏형을 남에게 이르는 말.
65 냉락(冷落)하다: 서로의 사이가 버성겨 쌀쌀하다.
66 홍군(紅裙): 붉은 치마.

입문(入門) 삼 일에 그 박대 여차하니 노엽지 아니리오? 공자와 소저가 군자의 박멸(薄滅)[67]한 기색으로써 첩을 지소능답(指笑陵踏)[68]하니 존부 제인이 (12)관후인자(寬厚仁慈)타 하더니 열 번 듣는 것이 한 번 봄만 같지 못하다 함이 옳도다. 자고로 일부(一婦)가 함원(含怨)에 오월비상(五月飛霜)이라[69] 하니 영형(令兄)의 행사가 성덕지문(盛德之門)의 관후(寬厚)한 덕이 아니로다."

설파(說罷)에 표연(飄然)히 일어 침소(寢所)로 돌아가니 존당구고가 하 어이없어 묵연(黙然)이요 사마씨와 설씨 그 자녀의 말 많음을 책하더라.

교주가 침소(寢所)에 돌아오니 궁아(宮娥) 등이 분앙(憤怏)[70]하여 왈,

"우리 소저는 당당한 천승(千乘) 교아(嬌兒)라. 어찌 저의 염박(厭薄)[71]함이 이에 미쳤나뇨."

교주가 옥루(玉淚)가 방방(滂滂)하여[72] 왈,

"현자의 박정(薄情)이 종시(終是) 여차(如此)할진대 잠잠하기 어렵도다. 희연은 사마 음녀(淫女)의 자식이요, 교혜는 설씨 요녀(妖女)의 자식이라. 아무리 어린 것인들 제 어미 당년(當年) 과악(過惡)을 (13)알지 못하고 감히 나를 지소(指笑)[73]하리오."

수교가 왈,

"비자(婢子)가 일찍 들으니 군마의 은총이 옥화 군주께 권권(眷眷)[74]하심은 자서히[75] 모르되 월성 공주가 지친(至親)의 정(情)과 종부(宗婦)의 의를 아울러 군주에게 지극히 구신다 하더니 작석(昨夕) 연차(宴次)에 제왕비 무심무려(無心無慮)[76]하여 조금도 친척의 후의(厚誼) 없으니 어찌 괴이치 아니리오. 존당상하(尊堂上下)가 다 색위(色威)[77] 불평하

---

67 박멸(薄滅): 얕보고 멸시함.

68 지소능답(指笑陵踏): 손가락질하고 웃으며 능멸함.

69 일부함원(一婦含怨)에 오월비상(五月飛霜)이라: 한 여자가 원통함을 품으면 오월에도 서리가 내린다.

70 분앙(憤怏): 통분하고 원망함.

71 염박(厭薄): 밉고 싫어서 쌀쌀하게 대함.

72 방방(滂滂)하다: 눈물 나오는 것이 비 오듯 하다.

73 지소(指笑): 손가락질하며 비웃음.

74 권권(眷眷): 연모하는 모양.

75 자서히: 자세히.

76 무심무려(無心無慮): 마음을 쓰지 않음.

77 색위(色威): 얼굴과 거동.

시고 윤태부인은 더욱 깃거 아니시니 아주(我主)의 자최 진실로 서의하심[78]을 골돌하나이다."

교주가 분연(憤然) 왈,

"윤태부인은 윤낭랑 지친이라 사정(私情)에 괴이치 아니커니와 제왕비의 심용(心用)이 어찌 부직(不直)지 아니리오. 옥화나 내나 일체(一體)라. 옥화를 위하여 나를 꺼림이 또한 괴이치 아니리오."

태섬이 고왈(告曰),

"제왕비는 (14)지극 존중하시니 비록 불여의(不如意)[79]하시나 수하(手下) 자질(子姪)이 어찌 항거하리잇고. 아주가 마땅히 제궁에 나아가 왕비께 뵈옵고 기색(氣色)을 살피소서."

교주가 즉시 단장(丹粧)을 고치고 시녀로 먼저 월성궁에 나아가는 줄을 고하고 협문(夾門)으로조차 소교(小轎)를 타고 궁에 이르니 제왕비 실로 보고자 않으나 부득이 면전(面前)에 불러 볼새 의빈 군주와 설씨와 우씨 강양이 다 좌(座)에 있더니 교주가 제왕과 공주께 절하고 제부인께 차례로 배알(拜謁)하고 좌정(坐定)할새 숙혜, 미혜 이(二) 소저(小姐)가 다 이에 있더라. 교주가 왕비께 고왈(告曰),

"소질(小姪)이 구문(舅門)[80]에 입승(入承)[81]하오매 사면(四面)에 친한 이 없고 다만 우러르는 바가 숙모 낭랑(娘娘)이라. 복원(伏願) 낭랑은 지친(至親)의 정을 고념(顧念)하소서."

공주가 화평(和平)한 말(15)로 이르되,

"여자의 종신(終身) 가취(嫁娶)의 평생이 쾌(快)함은 스스로 부덕(婦德)이 정순(貞順)하기에 있나니 아무리 지친지정(至親之情)인들 너의 행실이 부도(婦道)에 벗어난즉 어찌하리오."

말씀이 많지 아니되 정대(正大)하며 의문(懿文)[82]이 간략(簡略)하되 언사(言辭)가 숙연(肅然)하여 내외 일청(一聽)하니 가히 사정(私情)을 구애(拘礙)[83]하며 친의(親誼)를 고자(顧藉)[84]할

78 서의하다: '쓸쓸하다', '섭섭하다'의 옛말.

79 불여의(不如意): 일이 되어 가는 과정이나 그 결과가 뜻한 바와 같지 아니함.

80 구문(舅門): 여자가 시집온 남편의 집.

81 입승(入承): 여자가 혼인하여 시집에 들어감.

82 의문(懿文): 아름다운 문장.

83 구애(拘礙): 거리끼거나 얽매임.

84 고자(顧藉): 돌아보며 아낌. 소중히 여김.

바가 아니라.

교주가 간심요장(奸心妖臟)[85]이 스스로 우구(憂懼) 축척(蹙慼)[86]하여 심내(心內)에 분분(忿憤)하나 천만(千萬) 강잉(强仍)하여 사례하고 묻지 않은 말로 면면(面面)이 말씀 붙여 의빈 군주와 양 소저를 향하여 척의(戚誼)[87]의 두터움을 베펴[88] 주순호치(朱脣皓齒) 가운데 현하(懸河)[89]를 드리운 듯하니 좌중이 다 저의 신인으로 말 많음을 괴이히 여기고 공주는 안색(顔色)이 절엄(切嚴)하여 말씀이 없으니 우씨 교주가 무류할까[90] (16)흔연(欣然) 위자(慰藉)[91] 왈,

"우리 학사 노야(老爺)가 처궁(妻宮)[92]이 좋으시닷다.[93] 옥화 군주는 아황(蛾皇)[94] 같은 숙녀러니 이제 또 취하시매 여영(女英)[95] 같은 가인(佳人)을 얻으시니 타일(他日) 천행(天幸)으로 옥주가 생환(生還)하신즉 아등(我等)이 다시 황영(皇英)의 고사(故事)를 보리로소이다."

공주가 침음묵연(沈吟黙然)하고 교주가 심리(心裏)에 옥화가 인심 얻음이 여차(如此)함을 아처하여[96] 변색(變色)하더라.

이에 침소에 돌아와 앙앙(怏怏)한[97] 분을 이기지 못하여 서찰(書札)을 닦아 심복(心腹)으로 하여금 황씨께 보내니 황씨 서간을 보고 시녀의 말로조차 현생의 박정(薄情)함을 분연(憤然)하여 왕을 대하여 슬퍼하며 세자와 현소저의 혼인(婚姻)을 희짓고자[98] 하여 간사(奸

---

85 간심요장(奸心妖臟): 원문에는 '간심오장'으로 되어 있으나 서강대본을 참고하여 고침.

86 축척(蹙慼): 위축되어 근신함. 송구함.

87 척의(戚誼): 인척 사이의 정의(情誼).

88 베펴: 원문에는 '베러'로 되어 있으나 서강대본을 참고하여 고침.

89 현하(懸河): 현하지변(懸河之辯). 물이 거침없이 흐르듯 잘하는 말. 현하구변(懸河口辯).

90 무류하다: 무료(無聊)하다. 부끄럽고 열없다.

91 위자(慰藉): 위로하고 도와줌.

92 처궁(妻宮): 처첩궁(妻妾宮). 점술에서 쓰는 십이궁의 하나. 처첩에 관한 운수를 점치는 별자리이다.

93 닷다: '~더구나'의 옛말.

94 아황(娥皇): 중국 요임금의 두 딸 중 하나.

95 여영(女英): 중국 요임금의 두 딸 중 하나로 요임금이 순임금에게 시집보내 아황과 함께 순임금을 사이좋게 모시고 화락하다가 순임금이 죽자 두 사람도 상강(湘江)에 빠져 죽음.

96 아처하다: '싫어하다'의 옛말.

97 앙앙(怏怏)하다: 매우 마음에 차지 아니하거나 야속하다.

98 희짓다: 남의 일에 방해가 되게 하다.

邪)히 주작부언(做作浮言)[99]하여 현소저의 패행(悖行) 부덕(婦德)에[100] 벗어났다 하니, 왕이 비록 요약(妖藥)에 변성(變性)(17)하였으나 현씨 제인은 군자며 숙녀인 줄 알므로 파혼(破婚)치 못하고 유예(猶豫)하여 혼인을 재촉지 아니니 상부에서 또한 다행히 여김은 화란(禍亂)이 멸(滅)한 후 소저를 성친(成親)[101]하려 함이러라.

이적에 상이 왕부와 상부에 사혼지(賜婚紙)를 나리오신 지 여러 달이로되 성친 않음을 괴히 여기사 양부에 묻고자 하시더니 맞추어 월성 공주가 입궐(入闕)하였더니 이에 소유(所由)[102]를 다 아뢰고 주왈(奏曰),

"왕형이 근간(近間) 요약(妖藥)에 심정(心精)이 상하였사오니 복원(伏願) 황야는 본궁(本宮)의 안치(安置)[103]를 그만두시고 그 거처를 궐중(闕中)에 머물러 본성(本性)을 회복게 하소서."

제후가 옳이 여기사 즉시 하조(下詔)[104]하사 왈,

"광평왕이 가간(家間) 사고(事故)로 본궁(本宮)에 폐치(廢置)하였더니 황후가 사념(思念)하사 숙식이 불평하시니 이러므로 사(赦)하여 (18)금내(禁內)[105]에 두고자 하노라."

하시니 사신이 사서(赦書)[106]를 왕부에 전하니 차시(此時) 왕이 황씨의 요약(妖藥)에 잠겨 참소(讒訴)를 신지(信之)하고 윤후를 박대(薄待)하며 세자를 준책(峻責)[107]하니 윤후가 본디 침정(沈正)[108] 숙묵(肅默)한 고로 약불동념(若不動念)[109]하니, 황씨 더욱 뮈이[110] 여겨 허다(許多) 방술(方術)로 요예지물(妖穢之物)[111]을 무수히 만들어 왕의 침실에 감추니 왕이 수일 대통(大痛)하고 비몽사몽(非夢似夢) 간에 좌우 벽간(壁間)으로 흉괴지물(凶怪之物)이 집검(執劍)

---

99 주작부언(做作浮言): 터무니없는 말을 지어냄.
100 에: 원문에는 '이'로 되어 있으나 서강대본을 참고하여 고침.
101 성친(成親): 친척이 된다는 뜻으로, '혼인'을 달리 이르는 말.
102 소유(所由): 내력.
103 안치(安置): 먼 곳에 보내 다른 곳으로 옮기지 못하게 주거를 제한하던 일. 또는 그런 형벌.
104 하조(下詔): 조서(詔書)를 내림.
105 금내(禁內): 궁중(宮中).
106 사서(赦書): 사면(赦免)의 편지.
107 준책(峻責): 준엄하게 꾸짖음.
108 침정(沈靜): 마음이 차분히 가라앉을 수 있을 만큼 조용함. 또는 그런 상태.
109 약불동념(若不動念): 조금도 마음을 움직이지 않음.
110 뮈다: '미워하다'의 옛말.
111 요예지물(妖穢之物): 요망스럽고 더러운 물건.

충돌하니 왕이 놀라 깨어 황씨다려 몽사(夢事)를 이르니 황씨 거짓 놀라고 가장 영민(英敏)한 체하여 좌우로 벽간을 헤치고 요예지물과 축사(逐邪)를 뒤여[112] 내니 글에 왈,

"왕비 윤씨는 삼가 (19)황천후토(皇天后土)[113]에 고하나니 군왕이 근래 무고(無故)히 현비를 박대하고 요첩(妖妾)을 총애(寵愛)하니 이 어찌 망국지본(亡國之本)이 아니리오. 빨리 왕과 황씨를 잡아다가 풍도지옥(酆都地獄)[114]에 가두소서. 첩이 당당히 명산승처(名山勝處)에 사우(祠宇)를 세워 사시(四時) 향화(香火)를 받들리이다."

하였거늘 왕이 대로(大怒)하여 윤후 모자(母子) 삼인(三人)을 본궁 누실(陋室)에 가두니 윤후가 차경(此境)을 당하매 어이없어 봉관(鳳冠) 옥결(玉玦)[115]을 끄르고 양자(兩子)를 데리고 비실(鄙室)에 드니 문이 슬퍼 눈물을 흘린대 황씨 보고 꾸짖어 왈,

"네 어미 죽지 않았거늘 당치 아닌 눈물이 무슨 일고?"

문이 탄식무언(歎息無言)이러니 수일 후 부왕(父王)이 없는 때 동궁에 들어가니 황씨 없거늘 괴히 여겨 난간 사이로조차 후정(後庭) 곡란(曲欄) 사이에 앉아 (20)들으니 후함(後檻)[116]에 사람의 소리 탐탐(耽耽)하니[117] 어찌 삼혼칠백(三魂七魄)[118]이 흩어지고 일시나 살고자 할 말이리오. 손으로 가슴을 치며 망망(忙忙)[119] 홀홀(忽忽)히 돌아올새 진실로 모자간이라도 차마 이르지 못할 말이니 이 무슨 곡절(曲折)인고.

차설(且說). 황씨 정히 대계(大計)를 운동하고자 하더니 문득 심복이 밀서(密書)를 올리거늘 뜯어보니 질자(姪子) 황축의 서찰이라.

"대개 소질(小姪)이 숙모와 표매(表妹)의 사랑함을 믿어 처음에 그릇 매교를 데려오매 이미 하릴없어 두었더니 다시 표매의 신근(信謹)함을 믿고 무뢰배(無賴輩)를 처결하여 조군주를 데려오니 문득 사람이 아니요 한낱 초인(草人)이라. 이런 애달프고 낭패(狼

---

112 뒤이다: 뒤지다.

113 황천후토(皇天后土): 하늘의 신과 땅의 신.

114 풍도지옥(酆都地獄): 도가에서 '지옥'을 이르는 말.

115 옥결(玉玦): 옥으로 만들어 허리에 차는 고리.

116 후함(後檻): 뒤편 난간.

117 탐탐(耽耽)하다: 깊숙하고 그윽하다.

118 삼혼칠백(三魂七魄): 삼혼은 사람의 마음에 있는 세 가지 영혼인 태광(台光), 상령(爽靈), 유정(幽精)을 이르고, 칠백은 사람의 몸 안에 있는 탁한 영혼으로서 시구(尸拘), 복시(伏矢), 작음(雀陰), 탄적(呑賊), 비독(非毒), 제예(除穢), 취폐(臭肺)를 이름.

119 망망(忙忙): 매우 급함.

猥)로운 일이 있으리오. 차후(此後) 신(信)[120]을 영절(永絶)하려 하더니 요사이 전수재(秀才) 원방(遠方)(21)으로서 돌아왔으되 재물이 누거만(累巨萬)[121]이라. 일촌(一村) 대가(大家)를 이뤄 부(富)함이 석숭(石崇)[122] 같은지라. 숙모의 옛 인연을 생각하고 신(信)을 통코자 하는 고로 소유(所由)를 고(告)하나이다."

하였고 또 전수재 서간(書簡)에 왈,

"일찍 생이 귀인의 사랑함을 입어 춘몽(春夢) 같은 연분(緣分)에 일녀(一女)를 끼쳤으나 미천(微賤)한 필부(匹夫)가 감히 천승(千乘) 국군(國君)의 부귀(富貴)를 따르지 못하고 궁천(窮賤)한 자최 풍진(風塵)에 낙척(落拓)하여 사방에 오유(遨遊)터니 행여 천도(天道)가 어엿비 여기심을 입어 많은 재물을 얻으니 족히 만승(萬乘)을 부러워 아닐지라. 소생이 여차(如此) 부귀 중 부인을 잊지 못하여 기별(奇別)하나니 부인은 여아를 데리고 탈신(脫身)하여 부귀를 함께 누리리라."

하였더라.

황씨 간파(看罷)에 발 굴러 왈,

"이 필부(匹夫)가 한번 가매 소식(22)이 없으니 죽은가 하였더니 어데로조차 돌아와 대사(大事)를 희짓고자[123] 하는고."

설매 왈,

"저 무뢰도박지인(無賴賭博之人)이 졸연(猝然) 부귀하여 부인을 정으로 청하거늘 박절(迫切)히 물리치면 별도의 거조(擧措)[124]가 있을까 하나이다."

황씨 침음(沈吟) 왈,

"한(漢) 적 고황후(高皇后)[125]는 심이기(審食其)[126]를 사통(私通)하되 후인(後人)이 그르다 않

---

120 신(信): 편지(便紙).

121 누거만(累巨萬): 매우 많음. 또는 매우 많은 액수.

122 석숭(石崇): 중국 서진(西晉)의 부호(富豪). 자는 계륜(季倫). 형주자사(荊州刺史)를 지냈고, 항해와 무역으로 거부가 되었다.

123 희짓다: 남의 일에 방해가 되게 하다.

124 거조(擧措): 어떤 일을 꾸미거나 처리하기 위한 조치.

125 고황후(高皇后): 고황후 여씨(高皇后 呂氏, ?~B.C.180)는 전한 고조의 황후이며 전한 혜제의 어머니이다. 이름은 치(雉). 자는 아후(娥姁). 남편인 고조 사후, 황태후·태황태후가 되어 여후(呂后), 여태후(呂太后) 등으로 불린다.

126 심이기(審食其, ?~ BC.177): 전한 초기의 관료. 고황후의 총애를 받았고 고황후와 불륜 관계였다고 알려짐. 원문에는 '심의긔'로 되어 있으나 서강대본을 참고하여 고침.

았고, 주희(朱姬)[127]는 여옹(呂翁)[128]의 일첩(一妾)으로 진태후(秦太后)가 되었나니 내 당당히 옛 일을 효측(效則)하여 전기를 달래어 별단(別段) 거조(擧措)가 없게 하리라."

하고 문답하더니 문의 들은 바가 된지라.

문이 한번 들으매 심경(心境) 낙담(落膽)하여 청천백일(青天白日)에 뇌정(雷霆)[129]이 일신(一身)을 분쇄(粉碎)하는 듯하여 생각하되, '옥화를 해하며 정궁(正宮)을 도모함은 오히려 소사(小事)이어니와 간부(姦夫) 두 자(者)가 어찌 놀랍지 아니리오.' 하고 가슴을 (23)두드리며 돌아오더니 난간(欄干)에 다다라 형을 만나니 형이 황축의 가인(家人)이 왔음을 듣고 기모(其母)를 보러 오더니 문을 만나매 누수(淚水)가 만면(滿面)하고 신색(神色)이 남빛 같아여 거지(擧止) 실조(失調)하거늘 형이 경문(驚問) 왈,

"네 어찌 경색(景色)이 이같이 괴이하뇨?"

문이 형의 소매를 잡고 유체(流涕)[130] 왈,

"우리 형제 하면목(何面目)으로 세상에 서리오."

형이 곡절(曲折)을 알지 못하고 모자 남매의 악사(惡事)가 드러난가 대경(大驚)하여 아[131]의 손을 잡고 곡절을 물으니 문이 울며 아자(俄者)[132] 저의 들은 바를 이르고 우왈(又曰),

"자모(慈母)의 죄 이 같으니 아등(我等)이 하면목(何面目)으로 입어세(立於世) 하리오."

형이 역경(亦驚)하여 양구(良久)에 왈,

"일인즉 불행하나 사이이의(事而已矣)[133]라 어찌리오. 마땅히 모친과 상의(相議)하여 전가 필부를 없이하고 사기(事機)를 미봉(彌縫)[134]함이 (24)옳으니라."

문이 형의 패악(悖惡)함을 차악(嗟愕)하여[135] 울고 왈,

"형언(兄言)이 불가하다. 인명을 살해하매 어찌 종용(從容)[136]함을 바라리오. 소제(小弟)

---

127 주희(朱姬): 여불위의 애첩으로 진시황의 모(母).
128 여옹(呂翁): 여불위(呂不韋, B.C.292~B.C.235). 중국 전국 시대 진(秦) 나라의 승상이자 정치가.
129 뇌정(雷霆): 뇌정벽력(雷霆霹靂). 천둥과 벼락.
130 유체(流涕): 눈물을 흘림. 또는 그 눈물.
131 아: 아우.
132 아자(俄者): 조금 전. 아까.
133 사이이의(事而已矣): 이미 지나간 일임.
134 미봉(彌縫): 일의 빈 구석이나 잘못된 것을 임시변통으로 이리저리 주선하여 꾸며 댐.
135 차악(嗟愕)하다: 슬픈 일을 당하여 몹시 놀란 상태에 있다.
136 종용(從容): 조용.

는 금일(今日)로 다시 자모(慈母)를 보지 아니하고 죽기를 자분(自憤)[137]하노라."

형이 변색(變色) 부답(不答)하고 일어나거늘 문이 슬픔을 이기지 못하여 서헌(書軒)에 가 부왕(父王)께 고왈(告曰),

"천자(賤子)가 근래(近來) 마음이 자연 슬프고 몽사(夢事)가 대흉(大凶)하오니 반드시 세상 인연이 진한가 하나이다."

왕이 빈미(顰眉)[138] 왈,

"네 비록 유치(幼稚)나 장부가 되어 몽사(夢事)를 일러 죽을까 겁하리오."

문이 황공하나 실사(實事)를 차마 고(告)치 못하고 유유(悠悠)히 퇴(退)하여 사침(私寢)에 돌아와 처(妻) 호씨를 보고 왈,

"근래 몽사(夢事)가 흉(凶)터니 졸연(猝然) 신기(身氣) 불평하니 그대로 이별할 날이 오래지 않으니 슬프고 또 그대 자식이 (25)없어 신세 처량토다."

언파(言罷)에 몸을 금리(衾裏)[139]에 던져 다시 말이 없으니 호씨 가장 괴히 여겨 연고를 재삼 힐문(詰問)[140]하되 입을 엶이 없고 작수(勺水)[141]를 불음(不飮)하고 호흡을 통치 못하니 호씨 초조하여 황씨를 보고 문의 폐식잠와(廢食涔臥)[142]함을 고한대, 차시 황씨 전기의 서간을 보고 심회(心懷) 불호(不好)하여 천사만상(千事萬象)의 간계(奸計)를 궁구(窮究)하더니 형이 만면(滿面) 경해(驚駭)한 빛으로 들어와 가로되,

"모친 기색(氣色)이 불호(不好)하시니 무슨 연고(緣故)니잇고?"

황씨 비록 자식이나 차마 실사(實事)를 이르지 못하고 낯을 붉혀 유유(嚅嚅)하거늘[143] 형이 나작이 가로되,

"소자(小子)는 아무 일이라도 알아 관계치 아니되 아자(俄者)[144]에 문이 여차여차하여 모친의 문답하던 바를 다 알았으니 불구(不久)에 대사(大事)가 나리이다."

황(26)씨 청파(聽罷)에 대경(大驚) 왈,

---

137 자분(自憤): 스스로 분하게 여김.

138 빈미(顰眉): 눈썹을 찌푸림.

139 금리(衾裏): 이불 속.

140 힐문(詰問): 트집을 잡아 따져 물음.

141 작수(勺水): 한 작의 물이라는 뜻으로, 한 모금의 물을 이르는 말

142 폐식잠와(廢食涔臥): 식음을 끊고 눈물을 흘리며 누워 있음.

143 유유(嚅嚅)하다: '우물쭈물하다', '떠듬거리다'의 뜻.

144 아자(俄者): 아까.

"내 과연 여차지사(如此之事)가 있거니와 문이 언제 들었던고?"

형 왈,

"문이 소자다려 여차여차하고 자진(自盡)[145]하렸노라 하고 부왕(父王)께 고하려 하거늘 소자가 이르되, '스스로 죽음은 옳거니와 자모(慈母)의 죄과(罪過)를 어찌 차마 적발(摘發)하리오.' 하니 기색이 분분(憤憤)하여 가더이다."

기모(其母)가 더욱 놀라 왈,

"문이 성정(性情)이 괴벽(乖僻)하나 인효(仁孝)하니 고(告)튼 아니려니와 죽기는 괴이치 않으니 어찌리오?"

형 왈,

"문이 죽지 않을까 겁(怯)할지언정 어찌 죽을까 염(念)하리오."

하고 가만히 헌계(獻計)하니 기모(其母)가 대희(大喜)하더니, 차석(此席)에 호씨 들어와 문의 폐식아사(廢食餓死)[146]할 뜻이 있음을 고하니 황씨 빈미(顰眉) 침음(沈吟) 왈,

"화복(禍福)이 유수(有數)하니 사람의 병듦이 괴이하며 신기(身氣) 불평하매 (27)일시 폐식(廢食)한들 죽으리오."

호씨 무안하고 괴이히 여겨 돌아와 이 말로써 전하니 문이 이미 지기(知機)[147]하고 왈,

"비록 죽기에 이르러도 모친께 고치 말라."

하니 호씨는 슬거온[148] 여자라 반드시 큰 사단(事端)[149]이 있는 줄 알고 생각하되, '내 본디 무무혈혈(無無孑孑)하더니[150] 다만 한낱 의지한 가부(家夫)가 죽으매 어찌 살리오.' 하더니 과연 수일 만에 문이 애분초조(哀憤焦燥)하여 자진(自盡)하니 호씨 또한 자항치사(刺亢致死)[151]한지라.

사환(使鬟) 시비(侍婢) 대경(大驚)하여 문양군 부부의 흉음(凶音)[152]을 궁에 전하니 황씨

---

145 자진(自盡): 죽기로 결심하고 굶거나 약을 먹지 아니하거나 하여 목숨을 끊음.
146 폐식아사(廢食餓死): 식음을 전폐하고 굶어 죽음.
147 지기(知機): 기미나 낌새를 알아차림.
148 슬겁다: '슬기롭다'의 옛말.
149 사단(事端): 사달. 사고나 탈.
150 무무혈혈(無無孑孑)하다: 의지할 곳이 없이 외롭다.
151 자항치사(刺亢致死): 목을 찔러서 죽음.
152 흉음(凶音): 사람의 죽음을 알리는 소식.

더욱 기탄(忌憚)할 것이 없어 암희(暗喜)하나 하릴없어[153] 상사(喪事)를 다스릴새, 이때 문양군과 호씨 연보(年步) 십칠이라 어진 행실과 아름다운 기질로써 기모의 죄악을 말미암아 요몰(夭歿)[154]하니 (28)어찌 아깝지 아니하리오. 이때 윤비 모자가 옥중에서 흉음을 듣고 차석(嗟惜)함을 마지아니하더라.

이날 정히 상사(喪事)를 발코자 하더니 문득 천사(天使)[155]가 사명(使命)을 받들어 왕부에 전하고 금일부터 입궐(入闕)함을 명하시니, 왕이 향안(香案)을 배설(排設)하고 조지(詔旨)[156]를 받자와 사은(謝恩)하고 문양군의 죽음으로써 즉시 입조(入朝)치 못함을 사죄(謝罪)하니, 상(上)이 문의 부부가 일시에 병 없이 죽음을 괴히 여기시고 또한 추연(惆然)하사 공부(工部)에 전지(傳旨)하여 후례(厚禮)로 장(葬)하라 하시니, 왕이 그윽이 윤비의 멸륜강상지죄(滅倫綱常之罪)를 아뢰고자 하나 제후(帝后)가 비(妃)를 과애(過愛)하시니 행여 책교(責敎)가 계실까 하여 자기 입조하는 날 주(奏)하려 하더라. 황씨 자식의 죽음이 제 죄임을[157] 모르지 아니되 (29)도로혀[158] 간언(諫言)을 없앨 바를 다행하더라.

이때 교주가 오라비 흉음을 듣고 구고(舅姑)께 귀녕(歸寧)[159]을 청하여 돌아오니 모녀(母女) 형매(兄妹) 서로 조상(弔喪)하는 예를 맞고[160] 부왕께 배알하고 모녀 형매 담화할새 지난 사연과 문의 애분치사(哀憤致死)한 소유(所由)[161]를 이르니 교주는 차사(此事)를 이미 아는 일이라 서간(書簡)을 구하여 보고 대경 왈,

"표형(表兄)의 서중사(書中事)를 보니 옥화가 또 면사(免死)할시 분명하고 임행(臨行)에 또 왕궁으로서 발행(發行)하였으니 월성 공주가 용사(用私)[162]함이 있는가 하되 자못 은밀하여 알기 어렵고, 추심(追尋)코자 한들 제왕비께 간하였은즉 제후가 아실 듯하고

---

153 하릴없다: 달리 어떻게 할 도리가 없다. 원문에는 '홀일업셔'로 되어 있음.

154 요몰(夭歿): 어린 나이에 죽음. 요절(夭折).

155 천사(天使): 천자(天子)의 사자(使者).

156 조지(詔旨): 조서(詔書). 임금의 명령을 적은 문서.

157 죄임을: 원문에는 '되롤를'로 되어 있으나 서강대본을 참고하여 고침.

158 도로혀: 도리어.

159 귀녕(歸寧): 근친(覲親). 시집간 딸이 친정에 가서 부모를 뵘.

160 맞다: '마치다'의 준말. 원문에는 '맛고'로 되어 있음.

161 소유(所由): 까닭.

162 용사(用私): 일을 처리하는 데 개인의 사사로운 정을 둠.

현가 제인(諸人)이 모로미[163] 알 듯하되 현랑이 소녀 간 수월(數月)에 동방(洞房)[164]에 모듬[165]이 없고 혹자(或者) 중인(衆人) 중 상대하나 (30)기색이 매몰하여 여시행로(如視行路)[166]하고, 현부 상하가 소녀의 행동 처사(處事)를 유의하여 살피는 기색이 현저하니 이 벅벅이[167] 옥화의 누명으로써 아해를 의심함이 분명커늘 이제 옥화의 간 곳이 없으니 이 적지 않은 환(患)이라. 모친은 범연(凡然)히 알지 마소서."

기모(其母)가 듣고 비상(臂上) 일매[168] 의구(依舊)함을 보매 역경(亦驚) 왈,

"연즉(然則) 대화(大禍)가 박두(迫頭)하리니 장차 어찌리오."

교주가 분연(憤然) 왈,

"삼십육계(三十六計)에 닫는 것이 으뜸[169]이라."

하니 황씨 아연(啞然) 왈,

"네 아니 생부(生父)를 좇고자 하느냐? 연즉 현랑의 인연을 차생(此生)에 끊으리로다."

교주가 읍탄(泣嘆) 왈,

"소녀가 처음 현가 소축(小畜)의 풍신(風神)을 과혹(過惑)하여 궁모곡계(窮謀曲計)[170]로 좇았더니 필부가 무상(無狀)하여[171] 가인(佳人)의 다정함을 가납(嘉納)[172]지 않으니 이세(理勢) 난처한 경계를 (31)당하여 가지 아니코 어찌리잇고. 연이나 자취를 무단히 숨기지 못하리니 여차여차하소서."

황씨 점두(點頭)하더라.

황축의 사자(使者)가 돌아감을 고하거늘 교주 모녀가 각각 답간(答簡)을 이뤄 전·황 양적(兩賊)에게 보내어 후회(後會)[173]를 기약하더라. 교주가 일계(一計)를 생각고 문의 부부의

---

163 모로미: 모름지기.

164 동방(洞房): 신방(新房).

165 모듬: 모임.

166 여시행로(如視行路): 행로지인(行路之人)을 본 듯이 함.

167 벅벅이: 그러하리라고 미루어 헤아려 보건대 틀림없이.

168 일매: 미상. 문맥상으로는 '앵혈(鶯血) 한 점'의 의미인 듯함.

169 으뜸: 원문에는 '음듬'으로 되어 있으나 서강대본을 참고하여 고침.

170 궁모곡계(窮謀曲計): 억지로 꾸민 계책.

171 무상(無狀)하다: 아무렇게나 굴어 예의가 없다

172 가납(嘉納): 윗사람이 아랫사람의 충고나 의견, 물품 따위를 기꺼이 받아들이는 것. 여기서는 '받아들이다'의 의미. 원문에는 '가랍'으로 되어 있음.

173 후회(後會): 뒷날에 만나는 일.

죽음이 윤비의 행사(行事)함이라 하여 의논을 정하고 황씨 울며 왕께 참소(讒訴)하되,

"문의 부부가 졸연(猝然)히[174] 죽으니 이 분명 사람의 해(害)를 입음인 줄 아나 차마 질정(質正)[175]치 못하였더니 들으니 주방(廚房)[176] 시녀 난아가 낭랑 명을 받아 독약으로써 문의 부부를 죽이다 하니 또 무슨 변이 날동 알리잇고. 해 당하지 않아서 첩이 스스로 물러나 향곡(鄕曲)에 돌아가 종신(終身)할까 하나이다."

왕이 발연(勃然)[177] 대(32)로(大怒) 왈,

"흉인(凶人)의 무상함이 내 죽지 않은 전 여차(如此) 창궐(猖獗)[178]하리오."

즉시 외전(外殿)에 나아와 형위(刑位)를 배설하고 난아를 잡아 엄문(嚴問)하니 난아가 황씨의 후한 회뢰(賄賂)[179]를 받았는지라. 불급(不及) 사오 장(杖)에 복초(服招) [180]왈,

"천비(賤婢)는 주방 소비(小婢)라 문양군 부부와 원수(怨讐)가 없사오니 어찌 감히 위를 범하리잇고마는 윤후 낭랑이 군왕의 박정(薄情)함과 비실(鄙室)의 곤함을 원한(怨恨)하사 이르시되, '반드시 우리 모자를 죽이고 황씨 모자를 위(位)를 주고자 하니 어찌 통한치 아니리오. 한 쌈 독약을 너를 주나니 황씨 모자 삼인(三人)을 죽여 설한(雪恨)하면 천금 상뿐 아니라 식방(食房)의 천한 소임을 옮겨 안전(眼前)에 신임(信任)하리라.' 하시니 천비 어찌 거역하리잇고. 이에 독을 먼저 시험하매 (33)문양군 양위(兩位) 해를 입으니이다."

왕 왈,

"악사(惡事)를 수창(首創)[181]하매 눌과[182] 동심(同心)하뇨?"

난아가 왈,

"낭랑의 명으로 홀로 행하옵고 숙직 시녀 설매다려 소유를 이르고 숙빈 모자를 마저 없이하라 하였더니 어찌 경설(輕說)할 줄 알리잇고."

---

174 졸연(猝然)히: 갑작스럽게.

175 질정(質正): 묻거나 따져서 바로잡음.

176 주방(廚房): 대궐 안의 음식을 만들던 곳. 소주방(燒廚房).

177 발연(勃然): 왈칵 성을 내는 태도나 일어나는 모양이 세차고 갑작스러움.

178 창궐(猖獗): 못된 세력이나 전염병 따위가 세차게 일어나 걷잡을 수 없이 퍼짐.

179 회뢰(賄賂): 뇌물을 주고받음. 또는 그 뇌물.

180 복초(服招): 문초를 받고 순순히 죄상을 털어놓음.

181 수창(首創): 맨 먼저 일을 시작함.

182 눌과: 누구와.

왕이 익노(益怒)하여 난을 장하(杖下)[183]에 맞고자[184] 하거늘 황씨 읍간(泣諫) 왈,

"난아는 천견(淺見)이라 재물을 탐하여 행사하나 본디 수악(首惡)[185]이 아니요, 죽임이 불가(不可)하니이다."

교주가 또 나와 살생(殺生)[186]이 부질없음을 간하니 모녀의 교언영색(巧言令色)이 여오[187] 같은지라. 왕이 백체(百體)[188] 녹는 듯하여 난을 옥에 가두고 이에 윤후의 허다 죄를 그려 한 장 표(表)를 통정사(通政司)[189]에 올리니 이때 제후가 한가지로 표를 보시니 가라사대,

"불초(不肖) 신자(臣子) 광평왕 수는 성황성공(誠惶誠恐)[190] (34)돈수백배(頓首百拜)[191]하옵고 삼가 표를 올리나이다. 신비(臣妃) 윤씨는 제후의 친(親)이요 조강정실(糟糠正室)이라 여자의 존함이 무비하거늘 왕망(王莽)[192]의 겸공(謙恭)[193]과 이임보(李林甫)[194]의 구밀복검(口蜜腹劍)[195]을 효측(效則)하와 여차여차 신을 무고(巫蠱)로 해하옵기로 신이 통해(痛駭)하와 원중(院中)에 수계(收繫)[196]하였더니 또 문아 부부를 일시에 치독(置毒)[197]하오니, 오호(嗚呼)라! 법(法)은 왕자(王者)의 세운 바라 고후(高后)[198]의 창궐함이라도 한제

---

183 장하(杖下): 옛날에 장형(杖刑)을 집행하던 장소, 또는 그 형벌을 이르던 말.

184 맞다: '마치다'의 준말. '죽음에 이르도록 하다'의 의미. 원문에는 '맛고ᄌᆞ'로 되어 있음.

185 수악(首惡): 원흉.

186 살생(殺生): 원문에는 '살셩'으로 되어 있으나 오기인 듯함.

187 여오: 여우.

188 백체(百體): 몸의 온갖 곳.

189 통정사(通政司): 내외의 상소를 관장하던 관청.

190 성황성공(誠惶誠恐): 황공무지(惶恐無地). 황공하여 몸 둘 바를 모름. 신하가 군주에게 장계(狀啓)를 올릴 때 쓰는 상투어.

191 돈수백배(頓首百拜): 머리가 땅에 닿도록 거듭 절함.

192 왕망(王莽): 중국 전한의 정치가(B.C.45~A.D.23). 자신이 옹립한 평제(平帝)를 독살하고 제위를 빼앗아 국호를 신(新)으로 명명하였다. 한(漢)나라 유수(劉秀)에게 피살되었다.

193 겸공(謙恭): 자기를 낮추고 남을 높이는 태도가 있음.

194 이임보(李林甫): 당(唐)나라 현종(玄宗) 때의 재상.

195 구밀복검(口蜜腹劍): 입에는 꿀이 있고 배 속에는 칼이 있다는 뜻으로, 말로는 친한 듯하나 속으로는 해칠 생각이 있음을 이르는 말.

196 수계(收繫): 잡아서 옥에 가둠.

197 치독(置毒): 독약을 음식에 넣음.

198 고후(高后): 한고조(漢高祖)의 황후인 여태후(呂太后).

(漢帝)[199] 죽은 후 척씨(戚氏)[200]를 인체(人彘)[201]하며 여의(如意)[202]를 짐살(鴆殺)[203]하였거니와, 이제 윤녀는 신(臣)이 죽지 않았으되 방자한 악(惡)함이 여차하오니 복원(伏願) 폐하는 명찰(明察)하소서."

하였더라.

제후가 간필(看畢)에 대경하사 왈,

"윤씨는 색덕(色德)이 겸비한 숙녀라 어찌 이럴 리 있으리오. 아해 현명함으로 어찌 현처(賢妻)를 (35)의심함이 여차하뇨?"

후(后)가 봉미(鳳尾)[204]를 찡기사 탄식 왈,

"자고로 교언영색(巧言令色)은 장부(丈夫)의 총명을 현혹하는 마대[205]라, 성인(聖人)이 아닌 후는 영참(佞讒)[206]을 곧이들음이 괴이하리잇고. 수[207]가 비록 총명하오나 소활(疏闊)한지라[208] 요첩(妖妾) 간비(奸妃)의 성당(成黨)하여 현인(賢人)을 해하매 자못 공교(工巧)하니 소탈(疏脫)한 수가 어찌 신청(信聽)치 아니리잇고. 신의 헤아림은 윤씨를 본궁에 두지 못하리니 폐하는 엄지(嚴旨)를 나리와 수를 책(責)하고 다못[209] 수수히[210] 일컬을 바가 아니오니 수의 부부 모자를 입궐하이사 양액(兩厄)이 진(盡)키를 기다리고 문아 부부의 상례(喪禮)는 황친(皇親) 중 근신자(近臣者)를 보내어 장(葬)하라 하소서."

상이 침음 왈,

"천비 난아가 초사(招辭)[211] 중 윤씨를 지촉(指囑)[212]하다 하니 이 곧 자식의 가사(家事)라.

---

199 한제(漢帝): 한고조(漢高祖) 유방(劉邦).

200 척씨(戚氏): 한고조(漢高祖)의 후궁.

201 인체(人彘): 사람돼지. 한나라 유방의 황후인 여후(呂后)가 유방의 총희(寵姬)인 척부인(戚夫人)을 질투하여 수족을 자르고 눈과 귀를 멀게 하고 사람돼지라 했다는 고사에서 유래한 말.

202 여의(如意): 척부인의 아들.

203 짐살(鴆殺): 짐주(鴆酒)를 먹여 사람을 죽임. '짐주'는 짐이라는 독이 있는 새의 깃을 휘저어 만든 술.

204 봉미(鳳尾): 봉황의 눈썹처럼 고귀하고 아름다운 사람의 눈썹을 이르는 말.

205 마대: 대목. 때.

206 영참(佞讒): 참녕(讒佞). 아첨하며 남을 참소(讒訴)함.

207 수: 광평왕.

208 소활(疏闊)하다: 꼼꼼하지 못하고 어설프다.

209 다못: '더불어', '함께'의 옛말.

210 수수히: 시끄럽고 떠들썩하여 뒤숭숭하고 정신이 어지럽게.

211 초사(招辭): 공초(供招). 죄인이 범죄 사실을 진술하던 일.

212 지촉(指囑): 지목함. 지시하고 맡김.

짐이 마땅히 (36)난아를 친문(親問)하여 현부(賢婦)를 신원(伸冤)코자 하나이다."

후가 묵연(默然)하시니 상이 외전에 나가사 금의부(禁義府)[213]로 형벌 기구를 베펴 광평궁 주방 시아(侍娥) 난아를 잡아 올리라 하시니, 차시(此時) 교주 모녀가 왕이 비의 죄악을 천정(天庭)[214]에 주달(奏達)하매 반드시 난아를 친문하실 줄 헤아리고 난아가 엄문지하(嚴問之下)에 행여 변사(變辭)[215]함이 있을까 두려 급히 설매로 하여금 약을 삼켜 비의 시녀 영랑이 되어 보드라운 찬품(饌品)[216]과 맛좋은 술에 독을 두고 옥리(獄吏)를 회뢰(賄賂)하고 들어가 난아를 보고 위로 왈,

"낭랑이 그대의 신근(辛勤)[217]함을 어여삐 여기사 호주성찬(好酒盛饌)으로 위로하나니 비록 유확(油鑊)[218]과 부월(斧鉞)[219]에 이르러도 마음을 변치 말라. 아무 어려운 일이 있어도 낭랑이 주선하여 (37)사지(死地)에 넣지 않으실 것이요, 대사를 이룬 후 그대를 방량(放良)[220]하여 어진 장부를 얻어 천금(千金)으로 부가(富家)의 주모(主母)가 되어 살게 하리라."

난아가 감사하여 주육(酒肉)을 받아먹고 허락하더라. 설매 재삼(再三) 은근(慇懃) 위자(慰藉)[221]하고 돌아와 교주 모녀를 보고 서로 깃거하더라. 원래 제일 독제(毒劑)[222] 아니라 수일(數日) 신고(辛苦)하여 진(盡)하는 약이러니, 차일 난아를 잡아 천정(天庭)에 이르니 용루봉각(龍樓鳳閣)의 위엄이 서리 같으나 난아가 벌써 독약이 장부(臟腑)[223]에 편만(遍滿)[224]하여 심혼(心魂)이 아득하니 무엇을 알리오. 다만 형벌을 임하여 한 매를 더으지[225] 아냐 헛되이 이르되,

---

213 금의부(禁義府): 왕명을 받들어 죄인을 추국(推鞫)하는 사무를 맡아보던 관청.

214 천정(天庭): 제왕(帝王)의 조정(朝廷).

215 변사(變辭): 먼저 한 말을 이리저리 바꿈. 또는 그 말.

216 찬품(饌品): 찬수(饌需). 반찬거리가 되는 것. 또는 반찬의 종류.

217 신근(辛勤): 힘든 일을 맡아 애쓰며 부지런히 일함.

218 유확(油鑊): 기름가마.

219 부월(斧鉞): 형구로 쓰던 작은 도끼와 큰 도끼.

220 방량(放良): 노비를 놓아주어 양인(良人)이 되게 하던 일.

221 위자(慰藉): 위로하고 도와줌.

222 독제(毒劑): 독성이 있는 약제.

223 장부(臟腑): 오장육부(五臟六腑).

224 편만(遍滿): 두루 가득 참.

225 더으다: '더하다'의 옛말.

"설랑이 날과 무슨 원수뇨?"

언파에 수승적혈(數升赤血)[226]을 토하고 사지를 뒤틀면서 신색(身色)이 찬 재 같아여 죽으니 상(上)과 군신(群臣)이 대경(大驚)(38)하더니 양구(良久)에 상이 난아의 시신(屍身)을 내치시고 율부(律部)로 검시(檢屍)하라 하시니 회주(回奏) 왈,

"죄인이 반드시 독을 먹어 죽도소이다."

상이 간인의 계교가 궁흉(窮凶)함을 통해(痛駭)하시나[227] 죄범자(罪犯者)가 죽었으니 어데로조차 옥석을 가리리오. 하릴없어 파조(罷調)하시고 왕에게 엄지(嚴旨)를 나리와 불명(不明)함을 책(責)하시고 빨리 입궐(入闕)하라 하시고 또 비(妃)와 세자(世子) 형제를 다 입궐하여 제후께 뵈옵고 윤씨의 허다(許多) 죄상(罪狀)이 있사오니 심원(深園)에 가두어 두심을 청한대 제후가 불열(不悅)하사 왈,

"석(昔)에 한무제(漢武帝)도 영참(佞讒)[228]을 곧이들어 위후(衛后)[229]와 태자(太子)[230]를 죽이매 한(恨)이 망사대(望思臺)[231]에 미쳤나니 고금(古今)의 일이 다르나 너의 가사(家事)가 흡사(恰似)한지라. 짐(朕)이 이미 비(妃)의 원앙(怨怏)함을 알오되 수악(首惡)의 단서(39)를 찾음이 어려워 대옥(大獄)을 미봉(彌縫)하나니 다시 불통(不通)한 의논을 말라."

이에 하조(下詔)하사 윤비(妃) 모자(母子)를 입궐하라 하시니 이윽고 윤비 모자가 대내(大內)[232]에 들어와 고두배알(叩頭拜謁)하온대 제후가 그 참담함을 가애(嘉愛)[233]하사 옥수(玉手)를 잡고 추연(惆然) 탄왈(嘆曰),

"고인은 태교(胎敎)의 어짊을 일렀거늘 짐은 태교하매 고인(古人)을 바라지 못한 고로 왕의 광망(狂妄)함이 현부(賢婦)로 하여금 원앙(怨怏)한 죄루(罪累)에 처하게 하도다."

---

226 수승적혈(數升赤血): 몇 되의 붉은 피.

227 통해(痛駭)하다: 몹시 이상스러워 놀랍다.

228 영참(佞讒): 참녕(讒佞). 아첨하며 남을 참소(讒訴)함. 태자가 역모를 꾸민다고 한 강충(江充)의 무고(誣告)를 말함.

229 위후(衛后): 무사황후 위씨(武思皇后 衛氏, ?~B.C.91). 전한 무제의 두 번째 황후.

230 태자(太子): 여태자(戾太子) 유거(劉據, B.C.128~B.C.91). 중국 전한 한 무제와 폐황후 위후의 아들. 한무제와 소원한 관계였던 여태자는 기원전 128년 방술사 강충(江充)의 무고(誣告)를 받자 강충을 죽이고 거병하였으나 관군에 패하고 자살함.

231 망사대(望思臺): 한무제(漢武帝)가 강충(江充)의 무고 사건에 억울한 누명을 쓰고 자살한 여태자(戾太子)를 불쌍히 여겨 사자대(思子臺)와 함께 지은 누대를 가리킴.

232 대내(大內): 임금이 거처하는 곳.

233 가애(嘉愛): 어여삐 여겨 사랑함.

비(妃) 피석복지(避席伏地) 사왈(謝曰),

"신첩(臣妾)이 불민혼암(不敏昏暗)하와 어하(御下)[234]하오매 갈담(葛覃)[235] 규목(樛木)[236]의 덕이 없고 신녀(臣女)가 용우(庸愚)하와 사람을 감화치 못하오니 천지신명이 외오[237] 여기사 옥화가 만고찰녀(萬古刹女)[238]로 악명(惡名)을 실어 원지적객(遠地謫客)이 되옵고 신이 강상대죄(綱常大罪)[239]에 간섭하오나 만세(萬世) 부모(40)의 신명(神明)하시므로 일월(日月)이 비침 같으사 복분(覆盆)[240]의 원(怨)을 밝히시나 신첩이 어찌 염치 안연(晏然)하리잇고.[241] 마땅히 심원(深園)에 엎대어 군왕의 처치를 기다리고자 하옵더니 감히 은명(恩命)을 위월(違越)[242]치 못하와 안연(晏然)히 부끄러운 낯을 들어 지존(至尊)께 뵈오니 어찌 황공(惶恐) 육니(忸怩)[243]치 아니리잇고."

제후가 탄식 위로 왈,

"짐이 훈교(訓敎)가 불엄(不嚴)함이 참괴(慙愧)하니 어찌 경(卿)이 부끄러움이 있으리오. 수가 요사이 실성(失性)하였으니 금일부터 춘궁에 머물러 조호(調護)[244]케 하고 경과 영아 형제 또한 궐중에 머물러 소액(消厄)할 때를 기다리라."

비(妃) 제후의 성명(聖明)하심을 열복(悅服)하더라. 태자비와 제왕비며 육궁 비빙[245]이 모두 전두(前頭) 화변(禍變)을 치위(致慰)[246]하며 종일 탑하(榻下)[247]에 근시(近侍)하였더니 (41)

---

234 어하(御下): 아랫사람을 통솔하고 지도함.

235 갈담(葛覃): 『시경(詩經)』「주남(周南)」〈갈담(葛覃)〉. 후비의 덕을 칭송한 시임. 후비는 신분이 귀해진 후에도 부지런하고 이미 부유한데도 검소하였으며, 장성하여도 스승에게 해이하지 않았고 이미 시집간 후에도 효성이 부모에게 쇠하지 않음을 읊음.

236 규목(樛木): 『시경(詩經)』「주남(周南)」〈규목(樛木)〉. 후비의 은덕이 아래에 미침을 읊은 시임. 후비의 은덕이 아랫사람들에게 미치고 질투하는 마음이 없음을 말한 것.

237 외오: 그릇되게. 잘못되게.

238 만고찰녀(萬古刹女): 만고의 악녀. 불교에서 찰귀(刹鬼)는 귀신이나 악마를 말함.

239 강상대죄(綱常大罪): 사람이 마땅히 행하여야 할 도리인 삼강오륜에서 어긋난 행위.

240 복분(覆盆): 죄를 뒤집어쓰고 밝히지 못하고 있음.

241 안연(晏然)하다: 편안하고 안정되다.

242 위월(違越): 위반.

243 육니(忸怩): 부끄럽고 창피함.

244 조호(調護): 건강이 회복되도록 몸을 보살피고 병을 다스림. 조리.

245 비빙: 궁중에서, '비빈(妃嬪)'을 이르던 말.

246 치위(致慰): 상중(喪中)이나 복중(服中)에 있는 사람을 위로함.

247 탑하(榻下): 왕의 자리 앞.

날이 저물매 후원 별전에 윤비 삼모자를 머무르시고 가라사대,

"여염가(閭閻家)도 가사(家事)는 임장(任長)이라.[248] 경의 목금(目今) 처신이 죄루(罪累)에 있으니 소천(所天)[249]의 사명(赦命)이 없는 전은 거처가 평상(平常)치 못할지라. 후원(後園) 별당(別堂)에 처(處)하였다가 액운(厄運)이 진(盡)한 후 소명(召命)[250]을 기다리라."

윤비 모자가 배사(拜謝)하고 별전에 이르니 십여 간 누각(樓閣)이 심수(深邃)[251]하고 분벽사창(粉壁紗窓)[252]이 영롱(玲瓏) 소담[253]하더라. 궁인 수십 인이 좌우에 뫼셔 지키었더니 정당(正堂)을 수소(修掃)하고 왕비 모자를 뫼셔 안둔(安屯)하니 삼모자가 이곳에 머물매 처사가 그윽이 편하더라.

제후가 왕의 부부 모자를 다 궁에 두시고 황친의 노성자(老成者)[254]를 가리어 문양군 부부 상종(相從)을 살피라 하시고 왕의 녹봉(祿俸)을 나리오지 아니시고 소낭랑(娘娘)[255](42)이 황문(黃門)[256]을 보내어 왕궁 재고(財庫)를 다 봉(封)하시고 비의 거처하던 정전(正殿)을 사지상궁(事知尙宮)[257]으로 지키게 하시고 모든 후궁 빈희(嬪姬)의 녹(祿)은 주시나 사사지물(私私之物)이 없게 하시니 제희(諸姬)는 다 무심무려(無心無慮)하되 황씨 모자녀가 대경(大驚)하여 다시 모해(謀害)할 조각[258]이 없음을 애달아 호곡(號哭)하더라.

황실 계림군이 황명(皇命)을 받자와 문의군 부부의 상사(喪事)를 극진히 다스려 장일(葬日)이 다다르매 명승지지(名勝之地)를 가리어 안장(安葬)할새 황씨와 교주 남매 각별 슬픈 사색을 지어 설제(設祭)[259]하니 문의군 정령(精靈)이 있을진대 즐겨 흠향(歆饗)[260]하리오.

차시(此時) 현상부에서 제공이 왕의 있지 않음으로 핑계하여 문상(問喪)치 아니하고

---

248 가사(家事)는 임장(任長)이라: 집안일은 가장(家長)이 맡아 처리함이라.

249 소천(所天): 아내가 남편을 이르는 말.

250 소명(召命): 신하를 부르는 왕의 명령.

251 심수(深邃): 깊숙하고 그윽함.

252 분벽사창(粉壁紗窓): 하얗게 꾸민 벽과 비단으로 바른 창. 여자가 거처하며 아름답게 꾸민 방.

253 소담: 생김새가 탐스러움.

254 노성자(老成者): 많은 경험을 쌓아 세상일에 익숙한 자.

255 소낭랑(娘娘): 인종의 정실부인이자 광평왕의 어머니. 실제 역사상 인종의 정실부인은 곽씨와 조씨임.

256 황문(黃門): 내시.

257 사지상궁(事知尙宮): 일을 맡아 그 일을 잘 알고 있는 상궁.

258 조각: 틈. 기회.

259 설제(設祭): 제사를 베풂.

260 흠향(歆饗): 신명(神明)이 제물을 받아서 먹음.

현학사가 또한 묻지 아니니 황씨 분연(忿然) 왈,

"뉘셔 현가(玄家) 인심(人心)이 관(43)후(寬厚)타 하더뇨? 짐즛[261] 의(義) 없는 무리로다."

교주가 또한 학사의 박정(薄情)함을 한(恨)하더니 문득 시비(侍婢) 전하되,

"학사 노야(老爺)가 요사이 금난,[262] 채월, 옥란, 채홍 등을 총애(寵愛)하시나 승상(丞相) 엄훈(嚴訓)을 두려 안전(案前)[263]에는 감히 방자(放恣)치 못하시나 아니 계신즉 창월루에 즐기신다 하더이다."

교주가 청파(聽罷)에 대로 왈,

"필부(匹夫)가 어찌 이리 무상(無狀)하리오.[264] 거거(哥哥)의 상장(喪葬)[265]이 지난 후 즉시 돌아가 사기(事機)를 발각고 자로 기부(其父)에게 중책(重責)을 얻게 하고 사창(四娼)을 잡아 척씨(戚氏)의 인체(人彘)를 만들리라."

이러구러 문의 장사를 지내고 돌아오니 황씨 또한 인심(人心)이라 슬퍼함을 마지아니터라. 교주가 이에 온 지 수삼 월이로되 현부에서 물음이 없고 또 청함이 없으니 교주가 스스로 돌아갈새 기모(其母)다려 (44)왈,

"전일 옥화를 혼인하였을[266] 적 황상이 대사로이[267] 현생과 옥화를 불러 보시고 제왕비조차 입궐하여 거래(去來)의 유광함이 극(極)하더니, 소녀는 겨우 혼인하매 가부(家夫)가 소대(疏待)[268]할 뿐 아니라 제후가 불관(不關)이 여기시며 제왕 공주가 냉안멸시(冷眼蔑視)하여 죽일 듯하고 구고(舅姑)가 더욱 업신여기는지라. 어찌 분(憤)치 아니리오."

기모(其母)가 분연(忿然) 왈,

"임금이 신하를 사랑치 아니면 신하가 어찌 임금께 진충(盡忠)하리오. 현가(玄家) 소축(小畜)이 너를 여차(如此) 천대(賤待)하니 어찌 욕(辱)을 참으리오."

교주가 왈,

---

261 짐즛: '짐짓'의 옛말.

262 금난: 원문에는 '금션'으로 되어 있으나 '금난'의 오기인 듯함.

263 안전(案前): 높으신 어른이 앉아 있는 앞.

264 무상(無狀)하다: 아무렇게나 함부로 행동하여 버릇이 없다.

265 상장(喪葬): 장사지내는 일과 상중(喪中)에 하는 모든 예식.

266 하이다: 시키다.

267 대사로이: '대수로이'와 같은 의미로 '중요하게 여길 만하다'의 뜻.

268 소대(疏待): 푸대접.

"소녀가 또한 이런 줄 알오되 차마 사(辭)치[269] 못함은 현자의 풍신(風神)[270]이라. 삼생(三生)의 원가(怨家)런지 보지 않을 적은 죽이고자 싶으되 대한즉 떠나기 싫은지라. 스스로 임(45)의치 못하니 차세(此世)에 저의 은애(恩愛)를 얻지 못한즉 지하(地下)의 원귀(寃鬼) 되리로소이다."

설파(說罷)에 상연하루(傷然下淚)[271]하니 기모가 감회(感懷)하여 왈,

"연즉 미혼단(迷魂丹)을 시험하라."

교주가 왈,[272]

"이 뜻이 있으나 제 일찍 사실(私室)에 옴이 없고 가중(家中) 차환(叉鬟)이 다 정직하여 의논할 이 없으니 뉘 능히 행계(行計)하리오. 원간 우리 비밀사(秘密事)가 한[273] 일도 되는 일이 없으니 아마도 누설(漏泄)하는 이 있는가 싶더이다."

드대어 이별할새 교주가 하직고 태섬 등으로 더불어 현부에 이르러 존당에 뵈오니 상하가 교주의 거래를 아는 체함이 없는지라. 금일 돌아가매 존당 구고가 흔연히 면강(勉强) 화답(和答)하고 숙당 제부인과 숙매 면면(面面)이 청아(聽啞)[274]로 관접(款接)할 뿐이니,[275] 교주가 심리(心裏)에 무류하여[276] (46)물러날새 중당에서 학사를 마주치니 황홀히 반겨 예(禮)하고자 하더니 학사가 안색이 씩씩하고 기위(其威) 엄숙하여 난간 사이로 돌아가는지라. 교주가 내달아 학사의 소매를 틀어잡고 왈,

"첩수불민(妾雖不敏)이나 또한 금지여맥(金枝餘脈)이라. 필부(匹夫)가 무죄(無罪)히 박대(薄待)는 이르지 말고 부모를 기이고[277] 창루화림(娼樓花林)의 요녀(妖女)를 가축(家畜)하여 부모가 맡기신 처자를 박대하니 어찌 선비[278]의 도리리오. 첩이 동기의 참상(慘狀)을 만나 귀근(歸覲) 수삭(數朔)에 일무고문(一無叩門)[279]하니 부왕이 깊이 미온(未穩)하고

---

269 사(辭)하다: 사양하거나 사절하다.

270 풍신(風神): 풍채(風采).

271 상연하루(傷然下淚): 마음이 아파 눈물을 흘림.

272 왈: 원문에는 없으나 서강대본을 참고하여 보충함.

273 한: 한 가지. 원문에는 'ᄒᆞᆫ'으로 되어 있으나 서강대본을 참고하여 고침.

274 청아(聽啞): 말을 들을 수는 있으나 말하지 못하는 일. 또는 그런 사람.

275 뿐이니: 원문에는 '이니'로 되어 있으나 서강대본을 참고하여 보충함.

276 무류하다: 부끄럽고 열없다. 무료(無聊)하다.

277 기이다: 어떤 일을 숨기고 바른 대로 말하지 않다.

278 선비: 원문에는 '션빅'로 되어 있음.

279 일무고문(一無叩門): 찾아가서 문을 두드림이 한 번도 없음.

자모(慈母)가 노(怒)하여 첩을 보내지 말고자 하되 첩이 스스로 인분(忍憤)[280]하여 돌아 옴은 부도(婦道)를 다하고자 함이어늘 그대 어찌 각박(刻薄)함이 여차하뇨. 전자(前者) 옥화가 누행(陋行)이 훼자(毁訾)[281]하여 한심(寒心)터(47)니 원래 필부가 무상(無狀)함이랏다."

차시(此時) 학사가 무망(無妄)[282]에 음녀(淫女)에게 붙들려 어즈러이 분매(憤罵)함을 들으니 대로(大怒)하여 급히 떨치매 백라광삼(白羅廣衫)[283]이 두 조각이 나고 교주가 구러져[284] 난간(欄干)에 닿아 화관(花冠)이 바아지고[285] 칠보(七寶)가 산산(散散)하며 머리 깨어져 혈흔(血痕)이 비치고 옥안(玉顔)이 곳곳이 상(傷)하였는지라. 대경(大驚)하여 크게 발악(發惡)고자 하나 아픔을 이기지 못하여 미처 일어나지 못하고 태섬 등 여러 시녀가 일시에 붙드니 이렇듯 가내(家內) 소요(騷擾)한지라. 학사가 심리(心裏)에 냉소(冷笑)하고 밖으로 나가니 차환(叉鬟)의 무리 놀라 정당(正堂)에 보하니 존당(尊堂) 상하(上下)가 간인(奸人)의 포악(暴惡)함을 어이없어 묵연(黙然)하더라.

태섬 등이 교주를 붙들어 책교정에 돌아와 침상에 누이고 구호할새 교주가 거짓 간간(48)이 앓는 체하고 태섬으로 하여금 존당에 가 읍고(泣告) 왈(曰),

"우리 소저가 귀녕(歸寧)[286] 삼사(三四) 삭(朔)에 환귀(還歸)하시니 노야(老爺)가 아무리 박정하시나 난간 밖에 차 거꾸르치시니 옥 같은 설부(雪膚)가 중상(重傷)하였으니 우리 전하(殿下)가 아시면 반드시 양부(兩府)의 화기(和氣)를 상(傷)할까 하옵나니, 복원(伏願) 군부인(郡夫人) 학사(學士) 노야를 계책(戒責)하여 의약(醫藥)으로 치료케 하소서."

제부인이 청파에 어이없어 묵묵하더니 양구(良久)에 하태부인이 이르되,

"부녀의 도는 청한(淸閑)함이 으뜸이라. 조씨 인사(人事)로써 가부(家夫)를 대하여 유한한즉 무슨 사단이 있으리오. 반드시 묘맥(苗脈)이 있도다. 연이나 상처가 대단커든 약치(藥治)[287]나 하라."

280 인분(忍憤): 분을 참음. 원문에는 '잉분'으로 되어 있음.
281 훼자(毁訾): 헐뜯음.
282 무망(無妄): 무망중(無妄中). 별 생각이 없는 상태.
283 백라광삼(白羅廣衫): 흰 비단으로 만든 넓은 소매.
284 구러지다: '거꾸러지다'의 옛말.
285 바아지다: '부서지다'의 옛말.
286 귀녕(歸寧): 시집간 딸이 친정에 가서 부모를 뵘.
287 약치(藥治): '약치료(藥治療)'의 준말.

문(49)득 육부인이 가로되,

"내 아자 희연의 전어(傳語)로 들으니 희아[288]와 조씨 여차여차(如此如此)타 하니 대개 백아[289]도 매몰커니와 조씨 많이 잘못한가 싶더이다. 설사 여자가 착하고 장부가 사오나와 밀쳤은들 글로[290] 죽을 것이라 대사로이[291] 존당(尊堂)에 하리[292]하리오. 석일(昔日) 월성 공주는 화외인(化外人)[293] 같아여 추호(秋毫)도 가부에게 승(勝)한 일 없사되 매도 많이 맞고 하마면 검하경혼(劍下驚魂)[294]이 될 뻔하되 이런 사단이 없고 당당한 만승왕희(萬乘王姬)로되 적국(敵國)[295]의 해(害)를 만나 사액(死厄)을 여러 번 당하되 불호(不好)한 색(色)이 없던 것이니 샹풍[296] 착하고 어질기 가이없던가 싶으다."

돌아 태섬다려 왈,

"여주(汝主)가 아무리 황가지엽(皇家枝葉)이나 생심(生心)도 제왕비만 못할 것이요 학사(學士)가 비록 잘못(50)한 일이 있어도 전일(前日) 제왕처럼 죽이려 서돌든[297] 않으시니 너희 노주가 너무 어려이 굴지 말라. 이 현상부는 대대 공후요 황녀 공주도 제어하였으니 광평왕의 첩딸을 그리 어려이 여기랴."

제부인이 실소(失笑)하고 면면상고(面面相顧)[298]하니 태섬이 분노(忿怒) 참괴(慙愧)하여 돌아가 차언(此言)을 교주에게 전하더라.

철종황제(哲宗皇帝) 후궁(後宮) 김상궁(金尙宮) 철영 글씨.

---

288 희아: 희백.

289 백아: 희백.

290 글로: 그것으로.

291 대사로이: 대수로이. 중요하게 여길 만한 정도로.

292 하리: 남을 헐뜯어 윗사람에게 일러바치는 일.

293 화외인(化外人): 아직 임금의 덕행(德行)으로 인한 감화를 입지 아니한 사람.

294 검하경혼(劍下驚魂): 칼 아래 죽은 사람의 넋.

295 적국(敵國): 남편의 다른 아내나 첩.

296 샹풍: '본디'의 옛말. 원문에는 '샹품'으로 되어 있음.

297 서돌다: '서두르다'의 옛말.

298 면면상고(面面相顧): 서로 말없이 얼굴만 물끄러미 바라봄.

권지구

(1)차설. 교주가 태섬의 말을 듣고 분매(憤罵) 왈,

"다른 이는 이르지 말고, 우습다 육씨 노흉(老凶)이 무엇이 그리 착하건대 남의 시비를 하리오. 나 듣기는 어리고 우스운 줄 아나니 광평왕의 비첩녀(婢妾女)라도 유생(儒生)의 딸도곤 아니 나으랴?"

하고 짐즛[1] 상처가 중한 체하여 오래 신음(呻吟)[2]하여 일지 아니하니 존당구고가 다만 밖으로 의약을 보용(補用)하나 제사소고(娣姒小姑)가[3] 문후(問候)함이 없고 학사가 종시(終是) 묻지 아니하니 간녀(奸女)의 분한 심장이 터질 듯하되 무가내하(無可奈何)[4]라.

교주가 문득 일계(一計)를 생각고 태섬을 놓아 주방(廚房) 근처에 돌며 (2)차환배(叉鬟輩)와[5] 사괴라 하니 태섬이 명을 받아 왕래하여 심복을 사괴고자 하더니 최후에 주방 시녀 섬란과 조두(刁斗)[6]의 물 긷는 차환 경렬을 사괴니, 교주 노주(奴主)가 대희하여 금은재

---

1 짐즛: '짐짓'의 옛말.

2 신음(呻吟): 원문에는 '심음'으로 되어 있으나 서강대본을 참고하여 고침.

3 제사소고(娣姒小姑)가: 동서와 시누이가. 원문에는 '제사괴'로 되어 있으나 서강대본을 참고하여 보충함.

4 무가내하(無可奈何): 어찌할 수 없음.

5 와: 원문에는 '라'로 되어 있음.

6 조두(刁斗): 구리로 만든 솥 같은 기구. 군에서 낮에는 음식을 만들고 밤에는 두드려 경계하는 데 썼음.

보를 물같이 흩어 기심(其心)을 깃기고[7] 대사(大事)로써 추탁(推託)[8]하니 양인이 가연[9] 허락고 미혼단(迷魂丹)을 구하여 가져가더니 수일 후 이르러 행사(行事)하였노라 하되 존당구고가 진식(盡食)하시고 학사 많이 자셨으니 성사되었다 하거늘 교주가 크게 깃거 왈,

"만일 존당 자애와 학사의 은총을 얻은즉 천금으로 갚으리라."

양녀(兩女)가 천만 사례하고 거짓 헌계(獻計) 왈,

"부인의 상흔이 완합(完合)하였으니 매양 병와(病臥)하(3)신즉 존당과 학사가 더욱 미흡하시리니 그만하여 기거(起居)를 평상이 하사 옥안을 가다듬어 존당에 뵈옵고 온순한 말씀으로 지난 바를 사죄하신즉 제노야(諸老爺)와 제부인(諸夫人)이 다 관인후덕(寬仁厚德)하신지라 소소지과(小小之過)[10]를 개회(介懷)[11]치 아니실 것이요 겸하여 신약의 효험이 빠른즉 부인의 온순비약(溫順卑約)[12]하심을 가애(嘉愛)하시리이다."

태섬과 교주가 옳다 하더라.

명조(明朝)에 교주가 소세(梳洗)하고 정당(正堂)에 들어가 신성(晨省)할새 학사가 또한 제제(諸弟) 군종(群從)을 거느려 좌에 있는지라. 교주가 유의하여 기색을 살피니 안색을 십분 화평히 하여 존전(尊前)에 화기 가득하니 빛난 풍신(風神)[13]이 동탕(動蕩)하여 삼춘(4)양일(三春陽日)이 다사한[14] 듯하니, 음녀가 신약의 가망(可望)이 있는가 하여 교용함태(嬌容含態)[15]하고 존당에 나아가 그릇함을 사죄하고 부부의 소소(小小) 상힐지사(詳詰之事)[16]를 누누이 존전에 아룀이 아니라 시녀배 함인 줄 고하니 언사가 자못 교힐(狡黠)한지라.[17] 존당구고가 불열(不悅)하나 면강(勉强) 무애(撫愛)[18]함이 지극하니 교주가 알연(戞然)히[19] 물러 침

여기에서는 취사 또는 취사하는 곳을 이름.

7 깃기다: '기쁘게 하다', '기쁨을 받다'의 옛말.

8 추탁(推託): 추천하여 일 따위를 맡김.

9 가연: 가연히. 개연히. 흔쾌히.

10 소소지과(小小之過): 조그만 허물.

11 개회(介懷): 개의(介意). 어떤 일 따위를 마음에 두고 생각하거나 신경을 씀.

12 온순비약(溫順卑約): 온순하고 겸손함.

13 풍신(風神): 풍채(風采).

14 다사하다: 조금 따뜻하다.

15 교용함태(嬌容含態): 교태를 머금은 여인의 아름다운 모습.

16 상힐지사(相詰之辭): 서로 힐난하는 말.

17 교힐(狡黠)하다: 교활하다.

18 무애(撫愛): 어루만지며 사랑함.

19 알연(戞然)히: 맑고 아름답게.

실에 돌아오니 문득 정당(正堂) 시녀가 존고 사마부인 명으로 학사의 신의(新衣) 일습(一襲)을 말라[20] 보내며 왈,

"임박 신세(新歲)하니 가중에 일이 많을 뿐 아니라 제왕부 희성 공자가 구소저[21]를 취하는 길석(吉席)[22]이 불원(不遠)하니 그대 비록 흠질(欠疾)이 소성(蘇醒)[23]치 못하나 진심하여 때에 맞게 하라."

교주가 심리(心裏)(5)에 괴로움을 이기지 못하나 마지못하여 받고 시녀 돌아간 후 하염없이 원망 왈,

"어떤 요괴(妖怪) 년이 들어와 제왕 부부의 자긍(自矜)하는 교기(驕氣)를 돋우나뇨? 내 한갓 적인(敵人)뿐 아니라 아무라도 승기자(勝己者)를 없이코저 하나니 구씨 만일 아름다울진대 나의 독수를 면치 못하리라."

설매 왈,

"부인이 어찌 목전(目前)의 강적이 취소(就巢)[24]하여 녹림(綠林)의 당(黨)을 이뤘음을 생각지 아니시고 오원(迂遠)한[25] 근심을 하시나뇨?"

교주가 탄왈(歎曰),

"너희 비록 이르지 않으나 초적(草賊)의 무리 사방에 머물렀으니 어찌 알지 못하리오마는 실로 계교(計巧)가 궁하도다."

이녀가 소왈(笑曰),

"금란 등 사인이 요사이 노야(老爺)를 (6)뫼셔 전총(專寵) 아닐 날이 없다 하니 부인은 여차여차(如此如此)하여 차녀 등을 불러 보시고 은근 우대하여 좌우에 두시고 노야 기색을 탐관(探觀)함이 옳으니이다."

교주가 아연(啞然) 왈,

"여언(汝言)이 옳거니와 천금지보(千金之寶)를 허비하고 겨우 얻은 신약을 섬란 등을 맡겼더니 용사하였노라 하되 동정(動靜)이 없으니 아니 괴이하냐. 또한 섬란 등이 저

---

20 마르다: 옷이나 재목 따위의 재료를 치수에 맞게 자르다.

21 구소저: 원문에는 '구셔져'라 되어 있으나 오기인 듯함.

22 길석(吉席): 혼례식 등의 기쁜 자리.

23 소성(蘇醒): 중병을 치르고 난 뒤에 다시 회복함.

24 취소(就巢): 보금자리에 모여 듦.

25 오원(迂遠)하다: 우원하다. 현실과는 동떨어지다.

의 세작(細作)[26]인가? 연즉(然則) 나의 적년(積年) 간모(奸謀)가 패루(敗漏)하리로다."

태섬 등이 악연(愕然)하여 섬랑을 보고 힐문(詰問)[27]한대 양녀가 대경하여 엄절(嚴切)히 발명(發明)[28]하여 왈,[29]

"궁중 제노야 제부인이 정명지기(精明之氣) 유(類) 다르고 학사 노야는 더욱 기이한 일이 많으시니 심산(深山) 단(7)약의 유(類)가 정인군자(正人君子)의 정기를 앗지 못하는가 싶으거니와 요사이 기색은 전과 다르신 듯하니 남은 약을 마저 쓰면 좋으리라."

하고 기색이 준절(峻切)하니 양녀가 반신반의(半信半疑)하더라. 섬란 등이 저 요인(妖人) 노주(奴主)가 의혹함을 보고 놀라 가만히 태부인과 사마부인께 고하니 하·윤 양 태부인과 사마부인이 대경하여 이에 학사를 대하여 수말(首末)을 이르고 왈,

"석(昔)에 아난(阿難)[30]은 불문고제(佛門高弟)로되 길가 창녀를 품었으나 사문(沙門)의 도행(道行)이 상치 않았나니 네 좋이 침소에 왕래하다 군자 행신(行身)에 휴손(虧損)[31]함이 있으리오?"

학사가 존당과 모부인 말씀을 듣고 잠소(潛笑) 왈,

"해아(孩兒)가 (8)일세의 당당한 장부로 일 여자를 제어치 못하여 아녀자의 궤사(詭詐)[32]한 계교를 자행(恣行)함이 어찌 참괴치 아니리잇고?"

사마부인이 역소(亦笑曰) 왈,

"차역명운(此亦命運)이라. 현마 어찌리오? 난처한 때를 만난즉 성인군자도 계교를 행하였나니 조금도 너의 행신에 휴손함이 없으리라."

윤태부인이 소왈,

"이러하여야 만고풍상(萬古風霜)이라 하나니 손아(孫兒)가 자유(自幼)로 생어교애(生於嬌愛)[33]하고 장어호치(長於豪侈)[34]하여 당당한 상문(相門)[35] 공자로 소년등과하여 자각단

---

26 세작(細作): 간첩.

27 힐문(詰問): 따져 물음.

28 발명(發明): 죄나 잘못이 없음을 말하여 밝힘.

29 왈: 원문에는 없으나 서강대본을 참고하여 보충함.

30 아난(阿難): 아난존자(阿難尊者). 석가모니의 십대 제자 중의 한 사람.

31 휴손(虧損): 손실.

32 궤사(詭詐): 간사스러운 거짓으로 남을 교묘하게 속임.

33 생어교애(生於嬌愛): 사랑을 받으며 태어남.

34 장어호치(長於豪侈): 호화롭고 사치스러운 가운데 성장함.

35 상문(相門): 재상의 집안.

루(紫閣壇樓)의 오사자포(烏紗紫袍)[36]로 영총(榮寵)[37]을 계승하고 취실하매 천황옥엽(天皇玉葉) 요조숙녀(窈窕淑女)를 취하여 만사가 무살(無煞)하니 조물(造物)이 이극(怡極)하여[38] 금슬(琴瑟)에 마장(魔障)이 일어(9)나니 사람이 다 오복(五福)이 구전(俱全)키 쉬우릿고? 기쁜 일과 괴로운 일도 있나니 어찌 일도(一道)만 지키리오."

정언간(停言間)[39]에 승상이 제제(諸弟)를 거느려 부공(父公)을 뫼셔 들어오고 진왕이 제왕 등 제자(諸子)를 거느려 들어오더니 부인 고식(姑媳)[40] 모자가 사담이 그윽함을 듣고 연고를 물어 알고 제공이 조녀 노주의 수악(首惡)을 아니 놀랄 이 없고 상서 등 제숙부가 웃어 왈,

"조달영귀(早達榮貴)함도 곡경(曲境)[41]이로다."

학사가 소이대왈(笑而對曰),

"조달(早達)하다 저마다 소질(小姪) 같으리잇가? 처음 광평의 사회[42] 되지 않았던들 이런 폐 없으리로다 하옵나이다."

제좌(諸座)가 웃더라.

이날 현씨 제공이 희성 공자의 길기(吉期) 가까우매 성관(10)지례(成冠之禮) 임박(臨迫)한 고로 의논하려 모이니 장시중 형제도 왔는지라. 소왈(笑曰),

"석년(昔年)에 여부(汝父)가 사마처사의 사회됨을 뉘웃지 아니터라. 그러므로 유덕하여 사마질 형제 마침내 황영(皇英)의 고사[43]를 본받나니 너는 저리 덕 되지 아닌 말로 원탄(怨歎)하니 조씨 형제를 다 지니지 못하여 필연 하나는 없이하리라."

학사가 소이부답(笑而不答)하고 오공이 미소 왈,

"노인이 망령 들면 눈치[44] 없이 남 싫은 말 한다 하거니와 표형(表兄)이 이제도 아직 월

---

36 오사자포(烏紗紫袍): 벼슬아치가 쓰고 입는 오사모(烏紗帽)와 자줏빛 도포.

37 영총(榮寵): 임금의 특별한 사랑.

38 이극(怡極)하다: 즐거움이 다하다. 이극지해(怡極至害).

39 정언간(停言間): 말을 멈춘 사이.

40 고식(姑媳): 시어머니와 며느리.

41 곡경(曲境): 몹시 어려운 지경.

42 사회: '사위'의 옛말.

43 황영(皇英)의 고사: 요임금의 딸 아황(娥皇)과 여영(女英)이 순임금의 아내가 되어 사이좋게 산 고사.

44 눈치: 원문에는 '느칙의'로 되어 있음.

제지년(月制之年)[45]이 아오라하였으니[46] 노망할 때 아니언마는 세구연심(歲久年深)한 남의 말을 실없이 들추니 하기는 좋건마는 듣는 이는 고마(11)워 아닐까 하노라."

장공이 소왈,

"나를 기리는 이는 수인(讐人)이요 나를 꾸짖는 이는 은인(恩人)이라 하니 사마씨 자매 슬거울[47] 양이면 족수(足數)치[48] 아니리라."

오·진 양공이 역소무언(亦笑無言)이요 제인은 장공의 호담기변(豪談奇辯)을 절도(絶倒)하나 오직 사마부인 형제 묵묵하더라. 오공과 승상이 또한 학사를 경계하여 조씨의 간악이 무비(無比)하니 아직 드러난 과실이 대단치 아니하니 미리 박정함이 군자의 관인지덕(寬仁之德)이 아니라 한대 학사가 순순수명(順順受命)하더라.

화설. 평제왕 현천린의 장자 희성의 자는 명중이니 제왕의 원비(元妃) 지성명현비 월성 공주 소생이라. (12)제왕 부부가 이구(尼丘)[49] 탄생이 아니로되 비웅(羆熊)의 길함을 겸하여 십삭(十朔) 교회(敎懷)에 일척(一隻)[50] 형옥(荊玉)을 생하니 이 문득 천지의 정기를 오로지하고 산천의 혈맥(血脈)을 거두었는지라. 자라매 기이하니 만물이 영수(英秀)한 기맥을 아우르시니 영형수발(玲瑩秀拔)[51]하여 성문의 바른 줄맥[52]을 이었으니 복된 기상과 덕된 풍채를 아우르시며 문장은 이두(李杜)[53]를 압두(壓頭)하고 필법은 종왕(鍾王)[54]을 묘시(藐視)[55]하니 현태사가 생시에 매양 일컫되, '차아가 가히 천린지자요 월성지휵이니[56] 반드시 문호를 창(昌)하리라.' 하더라. 태사와 양태부인이 연관(捐館)[57]하매 기시(其時) 공자가 연미

45 월제지년(月制之年): 80살. 80살이 되면 한 달이 걸리는 장례 용구를 준비한다는 데서 나온 말. 『예기(禮記)』.

46 아오라하다: 아스라하다. 아득하다.

47 슬겁다: '슬기롭다'의 옛말.

48 족수(足數)하다: 꾸짖다. 다그치다.

49 이구(尼丘): 중국 노나라에 있는 이구산(尼丘山). 공자 부모가 이 산에 빌어서 공자를 낳았다 함.

50 일척(一隻): 한 쌍을 이룬 것의 한 쪽.

51 영형수발(玲瑩秀拔): '영형(玲瑩)'은 옥같이 맑음을 의미하고, '수발(秀拔)'은 빼어나게 훌륭하다는 뜻임. 원문에는 '영형슈벌'로 되어 있으나 오기인 듯함.

52 줄맥: 서로 이어져 있는 관계나 연관. 맥락(脈絡).

53 이두(李杜): 당나라의 유명한 시인 이백(李白)과 두보(杜甫).

54 종왕(鍾王): 중국의 유명한 서예가인 종요(鍾繇, 151~230)와 왕희지(王羲之).

55 묘시(藐視): 업신여김. 깔봄.

56 천린지자요 월성지휵이니: 현천린의 자식이요 월성 공주의 기름이니.

57 연관(捐館): 살던 집을 버린다는 뜻으로 '사망(死亡)'을 높여 이르는 말.

일순(年未一旬)[58]에 부조(父祖)의 설위(13)하실 적마다 추원영모(追遠永慕)하여 체류(涕流) 아닐 적이 없으니 그 효성의 지극함이 여차하더라.

일찍 종백(從伯) 곤계(昆季) 가관시(加冠時)에 만조귀척(滿朝貴戚)이 다 모였더니 현씨 제공자의 출세(出世)한 풍신을 탐애(貪愛)하여 피차 자라기를 기다릴새 학사 희백과 한림 희천과 소실 숙혜, 조실 미혜를 각각 남혼여가(男婚女嫁)하니 차례 승상의 일녀 운혜에게 미쳤는지라. 광평 세자 조영과 정혼하였더니 일장 마얼(魔孼)[59]이 일어나 혼사가 중지하니, 희성 공자는 당금 십이 세니 운혜의 일 년 아래라. 신장 체지 늠연 호상하여 관(冠) 쓰기에 합하매 제왕이 비록 재종지간(再從之間)(14)이나 형매(兄妹) 차례 어김을 미안하여 길기를 중지코자 하더니 구가에서 존당이 연로(年老)하여 자손의 혼사를 보고자 한다 하니 오·진 양공이 왕을 권하여 허락하니 구부에서 대희하여 택일을 보하니 이때 신원(新元)[60]이라 길기(吉期) 수순(數旬)이 격(隔)하였으니 중춘(仲春) 망간(望間)이라.

양가(兩家)가 혼수(婚需)를 성비(盛備)하여 길일(吉日)을 등대(等待)[61]할새 먼저 공자의 성관지일(成冠之日)[62]이 다다르매 차시(此時) 이월(二月) 초순(初旬)이라. 월성궁에 대연(大宴)을 개장(開場)하고 황친국척(皇親國戚)[63]과 만조공경(滿朝公卿)이 다투어 모이니 시객[64]이 다다르매 희성 공자를 불러 좌에 이르니 전임(前任) 좌승상 강릉후 유공이 연로(年老)하고 자녀가 많아 (15)오복(五福)이 겸하므로 천자가 명하사 녹발(綠髮)[65]을 계총(繫總)케 하시고 황족(皇族) 능연군으로 관을 더으게[66] 하시니 이미 봉명(奉命)한 바라. 유공이 희성의 녹발을 거두어 총(總)하니 예부상서(禮部尙書) 성린이 관잠(冠簪)[67] 신의(新衣)를 구슬함에 담아

---

58 연미일순(年未一旬): 나이가 아직 열 살도 못 됨.

59 마얼(魔孼): 귀신의 재앙.

60 신원(新元): 설날.

61 등대(等待): 미리 준비하고 기다림.

62 성관지일(成冠之日): 관례(冠禮)를 행할 날.

63 황친국척(皇親國戚): 황족과 임금의 인척(姻戚).

64 시객: '시각(時刻)'의 옛말.

65 녹발(綠髮): 푸른 머리털이라는 뜻으로, 검고 윤이 나는 아름다운 머리를 이르는 말.

66 더으다: '더하다'의 옛말.

67 관잠(冠簪): 관을 상투 위에 고정할 수 있게 하는 비녀.

좌(座)에 놓으니 능연군이 건잠(巾簪)[68]을 머리에 꽂으며 작미관(鵲尾冠)[69]을 가하고 현상서가 신의(新衣)를 가져 개착(改着)하니 경객[70]에 일 소아(小兒)가 변하여 완연(宛然)히[71] 미장부(美丈夫)라. 모든 데 배례(拜禮)하니 중목(衆目)이 일시에 공자 신상(身上)에 온전(穩全)한지라.

진국공[72]이 공자의 손을 잡고 함소(含笑) 왈(曰),

"이 신랑(新郞)이 오가(吾家)에 기러기 전할 날이 머지않았으되 대하매 문득 떠날 뜻이 없으니 진실로 아서(我壻)의 천고수(16)출(千古秀出)한 풍광재화(風光才華)가 갖추어[73] 기이함을 이기지 못할소이다."

제공이 연성(連聲)하여 기서(奇壻) 둠을 치하(致賀)하니 좌간(座間)의 장시중이 웃어 왈,

"빙공(聘公)[74]의 마음이 저러할 적 우리 종제(從弟)와 질아(姪兒)가 저 같은 자손을 두고 며느리 소망이 어떠하리오. 아지 못게라. 영녀(令女)[75]가 능히 제왕비의 뒤를 이으며 희성의 상적(相敵)한[76] 배우(配偶)[77]가 되랴. 불연즉(不然則)[78] 종제는 지이부지(知而不知)[79]하려니와 질아(姪兒)는 용심(用心)이 곱지 아니하고 희성의 용모(容貌)가 기특(奇特)하나 기부지풍(其父之風)이 바히[80] 없든 아닐 것이니 석일(昔日) 아질(兒姪)의 광망(狂妄)함을 모르지 아니려니와 만승천자(萬乘天子)의 안전(案前)[81]에도 여차여차(如此如此) 휘치(17)아닛나니 명공은 가장 조심하소서."

---

68 건잠(巾簪): '건잠(巾簪)'은 망건에 달아 당줄을 꿰는 작은 단추 모양의 고리로 신분에 따라 금(金), 옥(玉), 호박(琥珀), 마노, 대모(玳瑁), 뿔, 뼈 따위의 재료를 사용하였다.

69 작미관(鵲尾冠): 죽피관(竹皮冠)을 본뜬 관. 죽피관은 죽순 껍질로 만든 관으로 한고조 유방이 정장(亭長) 시절에 썼다 함.

70 경객: 경각(頃刻). 눈 깜빡할 사이. 또는 아주 짧은 시간.

71 완연(宛然)히: 눈에 보이는 것처럼 아주 뚜렷하게.

72 진국공: 맥락상 '구공'의 오기인 듯함.

73 갖추다: 원문에는 'ᄀᆞᆺ쵸'로 되어 있음. 'ᄀᆞᆺ초다'는 '갖추다'의 옛말.

74 빙공(聘公): 장인(丈人)을 다르게 이르는 말.

75 영녀(令女): 상대방을 높여 그 딸을 이르는 말. 영애(令愛).

76 상적(相敵)하다: 양편의 실력이나 처지가 서로 걸맞거나 비슷하다.

77 배우(配偶): 배필(配匹).

78 불연즉(不然則): 그렇지 않으면.

79 지이부지(知而不知): 알면서도 모르는 체함.

80 바히: '바이'의 옛말. 아주 전혀.

81 안전(案前): 존귀한 사람이 앉아 있는 자리의 앞.

구공이 대소(大笑) 왈(曰),

"노선생 말씀이 기연(其然)하거니와 학생(學生)[82]이 여아 사랑이 과도(過度)하니 설사 서랑(壻郞)에게 만모(慢侮)[83]함을 받으나 어찌하리잇고."

좌우(左右)가 구공의 말이 유리(有理)타 일컬어 웃으며 서로 희담(戲談)하여 비단 돗[84] 위에 춘풍(春風)이 이뤘더라.

이윽고 공자가 내당에 들어갈새 제왕이 손을 이끌어 들어가 존당(尊堂)과 부인께 차례로 뵈오니 존당 부모와 제숙당(諸叔堂)[85]의 탐혹과애(耽惑過愛)함이 측량(測量)없더라. 낙극진환(樂極盡歡)[86]하매 석양에 파연(罷宴)하고 제객(諸客)이 돌아가니 촉(燭)을 이어 종용(從容)히[87] 담화(談話)할새 희성 공자의 편편(翩翩)한[88] 풍모(風貌)를 두굿(18)김[89]을 마지아니하더라.

화설(話說). 구상서 경린은 여국공 구준의 자(子)라. 충현여맥(忠賢餘脈)이요 고문화벌(高門華閥)이니 재덕(才德)이 과인(過人)하고 충의관일(忠義貫一)[90]하여 국가에 대공(大功)을 세워 작위(爵位) 평진왕에 이르고 상총(上寵)[91]의 융성(隆盛)함이 현상부 일반이라. 평진왕이 부인 여씨로 금슬(琴瑟)이 상득(相得)하여[92] 칠자삼녀(七子三女)를 두었으니 남풍여모(男風女貌)가 개개(個個) 출류(出類)[93]하여 옥수(玉樹)[94] 인벽(人璧)[95] 같더라. 차차 성인(成姻)하고 여아가 바야흐로 장성(長成)하니 구소저의 방년(芳年)이 이륙(二六)에 백태(百態) 가려(佳麗)하고 체형(體形)이 정숙(靜淑)하니 존당 부모의 만금소중(萬金所重)은 여러 자녀가 바랄 바

---

82 학생(學生): 벼슬하지 못한 사람을 말하나, 대개 자신을 낮출 때 사용하는 말.

83 만모(慢侮): 거만한 태도로 남을 업신여김.

84 돗: 돗자리. 원문에는 '곳'으로 되어 있으나 서강대본을 참고하여 고침.

85 숙당(叔堂): 조부(祖父)에서 갈린 일가. 당숙(堂叔).

86 낙극진환(樂極盡歡): 지극한 기쁨이 다함.

87 종용(從容)히: 조용히.

88 편편(翩翩)하다: 풍채가 멋스럽고 좋다.

89 두굿기다: 즐거워하다. 몹시 기뻐하다.

90 충의관일(忠義貫一): 충성이 한결같음.

91 상총(上寵): 임금의 총애.

92 상득(相得)하다: 서로 뜻이 맞아서 잘 통하는 상태에 있다.

93 출류(出類): 같은 무리 가운데에서 뛰어남. 출어기류(出於其類).

94 옥수(玉樹): 아름다운 나무라는 뜻으로, 뛰어난 사람을 이르는 말.

95 인벽(人璧): 뛰어난 인재. 원문에는 '인변'으로 되어 있으나 서강대본을 참고하여 고침.

가 아니라. 구소저가 강생지초(降生之初)로부터 별기이질(別奇異質)[96](19)이 출어기류(出於其類)하며, 천지(天地)의 가없는[97] 정맥(精脈)[98]과 건곤(乾坤)의 무궁(無窮)한 조화를 거두어 옥이 기름지며 향이 다사하니[99] 수정 같은 기부(肌膚)와 꽃이 향기로운 자품(資稟)[100]이 자생민이래(自生民以來)[101]로 한 사람이라.

조부(祖父) 여공과 부친 진왕이 아녀(兒女)의 갖추어 연미(軟美)[102]한 색광(色光)[103] 성덕(盛德)으로 세간(世間)에 상적(相敵)한 사람이 없을까 근심하더니 당일(當日)에 현상부 연석(宴席)에 참예(參預)하였다가 평제왕 장자 희성을 보매 천고옥인(千古玉人)이요 만고기재(萬古奇才)라 이 진짓 여아의 상적한 배필(配匹)이매 제왕 부자에게 면청(面請)[104]하여 쾌락(快諾)함을 얻으니 환희(歡喜)하여 돌아왔더니 세월이 물 흐르듯 하여 양아(兩兒)가 장성(長成)(20)하매 이에 혼수(婚需)를 성비(盛備)하여 혼기(婚期) 다다르매, 어시(於是)에 현상부 월성궁에서 희성 공자로 구소저와 성친(成親)[105]할새 존당 부모와 일가 제친(諸親)이 두굿기며 깃거함이 학사(學士) 희백의 가례(嘉禮)[106]시(時)로 다름이 없더라. 당일(當日)에 월성궁에 대연(大宴)을 개장(開場)하고 존빈귀객(尊賓貴客)이 대회(大會)하니 외전, 태화전, 대서헌을 널리 쓸어 제왕 군종(群從)[107] 곤계(昆季)[108] 십사인(十四人)이 적의(翟衣)[109] 보불(黼黻)[110]로 금관패옥(金冠佩玉)을 갖추어 오·진 양공(兩公)을 주석(主席)에 받들어 접빈대객(接賓待客)하니

---

96 별기이질(別奇異質): 특별하고 기이한 바탕.

97 가없다: 끝이 없다. 원문에는 'ᄀ업ᄉᆞᆫ'으로 되어 있음.

98 정맥(精脈): 정기와 혈통을 아울러 이르는 말.

99 다사하다: 따스하다. 여기서는 '많다'의 의미인 듯함.

100 자품(資稟): 사람의 타고난 바탕과 성품.

101 자생민이래(自生民以來): 사람이 생긴 이래. 『맹자(孟子)』「공손추장구(公孫丑章句)」 상(上)편에 "생민이 있는 이래로 공자보다 더 훌륭하신 분은 계시지 않다(自生民以來 未有盛於孔子也)."라는 대목에서 나오는 구절이다.

102 연미(軟美): 부드럽고 아름다움.

103 색광(色光): 여자의 아름다움.

104 면청(面請): 마주 대하고 있는 자리에서 청함.

105 성친(成親): 친척이 된다는 뜻으로, '혼인'을 달리 이르는 말.

106 가례(嘉禮): 오례(五禮)의 하나. 왕가(王家)에서는 왕의 성혼이나 즉위, 또는 왕세자·왕세손·황태자·황태손의 성혼이나 책봉 따위의 예식을 이르고, 사가(私家)에서는 관례(冠禮)나 혼례를 이른다.

107 군종(群從): 여러 종형제(從兄弟).

108 곤계(昆季): 형제.

109 적의(翟衣): 나라의 중요한 의식 때 왕비가 입던 예복. 붉은 비단에 청색의 꿩을 수놓아 만들었다.

110 보불(黼黻): 임금이 예복으로 입던 하의(下衣)인 곤상(袞裳)에 놓은, 도끼와 '亞' 자 모양의 수.

숙숙(肅肅)한[111] 예절이 중니(仲尼)[112] 좌석에 안맹(安孟)[113]이 뫼심 같더라.

이날 제후가 희성의 길석(吉席)을 두굿기사 상방(尚方)[114] 진찬(珍饌)과 어원(御苑) 풍(21)악(風樂)을 나리오사 잔치를 도우시니 제왕 부마(駙馬)와 황친국척(皇親國戚)이며 만조백관(滿朝百官)이 구·현 양부에 모이나 광평왕 일인(一人)이 불참(不參)하니 차일(此日) 교주가 어미 계교로써 광평왕이 만일 제궁 연차(宴次)[115]에 임(臨)하거든 승간(乘間)[116]하여 요약(妖藥)을 나오고자[117] 하더니 제후의 신명(神明)하심이 일월(日月)의 명감(明鑑)[118]이 계신지라. 광평왕의 실성(失性)함이 아주 미치기에 이를까 하사 외간(外間) 출입을 막으심인 고로 교녀가 실계(失計)하니라.

내당(內堂)에 도정전, 명광전과 화척각을 통개(洞開)[119]하고 포진(鋪陳)[120]을 널리 하여 금병(錦屛)이 중중(重重)하고 수막(繡幕)이 겹겹한데 봉관화리(鳳冠花䍠)[121]의 홍장아태(紅粧雅態)[122]와 금군취삼(錦裙翠衫)[123]이 난란(爛爛)(22)하니[124] 제부인 제소저의 월모화안(月貌花顔)[125]이 분벽(粉壁)[126]에 쟁광(爭光)하여[127] 위주(魏珠)가 황황(煌煌)한[128] 듯하니 만고무비(萬古無比)

---

111 숙숙(肅肅)하다: 삼가는 마음이 생길 만큼 분위기가 엄숙하다.

112 중니(仲尼): 공자(孔子, B.C.551~B.C.479)의 자.

113 안맹(安孟): 안회(顔回)와 맹자(孟子).

114 상방(尚方): 상의원(尚衣院). 임금의 의복과 궁내의 일용품, 보물 따위의 관리를 맡아보던 관아.

115 연차(宴次): 잔치 자리.

116 승간(乘間): 승극(乘隙). 잠시 틈을 탐.

117 나오다: '바치다'의 옛말. 드리다.

118 명감(明鑑): 사물의 미래에 대한 정확한 관찰력. 또는 그런 관찰.

119 통개(洞開): 문짝 따위를 활짝 열어 놓음.

120 포진(鋪陳): 바닥에 깔아 놓는 방석, 요, 돗자리 따위를 통틀어 이르는 말. 잔치 따위를 할 때에 앉을 자리를 마련하여 깖.

121 봉관화리(鳳冠花䍠): 옛 신부가 봉(鳳)을 장식해 머리에 쓰던 예관(禮冠)과 꽃을 수놓은 얼굴가리개.

122 홍장아태(紅粧雅態): 화장을 한 미인의 아름다운 자태.

123 금군취삼(錦裙翠衫): 비단 치마와 푸른 적삼으로 여자의 화려한 옷차림을 말함.

124 난란(爛爛)하다: 빛이 번쩍번쩍하여 눈부시다.

125 월모화안(月貌花顔): 달과 꽃처럼 아름다운 여자의 얼굴.

126 분벽(粉壁): 하얗게 꾸민 벽.

127 쟁광(爭光)하다: 빛을 다투다. 훌륭하다.

128 황황(煌煌)하다: 번쩍번쩍 빛나서 밝다.

독등(獨騰)한 자질(資質)이 막상막하(莫上莫下)하여 양비(楊妃)[129]의 풍완(豊婉)[130]함은 음비(淫非)함[131]이 나쁘고 한비(漢妃)[132]의 경신(輕身)[133]함은 천루(淺陋)하기에 가까우니 어찌 소소(小小) 주옥(珠玉)에 비기리오. 만조명부(滿朝命婦)와 황친국척(皇親國戚) 제부인네 휘황한 품복(品服)과 화려한 성장(盛裝)으로 화미(華美)를 다스려 일색(一色)을 자부(自負)하던 유(類)가 제왕궁 모든 부인 제소저의 세고무쌍(世高無雙)한 색광(色光) 재모(才貌)를 보매 스스로 탈기(奪氣)하여 몸을 돌아보아 저를 믿기 어려움을 깨닫고, 우매(愚昧)한 여자와 투협(妬狹)한[134] 부인네는 행여[135] 미혼(迷昏)한 소저네가 우리 금장(23)지친(錦帳至親) 간에 들어와 투색(渝色)할까[136] 겁(怯)하더라.

일영(日影)이 장반(將半)[137]에 희성 공자가 옥모영풍(玉貌英風)에 길복(吉服)을 정히 하고 내당에 하직하고 위의(威儀)를 휘동(麾動)[138]하여 백마금안(白馬金鞍)에 생소고악(笙簫古樂)이 훤천(喧天)[139]하고 만조요객(滿朝繞客)이 휘열(麾列)하여 혼가(婚家)로 향하니 제후의 백월(白鉞)[140]이 중중(重重)하고 기경재열(奇卿宰列)[141]과 장한 추종(騶從)[142]이 탄탄광야(坦坦廣野)에 덮였으니 거룩하며 부성(富盛)함이 수삼리(數三里)에 이었으니 이 가히 용종인지(龍踵麟趾)[143] 여맥(餘脈)으로 천승국군(千乘國君)과 왕희(王姬)의 귀공자임을 알리러라. 빛내[144] 행하여 진왕부에 다다르니 차시(此時) 구부에서 대연(大宴)을 개장(開場)하고 만당빈객(滿堂賓客)이 취회(聚會)하니 연석(宴席)의 장려(壯麗)함이 제궁(24)으로 다름이 없더라.

---

129 양비(楊妃): 양귀비(楊貴妃, 719~756). 중국 당나라 현종(玄宗)의 비.

130 풍완(豊婉): 얼굴 생김새가 넉넉하고 아름다움.

131 음비(淫非)하다: 음란하고 바르지 않다.

132 한비(漢妃): 조비연(趙飛燕). 한(漢) 성제(成帝)의 비(妃)로, 이름난 미녀였다고 한다.

133 경신(輕身): 몸이 날씬하고 가벼움.

134 투협(妬狹)하다: 질투심이 많고 속이 좁다. 원문에는 '투투협ᄒᆞᆫ'으로 되어 있음.

135 행여: 어쩌다가. 혹시. 원문에는 '행혀'로 되어 있음.

136 투색(渝色)하다: 빛이나 색이 바래다. 퇴색(退色)하다.

137 장반(將半): 바야흐로 절반이 되는 시기. 또는 그런 동안.

138 휘동(麾動): 지휘하여 움직이게 함.

139 훤천(喧天): 소리가 몹시 커서 하늘까지 울려 퍼지는 것.

140 백월(白鉞): 흰색 도끼.

141 기경재열(奇卿宰列): 뛰어난 벼슬아치의 반열(班列).

142 추종(騶從): 윗사람을 따라다니는 종.

143 용종인지(龍踵麟趾): '용의 발뒤꿈치와 기린의 발가락'이란 뜻으로, 제왕의 자손을 말함.

144 빛내: 빛나게. 원문에는 '빗닉'로 되어 있음.

일색(日色)이 반오(半午)에 신랑의 위의(威儀) 도문(到門)하니 쌍쌍한 복첩(僕妾)이 홍군취수(紅裙翠袖)로 향촉(香燭)을 잡아 신랑을 인도하여 화촉의 예를 전하고 신부의 상교(上轎)를 재촉하니 구래공이 언건(偃蹇)한[145] 풍위(風威)에 고관(高官) 대대로 오자이서(五子二壻)와 수다(數多) 자손을 거느려 주석(主席)에 좌(座)하여 손서(孫壻)를 볼새 양미상(兩眉上)에 좋은 웃음이 영자(榮滋)하여[146] 신랑의 손을 잡고 좌중에 일러 왈,

"오아(吾兒)가 사회를 얻으매 비록 세속(世俗)의 범범(凡凡) 미랑(美郎)이라도 어여쁘고 사랑하려든 더욱 오지[147]손서(吾之孫壻)는 당당한 옥엽여맥(玉葉餘脈)으로 작인(作人)의 비상함과 재질(才質)의 탁출(卓出)함이 이 같으니 한갓 오가(吾家) 문란지경(門闌之慶)[148]이라 할 (25)뿐 아니라 진실로 국가의 대보(大寶)요 사직(社稷)의 간성(干城)이라. 성천자의 홍복(興福)이 제천(齊天)하심[149]을 깃거하나이다."

좌상 제빈(諸賓)이 현공자의 재모를 불승애모(不勝愛慕)터니 구승상 말씀을 이어 연성하례(連聲賀禮)[150]하여 명론(名論)이 유리(有理)하심을 일컬으니 승상 부자가 만심(滿心) 환희(歡喜)하여 승당 치하하더라.

이윽고 소저가 웅장(雄粧)으로 상교(上轎)할새 조모와 모친이 나맞[151]을 채우며 여행사덕(女行四德)을 경계하더라. 신부가 상교하매 신랑이 금쇄(金鎖)[152]를 가져 봉교(奉敎) 상마(上馬)하여 돌아올새, 기특한 위의(威儀) 십 리에 이었으니 향풍(香風)이 옹비(擁鼻)하고[153] 금수단장(錦繡丹粧)이 섯돌아 꽃빛이 이뤘으니 황녀(皇女)[154]의 하가(下嫁)[155]하는 위의(威儀)라도 이에 더으지[156] (26)못할지라. 관광자(觀光者)가 칭찬 왈,

---

145 언건(偃蹇)하다: 의젓하다. 떳떳하다. 원문에는 '은근혼'으로 되어 있음.

146 영자(榮滋)하다: 무성하게 자라나다.

147 오지: 원문에는 '오긔'로 되어 있으나 서강대본을 참고하여 고침.

148 문란지경(門闌之慶): 가문의 경사. '난(闌)'은 문에 가로지르는 나무, 즉 빗장으로 가문을 이름.

149 제천(齊天)하다: '제천(齊天)'은 높기가 하늘과 비슷하다는 의미임. 즉 '하늘과 나란하다'의 의미.

150 연성하례(連聲賀禮): 축하하는 말을 계속하여 말함.

151 나맞: ᄂᆞ맛. ᄂᆞ뭋. 주머니.

152 금쇄(金鎖): 금으로 만든 자물쇠.

153 옹비(擁鼻)하다: 코를 찌르다.

154 황녀(皇女): 원문에는 '화녀'로 되어 있으나 문맥에 맞추어 고침.

155 하가(下嫁): 지체가 낮은 곳으로 시집간다는 뜻으로, 공주나 옹주가 귀족이나 신하에게로 시집감을 이르던 말.

156 더으다: '더하다'의 옛말.

"가히 천고(千古) 장관(壯觀)이라. 저 화교(華轎)[157] 중의 신부가 능히 천신(天神) 같은 신랑을 대후(待候)[158]할까?"

혹 아는 이 있어 이르되,

"이 신부가 또한 구진왕의 천금농주(千金弄珠)요, 천하에 유명한 열현부(烈賢婦)인 여비 소생이라. 여부인 색모재덕(色貌才德)이 고금(古今)에 독보(獨步)하니 기녀(其女)가 어찌 범연(凡然)하리오."

듣는 자가 혀를 두루혀 칭찬 불이(不已)하더라.

왕궁에 돌아오니 상부 궁녀 취대(翠黛) 향노선과 공작선(孔雀扇)[159]을 잡아 홍상(紅裳)이 나열하고 화연(譁然)[160]이 진진(津津)한데[161] 신랑 신부를 인도하여 정전(正殿)에 들어가 교배(交拜)를 파하고 조율(棗栗)을 받들어 존당 구고께 헌(獻)할새 만좌(滿座) 중목(衆目)이 일시에 (27)관광하니 이른바 규문세덕(閨門世德)은 영형수발(玲瑩秀拔)[162]이요 현가(玄家) 기맥(氣脈)은 형옥여정(荊玉餘精)[163]이라. 태허(太虛)[164]의 맑은 정맥은 곤륜산(崑崙山) 자맥(紫脈)이니 이 신부가 법문대가(法門大家)의 군자지생(君子之生)이며 숙녀지산(淑女之産)이라. 생어상문(生於相門)하여 장어명효지가(長於明孝之家)하니 하늘이 유의(有意)하여 현자(玄子) 희성의 금슬가화(琴瑟家和)를 빛내고자 나리오신 바니 어찌 범연하리오. 두렷한 면모화안(面貌和顔)은 인벽과 채화(綵花)[165]로 장식하고 낭랑한 태도는 옥으로 꾸몄으니 기화(奇花)가 암암(暗暗)하고 오채(五彩) 영롱(玲瓏)하여 면모(面貌) 홍금채장복(紅錦綵帳服)은 비봉양익(飛鳳兩翼)에

---

157 화교(華轎): 화려하게 장식된 교자(轎子).

158 대후(待候): 윗사람의 명령을 기다림. 제대로 응대함.

159 공작선(孔雀扇): 나라의 의식에 쓰던 부채. 붉은빛으로 공작을 화려하게 그린 것으로, 자루의 길이가 1.8미터 정도이다.

160 화연(譁然): 여러 사람이 지껄이는 소리나 모양이 매우 떠들썩함.

161 진진(津津)하다: 재미 따위가 매우 있다.

162 영형수발(玲瑩秀拔): '영형(玲瑩)'은 옥같이 맑음을 의미하고, '수발(秀拔)'은 빼어나게 훌륭하다는 뜻임. 원문에는 '영형슈벌'로 되어 있으나 오기인 듯함.

163 형옥여정(荊玉餘精): 형옥(荊玉)의 남은 정채. 형옥은 초(楚)의 변화(卞和)가 형산에서 얻은 옥으로 아주 뛰어난 옥.

164 태허(太虛): 하늘을 달리 이르는 말.

165 채화(綵花): 비단 조각으로 만든 꽃.

걸었으니 화려한 장신과 직금(織金)[166] 홍초(紅綃)[167] 월라군(越羅裙)은 초궁(楚宮) 버들[168]이 교약(嬌弱)하는 듯한 섬섬(28)주옥(纖纖珠玉)을 둘렀으니 빛난 물색이 정성 새빛[169]을 떨쳤는 듯 요상(腰上)에 금옥칠보대(金玉七寶帶)를 둘렀으니 품복(品服)의 신신함은 부귀의 비롯한 바 이어니와 천생(天生)의 특출(特出)함과 기질의 탁아(卓雅)함은 색지종(色之宗)이요 덕지원(德之元)이라. 백태천광(百態千光)[170]이 교수무비(翹秀無比)[171]하여 말로조차 모사(模寫)키 어렵고 이루 형언(形言)치 못할지라. 고움으로 의논컨대 그림 속 선자(仙子)요 보배로 비(比)한즉 변화(卞和)의 옥(玉)[172]이 무담하고 위혜(魏惠)의 명주(名珠)가 무미(無美)하니 육궁(六宮)[173] 분대(粉黛)[174] 무안색(無顔色)에 비기지 못할지라. 장강(莊姜),[175] 반비(班妃)[176]의 범범(凡凡) 미용(美容)은 비기지 못하리니 고운 가운데 빛나고 빼어나며 아름다워 팔채(八彩)[177]에 성덕(盛德)이 현영(現影)하고[178] 운빈(雲鬢)[179](29)에 귀복(貴福)이 당당하니 가히 이른바 금고(今古)의 희세가인(稀世佳人)이요 천추(千秋)의 숙인성사(淑人聖士)니, 만일 같은 자를 밀위어[180] 생각한즉 옥화 군주 곧 아니면 그 위가 없을 것이요 구소저가 아니면 옥화 군주를 대두(對頭)[181]할 이 없

166 직금(織金): 남빛 바탕에 은실이나 금실로 봉황과 꽃의 무늬를 섞어 짠 직물. 흔히 스란치마 자락의 끝에 두른다.

167 홍초(紅綃): 붉은 생사.

168 초궁(楚宮) 버들: 초궁(楚宮)의 버들. '허리가 매우 가늘다'는 뜻으로 초궁에 허리가 가는 미인이 많았던 것과 관련된다. 『한비자(韓非子)』 〈이병(二柄)〉에 "초 영왕이 가는 허리의 미인을 좋아하여 국중에 굶어 죽는 사람이 많았다(楚靈王好細腰 而國中多餓人)."라는 구절이 나온다.

169 정성 새빛: 미상.

170 백태천광(百態千光): 온갖 아름다움을 갖춘 자태.

171 교수무비(翹秀無比): 재능이 뛰어나게 우수하여 비할 데가 없음.

172 변화(卞和)의 옥(玉): '화씨지벽(和氏之璧)'으로 널리 알려진 옥을 가리킨다. 원문에는 '변하의 옥'으로 되어 있음.

173 육궁(六宮): 옛 중국의 궁중에 있었던 황후의 궁전과 부인 이하의 다섯 궁실.

174 분대(粉黛): 분을 바른 얼굴과 눈썹먹으로 그린 눈썹이란 뜻으로 대개 화장한 아름다운 여자를 말함.

175 장강(莊姜): 중국 춘추시대 위(衛) 장공(莊公)의 비(妃)로 이름난 미인이었음.

176 반비(班妃): 한나라 성제의 후궁이었던 반첩여(班婕妤)를 이름. 매우 아름다워 성제의 총애를 받았으나 나중에 조비연에게 총애가 옮겨가자 참소당하여 장신궁으로 물러났음.

177 팔채(八彩): 순임금의 눈썹이 여덟 가지 무늬가 있었다는 데서 기원하여 훌륭하고 범상하지 않은 사람의 눈썹을 표현할 때 사용됨.

178 현영(現影)하다: 현형(現形)하다. 형체를 눈앞에 드러내다.

179 운빈(雲鬢): 여자의 귀밑에 드리워진 탐스러운 머리털을 의미.

180 밀위다: '미루다'의 옛말.

181 대두(對頭): 대적(對敵).

을지니, 현상부 제부인이 날날이 미색(美色) 아님이 없으되 이 신부의 백사(百事)가 겸비(兼備)함을 믿기 어려운지라. 경영(輕盈)한[182] 세신(細身)에 무거운 장렴(粧匳)[183]과 긴단장(丹粧)[184]을 끌어 진퇴(進退)의 절차가 있고 좌준승(左準繩)하며 우규구(右規矩)하여[185] 동작이 수단에 합도(合道)하니 만목(萬目)이 어린[186] 듯하여 주식(酒食)을 잊었더라.

예파(禮罷)에 좌에 나아가니 존당 진공의 온중(穩重)함[187]과 주부인의 단중(端重)함[188]으로(30)도 화풍성모(和風星眸)에 두굿거온[189] 웃음이 가작하였는지라.[190] 진공이 소수(素手)로 조율(棗栗)을 어루만져 좌중에 일러 이르되,

"인가(人家) 홍쇠(興衰)는 며느리[191] 현숙(賢淑)하기에 있는지라. 부자(父子)가 박덕(薄德)으로 월성 옥주 같은 성녀(聖女)를 위부(爲婦)하고 또 공주의 어진 태교(胎敎)로써 희성 같은 기손(奇孫)을 두어 구씨 같은 숙녀가 고모의 뒤를 이으니 여자의 색광(色光)은 이를 바가 아니나 신부가 화월(花月)의 빛남이 있고 덕문명가(德門名家)의 예행(禮行)과 마등(馬鄧)[192]의 덕행(德行)이 가작함을 깃거하나이다."

좌객이 연성하례(連聲賀禮) 왈,

"성문(聖門) 복경(福慶)이 무량(無量)하사 남녀 자손의 비상함도 희한커늘 입문하는 타문(他門) 규수가 이렇듯 출류(出類)하오니 군부인 후를 잇자(31)올 숙인성사(淑人聖士)요, 석자(昔者)에 주실삼모(周室三母)[193]가 계시더니 금세(今世)에 현문삼비(玄門三妃) 계

182 경영(輕盈)하다: 여자의 몸매가 유연하고 동작이 경쾌하다.

183 장렴(粧匳): 몸을 치장하는 데 쓰는 갖가지 물건.

184 긴단장(-丹粧): 온갖 단장. 특히 혼인 때 신부의 머리에 족두리나 화관을 씌워 단장하는 일을 이른다.

185 좌준승(左準繩)하며 우규구(右規矩)하여: 일정한 법식을 잘 지켜. '규구준승(規矩準繩)'은 '일상생활에서 지켜야 할 법도'.

186 어리다: 황홀하거나 현란한 빛으로 눈이 부시거나 어른어른하다.

187 온중(穩重)하다: 성격이 조용하며 침착하다.

188 단중(端重)하다: 단정하고 정중하다.

189 두굿기다: '기뻐하다'의 옛말.

190 가작하다: 가득하다. 잘 갖추어지다.

191 며느리: 원문에는 '명ᄂᆞ리'로 되어 있으나 오기인 듯함.

192 마등(馬鄧): 후한(後漢)때 명제(明帝)의 마황후(馬皇后)와 화제(和帝)의 등황후(鄧皇后). 둘 다 현명함으로 이름 높은 황후임.

193 주실삼모(周室三母): 주나라 왕실의 세 어머니. 현숙한 여인의 대명사로 많이 쓰임. 태강(太姜), 태임(太妊), 태사(太似)를 말함.

심이라. 아등(我等)의 일생이 헛되지 않아 계궁(桂宮)[194]의 소아(素娥)[195]를 구경하거니와 무딘[196] 눈을 너무 놀래어 광채를 잃었나이다."

진공 부부가 만면소용(滿面笑容)[197]으로 치하(致賀)를 승당(承當)[198]하고 제왕의 언중(言重)함과 공주의 단숙(端肅)함[199]으로도 만면화기(滿面和氣) 우희염 직하니[200] 오국공이 기쁜 웃음을 머금고 진공을 향하여 치하 왈,

"금일 신부의 특이함이 여차하니 우형(愚兄)이 깃거하노라."

진공이 흔연배사(欣然拜謝) 역감희허(亦感欷歔) 왈,

"선인(先人)[201]과 자위(慈闈)[202] 평일 희성을 중애(重愛)하시더니 금일 경사를 당하와 고할 곳이 없으니 어찌 슬프지 아니리오."

(32)설파에 희허탄식(欷歔歎息)하니 오공이 유체(流涕)[203] 왈,

"오여제심(吾與弟心)이 다름이 있으리오. 아등(我等)이 명박(命薄)하여 북당훤초(北堂萱草)[204]의 낙(樂)이 단(斷)함을 어찌 슬퍼 아니리오마는 차역명야(此亦命也)라. 현제(賢弟)는 관심(寬心)하라."

좌간(座間)의 장시중이 위로 왈,

"아등지심(我等之心)이 금일 희성을 입장(入丈)하여 배항(配伉)[205]이 가작함을 보니 숙부모(叔父母) 추모하는 마음이 나거든 하물며 중예지심[206]이리오. 고어(古語)에 왈, '일인(一人)이 불평이면 만좌(滿座)가 불안이라.' 하니 경사(慶事)를 당하여 이렇듯 척감(慽

---

194 계궁(桂宮): 항아(姮娥)가 산다는 달 속의 궁전.

195 소아(素娥): 선녀(仙女).

196 무디다: 원문에는 '무된'으로 되어 있음.

197 만면소용(滿面笑容): 온 얼굴에 웃음을 띰.

198 승당(承當): 받아들이어 감당함.

199 단숙(端肅)하다: 단정하고 엄숙하다.

200 우희염 직하다: 움켜질 만하다. '우희다'는 '움키다'의 옛말.

201 선인(先人): 선친(先親). 남에게 돌아가신 자기 아버지를 이르는 말.

202 자위(慈闈): 자친(慈親). 남에게 자기 어머니를 높여 이르는 말.

203 유체(流涕): 눈물을 흘림.

204 북당훤초(北堂萱草): 북당과 훤초. 북당(北堂)은 집의 북쪽에 있는 당. 대개 모친이 계신 곳 혹은 모친을 뜻함. 훤초(萱草)는 원추리. 대부인이 거처하는 북당에 심는 풀로 어머니를 상징함. 모친이 계시는 처소에 대한 별칭이나 모친을 가리키는 말로 쓰임.

205 배항(配伉): 배우(配偶) 또는 짝.

206 중예지심: '중여'의 마음. '중여'는 '현경문'의 자(字).

慽)[207]하여 화기(和氣)를 감하리오."

양공(兩公)이 탄식부답(歎息不荅)하고 하·윤·주·철 사부인(四婦人)이 역시 수루(愁淚) 감체(感涕)[208]하더라.

신부가 좌에 나아가 제사금장소고(娣姒錦帳小姑)로 안항(雁行)[209]을 비기매 제소저가 한(33)결같이 화월지색(花月之色)이로되, 구소저가 좌에 있으매 일륜은섬(一輪銀蟾)[210]이 부상(扶桑)에 솟으매 만공(滿空)에 명광(明光)이 휘휘(輝輝)하니 중성(衆星)이 빛을 아임[211] 같은지라. 교주가 칠보성장(七寶盛裝)을 어리어 운남초염(雲南硝焰)[212]과 월분연지(越粉臙脂)[213]로 옥모화용(玉貌花容)을 빛내 다듬어 좌에 있더니, 구소저의 그음[214] 없는 색태성광(色態星光)을 바라보매 자부(自負) 교심(驕心)이 저상(沮喪)[215]하니 미운 일 없이 눈을 흘기고 이를 갈아 일천지하(一天之下)에 양립(兩立)지 아닐 뜻이 있더라.

하태부인이 신부의 옥수(玉手)를 잡고 탄식하며 주부인을 향하여 왈,

"아등의 모든 여부(女婦)[216]는 이미 쇠년(衰年)에 미쳤으니 비록 아름다우나 어찌 쇠잔한 모란이 새로 피는 부용(34)화(芙蓉花)의 흐억함[217]이 있으리오. 금일 신부가 좌에 있으매 숙아,[218] 미아[219]가 기특지 아님이 아니로되 능히 신인(新人)의 백태(百態) 완전함을 및기 어렵고 소소부(蘇小婦)가 아름다우나 제 능히 신부의 무궁한 염채(艶采)를 및지 못하니, 만일 좌중에 옥화 소부가 있던들 신부로 더불어 병구(竝驅)[220] 쟁전(爭戰)할지라. 첩이 족히 현매(賢妹)의 손부(孫婦)를 부러워 아닛나이다. 아지 못게라. 당금차시

---

207 척감(慼慽): 슬픔과 근심.

208 감체(感涕): 감읍(感泣). 감격하여 목메어 욺.

209 안항(雁行): 기러기의 행렬. 남의 형제를 높여 이르는 말.

210 일륜은섬(一輪銀蟾): '달'을 가리킴.

211 아이다: 빼앗기다.

212 운남초염(雲南硝焰): 운남 지방에서 나는 초석(硝石)을 원료로 해서 만든 화장품.

213 월분연지(越粉臙脂): 월(越) 지방에서 나는 분과 연지.

214 그음: '한정(限定)'과 같은 의미.

215 저상(沮喪): 기운을 잃음.

216 여부(女婦): 딸과 며느리.

217 흐억하다: '흡족하다', '윤택하다'의 옛말.

218 숙아: 희성의 여자형제인 '숙혜'를 가리킴.

219 미아: 희성의 여자형제인 '미혜'를 가리킴.

220 병구(竝驅): 말 따위를 한꺼번에 나란히 몲.

(當今此時)에 옥보방신(玉步芳身)[221]이 어느 곳에 도생(圖生)[222]한고. 염념불망(念念不忘)이로소이다."

설파(說罷)에 길이 탄식하니 주부인이 위로 왈,

"저저(姐姐)는 물려(勿慮)하소서. 조군주는 복록화길지상(福祿和吉之相)이라. 홍안(紅顔)이 너무 수이(秀異)한 고로 조물(造物)이 다시(多猜)하여 평지(平地)에 풍파(風波)가 일(35)어나 방신(芳身)이 고초(苦楚)하나 천도(天道)가 소소(昭昭)하신[223]즉 길인(吉人)을 보호할 도리 있을 것이요, 간당(奸黨)이 복주(伏誅)[224]할 시절이 오래지 아닐지라. 저저는 과려(過慮)치 마소서."

말씀을 이어 윤·철 양 부인과 좌객이 다 호언(好言) 관위(寬慰)할새[225] 제공은 다 밖으로 나가고 빈객 부인네 열좌(列坐)하여 화담(和談)으로 찬조(贊助)[226]하며 희어(戲語)를 논란(論難)하여 금수(錦繡) 돗[227] 위에 산협수(山峽水)[228]가 구으는[229] 듯하니, 육부인은 머리를 숙이고 움쳐[230] 앉아 만반진수(滿盤珍羞)[231]와 주육(酒肉)을 포장(飽腸)[232]하더니 문득 주광(酒狂)이 발하여 무슨 말깃[233]이나 달고 싶으되 여아가 무엇이라 할까 저어 말을 못하고 남의 입만 바라보고 앉았더니, 가부인이 문득 여측(如厠)[234]하러 후정(後庭)으로 가거늘 잠깐 마음을 펴 웃고 이르되,

"온갖 일이 다 지내니 선생(先生)이라 함(36)이랴. 주매(妹)의 의논이 과연 명달(明達)하도다. 당년(當年)에 형아 음녀(淫女)의 공연한 음해(陰害)를 만나 험준령(險峻嶺)에 떨어져 하마 죽을 것을 일광대사의 덕에 살아 돌아오고, 상공이 남다른 총명으로 간적(奸

---

221 옥보방신(玉步芳身): 귀한 분의 걸음걸이와 몸. 귀하신 분.
222 도생(圖生): 살아나가기를 꾀함.
223 소소(昭昭)하다: 사리가 밝고 또렷하다.
224 복주(伏誅): 형벌을 순순히 받아 죽음. 또는 형벌을 순순히 받아 죽게 함.
225 관위(寬慰)하다: 위로하다.
226 찬조(贊助): 어떤 일의 뜻에 찬동하여 도와줌.
227 돗: 돗자리.
228 산협수(山峽水): 산골짜기를 흐르는 맑은 물.
229 구을다: 구르다.
230 움치다: 움츠리다.
231 만반진수(滿盤珍羞): 가득 차린 귀하고 맛있는 음식.
232 포장(飽腸): 배불리 먹음.
233 말깃: 말결. 남이 말하는 옆에서 덩달아 참견하는 말.
234 여측(如厠): 뒷간에 감.

賊)을 발각하였거니와 금세(今世)에 또 어데 형아녀 같은 요악(妖惡) 찰녀(刹女)가 있으며 조군주를 해한동 알리오. 가만한[235] 악사는 부디 발각하나니 전자(前者)[236] 군주를 해한 요인(妖人)이 이 좌중에 있는동 알리잇고."

육부인 말씀이 마치매 제인(諸人)은 무심히 듣고 주광(酒狂)임을 웃되, 교주가 홀로 차언을 들으매 스스로 행악(行惡)이 무비(無比)한지라 행여 제 일을 의심하는 이 있어 가만한 공론이 있으매 육부인이 들었다가 취중(37)에 발하나니라 하고 사색(辭色)이 하염없이 변하여 운두[237]를 숙이고 신색(神色)이 저상(沮喪)하니 좌중이 다 괴이히[238] 여기더라.

종일 진환(盡歡)하매 일락함지(日落咸池)[239]하고 월생동곡(月生東谷)하니 제인이 각산기가(各散其家)하고 신부 숙소를 침전 좌녘 응휘각에 정하니 신부가 혼정지례(昏定之禮)를 맟고[240] 사실(私室)에 돌아가니 제왕이 부전(父前)에 아자(兒子)의 동방(洞房)을 품처(稟處)[241]하온대 공이 가로되,

"성아가 자소(自少)로 온중정대(穩重正大)하여 군자유풍(君子遺風)이 있으니 비록 동방(洞房)을 허하나 반드시 조심함을 미쳐 어룬[242]의 경계를 기다리지 아니리니 어찌 삼일 신방(新房)에 임자가 없게 하리오."

왕이 승명(承命)하여 야심하매 공자를 명하여 옥수(玉手)의 홍(38)심(紅心)을 취하여 향실(香室)에 나아가니 옥란주함(玉欄朱檻)[243]에 주렴(珠簾)을 고권(高捲)하고 금병수막(錦屛繡幕)[244]에 향연(香煙)이 안개 같은 곳에 쌍쌍한 궁아복첩(宮娥僕妾)이 향촉(香燭)을 잡아 신랑을 예영(禮迎)하는 절도(節度)를 드대어[245] 승당입실(昇堂入室)에 분벽화촉(粉壁華燭)[246]의 숙

---

235 가만하다: (주로 '가만한' 꼴로 쓰여) 움직임 따위가 그다지 드러나지 않을 만큼 조용하고 은은하다.

236 전자(前者): 지난번.

237 운두: '여자의 탐스러운 쪽진 머리'를 뜻하는 '운환(雲鬟)'의 의미로 쓰인 듯함.

238 괴이히: 원문에는 '괴히이'로 되어 있음.

239 일락함지(日落咸池): 해가 서쪽 함지로 떨어짐. '함지(咸池)'는 해가 지는 곳으로 해가 뜨는 곳인 '부상(扶桑)'과 짝이 됨.

240 맟다: '마치다'의 준말. 원문에는 '맛고'로 되어 있음.

241 품처(稟處): 윗사람의 명령을 받아 일을 처리함.

242 어룬: 얼운. '어른'의 옛말.

243 옥란주함(玉欄朱檻): 붉은 옥으로 꾸민 난간.

244 금병수막(錦屛繡幕): 비단 수를 놓은 병풍과 장막.

245 드대다: 발을 디디다. 드디다.

246 분벽화촉(粉壁華燭): 분벽(粉壁)은 흰 칠을 한 벽. 화촉(華燭)은 빛깔을 들인 밀초로 흔히 혼례 의식에 씀.

인을 상대하니, 현공자가 자유(自幼)로 성문의 바른 줄맥(脈)을 드대어 도(道)를 공안(孔顔)[247]에 학(學)하고 덕(德)을 유문(儒門)에 더으시나[248] 배필의 관관(關關)함[249]은 모시(毛詩)[250] 관저(關雎)[251]의 베픈 바니 문왕(文王)의 대성(大聖)으로도 전전반측(輾轉反側)[252]하시고 오매구지(寤寐求之)[253]하사 성녀 사씨(姒氏)[254]를 배(配)하시니 남자가 아무리 단정하나 불문고제(佛門高弟) 아니어니 일방(一房)에 천고절염(千古絶艶) 숙녀를 대하여 바히[255] 무심하리오.

동서분좌(東西分坐)에 사일(斜日) 명광(明光)을 한번 (39)흘려 신부를 보니 옥모화태(玉貌花態)와 작요선염(灼夭鮮艶)[256]이 득기진(得其眞)하고 중기선(中其善)하니[257] 백태(百態) 겸비하고 덕채(德采) 현요(眩耀)하니[258] 공자가 심내(心內)에 깃거 묵묵단좌(默默端坐)러니, 야심하매 신부를 권하여 침상에 편히 쉬게 하고 자기 또 상에 올라 편히 자더니 계명(鷄鳴)을 응하여 일어나 관즐(盥櫛)[259]하기를 맞고 외당에 나아가니, 미재(美哉)라 동치(童穉)[260] 서생(書生)의 행사가 온중함이 여차하더라. 신부가 또한 신장(晨粧)[261]을 다스려 존당과 각 당에

---

247 공안(孔顔): 공자(孔子)와 안연(顔淵).

248 더으다: '더하다'의 옛말.

249 관관(關關)하다: '관관'이란 『시경(詩經)』「주남(周南)」〈관저(關雎)〉의 "꾸우꾸우 물수리 모래섬에 있네. 정숙한 아가씨 군자의 좋은 짝이네(關關雎鳩 在河之洲 窈窕淑女 君子好逑)."라는 구절에서 유래한 말임. 여기에서 '관관'은 암수의 물수리가 서로 화답하면서 '꾸우꾸우' 우는 소리를 가리킴.

250 모시(毛詩): 모형(毛亨)과 모장(毛萇)이 전한 『시경(詩經)』.

251 관저(關雎): 『시경』의 「주남(周南)」에 실린 노래로, 후비(后妃)가 아랫사람에게 덕을 드리워 집안이 화평한 것을 칭송하는 내용.

252 전전반측(輾轉反側): 누워서 몸을 이리저리 뒤척이며 잠을 이루지 못함. 원문에는 '전전반칙'으로 되어 있음.

253 오매구지(寤寐求之): 자나 깨나 구함.

254 사씨(姒氏): 주(周) 문왕(文王)의 비(妃)인 태사(太姒)를 가리킴.

255 바히: 아주 전혀.

256 작요선염(灼夭鮮艶): '작요(灼夭)'는 『시경(詩經)』「주남(周南)」〈도요(桃夭)〉의 '도지요요(桃之夭夭), 작작기화(灼灼其華)'에서 가져온 표현으로 빛깔이 곱고 선명한 모양을 뜻함. '선염(鮮艶)'은 산뜻하고 아름다움.

257 득기진(得其眞)하고 중기선(中其善)하니: 원문에는 '즉기진ᄒᆞ고 즁긔셩ᄒᆞ니'로 되어 있으나 오기인 듯함. 권10 40면의 표현을 참고하여 고침.

258 현요(眩耀)하다: 눈부시고 찬란하다.

259 관즐(盥櫛): 낯을 씻고 머리를 빗음.

260 동치(童穉): 어린아이.

261 신장(晨粧): 식전(食前)에 하는 화장(化粧).

문안하니 월모화염(月貌華艶)이 어제도곤[262] 새로우니 존당 구고가 볼수록 애경(愛敬)하고 숙매(叔妹)[263] 사랑하더라. 오·진 양공이 능라(綾羅)[264] 채단(綵緞)과 금백(金帛)을 신부의 좌우를 중상(重賞)하니 모든 시녀(侍女) 차(40)환(叉鬟)이 대열(大悅)하더라.

차일(此日) 공자 부부로 하여금 선태사(先太師)[265] 사묘(四廟)[266]에 현배(現拜)하니 남풍여모(男風女貌)가 출류발취(出類拔聚)하여 일월(日月)이 쌍명(雙明)한 듯하니 존당이 애경하여 천지조화(天地造化)의 무궁함을 일컫더라. 오·진 양공과 하·윤·주·철 등 제부인은 제손부(諸孫婦)의 수출탁이(秀出卓異)[267]함이 여차(如此)할수록 선태구고(先太舅姑)의 보지 못하심을 슬퍼 누수(淚水)가 여우(如雨)하니, 좌객이 불승감탄하고 희성 공자가 출류(出類)한 성효로써 태왕부모(太王父母)[268]의 교애(嬌愛)[269]하시던 지자(至慈)를 추모하여 이 같은 숙녀미처(淑女美妻)를 취하였으나 유명(幽冥)이 망매(茫昧)[270]하심을 감오(感悟)하여 추파성안(秋波星眼)[271]에 추수(秋水)가 쟁동(爭動)하니 신부가 인심에 감동하여 낯빛을 (41)고치더라. 문묘(文廟)에 배알(拜謁)하기를 맞고 정당에 함취(咸聚)하여 종일 즐겨 파하다.

제후가 평제왕 부부에게 하조(下詔)하사 구소저를 데려 입궐(入闕) 조현(朝見)[272]하라 하시니 공주가 수일 후 위의(威儀)를 갖추어 신부로 입궐 조현할새 제왕이 공자를 데리고 또한 입궐하니 위의(威儀) 가장 부성(富盛)하더라.

차시 교주가 마음에 앙앙(怏怏)함[273]을 이기지 못하니 설부인이 지기(知機)[274]하고 심내에 가장 미온(未穩)하여 말이 없더니 우희 참지 못하여 교주다려 이르되,

"귀주(貴主)[275]가 또한 황손(皇孫)이라. 아직 영존대왕(令尊大王)이 금중(禁中)에 죄처(罪

---

262 도곤: 보다.

263 숙매(叔妹): 시누이.

264 능라(綾羅): 두꺼운 비단과 얇은 비단.

265 선태사(先太師): 원문에는 '션틱스'로 되어 있으나 서강대본을 참고하여 고침.

266 사묘(四廟): 고조부모, 증조부모, 조부모, 부모 등 4대 조상의 신위를 모신 사당.

267 수출탁이(秀出卓異): 뭇사람들 속에서 두드러지게 빼어나고 다름.

268 태왕부모(太王父母): 왕부모(王父母)는 조부모.

269 교애(嬌愛): 끔찍이 사랑함.

270 망매(茫昧): 분명하지 않게 되거나 아득하게 어두워짐을 말함.

271 추파성안(秋波星眼): 가을 물결같이 고운 눈.

272 조현(朝見): 신하가 입궐하여 임금을 뵙던 일.

273 앙앙(怏怏)하다: 매우 마음에 차지 않거나 야속하다.

274 지기(知機): 기미나 낌새를 알아차림.

275 귀주(貴主): 왕의 딸. 공주나 옹주를 높여 부르는 말.

處)하시니 상의 성덕(盛德)으로 우로지택(雨露之澤)[276]이 헐(歇)하심[277]이 아니로되 귀궁(貴宮) 내외(內外) 화평(42)치 못하신 고로 성려(聖慮)[278]가 결을치[279] 못하사 아직 이러하나 소주(小主)인들 언마[280] 하여 저 같은 영광을 띠어 입조하시리잇가."

교주가 저의 기색 알아봄을 황괴(惶愧)하여[281] 변색 탄왈,

"숙자(叔者)의 말씀이 오원(迂遠)하시도다. 구소저의 영총부귀(榮寵富貴)를 첩이 어찌 앙망(仰望)하리오. 수연(雖然)이나 부왕의 영총부귀로서 심폐(深閉)에 죄처(罪處)하심은 옥화 같은 불초녀(不肖女)를 두신 연고(緣故)라. 연차로 첩이 또한 사오나온 연고(緣故)로 황조(皇朝)의 총애(寵愛) 쇠하시고 구가(舅家)의 대접이 서의하며[282] 상공의 박대(薄待) 태심(太甚)하여 여시행로(如視行路)[283]하니 옥화와 첩은 명호(名號)가 동기(同氣)나 실은 구적(仇敵)[284]이니이다."

강양이 청파(聽罷)에 크게 웃고 왈(曰),

"첩은 본디 (43)하토누질(遐土陋質)로 지식이 천박하고 문견(聞見)이 고루(固陋)하여 그런가, 전자(前者)에 옥화 군주가 상부에 입승(入承)하시니 상부 내외와 이 궁중(宮中) 내외 천만(千萬) 인원(人員)이 다 이르되 색광성덕(色光盛德)이 우리 옥주(玉主) 낭랑(娘娘)과 흡사하시다 일컬으니 첩도 또 그런가 여겼더니 의외의 괴이한 누명이 훼자(毁訾)[285]하여 천리에 원적(遠謫)하시니 상부와 왕부 상하가 다 아끼고 슬퍼하니 첩도 역시 성녀숙완(聖女淑婉)이 무죄(無罪)히 죄적(罪謫)하심을 가석(可惜)하더니 이 말을 듣건대 죄범(罪犯)인즉 등한(等閑)치 아니하닷다. 원간 황수재라 하는 이 황숙빈 질자(姪子)라 하더니 진적(眞的)히 들음이 있도다."

교주가 강양의 씩씩한 낯빛과 냉소(冷笑)하며 (44)찰시(察視)함을 보매 스스로 저의 심

---

276 우로지택(雨露之澤): 이슬과 비의 덕택이라는 뜻으로, 왕의 넓고 큰 은혜를 이르는 말.

277 헐(歇)하다: 대수롭지 아니하거나 만만하다.

278 성려(聖慮): 성스런 생각이란 뜻으로. 주로 임금이나 왕후의 생각을 높여 부르는 말.

279 결을하다: 틈을 내다. 한가하다.

280 언마: '얼마'의 옛말.

281 황괴(惶愧)하다: 황송하고 부끄럽다.

282 서의하다: 섭섭하다. 부족하다.

283 여시행로(如視行路): 행로지인(行路之人)을 보는 것같이 함.

284 구적(仇敵): 원수(怨讐).

285 훼자(毁訾): 헐뜯음.

폐(心肺)[286]를 사맞는[287] 듯 간심(奸心)이 육니(恧怩)하여 묵연(默然)하니 교혜 소저가 참지 못하여 이르되,

"상부 존당 숙당이시며 왕궁 노유(老幼)가 다 옥화 저저(姐姐)를 출류비범(出類非凡)하심을 모를 리 없으니 죄명(罪名)을 가석(可惜)지 않을 이 없거늘 군주가 비록 실언(失言)한들 서모(庶母)가 어찌 부질없이 찬조(贊助)하여 숙녀의 신상(身上)이 욕되게 하시나니잇고."

언필(言畢)에 설부인이 쌍안(雙眼)을 매이[288] 떠 교혜를 즐퇴(叱退)하니 소저가 무심히 바른말을 하였더니 모친의 즐책(叱責)을 듣고 황공하여 옥안(玉顏)을 붉혀 말을 못하니 교주가 발연(勃然) 변색(變色) 왈,

"여자의 장래 길흉을 미리 정(定)치 못한다 하나니 소저가 비록 (45)제왕궁 교아로 당시(當時) 부귀극진(富貴極盡)하나 타일(他日) 전정(前程) 화복이 어떠하오며 또 사람 비소(誹笑)[289]하기를 이렇듯 하시나뇨. 첩이 천연(天緣)이 기구(崎嶇)하여 사람의 빈축(嚬蹙)[290]을 감심(甘心)하나 자모(慈母)가 사족(士族)이요 옥엽여맥(玉葉餘脈)이니 이렇듯 업신여기지 마소서."

언파에 분분히 일어 돌아가니 부인이 혀 차 탄복(歎服)하더라.

교주가 상부에 돌아와 사침(私寢)에 들어가 절치교아(切齒咬牙)[291] 왈,

"요괴로운 설씨의 작은딸이 이렇듯 기승(氣勝)한 체하거니와 내 당당히 부끄러움을 씻으리라."

태섬, 설매 왈,

"소저가 이제 큰 뜻을 품었은즉 오래 머물지 마소서."

교주가 점두(點頭) 왈,

"어찌 무단히 가리오. 반드시 현자(玄子)[292]의 박(46)대(薄待)하던 원을 갚고 가리라."

---

286 심폐(心肺): 원문에는 '심혜'로 되어 있으나 오기인 듯함.

287 사맞다: ᄉᆞ맞다. 통하다. 원문에는 'ᄉᆞ못ᄂᆞᆫ'으로 되어 있음.

288 매이: 매정하게. 매몰차게.

289 비소(誹笑): 조롱하며 비웃음.

290 빈축(嚬蹙): 눈살을 찌푸리고 얼굴을 찡그린다는 뜻으로, 다른 사람으로부터 받는 비난이나 미움을 이르는 말.

291 절치교아(切齒咬牙): 교아절치(咬牙切齒). 몹시 분하여 이를 갊.

292 현자(玄子): 현희백을 가리킴.

하더라.

이때 제왕 부부 삼인이 신부와 양녀를 거느려 장생전에 조현(朝見)[293]하니 제후가 궁중에 설연(設宴)하사 태자, 제왕, 비빙, 공주를 다 명초(命招)[294]하시고 구소저로 보실새 찬예관(贊禮官)[295]이 월성궁 사지상궁(事知尙宮) 이·설 양인(兩人)과 위보모(保姆) 등으로 더불어 소저를 뫼서 막차(幕次)[296]에 쉬어 단장(丹粧)을 고치고 제후와 동궁(東宮)에 배알(拜謁)할새, 육척향신(六尺香身)에 용금(龍錦) 채화삼(彩花衫)[297]과 홍초(紅綃)[298] 월라군(越羅裙)[299]을 가하고 패옥 소리 쟁쟁(錚錚)하며 연보(蓮步)를 움직일 적마다 옥결(玉玦)이 낭랑(琅琅)하고[300] 향무(香霧)가 요요하여 옥전(玉殿)에 팔배(八拜)하고 찬예관(贊禮官)이 광몌(廣袂)[301]를 들어 예수(禮數)[302]를 호창(呼唱)하고 산호만세(山呼萬歲)[303]를 마치매 구소저의 백(47)태만염(百態萬艶)이 교수무비(翹秀無比)[304]하여 색모재예(色貌才藝)를 비겨 의논할 곳이 없는지라.

황친국족(皇親國族) 제부인(諸婦人)네와 제왕, 비빙, 공주의 미색을 자부하던 유(類)가 낱낱이 탈색(奪色)하여 구소저께 비기매 위혜(魏惠)의 벽진주(璧珍珠)[305]가 금반(金盤)에 올

---

293 조현(朝見): 신하가 조정에 나아가 임금을 뵙던 일. 조근(朝覲).

294 명초(命招): 임금의 명령으로 신하를 부름.

295 찬예관(贊禮官): 예를 도우는 관리.

296 막차(幕次): 의식(儀式)이나 거동 때에 임시로 장막을 쳐서, 왕세자(王世子)나 고관들이 잠깐 머무르는 곳.

297 채화삼(彩花衫): 꽃무늬의 적삼.

298 홍초(紅綃): 붉은 생사.

299 월라군(越羅裙): 월나라에서 나는 얇고 가벼운 비단으로 만든 치마.

300 낭랑(琅琅)하다: 옥이 서로 부딪혀 울리는 소리가 아주 맑다.

301 광몌(廣袂): 넓은 소맷자락.

302 예수(禮數): 신분에 알맞은 예의.

303 산호만세(山呼萬歲): 나라의 큰 의식에 황제나 임금의 축수를 빌기 위해 신하들이 '만세(萬歲)' 또는 '천세(千歲)'를 부르던 일.

304 교수무비(翹秀無比): 몹시 뛰어나 비길 데가 없음.

305 위혜(魏惠)의 벽진주(璧珍珠): 전국시대 제위왕(齊威王)과 위혜왕(魏惠王)에 얽힌 고사에 나오는 말. 위혜왕이 "저의 나라가 비록 작기는 하지만 그래도 수레 12대의 전후를 각기 비출 수 있는 직경 한 치 되는 구슬이 열 개가 있는데 어찌 대국인 제나라에 보물이 없겠습니까?"하고 묻자 제위왕은 "내가 보배로 삼는 바는 대왕과는 좀 다릅니다. 내 신하 가운데 단자(檀子)가 있는데 그가 남쪽 성을 지키면 초(楚)나라가 감히 넘보지 못하며, 전분(田盼)이 고당(高唐)지방을 지키면 조(趙)나라 사람이 우리 국경을 넘어와 고기잡이를 하지 못하며, 검부(黚夫)가 서주(徐州)를 지키면 연(燕)나라 사람들이 자기 나라를 침범하지 말아달라며 제사를 지내니, 이런 사람들이 우리나라의 보배라고 할 수 있지요."라고 말함.

랐는 듯 사석(沙錫)[306]이 쌓였는 듯하거늘 제후가 일견(一見) 경희애중(慶喜愛重)하사 옥탑(玉榻) 아래 가까이 수돈(繡墩)[307]을 주시고 그 옥수를 잡으시고 웃음을 열어 제왕과 공주를 면유(面諭)[308]하사 왈(曰),

"짐(朕)이 월성 여아[309]의 청수미질(淸秀美質)로 희성 같은 기자(奇子)를 생(生)하여 이 같은 현부(賢婦)를 얻을 줄 알리오. 금일 신부(新婦)를 보니 월성의 복임을 알고 경(卿)의 택부(擇婦) 잘함을 하례(賀禮)하노라."

하시고 좌우로 하(48)주(賀酒)를 사(賜)하시니 제왕이 고두복지(叩頭伏地)하여 잔을 받잡고 계수사은(稽首謝恩)[310]하매 춘풍화기(春風和氣) 우휠[311] 듯하니 태자가 웃어 가라사대,

"현부마(玄駙馬)[312]가 석일(昔日) 아매(我妹)를 취한 삼일(三日)에 이 장낙전 가운데 삼전(三殿)[313]의 사주(賜酒)를 받자올 적 소년호신(少年豪身)이로되 화기(和氣) 사연하여 거의 울 듯하더니 금일은 하석(何席)이완대 며느리 얻은 사주(賜酒)를 받자오매 기쁜 사색이 말씀 밖에 넘치고 웃는 입이 귀까지 열림은 어찌뇨."

왕이 옥면성안(玉面星眼)에 소안(笑顔)이 미미(微微)하여 대주(對奏) 왈(曰),

"석일(昔日)은 연소우몽(年少愚蒙)하옵거늘 표연(飄然)히 초방지신(初榜之臣)[314]이 되어 포의(布衣)에 당치 아닌 부귀성만(富貴盛滿)함을 당하오니 일심(一心)이 공구(恐懼)하와 색위(色威)[315]에 나타나옴이요, (49)금자(今者)는 신의 나이 많삽고 작위(爵位) 천승(千乘)이라 부귀 극하고 명주(明主)가 현숙(賢淑)하시오니 인심(人心)에 즐겁지 아니리잇고."

태자가 왕의 답언이 능려(凌厲)함[316]을 웃으시고 소낭랑(娘娘)[317]이 웃어 왈,

---

306 사석(沙錫): 모래알처럼 작은 주석으로 무색, 회색, 자색, 흑색 등을 나타내며 유리 광택이 있음.

307 수돈(繡墩): 자리. 방석.

308 면유(面諭): 면전에서 말로 타이름.

309 월성 여아: 월성 공주. 현천린의 부인. 현희성, 현희문의 모친.

310 계수사은(稽首謝恩): 머리를 조아리고 은혜에 감사함.

311 우희다: '움키다'의 옛말.

312 현부마(玄駙馬): 현천린을 가리킴.

313 삼전(三殿): 임금과 왕비 그리고 태후.

314 초방지신(初榜之臣): 과거에 갓 급제한 신하.

315 색위(色威): 기색. 원문에는 '석우'로 되어 있음.

316 능려(凌厲)하다: 아주 뛰어나게 훌륭하다.

317 소낭랑(娘娘): 인종의 정실부인이자 광평왕과 월성 공주의 어머니. 실제 역사상 인종의 정실부인은 곽씨와 조씨임.

"아름답지 아닌 석사(昔事)를 이르지 말라."
하시더라. 제후가 희성 부부의 상적(相敵)함[318]을 십분(十分) 깃그사 주옥진보(珠玉珍寶)와 채단(綵緞)을 상사(賞賜)하시고 제인(諸人)을 사송(使送)하시니 구부(府) 유랑(乳娘),[319] 복첩(僕妾)이 환열(歡悅)하더라. 제후가 또 의빈[320]의 복덕(福德)이 가작함을 칭찬하시고 양(兩) 현씨의 절세미질(絶世美質)을 어여삐 여기사 사랑하시며 주옥채단(珠玉綵緞)으로 사(賜)하시니 의빈 삼 모녀가 천은(天恩)을 황감(惶感)하더라.

종일 진환(盡歡)하고 제왕 부부(夫婦) 모자(母子)가 퇴조(退朝)할새 여부(女婦)[321]를 (50)거느려 본궁에 돌아오니 일가(一家)가 모여 연중(宴中) 설화를 묻고 천총(天寵)[322]의 관유(寬裕)[323]하심을 사사(事事)에 황감(惶感)하더라. 천자가 또 구부(府)에 상사(賞賜)하시고 상방(尙方)[324] 진찬(珍饌)을 사송(賜送)하사 평진왕 부부의 기녀(奇女)를 낳아 공주의 성덕을 계승함을 포장(褒奬)[325]하시니 구부(府)에서 천은(天恩)을 숙사(肅謝)[326]하고 어송(御送)하신 진찬(珍饌)을 내와 일가친척에게 나눠 보내고 진왕이 여아에게 글을 끼쳐[327] 가지록[328] 익익(翊翊)하여[329] 생아구로지은(生兒劬勞之恩)[330]을 욕먹이지 말라 하니 구소저가 부훈(父訓)을 더욱 두리며 근심하여 숙홍야매(夙興夜寐)[331]하고 동동촉촉(洞洞燭燭)[332]하여 근신겸퇴(勤愼謙退)[333]하여 예도(禮度)가 가작하니 존당 부모와 가중 상하가 탄복하더(51)라. 희성 공자가 삼일

---

318 상적(相敵)하다: 양편의 실력이나 처지가 서로 걸맞거나 비슷하다.
319 유랑(乳娘): 유모(乳母).
320 의빈: 의빈 군주. 평제왕의 좌부인 조씨를 이름. 장녀는 숙혜 소저임.
321 여부(女婦): 딸과 며느리.
322 천총(天寵): 임금의 총애.
323 관유(寬裕): 마음이 너그럽고 넉넉함.
324 상방(尙方): 임금의 의복과 궁내의 일용품, 보물 따위의 관리를 맡아보던 관아.
325 포장(褒奬): 칭찬하여 장려함.
326 숙사(肅謝): 정중하게 사례함.
327 끼치다: 어떠한 일을 후세에 남기다.
328 가지록: 갈수록.
329 익익(翊翊)하다: 삼가고 조심하는 태도가 있다.
330 생아구로지은(生兒劬勞之恩): 자기를 낳아서 기른 어버이의 은덕.
331 숙흥야매(夙興夜寐): 아침 일찍 일어나고 밤늦게 자며 부지런히 일함.
332 동동촉촉(洞洞燭燭): 공경하고 삼가며 몹시 조심스러움.
333 근신겸퇴(勤愼謙退): 부지런하고 삼가며 겸손히 사양하고 물러남.

견빙악지례(見聘岳之禮)[334]를 행하니 여공 부부와 진왕과 여비의 애중함이 측량(測量)없고 구부(府) 성만(盛滿)함이 현부(玄府)와 차등(差等)치 아니니 인인(人人)이 구소저의 복(福)됨을 칭찬하더라.

이때 교주가 사사(事事)에 분통앙앙(憤痛怏怏)[335]하여 원한이 무고한 데 돌아가고 각골(刻骨) 미움이 옥란 등 사창(四娼)에게 돌아가니 음란경천(淫亂驚天)한 헤아림에 저 무리 교언영색(巧言令色)으로 학사를 미혹(迷惑)게 한다고 여겨[336] 독한 흉계를 생각하여 천금(千金)을 회뢰(賄賂)하여 인심(人心)을 깊이 사괴고 학사의 입번(入番)한 때를 타 태섬으로 하여금 단약(丹藥)을 먹여 학사의 심복(心腹) 종자(從者)의 얼굴이 되어 한 병 술과 한 반(盤) 만두를 (52)가지고 제창(諸娼)의 머무는 곳에 가 전어(傳語) 왈,

"학사 노야(老爺)가 금일 입직(入直)하사 외국(外國) 교유서(交遊書)를 잘 짓다 하시고 천자가 상방(尚方) 어선(御膳)[337]을 사(賜)하시니 존당이 나눠 책교정 부인께 나리오시니 부인이 군사지물(君賜之物)이라 혼자 먹지 못하리라 하시고 제낭자께 보내더이라."

하니 채홍 등이 부인 성덕(盛德)을 사례하고 사인(四人)이 서로 권하여 먹을새 암약(暗藥)이 장부(臟腑)를 녹일 줄 알리오.

때 정히 황혼시(黃昏時)라. 제창이 겨우 그릇을 물리며 거꾸러지니 태섬이 급급히 그릇을 거두어 돌아와 교주다려 이르니 교주가 대희하여 밤이 깊고 만뢰구적(萬籟俱寂)[338]함을 기다려 단장을 가벼이 하고 단검(短劍)을 들고 태섬만 데리(53)고 소당(小堂)에 이르니 사창이 인사(人事)를 모르고 자거늘 교주가 용약(勇躍)하여 칼을 들어 먼저 제녀(諸女)의 운발(雲髮)[339]을 무주리고[340] 혼혼(昏昏)하였으나[341] 오히려 깰까 두려 수건으로 입을 막고 호흡을 통치 못하게 하고 칼을 들어 코와 귀를 버히니,[342] 애재(哀哉)라! 차녀 등이 척씨(戚

---

334 견빙악지례(見聘岳之禮): 혼인 때 사위가 장인과 장모를 뵙는 예.

335 분통앙앙(憤痛怏怏): 몹시 분하여 마음이 쓰리고 아프며 원망함.

336 한다고 여겨: 원문에는 '흔다'로 되어 있으나 문맥에 맞추어 보충함.

337 어선(御膳): 임금에게 올리는 음식.

338 만뢰구적(萬籟俱寂): 밤이 깊어 아무 소리 없이 고요함.

339 운발(雲髮): 여자의 탐스러운 머리 모양.

340 무주리다: '무지르다'의 옛말. 끊다. 자르다.

341 혼혼(昏昏)하다: 정신이 가물가물하고 희미하다.

342 버히다: '베다'의 옛말.

氏)의 여의(如意)[343]를 가져 동궁(東宮)의 큰 위를 거우는[344] 기틀이 아니로되 인체(人彘)의 변(變)[345]을 만나 선연미질(嬋娟美質)로 흰 날 아래 써 흘린[346] 시체(屍體) 되니 악녀의 흉패(凶悖)함이 이 같더라. 교주가 제녀를 잔형(殘刑)하니 숨을 두루지 못하고 족히 아픔으로조차 희미히 느끼는 소리에 명(命)이 진(盡)하니 교주가 연갑(硯匣)[347]을 열고 붓을 들어 벽상(壁上)에 써 (54)가로되,

"여등(汝等)이 일시에 배반 훼절하여 상부 권세로써 예를 버리고 의를 잊으니 내 이에 와 귀와 코를 버혀 명정기죄(明正其罪) 하노라."

하고 급급(急急)히 돌아가니 알 이 없더라.

침소에 돌아와 천식(喘息)[348]을 정(整)하고 보니 경혈(頸血)이 제 의상에 난만(爛漫)[349]하였는지라. 급히 벗어 궤중(櫃中)에 넣어 협실(夾室)에 감추고 물을 갖다가 씻기를 다하고 타연히 상 위에 올라 한잠을 쾌히 자고 명조(明朝)에 존당에 문안할새, 사람이 비록 알지 못하나 신기(神祇)[350] 재방(在傍)[351]하고 음사(陰司)[352]가 사핵(查覈)[353]하여 귀록(鬼錄)[354]에 치부(置簿)[355]하니 무인심야(無人深夜)에 삼척(三尺) 소녀자(少女者)가 살인(殺人)함을 심상(尋常)히[356] 하니 어찌 거동이 안연(晏然)하리오. 쌍안(雙眼)(55)에 독기(毒氣) 미만(彌滿)[357]하고 살기(殺氣) 등등(騰騰)하니 모두 괴이히 여기더니 이윽고 교주가 물러난 후 후정(後庭)의 상목(桑

---

343 여의(如意): 척부인의 아들.

344 거우다: '거스르다', '대적하다'의 옛말.

345 인체(人彘)의 변(變): 사람돼지가 되는 변란을 말함. 한(漢)나라 여후(呂后)가 자신의 남편인 고조(高祖)의 총애를 받은 척부인(戚夫人)을 질투하여, 고조가 죽은 후 척부인의 수족을 자르고 눈과 귀를 멀게 한 뒤 사람돼지를 만들었다는 고사가 전함.

346 흘리다: 몸에서 땀, 눈물, 콧물, 피, 침 따위의 액체를 밖으로 내다.

347 연갑(硯匣): 벼룻집.

348 천식(喘息): 가쁜 숨.

349 난만(爛漫): (핏)빛이 강하고 선명함.

350 신기(神祇): 천신(天神)과 지기(地祇)를 아울러 이르는 말. 곧 하늘의 신령과 땅의 신령을 이른다.

351 재방(在傍): 곁에 있음.

352 음사(陰司): 명부(冥府) 또는 명부의 관리.

353 사핵(查覈): 실제 사정을 자세히 조사하여 밝힘.

354 귀록(鬼錄): 저승에서 죽은 사람의 이름을 기록한다는 장부.

355 치부(置簿): 장부에 남김.

356 심상(尋常)히: 대수롭지 않고 예사롭게.

357 미만(彌滿): 널리 가득 차 그들먹함.

木)을 가음아는[358] 양랑(兩娘)의 무리 전도(顚倒)히 들어와 만면(滿面) 경악(驚愕)한 사색(死色)으로 고왈(告曰),

"옥란, 채홍 등 사창이 후정에 머무옵더니 작야(昨夜)에 다 죽사오니 여차여차하여 반드시 사람의 행사(行事)함이요 스스로 죽음이 아니러이다."

좌우가 청파에 대경차악(大驚且愕)하며 상고실색(相顧失色)[359]하여 묵묵무언(默默無言)하니 오공이 경노분연(驚怒憤然) 왈(曰),

"간흉(奸凶)이 천흉만악(千凶萬惡)을 배포(排布)[360]하나 오히려 인명(人命)이 상(傷)치 않았으므로 좋이 버려두었거늘 악사(惡事)가 여차할 줄 알리오. 인명이 지중(至重)하니 옥란 등이 수비천(雖鄙賤)이나 흉음발부(凶淫悖婦)(56)의 흉한 작란(作亂)이 여차하니 어찌 일양(一樣)[361] 함묵(含默)하리오. 금일에 쾌히 다스려 간정(奸情)[362]을 발각하고 숙녀를 신백(伸白)하리라."

승상이 피석(避席) 수명(受命)하니 오공이 이에 사지시녀(事知侍女) 설완과 사오(四五) 개(個) 건려(健驢)[363]를 명하여 책교정에 가 교주의 협사(篋笥)[364]를 뒤라[365] 하고 의심된 것을 잡아내라 하며 외헌(外軒)에 나와 금령(金鈴)을 흔들어 사졸을 모으고 형벌 기구를 갖추며 한 소리 호령에 책교정 유아(乳兒),[366] 복첩(僕妾)을 일제히 잡아오라 하니 교주가 대경실색(大驚失色)하여 고성발악(高聲發惡) 왈,

"내 무슨 죄 있관대 아무리 태노야(太老爺) 위엄인들 무죄한 시비(侍婢)를 잡히나뇨?"

설완 등이 냉소(冷笑) 왈,

"유죄(57)무죄간(有罪無罪間) 태노야 명이시니 비복(婢僕)이 어찌 알리오."

언파에 태섬 등을 밀어내어 보내며 일변 협사(篋笥)를 수험(搜驗)[367]하는지라. 교주가 더욱 황망하여 소리 질러 왈,

---

358 가음알다: 주관하다. 일을 맡아서 처리하다. 다스리다.
359 상고실색(相顧失色): 놀라 얼굴빛이 변하여 서로 돌아봄.
360 배포(排布): 머리를 써서 일을 조리 있게 계획함. 또는 그런 속마음.
361 일양(一樣): 한결같이.
362 간정(奸情): 간악한 실정.
363 건려(健驢): 병 없이 튼튼한 나귀. 여기서는 '건장한 사람'의 의미인 듯함.
364 협사(篋笥): 버들가지, 대나무 따위를 결어 상자처럼 만든 직사각형의 작은 손그릇.
365 뒤다: 뒤지다.
366 유아(乳兒): 유모를 돕는 아이.
367 수험(搜驗): 수색하여 검사함.

"도적이 아니니 무슨 장물(贓物)이 있을 것이라 종을 다 잡아내고 또 세사(細事)를 뒤려 하는다?"

하고 협실에 들이달아 작은 궤를 봉쇄(封鎖)[368]하며 이르되,

"이것은 수일 전 우리 모비(母妃) 자장수식지류(資粧修飾之類)[369]를 넣어 보내시며 만금진보(萬金珍寶)라 하되 내 다사(多事)하여 미처 보지 않았으니 그 몇몇 가짓수를 모르거늘 어찌 너희로써 먼저 열어보아서 실(失)하게 하리오."

하고 아니 주니 필경(畢竟) 이 어찌 된고. 차간(次看) 하문(下文) 분해(分解)하라.

(58)철종황제(哲宗皇帝) 후궁(後宮) 김상궁(金尙宮) 철영 글씨.

368 봉쇄(封鎖): 굳게 막아 버리거나 잠금.

369 자장수식지류(資粧修飾之類): 단장하고 꾸미는 종류.

권지십

(1)차설. 시시(是時)에 설완이 소왈(笑曰),

"요사이 명문 부인네도 사욕(私慾)이 비린(鄙吝)[1] 탐람(貪婪)[2]하거니와 천인(賤人) 등은 자유(自幼)로 현상부 예의지문(禮義之門)에 종사하여 촌분(寸分)도 비례불행(非禮不行)[3]치 아닛나니 더욱 재보(財寶)에 욕심이 있으리오? 기명(器皿)으로 살인의 정적(情迹)[4]을 알고자 함이요 도적함이 아니로소이다."

교주가 분매(憤罵)[5] 왈,

"옥란 등은 연화분두(煙花粉頭)[6]의 송구영신(送舊迎新)하던 무리라 반드시 본부(本夫)가 있어 실절무신(失節無信)함을 노하여 죽일시 분명커늘 그 살인자를 찾으려 하면 당시

1 비린(鄙吝): 몹시 더럽게 인색함.

2 탐람(貪婪): 음식이나 재물을 탐냄.

3 비례불행(非禮不行): 예가 아니면 행하지를 아니 함. 원문에는 '비례부힝'으로 되어 있음.

4 정적(情迹): 실제의 흔적.

5 분매(憤罵): 분하여 욕하거나 꾸짖음.

6 연화분두(煙花粉頭): '연화'와 '분두'는 다 기생, 기녀의 뜻. 원문에는 '연화본두'로 되어 있음.

에 현상부가 이미 협천자평제후(挾天子平諸侯)[7]하는 세력이 있으니 구주(九州)[8]에 행이(行移)[9]하면 족히 잡을 것이어늘 이 손바(2)닥만 방안에 무엇이 있으리라 하는다? 사창(四娼)을 내 죽였다 일러도 자객을 멀리 보내었지 방 속에 넣어 두랴?"

설완이 부답(不答)하고 제녀(諸女)를 지휘하여 협사(篋笥)[10]를 낱낱이 뒤니[11] 교주가 심담(心膽)이 분분(忿憤)하여 왈,

"장물(贓物)이 어데 있느냐?"

설완 왈,

"부인의 가진 궤중(櫃中)에 있으니 궤를 마저 보고자 하나이다."

교주가 노왈(怒曰),

"여등(汝等)이 백주(白晝)에 존명(尊命)을 탁(託)하고 나와 재보를 탈취코자 하느냐? 나를 죽이고 앗아 가라. 불연즉(不然則) 내어주지 아니리라."

설완이[12] 냉소 왈,

"궤 속에 진실로 기관(機關)[13]이 없거든 노첩(老妾)의 늙은 머리를 버혀 거짓말한 죄를 당하리이다."

언필(言畢)에 동류(同類)를 재촉하여 위력으로 교주의 가진 궤를 앗아 금쇄(金鎖)를 (3)따고[14] 열어보니 과연 녹라삼(綠羅衫)과 홍초상(紅綃裳)[15]에 묻은 성혈(腥血)[16]이 오히려 마르지 않았고 사오 촌 비검(匕劍)이 피 묻은 자최 완연하니 설완 등 제녀가 경심차악(驚心嗟愕)[17]하여 거두어 돌아올새, 교주가 만신(滿身)을 부딪치며[18] 발악 왈,

"나의 자장지물(自藏之物)이 값이 만금에 지나거늘 욕심을 내어 여러 년이 결당(結黨)

---

7 협천자평제후(挾天子平諸侯): 천자를 끼고 제후를 평정함.

8 구주(九州): 옛날 중국 전토를 아홉으로 나눈 행정 구역. 뒤에 뜻이 바뀌어 중국 전토를 말하게 됨.

9 행이(行移): 행문이첩(行文移牒). 관청에서 문서를 발송하여 조회함.

10 협사(篋笥): 버들가지, 대 따위로 상자처럼 결어 만든 작은 손그릇.

11 뒤다: '뒤지다'의 옛말.

12 설완이: 원문에는 '설미'로 되어 있으나 문맥에 맞추어 고침.

13 기관(機關): 기밀. 속임수.

14 따고: 원문에는 '더히고'로 되어 있음.

15 홍초상(紅綃裳): 붉은 생사로 만든 고운 치마.

16 성혈(腥血): 비린내가 나는 피.

17 경심차악(驚心嗟愕): 몹시 놀람.

18 부딪치며: 원문에는 '부딕이즈며'로 되어 있음.

하여 감추고 흉한 장물(臟物)을 변사(變詐)[19]하여 나를 모함하려 하는다?"

설완이 냉소하고 떨치고 나가니 아무리 발악하나 하릴없고,[20] 설매는 마침 황씨에게 간 사이라 면화(免禍)함이 되니라.

오국공이 자질(子姪)을 거느려 교주의 좌우를 추문(推問)할새 대하(臺下)에 형벌 기구가 제제(濟濟)한대[21] 오공이 광미(廣眉)[22]에 참엄한 노(4)기 어리어 설천(雪天)에 한뢰(寒雷) 뿌리는 듯하니 태섬이 천하 별악(別惡) 찰녀(刹女)를 응신(應身)[23]하여 났으매 기운이 엄엄(嚴嚴)하고 소리 앙앙하여 부르짖으며 왈,

"노첩(老妾)이 죄 없거늘 노야(老爺)가 무슨 연고로 뇌정(雷霆)이 진첩(震疊)[24]하시니잇고? 하물며 첩은 왕궁 비배(婢輩) 아니라 양민지녀(良民之女)로 석년(昔年)에 황시랑 재시(在時)에 첩의 집이 격린(隔隣)[25]하니 황시랑 부인과 사괴어 숙빈의 유모가 되어 왕궁에 좇았더니 군주가 취가하매 숙빈이 첩을 노성(老成)타 하여 군주를 종가(從駕)하라 하시니 마지못하여 문하에 왔사오나 일찍 작죄(作罪)함이 없나이다."

공이 노매(怒罵) 왈,

"죄를 이르지 아니나 네 어찌 알지 못하리오? 네 양민을 이르지 말라. 사족(士族)이라도 죄에 당한(5)즉 용사(容赦)하리오? 너희 노주(奴主)의 악사가 호대(浩大)하나 가만한[26] 행악이 천지신기(天地神祇)[27]의 아는 바라. 내 이미 짐작하나니 은닉(隱匿)지 말라."

좌우를 꾸짖어 형벌에 올리매 섬이 비록 저의 노주의 행악을 귀신 밖 뉘 알리오 하여 기운이 가지록[28] 앙앙하여 뼈 깨어지고 성혈(腥血)이 임리(淋漓)[29]하여 사오 장에 미쳤더니 문득 안으로서 작은 궤 중에 피 묻은 의상과 단검을 담아 드리고 수말(首末)을 아뢰니, 좌우가 더욱 악착히 여기고 오공이 대로(大怒) 왈,

---

19 변사(變詐): 이리저리 속임.
20 하릴없다: 달리 어떻게 할 도리가 없다. 원문에는 '홀일업고'로 되어 있음.
21 제제(濟濟)하다: 많고 성하다.
22 광미(廣眉): 넓은 눈썹.
23 응신(應身): 현신(現身). 원문에는 '응시'로 되어 있으나 문맥에 맞추어 고침.
24 진첩(震疊): 존귀한 사람이 몹시 성을 내어 그치지 아니 함.
25 격린(隔隣): 서로 가까이 이웃함. 또는 그런 이웃.
26 가만하다: 움직임 따위가 그다지 드러나지 않을 만큼 조용하고 은은하다.
27 천지신기(天地神祇): 천신지기(天神地祇). 하늘의 신령과 땅의 신령.
28 가지록: 갈수록.
29 임리(淋漓): 피, 땀, 물 따위의 액체가 흘러 흥건한 모양.

"흉녀가 이제도 발명(發明)할다?"

섬이 앙연 즐왈(叱曰),

"설파파(婆婆)야, 아주(我主)가 너와 무슨 원수가 있관대 은적(隱迹)을 찾아 근각(根脚)[30]을 실해오난다?[31] 진실로 천지일월(天地日月)을 한가지로 못할 원수로다."

(6)언파(言罷)에 앙천비호(仰天悲號)[32] 왈,

"신명이 우리 노주(奴主)를 돕지 아니심이 여차하시뇨? 차라리 독형(毒刑)을 채 받지 않아서 실상을 고하리라."

하고 소리 질러 왈,

"노야는 잔형(殘刑)[33]을 거두시면 토설(吐說)[34]하리이다."

공이 명하여 복초(服招)[35]를 받으니 섬이 울며 복초 왈,

"노첩은 본디 황부 노속(奴屬)이라. 본디 비자(婢子)가 아니나 대대로 황부 수은(受恩)이 많아 비복(婢僕)의 무리 되었더니 황부인이 만래(晩來)에 생녀(生女)하여 강보시(襁褓時)[36] 요사(夭死)하오니 슬퍼하옵더니 시랑의 기첩(妓妾) 대선이 위부인과 한 달에 생녀하고 죽으니 부인이 첩녀(妾女)를 몸소 양휵(養畜)하매 만래에 유도(乳道)[37]가 부족하니 첩으로써 유모를 삼아 소랑(小娘)을 기르니 점점 자라매 자미(姿媚)[38] 절세(絶世)[39](7)하고 재능이 민첩하니 시랑과 부인이 과애(過愛)하여 첩녀(妾女)라 아니하고 적녀(嫡女)같이 기르더니 소랑이 성질이 총혜(聰慧)하나 천품이 음사(陰邪)하여 규행(閨行)이 파천(破天)[40]한지라. 동린(洞隣)에 전기라 하는 소년 남자가 있으니 이 곧 첩의 형 태란의 시(媤)조카라. 호협방탕하더니 전기 천형(賤兄)을 찾아 자로 황가에 왕래하니 어찌

30 근각(根脚): 뿌리. 근본.

31 실해오다: 조사하다. 실핵(實覈). 원문에는 '실희오는다'로 되어 있음.

32 앙천비호(仰天悲號): 하늘을 우러러 보며 슬피 울부짖음.

33 잔형(殘刑): 잔인한 형벌.

34 토설(吐說): 숨겼던 사실을 비로소 밝혀서 말함.

35 복초(服招): 문초(問招)를 받고 죄상을 털어놓음.

36 강보시(襁褓時): 어려서 포대기에 있을 때.

37 유도(乳道): 젖이 나는 분량. 젖이 나오는 분비샘.

38 자미(姿媚): 자태가 아름다움.

39 절세(絶世): 원문에는 '절졔'로 되어 있으나 문맥에 맞추어 고침.

40 파천(破天): 천리에 어긋남.

인진(引進)하였는지 소랑으로 사정(私情)이 있으니 첩이 알고 가엾이[41] 여기나 하릴없어[42] 한가지로 상의하여대 주인을 기(欺)이더니[43] 황시랑이 소랑으로써 광평대왕의 후빈을 삼으시고 오래지 않아 시랑 부부가 죽으니 그 일자(一子)가 수상(愁傷)[44]하여 향리에 돌아가고 숙빈이 또 군왕의 총희(寵姬)[45] 되어 자녀를 ⑻생산하오대 오히려 간부(姦夫)를 버리지 못하는지라. 큰일이 발각할까 저어[46] 가만히 전가로 소식을 누설(漏泄)하니 전노가 알고 크게 놀라 기자(其子)를 데리고 멀리 외방에 달아나니 기후(其後)는 소식이 끊고 소문에 전노가 환(患)을 두려 기자를 죽이다 하더니 또 태란 부처가 죽으니 더욱 전가 놈도 알지 못하나이다. 두 왕자와 두 소주는 광평대왕 골육이로되 아주(我主)는 전가 혈맥(血脈)이니 고금이 세원(世遠)하나 마치 진황(秦皇)이 영씨(嬴氏), 여씨(呂氏)를 분변치 못함[47] 같으니이다. 전하가 비록 숙빈을 총애하시나 형세(形勢) 윤낭랑 바라지 못하니 앙앙(怏怏)하나 먼저 양자가 있으니 왕실 종사(宗社)가 돌아올까 하더니 의외(意外)에 정궁 낭랑이 인옥 같⑼은 자녀를 연생하사 위(位)를 전하시고 숙빈 자녀는 무용(無用)이니 앙분(怏忿)하여 해코자 하던 차 옥화 군주 혼인을 존부에 정하시고 군마(郡馬)[48] 노야가 초세(超世)함을 알고 더욱 질오(嫉惡)하던 차 숙빈의 질자(姪子) 황수재 다니러 오니 모녀 숙질이 여차여차 괴몽(怪夢)이 있다 하고 무슨 방서(方書)를 가지고 정궁 모녀를 없이하려 하다가 신인(神人)이 불의무망(不意無妄)[49]에 하강하여 향탁을 분쇄하고 작법하던 무리 다 폭사(暴死)하니 숙빈 모녀, 숙질이 다 천의(天意)를 원망하고 이리이리 황수재를 가르쳐 군주를 앗아 가라 하니 그릇 매교를 앗아 고향으로 돌아가니 또 실계(失計)하고 앙앙(怏怏)하여 부디 군주를 해하고 아주는 스스로

41 가엾이: 원문에는 'ᄀᆞ이업시'로 되어 있음.

42 하릴없다: 원문에는 '홀일업어'로 되어 있음.

43 기(欺)이다: 속이다.

44 수상(愁傷): 근심하여 마음이 상함.

45 총희(寵姬): 총애를 받는 아름다운 여자.

46 저어: 두려워.

47 진황(秦皇)이 영씨(嬴氏), 여씨(呂氏)를 분변치 못함: 전국시대 말 대상인 여불위(呂不韋)는 한단의 미녀를 얻어 아이를 배게 한 뒤 장차 장양왕(莊襄王)이 되는 자초(子楚)에게 바쳤는데, 장양왕의 아들로 태어난 영정(嬴政)이 곧 나중의 진시황이다(사마천의 『사기(史記)』〈열전(列傳)〉). 따라서 진시황이 장양왕의 아들인지 여불위의 아들인지 분별하기 어려움을 말한다.

48 군마(郡馬): 종실의 딸, 즉 군주(郡主)의 남편. 임금의 사위. 부마(駙馬).

49 불의무망(不意無妄): 뜻하지 않게 일이 갑자기 생겨서 생각지 아니하였을 판.

존문에 돌아오려 (10)하나 문희군이 모매(母妹)의 계교를 들어 군주를 바로 찌르려 하다가 여차여차 패루(敗漏)하고 스스로 엎더져 자가(自家)의 칼날에 빰이 중상하니 숙빈이 도로혀 발작하여 타적(他賊)의 소술(小術)로 찌르다 하며, 군주의 신혼 초일로부터 음악지언(淫惡之言)을 창설하여 군마를 들으시게 하고 군주의 좌우를 처결하고 홍도를 잡아다가 죽인 후 설매 홍도가 되어 허다 의심된 거동을 도처에 행하고 군주께 사후(伺候)[50]하려 하더니 군주가 문득 홍도를 방출하고 군마가 종시 군주를 의심치 아니하시거늘 이에 황수재로 인연하여 천금으로 여러 가지 요약을 매득(買得)하여 미혼단으로 광평 전하의 총명(11)을 병들게 하며 정궁을 이간(離間)하고 군주의 음행을 나토와[51] 왕의 목전에 현혹하고 외간의 공교한 동요(童謠)를 내어 시상(市上)에 전파하여 홍·추 양 어사를 청촉하여 대론(臺論)[52]을 니르혀[53] 군주가 소주 적행(謫行)을 이루게 하고 중로(中路)에 적당을 보내어 탈취함이 다 숙빈 모녀의 작용이라. 군주를 소제(掃除)한 후 방계곡경(傍蹊曲逕)[54]으로 군마의 실중에 돌아오니 노야가 박정(薄情) 매몰하사 행로(行路)[55]같이 보시매 아주가 통원하여 옥란 등 사창(四娼)을 불러 후대하는 체하여 투기 없음을 나토나 군마의 사색이 한가지라. 스스로 진퇴 난처한 가운데 숙빈의 차자 문양군은 어진 남자라 매양 모녀의 과실을 규간(規諫)[56]하는 (12)고로 백사에 다 기이더니 모일(某日)에 황자의 서간과 전기 서찰이 이르러 사의(辭意) 여차여차하더라 문답할 제 문양군이 여어듣고[57] 모과(母過)를 골돌하고 은적(隱迹)이 발각하면 모매(母妹) 살지 못할 줄 알고 절곡아사(絶穀餓死)[58]하니 군비 호씨 또 좇아 죽으니 숙빈이 이로써 암암(暗暗)히 윤낭랑 죄를 이루며 세자와 현소저의 혼사를 작희(作戲)하며 초(初)에 모계(謀計)할 제 군주의 의상을 얻으려 하여 침방(寢房) 궁인 손씨를 사괴며 인심을 결납(結納)[59]하여 윤후 모자를 몰수이 절제(切除)하려 하다가 제후가 윤후의 죄를 물시(勿

50 사후(伺候): 웃어른의 명령을 기다림.

51 나토다: 나타내다. 드러내다.

52 대론(臺論): 사헌부와 사간원에서 하던 탄핵(彈劾).

53 니르혀다: '일으키다'의 옛말.

54 방계곡경(傍蹊曲逕): 곁으로 난 좁은 길과 굽은 소로. 정도가 아닌 그릇된 길이나 방법.

55 행로(行路): 행로지인(行路之人). 길에서 만난 사람이란 뜻으로 아무 관계없는 사람을 뜻함.

56 규간(規諫): 좋은 도리나 이치로 웃어른이나 왕의 잘못을 고치도록 말함.

57 여어듣다: 엿듣다.

58 절곡아사(絶穀餓死): 곡기를 끊고 굶어 죽음.

59 결납(結納): 일정한 목적으로 서로 마음이 통하여 도움.

施)[60]하시고 왕의 부부 모자를 다 궁금(宮禁)에 감추시고 왕의 외간(外間) 출입을 막으시니 숙빈 모녀가 계궁역진(計窮力盡)[61]하여 주(13)인이 성불성간(成不成間)에 득실을 결단코자 하여 군마 노야 입직한 사이에 천비 여차여차하여 사녀(四女)를 암약을 먹여 주인이 행사할시[62] 옳으니이다. 전자(前者)에 왕궁 주방 시녀 난아가 천위지하(天威之下)[63]에 폭사하기도 설매 여차여차 행사함이요, 상부 주방 시녀 섬란, 경열이 또한 납뢰(納賂)[64]하여 동당(同黨)에 들었사오니 차류(此類)를 다 잡아[65] 물으시면 간정(奸情)을 아시리이다."

하였더라.

공이 간필(看畢)에 요악찰녀(妖惡刹女)의 전전(前前) 죄상을 통해(痛駭)하여 여성대즐(厲聲大叱)하고 제시녀를 다 져주어[66] 물으니 제녀는 다 알지 못하고 다만 순교와 매교니 매교의 초사(招辭)[67]에는 태섬과 동모(同謀)한 사연이 한가지요 순교의 초사는 다만 천(14)성이 순직하므로 죽을지언정 주인의 시키는 대로 할 뿐이요 동사(同事)한 일은 없더라. 오공이 모든 초사를 거두고 태섬 등을 사옥(私獄)에 나리오고 일변 나졸을 명하여 설매를 잡아오라 하고 친히 요녀를 수금(囚禁)하려 하더니 문득 내간 숙직(宿直) 설완이 나아와 고왈,

"정당부인 명으로 요인(妖人)이 달아날까 하사 노야의 엄령(嚴令) 전(前)에 차환을 책교정에 보내어 불의를 방비하라 하시나이다."

공이 점두(點頭)하고 좌를 파하매 이미 황혼이라. 촉(燭)을 밝히고 제손(諸孫)으로 필연(筆硯)을 나오라[68] 하여 친히 붓을 들어 한 장 소표(小表)를 이뤄 서안(書案)에 놓고 석식(夕食)을 물리고 밤을 새워 계명(鷄鳴)을 응하여 현씨 제공이 일(15)시에 소세(梳洗)하고 사마(司馬)를 재촉하여 궐하(闕下)에 나아가니라. 내각(內閣) 부인네 또한 간인(奸人)의 불측(不

---

60 물시(勿施): 해 온 일을 무효로 함.

61 계궁역진(計窮力盡): 꾀가 막히고 힘이 다함. 더는 어떻게 해 볼 도리가 없음.

62 행사할시: 원문에는 '힝ᄉᆞᄒᆞᆯ시'로 되어 있음.

63 천위지하(天威之下): 천자의 권위가 살아 있는 밝은 세상.

64 납뢰(納賂): 뇌물을 바침.

65 잡아: 원문에는 '잡혀'로 되어 있으나 문맥에 맞추어 고침.

66 져주다: '따지다', '심리하다'의 옛말.

67 초사(招辭): 범인이 자신의 범죄 사실을 진술하는 말.

68 나오다: 내오다.

測)한 작변(作變)이 있어 초사(招辭)가 이미 남을 보고 일변 놀라고 옥화의 신원(伸寃)이 두렷할[69] 바를 깃거하더라.

현씨 제공이 궐하(闕下)에 나아가 오공의 소표가 천정(天庭)[70]에 오르니 상이 보시고 황씨 모녀의 극악간흉(極惡奸凶)을 통해(痛駭)하사 광평왕을 부르사 수말(首末)을 이르시고 장차 간당(奸黨)을 처결하려 하시더니, 이때 황씨 모녀가 차경(此境)에 미치매 각각 요약(妖藥)을 삼켜 변형하고 심복 시녀 설매를 데리고 후문으로 내달아 도주하였으니 어데 가 추심(追尋)하리오. 이 일을 또 진달(進達)하니 상이 더욱 분해하사 각처(各處)에 추심하라 하시고 (16)광평왕의 우몽(愚蒙)함을 대책(大責)하시니 왕이 황공(惶恐) 육니(忸怩)하여 전사(前事)를 생각하매 분원(忿怨) 통해(痛駭)함을 이기지 못하니 바야흐로 옛 총명이 돌아왔는지라. 가장 뉘우치고 한심하여 즉각(卽刻)에[71] 간녀(奸女)를 죽여 설한(雪恨)코자 하나 어찌 미치리오. 다만 천정에 복지청죄(伏地請罪)하여 혈읍(血泣) 통도(痛悼)하니[72] 상이 후일을 경계(警戒)하시고 현공에게 비답(批答)하사 왈,

"경의 소표를 보니 흉모간녀(凶母奸女)의 극악(極惡)이 여차(如此)하되 즉각에 처살(處殺)하여[73] 속죄하지 못하니 어찌 분한치 아니리오. 옥화 군주는 당세(當世) 숙녀로 조물이 다 시(猜)함을 인하여 만상기변(萬狀奇變)을 지내게 하니 어찌 애달프지 아니리오. 당당(堂堂)히 그 자취를 찾아 다시 복합(復合)게 (17)하라."

하시니 현부에서 황공감은(惶恐感恩)하더라.

선시(先時)에 월성 공주가 옥화의 만상기변으로 참화(慘禍)를 당하여 적행(謫行)의 곡경(曲境)[74]을 짐작하고 가만히 시비(侍婢) 궁환(宮鬟)을 지휘하여 일승(一乘) 교자(轎子)를 갖추어 군주의 가는 중로(中路)에 대후(待候)하였다가 여차여차(如此如此)하여 뫼셔 돌아오라 하고 계교를 이르므로[75] 옥화 군주가 월성궁에 머물던지라. 공주가 이에 입궐(入闕)하여 제후께 뵈옵고 옥화 군주의 일을 자시 주달(奏達)[76]하고 지금 궁중에 여차여차 머물게 하

---

69 두렷하다: 엉클어지거나 흐리지 아니하고 아주 분명하다. '뚜렷하다'보다 여린 느낌을 준다.

70 천정(天庭): 조정(朝廷). 천제(天帝)가 사는 궁궐.

71 즉각(卽刻)에: 즉시, 바로. 원문에는 '즉긱의'로 되어 있음.

72 통도(痛悼)하다: 마음이 몹시 아프도록 슬퍼하다.

73 처살(處殺)하다: 죽이다.

74 곡경(曲境): 몹시 힘들고 어려운 처지.

75 이르므로: 원문에는 '닐으혀무로'로 되어 있음.

76 주달(奏達): 임금에게 아뢰던 일.

며 기간(其間) 분만(分娩) 시산(始產)하여 생남(生男)하옴을 주달하온대 상후가 들으시고 크게 깃그사 월성의 선견지명(先見之明)을 일컬으시고 이에 옥화 군주를 광평궁으로 보내라 하(18)시고 왕으로 하여금 궁에 나아가 부녀가 반기라 하시니 왕이 승명(承命)하여 궁에 이르니 옥화 군주가 또한 상명(上命)으로 전죄(前罪)를 신원(伸寃)하여 돌아보내시매 부녀가 단원(團圓)함[77]이 되니 군주가 부전(父前)에 배알(拜謁)하고 사죄한대 왕이 여아(女兒)의 손을 잡고 희허탄식(唏噓歎息)[78] 왈,

"여부(汝父)가 불명하여 간녀의 흉독(凶毒)을 입어 어진 자녀를 사지(死地)에 넣어 쇄옥낙화(碎玉洛花)[79]하는 변을 당할 뻔하니 차(此)는 도시 여부(汝父)[80]의 혼암(昏闇)함이라. 불행 중 천우신조(天佑神助)하여 네 살아 부자가 다시 단원(團圓)하니 이만 기쁨이 없는지라. 어찌 후회한들 미치리오."

군주가 또 모비(母妃) 안전(案前)에 배알(拜謁)하고 슬픔을 강잉(强仍)[81]하여 이성화안(怡聲和顔)[82]으로 존후(存候)를 묻잡고 기간(其間) 사고가 다첩(多疊)함을 일컬(19)어 서로 반기는 정이 무궁(無窮)하더라.

어시(於是)에 월성 공주가 천정에 하직하고 물러 궁에 돌아와 의복을 고치고 상부에 나아가 존당에 문안하고 이에 복지청죄(伏地請罪) 왈,

"기간 옥화의 액회(厄會) 다첩(多疊)하므로 만상기변(萬象奇變)을 지내고 적리(謫裏)[83] 고초(苦楚)를 겪게 하옵거늘 첩이 여차여차 설계하와 옥화를 데려와 두었다가 지금 광평궁에 보내어 부녀, 모녀가 단원(團圓)하게 하였사오나 첩의 당돌히 자전(自專)[84]한 죄를 청하나이다."

하니 존당 상하가 옥화 군주의 일을 듣고 모두 기쁨을 측량치 못하고 공주의 신명(神明)한 덕을 새로이 칭찬하니 공주가 손사(遜謝)[85]하더라.

---

77 단원(團圓)하다: 한 가정이 화합하다.

78 희허탄식(唏噓歎息): 애석히 여기며 탄식함.

79 쇄옥낙화(碎玉落花): 옥이 부서지고 꽃이 떨어짐.

80 여부(汝父): 원문에는 '어부'로 되어 있으나 오기인 듯함.

81 강잉(强仍): 억지로 참음. 또는 마지못하여 그대로 함.

82 이성화안(怡聲和顔): 부드러운 목소리와 기쁜 빛이 도는 얼굴.

83 적리(謫裏): 유배지(流配地).

84 자전(自專): 자기 마음대로 결정하여 처리함.

85 손사(遜謝): 손양(遜讓). 겸손하게 사양함.

명일(明日)에 오공이 궐하(闕下)에 조회하고 주(奏)하되,

"황녀 (20)등은 이미 도주하였사오나 태섬 등을 어찌 처치하리잇고?"

상이 가라사대,

"차사(此事)가 비록 국가에 간섭지 아니나 광평왕의 가사(家事)가 곧 짐의 가사라. 어찌 물시(勿施)하며 황녀 등은 문초(問招)치 않아 죄상을 이미 아는 바라. 비록 잡지 못하나 간당(奸黨)을 어찌 일시나 머물리오. 잡는 족족 묻지 말고 죽이라."

홍·추 양(兩) 어사(御使)를 나래(拿來)[86]하사 크게 꾸짖으시고 일반 간당 수십 인을 병(竝)하여[87] 각각 만리(萬里) 해외에 안치(安置)하라 하고, 태섬 등 삼인(三人)은 형문(刑問)[88] 삼치(三致)에 원지(遠地) 정배(定配)하고 문희군 등 부부와 황씨 모녀는 잡는 길로 묻지 말고 선참후계(先斬後啓)[89]하라 하시니 공이 퇴조(退朝)하여 태섬 등을 형부(刑部)에 보내어 엄(21)형(嚴刑) 삼치(三致)하매 삼녀(三女)가 혹형(酷刑)을 많이 받았는지라 원지 정배할 것 없이 일제히 죽으니 이 어찌 하늘이 급히 죽이심이 아니리오. 황씨 모녀와 설매, 문희군 부부를 데리고[90] 급히 도망하여 가더니 형의 부부가 중로(中路)에서 병들어 죽고 삼요(三妖)가 손을 이끌어 황축을 찾아가니 필경 이 어찌 된고. 사연이 차례 있으니 하회(下回)를 보라.

시시(是時)에 간당이 멸하매 천기(天氣) 화창하고 현상부 일문(一門)에 화기(和氣) 영자(榮滋)한지라.[91] 수일 후 옥화 군주가 돌아오매 화장성식(化粧盛飾)[92]을 물리치고 담소(淡素)[93] 아미(蛾眉)로 경·손 양(兩) 상궁과 은심이 뫼셔 계하(階下)에서 청죄(請罪)하니 존당구고 숙당(叔堂)과 제사금장(娣姒錦帳)[94] 제소저(諸小姐)가 (22)화한 웃음과 반기는 낯이 무르녹아 바삐 오르라 하니 군주가 감히 역(逆)지 못하여 승당(昇堂)하여 제좌(諸座)에 예필(禮畢)하매 존당구고가 좌수(左手)로 그 손을 잡고 우수(右手)로 운빈(雲鬢)[95]을 무마(撫摩)하여 깃

---

86 나래(拿來): 죄인을 잡아 옴.

87 병(竝)하여: 아울러.

88 형문(刑問): 형장(刑杖)으로 죄인의 정강이를 때리던 형벌.

89 선참후계(先斬後啓): 먼저 목을 베고, 나중에 알림.

90 데리고: 원문에는 '더리고'로 되어 있음.

91 영자(榮滋)하다: 무성하게 자라다.

92 화장성식(化粧盛飾): 화장을 하여 얼굴을 곱게 꾸미고 잘 차려입음. 또는 그런 차림.

93 담소(淡素): 담담하고 소박함.

94 제사금장(娣姒錦帳): 동서.

95 운빈(雲鬢): 구름 같은 귀밑머리라는 뜻으로, 귀밑으로 드리워진 아름다운 머리를 이르는 말.

거하는 웃음과 반기는 추파(秋波)가 도로혀 누수(淚水)가 연락(連落)하니 이 중 학사의 반기고 기쁨은 묻지 않아 알지라 옥면영풍(玉面英風)에 화기 영자(榮滋)하더라.

일문 상하노소가 화한 웃음과 깃거온 말씀이 이윽하매 비로소 옥화 군주가 구소저로 처음 보는 예를 피차 다하매 좌에 각각 드니 좌중이 보건대 군주의 휘황한 용색(容色)과 구소저의 찬란한 안모(顔貌)가 일쌍 명월이 중천(中天)에 밝았는 듯하니 제안(諸眼)이 첨시(瞻視)[96] 불(23)이(不已)하고 진공이 오공께 고하여 왈,

"이제 양 손부(孫婦)의 한 쌍 특이한 재모(才貌)를 새로이 살피오니 한갓 우리 곤계(昆季)[97]의 복경(福慶)뿐 아니라 선고비(先考妣)[98]의 적선여음(積善餘蔭)[99]이로소이다."

공이 점두(點頭) 흔연(欣然) 왈,

"낙(諾)다. 차언(此言)이 정합오의(正合吾意)로다. 연(然)이나 선고비의 백아, 성아 등 장성가취(長成嫁娶)함을 못 보시고 숙완미부(淑婉美婦)로 종사(宗社)를 빛냄을 알지 못하시니 어찌 슬프지 아니리오."

인하여 장탄희허(長歎欷歔)[100]하매 백수(白鬚)에 누수(淚水)가 상련(相連)하니 진공이 역감(亦感) 유체(流涕)라. 좌중이 막불척연(莫不戚然)[101]하여 구고(舅姑)를 추모(追慕)하매 육부인이 되지 아닌 말을 하여 남이 웃는지 괴히 여기는지 모르고 가로되,

"가아(兒)는 언제는 입장(入丈)[102]하며 내 딸도 언제나 (24)저런 며느리를 얻을꼬?"

하더니 좌중 비색(悲色)을 보매 자기 홀로 타연(妥然)[103]한즉 진공이 괴히 여길까 겁하여 웃는 기운을 주리혀[104] 겨우 참고 누런 눈썹을 괴로이 찌푸리고 아무리 슬픈 기색을 짓고자 하나 눈물이 나지 아닛난지라. 좌우를 돌아 살피며 넌즈시[105] 침을 많이 뱉어[106] 두 눈에

---

96 첨시(瞻視): 이리저리 둘러봄.

97 곤계(昆季): 형제.

98 선고비(先考妣): 돌아가신 아버지와 어머니.

99 적선여음(積善餘蔭): 착한 일을 많이 한 조상의 공덕으로 자손이 받는 복.

100 장탄희허(長歎欷歔): 길게 탄식하며 한숨을 쉼.

101 막불척연(莫不戚然): 근심스럽고 슬프지 않음이 없음.

102 입장(入丈): 장가를 듦.

103 타연(妥然): 태연(泰然). 놀라거나 당황함이 없이 평상시의 모습으로 있음.

104 주리혀다: '거두다'의 옛말.

105 넌즈시: '넌지시'의 옛말. 드러나지 않게 가만히.

106 뱉어: 원문에는 '비앗타'로 되어 있음.

황홀히 칠하고 머리를 끄덕이며 두 손으로 쌍협(雙頰)을 우희고[107] 입을 비적여[108] 우는 소리로 이르되,

"옛말에 일렀으되, '청천백일(青天白日)은 노예(奴隸) 하천(下賤)도 역지기명(亦知其明)이라.' 하니 우리 구고의 성덕(盛德)은 나도 지금껏 잊지 못하거늘 제부인과 숙숙(叔叔)[109] 형제의 지효(至孝)로 고인의 백년(百年) 무감(務監)[110]을 족히 이르리(25)오. 연(然)이나 성현(聖賢)도 부모를 잊지 아님을 귀타 할 뿐이요, 부모 유체(遺體)를 삼 년 집상(執喪)[111]에도 과상(過傷)치 말라 하였으니 숙숙과 군자는 매양 비척(悲慽)하여[112] 귀체(貴體)를 상해오지 마소서."

설파(說罷)에 좌우로 고면(顧眄)[113]하는 양이 초상(初喪) 상인(喪人)도 절도(絶倒)[114]함을 면치 못할지라. 좌우가 미소하고 진공이 정색(正色) 목도(目睹)하니 색위(色威)[115] 늠연(凜然) 씩씩한지라. 육부인이 눈치를 스치고 낯을 붉혀 몸을 일어 달아나며 이르되,

"응당 주·철 양인(兩人)의 말 같으면 저리 아니련마는 내가 말을 한즉 본디 상공이 성내어 웃는 낯을 찌푸리고 눈꼬리 그르게 떠보니 어마 무섭도다. 부부궁(夫婦宮)에 무슨 희살(戲殺)[116]이 있던고."

어즈러이 꾸짖고 돌아가니 자질(子姪) (26)등은 한심함을 이기지 못하고 아소(兒少) 등은 우습고 싶으나 감히 웃지 못하더니 장시중이 호호히 웃어 왈,

"육수(嫂)의 말씀이 지공무사(至公無私)하시니 중여[117]는 듣는다?"

제왕다려 왈,

---

107 우희다: '움키다'의 옛말.

108 비적이다: 비죽이다.

109 숙숙(叔叔): '시아주버니'를 문어적으로 이르는 말.

110 무감(務監): 힘써 감독함.

111 집상(執喪): 어버이 상사에서 예절을 지킴. 또는 예절에 따라 상제 노릇을 함.

112 비척(悲慽)하다: 슬프고 근심스럽다.

113 고면(顧眄): 잊을 수가 없어 돌이켜 봄.

114 절도(絶倒): 포복절도(抱腹絶倒).

115 색위(色威): 얼굴과 거동. 기색.

116 희살(戲殺): 희롱하여 훼방을 놓음.

117 중여: '현경문'의 자(字).

"현질(賢姪)이 남면(南面)[118] 일부(一富)[119]하여 가재(家財) 누거만(累巨萬)[120]이니 재물이 아무리 귀하나 위친(爲親)하매 간대로[121] 아까우랴. 신기한 복자(卜者)[122]와 영검한 무녀(巫女)를 구하여 육수와 여부(汝父)의 부부궁 희살을 없이하라."

좌우가 미소묵연(微笑默然)이요 진공이 정색 왈,

"육씨의 해거(駭擧)[123]함은 노인의 숙환(宿患)이어니와 형의 기소(譏笑)[124]함이 비례(非禮)에 가까운지라. 희담(戱談), 부담(浮談)[125]을 다 듣기 실희여이다."

장공이 무류히[126] 말을 그치더라.

종일 한담(閑談)에 일락황혼(日落黃昏)되니 제인이 (27)혼정(昏定)[127]하고 퇴하매 군주가 또한 물러 채봉각에 돌아오니 지키었던 시아(侍兒) 차환(叉鬟)이 반겨 뛰놀고 물색(物色)이 의구(依舊)하더라. 및[128] 좌정(坐定)하매 이날 학사가 존당 명으로 이르러 입실하니 부부가 대좌(對坐)하매 반김은 존당에서 먼저 열었거니와 가까이 대하니 그 어떠하리오. 학사가 말을 펴 왈,

"아등(我等)의 운액(運厄)이 기구(崎嶇)하여 요얼(妖孼)의 작해(作害)로 인하여 부인 신상(身上)에 누명을 실어 천리적객(千里謫客)이 되며 다시 괴이한 일이 층생(層生)하니 어찌 부부의 복합(復合)하는 경사(慶事)가 있으리오마는 차(此)는 옥주 숙모의 신명예철(神明睿哲)로 허다 화란(禍亂) 가운데 요행(僥倖) 보전함을 얻어 서로 봄이 있으니 어찌 숙모 성덕(盛德)이 아니리오."

군주가 염용(斂容)[129] (28)사사(謝辭)[130]할 따름이요 각별 말이 없으니 총재(冢宰) 미소 왈,

---

118 남면(南面): 왕후의 자리에 있음. 왕이 남쪽을 향하여 신하와 대면한 데서 유래한다.

119 일부(一富): 갑부(甲富).

120 누거만(累巨萬): 매우 많음. 또는 매우 많은 액수.

121 간대로: 그리 (쉽사리).

122 복자(卜者): 점쟁이.

123 해거(駭擧): 괴상하고 얄궂은 짓.

124 기소(譏笑): 남을 조롱하여 웃음.

125 부담(浮談): 부언(浮言). 근거 없이 떠돌아다니는 말.

126 무류히: 무료(無聊)히. 부끄럽고 열없이.

127 혼정(昏定): 잠자리에 들 때에 부모의 침소에 가서 잠자리를 살피고 밤 동안 안녕하기를 여쭘.

128 및: 그리고. 원문에는 '밋'으로 되어 있음.

129 염용(斂容): 자숙하여 몸가짐을 조심하고 용모를 단정히 함.

130 사사(謝辭): 예를 갖추어 사양함. 또는 그런 뜻을 나타내는 말.

"옥란 등 사창(四娼)은 연화(煙花)[131]의 무리라, 위지사족(爲之士族) 행세(行勢)하는 요녀(妖女)의 유(類)는 아니러니 불긴(不緊)한 생에 일시 유희(遊戲)로 인하여 모야(暮夜)에 흉인(凶人)의 독수(毒手)를 만나 검하경혼(劍下驚魂)[132]이 되니 인명이 지중(至重)한지라 참절(慘絶)함[133]을 이기어 이르리오. 나로 말미암아 죽었으니 백인(伯仁)이 유아이사(由我而死)라.[134] 부부의 평생 적악(積惡)이 될까 하노라."

군주가 청필(聽畢)에 옥색(玉色)이 참연(慘然)하여 염임(斂衽)[135] 대왈(對曰),

"첩이 또한 이 뜻이 없지 아니하도소이다. 수원수구(誰怨誰咎)[136]하리잇고. 도시 첩의 연고(緣故)니이다."

총재 근이좌(謹而座)하고 집기수(執其手)하여 왈,

"사이이의(事而已矣)[137]라 일러 무삼하리오. 연이나 우리 (29)부부가 결발(結髮)[138] 삼재(三載)[139]에 자경(子耕)[140]이 이완(弛緩)하니 역(亦) 요녀(妖女)의 연고(緣故)이라. 어찌 통한(痛恨)치 아니리오. 부인은 어서 옥동(玉童)을 생(生)하여 부모께 효도하고 농장지경(弄璋之慶)[141]을 보라."

군주가 청미(聽未)에 참황육니(慙惶忸怩)[142]하여 옥색을 정돈하고 부답(不答)하니 생이 어찌 그 뜻을 알리오. 수습(收拾)함이 과도한 가운데 부끄리는가 하여 야심(夜深)하매 이

---

131 연화(煙花): 기녀(妓女).

132 검하경혼(劍下驚魂): 칼 아래 놀란 혼. 칼을 맞고 죽은 혼.

133 참절(慘絶)하다: 더할 나위 없이 비참하다.

134 백인(伯仁)이 유아이사(由我而死)라: 백인(伯仁)이 나로 인해 죽었다. 백인은 중국 진(晋)나라 사람 주의(周顗)의 자(字). 왕도(王導)가 죽게 되었을 때 백인이 누명을 벗겨 살려주었는데, 왕도는 이 사실을 몰랐다. 이후 백인이 옥에 갇혔을 때, 왕도는 그를 구하지 않아 백인은 죽고 말았다. 후에 이 사실을 안 왕도가 백인을 구출하지 못한 자신을 자책한 데서 이 말이 생겨났다.

135 염임(斂衽): 염금(斂襟). 삼가 옷깃을 여밈.

136 수원수구(誰怨誰咎): 누구를 원망하고 누구를 탓하겠냐는 뜻으로, 남을 원망하거나 탓할 것이 없음을 이르는 말.

137 사이이의(事而已矣): 이미 지나간 일임.

138 결발(結髮): 상투를 틀고 쪽을 쪄 정식 혼인을 함.

139 삼재(三載): 삼년(三年).

140 자경(子耕): 자식농사.

141 농장지경(弄璋之慶): 아들을 낳은 즐거움. 예전에, 중국에서 아들을 낳으면 규옥(圭玉)으로 된 구슬의 덕을 본받으라는 뜻으로 구슬을 장난감으로 주었다는 데서 유래한다.

142 참황육니(慙惶忸怩): 대단히 부끄럽고 창피하여 두려움마저 느낌. 원문에는 '자황육니'로 되어 있으나 오기인 듯함.

끌어 침상(寢牀)에 나아가니 새로운 은애(恩愛) 산비해박(山卑海薄)[143]하더라.

부부가 침상 일몽(一夢)을 득하니 창외에 소리 있어 절미교아(絶美嬌娥) 사인(四人)이 홍상채의(紅裳彩衣)로 고두배복(叩頭拜伏)[144] 왈,

"노야(老爺)와 부인이 첩을 아시나니잇가?"

학사가 경동(驚動)하여 자시[145] 보니 옥란 등 사창(四娼)이라. 학사가 경혹(驚惑)하여 가로되,

"여등(汝等)은 흉인의 독수(毒手)를 (30)만나 유음(幽陰)[146]의 손이어늘 어찌 감히 군자 안전(案前)에 이르렀나뇨?"

사녀(四女)가 고두 왈,

"천첩 등은 전신(前身)이 여자가 아니라, 노야가 전생(前生)에 선궁(仙宮)에 계실 제 안전 궁환(宮宦)이 되어 임금의 은혜를 많이 받은 고로 후생(後生)에 시첩(侍妾)으로 발원(發願)하여 창녀의 몸이 되어 노야를 백년 시측(侍側)기를 기약하더니 조물(造物)이 다시(多猜)하여 혼몽중(昏懵中)[147] 수인(讐人)[148]의 독수를 받아 청년원사(青年冤死)하니 혼백이 유유(悠悠)[149]하여 흩어지지 않았삽더니, 서악(西嶽) 화산(華山) 일광 대사가 북해 도사를 보고 오는 길에 황도(皇都)를 지나다가 사녀(四女)의 할면훼이(割面毁耳)하여 만면혈체(滿面血涕)로 운소간(雲霄間)[150] 표탕(飄蕩)[151]하여 부르짖음을 보고 자비지덕(慈悲之德)을 드리워 선단(仙丹)으로써 훼(31)상(毁傷)한 혈체(血體)를 다시 완전케 하시고 인간에 재세(再世)하여 보원(報怨)하라 하시니, 이제 첩 등이 발원하여 노야의 아들이 되어 백년 종효(終孝)[152]하여 차생(此生)의 늣거온[153] 인연을 잊고 일후(日後) 십오 년에 전녀

143 산비해박(山卑海薄): (큰 은혜에 비하면) 산도 낮고 바다도 얕음.

144 고두배복(叩頭拜伏): 머리를 조아리며 엎드려 절함.

145 자시: 자세히.

146 유음(幽陰): 저승.

147 혼몽중(昏懵中): 정신이 흐릿하고 가물가물한 가운데.

148 수인(讐人): 서로 원한을 품어 사귀지 못하고 미워하는 사람.

149 유유(悠悠): 유유탕탕(悠悠蕩蕩). 정처 없이 떠돎.

150 운소간(雲宵間): 구름 낀 높은 하늘 사이.

151 표탕(飄蕩): 정처 없이 헤매어 떠돎.

152 종효(終孝): 어버이의 임종 때에 곁에서 정성을 다함. 또는 그런 효성.

153 늣겁다: '느껍다'의 옛말. 어떤 느낌이 마음에 북받쳐서 벅차다.

흉인의 살신해명(殺身害命)한 원수를 갚아 금세(今世)에 연화(煙花)의 천신(賤身)이 되어[154] 원수를 갚으려 하나이다."

언파(言罷)에 일위(一位) 노선(老仙)이 운니건[155]을 쓰고 학창의(鶴氅衣)[156]를 입었으니 창안학발(蒼顔鶴髮)[157]에 선풍(仙風)이 표연(飄然)한지라.[158] 좌수(左手)에 옥주미(玉麈尾)[159]를 쥐고 우수(右手)에 백옥(白玉) 경자(磬子)[160]를 두드리며 사녀를 향하여 설법(說法)하니 수유(須臾)에 네 낱 미아(美娥)가 변하여 옥골선풍(玉骨仙風)의 수출쇄락(秀出灑落)[161]한 두 쌍 동자가 되어 학사를 향하여 배왈(拜曰),

(32)"전생(前生) 연분(緣分)이 미해(未解)하여 다시 슬하에 의탁하옵나니 원(願) 부모는 어엿비[162] 여기심을 바라나이다."

설파(說罷)에 금·화 양녀(兩女)는 군주 침중(寢中)으로 들어가고 채·옥 양인(兩人)은 하직 왈,

"아해 등은 수년 후 생세(生世)하리이다."

학사가 기쁜 듯 슬픈 듯 심사(心思)가 훌훌하더니 홀연 경각(驚覺)하니 침상일몽(寢牀一夢)이라. 가장 괴이히 여겨 침사양구(沈思良久)에 부인다려 이르니 군주가 역시 꿈이 같음을 대(對)하는지라. 심하(心下)에 의아하여 날이 늦으매 부부가 일어 관세(盥洗)[163]하고 신성(晨省) 후 학사는 궐내 조참(朝參)[164]으로 나아가고 군주는 종일 존당에 시좌(侍坐)러라.

학사가 궐하에 조회하니 상이 사랑하사 특별히 학사로 벼슬을 (33)돋우어 문연각(文

---

154 금세(今世)에 연화(煙花)의 천신(賤身)이 되어: 내용상 오류인 듯함. 사녀는 죽기 전에 창기였다가 다시 태어날 때는 군주의 자녀가 됨.

155 운니건: 미상. 두건(頭巾)의 일종인 듯함.

156 학창의(鶴氅衣): 소매가 넓고 뒤 솔기가 갈라진 흰옷의 가를 검은 천으로 넓게 댄 웃옷.

157 창안학발(蒼顔鶴髮): 창안(蒼顔)은 늙어서 여윈 얼굴, 학발(鶴髮)은 두루미의 깃털처럼 희다는 뜻으로, 하얗게 센 머리 또는 그런 사람을 이르는 말.

158 표연(飄然)하다: 훌쩍 나타나거나 떠나는 모양이 거침없다.

159 옥주미(玉麈尾): 사슴꼬리에 옥으로 장식한 자루를 단 것으로, 신선들이 들고 다녔다고 하는 총채.

160 경자(磬子): 놋 종지 모양의 작은 방울.

161 수출쇄락(秀出灑落): 뭇사람들 속에서 두드러지게 빼어남. 원문에는 '슈츌쇠락'으로 되어 있음.

162 어엿비: '불쌍하게'의 옛말.

163 관세(盥洗): 손발을 씻음.

164 조참(朝參): 한 달에 네 번 중앙에 있는 문무백관이 정전(正殿)에 모여 임금에게 문안을 드리고 정사(政事)를 아뢰던 일.

淵閣) 태학사(太學士) 이부총재(吏部冢宰)[165]를 하이시니[166] 총재 고사부득(固辭不得)하여 사은(謝恩)하고 퇴조(退朝)하여 돌아오매 합문(闔門)[167] 상하에 영광이 비무(比無)하더라.

이날 비로소 경상궁이 군주의 생아(生兒)를 내어오니 부풍모습(父風母習)[168]하여 옥골선풍(玉骨仙風)이요 주수경지(珠樹瓊池)[169]라. 존당 상하가 막불칭애(莫不稱愛)하고 총재 기쁨을 이기지 못하고 좌중이 기간(其間) 사고(事故)를 물으니 경상궁이 전후수말(前後首末)을 고하여 왈,

"옥화 군주가 소주(蘇州) 적행시(謫行時)에 월성 공주가 초인(草人)을 만들어 이불로 머리를 싸 군주 대신으로 보내어 적화(賊禍)를 보게 하시고 공주가 친히 군주로 한 교자(轎子)에 타고 입궐하사 제후께 뵈옵고 아직 간당(奸黨)이 멸(滅)키 전 (34)옥화의 자취를 감추사이다."

제후가 공주의 신명(神明) 주선(周旋)[170]을 칭예(稱譽)하시고 윤비와 함께 거(居)하게 하시므로 금중(禁中)[171]에 있삽더니 문득 해만(解娩)[172]하사 이 공자(公子)를 생(生)하시니 제후와 윤비 깃거하시고 태자가 또한 보시고 극애(極愛)하사 아직 현부에 아뢰지 말고 총재 노야와 희롱코자 하사 학사 군주와 윤비 본택(本宅)에 나오시나 공자는 금중에 두었더니 제후가 들으시고 태자를 만류하사 왈,

"현희백은 명성군자라 희담(戲談)을 즐기지 아니하고 또한 옥화에게 박정(薄情)함이 없나니 부질없는 희롱을 날회고[173] 빨리 내어 보내라 하시니 태자가 웃으시고 슬상(膝上)에 얹어 교무(嬌撫)[174]하시다가 내어 (35)보내시니 군주가 처음 존당과 총재 노야를

165 이부총재(吏部冢宰): 이부상서(吏部相書)를 달리 부르는 말임. 원문에는 '니부춍ᄌᆡ'로 되어 있음. 이하 '춍ᄌᆡ'는 '총재'로 표기함.

166 하이시다: 하게 하시다.

167 합문(闔門): '온 집안'이라는 뜻.

168 부풍모습(父風母習): 모습이나 언행이 아버지와 어머니를 고루 닮음.

169 주수경지(珠樹瓊池): 주수(珠樹)는 뛰어난 재주가 있는 남자를 가리키고, 경지(瓊池)는 뛰어난 여자를 가리킴. '옥수(玉樹)'는 '훌륭한 집안의 아름답고 귀한 자손'이라는 의미인데, 주수경지 역시 이와 유사한 의미인 듯함.

170 주선(周旋): 일이 잘되도록 여러 가지 방법으로 힘씀.

171 금중(禁中): 궁중.

172 해만(解娩): 해산(解產).

173 날회다: 느리게 하다. 다음에 하다.

174 교무(嬌撫): 사랑하여 어루만짐.

기망(欺罔)한 듯하사 자못 불예(不豫)[175]하시나이다."

좌중이 일청(一聽)에 호호박소(浩浩拍笑)[176] 왈,

"원래 사고(事故)[177]가 이러하닷다. 옥화는 천생 숙녀라, 우리 능히 하자(瑕疵)할[178] 곳이 없고 또한 이는 태자의 지교(指敎)라 무슨 일 불안하리오. 차후는 소소 불안을 두지 말라."

하고 화한 웃음이 장중(場中)에 가득하더라.

차설(且說). 광평왕이 전일(前日)을 크게 뉘우쳐 현상부에 이르러 전과(前過)를 일컫고 아자(兒子)의 가기(佳期)를 재촉하니 오공이 칭사 왈,

"왕사(往事)는 이의(已矣)라 다시 구두(口頭)에 일컬을 바가 아니요, 혼인은 이미 정한 바라 태의(太意)를 받들 따름이로소이다."

왕이 깃거 사례하고 이에 돗 위(36)에서 택일하니 길기(吉期) 불과 사오 일이 가렸더라.[179] 빈주(賓主)가 통음(痛飮)하고 왕이 돌아가매 현부에서 운혜 소저의 혼구(婚具)를 성비(盛備)하여 길신(吉辰)[180]을 대후(待候)[181]하더라.

광평왕이 돌아와 윤후를 보고 길기 가까움을 이르고 혼구를 차릴새, 길일이 임하매 대연(大宴)을 배설(排設)하고 모든 빈객을 청하니 내외 전각(殿閣)에 금수포진(錦繡鋪陳)[182]이 휘황하고 금반옥기(金盤玉器)에 팔진경장(八珍瓊漿)[183]이 갖지[184] 않음이 없으니 금옥관면(金玉冠冕)[185]

---

175 불예(不豫): 불열(不悅). 기쁘지 않음.

176 호호박소(浩浩拍笑): '호호(浩浩)'는 큰 물이 흐르듯이 기세가 좋음. '박소(拍笑)'는 박장대소(拍掌大笑).

177 사고(事故): 사연, 사정.

178 하자(瑕疵)하다: 흠(欠)을 잡다.

179 가리다: 떨어져 있다.

180 길신(吉辰): 길일(吉日).

181 대후(待候): 기다림.

182 금수포진(錦繡鋪陳): 수를 놓은 비단으로 만든 방석, 요, 돗자리 따위를 통틀어 이르는 말. 잔치 따위를 할 때에 앉을 자리를 마련하여 깖.

183 팔진경장(八珍瓊漿): 온갖 진귀한 음식과 좋은 술.

184 갖다: 갖추다. 갖다.

185 금옥관면(金玉冠冕): 고귀한 벼슬을 하는 존귀한 사람.

과 적의보불(赤衣黼黻)[186]은 어깨가 야이고[187] 주옥화장(珠玉化粧)[188]의 진금보패(眞金寶貝)는 일광(日光)이 바애니[189] 금지옥엽(金枝玉葉)이며 용자봉손(龍子鳳孫)[190]의 가취길석(嫁娶吉席)[191]이 범연(凡然)하리오. 이날 황야(皇爺)가 상방(尙房)[192] 어선(御膳)[193]을 나리오사 잔치를 도우시고 낭랑(娘娘)(37)이 금백채단(金帛綵緞)을 사하사 천총(天寵)을 빛내시고 신례(新禮)[194] 삼일에 대내(大內)에 명을 나리와 세자빈(世子嬪)을 보려 하시더라.

일색(日色)이 장반(將半)[195]에 세자가 길복(吉服)[196]을 갖추고 머리에 자금익선관(紫錦翼善冠)[197]을 쓰고 금안백마(金鞍白馬)[198]의 위의(威儀)를 휘동(麾動)[199]하니 본국(本國) 배신(陪臣)이 호위(護衛)하고 만조백관(滿朝百官)이 요객(繞客)[200]이 되어 혼가(婚家)로 향할새 생소고악(笙簫鼓樂)[201]이 훤천(喧天)[202]하여 나아가니 현부 연석(宴席)의 장려(壯麗)함이 왕궁(王宮)과 같더라. 신랑이 부문(府門)에 미치니 쌍쌍한 양랑(養娘)[203] 복첩(僕妾)이 주리(珠履)[204]를 끌며 분면

---

186 적의보불(赤衣黼黻): '적의(赤衣)'는 붉은색 옷으로 고대에 현귀한 사람이 입었고, '보불(黼黻)'은 임금이 예복으로 입던 하의(下衣)인 곤상(袞裳)에 놓은, 도끼와 '亞' 자 모양의 수.

187 야이다: 서로 부딪치다.

188 주옥화장(珠玉化粧): 진주나 구슬로 장식하고 단장함.

189 바애다: 눈부시다. 바이다.

190 용자봉손(龍子鳳孫): 용의 새끼와 봉황의 손자새끼란 뜻으로, 매우 훌륭한 가문의 자손들을 비유하여 쓰는 말.

191 가취길석(嫁娶吉席): 혼례의 기쁜 자리.

192 상방(尙房): 상의원(尙衣院). 임금의 의복과 궁내의 일용품 따위의 관리를 맡아보던 곳.

193 어선(御膳): 임금에게 올리는 음식을 이르던 말.

194 신례(新禮): 혼례.

195 장반(將半): 바야흐로 절반이 되는 시기. 또는 그런 동안.

196 길복(吉服): 혼인 때 신랑 신부가 입는 옷.

197 자금익선관(紫錦翼善冠): 자줏빛 비단으로 테를 두른 익선관(翼善冠). 익선관은 주로 왕을 비롯한 지위가 높은 관리가 집무(執務) 중에 썼던 관으로 뒤에 두 개의 뿔을 날개처럼 달았음. 이 뿔이 매미의 날개 같다 하여 '익선관(翼蟬冠)'이라 하기도 함.

198 금안백마(金鞍白馬): 금으로 꾸민 안장을 얹은 백마.

199 휘동(麾動): 거느려 움직임.

200 요객(繞客): 혼인 때에 가족 중에서 신랑이나 신부를 데리고 가는 사람.

201 생소고악(笙簫鼓樂): 생황, 퉁소, 북 등으로 연주하는 음악.

202 훤천(喧天): 소리가 몹시 커서 하늘까지 울려 퍼지는 것.

203 양랑(養娘): (혼인한) 계집종. 유모(乳母).

204 주리(珠履): 구슬로 꾸민 신발.

아환(粉面娥鬟)이 나 맞으니 난향보촉(蘭香寶燭)[205]으로 신랑을 영접할새, 한림학사 희천이 광의(廣衣) 대대(大帶)[206]로 신랑을 팔 밀어 나아가 천지(天地)께 예배(禮拜)하기를 맞고[207] 예지(睿旨)를 전하매 물러(38)나 신부의 상교(上轎)를 기다릴새 하·윤 양 부인과 사마부인이 염내(念內)로조차 세자의 옥면영풍(玉面英風)과 잠미봉안(蠶眉鳳眼)[208]이 진짓 소저의 상적(相敵)한[209] 배우(配偶)라 기쁘며 두굿김[210]을 이기지 못하고 소·위 등 제부인과 모든 친척이 훌훌 경찬(慶讚)하여 사마부인께 치하(致賀)가 분분하더라.

이윽고 신부가 칠보응장(七寶雄粧)으로 금교(金轎)에 오를새 존당부모께 하직하니 모부인이 나맞[211]을 채우며 귀밑을 쓸어 사덕(四德)[212]을 경계하니 소저가 수명배사(受命拜謝)하고 금교에 오르매 세자가 금쇄(金鎖)[213]로 봉교(奉教)하여 위의(威儀)를 두루혀니 옥화 군주가 또한 존명을 받자와 소고(小姑)[214]의 후거(後車)를 좇을새 일로(一路)에 휘황한 위의(威儀) 일색(日色)이 무광(無光)하더라. 저근덧 (39)궁에 다다르매 양 신인(新人)을 인도하여 청중에서 교배(交拜)를 파하고 자하상(紫霞觴)[215]을 분(分)하매 조율(棗栗)을 받들어 구고(舅姑)께 헌할새 군주는 먼저 좌에 이르렀더라. 만목(萬目)이 일시에 신부를 관상(觀相)하니 어찌 이름 아래 헛됨이 있으리오. 덕문계출(德門繼出)로 생어명가(生於名家)하고 장어예학(長於禮學)하니 천고(千古)의 희한한 숙녀요 금세(今世)의 드문 현완(賢婉)이라. 광염(光艶)이 아아(娥娥)하고[216]

---

205 난향보촉(蘭香寶燭): 난초 향이 나는 좋은 초 혹은 그런 촛불.

206 대대(大帶): 남자의 심의(深衣)나 여자의 원삼·활옷에 띠는 넓은 띠.

207 맞다: '마치다'의 준말. 원문에는 '맛고'로 되어 있음.

208 잠미봉안(蠶眉鳳眼): 잠미(蠶眉)는 누에가 누워 있는 모양 같은 눈썹으로, 잘 생긴 남자의 눈썹을 표현할 때 주로 사용되는 표현임. 봉안(鳳眼)은 봉의 눈같이 가늘고 길며 눈초리가 위로 째지고 붉은 기운이 있는 눈을 말함.

209 상적(相敵)하다: 양편의 실력이나 처지가 서로 걸맞거나 비슷하다.

210 두굿기다: 흐뭇하게 여기다.

211 나맞: ᄂᆞᆺ. ᄂᆞᆾ. 주머니.

212 사덕(四德): 여자로서 갖추어야 할 네 가지 덕. 마음씨[婦德], 말씨[婦言], 맵시[婦容], 솜씨[婦功]를 이른다.

213 금쇄(金鎖): 순금 자물쇠.

214 소고(小姑): 시누이.

215 자하상(紫霞觴): 자줏빛 안개 같은 빛깔의 술잔 또는 자하주(紫霞酒)를 담는 술잔.

216 아아(娥娥)하다: 아름답다.

묘질(妙質)[217]이 작작(皭皭)하여[218] 멀리 바라매 정신이 황홀하고 가까이 보매 이목(耳目)이 현란하여 명월(明月)이 계수(桂樹)에 배회(徘徊)하고 태양이 조하(朝霞)[219]에 오르는 듯 능히 비우(比偶)할 데 없더라.

이에 구고께 물러 팔배(八拜)할새 동용예모(動容禮貌)[220]가 진선합도(盡善合道)하여 채(40)봉양익(彩鳳兩翼)과 유지세요(柳枝細腰)[221]는 흐르는 깁[222]을 묶었는 듯 난봉구옥차(鸞鳳球玉釵)[223]는 무빈(霧鬢)[224]을 진정하였으니 천염미색(千艶美色)이 득기진(得其眞)하고 중기선(中其善)하여 진무쌍이절세상(眞無雙而絶世上)이니, 비우(比偶)컨대 이마는 반월(半月) 같고 양협(兩頰)[225]은 도화(桃花) 같고 눈썹은 원산(遠山) 같으며 앵순호치(櫻脣皓齒)는 단사(丹沙)[226]에 백옥(白玉)을 머물렀는 듯 육척향신(六尺香身)이 진선합도(盡善合道)[227]하니 무거운 장렴(粧奩)[228] 가운데 진퇴예절(進退禮節)이 나작한지라.[229] 구고(舅姑)의 희출망외(喜出望外)[230]함은 이르지 말고 일가족당(一家族黨)이 흠선칭하(欽羨稱賀)[231]함을 결을치[232] 못하니 존구(尊舅)의 만심환열(滿心歡悅)함이 비길 데 없더라. 종일 진환(盡歡)[233]에 일모서령(日暮西嶺)하니 신부를 숙소로 보내고 제객(諸客)이 각귀기가(各歸其家)하니라.

유모(乳母) (41)추상이 소저를 뫼셔 왕궁에 이르러 후상(厚賞)을 많이 타고 제객의 소저 기림을 대락(大樂)하여 제녀를 지휘하여 소저를 뫼셔 침소에 돌아오매 군주가 따라와 긴

---

217 묘질(妙質): 아름다운 자태.
218 작작(皭皭)하다: 깨끗하고 산뜻하다.
219 조하(朝霞): 아침 하늘이 햇살로 벌겋게 보이는 현상. 아침노을.
220 동용예모(動容禮貌): 예절에 맞는 몸가짐과 차림새.
221 유지세요(柳枝細腰): 버드나무 가지처럼 가는 허리.
222 깁: 비단.
223 난봉구옥차(鸞鳳球玉釵): 난새와 봉황 무늬를 가진 옥비녀.
224 무빈(霧鬢): 아리따운 귀밑머리.
225 양협(兩頰): 두 뺨.
226 단사(丹沙): 수은으로 이루어진 황화 광물. 육방 정계에 속하며 진한 붉은색을 띠고 다이아몬드 광택이 남.
227 진선합도(盡善合道): 원문에는 '진선답도'로 되어 있으나 오기인 듯함.
228 장렴(粧奩): 몸을 치장하는 데 쓰는 갖가지 물건.
229 나작하다: 가지런하다.
230 희출망외(喜出望外): 뜻밖에 기쁜 일이 생김. 원문에는 '희츌망의'로 되어 있으나 오기인 듯함.
231 흠선칭하(欽羨稱賀): 공경하고 부러워하며 칭찬하고 축하함.
232 결을하다: 틈을 내다. 한가하다.
233 진환(盡歡): 기쁨을 다함. 잔치를 끝냄.

단장(丹粧)을 벗고 신부를 보호할새 소저가 구가에 이르나 유모의 충근(忠勤)함과 저저(姐姐)의 보호함으로 서로 담화하더니, 야심(夜深) 후 세자가 이르니 그림 첨하(檐下)[234]에 주렴(珠簾)이 영롱하고 아로새긴 난간에 명촉(明燭)이 휘황한데 홍장채의(紅粧彩衣)[235] 나열하여 신랑을 예영(禮迎)하는 절도(節度)로 좇아 날호여[236] 입실(入室)하매, 수호난창(繡戶蘭窓)[237]에 수막(繡幕)[238]이 중중(重重)하고 금벽사창(金壁紗窓)[239]에 한 떼 홍분(紅粉)[240]이 명월(明月)을 껴 맞으니 욱욱(郁郁)한[241] 향풍(香風)은 코를 거스리고 (42)장장(鏘鏘)한[242] 옥결(玉玦)[243]은 시청(視聽)이 상연(爽然)한지라.[244]

부부가 동서로 분좌(分坐)하고 신랑이 눈을 들어 살피건대 저저(姐姐)가 이에 있는지라, 희연(喜然)히 웃고 정슬위좌(正膝危坐)[245]하였으니 군주가 웃고 왈,

"신부가 신기(身氣) 곤뇌(困惱)하리니[246] 어서 편히 쉬게 하라."

세자가 소이대왈(笑而對曰),

"저저가 이에 이르러 현씨로 담소(談笑)하시다가 소제(小弟) 입실하매 저저가 피코자 하시니 현씨는 소고(小姑)라 사랑하시고 소제는 소대(疏待)[247]하심이로소이다."

군주가 낭소(朗笑) 왈,

"무슨 그러함이 있으리오. 내 앉았고 싶으되 신랑 신부가 다 곤뇌할 것이니 야심하매 가리로다."

설파에 일어 여동(女童)으로 촉을 잡혀 돌아가니 부부가 일어 보내고 다시 좌를 정하매 이 곧 천지의 (43)별이(別異)한 수기(秀氣)며 만고(萬古) 기염숙완(奇艷淑婉)이니 그 저저

234 첨하(檐下): 처마의 아래.
235 홍장채의(紅粧采衣): 붉게 화장하고 무늬 있는 옷을 입은 여자들을 말함.
236 날호여: '천천히'의 옛말.
237 수호난창(繡戶蘭窓): 수놓은 문과 아름다운 창.
238 수막(繡幕): 수를 놓은 장막.
239 금벽사창(金壁紗窓): 금빛으로 꾸민 벽과 비단으로 바른 창. 여자가 거처하는 아름답게 꾸민 방.
240 홍분(紅粉): 홍분은 연지와 분인데, 연지와 분으로 화장한 여인을 일컬음.
241 욱욱(郁郁)하다: 매우 향기롭다.
242 장장(鏘鏘)하다: 옥이나 쇠붙이 따위의 울리는 소리가 맑다.
243 옥결(玉玦): 옥으로 만들어 허리에 차는 고리.
244 상연(爽然)하다: 매우 시원하고 상쾌하다.
245 정슬위좌(正膝危坐): 몸을 바르게 하고 앉음.
246 곤뇌(困惱)하다: 고달프다.
247 소대(疏待): 푸대접.

에 지난[248] 색(色)이라. 내심에 희행(喜幸)하여 촉을 물리고 부부가 취침할새 은정(恩情)의 두터움이 여산약해(如山若海)[249]러라. 계명(鷄鳴)에 내외 일어 신성(晨省)하기를 맞고 궐하에 나아가 조현(朝見)하매 제후의 애지(愛之)하심이 친자녀로 다름이 없으시더라. 종일 시위하여 단란(團欒)[250]하고[251] 일모(日暮)하매 제후가 이름난 금옥주취(金玉珠翠)와 채단(綵緞)으로 현소저를 상사(賞賜)하시고 금은필백(金銀疋帛)으로 좌우를 상사하시니 제녀가 대희과람(大喜過濫)[252]하더라. 물러 본부로 돌아와 존당에 뵈오니 새록새록 귀애(貴愛)하더라.

명일(明日) 세자(世子)가 상부(上府)에 이르니 총재(冢宰)[253]는 조당(朝堂)[254]에 가고 한림(翰林)과 제공자(諸公子)가 맞아 (44)소왈(笑曰),

"이 신랑이 많이 완만(緩慢)하여[255] 견빙악지례(見聘岳之禮)[256] 늦으니 경만(輕慢)[257]치 아니랴?"

세자가 잠소(潛笑) 왈,

"감수기책(甘受其責)이나 작일(昨日)은 금중(禁中)[258]에 있어 때 늦음이라 어찌 경만(輕慢)하리오."

제공자(諸公子)가 악수연비(握手連臂)[259]하여 내헌(內軒)에 들어가니 하·윤·주·철·육 오부인(五婦人)이 정당(正堂)에 포진(鋪陳)[260]을 배설(排設)하고 여부(女婦)[261]를 거느려 세자(世子)를 볼새 세자가 차례로 배현(拜見)하고 좌정(坐定)하니 모든 부인이 세자를 보니 연기(年紀) 약관(弱冠)에 및지 못하나 언연(偃然)한[262] 대장부(大丈夫)의 체격이니 추파미안(秋波美

---

248 지나다: 어떤 한도나 정도가 벗어나거나 넘다.
249 여산약해(如山若海): 산과 바다와 같이 매우 크고 넓음.
250 단란(團欒): 여럿이 함께 즐겁고 화목함. 원문에는 '달난'으로 되어 있음.
251 하고: 원문에는 없으나 문맥에 맞추어 보충함.
252 대희과람(大喜過濫): 넘침을 크게 기뻐함.
253 총재(冢宰): 백관을 통솔하는 최고 관직.
254 조당(朝堂): 조정(朝廷).
255 완만(緩慢)하다: 움직임이 느릿느릿하다.
256 견빙악지례(見聘岳之禮): 혼인 때 사위가 장인, 장모를 뵙는 예.
257 경만(輕慢): 교만한 마음에서 남을 하찮게 여김.
258 금중(禁中): 궁중.
259 악수연비(握手連臂): 손을 잡고 팔을 나란히 함.
260 포진(鋪陳): 바닥에 깔아 놓는 방석, 요, 돗자리 따위를 통틀어 이르는 말.
261 여부(女婦): 딸과 며느리.
262 언연(偃然)하다: 언건(偃蹇)하다. 의젓하다. 떳떳하다.

顔)[263]이요 팔채진신(八彩搢紳)[264]이니 재세반악(在世潘岳)[265]이요 천고기남(千古奇男)이라 얼굴은 관옥(冠玉) 같고 정신은 추수(秋水) 같으니 복기완전(福氣完全)하며 덕기성인(德氣成仁)[266]하니 가히 남면(南面) 일부(一富)(45)의 천승지위(千乘之位)를 안향(安享)[267]할 것이요 다복과람(多福過濫)할 상격(相格)이라.

좌우(左右)가 불승경찬(不勝慶讚)[268]하여 소저의 복(福)을 칭찬하고 제부인(諸夫人)이 불승애경(不勝愛敬)하여 청아(靑蛾)[269]를 드리워 관대(款待)[270]할새 성찬(盛饌)을 권하며 하부인과 사마부인(司馬婦人)은 소저의 평상(平常)을 부탁하여 말씀이 간절하고 윤부인은 먼저 친척(親戚)의 후의(厚誼)를 일컫고 버거[271] 소저의 평생을 부탁하매 의문(懿文)[272]이 간략(簡略)하되 말씀이 간측(懇惻)[273]하니 세자가 공경문파(恭敬聞罷)에 면면(面面) 사사(謝辭)하고 봉안(鳳眼)을 들어 제부인을 살피니 윤부인은 모후(母后)의 친숙으로 상면(相面)이 잦으시되 하태부인의 완중(完重)한 체모(體貌)와 유한(幽閑)한 덕성(德性)이 왕비(王妃)에 가(可)하고 (46)상국(相國)의 자모(慈母)를 묻지 아냐 알 바요, 악모(岳母) 사마부인(司馬婦人)의 옥모염태(玉貌艶態)[274]와 빙자광염(氷姿光艶)[275]이 소년 홍옥(紅玉)[276]을 묘시(藐視)[277]하니 자기 부인의 전(專)탁[278] 자모(慈母)함을 암희(暗喜)하고 기여(其餘) 제부인을 보니 개개(個個)이 화월

---

263 추파미안(秋波美顔): 미인의 맑고 아름다운 눈길과 아름다운 얼굴.

264 팔채진신(八彩搢紳): 팔채는 순임금의 눈썹이 여덟 가지 무늬가 있었다는 데서 기원하여 훌륭하고 범상하지 않은 사람의 눈썹을 표현할 때 사용되며, 진신(搢紳)은 벼슬아치를 통틀어 이르거나 지위가 높고 행동이 점잖은 사람을 말함. 원문에는 '팔치진산'으로 되어 있음.

265 재세반악(在世潘岳): 당세의 반악. 반악(潘岳)은 중국 서진(西晉)의 문인으로 하남성(河南省) 영양(滎陽) 출생. 어릴 때부터 신동이라 불렸고, 또 미남이었다고 함.

266 덕기성인(德氣成仁): 어질고 넉넉한 마음씨나 낯빛이 인을 이룸.

267 안향(安享): 하늘이 준 복을 편안하게 누림.

268 불승경찬(不勝慶讚): 경찬함을 이기지 못함. 경축하고 찬양함.

269 청아(靑蛾): 누에나비의 푸른 촉수와 같이 푸르고 아름다운 눈썹.

270 관대(款待): 친절히 대하거나 정성껏 대접함. 또는 그런 대접.

271 버거: '둘째', '다음'의 옛말.

272 의문(懿文): 아름다운 말이나 문장.

273 간측(懇惻): 간절하고 지성스러움.

274 옥모염태(玉貌艶態): 아름다운 얼굴과 태도.

275 빙자광염(氷姿光艶): 얼음처럼 맑은 자태와 아름다운 모습.

276 홍옥(紅玉): 붉은 옥. 붉은 옥은 젊은 미인의 피부를 비유하며 젊은 나이를 말함.

277 묘시(藐視): 업신여기어 깔봄.

278 전(專)탁: 전적으로 닮음.

(花月)이 수태(羞態)할 색광(色光)이요 침어낙안지용(沈魚落雁之容)[279]이니 금세(今世)의 요조가인(窈窕佳人)이요 일대서물(一代瑞物)이라 심하(心下)에 암암(暗暗) 칭찬함을 마지아니하더라.

이윽고 하직(下直)하니 모든 부인이 결연함을 일컫고 자로[280] 오기를 이르더라. 세자가 돌아간 후 왕궁에서 궁환(宮鬟)을 보내어 아공자(兒公子)를 데려가고 귀애(貴愛)하는 자미[281] 측량(測量)치 못하여 왕부(王府)와 상부(上府)의 화기(和氣) 가득하더라. 현소저가 인류왕부(因留王府)[282]하여 효당갈력(孝當竭力)[283]하고 (47)승사세자(承事世子)[284]하매 화우상하(和友上下)하니 예성(譽聲)이 자자(藉藉)하더라.

차설(且說). 오공의 손아(孫兒) 희옥은 예부(禮部)의 장자(長子)라. 연급십삼(年及十三)에 인현명달(仁賢明達)[285]함과 용화기질(容華氣質)[286]이 탈속(脫俗)하여 세대(世代)에 초출(超出)하니 존당부모(尊堂父母)가 과애(過愛)하여 너비[287] 구혼(求婚)하더니, 좌상국 범휴는 일대(一代) 현인군자(賢人君子)라 그 딸로 구혼하니 현공이 쾌허(快許)하고 택일성례(擇日成禮)할새, 현공자 희옥이 길복(吉服)을 정제하고 금안백마(金鞍白馬)의 위의(威儀)를 휘동(麾動)하여 범소저를 친영(親迎)하여 돌아오니 범소저의 색용덕질(色容德質)이 일세 숙녀가인(淑女佳人)이라 존당상하(尊堂上下)가 깃거하고 공자가 만심환희(滿心歡喜)하여 종고지락(鐘鼓之樂)[288]이 흡연(洽然)하더라.[289]

---

279 침어낙안지용(沈魚落雁之容): 미인을 보고 물 위에서 놀던 물고기가 부끄러워서 물속 깊이 숨고 하늘 높이 날던 기러기가 부끄러워서 땅으로 떨어졌다는 말로 아름다운 여인의 용모를 뜻함. 『장자(莊子)』.

280 자로: 자주.

281 자미: 재미.

282 인류왕부(因留王府): 왕부에 머무름.

283 효당갈력(孝當竭力): 효도에 있는 힘을 다함.

284 승사세자(承事世子): 세자를 받들어 섬김.

285 인현명달(仁賢明達): 마음이 어질고 똑똑하며 지혜롭고 사리에 밝음. 원문에는 '인형명달'로 되어 있으나 서강대본을 참고하여 고침.

286 용화기질(容華氣質): 아름다운 용모와 기질.

287 너비: '널리'의 옛말.

288 종고지락(鐘鼓之樂): '요조숙녀종고낙지(窈窕淑女鐘鼓樂之)' 부부간의 금슬이 좋아 함께 즐김. 『시경(詩經)』「주남(周南)」〈관저(關雎)〉.

289 흡연(洽然)하다: 매우 흡족한 듯하다.

범부에서 현공자가 도문(到門)[290] 초례(醮禮)[291] 시(時)에 (48)일여자(一女子)가 내당(內堂)에서 규시(窺視)하고 신랑(新郎)의 용화기질(容華氣質)이 현황(眩慌)[292]함을 한번 첨망(覘望)[293]하고 일심(一心)에 황홀난측(恍惚難測)하여 가만히 생각하되, '내 평생에 아름다운 배필(配匹)을 만나 일생을 헛되게 아니려 하더니 오늘날 저 현생의 풍모기질(風貌氣質)을 보매 소망(所望)에 족의(足矣)라. 비록 저의 비첩(婢妾)에 충수(充數)하나 다른 데는 유의(留意)치 아니리라.' 하고 유모(乳母) 형란으로 더불어 침소(寢所)에 돌아와 심중(心中) 소회(所懷)를 이르고 읍읍탄돌(悒悒嘆咄)[294]하니, 이 여자는 본디 범상국의 표제(表弟) 이시랑의 일녀(一女)니 조실부모(早失父母)하고 사고무친(四顧無親)하매 범공이 자닝히[295] 여겨 가중(家中)에 데려다 휵양(慉養)[296]하여 연급십오(年及十五)라. 가장 순후(淳厚)(49)하되 예도범절(禮度凡節)[297]이 소여(疎如)하여[298] 투미하기[299]에 가까운지라. 범공 부부가 다만 그 고혈(孤孑)함[300]을 측은히 여겨 후휼(厚恤)하더니 자기 여아를 성취(成娶)하매 이 아해를 또한 성인(成姻)코자 하여 동린(洞鄰)에 있는 우가(家)의 집과 정혼(定婚)하고 날을 기다리던 바라.

이날 이씨 영교가 형란다려 왈,

"내 이제 타문(他門)에는 가지 못하리니 다만 죽을 따름이라."

하고 읍읍비도(悒悒悲悼)[301]함을 마지아니하더니 일이일(一二日) 지나도록 영교가 침금(寢衾)을 나와 잠연(潛然)히[302] 누워 일지 아니하고 다만 돌탄(咄嘆)[303]할 뿐이니 형란이 만단(萬端) 위로하다가 잠들었더니 이튿날 깨어보니 홀연 이씨 간 데 없는지라. 두루 찾으매 마

---

290 도문(到門): 문 앞에 다다름.

291 초례(醮禮): 전통적으로 치르는 혼례식. 원문에는 '초려'로 되어 있으나 서강대본을 참고하여 고침.

292 현황(眩慌): 빛이 밝음.

293 첨망(覘望): 살피면서 바라봄.

294 읍읍탄돌(悒悒嘆咄): 마음이 매우 불쾌하고 답답하여 편하지 않아 혀를 차며 탄식함.

295 자닝히: 애처롭고 불쌍하여 차마 보기 어렵게.

296 휵양(慉養): 양휵(養慉). 양육(養育). 돌보아 기름. 원문에는 '휵향'으로 되어 있으나 서강대본을 참고하여 고침.

297 예도범절(禮度凡節): 일상생활에서 갖추어야 할 모든 예의와 절차.

298 소여(疎如)하다: 부족하다. 성글다.

299 투미하다: 어리석고 둔하다.

300 고혈(孤孑)하다: 가족이나 친척이 없어서 외롭다.

301 읍읍비도(悒悒悲悼): 마음이 매우 불쾌하고 답답하여 편하지 아니하고 몹시 슬퍼하고 애석하게 여김.

302 잠연(潛然)히: 잠잠히.

303 돌탄(咄嘆): 혀를 차며 탄식함.

침내 형(50)적(形迹)이 없으니 형란이 크게 놀람을 마지아냐 정당(正堂)에 들어가 소유(所由)를 다 고하고 왈,

"만일 현가(玄家)에 돌아가지 못하면 다만 죽음을 이르더니 야간(夜間)에 종적(蹤迹)이 없사오니 차악(嗟愕)함을 이기지 못하리로소이다."

범공[304] 부부가 청파(聽罷)에 대경(大驚) 왈,

"경도(輕倒)[305]한 여자가 사체(事體)[306]를 모르고 사생(死生)으로써 저히나[307] 사생이 명(命)이니 어찌 임의(任意)로 하며 혈혈단신(孑孑單身)이 규리금련(閨裏金蓮)[308]이라 졸연(猝然)히 어데로 향하여 가리오. 마땅히 가중(家中)의 유벽(幽僻) 심당(深堂)을 다 뒤여[309] 찾아보아 어느 곳에 자항(刺項)[310]하는 거조(擧措)가 있는가 살피고 인리(隣里) 외간(外間)에 비록 있을지라도 사생을 안 후 현상국과 의논하리니 빨리 찾으라."

형란이 (51)체읍수명(涕泣受命)하다.

범공이 또한 노복(奴僕)을 흩어 이씨의 종적을 사처(四處)로 두루 찾고 일변(一邊)으로 우가(家)에 퇴혼(退婚)하되 규수(閨秀)가 홀연 득병(得病)하여 사생(死生)에 가깝다 하니 우가에서 역경차악(亦驚嗟愕)[311]하여 회답(回答)하되,

"아직 길신(吉辰)[312]을 물리고 차경(差境)[313] 후 개택(改擇)하리라."

하니 범공이 탄식돌차(歎息咄嗟)[314]함을 마지아니하고 부인이 탄왈,

"속어(俗語)에 '나 기른 개 발 뒤축을 문다'[315] 하니 우리 아해를 위하여 곱도록 길러 여

---

304 범공: 원문에는 '범공이'로 되어 있음.

305 경도(輕倒): 가볍게 행동하는 것.

306 사체(事體): 일이 되어가는 형편이나 상황 또는 벌어진 일의 상태.

307 저히다: '위협하다', '두렵게 하다'의 옛말.

308 규리금련(閨裏金蓮): 규방 속의 아름다운 발. 규리는 규방 안을 말하며 금련은 금으로 만든 연꽃이라는 뜻으로, 미인의 예쁜 걸음걸이를 비유적으로 이르는 말. 중국 남조(南朝) 때 동혼후(東昏侯)가 금으로 만든 연꽃을 땅에 깔아 놓고 반비(潘妃)에게 그 위를 걷게 하였다는 고사에서 유래한다.

309 뒤이다: 뒤지다.

310 자항(刺項): 목을 찌름.

311 역경차악(亦驚嗟愕): 또한 놀라고 한탄스러워함.

312 길신(吉辰): 길일(吉日).

313 차경(差境): 병의 차도가 있는 형편.

314 탄식돌차(歎息咄嗟): 한탄하여 한숨을 쉬고 혀를 차며 애석하게 여김.

315 나 기른 개 발 뒤축을 문다: 은혜를 베풀어 준 사람에게서 도리어 해를 입게 됨을 이르는 말. 삼 년 먹여 기른 개가 주인 발등 문다.

아의 적국(敵國)[316]을 삼아 평생 심우(深憂)를 맺을 줄 알리오."

범씨 제생(諸生)이 역시 탄식하여 당초에 부질없이 거두어 가중에 오래 둠을 차탄(嗟歎)하나 다만 말이 없고 형란이 심리(心裏)에 영교를 위하여 (52)부끄리고 무안하며 또 사생을 몰라 초조함을 마지아니하나 가내(家內)에 깊이 숨음은 모르고 인리(隣里)로 헤다혀[317] 찾다가 종일하여 돌아와 식반(食飯)의 경(景)[318]이 없어 일기(一器) 청수(淸水)로 기갈(飢渴)을 위로하고 전전불매(輾轉不寐)하여 능히 자지 못하고 일찍 일어나 오고자 하더니 문득 정당(正堂) 차환(叉鬟) 애경이 이르되,

"형매(兄妹)야, 내 아까 내원(內院)에 들어가 정중(井中)의 물을 길어가지고 돌아올 제 보니 이 소저의 수혜(繡鞋)[319] 벗은 것이 후루(後樓) 청석(靑石) 밑에 버리었고 누각(樓閣)에 쌓은 세간이 흩어졌으니 이 소저가 혹자(或者) 후루에 숨었는가 의혹하노라."

형란이 청파에 반신반의(半信半疑)하여 총망(悤忙)[320]히 몸을 일어 후루에 가보니 과연 영교의 (53)신었던 수혜(繡鞋) 청하(廳下)에 버리었고 차례로 쌓은 기명(器皿)이 어즈럽거늘 란[321]이 의사가 황망(慌忙)하여 큰 장과 뒤주[322]와 궤를 다 열어볼새, 셋째 줄에 놓인 큰 궤를 열고 보니 과연 영교가 눈을 감고 호흡을 낮추어 엎대었는지라. 유모가 행여 자결함이 있는가 놀라 무릅떠 서며 대호(大呼) 왈,

"과연 예 있다."

하니 영교가 유모의 급한 소리에 역시 놀라 일어나[323] 앉으며 이르되,

"이 궤는 나의 몸을 감출 곳이라. 내 이 속에서 죽어 이 궤로 관곽(棺槨)을 삼아 세념(世念)을 끊고자 하나니 어미는 다사(多事)히 서돌지[324] 말라. 어미 나의 이곳에서 종용취사(就死)함을 아처하여[325] 상국과 부인에게 고하여 사생을 임의(任意)(54)치 못하게

---

316 적국(敵國): 남편의 다른 아내나 첩.

317 헤다히다: '헤대다'의 옛말. 공연히 바쁘게 왔다 갔다 하다.

318 경(景): 정신적·시간적인 여유나 형편. 경황(景況).

319 수혜(繡鞋): 꽃신.

320 총망(悤忙): 매우 급하고 바쁨.

321 란: 유모 형란.

322 뒤주: 원문에는 '두쥬'로 되어 있음.

323 일어나: 원문에는 '닒더나'로 되어 있음.

324 서돌다: 나대며 여기저기 다니다. 원문에는 '셔도지'로 되어 있음.

325 아처하다: '싫어하다', '미워하다'의 옛말.

할진대 내 당당히 노[326]에 끊으며 칼에 결하리라."

하거늘 유모가 발 구르며 울어 가로되,

"소저가 어찌 이렇듯 조급하시뇨. 노야와 부인은 우리 노주의 불세(不世)[327] 은인(恩人)이시라 사람을 구활하시매 어찌 나중이 없으리오. 여차여차(如此如此) 말씀하시니 소저는 죽을 뜻을 그치시고 나중을 보소서."

영교가 폐목요수(廢目搖首)[328] 왈,

"나는 무신불의(無信不義)한 배은망덕지인(背恩忘德之人)이라. 저저(姐姐)와 범형(兄) 등이 어찌 불인(不人)[329]의 사생을 고념(顧念)[330]함이 있을 것이라 이런 오원(迂遠)한 말을 하나뇨."

하고 청이불문(聽而不聞)하니 유모가 착급(着急)함을 이기지 못하여 울며 만단개유(萬端改諭)하더니 이러구러 가중(家中)이 분분하여 상국(55)과 부인이 듣고 어이없어 마지못하여 부인이 친히 후루에 들어가 영교를 개유(開諭)하여 위로하니 영교가 마지못하여 몸을 일어 궤 밖으로 나오매 부인이 친히 그 손을 이끌어 정당에 돌아오니 상국이 영교의 수용(瘦容)[331]이 참참(慘慘)하며[332] 아미(蛾眉)의 수색(愁色)이 척척(慼慼)함[333]을 보고 숙시양구(熟視良久)[334]에 가까이 앉음을 명하고 정색(正色) 책왈,

"초목금수(草木禽獸)도 자웅(雌雄)이 있고 만물이 다 짝이 삼겼나니[335] 네 비록 혈혈무의(孑孑無依)[336]하나 내 이미 너를 거두어 무양(撫養)함[337]을 기출(己出)같이 하나니 또 어찌 평생을 제도(提導)[338]치 아니리오. 규녀(閨女)의 몸이 되어 스스로 부서(夫壻)[339]를 가리는

---

326 노: 실, 삼, 종이 따위를 가늘게 비비거나 꼬아 만든 줄.

327 불세(不世): 불세출(不世出). 세상에 나지 않는 매우 뛰어난 사람.

328 폐목요수(廢目搖首): 눈을 감고 고개를 흔듦.

329 불인(不人): 사람답지 못함. 또는 그런 사람. 불자(不字).

330 고념(顧念): 남의 사정이나 일을 돌보아 줌.

331 수용(瘦容): 수척한 얼굴.

332 참참(慘慘)하다: 근심하는 기색이 있다.

333 척척(慼慼)하다: 근심하는 빛이 있다.

334 숙시양구(熟視良久): 눈여겨 오랫동안 자세하게 들여다봄.

335 삼기다: '생기다'의 옛말.

336 혈혈무의(孑孑無依): 홀몸으로 의지할 때 없이 외로움.

337 무양(撫養)하다: 어루만지듯이 잘 돌보아 기르다. 무육(撫育)하다.

338 제도(提導): 잡아 이끎.

339 부서(夫壻): 남편.

남사(濫事)[340]가 있으니 이 어찌 사문규아(士門閨兒)의 정정(貞靜)한 부(56)덕(婦德)이리오. 만일 나의 슬하 여질배(女姪輩) 같을진대 당당히 할자인정(割慈仁情)[341]하여 네 스스로 죽고자 아니하나 내 마땅히 죽음을 줄 것이로되, 행여 족의(族誼)[342] 소원(疏遠)하고 또한 나의 표문족친(表門族親)의 혈혈일기(孑孑一己)임을 가련하여 차마 죄를 이루지 못하고 내 비록 안면(顔面)이 두꺼우나 현승상 부자로 상의(相議)하여 영합여의(迎合汝意)하리니 자금(自今) 이후로는 회진기성(回盡其誠)[343]하여 군자지문(君子之門)에 득죄치 말고 평생을 안과(安過)[344]함을 바라노라."

영교가 천만행심(千萬幸心)하여 머리 조아 사례(謝禮) 왈,

"처음에 그릇 외간(外間)을 살펴 현생의 풍신재화(風神才華)를 본 줄을 뉘웃삽나니 어찌 다시 그름이 있사리잇고. 형장의 관인후덕(寬仁厚德)으로 현가(玄家)에 돌아(57)가 다만 성명(成命)[345]을 의지하고 원비(元妃)의 성덕(聖德)으로 의식(衣食)이 후(厚)함을 바라올 따름이라 어찌 감히 소천(所天)[346]의 은총을 바라며 원비를 예 알던 사람이라 하여 감히 업신여김이 있사리잇고."

상국 부부가 도로혀 웃고 은근히 달래어 후일(後日)을 경계(警戒)하니 영교가 순순수명(順順受命)하고 물러나니 형란이 기쁨을 이기지 못하여 침소(寢所)에 돌아와 상국 부부 대덕(大德)을 못내 일컫고 영교를 당부하여 현부에 입승(入承)하나 범소저에게 조금도 득죄(得罪)치 말라 하더라.

시시(是時)에 범공이 이씨의 행사(行事)를 십분(十分) 미온(未穩)하나 형세 하릴없는 바에 제 사생(死生)을 결하니 비록 자작지죄(自作之罪)나 사람(58)의 사(死)를 멸(滅)하는 마대[347]요, 백인(伯仁)이 유아이사(由我而死)니 천금교아의 전정(前程)이 마장(魔障)[348]이 될까 우려하매 이

340 남사(濫事): 거리낌 없이 함부로 행동하여 도에 넘는 일.
341 할자인정(割慈仁情): 자애로움과 인정을 끊음.
342 족의(族誼): 일가 사이에 서로 사이좋게 지냄.
343 회진기성(回盡其誠): 돌이켜 그 정성을 다함.
344 안과(安過): 편안하게 탈 없이 지나감. 또는 그렇게 지냄.
345 성명(成命): 이미 내려진 천명.
346 소천(所天): 아내가 남편을 이르는 말.
347 마대: 대목, 때.
348 마장(魔障): 귀신의 장난이라는 뜻으로, 일의 진행에 나타나는 뜻밖의 방해나 헤살을 이르는 말.

에 마지못하여 가(暇)[349]를 빌려 현상부에 나아가 현씨 제공을 보고 한훤예파(寒喧禮罷)[350]에 한담(閑談)이 이윽하매 범공이 문득 염슬위좌(斂膝危坐)[351]하고 낯빛을 고쳐 침음주저(沈吟躊躇)[352]하기를 오래 하니 아지 못게라. 차혼(此婚)이 성전(成全)한가 하문(下文) 분해(分解)하라.

철종황제(哲宗皇帝) 후궁(後宮) 김상궁(金尙宮) 철영 글씨.

---

349 가(暇): 틈. 겨를.

350 한훤예파(寒喧禮罷): 계절 인사를 마침. 한훤(寒喧)은 한훤문(寒喧問)의 약자로 인사말. 날씨의 춥고 더움을 묻는 문안을 의미함.

351 염슬위좌(斂膝危坐): 책상다리를 하고 단정히 앉음.

352 침음주저(沈吟躊躇): 속으로 깊이 생각하여 머뭇거리며 망설임.

권지십일

(1)차설. 현승상이 범공의 기색을 보고 가장 의아함을 마지아냐 이에 물어 가로되,

"인형(仁兄)이 무슨 사고가 있어 기색이 자못 불안하시뇨?"

범공이 날호여 답왈,

"합하(閤下)의 밝은 안광(眼光)이 능히 만생(晩生)[1]의 심폐(心肺)[2]를 사못차시니[3] 실로 그 신명함을 항복하나이다. 연이나 만생이 오공 대인과 열위(列位) 제형의 관인후덕(寬仁厚德)을 우러러 간절한 소회(所懷)를 고(告)코자 하나니, 아지 못게라. 발언하매 능히 안면(顔面)에 무류치[4] 아니랴?"

제공(諸公)이 괴이히 여겨 일시에 이르되,

"합하는 거세명상(擧世名相)[5]이라 말씀이 입에 나매 가(可)치 아닌 바가 없으리니 밝히 이르소서."

---

1 만생(晩生): 자기를 낮추어 하는 말.

2 심폐(心肺): 심장과 폐. 여기서는 '마음속'의 뜻으로 쓰임.

3 사못차다: 사무치다. 통하다.

4 무류하다: 부끄럽고 열없다. 무료(無聊)하다.

5 거세명상(擧世名相): 세상에 널리 알려진 명재상.

범공이 불감사사(不敢謝辭)[6]하고 왈,

"만생이 본디 명박(命薄)하여 (2)조실북당(早失北堂)[7]하고 종선형제(終鮮兄弟)[8]하며 내무강근지친(內無强近之親)[9]하여 자최 영정(零丁)[10]하거늘 요행 입신양명(立身揚名)하여 일신에 부귀 극(極)하고 슬하(膝下)가 가작하나 일야(日夜)에 청영(淸影)의 그림자가 고고(孤孤)함을 슬퍼하더니 여차여차하여 표문숙친(表門熟親)[11]의 무의(無依)한 여자를 거두어 휵양(慉養)하니 그 여자가 재용(才容)이 수미(秀美)하고 기질이 총명한지라. 하나는 표문지친(表門至親)임을 가애(嘉愛)하고 이자(二者)는 고혈무탁(孤孑無託)함을 긍념(矜念)[12]하여 아름다이 성인(成姻)코자 하더니 어린[13] 여자가 사리를 불통하고 사의(私意) 여차여차하여 아서(我壻)의 풍신재모(風神才貌)를 흠모하여 거조(擧措)가 여차여차하니 다뭇[14] 생(生)과 폐처(弊妻)가 만단개유(萬端改諭)[15]하나 능히 하릴없는지라. 차아(此兒)가 비록 규행(閨行)이 미흡하나 재용(才容)인즉 아름답고 기질인즉 사오납지 아니하니 깊이 (3)화근은 되지 아니리니 원컨대 오공 대인(大人)과 예부 인형(仁兄)은 관인대덕을 드리워 이아(李兒)의 방자무행함을 깊이 허물치 말고 문하(門下)에 거두어 희옥[16]의 빈위(嬪位)를 허(許)하실까 그윽이 바라나이다."

오공이 미급답(未及答)에 예부가 불열(不悅)하여 먼저 가로되,

"돈아(豚兒)는 백면서생이라 일처(一妻)로 집을 지키옴이 마땅하니 어찌 포의서생(布衣書生)의 동치지년(童穉之年)[17]에 재실(再室)을 갖추어 가중 제아(諸兒)를 경계치 아니하며 또 무행(無行)한 여자가 가중에 들어와 저희 부부 금슬에 마장(魔障)을 이루며 가란(家亂)을 빚어내리오. 불초한 여자는 사생(死生)이 불관(不關)하니 아등(我等)이 고자(顧藉)

---

6 불감사사(不敢謝辭): 감히 사양하는 말을 못함.

7 조실북당(早失北堂): 일찍 어머니를 잃음.

8 종선형제(終鮮兄弟): 마침내 형제가 드묾. 이밀(李密)의 〈진정표(陳情表)〉.

9 내무강근지친(內無强近之親): 안으로 도움을 줄 만한 가까운 친척이 없음.

10 영정(零丁): 세력이나 살림이 보잘것없어 의지할 곳이 없음.

11 표문숙친(表門熟親): 외가의 친분이 가까운 친척.

12 긍념(矜念): 불쌍하게 생각함.

13 어리다: 어리석다.

14 다뭇: '더불어', '함께'의 옛말.

15 만단개유(萬端改諭): 온갖 방법으로 깨우쳐 줌.

16 희옥: 원문에는 '희등'으로 되어 있으나 문맥에 맞추어 고침.

17 동치지년(童穉之年): 어린 나이.

할 바가 아니니라, 다시 의논치 마소서."

범공이 탄식 대왈,

"형은 이리 이르지 말라. 내 어찌 자식의 적국(敵國) 얻어주기를 달게 여기(4)리오마는 차아(此兒)의 고집이 여차여차하여 영랑을 위한 일편단심이 고인의 망부석(望夫石) 되기를 효측(效則)고자 하나 제(弟)와 폐처(弊妻)가 능히 개유(開諭)치 못하고, 우가에 정혼(定婚)코자 한즉 차녀가 작용이 여차여차하여 파혼(破婚)하였으니 형세 진실로 난처한지라. 원컨대 형은 버리지 말고 허(許)하라."

예부가 범공의 이렇듯 간절히 구혼함을 차마 박(薄)히 못하여 유유침음(唯唯沈吟)이라. 오공이 흔연(欣然)히[18] 일러 왈,

"사세 여차하니 현마 어찌리오. 요행 이씨 간악지 아니한즉 만행(萬幸)이요 불연즉(不然則) 한갓 가내에 요란할 뿐 아니라 영녀(令女)[19]의 평생이 불안할까 하노라."

범공이 연망(連忙)히[20] 사사(謝辭) 왈,

"노선생이 이렇듯 이르지 아니시나 학생이 또 헤아림이 없으리잇고. 이씨 존문에 들어(5)와 만일 불미(不美)하거든 당당히 눈을 감아 지감(知鑑) 없음을 사례하리이다."

오공이 잠소(潛笑)하고 쾌허하며 승상 등이 예부를 역권(力勸)하니 예부가 심사가 불안하나 마지못하여 맥맥히[21] 허하여 왈,

"이가(李家) 여자가 이미 규행이 파천(破天)함이 선남(選男)하기에 있으니 어찌 요음(妖淫)치 아니키를 믿으리오?"

좌상의 장시중이 소왈,

"천하의 어느 어린 남자가 다만 일처(一妻)를 지키리오? 너는 다만 소질부(蘇姪婦)만 위한 정남(貞男)이라 오직 소씨 있는 줄만 알고 구태여 자식까지 네 버릇을 배우란 말가?"

예부가 미소부답(微笑不答)한대 범공이 다시 해유(解諭) 왈,

"명공은 실로 호의(狐擬)[22]치 말라. 이씨 결단코 존문을 분란(紛亂)치 아니리라."

진공이 웃고 가로되,

---

18 흔연(欣然)히: 흔쾌하게. 기쁘게.

19 영녀(令女): 상대방을 높이어 그 딸을 이르는 말.

20 연망(連忙)히: 급히. 조급하게.

21 맥맥히: 생각이 잘 돌지 않아 답답하게. 기운이 막혀 갑갑하게.

22 호의(狐擬): 여우가 의심이 많다는 뜻으로, 매사에 의심이 많은 것을 이름.

"만사가 다 천수(天數)에 정한 바니 이씨 만일 양선(良善)(6)한즉 명공의 여서(女壻)가 평안할 것이요 만일 사오나온즉 영녀(令女)의 계활(契活)[23]이 괴로우리니 선생이 스스로 선처(善處)하라."

좌우가 개소(皆笑)하고 범공이 배사(拜謝) 왈,

"진공 합하(閤下)의 명론(明論)이 기연(其然)[24]하시이다."

하더라. 범공이 하직고 본부에 돌아가 택일하여 보(報)하니 길기 수월이 가렸더라.[25]

현부 내외 깃거 아니나 마지못하여 혼수를 차리고, 소부인은 아부(兒婦)를 위하여 애련(哀憐)하며 이씨 행사가 음패(淫悖)하니 소실(小室)이 또 어떠한고 깊이 우려하며, 희옥 공자가 이씨의 혼사가 정함을 대경분연(大驚憤然)하여 혜오되, '범공은 가히 다사(多事)한[26] 남자라. 어데 가 괴이한 찰녀(刹女)를 얻어 길러 기녀(己女)[27]의 적국(敵國)을 삼고 나의 심우(心憂)를 끼치는고?' 하여 불승통한(不勝痛恨)하되 왕부의 고집과 야야(爺爺)의 추(7)탁(推託)[28]으로도 능히 물리치지 못하였으니 이제 사양하나 어찌 미치리오? 울울번뇌(鬱鬱煩惱)함을 이기지 못하여 차야(此夜)에 범소저를 대하여 정색 왈,

"자고로 남자가 호방하여도 경박탕자(輕薄蕩子)라 하나니 하물며 여자따녀.[29] 생이 자소(自少)로 질악(疾惡)을 여수(如讐)하거늘[30] 이씨는 하등 우물(尤物)이완대 남자의 외모를 흠모하여 비례(非禮)로 좇고자 하니 가히 규녀의 행실이 있다 하랴. 생이 실로 악장(岳丈)의 다사(多事)하심을 괴이히 여기노라."

소저가 염용(斂容)[31] 대왈,

"부모가 구태여 이씨의 행사를 옳이 여기심이 아니로되, 제 정심(貞心)이 철석 같아여 이제 죽기로써 결단한다 하매 가친이 마지못하여 존당에 면청구혼(面請求婚)[32]하신 바라. 세도인심이 어찌 자식의 적국(敵國)을 (8)좋아하리잇가? 실로 괴로움이 첩에게 있

---

23 계활(契活): 결활(契闊). 삶을 위하여 애쓰고 고생함.

24 기연(其然): 그러함.

25 가리다: 떨어져 있다. 남아 있다.

26 다사(多事)하다: 쓸데없는 일에 간섭하길 좋아하다.

27 기녀(己女): 자기 딸.

28 추탁(推託): 다른 일을 핑계로 거절함.

29 여자따녀: 여자임에랴.

30 질악(疾惡)을 여수(如讐)하다: 악 미워하기를 원수같이 하다.

31 염용(斂容): 몸가짐을 조심하고 얼굴을 단정하게 함.

32 면청구혼(面請求婚): (예를 갖추지 않고) 얼굴을 맞댄 자리에서 혼인을 청함.

고 군자께 없으리니 너무 번뇌치 마소서. 첩은 들으니 초부(樵夫)도 일처일첩(一妻一妾)은 있다 하나니 군자가 덕문여예(德門餘裔)로 문장이 출세(出世)하시니 불구에 용인(龍人)[33]을 받들어 옥당금마(玉堂金馬)[34]의 주인이 되리니 실중에 양처(兩妻)를 어찌 거느리지 못하시리잇고."

언파(言罷)에 안색이 자약(自若)[35]하고 언사가 화평하니 공자가 어이없어 수미(秀眉)[36]를 두루혀[37] 소왈,

"생은 그대를 위하여 강적이 이르러 평생을 어즈러일까 염려하더니 그대 이렇듯 타연(妥然)[38]하여 옥모낭군(玉貌郞君)으로써 타인에게 보냄을 근심치 아니하니 진짓 토목심장(土木心臟)이로다."

소저가 오직 유유무어(唯唯無語)[39]러라. 차시 우가에서 이씨 규행이 천루(賤陋)하여 스스로 퇴혼하고 현자(玄子)의 빈실(嬪室)(9)로 정함을 알고 무상히 여기고 파혼함을 깃거 다른 곳에 구혼하여 미부(美婦)를 얻으니라.

이때는 중추가절(仲秋佳節)이라. 나라에서 설장(設場)하여 사방 현사(賢士)를 구할새, 제왕의 장자 희성 공자가 십오 세에 미쳤으니 외모풍광(外貌風光)이 절인(絶人)[40]함은 천고후(千古後) 만대(萬代)에 역상(逆上)하나 무쌍한 기자옥인(奇者玉人)이요, 문장재화(文章才華)는 사마천(司馬遷), 왕희지(王羲之)라도 불급(不及)할 것이요, 성학대도(聖學大道)는 공안(孔顔)[41]의 후석(後席)을 이었으니 부자(夫子)는 오히려 철환천하(轍環天下)[42]하사 진채곤욕(陳蔡困辱)[43]하시니 복이 박(薄)다 할 것이요 안자(顔子)는 안빈낙도(安貧樂道)에 불염조강(不厭糟

---

33 용인(龍人): 임금 또는 황제.

34 옥당금마(玉堂金馬): '옥당'은 한림원을 이르는 말. '금마'는 중국 한나라 때 미앙궁(未央宮)의 문 중 한림원으로 통하는 문으로 역시 한림원을 가리킴.

35 자약(自若): 태연함.

36 수미(秀眉): 아름다운 눈썹.

37 두루혀: 돌이켜.

38 타연(妥然): 태연(泰然).

39 유유무어(唯唯無語): 공손한 태도로 말이 없음.

40 절인(絶人): 남보다 아주 뛰어남.

41 공안(孔顔): 공자(孔子)와 안자(顔子).

42 철환천하(轍環天下): 수레를 타고 교화를 위해 천하를 두루 돌아다님.

43 진채곤욕(陳蔡困辱): 공자가 천하를 떠돌아다닐 때 진나라와 채나라에서 7일간이나 양식이 떨어져 곤욕을 당한 일.

糠)[44]하시되 수(壽)를 향(享)치 못하시니 어찌 현공자 희성의 생어용종지엽(生於龍種枝葉)[45]으로 장어호치교애(長於豪侈嬌愛)[46]하여 만복무흠화길지격(萬福無欠和吉之格)을 바라리오. 이미 십 세 전부터 문장이 (10)일어 만복금수(滿腹錦繡)[47]가 되었으니 연보 칠팔 세에 모비(母妃) 월성 공주가 데리고 입궐하여 제후께 뵈오매 제후가 그 출류(出類)한 재학을 대찬(大讚)하사 십 세부터 과거 뵈기를 이르시되 진공과 제왕이 조달(早達)함을 깃거 아냐 일찍 과장에 들임이 없더니 차년에 비로소 참방(參榜)[48]할새 희옥이 또한 참방하니, 희성의 강하대재(江河大才)[49]로 어찌 천하 다사(多士)의 하풍(下風)이 되리오. 의의(猗猗)히[50] 장원(壯元)이 되니 위로 천자와 아래로 문무제신(文武諸臣)이 문장재화(文章才華)를 아니 애경(愛敬)할 이 없더라. 둘째는 희옥이니 상이 문무 신래(新來)[51]를 차례로 불러 어화청삼(御花靑衫)을 주시며 상방(尙房) 어온(御醞)[52]을 반사(頒賜)하실새 장원(壯元)을 전(殿)에 올리사 친히 사화(賜花)를 머리에 꽂으시고 용수(龍手)로써 장원의 옥수(玉手)를 무마(撫摩)[53]하사 (11)용안(龍顔)에 희기(喜氣) 춘풍 같으사 문무제신을 돌아보사 왈,

"현희성은 외조와 달라 공주의 소생이요 짐(朕)의 외손이라. 위인이 예사로와도 사정(私情)에 사랑하옴이 범연(凡然)치 아니려든 하물며 작인(作人)[54]의 비상함이랴. 경 등은 짐의 구구(區區)함을 괴이히 여기지 말라."

만조백관이 연성배무(連聲拜舞)[55]하고 만세를 불러 득인(得人)하심을 하례하고 첨녕(諂佞)[56]하는 자는 더욱 추주(趨走)[57]하여 성심(聖心)을 아당(阿黨)[58]하더라. 상이 별례(別禮)로 위

---

44 불염조강(不厭糟糠): 지게미와 쌀겨처럼 안 좋은 음식을 싫어하지 않음.
45 생어용종지엽(生於龍種枝葉): 어진 군왕의 후손으로 태어남.
46 장어호치교애(長於豪侈嬌愛): 호화로운 환경에서 사랑받으며 성장함.
47 만복금수(滿腹錦繡): 배에 가득 찬, 비단에 수놓은 듯한 아름다운 문장들.
48 참방(參榜): 과거에 급제하여 이름이 방목(榜目)에 오름.
49 강하대재(江河大才): 도도하게 흐르는 강물과 같은 큰 재주.
50 의의(猗猗)히: 아름답고 성하게. 기세 좋게.
51 신래(新來): 과거에 급제한 사람.
52 어온(御醞): 임금이 마시는 술.
53 무마(撫摩): 어루만짐.
54 작인(作人): 사람의 됨됨이나 생김새.
55 연성배무(連聲拜舞): 연해 소리를 내며 절하는 예식을 갖춤.
56 첨녕(諂佞): 몹시 아첨함.
57 추주(趨走): 윗사람 앞을 지날 때에 허리를 굽히고 빨리 걸음.
58 아당(阿黨): 알랑거림. 간사하고 공정하지 못함.

유(慰諭)하시고 진공 부자와 예부를 사주(賜酒)하시고 기자(奇子) 둘을 표장(表章)[59]하시니 현씨 제공이 황공감은(惶恐感恩)이러라.

일색이 저물매 사은 퇴조(退朝)하여 궐문 밖을 나니 문무 신래(新來)의 천만 가지 사화(賜花)는 석양[60] 늦은 빛을 희롱하고 무수한 창부(倡夫), 재인(才人)의 휘파람 소리와 (12)풍악이 요요(嫋嫋)[61]하고 팔음(八音)이 요료(嘹嘹)[62]하여 반공(半空)에 어리었고 청홍일산(靑紅日傘)이며 기치절월(旗幟節鉞)이 도로에 이었으니 아아(峨峨)하여 태산같이 거룩하고 휘휘(揮揮)하여[63] 창파(蒼波)같이 그음[64] 없는 장관이라. 도로 관자(觀者)가 발을 멈추어 굿보며 책책칭찬(嘖嘖稱讚)하여 장원 형제의 옥모영풍(玉貌英風)과 장관을 일컬어 왈, '옥청진군이 학가운참(鶴駕雲驂)[65]하여 영소보전(靈霄寶殿)[66]에 조회(朝會)함이라도 이렇지 못하리라.' 하더라.

행(行)하여 상부에 돌아오니 부숙(父叔) 제친(諸親)이 함취대회(咸聚大會)하여 장원(壯元) 형제로써 사묘(四廟)[67]에 배알(拜謁)하고 존당(尊堂) 왕부모(王父母)[68]와 부모 숙당(叔堂)[69]에 차례로 배현(拜見)할새, 오공 곤계(昆季)[70]와 제자(諸子) 제부인(諸婦人) 제손(諸孫)과 내외 친척들이 남좌여우(男左女右)로 수풀같이 벌여 앉아 중인(衆人) 만목(萬目)이 (13)양(兩) 장원의 신상(身上)을 떠나지 아니하여 그 빛난 채복(彩服)에 오사(烏紗)[71] 홍포(紅袍)[72]가 쌍쌍한 가운데 동천하일(冬天夏日) 같은 관옥면모(冠玉面貌)에 쌍성명안(雙星明眼)[73]이 추수(秋水)[74]

---

59 표장(表章): 표창(表彰).

60 석양: 원문에는 '셔양'으로 되어 있음.

61 요요(嫋嫋): 소리가 가늘고 길게 이어지는 모양.

62 요료(嘹嘹): 소리가 맑고 영롱함. 원문에는 '뇨료'로 되어 있음.

63 휘휘(揮揮)하다: 공중에 떠서 휘날리다.

64 그음: 한정.

65 학가운참(鶴駕雲驂): 귀인이나 신선이 타는 수레를 탐.

66 영소보전(靈霄寶殿): 옥황상제가 거처하는 건물.

67 사묘(四廟): 고조부모, 증조부모, 조부모, 부모 등 4대 조상의 신위를 모신 사당.

68 왕부모(王父母): 조부모.

69 숙당(叔堂): 조부(祖父)에서 갈라진 일가.

70 곤계(昆季): 형제.

71 오사(烏紗): 오사모(烏紗帽). 벼슬아치들이 관복을 입을 때에 쓰던 모자. 검은 사(紗)로 만들었는데 지금은 흔히 전통 혼례식에서 신랑이 쓴다.

72 홍포(紅袍): 삼품 이상의 벼슬아치가 입던 붉은색의 예복이나 도포.

73 쌍성명안(雙星明眼): 두 개의 별같이 빛나는 눈.

74 추수(秋水): 맑고 명랑한 눈매를 비유적으로 이르는 말.

진청(眞靑)함을 띠었고, 연협단순(蓮頰丹脣)[75]에 옥치(玉齒) 현영(現影)[76]하여 춘풍(春風)에 휘듣는 듯 화모(花貌)가 요요작작(夭夭灼灼)하여[77] 편여경홍(翩如驚鴻)[78]이요, 표표(表表)히[79] 학우선(鶴羽仙) 같은 체격에[80] 조복(朝服)의 찬란함과 사화(賜花)[81]의 넘노는 모양이 태을선군(太乙仙君)[82]이 옥경(玉京)에 배복(拜伏)하는 듯 인봉난학(麟鳳鸞鶴)[83]이 하풍(遐風)[84]을 응하여 춤추는 거동이라.

방관자(傍觀者)의 흠선(欽羨)함은 이르도 말고 부모 숙당의 마음이야 어찌 일러야 알리오. 하·윤·주·철 제부인(諸婦人)이 연친족당(連親族黨)과 제부제녀(諸婦諸女) 허다(許多) 손아(孫兒)를 거느려 양 장원의 절하기를 기다려 손을 잡아 두굿기는[85] (14)마음이 넘치니 희극생비(喜極生悲)한지라. 석일(昔日) 장태부인을 뫼셔 제자질(諸子姪) 등의 등과시(登科時)에 그 희열(喜悅)하시던 바를 추모(追慕) 감읍(感泣)하여 초창(怊悵)한[86] 빛을 띠었더라. 천자가 그 월성의 자(子)임을 사랑하사 이원(梨園)[87] 풍류(風流)를 사급(賜給)하시고 장원각(壯元閣)[88]을 주오시니 왕이 대경(大驚)하여 상표(上表)[89] 왈,

"신(臣)의 부자가 성조(聖朝)에 수은(受恩)하와 촌공(寸功)이 없사오되 위극인신(位極人臣)[90]하옵거늘 다시 장원각을 주오시니 후세(後世)에 신의 외람(猥濫)하옴을 꾸짖지 아니리잇고?"

---

75 연협단순(蓮頰丹脣): 연꽃 같은 두 뺨과 붉은 입술. 미인의 모습을 형용함.

76 현영(現影): 현형(現形). 형체를 눈앞에 드러냄. 또는 그 형체.

77 요요작작(夭夭灼灼)하다: 나이가 젊고 용모가 아름답다.

78 편여경홍(翩如驚鴻): 놀라서 날아오르는 기러기의 우아한 모습. 미인의 모습이나 행동이 유연하고 가벼운 것을 나타냄.

79 표표(表表)히: 사람의 생김새나 풍채, 옷차림 따위가 눈에 띄게 두드러지게.

80 체격에: 원문에는 '쳬격의의'로 되어 있음.

81 사화(賜花): 어사화(御賜花). 문무과에 급제한 사람에게 임금이 하사하던 종이꽃.

82 태을선군(太乙仙君): 태을진군(太乙眞君). 천신(天神)의 이름.

83 인봉난학(麟鳳鸞鶴): 기린과 봉황, 난새와 학.

84 하풍(遐風): 고원(高遠)한 덕풍(德風).

85 두굿기다: 즐거워하다. 매우 기뻐하다.

86 초창(怊悵)하다: 한탄스러우며 슬프다.

87 이원(梨園): 당나라 현종이 설치하여 속악(俗樂)을 가르치던 곳으로 궁궐의 음악원을 지칭하는 말.

88 장원각(壯元閣): 장원급제한 자에게 하사하는 집을 뜻함.

89 상표(上表): 임금에게 축하하는 뜻으로 글을 올리던 일. 또는 그 글.

90 위극인신(位極人臣): 신하로서 최고의 지위에 오름.

상(上)이 간파(看罷)에 제왕의 고집을 아시는 고로 이에 장원각을 거두시니라. 현부에 대연(大宴)을 배설(排設)하매 만조기경(滿朝奇卿)이 떨어진 이 없이 모여 신래(新來)를 백단(百端)[91] 유희(遊戲)하며 절대미창(絶代美娼)으로 대무(對舞)하여 희롱하나 양인(兩人)이 한결같이 (15)성문도통(聖門道統)을 이어 다만 머리를 숙여 사관(史官)의 명을 승순(承順)하나 일쌍성안(一雙星眼)이 나작하여[92] 시첨(視瞻)[93]이 띠 위에 오르지 아니하고 연소교아(年少嬌兒)가 채수(彩袖)[94]를 떨치고 홍상(紅裳)을 끌어 금수(錦繡) 돗[95] 위에 진퇴(進退)하매 맑은 노래는 양진(楊眞)[96]을 날리고 묘한 춤은 비연(飛燕)[97]이 길 위에 올랐는 듯 옥소금관(玉簫金管)[98]의 아름다움이 극하나 일호(一毫) 유의(有意)함이 없사니, 좌객(座客)이 불승칭애(不勝稱愛)하고 소년(少年) 명류(名流)는 협기(俠氣)로 술을 미란(迷亂)히[99] 취하고 미녀를 옆옆이 껴 유희방탕(遊戲放蕩)하던 무리 현생 등의 온중정대(穩重正大)함을 보매 스스로 수괴(羞愧)하여 들었던 잔을 버리고 미창(美娼)을 물리쳐 염슬수용(斂膝羞容)하여[100] 행신(行身)[101]의 미련함이 저 약관(弱冠) 미성동(美成童)[102]에 및기 어려움을 부끄리더라.

이렇듯 연락(宴樂)하여 삼일유(16)가(三日遊街)[103]를 맞고 궐하(闕下)에 사은(謝恩)하니 상이 연애(戀愛)하사 장원(壯元)으로 중서사인(中書舍人)을 하이사[104] 시강학사(侍講學士)를 겸하게 하시고 해원(解元)으로 한림(翰林) 서길사(庶吉士)[105]를 하이사 각각 그 처자(妻子)로 봉

---

91 백단(百端): 백반(百般). 온갖 종류.

92 나작하다: 나직하다. 위치가 꽤 낮다.

93 시첨(視瞻): 첨시(瞻視). 이리저리 둘러봄.

94 채수(彩袖): 무늬가 있는 아름다운 소매.

95 돗: 돗자리.

96 양진(楊眞): 당나라 현종(玄宗)의 비(妃)인 양귀비(楊貴妃, 719~756).

97 비연(飛燕): 한나라 성제(成帝)의 황후였던 조비연.

98 옥소금관(玉簫金管): 옥퉁소와 금으로 만든 퉁소.

99 미란(迷亂)히: 정신이 혼미하여 어지럽게.

100 염슬수용(斂膝羞容)하다: 무릎을 모아 몸을 단정히 하여 부끄러워하는 얼굴빛을 띠다.

101 행신(行身): 처신(處身).

102 미성동(美成童): 아름다운 성동. '성동'은 열다섯 살 된 사내아이를 이르는 말.

103 삼일유가(三日遊街): 과거에 급제한 사람이 사흘 동안 시험관과 선배 급제자와 친척을 방문하던 일. 원문에는 '삼일유과'로 되어 있음.

104 하이다: 하게 하다.

105 서길사(庶吉士): 중국 명나라 때의 관직명. 새로 진사(進士)가 된 사람 중 문학에 뛰어난 사람을 뽑아 임명했음.

관화리(鳳冠花罹)[106]와 옥패(玉佩)를 사송(賜送)[107]하시고 명부직첩(命婦職牒)을 나리오시니 양인이 천은(天恩)을 숙사(肅謝)[108]하고 직임(職任)에 나아가매 청현아망(淸顯雅望)이 백료(百僚)[109]에 진동하더라. 구·범 양(兩) 소저가 봉관화리의 명부(命婦)가 되니 상부, 구부, 범부에서 다 애중(愛重)하더라.

이러구러 이씨의 길일(吉日)이 다다르매 길사(吉士)[110]가 존명(尊命)을 봉승(奉承)하여 초초(楚楚)한[111] 위의(威儀)로 범부에 나아가 이씨를 맞아 돌아오니, 현부 상하가 신부를 살피매 색용묘질(色容妙質)이 아름다워 군주께는 밒지 못하나 절대가인(絶代佳人)이요 동용주선(動容周旋)[112]이 유법(有法)하여 성녀(聖女)라 이르지 못(17)하나 요음찰녀(妖淫刹女)는 아니라. 존당 구고(舅姑)가 처음 불쾌히 알던 마음이 풀어져 흔연(欣然)히 두굿겨 애중(愛重)하여 신부 숙소를 수선당에 정하여 보내니 이씨는 마음이 쾌하나 길사(吉士)가 불예(不豫)[113]하여 신방(新房)을 찾지 아니하니 존당 부모가 사리(事理)로 경계하여 여자의 하상지원(夏霜之怨)[114]을 끼치지 말라 누누이 이르시니 길사가 마지못하여 수선당에 이르니 이씨 기이영지(起而迎之)[115]하여 동서분좌(東西分坐)하매 생이 눈을 들어 살피니 색용덕질(色容德質)이 하등(下等)은 아니라 양구침음(良久沈吟)이러니 숙연(肅然)히 일러 가로되,

"저적[116] 현경(賢卿)[117]이 생의 박용(薄容)[118]을 과히 알아 유의(留意)하되 생이 본디 상여(相如)[119]의 풍채(風采) 없어 가인(佳人)의 지우(知遇)를 갚지 못할 바나 천연(天緣)이 기구하

---

106 봉관화리(鳳冠花罹): 옛 신부가 봉(鳳)을 장식해 머리에 쓰던 예관(禮冠)과 꽃을 수놓은 얼굴가리개.

107 사송(賜送): 임금이 신하에게 물건을 내려보내던 일.

108 숙사(肅謝): 숙배(肅拜)와 사은(謝恩)을 아울러 이르는 말. 새 벼슬에 임명되어 처음으로 출근할 때 먼저 대궐에 들어가서 임금에게 숙배하고 사은함으로써 인사하는 일이다.

109 백료(百僚): 백관(百官). 모든 벼슬아치.

110 길사(吉士): 한림(翰林) 서길사(庶吉士).

111 초초(楚楚)하다: 차림새나 모양이 말쑥하고 깨끗하다.

112 동용주선(動容周旋): 몸을 갖는 태도와 일을 주선하는 솜씨.

113 불예(不豫): 불열(不悅). 기뻐하지 않음.

114 하상지원(夏霜之怨): 여름에 내리는 서리같이 지극한 원망. 여성의 원한(怨恨)을 의미한다.

115 기이영지(起而迎之): 몸을 일으켜 맞이함.

116 저적: 지난번에. 일전(日前)에.

117 현경(賢卿): 아내에 대한 존칭.

118 박용(薄容): 못생긴 얼굴.

119 상여(相如): 사마상여(司馬相如, ?B.C.179~B.C.117). 중국 전한(前漢)의 문인. 자는 장경(長卿).

여 화촉(華燭)의 모듬이 있으나 종시 장부의 풍채 (18)매몰하여[120] 봉황(鳳凰)의 놀음이 없으니 자(子)가 일정 생(生)의 용우(庸愚)함을 웃으리로다."

설파(說罷)에 사일(斜日)을 흘려 숙시(熟視)하니 영교가 성정(性情)이 소통(疏通)한지라 저의 비소(誹笑)[121]함을 어찌 모르리오마는 자기 허물이라 어찌 군자의 천담(擅談)함을 한하리오. 담(膽)[122]을 크게 하고 피석염용(避席斂容)하여 나작이 말을 펴 왈,

"소첩은 천하에 슬픈 인생이라 조상부모(早喪父母)하고 종선형제(終鮮兄弟)[123]하여 사고무친(四顧無親)[124]하온 몸을 행여 원족(遠族)[125]의 거둠을 입어 자라기에 미치나 만리전정(萬里前程)[126]을 장차 어찌하리오. 자보자신지책(自保資身之策)[127]을 슬퍼하옵더니 우연히 군자의 옥면유풍(玉面遺風)을 한 번 보매 당돌한 의사가 이위공(李衛公)[128]의 홍불기(紅拂妓)[129]를 효측(效則)[130]고자 하여 (19)기구히 인연을 맺으니 첩수불민(妾雖不敏)이오나[131] 어찌 높은 군자의 낮가로이[132] 여기는 줄 알지 못하리오마는 첩이 다만 성덕지문(盛德之門)에 종신(終身)하기만 바라나니 어찌 감히 대군자의 은애(恩愛)를 바라리잇고.[133] 군자가 첩으로써 문군(文君)[134] 가녀(賈女)[135]에게 비기시나 첩은 도장[136] 가운데 옥 같은 규

---

120 매몰하다: 풍치가 없이 쓸쓸하다.

121 비소(誹笑): 비웃음.

122 담(膽): 담력. 마음.

123 종선형제(終鮮兄弟): 마침내 형제가 드묾. 이밀(李密)의 〈진정표(陳情表)〉.

124 사고무친(四顧無親): 의지할 만한 사람이 아무도 없음.

125 원족(遠族): 촌수가 먼 일가.

126 만리전정(萬里前程): 만 리까지 펼쳐진 앞길이라는 뜻으로, 젊은이의 희망이 가득 찬 앞길을 비유적으로 이르는 말.

127 자보자신지책(自保資身之策): 스스로 제 한 몸을 유지할 계책을 지킴.

128 이위공(李衛公): 두광정의 전기소설 〈규염객전〉의 등장인물. 이정(李靖, 571~649). 중국 당나라의 명장. 태종을 섬겨 수나라 말기의 군웅(群雄) 토벌에 힘썼다. 후에 돌궐과 토욕혼(吐谷渾)을 정벌하였다.

129 홍불기(紅拂妓): 두광정의 전기소설 〈규염객전〉의 등장인물. 이정(李靖)을 사랑하여 따라 도망침.

130 효측(效則): 효칙. 본받아 법으로 삼음.

131 첩수불민(妾雖不敏)이오나: 첩이 비록 지혜롭지 못하나.

132 낮가로이: 낮게. 원문에는 '놋가로이'로 되어 있음.

133 바라리잇고: 원문에는 '바리리잇고'로 되어 있음.

134 문군(文君): 한(漢)나라 사마상여(司馬相如)의 처 탁문군(卓文君)을 말하는 것임.

135 가녀(賈女): 진(晉)나라의 가충(賈充)의 딸. 향을 훔쳐서 미남인 한수(韓壽)에게 보내고 정을 통함.

136 도장: 규방.

수요 문군은 과부니 서로 같을 바가 아니요, 강씨(姜氏)[137]는 상림(桑林)에 분주하여 남자의 은총을 영구(迎求)하였거니와 첩은 이와 같지는 정녕코 아니하오니 비록 여자가 부서(夫壻)[138]를 가림은 그르거니와 이 무리에 비김은 원통하고 절통하여이다."

설파(說罷)에 안색이 자약(自若)하고[139] 말씀이 흐르는 듯하니 생이 어이없어 묵연히 헤오되, '차녀(此女)의 뜻이 녹록지 아니하니 가히 버리지 아니할 (20)것이로되 금야(今夜)에 급히 친압(親狎)함[140]은 나의 정대(正大)함이 아니라.' 하고 흔연히 쉬기를 권하고 스스로 쓰러져 자더라.

이때 평제왕의 차자(次子) 희문의 자(字)는 운중이니 원비 월성 공주의 차자요, 삼자(三子) 희명의 자는 인중이니 좌부인 의빈 군주 조씨의 장자(長子)라. 한결같이 옥안미풍(玉顔美風)이 빼어나 채가(蔡家)의 교옥(巧玉)이요 맹씨(孟氏)의 방린(芳隣)[141]이라. 아름답기 피차(彼此) 겸연(慊然)치 아니하고 문장재화(文章才華)가 상하(上下)치 아니하나 다만 단처(短處)가 각각이라. 양 공자가 동년생(同年生)이로되 희문이 달로 형이 되더라. 연방십이(年方十二)에 체형(體型)이 장숙(長熟)하니 작소(雀巢)의 기약이 당한지라. 너비[142] 신부를 택할새 왕의 서자(庶子) 희영은 빈실(嬪室)[143] 강양의 장자라. 연방십삼(年方十三)에 옥안영풍(玉顔英風)이 제왕의 풍도(風度)를 습(襲)(21)하였더라. 형제 차례를 건너지 못하여 황족 숙홍군의 서녀(庶女)와 정혼(定婚) 납빙(納聘)[144]하니 숙홍군은 이 곧 제왕비 의빈 군주의 형남(兄男)[145]이라. 조모(朝暮)에 왕래하는 고로 희영의 장성함을 보고 혼인을 재촉하는지라. 제왕이

---

137 강씨(姜氏): 『시경(詩經)』「용풍(鄘風)」 〈상중(桑中)〉에 나오는 인물로, 뽕나무 숲에서 남자를 기다림. 행실이 가벼운 여자를 뜻함. 원문에는 '가시'로 되어 있으나 오기인 듯함.

138 부서(夫壻): 남편.

139 자약(自若)하다: 큰일을 당해서도 놀라지 아니하고 보통 때처럼 침착하다.

140 친압(親狎)하다: 버릇없이 너무 지나치게 친하다. 잠자리를 같이하다.

141 맹씨(孟氏)의 방린(芳隣): 감화를 줄 만한 좋은 이웃. 맹자의 모친이 아들에게 좋은 교육 환경을 만들어 주기 위해 본받을 만한 이웃을 찾아 세 차례나 이사했다는 고사에서 유래함. 왕발(王勃)의 〈등왕각서(滕王閣序)〉.

142 너비: '널리'의 옛말.

143 빈실(嬪室): 빈첩(嬪妾). 임금의 첩.

144 납빙(納聘): 납폐(納幣). 혼인할 때에, 사주단자의 교환이 끝난 후 정혼이 이루어진 증거로 신랑 집에서 신부 집으로 예물을 보냄. 또는 그 예물. 보통 밤에 푸른 비단과 붉은 비단을 혼서와 함께 함에 넣어 신부 집으로 보낸다.

145 형남(兄男): 남자형제.

불관(不關)[146]이 여기나 혼수를 성비(盛備)[147]하여 길일(吉日)에 희영이 백량(百兩)[148]으로 조씨를 맞아오니 옥안미질(玉顔美質)이 삼춘(三春)에 웃는 꽃 같고 재정(才情)[149]이 민첩하니 존당 상하가 깃거하고 공주가 무휼(撫恤)[150]하기를 구소저께 나리지 아니하며 제부인이 웃고 이르되,

"조씨 위인이 양선(良善)하고 인물이 단아(端雅)하니 고모에서 낫도다."

강양이 우소(又笑) 왈,

"아무리 여자인들 잔약(孱弱)한[151] 것이 무엇이 좋으리잇고. 소부가 백사(百事)가 아름다우되 너무 소졸(疏拙)하여[152] 애잔하기에 가(22)까우니 첩은 이로써 나삐 여기나이다."

제부인이 대소(大笑) 왈,

"그대 규중(閨中)에 깊이 들어 수졸(守拙)[153]하노라 하여도 오히려 옛날 남장으로 집검상마(執劍上馬)[154]하여 치빙(馳騁)[155] 군중(軍中)하던 왕양(汪洋)[156]한 협기(俠氣) 감(減)치 않았도다. 아등(我等)은 보건대 조씨 극히 아름답고 단아하여 진짓 규합(閨閤)[157]에 합도(合度)한 가인(佳人)이니 혜오되[158] 왕양한 시어미도곤 낫다 하였더니 그대는 부족히 여기닷다. 이 또 어렵지 아니하니 그대 조씨를 부디[159] 갓과자[160] 하거든 밤마다 데리고

---

146 불관(不關): 관계하지 아니함.

147 성비(盛備): 성설(盛設). 잔치 따위를 성대하게 베풂. 또는 그런 차림.

148 백량(百兩): 『시경(詩經)』「소남(召南)」〈작소(鵲巢)〉의 '之子于歸, 百兩御之'에서 온 말로 백승(百乘) 즉 수레 백 대를 의미함. 제후의 딸이 다른 제후의 집안으로 시집을 갈 때에는 수레 백 대로 보내고 맞이하는데, 대개 남자가 정실부인을 맞이하여 올 때 쓰는 수레를 말함.

149 재정(才情): 재사(才思). 재치 있는 생각. 또는 재치 있게 계책을 세우는 생각.

150 무휼(撫恤): 어려운 처지에 있는 사람을 불쌍히 여겨 위로하고 물질로 도움.

151 잔약(孱弱)하다: 가냘프고 약하다.

152 소졸(疏拙)하다: 꼼꼼하지 못하고 서투르다.

153 수졸(守拙): 어리석음을 벗어나지 못하고 우직한 태도를 고집하여 본성을 고치지 않음.

154 집검상마(執劍上馬): 검을 잡고 말을 탐.

155 치빙(馳騁): 말을 타고 달림.

156 왕양(汪洋): 바다처럼 끝이 없이 넓음.

157 규합(閨閤): 안방.

158 혜다: '생각하다'의 옛말.

159 부디: 원문에는 '부듸'로 되어 있음.

160 갓과자: 가꾸고자. '갓고다'는 '가꾸다'의 옛말. 원문에는 '굿과즈'로 되어 있음.

원중에 들어가 활쏘기와 말달리는 습기(習氣)[161]를 가르치라."

의빈 군주가 한가히 웃고 왈,

"조아의 졸약(拙弱)[162]한 성품 고치기는 그 시어미 왕양한 협기(俠氣) 주리혀기[163]도곤 어려우니 조아는 이미 시어미 눈 밖에 난 며느리로 알고 희양이 또 있으(23)니 그 혼처(婚處)를 광구(廣求)하여 맹확(孟獲)[164]의 축융(祝融)[165] 같은 며느리를 얻게 하사이다."

하니 좌중 제부인[166]이 낭랑(朗朗) 대소(大笑)하더라.

제왕이 석일(昔日) 연차(宴次)에 제공자의 혼인(婚姻)을 정하였는 고로 새로이 혼처를 근심함이 아니로되, 오직 희문의 사람되옴이 겉이 연연(軟娟)하여[167] 옥이 윤(潤)지고[168] 수정이 맑은 듯하나 심지(心地) 훤칠하고 의기(義氣) 호방(豪放)하며 총명예철(聰明睿哲)하여 육예(六藝)[169]를 능통하고 천문지리(天文地理)와 복서(卜筮)[170]붙이를 능히 깨닫고 낮이면 사서삼경(四書三經)을 외우고 밤이면 무경칠서(武經七書)[171]를 숙독(熟讀)하며 매양 궁마지재(弓馬之才)를 익히되 행사(行使)가 신능(神能)하여 그 부왕의 총명함으로도 이런 붙이를 알지 못하더라.

공자가 연(年)이 구 세에 일일은 의모(義母) 의빈 군주가 모비의 기신(忌辰)[172]에 귀녕(歸寧)[173](24)하여 숙홍군 부중에 가 머물매 공자 형제 의모를 뵈오러 갔다가 희성은 먼저 돌

---

161 습기(習氣): 습관으로 형성된 기운이나 습성.

162 졸약(拙弱): 고지식하고 유약함.

163 주리혀다: '거두다'의 옛말.

164 맹확(孟獲): 맹획. 삼국 시대 촉(蜀)나라 건녕(建寧) 사람. 남중(南中)의 호강(豪强)으로 이한(夷漢)에 복속되어 있었다. 유비(劉備)가 죽은 뒤 지역의 대성(大姓) 옹개(雍闓)와 함께 촉나라에 반기를 들었다. 제갈량(諸葛亮)이 남정(南征)하자 일곱 번 붙잡혔다가 일곱 번 풀려난 뒤 항복하였다.

165 축융(祝融): 삼국 시대 때 사람. 맹획(猛獲)의 처. 제갈량(諸葛亮)이 남정할 때, 군사를 거느리고 출전하여 제갈량과 맞상대했다. 남편이 여러 차례 붙잡히는 것을 보고 자진 출전한 여중호걸(女中豪傑)이다.

166 제부인: 원문에는 '졔쥬부인'으로 되어 있으나 서강대본을 참고하여 고침.

167 연연(軟娟)하다: 섬약하다.

168 지고: 원문에는 'ᄶᅵ고'로 되어 있음.

169 육예(六藝): 고대 중국 교육의 여섯 가지 과목. 예(禮), 악(樂), 사(射), 어(御), 서(書), 수(數)를 이른다.

170 복서(卜筮): 점(占).

171 무경칠서(武經七書): 중국의 병법에 관한 일곱 가지 책. 『육도(六韜)』, 『손자(孫子)』, 『오자(吳子)』, 『사마법(司馬法)』, 『삼략(三略)』, 『울요자(尉繚子)』, 『이위공문대(李衛公問對)』를 이른다.

172 기신(忌辰): 기일(忌日)을 높여 이르는 말.

173 귀녕(歸寧): 근친(覲親). 여자가 시집간 후 친정으로 돌아가 부모를 뵘.

아오고 희문은 숙홍군의 청류(請留)함을 인하여 나중에 돌아올새 다만 일필(一匹) 청려(青驢)에 한 쌍 동자가 좇았을 뿐이라. 정히 반로(返路)에 이르러 길이 협곡을 지나더니 문득 작은 집 앞에 다다라는 한 젊은 남자가 의복이 선명하고 나이 이십은 한대 미목이 청수(淸秀)한 놈이 한낱 교아(嬌娥)를 업고 달음주어[174] 내달으니 안으로서 중년 여랑(女娘)이 울며 따라 나오니 소년의 뒤에 두어 장정이 있어 큰 매로 휘각(揮却)[175]하니 기녀(其女)가 능히 따르지 못하고 통흉돈족(慟胸頓足)[176] 왈,

"성대지치(聖代之治)[177]에 무뢰악소배(無賴惡少輩) 권문의 세를 빙자하여 백일지하(白日之下)에 사람의 처자를 앗아가니 어찌 천앙(天殃)이 없으리오. 당(25)금(當今)의 현상국이 국권을 잡아 위덕이 사림의 추앙하는 바니 내 당당히 승상부에 고변하여 설한(雪恨)하리라."

적도(賊徒)가 냉소 왈,

"우리도 현상부 위엄만 하니 먼저 너희를 다 죽이리라."

설파(說罷)에 큰 바[178]로 여랑을 결박하니 여자가 능히 면치 못하고 힘힘히[179] 매임을 받으매 발악할 뿐이라. 희문 공자가 이 광경을 보고 대로(大怒)하여 나귀에 나려 분용(奮勇)[180]하여 봉안(鳳眼)을 크게 뜨고 일성(一聲) 음아(喑啞)에 원비(猿臂)[181]를 늘여[182] 한 놈을 잡아 두어 번 둘러 멀리 던지니, 기한(其漢)이 무심중 이 변을 만난지라 조수불급(措手不及)[183]하여 헛되이 멀리 버리이매 두골(頭骨)이 터져 피 흐르고 정신이 어질하여 쉬이 일어나지 못하니, 공자가 그 매를 앗아 들고 미인 업고 가는 적도(賊盜)를 따르니, 여랑(26)을 결박(結縛)하던 한 놈이 눈을 들어 보매, 십여 세는 한 소년이 청삼(青衫) 혁대(革帶)로 편발동

---

174 달음주다: 달음질하다.
175 휘각(揮却): 물리침. 뿌리침. 거절하여 버리고 돌아보지 아니함.
176 통흉돈족(慟胸頓足): 가슴을 치며 발을 구름.
177 성대지치(聖代之治): 태평성대의 정치.
178 바: 삼이나 칡 따위로 세 가닥을 지어 굵다랗게 드린 줄.
179 힘힘히: '부질없이'의 옛말.
180 분용(奮勇): 용감히 떨쳐 일어남.
181 원비(猿臂): 원숭이의 팔이라는 뜻으로, 길고 힘이 있어 활쏘기에 좋은 팔을 이르는 말.
182 늘이다: 원문에는 '느리혀'로 되어 있음.
183 조수불급(措手不及): 일이 매우 급하여 미처 손을 댈 겨를이 없음.

몽(編髮童蒙)[184]이로되 옥안유풍(玉顔遺風)이 수려쇄락(秀麗灑落)[185]하여 풍전(風前)의 옥수(玉樹) 같고 일쌍(一雙) 봉안(鳳眼)에 노기(怒氣) 가득하여 사일(斜日)을 흘리매 정기(精氣) 호호(皓皓)하여[186] 태양이 만 리 은하를 비춘 듯 천지조화(天地造化)가 그음[187]이 없고 산천정맥(山川精脈)이 오롯하니[188] 벅벅이[189] 옥청(玉淸)[190] 상선(上仙)이 진세(塵世)에 내린 듯, 불의악사(不義惡事)를 행하매 천신(天神)이 노하사 저희를 다스리는가 대경(大驚)하니 미처 맞지 않아서 사지(四肢) 무기(無氣)하고 일성(一聲) 즐타(叱咤)에 웅건한 성음(聲音)이 바로 금석(金石)으로 나는 듯하니 그 귀신이며 사람임을 분간치 못하고 하염없이 그 동류(同類)를 구(求)치 못하고 전립(氈笠)[191]을 벗어 버리고 전지도지(顚之倒之)[192]하여 달아나니, 공자가 각별 따르지 아니하고 (27)동자(童子)를 지휘하여 여랑의 맨 것을 끌러 놓으라 하고 업고 가는 미인을 앗으려 하니, 원래 차적(此賊)은 극히 담대한지라 크게 소리 질러 왈,

"저 여랑이 어질지 못하여 딸로써 먼저 내게 허락하고 후에 파적(破籍)하니 대장부가 되어 어찌 혈기지분(血氣之憤)[193]이 없으리오. 또 수재(秀才)를 보니 좋은 남자로소니 어찌 배심무의(背心無義)한 천녀(賤女)를 위하여 사람과 결원(結怨)[194]하려 하나뇨. 원간 수재(秀才) 사람인가 귀신인가 요물인가 곱기 유명하니 괴이하다. 아등(我等)이 천하호한(天下好漢)이라 만인무적지용(萬人無敵之勇)이 있으니 치고자 하나 버들같이 약한 아해[195] 죽을까 아껴 못 치나니 빨리 돌아가고 사람을 해치 말라."

여랑이 문득 소리 질러 왈,

"저 도적놈이 조국구(國舅)[196]의 첩자(妾子) 조축이라. (28)집을 반(反)하고 부모를 역(逆)

---

184 편발동몽(編髮童蒙): 편발(編髮)을 한 남자아이. 편발은 '예전에, 관례를 하기 전에 머리를 길게 땋아 늘이던 일. 또는 그 머리'.

185 수려쇄락(秀麗灑落): 빼어나게 아름다움. 기분이나 몸이 상쾌하고 깨끗함.

186 호호(皓皓)하다: 빛나고 맑다.

187 그음: '한정(限定)'과 같은 의미.

188 오롯하다: 모자람이 없이 온전하다.

189 벅벅이: 그러하리라고 미루어 헤아려 보건대 틀림없이.

190 옥청(玉淸): 도교에서, 신선이 산다는 삼청(三淸)의 하나. 상제(上帝)가 있는 곳이다.

191 전립(氈笠): 무관이나 사대부가 쓰던, 돼지 털을 깔아 덮은 모자.

192 전지도지(顚之倒之): 엎드러지고 곱드러지며 몹시 급히 달아나는 모양.

193 혈기지분 (血氣之憤): 젊은 혈기로 일어나는 공연한 분.

194 결원(結怨): 서로 원수가 되거나 원한을 품음.

195 아해: 아이.

196 국구(國舅): 임금의 장인.

하여 사처(四處)에 무뢰(無賴)[197] 도박(賭博)하여 금수(禽獸) 같은 놈이라. 내 어찌 딸을 가져 허함이 있으리오. 구혼하매 불허하고 이미 마땅한 부서(夫壻)[198]를 얻었으니 바라건대 공자는 저 무거(無據)한[199] 말을 곧이듣지 마소서."

공자가 청파(聽罷)에 대로 왈,

"차적(此賊)이 비록 어미는 천하나 아비는 훈척대신(勳戚大臣)이라. 조국구가 한낱 천아(賤兒)를 제어치 못하고 놓아 두어 풍교(風敎)를 어즈러이니[200] 어찌 한심치 아니리오. 내 비록 미약하나 너 처엿[201] 초충(草蟲)은 두려 아닛노라."

하고 따르기를 긴히 하니, 조축이 대로하여 업었던 미인을 내어 던지고 길가의 큰 돌을 들어 공자를 치려 하니 두 동자가 여랑을 끌러 놓고 따라오다가 돌로 치려 함을 보고 공자가 행여 상할까 두려 (29)소동(小童) 연복이 가장 경망(輕妄)한지라 호급히 소리 질러 왈,

"이 축생(畜生)아, 우리 공자가 뉜 줄 알고 돌로 상해오려 하는다? 조국구의 위엄이 아무리 어려워도 우리 공자는 제국 저군(儲君)[202]이요 황야(皇爺)의 손(孫)이라. 네 감히 치지 못하리라."

도적이 차언(此言)을 듣고 대경하여 돌을 던지고 급히 돌쳐[203] 닫거날[204] 공자가 대로하여 용행호보(龍行虎步)[205]가 나는 듯하며 잔나비[206] 팔을 늘이어 적의 운계(雲髻)[207]를 끌어 평원 광야에 두르기[208]를 십여 차를 하니 적이 정신이 어질하여 땅에 엎더지거늘, 공자가 개연(慨然)히[209] 고름에 찼던 단도를 빼어 적의 낮에 자자(刺字)[210]하되 '반부배가역자(反父背家

---

197 무뢰(無賴): 성품이 막되어 예의와 염치를 모르며 함부로 행동하는 사람.

198 부서(夫壻): 남편.

199 무거(無據)하다: 무근(無根)하다. 근거가 없다.

200 어즈러이다: '어지럽히다'의 옛말.

201 처엿: 따위, 등속.

202 저군(儲君): 왕세자.

203 돌치다: '돌이키다'의 옛말.

204 닫다: 빨리 뛰어가다. 원문에는 '닷거늘'로 되어 있음.

205 용행호보(龍行虎步): 용이 날고 호랑이가 걷는 것처럼 제왕의 위엄 있는 모습을 비유함.

206 잔나비: 원숭이. 원문에는 '전납이'로 되어 있음.

207 운계(雲髻): 일반적으로는 '여자의 탐스러운 쪽 찐 머리'를 이르는 말이나 여기서는 '상투'의 의미로 사용됨. 원문에는 '운고'로 되어 있으나 오기인 듯함.

208 두르다: 둥글게 내저어 흔들다.

209 개연(慨然)히: 몹시 분개하여.

210 자자(刺字): 얼굴이나 팔뚝의 살을 따고 홈을 내어 먹물로 죄명을 찍어 넣던 벌. 원문에는 '지진'로 되어 있음.

逆子) 조축'이라 하니 적이 기절하여 인사를 모르고 피를 흘리고 거꾸러졌다가 협곡에 사람(30)이 왕래하는 이 없사매 구할 이 없더라.

여랑이 딸을 데리고 나아와 구활(救活)한 은혜를 고두백배(叩頭百拜)하여 대은(大恩)을 사례하거늘 공자가 근본을 물은즉,

"본디 양민으로 딸의 나이 이팔이요 전월(前月)에 갓 혼인하여 사회 또한 아름답고 근실하니 제왕궁 궁감(宮監)[211] 송기라. 석일(昔日) 승상부 막하(幕下) 주부(主簿)[212] 송신의 손자니이다."

공자가 반겨 왈,

"연즉(然則) 노파가 나를 만나기를 잘하도다. 저 축생이 아조 죽든 아니리니 내게 욕본 원을 갚으려 한즉 그대 모녀가 예서 살지 못할 것이니 즉일(卽日) 가재(家財)를 수습하여 송가로 돌아가라."

노파가 사례 왈,

"명대로 하리이다."

하고 하직고 돌아가 집을 떠나 사회를 좇아 가니라. 공자가 또한 부중에 돌아와 서동(書童)(31)을 당부하여 수말(首末)을 구외(口外)에 내지 말라 하니 행사(行使)가 능려(凌厲)하여[213] 알 이 없으나 조적이 이 어찌 마침내 함구하고 있으리오.

어시(於是)에 국구(國舅) 조원은 황야 후궁 조귀인의 아비라. 조공이 비록 현명한 통탈(通脫)[214] 장부는 아니나 극히 어진 재상이라. 정실에 일자 삼녀를 두었으니 차녀(次女)가 귀인이 되었더라. 기첩(其妾) 해섬의 아들 축이 일찍 무뢰도박하여 어려서부터 집을 반하고 다니니 그 어미 가장 슬퍼 혹 취실(娶室)[215]이나 하면 나을까 하여 국구에게 고하여 축을 입장(入丈)하여 양가지녀(良家之女)를 취하니 기녀(其女)가 안색(顔色)이 박(薄)하고 사오납기[216] 무쌍하여 부부가 날마다 전장(戰場)이 이뤘으니 가중상하(家中上下)가 다 웃고 조공이 매양 경계하되 축이 듣지 아니하고 드대어 집(32)을 반하여 무뢰배(無賴輩)를 따라

---

211 궁감(宮監): 세금을 거두기 위해 각 궁에서 보내던 사람.

212 주부(主簿): 각 관청의 낭관(郎官) 벼슬의 하나로, 문서나 장부를 맡음. 본문에서는 주사(主事)·집사(執事)의 의미와 비슷하게 쓰임.

213 능려(凌厲)하다: 아주 뛰어나게 훌륭하다. 기세가 강해 당해 내기 어렵다.

214 통탈(通脫): 작은 일이나 예절 따위에 얽매이지 아니함.

215 취실(娶室): 장가를 듦. 또는 아내를 맞거나 소실을 얻음.

216 사오납다: '사납다'의 옛말.

도박하더니, 송기의 처가 아름다움을 보고 백주(白晝)에 동류(同類) 수인(數人)을 데리고 달아들어 앗아 오다가 의외에 현공자를 만나 미인을 앗길 뿐 아니라 동류 두 사람이 맞아 상하고 제 또 낮에 자자(刺字)하기를 당하니 독히 아픔을 이기지 못하여 소리 지르고 기절하였더니 가장 오랜 후 겨우 깨어 동류 삼 인이 피를 흘리며 서로 붙들고 엉기어 제 집으로 가지 못하고 동류의 집에 가 현공자를 모지리[217] 욕매(辱罵)[218]하고 원(怨)을 갚고자 하나 능히 하릴없는지라. 서로 의논하되 제 미세(微細)한 사람과 달라 왕궁 귀공자요 천자의 손이니 원수 갚을 길이 없는지라. 장차 어찌하리오.

한 놈이 이르(33)되,

"상담(常談)에 유전(有錢)이면 귀신도 사괸다[219] 하니 금백(金帛)이 많으면 가만히 자객을 청하여 오리니 소아(小兒)의 한 목숨 죽이기 그리 어려우랴."

조축이 희왈(喜曰),

"그리면 내 마땅히 처자(妻子)를 속이고 자장(資裝)[220]을 다 도적하여 오리라."

의논을 정하고 두어 날 조리하여 제 집으로 가려 할새 뺨에 고약을 붙여 동이고 황혼을 타 제 집에 들어가 감히 조공께 뵈지 못하고 바로 어미를 보고 울며 왈,

"공연히 박석(薄石)[221]에 엎더져 낮갗이[222] 깨어졌노라."

하니 어미 곧이듣고 이르되,

"집에서 조리하고 이후는 나가지 말라."

하니 축이 대답하고 제 방에 들어가 누우니 기처(其妻)가 작색(作色)[223] 노매(怒罵)[224] 왈,

"어데 가 강도질하다가 맞아 상하고 들어왔는다? 쉬이 도로 나가라."

하니 축이 심리(心裏)에 분노하여 생각하되, '내 처음은 가만히 자장(資裝)만 앗아 가려 하였더니 (34)이리 공순(恭順)치 아니하니 가히 죽이고 앗아 가리라.' 하고 죽어가는 체하고

---

217 모지리: '매우'의 방언.
218 욕매(辱罵): 욕하고 꾸짖음.
219 사괴다: '사귀다'의 옛말.
220 자장(資裝): 시집갈 때 가지고 가는 혼수.
221 박석(薄石): 얇고 넓적한 돌.
222 낮갗이: 낯가죽이. 원문에는 '놋놋치'로 되어 있으나 서강대본을 참고하여 고침.
223 작색(作色): 불쾌한 느낌을 얼굴빛에 드러냄.
224 노매(怒罵): 성내어 꾸짖음.

누웠으니, 기처가 악악한[225] 즐언(叱言)이 밤들도록 그치지 아니하다가 문득 잠들어 인사를 모르거늘, 축이 암희(暗喜)하여 가만히 일어 패도(佩刀)[226]를 빼어 찔러 죽이고 협사(篋笥)[227]를 분탕(焚蕩)하여[228] 가지고 내달아 바로 동류를 보고 가져온 것을 뵈니 금백의 유(類)는 없고 다만 비단 의상붙이와 패산지류(貝產之類)니 불과 오백 금이 넘지 못한지라. 적류(賊類)가 불쾌하여 왈,

"이는 다른 살인과 달라 심수(深邃)[229] 왕궁에 들어가 왕공 귀공자를 죽이려 하니 가장 중대한 일이라, 황금 천 냥을 주어도 자객이 낙종(諾從)[230]할 줄 믿지 못하거든 이런 잡색(雜色)[231]으로 오백 금을 겨우 주면 뉘[232] 위태(35)로운 노릇을 하리오. 쉬이 가 더 가져오라."

축이 아연(啞然) 왈,

"이것도 여차여차하여 겨우 얻어 왔거든 또 어데 가 얻으리오. 원간 사람 하나 죽이기 무엇이 어려우리오. 쾌히 제궁에 들어가 현가(玄家) 소아를 죽이리라."

하고 밖에 나와 여인의 옷을 얻어 입고 낯에 더러운 것을 칠하며 머리 풀고 석양에 제궁을 찾아 문전에 나아가 울며 걸량(乞糧)하더니 황혼이 되거늘 문에 나오지 아니하고 가만히 난간 아래 숨었더니 어둡도록 인성(人聲)이 훤화(喧譁)[233]하매 곡속(觳觫)히[234] 엎대어 밤들기를 기다리며 사람의 자최[235]를 눈여겨[236] 살피더니, 문득 소동 연복이 앞을 지나 대서헌 맞은편 소당으로 들어가며 서로 이르되,

"공자가 매양 밤들도록 독서하시니 졸음 겨(36)워 어렵더라."

하고 들어가니 이 소리 귀에 익은지라. 축이 현공자를 좇았던 서동인 줄 알고 공자의 있

225 악악하다: 몹시 기를 쓰며 자꾸 소리를 내지르다.
226 패도(佩刀): 차는 칼.
227 협사(篋笥): 버들가지, 대나무 따위를 결어 상자처럼 만든 직사각형의 작은 손그릇.
228 분탕(焚蕩)하다: 남의 물건 따위를 약탈하거나 노략질하다.
229 심수(深邃): 깊숙하고 그윽함.
230 낙종(諾從): 응낙하여 좇음.
231 잡색(雜色): 뒤섞여 있는 온갖 것.
232 뉘: '누가'를 예스럽게 이르는 말.
233 훤화(喧譁): 시끄럽게 지껄이며 떠듦.
234 곡속(觳觫)히: 두려워하면서.
235 자최: '자취'의 옛말.
236 눈여겨: 원문에는 '눈닉여'로 되어 있음.

는 곳에 나아가고자 하여 밤들기를 기다리더니, 시야(是夜)가 회간(晦間)[237]이라 어둡기 칠야(漆夜)[238] 같으매 방심하여 가만히 어로기어[239] 서당으로 향하더니 날은 침침하고 발이 익지 못하매 자연 서슴어 기노라 하니 허리 아래 패도를 단단히 꾲지 못하였던지라. 문득 섬[240] 아래 박석에 다질려[241] 소리 쟁연(錚然)하며[242] 홀연 대청 큰문을 열치고 일인이 여성(厲聲)[243] 대호(大呼) 왈,

"궁내(宮內)에 도적이 들었거늘 숙직 노자(奴子)는 어데 있나뇨?"

불언종시(不言終時)에 좌우 익랑(翼廊)[244]으로조차 범 같은 장확(臧獲)[245]이 횃불을 밝히고 내달으니 조축이 혼비백산(魂飛魄散)하여 몸을 두루혀[246] 박석 밑에 (37)죽은 듯이 엎대었더라.

차일(此日) 제왕이 상부에 혼정(昏定)하고 돌아오더니 별안간에 문득 보니, 외헌(外軒)[247] 월랑(月廊)[248] 아래 한낱 걸녀(乞女)가 양식(糧食) 비는 모양이로되 거동이 흉휼(凶譎)하여 걸미(乞米)하는 데 마음을 두지 아니하고 좌고우면(左顧右眄)[249]하여 살피는 눈망울에 살성(殺性)이 등등하여 가장 흉악하고 또 결비여인(決非女人)이라. 왕이 견파(見罷)에 몰아 내치려 하다가 헤아림이 있어 아는 체 아니코 경원전에 머물새 소매 가운데로조차 한 괘를 얻으니 반드시 흉적(凶賊)이 돌입(突入)할 점사(占辭)라.

심하(心下)에 의려(疑慮)하여 자못 상심(詳審)함이 있어 비밀(秘密)히 시노(侍奴)를 분부하여 호령을 기다리라 하고 장 안에서 그윽이 적의 동정을 살피더니 쇳소리 홀연 쟁연(錚然)하며 은은(隱隱)히 언성(言聲)이 있어 (38)이르되,

---

237 회간(晦間): 그믐께.

238 칠야(漆夜): 아주 캄캄한 밤.

239 어로기다: 엉금엉금 기다.

240 섬: 돌층계의 계단. 섬돌.

241 다질리다: 갑자기 어떤 일을 당하거나 어떤 환경에 부딪치다.

242 쟁연(錚然)하다: 쇠붙이가 부딪쳐 울리는 것같이 소리가 날카롭다.

243 여성(厲聲): 성이 나서 큰 소리를 지름. 또는 그 소리.

244 익랑(翼廊): 대문의 좌우 양편에 이어서 지은 행랑.

245 장확(臧獲): 장획(臧獲). 남녀 하인.

246 두루혀다: 돌이키다.

247 외헌(外軒): 사랑(舍廊).

248 월랑(月廊): 행랑(行廊). 원문에는 '월앙'으로 되어 있음.

249 좌고우면(左顧右眄): 이쪽저쪽을 돌아본다는 뜻으로, 앞뒤를 재고 망설임을 이르는 말.

"첩이 죄 없이 악인의 칼끝에 죽어 놀라운 혼백이 오히려 칼날을 떠나지 못하였는지라. 여독(餘毒)[250]이 귀궁(貴宮)에 이르렀으니 성인(聖人)은 청컨대 악인(惡人)을 죽여 원수를 갚아 주소서."

하니 분명한 인성(人聲)이라. 말을 마치며 귀곡(鬼哭)이 은은하니 타인은 듣지 못하나 왕이 어찌 몰라 들으리오. 일성음호(一聲音號)에 장노(壯奴) 가정(家丁)이 불을 들고 내달아 두루 얻어 섬 아래서 적인을 생금(生擒)하니 이 곧 아자(俄者)[251] 걸녀(乞女)라. 떨고 울며 왈,

"걸미(乞米)하다가 날이 어둡고 큰문을 닫으니 나가지 못하고 박석(薄石) 밑에 엎대어 밝기를 기다려 나가려 하더니라."

하거늘 왕이 대로(大怒)하여 시노(侍奴)를 명하여 그 몸을 뒤여 칼을 얻으매 익노(益怒)하여 옷을 벗기고 보라 하니 적이 아무리 (39)발작(發作)한들 면(免)하리오. 건장(健壯) 노자(奴子)가 일시에 구박(毆縛)[252]하여 옷을 벗기니 완연(宛然)한 남자라. 왕이 대로(大怒)하여 좌우로 하여금 엄히[253] 쳐 실상을 물으니 조축이 하릴없어 울고 왈,

"천생(賤生)이 비록 가정지훈(家庭之訓)을 듣지 아니하고 무뢰(無賴)에 참예(參預)하였으나 또한 사문일맥(士門一脈)이니 국구(國舅)[254]의 아들이요 조귀인의 동기라. 본디 존부에 변복패검(變服佩劍)[255]하고 들어올 일이 없으되 모일(某日)에 여차여차(如此如此)하여 귀국 공자가 무고히 소생의 낯갗에 자자(刺字)한 원수가 있으니 소생이 또 칼을 가져와 수인(讎人)의 낯가죽을 깎으려 함이라. 원수를 갚고자 하옴은 인지상야(人之常也)이오니 대왕은 살피소서."

왕이 청파(聽罷)에 아자(兒子)의 작용을 어이없이 여겨 침음양구(沈吟良久)에 왈,

"오아(吾兒)의 행사(行事)는 과도(過度)(40)하거니와 네 또 상문여맥(相門餘脈)[256]으로 무뢰(無賴)[257] 방랑(放浪)하여 비록 천하나 유부녀(有夫女)를 강탈(强奪)하니 무륜(無倫)한 죄적지 아닌지라 어찌 국법을 면하리오. 연이나 네 조공지자라 하니 내 어찌 다스리리

---

250 여독(餘毒): 채 풀리지 않고 남아 있는 독기. 후독(後毒).

251 아자(俄者): 아까.

252 구박(毆縛): 때리고 묶음.

253 엄히: 원문에는 '험히'로 되어 있으나 서강대본을 참고하여 고침.

254 국구(國舅): 임금의 장인.

255 변복패검(變服佩劍): 남이 알아보지 못하도록 평소와 다르게 옷을 차려입고 칼을 참.

256 상문여맥(相門餘脈): 재상 집안의 후손.

257 무뢰(無賴): 원문에는 '물외'로 되어 있으나 문맥에 맞추어 고침.

오. 당당히 네 집에 보내리라.”

설파에 좌우를 분부하여,

“차적(此敵)을 실포(失捕)치 말고 지키었다가 명효(明曉)에 조아(衙)에 이거(移去)하되 전어(傳語) 왈, ‘작야에 여차여차하여 궁중에 돌입한 도적을 잡으니 적의 소답(所答)이 여차여차한지라. 명공지자(明公之子)를 복(僕)이 사사로이 다스리지 못하여 잡아 보내고 가아(家兒)는 오가(吾家)에서 다스리리니 존공(尊公)은 또한 선처(善處)하소서.’ 하라.”

하고 침와(寢臥)[258]하니라.

왕이 명조(明朝)에 공자를 불러 수말(首末)로써 물으니 공자가 감히 은닉(隱匿)지 못하여 전후 (41)사연(事緣)을 옳은 대로 고하니 왕이 심하(下心)에 아자(兒子)의 어린 나이에[259] 의기(義氣) 과인(過人)함을 두굿기나[260] 너무 과격함을 미온(未穩)하여 태(笞) 수십을 맹타(猛打)하고 온중정대(穩重正大)[261]함을 경계하니 공자가 평생 처음으로 엄노(嚴怒)를 만나 옥골설부(玉骨雪膚)가 중상(重傷)하여 연한 꽃이 떨어지고 성혈(腥血)[262]이 가득하되 일성(一聲)을 부동(不動)하고 옥안(玉顏)이 자약(自若)하여 고요히 매를 받아 점루(點淚)를 허비치 아니하니 왕이 심리(心裏)에 견고함을 애중하더라. 최후에 존당상하(尊堂上下)가 다 알고 어이없이 여기더라.

왕궁(王宮) 가인(家人)이 조축을 매어 조공께 전하고 왕의 말씀을 전하니 조가에서 불의(不意)에 왕녀가 검하경혼(劍下驚魂)이 되고 의복자장(衣服資粧)[263]을 다 잃었으니 바야흐로 조축의 소행인 줄 알고 하릴없어 왕녀(42)를 입관(入棺) 성복(成服)[264]하고 사람을 시켜 축의 자취를 심방(尋訪)하더니,[265] 일일(一日) 미명(未明)에 제왕부 가인(家人)이 납명(納名)[266] 하고 한 걸녀(乞女)를 매어 들이고 사연을 고하니 조공이 또 성(性)이 급한지라. 대경대로(大驚大怒)하여 사죄(謝罪) 전어(傳語)하여 왕부 가인을 돌아 보내고 축을 매이[267] 쳐 죄를 묻

---

258 침와(寢臥): 누워 잠.

259 나이에: 원문에는 ‘ᄋᆞ희’로 되어 있으나 서강대본을 참고하여 고침.

260 두굿기다: ‘기뻐하다’의 옛말.

261 온중정대(穩重正大): 성격이 조용하고 침착하며 의지나 언행 따위가 올바르고 당당함.

262 성혈(腥血): 비린내가 나는 피.

263 의복자장(衣服資粧): 옷과, 여자의 몸단장에 쓰는 물건.

264 성복(成服): 초상이 나서 처음으로 상복을 입음.

265 심방(尋訪)하다: 방문하여 찾아보다.

266 납명(納名): 윗사람에게 왔다는 뜻으로 이름을 알림.

267 매이: 매우. 심하게.

고 도로혀 어이없어 장탄(長歎) 왈,

"축의 죄 사사(賜死)[268]에 가살(可殺)이라. 가히 두지 못하리라."

하고 짐주(鴆酒)[269]를 먹여 죽이니[270] 기모(其母)가 심하(心下)에 슬퍼하나 감히 말을 못하더라. 제왕이 차후 아자(兒子)의 일동일정(一動一靜)을 가찰엄칙(苛察嚴飭)[271]하니 장시중이 소왈,

"아비는 열세 살에 소옥을 버혀[272] 살인하였더니 아들은 구 세 소아(小兒)가 사람의 낯갗을 새기니 대강 모질고 사오납쇼니 진짓 난부난(43)자(難父難子)[273]로다. 이후에 나이 차면 눌을 버힐동 알리오. 음아음아 무서워라. 바로 보기 무서운 것들이로다. 중여는 젊어서부터 온중단묵(穩重端黙)하기 과하여 남자 중 졸사(拙士)요 주수(嫂)는 온순한 부인이어늘 저런 모진 자식과 손자를 두었으니 이제 희문의 사오나옴은 아비를 많이 닮았거니와 천린은 닮은 이 없이 사오나오니 조화(造化)가 아니 괴이(怪異)하냐?"

하풍익과 가안백이 대소 왈,

"예부터 요순지자(堯舜之子)가 불초(不肖)하고 주문(周門)에 관채(管蔡)[274] 있으니 조화가 괴이하리잇가. 연이나 운창이 스스로 제 일을 생각지 아니하고 아들을 그르다 하니 형상이 우습도소이다."

장시중이 무릎을 쳐 옳다 옳다 하니 현씨 제공이 그 거동을 절도(絶倒)하고 오·진 양공은 미소 왈,

"장(44)형의 광증(狂症)은 예부터 사풍(邪風)[275]이 대단하여 늙으니 노망(老妄)조차 겸하였거니와 양서(兩壻)는 무슨 일 광인(狂人)을 배우고자 하나뇨?"

장시중이 노왈,

"나는 바른말 하면 너희 부자 숙질이 결당(結黨)하여 모욕(侮辱)하고 능만(凌慢)[276]하니

---

268 사사(賜死): 죽일 죄인을 대우하여 임금이 독약을 내려 스스로 죽게 하던 일.

269 짐주(鴆酒): 짐독(鴆毒)을 섞은 술.

270 죽이니: 원문에는 '듁으니'로 되어 있으나 문맥에 맞추어 고침.

271 가찰엄칙(苛察嚴飭): 까다롭게 살피고 엄하게 분부함.

272 버히다: '베다'의 옛말.

273 난부난자(難父難子): 누구를 아비라 하고 누구를 아들이라 하기 어렵다는 뜻으로, 둘이 비슷하여 낫고 못함을 정하기 어려움을 이르는 말.

274 관채(管蔡): 관숙(管叔), 채숙(蔡叔). 주공(周公)의 형제들로 반역을 꾀하다 주공에게 진압됨.

275 사풍(邪風): 경솔하여 점잖지 못한 태도.

276 능만(凌慢): 업신여김.

말자 말자 하다가도 자연 친친지정(親親之情)에 입바른 말 하다가도 매양 견패(見敗)[277] 하니 어찌 분치 아니리오. 이후는 아모리나[278] 하라. 아는 체 아니리라."

양공이 함소(含笑) 왈,

"아무리 말자 한들 입이 쫑긋하고[279] 혀가 들먹들먹하는 것을 어찌 참고 견디리오. 참으면 내종(內腫)[280]될 것이니 저를 어찌하리오."

장공이 노(怒)를 도로혀 웃어 왈,

"자여[281] 등의 그 말은 옳은 말이로다. 젊어서부터 남 싫은 말을 말자 하되 입이 절로 들먹이니 하릴없더라. 현제 등이 하 별명(別名)[282]하니 이(45)제는 맹세코 너희 집 대소사에 간예(干預)[283]치 아니리라."

하더라.

이러구러 세월이 여류(如流)하여 희문, 희명 양 공자가 십이 세에 미치니 연·양 양공이 날마다 이르러 가기(佳期)를 재촉하는지라. 제왕이 엄전(嚴前)[284]에 품하고 양가(兩家)에 통혼(通婚)하여 택일하니 길기 수순(數旬)이 격(隔)하였으되 양 공자의 길일(吉日)이 한날이라. 제궁 내외 진동(振動)하여 혼수를 차려 한날 두 신부를 맞으려 하더라.

화설. 이부상서 연기화는 호부 현명린의 부인 연씨의 형남이라. 연이부가 기질(氣質)이 단아(端雅)하고 성도(性度)가 온중(穩重)하여 금옥군자(金玉君子)라. 실중(室中)의 부인 석씨는 또한 잠영(簪纓)[285] 숙녀(淑女)로 재용(才容)이 겸전(兼全)하니 부부가 결발(結髮) 수십 재(載)에 상경상화(相敬相和)하여 희로(喜怒)를 요동(搖動)함이 (46)없고 화락차담(和樂且湛)[286]

---

277 견패(見敗): 패배를 당함.

278 아모리나: 아무렇게나.

279 쫑긋하다: 말을 하려고 입을 달싹이다. 원문에는 '쥼긋ᄒᆞ고'로 되어 있음.

280 내종(內腫): 내장 등에 생기는 종기(腫氣).

281 자여: 현수문의 자(字).

282 별명(別名): 따로 일컬음.

283 간예(干預): 관계하여 참견함.

284 엄전(嚴前): 부친 앞 또는 부친.

285 잠영(簪纓): 관원이 쓰던 비녀와 갓끈. 양반이나 지위가 높은 벼슬아치 또는 그 지위를 비유적으로 이르는 말.

286 화락차담(和樂且湛): 화락하고 또 즐거워함. 『시경(詩經)』「소아(小雅)」〈녹명(鹿鳴)〉.

하여 국풍(國風)의 시를 지음 직하더라. 종고지치(鐘鼓之治)[287] 선선(詵詵)[288]하여 슬하에 삼자사녀(三子四女)를 두니 개개(個個)이 옥수(玉樹)[289] 인벽(人璧) 같더라. 위로 이자일녀를 성혼(成婚)하고, 차녀 화옥이 바야흐로 장성하여 연방이육(年方二六)에 운빈화안(雲鬢花顔)이 절세(絶世)하고 성행(性行)이 유한요조(幽閑窈窕)[290]하여 당세의 옥 같은 숙완(淑婉)이라. 얼음같이 맑으며 수정같이 빛난 기질이며 성효덕행(誠孝德行)이 겸비하니 부모가 수중기보(手中奇寶)같이 사랑하여 아시(兒時)에 순향을 현공자 희문에게 정약(定約)하고 괴로이 세월을 등대(等待)[291]하여 양가 남녀가 자라기를 기다리더니, 광음(光陰)이 백구(白駒)의 틈 지남 같아여[292] 양아가 장성하매 드대어 양가가 통혼택일(通婚擇日)하고 혼수(婚需)를 성비(盛備)하여 길일(47)이 다다르매 왕궁과 연부에 대연(大宴)을 개장(開場)하고 신인(新人)을 맞을새 연상서가 차환(叉鬟)[293]을 매자(妹子)[294] 현상서 부인께 보내어 전어(傳語)하되,

"제왕부는 친척이 성당(盛黨)하고 군종(群從)이 번화(繁華)하니 매자(妹子) 일 인이 불참하여도 관계치[295] 아니할 것이요, 오가(吾家)는 쇠미하여 친척이 희소하니 모친이 매자의 아니 오려 함을 들으시고 불락(不樂)하시는지라. 현매(賢妹) 마땅히 먼저 우리 집에 와 신랑의 전안(奠雁) 행례(行禮)함을 보고 여아를 거느려 한가지로 옴이 또한 늦지 아니리라."

한대 연부인이 미소하고 이에 현상서께 이 뜻을 품한대 호부가 소왈,

"우리 부부가 일찍 잣사리하기로[296] 부모 형제 남과 같이 즐기지 못하니 제질(諸姪)의 가취(嫁娶) 시(時)에나 안항(雁行)의 자리를 비우(48)지 아닐까 하였더니 사단(事端)[297]이

---

287 종고지치(鐘鼓之治): 종과 북소리가 잘 어울리는 것과 같이, 부부 사이가 좋음을 이르는 말. 종고지락(鐘鼓之樂).

288 선선(詵詵): 자손이 많은 모양. 화기애애하게 모여드는 모양.

289 옥수(玉樹): 아름다운 나무라는 뜻으로, 재주가 뛰어난 사람을 이르는 말.

290 유한요조(幽閑窈窕): 그윽하고 한가로우며 정숙함.

291 등대(等待): 미리 준비하고 기다림.

292 백구의 틈 지남 같다: 백구과극(白駒過隙). 흰 망아지가 빨리 달리는 것을 문틈으로 본다는 뜻으로, 인생이나 세월이 덧없이 짧음을 이르는 말.

293 차환(叉鬟): 주인을 가까이에서 모시는 젊은 계집종.

294 매자(妹子): 손아래 누이.

295 관계치: 원문에는 '관겨치'로 되어 있음.

296 잣사리하다: 미상.

297 사단(事端): 사건의 단서. 또는 일의 실마리.

어찌 이리 많으뇨. 연이나 악모(岳母)의 정리(情理)와 영형(令兄)의 섭섭한 심우(心憂)를 위하여 부인의 근친(覲親)을 허하나이다."[298]

부인이 잠소(潛笑) 왈,

"이 또 사람의 팔자라. 군자가 아시(兒時)로부터 이친이가(離親離家)하시매 집이 비록 연장대문(連墻大門)하고 협문(夾門)이 있어 조모(朝暮)에 왕래하나 자연 시측(侍側)이 전일(專一)치 못함은 형세 자연 그러하심이니 금일 첩의 한때 근친(覲親)의 연고(緣故)리잇고."

호부가 우소왈(又笑曰),

"그 연(然)하거니와 석년(昔年)에 악모(岳母)가 부인을 위하여 매양 복(僕)의 행사(行事)를 미온(未穩)하시고 일녀의 신세를 과도히 슬퍼하시더니 이제 희문의 호일방탕(豪逸放蕩)함은 오히려 생의 무리 아니니 두리건대[299] 영질(令姪)의 평생이 순치 못할까 하노라."

부인이 청(49)파에 쌍아(雙蛾)[300]를 영빈(永嚬)[301]하여 왈,

"만사(萬事)가 다 명(命)이라. 어찌 당치 아닌 바에 미리 일컬어 장부의 말씀이 세쇄(細瑣)[302]하기에 가깝고 또 언참(言讖)[303]을 삼가지 아니시나잇가."

상서가 미소묵연(微笑默然)이러라. 부인이 가기(佳期)를 일러 회보하고 명일 금교(金轎)를 갖추어 연부에 나아가 모부인과 거거(哥哥)[304]께 뵈온대, 태부인이 여아의 봉관화리(鳳冠花罹)[305]와 장장(鏘鏘)한[306] 옥결(玉玦)[307]이 아름다운 용모를 돕고 팔좌(八座)[308]의 존함이 혁혁(赫赫)함을 보니 새로이 두굿기고 사랑하옴을 이기지 못하여 옥수(玉手)를 잡고 운환(雲

298 허하나이다: 원문에는 '허ᄒᆞ나ᄂᆞ이다'로 되어 있으나 오기인 듯함.

299 두리다: 두려워하다.

300 쌍아(雙蛾): 미인의 고운 양쪽 눈썹.

301 영빈(永嚬): 오랫동안 찡그림.

302 세쇄(細瑣): 시시하고 자질구레하다는 뜻.

303 언참(言讖): 미래의 사실을 맞추어 예언하는 말.

304 거거(哥哥): 형이나 오빠에 대한 호칭.

305 봉관화리(鳳冠花罹): 옛 신부가 봉(鳳)을 장식해 머리에 쓰던 예관(禮冠)과 꽃을 수놓은 얼굴가리개.

306 장장(鏘鏘)하다: 옥이나 쇠붙이 따위의 울리는 소리가 맑다.

307 옥결(玉玦): 옥으로 만들어 허리에 차는 고리.

308 팔좌(八座): 중국 고대, 육조의 상서(尙書) 및 일령(一令), 일복야(一僕射)를 통틀어 이르던 말. 존귀한 자리를 가리킴.

鬟)[309]을 어루만져 역소역탄(亦笑亦歎) 왈,

"미망여생(未亡餘生)이 선군(先君)[310]을 여의옵고 홀로 살아 자녀의 효를 받으니 어찌 희감(喜感)치 아니리오. 더욱 여아는 무부지아(無父之兒)라 하여 각별 사랑하여 부디 아름다운 (50)낭재(郎材)를 구하다가 의외에 현랑의 풍류호신(風流豪身)을 만나고 강씨의 대투(大妬)를 만나 일생이 어떠할꼬 염려하매 일촌간장(一村肝腸)이 하마 초삭(焦鑠)[311]할 뻔하더니 어찌 오늘날 영화복록을 몽매(夢寐)에나 생각하였으리오. 이제 손녀의 절세한 재용이 많이 너와 방불(彷佛)하니 또한 복덕이 너 같기를 바라노라."

좌우 제빈이 다 마땅함을 일컫고 연상서가 소왈,

"누의[312] 비록 당시(當時)에 보복(報復)을 천자(擅恣)하오나[313] 석일(昔日)은 많이 자위(慈闈)[314]의 이우(貽憂)[315]를 끼쳤삽더니 어찌 오복(五福)이 한 흠도 없다 하리잇가. 이제 화옥은 재용(才容)이 많이 소매(小妹)께 밎지 못할 듯하오나 현자의 출발(出拔)[316]한 기상(氣像)인즉 기숙(其叔)의 (51)십배승(十倍勝)이니 자고로 여자 삼종(三從)은 재타인(在他人)이라. 소매는 적인(適人)[317]하매 현운빈이 능히 매자(妹子)를 밎지 못할 곳이 많아 그릇 강씨의 투악(妬惡)을 만났삽거니와 이제 현자는 기숙(其叔)의 유(類)가 아니라. 지식이 원대하고 총명이 수출(秀出)하니 소녀가 어진 군자의 배우(配偶)가 되어 백두종시(白頭終時)에 오복이 한 흠도 없기를 바라나이다."

태부인이 미급답(未及答)에 현부인이 낭연(朗然) 대소(大笑)하더라.

철종황제(哲宗皇帝) 후궁(後宮) 김상궁(金尙宮) 철영 글씨.

---

309 운환(雲鬟): 여자의 탐스러운 쪽진 머리.

310 선군(先君): 원래는 '돌아가신 아버지'를 뜻하는 말인데, 화자가 자식의 입장에서 쓴 것.

311 초삭(焦鑠): 마음을 애태우고 녹임.

312 누의: '누이'의 옛말.

313 천자(擅恣)하다: 제 마음대로 하여 조금도 꺼림이 없다.

314 자위(慈闈): 남에게 자기 어머니를 높여 이르는 말.

315 이우(貽憂): 남에게 걱정과 근심을 끼침.

316 출발(出拔): 특출하게 빼어남.

317 적인(適人): 시집감. 출가함.

권지십이

(1)차설. 현부인이 낭연대소(朗然大笑)[1] 왈,

"태태(太太)[2] 소매(小妹)를 과장(過奬)하시고 질녀(姪女)로써 비겨 이르시매 각별 무애(撫愛)[3]하거늘 거거(哥哥)는 문득 사외로와[4] 하시니 어찌 괴이치 아니리잇고. 거거는 현군을 호방타 이르시나 강씨는 본디 고인(故人)이요 성도(性度)가 투한(妬悍)[5]하나 이미 죽은 후는 상서의 단정함이 가중(家中)에 한낱 희첩(姬妾)이 없으니 거거의 나무라 하심이 어찌 원민(寃悶)[6]치 아니리잇고. 형장이 희문을 기숙(其叔)에서 낫다 하시나 소매는 써 하되 '못하다' 하나이다. 차아(此兒)가 기운이 호일(豪逸)하고 뜻이 너르고 소절(小節)[7]에 거리끼지 아니하며 대사에 강맹(强猛)하니 입신현달(立身顯達)하매 고관후록(高官

1 낭연대소(朗然大笑): 환히 크게 웃음.
2 태태(太太): 어머니.
3 무애(撫愛): 어루만지며 사랑함.
4 사외롭다: 꺼림칙하다. 원문에는 'ᄉᆞ회로와'로 되어 있으나 서강대본을 참고하여 고침.
5 투한(妬悍): 시샘하고 사나움.
6 원민(寃悶): 억울하고 답답함.
7 소절(小節): 대수롭지 않은 작은 예절.

厚祿)은 사람의 위가 되려니와 반(2)드시 실중(室中)에 칠 부인과 십이 금차(金釵)[8]로 집을 메우리니 타일(他日) 질녀가 공후대상(公侯大相)의 원위(元位)[9]를 모첨(冒添)[10]하여 존귀함은 극(極)하려니와 적국(敵國) 총중(叢中)의 책임이 중한즉 소매의 종요로움과 같지 못할 것이요, 이제 질아(姪兒)를 취하매 불구(不久)에 신인(新人)[11]을 빙(聘)하리니 거거와 석형의 협량(狹量)[12]으로 애를 얼마나 사를 줄 알리잇고."

태부인이 소왈,

"여아(女兒)의 의논이 금옥 같도다. 기 홰성[13]이 소졸(疏拙)하여 오직 일처(一妻)만 지키어 늙으니 스스로 사람마다 저를 본받아 정남(貞男)이 될까 여기니 어찌 우습지 아니리오."

연상서가 소이대왈(笑而對曰),

"운빈이 단정함이 아니라 매자(妹子)의 호령에 훈(訓)하여[14] 탑하(榻下)에 언식(偃息)[15]이 없음이니 이러나저러나 용렬(庸劣)한 필부(匹夫)라. 여서(女婿)가 그 조카니 (3)행여 닮을까 겁이 나오니 남자의 법다운[16] 처첩을 흠(欠)하리잇가. 매자는 협량(狹量)이라 하고 태태는 석씨의 정남(貞男)이라 하시거니와 진실로 해아(孩兒)는 선친을 여의옵고 영빈(零貧)한 가중에 안항(雁行)[17]이 번화치 못하오니 백사(百事)에 흥행(興行)이 없사오매 화려한 의사가 없음이러니 매자가 이로써 희롱의 말을 삼으니 지극 원통한지라. 현매는 상문(相門)[18] 가음연[19] 구가(舅家)에 들어가 관경(觀境)이 고산(高山) 같으리니 일대 교아(嬌兒)를 천거(薦擧)하라. 우형(愚兄)이 물리치지 아니리라."

---

8 금차(金釵): 금으로 만든 비녀. '첩'의 뜻.
9 원위(元位): 본부인의 자리.
10 모첨(冒添): 외람되이 참여함.
11 신인(新人): 막 결혼한 사람. 여기서는 새색시를 말함.
12 협량(狹量): 도량이 좁음.
13 홰성: 미상.
14 훈(訓)하여: 원문에는 '훈아여'로 되어 있음.
15 언식(偃息): 걱정이 없어 편안하게 누워서 쉼.
16 법답다: 법에 맞다.
17 안항(雁行): 기러기의 행렬이란 뜻으로 남의 형제를 높여 이르는 말.
18 상문(相門): 재상의 문중.
19 가음열다: '부유하다'의 옛말.

태부인이 문득 척연함체(戚然含涕)[20]하니 이는 말씀이 선공께 미침이라. 현부인이 역시 감회하여 하나 자위(慈闈)[21] 불락(不樂)하심을 우민(憂悶)하여 단순옥치(丹脣玉齒)를 비추어 마음에 없이 웃고 왈,

"장부가 번화(繁華)에 (4)뜻이 있으면 천하에 미인이 어데 없어 구태여 소매에게 청하시리오. 소매 설령 이 뜻이 있은들 석형의 원망이 무서워 어찌 미인을 천거하리잇고?"

석부인이 낭연(朗然) 소왈,

"첩이 본디 노둔(駑鈍)[22]한 재질이라. 연소지시(年少之時)에도 영민치 못하여 가사에 불찰(不察)한 적이 많으니 이제 쇠(衰)하기에 미치매 더욱 가관지사(可觀之事)[23]가 부지기수(不知其數)라. 만일 아름다운 가인(佳人)을 얻어 가사(家事)에 보정(輔政)[24]하면 어찌 기쁘지 아니리오. 추호도 현매(賢妹)를 원(怨)치 아니리라."

현부인이 대소 왈,

"저저(姐姐)는 우리 형장(兄丈)을 너무 믿지 마소서. 장부(丈夫) 호신(豪身)은 믿을 것이 없나니 소매 진실로 천거할 미인이 없음이 아니라 저저(姐姐)의 쇠모지년(衰耗之年)[25]에 외로운[26] 잔등(殘燈)을 이웃하여 차류호박침(且留琥珀枕)과 혹(5)유몽래시(或遊夢來時)[27]를 외우실 바를 가지(可知)함이로소이다. 저저는 소매의 덕을 사례하소서."

언파(言罷)에 낭랑(朗朗)히 웃으니 좌우가 개소(皆笑)하고 태부인이 근심을 두루혀[28] 웃더라. 이윽고 만반진수(滿盤珍羞)를 앞마다 벌이고 구슬 돗[29] 위에 희담미어(戲談美語)가 쟁쟁(噌噌)하더니,[30] 일영(日影)이 반오(半午)에 생황(笙篁)이 요요(嫋嫋)하고 우개[31] 부치이는

---

20 척연함체(戚然含涕): 슬퍼하며 눈물을 머금음.

21 자위(慈闈): '어머니'의 존칭. 자친(慈親).

22 노둔(駑鈍): 둔하고 어리석어 미련함.

23 가관지사(可觀之事): 보기 흉해 비웃을 만한 일.

24 보정(輔政): 보필함.

25 쇠모지년(衰耗之年): 체력이나 기력 등이 점점 떨어지는 나이.

26 외로운: 원문에는 '외로'로 되어 있으나 서강대본을 참고하여 고침.

27 차류호박침(且留琥珀枕) 혹유몽래시(或遊夢來時): 또 호박 베개 놓아두겠어요. 혹시 꿈속에 올 때가 있을지 모르니까요. 이백의 〈백두음(白頭吟)〉.

28 두루혀: 돌이켜.

29 돗: 돗자리.

30 쟁쟁(噌噌)하다: 어지럽게 떠들썩하다.

31 우개: 깃털로 만든 부채.

곳에 신랑의 위의(威儀) 부문(府門)에 이르니 쌍쌍한 복첩(僕妾)이 경군취대(輕裙翠黛)[32]로 난향(蘭香)과 보촉(寶燭)을 잡아 맞아 전안청(奠雁廳)에 인도하고 예지(睿旨)를 전하매 신부 상교(上敎)를 기다려 봉교(奉敎)하여 돌아올새, 금안백마(金鞍白馬)의 만조요객(滿朝繞客)이 전차후옹(前遮後擁)[33]하니 열후공경(列侯公卿)이며 공후거록(公侯巨祿)의 화개주륜(華蓋朱輪)[34]과 사마쌍극(駟馬雙戟)이 분잡(紛雜)하고 기치(旗幟) 중중(重重)한대 고악(鼓樂)이 훤천(喧天)[35]한 중 두 낱 구슬 덩[36]이 재전재후(在前在後)하며 수(6)백 명 수의(繡衣) 아졸과 두 떼 홍분(紅粉)이 꽃수풀이 되었고 현군 황상의 사지관환(事知官喚)[37]이 규리를 끌고 향연보촉(香煙寶燭)을 잡아 길을 인도하니, 진진(津津)[38]한 향풍(香風)은 십 리에 쏘이고 요량(嘹喨)[39]한 악음(樂音)은 반공(半空)에 어리니 도로(道路) 관자(觀者)가 걸음을 멈추어 책책흠찬(嘖嘖欽讚)[40]하고 여항(閭巷) 사녀(士女)는 거리거리 집 잡아 관광(觀光)하며 아동 주줄이[41] 따라오며 완경(玩景)하니 인성(人聲)이 훤화(喧譁)[42]하고 어깨가 야이며[43] 칭성(稱聲)이 요요(擾擾)[44]하여 만목(萬目)[45]이 시고[46] 백구(百口)가 갈(喝)하더라.

순식(瞬息)에 행(行)하여 제궁에 다다르니 이날 제왕부 연석의 장함이 비길 데 없으니 천고(千古) 승연(勝宴)[47]이라. 원근친족(遠近親族)과 인친(姻親)은 이르도 말고 오·진 양공의 자질(子姪), 여부(女婦),[48] 제손(諸孫)이 내외 합하여 오백여 인이라. 주석(主席)에 오·진 양공

---

32 경군취대(輕裙翠黛): 가벼운 치마를 입고 눈썹 화장을 잘 한 여자.
33 전차후옹(前遮後擁): 앞에서 가리고 뒤에서 옹위함. 여러 사람이 앞뒤에서 보호함.
34 화개주륜(華蓋朱輪): 화려하게 꾸민 수레.
35 훤천(喧天): 소리가 아주 커서 하늘까지 울려 퍼지는 것.
36 덩: 공주나 옹주가 타는 가마.
37 사지관환(事知官喚): 일에 익숙한 사환.
38 진진(津津): 넘쳐흐르는 모양.
39 요량(嘹喨): 소리가 맑음.
40 책책흠찬(嘖嘖欽讚): 떠들썩하게 아름다움을 기림.
41 주줄이: 줄지어 죽 늘어선 모양.
42 훤화(喧譁): 시끄럽게 지껄이며 떠듦.
43 야이다: 서로 부딪치다.
44 요요(擾擾): 떠들썩함.
45 만목(萬目): 많은 사람의 눈.
46 시다: 강한 빛을 받아 눈이 부시어 슴벅슴벅 찔리는 듯하다.
47 승연(勝宴): 훌륭한 잔치.
48 여부(女婦): 딸과 며느리.

이 수좌(首座)를 이(7)루니 현승상 제왕 등 곤계(昆季)[49] 군종(群從)[50] 십사 인이 품복(品服)을 정제하고 제자질(諸子姪)로 더불어 제객(諸客)을 맞으니 접빈(接賓) 추양(推讓)[51]의 예모가 빈빈(彬彬)[52]하니 비(比)컨대 공안(孔顔)[53]의 좌석에 증맹(曾孟)[54] 뫼시듯 하고 문왕(文王)의 어탑(御榻)[55]에 무왕(武王)이 뫼신 듯하더라. 내연(內宴)의 방성(尨盛)함이 외연(外宴)에 더은[56] 듯하니 광명전 백척고루(百尺高樓)를 널리 쓸고 유소(流蘇)한[57] 팔창(八窓)을 통개(洞開)하고 화동주란(畵棟朱欄)과 난창수달(爛窓繡闥)[58]이 날빛에 조요(照耀)하여 분벽(粉壁)에 쟁휘(爭輝)하고 구슬발이 영롱하여 구름거리에 걸렸는데, 제왕비 월성 공주 두삽칠보채봉관(頭插七寶彩鳳冠)[59]은 오채주(五彩珠)가 현란(眩亂)하고 신착순금적의(身着純金翟衣)[60]하고 자하금군(紫霞錦裙)을 끌어 존고(尊姑) 주·철·육 삼 부인과 백모 하·윤 양 부인을 뫼셔 주벽(主壁)[61]에 좌(座)를 이루고 제사(娣姒)[62] 숙매(叔妹)[63] 금장(錦帳)[64]이 동렬로 (8)더불어 여부제질(女婦諸姪)을 거느려 제빈귀객(諸賓貴客)을 맞아 용문석(龍紋席) 채화담(彩畵毯)을 차례로 놓아 좌차(座次)를 이루니 하·윤·주·철 사위(四位) 부인이 반백(半百)이 넘었으되 수발(垂髮)이 윤택하여 일발(一髮)이 불백(不白)하고 광염(光艶)이 쇄락(灑落)[65]하여 완중(婉重)한 체도(體度)와 유

---

49 곤계(昆季): 형제.
50 군종(群從): 여러 종형제들.
51 추양(推讓): 남을 추천하고 자기 자신은 양보함.
52 빈빈(彬彬): 훌륭함.
53 공안(孔顔): 공자(孔子)와 안회(顔回).
54 증맹(曾孟): 증자(曾子)와 맹자(孟子).
55 어탑(御榻): 임금이 앉는 상탑(牀榻).
56 더으다: 더하다.
57 유소(流蘇)하다: 장식용 술이 달리다.
58 난창수달(爛窓繡闥): 화미한 창과 수놓은 문.
59 두삽칠보채봉관(頭插七寶彩鳳冠): 머리에 꽂은 칠보채봉관(七寶彩鳳冠). '칠보채봉관'은 칠보로 봉황새를 수놓은 아름다운 관.
60 신착순금적의(身着純金翟衣): 몸에는 순금으로 장식한 적의를 입음. '적의(翟衣)'는 나라의 중요한 의식 때 왕비가 입던 예복으로 붉은 비단에 청색의 꿩을 수놓아 만들었다.
61 주벽(主壁): 좌우로 사람을 두고 가운데 앉는 주가 되는 자리. 또는 그 자리에 앉은 사람.
62 제사(娣姒): 동서(同壻).
63 숙매(叔妹): 시누이.
64 금장(錦帳): 동서.
65 쇄락(灑落): 기분이나 몸이 개운하고 깨끗함.

법(有法)한 동지(動止)[66] 나이로조차[67] 진중하고 위차(位次)로조차 존귀하니 존(尊)한 격(格)과 귀(貴)한 조(調)가 당당하여 가히 일국 대상(大相)의 내상(內相)[68]으로 각로 왕공의 자부인 됨이 부끄럽지 아니하고, 하부인의 완윤(婉潤)[69]한 복덕으로 승상 같은 기자(奇子)를 생(生)치 아니며 주부인의 성덕재예(盛德才藝)로 평제왕을 두지 못하리오.

버거[70] 사마부인, 월성 공주 등 제사금장(娣姒錦帳)이며 가안백, 위상서, 이각로, 소참정 부인, 하풍익의 빈실(嬪室)과 강양 우숙(9)희 등이 중중첩첩(重重疊疊)하여 화려한 의복과 찬란한 패옥(佩玉)이 이목(耳目)이 황황(煌煌)하고 연화앵순(鉛華櫻脣)[71]과 쌍성안광(雙星眼光)이 교교영롱(皎皎玲瓏)하고 명명서애(明明瑞靄)하여 품직의 복색과 봉관(鳳冠) 상서(尙書)가 좌에 울울층층하였고 채각고루(彩閣高樓)의 구름 차일(遮日)은 반공(半空)에 걸렸으며 수달난창(繡闥欄窓)을 통개(洞開)하고 운무병(雲霧屛)이 상서를 돕는 가운데 서왕모(西王母)의 요지연(瑤池宴)을 이뤄 금화채석(錦花彩席)이 층층화계(層層花階)를 무엇고[72] 금은주옥의 수식(垂飾)이 화란춘성(花爛春城)[73]이 되었으니 그 찬란한 위의와 화려한 연석이 고왕금래(古往今來)에 처음인 듯 옥경선자(玉京仙子)가 쌍쌍이 시립하고 홍군취삼(紅裙翠衫)이 첩첩이 섯도니[74] 만화방창(萬化方暢)[75]의 무릉도원(武陵桃源)이 의연히 이뤘더라. 수정렴(水晶簾) 산호(珊瑚)발이 곳곳(10)이 걸렸으니 광휘 조요(照耀)하여 일색(日色)에 바애고[76] 울금향(鬱金香) 비취선이 청풍에 한가하니 이 진실로 태평성대 큰 잔치요 군자 숙녀의 합승하는 때러라.

하늘이 현씨의 충효절행(忠孝節行)이 특출함과 숙덕공검(淑德恭儉)의 위본을 표하사 세세로 무량복록을 나리오시니 천지수출(天地秀出)한 기맥이요 겸금려수(兼金麗水)[77]한 조화

---

66 동지(動止): 행동거지(行動擧止). 거동(擧動).

67 나이로조차: 원문에는 'ᄂᆞ흐로조차'로 되어 있음.

68 내상(內相): 남의 아내의 높임말.

69 완윤(婉潤): 아름답고 유순함.

70 버거: 다음으로.

71 연화앵순(鉛華櫻脣): 분 바른 얼굴에 앵두 같은 입술.

72 무엇고: 미상. '덮었고'의 뜻으로 추정됨.

73 화란춘성(花爛春盛): 꽃이 활짝 피어 봄이 한창임. 원문에는 '화림츈셩'으로 되어 있음.

74 섯돌다: 섞여 돌다.

75 만화방창(萬化方暢): 따뜻한 봄날에 온갖 생물이 나서 자라 흐드러짐.

76 바애다: 눈부시다. 바이다.

77 겸금려수(兼金麗水): '겸금'은 보통의 금보다 값이 두 배가 되는 좋은 금, '려수'는 금의 산지로 유명한 곳.

(造化)로 그 생출(生出)하는 자녀가 개개(個個)이 금옥이요 제제(濟濟)히 기린(麒麟)이라. 천강복록(天降福祿)하시고 조화를 나리오시니 일기화창(日氣和暢)하고 감로(甘露)가 시강(始降)하니 화한 바람은 사람의 신기를 돕고 길한 기운은 정신을 양생하매 맑고 좋음이 금일 현가의 연석(宴席)에 모였더라.

신랑 신부가 청중에 나아가 합환교배(合歡交拜)[78]를 파(罷)하고 막차에 쉬어 단장(丹粧)(11)을 고치고 조율(棗栗)을 받들어 존당 구고(尊堂舅姑)께 뵈올새 연부인이 질녀를 거느려 먼저 왔는지라. 이에 들어와 구고(舅姑)께 뵈옵고 반일 존후 문자오매 월액(月額)[79]에 봉관(鳳冠)이 나작하고 옥면에 희기(喜氣) 가득하니 오공이 소왈,

"질부(姪婦)의 희색을 보니 미처 희문의 안해를 보지 아냐 아름다움을 알리로다."

부인이 복수유유(伏首唯唯)하여 존명을 공경하여 들을 따름이요 말씀이 없더라. 아이(俄而)오[80] 향풍(香風)이 진울(震鬱)[81]하고 옥패 쟁쟁한 곳에 한 떼 홍장이 일륜은섬(一輪銀蟾)[82]을 껴 나아오니 성장(盛裝)이 찬란하고 염색(艶色)이 휘휘하여 그 어데 미우며 고움을 분간치 못할지라. 의의(猗猗)히[83] 약목(若木)[84]에 금가마귀 떨어진 듯 녹파(綠波)에 향연(香蓮)이 함담(菡萏)[85]을 벌리지 못한 듯 형형(12)색색(形形色色)하고 찬찬수이(燦燦殊異)하여 한 덩이 진옥을 진채로 꾸민 듯 연연약질(娟娟弱質)이 무거운 주취(珠翠)와 긴단장(丹粧)[86]을 끌어 진퇴하매 예절이 규구(規矩)에 맞갖고[87] 수단이 합중(合中)하니 존당 구고와 만좌(滿座) 관경(觀景)이 미처 눈을 정치 못하여서 다시 일진향풍이 옥가(玉駕)를 전하는 곳에 일대 홍군(紅裙)이 일위 선아(仙娥)를 껴 좌상에 행례할새 신부가 또한 계출명가(繼出名家)하여 향규지란(香閨芝蘭)이라 천교만염(千嬌萬艶)의 겸승(兼勝)함이 옥화 군주와 구소저께 일분강등(一分降等)한 듯하나 애용(愛容)이 관절(冠絶)[88]하여 액여반월(額如半月)이요 미여춘산

---

78 합환교배(合歡交杯): 합환주를 주고받음.

79 월액(月額): 달과 같이 아름다운 이마.

80 아이(俄而)오: 잠시 후에.

81 진울(震鬱): 강하게 진동함.

82 일륜은섬(一輪銀蟾): '일륜'이나 '은섬'이나 다 달을 가리킴. 달처럼 환한 미인을 뜻함.

83 의의(猗猗)히: 아름답고 성하게.

84 약목(若木): 해가 지는 곳에 서 있다는 나무임. 원문에는 '양목'으로 되어 있음.

85 함담(菡萏): 연꽃의 봉우리.

86 긴단장(-丹粧): 온갖 단장. 특히 혼인 때 신부의 머리에 족두리나 화관을 씌워 단장하는 일을 이른다.

87 맞갖다: 마음이나 입맛에 꼭 맞다.

88 관절(冠絶): 가장 뛰어남.

(眉如春山)이요 협여도화(頰如桃花)요 순여단사(脣如丹砂)라. 진수아미(螓首蛾眉)[89]에 요조(窈窕)한 덕성이 나타나고 진퇴절차가 가작하니 진짓 일세의 요조가인(窈窕佳人)이라.

예파(禮罷)에 안(13)항(雁行)[90]의 차례를 가작이 하여 좌(座)를 이루니 군주와 소소저와 세자빈 운혜 소저와 숙혜, 미혜 양 소저와 구소저 등 십여 소년 여자가 열좌(列坐)하매 서광(瑞光)이 아나(婀娜)하고[91] 광염(光艶)이 찬연(燦然)하여 금벽이 휘휘하고 금반(金盤)의 위주(魏珠)가 황황(煌煌)하여 염광색태(艶光色態) 참치(參差)[92] 상하(上下)하니 좌우 관경지인(觀景之人)이 치하(致賀)가 분분(紛紛)하니 존당 구고가 희색이 만면(滿面)하여 연소저와 양소저의 옥수를 나호여 귀애함을 측량치 못하더라.

일모도원(日暮途遠)에 제객이 각산(各散)하고 제왕이 연소저 침소를 명휘각에 정하고 양소저 침소는 명설각에 정하니 양 신인(新人)이 혼정지례(昏定之禮)를 맞고 유랑(乳娘),[93] 시녀로 더불어 각퇴기실(各退己室)하니 제공이 촉(燭)을 (14)이어 한담(閑談)할새 양 공자를 명하여 신방에 물러가 쉬라 하니 제왕이 주왈(奏曰),

"양아와 양부(兩婦)가 연유(年幼)하와 고인의 가취지년(嫁娶之年)[94]이 아니오니 원컨대 수년을 각처(各處)하여 나이 차기를 기다리고자 하나이다."

진공이 침음(沈吟) 왈,

"오아(吾兒)의 의견이 정합하되 신혼 초야에 허송함이 불가하니 금야(今夜)는 동방(洞房)에 깃들이게 하고 명일(明日)부터 각처(各處)하게 하라."

희명은 천연순박(天然淳朴)한 예의군자(禮義君子)라 존명(尊命)을 옳이 여겨 흔연(欣然) 수명(受命)하되 희문은 연소호일(年少豪逸)한지라 심하(心下)에 그윽이 연소저의 천향국색(天香國色)을 애모(愛慕)하여 향방(香房)[95]에 모여 즐길까 하였더니 부교(父敎)를 듣자오매 아연(啞然) 변색(變色)하나 행여 부군의 밝은 안광(眼光)이 자기 심폐(心肺)를 (15)사못차실까 두려 십분 수렴(收斂)하여 명을 받아 신방(新房)으로 향할새 형제 서로 이끌어 중헌(中軒)에 나아오매 차공자(次公子)가 웃고 왈,

---

89 진수아미(螓首蛾眉): 매미의 넓은 이마와 나방 같은 미인의 눈썹.

90 안항(雁行): 형제간의 차례와 위계.

91 아나(婀娜)하다: 곱고 아리땁다. 원문에는 '아라ᄒᆞ고'로 되어 있음.

92 참치(參差): 길고 짧고 들쑥날쑥한 모양. 참치부제(參差不齊).

93 유랑(乳娘): 유모.

94 가취지년(嫁娶之年): 시집가고 장가들 나이.

95 향방(香房): 젊은 여인이 거처하는 방. 여기선 신혼부부의 방을 가리킴.

"현제(賢弟)와 아등(我等)이 후문(侯門) 공자로 생어부귀(生於富貴)하고 장어교애(長於嬌愛)하여 생세(生世) 이육(二六)에 소원과 같이 미녀를 취하니 자고로 요조숙녀(窈窕淑女)는 성인도 하주(河州)[96]에 구하신 바니 배우(配偶)의 현숙(賢淑)함이 어찌 기쁘지 아니리오. 남녀 가취(嫁娶)는 연치(年齒) 다소(多少)에 있지 아니하고 음양호합(陰陽好合)은 천도(天道)의 상사(常事)이어늘 대인(大人)이 아등을 어리다 하사 수년(數年)을 각거(各居)하라 하시니 비록 존명이나 어찌 민울(悶鬱)치[97] 아니리오."

삼공자(三公子)가 함소(含笑) 대왈(對曰),

"형언(兄言)이 의외로소이다. 부군이 위로 존당(尊堂)을 열의(熱意)하옵고 버거[98] 연·양 양공에 촉혼(促婚)함으로써 아등(我等) 형제를 (16)일시에 입장(入丈)하시나, 우리 아직 구상유취(口尚乳臭)[99]를 면치 못하고 연수(嫂)와 양씨 또한 유년(幼年) 약질(弱質)이라 고인의 가취지년(嫁娶之年)이 아니요 엄교(嚴教)가 예에 지극 마땅하시거늘 형이 어찌 이런 말씀을 하시나뇨? 만일 들을 이 있은즉 전전(轉傳)하여 대인이 아시면 그릇 여기실까 하나이다."

차공자 소왈(笑曰),

"혼야무인(昏夜無人)에 종용한 사어(私語)를 뉘 들어 대인께 고하리오. 다만 우리 형제 알 뿐이라."

하고 각각 길을 나눠 신방에 이를새 희문 공자가 명휘각에 들어가니 신부가 단의홍군(單衣紅裙)[100]으로 일어 맞아 동서분좌(東西分坐)하매 생이 봉안(鳳眼)을 흘려 신부를 보니 절염미모(絶艶美貌)와 성덕광휘(性德光輝) 소망에 지난지라. 희기(喜氣) 영영(盈盈)하여[101] 미우(眉宇)[102]에 온자(溫慈)하여[103] 나아가 옥수(玉手)를 잡고 왈,

---

96 하주(河洲): 덕이 높은 요조숙녀가 있는 곳. 『시경』「주남(周南)」〈관저(關雎)〉에 "꾸우꾸우 물수리 모래섬에 있네. 정숙한 아가씨 군자의 좋은 짝이네(關關雎鳩 在河之洲 窈窕淑女 君子好逑)."라는 구절에서 유래한 것.

97 민울(悶鬱)하다: 안타깝고 답답하다.

98 버거: 다음으로, 버금.

99 구상유취(口尚乳臭): 입에서 아직 젖내가 난다는 뜻으로, 말이나 행동이 유치함을 이르는 말.

100 단의홍군(單衣紅裙): 홑옷과 붉은 치마. 간편한 옷.

101 영영(盈盈)하다: 가득하다. 물이 가득 차서 찰랑찰랑하다.

102 미우(眉宇): 이마의 눈썹 근처.

103 온자(溫慈)하다: 성격이 온화하고 인자하다.

"생과 (17)소저가 충년(沖年)[104] 미질(微質)로 상봉 초일(初日)이라. 비록 부부의 회합(會合)과 수작(酬酌)이 바쁘나 시속(時俗) 예(禮)와 다를 뿐 아니라 부모의 명하신 바 육례(六禮) 백량(百兩)[105]으로 친영(親迎)[106] 우귀(于歸)[107]한즉 속태(俗態)를 좇아 수작의 번거함을[108] 혐의(嫌疑)로 아실 바가 아니요, 그대 예문생장(禮門生長)인즉 경부지도(敬夫之道)를 알 것이니 복(僕)의 묻는 말을 대답하여 장부의 풍정(風情)을 무류치[109] 아니케 할지어다."

연소저가 자성예질(資性睿質)이 총명자인(聰明慈仁)하고 온순비약(溫順卑約)[110]한 중 덕문생출(德門生出)로 여측규범(女則規範)이 미진함이 없는지라. 금일 현생을 일방(一房)에 대하매 만심(滿心)이 수괴(羞愧)하고 극히 송연(悚然)하거늘 제 핍근이좌(逼近而坐)[111]하여 집기수연기슬(執其手連其膝)[112]하고 언사(言辭)가 호일무륜(豪逸無倫)하고 경천부박(輕賤浮薄)함이 군자 수신(修身)에 크게 유흠(有欠)한지라. (18)심내(心內)에 해연(駭然)[113] 수참(羞慚)하여[114] 맥맥[115] 무연(憮然)하니[116] 공자가 무류 점직하여[117] 도로혀[118] 분심이 나매 다시 그 대답을 묻지 아니하고 핍박하여 금리(衾裏)에 나아가려 하니 소저가 굳이 밀막고[119] 민첩히 몸을 빼어 물러 멀리 좌하니 공자가 그 맹렬강직(猛烈剛直)함을 분노하여 소저를 밀쳐 상하(床下)에 나리치고 여성(厲聲)[120] 왈,

---

104 충년(沖年): 열 살 안팎의 어린 나이.

105 백량(百兩): 폐백이 수레 백량이나 된다는 것으로 화려하고 장한 혼인을 의미함.

106 친영(親迎): 육례의 하나. 신랑이 신부의 집에 가서 신부를 직접 맞이하는 의식이다.

107 우귀(于歸): 전통 혼례에서, 대례(大禮)를 마치고 3일 후 신부가 처음으로 시집에 들어감.

108 번거함을: 원문에는 '번거ᄒᆞ고'로 되어 있으나 서강대본을 참고하여 고침.

109 무류하다: 부끄럽고 열없다. 무료(無聊)하다.

110 온순비약(溫順卑約): 온순하고 겸손함.

111 핍근이좌(逼近而坐): 가까이 와서 앉음.

112 집기수연기슬(執其手連其膝): 그 손을 잡고 그 무릎을 댐.

113 해연(駭然)하다: 몹시 이상스러워 놀랍다.

114 수참(羞慚)하다: 매우 부끄럽다.

115 맥맥: 기운이 막혀 갑갑함.

116 무연(憮然)하다: 크게 낙심하여 허탈해 하거나 멍하다.

117 점직하다: 부끄럽고 미안하다. 원문에는 '점즉ᄒᆞ여'로 되어 있음.

118 도로혀: 도리어.

119 밀막다: 밀어서 막다.

120 여성(厲聲): 성이 나서 큰 소리를 지름. 또는 그 소리.

"그대 수존(雖尊)하나 나의 처실(妻室)이요, 내 수미(雖微)하나 그대의 소천(所天)[121]이어늘 불경불공(不敬不恭)함이 여차(如此)하뇨?"

소저가 해연(駭然)하나 안서(安舒)히[122] 일어 장외로 나와 그 흐트러진 수식(首飾)과 의상을 정돈하고 가만한 소리로 유랑(乳娘), 시아(侍兒)를 깨워 촉을 밝히고 앉았더라.

때에 명설각에서는 희명 공자가 본성이 침묵언희(沈默言稀)[123]한지라 오직 서안(書案)에 『예기(禮記)』를 수련하여 한 설(說)(19)이 없더니 가장 야심하매 날호여[124] 의대를 끄르고 금선(錦扇)을 들어 촉을 멸하매 소저를 권하여 편히 쉬게 하고 스스로 자기 침중에 나아가 잠드니 동정이 고요 나작하여 숨소리도 없는지라. 창외에 하숙인 교염이 존명을 받자와 규시(窺視)하다가 무미(無味)하여 돌아오더니 중당에서 우숙희를 만나니 숙희 이미 희문의 거동을 규시하고 우습기를 이기지 못하여 돌아오더니 숙인을 만나니 숙인이 소왈(笑曰),

"삼 공자의 거동이 여차여차하니 부질없이 규시하여 다리 아프고 졸음이 올 따름이라 점직히[125] 돌아오거니와 숙희는 무슨 기관(奇觀)을 보았나뇨?"

숙희 간간히 웃고 왈,

"차공자의 언담이 여차여차하니 어찌 우습지 아니리오."

(20)숙인이 박소(拍笑) 왈,

"양 소랑(小郞)이 동년이로되 삼랑은 온중정대(穩重正大)하고, 차랑은 호일방탕(豪逸放蕩)하여 이륙(二六) 충년동자(沖年童子)가 어느 사이 색념(色念)이 조동(早動)하여 약하고 어여쁜 소저를 곤히 보채닷다. 이 밤이 어서 새거든 기관기설(奇觀奇說)을 창조(創造)하여 한바탕 보채리라."

양인이 서로 웃고 돌아올새 숙희 왈,

"매자가 야심한데 상부에 가시리오? 첩의 숙소가 멀지 아니하니 첩의 침실에 가서 자고 명일 정당에 가서 차공자의 거동을 전하고 일장 기관을[126] 삼아 정당부인과 노야(老爺)며 장노공, 하풍익 등에게 좋아 희롱하시게 하사이다."

---

121 소천(所天): 아내가 남편을 이르는 말.

122 안서(安舒)히: 마음이 편안하고 조용하게.

123 침묵언희(沈默言稀): 조용하고 말이 없음.

124 날호여: 천천히.

125 점직히: 부끄럽게.

126 기관을: 원문에는 '기관을을'로 되어 있으나 고침.

숙인이 역시 웃고 숙희 침당에 와서 주과(酒果)를 먹으며 숙인 왈,

"일껏 기관을 얻어 볼까 반야(半夜)(21)를 후창(後窓) 밖에서 규시하노라 오래 섰으니 다리 아프고 무미(無味)하니 졸려 못 견딜 뿐 아니라 야심하매 배 심히 고프더니 과육을 먹으니 적이 주린 창자를 눅이노라."

숙희 또한 웃고 왈,

"그대는 반밤을 수고하였노라 하여도 아무 구경스러운 일도 못 얻어 왔으니 무엇으로 상배(賞杯)를 받으려 하나뇨? 첩은 차랑의 거동을 하 자미있게 보았으니 족히 정당에 가서 그 구경의 말씀을 증익(增益)하여 전하고 일장 기관을 존당에 웃으시게 하면 상배 삼 잔이야 아니 받아먹으랴. 상배 먹을 제 부인도 한 잔 줄 것이니 자미있는 술을 받으소서."

언파에 서로 대소하고 자다가 계명(鷄鳴)에 일어 관수(盥漱)[127]하고 정당으로 가는 길에 장노공을 (22)만나 수말(首末)을 고하고 한가지로 나아가니 제인이 함취(咸聚)[128]하여 신성(晨省)[129] 후 한담에 미쳤고 양 신인도 또한 참좌(參座)[130]러니 숙희 차공자를 향하여 왈,

"첩은 달야(達夜)[131]토록 한잠을 못 잤더니 곤하여라."

숙인 왈,

"무슨 일로 밤을 새오뇨?"

숙희 왈,

"꿈에 뉘 집 신랑 신부가 동방에 쟁힐(爭詰)[132]하는 소리에 귀 아파 못 잤노라."

장시중 왈,

"나는 꿈에 뉘 집 신랑이 신부를 쫓아 방 밖에 내치니 그는 호방하고 한 신랑은 절염미처(絶艷美妻)를 대하여 장부의 풍채 너무 없으니 가히 용렬(庸劣)키 심하더라."

양생이 왕부와 부왕이 재좌(在座)치 아니심을 방심하여 희문이 함소 대왈,

"자고로 건곤(乾坤)이 판출(判出) 이래로 음양이 조판(肇判)[133]하니 비금주수(飛禽走獸)도

---

127 관수(盥漱): 세수와 양치질을 함.

128 함취(咸聚): 다 모임.

129 신성(晨省): 아침 일찍 부모의 침소에 가서 밤사이의 안부를 살피는 일.

130 참좌(參座): 그 자리에 참렬(參列)함.

131 달야(達夜): 밤을 새움.

132 쟁힐(爭詰): 서로 다투어 힐난함.

133 조판(肇判): 처음 쪼개어 갈라짐. 또는 그렇게 가름.

능히 쌍을 이(23)루면 배필의 정을 아옵나니 소질(小姪)이 연소하오나 일세의 대장부라. 부모가 맡기신 처자(妻子)로 더불어 말씀함이 무슨 죄에 가하관대 척종조(戚從祖)[134]와 열위(列位) 제부(諸父)가 한 변(變)으로 아시나니잇고? 명제(弟)[135]의 소졸(疏拙)함[136]은 실로 남자의 기상이 아니오니 가히 다스림 직하도소이다."

제공이 미급답(未及答)에 희명이 옥면이 정숙하고 말씀이 정대하여 왈,

"소질은 본디 연소미거(年少未擧)한지라. 오직 엄부의 경계(警戒)를 받자오며 엄사(嚴師)의 훈교(訓敎)를 받자와 고인(古人)의 삼십에 가유실(可有室)[137]함을 옳이 여기거늘 이제 삼오약관(三五弱冠)도 못하여서 취실(娶室)하오니 부모의 은덕으로 현처(賢妻)를 얻사오나 부부 회실(會室)이 그리 바쁘리잇가? 사사(事事)에 다만 존명을 승순(承順)할 뿐이라. 연이나 소질 (24)등이 연소 애색지심(愛色之心)으로 일시 희롱된 거조(擧措)가 있사오나 종조(宗祖)와 열위 숙부는 존중하신지라 의리로써 경계하사 소년의 그른 것을 가르침이 옳삽거늘 도로혀 아배(兒輩)의 허물을 유심(有心)하여 들추시고 긴 날에 보채어 희롱의 말을 삼고자 하시니 이는 유자(猶子)[138] 등의 평일 바라던 바가 아니로소이다."

설파(說罷)에 기운이 나작하고 말씀이 화평하니 장공의 희해(戲諧)와 하풍익의 기변호담(機變豪談)으로도 할 말이 없어 다만 크게 웃고 왈,

"이 아해 가장 간사하여 군자의 능언(能言)을 비겨 도로혀 우리를 관속(管束)하니[139] 임시처변(臨時處變)[140]이 기특한지라. 이른바 온중단아함은 승어부(勝於父)[141]로다."

장시중이 소왈(笑曰),

"제 아비는 저만 나이에 발호(拔乎) 능활(能猾)(25)하던[142] 것이니 어찌 이 아해처럼 침중(沈重)하리오. 고인이 태교를 일렀으니 희명의 돈후함이 저의 모풍(母風)이로다."

---

134 척종조(戚從祖): 외종조부.

135 명제(弟): 희명 아우.

136 소졸(疏拙)하다: 꼼꼼하지 못하고 서투르다.

137 가유실(可有室): 아내를 얻을 만함.

138 유자(猶子): 조카.

139 관속(管束)하다: 단속하다. 관리하다.

140 임시처변(臨時處變): 임시변통(臨時變通). 갑자기 터진 일을 우선 간단하게 둘러맞추어 처리함.

141 승어부(勝於父): 아버지보다 나음.

142 능활(能猾)하다: 능력이 있으면서 교활하다.

하숙인이 내달아 왈,

"월성 옥주는 조부인만 못하여 차랑이 능활하니잇가?"

장공이 요두(搖頭) 왈,

"이 놈은 착한 모친은 닮지 아니하고 능활한 아비를 많이 닮았는지라."

말을 채 못하여 승상과 제왕이 오·진 양공을 뫼셔 안에 들어오더니 중헌에 제인이 모여 환소(歡笑)함을 보고 곡절을 물어 알고 오·진 양공은 미소하고 제왕은 희문의 방일(放逸)함을 미온(未穩)하여 정색(正色) 목도(目睹)하니 기위(其威) 씩씩하여 설천한월(雪天寒月) 같으니 양 공자가 황공축척(惶恐蹙蹐)하여 감히 머리를 들지 못하더라.

왕이 이날부터 양자를 불러 예같이 서당에 머물(26)게 하고 제왕비 부모께 고하고 보모 위씨를 명하여 명휘각에 처하여 연소저를 보호하며 공자의 자취를 엄칙(嚴飭)게 하니 삼공자는 다만 존명을 승순(承順)하여 사기(辭氣) 고요하되 차공자는 우숙희의 말 많음을 한하여 가만히 책왈(責曰),

"자(子)가 일찍 서모께 득죄함이 없거늘 하고(何故)로 잠을 폐하고 혼야에 분주하여 남의 부부간 사어(私語)를 푼푸[143]하여 엄노(嚴怒)를 만나게 하시나뇨?"

숙희 소왈,

"공자는 너무 바빠 말고 또 첩을 한(恨)치 말라. 이 또한 제노야와 태부인 명이요, 나의 사사(私私) 의견이 아니라."

하더라.

차시(此時) 현씨 제공의 자녀가 층층이 장성하여 향나무 구슬 꽂 같으니 해를 이으며 달을 연하여 남혼여가(男婚女嫁)하니 호부상서 현명(27)린의 장자 희재의 자는 연중이니 부풍모습(父風母習)하여 옥골설부(玉骨雪膚)요 잠미봉안(蠶眉鳳眼)[144]이며 호비주순(皓鼻朱脣)[145]이라. 영기과인(英氣過人)하고 문학이 초세(超世)하며 효우(孝友)가 출인(出人)하니[146] 부모가 애중하여 제형의 숙뇨미부(淑嫋美婦)를 연년(年年)이 얻어 제질부의 절세함을 본 적마다 아자의 자라기를 굴지계일(屈指計日)[147]하니 제형제(諸兄弟) 희롱하여 자애(慈愛)의 구

---

143 푼푸: 분포(分布). 널리 퍼뜨림. '푼푸'는 중국어 발음.

144 잠미봉안(蠶眉鳳眼): 누에 같은 두툼한 눈썹과 봉황의 눈.

145 호비주순(皓鼻朱脣): 흰 코에 붉은 입술로, 잘생긴 얼굴을 묘사하는 말임.

146 출인(出人)하다: 출중하다.

147 굴지계일(屈指計日): 손가락을 꼽아 가며 예정된 날을 기다림.

구함을 웃고 하풍익과 가안백이 소왈,

"운빈아, 너무 애쓰지 마라. 운강, 운창은 저리 애쓰지 않아도 며느리 얻는 족족 기특하더구나. 당년에 주소사 선공이 운빈을 기르실 제 남달리 혼처를 가리더니마는 조화옹이 흙성궂어[148] 남의 없는 추용누질(醜容陋質)을 얻어 곡경(曲境)[149]도 많이 겪었으니 운빈(28)의 며느리 못 얻을까 걱정하는 양이 우리 마음은 심히 사외로우니[150] 이후는 염려 말고 버려두라. 반드시 절색미부(絶色美婦)를 얻으리라."

호부가 무언참연(無言慘然)하여 깊이 염려하더니 일일은 부인이 이르되,

"첩이 모일에 석상서 집 연석(宴席)에 가니 어사 경흠의 부인 석씨는 우리 석저(姐)의 친제(親弟)라. 경부인이 재모(才貌)가 초세(超世)하여 색덕(色德)이 겸비하고 구 세[151] 여아를 데려왔으니 가아의 일년(一年) 하(下)라. 작인(作人) 품수(稟受)[152]가 가장 기특하던 것이니 첩은 차아를 구코자 하나이다."

상서가 왈,

"경아가 진실로 아름다울진대 구혼함이 방해롭지 아니하되 다만 존명을 얻은 후에 의논하리라."

하고 종용히 부친께 고하니 진공 왈,

"경흠이 현(29)명장부요, 기녀가 식부(息婦)[153]의 친히 본 바니 어찌 호의(狐疑)[154]하리오. 가히 매작(媒妁)[155]의 신(信)[156]을 통하게 하라."

상서가 수명(受命)하고 즉시 매파를 경어사 집에 보내어 구혼하니, 경공 부부가 또한 현가(玄家) 세대(世代) 문풍가벌(門風家閥)과 낭재(郎材)[157] 아름다움을 익히 아는 고로 호의(狐疑)치 아니하고 쾌허(快許)하나 아직 양가(兩家) 자녀가 연유(年幼)함으로써 수년을 지체

---

148 흙성궂어: 짓궂어.

149 곡경(曲境): 몹시 힘들고 어려운 처지.

150 사외롭다: 꺼림칙하다.

151 구 세: 원문에는 'ᄉᆞ셰'로 되어 있으나 문맥에 맞추어 고침.

152 품수(稟受): 품부. 선천적으로 타고남.

153 식부(息婦): 며느리.

154 호의(狐疑): 여우가 의심이 많다는 뜻으로, 매사에 지나치게 의심함을 이르는 말.

155 매작(媒妁): 중매.

156 신(信): 편지.

157 낭재(郎材): 신랑감.

코자 한대 호부가 굼거워[158] 부모께 고왈,

"소자가 그 아(兒)를 늦게야 얻어 며느리 죄이는 마음이 장차 갈망하온지라. 재아[159]가 십 세요 경아[160]가 구 세니 조혼(早婚)이라 하오려니와 소자의 의견은 성례하고 저희 부부 동실(同室)은 나이 차기를 기다리고자 하나이다."

진공 부부가 불열(不悅)하여 허치 아닌대 오공이 질아(姪兒)의 심사를 애련하여 진(30)공을 권하여 비로소 허하니 호부가 대희하여 경부에 촉혼택일(促婚擇日)하니 길기(吉期) 수삭(數朔)이 가린지라. 혼수를 성비(盛備)하니 이때 제왕비 월성 공주와 의빈 군주가 연·양 양 신부를 데리고 제후께 조현(朝見)[161]하니, 제후가 연씨 등의 재용(才容)을 보시고 칭찬애중(稱讚愛重)[162]하사 상사(賞賜) 은영(恩榮)이 구소저께 나리지 아니하더라.

이때 현부의 경사(慶事)가 다첩(多疊)하여 남취여가(男娶女嫁)하고 제소저가 생산(生産)이 잦으니, 군주는 먼저 일남(一男)을 생하고 또다시 기몽(奇夢)을 인하여 쌍남(雙男)을 생하고, 구소저는 또한 비웅(羆熊)의 상서(祥瑞)[163]를 응하여 생남(生男)하니, 왕과 상부의 깃거함은 이르지 말고 제후가 들으시고 깃거하시며 탄왈,

(31)"월성 앎을 이제까지 유아(幼兒)로 알았더니 어느 사이에 사람의 한아멈[164] 될 줄 어찌 알리오."

낭랑이 척연 왈,

"태낭랑의 지자(至慈)로써 월성의 다복함을 다 못 보시고 천종(天終)[165]하시니 평생 한이로소이다. 사사(死事)가[166] 이렇듯 쉬우니 첩이 또한 진연(塵緣)[167]이 머지 아닐까 하나

---

158 굼겁다: '궁금하다'는 뜻의 옛말.

159 재아: 명린의 장자 '희재'를 이름.

160 경아: 경공 부부의 딸.

161 조현(朝見): 신하가 입궐하여 임금을 뵙던 일.

162 칭찬애중(稱讚愛重): 원문에는 '친찬이즁'으로 되어 있으나 오기인 듯함.

163 비웅(羆熊)의 상서(祥瑞): 아들 낳을 꿈. 『시경(詩經)』「소아(小雅)」〈사간(斯干)〉에 "길몽이 무언가 하면, 큰 곰과 작은 곰에다, 큰 뱀과 작은 뱀이로다. 대인이 꿈을 점치니, 큰 곰과 작은 곰은 남아를 낳을 상서요, 큰 뱀과 작은 뱀은 여아를 낳을 상서로다(吉夢維何 維熊維羆 維虺維蛇 大人占之 維熊維羆 男子之祥 維虺維蛇 女子之祥)." 라고 한 데서 온 말.

164 한아멈: '할머니'의 뜻.

165 천종(天終): 죽음.

166 사사(死事)가: 원문에는 '시시'로 되어 있음.

167 진연(塵緣): 티끌세상의 인연이란 뜻으로, 속세와의 번거로운 인연을 이르는 말.

이다.”

설파에 용미(龍眉)[168] 척척(慼慼)하시니[169] 상이 재삼 위로하시고 언참(言讖)[170]의 불길함을 깃거 아니시더니, 과연 오래지 않아 낭랑 옥후(玉候)[171]가 미령(靡寧)하시니[172] 조야(朝野) 황황(遑遑)하며[173] 궐내 진동하는지라.

현부에서 황후 낭랑 병보를 듣고 상하가 대경하여 급급히 희재 공자를 성관(成冠) 입장(入丈)할새, 길일(吉日)에 육례(六禮)(32)를 구행(具行)하여 신랑이 금안백마(金鞍白馬)에 허다 요객(繞客)[174]을 거느려 혼가에 다다라 전안행례(奠雁行禮)[175]하고 신부를 맞아 부중으로 돌아올새, 상부 제인과 왕부 상하가 다 호부 가중에 모이니, 원래 명린은 외조부모 종사(從祀)[176]를 영(令)하는 고로 상부에 있지 아니하고 주씨 고택에 각거(各居)함이러라.

신랑 신부가 금수채장(錦繡彩粧)을 성히 하고 쌍쌍한 복첩(僕妾)이 홍상취수(紅裳翠袖)[177]로 향을 잡아 인도하여 청중에 들어가 교배(交拜)를 파하고 동방(洞房)에 나아가 합근주(合巹酒)[178]를 나누매 남풍여모(男風女貌)가 발월(發越)하여[179] 주옥(珠玉)이 바애는[180] 듯하니 좌객이 칭찬불이(稱讚不已)[181]러라.

칠보선(七寶扇)을 기울이매 조율(棗栗)을 받들어 존당구고께 진헌(進獻)하니 연방구세(年方九歲)라. 청하(清夏) 부용(芙蓉)[182]이 (33)함담(菡萏)[183]을 벌리지 못하고 향란(香蘭)의 움이

---

168 용미(龍眉): 양쪽 끝이 길게 치올라 가는 모양의 눈썹.
169 척척(慼慼)하다: 근심하는 빛이 있다.
170 언참(言讖): 미래의 사실을 맞추어 예언하는 말.
171 옥후(玉候): 임금의 건강 상태를 이르던 말.
172 미령(靡寧)하다: 어른의 몸이 병으로 인하여 편하지 못하다.
173 황황(遑遑)하다: 갈팡질팡 어쩔 줄 모르게 급하다.
174 요객(繞客): 위요(圍繞). 혼인 때에 가족 중에서 신랑이나 신부를 데리고 가는 사람.
175 전안행례(奠雁行禮): 혼인 때에 신랑이 기러기를 가지고 신부의 집에 가서 상위에 놓고 절을 하는 예.
176 종사(從祀): 배향(配享). 학덕이 있는 사람의 신주를 문묘나 사당, 서원 등에 모시는 일.
177 홍상취수(紅裳翠袖): 붉은 치마와 비취색 소매.
178 합근주(合巹酒): 합근(合巹)을 행할 때 주고 받는 술. 합근(合巹)은 전통 혼례에서 신랑 신부가 잔을 주고받는 절차. 혼례 자체를 의미하기도 함. 원문에는 '합증주'로 되어 있으나 오기인 듯함.
179 발월(發越)하다: 용모가 깨끗하고 훤칠하다.
180 바애다: 빛나다. 부시다.
181 칭찬불이(稱讚不已): 칭찬이 끊이지 아니함.
182 부용(芙蓉): 연꽃.
183 함담(菡萏): 연꽃의 봉오리.

미처 자라지 못한 듯하니 부용의 고운 빛이 진채(眞彩)를 머금은 듯 연연작약(軟娟綽約)[184] 하여 버들이 힘이 없고 초월(初月)이 동정(洞庭)[185]에 나왔는 듯 염염(冉冉)히[186] 요조(窈窕)하고[187] 애애(靄靄)히[188] 절세(絶世)하니 제객이 제성하례(齊聲賀禮)하고 존당은 기특히 여기나 너무 유미(柔媚)함[189]을 불쾌하되 호부는 두굿김[190]이 과도하여 조율을 어루만져 양소가월(良宵佳月)[191]에 희기(喜氣) 영롱하니 제형제 희롱하기를 마지아니하더라.

종일 연파에 제객이 흩어지니 호부가 기쁜 가운데나 자부(子婦)의 너무 유미(柔媚)함을 근심하여 아자(兒子)는 예같이 서재에 두고 경소저는 부인 협실에 머물게 하니, 소저가 비록 연유(年幼)하나 총명영오(聰明穎悟)[192]하여 존고의 명훈(明訓)을 봉승하며 소(34)고(小姑) 금혜로 더불어 동처(同處)하여 연부인 좌하(座下)에 떠나지 아니하니 부인이 어여삐 여김을 친녀같이 하고 상서가 애중함이 자녀의 위에 있으니 군종 형제와 제매 등이 기롱(譏弄) 왈,

"속담에 며느리 사랑은 시어비라 하거니와 너무 번졌다?"

하니 상서가 화기이연(和氣怡然)하여 왈,

"사랑이 북받치어 남의 치소(嗤笑)[193]도 모르노라."

하더라.

상서령 봉린의 장자 희량의 자는 자중이니 주부인 소생이야라. 품수(稟受)가 단아하고 풍채 비범하니 연급십이(年及十二)에 태학사 윤숙의 일녀와 정혼하였던 고로 구약(舊約)을 성전(成全)할새 이 윤학사는 오국공 계비 윤태부인 질자(姪子)라. 세대명문으로 가세(家世) 혁혁(奕奕)하고[194] 윤씨 남녀가 다 인물이 준수하며 재덕(才德)이 (35)초세(超世)하니 현상서가 윤소저의 재용덕성(才容德性)이 완전함을 익히 알고 정혼하였더니, 양가 남녀가 장성하매 드대어 택일성례(擇日成禮)하여 신부를 맞아 돌아오니 신랑의 표치풍광(標

---

184 연연작약(軟娟綽約): 몸매가 가냘프고 아리따움.

185 동정(洞庭): 동정호(洞庭湖).

186 염염(冉冉)히: 부드럽고 약하게.

187 요조(窈窕)하다: 여자의 행동이 얌전하고 정숙하다.

188 애애(靄靄)히: 분위기가 부드럽고 포근하여 평화롭게.

189 유미(柔媚)하다: 연약하고 예쁘다.

190 두굿기다: 즐거워하다. 매우 기뻐하다.

191 양소가월(良宵佳月): 아름다운 달이 뜬 좋은 밤.

192 총명영오(聰明穎悟): 남보다 뛰어나게 영리하고 슬기로움.

193 치소(嗤笑): 빈정거리며 웃음.

194 혁혁(奕奕)하다: 매우 크고 아름다워 성(盛)하다.

致風光)[195]과 신부의 옥모화태(玉貌花態) 진짓 상적(相敵)한[196] 배우(配偶)라 존당구고가 크게 깃거하더라. 희량이 또한 윤소저의 선풍미모(仙風美貌)를 과애(過愛)하여 금슬(琴瑟)이 진중하여 백년화락(百年和樂)이 무흠(無欠)하더라.

어시(於是)에 선인 황후가 옥후(玉候)가 날로 미령하시니 궁중 상하가 진경(震驚)하고[197] 태의(太醫)[198] 분황(紛遑)[199]하여 삼보천재(三寶千材)로 백방 치료하시나 진연(塵緣)이 다하시니 인간(人間) 약력(藥力)이 어찌 천의(天意)를 두루혀리오.[200] 월성 공주가 모후(母后)의 천명(天命)이 다하심을 알매 창황(蒼黃)히[201] 입궐하여 태자, 제왕, 공주, 비빙 등으로 더불어 완후(36)하여 주야(晝夜) 때[202]를 그르지 아니하고 약음(藥飮) 시탕(侍湯)[203]에 궁녀를 물리치고 스스로 친집(親執)[204]하여 정성을 가작이 하나 무가내하(無可奈何)[205]라. 낭랑이 침병(沈病)[206] 수순(數旬)에 스스로 일지 못하실 줄 아시고 태자, 제왕, 공주를 다 면면이 유교(遺教)하시고 제(帝)를 청하여 하직을 고할새, 옥색(玉色)이 자약하사 월성 공주의 옥수를 어루만져 재삼 보중함을 이르시고 엄연히 붕(崩)하시니 곤위(壼位)[207]에 즉(卽)하신 지 삼십팔 년이요 수(壽)가 오십륙 세라.

태자, 제왕, 비빙, 공주가 다 발상거애(發喪擧哀)[208]하고 삼천 채녀(采女)[209]가 평일 은택(恩澤)을 추모하여 호천통곡(呼天痛哭)[210]하더라. 상이 크게 슬퍼 통곡하시고 애조(哀詔)를

---

195 표치풍광(標致風光): 수려하거나 아름다운 사람의 용모와 풍채.
196 상적(相敵)하다: 양편의 실력이나 처지가 서로 걸맞거나 비슷하다.
197 진경(震驚)하다: 두렵고 무서워 떨다.
198 태의(太醫): 어의(御醫).
199 분황(紛遑): 어지러이 허둥댐.
200 두루혀다: '돌이키다'의 옛말.
201 창황(蒼黃)하다: 창졸(倉卒)하다. 미처 어찌할 사이 없이 매우 급작스럽다.
202 때: 원문에는 '쯰'로 되어 있음.
203 시탕(侍湯): 어버이의 병환에 약시중을 드는 일.
204 친집(親執): 남을 시키지 아니하고 몸소 행함.
205 무가내하(舞可奈何): 어찌할 도리가 없음.
206 침병(沈病): 병이 듦.
207 곤위(壼位): 황후의 지위.
208 발상거애(發喪擧哀): 발상(發喪)은 상례에서 죽은 사람의 혼을 부르고 상제가 머리를 풀고 슬피 울며 초상이 난 것을 알리는 일 혹은 그 절차. 거애(擧哀)는 발상과 동의어임.
209 채녀(采女): 궁녀.
210 호천통곡(呼天痛哭): 하늘을 우러러 부르짖으며 슬피 욺.

천하에 나리오시니 인민이 저자[211]를 파하고 산천은사(山川隱士)가 다 통곡하더라. 태자와 광평왕과 (37)공주의 호천(昊天) 육아지통(蓼莪之痛)[212]이 망망홀홀(茫茫忽忽)하여[213] 구원(九原)[214]에 뫼실[215] 듯하나 황야가 지극 위로하시매 감히 슬픔을 나는 대로 못하더라. 상례를 다스려 입관성복(入棺成服)[216]하매 태자와 공주 남매의 각골지통(刻骨至痛)이 상신(喪神)[217]하기에 가까우며 현부와 제왕부의 화기 사연하고 옥화 군주와 구소저의 심사가 측량(測量) 없더라.

일월(日月)이 유수(流水) 같아여 육칠 삭이 얼푸시[218] 다다르니 명릉복지(明陵福地)에 재궁(梓宮)[219]을 뫼서[220] 안장하고 시호(諡號)를 선인 왕후라 하다. 궁중 상하의 슬픔이 더으며 황상이 또한 선후(先后)의 먼저 빈천(賓天)[221]하심을 각골통박(刻骨痛迫)하시나 왕법(王法)의 덧덧한[222] 예를 폐치 못할지라. 만조제신(滿朝諸臣)이 탑전에 역주(力奏)하여 일일(一日)도 정궁(正宮) 곤위(壼位)를 비움이 불가하옴을 간하니 상이 마(38)지못하여 허하신대 제신이 이에 간선(簡選)함을 고하니 상이 탄왈,

"짐이 연급육순(年及六旬)이라. 여염필부(閭閻匹夫)로 이르면 다시 취실(娶室)하여 무엇하리오마는 당당한 국체(國體)를 어기오지 못하여 곤위를 정하려 하나니 새로이 간선하여 조정을 소요(騷擾)하리오. 귀인 조씨 또한 짐의 초(初)에 귀비에 충수(充數)[223]하여 사십여 년에 각별 허물이 없으니 조귀비를 책봉하여 정궁을 삼으리라."

---

211 저자: '시장(市場)'을 예스럽게 이르던 말. 원문에는 '져지'로 되어 있음.

212 육아지통(蓼莪之痛): 부모를 잃은 슬픔. '육아(蓼莪)'는 『시경(詩經)』「소아(小雅)」의 편명으로 이 작품은 전쟁에 나가 부모를 섬기지 못하다가 부모가 세상을 떠난 후 그 슬픔을 읊은 노래임.

213 망망홀홀(茫茫忽忽)하다: '망망(茫茫)하다'는 어렴풋하고 아득하다. '홀홀(忽忽)하다'는 근심스러워 뒤숭숭하다.

214 구원(九原): 저승.

215 뫼다: '모이다'의 준말.

216 입관성복(入棺成服): '입관(入棺)'은 시신을 관 속에 넣음. '성복(成服)'은 초상이 나서 처음으로 상복을 입음.

217 상신(喪神): 실신(失神). 병이나 충격 따위로 정신을 잃음.

218 얼푸시: 어렴풋이.

219 재궁(梓宮): 왕, 왕대비, 왕비, 왕세자 등의 시신을 넣던 관.

220 뫼시다: '모시다'의 옛말.

221 빈천(賓天): 천자(天子)나 존귀한 사람이 세상을 떠남을 높여 이르던 말.

222 덧덧한: '떳떳한'의 옛말.

223 충수(充數): 일정한 수효를 채움.

제신이 배하(拜賀) 왈,

"귀빈이 본디 사족(士族)으로 덕행이 현숙하시오니 곤위를 이으신즉 만민(萬民)이 덕화(德化)를 입으리이다."

상이 의의(猗猗)히 깃그사 조서를 나리와 반포하시고 귀인을 맞아 정궁에 나아갈새 대내에 설연(設宴)하여 경하할새 황친국척이 떠진[224] 이 없이 궐중에 모이니 월성 (39)공주와 의빈 군주가 또한 여부(女婦)[225]를 거느려 진하(進賀)에 참예(參預)하니, 이때를 당하여 공주의 출천대효(出天大孝)로 심사가 장차 어떠하리오마는 부왕이 의심하실까 하여 천만비회(千萬悲懷)를 관억(寬抑)[226]하여 모든 황친과 한가지로 궐중에 모이매, 광평왕후 윤씨 자녀를 거느려 이에 있는지라. 공주의 수척한 용모와 슬픈 거동을 보매 척연하루(戚然下漏)[227]함을 깨닫지 못하여 공주의 옥수(玉手)를 연(連)하여 비읍(悲泣) 왈,

"우리 자궁(慈宮) 낭랑이 어찌 안가(晏駕)하사[228] 오늘날 우리 남매로 하여금 육아지통(蓼莪之痛)이 호천극지(昊天極地)에 미칠 줄 알리오. 옥주의 천성대효로 어찌 이렇지 아니리오마는 사이이의(事而已矣)[229]라. 아등(我等)이 한가지로 명박(命薄)하여[230] 성모(聖母) 낭랑을 여읜 지 팔구 삭에 구연시식(久延視息)[231](40)하고 지우보명(至愚保命)[232]하여 오늘 국가 대경에 참예하니 어찌 슬프지 아니리오. 수연(雖然)이나 만세황야(萬歲皇爺)가 만수무강하시매 성모가 다시 재상(在上)하심이라. 옥주는 관심(關心)하사 성체(聖體)를 상해오지 마소서. 고어(古語)에 왈, '내 몸이 스스로 둠이 아니라.' 하니 옥주가 어찌 성모의 두신 옥체를 가볍게 여기리잇고."

공주가 문파(聞罷)에 진진(津津)히[233] 느껴 말을 못하더니 문득 기운이 엄색(掩塞)[234]하여

---

224 떠지다: '뒤떨어지다'의 옛말.

225 여부(女婦): 딸과 며느리.

226 관억(寬抑): 격한 감정이나 분노를 너그럽게 억제함.

227 척연하루(戚然下漏): 근심스럽고 슬퍼 눈물을 흘림.

228 안가(晏駕)하다: 붕어(崩御)하다.

229 사이이의(事而已矣): 일이 이미 끝났다.

230 명박(命薄)하다: 운명이나 팔자가 기구하여 복이 없다.

231 구연시식(久延視息): '구연(久延)'은 오래 끎. '시식(視息)'은 눈 뜨고 살아있는 모습.

232 지우보명(至愚保命): 어리석게 목숨을 보전함.

233 진진(津津)히: 깊게.

234 엄색(掩塞): 막힘. 기절함. 원문에는 '엄식'으로 되어 있으나 서강대본을 참고하여 고침.

구혈(嘔血)[235]하기를 마지아니니, 윤후와 의빈과 구·연 양 소저, 옥화 군주, 여부제질(女婦諸姪)이 대경차악(大驚嗟愕)[236]하여 눈물을 흘리고 구호(救護)하여 반향(半晌)[237]에 겨우 인사를 차리매 이미 진하할새 시객[238]이 다다랐는지라. 용루봉각(龍樓鳳閣)에 생황(笙簧)을 진주(進奏)하고 여재(女才) 노련하거늘 공주가 더욱 슬퍼 능히 (41)쉬이 일지 못하니 윤후며 황친 제인이 공주의 이러함을 보고,

"진하에 참예치 말고 유병(有病) 불참(不參)함을 주(奏)하라."

공주가 유체(流涕) 왈,

"나의 이 거조(擧措)는 사정(私情)에 참지 못함이나 금일 국가대사를 인하여 당초에 아니 들어왔으면 모르거니와 이에 들어 무단히 칭병불참(稱病不參)하리오."

설파에 기운을 강잉(强仍)하여 예복을 정제하고 제인을 거느려 태정궁에 나아가 산호배무(山呼拜舞)[239]하기를 맞고[240] 좌하에 시위(侍衛)할새, 우러러 보건대 백척고루(百尺高樓)에 보옥(寶玉)이 영롱하고 오채휘황(五彩輝煌)한대 백옥(白玉) 교의(交椅)[241]를 갈와[242] 어탑(御榻)을 배설하고 상이 구룡통천관(九龍通天冠)[243]에 옥규(玉圭)[244]를 갖추어 단좌하신대, 조귀인이 구장면복(九章冕服)[245]을 갖추어 천자와 병좌하였으니 황황(皇皇)한[246] 품복(品服)과 숙

---

235 구혈(嘔血): 토혈(吐血).

236 대경차악(大驚嗟愕)하다: 슬픈 일을 당하여 몹시 놀란 상태에 있다.

237 반향(半晌): 한참 동안. 반나절.

238 시객: '시각'의 옛말.

239 산호배무(山呼拜舞): 임금의 만수무강을 축원하기 위하여 신하들이 부르던 구호와 몸짓.

240 맞다: '마치다'의 준말. 원문에는 '맛고'로 되어 있음.

241 교의(交椅): 의자(椅子). 원문에는 '교위'로 되어 있음.

242 갈오다: 나란히 하다.

243 구룡통천관(九龍通天冠): 아홉 마리 용이 그려진 통천관. 통천관은 황제가 정무(政務)를 보거나 조칙을 내릴 때 쓰던 관.

244 옥규(玉圭): '규'는 '벼슬아치가 임금을 만날 때에 손에 쥐던 물건'을 말함. 일품부터 사품까지는 상아홀, 오품 이하는 목홀(木笏)을 썼음.

245 구장면복(九章冕服): 아홉 가지 수를 놓은 곤룡포와 면류관. 구장(九章)은 임금의 의복에 있는 용(龍), 산(山), 화충(華蟲), 불(火), 종이(宗彝), 조(藻), 분미(粉米), 조(藻), 보(黼)의 아홉 가지의 모양을 말함. 면복(冕服)은 귀인(貴人)의 예복(禮服)에 착용하는 면류관과 의복을 말함.

246 황황(皇皇)하다: 아름답고 성하다.

숙(肅肅)한[247] 의결(衣玦)[248] 가(42)운데 일광명휘(日光明輝) 의의(猗猗)하여[249] 태평국모(太平國母)이신 줄 알리러라. 수풀 같은 황친국족(皇親國族)과 제왕, 비빙, 공주 등과 외조 명부(命婦)가 천안(天顔)[250]을 우러러 감회(感懷)치 아닐 이 없으니 팔진미찬(八珍美饌)이 앞에 가득하나 진식(盡食)할 의사가 없더라. 제와 후가 제인(諸人)의 수안척용(愁顔慼容)을 보시고 또한 감오(感悟)하사 각별 은비(恩庇)[251]를 나리와 위로하시고, 더욱 제왕비 월성을 가애(嘉愛)하사[252] 수돈(繡墩)[253]을 가까이 주시고 상이 척연(戚然)히[254] 용루(龍淚)를 나리와 위로하고 황후가 추연(惆然)히 옥루(玉淚)를 흘려 왈,

"이제 선후(先后)의 성심인자하신 성덕(盛德)으로 국운이 불리하여 안가(晏駕)하시고 짐이 박덕(薄德)으로 곤위(壼位)에 모림(冒臨)[255]하니 어찌 불안 황괴(惶愧)치[256] 아니리오마는 차역천의(此亦天意)라. 인력의 미칠 바가 아니니 원컨대 (43)공주는 비회(悲懷)를 관억(寬抑)하고 방신(芳身)을 보호하라. 짐수불민(朕雖不敏)이나 선후의 자리를 이으매 목강(穆姜)[257]의 죄인이 되지 아니리라."

공주가 청미(聽尾)에 관곡(款曲)하심[258]을 듣고 황감불승(惶感不勝)하여 체읍(涕泣) 주왈,

"신이 불초(不肖)하오나 어찌 낭랑의 성덕을 모르리잇고. 오직 선후의 음용(音容)[259]이 망매(茫昧)[260]하심을 슬퍼하나이다."

---

247 숙숙(肅肅)하다: 삼가는 마음이 생길 만큼 분위기가 엄숙하다.

248 의결(衣玦): 옷에 다는 옥결(玉玦).

249 의의(猗猗)하다: 아름답고 성하다.

250 천안(天顔): 용안(龍顔).

251 은비(恩庇): 윗사람이 아래 사람에게 내리는 은혜.

252 가애(嘉愛)하다: 어여삐 여겨 사랑하다.

253 수돈(繡墩): 수놓은 돈대(의자)라는 뜻. 임금의 자리 아래 신하가 앉도록 바닥에서 조금 돋운 좌석을 말함.

254 척연(戚然)히: 근심스럽고 슬프게.

255 모림(冒臨): 외람되게 그 자리를 차지한다는 뜻.

256 황괴(惶愧)하다: 황송하고 부끄럽다.

257 목강(穆姜): 한(漢)나라 때의 여인으로, 전처(前妻) 소생의 세 아들이 패악하게 굴었지만 그래도 지성(至誠)으로 대하여 그들을 감화시켜 가정의 화목을 이루었다고 함.

258 관곡(款曲)하다: 매우 정답고 친절하다.

259 음용(音容): 음모(音貌). 음성과 용모를 아울러 이르는 말.

260 망매(茫昧): 분명하지 않게 되거나 아득하게 어두워짐을 말함.

설파에 진진(溱溱)[261] 체하(涕下)하사 혈루(血淚)가 정의(淨衣)[262] 소군(素裙)에 점점(霑霑)하니 제후가 애련(哀憐) 자닝하사[263] 지극 위로하사 일찍이 물러가 조리하라 하시니 견자(見者)가 참불인견(慘不忍見)[264]이러라. 공주가 비록 방촌(方寸)[265]이 새로이 촌절(寸節)[266]하고 슬픔이 각골(刻骨)하나 천만(千萬) 강잉(强仍)하여 성모(聖母) 낭랑(娘娘) 은택(恩澤)을 고두배사(叩頭拜謝)[267]하고 먼저 물러 별전(別殿)에 나아가니 상이 불승연석(不勝憐惜)[268]하사 구·연양 소저와 윤후와 옥화 군주를 명하사 (44)한가지로 물러가 제왕비를 위로하라 하시니 제부인(諸婦人)이 수명사은(受命謝恩)하고 일시에 공주를 좇아[269] 별전에 맞아 일변(一邊) 위로(慰勞)하며 일변(一邊) 상감(傷感)함을 마지아니하니 면면체읍(綿綿涕泣)이라. 공주가 희허(噫噓)[270] 탄왈(嘆曰),

"선후(先后) 낭랑(娘娘)이 어찌 이때에 빈천(賓天)[271]하사 나로써 육아(蓼莪)의 통(痛)이 맺히게 하실 줄 알리오. 낭랑이 새로 곤위(壼位)에 거하시니 성덕(聖德)의 호연(浩然)하심은 이미 안 지 오래니 만민(萬民)이 어찌 목욕(沐浴) 감지(甘旨)[272] 아니하리오. 나의 지통(至痛)은 능히 참기 어렵도다."

윤후와 자부제질(子婦諸姪)이 재삼(再三) 관위(寬慰)[273]하여 진정(鎭靜)하더라. 석양에 제후께 배사(拜辭)하고 돌아올새 황후가 주옥진보(珠玉珍寶)와 패물(佩物)로 상사(賞賜)하시니라. 이적에 국장을 겨우 지내고 장시중 형제 집에 돌아와 슬퍼함(45)이 적자(赤子)가 고비(考妣)를 상(喪)한 듯하니[274] 보는 자가 그 충의(忠義)를 칭찬하더니 문득 오래지 아냐 장공

---

261 진진(溱溱): 눈물이나 땀이 많이 나는 모양.

262 정의(淨衣): 절에 가거나 장사를 지낼 때 입는 깨끗한 옷.

263 자닝하다: 애처롭고 불쌍하여 차마 보기 어렵다.

264 참불인견(慘不忍見): 너무도 참혹하여 차마 볼 수가 없음.

265 방촌(方寸): 사람의 마음은 가슴속의 한 치 사방의 넓이에 깃들어 있다는 뜻으로, '마음'을 달리 이르는 말.

266 촌절(寸節): 갈기갈기 찢음.

267 고두배사(叩頭拜謝): 공경의 뜻으로 머리를 숙이고 삼가 사례함.

268 불승연석(不勝憐惜): 불쌍히 여기며 애석함을 이기지 못함.

269 좇다: '쫓다'의 옛말.

270 희허(噫噓): 탄식함.

271 빈천(賓天): 천자나 존귀한 사람이 세상을 떠남을 높여 이르던 말.

272 감지(甘旨): 맛이 좋은 음식. 맛난 음식으로 부모를 봉양하는 것.

273 관위(寬慰): 너그럽게 위로함.

274 적자(赤子)가 고비(考妣)를 상(喪)한 듯하다: 어린아이가 부모를 잃은 듯하다. 여기서 고비(考妣)는 죽은 부모를 말함.

이 날을 이어 병와(病臥)하니 그 부인과 자녀가 망극(罔極)하여 천방(千方) 백초(百草)로 치약(治藥)하고 현씨 제공이 나련하여[275] 문후(問候)하며 오·진 양공이 골육동기(骨肉同氣)같이 구병(救病)하나 이미 대운(大運)이 유천(有天)하니 무가내하(無可奈何)[276]라. 장공 형제 날을 이어 망(亡)하니 임망(臨亡)에 오·진 양공과 승상, 제왕 등을 청하여 이별(離別) 왈,

"아등(我等)이 명위(名爲) 표종(表從)[277]이나 여러 세월을 연장대문(連墻大門)하고 동처동숙(同處同宿)하여 정의(情誼) 자별(自別)[278]함이 친생동기(親生同氣) 같더니 중도에 숙당(叔堂)과 부모가 종년(終年)하시니 슬픈 가운데 상회(相會)하여 보전(保全)하고 대소사(大小事)에 상론(相論)하여 친의(親誼) 각별하여 일일(一日)만 못 보아도 피차 사모지심(思慕之心)이 절(切)하더(46)니 불행하여 아등이 장차 황천(黃泉)길이 급한 고로 이제 이별하나니 현제 등은 길이 무양(無恙)하고 평일(平日) 정의(情誼)로써 아등의 자손을 무휼(撫恤)하라."

하고 언필(言畢)에 망(亡)하니 오·진 양공이 크게 설워 통곡하고 자질(子姪)을 명하여 부의(賻儀)를 후(厚)히 하고 그 부인과 자녀를 위로하여 한가지로 초상(初喪)을 다스려 성복(成服)을 지내고 장일(葬日)이 다다르매 모든 장생이 솔기자손(率其子孫)과 내외근친(內外近親)을 다 거느려 영구(靈柩)를 뫼셔 고향으로 돌아가매 오·진 양공이 제자질을 거느려 수십 리 외(外)에 나와 제문(祭文) 지어 곡별(哭別)하고 고구친척(故舊親戚)[279]이 그윽이 장공 생시의 인후(仁厚)함을 칭도(稱道)하더라. 현씨 제공이 장공의 영구를 배별(拜別)하고 부중(府中)에 돌아오매 크게 상감(傷感)하(47)여 탄왈,

"표형 등이 성정이 호상허랑(豪爽虛浪)[280]하여 정인군자(正人君子)가 아니나 휴휴대체(烋烋大體)[281]한 장부(丈夫)러니 이제 일시에 돌아가니 화조월석(花朝月夕)에 어깨를 비겨 환소(歡笑)[282]의 일이 어제로 온 듯하되 음용(音容)이 구원(九原)[283]에 멀었으니 슬프지 아니

---

275 나련하다: 나열(羅列)하다. 늘어서 있다.

276 무가내하(無可奈何): 어찌할 도리가 없음.

277 표종(表從): 외종.

278 자별(自別): 남다르고 특별함.

279 고구친척(故舊親戚): 사귄 지 오래된 친구와 친척.

280 호상허랑(豪爽虛浪): 호탕하고 시원시원하나 언행이나 상황 따위가 허황하고 착실하지 못함.

281 휴휴대체(烋烋大體): '휴휴(烋烋)'는 '뛰어남'. '대체(大體)'는 '격식이나 작은 것에 구애받지 않음'.

282 환소(歡笑): 즐겁게 웃음.

283 구원(九原): 저승.

리오."

언종(言終)에 상연(傷然) 체하(涕下)하니 승상과 제왕 등이 또한 장공 등의 사랑하던 정의를 생각고 감회(感懷)하여 눈물을 흘리고 가안백, 하풍익 등이 또한 탄식하더라.

어시(於是)에 월성 공주가 날이 갈수록 비창감척(悲愴感慽)[284]함을 이기지 못하여 식음(食飮)이 돈감(頓減)[285]하여 날로 수척(瘦瘠)하니 일일은 제왕이 식상(食床)을 대하여 진식(盡食)할새 공주를 향하여 가로되,

"옥주가 매양 비애통절(悲哀痛切)하여 형모(形貌)가 만분(萬分) 수척(瘦瘠)하였으되 스스로 몸을 돌아보지 (48)아니하고 자진(自盡) 치사(致死)하려 하는 의사(意思)가 많으니 진실로 효의(孝意)는 간절하거니와 어찌 마음을 자진(自盡)하여 뜻을 세우고자 하니 그 주의(主意)를 알고자 하나이다."

공주가 대왈,

"첩이 일찍 생각지 못함이라 일컬으시나 어찌 자진할 리 있으리잇고. 본디 다병약질(多病弱質)로 태(太)낭랑 남기[286]의 슬픔이 간절하니 인자지통(人子之痛)을 견디기 어려워 수폐(瘦弊)[287]함이 있사오나 이미 육선화미(肉膳華美)[288]를 내오매 기운이 언마[289]하여 소복(蘇復)[290]하리이다."[291]

왕이 좌우로 조선(朝膳)[292]을 올리매 왕이 스스로 식상(食床)을 내오고 비(妃)를 권할새 구소저가 상 앞에 나아가 기개(器蓋)[293]를 열고 먼저 온미(溫米)[294]와 갱기(羹器)[295]를 내와 진음(盡飮)함을 고하매 효부의 온유한 성효(誠孝)가 흡흡(洽洽)히 진나부(秦羅敷)[296]와 흡사(恰

---

284 비창감척(悲愴感慽): 마음이 몹시 상하고 슬픔을 느낌.

285 돈감(頓減): 갑자기 줄어듦.

286 남기: 미상.

287 수폐(瘦弊): 수척(瘦瘠)하고 피폐(疲弊)함. 원문에는 '슈픠'로 되어 있음.

288 육선화미(肉饍華美): 고기로 만든 화려한 반찬.

289 언마: '얼마', '어찌'의 옛말.

290 소복(蘇復): 원기가 회복됨.

291 하리이다: 원문에는 '하리잇가'로 되어 있으나 문맥에 맞추어 고침.

292 조선(朝膳): 아침 식사.

293 기개(器蓋): 그릇 뚜껑.

294 온미(溫米): 따뜻한 미음(米飮).

295 갱기(羹器): 놋쇠로 만든 반찬 그릇의 하나. 모양은 반병두리 같으나 그보다는 조금 작으며 주로 찌개나 조치 따위를 담는다.

296 진나부(秦羅敷): 전국시대 조(趙)나라의 왕인(王仁)의 처. 뛰어난 미모를 지닌 나부가 뽕을 따러 나가면

似)한지라. 공주가 (49)마지못하여 하저(下箸)하니 왕의 고집을 아는 고로 괴로이 권유함을 듣지 아니려 진식(盡食)함을 평석(平昔)[297]같이 하니 왕이 온순함을 탄복하더라. 조사(朝事)[298] 여가(餘暇)에는 정전(正殿)을 떠나지 아냐 위로(慰勞) 개유(開諭)하고 조석(朝夕) 진반(盡飯)과 약류(藥類), 보미[299]를 때에 어기오지 못하게 하니 공주가 괴롭고 슬프나 마지못하여 자연 소복(蘇復)함이 되니라.

차시(此時) 희문, 희명 등이 십사 세라. 왕이 바야흐로 작소(鵲巢)[300]를 열어 부부가 쌍유(雙遊)케 하니, 희명은 단아한 군자라 사사(事事)에 다만 부명(父命)을 승순(承順)하여 종요로이 화락(和樂)하되, 희문은 풍류가 발양(發揚)하고 지기(志氣) 호상(豪爽)[301]하나 위로 엄훈(嚴訓)을 두리고[302] 버거[303] 삼상(三喪) 국휼(國恤)[304]로 인하여 감히 미녀성색(美女聲色)을 유의치 못하고 비로소 국상(國喪)이 지나매 부명(父命)이 (50)동방(洞房)에 몯게[305] 하시니 연소저의 천향미모(天香美貌)가 바야흐로 꽃이 버읃고자[306] 하고 달이 둥글고자 하니 공자가 황황침침(恍恍沈沈)[307]하여 수유불리(須臾不離)[308]하는지라.

연소저가 옥이 다사하며 꽃이 향기로운 듯하나 성도(性度)[309]가 열직(烈直)하고 백희(伯姬)의 고집과 공강(共姜)[310]의 절조(節操)가 있는지라. 그윽이 가부(家夫)의 호방함을 불쾌하

지나가던 남자들이 정신을 잃고 바라보았다고 한다. 하루는 조왕(趙王)이 지나가다가 대상(臺上)에서 나부를 보고 첫눈에 반하여 유혹을 하였으나 그녀는 이를 거절하고 자기에게는 훌륭한 남편이 있다 하여 남편을 자랑하는 노래를 불렀다.

297 평석(平昔): 평소 또는 이전.

298 조사(朝事): 조정에서 하는 일.

299 보미: 미음(米飮).

300 작소(鵲巢): 신혼부부의 신방. 『시경(詩經)』「소남(召南)」〈작소(鵲巢)〉에서 나온 말.

301 호상(豪爽): 호탕하고 시원시원함.

302 두리다: '두려워하다'의 옛말.

303 버거: 둘째. 다음. 다음으로. 버금으로.

304 국휼(國恤): 국상(國喪).

305 몯다: '모이다'의 옛말.

306 버읃다: 꽃봉오리가 벌어지다.

307 황황침침(恍恍沈沈): 마음이 들떠 깊은 사랑에 빠짐. '황황(恍恍)'은 몽롱한 모양, 마음이 들뜬 모양을 의미하고, '침침(沈沈)'은 깊은 사랑에 빠짐을 의미함.

308 수유불리(須臾不離): 잠시도 떨어지지 않음.

309 성도(性度): 성품(性品)과 도량(度量)을 아울러 이르는 말.

310 공강(共姜): 위(衛)나라 세자 공백(共伯)의 처. 공백이 일찍 세상을 떠나자 공강은 굳은 절개를 지키며 수절함. 부모의 재가 권유를 끝까지 뿌리치면서 그녀는 〈백주(柏舟)〉라는 시를 지어 자신의 굳은 지조를

여 대하면 공수열숙(拱手烈肅)[311]함이 그 무애(撫愛)[312]를 가납(嘉納)[313]지 아니하니 생이 그윽이 미온(未穩)하여[314] 가책(呵責)[315]이 잦고 묵묵침엄(默默沈嚴)[316]함은 부조여풍(父祖餘風)이라. 처음은 약한 여자가 수습(羞慴)[317]함인가 여기매 만안춘풍(滿顔春風)으로 달래어 행여 일찍 제어치 못한즉 반드시 총애를 믿어 위징(魏徵) 처(妻)[318]의 창궐(猖獗)[319]함이 있으리라 하여[320] 천지(天地) 무궁(無窮)한 중정(中情)[321]을 절차(切磋)[322]하고 범사(凡事)에 가찰(苛察)[323]함이 심하(51)며 종풍차류(終風且類)[324]의 호령이 생풍(生風)하니, 소저가 심하(心下)에 괴로움을 이기지 못하나 성정(性情) 강렬(剛烈)하고 침중(沈重)한지라 시이불견(視而不見)하고 청이불문(聽而不聞)하여 다만 명을 순수(順受)하여 공경함을 지극히 하나 생소함이 심하고, 희명은 양소저로 공경화락(恭敬和樂)하여 명설각 중에 춘풍이 일었으니 왕궁 상하가 아름다이 여겨 칭찬하더라. 희문 공자가 연소저의 담청무욕(淡淸無慾)함이 부부호합(夫婦好合)을 꿈같이 여김을 괴이히 여겨 '차인(此人)의 애용(愛容)이 절세(絶世)하나 성도(性度)가 너무 결백하여 고승(高僧) 같으니 생이 불복(不服)하여 남아의 풍류(風流) 제목(諸目)을 자시 알게 하리라.'

나타내었다.

311 공수열숙(拱手烈肅): '공수(拱手)'는 왼손을 오른손 위에 놓고 두 손을 마주 잡아 공경의 뜻을 나타내는 예이며, '열숙(烈肅)'은 '강개하고 엄숙하다'는 뜻인 듯함.

312 무애(撫愛): 어루만지며 사랑함.

313 가납(嘉納): 윗사람이 아랫사람의 충고나 의견, 물품 따위를 기꺼이 받아들이는 것. 여기서는 '받아들인다'는 의미로 쓰임. 원문에는 '가랍'으로 되어 있음.

314 미온(未穩)하다: 마음에 다소 좋지 않게 여기다.

315 가책(呵責): 자기나 남의 잘못에 대하여 꾸짖어 책망함.

316 묵묵침엄(默默沈嚴): 묵묵하고 침착하고 엄숙함.

317 수습(羞慴): 부끄럽고 두려워함.

318 위징(魏徵) 처(妻): 위징(魏徵)은 당태종(唐太宗)의 정사를 도와 정관(貞觀)의 치세를 이룬 명재상인데 그의 아내가 투기가 심한 것으로 유명하였음. 원문에는 '위즁'으로 되어 있음.

319 창궐(猖獗): 못된 세력이나 전염병 따위가 세차게 일어나 걷잡을 수 없이 퍼짐.

320 하여: 원문에는 'ᄒᆞ여여'로 되어 있으나 오기인 듯함.

321 중정(中情): 마음속에 맺힌 감정이나 생각.

322 절차(切磋): 절차탁마(切磋琢磨). 옥이나 골각(骨角)을 정제할 때 톱으로 자르고 줄로 쓸고 끌로 쪼며 숫돌에 간다는 뜻으로, 학문이나 인품을 수양함을 말함.

323 가찰(苛察): 까다롭게 따져 가며 잘 살핌.

324 종풍차류(終風且類): 종풍차포(終風且暴: 온종일 바람 불고 날씨가 사나워지네), 종풍차매(終風且霾: 하루 종일 바람 불고 흙비 왔다네), 종풍차에(終風且曀: 하루 종일 바람 불고 음산했었네) 등을 말함. 여기서는 부부간에 하루 종일 바람 잘 날 없다는 뜻. 『시경(詩經)』「패풍(邶風)」〈종풍(終風)〉.

주의를 정하매 조심하는 바가 다만 조부모와 부모 면전(面前)이라 기여(其餘)(52)는 방약무인(傍若無人)한 체하여 명휘각에 들어가는 날은 술을 취하고 들어가더라.

철종황제(哲宗皇帝) 후궁(後宮) 김상궁(金尙宮) 철영 글씨.

권지십삼

(1)차설. 희문 공자가 술을 취하고 명휘각에 들어가 상상(床上)에 언와(偃臥)[1]하여 소저로 하여금 머리를 짚으며 망건(網巾)을 벗기고 수족(手足)을 주무르라 하여 만일 듣지 아니하면 발로 박차며 철여의(鐵如意)[2]로 난타하여 혹 친압(親狎)[3]하며 혹 희롱(戲弄)하여 못 견디도록 하니, 소저가 불승앙통(不勝怏痛)[4]하여 지사위한(至死爲恨)[5]하고 광패(狂悖)한 거조(擧措)[6]를 가납(嘉納)지[7] 아니하니 생이 지개(志概)를 항복(降伏)하나 용색(容色)을 애중하여 부디 이기려 하는 고로 방탕(放蕩)할 적이 많더니, 일일은 술을 취하고 걸음이 전도(顚倒)하여 침소로 가더니 길이 구소저[8] 침소 응휘각을 지나는지라, 문득 보니 구소저 시녀

1 언와(偃臥): 편안히 누움.

2 철여의(鐵如意): 철로 만든 여의. 여의는 법회나 설법 때 법사가 손에 드는 물건. 한쪽 끝이 고사리 모양으로 굽어진 도구.

3 친압(親狎): 친하여 버릇없이 가볍게 대함.

4 불승앙통(不勝怏痛): 원망하고 마음 아파함을 이기지 못함.

5 지사위한(至死爲恨): 죽도록 한스러워함.

6 거조(擧措): 행동거지(行動擧止).

7 가납(嘉納)하다: 기꺼이 받아들이다.

8 구소저: 원문에는 '구쇼'로 되어 있으나 서강대본을 참고하여 고침.

자란이 봄단(2)장을 가벼이 하고 작은 광주리를 들고 가거늘 보니 홍안(紅顔)이 가려(佳麗)하고 태도가 소담[9]한지라 심하(心下)에 연소저를 맥받을[10] 의사(意思)가 동(動)하여 손 쳐 부르니 자란이 그 연고를 알지 못하고 가까이 나아와 응명(應命)한대 생이 말을 아니 하고 광주리를 앗아 멀리 던지고 손으로 이끌어 명휘각으로 가니 자란이 대경황망(大驚慌忙) 왈,

"소비(小婢) 부인 명으로 채상(採桑)[11]하여 가거늘 공자가 이 어찐 거조(擧措)니잇고?"

생이 흔연(欣然) 소왈(笑曰),

"너는 구구히 이르지 말라. 너는 구부 청의(靑衣)[12]요 존수(尊嫂)[13]의 시아(侍兒)니 형장(兄丈)의 차환(叉鬟)이요 나는 네 주군의 동기(同氣)니 또한 너의 주인이라. 내 너의 절세재용(絶世才容)을 사랑하여 금차지열(金釵之列)[14]에 두고자 함이요 다른 일이 아니니라. 너는 사양치 말라."

난(3)이 청파(聽罷)에 실색 대경하여 울며 왈,

"공자는 존귀하신지라 미희(美姬)를 두고자 하실진대 교방(敎坊)에 초요월안(楚腰月顔)[15]이 가득하거늘 어찌 천비(賤婢)의 봉두귀면(蓬頭鬼面)[16]을 유의(留意)하여 천비로 죽어 묻힐 땅이 없게 하시나니잇고."

공자가 부답(不答)하고 다만 손을 이끌어 침소로 가니 난이 황황망극(遑遑罔極)하여 아무리 울며 가지 아니려 하나 어찌 면하리오. 하염없이 이끌려 명휘각에 이르니 난이 더욱 망극하여 크게 울며 왈,

"자란이 반드시 죽으리로다."

하거늘 연소저 유랑이 소저께 고한대 소저가 반드시 자가(自家)[17]를 곤(困)히 보채려 함을 깨달아 즉시 몸을 일어 옥수(玉手)에 홍촉(紅燭)을 취하여 후창(後窓)으로 나가니 시비 부

---

9 소담: 생김새가 탐스러움.

10 맥받다: 헤아려보다. 떠보다.

11 채상(採桑): 뽕잎을 땀.

12 청의(靑衣): 예전에 천한 사람이 푸른 옷을 입었다 하여 천한 사람을 이름.

13 존수(尊嫂): 형수를 높여 부르는 말.

14 금차지열(金釵之列): 첩의 대열.

15 초요월안(楚腰月顔): 미인의 가느다란 허리와 달같이 아름다운 얼굴. '초요(楚腰)'는 초나라 영왕이 허리가 가는 미인을 좋아했다는 데서 나옴.

16 봉두귀면(蓬頭鬼面): 쑥대같이 헝클어진 머리와 귀신 같은 얼굴. 봉두구면(蓬頭垢面).

17 자가(自家): 자기 자신.

용, 도화와 유모가 좇아 나갈새 가까운 곳(4)이 우숙희 침당(寢堂)이라. 소저가 숙희 침당에 이르니 숙희 놀라 맞아 왈,

"소저가 무슨 일 황혼에 분주하시나뇨?"

소저가 옥안을 붉히고 답(答)지 아니니 유모가 공자의 연일 가찰(苛察)한 호령과 목금지사(目今之事)를 전하니 숙희 차악(嗟愕) 왈,

"공자가 전하와 낭랑의 경계(警戒)를 저버리고 대공자의 도학옥풍(道學玉風)을 본받지 아냐 이런 광패한 행사가 있으니 어찌 밉지 아니리오. 마땅히 낭랑께 아뢰어 중치(重治)하염 직하도다."

소저가 나작이 이르되,

"첩이 연소비박(年少卑薄)하여 경부지도(敬夫之道)를 모르고 장부(丈夫)에게 지신(持身)함을 잘못하여 견과(見過)하리오. 금야지사(今夜之事)는 남자 호신(豪身)이 예사라. 서모(庶母)는 함구불언(緘口不言)하사 요란함을 취(取)치 마소서. 존구(尊舅)의 책교(策敎)가 가부(家夫) 신상에 미친 즉 이(5)는 첩의 행사가 구고(舅姑)의 엄위(嚴威)를 빌려 가부를 절제(節制)함이니 규문(閨門)의 부덕(婦德)이 아니라. 구고가 어찌 그릇 여기지 아니시며 사람이 어찌 가리켜 웃지 아니리잇고?"

숙희 청파(聽罷)에 그 숙진(淑眞)한 덕을 아름다이 여겨 점두칭선(點頭稱善)[18] 왈,

"선재(善哉)라, 소저의 부도가 진선진미(盡善盡美)함이여. 어찌 우리 옥주 낭랑의 자부가 아니며 아름다운 덕행이 어찌 광부(狂夫)를 진압지 못할까 근심하리오?"

소저가 나작이 불감(不堪)함을 칭사(稱謝)하더라. 숙희 편히 쉬기를 청한대 소저가 유유주저(唯唯躊躇)[19]하더니 이슥고 시녀가 고왈,

"상공이 자란을 데리고 외당으로 가시니다."

하거늘 소저가 바야흐로 침소로 돌아오니, 이때 현공자가 자란을 위력으로 이끌어 장중에 들어가니 소저가 없거늘 연(6)고를 물은대 난향이 대왈,

"소저가 상부에 문안가시니 태부인이 안전(眼前)에 두시더이다."

공자가 의괴(疑怪)하나 명일 알고자 하여 이에 있음이 점직하여[20] 자란을 놓아 보내며 왈,

---

18 점두칭선(點頭稱善): 고개를 끄덕이며 그 착한 것을 칭찬함.

19 유유주저(唯唯躊躇): 예예 하면서도 망설임.

20 점직하다: 부끄럽고 미안하다. 원문에는 '졈즉ᄒᆞ여'로 되어 있음.

"찾을 때 있으리니 타적(他適)지[21] 말라. 내 미구(未久)에 계화(桂花)를 꺾을[22] 것이요, 고소저를 재취하고 벼슬이 점점 높으면 위의(威儀) 좇는 희첩이 몇일동 알리오. 너로써 존수(尊嫂)께 고하고 금차(金釵)[23] 제일을 삼으리라."

자란이 저 말이 귀에 바람 지나듯 뮈이[24] 여기나 놓아 보냄을 다행하여 그물에 벗은 고기같이 총망(悤忙)히 돌아가니라. 공자가 자란을 보내고 심회 무류[25]하여 즉시 서재에 나와 제제(諸弟)로 더불어 밤을 지내고 명조(明朝)에 상부에 문안할새, 연소저가 먼저 이르렀고 숙희 벌써 주부인께 곡절⑺을 아뢰었는지라. 부인이 손아의 행사를 어이없이 여기나 연씨의 심사를 가애(嘉愛)하여 소저를 안전에 두어 희문을 속이고자 하여 차일 제자제손(諸子諸孫)이 문안하매 부인이 제자다려 이르되,

"노모가 근래에 심회 울울한지라. 연소부를 앞에 두고자 하나니 희문이 가히 노모의 명을 좇으랴?"

왕이 공경 대왈,

"범사를 자의(慈意)대로 하오리니 돈아(豚兒)[26]가 감히 존언(尊言)을 거역하리잇가."

부인이 웃어 왈,

"소년 부부가 상리(相離)를 하기 괴로워한즉 노모가 동녘 협실(夾室)을 서릇어[27] 저의 부부가 깃들이라."

왕이 순순수명(順順受命)하니 희문이 심하(心下)에 소저를 임의로 보채지 못할 바를 아연(啞然)[28]하고 연씨 자기 허물을 조모께 하리[29]하여 이 거조(擧措)가 비롯한가 심한(深恨)하여 관(冠)을 ⑻숙이고 기색이 불열(不悅)하니 부인이 숙시양구(熟視良久)에 정색 문왈,

"너의 부부의 처소를 나의 협실에 정하고 신석(晨夕)에 노모를 시측(侍側)함이 무엇이 혐의로와 기색이 불쾌하뇨?"

---

21 타적(他適)하다: 다른 곳에 시집가다.

22 계화(桂花)를 꺾다: 과거에 급제하다.

23 금차(金釵): 금으로 만든 비녀. '첩'의 뜻.

24 뮈이: 밉게.

25 무류: 무료(無聊). 조금 부끄러운 생각이 있음.

26 돈아(豚兒): 자기 아이를 남에게 겸손하게 이르는 말.

27 서릇다: 쓸어치우다. 원문에는 '셔르져'로 되어 있음.

28 아연(啞然): 놀라 어안이 벙벙한 모양.

29 하리: 남을 헐뜯어 윗사람에게 일러바치는 일.

공자가 황공하여 연망(連忙)히[30] 복지 왈,

"소손이 비록 불초(不肖)하오나 어찌 감히 이런 뜻이 있으리잇고. 소손과 연씨 존하에 일생 시측하온 고로 감히 존명을 역(逆)하리잇가?"

안색이 십분 화열(和悅)하니 부인이 다시 할 말이 없어 묵연(黙然)하더라. 연소저가 존명을 받들어 차일(此日)부터 처소를 옮겨 재성각 협실에 처하고 명휘각은 시녀로 지키게 하니, 소저가 이에 온 후로 공주와 의빈과 설씨 우숙희 등이 조모(朝暮)에 존고께 문안하니 연소저가 사사로이 궁중에 나아가지 아냐 (9)삼 일에 한 번씩 궁에 다녀오는지라. 공자가 심하에 연씨를 미온(未穩)함이 깊으나 조모가 알까 두려 전처럼 보채지 못하되 스스로 심상(心想)을 내어 소저에 일절 이르지 아니하고 때때 명휘각에 들어가 기완(器玩)을 두드려 발광도 하며 유랑, 시아를 즐책(叱責)하고 소저께 전어(傳語)하되,

"생은 한낱 광부(狂夫)라 감히 높은 숙녀의 배항(配伉)[31]이 불가(不可)[32]하거늘 영존이 생의 위인을 그릇 알고 한낱 용종지엽(龍種枝葉)으로 부귀번화(富貴繁華) 흠모하여 자구(自求)하여 동상(東床)[33]에 맞으니 불민(不敏)하나 이 곧 소저의 백년 양인(良人)[34]이어늘 소년 부부가 소소 상힐(相詰)[35]함이 그 무슨 대사(大事)라 젊은 여자가 수괴(羞愧)함을 모르고 부부의 상힐(相詰)함을 도처에 푼푸[36]하여 존당에 하리하여 몸을 감추니 이 어찌 경부(10)지도(敬夫之道)리오? 진실로 이럴진대 가히 친당(親堂)에 돌아감이 옳으니 어찌 오가(吾家)에 유(留)하리오. 그대 돌아오나 내 또한 정맹(訂盟)[37]한 데 있으니 불구(不久)에 취할지라. 아직 연소 유생으로 입신(立身) 전 재취함이 불가타 하여 부모가 허치 아니시나 그대 곧 없은즉 부모가 나로써 고씨의 언약을 이루리니 모로미[38] 거취를 정하고 방자치 말라."

시비 이대로 전하니 소저가 청파(聽罷)에 괴로이 여겨 봉미(鳳眉)를 영합(迎合)하여 묵

---

30 연망(連忙)히: 어쩔 줄 몰라 하며 급하게.

31 배항(配伉): 배우자. 짝. 원문에는 '빅힝'으로 되어 있으나 서강대본을 참고하여 고침.

32 불가(不可): 원문에는 '블스'로 되어 있으나 문맥에 맞추어 고침.

33 동상(東床): 사위.

34 양인(良人): 부부가 서로 상대를 이르는 말.

35 상힐(相詰): 서로 힐난함.

36 푼푸: 분포(分布). 널리 퍼뜨림. '푼푸'는 중국어 발음.

37 정맹(訂盟): 약속이나 동맹을 맺음.

38 모로미: 모름지기.

연부답하니 시비 또 고왈,

"주군이 회답을 알아 오라 하시더이다."

소저가 침음양구(沈吟良久)에 전어 왈,

"첩이 불민하여 사체(事體)[39]를 알지 못하고 존교(尊敎)를 승명(承命)할 따름이러니 의외에 책언(責言)이 여차하시니 불민함을 부끄리나(11)이다. 지어[40] 존당에 하리하다 하심은 천만 원억(冤抑)하니 당당한 대장부가 어찌 아녀자를 책하시며 보며 듣지 아닌 바의 억탁(臆度)[41]을 이르시나니잇고?"

하니 차환(叉鬟)이 회주(回奏)한대 공자가 청미(聽未)에 어이없어 책할 말이 없으니 면당절책(面當切責)[42]고자 하나, 스스로 생각하되 저를 사사로이 만날 길이 없으니 내 이제 저곳에 나아가 책(責)고자 하나 조모의 협실이라 사람의 어음(語音)이 상통(相通)하리니 나아가지 못하고 또한 사모지심이 극하여, 문득 칭병(稱病)하고 명휘각에 언와(偃臥)하여 통성(痛聲)이 의희(依稀)[43]하니, 본디 천품이 능려(凌厲)하여[44] 부왕의 명철함과 모비의 신명함으로도 능히 기의(其意)를 알지 못하는지라. 부모가 다만 풍한(風寒)[45]에 신음함으로 알고 모든 형제 문(12)병한즉 답왈,

"풍한(風寒)에 촉상(觸傷)함이요 구미(口味) 없어 먹지 못하니 만일 좌우에 사람이 있어 온냉(溫冷)과 구미를 맞추어 구호(救護)하면 쉬이 나을까 하나이다."

왕이 듣고 그러히 여겨 상부에 나아가 모부인께 문안하고 주왈(奏曰),

"문아가 수일째 풍한으로 신음하오니 연소부로 구호하라 하사이다."

부인이 경려(驚慮)[46]하여 점두(點頭) 왈,

"우씨 여차여차하매 노모가 문아의 넘남[47]을 통해(痛駭)[48]하여 연아를 불러 슬하에 두었더니 일이 여차하니 가부(家夫)가 유질(有疾)하매 처자가 어찌 물러 있으리오."

---

39 사체(事體): 사리와 체면. 일이 되어가는 형편이나 상황.

40 지어: 심지어.

41 억탁(臆度): 이치나 조건에 맞지 않게 생각함. 또는 그런 생각.

42 면당절책(面當切責): 대면하여 심하게 책망함.

43 의희(依稀): 어렴풋함. 희미함.

44 능려(凌厲)하다: 기세가 강해 당해내기 어렵다.

45 풍한(風寒): 감기. 원문에는 '풍환'으로 되어 있으나 서강대본을 참고하여 고침.

46 경려(驚慮): 놀라고 근심함.

47 넘나다: 하는 짓이나 말이 분수에 넘치다.

48 통해(痛駭): 매우 놀람.

하고 연소저를 명하여 침소로 돌아가라 하니 소저가 어찌 모르리오마는 존명이 가기를 명하시니 비록 싫으나 다만 수명(受命)하여 유랑 등을 거느려 침(13)소로 돌아오니 때 석양이라. 공자가 홀로 상두(床頭)에 언와(偃臥)하여 옥수에 고서를 들고 소리 없이 살피더니 문득 향풍이 진울(震鬱)[49]하며 연소저가 홍군취삼(紅裙翠衫)으로 나아오니 작태선빈(綽態蟬鬢)[50]이 청월(淸月) 소담한지라.

생이 새로이 반기고 기이함을 결을치[51] 못하여 근본 없는 위엄을 부리려 하는 고로 함로(含怒) 작색(作色)[52]하고 상상(牀上)에 긴긴히 누워 요동치 아니하니 소저가 심하(心下)에 분한(憤恨)하나 마지못하여 입실(入室)하매 먼저 말 내옴이 수괴(羞愧)하여 홍수(紅袖)를 정히 꽂고 장 밑에 비슥이[53] 섰더니 생이 의구(依舊)히 책을 놓고 번신(翻身)하여[54] 돌아누워 소저를 보고 양경(佯驚)[55] 문왈,

"그대 무단히 사실(私室)을 버리고 가부의 자취를 피하여 존전(尊前)에 시측(侍側)[56]하여 문안하는 때에도 모르는 체하고 청(14)하여도 오지 아니코 방자(放恣) 자존(自尊)하여 답사(答辭)함이 없더니 하풍(何風)이 촉신(促身)하여[57] 청치 아니하되 왔나뇨? 그대 생을 대면(對面)키를 괴로워하더니 생이 졸연(猝然) 한 병을 얻어 장차 죽음이 쉬우니 쾌하고 기쁘리로다."

소저가 부답(不答)하고 멀리 좌하니 생이 노색(怒色) 왈,

"내 말을 답지 아니하니 옳으매 부답함이냐 그르니 부답함이냐? 주의(主意)를 듣고자 하노라."

소저가 저의 험상되이 물음을 보고 유미(柳眉)[58]를 찡기어 묵연(默然)하니 생이 익로

---

49 진울(震鬱): 강하게 진동함.

50 작태선빈(綽態蟬鬢): '작태'는 몸매가 가냘프고 맵시 있는 모양. '선빈'은 고대 여성의 머리 모양으로 양쪽 살쩍을 매미 날개처럼 속이 투명하게 보이도록 꾸민 모양(매미 날개처럼 훤하고 곱게 빗은 머리).

51 결을하다: 참다. 한가하다.

52 작색(作色): 불쾌한 빛이 얼굴에 드러남.

53 비슥이: 한쪽으로 약간 기울어진 정도로.

54 번신(翻身)하다: 몸을 번드치다.

55 양경(佯驚): 거짓으로 놀라는 체함.

56 시측(侍側): 곁에 있으면서 웃어른을 모심.

57 하풍(何風)이 촉신(促身)하여: 어떤 바람이 불어서.

58 유미(柳眉): 버들잎 같은 눈썹이란 뜻으로, 미인의 눈썹을 이르는 말.

(忿怒)하여 몸을 일어 곁에 나아 좌를 연하고 지리히[59] 묻는지라. 소저가 강잉(强仍)[60] 대왈(對曰),

"군자와 현인은 각박한 행사가 없다 하니 첩수불민(妾雖不敏)[61]이나 군자의 언(言)하시는 바가 사체(事體)[62] 당연한 즉 어찌 부대(不對)하리잇고마는 물으시는 바가 사체 부(15)당하시니 장차 무엇이라 대하리잇고?"

언파에 옥안이 정엄(整嚴)하고[63] 봉음(鳳音)[64]이 청아하여 내외 징청(澄淸)하고 표리(表裏) 일양(一樣)[65]하여 천연한 숙녀라. 생이 말이 막혀 양구(良久)에 다시 가로되,

"그러면 생은 군자가 아니란 말가? 그대는 고서를 보니 여자가 가부의 질고(疾苦) 한서(寒暑)에 아는 체 아니 하고 지아비 허물을 도처에 푼포[66]하는 행실이 어느『예기(禮記)』에 있더뇨?"

소저가 대왈,

"첩이 불초하오나 자유(自幼)로 부모의 명훈(明訓)을 받자와 칠거(七去)[67]의 죄를 면할까 하였더니 군자의 책언(責言)이 여차하시니 자당감수(自當甘受)[68]로소이다."

생이 소저의 답언(答言)이 궁치 아님을 어이없어 이르되,

"언변에 감동함이 없으리니 모로미[69] 온순(溫順) 비약(卑約)하여[70] 평생을 안과(安過)[71] 하라."

---

59 지리히: '지루하게'의 옛말.

60 강잉(强仍): 억지로 참음. 또는 마지못하여 그대로 함.

61 첩수불민(妾雖不敏): 첩이 비록 지혜롭지 못하여.

62 사체(事體): 사리(事理)와 체면(體面)을 아울러 이르는 말.

63 정엄(整嚴)하다: 바르고 엄숙하다.

64 봉음(鳳音): 봉황의 소리라는 뜻으로, 아름다운 목소리를 비유적으로 이르는 말.

65 일양(一樣): 한결같이 그대로. 또는 꼭 그대로.

66 푼포: 분포(分布). 널리 퍼뜨림. '푼포'는 중국어 발음.

67 칠거(七去): 칠거지악(七去之惡). 예전에, 아내를 내쫓을 수 있는 이유가 되었던 일곱 가지 허물. 시부모에게 불손함, 자식이 없음, 행실이 음탕함, 투기함, 몹쓸 병을 지님, 말이 지나치게 많음, 도둑질을 함 따위이다.

68 자당감수(自當甘受): 스스로 달게 받는 것이 마땅함.

69 모로미: '모름지기'의 옛말.

70 비약(卑約)하다: 겸손하다.

71 안과(安過): 편안하게 탈 없이 지나감. 또는 그렇게 지냄.

(16)소저가 듣고 말마다 슬밉고[72] 괴로워 하릴없어 식상(食床)을 내와 진식(盡食)[73]하고 상을 물리고자 하니 생이 더 먹기를 권하여 위력으로 호령이 생풍(生風)하니[74] 그릇이 비매 바야흐로 상을 내니 소저가 극한 약질(弱質)에 식량이 포복(飽腹)하니 도로혀 비위 거스려 즙기(什器)[75]를 내와 구토하니 생이 아낌이 심하나 공연한 호령을 내어 왈,

"이는 짐즛 나를 격동함으로 음식을 토하는도다."

하고 시녀를 호령하여 즙기를 치우라 하니 소저가 실로 괴로운 때를 당하였는지라. 이슥고 야심(夜深)하매 생이 선우음[76]하고 한 손으로 소저를 이끌고 한 손으로 촉(燭)을 멸하고 협와(挾臥) 친근(親近)하여 자못 진중하니 소저 저의 경멸함을 불(17)승통해(不勝痛駭)하나 하릴없어 장부의 정을 용납하더라. 생이 본디 병이 없는 바에 누웠기 답답한지라 소성(蘇醒)[77]함을 일컫고 웃고 일어 나가니 소저가 그 심용을 불복(不服)하더라.

수일 후 생이 후정(後庭)에 있어 차환(叉鬟)으로 하여금 자란을 부르니 차환이 명을 받아 응휘각에 가 구소저께 생의 말씀으로 전어(傳語) 왈,

"자란을 우연히 유정(有情)함이 있더니 이에 버리기 어려워 타일 입신한 후 금차(金釵)[78]에 채우고자 하오니 존수(尊嫂)[79]는 한 비자(婢子)를 아끼지 마소서."

한대 구소저가 경해(驚駭)하나[80] 하릴없어 자란을 공자께 허하여 보내니 자란이 울고 죽기로써 가지 아니한대 차환이 이대로 회보(回報)하니 생이 대로(大怒)하여 잡아(18)오라 하니 난이 종시 면치 못할 줄 알고 후당에 나아가니 생이 역명(逆命)함을 노하여 서동(書童)으로 하여금 안전(眼前)에서 태(笞) 수십을 치니 유혈이 낭자한지라. 생이 바야흐로 사(赦)하여 상직(上直)[81]하라 하니 난이 안색이 강개(慷慨)하고 성음(聲音)이 맹렬하여 죽기로써 벙으리왇으니[82] 생이 대로하여 태 수십을 맹타(猛打)하여 후원 벽실에 가두어 정심(貞

---

72 슬밉다: 싫고 밉다.

73 진식(盡食): 남기지 아니하고 다 먹음.

74 생풍(生風)하다: 찬바람이 불다.

75 즙기(什器): 집기(什器).

76 선우음: '선웃음'의 옛말. 우습지도 않은데 꾸며서 웃는 웃음.

77 소성(蘇醒): 중병을 치르고 난 뒤에 다시 회복함.

78 금차(金釵): 금으로 만든 비녀. '첩'의 뜻.

79 존수(尊嫂): '형수'의 높임말.

80 경해(驚駭)하다: 뜻밖의 일로 깜짝 놀라다. 또는 놀라게 하다.

81 상직(上直): 집 안에 살면서 시중을 듦.

82 벙으리왇다: 거역하다. 막다.

心)을 고치지 아닌 후는 사(赦)치 아니리라 하니 아지 못게라. 자란의 괴벽한 직심(直心)이 어찌 구·연 양 소저의 환(患)을 니르혀는[83] 맹아(萌芽) 아니리오. 자란이 죽을지언정 공자의 비첩(婢妾)이 되지 아니려 하는 고로 중한 태장을 받아 혈흔이 낭자하되 집심(執心)을 고치지 아니하고 누실(陋室)에 (19)가둠을 만나니 유월(六月) 염천(炎天)을 당하여 덥기 불 같으니 나의(羅衣) 단삼(單衫)으로 고대광실(高臺廣室)에 처하던 자란이 어찌 괴롭지 아니리오마는 분원(忿怨)을 이기지 못하여 괴로움을 보고 밤이 맟도록 잠을 이루지 못하여 비읍(悲泣)하여 가로되,

"아시(兒時)에 어미를 여희고 아비를 따르지 못하고 진궁 비 되어 주인의 은혜 천지 같으니 평생을 구부인 장대하(粧臺下)[84]에 뫼시고자 하거늘 공자의 호탕한 그물에 걸려 청정한 뜻을 지킬 길이 없으니 어찌 애달프지 아니하리오. 구부인이 숙숙(叔叔)[85]의 청을 들어 십여 년 동처(同處)하던 정을 끊어 내치시니 이 원을 품고 살아 무엇하리오. 차라리 죽어 직심을 세우고 남은 혼백이 진궁에 돌아가 종(20)사(從事)하리라."

하고 슬퍼함을 마지아니하더니 밤이 반(半)은 하여 문득 밖에 사람이 와 불러 왈,

"난아, 살았난다?"

하거늘 자란이 울다가 이르되,

"내 아직 죽지 않았거니와 어떤 사람이 깊은 밤에 분주(奔走)하나뇨?"

기인(其人) 왈,

"네 내 소리를 알지 못하는다? 구부인 유모 홍파랑이라. 부인이 공자의 전어(傳語)를 들으시고 수숙지간(嫂叔之間)에 한 시녀를 아니 주지 못하여 보내시나 정당 옥주 낭랑과 전하가 아신즉 그릇 여기실까 겁하시고 연소저로 더불어 화기 상할까 염려하사 네 공자의 명을 순치 않아 갇힌 줄 오히려 다행히 여기사 가만히 너를 데려다가 원문(院門)으로 도망하여 구부 행각(行閣)[86]에 감추고 오라 하시니 빨리 나를 좇아가자."

한대 자(21)란이 대희하여 왈,

"명대로 하려니와 파파(婆婆)의 목소리가 어찌 다르뇨?"

---

83 니르혀다: 일으키다.

84 장대하(粧臺下): 장대는 부녀자의 화장용 경대(鏡臺)로, 규방을 뜻하기도 함. 부인을 직접 지칭하기가 외람되어 그의 장대를 들어 말한 것임.

85 숙숙(叔叔): '시아주버니'를 문어적으로 이르는 말.

86 행각(行閣): 궁궐, 절 따위의 정당(正堂) 앞이나 좌우에 지은 줄행랑.

파가 웃어 왈,

"홍파 아니고 뉘란 말고?"

난이 호의(狐疑)하나 사람이 다르고 요인(妖人)이 작변(作變)함인 줄 어찌 알리오. 진력(盡力)하여 창을 떼고 나와 보니 소리 다르나 형용은 완연한 홍파라. 난이 대희하여[87] 급히 홍파의 팔을 붙들고 나와 창을 인도하여 나아오니 파가 끌고 가더니 호정담 밑에 큰 못이 있어 수파(水波)가 창일(漲溢)[88]하고 깊이 천 척(尺)이라 사람이 빠지매 살지 못할 뿐 아니라 신체 중류하여 대강(大江)으로 나가니 신체도 찾지 못하는 곳이라. 물가에 다다라 다리[89]를 인하여 건너고자 하더니 홍파가 문득 크게 한 소리 지르고 자란을 밀쳐 물 가운데 넣으니 난이 무망(無妄)[90]에 대화(大禍)를 만나 (22)조수불급(措手不及)[91]하여 헛되이 물 가운데 떨어지니 아지 못게라. 사생(死生)이 어찌 되며 이 요인은 어느 곳 요인이 왔는고. 분석 하회하라.

각설. 만고(萬古) 강상죄인(綱常罪人) 난음찰녀(亂淫刹女) 황씨 모녀가 간비(奸婢)로 더불어 교주를 데리고 황축을 찾아갈새 거리거리 방을 붙여 저희 노주(奴主)를 다 잡으려 하는지라. 경황(驚惶) 실색(失色)하여 그윽한 곳에 모여 경보(輕寶)[92]를 내어 시상(市上)의 건복(巾服)[93]을 사다가 삼 인이 약을 삼켜 변용하고 일제히 건복을 차리고 점점 행하여 나아갈새 절치분매(切齒憤罵)[94]하며 서로 이르되,

"만일 뜻을 이룰진대 송도 강산을 삼키고 현가 일문을 어육(魚肉)[95]하여 원수를 갚으리라."

하더라. 차류(此類)가 비록 흉완(凶頑)[96]하나 주림화각(珠林畵閣)에 처하여 호화부귀를 누렸

87 하여: 원문에는 없으나 서강대본을 참고하여 보충함.

88 창일(漲溢): 물이 불어 넘침.

89 다리: 원문에는 '다'가 없으나 서강대본을 참고하여 보충함.

90 무망(無妄): 무망중(無妄中). 별 생각이 없이 있는 상태.

91 조수불급(措手不及): 일이 매우 급하여 미처 손을 댈 겨를이 없음.

92 경보(輕寶): 몸에 지니고 다니기에 편한 가벼운 보배.

93 건복(巾服): 두건과 의복. 갓과 웃옷. 흔히 예전에 남자가 정식으로 갖추던 옷차림을 이른다.

94 절치분매(切齒憤罵): 이를 갈며 분하여 욕함.

95 어육(魚肉): 짓밟고 으깨어 아주 결딴낸 상태를 비유적으로 이르는 말.

96 흉완(凶頑): 흉악하고 모짊.

으(23)니 삼촌(三寸) 금련(金蓮)[97]이 원로(遠路) 발섭(跋涉)[98]이 그리 쉬우리오. 수중에 주옥진보(珠玉珍寶)가 오히려 넉넉하니 팔아 노마(怒馬)[99]를 장만코자 하나 각 읍의 수험(搜驗)[100]이 두리워 촌촌(村村) 전진하니 하물며 서촉 왕반(往返)이 극히 요원(遼遠)하여 육로(陸路)로 가면 오천팔백 리요, 수로(水路)로 가면 가깝고 곡로(谷路)로 돌아 행하면 구천여 리니 발섭이 그리 쉬우리오. 그러나 얼굴을 바꾸며 성명을 바꾸었으니 방심하여 행하더니 길을 그릇 들어 월여(月餘)에 정주 지경(地境)에 이르러 노변(路邊)에 앉아 쉬더니 곳곳이 방을 붙이고 사람마다 나아가 보며 꾸짖어 왈,

"가히 천참만륙(千斬萬戮)[101]하여도 아깝지 아니하도다. 위지사족(謂之士族)이라 하고 저 같은 음녀(淫女) 발부(潑婦)[102]가 있으니 조화옹(造化翁)이 헌사함[103]을 알리로다. 저런 (24)대음대간(大淫大姦) 잡기를 천금상(千金償)을 주마 하였으니 그 년들이 비싼 년이로다."

혹이 소왈(笑曰),

"상이 아니라도 우리는 만나면 잡아 바치련마는 보지 못하니 애달프도다. 몹쓸 년이 혹 저런 행인 중 섞였은들 어찌 알리오."

하거늘 황씨 등이 들으매 모골(毛骨)이 송연(悚然)하여 면무인색(面無人色)[104]함을 깨닫지 못하니 그 중에 한 사람이 소왈,

"저 수자(豎子)는 무슨 연고로 흉녀의 말을 듣고 변색하나뇨? 아니 앎이 있느냐?"

황씨 대황(大惶)하여 교주와 설매를 돌아보니 교주는 대간대음(大姦大淫)이라 중인(衆人)의 말을 듣고 발연(勃然)[105] 작색(作色) 왈,

"우리는 도로(徒路) 행객(行客)이라 경성 사람을 어찌 알리오. 열위(列位)[106]는 고이한 말

97 금련(金蓮): 미인의 예쁜 발 또는 걸음걸이를 비유적으로 이르는 말. 중국 남조(南朝) 때 동혼후(東昏侯)가 금으로 만든 연꽃을 땅에 깔아 놓고 반비(潘妃)에게 그 위를 걷게 하였다는 고사에서 유래한다.

98 발섭(跋涉): 산을 넘고 물을 건너 길을 감.

99 노마(怒馬): 힘이 세고 살집이 좋은 말.

100 수험(搜驗): 수검(搜檢). 금제품(禁制品) 따위를 수색하여 검사함.

101 천참만륙(千斬萬戮): 수없이 베어 여러 동강을 내어 참혹하게 죽임.

102 발부(潑婦): 포악한 부녀자.

103 헌사하다: 야단스럽다. 시끌벅적하다. 호사스럽다.

104 면무인색(面無人色): 몹시 놀라거나 무서움에 질려 얼굴에 핏기가 없음.

105 발연(勃然)하다: 왈칵 성을 내는 태도나 일어나는 모양이 세차고 갑작스럽다.

106 열위(列位): 제위(諸位). 여러분.

을 하나뇨? 하물며 저의 죄악이 태중(泰重)하나 저는 본디 경(25)화거족(京華巨族)이요 우리는 하방(遐方)[107] 천인(賤人)이라 여러 사람의 근본을 어찌 알고 흉인에 비겨 욕하는다? 그대 반드시 흉인의 근본을 아는가 싶으니 우리 마땅히 열위를 고관(告官)[108]하여 흉당을 찾고 상을 취하여 도로 행걸(行乞)의 괴로움을 면하리라."

설파(說罷)에 기운이 분분(忿憤)하고 노색(怒色)이 등등하니 중인이 크게 놀라 말하던 자를 꾸짖고 교주를 해유(解諭) 왈,

"하방 촌인이 무지하여 경중(輕重)을 모르고 그릇 존위(尊位)를 촉범(觸犯)[109]하였으니 그대는 관서(寬恕)하라."

재삼 해유하니 설매 또 교주를 말려 왈,

"형은 식노(息怒)하소서. 저 사람들이 희담(戱談)을 나는 대로 하였거니와 우리 등은 남자요 저는 여자들이라 관계치 아니하니 부질없이 언쟁치 마소서."

중인이 칭(26)사(稱辭) 왈,

"그대는 나이 젊으나 슬겁고[110] 착하도다."

설매 사양 왈,

"우리는 속인(俗人)이라. 현제(賢弟) 어려서 자모(慈母)가 죽으니 부친이 데리고 유락(流落)[111]하다가 이제 고향으로 부자(父子) 삼 인이 돌아가는 행색이니 열위(列位)는 괴이한 일로 우리를 비우(比遇)하니[112] 우리 형이 본디 조급한 고로 경색(景色)이 전도(顚倒)[113]하나 일시 희담(戱談)이라 허물하리오."

중인(衆人)이 더욱 설매를 위자(慰藉)[114]하니 황씨 모녀가 묵연하더라.

황씨 등이 차후로는 도로에서 행여 구색(求索)함을 만날까 더욱 겁하여 행색을 고쳐 그윽한 도관(道觀)과 유벽(幽僻)한 암자에 주인(主人)하더니,[115] 일일은 파서(巴西) 용문산 활

107 하방(遐方): 서울에서 멀리 떨어진 지방.

108 고관(告官): 관청에 고함.

109 촉범(觸犯): 꺼리고 피해야 할 일을 저지름.

110 슬겁다: 마음씨가 너그럽고 미덥다.

111 유락(流落): 타향살이. 고향을 떠나 정처 없이 떠돎.

112 비우(比遇)하다: 비교하다.

113 전도(顚倒): 엎어져 넘어짐. 마음이 바쁘고 경황이 없음.

114 위자(慰藉): 위로하고 도와줌.

115 주인(主人)하다: 잠시 거처할 곳을 정하다.

인사란 절에 들어가니 여승 사십여 인이 있더라. 주지(住持) 이고(尼姑)의 법명(法名)은 우화법사요, 본성은 촉도 향환(鄕宦) 순우자의 (27)딸이라. 십육 세에 서방 맞아 가니 순우녀가 용모가 절세(絶世)하고 방자음악(放恣淫惡)하매 구가(舅家)에 실의(失儀)하여 본부에 돌아오니 마침 아비 죽고 계비 사오나와 용납지 아닛난지라. 순우녀가 지아비께 실의하고 구가의 출부(出婦)로 계모에게 용납지 아니하니 악을 부릴 데 없어 계모와 친척을 속여 거짓 익사(溺死)하노라 하고 도망하여 삭발하고 도처에 표류하여 자장기완(資粧器玩)[116]을 매매(賣買)하여 파서 용문산에 사찰을 이루고 스스로 우화법사로라 하고 의지 없는 걸녀(乞女)를 모아 제자를 삼고 자칭 이고라 하나 음욕(淫慾)이 방자하여 지나는 행객을 다 후려 부대(負戴) 재물을 앗아 제 음욕을 채우더니, 이에 황씨 모녀의 노주(奴主)를 맞아들이니 드대어 재물을 앗고 (28)또한 남자가 표치(標致)[117]함을 보고 주지 이고가 나와 말씀할새 가향(家鄕)과 성명을 묻거늘 황씨 이르되,

"복(僕)의 성명은 전황이요, 본디 젊어서 상실(喪室)[118]하고 두 아들로 더불어 명사(名寺)에 유탁(留託)하더니 전문(錢文)에 의탁(依託)하여 약간 재물을 얻은 고로 고향에 돌아가 선세(先世) 묘하(墓下)에 여생을 맞고자[119] 하나이다."

우화가 대왈,

"빈승의 성은 순우 씨요 법명은 우화법사라. 본(本)이 향환 사족지녀(士族之女)러니 유시(幼時)에 부모가 쌍망(雙亡)하고 또 친척이 없으니 거두어 자뢰(藉賴)할[120] 이 없는 고로 일찍 출가하여 산문(山門)에 돌아왔더니 이 곧 소원이 아니라. 부득이 이고가 되었으되 종사(宗嗣)가[121] 복멸(覆滅)[122]함을 슬퍼하나니 만일 상적(相敵)한[123] 곳에 어진 장부가 있으면 환속하여 부모 후사(後嗣)를 받들고자 (29)하나이다."

황씨 모녀는 사람 가운데 여우[124]라 어찌 이고의 기색을 모르리오. 반드시 저희를 유

---

116 자장기완(資粧器玩): '자장'은 여자가 몸단장하는 데 쓰는 물건들, '기완'은 골동품 따위의 장식물.

117 표치(標致): 얼굴이 매우 아름다움.

118 상실(喪室): 아내가 죽음. 아내를 잃음.

119 맞다: '마치다'의 준말. 원문에는 '맛고ᄌᆞ'로 되어 있음.

120 자뢰(藉賴)하다: 무엇을 빙자하여 의지하다.

121 종사(宗嗣)가: 원문에는 '둉시'로 되어 있으나 서강대본을 참고하여 고침.

122 복멸(覆滅): 어떤 단체나 세력이 뒤집히어 망함. 여기에서는 '후손이 없음'을 뜻함.

123 상적(相敵)하다: 양편의 실력이나 처지가 서로 걸맞거나 비슷하다.

124 여우: 원문에는 '여이'로 되어 있음.

희(誘戲)하여 기색을 탐지하는 줄 알고 심리(心裏)에 대희(大喜)하여 오직 잠잠하니 우화가 웃고 가로되,

"객관(客官)은 노승의 말을 헛되이 알지 말고 뜻을 정하여 결단하라. 빈도(貧道)[125]가 진심하여 성친(成親)케 하리니 관인도 중년에 환부(鰥夫)[126]의 괴로움을 면할 것이요 영랑(令郎)[127] 양인(兩人)의 인륜을 정하여 가도(家道)를 이룸이 가하니 너비[128] 혼처를 구하여 미부(美婦)를 얻으면 자손이 만당(滿堂)할 것이니 빈승이 비록 간난(艱難)하나 사중(寺中)에 천금 재물이 있으니 우리와 부부지도(夫婦之道)를 이루게 함이 어떠하뇨."

황녀가 청파(聽罷)에 변색하고 눈으로 교주를 보니 교주가 흔연 왈,

"사부의 의논이 옳으니 부친은 사(30)양치 마소서. 마땅히 언약을 굳게 하고 고향에 돌아가 백부(伯父)께 상의하여 예로써 혼인함이 옳으니 어찌 신랑 신부가 일석(一席)에 대좌하여 혼인을 의논함이 옳으리오?"

황씨 또 웃어 왈,

"오아(吾兒)의 말이 마땅하니 이대로 하사이다."

우화가 또 가로되,

"관인의 말대로 하려니와 아지 못게라. 눌과 의논하려 하나뇨?"

교주가 웃고 왈,

"이미 사부의 의논으로 우리 인륜을 뇌약(牢約)[129]하매 어찌 기쁘지 아니리오마는 가중에 백부가 있나니 중간에 분리하여 천명산에 가 채주(寨主)[130]가 되어 있나니라."

우화가 가로되,

"요사이 들으니 천명산 채주 전기라 하니 본채를 떠나 용문산에 가 산형(山形) 굉준(宏峻)함을 사랑하여 채책(砦柵)[131]을 옮기다 하더니 이 아니 관인의 (31)형인가 하노라. 연즉 사중(寺中)에서 수 리 정도라, 관인이 수고 않아 골육이 서로 만나리라."

황씨 모녀가 청파에 대희하여 재삼 근본을 자시 묻고 또 혼인을 굳이 정하매 우화가

---

125 빈도(貧道): 승려나 도사가 자기를 낮추어 이르는 일인칭 대명사.

126 환부(鰥夫): 홀아비.

127 영랑(令郎): 영식(令息). 윗사람의 아들을 높여 이르는 말.

128 너비: '널리'의 옛말.

129 뇌약(牢約): 굳게 약속함.

130 채주(寨主): 산채(山寨)의 주인.

131 채책(砦柵): 방어하기 위해 대나무 같은 것으로 쳐 놓은 울타리.

스스로 깃거 주육(酒肉)을 갖추어 밤들도록 통음(痛飮)하여 파(罷)하고 미명(未明)[132]에 행리(行李)[133]를 차려 나아갈새, 우화가 길 아는 소니(小尼)를 명하여 축만봉을 인도하게 하고 안마(鞍馬)를 갖추어 주니 황녀가 후의를 칭사하고 길에 오르니 바야흐로 편한 말 위에 의관을[134] 갖추어 길 가기 편하더라.

삼 일 만에 축만봉 암하(巖下)에 다다르니 기형괴석(奇形怪石)과 만학천봉(萬壑千峰)이 밀밀층층(密密層層)하여 산로(山路)가 차아(嵯峨)하매[135] 발붙이기 어렵거늘, 소니(小尼) 인도하여 가다가 말에서 나려 십여 리나 걸어가니 갈수록 산이 (32)험하며 폭포가 중중(重重)하고 봉만(峯巒)[136]이 최외(崔嵬)하며[137] 수목이 덮였으니 행하기 가장 어렵거늘 중지하더니 문득 무수한 건장군(健將軍)이 길을 막으려 하거늘 이고가 이르되,

"어찌 길을 막나뇨?"

대왈,

"산이 가까운 고로 목책(木柵)[138]을 베퍼[139] 군영(軍營)의 웅장한 형세를 벌였다."

하더라. 모든 적도들이 여러 사람을 보고 재물이나 앗고자 하여 가는 곳을 묻거늘 이고가 먼저 이르되,

"이 관인이 너의 채주의 지친(至親) 동기(同氣)로라."

교주가 또 이르되,

"우리 너의 채주의 자제(子弟)라. 골육이 격세(隔歲)[140] 상리(相離)하여 분찬(奔竄)[141]하매 피차 소문을 모르더니 이제 이에 거한 바를 알고 차차 이르렀나니 너희는 바삐 인도하여 대왕께 아뢰라. 반드시 중상(重賞)하리라."

적들이 이 말을 (33)듣고 일시에 절하고 뫼셔 동구에 다다라 큰문 밖에 머무르고 들어가 채주에게 고하니라.

---

132 미명(未明): 날이 채 밝지 않음. 또는 그런 때.
133 행리(行李): 행장(行裝). 행할 때 쓰는 물건과 차림.
134 의관을: 원문에는 '의'가 없으나 서강대본을 참고하여 보충함.
135 차아(嵯峨)하다: 산이 높고 험하다.
136 봉만(峯巒): 꼭대기가 뾰족뾰족하게 솟은 산봉우리.
137 최외(崔嵬)하다: 산이 높고 험하다.
138 목책(木柵): 말뚝 따위를 죽 잇따라 박아 만든 울타리.
139 베프다: '베풀다'의 옛말.
140 격세(隔歲): 해가 바뀌도록 서로 연락하지 못함.
141 분찬(奔竄): 바삐 달아나 숨음.

각설(却說). 선시(先時)에 황씨의 질자(姪子) 황체 천흉만악(千兇萬惡)을 배포(排布)[142]하여 교주의 가르침을 받아 매교로써 그릇 옥화 군주라 하여 신고(辛苦)히 도적하여 데리고 집에 돌아와 속은 줄 애달아 하나, 매교가 또한 홍안(紅顔)이 절세(絕世)하고 행사(行使)가 영오(英悟)하니[143] 황축이 가장 의혹(疑惑)하여 선아(仙娥)가 하강한가 여겨 애중(愛重)하더니, 오히려 욕심이 족(足)지 못하여 간모(奸謀)를 외응내합(外應內合)[144]하여 가만히 서신(書信)을 왕궁에 통하더니 군주가 적거(謫居)하는 소문을 듣고 다시 무뢰배(無賴輩)를 처결(處決)[145]하여 중로(中路)에 가 천신만고(千辛萬苦)하여 앗아 오니 이는 또 사람이 아니라. 한단 풀을 채색(彩色)으로 꾸미고 의장(擬裝)[146]을 화려히 하였으니 황축이 (34)대경분해(大驚忿駭)[147]하여 교주와 숙모의 상심(詳審)치 않음을 도로혀 절치분매(切齒憤罵)[148]하고 맹세하여 차후 다시 간계(奸計)를 돕지 않으리라 하여 절신(絶信)하였더니, 일일은 홀연 객인(客人)이 이르러 황수자(豎子)를 찾거늘 황축이 나와 보니 나이 사십이나 하고 풍채 준아(俊雅)하며 의복이 선명하여 요간(腰間)에 패금(珮金)이 쟁쟁(錚錚)하니, 황축이 본디 탐재(貪財) 무쌍하여 아무라도 돈이 많으면 위왓기[149]를 천상랑(天上郎)같이 하고 경화(京華) 사대부라도 간난(艱難)하면 노예같이 하더니, 이날 객인이 왔다 함을 듣고 나와 보매 이는 동린(洞隣)에 있던 전기라. 크게 반겨 맞아 들어가 서로 말할새 황축이 전기를 각별 공경하여 대접함을 아비같이 하며 전후사를 물으니 전기 답왈,

"내 (35)전일에 매양 울적함을 인하여 산림에 오유(娛遊)[150]하더니 모든 호걸의 추대함을 입어 산채의 주(主)가 되어 도처의 재물을 거두니 은금(銀金)이 누거만(累巨萬)[151]이요 슬하에 거느린 당류(黨類)가 수천 명이라. 재물이 많으매 미인이 어데 없으리오마는 진실로 영숙(令叔)의 절세화미(絶世華美)를 잊지 못하고 더욱 임별(臨別)에 유복(遺腹)을 끼쳤던 바니 남녀 간 골육을 찾고자 하여 이에 왔나니 그대는 도모하여 영숙과 오아(吾兒)

---

142 배포(排布): 머리를 써서 일을 조리 있게 계획함. 또는 그런 속마음.

143 영오(英悟)하다: 용모가 뛰어나고 총명하다.

144 외응내합(外應內合): 원문에는 '외홍니합'으로 되어 있으나 서강대본을 참고하여 고침.

145 처결(處決): 결정하여 조처함.

146 의장(擬裝): 비슷하게 꾸밈. 또는 그런 차림새.

147 대경분해(大驚忿駭): 크게 놀라고 분함.

148 절치분매(切齒憤罵): 이를 갈고 분하여 욕함.

149 위왓다: '떠받들다'의 옛말.

150 오유(娛遊): 즐기고 놂.

151 누거만(累巨萬): 매우 많음.

를 데려와 나로써 뫼게[152] 한즉 마땅히 그대로 더불어 산중에 돌아가 부귀를 한가지로 하리라."

황축이 청파에 전일 기모(其母)에게 들은 바라, 대경대희(大驚大喜)하여 금은에 뜻이 기울었으니 어찌 적서(嫡庶)의 분(分)과 전기의 천함을 개회(介懷)하리오.[153] 연망(連忙)히[154] 황녀의 생(生)한 바 교(36)주가 미색(美色)이 천고독보(千古獨步)하여 광평왕의 딸로 알아 현승상의 아들과 혼인하되 박명(薄命)이 극하고 황녀가 또 윤후의 총권(總權)[155]을 거우지[156] 못하여 신세 위구(危懼)[157]함을 갖추어 전하니 전기 깃거 왈,

"이 조각[158]이 더욱 묘하다. 황씨 만일 왕께 득총(得寵)하고 여아가 구가(舅家)에 득의(得意)한즉 어찌 궁향(窮鄕) 필부(匹夫)를 찾으리오. 가히 여차여차하여 모이리라."

하고 이 밤을 새워 명조(明朝)에 전기 황축을 데리고 저의 주인(主人)[159]에 돌아와 백은(白銀) 오십 근과 명주(明珠) 옥패(玉佩) 등물(等物)을 많이 주어 탐심(貪心)을 흡족도록 깃기고,[160] 두 봉 글월을 주어 황씨 모녀에게 전하라 하고 일이 성불성간(成不成間) 서촉 진명산 산채로 찾아오라 하고 돌아가니, 황축이 많은 재물을 얻고 영행천만(榮幸千萬)하여 제 어(37)미라도 아끼지 아닐 뜻이 있는지라. 순순응낙하고 모자(母子)가 돌아와 의논하고 즉시 사람을 경성 왕궁에 보내었더니, 황녀가 마침내 일이 비밀치 못하여 어진 자부(子婦)[161]를 다 죽이고 스스로 백계무책(百計無策)하여 처음의 회서(回書)를 공환(空還)[162]하고 마침내 망명분주(亡命奔走)[163]하여 이에 모임이 되니라. 황축이 경사(京師)에 사람을 보내고 황씨 모녀의 탈신(脫身)함을 그윽이 죄오더니[164] 월여(月餘)에 가인(家人)[165]이 공환하니 황축

---

152 뫼다: '만나다'의 옛말.

153 개회(介懷)하다: 개의(介意)하다. 어떤 일 따위를 마음에 두고 생각하거나 신경을 쓰다.

154 연망(連忙)히: 급히.

155 총권(總權): 모든 권리나 권력.

156 거우다: '거스르다', '대적하다'의 옛말.

157 위구(危懼): 위태롭고 두려워할 만한 상황.

158 조각: 기미(幾微)나 낌새.

159 주인(主人): 거처. 숙소.

160 깃기다: 기뻐하게 하다.

161 자부(子婦): 원래는 '며느리'의 뜻이나 문맥상 '아들과 며느리'의 의미로 사용됨.

162 공환(空還): 목적을 이루지 못하고 헛걸음으로 돌아옴.

163 망명분주(亡命奔走): 망명도주(亡命逃走). 죽을죄를 지은 사람이 몸을 숨겨 멀리 도망함.

164 죄오다: '조이다'의 옛말. 죄다. 마음이 긴장되다.

165 가인(家人): 심부름꾼.

이 하릴없어 친히 글월을 품고 촉중에 나아가 전기를 보아 수말(首末)을 전하니, 전기 미인의 무정함을 꾸짖으나 또한 후회(後會) 매매(浼浼)치[166] 않음을 깃거 황생을 관대하며 집을 옮아 동거(同居)함을 이르니, 황축이 산채의 기특함과 고중(庫中)에 금백채단(金帛綵緞)이 많음(38)을 보고 대락(大樂)하여 언언(言言)이 응순(應順)하고 돌아와 즉시 집을 떠나 어미와 매교를 싣고 산채에 와 머무니, 전기 자못 후대하고 안전(眼前)에 두어 이목(耳目)을 삼으니 황축이 기리[167] 첨녕(諂佞)[168]하여 언필칭(言必稱)[169] 숙부(叔父)라 하고 황씨를 기다리더라.

전기 점점 큰 뜻이 있는 고로 사명산이 행인이 많이 다니고 산로가 험하다 하고 서촉 용문산 뒤에 축만봉 험준령을 가리어 천여 간 대가(大家)를 이루고 산하를 사이 두어 목책을 만드니 주회(周回)[170] 사십 리요 사명산 채책(砦柵)을 연하여 상거(相距)가 불원(不遠)하니, 그 참람외월(僭濫猥越)함[171]이 황성(皇城) 금궁(禁宮)으로 다름이 없더라.

전기 스스로 서호[172] 장군이로라 하고 채(寨) 중에 제첩(諸妾)이 가득하나 반드시 희(嬉)[173]라 (39)하고 부인을 봉(封)치 아냐 황씨의 돌아옴을 기다리더라. 광음(光陰)이 훌훌하여[174] 어느 사이 수삼 년이 지났더니 일일(一日)은 소루(小累) 패(牌)[175] 빨리 돌아와 고왈(告曰),

"채문(寨門) 밖에 세 사람이 이르러 우리 장군의 자제라 하고 뵈와지라 하나이다."

하니 전기와 황축이 먼저 나와볼새 원래 황씨 모녀가 다시 본형(本形)으로 왔는지라. 황축이 양구(良久)히 보매 비록 남장(男裝)을 하였으나 황씨 모녀와 설매를 알지 못하리오. 기간(其間) 곡절(曲折)은 모르고 탈신(脫身)하여 저희를 좇아 이른가 대희(大喜)하여 웃음을 머금고 말을 하고자 하거늘 황씨 눈물을 흘리고 손을 저어 휘지(揮之)하니 황적이 말을

---

166 매매(浼浼)하다: 매몰차다.

167 기리: '길이'의 옛말. 오랜 세월이 지나도록.

168 첨녕(諂佞): 매우 아첨함.

169 언필칭(言必稱): 말을 할 때마다 이르기를.

170 주회(周回): 둘레.

171 참람외월(僭濫猥越)하다: '참람(僭濫)하다'는 '분수에 넘쳐 너무 지나치다', '외월(猥越)하다'는 '외람(猥濫)하다', '하는 행동이나 생각이 분수에 지나치다'.

172 서호: 원문에는 '셔호호'로 되어 있으나 고침.

173 희(嬉): 희첩(姬妾).

174 훌훌하다: 빠르다.

175 패(牌): 같이 어울려 다니는 사람의 무리.

그치고 인도하여 바로 후당으로 들어갈새 데려온 이고(尼姑)[176]를 (40)휘각(揮却)[177]고자 하여 낭중(囊中)의 은자(銀子) 사오전(四五錢)과 명주(明珠) 대엿[178] 낱[179]을 주어 왈,

"네 이미 나의 안신(安身)할 곳을 알았으니 사부(師父)께 고하고 종용(從容)한[180] 때 다시 오라. 전일 의논을 시행하리라."

소니(小尼) 응낙고 돌아가더라. 황적이 아자미[181] 남복(男服)으로 발섭(跋涉)[182] 도도(滔滔)하여[183] 형용이 초췌함을 보고 전기 깃거 아닐까 하여 후당(後堂)에 먼저 청하여 들이고 차(茶)를 드려 기갈(飢渴)을 위로한 후 피차(彼此) 지낸 말을 대강 이르고 눈물을 흘리니 황축이 돈족요두(頓足搖頭)[184] 왈(曰),

"우리 숙질(叔姪) 남매의 사단(事端)이 허다(許多)하니 일시(一時)에 이를 바가 아니라. 요행(僥倖) 천신만고(千辛萬苦)하여 서로 모였으니 동지야(冬至夜) 하지일(夏至日)에 고담(古談) 삼아 심심 세월(歲月)에 베푸사이다. 연(然)이나 전장군(將軍)이 산중의 그윽한 부(41)귀(富貴) 왕후(王侯)에 지나고 미녀 홍장(紅粧)[185]이 수풀 같으나 숙모(叔母)의 절염미모(絶艶美貌)를 잊지 못하여 어려운데 많이 보낸 음식을 드렸거늘 저렇듯 쇠(衰)한 얼굴로 저 놈의 욕을 어찌 보리오."

황씨 모녀가 연망(連忙)히[186] 이르되,

"우리 이미 이럴 줄 알고 모녀의 채복(彩服)을 장만하여 왔으니 오늘 편히 쉬고 명일(明日) 장속(裝束)[187]을 고쳐 장군께 뵈오리니 현질(賢姪)은 이 뜻을 이르라. 오직 과의[188]를 이루지 못하였으니 어찌하리오."

---

176 이고(尼姑): '비구니'를 낮잡아 이르는 말.
177 휘각(揮却): 물리쳐 버리고 돌아보지 아니함.
178 대엿: 대강 어림쳐서 다섯이나 여섯쯤. 원문에는 '다엿'으로 되어 있음.
179 낱: 아주 작거나 가늘거나 얇은 물건을 하나하나 세는 단위.
180 종용(從容)하다: 조용하다.
181 아자미: '아주머니'의 낮춤말.
182 발섭(跋涉): 산을 넘고 물을 건너 길을 감. 여러 곳을 두루 돌아다님.
183 도도(滔滔)하다: 막힘이 없고 기운차다.
184 돈족요두(頓足搖頭): 발을 구르고 고개를 저음.
185 홍장(紅粧): 아리따운 여인.
186 연망(連忙)히: 황급히.
187 장속(裝束): 입고 매고 하여 몸차림을 든든히 갖추어 꾸밈. 또는 그런 차림새.
188 과의: 미상.

황축이 깃거 왈,

"소질이 장군의 권애(眷愛)[189]함을 입어 솔가(率家)하여 이곳에 머무니 후정(後庭) 별사(別舍)에 모친과 가속(家屬)이 있으니 숙모가 게 가 모친과 한가지로 밤을 지내고 별회(別懷)[190]나 펴소서."

언파에 차환(叉鬟)을 불러 황씨 모녀 노주(奴主)를 별당으로 인도하라 (42)하고 저는 들어가 전가(哥)를 보고 수말(首末)을 이르니, 전기 대경대희(大驚大喜)하여 침선(針線) 차환을 명하여 부인과 소저의 자장(資粧)[191]을 일일(一日) 내(內) 다스리라 하고 그중에 주옥채단(珠玉綵緞)을 무수히 내어 별당에 보내어 명일(明日) 보기를 이르고 주육진찬(酒肉珍饌)을 갖추어 보내니 황씨 모녀가 별당에 이르매 황축의 어미와 매교를 만나니 피차가 놀라고 반겨 별회(別懷) 탐탐(耽耽)하니[192] 수기서(手記書)에 기록기 어렵더라. 이윽고 전기의 차환이 금수채의(錦繡彩衣)와 갖은 보패(寶貝)를 수없이 드리며 화미진찬(華美珍饌)[193]으로 내오며 대장군의 말로 전어(傳語)하여 원로(遠路) 행역(行役)[194]을 물으니 황씨 일변 깃거하고 황씨의 모(母) 공씨(氏) 어떻게 여길고 부끄려하더라.

이 밤을 편히 쉬고 명일(明日) 산호경대(珊瑚鏡臺)[195]와 (43)옥(玉)거울을 내와 아미(蛾眉)를 공교(工巧)히 그리고 지분(脂粉)[196] 방택(芳澤)[197]으로 홍안(紅顔)을 다스려 금수채복(錦繡彩服)을 정(整)히 하니 교주의 옥면(玉面) 낭성(朗聲)의 교교(姣姣)[198] 염려(艷麗)함은 이르도 말고 황녀가 연기(年紀) 사십(四十)에 옥 같은 얼굴과 꽃 같은 보조개, 앵두 같은 입술에 천교백미(千嬌百媚)[199] 초출(超出)하니[200] 흑운(黑雲) 같은 운환을 높이 꿔오고[201] 어깨에 홍금적

---

189 권애(眷愛): 돌보거나 보살펴 사랑함.

190 별회(別懷): 이별할 때 마음속에 품은 슬픈 회포.

191 자장(資粧): 여자의 몸단장에 관한 준비. 또는 여자가 화장하는 데 쓰는 물건들.

192 탐탐(耽耽)하다: 깊고 으슥하다.

193 화미진찬(華味珍饌): 진귀하고 맛이 좋은 음식.

194 행역(行役): 여행의 피로와 괴로움.

195 산호경대(珊瑚鏡臺): 산호로 만든 경대. 경대는 거울을 버티어 세우고 그 아래에 화장품 따위를 넣는 서랍을 갖추어 만든 가구.

196 지분(脂粉): 연지(臙脂)와 백분(白粉)을 아울러 이르는 말.

197 방택(芳澤): 예전에 부인들이 머리에 윤기를 내기 위해서 사용하던 향이 나는 기름.

198 교교(姣姣): 아름답고 잘 생겨서 출중함

199 천교백미(千嬌百媚): 사람의 마음을 홀리는 온갖 아름다운 모습.

200 초출(超出)하다: 다른 사람에 비해 두드러지게 뛰어나다.

201 꿔오다: 꾸미다. 원문에는 '쉬오고'로 되어 있음.

의(紅錦翟衣)[202]를 입고 가는 허리에 직금(織金)[203] 자하상(紫霞裳)[204]을 매고 칠보(七寶) 띠를 둘렀으며 패옥(佩玉)을 차고, 교주는 규녀(閨女)의 복색(服色)으로 머리에 모란 차(釵)[205]를 꽂고 녹의홍상(綠衣紅裳)을 정히 하고 춘광(春光)이 겨우 이팔(二八)이라. 꽃이 내피고[206] 달이 둥글었으니 작요(灼夭)[207] 아태(雅態) 연연작작(娟娟灼灼)[208]하여 삼춘(三春)의 도화(桃花) 같으니 공씨 모자[209]가 칭찬 불이(不已)[210]하며 암희(暗喜)하여 깊은 뜻이 있더라.

이때 전기 (44)군중에 하령(下令)하여 잔치를 배설(排設)하고 말을 내되, '처음에 아내와 딸을 분찬(奔竄)[211]하였더니 이제 찾았노라.' 하고 한 쌍 순금 교자(轎子)와 무수(無數) 복첩(僕妾)을 별사(別舍)에 보내어 황씨 모녀를 뫼셔 정당(正堂)에 이르니 전기 또한 비단 옷을 입고 황씨를 맞아 부부가 예필(禮畢)[212]에 전기 눈을 들어 황녀의 찬란한 복색과 꽃 같은 얼굴을 보매 반가움이 황홀하여 어린 듯하더니, 교주가 앞에 나아가 두 번 절하고 눈물을 뿌려 왈,

"불초아(不肖兒)가 생세(生世) 이육(二六)에 엄안(嚴顔)[213]을 이제야 뵈오니 어찌 슬프지 아니리오."

하니 말소리 옥을 마는[214] 듯 옥안화모(玉顔花貌)가 절색(絶色)이라. 전기 손을 잡아 무릎 아래 앉히고 황녀다려 왈(日),

---

202 홍금적의(紅錦翟衣): 붉은 비단으로 만든 예복. 적의(翟衣)는 나라의 중요한 의식 때 왕비가 입던 예복을 가리키는 말로 붉은 비단에 청색의 꿩을 수놓아 만듦.

203 직금(織金): 남빛 바탕에 은실이나 금실로 봉황과 꽃무늬를 섞어 짠 직물로 흔히 스란치마의 끝단에 두름.

204 자하상(紫霞裳): 전설에서, 신선들이 입는다는 자줏빛 안개 무늬가 있는 치마.

205 차(釵): 두 갈래 진 비녀의 하나.

206 내피다: 미상. '피다'의 뜻으로 추정됨. 원문에는 'ᄂᆡ픠고'로 되어 있음.

207 작요(灼夭): 『시경(詩經)』「주남(周南)」 〈도요(桃夭)〉의 '도지요요(桃之夭夭), 작작기화(灼灼其華)'에서 유래한 표현으로 빛깔이 곱고 선명한 모양을 뜻함.

208 연연작작(娟娟灼灼): 애틋하고 화려함. '연연(娟娟)'은 '애틋함'. '작작(灼灼)'은 '꽃이 핀 모양이 몹시 화려하고 찬란함'.

209 공씨 모자: 황축과 그 어머니.

210 불이(不已): 끊이지 않음.

211 분찬(奔竄): 달아나 숨음.

212 예필(禮畢): 인사를 마침. 원문에는 '네네필'로 되어 있으나 오기인 듯함.

213 엄안(嚴顔): 엄친의 얼굴.

214 마다: 짓찧어서 부스러뜨리다.

"필부(匹夫)가 용렬(庸劣)하여 옥 같은 처자(妻子)와 꽃 같(45)은 여아(女兒)로써 타인(他人)에게 사양(辭讓)하고 세월을 보내더니 이제 다행히 천륜을 완전하니 어찌 기쁘지 아니리오."

황녀가 함태제미(含態齊美)[215]하여 지난 바를 이르매 역비역희(亦悲亦喜)하여 미인의 교태(嬌態) 불가형언(不可形言)이라. 전기 역시 모양을 수렴(收斂)하며 좌우로 술을 내와 통음(痛飮)할새 이때에 전기의 모든[216] 희첩(姬妾)이 저희 장군의 희첩이 이제야 오시다 하고 황씨의 황홀한 색태(色態)를 보고 대경(大驚)하여 서로 이르되,

"부인(夫人)과 낭자(娘子)가 아름다우니 우리 장군이 옥 같은 부인과 꽃 같은 딸을 사랑하매 우리 등을 꿈에나 생각하랴."

하더라. 황씨 모녀가 모든 희첩의 연분(鉛粉)[217] 취색(取色)[218]과 칠보단장(七寶丹粧)이 썩은 나무 등걸에 취색(取色)한 모양 같아여 자기 모녀를 보(46)고 낙담(落膽) 실조(失措)하는[219] 형상이 가소로움을 이기지 못하더라. 막하(幕下) 제적(諸賊)이 주효(酒肴)를 갖추어 잔치에 참예(參預)하고 주장(主將)의 부부가 재합(再合)함을 하례(賀禮)하더라. 전기 주감(酒酣)[220]에 교주의 손을 잡고 이르되,

"여아의 이름을 황자(皇子)의 자녀와 같이 지은 바니 마땅히 고쳐 교아라 하노라."

황씨 점두(點頭)하고 교아가 절하여 사례하더라. 전기 왈,

"우리 나이 사십(四十)에 아들이 없으니 이 산채(山寨)의 부귀를 뉘게 전하리오. 교아가 아름다우니 마땅히 착한 사회를 얻어 후사를 전하리라."

교아가 심리(心裏)에 대희(大喜)하여 사례(謝禮)하고 황축이 좌에서 듣고 더욱 흠모(欽慕)하더라. 종일 연락(宴樂)하고 파(罷)하매 제적이 흩어지고 전기 크게 취하여 황씨로 더불어 정침(正寢)에서 구(47)정(舊情)을 이으니 음부탕자(淫婦蕩子)의 즐김이 비할 데 없더라. 전기 또 수십 시녀로 교아를 뫼셔 큰당에 거(居)하게 하니 설매 또한 좇아 머무니 피차 득의(得意)하여 도로혀 석일(昔日) 광평 후궁(後宮)에 충수(充數)[221]하여 괴로이 정궁

---

215 함태제미(含態齊美): 교태를 머금고 아름답게 가다듬음.

216 모든: 원문에는 '모ᄃᆞ'로 되어 있으나 문맥에 맞추어 고침.

217 연분(鉛粉): 납을 원료로 만들어진 분. 백분(白粉)이라고도 함.

218 취색(取色): 닦고 윤을 냄.

219 실조(失措)하다: 몸 둘 곳을 모르다.

220 주감(酒酣): 술판이 한창 벌어지고 있는 상태. 또는 술이 거나하게 취한 상태.

221 충수(充數): 수를 채움.

(正宮)[222]을 섬기고 사람을 저어하던[223] 줄 애달아하더라. 황씨 날마다 옥안을 다스려 전적(敵)[224]을 농락하니 전기 대혹(大惑)하여 수유불리(須臾不離)[225]하고 모든 미인을 찾지 아니코 산채 대소사는 황충(虫)을 맡겨두니, 황가 버러지 교주를 농락고자 하여 아유(阿諛)[226] 첨녕(諂佞)[227]하여 공순(恭順)하고 근실함이 효자가 부모 섬김 같고 황씨 모녀의 뜻을 더욱 영합하는지라. 여러 미인이 전기 찾지 아님을 인하여 원망할 이 많으니 황축이 (48)듣고 황녀다려 이르니 황녀가 대로하여 기중(其中) 말 많이 하던 미인과 욕하던 계집 오륙 인을 잡아다가 머리털을 무주리고[228] 쇠꼬치로 쑤시며 불로 지져 죽이나 전기 언언(言言)이 황녀를 옳다 하고 남은 제녀를 호령하여 만일 부인께 방자하면 이처럼 하리라 하니 모든 시녀가 낙담하여 감히 말하지 못하고 마주서지 못하니 황씨의 위엄이 채중에 진동하더라.

용문산 활인사 우화 이고(尼姑)가 다시 말 잘하는 이고를 산채에 보내어 황녀를 찾거늘 황씨 기이지[229] 아니하고 이고를 불러 관대(寬待)[230]하고 왈,

> "우리는 본디 남자가 아니라 채수(寨首)의 아내와 딸이러니 당초(當初)에 실리(失離)하였다가 남장(男裝)으로 찾아오는 길이러니 귀암(貴巖)에 들어(49)가 우화 사부가 우리 내력(來歷)을 모르고 이렇듯 하니 어찌 우습지 아니리오. 연이나 내력을 알았으니 이제란 첫 의논을 고치고 각별(各別) 친의(親誼)를 맺어 사귐을 두터이 하라."

하고 글을 닦아 칭사(稱謝)하고 금주보패(金珠寶貝)로써 사례하여 보내니 소니(小尼) 돌아가 이대로 전하니 우화 이고가 일변(一邊) 아연(啞然)하고 일변(一邊) 깃거 왈,

> "내 일찍 몽중(夢中)에 이인(異人)을 만나 술업(術業)을 배워 세상에 전(傳)치 못할까 염려하더니 이제 차인(此人)을 만나니 가히 재주를 다하리로다."

하고 행리(行李)[231]를 다스려 스스로 행하려 하니 원래 요승의 술법은 무슨 요술인고. 아

---

222 정궁(正宮): 황후나 왕비를 후궁에 상대하여 이르는 말.
223 저어하다: 염려하거나 두려워하다.
224 전적(敵): 전기.
225 수유불리(須臾不離): 잠시라도 떨어져 있지 못함.
226 아유(阿諛): 아첨함. 원문에는 '아요'로 되어 있음.
227 첨녕(諂佞): 매우 아첨함.
228 무주리다: 무지르다. '끊다', '자르다'의 옛말.
229 기이다: 어떤 일을 숨기고 바른 대로 말하지 않다.
230 관대(寬待): 너그럽게 대접함.
231 행리(行李): 행장(行裝).

지 못게라.

어시에 우화 요니(妖尼)는 황씨 모녀를 응시(凝視)한 요인(妖人)이라. 당초(當初)에 집을 반(反)하고 삭발(削髮) 기세(棄世)할새 한 꿈(50)을 얻으니 일위(一位) 신인(神人)이 황건도의(黃巾道衣)로 와 이르되,

"나는 운몽산 귀곡선사(鬼谷禪師)니 칠국(七國) 적 사람이라. 무릇 방연(龐涓)[232]을 가르쳐 칠국의 난을 지으니 뉘우치는 환이 백년에 씻기 어렵더니 세원(世怨) 누대(累代)하여 열국(列國)의 분분함과 한(漢)·당(唐)에 옴을 다시 내고 오계(五季)[233]의 요란함을 다 지나 당시 송조(宋朝)에 이르렀으되 천만대(千萬代) 원백(怨魄)이 유유(幽幽)[234]하여 다시 윤회(輪回) 재세의 복원을 갚고자 할새 네 또한 이 가운데 인연이 있는지라. 천명(天命)이 나로 하여금 너를 가르쳐 만고(萬古) 찰녀(刹女)[235]가 악부(惡婦) 황씨 모녀를 도와 천주(天誅)[236]를 받게 하라 하였나니 네 삼가 잊지 말라. 네 또한 부귀 극하리라."

하고 작은 책 한 권을 주거늘 우화가 받아보니 장광(長廣)[237] 제도가 크(51)지 아니되 그히 정묘(精妙)하거늘 펴보니 흰 깁에 붉은 글자가 완연하여 알아보기 쉽더라. 신인이 가르치기를 십분 명명(明明)히 하니 호풍환우(呼風喚雨)[238]하며 등운가무(登雲歌舞)[239]하여 크며 적고 날며 기고 숨으며 보여 천만 변화에 아니 갖은 술법이 없더라. 가르치기를 다하고 이르되,

"부디 그 사람을 만나 배운 바를 저버리지 말고 때를 잃지 말라. 잘못하면 앙화(殃禍)

---

232 방연(龐涓): 전국시대 위(魏)나라의 병법가. 손빈과 함께 병법을 배웠는데, 방연은 손빈보다 빨리 하산하여 위나라 재상의 자리에 올랐으나 손빈이 자신을 능가할까 두려워 거짓으로 손빈을 위나라로 부른 뒤 '손빈이 고향인 제나라로 돌아간 후 위나라를 멸하려 한다.'는 누명을 씌웠음. 후에, 손빈이 마릉이라는 곳에서 방연이 지나기를 기다려, 나무에 '방연이 이곳에서 죽게 될 것'이라고 쓰고는 병사들을 시켜 화살을 마구 쏘게 해 방연이 죽음.

233 오계(五季): 다섯 왕조가 자주 갈린 계세(季世)라는 뜻으로, 중국 후오대(後五代)를 뜻함. 당나라가 망한 뒤부터 송나라가 건국되기 이전까지의 과도기에 중원(中原)에 흥망한 다섯 왕조. 후량(後梁), 후당(後唐), 후진(後晉), 후한(後漢), 후주(後周)를 이른다.

234 유유(幽幽): 깊고 그윽함.

235 찰녀(刹女): 나찰녀(羅刹女)의 준말로, 불교에서 사람을 잡아먹는 악귀를 이르는 말. 여기서는 악독한 여자라는 의미로 쓰임.

236 천주(天誅): 천벌(天罰).

237 장광(長廣): 길이와 넓이를 아울러 이르는 말. 가로와 세로.

238 호풍환우(呼風喚雨): 요술로 바람과 비를 불러일으킴.

239 등운가무(登雲歌舞): 구름에 올라 노래하면서 춤을 춤.

가 있으리라."

하더라.

철종황제(哲宗皇帝) 후궁(後宮) 김상궁(金尚宮) 철영 글씨.

권지십사

(1)차설. 우화가 머리 조아[1] 명을 받고 깨달으니 이미 잠들은 지 삼 일이라. 모든 승이 저의 졸연(猝然)히 막혀 오래 깨지 못함을 의려(疑慮)[2]하다가 일어앉음을 보고 깃거[3] 연고를 물으니 우화가 우연히 혼혼(昏昏)[4]하더니라 하고 달리 대답하고 책을 깊이 간수하고 심복인(心腹人)도 뵈지 아니코 매양 사람 없는 때에 재주를 익히더니, 이미 술업(術業)이 숙진(熟盡)함이 수십 년 만에 우연히 황씨를 만나 남자로 알아 인연을 언약하(2)여 돌아보내고 기다리더니 시야(是夜)에 책 주던 노선(老仙)이 꾸짖어 이르되,

"네 나의 경계는 잊고 사사음욕(私私淫慾)만 생각하는다? 객관이 남자가 아니요 이 곧 너의 섬길 사람이니 깨달아 어기오지 말라."

하거늘 우화가 놀라 깨달아 가만히 불전에 나아가 암축(暗祝)하고 돈을 던져 한 괘(卦)를 얻으니 쾌괘(夬卦)[5]상에 일렀으되 '용이 구름을 만나고 범이 바람을 만나니 밭 가운데 누

---

1 좃다: '조아리다'의 옛말.

2 의려(疑慮): 의심하여 염려함.

3 깃거: 원문에는 '깃거오'로 되어 있음.

4 혼혼(昏昏): 정신이 가물가물하고 희미한 모양.

5 쾌괘(夬卦): 주역 64괘의 하나. 태괘(兌卦)와 건괘(乾卦)가 거듭된 것으로, 못이 하늘 위에 있음을 상징함.

런 꽃을 의지하니 처음은 길하고 나중은 흉하도다. 그러나 가히 허신(許身)하여 사람을 섬기면 자연 의탁을 삼아 반(3)드시 길함을 얻으리라.' 하였거늘 우화가 그 뜻을 알지 못하여 재삼 금전을 굴려 사랑하되[6] 용이 구름을 얻으니 입신(立身)할 것이요 범이 바람을 얻으니 영웅이 재주를 펼 것이요 밭 가운데 누런 꽃이라 하니 밭 전(田) 자(字)와 누루 황(黃) 자(字)라. 객관(客官)의 성명이 여차여차하던 것이니 이 아니 차인(此人)에게 의탁하란 말가. 연즉 길흉이 상반함은 무슨 연고인고. 재삼 의혹하더니, 제오 일 만에 객관을 좇아갔던 소니(小尼) 돌아오니 우화가 또 만분 경의(敬意)하여 다시 보내어 처(4)음 언약을 이르라 하였더니 문득 저의 답찰(答札)이 이르고 사의(辭意) 여차하여 남자가 아니요 축만봉 채주의 가속(家屬)이라 하였고 교도(交道)를 일컬으니 사어(辭語)가 은근하고 예물이 가장 후한지라. 우화가 대열(大悅)하여 생각하되, '제 변화위남(變化爲男)하매 이로써 길흉이 여차함이로다.' 하고 뜻을 결(決)하여 이에 모든 도제를 불러 사중(寺中)을 선치(善治)하라 하고 스스로 머리에 승관(僧冠)[7]을 쓰고 어깨에 백라(白羅) 장삼을 입고 허리에 홍사대(紅紗帶)를 두르고 목에 일백여덟 낱 염주를 걸고 손에 석장(錫杖)(5)을 쥐고 푸개(鋪蓋)[8]를 수습하여 골 밖에 나와 소니(小尼)의 손을 이끌고 두어 마디 진언(眞言)에 문득 우화와 소니(小尼)의 육신이 표탕(飄蕩)하여 공중에 떠 행하니 다만 귓가에 바람 소리 요요(擾擾)하고 발 아래 풍운이 대작(大作)하여 경각(頃刻)에 간 바를 모르니 소니 처음으로 대경황망(大驚慌忙) 왈,

"사부야 이 어찐 일이뇨? 공연히 바람에 날리나니잇고?"

우화가 소왈,

"네 어찌 나의 무량(無量)한 법력을 알리오? 나는 속승(俗僧)이 아니라 석가의 장대한 법술을 배웠으니 천변만화(千變萬化)와 신출귀몰(神出鬼沒)한지라. 손행(6)자(孫行者)[9]의 칠십이술(七十二術)[10] 변화를 내게 전수(傳授)[11]하니라."

소니 듣고 크게 놀라며 항복(降伏)하더라. 순식(瞬息)에 행하여 축만봉 산채에 이르러

---

6 사랑하다: 생각하다.

7 승관(僧冠): 승려가 머리에 쓰는 관(冠). 약탕관을 엎어 놓은 것같이 위가 둥그스름하다. 원문에는 '승관'으로 되어 있으나 문맥에 맞추어 고침.

8 푸개(鋪蓋): 요와 이불. 침구.

9 손행자(孫行者): 〈서유기〉에 나오는 손오공.

10 칠십이술(七十二術): 원문에는 '칠십이살'로 되어 있으나, 〈서유기〉에 72가지 술법으로 나와 있어 고침.

11 전수(傳授): 기술이나 지식 따위를 전하여 줌. 원문에는 '전쥬'로 되어 있음.

바로 깨쳐 황녀의 곳에 이르니, 전기는 마침 밖에 있어 적도를 점고(點考)[12]하고 황씨 모녀는 황축으로 더불어 말하더니, 문득 공중으로조차 한 떼 백운이 나려오며 백의 여승(女僧) 양인이 당전(堂前) 만복(萬福)하고 합장고두(合掌叩頭)하거늘 황녀가 자시 보니 활인사 주지 이고(尼姑) 우화가 소니로 더불어 이르렀더라. 황씨 급히 청하여 올리고자 하더니 우화는 문득 (7)보지 못하고 고운 나비 오색 날개를 부치고 아아(峨峨)히 날아 황씨의 나상(羅裳) 아래 넘놀거늘 황씨 모녀가 황홀하여 아모란 줄 모르거늘 소니 웃고 왈,

"이는 우리 사부라. 선술이 무량하여 이에 이르렀나이다."

황씨 모녀가 대경하여 입으로 신기함을 부르며 합수도축(合手禱祝) 왈,

"사부는 가히 금세 생불이며 신인이라. 높은 재주를 다 알았나니 그만하여 본성을 내소서."

하더니 이윽고 나비 공수하고 우화가 이르러 당하(堂下)에 섰으니 황녀가 웃음을 머금고 친히 나가 손을 이끌고 당에 올라 (8)은근히 칭사하고 신기한 재주를 못내 칭찬 왈,

"객중(客中)에 사부를 우연히 만나 성한 은혜를 입고 또 어찌 신기한 재주가 있는 줄 알리오?"

하고 전사(前事)를 다 이를새, 제 이미 왕의 빈희(嬪姬) 소성(小星)[13]이 되고 여아를 낳으니 왕의 딸이라 하여 현승상 며느리 되었더니 전기 군이 찾으매 저희 모녀가 탈신도주(脫身逃走)한 수말(首末)을 이연(罹然)히[14] 이르고 눈물을 흘리며 이제 신인(神人)을 만났으니 세세히 도모하여 모든 원수 갚기를 이르고 교주는 옥화 군주 투악(妬惡)으로 박명(薄命)을 겪고 성혼(成婚) 수년에 앵혈(鶯血)[15]이 의(9)구(依舊)함을 이르니 우화가 격분강개(激忿慷慨) 왈,

"광평왕 부녀가 황가(皇家)의 부귀를 믿고 사오나옴이 여차하여 부인 모녀로써 만상간고(萬狀艱苦)를 겪게 하였으나 우화가 있으니 마땅히 부인 모녀의 원수를 갚게 하리라."

하고 또 저의 출가시(出家時)의 몽사(夢事)가 여차여차함을 이르니 황씨 이 말을 듣고 대

---

12 점고(點考): 명부의 이름에 일일이 점을 찍어 확인하며 사람의 수를 조사하는 일.

13 소성(小星): 첩.

14 이연(罹然)히: 근심스럽게.

15 앵혈(鶯血): 여자의 팔에 꾀꼬리의 피로 먹칠한 자국. 남자와 잠자리를 하면 그 흔적이 사라진다 하여 여자의 정조를 보여주는 증거로 삼았음.

희하여 절하여 사례하고 드대어 우화가 사중(寺中)에 돌아가지 아니하고 다만 소니를 돌아 보내고 저는 머무니, 황씨 모녀가 우화를 관대(款待)[16]하여 별사(別舍)에 보내어 공씨와 한데 머물게 하고 공제(恭悌)하며 위앗기[17]를 석가세존같이 (10)하여 범사에 상의하니 전기는 한갓 강포의 무리나 황씨의 절제(節制)[18]함을 면치 못하니 수하 제적(諸賊)이 다 황씨를 두려 반드시 적장에게 괴임을 얻고자 하는 유(類)가 먼저 황녀를 섬기더라.

각설. 황축이 그윽이 교아를 얻고자 하여 전기, 황녀에게 정성되고 뜻을 깃기니 전기 가장 깃거 일일은 황씨 모녀를 대하여 이르되,

"여아가 비록 현가에 혼인하였다 하나 이제는 벌써 절의(絶義)하였고 전일 금지옥엽의 이름이 있을 때도 행로(行路)[19]같이 알더라 하거늘 더욱 (11)향인(鄕人)의 피폐(疲弊)한 여동(女童)[20]으로 왕궁과 재상가의 용납함을 받으리오? 아름다운 혼인을 공송(空送)치 말고 청춘이 늦지 아냐 장부를 맞아 일생을 즐기고[21] 자손을 두는 것이 옳으니라."

황씨 탄왈,

"장군의 말이 옳으니 전일 여아가 현희백의 옥면영풍(玉面英風)을 보아 눈이 고산(高山) 같으니 부디 희세(稀世)한 옥면낭군을 취코자 하니 장군은 귀천을 가리지 말고 착실한 남자를 구하라."

전기 왈,

"현가는 어떠한지 모르거니와 내 자소(自少)로 천하에 두루 다녀 열인(閱人)[22]함이 많되 표치(標致)[23] 빼어난 풍채준아(風采俊雅)[24]한 자가 황생만 한 (12)이 없고 하물며 중표결혼(中表結婚)[25]은 세간에 왕왕이 있으니 내 소견에는 황생을 버리고 어데 가 얻으리오? 더욱 황생이 우리 부부에게 지극한 정성이 있어 가장 순실(淳實)하니 나는 황생으로 여서(女婿)를 삼아 대소사(大小事)를 저의 부부에게 맡기고자 하노라."

---

16 관대(款待): 정성껏 대접함.
17 위앗기: 떠받들기. '위앗다'는 '떠받들다'의 옛말.
18 절제(節制): 조절하여 제한함.
19 행로(行路): '행로지인(行路之人)'의 준말. 지나가는 사람.
20 여동(女童): 시집가지 않은 어린 여자아이.
21 즐기고: 원문에는 '즐고'로 되어 있으나 서강대본을 참고하여 고침.
22 열인(閱人): 여러 사람을 겪음.
23 표치(標致): 얼굴이 매우 아름다움.
24 풍채준아(風采俊雅): 풍채가 빼어나고 우아함.
25 중표결혼(中表結婚): 내외종 사이의 결혼.

황씨 과약기언(果若其言)[26]하나 교아의 뜻을 알지 못하여 눈으로써 본대, 교주가 또한 이에 온 기년(其年)에 주야로 충년소자(沖年少者)를 다 유의하여 살피되 황생만도 못하여 심리(心裏)에 자탄하며 현총재(玄冢宰)의 만고무적(萬古無敵)한 옥모풍신(玉貌風神)을 상상하여 원(寃)이 맺히고 한(恨)이 깊으나 차생(此生)의 인연이 끊(13)어지니 심야월혼(深夜月昏)에 잔등(殘燈)을 이웃하고 비취 이불에 봉황침(鳳凰寢)이 무류함을 슬퍼하더니 금일 부모의 말을 들으매 추연(惆然) 탄왈,

"옥인군자가 천하에 흔치 아니하니 현마[27] 어찌하리오. 명대로 하리이다."

전기와 황녀가 대희하여 즉시 황생과 공씨를 청하여 이 뜻을 이르니 황생 모자가 불감청(不敢請)이언정 고소원야(固所願也)라[28] 백배 칭사(稱謝)하고 즉시 택일하여 성친(成親)할새, 이때 매교가 황축의 후대(厚待)를 받아 이미 삼 세 유자(幼子)를 두었더니 교주가 없이코자 하여 설매와 의논하고 후산(後山) 고봉에 올라 화유(花遊)하(14)자 하고 수십 차환(叉鬟)으로 더불어 송하(松下)에 포진(鋪陳)을 배설하고 주육(酒肉)을 갖추고 매교를 청하여 은근히 웃고 이르되,

"너와 내 진실로 인연이 있도다. 어찌 평생에 동거할 줄 알리오. 마땅히 너와 동기같이 화목하리니 어찌 적인(敵人)이라 하리오? 금일 술잔을 나누어 각별한 정을 표하리라."

하고 설파(說罷)에 낭랑(朗朗)히 웃고 스스로 잔을 거후르고[29] 감언미어(甘言美語)로 술을 수없이 권하니, 매교는 주변 없고 경망한 계집이라 교주의 말을 진정으로 알아 권하는 대로 먹고 대취하니 교주가 그제야 이끌어 일어(15)나 고봉준령(高峯峰嶺)에 오르니 뒤로 절벽이 차아(嵯峨)[30]하고 아래로 계수(溪水)가 잔잔(潺潺)한데 높이 천척(千尺)이라 사람이 떨어지매 쇄골분신(碎骨粉身)하여 뼈도 남지 못할지라. 교주가 점점 이끌어 나아가니 매교가 오히려 정신을 차려 유자(幼子)를 안고 취중(醉中)이나 교주의 기색을 깨달아 급히 물러나려 하거늘 교주 크게 한 소리 지르고 한번 잡아 밀치니 매교의 모자의 몸이 낙엽같이 떨어져 분골쇄신(粉骨碎身)하니 차녀의 죄악이 중여태산(重如泰山)[31]하나 또한 인생이

---

26 과약기언(果若其言): 과연 그 말과 같음.

27 현마: 차마, 설마.

28 불감청(不敢請)이언정 고소원야(固所願也)라: 감히 청하지는 못할망정 진실로 원하던 바라.

29 거후르다: 거우르다. 기울이다.

30 차아(嵯峨): 산이 높고 험함.

31 중여태산(重如泰山): 무겁기가 태산과 같음.

가련하더라. 교주가 매교를 밀치고 울어 왈,

"아깝다, 매교가 유자로 더불어 (16)취한 걸음에 실족하여 낭하[32]에 떨어지다."

하니 모든 차환이 대경하여 급히 황축에게 고하니 황축이 대경하여 이르러 보니 이미 죽은지라 하릴없고 교주가 매교를 불러 애읍(哀泣)하니 황축이 진정만 여겨 도로혀 위로하고 매교 모자의 시수(屍首)[33]를 얻어 염장(殮葬)[34]할새 혈육이 빻아져 참혹하더라. 교아가 매교를 쾌히 죽이고 심사가 흔흡(欣洽)[35]하여 날로 용모를 다스려 길일에 황축을 맞아 부부가 되니 탕자음부(蕩子淫婦)의 득의(得意)함이 교칠(膠漆)[36] 같고 공씨 사랑함이 극진하더라.

전기 차후는 채(寨) 중 내(17)외사를 다 황축과 교아를 맡겨 두니 양인이 흔흔(欣欣)[37] 자락(自樂)하여 재물 쓰기를 진토(塵土)같이 하니 부귀함이 만승천자(萬乘天子)라도 이에 더으지 못할러라. 우화를 별당에 두고 공경함을 생불(生佛)같이 하고 범사(凡事)에 상의하는지라. 세월이 오래매 문득 우화의 재주를 배우고자 하여 가만히 상의하니 우화가 왈,

"이 법을 배우고자 할진대 부부가 각거(各居)하여야 수년 내 배울 것이요, 불연즉(不然卽) 십 년을 경영하여야 진습(進習)하리라."

교주가 아연(啞然) 양구(良久)[38]에 왈,

"소년부부가 각거하리오? 가히 십 년을 경영하여 배우리라."

(18)하고 심원(深苑) 별당(別堂)을 쇄소(刷掃)[39]하여 상탁(床卓)[40]을 배설하고 이고를 머물러[41] 교아가 날마다 아침이면 목욕재계하고 별당에 들어가 환술(幻術)을 배우니, 설매 또한 흠모하여 발원(發願)하여 이고의 제자가 되어 술을 배울새 설매는 아시(兒時)부터 궁인이라 나이 교주와 상칭(相稱)하되 인간 물욕(物慾)을 알지 못하는 고로 과연 우화의 말같이 묘법(妙法)을 쉬이 통하여 날로 장진(長進)하니 이러구러 사오(四五) 춘추(春秋)가 되

---

32 낭하: 낭떠러지 아래. '낭'은 낭떠러지, 벼랑의 옛말.

33 시수(屍首): 시신.

34 염장(殮葬): 시체를 염습하여 장례를 치름.

35 흔흡(欣洽): 기쁘고 흡족함.

36 교칠(膠漆): '아교와 옻칠'이라는 뜻으로, 사귀는 사이가 매우 친밀하여 서로 떨어질 수가 없는 관계를 이르는 말.

37 흔흔(欣欣): 흔흔하다. 매우 기쁘고 만족스럽다.

38 양구(良久): 시간이 꽤 오래 지남.

39 쇄소(刷掃): 쓸고 닦아 깨끗이 함.

40 상탁(床卓): 제상과 향탁을 아울러 이르는 말.

41 머물러: 머물게 하고.

매 교주는 오히려 숙진(熟盡)[42]치 못하나 설매는 선능(善能) 다재(多才)하여 무불통지(無不通知)[43]하니 우화가 가장 사랑(19)하고 교주가 깃거 이르되,

"나의 평생 원하는 바는 제현(諸玄)을 어육(魚肉)하여[44] 현가 소적(小敵)의 나를 박대하던 원수를 갚고, 옥화의 고기를 맛보며 월성 공주로 하여금 폐위서인(廢位庶人)하는 욕을 봄이 소원이라. 연(然)이나 이런 큰일을 경영하매 나의 술법(術法)이 장진(長進)함을 기다려 구천(句踐)[45]의 십 년 성취하여 회계(會稽)[46]의 욕을 갚음을 효측(效則)[47]하리니 너는 재주가 족하니 그만하여 황도에 나아가 범사(凡事)를 규찰(窺察)하여 세객(說客)이 되고 관기사세(觀其事勢)[48]하여 먼저 제궁(諸宮)의 난을 지어 사람이 측량(測量)치 못할 곳에 행(20)계(行計)[49]하여 전일 신명(神明)으로 자부하던 제왕 부부로 하여금 간담이 떨어지게 하라."

설매 흔연(欣然)히 수명(受命)하고 행리(行李)[50]를 수습하여 하산할새 우화가 골 밖에 나와 이별 왈,

"설랑[51]아, 만일 급한 일이 있거든 분향재배(焚香再拜)하고 우화 선사를 세 번 염하라. 반드시 도움이 있으리라."

설매 언언(言言)이 칭사(稱謝)하고 스스로 일도 풍운(風雲)을 어거(馭車)하여 반공에 솟아 만수천산(萬水千山)을 순식간에 지나 수일 내에 경성에 다다라 스스로 변하여 팔구 세는 한 유아(幼兒)가 되어 행리를 깊은 뫼골에 감추고 각(21)처 시상(市上)[52]과 역려점(逆旅店)[53]을 찾아 행걸(行乞)할새, 차시(此時) 승평성시(昇平盛時)를 당하여 요순(堯舜) 같은 임금

---

42 숙진(熟盡): 전부 익혀 능숙함.

43 무불통지(無不通知): 무슨 일이든지 환히 통하여 모르는 것이 없음.

44 어육(魚肉)하다: 짓밟고 으깨어 아주 결딴낸 상태를 비유적으로 이르는 말.

45 구천(句踐): 중국 춘추 시대 월(越)나라의 왕(?~B.C.465). 오(吳)나라의 왕 합려와 싸워 이겼으나, 그의 아들 부차에게 대패하여 회계산(會稽山)에서 항복하였다. 그 뒤 기원전 473년에 범여의 도움으로 오(吳)나라를 멸망시켰다.

46 회계(會稽): 회계산(會稽山)을 말하는 것임.

47 효측(效則): 효칙. 본받아 법으로 삼음.

48 관기사세(觀其事勢): 일이 되어가는 형세를 살펴봄.

49 행계(行計): 일을 꾸며 실행함.

50 행리(行李): 행장(行裝).

51 설랑: 원문에는 '션낭'으로 되어 있음.

52 시상(市上): 시장(市場).

53 역려점(逆旅店): 나그네를 맞이한다는 뜻으로 '여관'을 이르는 말. 원문에는 '녁렴졈'으로 되어 있음.

이 계시고 이윤(伊尹),[54] 주공(周公)[55] 같은 현상(賢相)이 국정(國政)을 잡아 이음양순사시(理陰陽順四時)[56]하니 전야(田野)에 오곡이 풍등(豐登)[57]하고 인심이 순후(淳厚)하더라. 어여쁜 계집아해 비는 줄 불쌍히 여겨 저마다 음식을 먹이고 양식을 주며 혹 무자(無子)한 유(類)는 자식 삼아 기르고자 할 이 많으니 설매 허(許)치 않아,

"내 본디 부모가 없음이 아니라 중간에 연고가 있어 부모를 실리(失離)하였더니 차차[58] 전언(傳言)을 들으니 부모가 유락(流落)[59]하여 경사(京師)에 왔다 하(22)고 혹왈 어느 곳 권문(權門)에 두탁[60]하여 부요(富饒)하다 하나 천만(千萬) 환희하여 찾되 지우금(至于今)[61] 만나지 못하였으니 부모를 찾은즉 열위(列位) 후은(厚恩)을 잊지 아니려니와 첩이 부모의 한갓 자식이라 어찌 사사로이 타인을 위부모(爲父母)하리오."

하더라.

전전(轉轉)하여 문견(聞見)을 듣보며 광평왕궁 근처와 현상부와 제왕궁 근처에 왕래하여 소식을 탐문하니 전후사연을 분명히 들을러라. 원래 옥화 군주의 죽지 않았던 줄과 그 사이 상부의 경사(慶事)가 융흡(融洽)[62]하여 수다(數多) 제질(諸姪) 자녀가 입신성취(立身成娶)하(23)며, 제왕비 월성 공주의 총부(冢婦)[63] 구소저가 생남(生男)함과, 차자(次子) 희문이 취실(娶室)하여 연소저의 초세탁아(超世卓雅)[64]함이 구소저의 하등(下等)이 아니라 하는지라. 설매 허다 문견(聞見)을 들으매 미운 바가 없이 절치부심(切齒腐心)[65]함을 마지아니

---

54 이윤(伊尹): 탕(湯) 임금을 도와 하(夏)나라를 멸하고 은(殷)나라를 건국하는 데 큰 공을 세운 인물.

55 주공(周公): 중국 주나라의 정치가(?~?). 문왕의 아들로 성은 희(姬). 이름은 단(旦). 형인 무왕을 도와 은나라를 멸하였고, 주나라의 기초를 튼튼히 하였다. 예악 제도(禮樂制度)를 정비하였으며, 『주례(周禮)』를 지었다고 알려져 있다.

56 이음양순사시(理陰陽順四時): 음양을 다스리고 사시(四時)에 순응하는 정치란 뜻으로 자연의 이치와 원리에 따라 백성들을 편하게 살 수 있도록 하는 이상적인 정치를 말함.

57 풍등(豐登): 농사를 지은 것이 아주 잘됨.

58 차차: 원문에는 'ㅊㅊㅊ'로 되어 있으나 서강대본을 참고하여 고침.

59 유락(流落): 고향을 떠나 정처 없이 떠돎. 타향살이.

60 두탁: 투탁(投託)의 변한 말. 남의 세력에 기댐.

61 지우금(至于今): 예로부터 오늘에 이르기까지.

62 융흡(融洽): 극진하고 넘쳐남.

63 총부(冢婦): 정실(正室) 맏아들의 아내. 특히, 망부(亡父)를 계승한 맏아들이 대를 이을 아들 없이 죽었을 때의 그 아내를 이른다. 종부(宗婦).

64 초세탁아(超世卓雅): 초연하고 고아함.

65 절치부심(切齒腐心): 몹시 분하여 이를 갈며 속을 썩임.

하며 스스로 제궁에 투입할 길이 없으므로 우민(憂悶)하여 저녁이면 주인(主人)[66]에 돌아와 자고, 낮이면 도처(到處)에 방황하며 상부와 왕궁 근처에 왕래하더니, 일일은 월성궁 큰문 밖에서 방황하더니 문득 두어 사람이 서로 말하며 나오니 의복이 선명하고 표치(標致)[67] 화려하여 대가(大家) (24)복첩(僕妾)[68]인 줄 알러라. 일인이 이르되,

"저저(姐姐)야, 전하와 낭랑이 이런 줄 모르시나냐?"

일인이 또 답왈,

"궁중이 예도(禮度)가 강엄(剛嚴)하여 각 당에 서로 어음(語音)이 상통치 아니고 시비를 논란치 아니하니 더욱 공자의 과거를 뉘라서 들추리오. 이렇듯 하므로 전하와 낭랑이 모르시고 모일(某日)에 우숙희 어찌 사기(事機)[69]를 알던지 태군부인이 우리 소저를 불러 좌에 두시고 사실(私室)에 보내지 않으시니 공자가 임의로 보채지 못하여 문득 여차여차하여 소저가 다시 침실에 돌아오시나 날마다 불(25)평한 사단(事端)[70]이 많고, 또 요사이 구부인 본부 시녀 자란을 유의(留意)하여 기관지사(奇觀之事)가 많으니 이제 동치(童穉)[71] 서생(書生)이 저러하니 미구(未久)에 등과하여 용각(龍角)의 주인이 되신즉 고소저는 유시(幼時) 약혼이니 의법(依法) 재취(再娶)하실 것이니 그 밖 호신(豪身)의 풍류 좇는 미인이 몇이 될 줄 알리오."

하며 서로 탄식 왈,

"우리 소저가 아름다운 기질과 유한하신 덕성으로 자각금규(紫閣金閨)[72]에 생장(生長)하여 이부천관(吏部天官)[73]의 만금교아(萬金嬌兒)라. 현공자의 적거(嫡居)[74] 부부가 되어 피차 겸손함이 없으되 현공자의 경박함을 면치 못하여 이제 불과 십삼사 어린아해 애색(26)지심(愛色之心)이라 하여 꽃을 보면 가지마다 꺾고자 하고, 옥을 보매 그릇마다 채우고자 하고, 음주 무량(無量)하여 이백(李白) 학사(學士)의 일두주(一斗酒)를 사양치

---

66 주인(主人): 객점(客店). 숙소.

67 표치(標致): 얼굴이나 풍채가 매우 아름다움.

68 복첩(僕妾): 비복.

69 사기(事機): 일이 되어 가는 가장 중요한 기틀.

70 사단(事端): 사달. 사고나 탈.

71 동치(童穉): 어린아이.

72 자각금규(紫閣金閨): 명문가의 규방.

73 이부천관(吏部天官): 육조(六曹) 가운데 이조(吏曹)를 으뜸으로 보았으므로, 이부상서(吏部尙書)를 '이부천관(吏部天官)'이라 부르기도 했음. 현경문의 현재 관직인 이부총재(吏部冢宰)도 동일한 관직.

74 적거(嫡居): 적실(嫡室). 정실(正室). 정식으로 혼인하여 얻은 아내.

아니하던 주량이 있으니 우리 소저가 유란(幽蘭)같이 약하고 혜초(蕙草)같이 보드라운 기질로 평생 계활(契活)[75]이 여차하니 어찌 백벽(白璧)이 땅에 묻히지 아니하며 지란(芝蘭)이 울지 아니하리오."

이렇듯 문답하여 큰문을 지나며 말하거늘 설매 생각하되, 이 반드시 제궁 차자 희문의 부부의 사단인 줄 알고 미처 곡직(曲直)은 채 알지 못하나 부처가 금슬이 온전치 못함을 짐작하매 간험(奸險)(27)한 헤아림에 이 가운데서 저의 간모(奸謀)를 시험할까 깃거하고, 또 전부터 희문 공자가 연·고 양가에 정혼한 줄은 알며 연소저가 현호부의 부인 질녀요, 연부가 왕궁과 상거(相距)가 불원(不遠)함을 아는지라. 곡절을 채 알고자 하여 비는 아해인 체하고 두 차환(叉鬟)의 뒤를 좇아 연부 문하에 미치니 양인이 안으로 들어가는지라. 설매 또 따라 내각에 사맞차니[76] 일영(日影)이 반오(半午)에 미쳤는 고로 가중이 한가한지라. 태부인이 안침고와(安寢高臥)[77]하여 제손(諸孫)으로 유희하고 연상서 부인이 제부(諸婦)를 거느려 시측(侍側)하였(28)더니, 두 차환이 들어와 청하(廳下)에 복지하여 문안하고 품 가운데로서 소저 서찰을 받들어 드리더라.

설매가 당전(堂前)에 미쳐 만복(萬福)을 청하고 양식을 빌거늘 부인이 눈을 들어 보니 팔구 세 어린 여자가 의복이 남루하여 살을 가리지 못하였으나 태도가 절세(絶世)하여 극히 영오(穎悟)하여[78] 뵈나 다만 두루는 눈이 호란(胡亂)하고[79] 져기는[80] 발 끝이 공교롭고 양미(兩眉)에 살기(殺氣) 어리어 슬퍼하는 소리 애창(哀愴)하나[81] 번득이는 혀끝에 현하(懸河)[82]를 드리운 듯하니 여겨 보니 의심컨대 요형사골(妖形邪骨)이라. 부인(29)이 가장 이상히 여겨 양구(良久) 예시(睨視)[83]러니 각별 근본을 묻지 아니하고 좌우로 일승미(一升米)[84]를 가져 걸아(乞兒)를 주고 이르되,

"노야(老爺) 성도(性度)가 엄하사 문내(門內)에 근본 없는 무리를 들이지 말라 하신다."

---

75 계활(契活): 결활. 삶을 위하여 애쓰고 고생함.
76 사맞다: ᄉᆞ맞다. 통하다. 원문에는 'ᄉᆞ못ᄎᆞ니'로 되어 있음.
77 안침고와(安寢高臥): 아무런 근심 없이 편안히 함.
78 영오(穎悟)하다: 남보다 뛰어나게 영리하고 슬기롭다.
79 호란(胡亂)하다: 한데 뒤섞여 어수선하고 분간하기 어렵다.
80 져기다: 놀리다. 불평하다.
81 애창(哀愴)하다: 애절하고 슬프다.
82 현하(懸河): 현하지변(懸河之辯). 현하구변(懸河口辯). 물이 거침없이 흐르듯 잘하는 말.
83 예시(睨視): 흘겨보거나 넘봄.
84 일승미(一升米): 쌀 한 되.

하고 언파에 좌우로 밀어내치니 설매 악연(愕然) 실망하고 무류히[85] 쫓기어 나와 다시 제왕궁과 상부 근처로 다니며 부디 그 연혼(連婚)을 한 집에 두탁하여 간계(奸計)를 니르혀려[86] 하여 구승상 부중(府中)을 찾아 들어가니, 구승상과 진왕은 당세 명현이요 정태부인은 철부가인(哲婦佳人)이라 지식의 통달함과 지각(30)의 명철함이 어찌 걸녀(乞女)의 요악함을 알지 못하리오. 마치 연부인의 박축(迫逐)[87]함같이 쫓기니 설매 모든 사람의 신명함을 한하여 백계(百計) 궁측(窮惻)하니 감히 내각(內閣)을 사맞지 못하나 날마다 구상부 행각(行閣)에 출입하여 공손히 밥을 빌며 사환(使喚)하여 그 중 어린 자식 있는 유(類)의 아해를 거두어 분수(糞水)[88]를 쳐 시종(侍從)하기를 극진히 하니 저 무지한 창두(蒼頭)[89]의 무리 무엇을 알리오. 날이 오래매 자연 인물이 영오하매 사랑하여 서로 일컬어 고공(雇工)[90] 삼고자 하는지라. 상부 초루(譙樓)[91]에 불 켜(31)는 차환 기섬이 어린 자식이 많은 고로 드대어 설매를 고공 삼아 부리며 영오함을 사랑하여 심복으로 대접하니 설매가 감언미어(甘言美語)로 투미한[92] 기섬을 농락하며 바히[93] 모르는 체하고 구상부 사적(事跡)을 물으니 기섬이 구승상 오자(五子) 삼녀(三女)의 성만(盛滿)함과 진왕과 다섯 곤계(昆季)[94] 부귀 번화함을 자랑하니 설매 격동 왈,

"나는 들으니 금조의 현상부와 월성 도위 평제왕 같은 부귀는 천하에 으뜸이라. 부귀 성만(盛滿)하나 외조 신하니 어찌 평제왕의 초방지친(椒房之親)[95]을 당하리오."

기섬이 우람(愚濫)[96] 부(32)허(浮虛)한[97] 무리라. 저 걸아가 저의 상문(相門) 부귀를 현상

85 무류하다: 무료(無聊)하다. 부끄럽고 열없다.

86 니르혀다: 일으키다. 원문에는 '니ᄅ혀려'로 되어 있으나 서강대본을 참고하여 고침.

87 박축(迫逐): 핍박하여 내쫓음.

88 분수(糞水): 똥오줌.

89 창두(蒼頭): 사내종.

90 고공(雇工): 머슴.

91 초루(譙樓): 문루(門樓). 궁문, 성문 따위의 바깥문 위에 지은 다락집.

92 투미하다: 어리석고 둔하다.

93 바히: '바이'의 옛말. 아주 전혀.

94 곤계(昆季): 형제.

95 초방지친(椒房之親): 왕비의 친정 쪽 친족(親族)을 이르던 말.

96 우람(愚濫): 우람하다. 어리석어 분수를 모르고 외람되다.

97 부허(浮虛)하다: 마음이 들떠 있어 미덥지 못하다. 원문에는 '부허ᄂᆞᆫ'으로 되어 있으나 서강대본을 참고하여 고침.

부만 못하다 함을 분분(忿憤)[98]하여 가로되,

"우리 진전하의 천금(千金) 군주가 곧 평제왕 현부마의 총부가 되어 이미 기린을 생하시니 소공자는 우리 전하의 외손이라."

설매가 청파에 구소저가 벌써 봉관화리(鳳冠花麗)[99]의 명부(命婦)가 되고 생자(生子)함을 들으매 제게 부당(不當)하되 교주를 대(代)하여 애달프고 질오(嫉惡)함을 이기지 못하여 변색(變色) 탄왈,

"천의(天意) 가히 고르지 아니시다. 구상부와 현상부는 무슨 적덕(積德)이 있관대 문호(門戶)가 현달하며 자손이 창성하여 부귀 성만함이 저 같고, 우리는 무슨 적(33)악(積惡)으로 의뢰무탁(依賴無託)하여 인가(人家)에 앙사(仰事)[100]하는 드아리[101] 되어 의식이 곤궁함이 여차하고 가히 알지 못하리로다."

이에 우왈,

"천아(賤兒)가 본디 하토(遐土)[102]에 생장(生長)하여 농장(農莊) 촌향(村鄕)의 미색을 보지 못하였나니라. 들으니 경성은 번화지지(繁華之地)라 절색(絶色)이 많다 하니 경궁귀택(京宮貴宅)의 화려 사치하므로 절색이 많으리니 파파(婆婆)[103]는 한번 인도하여 사치와 미색을 한번 구경케 하소서."

기섬이 이르되,

"기(其) 무엇이 어려우리오. 우리 궁중 부인 소저네는 다 희세(稀世)한 색염(色艶)이어니와 현상부 제왕궁비는 더욱 많으니 금옥단장(金玉丹粧)이 휘황(輝煌)하고 옥모염광(玉貌艶光)은 (34)본 이마다 황홀하니 요지왕모(瑤池王母) 반도회(蟠桃會)[104]는 보지 못하였거니와 실로 희한하니라. 수연(雖然)이나 나는 조두(刁斗)[105]의 말(末)째 차환이라 능

---

98 분분(忿憤): 분하고 원통하게 여김.

99 봉관화리(鳳冠花麗): 옛 신부가 봉(鳳)을 장식해 머리에 쓰던 예관(禮冠)과 꽃을 수놓은 얼굴가리개.

100 앙사(仰事): 우러러 섬김.

101 드아리: 심부름하는 아이.

102 하토(遐土): 하방(遐方). 서울에서 멀리 떨어진 지방.

103 파파(婆婆): 할머니.

104 요지왕모(瑤池王母) 반도회(蟠桃會): '요지'는 중국 곤륜산에 있는 연못으로 주 목왕이 '서왕모'를 만났다 하는 곳. '반도'는 삼천 년에 한 번 열린다는 선경(仙境) 속의 복숭아인데, 서왕모는 이 반도가 열릴 때면 신선들을 초대해 '반도회'를 열었다 함.

105 조두(刁斗): 구리로 만든 솥 같은 기구. 군에서 낮에는 음식을 만들고 밤에는 두드려 경계하는 데 썼음. 여기에서는 취사 또는 취사하는 곳을 이름.

히 말미암을 길이 없거니와, 나의 적(嫡)아자미 홍파랑이라 한 이 젊어서부터 유도(乳道)[106]가 풍족하여 현학사 부인 구소저의 유모가 되어 지금 제왕궁에 있으니 내일 아침에 네 나의 유무[107]를 가져 제궁에 나아가 홍파랑을 찾아보고 네 또 나의 외족(外族)으로 의지 없어 내게 와 있노라 하고 인하여 모든 부인네를 구경하고 오라."

설매 순순사례(恂恂謝禮)[108]하더라. 이튿날 기섬이 제 딸의 남은 의상을 주어 설매(35)를 개복(改服)게 하고 두어 자 존문(存問)[109]을 써 주며 나아가 평문(平問)을 묻고 오라 하니 그 서간(書簡)에 대강하였으되 이 아해는 외족으로 의뢰 곤핍함을 이르고 구급함을 청하였더라. 설매 제궁에 나아가 구부 차환이로라 하고 홍유랑을 찾아 응휘각에 나아가니 이미 발[110]이 서지 아닌지라 찾음이 군속(窘束)[111]지 아냐 구태여 물을 것이 없더라.

이때 소저가 정히 신성(晨省)하고 돌아와 예복을 벗으니 홍파[112]가 시호(侍護)하며 자란 등이 뫼셨더니 문득 설매 차차 이르러 홍파(婆)를 보고 기섬의 유무를 드리니 설매는 유심하나 홍파는 무심한지라 즉시 답간(答簡)(36)을 이뤄 주고 협사(篋笥)[113]의 약간 은냥을 주어 보내니, 설매 감히 머물지 못하고 하직고 나오는 체하고 합문(閤門) 사이에 나와 변하여 작추[114]가 되어 응휘각 난간 아래 큰 회화목에 작소(鵲巢)가 있거늘 올라 앉아 각중(閣中)을 시지(視之)[115]하더니, 이윽고 일위(一位) 청의(青衣)[116] 들어와 무슨 말을 하더니 자란이 울며 나가지 않으려 하거늘 설매 의아하여 다시 변하여 창승(蒼蠅)[117]이 되었는지라 깁창(窓)[118]에 부딪쳐 소저 노주(奴主)의 문답을 들으니 바야흐로 전두수미(前頭首尾)[119]를 알러라. 자란이 울며 왈,

---

106 유도(乳道): 젖이 나오는 분량. 젖이 나오는 분비샘.

107 유무: '편지', '소식'의 옛말.

108 순순사례(恂恂謝禮): 정성스럽게 감사의 뜻을 나타냄.

109 존문(存問): 안부, 안부를 묻는 글.

110 발: 번(番)의 옛말.

111 군속(窘束): 변통할 수 없이 군색함.

112 홍파: 원문에는 '호파'로 되어 있으나 문맥에 맞추어 고침.

113 협사(篋笥): 버들가지나 대나무로 만든 작은 상자.

114 작추: 미상. 뒤의 '작소'를 보건대 까치 종류로 보임.

115 시지(視之): 원문에는 '지시'로 되어 있으나 서강대본을 참고하여 고침.

116 청의(青衣): 예전에 천한 사람이 푸른 옷을 입던 데서 나온 말로 천한 사람을 이름.

117 창승(蒼蠅): 파리.

118 깁창(窓): 비단 창.

119 전두수미(前頭首尾): 일의 전말.

"이제는 죽으리로다."

하고 가거늘 설매 가만히 등 뒤에 좇아 시종(始終)을 낱낱(37)이 보고 자란이 태벌을 받아 후정에 가두는 양과 희문 공자를 보니 동치(童穉)[120] 공자로 사오 년 지내 언건(偃蹇)한[121] 장부가 되어 옥골선풍이 영호쇄락(英豪灑落)[122]하여 주랑(周郞)[123]의 풍채와 이백(李白)의 호기(豪氣) 있는지라. 문득 흠선(欽羨)[124]하여 생각하되, '자란은 가히 박복(薄福)한 아해로다. 당당한 장종인지(將種麟趾)[125]의 옥모영걸(玉貌英傑)을 사양하고 공연히 연한 다리에 피 흐르는 매를 곤곤(困困)히 받음이 실로 어찌 어리지[126] 아니리오. 내 나이 비록 저와 부적(不適)하나 또 십년이 장(長)치 못하여 다만 심궁옥루(深宮玉樓)에서 종사하연 지 오래니 옥 같은 좋은 몸이 이제는 저를 섬기나 무(38)슨 구애(拘碍)함이 있으리오. 구·연 양인을 해하여 주인의 부탁을 저버리지 말며 서서히 도모하여 주인의 꾀를 이루는 날 현가를 다 죽이나 나의 한낱 유정한 바 현생이야 구(求)치 못하리오. 연즉 현가의 후(後)를 이음이 내게 있으니 또 현씨 효부(孝婦)가 아니리오.' 생각이 이에 미치매 유춘지심(有春之心)[127]이 발발하여 몸을 날려 궁문 밖에 나와 다시 아해 되어 홍파에게 맡은 서간과 은화를 품고 돌아와 기섬을 주니 섬이 깃거 수말(首末)을 묻고 더디 옴을 물으니 설매 대왈,

"파파의 인진(引進)하는 은혜를 입어 허다 장관을 구경(39)하니 자연 지류(遲留)하였노라."

섬이 그러히 여겨 다시 묻지 아니하더라.

섬이 문득 안에 들어가거늘 설매 어둡기를 기다려 바람에 싸이어 정궁에 이르러 홍파의 얼굴이 되어 자란을 유인하여 연지(蓮池)에 밀치고 스스로 자란이 되어 방중에 있어 현생이 찾기를 기다리더라. 현공자가 자란의 순종치 아님을 보고 분노하여 매이[128] 쳐 가두고 삼 일을 찾지 아니하니 설매 도로혀 주의를 몰라 괴로움을 이기지 못하더니 삼일야

---

120 동치(童穉): 어린아이. 동치(童稚).

121 언건(偃蹇)하다: 의젓하다. 떳떳하다.

122 영호쇄락(英豪灑落): 빼어나고 시원스러움.

123 주랑(周郞): 삼국시대 오나라의 주유(周瑜). 촉과 연합하여 적벽대전에서 승리를 거둔 인물로, 풍채가 빼어났다 함.

124 흠선(欽羨): 우러러 공경하고 탐냄.

125 장종인지(將種麟趾): 장수가 난 뛰어난 집안의 후손과 기린과 같은 고귀한 인물의 후예.

126 어리다: 어리석다.

127 유춘지심(有春之心): 춘심(春心). 남녀간의 정욕.

128 매이: 몹시, 매우. 원문에는 '미이'로 되어 있음.

(三日夜)에 공자가 바야흐로 심복 동자를 보내어 잠근[129] 것을 열고 난을 불러 당하에 꿇리(40)고 순종하며 아님을 물으니 가(假)자란이 거짓 체읍(涕泣) 왈,

"천인은 초충(草蟲) 같은 인생이라 어찌 존위를 감히 항거하리오마는 주인이 당부하시되, '이 공자가 전어(傳語)하사 너를 보내라 하시니 내 수숙지간(嫂叔之間)에 한 시녀를 아니 주지 못하여 보내거니와 네 만일 공자의 말을 순(順)한즉 연소저가 나를 무엇만 여기리오? 형제지의 상할 것이요 네 몸에 중책(重責)이 돌아와 사세(事勢) 여러 가지로 난처하리니 네 만일 나로써 편코자 하거든 죽기로써 명을 받들지 말라.' 하시니 천비 감히 주모(主母)의 명을 위월(違越)치 못하옴이러(41)니 이제 공자의 호수풍렬(虎鬚風烈)[130] 같은 위엄이 여차하시니 어찌 감히 거스리잇고."

설파(說罷)에 공교로이 찡기고 낭랑(琅琅)[131]한 성음이 사람을 임하여 정신을 흐리오니 공자가 미인의 교태하는 낯빛과 아당(阿黨)하는[132] 거동을 보니 순종함을 대희하여 정히 무산(巫山)의 꿈[133]이 전도(前導)하고 의사가 낙천(樂天)에 무르녹아 연망(連忙)히[134] 좌를 물리고 주식(酒食)을 주어 기갈을 위로하며 방중에 들어가 손을 잡고 소왈(笑曰),

"너는 근심 말고 두려 말라. 구수(嫂)가 졸약(拙約)[135]하신 성정이라 부인 여자의 헤아림이 많아 너를 당부하시나[136] 네 이미 나의 시인(侍人)이 된 (42)후는 연씨는 더욱 나의 수하라 장부의 총희(寵姬)를 어찌하리오."

언파에 침석에 나아가매 은애 자못 호탕하니 설매 자유(自幼)로 심궁에 있어 연장(年長) 이십여 세에 봄을 느끼며 가을을 슬퍼하며 반생을 황녀 모녀의 탕음함을 눈 익게 보았는지라, 금야에 풍류랑의 은정이 여차하니 스스로 난음(亂淫)한 정태(情態) 불가형언(不可形言)이라. 이렇듯 화락하여 밤이 진하니 공자가 자란을 이렇듯 총애하여 당명왕(唐明王)의 양귀비같이 여기나 진실로 엄한 부형이 알까 두리는지라. 명조(明朝)에 가만히 심

---

129 잠근: 원문에는 '잠은'으로 되어 있으나 문맥에 맞추어 고침.

130 호수풍렬(虎鬚風烈): 수염 휘날리는 호랑이와 매운바람. 거스를 수 없는 위엄을 말함.

131 낭랑(琅琅): 옥이 서로 부딪쳐 맑게 울리는 소리.

132 아당(阿黨)하다: 아첨하다.

133 무산(巫山)의 꿈: 초 양왕이 무산에서 신녀와 운우(雲雨)의 기쁨을 나누는 꿈을 꾸었다는 고사에서 나온 말로 남녀간의 운우지락(雲雨之樂)을 말함.

134 연망(連忙)히: 급히.

135 졸약(拙約): 옹졸함.

136 많아 너를 당부하시나: 원문에는 '만하시나'로 되어 있으나 서강대본을 참고하여 고침.

복 (43)서동 경운을 불러 자란을 맡겨 머무르게 하니 경운은 노자(奴子) 경기의 아들이니 집이 궁문 안에 있어 멀지 아니하므로 맡기고 밤이면 후정(後庭)으로 대령하라 하니 난이 즐겨 아냐 왈,

"천첩은 구소저 시아(侍兒)라. 마땅히 물러가 부인 장대하(粧臺下)[137]에 있고자 하나이다."

공자가 왈,

"네 전과 다르니 존수(尊嫂)가 신임치 아닐 것이요, 네 또 비배(婢輩)와 동반(同伴)함이 가(可)치 아니하니 경노(奴) 집이 궁문 안이요 잡인이 없고 내 또 한 번 보니 뒷담이 후원 별당과 멀지 아니하니 내 이곳에서 너와 즐기고자 하나니 어찌 응휘각 사환이 되(44)리오."

난이 발연히 경운을 좇아가더라. 공자가 자란의 교요염색(嬌妖艷色)을 과혹(過惑)하여 차야에 혼정(昏定)을 파한 후 명휘각에 가는 체하고 별청에 나아가 자란을 불러 동숙(同宿)하니 가자란이 현공자의 과도히 총애함을 보매 점점 의사가 교악하니 어찌 수중(手中)의 변심하는 단약이며 요괴로운 술(術)이 니난지라 날이 오래도록 무심하리오. 간악을 지어내니 종말이 어찌 된고?

이때 구소저가 자란의 행적이 전일과 크게 다름을 의아하여 한번 묻고자 하나 제 뵈지 아니하니 부름이 비편(非便)하여 역시 모르는 체하(45)니 홍파, 홍소, 섬난 등 제녀가 자못 괴이히 여겨 자란의 전일 충의로써 이러함을 의아하더라.

차시 천자가 춘추가 높으시니 스스로 성수(聖壽) 백 년을 기약기 어려우심을 감회하사 제왕과 공주를 인견하사 희문의 과거 뵈기를 재촉하시니 왕의 부부가 성만(盛滿)함을 깃거 아니하나 황명을 거역지 못하여 차년 추과(秋科)에 희문, 희명 양자를 참방(參榜)케 하니 양(兩) 공자가 의의(猗猗)히[138] 용방(龍榜)에 고등(高登)하여 희문은 장원이 되고, 희명은 셋째 되고, 가안백의 아자(兒子) 운이 둘째 되고, 기여(其餘) 모든 현공의 제자(諸子)가 참방한 자가 육칠 (46)인이라. 천자가 희문의 영풍신재(英風神才)를 처음 보심이 아니로되 과도히 두굿기고[139] 사랑하사 전에 올려 친히 어화(御花)를 머리에 꽂으시고 등을 두드려 가라사대,

---

137 장대하(粧臺下): 장대는 부녀자의 화장용 경대(鏡臺)로, 규방을 뜻하기도 함. 부인을 직접 지칭하기가 외람되어 그의 장대를 들어 말한 것임.

138 의의(猗猗)히: 기세 좋게. 보기에 아름답게.

139 두굿기다: 기뻐하다. 흐뭇해하다.

"희문이 예사 신료(臣僚)의 자식이라도 이렇듯 비상한즉 득인(得人)함이 기쁘려든 하물며 짐의 외손이리오. 아녀 월성이 청수약질(淸瘦弱質)로 이런 영자(英子)를 쌍으로 두니 어찌 아름답지 아니리오. 희성은 가히 희세(稀世)한 성현군자라 자유법도(自有法度)[140]함이 공주를 전혀 품수하였고 희문은 영호발월(英豪發越)하며 호상준매(豪爽俊邁)하여 기부(其父)를 많이 품수(47)하였으니 연씨는 가히 금고숙녀라 걸호(傑豪)한 장부를 진압하려니와 아지 못게라. 고경(卿)의 여아가 가히 여영(女英)[141]의 온순함이 있느냐?"

고절도가 우반(右班)에 시위하였더니 응성(應聲) 주왈,

"신녀(臣女)가 비록 기특다 못하나 어려서 고서를 보아 여자의 사덕(四德)[142]은 아오니 반드시 비연(飛燕)[143]의 방자함과 태진(太眞)[144]의 창궐함은 없을까 하나이다."

상이 흔연 점두(點頭)하시고 우왈(又曰),

"천린의 십삼 세에 문무장원 됨을 기특히 여기나니 짐이 또 희문의 궁예(弓藝)를 보고자 하노라."

제왕이 출반(出班) 고사(固辭) 왈,

"자고로 부자가 구태여 닮을 것이 아니라 희문 소(48)자가 미급약관(未及弱冠)에 한번 휘쇄(揮灑)[145]하매 용방천인(龍榜千人)을 묘시(藐視)[146]하와 만방다사(萬邦多士)의 위가 되옴이 과분(過分)하옵거늘 어찌 또 연소서생으로 하여금 궁마(弓馬)를 희롱하와 기운을 기르게 하리잇고."

상이 불윤(不允)하시고 좌우 환시(宦侍)를 명하여 어궁금비전(御弓金鎞箭)[147]을 가져 장원을 주시고 수백 보 밖의 유엽(柳葉)을 맞히라 하시니 장원이 불감역명(不敢逆命)하여 탑하(榻下)에 나려 원비(猿臂)를 걷고 우수(右手)로 보궁(寶弓)을 잡고 금전(金箭)을 다래어[148] 백

---

140 자유법도(自有法度): 스스로 법도가 있음.

141 여영(女英): 요임금의 딸. 순임금의 두 왕비 아황(娥皇)과 여영 중의 하나.

142 사덕(四德): 여자로서 갖추어야 할 네 가지 덕. 마음씨, 말씨, 맵시, 솜씨.

143 비연(飛燕): 중국 서한 시대의 미녀 조비연(趙飛燕). 궁녀로 있다가 성제의 총애를 받아 후비까지 올랐으나 방자한 행동을 하다가 성제가 죽은 뒤 폐위되어 죽음.

144 태진(太眞): 양태진. 양귀비를 이름.

145 휘쇄(揮灑): 휘호(揮毫). 붓을 휘둘러 글씨를 쓰거나 그림을 그림.

146 묘시(藐視): 업신여기어 깔봄.

147 어궁금비전(御躬金鎞箭): 임금의 활과 금으로 된 화살촉이 있는 화살.

148 다래다: '당기다'의 옛말.

발백중(百發百中)하여 천양지재(穿楊之才)[149] 있는지라. 전상 전하가 보건대 비봉(飛鳳) 같은 어깨와 섬섬(纖纖)한 옥(49)수(玉手)가 움직이는 바의 신류(新柳) 같은 허리 미풍(微風)에 쓸리일 듯하니 능히 궁전(弓箭)을 이기지 못할 듯하되 손쓰는 재주가 신이하여 귀신이 돕는 듯하니 시위(侍衛) 제인(諸人)이 어린 듯하고 상이 크게 두굿기사 부자 양인을 탑하에 면유(面諭)[150]하사 어온(御醞)[151]을 반사(頒賜)[152]하시고 파조(罷朝)하시니 제공이 자질(子姪)을 앞세워 돌아올새 위의(威儀) 도로에 이었더라.

제궁(宮)[153]에서 대연(大宴)을 개장(開場)하여 크게 즐길새 연소저가 봉관화리(鳳冠花罹)[154]로 옥패(玉佩) 성장(盛裝)에 명부(命婦)의 복색을 갖추어 좌(座)에 나니 존당 구고가 연애(戀愛)함이 지극하고 연상서 부인이 여서(女壻)의 과(50)경(科慶)[155]을 구경코자 하여 존고를 뫼셔 이에 이르러 여아의 옥수를 잡고 주태부인과 제왕비(王妃)[156]를 향하여 치하하여 약녀(弱女)[157]의 평생을 부탁하며 염내(簾內)에서 여서의 풍채를 첨관(瞻觀)[158]하여 기상을 두굿기나 엳엳이 미인을 껴 유희 방탕함을 보고 심리(心裏)에 염려하더라.

이러구러 삼일유가(三日遊街)[159]를 맞고 궐하(闕下)에 숙사(肅謝)[160]하오니 상이 새로이 사랑하심이 태손(太孫)에 감치 아니사 희문으로 강서원(講書院)[161] 비서각(祕書閣)[162] 직학사(直學士)를 배(拜)하사 태손으로 논학(論學)하라 하시고, 희명으로 한림수찬(翰林修撰)[163]을 하

---

149 천양지재(穿楊之才): 중국 춘추시대 초(楚)의 양(養) 땅에 식읍을 갖고 있던 대부 양유기(養由基)가 백 보 거리에서 버들잎을 꿰뚫었다는 고사에서 나온 말로, 백발백중의 뛰어난 활 솜씨를 말함.

150 면유(面諭): 면전에서 말로 타이름.

151 어온(御醞): 임금이나 왕후가 마시거나 신하에게 하사하는 술.

152 반사(頒賜): 임금이 물건이나 녹봉을 내려 나누어 줌.

153 제궁(宮): 평제궁. 평제왕 현천린의 궁.

154 봉관화리(鳳冠花罹): 옛 신부가 봉(鳳)을 장식해 머리에 쓰던 예관(禮冠)과 꽃을 수놓은 얼굴가리개.

155 과경(科慶): 과거에 급제한 경사.

156 제왕비(王妃): 평제왕비.

157 약녀(弱女): 어린 딸. 자신의 딸을 낮추어 이르는 말.

158 첨관(瞻觀): 쳐다봄.

159 삼일유가(三日遊街): 원문에는 '삼일유과'로 되어 있음.

160 숙사(肅謝): 사은숙배(謝恩肅拜)의 줄임말. 감사히 받고 절하고 돌아옴.

161 강서원(講書院): 세손강서원(世孫講書院).

162 비서각(祕書閣): 궁중의 서적을 보관하던 곳.

163 한림수찬(翰林修撰): 한림원(翰林院)에서 서책을 편집하여 찬술(撰述)하는 일을 맡은 벼슬.

이(51)시고 차차 신방(新榜) 제인을 승품(陞品)하여 관작(官爵)을 더으시니[164] 제인이 사은(謝恩) 퇴조(退朝)하여 직임(職任)에 나아가니 가풍세덕(家風世德)과 부조여풍(父祖餘風)이 거관(居官)에 청렴공검(淸廉恭儉)하니 아망(雅望)이 조야(朝野)에 진동하더라.

차시(此時) 한림 희성은 간의태우[諫議大夫] 어사중승(御使中丞)[165]이러라. 학사 희문이 대무(對舞) 시(時)에 기녀 옥단, 섬월로 유정(有情)하여 본부 교방 월루 깊이 두고 종용한즉 자로 찾아 총행(寵幸)하니 자연 과거 이후는 결을치[166] 못하고 삼일유가(三日遊街) 후 가중(家中) 이목(耳目)을 두려 명휘각에 수일에 한 번씩 왕래하며 옥단, 섬월이 다 십삼사 연소교아(年少嬌兒)로 옥안미(52)모(玉顔美貌)가 빼어나고 가무가 절등하며 기질이 양선(良善)함을 사랑하고 신정(新情)이 침혹(沈惑)한 바가 되어 자란을 잊었더니, 자란이 현공자가 높이 계화(桂花) 제일지(第一枝)를 꺾어 용각(龍閣)의 주인 됨을 듣고 장관을 구경코자 하며 경운 부자에게 웅휘각 부인이 부르신다 하고 웅휘각에 나아가 구소저께[167] 배알하고 거짓 눈물을 뿌려 공자의 밀막음으로써[168] 오래 장대(粧臺)[169]를 떠나 뫼시지 못함을 일컬어 고두청죄(叩頭請罪)하니 모든 동류(同類)가 반기며 무정함을 책(責)한대 자란이 눈물을 흘려 왈,

"내 어찌 부인의 무휼(撫恤)하시던 혜택을 (53)잊으며 열위동반(列位同伴)의 사랑하던 정을 잊으리오마는 상공 엄명(嚴命)이 여차여차하여 다시 웅휘각에 사환(使喚)한즉 일죄(一罪)로 하령(下令)하시니 감히 거역지 못하여 경노(奴)의 집 방구석에 지키는 귀신이 되었더니 금일은 궁중에 장관(壯觀)이 있으니 찾지 아니실 고로 잠깐 틈을 얻어 이르러 부인께 배알하고 열위(列位)로 반기고자 왔더니 어찌 도로혀[170] 책할 줄 알리오."

부인이 사일(斜日)을 흘려 자란을 보니 평일 충순질박(忠順質朴)하던 자란이 아니라 거짓 눈물을 뿌리고 입으로 정성을 나타내나 사색(辭色)이 호란(胡亂)하여 (54)망자[171]가 뒤룩

---

164 더으다: '더하다'의 옛말.

165 어사중승(御使中丞): 어사대부(御使大夫) 밑에 위치하는 벼슬로, 관리들을 감독하고 규찰하는 일을 맡음.

166 결을하다: 한가하다.

167 구소저께: 원문에는 '구쇼긔'로 되어 있으나 서강대본을 참고하여 고침.

168 밀막다: 밀어서 막다. 못하게 말리다.

169 장대(粧臺): 장대하(粧臺下). '장대(粧臺)'는 부녀자의 화장용 경대로, 규방을 뜻하기도 함. 부인을 직접 지칭하기가 외람되어 그의 장대를 들어 말한 것임.

170 도로혀: 도리어.

171 망자: 눈동자.

이고 전일은 자기를 방자히 첨관(瞻觀)함이 없더니 금일은 자기 기색과 동류의 행동을 유심(有心) 찰시(察視)하니 비록 얼굴이 자란이나 행동거지 매달(妺妲)[172]의 유(類)라. 부인이 미지일견(未至一見)[173]에 대경(大驚) 해연(駭然)하여 거듭 떠봄을 깨닫지 못하여 이연(夷然)히[174] 일러 가로되,

"네 비록 전일 나의 비자(婢子)나 이제는 숙숙(叔叔)의 시인(侍人)이라. 내 어찌 한낱 비자를 아껴 이미 허하여 보내고 다시 찾음이 있으리오. 유랑 등과 홍소 등이 연연함은 일시 동처(同處)하던 정을 잊지 못함이라. 연이나 귀천(貴賤) 간(間)에 여자의 종가지도(從家之道)가 있으(55)니 일시 사정을 권연(眷然)[175]하리오. 공자의 명이 엄한즉 다시 득죄치 말고 빨리 돌아가고 번거히 왕래치 말라."

설파에 옥안이 단숙(端肅)하고 사기가 씩씩하여 서어(齟齬)히[176] 말 붙이기 어려운지라. 가(假)자란이 내참황공(內慙惶恐)하여 유유(唯唯)히 사죄하고 동류를 초초(草草)히[177] 이별하고 나오며 앙앙(怏怏)하여[178] 생각하되, '구씨 이렇듯 강악하여 나를 진짓 제 종만 여겨 언건(偃蹇)히[179] 꾸짖으니 어찌 통해(痛駭)치 아니리오. 불구(不久)에 너희 모자, 부부의 성명이 설랑의 손 가운데 있는 줄 모르느냐.' 하고 있던 곳에 돌아와 아미를 다스리고 단장을 치레하여[180] (56)스스로 명휘각에 나아가 연소저께 배알하고 문후하니 소저가 바히 알지 못하는 듯이 관접(款接)[181]하거늘 가(假)자란이 문득 자약히 웃고 재배(再拜) 왈,

"천첩이 전일은 구부인 시녀나 금일은 장원 노야[182] 시첩이라. 부인이 모르시는 바에 자래(自來)함이 방자하오나 시첩의 도리로써[183] 여군(女君)께 뵈는 예를 폐치 못하여 당

---

172 매달(妺妲): 매희(妺喜)와 달기(妲己). 매희는 하(夏)나라 걸왕(桀王)의 총희이며, 달기는 은(殷)나라 주왕(紂王)의 총희임. 본래 걸왕과 주왕은 지용(智勇)을 겸비한 현명한 군주였으나, 두 요녀에게 빠져서 사치와 주색에 탐닉하다가 폭군으로 낙인찍힌 채 나라를 망치게 됨.

173 미지일견(未至一見): 채 한 번도 보지 않음.

174 이연(夷然)히: 태연(泰然)히.

175 권연(眷然): 사모하여 뒤돌아봄.

176 서어(齟齬)히: 익숙하지 아니하여 서름서름하게.

177 초초(草草)히: 바쁘고 급하게. 허둥지둥.

178 앙앙(怏怏)하다: 마음에 차지 않아 야속하게 여기다.

179 언건(偃蹇)히: 거드름을 피우며 거만하게.

180 치레하다: 잘 손질하여 모양을 내다.

181 관접(款接): 친절히 대함.

182 장원 노야: 현희문.

183 도리로써: 원문에는 '도리써'로 되어 있으나 서강대본을 참고하여 고침.

돌히 나아옴이로소이다.”

소저가 청파에 방자함을 어이없어 침음반향(沈吟半晌)에 추파(秋波)가 고요하고 옥모(玉貌)가 자약(自若)하여 가로되,

“일찍이 알지 못하였더니 너의 공근(恭謹)함이 여차하니 또한 영오(領悟)함을 칭지(稱之)하노라.”

자란이 웃음을 머(57)금고 다시 고왈,

“바라건대 부인은 성덕을 드리워 무휼하소서.”

소저가 왈,

“너는 오직 분(分)을 지키라. 인가에 처첩을 거느림은 가장의 도리요, 안으로 다스림은 부인의 할 바가 아니라 하리오. 인인의 치가지도(治家之道)가 각기 소장(所掌)[184]이니 네 전일 구저저(姐姐)[185] 대하(臺下)에 머물 적 보니 한낱 온유한 가인으로 알았더니 어찌 말 많음이 이렇듯 하뇨.”

설파에 옥면의 화기를 변치 아니나 단엄(端嚴) 씩씩하니 가(假)자란이 늠연(凜然)[186] 육니(忸怩)하고 분해(忿駭)[187]하여 이윽고 하직하고 돌아오다가 학사가 옥단[188] 등으로 즐김을 듣고 절치분매(切齒憤罵)하여 울고 돌아와 식음(58)을 전폐하고 계교를 생각하며 공자의 찾음을 기다리더니, 이러구러 십여 일이 지나니 가자란이 스스로 학사의 뜻을 몰라 초조착급함을 이기지 못하여 일일은 한 병 맛 좋은 술에 미혼단을 섞어 경운으로 하여금 학사에게 드리라 하니 경운이 주육(酒肉)을 가지고 창월루에 이르니 학사가 취안(醉顔)이 반타(半酡)[189]하고 의관이 부정(不整)하여 양창(兩娼)으로 유희방탕하거늘 경운이 주호(酒壺)를 올리고 자란의 말씀으로 고왈,

“노야가 약년청춘(弱年青春)에 섬궁(蟾宮)[190]의 단계(丹桂)를 꺾어온데 자달(紫闥)[191]의 영

---

184 소장(所掌): 맡아보는 일.

185 구저저(姐姐): 구소저.

186 늠연(凜然): 두려워함.

187 분해(忿駭): 분하고 놀람.

188 옥단: 원문에는 ‘단옥’으로 되어 있으나 오기인 듯함.

189 반타(半酡): 반쯤 붉음.

190 섬궁(蟾宮): 달.

191 자달(紫闥): 궁중. 궁내.

총(榮寵)이 청현(淸顯)[192]하시(59)니 마땅히 나아가 하례코자 하더니, 노야가 자란의 묵은 자취를 염박(厭薄)[193]하시고 초요월미(楚腰月眉)[194]를 갖추어 연락(宴樂)하신다 하니, 천첩이 무광한 자최로써 감히 면전에 등알(等謁)치 못하옵고 일호주(一壺酒)로써 혁혁하신 영광을 하례하나이다."

하거늘 학사가 흔연 소왈,

"근일 조사(朝事)[195]에 분망하고 사고(事故)가 다첩(多疊)하여 총희를 오래 찾지 못하니 일정 설워하는도다. 명일야(明日夜)에 별당에 모이리라."

하고 드대어 주호(酒壺)를 내와[196] 병째 거후르니[197] 문득 취기 미란(迷亂)하고[198] 두골이 때리는 듯한지라. 연음(連飮)할 의사가 없어 취함을 일(60)컫고 심복 시동 사오 인에게 붙들려 서재에 돌아오니 제제(諸弟) 놀라 이르되,

"금야(今夜)는 명휘각에 아니 가시고 어데 가 저리 취하시니잇고?"

학사가 정혼(精魂)이 아득하고 두통이 고극(苦劇)하여[199] 능히 말을 못하고 겨우 옷을 끄르고 자리에 쓰러지매 통성(痛聲)이 의의(猗猗)하니[200] 제제(諸弟) 대경하여 종야(終夜) 구호하여 명효(明曉)에 이르나 통세(痛勢) 낫지 아니하니 제공자가 놀라 존당에 아뢰니 존당 부모가 경려(驚慮)[201]하고 진공이 미우(眉宇)[202]를 찡기어 왈,

"혼인이 미급순일(未及旬日)이어늘 아해 불의에 중세 대단하니 어찌 근심되지 아니리오."

왕이 빈미(嚬眉) 대(61)왈,

"근래 희문의 거동이 점점 호일(豪逸)하여 창광(猖狂)하기에 미친 듯하오니 해아(孩兒)

---

192 청현(淸顯): 청환(淸宦)과 현직(顯職)을 아울러 이르는 말.

193 염박(厭薄): 밉고 싫어서 쌀쌀하게 대함.

194 초요월미(楚腰月眉): 가는 허리와 반달 같은 눈썹. 초요는 미인의 가느다란 허리를 이르는 말로, 초(楚)나라의 영왕(靈王)이 허리가 가는 미인을 좋아하였다는 데서 유래함.

195 조사(朝事): 조정에서 하는 일.

196 내와: 원문에는 'ᄂᆞ와'로 되어 있으나 문맥에 맞추어 고침.

197 거후르다: 거우르다. 기울이다.

198 미란(迷亂)하다: 정신이 혼미하여 어지럽다.

199 고극(苦劇)하다: 너무 심하거나 지독하다.

200 의의(猗猗)하다: 소리가 가늘고 이어지다.

201 경려(驚慮): 놀라고 걱정함.

202 미우(眉宇): 이마의 눈썹 근처.

가 경책(警責)고자 하오나 아해 근간에 천정(天庭)[203]에 푸른 기운이 맺히고 액간(額間)에 재악(災惡)이 다첩(多疊)하여 반드시 크게 병들지 않은즉 죽을 재앙이 없삽는 고로 그 광일(曠日)[204]함을 모르지 아니되 버려 두옴은 재앙을 소멸코자 하옵더니 반드시 위질(爲疾)을 이르도소이다."

공이 우왈,

"연소부가 또 재앙이 많은 아해라. 저희 부부가 시운(時運)이 건우(愆尤)하매[205] 필연 다소 액경이 있으려니와 자고로 성인도 오는 액을 면치 못하나니 하물며 시속 비린(鄙吝)[206]이리(62)오. 연이나 오아(吾兒)가 다만 연소부와 문아의 유액(有厄)함만 알고 소장지화(蕭墻之禍)[207]가 가국(家國)이 소요(騷擾)하고 문호의 위망(危亡)이 낙미(落眉)[208]에 있을 줄 알지 못하는도다."

왕이 계수(稽首)[209] 주왈,

"어찌 모르리잇가마는 만사가 천의(天意)니 다만 천리(天理)의 순환함도 바랄 따름이요, 마침내 천리안(千里眼) 이순풍(李淳風)[210]의 지음(知音)이 없으니 또 미리 자초(自初)시말(始末)을 미가분(未可分)이로소이다."

공이 점두(點頭) 왈,

"여언(汝言)이 정합아심(正合我心)[211]이라."

하더라.

공의 부자가 제아를 거느려 학사의 병을 살피니 병세 대단하여 분명히 독을 만난 병이어늘 왕이[212] 심리(心裏)에 괴아(怪訝)하여 근각(根脚)[213]을 알기 어(63)려운지라. 숙시양구

---

203 천정(天庭): 관상에서, 두 눈썹의 사이 또는 이마의 복판을 이르는 말.

204 광일(曠日): 하는 일 없이 헛되어 세월을 보냄.

205 건우(愆尤)하다: 잘못되다.

206 비린(鄙吝): 견문이 비루함. 또는 그런 사람.

207 소장지화(蕭墻之禍): 집안 내부나 한패 속에서 일어나는 변란.

208 낙미(落眉): 낙미지액(落眉之厄). 눈앞에 화가 닥침.

209 계수(稽首): 구배의 하나. 머리가 땅에 닿도록 몸을 굽혀 하는 절.

210 이순풍(李淳風): 당(唐)나라 태종(太宗) 때의 인물. 역학에 능통했을 뿐만 아니라 천문, 지리, 역법(曆法), 복서(卜筮) 등에도 정통(精通)했음.

211 정합아심(正合我心): 내 생각과 같음.

212 왕이: 원문에는 '왕니'로 되어 있으나 서강대본을 참고하여 고침.

213 근각(根脚): 뿌리. 근원.

(熟視良久)에 진맥하고 자작명약(自作名藥)하여 수십 첩약을 지어 병근(病根)을 다스리니 과연 수일 후 소성(蘇醒)[214]하여 기비(氣秘)[215] 여상(如常)하니 요녀의 약이 소삭(消索)[216]한지라. 또한 자로 찾지 아니하니 요녀가 미혼주를 보내고 괴로이 가망(可望)을 바라더니 학사가 수일을 고통하고 일어나되 묻는 일이 없고 소문을 들으니 학사의 신취길일(新就吉日)이 가까웠다 하는지라. 설매 분심(憤心) 초조하여 일일은 학사가 홀로 서당에 있어 좌우가 고요함을 타 스스로 나아가 뵈올새 운환(雲鬟)을 허틀고[217] 눈물을[218] 흘리며 가로되,

"천첩이 비록 인가청(64)의(人家青衣)나 금루화각(金樓畵閣)에 진왕 전하의 천금 소저를 종사하여 장어호치(長於豪侈)[219]하고 일신이 평안함이 규리(閨裏) 도장[220]의[221] 금옥 귀소저와 다름이 없던 바로서 부질없이 유희하사 주인의 장대(粧臺)[222]를 하직하고 또 버림을 헌신 같이 하시니 일신(一身)이 무의무탁(無依無託)하여 돌아갈 곳이 없게 하시고, 연부인은 날마다 구부인께 공치(攻恥)하시고[223] 시시(時時)로 시녀를 보내어 첩을 문죄(問罪)하시며 구부인이 또한 제사금장(娣姒錦帳)의 화기 상함을 불평하사 자로 불러 노야가 찾지 아니시는 사이에 멀리 도주하여 하방에 개적(改籍)하여 살고 (65)거역한즉 죽으리라 하시니 천인이 지은 죄 없이 주인에게 득죄함과 오래지 아냐 인체지환(人彘之患)을 만나게 함이 다 노야의 다사하신 연고라. 첩이 지식이 천단(淺短)하니[224] 스스로 보신지책(保身之策)이 아득하온지라. 금일 존하(尊下)에 뵈옵고 명을 듣사와 사생을 결코자 이르렀나이다."

하더라.

저동궁 지밀(至密)[225] 서상궁(徐尙宮) 글씨.

---

214 소성(蘇醒): 중병을 앓고 난 후 몸이 회복됨.

215 기비(氣秘): 숨을 순조롭게 쉬지 못하는 증상. 원문에는 '기뵈'로 되어 있음.

216 소삭(消索): 점점 줄어들어 다 없어짐.

217 허틀다: '허트러지다'의 옛말.

218 눈물을: 원문에는 '눈믈니'로 되어 있으나 서강대본을 참고하여 고침.

219 장어호치(長於豪侈): 호화롭고 사치스러운 가운데 성장함.

220 도장: 규방.

221 의: 원문에는 '이'로 되어 있으나 서강대본을 참고하여 고침.

222 장대(粧臺): 부녀자의 화장용 경대(鏡臺)로, 규방을 뜻하기도 함.

223 공치(攻恥)하다: 비난하다. 치욕을 갚는다.

224 천단(淺短)하다: 지식이나 생각 따위가 얕고 짧다.

225 지밀(至密): 지극히 은밀하고 비밀스럽다는 뜻에서, 임금이 늘 거처하던 곳을 이르던 말. 대전(大殿), 내전(內殿) 등이 있다.

권지십오

⑴차설(且說). 학사가 청파(聽罷)에 자란이 일시 은애(恩愛)를 믿어 방자(放恣)함이 여차(如此)함을 어이없어 문득 정색 왈,

"내 소년 풍정(風情)으로 너의 애용(愛容)을 유정(有情)하매 네 다만 분을 지키어 고요히 있은즉 타일 거두어 금차지열(金釵之列)[1]에 둠이 늦지 아니하거늘 이렇듯 요란히 서돌며,[2] 더욱 구현수(寇賢嫂)[3]는 지극히 존중하시거늘 네 어찌 요언(妖言)을 지어 동기를 이간하며, 또 연부인은 여자의 사덕(四德)이 있는 숙녀요 네게는 여군(女君)[4]의 존함이 있거늘 ⑵네 비첩이 되어 감히 정실의 흔단(釁端)[5]을 지어 은은히 항거할 뜻이 있으니 어찌 방자치 아니랴. 부부의 도(道)는 군신 같고 건곤(乾坤)의 이(理)와 같으니 친할 제 친

---

1 금차지열(金釵之列): 첩의 대열.

2 서돌다: '서두르다'의 옛말.

3 현수(賢嫂): 어진 제수(弟嫂) 혹은 형수(兄嫂)라는 뜻으로 제수 혹은 형수를 높여 부르는 말. '구현수'는 '구소저'를 말함.

4 여군(女君): 첩이 본처를 이르는 말.

5 흔단(釁端): 서로 사이가 벌어져서 틈이 생기게 되는 실마리.

하나 장부의 마음이 한 번 두루혀면[6] 천지의 조화(造化)가 병출(迸出)[7]하여 우로(雨露)의 혜택(惠澤)[8]과 뇌정(雷霆)[9]의 위엄이 있으니 너는 너무 방자치 말라."

설파(說罷)에 기위(其威) 한숙(寒肅)하고[10] 말씀이 준절(峻截)하여 일호(一毫) 은정(恩情)이 없으니 요녀가 심장이 저상(沮喪)하여[11] 아연(啞然) 유체(流涕) 왈,

"상공이 여차 매몰하사 천첩의 거취를 정치 아니하시니 혈혈단신이 주(3)인의 내치심과 동류(同類)의 용납지 아니함을 인하여 어찌 잔천(殘喘)[12]을 투생(偸生)[13]하리잇고."

학사가 또한 운액(運厄)이 거리껴 요녀(妖女)의 함태(含態)[14]하고 비읍유체(悲泣流涕)하는 교언영색(巧言令色)에 밉든 아닌지라. 일분 가애(嘉愛)하여 안색을 빌려 위로 왈,

"경노(奴)의 집이 종용하니[15] 너는 안심하여 머물라. 내 또 고절도 부중의 신취(新娶) 길일(吉日)이 가깝고 연일 사고(事故)가 다첩(多疊)하여 찾지 못하나 어찌 잊음이 있으리오. 당당히 삼부인(三婦人)과 칠미희(七美姬)를 갖추리니 홀로 너를 잊으리오."

재삼 위로하고 협중(篋中)의 백은(白銀) 백 근을 내어 자장(資粧)에 쓰라 하고 주니 설매 은근함을 보고 잠깐 (4)방심하여 하직고 경노의 집에 돌아와 스스로 생각하되, '나의 신기한 재주로써 어찌 인가(人家) 천비(賤婢) 자란의 용모를 빌려 구차히 천대함을 감심(甘心)하리오. 가히 고가(家) 여자가 어떠한고 한번 보아 진실로 아름답거든 고씨를 하수(下手)하여[16] 자란같이 무찌르고 내 저의 형용(形容)이 되어 성시(盛時)를 빌려 비록 재질이 빈실(嬪室)[17]에 거하나 또한 예로 도와 세세히 도모하여 연씨를 없이하고 구씨를 소제(掃除)하여 주인의 부탁을 저버리지 아니리라. 차차 모계하여 현가 인물을 어육(魚肉)하고 (5)

---

6 두루혀다: '돌이키다'의 옛말.

7 병출(迸出): 힘차게 솟아 나옴.

8 우로(雨露)의 혜택(惠澤): 우로지택(雨露之澤). 이슬과 비의 덕택이라는 뜻으로, 왕의 넓고 큰 은혜를 이르는 말.

9 뇌정(雷霆): 뇌정벽력(雷霆霹靂). 천둥과 벼락이 격렬하게 침. 또는 그런 천둥과 벼락.

10 한숙(寒肅)하다: 냉정하고 엄숙하다.

11 저상(沮喪)하다: 기운을 잃다.

12 잔천(殘喘): 아주 끊어지지 아니하고 겨우 붙어 있는 숨. 잔명(殘命).

13 투생(偸生): 구차하게 산다는 뜻으로, 죽어야 마땅할 때에 죽지 아니하고 욕되게 살기를 꾀함을 이르는 말.

14 함태(含態): 교태를 머금음.

15 종용하다: 조용하다.

16 하수(下手)하다: 손을 대어 사람을 죽이다.

17 빈실(嬪室): 빈첩(嬪妾).

주인이 군을 나와 대사를 정하는 날 내응(內應) 의합(意合)하여 만세불멸대공(萬世不滅大功)을 세워 부귀복록을 누릴 적에 어떤 담 큰 자가 감히 설매의 미천함을 일컬으리오.' 요악한 계교와 되지 못할 흉의(兇意) 발발하니 어찌 끝이 누르리오.[18] 아지 못게라. 고소저의 위인이 어떠하여 삼척 소녀자가 무인심야(無人深夜)에 어찌 능히 대화(大禍)를 면할꼬? 하회를 석람(釋覽)하라.

각설(却說). 어시(於是)에 하주 절도사 고경닉은 개국공신 대장군 희안후 고희덕의 일자(一子)라. 본디 장종여엽(將種餘葉)[19]으로 호걸의 풍채와 영웅의 기상이 있고 성도(性度)[20]가 관인대도(寬仁大度)[21]하며 누사덕(婁師德)[22]의 (6)홍량(弘量)[23]이 있으니 상이 사랑하사 총애하시더라. 실중(室中)이 번화(繁華)하여 삼처오희(三妻五姬)를 두었으나 공이 정대엄준(正大嚴峻)[24]하여 제가(齊家)를 공변되이[25] 하고, 원비(元妃) 부씨는 태종 황후 부낭랑 지친이라 용안이 수려하여 삼춘(三春)에 만화(萬花)가 웃는 듯하고 성도가 침중(沈重)하고 사덕이 겸비하여 동렬을 화우(化雨)[26]하며 제희(諸姬)를 거느리매 원망이 없으니 공이 공경화락하여 사자(四子)를 생하고, 차비(次妃) 서씨 이자(二子)를 생하고, 삼비(三妃) 유씨 삼자(三子)를 두고, 오희는 셋은 유자(幼子) 하나씩 두고 둘은 무자(無子)하니, 수연(雖然)이나 적서(嫡庶)에 (7)아들이 열둘이로되 한낱 딸이 없는지라.

제자(諸子)가 장성하여 취처하니 여러 며느리 가득하고 각하(閣下)에 제손이 만당(滿堂)하나 공이 매양 슬하에 농와(弄瓦)[27]가 없음을 탄하더니, 부부인이 오십에 문득 잉태하였으니 가중 상하가 대경(大驚)하여 반드시 사병(死病)이라 하더니, 부인이 잉초(孕初) 기몽(奇

---

18 누르다: 미상. '좋다'의 의미인 듯함.

19 장종여엽(將種餘葉): 장수 집안의 핏줄.

20 성도(性度): 성품(性品)과 도량(度量)을 아울러 이르는 말.

21 관인대도(寬仁大度): 마음이 너그럽고 인자하며 도량이 큼.

22 누사덕(婁師德): 당(唐)나라 측천무후(則天武后) 때의 인물. 성품이 온후하고 관대하며 인자하여 아무리 무례한 일을 당해도 조금도 흔들림 없이 표정이 똑같았음. 동생에게 남이 얼굴에 침을 뱉으면 어떻게 해야 하냐 물으니 동생은 잠자코 침을 닦으면 된다고 했으나 누사덕은 닦을 것도 없이 침이 마를 때까지 기다려야 한다고 충고하였다 하여 '타면자건(唾面自乾)'이란 고사성어가 전함.

23 홍량(弘量): 넓은 도량.

24 정대엄준(正大嚴峻): 의지나 언행 따위가 올바르고 당당하며 매우 엄하고 세참.

25 공변되다: 행동이나 일 처리가 사사롭거나 한쪽으로 치우치지 않고 공평하다.

26 화우(化雨): 교화(敎化)가 사람에게 미치는 것을 철에 맞추어 오는 비에 비유하여 이르는 말.

27 농와(弄瓦): 농와지경(弄瓦之慶). 딸을 낳은 즐거움. 중국에서 딸을 낳으면 흙으로 만든 실패를 장난감으로 주었다는 데서 유래한다.

夢)을 얻음이 있으매 벅벅이[28] 유태(有胎)함인 줄 알오되 쇠년(衰年)에 유태함을 크게 부끄려 남다려 이르지 않으나 약을 물리치니 공(公)과 가중(家中)이 더욱 근심하더니 십 삭이 찬 후 분산(分産)[29] 생녀하니 이 곧 평생 원하던 바 백설(白雪) 교아(嬌兒)라. 공이 대희하고 가중이 치하하더라. 공(8)이 만래(晚來)에 기화(奇花)를 얻으매 익애(溺愛)함이 제자(諸子)에 더은지라.[30] 명을 연벽(連璧)이라 하고 자를 위주(魏珠)라 하니 이는 연성지벽(連城之璧)과 위(魏)나라 진주를 비겨 이름이라. 연벽이 점점 자라 팔구 삭에 능히 달음주어[31] 다니고 호부호형(呼父呼兄)하니 옥안(玉顔)이 쇄락(灑落)하고 양미(兩眉) 훤칠하며 체형이 석대(碩大)하고[32] 기질이 출범(出凡)하니 엄연히 남자의 기상이요 아녀(阿女)의 태도가 아니라. 공이 매양 슬상(膝上)에 완롱(玩弄)[33]하여 사랑하며 웃어 왈,

"차아(此兒)가 옥골설부(玉骨雪膚)[34]가 윤택하며 기품이 씩씩하니 의심컨대 종군(從軍)하던 (9)목란(木蘭)[35]이요 투합(闘合)하던 홍선(紅線)[36]의 무리라. 자라매 가히 규합(閨閤)의 사군자가 되려니와 마침내 금규자각(金閨紫閣)[37]의 절염가인(絶艶佳人)은 아니라. 배필을 구하매 천하 영웅이 아니면 가히 그 쌍이 없으리로다. 아지 못게라. 어느 곳에 웅재기남(雄才奇男)이 있어 나의 동상(東床)[38]을 빛내리오."

부인이 소왈,

"남녀가 생지(生知)하고 음양이 각판(各判)하매 초목금수(草木禽獸)에 니르히[39] 다 쌍이 있나니 광대한 천하에 현마 소녀의 배필이 없으리잇가. 수연이나 미력(微力) 소아(小

28 벅벅이: 그러하리라고 미루어 헤아려 보건대 틀림없이.

29 분산(分産): 해산(解産).

30 더으다: '더하다'의 옛말.

31 달음주다: 달음질하다.

32 석대(碩大)하다: 몸집이 굵고 크다.

33 완롱(玩弄): 장난감이나 놀림감처럼 희롱함.

34 옥골설부(玉骨雪膚): 옥같이 고결한 풍채와 눈처럼 흰 피부.

35 목란(木蘭): 중국의 서사시 〈목란사(木蘭辭)〉에 나오는 주인공. 여자의 몸으로 아버지를 대신하여 남장을 하고 싸움터에 나가서, 공을 세우고 고향으로 돌아왔다고 한다.

36 홍선(紅線): 당(唐) 전기(傳奇) 〈홍선(紅線)〉에 등장하는 여협객.

37 금규자각(金閨紫閣): 명문가의 규방. 원문에는 '금슈ᄌᆞ각'으로 되어 있으나 오기인 듯함.

38 동상(東床): 동쪽 평상이라는 뜻으로, '사위'를 달리 이르는 말. 중국 진(晉)나라의 극감(郄鑒)이 사위를 고르는데, 동쪽 평상 위에서 배를 드러내고 누워 있는 왕희지를 골랐다는 고사에서 유래한다.

39 니르히: '이르도록', '이르기까지'의 옛말.

兒)의 수요장단(壽夭長短)[40]을 어찌 알 것이라 이제부터 혼인을 근심하리잇가."

공이 또한 웃더라.

광음(光陰)이 훌훌 지나 연벽 소저가 (10)칠팔 세에 이르니 수려한 옥안(玉顔)은 천택(天澤)에 금봉오리 맺었는 듯 원산(遠山) 같은 아미(蛾眉)[41]와 주순옥치(朱脣玉齒)[42]며 절세동용(絶世動容)[43]하되 신장체지(身長體止) 장대하여 숙아(熟兒)에 십 세나 지난 듯하고, 총명통달하고 신능다재(神能多才)하여 통치 못할 글이 없고 재기과인(才氣過人)하며 명철여신(明哲如神)하고 상활(爽闊)[44] 씩씩하여 열사(烈士)의 풍채 있으니 부모가 사랑하고 제형이 애경(愛敬)하더라.

공이 그윽이 배필을 광문(廣問)하더니 우연히 현상부 연석(宴席)에 참예(參預)하여 평제왕 차자 희문의 인봉(麟鳳)[45] 같은 자질과 웅호(雄虎) 같은 기상을 (11)보매 일분 타의(他意) 없이 평생 소교(小嬌)[46]로써 위굴(委屈)[47]함을 혐의치 아니하고 제왕 부자에게 간구(懇求)하여 결승(結繩)을 뇌정(牢定)하고[48] 돌아와 부인과 제자를 대하여,

"현자(玄子)의 발출영위(拔出英偉)한 기상이 진짓 오지교아(吾之嬌兒)의 쌍이 상적(相敵)한 가우(佳偶)라. 현자가 아니면 여아를 진복(震服)[49]기 어렵고 여아가 아니면 현자를 진압지 못하리라."

한대 부인이 빈미(嚬眉)[50] 불열(不悅) 왈,

"현자는 천황지엽(天皇枝葉)이요 부귀교동(富貴嬌童)으로 월성 공주의 생출(生出)이라. 또한 시인(時人)이 이르되, '현상부 가중은 요지월궁(瑤池月宮)이니 그 집 여부(女婦)는

---

40 수요장단(壽夭長短): 오래 삶과 일찍 죽는 것.

41 아미(蛾眉): 누에나방의 눈썹처럼 가늘고 길게 굽어진 아름다운 눈썹을 이르는 말.

42 주순옥치(朱脣玉齒): 붉은 입술과 옥 같은 이.

43 절세동용(絶世動容): 행동과 차림새가 아주 뛰어남. '절세(絶世)'는 세상에 견줄 데가 없을 정도로 아주 뛰어남. '동용(動容)'은 행동과 차림새를 통틀어 이르는 말.

44 상활(爽闊): 상쾌함.

45 인봉(麟鳳): 기린과 봉황이라는 뜻으로, 진기한 것이나 뛰어난 사람을 이르는 말.

46 소교(小嬌): 어린 딸.

47 위굴(委屈): 몸을 굽혀 남에게 복종함.

48 뇌정(牢定)하다: 자리를 잡아서 확실하게 정하다.

49 진복(震服): 두려워 떨면서 복종함.

50 빈미(嚬眉): 눈살을 찌푸림.

개개이 낭원(閬苑)[51] 선자(仙子)와 요지(瑤池)[52] 금모(金母)[53] 같다.' 하니 제현의 눈 높음이 고산태악(高山太岳) (12)같은지라. 여아가 비록 녹발(綠髮)이 푸르고 홍안(紅顔)이 수려하나 염염작작(艶艶灼灼)[54]하여 도리(桃李)의 빛난 색이 없고 요조한아(窈窕閑雅)[55]하여 가인(佳人)의 재모(才貌)가 아니라. 하물며 사람은 성당(盛堂)한 가문의 하풍(下風)이 되어 여러 눈에 차기 쉬우리오. 차라리 풍요로운 가문의 영웅인재를 택함이 옳도소이다."

공이 소왈,

"아녀는 여중영걸(女中英傑)이요 계차군자(笄釵君子)[56]라. 현자가 기상이 발호(跋扈)[57]하고 외모가 준수하여 장부의 풍채 있으니 가히 여아와 상적한 부부가 되매 차오(差誤)[58]함이 없을 것이요, 연씨 요조할진대 군자의 내조를 진(13)정하리니 이른바 임금이 문무(文武) 양신(良臣)을 줌치함[59] 같으니 무엇에 유해하리오. 하물며 오아(吾兒)가 복덕완전지상(福德完全之相)이 가작하니 어찌 장래를 근심하리오."

부인이 공의 호의(狐疑)[60] 없는 말씀을 듣고 도로혀[61] 미소하더라.

일월이 훌훌 지나 소저의 연기(年紀) 십삼에 미치니 신장이 표일(飄逸)하고[62] 체형이 숙성하여 계차(笄釵)[63]에 미진함이 없는지라. 현공자가 이미 취처입신(娶妻立身)하여 옥당금

---

51 낭원(閬苑): 곤륜산(崑崙山)의 꼭대기에 있다는, 신선이 산다는 곳.

52 요지(瑤池): 중국 곤륜산에 있다는 못. 신선이 살았다고 하며, 주나라 목왕이 서왕모를 만났다는 곳으로 유명하다.

53 금모(金母): 서왕모(西王母). 중국 신화에 나오는 신녀(神女)의 이름.

54 염염작작(艶艶灼灼): 예쁘고 화려함.

55 요조한아(窈窕閑雅): 여자의 행동이 얌전하고 정숙하며, 조용하고 품위가 있음.

56 계차군자(笄釵君子): 비녀 꽂은 군자. 여장부를 이름.

57 발호(跋扈): 권세나 세력을 제멋대로 부리며 함부로 날뜀.

58 차오(差誤): 틀리거나 잘못됨.

59 줌치하다: '줌치'는 '주머니'의 옛말. '줌치하다'는 '주머니에 넣다', '얻다'의 의미인 듯함. 원문에는 '쥼치홈'으로 되어 있음.

60 호의(狐疑): 여우가 의심이 많다는 뜻으로, 매사에 지나치게 의심함을 이르는 말.

61 도로혀: 도리어.

62 표일(飄逸)하다: 성품이나 기상 따위가 뛰어나게 훌륭하다.

63 계차(笄釵): 계차지년(笄釵之年). 여자가 비녀를 꽂을 나이 즉 15세를 가리키는 것으로 성년이 됨을 의미함.

마(玉堂金馬)[64]에 청현(清顯)[65]을 자임(自任)하니 고절도가 크게 깃거 드대어 택일을 보(報)하고 혼수를 성비(盛備)하여 길일을 등대(等待)하더라.

소저가 일일은 제형, 제질로 더불어 삼 모친을 시측(侍側)(14)하여 야심토록 말씀하다가 유아(乳兒)[66] 등을 거느려 침소에 돌아오니 차환이 이미 촉을 밝히고 침구를 포설(鋪設)하여 소저의 오기를 대후(待候)하였는지라. 소저가 옷을 끄르고 정히 침상에 나아가고자 하더니 홀연 난데없는 오색나비가 금장(錦帳) 사이로서[67] 날아 밖으로 향하거늘 소저가 괴이히 여겨 수건을 들어 치니 그 나비가 나래를 맞아 거의 떨어질 듯하더니, 문득 나비는 보지 못하고 일진(一陣) 괴풍(怪風)이 일어 문틈으로 내달으니 소저와 모든 시비 실색경아(失色驚訝)하여 가로되,

"나비가 어(15)찌 방안에 들며 또 변사(變事)가 불측(不測)하여 여차 요괴로우뇨?"

유모가 왈,

"반드시 요술하는 도적이 소저의 혼수 자장(資裝)[68]의 보패(寶貝)를 도적하러 들었던가 하나이다. 빨리 외당에 고하고 순초군(巡哨軍)[69]을 불러 추심(推尋)하사이다."[70]

드대어 내외에 도적을 웨지지니[71] 각 당에 불을 밝히며 가정(家丁),[72] 장확(臧獲)[73]이 홰를 잡고 광활한 누대와 장원(墻垣)을 아무리 추심한들 요녀의 흔적 없는 자최[74] 여오[75]와 삶 같으니 어데 가 찾으리오. 새도록 추심하다가 그치니 모두 의논이 분분하여 '어찌 환술하는 요인이 공후지택(公侯之宅)에 간대로[76] 들어오리오, 사람이 침수(寢睡)[77]가 혼곤(昏

---

64 옥당금마(玉堂金馬): 한(漢)나라 때 금마문(金馬門) 옥당전(玉堂殿)은 문학(文學)하는 선비가 출사(出仕)하는 관아(官衙). 후세에 한림원(翰林院)을 일컫는 이름이 됨.

65 청현(清顯): 청환(清宦)과 현직(顯職)을 아울러 이르는 말.

66 유아(乳兒): 유모(乳母)를 돕는 아이.

67 사이로서: 원문에는 'ᄉᆞ이로셔'로 되어 있음.

68 자장(資裝): 시집갈 때 가지고 가는 혼수.

69 순초군(巡哨軍): 돌아다니며 적의 사정을 살피는 군사.

70 추심(推尋)하다: 찾아내다.

71 웨지지다: '외쳐 대다'의 옛말.

72 가정(家丁): 집에서 부리는 남자 일꾼.

73 장확(臧獲): 장획. 남녀 하인.

74 자최: '자취'의 옛말.

75 여오: 여우.

76 간대로: '망령되이', '함부로', '되는대로'의 옛말.

77 침수(寢睡): '잠'의 높임말.

困)하(16)여 그릇 봄이라.' 하니 유아(乳兒) 등이 또한 잠에 취하여 저희는 자시[78] 보지 못한 고로 반신반의하며, 소저가 괴아(怪訝)함을 이기지 못하나 천품(天稟)이 대체(大體)한지라 스스로 혜오되, '사불범정(邪不犯正)[79]이라 하니 사람이 어찌 요물을 저어하리오.'[80] 타연히 거리끼지 아니하더라.

이때 설매 과연 변하여 나비가 되어 고부(府) 내각에 들어 종일 방황하여 살피니 소년 여자가 무수하고 소년 낭자가 많으니 이는 고소저의[81] 제남(弟男) 십이삼 세요, 버거[82] 층층하여 소저의 질아(姪兒) 등 칠팔구 세 된 자가 있는 고로 설매 그 아(17)무가 현학사의 수빙(受聘)한[83] 소저임을 알지 못하고 살피더니, 기중(其中) 한 여자가 규수의 복색으로 채복(彩服)이 화려하나 신장이 표일(飄逸)하고[84] 체골(體骨)이 숙성(夙成)하여 이십이나 한 듯하거늘 설매 심하(心下)에 생각하되, '차녀는 하등지인(何等之人)[85]고? 낯갗이 희고 입시울이 붉으나 체모가 장대(壯大)하고 나이 많아 뵈니 현자의 혼약(婚約)한 자는 아닌가 싶고 버거 연소 규수가 여럿이니 어느 여자가 현가의 수빙한 바인고? 연이나 다 범범(凡凡) 미색(美色)이요 세속(世俗) 홍분(紅粉)이라. 하나도 연씨의 대두(對頭)[86]가 없도다. 이미 이에 이르렀으니 부디 찾아 알리라.' 하고 그윽이 살피니 가중이 분분(紛紛)히 신혼 자장(資粧)[87]을 타(18)점(打點)하여[88] 정당(正堂) 맞은편 채각(彩閣)에 두거늘 반드시 신방인 줄 알고 혜오되, '이 당중에 있으면 응당 자러 오는 여자가 신부리니 바야흐로 분간하여 살피리라.' 하고 방중에 들지 아니하고 금장(錦帳) 밑에 숨어 괴로이 기다리더니 가장 야심(夜深) 후 소저가 돌아오니 과연 석상(席上)에 보던 연장(年長)한 여자라. 설매 스스로 실소 왈,

---

78 자시: 자세히.

79 사불범정(邪不犯正): 바르지 못하고 요사스러운 것이 바른 것을 건드리지 못함. 곧 정의가 반드시 이김을 이르는 말이다.

80 저어하다: 염려하거나 두려워하다.

81 고소저의: 원문에는 '고쇼졔'로 되어 있으나 서강대본을 참고하여 고침.

82 버거: 이어서. 다음으로.

83 수빙(受聘)하다: 납채를 받다.

84 표일(飄逸)하다: 성품이나 기상 따위가 뛰어나게 훌륭하다.

85 하등지인(何等之人): 어떠한 사람.

86 대두(對頭): 적이나 어떤 세력, 힘 따위와 맞서 겨룸. 대적(對敵).

87 자장(資粧): 여자의 몸단장에 관한 준비. 또는 여자가 화장하는 데 쓰는 물건들.

88 타점(打點)하다: 준비하다. 꾸리다.

"가히 무용(無用) 둔질(鈍質)[89]이로다. 저같이 흉상(凶相)하니 소년 남자가 무슨 사랑함이 있으리오. 고절도(節度)[90]가 가히 욕심이 무던하도다. 저런 흉녀를 두고 겸금(兼金)[91] 옥수(玉樹) 같은 현자를 구하여 얻으니 어찌 가소롭지 아니리오. 현(19)생은 일대 풍류기사(風流奇士)라. 이미 취처(娶妻) 작첩(作妾)하여 옥 같은 아내와 꽃 같은 첩이 갖추어 있으니 어찌 저런 둔질(鈍質)을 취하여 금슬지락(琴瑟之樂)이 있으리오. 연즉(然則) 차녀(此女)가 단장(斷腸) 박명(薄命)이 문군(文君)[92]의 〈백두음(白頭吟)〉[93]을 외우리니 이 가운데 모계(謀計) 있을지라. 내 당당히 차인(此人)과 연씨를 다 없이하고 한낱 절세가인(絶世佳人)이 되어 현자의 백년금슬(百年琴瑟)을 천자(擅恣)하리니[94] 차녀의 무용 둔질이야 무엇에 쓰리오."

스스로 마음이 쾌하고 의사(意思)가 방약(傍若)하여 방자무인(放恣無人)히 나아가다가 소저의 수건 끝에 걸려 급급히 돌아와 호흡을 진정하여 절치(切齒) 왈,

"내 당당히 너 흉녀를 절제(切除)하여 견패(見敗)[95]한 분을 풀리라."

하더라.

(20)학사가 자란의 다정함을 어여삐 여겨 별정(別亭)으로 불러 시침(侍寢)케 하고 때를 탄즉 옥단, 섬월 등을 한가지로 불러 총애(寵愛)하니 가(假)자란이 암희(暗喜)하여 바야흐로 요약(妖藥)을 시험하니 원간[96] 약이 처음으로 먹으면 정기(精氣) 손상하고 장위(腸胃)[97] 제란(齊亂)하여 통세(痛勢) 있으나 여러 번째는 관계치 않은지라. 현생이 비록 협태산이 초북해(挾泰山而超北海)할 기상(氣像)이 있으나 당시 혈기 미정(未定)한 연소 서생(書生)이요, 총명여신(聰明如神)하나 운액(運厄)이 가린 바를 면치 못하여 헴 없이 교언영색(巧言令色)[98]에 벗어나지 못하니 문득 옥단, 섬월을 물리치고 요녀를 (21)전총(專寵)하여 수유불리(須

---

89 둔질: 원문에는 '두질'로 되어 있으나 오기인 듯함.

90 고절도(節度): 절도사(節度使). 고소저의 아버지 고절도.

91 겸금(兼金): 품질이 뛰어나 값이 보통 금보다 갑절이 되는 좋은 황금.

92 문군(文君): 문군은 한(漢)나라 사마상여(司馬相如)의 처 탁문군(卓文君)을 말하는 것임.

93 백두음(白頭吟): 전한(前漢)의 사마상여(司馬相如)의 부인 탁문군(卓文君)이 지은 것으로 상여가 첩을 얻으려고 하자 이 시를 지어 결별의 뜻을 밝혀 상여가 첩 얻기를 단념하였다고 한다.

94 천자(擅恣)하다: 제 마음대로 하여 조금도 꺼림이 없다.

95 견패(見敗): 패배를 당함.

96 원간: 원래.

97 장위(腸胃): 입에서 항문까지의 소화 기관을 이르는 말.

98 교언영색(巧言令色): 아첨하는 말과 알랑거리는 태도.

臾不離)[99]할 뜻이 있으나 부왕을 두림[100]이 과한 고로 신혼의 때를 잃지 않으며 임시처변(臨時處變)[101]이 능대능소(能大能小)하니 부모가 알지 못하더라.

이러구러 고부 길일이 다다르니 궁중에 대연(大宴)을 배설하고 일가 제인(諸人)이 대희(大喜)하여 신랑을 보낼새 연소저가 각별 존명(尊命)을 받잡지 않았으되 이미 길복(吉服)을 이뤄 구슬함에 담아 시녀를 명하여 좌상에 놓으니 존당(尊堂) 구고(舅姑)가 크게 아름다이 여기고 제객(諸客)이 칭찬하여 왈,

"연씨의 호연(浩然)한 성덕이 진짓 옥주의 자부(子婦)됨이 부끄럽지 아닌지라. 이미 길복을 다스렸으니 마땅히 스스로 섬겨 성덕(22)을 나타나게 하소서."

제왕이 정색(正色) 왈,

"불가하다. 연식부(息婦)는 문아의 적거(嫡居)[102] 정실이라. 어찌 한 빈희(嬪姬)를 취하매 여군(女君)[103]이 옷을 섬겨 체면을 손상하리오."

좌중이 다 선(善)타 하더라. 날이 늦으매 학사가 옷을 고치고 존당 부모께 하직하고 백마금안(白馬金鞍)에 우부고취(羽部鼓吹)[104]를 거느려 고아(衙)에 나아가 전안교배(奠雁交拜)[105]를 마치매 신랑의 영풍(英風)이 표표(表表)[106] 쇄락(灑落)하니 만고 영준(英俊)이라. 제객의 치하(致賀)가 분분하고 공의 부부가 희기(喜氣) 만면이라. 학사가 빙부모(聘父母)께 배현(拜見)하고 투목(偸目)[107]으로 삼위(三位) 악모(岳母)[108]를 보니 한결같이 유화온(23)순(柔和溫順)한 부인이요, 제희 다 현량(賢良)한 가인(佳人)이라. 상하에 화기(和氣) 춘풍(春風) 같으니 학사가 심하(心下)에 칭찬하고 혜오되, '고씨 만일 그 부모를 닮았은즉 어찌 기쁘지 아니리오.' 하여 옥면성모(玉面星眸)에 화기 춘양(春陽) 같고 주순옥치(朱脣玉齒)에 답언(答言)

---

99 수유불리(須臾不離): 잠시 동안도 떨어져 있지 않음.

100 두리다: '두려워하다'의 옛말.

101 임시처변(臨時處變): 임시변통.

102 적거(嫡居): 적실(嫡室). 정실(正室). 정식으로 혼인하여 얻은 아내.

103 여군(女君): 첩이 본처를 이르는 말.

104 우부고취(羽部鼓吹): 우부는 임금의 호위부대이고, 고취는 궁중의 큰 예식이나 인산의 반열에 쟁, 꽹가리, 북, 호적, 나발, 소라 등으로 연주한 음악대를 말함.

105 전안교배(奠雁交拜): 전안은 혼례 때, 신랑이 기러기를 가지고 신부 집에 가서 상 위에 놓고 절하는 것. 교배는 전통 결혼식에서, 신랑과 신부가 서로 절을 주고받는 예(禮).

106 표표(表表): 사람의 생김새나 풍채, 옷차림 따위가 눈에 띄게 두드러짐.

107 투목(偸目): 곁눈. 훔쳐봄

108 악모(岳母): 장모.

이 도도하여 현하(懸河)[109]를 드리운 듯하니 공의 부부가 사랑하며 두굿김[110]을 제자(諸子)에 지나게 하고 시랑(侍郞) 등 십이(十二) 곤계(昆季)[111] 한결같이 우애하더라.

고소저가 비록 사문화엽(士門花葉)이나 적거(嫡居) 정실과 달라 육례(六禮)[112] 강등(降等)하므로 즉일 신례(新禮)[113]를 불행(不行)하고 삼일(三日) 친영(親迎)[114]하는 고로 신랑이 드대어 머물새 석식을 파하고 촉(燭)을 이으매 신랑을 인도하여 향방(香房)[115]에 나아가니 옥(24)란주함(玉欄珠檻)[116]의 고루채각(高樓彩閣)이 화려하여 가히 공후제택(公侯第宅)인 줄 알 것이요, 방중 물색이 정제(整齊)하여 당주(當主)의 현숙함을 알리러라. 생이 취기를 띠어 서안(書案)에 의지하였더니 이윽고 향취 욱욱(郁郁)하고[117] 패옥(佩玉)이 낭랑하여 아름다운 자최를 보하는 듯 한 때 홍분(紅粉)이 신부를 뫼셔 들어와 좌를 정할새 생이 날호여[118] 일어 맞으니 자연 추파(秋波)가 흐르는 곳에 신부가 장숙(長熟)함을 경아(驚訝)하여 좌를 이루고 유모, 시비 금구(衾具)[119]를 포설(鋪設)하고 장후(帳後)에 퇴(退)하니 생이 숙시이좌(熟視而坐)하여 투목송시(偸目送視)[120]하니 신부가 신장이 살대[121] 같아여 거의 자가(自家)(25)에 병익(竝翼)할 것이로되 양미(兩眉) 훤칠하고 옥안이 윤택하여 천택(川澤)의 얼음이 맑고 옥이 좋은 듯 단순홍협(丹脣紅頰)이 풍영(豊盈)[122] 흐억하여[123] 부협진[124] 꽃송이 같으니 추파(秋波)가 고요하여 시첨(視瞻)[125]이 나작하나 흐르는 빛이 명경(明鏡)을 맑게 닦아 실벽에 걸

---

109 현하(懸河): 현하지변(懸河之辯). 현하구변(懸河口辯). 물이 거침없이 흐르듯 잘하는 말.
110 두굿기다: 몹시 기뻐하다.
111 곤계(昆季): 형제.
112 육례(六禮): 정식 혼인의 여섯 가지 예법. 납채, 문명(問名), 납길, 납폐, 청기(請期), 친영을 이른다.
113 신례(新禮): 혼례.
114 친영(親迎): 육례의 하나. 신랑이 신부의 집에 가서 신부를 직접 맞이하는 의식이다.
115 향방(香房): 젊은 여자가 거처하는 내실.
116 옥란주함(玉欄珠檻): 구슬과 옥으로 꾸민 다락.
117 욱욱(郁郁)하다: 매우 향기롭다.
118 날호여: '느리게'의 옛말. 천천히.
119 금구(衾具): 이부자리.
120 투목송시(偸目送視): 상대방이 모르게 바라봄.
121 살대: 기둥이나 벽 따위가 기울어지는 것을 받치거나 바로잡기 위하여 버티는 나무.
122 풍영(豊盈): 생김새가 풍만하고 기름짐.
123 흐억하다: 윤택하다.
124 부협지다: 미상. '활짝 피다', '풍성하다'의 의미인 듯함.
125 시첨(視瞻): 첨시(瞻視). 이리저리 둘러봄.

었는 듯 체도(體度)[126]가 한가하고 기질이 유화하여 춘풍이 화창하매 만화(萬花)가 쟁발(爭發)함 같으니, 비록 종형수(從兄嫂) 옥화 군주의 천태만광(千態萬光)과 백수(伯嫂) 구소저와 부인 연소저의 기화염색(奇花艶色)의 절세방용(絶世芳容)과 제매(弟妹)의 소담[127] 가려(佳麗)한 애용선태(愛容仙態)에 비겨 의논하매 반불급(反不及)하나 또한 황씨의 황발(黃髮) 흑면(黑面)은 아니라, 도로혀 화려준일(華麗俊逸)하(26)여 봄 직하니 생이 스스로 소왈,

"차인(此人)이 만일 남자런들 거세혼일(擧世混一)[128]하고 덕망이 현하(懸河)할 기상이니 나로 더불어 관포(管鮑)의 지기(知己)[129]를 이을낫다. 만일 나를 만나지 못하고 필부의 배우(配偶)가 되었던들 위징(魏徵),[130] 왕두(王斗)[131]의 아내와 이웃하리랏다."

침음반향(沈吟半晌)에 문득 좌를 나호여니[132] 성문(聲問) 왈,

"학생은 미말(微末) 서생이어늘 행여 영대인(令大人)[133] 사랑하심을 입사와 외람(猥濫)히 규리(閨裏)[134] 옥수(玉手)로서 종고(鐘鼓)[135]에 깃들임을 허하시니 어찌 감히 칭사(稱謝)치 아니리요. 생이 소저의 화벌(華閥)로써 빈관(嬪官)에 처함을 불안하나니 자(子)[136]가 능히 영(27)대인 어진 교훈을 받자와 원비를 존경하고 가부를 내조(內助)하여 여영(女英)[137]의 성덕을 효측(效則)[138]하시랴."

소저가 청파(聽罷)에 저의 맥받음[139]을 보고 실소(失笑)하여 정금(整襟)[140] 부답(不答)하니

---

126 체도(體度): 체모(體貌)와 태도를 아울러 이르는 말.

127 소담: 생김새가 탐스러움.

128 거세혼일(擧世混一): 온 세상을 하나로 만듦.

129 관포(管鮑)의 지기(知己): 우정이 아주 돈독한 친구 관계를 이르는 말. 중국 춘추시대, 관중(管仲)과 포숙아(鮑叔牙)의 사귐이 매우 친밀하였다는 고사에서 유래하는데 이들의 우정을 관포지교라고 이른다.

130 위징(魏徵): 중국 당나라 초기의 공신·학자. 자는 현성(玄成). 현무문의 변(變) 이후, 태종을 모시고 간의대부가 되었다. 그의 아내가 악처(惡妻)로 이름남.

131 왕두(王斗): 중국 전국 시대 제(齊)나라 선왕(宣王) 때의 사람. 공처가로도 유명함.

132 나호이다: 나오게 하다.

133 영대인(令大人): 남의 아버지를 높여 부르는 말.

134 규리(閨裏): 처녀가 있는 규방 안.

135 종고(鐘鼓): 종고지락(鐘鼓之樂).

136 자(子): 문어체에서 '그대'를 이르는 말.

137 여영(女英): 요임금의 딸로 순임금의 아내가 되었음.

138 효측(效則): 효칙.

139 맥받다: 살피다. 일의 속내를 은근히 살피다. 시험(試驗)하다.

140 정금(整襟): 옷깃을 여미어 모양을 바로잡음.

생이 우왈(又曰),

"부부(夫婦) 존비(尊卑)는 군신일체(君臣一體)라. 묻는 바를 대(對)치 아니하니 가히 부도(婦道)에 옳으냐?"

소저가 안서(安舒)히[141] 대왈(對曰),

"대순(大舜)의 어지심과 아황(娥皇)[142]의 성덕이 어찌 홀로 여영(女英)만 어지시리잇고. 첩수불민(妾雖不敏)이나 군자가 문왕(文王)의 관홍(寬弘)하신[143] 덕이 계시고 원군이 태사(太姒)[144]의 교화를 베푸신즉 첩이 어찌 비연(飛燕)[145]의 창궐함이 있으리잇고."

옥성(玉聲)이 유화일청(柔和一清)하니 생이 심리(心裏)에 탄복하고 또한 시원히 여겨 생각하되, '연씨는 비록 (28)기특하나 너무 냉담하여 괴롭더니 차인은 유화(柔和) 상냥한 가인이니 나의 소망에 합하도다. 다만 애달픈 바는 조화옹이 흙성궂어[146] 미인의 절묘한 재용(才容)이 부족하니 가탄(可歎)이로다.' 심중에 탄아(歎哦)함을 마지아니하더니, 야심하매 소저를 권하여 나위(羅幃)[147]에 나아가니 은애(慇愛) 진중함이 비길 데 없더라.

명조(明朝)에 부부가 신성(晨省)하고 공의 부부께 문안하니 공의 부부가 새로이 애중하며 조선(朝饍)[148]을 올리니 학사가 약간 하저(下箸)[149]하고 돌아와 신성할새 존당에 뵈옵고 모비를 뫼셔 궁에 돌아와 말씀할새 제수(諸嫂), 제매(弟妹) 차례로 모이니 연소저가 또한 봉관옥패(鳳冠玉佩)로 구소저와 안항(雁行)[150]을 비겨 좌하였(29)으니 월모화태(月貌花態) 염염쇄락(艷艷灑落)하여 해월(海月)이 만리(萬里) 강한(江漢)에 비치는 듯하니 어찌 고씨의 완만한 체용(體容)에 비기리오. 마음의 아름다움을 이기지 못하나 강렬(剛烈)함[151]을 한하여 스스로 화기(和氣) 변함을 깨닫지 못하니 공주가 아자의 기색을 경려(驚慮)하여 문득

---

141 안서(安舒)히: 편안하고 조용하게.

142 아황(娥皇): 요임금의 딸로 여영(女英)과 더불어 순임금의 아내가 되었음.

143 관홍(寬弘)하다: 관대(寬大)하다.

144 태사(太姒): 문왕(文王)의 비(妃).

145 비연(飛燕): 조비연(趙飛燕). 한나라 성제(成帝)의 황후로 태생이 미천했으나 가무에 뛰어났으며, 임금의 손바닥 위에서도 춤을 출 정도로 가벼워서 '비연작장중무(飛燕作掌中舞)'라는 고사의 주인공이 되었다.

146 흙성궂어: '짓궂어'라는 의미인 듯함. 원문에는 '흙셩구져'로 되어 있음.

147 나위(羅幃): 얇은 비단으로 만든 장막.

148 조선(朝饍): 조반(朝飯).

149 하저(下箸): 젓가락을 댄다는 뜻으로, 음식을 먹음을 이르는 말.

150 안항(雁行): '기러기의 행렬'이란 뜻으로 남의 형제를 높여 이르는 말.

151 강렬(剛烈)하다: 성질이 억세고 사납다.

정색 왈,

"장부의 제가지도(齊家之道)는 치국평천하지본(治國平天下之本)이라. 네 이제 황구소아(黃口小兒)[152]로 구상유취(口尙乳臭)[153]를 면함이 오래지 아니하거늘 행여 성은(聖恩)을 입사와 작위(爵位) 청현(淸顯)하고[154] 규각(閨閣)[155]에 양처(兩妻)를 갖추니 어찌 과치 아니리오. 마땅히 수신제가(修身齊家)에 화평(和平)하여 약한 어미에 은우(隱憂)[156]를 끼치지 말라."

생이 모비의 신명(神明)하심을 두려 이성화기(怡聲和氣)하고[157] 수명배사(受命拜謝)하더라.

차일(此日) (30)고부에서 거마(車馬)를 보내어 청하니 생이 칭병(稱病) 불거(不擧)한데 부모가 잠잠하되 형제 군종이 소왈,

"네 아니 신혼 초야(初夜)에 내소박(內疏薄)[158]을 맞았느냐? 어찌 처가에 가지 아닛난다?"

생이 함소(含笑) 왈(曰),

"소제 가기 싫을새 아니 가나니 어느 담(膽) 큰 신부가 가부(家夫)를 소박하리잇고. 신인(新人)을 만나매 금일은 고인을 위로코자 아니 갔나이다."

제인이 소왈(笑曰),

"능활(能猾)한[159] 말 말라. 네 진실로 이 마음이 있느냐?"

하풍익 왈,

"이놈아, 신부가 너의 상원부인(上元婦人)[160]과 어떠하뇨?"

대왈(對曰),

"연씨는 잔약(孱弱)한[161] 여자라. 고씨 그러면 무엇에 쓰리잇고?"

---

152 황구소아(黃口小兒): 젖내 나는 어린아이라는 뜻으로, 철없이 미숙한 사람을 낮잡아 이르는 말.

153 구상유취(口尙乳臭): 입에서 아직 젖내가 난다는 뜻으로, 말이나 행동이 유치함을 이르는 말.

154 청현(淸顯)하다: 청환(淸宦)과 현직(顯職)만을 지내서 지체가 좋다. 청환(淸宦)은 학식과 문벌이 높은 사람에게 시키던 규장각, 홍문관 따위의 벼슬. 지위와 봉록은 높지 않으나 뒷날에 높이 될 자리였다. 현직(顯職)은 높고 중요한 직위를 말함.

155 규각(閨閣): 금규(金閨). '침실(寢室)'을 아름답게 이르는 말.

156 은우(隱憂): 깊은 근심이나 시름.

157 이성화기(怡聲和氣)하다: 말소리를 부드럽게 하고 온화한 기색을 띠다.

158 내소박(內疏薄): 아내가 남편을 박대함.

159 능활(能猾)하다: 능숙하고 교활하다.

160 상원부인(上元婦人): 첫째 부인인 정실부인.

161 잔약(孱弱)하다: 가냘프고 약하다.

하풍익 왈,

"그 어인 말고? 연씨도곤[162] 신부가 더 아름답다 하는 말인가? 그리면 월궁항아가 바로 천문(天門)을 열고 나려오닷다.[163] (31)세상에 연씨도곤 나은 숙녀가 어데 있으리오."

생이 미소한대 가안백이 소왈,

"희문아, 네 상원부인을 잔약(孱弱)다 하니 고씨는 반드시 축융부인(祝融婦人)[164] 같은가 보구나."

생이 잠소부답(潛笑不答)이어늘 하·가 이공이 흔들며 이르되,

"어서 바른말 하라."

생이 소이대왈(笑而對曰),

"명일(明日)이면 자연 아실 것이니 그리 바쁘리잇가."

대사간(大司諫) 정린이 소왈,

"양형(兩兄)은 바삐 알아 무엇하려 하나뇨? 어여뻐도 양형께 부당하고 미워도 부질없으니 '굿이나 보고 떡이나 먹음이 좋다.' 하니 속담을 듣지 못하시냐? 제 말대로 명일(明日)이 불원(不遠)하니 그리 체면 없이 구시나니잇고. 소제 거야(去夜)[165]에 꿈을 꾸니 월성궁중에 금의신(32)장(錦衣神將)이 나려 뵈니 이 신부가 반드시 범연(凡然)치 아닌가 싶더이다."

사간의 이 말은 시녀배의 전언(傳言)을 들음이러라. 제공이 차차 한 말씩 찬조(贊助)하여 보채되 생이 다만 함소부답(含笑不答)이러라.

차야(此夜)에 생이 명휘각에 나아가 연소저를 보니 소저가 천연(天然)히 일어 맞아 공경할 따름이요 말이 없으니 학사가 전일 엄숙한 낯빛을 고쳐 흔연 왈,

"생이 관사(官事)와 사친(事親) 여가에 사고가 다첩(多疊)하여 오래 각중(閣中)에 절적(絕跡)[166]하니 부인이 일정(一定) 생의 박정(薄情)함을 한하리로다."

소저가 청파에 옥모(玉貌)가 자약하고 추파(秋波)가 나작하여 부답하니 생이 나아가 옥수(玉手)를 잡고 좌를 연하여 가로되,

---

162 도곤: 비교격 조사 '보다'.

163 나려오닷다: 내려왔단 말인가.

164 축융부인(祝融婦人): 〈삼국지연의〉에 나오는 남만의 왕 맹획(孟獲)의 부인. 용맹하고 무예가 뛰어나 남편 대신 제갈공명의 촉군과 싸워 장수들을 사로잡기도 함. 원문에는 '츅늉부인'으로 되어 있음.

165 거야(去夜): 지난밤.

166 절적(絕跡): 발길을 끊고 왕래하지 아니함.

"부인(婦人)은 복어인(伏於人)이라.[167] 여자가 너무 초(33)독[168]할 것이 아니요 장부의 뜻을 잃음이 불가하니, 생이 비록 용렬하나 이미 용루(龍樓)[169]의 계지(桂枝)[170]를 꺾어 옥당(玉堂)의 손이 되고 취실작첩(娶室作妾)하여 규방의 번화함이 있나니 이렇듯 방자치 말라. 문군(文君)[171]의 〈백두음(白頭吟)〉과 아교(阿嬌)[172]의 〈장문부(長門賦)〉[173]를 조문(造文)할 적 도로혀 직금(織錦)[174] 일 복[175]에 두도(竇滔)[176]의 감동함을 부러워하나 및지 못하리라."

소저가 또 부답하니 생이 대로 왈,

"임금이라도 신하의 말을 대답하나니 그대 어찌 가부(家夫)의 묻는 말을 대(對)치 아니리오. 별난 거조(擧措)가 있으리라."

소저가 괴로움을 이기지 못하나 강잉(强仍)[177] 대왈,

"군자의 이르시는 바가 다 우심(愚心)에 헤아리지 아닌 바라 능히 쉬이 대치 못함이나 어찌 감히 (34)설만(褻慢)[178]하리잇고."

---

167 부인(婦人)은 복어인(伏於人)이라: 부인은 다른 사람에게 뜻을 굽혀야 한다는 의미로 『내훈(內訓)』 권1에 나옴.

168 초독: '표독(慓毒)'의 의미인 듯함. 사납고 독살스러움.

169 용루(龍樓): 대궐.

170 계지(桂枝): 계수나무 가지. '계지를 꺾다'는 과거에 급제함을 뜻함.

171 문군(文君): 탁문군(卓文君). 한나라 때의 이름 난 미인이자 여류 문인. 한(漢)나라 촉군(蜀郡)의 부호인 탁왕손(卓王孫)의 딸로 과부가 되어 집에 왔을 때 사마상여(司馬相如)가 탁왕손의 잔치에 왔다가 거문고를 타면서 문군의 마음을 유혹하자 문군이 그 소리에 반해 부친의 반대에도 불구하고 사마상여와 도망을 가서 그의 아내가 되었다. 작품으로 〈백두음(白頭吟)〉, 〈수자시(數字詩)〉가 전해지고 있다.

172 아교(阿嬌): 한(漢) 무제(武帝)의 비(妃). 한 무제가 처음에는 매우 사랑하였으나 결혼 후 6년간 아이가 없고, 아교의 성격이 거만하고 질투가 많아 다른 여자에게 눈을 돌리게 됨. 무제가 위자부라는 여인을 사랑하자 무고(巫蠱)를 행하다가 폐위 당함.

173 장문부(長門賦): 한(漢) 무제(武帝)의 사랑을 잃고 장문궁(長門宮)에 있던 진황후가 사마상여에게 부탁해 자신의 슬픔을 노래하게 하여 지은 시.

174 직금(織錦): 진(晉)나라 때 장군 두도(竇滔)가 사막(沙漠)에 강제로 옮겨지자, 그의 아내 소혜가 비단을 짜면서 거기에 전후좌우로 아무렇게 보아도 다 말이 되는 매우 처절한 내용의 〈회문선도시(回文旋圖詩)〉를 지어 넣어서 남편에게 보냈다고 함.

175 복: '폭(幅)'의 옛말.

176 두도(竇滔): 두도는 진(晉)나라 사람. 그의 처 소혜가 글을 잘 지었는데, 그가 유배 갈 때에 비단에 〈회문선도시(回文旋圖詩)〉를 지어주며 이별의 마음을 보였음.

177 강잉(强仍): 억지로 참음. 또는 마지못하여 그대로 함

178 설만(褻慢): 하는 짓이 무례하고 거만함.

사기(辭氣)[179] 자약하니 다시 할 말이 없어 우왈(又曰),

"그대 용안이 절세하나 너무 청약(淸弱)하여[180] 호번(浩繁)한[181] 세사(世事)를 선치(善治)하기 어려울까 싶으니 고씨 비록 후에 들어오나 기질이 충순(忠順)하고 위인이 명달(明達)하니 원위(原位)[182]를 사양함이 하여(何如)오?"

소저가 청파에 맥받음[183]을 우습게 여겨 불변안색하고 즉시 대왈,

"이는 곧 첩의 원(願)이로소이다."

생이 백 가지로 맥받으나 소저가 사기 가지록[184] 자약하니 여러 말 함이 도로혀 무류하여[185] 잠소(潛笑)하고 밤듦을 일컬어 소저를 권하여 상(牀)요[186]에 나아가니, 소저가 심하에 불쾌하나 감히 물리치지 못하더라.

명일 궁중 합문 상하가 대회(大會)하고[187] 위의를 갖(35)추어 고소저를 우귀(于歸)[188]하니 신부가 막차(幕次)[189]에 쉬어 단장(丹粧)을 고치고 조율(棗栗)을 받들어 존당구고(尊堂舅姑)께 배알하고 좌중에 행례(行禮)하매, 제왕궁 사지상궁(事知尙宮)[190] 이·설 양인과 찬례사(贊禮司)[191] 경상궁이 차례로 예수(禮數)[192]를 호창(呼唱)하매 화관주리(花冠珠履)[193]로 누른 단장을 끌고 진퇴 절차가 어김이 없더라. 제왕이 좌우로 하여금 연소저를 가르쳐 빈실(賓室)이

---

179 사기(辭氣): 사색(辭色).

180 청약(淸弱)하다: 깨끗하고 준수하면서 연약하다.

181 호번(浩繁)하다: 넓고 크며 번거롭게 많다.

182 원위(原位): 본디의 위치나 지위. 본부인의 지위를 말함.

183 맥받다: 헤아리다. 짐작하여 가늠하거나 미루어 생각하다.

184 가지록: 갈수록.

185 무류하다: 무료(無聊)하다. 부끄럽고 열없다.

186 상(牀)요: 침상에 편 요라는 뜻으로, '잠자리'를 이르는 말.

187 대회(大會)하고: 원문에는 '디ᄒᆞ고'로 되어 있으나 서강대본을 참고하여 고침.

188 우귀(于歸): 대례(大禮)를 마치고 3일 후 신부가 처음으로 시집에 들어감.

189 막차(幕次): 의식이나 거둥 때에 임시로 장막을 쳐서, 왕이나 고관들이 잠깐 머무르게 하던 곳.

190 사지상궁(事知尙宮): 일을 맡아 그 일을 잘 알고 있는 상궁.

191 찬례사(贊禮司): 혼례를 돕는 역할을 말하는 듯함. 찬례관(贊禮官)은 나라의 제사 때에, 임금을 인도하여 제사를 지내게 하던 일. 또는 그런 일을 하던 벼슬아치.

192 예수(禮數): 명성이나 지위에 알맞은 예의와 대우.

193 화관주리(花冠珠履): '화관(花冠)'은 칠보로 꾸민 여자의 관으로 예장(禮裝)할 때에 씀. '주리(珠履)'는 구슬로 꾸민 신발.

원군(元君)[194]께 뵈는 예를 행하니 고소저가 나작이 돗[195] 아래서 공경재배(恭敬再拜)하니 예모(禮貌)가 정숙하더라. 연소저가 다만 저의 예파(禮罷)에 길이 읍하고 존명(尊命)을 순하나 심리(心裏)에 불안함을 이기지 못하더라.

예파에 신부가 좌에 나아가니 만목(萬目)이 일시에 첨관(瞻觀)컨대 신부가 연기(年紀) 십삼 유년(幼年)(36)이나 신장(身長)이 훤칠하여 팔척장신(八尺長身)이요 체용(體容)이 장숙(長熟)하고 용모가 화려하여 춘송(春松)이 화무(華茂)하고 양미(兩眉) 훤칠하여 팔채(八彩)[196] 어리었고 쌍빈(雙鬢)[197]이 윤택하여 만복화길지상(萬福和吉之相)이라. 규모가 어위차고[198] 기량(器量)[199]이 홍원(弘遠)하여[200] 수화(水火)에 넣어도 명철보신(明哲保身)[201]하여 신여명(身與命)이 구전(俱全)할지라 어찌 절세아미(絶世蛾眉)와 홍분미색(紅粉美色)에 비기리오. 이는 곧 여중영걸(女中英傑)이요 투철(透徹) 사군자라. 좌중이 그 너무 숙성함을 놀라고 진국공과 주태부인이 희연(喜然) 두굿기며 제왕이 희동안색(喜動顔色)[202] 왈,

"문아가 자유(自幼)로 불학용우(不學庸愚)하나 처궁(妻宮)은 남달리 유복하도다. 연식부(息婦) 같은 숙완현처(淑婉賢妻)로 상두(上頭)에 거하고 신부가 또한 유한한 덕(37)성과 어위찬 기량이 세속 홍분(紅粉)에 비길 바가 아니라 분대(粉黛)[203]의 지낭(智囊)[204]이라. 불초한 아해 하감승당(何堪承當)[205]이리잇고. 문아가 가히 처자로 대접지 말고 스승으로 섬김 직하도다."

승상이 소이치하(笑而致賀) 왈,

"현제 여러 며느리를 얻으니 제질이 다 화월(花月)이 수태(羞態)할 색광(色光)과 임강마

---

194 원군(元君): 정실부인.

195 돗: 돗자리.

196 팔채(八彩): 여덟 가지 빛으로 순임금의 눈썹이 여덟 가지 무늬가 있었다는 데서 기원하여 고귀한 인물의 이마와 눈썹을 형용할 때 주로 사용하는 말.

197 쌍빈(雙鬢): 양쪽의 살쩍. 살쩍은 관자놀이와 귀 사이에 난 머리털

198 어위차다: 도량이 넓고 크다. 크고 훌륭하다.

199 기량(器量): 사람의 재능과 도량을 아울러 이르는 말. 원문에는 '기랑'으로 되어 있으나 오기인 듯함.

200 홍원(弘遠)하다: 넓고 멀다.

201 명철보신(明哲保身): 총명하고 사리에 밝아 일을 잘 처리하여 자기 몸을 보존함.

202 희동안색(喜動顔色): 기쁜 빛이 얼굴에 드러남.

203 분대(粉黛): 분을 바른 얼굴과 눈썹먹으로 그린 눈썹이란 뜻으로 대개 화장한 아름다운 여자를 말함.

204 지낭(智囊): 지혜가 많은 사람을 비유적으로 이르는 말. 원문에는 '지랑'으로 되어 있음.

205 하감승당(何堪承當): 어찌 받들어 감당하겠는가.

등(任姜馬鄧)[206] 같은 덕성(德性)이 있으되 한 말 기림이 없더니, 금일 신부의 화려장숙(華麗長熟)한 체모(體貌)를 보매 구부(舅父)의 체면을 잊고 과장(過奬)[207]하니 이른바 고씨는 너의 효부로다."

왕이 흔연 대왈,

"소제의 제부(諸婦)가 다 규합(閨閤)에 지극한 숙녀가인(淑女佳人)이로되 금일 신부 같은 이는 없나이다."

가부인이 소왈,

"거거(哥哥)의 제부 중 구씨, 연씨는 금고(今古)의 무쌍(38)가인(無雙佳人)이요 희세숙녀(稀世淑女)거늘 문득 신부만 못하다 하시니 소매(小妹) 거거의 지감(知鑑)[208]을 항복(降伏)지 아닛나이다."

제객이 연성치하(連聲致賀)[209]하더라.

이렇듯 즐겨 일모객산(日暮客散)[210]하매 신부 숙소를 재성각에 정하여 보내니 소저가 인하여 머물러 효봉구고(孝奉舅姑)하고 승순군자(承順君子)하며 선사원군(善事元君)[211]하고 화우금장(和友錦帳)[212]하니 예성(譽聲)[213]이 물 끓듯하고 화기(和氣) 만당(滿堂)하거늘, 요녀 설매 이 중에 일을 비릇어[214] 연·고 양 소저를 서릇고[215] 감히 좌에 나아가고자 하매 흉계(凶計)를 포장(包藏)하고[216] 이날 황혼 후 몸을 숨겨 먼저 명휘각에 이르러 보니, 슬프다! 연소저의 화액(禍厄)이 당두(當頭)하였는지라. 어찌 능히 면하리오.

---

206 임강마등(任姜馬鄧): 주(周) 문왕(文王)의 모친 태임(太任)과 주(周) 선왕(宣王)의 비인 강후(姜后), 그리고 한(漢) 명제(明帝)의 마황후(馬皇后)와 화제(和帝)의 등황후(鄧皇后)를 가리킴. 모두 현명하고 덕이 있는 여성임.

207 과장(過奬): 과찬(過讚).

208 지감(知鑑): 지인지감(知人之鑑). 사람을 잘 알아보는 능력.

209 연성치하(連聲致賀): 칭찬하고 축하하는 말을 연거푸 함.

210 일모객산(日暮客散): 해가 저물어 왔던 손님들이 돌아감.

211 선사원군(善事元君): 정실부인을 잘 섬김.

212 화우금장(和友錦帳): 시누이, 동서들과 서로 화목하고 우애가 깊음. '금장(錦帳)'은 '금장소고(錦帳小姑)'의 준말로 시누이와 동서를 말함.

213 예성(譽聲): 칭찬하는 소리.

214 비릇다: '비롯하다'의 옛말. 처음 시작하다.

215 서릇다: 쓸어 치우다. 없애다. 원문에는 '서릇고'로 되어 있음.

216 포장(包藏)하다: 어떤 생각을 마음속에 지니어 간직하다.

차시 연소저가 마침 신기(身氣) (39)불안하여 침소에 돌아와 나금(羅衾)[217]에 싸여 혼혼침침(昏昏沈沈)[218]하고 유랑(乳娘), 시녀가 또한 상하에서 시측하니 가장 고요한지라. 설매 심하(心下)에 깃거 요술을 발하여 들이달아 연소저를 거두쳐 업고 내달을새 짐줏 한 발로 유랑을 디디고 내달으니, 유모가 잠결에 놀라 깨어 보니 일개 표일(飄逸)한[219] 남자가 소저를 업고 내닫는지라. 유모가 대경실색(大驚失色)하여 급히 일어[220] 잡으려 하니 어찌 미처 잡으리오. 벌써 적이 뵈지 아니하는지라. 황망전도(慌忙顚倒)[221]하여 크게 소리 질러 이르되,

"각중(閣中)에 흉적이 돌입(突入)하여 부인을 잡아간다!"

하니 모든 시비 혼비백산하여 다만 도적만 웨지지고[222] 일시에 통곡하니, 가중(40)이 다 놀라 존당 상하가 일제히 정당에 모여 명휘각 유아(乳兒), 시랑(侍娘) 등을 불러 연고(緣故)를 물으니 제녀(諸女)가 울며 왈,

"어떤 표일한 남자가 소저를 업고 나아가매 미처 잡지 못하고 멀리 아니 가 홀연 뵈지 아니하오니 이런 변이 또 어데 있사오릿가."

제좌(諸座)가 대경하고 학사가 역경실색(亦驚失色)하여 존당에 고왈,

"이는 불가사문어인국지변(不可使聞於鄰國之變)[223]이오니 빨리 궁노(宮奴)로 추심(追尋) 엄포(嚴捕)하사이다."

진공이 탄왈,

"오는 액(厄)은 성인도 면치 못하나니 연소부의 절이(絕異)한 색태(色態)를 어느 곳 요인(妖人)이 은복(隱伏)하여 변(變)을 지으나 소인이 어찌 매양 군자를 해하며 요인이 이미 달아난지라 따름이 부질없나니, 너는 요인을 잡을 염(念)도 (41)말고 행실을 밝게 닦아 매사를 상심찰지(詳審察知)[224]하여 그른 곳에 나아가지 아니한즉 자연히 연씨도 무사히 돌아오고 요인도 스스로 매이리라."

---

217 나금(羅衾): 비단이불.

218 혼혼침침(昏昏沈沈): 정신이 빠지고 가슴이 막힌 듯 멍함.

219 표일(飄逸)하다: 성품이나 기상 따위가 뛰어나게 훌륭하다.

220 일어: 원문에는 '입써'로 되어 있음.

221 황망전도(慌忙顚倒): '황망'은 마음이 몹시 급하여 당황하고 허둥지둥하는 면이 있음. '전도(顚倒)'는 엎어지고 넘어진다는 뜻이나 여기에서는 마음이 바쁘고 경황이 없다는 뜻.

222 웨지지다: '외쳐 대다'의 옛말.

223 불가사문어인국지변(不可使聞於鄰國之變): 이웃 나라가 듣게 해서는 안 되는 변.

224 상심찰지(詳審察知): 꼼꼼하게 자세히 살펴 앎.

제왕이 마땅하심을 주(奏)하고 학사는 가장 분애(憤哀)하나 묵연황공이러라. 인하여 제공과 제부인이 침수(寢睡)를 폐하고, 이러구러 날이 새매 연씨의 변액(變厄)을 새로이 애련(哀憐)하니 하·윤·주·철과 사마부인이 아끼며 슬퍼함이 측량없더니 육부인이 내달아 이르되,

"이 집 며느리와 딸은 도적이 업어가기도 잘하고, 죽은 양으로 알고 한가[225]에 치웠다가도 살기를 잘하데. 하물며 서촉 청정산 일광 대사가 무량(無量)한 신통(神通)이 있어 전(42)일에 소문도 모르던 주매(妹) 만장절벽(萬丈絶壁)에 분골쇄신(粉骨碎身)하게 된 신체도 구하여다가 영산(靈山) 중에 깊이 감추었다가 신기한 술법을 가르쳐 국가에 공을 세우고 숙렬찬 정문(旌門)[226]을 받자와 진공의 으뜸 총비(寵妃) 되어 왕후장상(王侯將相)의 아들과 만승황녀(萬乘皇女)로 위부(爲婦)하여 금천하제일(今天下第一) 복인(福人)이 되었나니, 일광 대사의 무량한 법력(法力)으로 무슨 일을 못하리오. 연씨 만일 몸을 보전치 못하면 턱없이[227] 죽거나 몹쓸 행실이 있거나 하면 모르거니와 만일 어질고 착하여 하늘도 도울 양 같으면 아무 난처한 일이 있어도 깊은 곳에 숨었다가 무사히 몸을 보전(保全)차 하고 장차 평(43)안히 돌아올 줄 알리오. 하·윤 양저저(兩姐姐)와 주·철 양매(兩妹)는 부질없이 근심 말고 숙숙(叔叔)[228]과 상공도 염려 마시고 장래를 두고 보소서."

오·진 양공은 묵연하고 제부인이 가로되,

"육매(妹)의 말 같으면 무슨 근심이 있으리오마는 세사(世事)는 난측(難測)이라."

육부인이 손을 저으며 머리를 흔들어 그렇지 않음을 이르고 공주다려 왈,

"타일 연소부가 생환(生還)하거든 노모(老母)의 덕담(德談) 잘한 공일 줄 알고 노모의 회갑이 당하거든 궁중 재물을 아끼지 말고 설연(設宴) 헌작(獻爵)하여 노모의 신명(神明)한 덕담을 사례하소서."

공주가 수명배사(受命拜謝)할 뿐이요 각별히 한설(閑說)[229]이 없으니 윤부인[230]은 재기로

---

225 한가: 미상.

226 정문(旌門): 충신, 효자, 열녀 들을 표창하기 위하여 그 집 앞에 세우던 붉은 문.

227 턱없다: 원문에는 '터업시'로 되어 있음.

228 숙숙(叔叔): 시아주버니를 문어적으로 이르는 말.

229 한설(閑說): 별다른 말. 쓸데없는 말.

230 윤부인은: 원문에는 '윤부인이은'으로 되어 있으나 '이' 옆에 방점이 찍혀 있음. 이 방점은 글자를 지우라는 뜻으로 사용되고 있기에 이에 따름.

운지라. (44)육씨의 늙을수록 상(常)없음[231]을 우습게 여겨 잠소 왈,

"연씨 만일 현제(賢弟)의 말같이 생환치 않으면 어찌하리오. 마땅히 낙이[232]를 정함이 가하도다."

육부인이 이 말을 듣고 묵연(默然)하더라.

연부에서 차변(此變)을 듣고 모두 망극(罔極)하여 상서가 현부에 이르니 왕이 치관(致款)[233]을 마지아냐 왈,

"미돈(迷豚)[234]의 처궁(妻宮)[235]이 박함을 가탄(可歎)하나 미치리오. 입이 쓰고 혀가 돕지 아니하니 고할 말씀이 없나이다."

학사가 또한 작야(昨夜)에 자기 신방(新房)에 머물다가 변을 고함으로 알 뿐임을 고하니 상서가 들으매 어이없고 망단(望斷)[236]하니 도로혀 눈물도 나지 아닛난지라. 좌우로 유아(乳兒)[237] 등을 불러 야변(夜變)을 세세히 물어 (45)알고 아연(啞然) 양구(良久)에 왕의 부자를 돌아보아 왈,

"어떤 담(膽) 큰 도적이 왕궁에 들어와 사문(士門) 명부(命婦)[238]를 잡아가며 또 날개 없는 즉 그리 신속히 그림자를 감추리오."

왕 왈,

"도적이 감히 이렇듯 방자(放恣)하리오. 반드시 산중(山中) 요마(妖魔)의 무리 변을 짓는가 하나이다."

상서가 왈,

"영랑(令郎)[239]이 소년 진신(縉紳)[240]으로 혈기 미정(未定)하니 도처 행락(行樂)에 미색(美

---

231 상(常)없다: 보통의 이치에서 벗어나 막되고 상스럽다.

232 낙이: 나기. '내기'의 옛말.

233 치관(致款): 매우 정겹고 친절하게 대함.

234 미돈(迷豚): '어리석은 돼지'라는 뜻으로 자기의 아이를 말함.

235 처궁(妻宮): 점술에서 십이궁의 하나로 처첩에 관한 운수를 점치는 별자리임.

236 망단(望斷): 이러지도 저러지도 못하여 처지가 딱함.

237 유아(乳兒): 유모를 돕는 아이.

238 명부(命婦): 문무관(文武官)의 아내들로 내(內)명부와 외(外)명부의 총칭. 봉호(封號)를 받은 부인. 즉 종친의 딸과 아내. 문무 관리의 아내들을 이름.

239 영랑(令郎): 영식(令息)과 같은 뜻. 남의 아들을 공손히 이르는 말.

240 진신(縉紳): 벼슬아치를 통틀어 이르는 말.

色)을 관정(關情)[241]할 바가 없을 것이요, 여아가 심규(深閨)에 양생(養生)하여 일찍 사람에게 원(怨) 맺음이 없으니 뉘 가히 상해(傷害)하리오. 진실로 차사(此事)가 만만괴해(萬萬怪駭)[242]하니 흉적을 지향(指向)하여 찾을 곳이 없으니 여아의 사생(死生)을 어데로 찾으리오. 속절없이 단장(斷腸)하는 울(46)음이 자하(子夏)의 상명(喪明)[243]에 미치되 고인은 오히려 그 죽음을 보았으니 어찌 소제의 봉척지탄(逢慼之歎)[244]과 같으리오. 더욱 참도(慘悼)[245]한 바는 고당(高堂)[246] 편친(偏親)[247]이 불의(不意) 참보(慘報)를 들으시고 소제를 명하여 바삐 적보(的報)[248]를 알아오라 하시고 서서 기다리시거늘 차마 돌아가 무엇이라 위로하리오."

제왕이 위로하고 상서가 이윽히 탄식다가 돌아가니라.

학사가 고씨 침소에 이르니 고소저가 연부인 화란(禍亂)을 치위(致慰)[249]한대 학사가 왈,

"제 자구(自求)하여 좋이 살려 하고 아름다운 남자를 따라 갔으니 놀랄 것이 무엇이리오."

소저가 청파(聽罷)에 대경하여 정색(正色) 왈,

"첩이 어찌 엊그제 (47)신인(新人)으로 존문(尊門)에 들어와 동서(同壻)의 안면(顔面)을 익지 못하고 원비(元妃)의 교화(敎化)를 펴이지 못하오나 존당(尊堂)과 구고(舅姑), 숙당(叔堂), 제매(弟妹)의 연부인을 아끼심을 보오니 존당 구고의 일월지명(日月之明)과 숙당, 제매의 밝으심으로써 그릇 알지 아니시리니 군자가 어찌 차마 비례(非禮)로 정실을 의심하시리오. 고어(古語)에 왈, '부부는 일일지간(一日之間)도 마음을 안다.' 하거늘 군자가 연부인으로 결발(結髮) 수년(數年)에 서로 알지 못함이 이 같으니 슬프다, 토사

---

241 관정(關情): 마음을 둠.

242 만만괴해(萬萬怪駭): 아주 괴이하고 놀라움.

243 자하(子夏)의 상명(喪明): 자하는 춘추시대 사람으로 성은 복(卜), 이름은 위(衛)이고, 자하는 그의 자(字). 공자의 제자로 자유(子遊)와 함께 문학에 뛰어나 위문공(魏文公)의 스승이 되었음. 자식이 죽자 그 슬픔으로 눈이 멀었다고 하며, 이와 관련하여 '상명지통(喪明之痛)'이라는 고사성어가 전하는 바, 자하(子夏)의 상명(喪明)이란 바로 눈이 멀 정도로 자식의 죽음을 슬퍼함을 말함.

244 봉척지탄(逢慼之歎): 큰 슬픔을 당한 탄식.

245 참도(慘悼): 비통하고 한스러움.

246 고당(高堂): 남의 부모를 높여서 부르는 말.

247 편친(偏親): 홀어버이.

248 적보(的報): 정확한 내용의 통보나 보고.

249 치위(致慰): 상중(喪中)이나 복중(服中)에 있는 사람을 위로함.

호비(兎死狐悲)[250]라 하니 연부인으로 하여금 군자의 차언을 들으신즉 반드시 표석면나[251] 함을 면치 못하실 것이요, 첩이 또한 강남(江南)의 〈이(48)소(離騷)〉[252] 읊기를 면치 못할 소이다."

설파에 안색이 엄정(嚴正)하고 말씀이 강개(慷慨)하여 금석(金石)으로써 나는 듯하니 학사가 상광지심(詳狂之心)[253]이나 내괴(內愧)함이 없지 아니하여 구연(久延)[254] 부답(不答)이라. 부부 두 사람이 각각 심사(心事)가 불호(不好)하여 묵묵상대(默默相對)러니 학사가 양구(良久)에 강잉(强仍)[255]하여 상(牀)요[256]에 나아가나 고소저는 직개(直价) 청정결렴(淸淨潔廉)[257]한 여자라 학사의 심용(心用)을 부직(不直)히 여기고 연씨의 재용(才容)을 아끼더라. 계명(鷄鳴)에 소저는 정당에 먼저 들어가고 학사가 바야흐로 깨어 정히 일어나고자 하더니 문득 들으니 후창(後窓) 밖에서 미미히 말하여 가로되,

"우리 소(49)저가 가히 능활(能猾)[258]하도다."

일인 왈,

"무슨 일고?"

우왈(又曰),

"연부인의 원위(原位)를 앗으려 하고 설생을 통모(通謀)하여 자기 처음 오는 날에 용사(用私)하여[259] 사람이 자기를 의심치 아니케 하고 작야에 학사 상공 귀에 여차여차하여 예성(譽聲)[260]을 요구하니 아니 능활(能猾)하시냐."

---

250 토사호비(兎死狐悲): 토끼가 죽으니 여우가 슬퍼한다는 뜻으로, 같은 무리의 불행을 슬퍼함을 비유적으로 이르는 말. 원문에는 '포사호비'로 되어 있음.

251 표석면나: 미상.

252 강남(江南)의 〈이소(離騷)〉: 초나라 굴원은 강남 지방으로 추방되는 비운을 겪었는데, 〈이소(離騷)〉는 굴원이 이때 지은 부(賦)이다. 조정에서 쫓겨난 후의 시름을 노래한 것으로 초사(楚辭) 가운데에서 으뜸으로 꼽힌다.

253 상광지심(詳狂之心): 거짓 미친 체하는 마음. (『楚辭』 〈天問〉에 '기자상광(箕子詳狂)'이라는 표현이 있음.) 양광지심(佯狂之心).

254 구연(久延): 오래 끎.

255 강잉(强仍): 억지로 참음. 마지못하여 그렇게 함.

256 상(牀)요: 침상에 편 요라는 뜻으로, 잠자리를 이르는 말.

257 청정결렴(淸淨潔廉): 깨끗하고 결백하고 곧음.

258 능활(能猾): 능력이 있으면서 교활함.

259 용사(用私)하다: 사사로이 부탁하다.

260 예성(譽聲): 칭찬하는 소리.

묻던 자가 또 이르되,

"설생자는 뉘던고? 이 궁중(宮中) 심처(深處)[261]를 능히 알고 들어 왔던고?"

우왈,

"네 모르는다? 설생(生)은 구상부(相府) 문객(門客)이 아니냐. 사인(舍人) 부인 왕래 시에 설생이 이따금 후거(後車)에 호행(護行)하여 다니더니 자연 궁노배의 문견(聞見)으로조차 궁중 일을 거의 아는 줄 내 익히 아나니 설생이 타일에 (50)반드시 뜻을 이루매 그저 있지 아닐지라. 이는 타인(他人)이 아니요 나의 적사촌(嫡四寸)이니 표치준아(標致俊雅)하고 인사(人事)가 총민(聰敏)하고 신기한 술법(術法)이 많으니 구부인이 후일에 쓸 곳이 있을까 시비 자란을 주마 언약하였더니, 설생이 어데로조차 연소저 아름다움을 듣고 유의하던 차 자란이 학사의 소희(小姬)[262] 되니 설자(者)가 분노하여 모야(暮夜)에 학사를 해할 의사가 있으니 구부인이 듣고 대경하여 일을 발각고자 하나 그 재주를 아끼고 묻어두고자 한즉 한림이 상할까 놀라 드대어 가만히 명휘각 길을 가르쳐 연부인을 앗아 데리고 멀리 (51)가 살라 하니 설랑이 대희하여 또 나를 와 보고 이르되, '내 너의 주인의 강적(强敵)을 소제(掃除)하여 주리니 금백(金帛)으로 낭탁(囊橐)[263]을 보태라.' 하거늘 내 우리 소저께 아뢰니 소저가 협중(篋中)을 기울여 백은(白銀) 오십 냥(兩)과 황금(黃金) 백 냥을 주었으니 지금 소저 협중에 재물이 없느니라 이리 하고 어진 체하니 아니 가소로우냐."

또 이르되,

"아무나 들으리라."

하고 다시 소리 없거늘 학사가 크게 의괴망측(疑怪罔測)하여 문득 크게 소리 질러 규규(叫叫)히 말하는 시비를 잡아오라 하니 계파, 소앵 등은 소저를 뫼셔 정당에 가고 난함(欄檻)[264] 밖에 두어 시녀가 있더니 응성(應聲) 대왈,

(52)"유랑, 시녀 등 십여 인은 소저를 뫼셔 정당에 가옵고 다만 비자 등 수인이 당하(堂

---

261 심처(深處): 원문에는 '심천'으로 되어 있으나 문맥에 맞추어 고침.

262 소희(小姬): 젊은 첩.

263 낭탁(囊橐): 주머니와 전대를 아울러 이르는 말.

264 난함(欄檻): 난간(欄干).

下)에 사후(伺候)[265]하와 노야의 기침(起枕)하심[266]을 기다리옵고 다른 양랑(養娘)[267]은 좌우 행각(行閣)에 머무옵는 고로 아직 대령치 아니하였고 창외(窓外)에서 한만(閑漫)히 말한 자가 없나이다."

학사가 제녀(諸女)의 무심한 말이 진정임을 듣고 하릴없어 일어 관소(盥梳)[268]하고 각당에 문안을 맞고 부왕을 뫼셔 궐하(闕下)에 조회하고 돌아올새 분분(紛紛)한 마음을 지적(指摘)[269]지 못하여 대풍(大風)에 거미줄 같은지라. 연씨나 고씨나 하나도 심의(心意)에 합(合)지 못하니 죽어도 아깝지 아니하고 살아도 귀(貴)치 아니하매 어여쁜 자란이나 바삐 보리라 하고 부왕과 (53)사인(舍人)께 연부에 가 악모를 보렷노라 하고 총총히 연부에 이르러 색책(塞責)[270]할새 상서는 학사를 보고 장탄무언(長歎無言)[271]이요, 태부인과 석부인은 청루(淸淚)가 환난(渙亂)[272]하여 이르되,

"불미(不美)한 여자가 현서(賢壻)의 내조(內助)를 임할 복이 없어 남의 없는 화란(禍亂)을 만나 규중(閨中) 약질(弱質)이 어느 곳에 죽었으며 살았음을 알지 못하니 부모지심(父母之心)이 어찌 참통(慘痛)치 아니하리오. 저의 향신(香身)을 거두어 풍진(風塵)에 장(葬)하면 이대도록[273] 망극(罔極)지 아닐까 하노라."

설파에 청항루(淸行淚)[274]가 첨금(添錦)[275]하고 성음(聲音)이 경열(硬咽)[276]하니 학사가 적이[277] 인심(人心)일진대 참연(慘然)할 것이로되 이미 부부의 양액(兩厄)이 태심(太甚)하고 요녀의 간교한 요술이 총명을 가리왔는지라 의(54)사(意思)가 무심무려(無心無慮)하여 묵연양구(默然良久)에 가로되,

---

265 사후(伺候): 웃어른의 분부를 기다리는 일.
266 기침(起枕)하다: 윗사람이 잠을 깨어 일어나다.
267 양랑(養娘): (혼인한) 계집종. 유모.
268 관소(盥梳): 세수하고 머리 빗음.
269 지적(指摘): 꼭 집어서 가리킴.
270 색책(塞責): 책임을 면하기 위해 겉으로 둘러대고 꾸밈.
271 장탄무언(長歎無言): 길게 한숨 쉬고 말이 없음.
272 환난(渙亂): 어지럽게 흩어짐.
273 이대도록: 이다지.
274 청항루(淸行淚): 줄줄이 흐르는 맑은 눈물.
275 첨금(添錦): 옷을 적심.
276 경열(硬咽): 몹시 슬프거나 서러워서 목에 메도록 흐느껴 욺.
277 적이: 꽤 어지간한 정도로.

"인명이 관수(關數)[278]하니 간대로[279] 죽지 아닌 즉 아무 곳으로나 소문이 있으리니 하 설워 마소서. 아무 흉인이 데려가도 죽이든 않을 것이요, 이미 죽지 않으신 즉 오가(吾家)에는 존문(存問)[280]을 통(通)치 않아도 존부에서는 아시리이다."

부인과 상서가 학사의 언근(言根)이 괴이함을 놀라고 차악(嗟愕)[281]하여 일시에 이르되,

"소녀는 심한 약질(弱質)이라. 일찍 높은 당(堂)과 깊은 누(樓)에 처하여 발자최 당하(堂下)에 나리지 않으시니 비록 가인(家人) 친척(親戚)이라도 간대로 상대치 않았거늘 무인심야(無人深夜)에 흉적(凶賊)의 착략(捉掠)[282]함이 되매 반드시 죽음이 응당(應當)하거늘 군의 언근(言根)이 자못 괴이하도다."

연공자가 정색 왈,

(55)"운중[283]은 예문덕가지출(禮門德家之出)로 금지여엽(金枝餘葉)[284]이라. 하물며 영존(令尊) 대왕의 어진 교훈을 받자와 도학이 고명(高明)한 군자인가 하였더니 금일지언(今日之言)은 많이 무식(無識)하기에 가깝도다. 운중의 언단(言端)[285]이 아매(我妹)로써 유박지행(流薄之行)이 있는가 의심함이냐, 그렇지 아닌즉 예의 군자가 정실 대접하는 도리 여차하뇨."

학사가 청파에 일변(一邊) 무류하고 노하여 소매를 떨쳐 일어나며 왈,

"악부모(岳父母)가 영매(令妹)를 잃어 하 슬퍼하시니 나의 위로코자 한 말이 자연 실언(失言)함이 괴이치 아니하거늘 형이 어찌 면박함을 태심(太甚)히 하나뇨. 소제 이 온 줄 뉘우치노라."

설파에 태부인과 악공 부부께 절하고 표연히 돌아가니 (56)상서 부부가 학사의 냉초(冷峭)[286]한 기색을 보매 필유묘맥(必有苗脈)[287]함을 깨닫지 못하고 현생이 원간 여아와 금슬

---

278 관수(關數): 운수에 관계됨.

279 간대로: 함부로.

280 존문(存問): 안부를 물음.

281 차악(嗟愕): 슬픈 일을 당하여 매우 놀람.

282 착략(捉掠): 노략(擄掠).

283 운중: 현희문의 자(字). 원문에는 '인중(현희명의 자)'으로 되어 있으나 오기인 듯함.

284 금지여엽(金枝餘葉): 황금으로 된 나뭇가지의 잎이란 뜻으로, 임금의 자손이나 집안을 높여 이르는 말이거나 혹은 귀여운 자손을 이르는 말.

285 언단(言端): 말다툼을 일으키는 실마리.

286 냉초(冷峭): 하는 말이 날카로움.

287 필유묘맥(必有苗脈): 반드시 일의 단서가 있음.

이 불화하던가 의심할수록 더욱 여아 자닝함[288]이 칼을 삼킨 듯하여 모자 부부가 초창(怊悵)[289] 탄식(歎息)함을 이기지 못하더라.

차시 학사가 궁에 돌아와 내문에 들지 아니하고 심복 서동으로 하여금 본부 교방에 가 옥란, 섬월을 불러오라 하고 경노의 집에 이르러 자란을 보니, 이때 자란이 무인혼야(無人昏夜) 중에 명휘각에 들어가 연소저를 활착(活捉)하여 공중에 솟아 수파(水波)가 흉용(洶湧)[290]한 곳에 나아가 용약(踊躍)하여 왈,

"옛적 굴삼려(屈三閭)[291]는 임금을 그릇 만나 익수(溺水) 원혼(冤魂)이 되었거니와 금세(今世)의 (57)자란과 연씨는 현자를 만난 연고로 수파(水波) 혼백(魂魄)이 되니 또한 청춘이 가석(可惜)하도다. 스스로 너희 팔자를 원(怨)하고 나를 한(恨)치 말라."

언파에 일장(一場)을 쾌히 웃고 업은 것을 나리와 가볍게 물에 밀치고자 하더니 연소저가 요술에 정신이 아득하여 인사(人事)를 버렸더니 요녀의 은은한 세어(細語)[292]로조차 몸이 땅에 나리매 문득 상연(爽然)히[293] 정신을 차려 성안(星眼)을 들어 보니 희미한 월하(月下)에 일개 표일(飄逸)한[294] 여자가 만면(滿面) 살기(殺氣)로 자기를 물에 넣으려 하는지라. 소저가 비로소 명휘각이 아니요 장중(帳中)을 떠나 요인의 해를 입음인 줄 알고 대경(大驚) 차악(嗟愕)하여[295] 살피니 이 문득 다른 이 아니라 구소저 시비 자란(58)이라. 더욱 경의(驚疑)하여 옥성(玉聲)이 맹렬(猛烈)하여 왈,

"네 구저의 시비 자란이어늘 무슨 원수가 있관대[296] 나를 착략(捉掠)하여 이에 이르뇨. 나의 명이 하늘에 있으니 너희 요형사골(妖形邪骨)이 어찌하려 하는다?"

설매 답(答)지 아니하고 바삐 하수(下手)[297]코자 하더니, 차시(此時) 심야(深夜) 삼경(三更)

---

288 자닝하다: 애처롭고 불쌍하여 차마 보기 어렵다. 원문에는 '잔잉ᄒᆞ미'로 되어 있음.

289 초창(怊悵): 한탄스러우며 슬픔.

290 흉용(洶湧) : 물결이 매우 세차게 일어남. 또는 물이 힘차게 솟아남.

291 굴삼려(屈三閭): 중국 전국 시대 초나라의 정치가·시인(?B.C.343~?B.C.277). 이름은 평(平), 자는 원(原). 초사(楚辭)라고 하는 운문 형식을 처음으로 시작하였다. 모함을 입어 자신의 뜻을 펴지 못하다가 마침내 물에 빠져 죽었다.

292 세어(細語): 소곤거리는 소리.

293 상연(爽然)히: 매우 시원하고 상쾌하게.

294 표일(飄逸)하다: 성품이나 기상 따위가 뛰어나게 훌륭하다. 세상일을 마음에 두지 않고 태평하다.

295 차악(嗟愕)하다: 슬픈 일을 당하여 몹시 놀란 상태에 있다.

296 있관대: 있기에.

297 하수(下手): 손을 대어 사람을 죽임.

이라 만뢰구적(萬籟俱寂)[298]하여 백만(百萬) 가호(家戶)에 인형(人形)이 고요하고 만리장천(萬里長天)에 은하(銀河)가 기울고자 하니 문득 서다히로조차[299] 한 떼 백운(白雲)이 일어나며 일위(一位) 선인(仙人)이 나아오니 연소저의 성명(性命)[300]이 어찌 된고. 차청 하회하라.

저동궁(苧洞宮) 지밀(至密) 서상궁(徐尙宮) 글씨.

298 만뢰구적(萬籟俱寂): 밤이 깊어 아무 움직임의 소리도 없이 잠잠하여 아주 고요하고 조용하여짐.

299 서다히로조차: 서쪽으로부터.

300 성명(性命): 목숨이나 생명을 달리 이르는 말.

권지십육

(1)차설. 시시(是時)에 설매 정히 연소저를 물에 밀치고자 하더니 문득 서(西)다히로조차[1] 일위(一位) 선인(仙人)이 백라광삼(白羅廣衫)[2]을 부치고 손에 구절죽장(九折竹杖)을 들어 크게 꾸짖어 가로되,

"미말(微末) 천비 감히 천의를 역(逆)하여 천지에 자욱한 죄를 짓고 방자히 무지하여 낭원 선자를 해코자 하니 기죄불용주(其罪不容誅)[3]라. 가히 즉각에 죽일 것이로되 아직 죽을 때 아니므로 다만 연부인만 구하여 가노라."

설파(說罷)에 죽장을 들어 요녀를 밀치니 요녀가 죽장을 한 번 맞으매 거꾸러져 피를 토하고 인사를 모르(2)더라. 노선(老仙)이 연소저를 거두쳐 백운 사이에 출몰하니 소저가 놀라고 신기히 여겨 눈을 들어보니 일위 노선이 머리에 백가운납(百家雲衲)[4]을 받고 어깨에 백화로 수놓은 광삼을 입었으니 도안(道顔)이 결백(潔白)하고 양안(兩眼)이 별 같고 빈

---

1 서(西)다히로조차: 서쪽으로부터. '다히'는 '쪽'의 옛말.

2 백라광삼(白羅廣衫): 흰 비단으로 만든 소매가 넓은 장삼.

3 기죄불용주(其罪不容誅): 그 죄가 죽여도 시원치 않음.

4 백가운납(百家雲衲): 낡은 천으로 누벼 만든 중의 옷이나 모자.

하(鬢下)에 서리 빛이 맺혔고 도화양협(桃花兩頰)[5]에 입이 단사(丹砂) 같으니 선풍이 표일(飄逸)하더라. 소저가 저의 복색(服色)이 남자인 줄 경아(驚訝)[6]하여 물어 가로되,

"노선은 어느 곳 상선이시완대 소첩의 잔명을 구하시나니잇고? 존사가 이미 구하시매 구가(舅家)와 친당(親堂)이 예서 멀지 아니하니 돌아보내심이 옳거늘 장차 어데로 데려가려 하시나니잇고?"

노(3)선이 소왈(笑曰),

"부인은 빈도의 남의(男衣)를 놀라지 말라. 오년(吾年)이 수백여 세요 이미 도를 닦았으니 서악(西嶽) 화산(華山) 일광 대사를 알지 못할소냐? 석년(昔年)에 소저의 존당 주숙렬이 월청 요니(妖尼)의 해(害)를 만나 계실 적 빈도가 구하여 산중에 돌아가 재앙을 소멸하고 태운을 만나시매 본부에 돌아가 부녀가 상봉하고 부부가 재합(再合)하시매 제왕 같은 기자(奇子)와 월성 같은 숙완현부(淑婉賢婦)를 두어 무궁한 복록을 누리시나니 소저가 또한 도관(道觀)에 삼사 년 연분이 있는지라. 어찌 천의를 역하여 지레 돌아가 기구(崎嶇) 참란(僭亂)을 당하리오. 소저는 산중이 고적(孤寂)(4)할까 염려치 마소서. 구부인 시비 자란이 소저를 기다림이 오래니라."

언파(言罷)에 진언(眞言)을 염하며 죽장을 한 번 두루치니 발아래 풍운이 대작하고 귓가에 운무가 중엄(重掩)하여 그 아모만 가는 줄 알지 못하리러라. 소저가 이에 미쳐는 추사(推辭)[7]하여 밎지 못할 줄 알고 전일 일광 대사의 조화를 들음이 있는지라 다만 명도(命途)의 기구함을 탄하고 초창(怊悵)[8]할 뿐이라. 천봉만학(千峰萬壑)의 기구(崎嶇) 산로(山路)와 망망대해를 건너 한 곳에 다다르니 구름이 걷으며 바람이 정(靜)하는 곳에 몸이 나리거늘 바야흐로 정신을 정하여 좌우를 보니 (5)만산이 최외(崔嵬)[9]하고 십이 봉만(峰巒)[10]이 차아(嵯峨)하여 하늘에 닿았고 단애취벽(斷崖翠壁)의 채색을 메운 듯 울울창송과 늙은 잣나무 울울층층한 산협(山峽)으로조차 은은한 영맥(靈脈)이 천지조화를 감추어 벽봉 암혈에 은근한 물결이 굽이져 흐르니 산천 수기(秀氣)를 토하는 듯 기화요초(琪花瑤草)와 수천 버들은 천 리 강해(江海)에 용주(龍珠)를 벌였는 듯 난봉공작(鸞鳳孔雀)과 난학미록(鸞鶴麋鹿)

---

5 도화양협(桃花兩頰): 복사꽃같이 빛나는 양 뺨.

6 경아(驚訝): 놀라고 의아하게 여김.

7 추사(推辭): 물러나며 사양함.

8 초창(怊悵): 슬퍼함.

9 최외(崔嵬): 높고 높음.

10 봉만(峰巒): 산꼭대기의 뾰족뾰족한 봉우리.

이 무리 지어 왕래하니 송풍은 슬슬(瑟瑟)하고 앵가(鶯歌)는 묘묘(杳杳)하니 거문고 소리에 맑은 노래를 창화(唱和)하는 듯 사람으로 하여금 진념(塵念)이 소연(掃然)하고 양익(兩翼)이 고상(高翔)[11]할 듯하더⑹라. 소저가 처연 낙루(落淚)함을 깨닫지 못하더니 노선이 문득 소리하여 왈,

"자란이 어데 있나뇨?"

말이 맞지 못하여서 한 미인이 담장(淡粧)[12] 청의(青衣)로 나아와 소저께 재배하고 복지체읍(伏地涕泣) 왈,

"천비 자란이 수사여생(水死餘生)으로 금일 부인께 뵈오니 반가운 슬픔이 주인을 뵈온 듯하여이다."

소저가 자란을 보매 대경의괴(大驚疑怪)하여 침음부답(沈吟不答)한대 대사가 소왈,

"불의지환(不意之患)을 만나 궁중을 떠나신 곡절을 오히려 미지(未知)하시나니 너는 부인을 뫼셔 관중(觀中)에 들어가 종용히 심사를 고달(告達)[13]하라."

하고 소저와 자란을 재촉하여 관문에 다다⑺르니 관중(觀中) 대소(大小)가 일시에 나와 영접하여 들어갈새, 여러 층 주문(朱門)을 지나며 층층한 화계(花階)를 말미암아 석실에 이르니 암자가 크지 아니하되 정쇄(精灑)하고 벌인 것이 많지 아니하나 소담하여 진짓 무릉별계(武陵別界)[14]러라. 대사가 석탑(石榻)[15]에 좌하고 연소저가 객석(客席)[16]에 좌를 이루매 대사가 홍의(紅衣) 여동(女童)을 명하여 옥반금기(玉盤金器)에 차과(茶菓)를 관대(款待)[17]하여 이르되,

"소관(小觀)이 벽루하처(僻陋下處)하여 도중(道中) 대소가 출가 이후로 아아히 인간 화식(火食)과 진미(珍味)를 알지 못하는지라. 귀인이 일시를 머무름 직하지[18] 아니하나 초초한 송차(松茶)와 무미한 여름[19]이 먹으매 족히 기갈(飢渴)을 면하⑻나니 산중 적막함

---

11 고상(高翔): 높이 날아오름.

12 담장(淡粧): 수수하고 엷게 화장함.

13 고달(告達): 어떤 사실에 대해 알려줌.

14 무릉별계(武陵別界): 무릉도원 같은 별세계.

15 석탑(石榻): 돌로 만든 평상.

16 객석(客席): 원문에는 '각석'으로 되어 있으나 서강대본을 참고하여 고침.

17 관대(款待): 친절히 대하거나 정성껏 대접함.

18 직하지: 원문에는 '즉지'로 되어 있음.

19 여름: '열매'의 옛말.

을 염(念)치 마시고 진(盡)하소서."

소저가 사례하고 차과(茶菓)를 맛보매 이 문득 옥액경장(玉液瓊漿)[20]이요 교리화조(交梨火棗)[21]라, 맛이 감열(甘悅)하여 인간(人間)[22]에 비길 바가 아니라. 차를 파(罷)하매 대사가 또 명하여 후정(後庭) 그윽한 방장(方丈)[23]에 처소를 정하고 우왈(又曰),

"이곳은 석년 숙렬비 운유자가 머무시던 방장이라. 서책 등물과 기완(器玩)이 오히려 가득히 있어 금일을 기다리더니이다."

소저가 사례 왈,

"생아자(生我者)는 부모요 구생자(求生者)는 사부라. 사부는 가히 우리 구문의 불세은인(不世恩人)[24]이로소이다. 첩이 다만 의심된 바를 묻잡나니 첩의 이리 옴이 자란의 작희(作戱)러니 (9)이곳에 자란이 또 어찌 있나니잇고?"

대사가 소왈,

"어찌 자란이 하나뿐이리오. 도처에 자란의 작용이 비상(非常)하니 이곳에 있는 자란은 이에 온 지 수월(數月)이요 역시 사람의 해를 입어 사생(死生)이 수파(水波)에 급하거늘 빈도가 구하여 이곳에 머물매 경망한 아해 고향을 잊지 못하여 이러함이 현학사 탓이라 하여 각골통원(刻骨痛寃)하나니, 부인이 본디 자란으로 더불어 숙세(宿世)[25] 연분이 중하여 동처동귀(同處同歸)하매 사생(死生)에 서로 떠나지 아니리니 자란이 부인 위한 정성이 오히려 구부인께 지나리니 어찌 부인을 해하리오? 빈도가 장화(長話)를 다 못하나니 부인은 사(10)실(私室)에 돌아가 자란다려 자시 물으소서."

소저가 재삼 칭사하고 자란으로 더불어 후당에 들어가니 당중(堂中)이 자못 정결하고 반죽(斑竹) 서안(書案)[26]에 서책을 가득히 쌓았으며 좌우 벽상(壁上)에 제영(題詠)한 글이 가득하니 묵광(墨光)이 찬란하고 필법이 신기하여 자자언언(字字言言)이 구구(句句)마다 첨망부혜(瞻望父兮)와 모혜국아(母兮鞠我)[27]의 불효가 막대함을 슬퍼하며 연궁의 그림자가 외로

---

20 옥액경장(玉液瓊漿): 신선이 마시는 맛 좋은 음료.

21 교리화조(交梨火棗): 신선이 먹는 과일. 선약.『神仙傳』 원문에는 '화리교됴'로 되어 있으나 고침.

22 인간(人間): 사람이 사는 곳. 세상.

23 방장(方丈): 가로 세로가 한 장인 작은 방. 절의 고승이나 주지가 머무는 방.

24 불세은인(不世恩人): 세상에 드문 큰 은혜를 준 사람.

25 숙세(宿世): 전생(前生).

26 서안(書案): 책상.

27 첨망부혜(瞻望父兮)와 모혜국아(母兮鞠我):『시경(詩經)』「위풍(魏風)」〈척호(陟岵)〉는 고향에 있는 부모를

움을 설워하였으니 자(字)마다 슬프고 구(句)마다 처완(悽惋)하되 일호(一毫) 부부 원별과 홍안박명(紅顔薄命)을 슬퍼 않았고 말단에 썼으되 '모년(某年)[28] 월일에 주씨 여교는 감회(感悔) 작시(作詩)하노라.' (11)하였더라. 소저가 한 번 보매 존당 주숙렬의 회감시(悔感詩)임을 알고 추연(惆然)히 눈물을 흘리고 서적을 향하여 공경재배하여 가로되,

"불초 죄첩(罪妾)이 운액(運厄)이 기구하와 규리(閨裏)의 자최 일야지간(一夜之間) 만 리에 표령(飄零)[29]함을 설워하오매 무생지기(無生之氣)[30]러니 이제 존당 수필(手筆)을 보오니 또한 존하에 뫼셔 은택을 받잡는 듯하온지라. 일분 세념(世念)[31]을 머물러 다시 고원(故園)에 돌아가 슬하에 뫼심을 바라나이다."

언파에 좌(座)를 이루니 자란이 나아와 전후곡절(前後曲折)을 아뢸새 그때 학사의 노(怒)를 만나 유실(幽室)에 갇혔더니 야간에 홍파가 찾아 이르러 구(12)부인 명으로 여차여차(如此如此)[32] 전하여 구상부에 가 숨으라 하거늘 진짓 홍파만 여겨 따라 나오매 문득 길을 돌아 연지(蓮池)에 이르러 물에 밀치니 무망지화(無妄之禍)[33]를 면치 못하리러니 존사(尊師)의 구함을 입어 이에 이르렀음을 고하니 연소저가 자기 해하던 요인(妖人)이런 줄 알고 개연 탄식 왈,

"아지 못게라. 어느 곳 요인(妖人)이 너와 나로 더불어 무슨 원수가 있관대 천일지하(天日之下)에 인명 해하기를 티끌같이 하나뇨. 내 상문(相門) 교아로 표령만리(飄零萬里)하여 무거소착(無據所着)하니 어찌 투생(偸生)[34]할 뜻이 있으리오마는 존사의 활명대은(活命大恩)과 너의 신(13)근(信謹) 다정함을 보니 차마 잊기[35] 어렵도다."

그리는 시인데, 이 시에 "저 산에 올라 아버지 계신 곳을 바라보니, … 저 산에 올라 어미 계신 곳을 바라보니(陟彼岵兮 瞻望父兮, … 陟彼屺兮 瞻望母兮)."라는 구절이 있음. 그리고 『시경(詩經)』「소아(小雅)」 <육아(蓼莪)>는 부모에게 효도를 못하는 안타까움을 읊은 시인데, 이 시에 "아버님 날 낳으시고 어머님 날 기르시니(父兮生我 母兮鞠我)."라는 구절이 있음.

28 모년(某年): 원문에는 '모원'으로 되어 있으나 문맥에 맞추어 고침.

29 표령(飄零): 신세가 딱하게 되어 떠돌아다님.

30 무생지기(無生之氣): 살고자 하는 기색이 없음. '有死之心而 無生之氣(죽음을 결심하여 살고자 하는 기색이 없음)'라는 말이 있음.(『전국책(戰國策)』)

31 세념(世念): 세상살이에 대한 온갖 생각. 세속에 대한 집착.

32 여차여차(如此如此): 원문에는 '여ᄎᆞ여'로 되어 있으나 서강대본을 참고하여 보충함.

33 무망지화(無妄之禍): 무망중(無妄中)에 당한 재앙. '무망중'은 '별 생각이 없는 상태'의 뜻임.

34 투생(偸生): 죽어야 옳을 때에 죽지 않고 욕되게 살기를 꾀함.

35 잊기: 원문에는 '잇기'로 되어 있으나 문맥에 맞추어 고침.

자란이 체읍(涕泣) 왈,

"비주(婢主) 양인이 사중구생(死中求生)하여 이리 모듬이 천수(天數)라. 부인은 과상(過傷)치 마시고 소비를 난향같이 믿으시면 소비 또 부인 바람을 아주(我主)와 같이 하여 풍운에 길시(吉時)를 만나거든 영화로이 돌아가사이다."

이렇듯 문답하여 밤을 지내고 명조(明朝)에 자란이 궤(櫃)를 열고 한 벌 도복을 받들어 드리고 대사의 명으로 개복함을 청하고 또한 복색을 고쳐 도동(道童)의 맵시를 하니 소저가 역시 여복이 비편(非便)한 고로 도복을 개착하니 홍상채의(紅裳彩衣) 가운데 절염(絶艶) 미소저가 변하여 옥면낭군이 되었(14)으니 대사가 이르러 보고 칭찬 왈,

"숙렬비 여풍(餘風)이로다."

하고 삼 권 천서(天書)와 손오병서(孫吳兵書)를 가르치니 소저가 사양 왈,

"이는 다 여자에 부당하옵고 더욱 병서는 무엇에 쓰고자 배우라 하시나니잇고?"

대사가 왈,

"빈도(貧道)가 그릇 아니리니 배워 쓸 데 있나이다."

하고 도술을 가르치니 소저가 능히 역(逆)지 못하여 책을 받아 주야 숙습(熟習)[36]하매 본디 여신(如神)한 총명이라 자자해득(字字解得)하여 무불통지(無不通知)하니 오래지 않아 상통천문(上通天文)하고 하달지리(下達地理)하며 둔갑 기술과 손오병서와 의약복서(醫藥卜筮)를 모를 것이 없고 스스로 전세(前世) 다 보아 과거 미래를 (15)목전(目前)같이 깨달아 옥단, 섬월, 자란이 다 전세 연분으로 학사 금차(金釵)[37]에 충수(充數)하여 자기로 더불어 백년을 동거할 연분임을[38] 깨달아 가연(可然)[39] 탄식하고 자란의 충근(忠謹)함을 사랑하여 무휼(撫恤)[40]하고 자란이 또한 대사의 가르침으로조차 연소저가 저의 여군(女君)인 줄 알고 각별한 정성이 있더라.

각설. 어시(於是)에 요녀 설매 대사의 죽장(竹杖)을 맞고 구러져[41] 입에 피를 흘리고 반향(半晌)[42]을 죽기에 이르렀더니 겨우 정신을 차려 보니 선옹(仙翁)과 연소저가 간 곳 없는

---

36 숙습(熟習): 원문에는 '슈습'으로 되어 있으나 서강대본을 참고하여 고침.

37 금차(金釵): 금으로 만든 비녀. '첩'의 뜻.

38 연분임을: 원문에는 '연분이'로 되어 있으나 서강대본을 참고하여 고침.

39 가연(可然): '개연(慨然)'과 상통하는 말. 쓸쓸하거나 개탄하는 말.

40 무휼(撫恤): 불쌍히 여겨 위로하고 도와 줌.

41 구러지다: 거꾸러지다.

42 반향(半晌): 한참 동안. 반나절.

지라. 마음에 분함을 이기지 못하더니 스스로 풀쳐[43] 생각하되, '신인(神人)이 아무리 많다 한들 우화 사부(師父) 같은 (16)비상한 재주가 어데 있으리오. 반드시 어느 곳 요인이 연씨의 아름다움을 알고 앗아감이로다. 비록 후환은 없으나 학사가 연씨의 무망(無妄)[44] 봉변(逢變)을 의심하리니 바삐 설계하여 후환을 끊으리라.' 하고 가만히 경노의 집에 돌아와 날이 저문 후 변하여 창승(蒼蠅)[45]이 되어 궁중에 왕래하여 동정을 살피더니 차야(此夜)에 학사가 고소저와 동침함을 보고 분노하여 따라가 밤이 맞도록[46] 후창(後窓) 하(下)에 규시(窺視)[47]하여 저 부부의 기색과 사어(私語)를 다 듣고 소저의 상쾌함을 미워하고 학사의 아득함을 대희(大喜)하여 헤오되, '이제 거처 없는 연씨는 죄를 이뤄 불가하니 구씨, 고(17)씨를 어즈럽게 뒤얽어 긴 것을 감추며 짧은 것을 나타내게 함이 옳다.' 하여 창하(窓下)에 곡속(觳觫)히[48] 엎대었더니 계명(鷄鳴)을 응하여 고소저가 신성(晨省)하러 들어감을 보고 문득 스스로 묻고 스스로 답하여 학사가 듣게 하고 머물던 곳에 돌아와 조반을 찾아 먹고 가쁨[49]을 이기지 못하여 고요히 숙와(熟臥)[50]하였더니 홀연 기약지 아닌 학사가 이르러 자란의 방에 들어가니 자란이 채금(彩衾)[51]으로 가슴을 반만 덮고 졸음이 몽롱하여 운발(雲髮)[52]이 삽삽하여 반월(半月) 이마를 덮었고 성안(星眼)을 그린 듯이 감아 잠들었으니 도화양협(桃花兩頰)이 무르녹고 단사(丹沙)[53] 앵순(櫻脣)이 요나(嫋娜)한데[54] 소담[55] 가려(佳麗)하여 미인의 (18)잠든 모양이 더욱 절세(絶世)[56]한지라. 학사가 이 거동을 보매 풍정(風

43 풀치다: 맺혔던 생각을 돌려 마음을 풀다.
44 무망(無妄): 무망중(無妄中). 별 생각이 없이 있는 상태.
45 창승(蒼蠅): 파리.
46 맞다: 마치다. 원문에는 '맛ᄃᆞ록'으로 되어 있음.
47 규시(窺視): 몰래 훔쳐봄.
48 곡속(觳觫)히: 두려워하면서.
49 가쁘다: 힘에 겹다.
50 숙와(熟臥): 숙면(熟眠). 잠이 깊이 듦.
51 채금(彩衾): 빛깔이 곱고 아름다운 이부자리.
52 운발(雲髮): 구름 같은 머리라는 뜻으로, 숱이 많은 탐스러운 머리를 이르는 말.
53 단사(丹沙): 수은으로 이루어진 황화 광물. 붉은색 안료(顔料). 약재로 쓴다.
54 요나(嫋娜)하다: 부드럽고 날씬하여 간드러지다.
55 소담: 생김새가 탐스러움.
56 절세(絶世): 세상에 견줄 데가 없을 정도로 아주 뛰어남.

情)이 호탕하여 나아가 선자(扇子)[57]로 대골[58]을 쳐 가로되,

"주군이 내림(來臨)하되 영접함이 없으니 비첩(婢妾)의 도리 가히 여차(如此)하냐?"

자란이 꿈 가운데 경동(驚動)하여 눈을 들어 보니 오매불망(寤寐不忘)하던 학사라. 요녀가 황홀히 반가움과 그음 없이[59] 기쁨을 이기지 못하여 연망(連忙)히[60] 이불을 밀고 일어 두 번 절하고 애루(哀淚)가 교주(交注)하여 왈,

"천첩이 비록 사문(士門) 부녀(婦女)가 아니나 어려서 구부인 장대(粧臺)[61]를 받들매 구부인은 또 범연한 사족(士族) 여자가 아니라 왕공 귀척(貴戚)의 만금(萬金) 농주(弄珠)로 존(尊)하고 귀함이 황녀에 감(減)치 않으시니 그 장(19)각에 근시(近侍)하매 미말(微末) 차환(叉鬟)이라도 의식이 족하거늘 첩은 더욱 구부인 골경(骨骾)[62] 비자(婢子)라 먹는 것이 옥식여찬(玉食麗饌)이요 입는 것이 금수능단(錦繡綾緞)이니 호화부귀에 처하여 비환애락(悲歡哀樂)을 알지 못하더니 부인이 제궁 총부(冢婦)[63]가 되신 후 또 이르시되, '너의 재정(才情)[64]이 극히 아름다우니 내 어찌 너로써 심궁(深宮) 한처(寒處)에 청수(淸秀) 아미(蛾眉)를 공송(空送)[65]하여 봄을 느끼며 가을을 슬퍼하는 탄(嘆)이 있게 하리오.' 하시고 본부 문객류(門客類)의 출인(出人)한 자를 가리어 적인(適人)하려[66] 하시던 것을 우연히 노야(老爺)의 나비 잡는 그물에 걸려 주인의 장대(粧臺)를 하직하고 이곳에 온 후는 홀연히 지은 죄 없이 (20)초수(楚囚)[67]가 되어 머리를 방 밖에 내완지[68] 못하고 먹는 것과 쓰는 것이 다 부족하니 이리하고 살아 무엇하리오. 또 들으니 연부인이 일야간(一夜間) 거처가 없다 하고 인언(人言)이 분분(紛紛)하여 노야의 풍류한 연고로 화액(禍厄)

---

57 선자(扇子): 부채.

58 대골: 머리.

59 그음 없다: 한정 없다.

60 연망(連忙)히: 황급히.

61 장대(粧臺): 부녀자의 화장용 경대(鏡臺)로, 규방을 뜻하기도 함.

62 골경(骨骾): 말 듣는 이를 두려워하지 아니하고 입바른 말을 잘하는 사람을 비유적으로 이르는 말. 골경지신(骨骾之臣).

63 총부(冢婦): 종부(宗婦).

64 재정(才情): 재사(才思). 재치 있는 생각. 또는 재치 있게 계책을 세우는 생각.

65 공송(空送): 허송(虛送).

66 적인(適人)하다: 시집가다.

67 초수(楚囚): 역경에 빠져 어찌할 수 없는 사람을 비유적으로 이르는 말.

68 내왇다: '내밀다'의 옛말.

이 부인께 및다[69] 하니 이런 말씀이 전설(傳說)한즉 여액(餘厄)이 다못 고부인과 천첩에게 돌아가지 아니하고 어느 곳에 미치리잇고. 차라리 삭발 기세(棄世)하고 사문(寺門)에 돌아감을 원하나니 바라건대 노야는 쾌히 허락하사 첩의 유무를 사생간(死生間) 거리끼지 마소서."

설파(說罷)에 불승체읍(不勝涕泣)하니 학사가 흔연(欣然)히 손을 이끌어 곁에 앉히고 위로 왈,

"너는 슬퍼 (21)말라. 내 있으니 무슨 일 삭발위니(削髮爲尼)[70]하리오. 아직 엄명을 두려 너를 임의로 찾지 못하나 타일 당당히 금차(金釵)[71] 제일항(第一行)에 두어 명사재상(名士宰相)의 총희(寵姬)로 자녀를 갖추어 두고 복록(福祿)이 가작게[72] 하리라."

요녀가 눈물을 거두고 함태제미(含態齊美)[73]하여 애원 탄식 왈,

"양비(楊妃)[74]의 완혜지용(婉蕙之容)[75]으로도 마외역(馬嵬驛)에 참혹히 죽고, 문군(文君)[76]의 실절함을 나빠 아닛난 정으로도 청신백두음(淸晨白頭吟)[77]을 외웠으니 천첩이 무슨 사람이라 노야의 과도하신 은총을 당하리잇고."

학사가 재삼 위로하고 청산녹수(靑山綠水)로 맹세하여 타일(他日) 저버리지 않음을 이르고 우문(又問) 왈,

"백수 구부인이 너를 (22)설가 문객에게 허함이 있더냐?"

요녀가 양경(佯驚) 왈,

"노야가 어찌 아시나냐?"

---

69 및다: 미치다.

70 삭발위니(削髮爲尼): 머리를 깎고 중이 됨.

71 금차(金釵): 금으로 만든 비녀. '첩'의 뜻.

72 가작하다: 잘 갖추어지다.

73 함태제미(含態齊美): 교태를 머금고 아름답게 가다듬음.

74 양비(楊妃): 양귀비(楊貴妃). 당(唐) 현종(玄宗)의 귀비(貴妃).

75 완혜지용(婉蕙之容): 아름다운 얼굴.

76 문군(文君): 탁문군(卓文君). 전한(前漢)의 대부호 탁왕손(卓王孫)의 딸. 과부로 있다가 사마상여와 사랑에 빠져 야반도주하였다.

77 청신백두음(淸晨白頭吟): 새벽이 될 때까지 임이 오기를 기다리면서 홀로 〈백두음〉을 읊는다는 뜻. 〈백두음〉은 전한(前漢) 사마상여(司馬相如)의 부인 탁문군(卓文君)이 지은 것으로 상여가 첩을 얻으려고 하자 이 시를 지어 결별의 뜻을 밝혀 상여가 첩 얻는 것을 단념하게 하였다고 한다. 단 '오경계삼창(五更鷄三唱) 청신백두음(淸晨白頭吟)'은 이백의 시 〈백두음〉에서 나온 말임.

학사가 왈,

"내 들은 곳이 있으므로 묻노라. 설생자가 대강 인물이 어떠하며 무슨 재주가 있나냐?"

요녀가 대왈(對曰),

"자시 알지 못하나 부인이 매양 이르되, '설랑이 나이 젊고 풍채 출류(出類)하며 재주가 신기하여 어려서 인물이 영오(穎悟)하고[78] 일찍 이인(異人)을 만나 신술(神術) 변화를 배우고 형가(荊軻), 섭정(攝政)[79]의 날램이 있고 호풍환우(呼風喚雨)하는 재주가 있으니 너로써 허하여 심복에 부리리라.' 하시던 바니 대강 재주가 있는가 싶더이다."

학사가 왈,

"네 반드시 내게 돌아옴을 한하리로다. 그리면 내 (23)너를 사하여 설가에 보내리니[80] 어떠하뇨?"

요녀가 함소(含笑) 왈,

"노야는 되지 못할 말씀을 마소서. 천첩이 비록 지우하천(至愚下賤)이나 어려서 고서(古書)를 배워 충신이 두 임금을 섬기지 아니함과 열녀가 이부(二夫)를 좇지 않음을 아옵나니 노야가 만일 버리시면 죽을 따름이라. 어찌 실절(失節)한 더러운 계집이 되리잇고."

학사가 우왈(又曰),

"네 설가의 종적을 아는다?"

대왈(對曰),

"첩이 구부인을 뫼와실 제는 홍파랑이 자로 설가의 말을 이르니 들었거니와 이리 온 후야 어찌 소문을 들으리잇가. 연이나 노야가 설가를 아시니 가장 괴이하이다."

정언간(停言間)[81]에 옥단, (24)섬월이 복명(復命)하니 학사가 말을 그치고 경노 부처를

---

78 영오(穎悟)하다: 남보다 뛰어나게 영리하고 슬기롭다.

79 형가(荊軻), 섭정(聶政): 전국시대(戰國時代)의 유명한 자객(刺客)들. 형가는 원래 제(齊)나라 사람이었지만 위(衛)나라로 이주하여 그곳 사람들로부터 경경(慶卿)이라고 일컬어졌고, 다시 연(燕)나라로 가서 형경(荊卿)이라 칭해졌다. 연나라 태자 단(丹)의 객이 되고, 태자의 부탁으로 진왕(秦王)을 암살하려 하지만 실패하고 죽었다. 섭정은 전국 시대 한(韓)나라 사람. 한나라의 경(卿)인 엄수(嚴遂)는 정(政)에게 명령해 재상인 한괴(韓傀)를 죽이라고 하지만 정은 어머니를 모셔야 한다는 이유로 거절하였다. 그 뒤에 어머니가 돌아가시자, 혼자 가서 한괴를 척살하고 자살하였다.

80 보내다: 원문에는 '노닉리니'로 되어 있으나 서강대본을 참고하여 고침.

81 정언간(停言間): 말을 잠시 멈춤.

불러 주찬(酒饌)을 갖추어 들이라 한대 경노가 고두(叩頭) 왈,

"존명을 어찌 감히 거역하리잇고마는 상공이 천가(賤家)에 미녀를 감추시고 때때 임하사 연락(宴樂)하심을 전하가 아신즉 노야 존체(尊體)에 중책(重責)이 미치시고 여화(餘禍)가 소인에게 미칠까 두리나이다."

학사가 왈,

"너는 오직 함구(緘口)하라. 부왕이 어찌 소소(小小) 곡절을 다 아시리오. 설사 발각하나 부왕의 애인성심(愛人誠心)으로써 자식을 죽이든 않으시리니 너는 다만 소주인의 명을 거역지 못함으로써 아뢰라. 약간 책벌(責罰)하시나 관계하랴."

경(25)노 부처가 후일을 염려하나 감히 말을 못하고 주는 금전을 받아 주찬을 장만하여 올리매 학사가 스스로 술을 거후르고[82] 자란으로 잔을 부으라 하고, 옥단, 섬월로 가무(歌舞)하여 즐길새 자란이 수중(手中)에 미혼단을 가져 학사의 진(盡)하는 잔마다 섞어 드리니 십여 배(盃)에 학사가 대취(大醉)하여 인사(人事)를 모르고 좌석에 구러지니[83] 날이 저물되 혼혼불성(昏昏不醒)하여 가기를 잊는지라. 경노 부처가 황망조조하여 붙들어 후당에 들이고 제미인이 구호하니 삼녀(三女)가 붙들어 자리에 편히 뉘이고 수족을 주물러 구호하더니 야심한 후 바야흐로 술이 (26)깬 듯하여 눈을 들어보니 이 곧 궁중이 아니요 경노의 집 후당이요, 좌우에 세 미인이 붙들어 구호하거늘 학사가 술이 깨고자 하고 촉하(燭下)에 자란을 대하니 황홀한 은정(恩情)이 샘솟듯하여 양녀(兩女)가 있음을 휘(諱)치 아니하고 자란을 이끌어 황음(荒淫)하기를 마지아니하니 옥단 등이 비록 이름이 창기나 정정(淨淨)하여 사족의 높은 행실이 있고 음란하지는 아니한지라 학사의 방일(放逸)함과 자란의 요음(妖淫)한 정태(情態)를 더러이 여겨 눈을 낮추고 양녀가 서로 이끌어 방 밖에 나오니 학사는 무심하되 요녀가 양녀의 눈치를 알(27)고 심하(心下)에 노하여 반드시 죽일 뜻이 있더라.

이러구러 날이 새니 학사가 상광지심(詳狂之心)이나 부왕의 엄노(嚴怒)를 두려 바삐 의관을 정제(整齊)하고 삼녀(三女)를 이별하매 보행(步行)으로 궁문에 다다르니 바야흐로 큰 문이 열었더라. 학사가 넌지시 인원 총중(叢中)에 섞여 안문에 들어가되 감히 서헌(書軒)으로 들지 못하고 후면(後面) 월랑(月廊)[84]의 인적이 없는 곳으로 행하여 고소저 침실에 들

---

82 거후르다: 거우르다. 기울이다.

83 구러지다: '거꾸러지다'의 옛말.

84 월랑(月廊): 행랑(行廊).

어가니 당상 좌우에 불빛이 조요(照耀)하고 소저가 바야흐로 신장(晨粧)[85]을 다스리다가 학사를 보고 그의 관이 부정(不整)하고 거지(擧止) 실조(失調)함을 보매 심리(心裏)에 해연(駭然) 경해(驚駭)하여[86] 거울을 놓고 일(28)어 맞아 좌를 정하매 성안(星眼)의 두 줄 정광(精光)이 거듭 떠 봄을 깨닫지 못하여 문득 추파를 거두고 관잠(官簪)[87]을 정히 하며 장복(章服)[88]을 여미고 옥패(玉佩)를 차매 옥안이 씩씩하고 성안이 나작하여 기상이 추천한월(秋天寒月) 같으니 말 붙이기 어려운지라. 학사가 십분(十分) 기탄(忌憚)[89]함이 없지 않아 이에 선웃음하여 왈,

"생이 작일(昨日) 조참(朝參) 후 연부에 가 연공 부부의 허다(許多) 넋두리를 다 듣고 심란하여 오다가 친우(親友)의 간청함을 만나 술을 과취(過醉)하고 감히 존전(尊前)에 뵈지 못하여 궁문 밖 경노의 집에서 자고 왔나니 청컨대 (29)부인은 가부(家夫)의 신상을 아끼거든 존당에 여차여차 아뢰어 생이 밤들게 돌아와 사침(私寢)에서 신음하여 신성(晨省)에 불참함으로써 아뢰소서."

소저가 청파에 정색 왈,

"고인(古人)이 운(云)하되, 인자(人子)가 나아가매 방소(方所)를 반드시 부모께 고하고, 또 군자가 되어 처신(處身)하매 행신(行身)에 반점(半點) 궤고(詭告)함이 없으리니 어찌 거짓말을 꾸며 부형 속임을 능사로 하리잇고. 첩이 자유(自幼)로 품성이 우직하여 평생에 거짓말을 배우지 않았으니 존당이 군자의 거취(去就)를 묻지 않으신즉 대(對)지 않으려니와 만일 물으신즉 사유(事由) 본말대로 아(30)뢰리니 어찌 존전에 기망(欺罔)하여 아뢰리잇고."

설파(說罷)에 사기(辭氣) 추상열일(秋霜烈日)[90] 같으니 생이 일변 무류하고[91] 일변 노하여 작색(作色)[92] 왈,

---

85 신장(晨粧): 아침에 일어나 하는 화장(化粧).

86 경해(驚駭)하다: 뜻밖의 일로 몹시 놀라 괴이하게 여기다.

87 관잠(冠簪): 관을 상투 위에 고정할 수 있게 하는 비녀.

88 장복(章服): 관디. 옛날 벼슬아치들의 공복(公服). 지금은 전통 혼례 때에 신랑이 입는다.

89 기탄(忌憚): 어렵게 여겨 꺼림.

90 추상열일(秋霜烈日): 가을날의 서리같이 차고 여름날의 태양처럼 매섭다는 뜻.

91 무류하다: 무료(無聊)하다. 부끄럽고 열없다.

92 작색(作色): 불쾌한 느낌을 얼굴빛에 드러냄.

"부인(婦人)은 복어인(伏於人)이라.[93] 여자의 경부지도(敬夫之道)가 온순함이 가하리니 저리 거스름이 가하랴. 불통(不通)한 여자가 무식한 부모의 생훈(生訓)이 아모리면 오죽 하랴."

소저가 냉소 왈,

"첩이 비록 무가(武家)에 생장(生長)하여 사체(事體)[94]를 알지 못하나 유문(儒門) 군자가 방소(方所)를 두지 아니시고 시하인(侍下人)이[95] 출입을 자전(自專)하며[96] 허언(虛言)을 꾸며 부모께 고한다 함은 일찍 듣지 않았나이다."

생이 소저의 말마다 의리 쾌(31)단(快斷)하여[97] 관속(官束)[98]지 않음을 십분 대로(大怒)하여 일어나[99] 소저의 봉관(鳳冠)을 벗겨 던지고 운발(雲髮)[100]을 잡아 벽에 부딪치려[101] 하니 소저는 강개(慷慨) 열숙(烈肅)[102]한 여자라 어찌 힘힘히[103] 맞으리오. 발연(勃然)히[104] 떨치니 관이 벗어지고 옥패(玉佩) 떨어지고 옥차(玉釵)[105]가 꺾어지나 소저는 상(傷)치 아니하고 학사가 취기(醉氣) 오히려 있는 고로 소저의 매이[106] 떨침을 인하여 헛되이 놓아버리고 상머리에 구러지니[107] 대로하여 광미(廣眉)[108]를 거사리고[109] 봉안(鳳眼)을 부릅떠 일어나며 소저

---

93 부인(婦人)은 복어인(伏於人)이라: 부인은 다른 사람에게 뜻을 굽혀야 한다는 의미로 『내훈(內訓)』 권1에 나옴.

94 사체(事體): 사리와 체면을 아울러 이르는 말.

95 시하인(侍下人)이: 원문에는 '시하인인'으로 되어 있으나 서강대본을 참고하여 고침.

96 자전(自專)하다: 자기 마음대로 결정하여 처리하다.

97 쾌단(快斷)하다: 시원스레 처단하다.

98 관속(官束): 단속함. 관리함.

99 일어나: 원문에는 '닙써나'로 되어 있음.

100 운발(雲髮): 여자의 탐스러운 머리 모양을 이르는 말.

101 부딪치려: 원문에는 '부딕이즈랴'로 되어 있음.

102 열숙(烈肅): 미상. '강개하고 엄숙하다'의 뜻인 듯함.

103 힘힘히: 부질없이.

104 발연(勃然)히: 왈칵 성을 내는 태도나 일어나는 모양이 세차고 갑작스럽게.

105 옥차(玉釵): 옥비녀.

106 매이: 매우. 심하게.

107 구러지다: 거꾸러지다.

108 광미(廣眉): 넓은 눈썹.

109 거사리다: 거스르다. 곧추세우다.

를 난타(亂打)할 형상이 급하거늘, 소저가 서연(徐然)히 관잠(冠簪)[110]을 거두어 청사(廳事)[111]에 나리니 행보(行步)가 나는 듯하여 계하(階下)에 나리매 계파, 소앵이 촉을 잡(32)아 인도하여 정전(正殿)으로 향하는지라. 생이 소저를 놓아 버리고 분기(憤氣) 엄엄(嚴嚴)하여 방중(房中) 기완(器玩)[112]을 낱낱이 분쇄(粉碎)하며 병장(屛帳)[113]을 다 뮈이[114] 치니 산호경대(珊瑚鏡臺)와 옥거울이 만편(萬片)이[115] 나고 금옥기완(金玉器玩)이 산산이 바아지니[116] 그림 그린 사창(紗窓)과 아로새긴 난간이 편편(片片)하여 어즈러이 떨어지니 생의 분(憤)히 날치는 거동이 완연한 광인(狂人)이라. 소저가 시이불견(視而不見)하고 정당으로 향하더니 합문(閤門) 앞에 다다라 우숙희를 만나니 소저가 왈,

"서모(庶母)가 어데로 가시나니잇가?"

숙희 왈,

"정궁으로 가나이다."

소저가 침음 주저하거늘 숙희 경아(驚訝)[117] 문고(問故)한대 소저가 안서(安舒)히[118] 대왈,

"첩의 각중(閣中)에 기괴한 변이 있(33)으니 서모가 아니시면 풀지 못하리니 바라건대 걸음을 아끼지 마소서."

숙희 경문(驚問) 왈,

"재작일(再昨日)에 명휘각 대변(大變)을 지내고 또 무슨 변이 있나니잇가?"

소저가 월아(月蛾)를 씽기어 왈,

"도차(途次)[119]에 어찌 다 하리잇가. 다만 가서 보시면 아시리이다."

숙희 소저의 말이 필유사고(必有事故)[120]함을 깨달아 다시 묻지 아니하고 걸음을 두루

---

110 관잠(冠簪): 관을 상투 위에 고정할 수 있게 하는 비녀.

111 청사(廳事): 마루. 집채 안에 바닥과 사이를 띄우고 깐 널빤지. 또는 그 널빤지를 깔아 놓은 곳.

112 기완(器玩): 감상하며 즐기기 위하여 모아 두는 기구나 골동품 따위를 이르는 말.

113 병장(屛帳): 병풍과 장막을 이르는 말.

114 뮈이: '밉게'의 옛말.

115 만편(萬片)이: 원문에는 '만편의'로 되어 있으나 문맥에 맞추어 고침.

116 바아지다: '부서지다'의 옛말.

117 경아(驚訝): 놀랄 정도로 의아하게 여김.

118 안서(安舒)히: 편안하고 조용하게.

119 도차(途次): 도중(途中).

120 필유사고(必有事故): 반드시 일에 어떤 까닭이 있음.

혀[121] 재성각에 이르니 크게 아름답지 않은 광경이라. 숙희 대경차악(大驚嗟愕)[122]하여 급히 생의 손을 잡으며 여성(厲聲)[123] 왈,

"공자가 취하지 않았으면 과연 미쳤도다. 고소저가 이 궁중에 이르신 지 사오 일이라. 무슨 견과(見過)[124]함이 있관대 공자의 거조(擧措)가 여차하시뇨."

생이 성이 북받쳐 열화(熱火) (34)같으나 서모의 책언(責言)을 들으매 자못 공경하여 왈,

"고씨는 극악(極惡) 발부(潑婦)[125]라. 언사(言辭)가 여차여차하니 장부가 되어 그르나 옳으나 어찌 여자에게 굴하리잇가. 차고(此故)로 거조가 광패(狂悖)하기에 미쳤더니 이 또 고씨의 허물이요 자(子)의 탓이 아니로소이다."

숙희 정색 왈,

"공자의 말이 다 정도(正道)가 아니로다. 첩이 비록 용우(庸愚)하나 공자를 은양(恩養)함이 있으니 그 정이 어찌 범연하리오. 고소저가 비록 용우하나 기특하나 공자께 따른 소저이어늘 어찌 공자께 더으리오. 무타(無他)라, 공자의 아시(兒時) 총명이 입장(入丈)[126] 등과(登科) 후 졸연(猝然)히 변화하심이 한갓 공자의 운수가 불리할 뿐 아니라 연·고 양 부인의 소조(所遭)[127]가 (35)기험(崎險)함[128]이로소이다. 전하의 엄훈(嚴訓)과 사인(舍人)[129] 상공의 정대한 교훈을 받들지 않으시고 풍류호탕(風流豪宕)을 나는 대로 하여 성정이 상함을 생각지 아니하고 중야(中夜)에 방소(方所)를 임의로 하여 신성(晨省)[130]을 폐하며 취광(醉狂)한 거조(擧措)로 부인의 처소[131]에 돌입하여 거조가 해괴망측하니 평일 수행(修行)이 어찌 이러하리오. 첩이 골돌함을 이기지 못하나니 차후에 이 일을 전하와 낭랑(娘娘)이 아신즉 공자 신상(身上)이 어찌 무사하리오."

---

121 두루혀다: '돌이키다'의 옛말.
122 대경차악(大驚嗟愕): 몹시 놀람.
123 여성(厲聲): 성이 나서 큰 소리를 지름. 또는 그 소리.
124 견과(見過): 허물을 보임.
125 발부(潑婦): 막되거나 거센 여자.
126 입장(入丈): 장가를 듦.
127 소조(所遭): 치욕이나 고난을 당함.
128 기험(崎險)하다: 기구(崎嶇)하다.
129 사인(舍人): 중서사인(中書舍人) 벼슬을 하고 있는 '현경문'을 지칭함.
130 신성(晨省): 아침 일찍 부모의 침소에 가서 밤사이의 안부를 살피는 일. 신성지례(晨省之禮).
131 처소: 원문에는 '쳐쇼' 뒤에 '롤 임의로 ᄒᆞ여 ~ 부인의 쳐쇼'가 중복 서술되어 있음.

생이 서모(庶母)의 누누지언(屢屢之言)을 들으매 구연(懼然)[132]하여 저두묵연(低頭黙然)[133]하거늘 숙희 재삼 권하여 편히 쉬기를 권하고 정당에 들어가 문안하고 (36)제인(諸人)이 다 모였으되 홀로 학사가 없는지라. 왕이 사인(舍人)다려 왈,

"문아가 어데 갔관대 양일(兩日)을 보지 못할소냐?"

대왈,

"작일(昨日) 파조(罷朝) 후 연부로 가노라 하옵더니 연공이 청류(請留)함인가 하나이다."

왕이 불열(不悅) 왈,

"아해 비록 무행(無行)[134]하나 연공은 예의군자라, 어찌 인자(人子)의 방소를 고(告)치 말라 하리오. 차아(此兒)가 근간(近間) 행사(行使)[135]가 크게 괴이하여 겨우 내 앞을 임하여 수련하노라 하나 두루는[136] 목자(目子)[137]와 온중(穩重)한[138] 체(體)는 다 버리고 미친 걸음이 실로 해괴하여 다스릴 것이로되, 자고(自古)로 성인도 오는 액을 면치 못하니 차아가 근간 미간(眉間)에 흑기(黑氣)[139] 맺히어 대액(大厄)을 만날 거동이니, 만일 기운을 잡고자 한즉 액수(厄數)가 공참(孔慘)(37)하여[140] 반드시 사생(死生)의 염려가 있을지라. 차고(此故)로 만사에 지이부지(知而不知)[141]하여 속수대천(束手待天)[142]하나니 오아(吾兒)는 모로미[143] 상심명찰(詳審明察)하여 그 행동을 유심(留心)하여 대과(大過)에 이르게 말라. 차아가 반드시 연부에 있지 않으리라."

사인이 쉬이 대지 못하고 유유(悠悠)하거늘 우희 나아와 고왈,

"차공자가 과연 작야(昨夜)에 돌아왔으나 취기 미란(迷亂)하여[144] 감히 정당에 뵈옵지

---

132 구연(懼然): 두려워하는 모양.
133 저두묵연(低頭黙然): 머리를 숙이고 말을 하지 않음.
134 무행(無行): 품행이 단정하지 못함.
135 행사(行使): 행동이나 하는 짓.
136 두루다: 이리저리 돌리다.
137 목자(目子): 눈동자.
138 온중(穩重)하다: 성격이 조용하며 침착하다.
139 흑기(黑氣): 불길하고 음산한 기운.
140 공참(孔慘)하다: 매우 참혹하다.
141 지이부지(知而不知): 알면서 모르는 척함.
142 속수대천(束手待天): 하는 수 없이 하늘의 뜻을 기다림.
143 모로미: 모름지기.
144 미란(迷亂)하다: 정신이 혼미하여 어지럽다.

못하고 홀로 후당에 가 밤을 지내고 계명(啓明) 때에 재성각에 들어와 숙수(熟睡)[145]가 몽롱하고 신기(身氣) 불안하여 요석(席)[146]에 일지[147] 못하더이다."

왕이 불열하여 묵연무어(默然無語)하고 공주가 빈미(嚬眉) 탄왈,

"내 여액(餘厄)이 미진(未盡)하여 여화(餘禍)가 자식에게 미침이로다. 연소부의 무망(無妄)[148] 참액(慘厄)이 (38)사생(死生)을 미가분(未可分)이어늘 간인(奸人)이 은복(隱伏)하여 악사(惡事)를 지으니 구현부와 고소부가 어찌 고당(高堂)에 안거(安居)함을 기필(期必)하리오."

좌우가 왕의 부부의 말씀을 의혹하되, 구씨는 신명(神明)한 여자라 지기(知機)함[149]이 있는 고로 아미(蛾眉)를 잠깐 빈축(嚬蹙)[150]하더라.

이날 마침 진공이 미양(微恙)[151]이 있음을 아뢰니 왕이 대경하여 부인과 자녀를 거느려 상부에 나아가 문안하니 백부(伯父)와 부공(父公)이 한가지로 내서헌[152]에 처하였는지라. 진공이 제자(諸子)를 대하여 왈,

"우연히 감돈하여 신음하나 본디 큰 병이 아니라 여등(汝等)은 물념(勿念)하라. 연(然)이나 노부(老夫)가 작야(昨夜)에 침수(寢睡)[153]가 경경(耿耿)하여[154] 형장(兄丈)을 뫼셔 건상(乾象)[155]을 살피니 요매(妖魅)의 기운이 제궁(39)에 가득하였으니 필연(必然) 여화(餘禍)가 불측(不測)할지라. 알고 속수(束手)함[156]은 철인(哲人)의 지혜 아니어니 자고로 홍안지해(紅顔之害)[157]는 천리(天理)의 상사(常事)라. 구·연 양아(兩兒)가 용안(容顔)이 너무 수이(秀異)함을 내 자못 깃거 아니하더니 연아가 불의 봉변하여 존망(存亡)을 알지 못하

---

145 숙수(熟睡): 잠이 깊이 듦. 또는 그 잠.

146 요석(席): 궁중에서 '요'를 이르던 말.

147 일지: 원문에는 '지'로 되어 있으나 서강대본을 참고하여 보충함.

148 무망(無妄): 무망중(無妄中).

149 지기(知機)하다: 기미나 낌새를 알아차리다.

150 빈축(嚬蹙): 눈살을 찌푸리고 얼굴을 찡그림.

151 미양(微恙): 가벼운 병. 말하는 이가 자기의 병을 낮추어 이르는 말.

152 내서헌: 원문에는 '딕셔헌'으로 되어 있으나 서강대본을 참고하여 고침.

153 침수(寢睡): '잠'의 높임말.

154 경경(耿耿)하다: 염려가 되어 잠을 설치다.

155 건상(乾象): 하늘의 현상이나 일월성신이 돌아가는 이치.

156 속수(束手)하다: 팔짱을 끼고 가만히 있다.

157 홍안지해(紅顔之害): 얼굴이 예쁜 여자는 팔자가 사나운 경우가 많은 것을 뜻하는 홍안박명(紅顔薄命)의 의미.

고 또 궁중에 요적(妖賊)이 있으니, 고씨는 비록 소소 액경(厄境)[158]이 있으나 본디 다복유덕지상(多福有德之相)이니 설사 악인의 무리 만장갱참(萬丈坑塹)[159]에 밀쳐도 그 몸이 화에 나아가지 아니코 고당에 안거(安居)하려니와, 두리는[160] 바는 구소부라 얼굴이 너무 과도하여 재액(災厄)이 많은 아해니 어찌 두립지[161] 아니리오. 오는 액은 성인도 면치 못하나니 구씨 어찌 홀로 면하리오마는 노부의 의심은 구씨 연아의 무망(無妄) 대화(大禍)를 (40)만날까 두리나니 여차여차하여 방비(防備)하라."

왕이 복수청교(伏首聽教)[162]에 기이배사(起而拜謝) 왈,

"대인의 성교(盛教)가 명성(明聖)[163]하시니 해아가 앙복(仰伏)하나이다. 연이나 만사(萬事)가 다 하늘이니 어찌 인력으로 미치리잇고. 오직 존명(尊命)을 봉승(奉承)하리이다."

진공이 우연 탄왈,

"내 실로 여자의 색(色)이 불관(不關)하고 덕과 복이 두꺼움을 깃거하되[164] 제부, 제손이 하나도 의빈의 복덕(福德)이 겸비함을 및기 어려우니 어찌 가한(可恨)치 아니리오."

오공이 위로 왈,

"화복(禍福)이 재천(在天)하고 궁달(窮達)이 유명(有命)하니 인력의 미칠 바가 아니라. 현제(賢弟) 자소(自少)로 총명 상쾌하니 모년(暮年)[165]에 이르매 어찌 잔 혬[166]이 그리 많으뇨."

신공이 형상을 놀아보아 잠소(潛笑) 대왈,

"소제 자(41)유(自幼)로 성질이 소졸(疏拙)하거늘 소시(少時)에 주씨로 인하여 기괴한 변액을 갖추어 지내고 자부(子婦) 손아(孫兒)에 니르히[167] 여액(餘厄)이 미진하여 대화(大禍)가 층생(層生)하니 자연 심화(心火) 되어 사심(邪心)이 만복(滿腹)하옴이러니 형장이

---

158 액경(厄境): 모질고 사나운 운수에 시달리는 고비.

159 만장갱참(萬丈坑塹): 높이가 만 길이나 되는 구덩이.

160 두리다: '두려워하다'의 옛말.

161 두립다: '두렵다'의 옛말.

162 복수청교(伏首聽教): 머리를 숙이고 가르침을 들음.

163 명성(明聖): 총명하고 덕이 높음.

164 깃거하되: 원문에는 '깃거ᄒᆞ되다'로 되어 있으나 서강대본을 참고하여 '다'를 삭제함.

165 모년(暮年): 만년(晩年). 나이가 들어 늙어가는 시기.

166 혬: 생각. 헤아림.

167 니르히: '이르도록', '이르기까지'의 옛말.

오졸(吾拙)함을 책하시니 차후는 비록 근심이 있으나 형장 안전(案前)에 우회(憂懷)[168]를 베풀지 못하리로소이다."

하더라.

왕이 제자를 거느려 부전에 뫼셨다가 모부인께 뵈오니 주부인이 제부, 제손을 거느려 말씀하다가 왕의 곤계(昆季)를 보고 진공의 반일(半日) 기후(氣候)[169]를 묻고 종용히 한담(閑談)하여 일모(日暮)하매 제인이 물러나니 왕의 부부가 또한 궁에 돌아오다. 고소저가 존고(尊姑)[170]를 뫼셔 상부에 문안하고 돌아와 침소에 이르니, 차시 학사가 종(42)일 언와(偃臥)[171]하여 고씨의 돌아옴을 괴로이 기다릴새 요녀(妖女)가 학사의 노기(怒氣)를 띠어 고소저 침소로 들어감을 보고 가만히 따라가 여허[172] 보니 소저는 존당에 들어가고 학사는 작란(作亂)을 한 번 잘하고 상상(床上)에 누워 분한 숨소리 그치지 아니하거늘 양랑(養娘), 차환(叉鬟)이 실중(室中)과 난간에 흩어진 기완을 수습하여 깨뜨려진[173] 것을 서릇노라[174] 분주 왕래하는지라. 요녀가 변하여 창승(蒼蠅)[175]이 되어 날아 생의 머리 위에 앉았다가 창밖에 나가 왕래하며 가만히 이르되,

"우리 소저가 실로 답답하시도다. 부질없이 장부(丈夫)를 촉노(觸怒)치[176] 말고 그만하여 본부에 돌아가 연부인의 구차히 도주함을 본받지 말고 광명정대(光明正大)히 풍류(43)낭군을 얻어 쾌락함이 아니 옳은가?"

문득 답하는 자가 있어 왈,

"매매(妹妹)야, 실로 인심을 불가측(不可測)이러라. 연부인은 소졸(疏拙) 혼암(昏闇) 여자가 가부(家夫)의 호일방탕(豪逸放蕩)하고[177] 박정(薄情) 매몰함을 한(恨)하는 마음에 구부인의 능활(能猾)한 띠음과 고소저의 기모(奇謀)를 벗어나지 못하여 힘힘히 적수(敵手)

---

168 우회(憂懷): 근심.

169 기후(氣候): 기체(氣體). 몸과 마음의 형편이라는 뜻으로, 웃어른께 올리는 편지에서 문안할 때 쓰는 말.

170 존고(尊姑): '시어머니'를 높여 이르는 말.

171 언와(偃臥): 누움.

172 여흐다: 엿보다.

173 깨뜨려진: 원문에는 'ᄲᅢ려진'으로 되어 있음.

174 서릇다: 치우다.

175 창승(蒼蠅): 파리.

176 촉노(觸怒)하다: 웃어른의 마음을 거슬러서 성을 내게 하다.

177 호일방탕(豪逸放蕩)하다: '호일(豪逸)하다'는 '예절이나 사소한 일에 매임이 없이 호방하다'. '방탕(放蕩)하다'는 '주색잡기에 빠져 행실이 좋지 못하다'.

에 떨어져 훼절(毁節) 음부(淫婦)가 됨을 면치 못하였거니와 고소저는 창기(娼妓)를 시새워 돌아갈 뜻이 없으니 아니 괴이하냐."

먼저 말하던 자가 웃어 왈,

"매매는 우스운 말 말라. 고소저는 창기(娼妓)라도 적인(敵人)이 있어 금슬지락(琴瑟之樂)이 종요롭지[178] 못함을 한하거니와 구부인은 천승(千乘) 국군(國君)의 총부(冢婦)요 진신(搢紳)[179] 명사(名士)의 부인으로 가부(家夫)의 단정함이 궁중 수풀 같은 홍장분대(紅粧粉黛)[180]를 무심(無心) 행로(行路)하(44)고 은총이 자가(自家)에 전일(專一)[181]하거늘 무엇이 부족하여 주희(紂姬)[182]의 탕음(蕩淫)함이 있나뇨?"

수답자(酬答者)[183]가 기기(奇奇)히 웃어 왈,

"사인(舍人) 노야(老爺)는 진실로 금세(今世)의 미자(微子)와 유하혜(柳下惠)[184]라. 풍정이 너무 매몰하여[185] 마치 수도승 같으니 어찌 가인(佳人)의 탐춘(探春)하는 정의(情意)와 같으리오. 차고로 구부인이 현사인(舍人)의 풍류가 너무 매몰함을 미흡(未洽)하여 반드시 유정(有情) 낭군을 사통코자 함이니 이는 가인의 다다(多多)한 탐정(探情)이라, 구부인이 스스로 진희(晉姬)[186] 되고자 할지언정 돌아가고자 하는 뜻이 없나이라."

답왈,

"또한 아노라. 차인이 진짓 옥얼굴에 숯마음이니 금문가벌(金門家閥)과 부귀호치(富貴豪侈)를 이를진대 가히 그 인물이 아깝도다. 그러나 저러나 우리 하배(下輩) 알 바가 아니로다. 매매(妹妹)와 내 비록 (45)지친(至親)의 정이 있으나 이미 인가(人家) 비배

---

178 종요롭다: 없어서는 안 될 정도로 매우 긴요하다.

179 진신(搢紳): 벼슬아치를 통틀어 이르거나 지위가 높고 행동이 점잖은 사람을 말함.

180 홍장분대(紅粧粉黛): 화장한 아름다운 여자를 비유적으로 이르는 말.

181 전일(專一): 마음과 힘을 모아 오직 한 곳에만 씀.

182 주희(紂姬): 주(紂)왕의 총희(寵姬).

183 수답자(酬答者): 묻는 말에 대답하는 자.

184 미자(微子)와 유하혜(柳下惠): 미자는 은나라 마지막 임금인 주(紂)의 배다른 형으로, 주가 음란하자 간하였으나 듣지 않으므로 은을 떠나 은둔한 사람. 유하혜는 춘추시대 노(魯)나라의 현자.

185 매몰하다: 인정이나 싹싹한 맛이 없고 쌀쌀맞다.

186 진희(晉姬): 조(趙)나라 진문공(晉文公)의 누이동생이자 조최(趙衰)의 부인을 말한다. 19년의 망명 끝에 보위에 올라 진문공이 되었을 때 망명생활 동안 자신을 보좌하면서 큰 공을 세운 조최의 공로를 인정하여 그에게 자신의 누이동생을 시집보냈다. 조최는 포로로 잡은 적(翟)나라 여자와 이미 결혼한 몸이었으나, 군왕의 누이를 아내로 맞이하였으므로 감히 데려올 수 없었다. 그러나 진희는 어진 덕으로 조최가 적녀를 데려오기를 원하였기에 결국 진문공은 누이동생의 마음을 알고 적녀를 데려오는 것을 허락했다.

(婢輩) 되어 각각 임자를 좇았으니 주인의 시비(是非)를 일러 무엇하리오. 속어(俗語)에 왈, '주어(晝語)는 문조(聞鳥)하고 야어(夜語)는 문서(聞鼠)라.'[187] 하니 다설(多說)함을 그치라."

설파에 고요하니 생이 소매로 낯을 덮고 자는 듯하나 자지 않았거니 어찌 요인(妖人)의 문답(問答)함을 못 들으리오. 심하(心下)에 분해(忿駭)[188]하여 생각하되 '나는 부모의 계자(季子)니 배항(配伉)이 비록 불합(不合)하나 하릴없거니와 형장은 문중의 중한 몸이라 배필을 가림에[189] 마땅히 장강(莊姜)의 색(色)[190]과 임사(姙姒)의 덕(德)[191]을 겸한 숙녀를 취하여 금슬종고(琴瑟鐘鼓)에 〈갈담(葛覃)〉[192] 행채(荇菜)[193]를 노래하고 생자휵손(生子慉孫)[194]하여 종(宗)을 창(昌)하며 사(嗣)를 늘임이 옳거늘 구수(嫂)가 어찌 기화(奇花)의 향염(香艶)과 주옥(珠玉)(46)의 재기(才氣)로써 의용(儀容)이 관절(冠絶)하시나니[195] 반드시 규측(閨則)의 성범(聖範)으로 오문(吾門)을 창대할까 하였더니 어찌 뜻밖에 여차 누행(陋行)이 있을 줄 알리오. 형제는 골육(骨肉)이라 내 수씨(嫂氏)의 이대도록[196] 불미한 과실을 밝히 알고 모르는 듯이 묻어둔즉 이는 골육을 내외(內外)함이라. 마땅히 들은 말로써 형장께 먼저 고하여 상론

---

187 주어문조(晝語聞鳥) 야어문서(夜語聞鼠): 낮말은 새가 듣고 밤말은 쥐가 듣는다.

188 분해(忿駭): 분하고 놀람.

189 가림에: 원문은 '골희미'로 되어 있음. '골희다'는 '가리다'의 옛말.

190 장강(莊姜)의 색(色): 강장은 제나라 제후의 딸로, 춘추시대 위(衛)나라 장공(莊公)의 비(妃)이다. 미모가 뛰어났으며 보모인 부모(傅母)의 계속된 가르침을 받아 스스로 품행을 닦았다고 한다.

191 임사(姙姒)의 덕(德): 태임(太姙)과 태사(太姒)의 덕. 임사(姙姒)는 중국 고대의 후비(后妃)로 주나라 문왕의 어머니이며 왕계의 아내인 태임(太妊)과 신국왕의 딸로 주 문왕의 후비이며 무왕의 어머니인 태사(太姒)를 말한다. 두 사람 모두 모성으로 갖추어야 할 도리와 부녀가 지켜야 할 떳떳하고 옳은 도리를 펼친 것으로 이름났다.

192 〈갈담(葛覃)〉: 『시경(詩經)』 「주남(周南)」에 실린 시로, 집안의 화목과 번성을 노래하였으며 후비(后妃)가 스스로 직접 지은 것이다. 후비는 신분이 이미 귀해졌는데도 부지런하고, 이미 부유한데도 검소하며, 이미 어른이 되었는데도 스승에 대한 공경이 해이해지지 않고, 이미 시집갔어도 친정 부모에 대한 효성이 쇠퇴하지 아니하였다고 한다.

193 행채(荇菜): 『시경(詩經)』 「주남(周南)」에 실린 〈관저(關雎)〉의 일부분으로 〈관저〉는 후비(后妃)의 덕을 칭송한 시이다. '參差荇菜(참치행채) 左右流之(좌우유지) 窈窕淑女(요조숙녀) 寤寐求之(오매구지)- 들쑥날쑥한 마름나물을 좌우로 물길따라 취하도다. 요조한 숙녀를 자나깨나 구하도다.'에서 행채(荇菜)는 요조숙녀를 비유한 것이라고 할 수 있다.

194 생자휵손(生子慉孫): 원문에는 '싱ᄌᆞ휵숀'으로 되어 있으나 서강대본을 참고하여 고침.

195 관절(冠絶)하다: 가장 뛰어나다.

196 이대도록: 이다지. 이렇게까지.

(詳論)하고 또 부모께 아뢰어 불인한 자최를 가내에 없이하고 새로이 고문대가(高門大家)의 요조숙녀를 얻어 가형(家兄)의 내조(內助)를 빛내어 부모 후사를 잇게 하리라.' 하고 미친 의사(意思)가 발작하여 서당으로 분연히 나가고자 하더니 서제(庶弟) 희양이 안으로서 나오며 이르되,

"존당(尊堂) 태노야(太老爺)가 미양(微恙)[197]이 계시니 부왕 전하와 현(47)비(妃) 낭랑(娘娘)이며 궁중 다소(多少)인이 다 상부에 가 계시니 학사는 신음하신다 하고 명(命)치 아냐 계시니 아지 못게라. 지금은 나으시거든 상부로 나아가려 하시나니잇가. 연즉 의관(衣冠)이 부정(不整)하고 의용(儀容)이 환탈(換奪)하여 계시니 관(冠)줄이나 고쳐 하고 의대(衣帶)를 정제(整齊)하여 나아가소서. 저 모양으로 가시다가는 엄책(嚴責)을 면치 못하시리이다."

생이 청파에 자기 광망(狂妄)한 거동을 부끄리고 희양의 정직한 말을 들으니 무류하여[198] 낯을 붉히고 왈,

"나는 실로 환후(患候)[199] 계시던 줄 모르더니라. 연이나 대단튼 않으시냐. 종일토록 빈방에 혼자 누웠으니 심란하여 서당에 나가 형제 등이나 찾아보고 말이나 하자 하였더니 서당이 비었다 하니 나가 부질없(48)도다. 작취미성(昨醉未醒)하고 신기곤뇌(身氣困惱)하여 걸음걷기 싫어 상부에 가지 못하나니 너는 존당에 들어가 날 본 체 말라."

하고 도로 침소로 들어가니 희양이 고이히 여겨 하나 불문기의(不問其意)하고 다만 대답하더라. 생이 도로 들어와 누워 생각하되, '내 잘못하도다. 아자(俄者)에 말하던 시비들을 사핵(査覈)하여[200] 곡절을 자시 안 후 수씨(嫂氏)의 과실을 부모와 형장께 고함이 옳거늘 장물(贓物)을[201] 잡지 못하고 이런 중난(重難)한 말을 구외(口外)에 경설(輕說)[202]한즉 부모가 어찌 책(責)지 않으시며 형장이 또 수씨(嫂氏)의 용색(容色)을 과중(過重)하시니 벅벅이[203] 내 말을 곧이듣지 아니시리니 도로혀 합문(闔門)[204] 상하(上下)의 분분한 인언(人言)이 중망(衆望)

---

197 미양(微恙): 가벼운 병.

198 무류하다: 부끄럽고 열없다. 무료(無聊)하다.

199 환후(患候): 웃어른의 병을 높여 이르는 말.

200 사핵(査覈)하다: 실제 사정을 자세히 조사하여 밝히다.

201 장물(贓物)을: 원문에는 '을'이 없으나 서강대본을 참고하여 보충함.

202 경설(輕說): 비밀을 지키지 못하고 가볍게 이야기해 버림.

203 벅벅이: 그러하리라고 미루어 헤아려 보건대 틀림없이.

204 합문(闔門): 온 집안이란 뜻.

을 니르혀[205] 나를 괴이(怪異)히 여기리니 어찌 망(49)계(妄計) 아니리오. 아모커나[206] 이제란 범사를 상심(詳審)하고 부디 눈치 있게 하여 음악(淫惡)한 단서를 잡은 후 명정언순(名正言順)[207]하여 구씨와 고씨 나를 원치 못하게 하리라.' 하고 이렇듯 사사(事事) 난려(亂慮)가 백출(百出)하여 종일 번뇌하며 칭병(稱病) 잠와(潛臥)[208]하여 식음(食飮)을 찾지 아니하더니 석양(夕陽)에 왕의 부부가 돌아오니 고소저가 배후(背後)하여 온지라. 소저가 생이 침소에 그저 있음을 듣고 상대함을 크게 괴로워 정전에서 제사소고(娣姒小姑)[209]와 한가지로 석식을 파하고 혼정(昏定)을 마치매 소저가 옥혜 소저로 더불어 향매각에 이르니 소저는 의빈 군주의 필녀(畢女)라 나이 어리나 인자명철(仁慈明哲)하여 총명영기(聰明英氣) 모부인 슬기 있더라. 고소저의 홍군(紅裙)을 이끌어 낭랑(朗朗)히 소왈,

"저저(姐姐)의 성(50)덕(聖德) 재모(才貌)를 잊지 못하여 한 번 가르침을 듣고자 하되 연저저의 봉변 후 가중이 불락(不樂)하고 근일(近日) 차(且) 거거(哥哥)의 본성(本性)을 잃어 분주(奔走)하고 저저 각중(閣中)의 공연한 전장(戰場)이 되니 심히 불안하여 감히 청(請)치 못하였더니 저저가 졸연(猝然)히 누처(陋處)에 임하시니 금야(今夜)란 자고 가소서. 종야(終夜) 한담(閑談)하여 동기지정(同氣之情)을 펴사이다."

소저가 흔연(欣然)[210] 사왈(辭曰),

"소저가 첩의 용우(庸愚)한[211] 기질을 이렇듯 우대하시니 어찌 감은(感恩)치 아니리오. 마땅히 후의를 받들어 머물고자 하되 사고(事故)가 많은지라 능히 한유(閒遊)치 못하나니 소저는 허물치 마소서. 다만 향매각이 첩의 처소와 지근(至近)하나 첩이 말미암아 장대(粧臺)를 구경치 못한 고로 퇴실하는 길에 이름이로소이다."

(51)교혜 소저가 이에 왔더니 교혜는 구 세요, 옥혜 형이라 소왈,

"고저저가 차형의 성품을 아는도다. 무슨 일인지 종일 험상(險狀)을 부리고 조석(朝

---

205 니르히다: '일으키다'의 옛말.

206 아모커나: 아무러하거나.

207 명정언순(名正言順): 명분이 바르고 말이 사리에 맞는다는 뜻.

208 잠와(潛臥): 머리를 싸매고 누움.

209 제사소고(娣姒小姑): 동서와 시누이. '제사(娣姒)'는 동서, '소고(小姑)'는 시누이.

210 흔연(欣然): 흔연(欣然)히. 기쁘거나 반가워 기분이 좋게.

211 용우(庸愚)하다: 용렬하고 어리석다.

夕)[212]을 다 폐하고 청평세계(淸平世界)[213]의 광객(狂客)이 되어 침소에 고와(孤臥)하였더라 하니 저저가 만일 사침(私寢)을 찾지 않으신즉 대란(大亂)이 날 듯하니 빨리 가소서."

소저가 청미(聽未)에 쌍미(雙眉)를 찡기어 부답(不答)이러니 문득 보(報)하되,

"주군(主君)이 종일 불식(不食)하고 상석에 고와(孤臥)하여 계시더니 부인이 졸연(猝然)히 숙소를 찾지 않으시고 아소저 침당에 오심을 아시고 노하사 빨리 청하시더이다."

소저가 진실로 생의 광거(狂擧)를 상면(相面)할 마음이 없어 한유(閒遊)하여 돌아가고자 하더니 차언을 들으매 괴로움을 어찌 면하리오. 이에 후회(後會)를 이(52)르고 날이 이미 황혼이라 실중(室中)의 촉광(燭光)이 여주(如晝)하더라. 소저가 입실하니 생이 노엽던 마음이 풀리지 않은지라. 저의 들어옴을 보고 노분(怒憤)이 통한(痛恨)하여 경각(頃刻)에 큰일을 낼 듯하되 때 초혼(初昏)이라 요란한즉 다소(多少) 인원(人員)의 중구(衆口)를 이루어 부모가 아실까 저어[214] 분을 참고 상상(床上)에 빗기 누워 소저를 보는 눈이 찢어질[215] 듯하니 옥면(玉面) 추파(秋波)에 참엄(慘嚴)한 노기(怒氣) 열숙(烈肅)[216]하여 설만궁학(雪滿窮壑)[217]에 노호(怒虎)가 파람[218]하매 백수(百獸)가 진공(震恐)[219]하는 듯하니 적이 담(膽) 적은 자면 한출첨배(汗出沾背)[220]할 것이로되 소저가 심지(心地)[221] 굉원(宏遠)하고[222] 지혜(智慧) 능철(能徹)[223]하며 담기(膽氣)[224] 과인(過人)한지라. 생의 무단한 노색(怒色)과 무고한 즐책(叱責)을 우습게 여기되 분분(忿憤)한 거동과 미워하는 눈치를 전(53)혀 모르는 듯 옥안이 천연(天然)하고[225] 기위(其威) 단숙(端肅)하여 저두묵묵(低頭默默)하니 삼척(三尺) 아녀자나 기심(其心)을

---

212 조석(朝夕): 조석반(朝夕飯).

213 청평세계(淸平世界): 고요하고 평화롭게 다스려져 태평한 세상.

214 저어: 저어하다. '염려하거나 두려워하다'의 옛말.

215 찢어질: 원문에는 '찌여질'로 되어 있음.

216 열숙(烈肅): 강개하고 엄숙함.

217 설만궁학(雪滿窮壑): 눈이 가득한 깊숙한 골짜기.

218 파람: 포효(咆哮). 사나운 짐승이 울부짖음. 또는 그 울부짖는 소리.

219 진공(震恐): 떨면서 무서워함.

220 한출첨배(汗出沾背): 부끄럽거나 무서워 땀이 솟아 등까지 흠뻑 젖음.

221 심지(心地): 마음의 본바탕.

222 굉원(宏遠)하다: 생각이나 논리 따위가 심오하다.

223 능철(能徹): 능히 투철함.

224 담기(膽氣): 바로 겁이 없고 용감한 기운이란 뜻으로 곧 담력을 말함.

225 천연(天然)하다: 시치미를 뚝 떼어 겉으로는 아무렇지 아니한 듯하다.

불가측(不可測)이라. 만일 명(明)한 군자와 장부로 볼진대 숙녀의 방향(芳香)이 완전함을 깃거할 바로되 당차지시(當此之時)[226]하여는 현희문의 한 쌍 구슬[227]이 밤들지[228] 않았으되 어둡기 칠야(漆夜) 같고 총명영기(聰明英氣) 요녀의 휼중(譎中)[229]에 어림이[230] 되어 석(石)장[231]이 되었으니 어찌 숙녀 명염(明艶)을 잘 알아 진압하리오. 그 진중한 거동이 이완(弛緩)한 듯 더욱 밉고 안서(安舒)한[232] 기질과 유한(有閑)한 동작이 흉휼(凶譎)한 듯 더욱 증분(增忿)하니 양구(良久) 예시(睨視)에 길이 혜[233] 차 여성(厲聲)[234] 문왈,

"생이 마침 사고가 있어 타처에 가 자고 새벽에[235] 들어와 쉬고자 하여든 그대 비록 나의 조강원비(糟糠元妃)라도 여(54)자의 도리 소천(所天)을 설만(褻慢)[236]치 못하려든 그대 수존(雖尊)이나[237] 불과 장문여종(將門餘種)[238]으로 한 무부(武府)의 여자라. 나의 빈실이 되어 주군을 업신여겨 명을 불수하고 존당을 촉하여 허물을 공격하니 아지 못게라. 자식이 불초(不肖)하면 엄부(嚴父)라도 하릴없거늘 서모(庶母)가 나를 어찌하리오. 날 보기 싫어서 거짓 문안 핑계하고 종일 존당에서 나의 흔단(釁端)[239]을 얼마나 주출(做出)[240]하뇨. 만일 바로 이르지 아니하면 그대 고절도(節度)의 딸 아냐 월녀(越女)[241] 천손(天孫)이라도 요대(饒貸)[242]치 아니하리라."

소저가 저의 무고(無故)한 노색(怒色)과 억탁(臆度)[243]하는 책언(責言)을 들으매 노엽고

---

226 당차지시(當此之時): 당차시(當此時). 이때에 다다름.
227 현희문의 한 쌍 구슬: 현희문과 연소저의 인연을 나타내는 명주(明珠)를 뜻함.
228 밤들다: '밤이 깊다'의 옛말.
229 휼중(譎中): 속이는 가운데.
230 어리다: 어리석다, 홀리다. 미혹되다. 본문에는 '어림미'로 되어 있음.
231 석(石)장: 돌장승.
232 안서(安舒)하다: 마음이 편안하고 조용하다.
233 혜: 혀.
234 여성(厲聲): 화가 나서 큰 소리를 지름.
235 새벽에: 원문에는 '싀비'로 되어 있음.
236 설만(褻慢): 하는 짓이 무례하고 거만함.
237 수존(雖尊)이나: 비록 높다고 하나.
238 장문여종(將門餘種): 무장 집안의 혈통.
239 흔단(釁端): 서로 사이가 벌어져서 틈이 생기게 되는 실마리. 여기서는 약점이나 문제점을 뜻하는 듯함.
240 주출(做出): 없는 사실을 꾸며 만들어냄.
241 월녀(越女): 월나라 미인인 서시(西施). 미인(美人)을 뜻함.
242 요대(饒貸): 너그러이 용서함.
243 억탁(臆度): 이치나 조건에 맞지 아니하게 생각함. 또는 그런 생각.

기괴한 중 가소로운지라. 은연(隱然) 부답(不答)하니 생이 대로(大怒)하여 번연(幡然)히[244] 일어나[245] 대답(55)을 재촉하여 냅다[246] 칠 듯하니 소저가 성안(星眼) 추파(秋波)에 소안(笑顔)이 미미(微微)하여 왈,

"첩은 미말한문(微末寒門)의 천한 여자라 일찍 우물 밑 개구리같이 장성하였으니 세상 안 지 십삼(十三)에 오히려 세사(世事)를 알지 못하는지라. 능히 군자의 무고한 책언(責言)이 자당감수(自當甘受)니 또한 우몽(愚蒙)하여 득죄한 사단(事端)을 능히 깨닫지 못하나니 첩이 본디 향인(向人)하여 한 말씀이 없으니 군자가 비록 핍박하여 물으시나 장차 무엇이라 대하리잇고. 연이나 군자가 첩을 빙(聘)하실 적 반드시 근본을 모르지 않으실 듯하되 금일 졸연(猝然)히 문호(門戶)의 한미(寒微)함을 이르시니 원래 유시(幼時) 정약시(定約時)로부터 당금(當今)에 니르히[247] 근본을 모르시던가 불승괴해(不勝怪駭)하나이다."

설파(56)에 사기(辭氣)[248] 자약(自若)하니 생이 말이 막혀 꾸짖을 말을 생각하더라.

저동궁(苧洞宮) 지밀(至密) 서상궁(徐尙宮) 유순 글씨.

---

244 번연(幡然)히: 갑작스럽게. 매우 빠르게.

245 일어나: 원문에는 '닙써나'로 되어 있음.

246 냅다: 몹시 빠르고 세찬 모양. 원문에는 '닙써'로 되어 있음.

247 니르히: 이르도록. 이르기까지.

248 사기(辭氣): 사색(辭色). 말과 얼굴빛을 아울러 이르는 말.

권지십칠

(1)차설. 생이 말이 막혀 문득 익노(益怒) 우매(又罵) 왈,

"여자의 간악함이 여차하여 마침내 소천(所天)[1]을 능멸하니 언족이식비(言足以飾非)[2]한 여자로다. 그대 비자(婢子) 중 구수(嫂)의 시아(侍兒)와 지친(至親) 되는 이 있느냐?"

소저가 침음(沈吟) 대왈,

"소앵, 홍소가 척의(戚誼)[3] 있으나 이성(異姓) 팔촌지간이라 본디 서어(齟齬)하여[4] 서로 찾지 아니터니 우연히 일택(一宅)에 모이니 자연 조모(朝暮)에 모여 친친(親親)함이 있는가 싶더이다."

생이 냉소 왈,

"흉휼(兇譎)[5]한 여자가 자가의 입문 초일에 흉적을 처결하여 적인(敵人)을 함지갱참(陷地坑塹)[6]하고 또한 일념이 부족하여 도주할 뜻이 있느냐? 연씨를 없이하고 나의 총애

---

1 소천(所天): 아내가 남편을 일컫는 말.

2 언족이식비(言足以飾非): 말로써 거짓을 꾸밀 수 있음.

3 척의(戚誼): 인척간의 정의. 척분(戚分).

4 서어(齟齬)하다: 뜻이 맞지 아니하여 조금 서먹하다.

5 흉휼(兇譎): 흉악하고 속임수가 많음.

6 함지갱참(陷地坑塹): 구렁텅이. 죄를 씌워 구렁에 빠뜨림.

를 독당(獨當)[7]코자 하다가 창기 미희를 시(2)새와 반부실절(反夫失節)코자 하니 그 더러움이 여무(呂武)[8]의 위로다."

소저가 청미반(聽未半)에 대경대로하여 영수(穎水)가 멂을 한하되[9] 이 본디 강하(江河)의 대량(大量)[10]이 있는지라, 제 비록 경박하나 성문자제(聖門子弟)로 장어예문(長於禮門)하고 생어상문(生於相門)하여 근본 없는 말을 하니 필유묘맥(必有苗脈)임을 깨달아 묵연히 말이 없더라. 생이 좌우로 주호(酒壺)를 구하여 취토록 먹으매 밤이 깊었더라. 이에 소앵을 면전에 세우고 왈,

"네 석상(夕上)에 응휘각 차환으로 더불어 후창하(後窓下)에서 무슨 말을 가만히 하더뇨?"

소앵이 복수청교(伏首聽教)[11]에 진실로 망연한지라. 괴이히 여겨 대왈,

"비자(婢子)가 홍소로 더불어 척의(戚誼) 있사오나 본디 친친(親親)함이 없삽고 아무 제[12]도 사사로이 모여 말함이 없나이다. 더욱 금일(3)은 각각 주인을 뫼셔 상부에 가 종일토록 후함(後檻) 밖의 학무(鶴舞)를 보다가 석양에 궁으로 각각 주인을 뫼셔 돌아와 곁을 떠남이 없사오니 어찌 사사로이 모여 말함이 있으리잇고."

생이 요망타 꾸짖고 좌우로 자란과 옥단, 섬월을 부를새, 이때 요녀가 벽간(壁間)에 숨어 구씨를 모함하고 생각하되, '내 홀로 계교를 운동하매 조각을 맞추기 어려우니 우화사부를 청하여 일을 의논하리라.' 하고 이에 요니의 가르치던 대로 작법(作法)하니 과연 아이(俄而)오[13] 우화가 이르거늘 요녀가 맞아 크게 깃거 일을 밀닐(密密)히 의논하니, 어찌 된고. 하회를 보라.

차시 요녀가 생의 명소(命召)함을 듣고 대희하여 즉시 응명(應命)하니 생이 반겨 곁에 앉히고 희롱(4)함을 무인심야(無人深夜)같이 하니 소저가 서연(徐然)히 일어 협실로 피하니라. 요니 하산할 제 현씨 일문을 어육(魚肉)을 만들고 사원보수(私怨報讎)하기를 언약한 고로 설매를 재촉하여 밀밀히 계교를 가르쳐 보내고 차야(此夜)에 스스로 변하여 웅건(雄

---

7 독당(獨當): 독담당(獨擔當)의 준말. 혼자서 담당함.

8 여무(呂武): 한고조 유방의 부인 여후(呂后)와 당나라 여황제 측천무후(則天武后).

9 영수(穎水)가 멂을 한하다: 옛날 은자 허유(許由)가 요(堯)임금으로부터 왕위를 넘겨주겠다는 말을 듣고 더러운 말을 들었다며 영수에 귀를 씻었다는 고사를 빗대어 더러운 말을 들었음을 표현한 것임.

10 강하(江河)의 대량(大量): 강하에 비교될 만큼 큰 재량.

11 복수청교(伏首聽教): 머리를 숙이고 가르침을 들음.

12 제: 적에.

13 아이(俄而)오: 잠시 후.

建)한 남자가 되어 비수를 안고 응휘각에 이르니 이미 설매로 인하여 각당(各堂)을 다 알았으니 심야 삼경에 만뢰구적(萬籟俱寂)[14]하거늘 창하(窓下)에서 인적을 표표(飄飄)히[15] 하며 어성(語聲)을 은은히 하여 왈,

"구씨 옥인(玉人)[16]이 자는가 깨었는가? 희성 수인(讎人)이 있는가 없는가? 옥랑(玉娘)이 가히 졸약(拙約)[17]하고 답답하도다. 녹록히 현자의 표치부귀(標致富貴)[18]를 유련(留連)[19]하여 나 같은 호걸로써 간부(姦夫)의 구구(區區)함[20]을 행하라 하니 어찌 우습지 아(5)니리오. 마음에 맞은 가인으로 이미 정이 굳은 바에 타인의 행락을 유련(留連)하리오. 희성이 있으나 없으나 금야(今夜)는 쾌히 돌입하여 현자의 머리를 버히리라."

언흘(言訖)[21]에 칼을 안고 지게[22]를 열고 엄연(奄然)[23] 돌입하니, 차시 사인(舍人)[24] 부부가 와상(臥床)에 나아가 오히려 자지 않았더니 의외의 요언(妖言)을 들으매 소저는 불승경해(不勝驚駭)[25]하고 사인은 본디 이루지명(離婁之明)[26]과 사광지총(師曠之聰)[27]이 있는지라 반드시 무원무고(無原無故) 중 흉인이 은복(隱伏)하여 여화(女禍)가 맞아 자기 부부를 이간(離間)코자 함을 모르리오. 더욱 작석(昨夕)에 왕부 진공의 명교로조차 제왕이 제요(制壓)하는 친필 부작(符作)을 써 각처에 붙였으니 진명대군자(眞命大君子)[28]의 식견이 당당하고 실중의 군자, 성녀의 정명지기(正明之氣) 황황휘휘(煌煌輝輝)[29](6)하여 흑야(黑夜) 가운데 조마경

---

14 만뢰구적(萬籟俱寂): 밤이 깊어 모든 소리가 그치어 아주 고요해짐.

15 표표(飄飄)히: 팔랑팔랑 나부끼거나 날아오르는 모양이 가볍게.

16 옥인(玉人): 용모와 마음씨가 아름다운 사람.

17 졸약(拙約): 옹졸함.

18 표치부귀(標致富貴): 아름다운 용모와 부귀.

19 유련(留連): 차마 떠나지 못함.

20 구구(區區)함: 잘고 구차함.

21 언흘(言訖): 말을 마침.

22 지게: 지게문. 옛날식 가옥에서, 마루와 방 사이의 문이나 부엌의 바깥문.

23 엄연(奄然): 매우 급작스러운 모양.

24 사인(舍人): 중서사인(中書舍人) 벼슬을 하고 있는 현희성을 가리킴.

25 불승경해(不勝驚駭): 뜻밖의 일로 몹시 놀람을 이기지 못함.

26 이루지명(離婁之明): 이루는 중국 황제(黃帝) 때 눈이 아주 밝았다는 사람으로, 눈이 몹시 밝음을 비유한 말.

27 사광지총(師曠之聰): 사광은 춘추 시대 진(晉)나라의 음악가로 소리를 듣고 그 길흉을 잘 알았다는 사람으로, 귀 밝은 이를 비유한 말.

28 진명대군자(眞命大君子): 하늘의 뜻을 받은 훌륭한 군자.

29 황황휘휘(煌煌輝輝): 찬란하게 빛나는 모양.

(照魔鏡)[30]이 걸린 듯한지라. 사인이 행여 부인이 놀랄까 옥수를 잡고 소왈,

"이는 남자가 아니요, 불과 환술(幻術)하는 요니의 무리 작희(作戱)함이니 놀라지 마소서."

언필(言畢)에 낭중(囊中)으로조차 야명주(夜明珠)를 내어 서안(書案)에 놓으니 광채 표요(飄搖)함이 백주(白晝)를 묘시(藐視)[31]하는지라. 문득 일진 음풍(陰風)이 소소하며 일개 영한(獰悍)[32]한 놈이 안검돌입(按劍突入)[33]하려 하더니, 보건대 비취상상(翡翠床上)에 군자, 숙녀가 쌍 지어 누운 곳의 정기 당당하여 상두(床頭) 명주(明珠)의 오채 상광(祥光)이 실중에 조요(照耀)하여 일만 사기(邪氣)를 살라버릴 듯하거늘, 전후 사면 문창에 창룡 같은 진필(眞筆)[34]의 서기(瑞氣) 당당하여 조마경(照魔鏡)이 달린 듯하니 요니 스스로 저의 요술을 믿고 방(7)자히 달아들어 사인을 놀래고 구씨를 활착(活捉)하여 깊은 산곡에 가 죽이거나 아무 곳 재주(財主)에게 팔거나 하려 하더니 스스로 담(膽)이 차고[35] 넋이 분신(分身)하여 이에 본적이 드러날까 정신이 아득하여 하염없이 무투[36] 달아 내달으며 '음아 음아 무서워라.' 하고 한걸음에 뛰어 내달아 지게 밖으로 나오매 적이 정혼을 진정하나 오히려 호흡[37]을 정치 못하고 겁(怯)결에 멀리 닫지 못하고 거꾸러져 난간 밑에 들어가 침침한 섬[38] 아래 엎대어 식경(食頃)[39] 후 겨우 기어 나올새 차차 정신이 나는지라. 방자한 의사가 또 발작하여 생각하되, '설랑의 거동을 보리라.' 하고 오더니 요녀가 바야흐로 생을 농락하여 잠이 깊음을 보고 우화의 기모(奇謀)를 알고(8)자 하여 나오다가 서로 만나매 후정 심처에 들어가 서로 이를새, 우화가 머리를 흔들고 손을 저어 왈,

"사인과 구씨는 인세 성인이요 천상 진인이라. 사기 여차여차하니 차인 등은 하늘이 죽이지 아닌 전(前)은 사람이 능히 사사로이 해치 못할러라."

설매 심하에 저를 나삐 여기던 줄 노하여 미소 왈,

---

30 조마경(照魔鏡): 마귀의 본성도 비추어 보인다는 신통한 거울. 조요경(照妖鏡).

31 묘시(藐視): 대수롭지 않게 여김. 업신여김.

32 영한(獰悍): 모질고 사나움.

33 안검돌입(按劍突入): 칼을 빼려고 칼자루에 손을 대고 세찬 기세로 뛰어듦.

34 진필(眞筆): 친필(親筆).

35 담(膽)이 차다: 몹시 놀라서 섬뜩하다.

36 무투: 무작정.

37 호흡: 원문에는 '호읍'으로 되어 있으나 문맥에 맞추어 고침.

38 섬: 돌로 쌓은 층계.

39 식경(食頃): 밥 한 끼 먹을 정도의 시간.

"사부가 첩의 완홀(緩忽)[40]함을 책하더니 스스로 지내어 보시니 어떠하뇨? 전전부터 현상부, 제왕부 내외 상하의 밝음이 일월 같으니 우리 노주(奴主)가 지혜 적음이 아니로되 사람이 개개이 특출하니 천방백계(千方百計)로 도모하나 능히 해치 못하고 저는 도로혀 무사하고 우리 노주는 천하에 망명(亡命)한 출부가 되니 어찌 애달프지 아니리오? 첩이 하산할 제 정녕 (9)이 부탁을 받았으니 어찌 세월을 천연(遷延)[41]하리오마는 천지 귀신이 미처 때를 빌리지 아니시니 자연 유유도일(悠悠度日)[42]하여 겨우 자란의 용모를 빌려 소랑(小郞)의 호탕한 기물(己物)이 되어 연씨 하나를 절제(切除)하였으니 이 정히 큰 나무 잎 하나 떨어짐 같으니 차차 인진(引進)하여 가지를 꺾으며 여름[43]을 따고 뿌리를 없이하여 보수사원(報讎私怨)함을 쾌히 하고자 함이요 다른 뜻이 아니어늘 사부가 마치 첩이 사사은정(私私恩情)으로써 현자의 권련(眷戀)을 거리껴 주인의 부탁을 잊은가 여기니 어찌 우습지 아니리오."

우화가 그 뜻을 알고 짐즛 위자(慰藉)[44] 왈,

"설랑의 영리한 헤아림과 통철(洞徹)한 지혜 여차하니 만일 남자런들 양평(良平)[45]의 위가 되리랏다."

설매 심리(心裏)에 암암자득(暗暗自得)하여 거짓 사양하니 (10)우화가 다시 이르되,

"낭자가 이곳에 있음이 난처하니 가히 여차여차하여 고씨를 마저 없이하고 당당한 현학사 부인이 되어봄이 어떠하뇨?"

설매 문득 깃거 왈,

"첩이 이 뜻이 없지 아니나 합세할 이 없어 민울(悶鬱)[46]하이다."

요니 소왈,

"빈승이 수무재(雖無才)나 가히 낭자의 일비지력(一臂之力)[47]을 도우리라."

---

40 완홀(緩忽): 일을 더디고 소홀하게 함.

41 천연(遷延): 시일을 미루어 감. 지체함.

42 유유도일(悠悠度日): 하는 일 없이 세월만 보냄.

43 여름: '열매'의 옛말.

44 위자(慰藉): 위로하고 도와 줌.

45 양평(良平): 지략이 뛰어난 사람을 이르는 말. 중국 한(漢)나라 고조의 신하인 장양(張良)과 진평(陳平)을 합하여 부른 데서 유래한다.

46 민울(悶鬱): 고민스럽고 답답함.

47 일비지력(一臂之力): 한 팔 또는 한 팔꿈치의 힘이라는 뜻으로, 남을 도와주는 작은 힘을 말함.

설매 대희하더라. 우화가 황씨 모녀의 기탁함을 생각하니 일자가 천연(遷延)함을 생각하니 민망하여 급급 용사(用事)할새 상부 육부인의 우광(愚狂)함을 아는 고로 임행(臨行)에 교주가 설매와 요니를 당부하여 오·진 양공과 하, 윤, 주, 철 등 제부인은 다 명철하여[48] 속이기 어려우니 육부인은 한낱 고기 잘[49]이요 술 주머니라 가히 속임 즉한 이로 하여 천만 부탁하므로 양요(兩妖)가 그윽이 틈을 여(11)허[50] 육부인을 속이고자 할새 우화가 왈,

"이미 대사를 운동하매 급격물실(急擊勿失)[51]하라 하였나니 오히려 육씨는 속임이 낭중취물(囊中取物)[52]이니 장차 어찌코자 하느냐?"

설매 왈,

"내 어찌 매양 현생의 희첩(姬妾)을 감심(甘心)하리오. 이제 가히 여차여차하여 금선탈각계(金蟬脫殼計)[53]로 고소저를 발명(發明)치 못할 형세를 이루고 몸을 빼쳐 공후제택(公侯第宅)의 아름다운 여자의 용모를 또다시 빌려 현부에 구혼하여 육례(六禮)로 맞아 정실 좌를 얻고자 하노라."

우화가 격슬(擊膝)[54] 칭찬 왈,

"묘(妙)타 선(善)타. 이 계교는 제갈(諸葛)[55]이 갱생(更生)하나 이에 지나지 못하리라."

설매 이날 초인(草人) 하나를 만들어 진언(眞言)을 염하니 의구(依舊)한 자란이라. 육부통신(六腑通神)[56]을 붙이고 요술을 지어내니 능히 행보(行步)하며 말하는지라. 생을 보러 나아(12)갈새 설매 또 변용(變容)하여 고소저가 되어 가(假)자란의 뒤를 따르며 소리 질러 왈,

"천비 자란이 감히 나의 허물을 주출(做出)[57]하고 학사의 은총을 독당(獨當)코자 하느냐? 내 칼이 사정이 없나니 어젯날 옥단, 섬월을 이미 죽였고 오늘날 너를 마저 죽이리라."

---

48 명철하여: 원문에는 '텰ᄒᆞ여'로 되어 있으나 서강대본을 참고하여 보충함.

49 잘: 자루.

50 여흐다: 엿보다.

51 급격물실(急擊勿失): 급하게 쳐서 때를 놓치지 말아야 함. 원문에는 '급격물시'로 되어 있으나 서강대본을 참고하여 고침.

52 낭중취물(囊中取物): 주머니 속의 것을 집어낸다는 뜻으로, 아주 쉬운 일을 말함.

53 금선탈각계(金蟬脫殼計): 매미가 껍질을 그대로 두고 몸만 빠져 나가듯, 위기 상황에서 남을 속여 벗어남을 이르는 말.

54 격슬(擊膝): 무릎을 탁 침.

55 제갈(諸葛): 촉한의 명신이자 전략가인 제갈량(諸葛亮). 자는 공명(孔明).

56 육부통신(六腑通神): 뱃속의 여섯 가지 기관과 통령(通靈).

57 주출(做出): 없는 사실을 꾸며 만듦. 주작(做作).

가자란이 쫓기며 들어오며 급한 소리로 웨어 왈,

"학사 상공은 첩을 구하소서."

이때 생이 혼혼(昏昏)[58]하나 사려(思慮)가 많아 잠자지 않았으니 어이 모르리오. 내밀어 보니 고씨 칼을 들고 자란을 꾸짖고 수죄(數罪)[59]하며 들어오는지라. 분기 대발하여 일어나 올 사이 가(假)소저가 크게 꾸짖어 왈,

"무슨 박정(薄情)한 축생(畜生)이 요마(幺麽)[60] 천비에게 혹하리오?"

말이 맞지[61] 못하여 칼이 번득하며 자란을 찌르고 나는 듯이 달아나니 생이 대경황(13)망(大驚慌忙)하여 고씨는 종차(從次)[62] 잡으려니와 자란의 사생을 몰라 급히 나려보니, 자란이 가슴에 피를 흘리고 구러졌으니[63] 옥안화태(玉顔花態)는 웃는 듯하고 명맥(命脈)은 아주 끊어져 죽음이 분명한지라. 분하고 아끼며 급히 좌우를 불러 고씨를 잡아오라 하고 몸을 계하(階下)에 부딪치며 자란을 더듬어 울며 왈,

"아까울사 내 미인이여, 가련할사 내 미인이여. 네 인물 네 태도로 나의 평생이 호화롭더니 원수의 고녀가 흉악하여 너를 먼저 해하니 음부(淫婦)를 천참만륙(千斬萬戮)[64]하나 네 어찌 살아나며 구원(九原)[65]에 돌아가는 혼백이 무슨 앎이 있으리오."

손으로 땅을 치며 머리를 함부로 부딪치니 두골이 깨어지고 옥각(玉脚)이 상하여 피 흐르니 실로 가관이라. 이러구러 시아(侍兒) 등(14)이 전지도지(顚之倒之)[66]하여 존당(尊堂)에 고하매 존당 상하가 다 알고 해괴(駭怪)히 여기며 놀라 소유(所由)를 물어 알고 면면상고(面面相顧)[67] 묵연(黙然)이요, 차시(此時) 고소저가 마침 시측(侍側)이러니 한심 경악(驚愕)

---

58 혼혼(昏昏): 정신이 가물가물하고 희미함.

59 수죄(數罪): 범죄 행위를 들추어 세어 냄.

60 요마(幺麽): 변변치 못함. 또는 그런 사람.

61 맞다: 마치다.

62 종차(從次): 이 다음에.

63 구러지다: '거꾸러지다'의 옛말.

64 천참만륙(千斬萬戮): 수없이 베어 여러 동강을 내어 참혹하게 죽임. 원문에는 '천참만뉴'로 되어 있으나 오기인 듯함.

65 구원(九原): 저승.

66 전지도지(顚之倒之): 엎드러지고 곱드러지며 몹시 급히 달아나는 모양.

67 면면상고(面面相顧): 아무 말도 없이 서로 얼굴만 물끄러미 바라봄.

하여 관잠(冠簪)[68]을 해탈(解脫)하고 계(階)에 나려 고두유체(叩頭流涕)[69]하고 죄를 청하니 기정(其情)이 측은치 아니리오. 왕이 희허(唏噓)[70] 탄왈(嘆日),

"이 일은 다 이미 짐작하여 앎이요, 희아의 방탕한 연고라. 새로이 물어 알리오. 현부는 관심(寬心)하여[71] 당에 오르라."

소저가 체읍(涕泣)하여 홍은(鴻恩)[72]을 감축(感祝)하고 감히 승당(昇堂)치 못하니 왕이 재삼 오르기를 권한대 소저가 존명을 역(逆)지 못하여 말석(末席)에 국궁진취(鞠躬盡悴)[73]하여 고두청죄(叩頭請罪)[74] 왈,

"소첩이 한문(寒門) 미질(微質)로 외람이 성문에 의탁하오니 집을 떠나올 때 자모(慈母)가 경계 왈, '성문에 득(15)죄(得罪)치 말라.' 하고 엄부(嚴父)가 계훈(誡訓)하시되, '이제 귀문(貴門)에 위부(爲婦)하매 존당 구고(舅姑)가 재상(在上)[75]하시고 원군(元君)[76]이 위에 있으니 삼가며 조심하여 여영(女英)[77]의 공순함을 본받고 비연(飛燕)[78]의 창궐(猖獗)[79]함을 효측(效則)지 말라.' 하신 교명(教命)을 받자와 명심불망(銘心不忘)[80]하옵거늘 문득 일월(日月)이 오래지 않아 규중 여자가 발검(拔劍) 살인하는 죄명을 얻사오니 자고로 살인자(殺人者)는 사(死)이라. 첩이 어찌 생도(生道)를 바라리잇고. 오직 존하(尊下)의 밝히 다스리심을 바라나이다."

설파(說罷)에 안색이 처연(悽然)하니 왕이 재삼 연애(憐愛)하고[81] 공주가 추연(惆然)[82] 위로 왈,

---

68 관잠(冠簪): 관을 상투 위에 고정할 수 있게 하는 비녀.

69 고두유체(叩頭流涕): 땅에 머리를 두드리며 눈물을 흘림.

70 희허(唏噓): 탄식.

71 관심(寬心)하다: 마음을 누그러뜨리다. 마음 놓다.

72 홍은(鴻恩): 넓고 큰 은혜.

73 국궁진취(鞠躬盡悴): 공경하고 조심하며 몸과 마음을 다하여 힘씀.

74 고두청죄(叩頭請罪): 머리를 숙이고 죄를 청함.

75 재상(在上): 연장자나 손윗사람이 위에 있음.

76 원군(元君): 원비(元妃). 정실(正室) 부인.

77 여영(女英): 요(堯) 임금의 둘째 딸이자 순임금의 아내. 언니는 아황(娥皇).

78 비연(飛燕): 조비연(趙飛燕). 후한(後漢) 성양후(成陽侯)의 딸. 한(漢) 성제(成帝)의 황후.

79 창궐(猖獗): 못된 세력이나 전염병 따위가 세차게 일어나 걷잡을 수 없이 퍼짐.

80 명심불망(銘心不忘): 마음에 깊이 새겨 두어 오래오래 잊지 아니함.

81 연애(憐愛)하다: 불쌍하게 여겨 사랑하다.

82 추연(惆然): 처량하고 슬픈 모양.

"수한수원(誰恨誰怨)[83]이리오. 나의 십삭(十朔) 태교(胎敎)가 무상하여 불초자를 생(生)하여 숙녀의 평생을 함(陷)함이로다."

왕이 비를 돌아보아 왈,

"현비는 소부를 협실(夾室)에 머물라. 존당에 고(16)하여 처치(處置)를 정하리라."

하고 사인(舍人)을 명하여 학사를 이끌어 오라 하니 사인이 승명(承命)하여 나아가 학사를 보니 실로 해괴한지라. 또다시 죽은 자란을 보니 어찌 그 진가(眞假)를 모르리오. 묵연(默然)히 탄식하고 나아가 아[84]의 소매를 이끌어 당상에 올라 병좌(竝坐)하고 한삼(汗衫)을 뜯어 상처를 동이고[85] 혈흔을 씻을새 생이 형장(兄丈)을 보고 분연(憤然) 고왈(告曰),

"백일지하(白日之下)에 고씨 발부(潑婦)[86]가 발검(拔劍) 살인(殺人)하고 욕지차경(辱至此境)이니 불가사문어인국(不可使聞於隣國)[87]이라. 좌우로 고씨를 잡아오라 하였더니 소식이 없사오니 아마도 간부(姦夫)를 좇아간가 하나이다."

사인이 어이없어 자란의 시체를 가리켜 왈,

"이는 사람이 아니라 요매(妖魅) 작용이로다."

생과 좌우가 놀라 아무리 뒤적여 보아도 분명한 사람의 시(17)신이라. 생 왈,

"형장이 평일 신명(神明)하심으로 어찌 이렇듯 혼미(昏迷)하시니잇가. 이 시체 사람이 아니요 자란의 시신이니잇가?"

사인이 불승(不勝) 해연(駭然)하여 탄식 왈,

"현제의 총명이 저렇듯 혼암(昏闇)하니[88] 이는 다 고수(嫂)의 운액(運厄)이 기구(崎嶇)함이로다."

언파에 낭중(囊中)으로조차 주필(朱筆)을 내어 초인(草人)의 액간(額間)[89]에 제요축사(除妖逐邪)[90]를 쓰니 그제야 모두 보매 과연 한 뭇[91] 풀이라. 당하에 가득한 남녀 노복이 사인

---

83 수한수원(誰恨誰怨): 누구를 한하며 누구를 원망하랴.

84 아: 아우.

85 동이다: 끈이나 실 따위로 감거나 둘러 묶다.

86 발부(潑婦): 포악한 부녀자.

87 불가사문어인국(不可使聞於隣國): 일이 너무 황당하거나 사리에 맞지 않아 이웃 나라에서 듣게 해서는 안 됨.

88 혼암(昏闇)하다: 어리석고 못나서 사리에 어둡다.

89 액간(額間): 이마. 원문에는 '익관'으로 되어 있으나 오기인 듯함.

90 제요축사(除妖逐邪): 요괴를 없애고 요사스러운 기운을 내쫓음.

91 뭇: 짚, 장작, 채소 따위의 작은 묶음을 세는 단위.

노야의 신명함을 일컫고 생이 역경(亦驚) 차악(嗟愕)하나[92] 연무(煙霧)에 잠긴 사람 같아여 아자(俄者)[93]에 고씨 와서 찔러 죽이던 자란은 어데 가고 거짓 것이 된고 두미곡절(頭尾曲折)[94]을 몰라 어리둥절하니, 사인이 탄식하며 노복으로 초인을 서릇어[95] 없이하라 하고 이에 아[96]를 끌고 정전(正殿)에 들어와 왕과 비께 전후 (18)사연을 고하니 왕이 눈을 들어 학사를 보매 관이 부정하고 이마를 싸매었음을 보고 침음양구(沈吟良久)에 왈,

"석일(昔日) 광평왕 궁에서 음부(淫婦)를 잃고 책교정 요인(妖人) 노주(奴主)를 잃으매 벌써 후환을 근심하였거니와 간모(奸謀)가 백출(百出)하니 가국(家國)의 근심이 되리로다."

생이 부복(俯伏)하여 고소저의 허물을 세세히 고할새,

"신영(新迎) 초일(初日)에 연씨를 없이하고 양창(兩娼)을 작일(昨日)에 밖에 내어 죽이고 금조(今朝)에 자란을 죽이고 문득 시수(屍首)[97]를 없이하고 초인으로 대신하오니 이런 흉독(凶毒) 발부(潑婦)가 또 있사오릿가. 원컨대 법대로 처치하소서."

왕이 청파(聽罷)에 백안성모(白眼星眸)[98]에 찬웃음 띠어 문왈(問曰),

"네 고씨 오던 날 연씨를 해한 줄 어찌 알며 또 사람으로 초인을 바꿀 제 근각(根脚)[99](19)을 사뭇 알며 어이 발각(發覺)지 못한다?"

생이 여지없이 실성하였는지라 부왕의 기색을 알지 못하고 물음을 보오매 행여 제 말을 옳게 아시는가 행희(幸喜)하여 또한 희희(嘻嘻)[100]히 웃으며 머뭇머뭇하다가 대왈,

"소지기 이런 일을 보지 못하였으니 어씨 알리잇고마는 자중지란(自中之亂)[101]이 있어 여차여차하옵고 저의 가만가만 말할 제 들었나이이다. 작일(昨日) 또 소자 누운 창[102] 밖에서 이리이리 하오니 그 말하는 시녀는 고씨의 심복 소앵과 구수(嫂)의 시녀 홍소러이다."

---

92 차악(嗟愕)하다: 슬픈 일을 당하여 몹시 놀란 상태에 있다.

93 아자(俄者): 아까.

94 두미곡절(頭尾曲折): 처음과 끝의 복잡한 사정이나 까닭.

95 서릇다: 거두어 치우다. 정리하다.

96 아: 아우.

97 시수(屍首): 시체.

98 백안성모(白眼星眸): 흰 눈자위에 별 같은 눈동자.

99 근각(根脚): 근본. 출신. 까닭.

100 희희(嘻嘻): 즐겁게 웃는 소리. 또는 그 모양.

101 자중지란(自中之亂): 같은 편끼리 하는 싸움.

102 창: 원문에는 '창창'으로 되어 있음.

이렇듯 차서(次序) 없이 옮기는 가운데나 구부인 허물은 비록 광심(狂心)이나 차마 이르지 못하여 두루 다혀[103] 수미(首尾) 없이 옮기니 왕이 문왈,

"네 말이 어이 차서(次序)가 없나뇨?"

생이 넌지시 대왈(對曰),

"해아(孩兒)가 차마 다 옮기지 못하나니 세세(細細)한 사연은 (20)홍소와 소앵을 불러 물으소서."

왕이 듣는 말마다 통해(痛駭)하나 목금(目今) 아자(兒子)의 거동이 실성하였으매 경계하여 들을 리 없고 책교(責敎)하나 알 것이 없어 막막함이 흑야(黑夜) 같음을 보니 도로혀 초목을 경계함 같은지라. 묵연히 쌍광(雙光)을 엄정(嚴淨)히 떠 찰시(察視)하고 말이 없으니 한숙(寒肅)한 기상이 참엄(僭嚴)하여 설봉(雪峰) 한천(寒天)에 백설(白雪)이 날리고 동해 대양(大洋)의 창룡(蒼龍)이 조화(造化)를 동하매 벽파(碧波)를 뒤치는 듯하니 좌우가 지은 죄 없이 한출첨배(汗出沾背)[104]하되 생은 아무 눈치도 모르고 탐탐(耽耽)히 제 말만 하는지라. 왕이 일언불개(一言不開)하고 광수(廣袖)[105]를 떨쳐 협문으로조차 상부에 나아가니 사인과 제자(諸子)가 배후(拜候)하되 왕이 좌우로 하여금 생을 후원 영희당(21)에 가두어 '내 영(令) 없이 나오지 말게 하라.' 하고 상부로 향하니 사인이 부명(父命)을 역(逆)지 못하여 생다려 왈,

"엄명이 여차하시니 영희당에 있어 소명(召命) 없이 중회(衆會)에 나지 말라."

생이 낯을 붉히고 중중거려[106] 왈,

"대인이 고녀의 참소(讒訴)를 들으시고 소제를 공연히 가두라 하시니 원민(寃悶)[107]함을 이기지 못하거늘 형장은 또 뉘 말을 들었관대 소제를 그르니 옳으니 하시나니잇가. 형장은 미구(未久)에 변 만날 날이 있나니 소제를 웃지 마소서. 원래 연씨, 고씨나 수수(嫂嫂)나 하나도 표표(表表)치[108] 아니하니 진실로 우리 형제 처궁(妻宮)이 박복함인가 하나이다."

사인이 그 해괴한 말과 실성한 거동을 보니 말함이 우스운지라 일장(一場)을 크게 웃

103 다히다: '대다'의 옛말.

104 한출첨배(汗出沾背): 몹시 부끄럽거나 무서워서 흐르는 땀이 등을 적심.

105 광수(廣袖): 통이 넓은 소매.

106 중중거리다: 몹시 원망하듯 남이 알아들을 수 없는 군소리로 자꾸 중얼거리다.

107 원민(寃悶): 억울하고 답답함.

108 표표(表表)하다: 사람의 인품이나 생김새가 훌륭하다.

고 달래어 후당에 두(22)고 충근(忠謹)한 서동(書童)을 분부하여 생을 지키어 만일 나가거든 즉시 고하라 하고 부왕을 좇아 상부에 나아가니 차일(此日) 구씨 또한 사인의 지기(知機)를 감격하나 영신(靈神)한 헤아림에 비로소 자란이 요물의 해를 입은 줄 알고 탄식 무언(無言)하여 자기 신상에 반드시 액회(厄會)[109] 있을 바를 한심하더라.

어시(於是)에 왕이 상부에 나아가 부공(父公)과 백부(伯父)께 문안하고 부전(父前)에 꿇어 나작이 궁중 변고를 아뢰어 처치(處置)를 묻자오니 양공(兩公)이 이미 지기(知機)[110]한 바나 새로이 한심하여 왈,

"허실간(虛實間) 고씨의 애매함을 아나 흉모(凶謀)가 백출(百出)하여 끝을 누르고 말리니 가히 고씨를 친당(親堂)에 보내어 그 몸이 편케 하고 타일 저의 부부가 액(厄)이 진할 시절에 빛내 돌(23)아와 부부가 완전하게 함이 옳고 문아는 깊이 감추어 수심양재(修心禳災)[111]함이 가하니라."

왕이 수명(受命)하여 지당하심을 주(奏)하고 왈,

"요녀가 금선탈각계(金蟬脫殼計)로 몸을 빼어 달아남이 무슨 대화(大禍)를 지을 장본(張本)[112]이라. 또한 작야(昨夜)에 구현부 사침(私寢)에 여차여차한 변이 있더라 하니 구씨 미구(未久)에 봉화(逢禍)할까 하나이다."

공이 탄식할 뿐이더라.

이때 마침 주부인이 섭식(攝食)으로 신기(身氣) 불평하매 자녀가 다 모여 시호(侍護)하더니 수일을 신음하고 신기 여상(如常)하니 자부(子婦)가 다 숙소로 물러가되 오직 구씨 뫼셔 소고(小姑)[113] 등으로 더불어 상하에 시호하더니 부인이 소저다려 왈,

"금야(今夜)는 나의 정신이 많이 나으니 또한 여러 손녀와 모든 시비 상하에 숙직하는지라 너의 약질이 (24)불평하리니 협실에 가 편히 쉬라."

소저가 승명하여 유모와 홍소로 더불어 협실에 돌아와 숙침(熟寢)하매 신기(身氣) 곤뇌(困惱)하여 혼몽(昏懜)[114]이 깊었더라.

설매 요인이 거짓 죽은 체하고 돌아와 우화를 보고 탈신(脫身)이 묘함을 깃거 양요(兩

---

109 액회(厄會): 재앙이 닥치는 불행한 고비.
110 지기(知機): 기미나 낌새를 알아차림.
111 수심양재(修心禳災): 마음을 닦아 재앙을 물리침.
112 장본(張本): 어떤 일이 크게 벌어지게 되는 근원.
113 소고(小姑): 시누이.
114 혼몽(昏懜): 정신이 흐릿하고 가물가물함.

妖)가 한가지로 변하와 새와 나비가 되어 왕궁 동정을 살피니 현사인 희성의 별출(別出)한 총명으로 저의 본적을 탈루(脫漏)하매 분원절치(忿怨切齒)하여 꾸짖어 왈,

"나의 기모비계(奇謀秘計)[115]로써 불구(不久)에 너의 원앙채(鴛鴦債)를 갈기고 구씨의 어여쁜 낯갗이 연화분두(煙花粉頭)[116]의 장랑부(張郞婦) 이랑처(李郞妻)[117]가 되게 하고 너의 일문을 어육(魚肉)하리라."

무수히 꾸짖고 두루 살피니 구소저가 주부인 협실에서 자는지라. 다시 상부 동정을 (25)살피니 이날 고소저가 구고(舅姑)의 명으로 본부에 갈새 귀녕(歸寧)하는 행색이요 출부(出婦)[118]의 모양이 아니라. 요녀(妖女)가 중로(中路)에 따라 작란(作亂)코자 하다가 구씨를 해할 의사가 급하매 미처 생의(生意)치 못하고 이날 밤에 설매 변하여 구소저가 되고 우화가 변하여 홍소가 되어 육부인 침소에 이르니, 부인이 자소(自少)로 우둔함이 무상하고 게으름이 심하여 해 곧 지면 벌써 잠잘 줄 알고 밝아도 조반(朝飯)을 드린 후 깨는지라, 심야 삼경에 만뢰구적(萬籟俱寂)[119]하니 육부인의 무량(無量)한 잠이야 일러 무엇하리오. 상아상(象牙床) 위에 홍금구(紅衾具)[120]를 추혀덮고[121] 비성(鼻聲)[122]이 우레 같고 만사가 무렴(無廉)하고[123] 분별이 없는 고로 술을 취하고 잠들매 돌꼇잠[124]이 유명하니 숙직 차환이 차일까 두려 감히 (26)가까이 있지 못하고, 주육(酒肉)을 포식하여 숨소리 사람을 놀래고 틀어져 나오는 방귀 냄새는 쉴 때 없어 정신을 흔드는지라. 이러므로 시녀배(侍女輩) 시침(侍寢)치 아니하더라. 요녀가 우화로 더불어 난간에 오르니 마침 숙직 차환이 복통이 급하여 여측(如廁)하러[125] 나오다가 보고 놀라 문왈,

"부인이 어찌 심야에 오시니잇고?"

---

115 기모비계(奇謀秘計): 신기한 꾀와 비밀스런 계책.

116 연화분두(煙花粉頭): '연화'와 '분두'는 다 기생, 기녀의 뜻.

117 장랑부(張郞婦) 이랑처(李郞妻): 장씨 사내의 여자와 이씨 사내의 부인. 이 남자 저 남자의 여자.

118 출부(出婦): 시집으로부터 쫓겨난 여자. 이혼하여 내보낸 여자.

119 만뢰구적(萬籟俱寂): 천지가 고요함.

120 홍금구(紅衾具): 붉은 색의 이부자리. 금구(衾具)는 이부자리.

121 추혀덮다: 치켜덮다.

122 비성(鼻聲): 코 고는 소리.

123 무렴(無廉)하다: 염치가 없다.

124 돌꼇잠: 한자리에 누워 자지 아니하고 이리저리 굴러다니면서 자는 잠. 원문에는 '돌겻잠'으로 되어 있음.

125 여측(如廁)하다: 뒷간에 가다.

요녀가 답왈,

"육씨는 완흉(頑凶)한 것이 무슨 잠이 그리 겨워 내 이에 이르되 영접지 아닛나뇨? 가히 죄를 물음 직하도다."

차환이 대경실색 왈,

"이 어찐 말씀이니잇가? 부인이 들으시면 큰일이 나리이다."

구씨 냉소 왈,

"나는 정당 군부인(郡夫人)[126]의 손부요, 제왕비 월성 공주가 요총(要寵)하는 며느리요, 진왕의 천금농주라. 육씨는 불과 일(27)개 빈천한 유생의 딸로서 진공을 상사(相思)하여 이에 왔으니 이 곧 진공 노야의 금차지열(金釵之列)[127]이라. 내 근본을 모르고 공경하였더니 이제는 알았으니 저만 것을 그리 존경하랴."

육씨 잠이 깊었으니 이 말을 어찌 들으리오마는 먼저 요술로 그 잠을 깨웠는지라. 육씨 잠결에 홀연 자채음[128]하고 일어앉으매 이 말을 들은지라. 혼미한 늙은이 무슨 의리를 생각하리오. 겨우 의상을 여미고 지게[129]를 열치고 여성(厲聲)[130] 왈,

"구경린의 천한 딸 년이 뉘 말을 하는다?"

구씨 대로 왈,

"너 노흉(老凶)은 일개 궁수재(窮秀才)의 천한 자식으로 진공의 첩이요 나는 명문의 천승(千乘) 교주니, 빈부귀천의 현격함이 소양불모(霄壤不侔)[131]하거늘 감히 건순노치(乾脣露齒)[132]를 들먹여 나(28)를 여차 모욕하는다?"

육씨 차언(此言)을 듣고 십분 대로하여 기운이 막혀 말을 이루지 못하고 황미(黃眉)를 거사리고[133] 돈족(頓足)[134] 실성(失性)하여 일어나 쇠스랑 같은 손으로 구씨의 양협(兩頰)[135]을

---

126 군부인(郡夫人): 왕자군(王子君)이나 종친의 아내에게 내리던 외명부의 봉작.

127 금차지열(金釵之列): 첩의 대열.

128 자채음: 재채기.

129 지게: 지게문. 옛날식 가옥에서, 마루와 방 사이의 문이나 부엌의 바깥문. 흔히 돌쩌귀를 달아 여닫는 문으로 안팎을 두꺼운 종이로 싸서 바른다.

130 여성(厲聲): 성이 나서 큰 소리를 지름. 또는 그 소리.

131 소양불모(霄壤不侔): 하늘과 땅처럼 서로 현격한 차이가 있어 짝할 수 없다는 뜻.

132 건순노치(乾脣露齒): 윗입술이 위로 들려서 이가 드러나 보임.

133 거사리다: 곤두세우다. 곧추세우다.

134 돈족(頓足): 발을 구름.

135 양협(兩頰): 두 뺨.

날아나게[136] 치고 고성(高聲) 발작(發作) 왈,

"네 구경린의 딸 아냐 서왕모(西王母)[137]의 요희(妖姬)라도 손자며느리로서 시할미를 업신여겨 능욕하기를 잘하랴. 네 시어미는 당당한 황녀(皇女)로되 너처럼 사오납지 않아 날 대접을 친고(親姑) 주씨도곤[138] 더 헤아리나니 네라서[139] 생심이나 내 단처(短處)를 들출까 싶으냐. 내 팔자가 무상하여 유시(幼時)에 부모를 조별(早別)하였으나 외구(外舅)[140] 부부가 귀중하기를 친녀(親女)같이 하여 금의옥식(錦衣玉食)으로 길러 내매 또 진공 같은 기남자(奇男子)를 구하여 혼인하려 하되 옥인군(29)자(玉人君子)가 쉽지 못하다 하고 외구가 주장하고 현공의 재실(再室)로 돌아 보내어 계시거늘 어데 가 맹랑한 거짓말을 주출(做出)하여[141] 나를 업신여기는다? 네 나를 이리 하고 내일 네 구부(舅父)가 알면 어미를 욕한 며느리를 고이 둘 리 없으니 혼서(婚書)[142] 채단(采緞)[143]을 아조[144] 찾고 영영 이이(離異)[145]하리라."

구씨 발연히 밀치고 왈,

"내 출화(黜禍)[146]를 그리 겁하더냐. 젊지 않은 노고(老姑)는 이제도 장부의 풍채를 따라 시인(時人)[147]의 치소(嗤笑)[148]를 휘(諱)치 아니커니와 이 구씨는 더럽게 여기노라."

하고 부인을 난하(欄下)에 거꾸로 박으니 육씨 본디 기부(肌膚)가 둔탁(鈍濁)한데 요술을 당치 못하여 난하에 자빠져 기절하니, 이렇듯 소요(騷擾)하매 각 당에 자던 자가 다 모이니 인성(人聲)이 분분(紛紛)하여 육씨를 시침하던 시녀가 대경하여 울며 (30)부인을 구호

---

136 날아나다: 날아가다.

137 서왕모(西王母): 중국 신화에 나오는 신녀(神女)의 이름.

138 도곤: 보다. 비교격 조사.

139 네라서: 네가 감히. '라서'는 '(예스러운 표현으로) 특별히 가리켜 강조하며 주어임을 나타내는 격 조사'. '감히', '능히'의 뜻이 포함된다.

140 외구(外舅): 주로 '장인'을 지칭하는데 '외삼촌'을 이르기도 함.

141 주출(做出)하다: 주작(做作)하다. 없는 사실을 꾸며 만들다.

142 혼서(婚書): 혼인할 때에 신랑 집에서 예단과 함께 신부 집에 보내는 편지.

143 채단(采緞): 혼인할 때에 신랑 집에서 신부 집으로 미리 보내는 푸른색과 붉은색의 비단.

144 아조: '아주'의 옛말.

145 이이(離異): 이혼(離婚).

146 출화(黜禍): 내쫓김을 당하는 화.

147 시인(時人): 그 당시의 사람들.

148 치소(嗤笑): 빈정거리며 웃음.

(救護)하나 감히 구소저가 작란한다 못하니 구씨 더욱 승홍(乘興)하여 철여의(鐵如意)[149]로 구호하는 시녀를 두드리니, 굿보던[150] 차환의 무리 능히 말리지 못하여 가까운 화성각에 이르니 철부인이 밤이 깊으되 오히려 와휴(臥休)치 않았더니 육부인 시녀 월섬이 호흡이 천촉(喘促)하여[151] 창밖에 와 고급(告急) 왈,

"우리 부인 각중에 대변(大變)이 났나이다."

부인이 경왈,

"무슨 변이 났나뇨?"

대왈,

"구부인이 육태부인(太夫人)께 와서 이리이리 하고 부인의 소싯적 단처를 들추어 욕매(辱罵)[152]하시니 육부인이 분노하사 여차여차 꾸짖으니 구소저가 철편(鐵鞭)으로 부인을 난타하여 난하에 거꾸로 박으니 기절하시니이다."

철부인 왈,

"이 진짓말[153]가? 구씨는 온(31)순한 여자라, 어찌 이럴 리 있으리오. 여등(汝等)이 꿈 가운데 이매(魑魅)[154]를 보았도다."

섬이 차악(嗟愕)[155] 왈,

"천비 어찌 구부인을 무근지설(無根之說)로 함(陷)하리잇고."

부인이 즉시 육씨 침소에 이르니 가(假)구씨 이미 철부인 오는 양을 보고 왈,

"너희 철부인을 청래(請來)[156]하니 내 그리 무서워하느냐. 주태부인이면[157] 나를 어찌리오마는 육씨같이 흉물이 어데 있으랴. 도무지 사찰(四察)[158]한 체하는 양이 괘씸하니

---

149 철여의(鐵如意): 철로 만든 여의. 여의(如意)는 법회나 설법 때, 법사가 손에 드는 물건. 여의는 법회나 설법 때, 법사가 손에 드는 물건으로 막대기 모양에 끝이 꼬부라져 있음.

150 굿보다: 구경하다.

151 천촉(喘促)하다: 숨을 몹시 가쁘게 쉬며 헐떡거리다.

152 욕매(辱罵): 욕하고 꾸짖음.

153 진짓말: 참말.

154 이매(魑魅): 얼굴은 사람 모양이고 몸은 짐승 모양으로 되어 있다는 네발 가진 도깨비. 사람을 잘 홀리며 산이나 내에 있다고 한다.

155 차악(嗟愕): 슬픈 일을 당하여 몹시 놀란 상태에 있음.

156 청래(請來): 청하여 오게 함.

157 이면: 원문에는 '이멋'으로 되어 있으나 서강대본을 참고하여 고침.

158 사찰(四察): 눈·귀·입·마음의 네 가지로 살펴 아는 일.

내 거취를 뉘 시비하리오."

언파(言罷)에 행보가 나는 듯하여 난간을 나리며 종적이 없으니 그 용모체지(容貌體止) 의심 없는 구소저로되 행동거지와 요사(妖邪)한 정태(情態)는 결비(決非)구소저라. 철부인이 멀리 바라보고 요사(妖邪)를 벌써 짐작하고 구씨의 화액(禍厄)이 급함을 한심 차악하여 묵연(32)탄식고 각중에 들어가 보니 육씨 마조[159] 내달을새 두골(頭骨)이 깨어져 피 흐르고 머리를 허틀고 엉엉 울며 몸을 부딪치고 이를 갈며 소리를 크게 질러 왈,

"이런 일이 세상에 또 있는가. 구가(家) 개 같은 작은딸 년이 무슨 원수로 이 아무 탈 없는 늙은이를 죽도록 치는고. 화봉아, 빨리 외전에 나아가 제상공께 아뢰어라. 월섬아, 빨리 내각 제부인께 아뢰어라. 밝지 않아서 요괴 년을 서릊고야[160] 내 죽어도 죽고 살아도 살리라."

철부인이 할 말이 없고 설부인도 이르러 이 광경을 보고 차악(嗟愕)하여 철부인으로 더불어 상처의 피를 씻고 싸매기를 권하니 육부인이 뒤떨며[161] 이르되,

"송사(訟事)에 한 말 얻기 어렵다 하니 어찌 (33)피를 씻어 상흔(傷痕)을 없이하리오. 밝거든 가중 상하를 다 뵈리라."

양(兩) 부인이 관위(寬慰)[162]타가 못하여 돌아가니라.

과연 날이 채 밝지 않아서 육씨 모든 시비로 하여금 각 당에 전파하니 상부 내외와 가부(府)와 주부(府)까지 요란하여 들네니,[163] 제왕과 공주가 한심 차악하여 아부(兒婦)[164]를 위한 염려가 간절하고 합문 상하가 일시에 상부에 모여 해변(駭變)을 놀랄새 진공 부부가 어이없어 공이 탄왈,

"이 한갓 구소부의 운액(運厄)뿐 아니라 실로 가운(家運)이 불리함이로다."

주부인이 추연(惆然) 왈,

"구소부가 작야(昨夜)에 밤들도록 첩의 안전(案前)에 있다가 야심 후 협실에 머물렀거늘 어느 틈에 육저(姐)에게 가 작란하였으릿가."

---

159 마조: '마주'의 옛말.
160 서릊다: 치우다.
161 뒤떨다: 몸을 몹시 흔들다.
162 관위(寬慰): 너그럽게 위로함.
163 들네다: 들썩이다.
164 아부(兒婦): 자신의 며느리를 지칭하는 말.

좌중이 면면상고(面面相顧)하고 구소저가 차변을 만나매 입이 쓰니 (34)발명(發明)[165]이 무익한지라. 관패(冠佩)를 끄르고 당에 나려 석고대죄(席藁待罪)하니 옥혜, 교혜 등 모든 소고(小姑)가 불승참연(不勝慘然)[166]하여 옥루(玉淚)를 나리와 탄식하고 교혜 분연(憤然)[167] 왈,

"속담에 이른바 악풍(惡風)이 동으로 분다 하였으니 육조모께로서 때때 기괴한 사단이 일어나 아조[168] 대사롭지[169] 않은 일이라도 부중에 한 공사를 삼던데 어떤 요물을 보고 혼모(昏耄)[170]한 노안(老眼)에 채 살피도 못하고 이런 중난(重難)한 말을 지어 구형(兄)을 함지갱참(陷地坑塹)[171] 하시는고. 실로 애달프도다."

옥혜 정색 책왈,

"현제 어찌 망령되이 조모를 어침(語侵)[172]하여 경설(輕說)하나뇨."

교혜 깨달아 사죄하더라. 육부인 시녀가 가부(府)에 가 야래지변(夜來之變)[173]을 고하고 부인의 중상(重傷)함을 아뢰니 부인이 정히 공으로 병좌(竝坐)하여 (35)조반을 파치 못하였더니 차언을 듣고 대경 왈,

"구씨는 성녀숙완(聖女淑婉)이라 어찌 이런 행사가 있으리오. 가간(家間)에 요악한 무리 있어 모해(謀害)함이로다."

가안백이 잠소 왈,

"희성이 본디 단정하여 다른 처첩이 없으니 뉘 구씨를 해하리오. 반드시 구씨 재앙(災殃)[174]이 중하매 이매망량(魑魅魍魎)[175]이 작희(作戲)하되, 악장(岳丈)[176]과 주·철 두 부인은 숙인성사(淑人聖士)라 요마(妖魔)가 감히 군자 숙녀의 안전을 어즈러이지 못하고, 육골

---

165 발명(發明): 죄나 잘못이 없음을 말하여 밝힘. 또는 그런 말.
166 불승참연(不勝慘然): 슬프고 참혹함을 이기지 못함.
167 분연(憤然): 벌컥 화를 내는 모양.
168 아조: '아주'의 옛말.
169 대사롭다: 대수롭다.
170 혼모(昏耄): 늙어서 정신이 흐릿함.
171 함지갱참(陷地坑塹): 구덩이에 빠트림.
172 어침(語侵): 냉어침입(冷語侵入). 비꼬는 말로 남을 풍자함. 매정한 말로 남의 마음을 찌름.
173 야래지변(夜來之變): 야간에 생긴 변.
174 재앙(災殃): 원문에는 '직잉'으로 되어 있음.
175 이매망량(魑魅魍魎): 온갖 도깨비.
176 악장(岳丈): 장인(丈人).

범태(肉骨凡胎)[177]의 악모(岳母)[178]를 속였으나 이미 속기를 불행히 하였고 유액(有厄)하여 맞았으니 현마 어찌하리오. 한가한 몸이시니 좋은 기구(器具)[179]에 한 열흘 치료하면 조그만 상처가 나으시리니 부인은 어찌 소스라치게[180] 달아나나뇨. 예부터 악모의 행사가 대사롭지 않은 일도 홍(36)감저이[181] 구시던 바니 요인의 작란이 심한들 혈흔이 낭자토록 치며 그 다툴 적 오죽하리잇가. 부인은 놀라지 말고 먹던 밥을 물리지 마소서."

부인이 공의 말이 자위(慈闈)[182]를 어침(語侵)함을 노하여 정색 왈,

"모친이 명찰치 못하신 허물이 있으나 첩은 그 휵아대은(慉我大恩)을 입사온지라. 부모가 비록 유과(有過)이신들 자식이 그 몸이 상하신 바를 염려치 아니리잇가. 존언(尊言)이 비인정(非人情)이시니 첩이 그윽이 유감함을 이기지 못하리로소이다."

설파에 옥모(玉貌)가 냉담하니 공이 부인의 노색(怒色)을 보고 크게 웃고 관유(寬裕) 왈,

"생의 무심한 말씀이 충곡(衷曲)[183]의 발함이요 악모를 경만(輕慢)함[184]이 아니니 부인은 노치 말라."

부인이 부답하고 자부(子婦)를 (37)명하여 아침 진반(進飯)[185]을 긔걸[186]하고 협문으로조차 상부에 이르니 공이 또한 따라 이르니라. 가공(公) 부부가 이에 이르니 상하제인(上下諸人)이 다 모부인 침소에 모였고 오직 백부와 주·철 양(兩) 자위(慈闈)[187] 중당(中堂)[188]에 계시거늘 가공과 부인이 나아가 배알(拜謁)하고 야래(夜來)[189]를 문침(問寢)한 후 가변(家變)의

---

177 육골범태(肉骨凡胎): 사람의 몸에서 태어난 범인(凡人)의 몸. 범태육신(凡胎肉身).

178 악모(岳母): 장모(丈母).

179 기구(器具): 필요한 조건이 골고루 갖추어져 있는 형세.

180 소스라치다: 깜짝 놀라 몸을 갑자기 떠는 듯이 움직이다. 원문에는 '쇼쇼라지게'로 되어 있음.

181 홍감저이: '홍감'은 '넌덕스러운 말로 실지보다 지나치게 떠벌리는 것', '저이'는 부사를 만드는 접미사. 원문에는 '흔감져이'로 되어 있음.

182 자위(慈闈): 자친(慈親).

183 충곡(衷曲): 심곡(心曲). 여러 가지로 생각하는 마음의 깊은 속. 흔히 간절하고 애틋한 마음을 이른다.

184 경만(輕慢)하다: 교만한 마음에서 남을 하찮게 여기다.

185 진반(進飯): 먹고 마시는 일을 높여 이르는 말.

186 긔걸: '명령', '분부'의 옛말.

187 자위(慈闈): 남에게 자기 어머니를 높여 이르는 말임.

188 중당(中堂): 집의 안채에 있는 대청마루. 내당에 있는 여자들과 외당에 있는 남자들이 모일 때 주로 이 곳을 사용하였음.

189 야래(夜來): 야간(夜間).

차악(嗟愕)[190]함을 일컬으니 진공이 여서(女壻)를 보고 광미(廣眉)를 찡기어 이르되,

"구소부의 만난 바 재앙은 오조(烏鳥)의 자웅(雌雄)을[191] 모름[192] 같고 여모(汝母)의 광거지설(狂擧之說)은 측량키 어려우니 세월이 오랠수록 노부(老父)가 실로 수괴(羞愧)하도다. 이제 비록 여모(汝母)의 상처가 대단하다 하나 그로써 죽든 않으리니 현서(賢壻)가 수고로이 문병(問病)하리오. 현서(賢壻)는 이에 머물고 여아가 홀로 가 문병하라."

가공 부부가 배사(拜謝)하고 가공은 이에 오·진 양공(兩公)(38)을 뫼셔 말씀하고 가부인은 모친 침소로 향하더니 이때 제왕과 승상 등 십사 곤계(昆季)[193]는 새벽에 육부인 기거(奇擧)를 묻잡고 존당에 들어가 미처 돌아오지 못하고 다만 연소공자(年少公子)와 사마부인, 월성 공주 등 제부인이 육부인을 문후(問候)하니 그 거동이 오죽하리오. 만면(滿面)에 피를 흘리고 만신(滿身)을 부딪치며[194] 망측(罔測)한 욕언(辱言)이 무수하니 구소저의 진외가(陳外家)[195] 십대(十代)를 들추어 욕매(辱罵)[196]하기를 마지아니하더니 시녀가 승상 등과 제부인의 문안을 고하니 호흡을 낮추고 죽어가는 체하며 살피매 진공은 없는지라. 섭섭하고 서러운 마음이 더욱 간절하여 새로이 통곡하니 제왕이 나아가 그 흐르는 피를 씻으며 붙들어 위로(39)한대 육씨 입을 비적여[197] 작야(昨夜) 구소저에게 봉욕(逢辱)함을 탐탐이[198] 이르거늘 왕이 청죄(請罪) 왈,

"이는 다 소자의 불초함이라. 마땅히 명정기죄(明正其罪)[199]하오리니 모로미[200] 식노(息怒)[201]하소서."

승상 등 칠곤계(七昆季)와 호부 등 육인(六人)이 왕의 말씀을 이어 위로하니, 육씨 위인

---

190 차악(嗟愕): 슬픈 일을 당하여 몹시 놀란 상태.

191 자웅(雌雄)을: 원문에는 'ᄌᆞ웅이'로 되어 있음.

192 오조(烏鳥)의 자웅(雌雄)을 모름: 까마귀의 암수를 구별하기 어려운 것처럼 시비나 선악 등을 분명하게 가리기 어려움을 비유하는 말. 수지오지자웅(誰知烏之雌雄). 누가 까마귀의 암수를 구별하겠는가. 『시경(詩經)』「소아(小雅)」〈정월(正月)〉.

193 곤계(昆季): 형제.

194 부딪치다: 원문에는 '부딕이즈며'로 되어 있음.

195 진외가(陳外家): 아버지의 외가(外家).

196 욕매(辱罵): 욕하고 꾸짖음.

197 비적이다: 비죽이다.

198 탐탐이: '간절히'의 옛말.

199 명정기죄(明正其罪): 명백하게 죄목을 지적하여 바로잡음.

200 모로미: '모름지기'의 옛말.

201 식노(息怒): 노여움을 가라앉힘.

(爲人)이 본디 기승(氣勝)하지[202] 못한지라 그 관위(寬慰)[203]함을 보고 묵연(默然)히 말이 없더니 승상과 왕이 조회 늦음을 일컬어 조섭(調攝)[204]함을 청하고 나가매 미좇아[205] 제부(諸婦), 제질부(諸姪婦)가 들어와 문안하며 공주가 자부(子婦)를 그릇 가르침을 청죄(請罪)[206]하니 육씨 왈,

"옥주도 헤아려보라. 노첩(老妾)이 비록 피폐하나 진공의 잉첩(媵妾)은 아니요, 혁혁(奕奕)한 사족으로 인연이 기구하여 진공의 빈실로 들어왔으나 구경린의 작은딸 (40)년이 생심(生心)[207]이나 노모(老母)를 칠까 싶으니잇가. 옥주는 당당한 만승왕희(萬乘王姬)요, 정궁(正宮) 낭랑(朗朗) 친녀(親女)로되 현가에 하가(下嫁)하신 후 시부모 대접은 이르지 말고 나까지 대접이 어떠하더니잇가. 이제 구녀(女)는 시할미 치기를 어린아해 두드리듯 하고 구가(舅家)[208]를 능욕(淩辱)하니 만일 적국(敵國)[209]이 있은 즉 인체(人彘)의 환(患)[210]이 없으리잇가."

언파에 좌우가 묵연하고 설씨 듣고 변색(變色)함을 깨닫지 못하더라. 육씨 분기(憤氣)를 이기지 못하여 좌우로 술을 구하여 삼십여 배(盃)를 마시매 대취(大醉)한지라. 취중에 광심(狂心)이 크게 발하여 한 손에 금척(金尺)을 들고 한 손에 철여의(鐵如意)[211]를 쥐고 일어나[212] 바로 내당으로 향하니 제부인이 대경(大驚)하여 일시(一時)에 좇아 (41)중당(中堂)에 이르니 가부인이 정히 모친 당중(堂中)을 향하는 즈음이러니 모친이 일신만면(一身滿面)에

202 기승(氣勝)하다: 성미가 억척스럽고 굳세어 좀처럼 굽히지 않다. 원문에는 '긔승겹지'로 되어 있음.

203 관위(寬慰): 너그럽게 위안함.

204 조섭(調攝): 건강이 회복되도록 몸을 보살피고 병을 다스림.

205 미좇다: 뒤미처 좇다.

206 청죄(請罪): 원문에는 '청쥐'로 되어 있음.

207 생심(生心): 어떤 일을 하려고 마음을 먹음. 또는 그 마음.

208 구가(舅家): 시집.

209 적국(敵國): 남편의 다른 아내나 첩.

210 인체(人彘)의 환(患): 사람돼지가 되는 변을 뜻함. 한나라 유방의 부인인 여후(呂后)가 유방의 총희(寵姬)인 척부인(戚夫人)을 질투하여 수족을 자르고 눈과 귀를 멀게 하고 사람돼지를 만들어 죽였다는 고사에서 유래함.

211 철여의(鐵如意): 철로 만든 여의. 여의는 법회나 설법 때, 법사가 손에 드는 물건으로 대, 나무, 뿔, 쇠 따위로 '심(心)' 자를 나타내는 고사리 모양의 머리가 있고, 한 자쯤의 자루가 달려 있다. 본래는 등 따위를 긁는 도구였음.

212 일어나: 원문에는 '닒더나'로 되어 있음.

혈흔(血痕)이 낭자(狼藉)하여 머리를 산발(散髮)하고 취기 미란(迷亂)[213]하여 호곡(號哭)하며 달아드는지라. 가부인이 대경하여 연망(連忙)히[214] 붙들어 이르되,

"자위(慈闈) 이 어찌 경색(景色)이니잇고. 소녀와 한가지로 침소(寢所)에 가사이다."

부인이 가뜩한[215] 인사(人事)에 술이 취하니 오죽하리오. 뿌리쳐 가로되,

"에여라 놓아라. 네 말 듣지 아냐 물러서거라. 다 아노라. 속담에 '부처지간(夫妻之間)은 젊어서 소(疎)하다가도 늙으면 귀(貴)타.' 하건마는 진공은 쇠할수록 쌀쌀하고 매몰하니 나로 더불어 전세(前世)의 큰 원수런가 싶으니 그렇기로 구씨까지 노(怒)를 부려 노모(老母)를 업신여겨 나를 (42)두드리니 아니 통분(痛憤)하냐. 네 부친이 적이[216] 인심(人心)이면 나를 위로하고 발부(悖婦)[217]를 다스릴 것이로되 도로혀 구녀에게 견욕(見辱)할 줄 쟁그러이[218] 여겨 들이밀어 묻도 아니하니 기(其) 아니 절통(切痛)하냐. 내 이제는 구녀에게 맞아 죽게 되니 약(藥)하기로 살아나랴."

하고 광언망설(狂言妄說)이 부절(不絶)하니 진공을 원망하며,

"구녀를 잡아 내라.[219] 나처럼 두드려 피 흐름을 보고 그치리라."

하고 고성발악(高聲發惡)하니 가부인이 울며 붙들어 말리나 어찌 들으리오. 진공이 차경(此景)을 보매 어이없어 좌우를 꾸짖어 침소로 데려가라 한대 육씨 취기 미란하여 강변(江邊)에 덴 소같이 날치니[220] 모든 시녀가 어찌하리오. 가안백이 악모의 (43)취광(醉狂)함을 보매 새로이 한심히고 또 가소로이 여겨 함소찰시(含笑察視)하더니 부인의 망극초조(罔極焦燥)하는 거동을 보고 심리(心裏)에 악모를 뮈이[221] 여기나 정사(情私)[222]를 측은(惻隱)하

213 미란(迷亂): 정신이 혼미하여 어지러움.

214 연망(連忙)히: 황급히.

215 가뜩하다: 분량이나 수요 따위가 어떤 범위나 한도에 꽉 찬 상태에 있다. '가득하다'보다 센 느낌을 준다.

216 적이: 꽤 어지간한 정도로.

217 발부(悖婦): 무지막지하고 기가 센 여자.

218 쟁그럽다: 하는 행동이 괴상하여 얄밉다.

219 내라: 원문에는 없으나 서강대본을 참고하여 보충함.

220 강변(江邊)에 덴 소같이 날치니: 〈속담〉 불난 강변에 덴 소 날뛰듯. 불이 난 강변에 불에 덴 소가 이리 뛰고 저리 뛰며 날뛰듯 한다는 뜻으로, 위급한 경우를 당하여 황망하게 날뛰는 사람이나 모양을 비유적으로 이르는 말.

221 뮈이: '밉게'의 옛말.

222 정사(情私): 친족 사이의 사사로운 정.

여 관을 숙여 침음(沈吟)하거늘 진공이 미소하고 가안백을 돌아보아 왈,

"네 악모가 불의에 상성(喪性)하였으니 나의 호령이 능히 행치 못하고 여아의 간언(諫言)이 귀에 들지 아닛난지라. 현서의 한 말 격동(激動) 곧 아니면 저 주광(酒狂)을 그칠 길 없으리니 현서는 괴로움을 참아 개유(開諭)함이 어떠하뇨."

가안백이 웃고 대왈,

"소서(小壻)가 본디 악모의 허심(許心) 애서(愛壻) 노릇을 못하였으니 서어(齟齬)한[223] 구설(口說)이 무익할까 유유(儒儒)하옴[224]이러니 태의(太意) 여차하시니 삼가 명을 받들리이다."

언(44)파에 좌에 나려 육씨를 향하여 공수(拱手)[225] 왈,

"아지 못게이다. 태정(台鼎)[226]의 명부(命婦)이시고 후백(侯伯)의 모친으로 체모(體貌)가 존중(尊重)하시거늘 가간(家間)에 소소불평지사(小小不平之事)가 있은들 체위를 굴(屈)하사 하천(下賤)의 주정(酒酊)하는 거조를 하시나니잇가. 실인(室人)이 악모의 실체(失體)하심을 설워 장차 자형기신(自刑其身)코자 하니 어찌 애달프지 아니리잇고. 소생의 영녀(令女)로 더불어 의를 절(絶)하고 돌아가리이다. 소생이 바야흐로 장년(壯年)에 어데가 옥인(玉人)을 못 얻으리잇가."

설파에 기상이 한숙(寒肅)하고 말씀이 준절(峻節)하며 또 관인후덕(寬仁厚德)함을 보매 저 오관(五官)에 쉬슬고[227] 염통에 보믜[228] 낀 육씨 어찌 여서의 격동(激動)함인 줄 알리오. 자기 가부(家夫)의 박대를 받아 쇠년(衰年)에 (45)이르도록 단장박명(斷腸薄命)이 극하니 여서(女壻)가 문득 이 말을 하매 행여 여아를 소박(疎薄)할까 겁이 나고 삼혼(三魂)[229]이 이체(移替)[230]하여 일어 앉으며 악 쓰던 소리 나작하여 검은 눈에 눈물이 주줄하여[231] 왈,

"관인후덕한 현서는 어찌 이런 놀라운 말을 하나뇨. 우리 상공이 늙도록 하 야속[232]하

---

223 서어(齟齬)하다: 틀어져서 어긋나다.

224 유유(儒儒)하다: 모든 일에 딱 잘라 결정을 내리지 못하고 어물어물한 데가 있다.

225 공수(拱手): 절을 하거나 웃어른을 모실 때, 두 손을 앞으로 모아 포개어 잡음. 또는 그런 자세.

226 태정(台鼎): 삼정승.

227 쉬슬다: 파리가 알을 여기저기 낳다.

228 보믜: '녹(綠)'의 옛말. 산화 작용으로 쇠붙이의 표면에 생기는 물질.

229 삼혼(三魂): 사람의 마음에 있는 세 가지 영혼으로 태광(台光), 상령(爽靈), 유정(幽精).

230 이체(移替): 서로 갈리고 바뀜. 또는 서로 바꿈.

231 주줄하다: 줄줄이 흐르다.

232 야속: 원문에는 '야숙'으로 되어 있음.

며 노모가 손자며느리게 매 맞아 죽게 되었으되 들이밀어 묻도 아니하니 노여워 죽고자 하였거니와 여아가 무슨 일 나를 따라 죽으며 현서가 절의(絶義)하리오."

하고 가안백의 말을 기다리지 아니하고 비슬비슬[233] 걸어 침소로 들어가니 가부인이 모친의 허다(許多) 해거(駭擧)를 가안백이 참청(參聽)[234]함을 부끄리고 설워 모친을 따라 들어와 붙들고 누수(淚水)가 연락(連落)하니, (46)육씨 이때 술이 적이 깨었는지라 여아의 간언을 두려 노흉(老凶)한 의사가 일어나 눈을 희게 뜨고 좌석에 구러져 취몽(醉夢)이 혼혼한 체하니 부인이 모친의 뜻을 알매 말씀이 무익(無益)하여 오직 붙들어 피 묻은 의상을 갈고 좌우로 물을 구하여 친히 모친을 소안(掃顔)하여 낯에 혈흔을 없이하니 원래 상처는 대단치 아니하니 부인이 대희하여 약을 싸매고 종일 뫼셔 구호하니 제왕이 또한 퇴조(退朝)하여 돌아와 부모 숙당에 뵈옵고 바야흐로 구씨를 명정기죄(明正其罪)하심을 고하니 진공이 빈미(顰眉) 왈,

"가간(家間)에 변고가 층생(層生)하니 어찌 한심치 아니리오. 이제 구소부(少婦)를 근본 없는 죄로 돌아 보내면 구상국(相國) 부자가 어찌 우리를 괴(47)이히 여기지 아니며 또 아부(兒婦)를 출거한 즉 간계(奸計)를 맞춤이니[235] 노부(老父)의 뜻을 짐작하리니 오아(吾兒)는 도로 궁으로 데려다가 저의 사실(私室)에 깊이 두어 신혼 성정(省定)[236]을 말게 하고 말을 내되 사실에 폐치(廢置)하여 수죄(數罪)[237]를 감당케 하노라 하여 아직 요인의 엿봄을 방비(防備)하라."

사인이 왕부의 선견(先見)을 항복(降伏)하나 존당을 간범(干犯)하여 능욕(凌辱)한 죄 등한치 아니니 왕부가 비록 지휘 여차하시고 부왕이 의심치 않으시나 간인요당(奸人妖黨)이 멀리 아니 있으리니 이미 현인을 해하는 흉심이 그만하지 않음을 알매 만심(滿心)이 불안한지라. 이에 면관청죄(免冠請罪) 왈,

"구녀의 패악한 죄 가히 칠거(七去)에 범하였사오니 마땅히 혼서를 찾고 이이영출(離異令出)[238]함이 가(可)(48)하오니 어찌 그 부조(父祖)의 안면을 구애(拘礙)하리잇고. 왕부와 대인이 차사(此事)를 난처타 하실진대 소손(小孫)이 스스로 구녀의 패악지죄(悖惡之

233 비슬비슬: 자꾸 힘없이 비틀거리는 모양.

234 참청(參聽): 참여하여 들음.

235 맞춤이니: 원문에는 '맛추미니'로 되어 있음.

236 성정(省定): 혼정신성(昏定晨省).

237 수죄(數罪): 범죄 행위를 들추어 세어 냄.

238 이이영출(離異令出): 이혼해서 나가게 함. '이이(離異)'는 '이혼'의 뜻.

罪)를 단절의주하여[239] 왕법을 정(淨)히 하고 소손이 또한 불엄가제(不嚴家齊)한 죄를 당코자 하나이다."

진공이 정색 왈,

"노부가 비록 모황(耄荒)하나[240] 대사를 당하여 가여불가(可與不可)에 여등(汝等) 소배(少輩)의 헤아림만은 하리니 저 육씨는 소시(少時)로부터 광망(狂妄) 우패(愚悖)한[241] 인물이라. 저의 허탄한 말로써 구씨의 죄를 어찌 실해오리오.[242] 구씨 부디 출화(黜禍)[243]를 구할진대 어느 곳에 가 작변(作變)을 못하리오. 고어(古語)에 사불범정(邪不犯正)[244]이라 하니 요인이 불과 환술로 사람을 속이고자 하매 정한 곳에 감히 비추지 못하고 광잡(狂雜)한 여자(49)를 속이며 저히니[245] 이 이른바 유유(類類)가 상종(相從)이라. 사세 여차하니 어찌 허망한 여자의 꿈 가운데 이매망량(魑魅魍魎) 같은 요언을 듣고 주광(酒狂)을 겸하여 쑤어리는[246] 광언(狂言)을 취신(取信)하여 구아를 의심하리오."

오공이 안석(案席)[247]에 비겨 아[248]의 부자조손의 상확(相確)[249]하는 말을 듣고 미소 왈,

"현제(賢弟) 박행(薄倖)[250] 매야함[251]이 육수(嫂)의 원언(怨言) 같도다. 육수가 소시(少時)부터 단일(端一)[252]튼 못하거니와 현마 그대도록 상성취광(喪性醉狂)하며 사람이 아무리 허령(虛靈)한들 촉광(燭光)이 여주(如晝)[253]한대 인귀(人鬼)를 분변치 못하며 육수(嫂)가[254] 또한 혼자 보신 바가 아니라 그 시녀 차환배(叉鬟輩) 분명히 구씨를 보았노라 하고 철

---

239 단절의주하다: 미상.
240 모황(耄荒)하다: '연로하다'라는 뜻.
241 우패(愚悖)하다: 어리석고 패악하다.
242 실해오다: 조사하다. 실핵(實覈).
243 출화(黜禍): 내쫓김을 당하는 화.
244 사불범정(邪不犯正): 사악한 것은 올바른 것을 침범할 수 없음.
245 저히다: '두렵게 하다', '위협하다'의 옛말.
246 쑤어리다: '수군거리다', '떠들다'의 옛말.
247 안석(案席): 벽에 세워 놓고 앉을 때 몸을 기대는 방석.
248 아: 아우.
249 상확(相確): 서로 의논하여 확실히 정함.
250 박행(薄倖): 인정이 박함.
251 매야하다: 매정하다.
252 단일(端一): 얌전하고 의젓함.
253 여주(如晝): 원문에는 '여류'로 되어 있으나 서강대본을 참고하여 고침.
254 육수(嫂)가: 원문에는 '뉵시'로 되어 있으나 서강대본을 참고하여 고침.

수(嫂)가 또한 보시다 하니 현제 말 같을진대 다못[255] 현수(賢嫂)와 시녀의 무리 다 귀매(鬼魅)[256]를 보단 (50)말가. 우형은 생각건대 석년(昔年)에 월청[257] 요승(妖僧) 같은 요인(妖人)이 어데 있어 구씨의 형용(形容)을 빌려 모든 이목(耳目)을 속인가 하나이다. 아[258]의 첫 의논대로 사실에 깊이 두어 요인의 정적(情迹)[259]을 살핌이 옳으니라."

진공과 왕이 성교가 마땅하심을 주(奏)하고 사인은 무슨 사단이 또 있을까 헤아려 심리에 불쾌하나 존명(尊命)을 역(逆)지 못하여 수명(受命)하더라.

철종황제(哲宗皇帝) 후궁(後宮) 김상궁(金尙宮) 철영 글씨.

---

255 다못: '더불어', '함께'의 옛말.

256 귀매(鬼魅): 도깨비와 두억시니 따위를 이르는 말.

257 월청: 〈현씨양웅쌍린기〉에서 형아를 도와주는 월청 법사.

258 아: 아우.

259 정적(情迹): 사정의 흔적.

권지십팔

(1)차설. 진공이 명을 나리와 구소저를 그 침소에 안치하여 명 없이 나들지 말라 하니 소저가 명을 받자와 존당에 하직하고 궁중에 돌아와 정침에 들지 아니하고 낮은 당에 석고대죄(席藁待罪)[1]하고 청상녹의(靑裳綠衣)로 불견천일(不見天日)하며 좌우를 분부하여 소식을 본부에 통치 아니하더라.

차시 가부인이 부군과 형왕이 구씨를 안치함을 보고 심리(心裏)에 무류[2]하여 모친께 소유(所由)[3]를 고하여 왈,

"구씨는 현철한 숙녀라. 간인(奸人)의 해를 만나 무고히 수계(囚繫)[4]하니 가련토소이다."

부인이 가장 분분(忿憤)[5]하여 왈,

"그 년이 나 같은 늙은이를 거웠기로[6] 그만이나 하지 만일 주씨나 철씨나 거웠다(2)면[7]

---

1 석고대죄(席藁待罪): 거적자리를 깔고 엎드려 처벌을 기다림.

2 무류: 탐탁하게 어울리게 하는 맛이 없음. 무료(無聊).

3 소유(所由): 까닭. 사연.

4 수계(囚繫): 죄인을 잡아 가둠.

5 분분(忿憤): 분하고 원통하게 여김.

6 거우다: 집적거려 성나게 하다. 거스르다.

7 거웠다면: 원문에는 '거원더면'으로 되어 있음.

능지처참(陵遲處斬)을 면할소냐. 너는 구녀의 회뢰(賄賂)[8]를 얼마나 받아 저리 두호(斗護)[9] 하는다?"

가부인이 슬퍼 왈,

"인륜의 지극함은 모녀의 정이어늘 어찌 이런 말씀을 하시나니잇가? 다만 태태(太太)[10] 옛일을 생각하소서. 소녀는 후생이라 전하는 말을 들었거니와 석년(昔年)에 대인이 운남천사로 회환시에 월청이란 요승이 여차여차하여 부친 얼굴이 되어 왔더라 하니 또 금세인들 그 같은 요인이 없사리잇가?"

육씨 미련함이 짝이 없어 남이 이리 하면 그런가 하고 저리 하면 저런가 하는지라. 이 말을 듣고 번연(幡然)히 깨달아 손뼉 치며 이르되,

"옳다, 옳다. 그야 네 말이 의연(毅然)[11]하다. 구씨 현마 나를 그리 몹시 욕하고 쳤으랴. (3)아차 그런 줄 알았다면 요괴(妖怪) 년을 굳이 붙들었다가 면질(面質)[12]이나 했다면 되었을 걸[13] 애달프게도[14] 하였다. 그러면 노모가 이제 구씨를 보아 요괴 년이 작란(作亂) 할 때 어데 있던고 물어 보리라."

가부인이 간하여 왈,

"일이 너무 경거(輕擧)[15]한즉 체면이 손상하나니 자위(慈闈)[16] 이제는 모르는 듯이 버려두소서. 이제나 아무 일이 있어도 살펴 행하소서."

답왈,

"구씨 진실로 애매할 양이면 노모를 아니 원망하느냐?"

부인이 재삼 간왈(諫曰),

"구씨는 통철(洞徹)한 여자라. 스스로 운액(運厄)을 탄할지언정 존당(尊堂)을 원망치 아니리니 이런 소사는 물려(勿慮)하소서. 가중이 도로혀 모친의 체면 없음을 웃으리

---

8 회뢰(賄賂): 뇌물.

9 두호(斗護): 남을 두둔하여 보호함.

10 태태(太太): 어머니.

11 의연(毅然): 의지가 굳세서 사물에 동하지 않음.

12 면질(面質): 대질(對質).

13 되었을 걸: 원문에는 없으나 문맥에 맞추어 보충함.

14 애달프게도: 원문에는 '익달니도'로 되어 있음.

15 경거(輕擧): 말이나 행동이 가벼움.

16 자위(慈闈): '어머니'의 존칭. 자친(慈親).

이다."

육씨 여아의 격동(激動)하는 말을 듣고 사세기연(事勢其然)[17]한 듯 말을 다시 아니 하(4)더라.

이렇듯 사오 일이 지나니 요니와 설매 날마다 상부 동정을 살피나, 구소저가 종시(終是) 이이(離異)[18]함이 없고 도로혀 편히 되었는지라. 설매 스스로 주인의 부탁을 저버릴까 초조하여 우화를 보채어 가기를 도모코자 하더니, 도로혀 우화가 이르러 저희 가연(佳緣)을 작희한가 원언(怨言)이 깊더라.

우화 요승은 본디 궁향벽처(窮鄕僻處)에 생장하여 세상 번화를 알지 못하고 옥인미남(玉人美男)을 구경치 못하였더니 처음으로 황가 모녀를 보니 요괴로운 색태(色態) 현란하여 저의 본 바 처음이라 사랑함을 이기지 못하여 사괴기를 후히 하고 지기(知己)로 대접하여 사생동거(死生同居)를 기약하여 당당히 저를 도와 중원의 사슴을 따르고[19] 천조(天朝) 군신으로 더불어 강(5)약을 다툰즉 저의 신술과 지혜로써 천하 대사를 도모한즉 저의 융공대업(戎功大業)[20]이 국초 무혜왕(武惠王)[21]과 조보(趙普),[22] 범질(范質)[23] 등의 아래 되지 아니리니 공을 이룬 후 무량한 도법을 세워 백년윤회에 뛰어나고자 하더니, 이제 이르러 황성 백만가의 벌 버듯한[24] 주문갑제(朱門甲第)[25]와 고루채각(高樓彩閣)이며 수달난창(繡闥爛窓)[26]의 참치(參差)[27]한 번화(繁華)와 의관문물(衣冠文物)의 화려함을 보매 눈에 황홀하며 마음에 기이하여 스스로 몸이 화하여 진환(塵寰)[28]에 돌아옴을 깨닫지 못하더니, 현상부 내

---

17 사세기연(事勢其然): 일의 형세가 그러함.

18 이이(離異): 이혼(離婚).

19 중원의 사슴을 따르다: 축록(逐鹿). 중원 천하를 차지하기 위해 다투다.

20 융공대업(戎功大業): 큰 공이나 업적.

21 무혜왕(武惠王): 중국 송나라 개국공신 조빈(曹彬). 송 개국기에 후촉(後蜀), 남당(南唐) 등을 멸망시키는 데 큰 공을 세움.

22 조보(趙普): 중국 송나라의 개국공신. 재상. 나중에 위국공(魏國公)에 봉해짐.

23 범질(范質): 중국 송나라 초의 명재상. 『오대통록(五代通錄)』이라는 저서를 남김.

24 벌 버듯한: 벌이 우글거리며 모여 있는 듯한.

25 주문갑제(朱門甲第): 붉은 대문을 단 크게 잘 지은 집이란 뜻으로, 높은 벼슬아치의 집을 말함.

26 수달난창(繡闥爛窓): 수놓은 문과 화려한 창문.

27 참치(參差): 길고 짧고 들쑥날쑥한 모양. 참치부제(參差不齊).

28 진환(塵寰): 티끌세상. 진세(塵世).

외에 돌입하여 현씨 상하 제공의 천일지표(天日之表)[29]와 일월지광(日月之光)[30]을 한번 보매 넋이 흩어지고 의사가 표탕(飄蕩)[31]하여 먼저 현씨 제소년(諸少年)을 업신여겨 설계하려던 의사가 삭막하니 이(6)미 구소저를 모함하여 하당의 안치(安置) 죄인을 삼았거니와 다시 모계(謀計)할 의사가 있으리오. 설매를 이끌어 산하에 돌아와 추연자실(惆然自失)하며 천애(天涯)[32]를 바라 말을 아니 하거늘 설매 괴이 여겨 문기고(問其故)한대 우화가 탄왈,

"낭자는 철구금심(鐵軀金心)[33]이라. 현희문 같은 영준(英俊)을 구지부득(求之不得)이어늘 주인을 위하여 그 문을 엎치고자 하니 충성이 해밧글[34] 깨치리로다. 빈도가 수행 삼십 년에 불가(佛家)에 발원(發願)하여 세세생생(世世生生)[35]에 석씨(釋氏)의 제자가 됨을 원하더니[36] 오늘날 평제왕을 보니 그 일월안채(日月眼彩)[37]와 경운지풍(景雲之風)을 구경하매 반생 수행이 화중병(畵中餠)이 되어 속절없이 지하 원귀 되리니 이 뉘 탓이뇨? 그릇 여주(汝主)를 사괴어 하산한 탓이로(7)다."

설매 아연대경(啞然大驚)하여 침음양구(沈吟良久)에 일계(一計)를 깨달아 문득 소왈,

"사부가 다만 제왕의 기특한 줄만 알고 제왕비 월성 공주의 비상함을 알지 못하는도다. 사부가 이미 제왕을 사모함이 사생(死生)에 미치니 차역천명(此亦天命)이라. 사부가 이미 신술(神術)이 무량(無量)하니 어찌 이 일을 도모치 못하리오. 무지모야(無知暮夜)에 공주를 잡아다가 없이하고 사부가 변용(變容)하여 공주가 된즉 뉘 능히 알리오."

우화기 대희(大喜)히여 칭시(稱辭) 왈,

"설랑의 지혜 가히 기특하도다. 마땅히 도모하여 낭자로 하여금 현학사의 정실을 삼아 부귀를 한가지로 하리라. 수연(雖然)이나 황부인 모녀의 소청(所請)이 본디 제현(諸玄)을 어육(魚肉)하고 대사를 도모하자 하였거늘 우리 만일 제왕 (8)부자에게 인연을 맺으면 형세 인정이 가히 그 문호를 묻지 못하리니 장차 어찌 처치하여야 마땅하리오."

---

29 천일지표(天日之表): 사해(四海)에 군림할 인상(人相). 제왕의 인상.

30 일월지광(日月之光): 해와 달의 빛. 제왕의 총명함.

31 표탕(飄蕩): 정처 없이 헤매어 떠돎.

32 천애(天涯): 하늘의 끝.

33 철구금심(鐵軀金心): 쇠 같은 몸과 금 같은 마음. 몸과 마음이 굳세고 단단함을 뜻함.

34 해밧글: 미상.

35 세세생생(世世生生): 몇 번이든지 다시 환생하는 일. 또는 그런 때.

36 원하더니: 원문에는 '원ᄒᆞᄒᆞ더니'로 되어 있으나 오기인 듯함.

37 일월안채(日月眼彩): 일월 같은 안광(眼光).

설매 역소왈(亦笑曰),

"고어에 운하되, '위천하자(爲天下者)는 불고가(不顧家)라'[38] 하나니 스스로 만리전정(萬里前程)을 계교하매 어찌 남을 위하여 내 전정을 그르게 하리오. 우리 주인이 이미 조정에 득죄하여 망명도주하매 부부와 부자가 단합하여 산중왕락(山中王樂)의 부귀 극진하니 구태여 남을 죽여든 쾌함이 있으리오. 사부는 이 처엿[39] 일은 염려 말고 우리 종신대사(終身大事)를 도모함이 가하니라."

우화가 듣는 말마다 깃거 칭사하더라. 양요(兩妖)가 그윽이 흉계를 지어내니 아지 못게라. 공주가 능히 화를 당한가. 사연이 차례 있으니 하회를 석람(釋覽)하라.

차설. 금오 (9)설공은 제왕의 우빈 설부인의 부친이라. 설씨 귀양[40] 갈 때 폄(貶)하여 전리(田里)[41]에 내쳤더니 십 년 만에 설씨 환쇄(還刷)하니 월성 공주가 천자께 주(奏)하여 설금오가 다시 복직하여 경사(京師)에 돌아왔더니 오래지 않아 설공이 죽으니 일자(一子) 설저 삼 년 후 등과하여 급사낭중(給事郎中)이로되 인사가 준준무지(蠢蠢無知)[42]하며 부인 노씨 또한 예사 인물이라. 일찍 생산하여 다섯 아들을 두었으나 딸이 없으니 매양 농와(弄瓦)의 자미 없더니 늦게야 한 딸을 낳으니 부모를 닮지 않아 크게 아름다우니 이름을 애란이라 하여 사랑함을 보벽(寶璧)같이 하더니 금년 십이 세라. 우화와 설매 설가에 왕래하여 동정을 낱낱이 알고 차야에 설매 변(10)하여 음풍(陰風)이 되어 설부에 이르러 애란을 잡아다가 산곡간에 묻지르고[43] 설매 스스로 애란이 되어 의구히 침실에 있으니 부모가 알지 못하고 사랑할 줄만 알더라.

우화가 또한 공주를 없이코자 하여 일진 음풍이 되어 공주에게 가까이 나아가니 두상(頭上)의 서기와 양미(兩眉)의 팔채명광(八彩明光)이 휘휘하여 정신이 어질한지라. 다시 변하여 나비가 되어 금벽에 부딪혀 천식(喘息)을 정하더니 문득 제왕이 제자를 거느리고 들어오더니 재후자(在後者) 사인이 눈을 들어 벽상의 나비를 이윽히 보더니 요물임을 짐작고 옥주미(玉麈尾)[44]를 들어 치니 나비가 놀라 애고 소리 하며 사람의 치아(齒牙)가 한 낱

38 위천하자(爲天下者)는 불고가(不顧家)라: 천하를 도모하는 사람은 집안을 돌아보지 않는다.

39 처엿: 따위. 등속.

40 귀양: 원문에는 '귀향'으로 되어 있으나 문맥에 맞추어 고침.

41 전리(田里): 고향 마을. 향리.

42 준준무지(蠢蠢無知): 굼뜨고 어리석어 아무것도 아는 것이 없음.

43 묻지르다: '파묻다'의 옛말. 원문에는 '뭇지르고'로 되어 있음.

44 옥주미(玉麈尾): 옥으로 만든 총채.

이 떨어지며 아아(峨峨)히 날아가니 왕과 사인 (11)등이 대경하여 떨어지는 것을 보니 분명한 사람의 치아라. 왕의 부자가 경악하여 사인은 칼로 치지 못함을 한하니 공주가 왕을 맞아 좌정하고 피차 무망(無妄)[45]에 놀람을 이를새 왕이 탄왈,

"청천백일지하(青天白日之下)에 요얼(妖孽)이 왕궁 후문에 돌입하니 나의 행신(行身)이 용우(庸愚)함이로다."

공주가 또한 놀라 왈,

"아자(俄者)에[46] 우연히 살피니 음풍이 입실하다가 스스로 물러나더니 원내(園內) 요변(妖變)이로소이다."

의빈과 설씨와 숙희 등이 다 놀라 의논이 분분하고 상부에서 또한 왕궁 변고를 듣고 대경의괴(大驚疑怪)치 아닐 이 없더라.

시에 우화가 공주의 광채를 쏘이고 놀라 내닫다가 왕을 만나 정신이 황홀하더니 사인의 옥주미에 순치(脣齒)를 마이 맞아 (12)치아를 잃음이 되니 아픔을 이기지 못하여 급급히 소솟처[47] 소혈(巢穴)에 돌아와 비로소 숨을 내쉬고 절치분에(切齒憤恚)[48]하더니, 두어 날 쉬어 일계(一計)를 생각하고 의관을 선명히 하고 설부 내당에 들어가니 설낭중 부인 노씨 자부와 애란을 데리고 투호(投壺)[49] 승부를 겨루게 하더니 우화가 당전(當前)하여 만복을 청하매 부인이 본성이 허박(虛薄)한지라 우화의 수미(秀美)함을 보고 백의관음(白衣觀音)이나 현성(顯聖)[50]하는 듯 비삐 청하여 문답할새, 이때 설금오는 비록 죽었으나 그 부인은 오히려 살았는지라 요니의 간사함을 모르고 노씨와 한가지로 관접(款接)[51]할새, 우화가 노씨 고식(姑媳)[52]의 판탕(板蕩)[53]한 위인을 보고 이에 말씀을 치레하여[54] 저의 신(13)통을 자랑하여 사람의 길흉화복을 다 아노라 하니 태부인 고식이 대희하여 소찬다과(素饌

---

45 무망(無妄): 무망중(無妄中).

46 아자(俄者)에: 아까.

47 소솟처: 솟구쳐. 원문에는 '쇼쇼쳐'로 되어 있음.

48 절치분에(切齒憤恚): 이를 갈며 성냄.

49 투호(投壺): 화살을 던져 병 속에 많이 넣는 수효로 승부를 가리는 놀이.

50 현성(顯聖): 높고 귀한 사람이 죽은 후에 신령이 되어 나타남.

51 관접(款接): 정성껏 대접하거나 사귐.

52 고식(姑媳): 시어머니와 며느리.

53 판탕(板蕩): 나라의 형편이 정치를 잘못해서 어지러워짐. 재물 따위를 다 써서 없앰.

54 치레하다: 무슨 일에 실속 이상으로 꾸며 드러내다.

茶菓)[55]로 대접하고 큰 반(盤)에 수승(數升) 백미(白米)와 수십 냥 은자를 놓고 자녀의 전두(前頭) 길흉을 물으니 우화가 손가락을 꼽작여 제인의 길흉을 낱낱이 이르며 제왕빈 설부인의 전후 길흉 이름이 분명하니 태부인 고식이 크게 신통히 여기고 또 애란의 팔자를 물으니 요니 왈,

"이 소저가 팔자 극히 세차고 또 금년에 횡사병살지년(橫死病殺之年)이라. 벅벅이[56] 무사치 못하리이다."

양 부인이 대경 문왈,

"연즉 재앙을 방어할 모책이 있느냐?"

우화가 눈살을 찌푸리고 손가락 꼽작여 헤아리다가 왈,

"이 또 어렵지 아니하나 재물이 많이 들(14)리로소이다. 석가 제불을 위하여 도관을 이루고 수륙치재(水陸致齋)[57]하여 재앙을 소멸하고 또 소저가 팔자가 순치 못하여 남의 부실이 되어 세찬 팔자를 응하면 무사대길(無事大吉)하리이다."

양 부인이 곧이듣고 자장지물(自藏之物)을 뒤어[58] 금은채백(金銀彩帛)을 다 떨어내니 우화가 마음에 족하여 받아 가지고 하직 왈,

"명산 승지를 가리어 도관을 이룰 양이면 자연 지체되오리니 그 사이 만복하소서."

하고 나오니 양 부인이 다만 여아의 살풀이만 잘하라 부탁하더라.

설매 우화의 나감을 보고 가만히 눈을 주어 뜻을 보내고 침실에 홀로 앉아 우화를 기다리더라. 우화가 허다 재물을 받아 소혈(巢穴)에 돌아와 간수하고 변하여 나비가 되어 설부에 이르러 애란의 침(15)실에 들어가니 설매 알아보고 반겨 맞아 좌정하매 지낸 말을 물으니 우화가 혀를 둘러 공주의 황홀한 정광(精光)과 사인의 옥주미를 맞아 치아까지 빠지고 실계한 말을 이르거늘 설매 격동 왈,

"연즉 일찍이 돌아감이 마땅하도다."

우화가 왈,

"낭자는 근심 말라. 빈도(貧道)가 이미 계교를 정함이 있나니 낭자는 가히 여차여차하여 신몽(神夢)이 있다 하고 현학사 삼취(三娶)를 도모하라. 빈도가 또한 이리이리하여

---

55 소찬다과(素饌茶菓): 고기와 생선이 들지 않은 음식 및 차와 과자.

56 벅벅이: 틀림없이.

57 수륙치재(水陸致齋): 수륙재. 물과 육지의 고혼(孤魂)과 아귀(餓鬼)에게 공양하는 재.

58 뒤다: 뒤지다.

도우리라."

설매 깃거 응순(應順)하고 공주를 빨리 없이하라 하더라. 우화가 고개 좃고[59] 도로 나비가 되어 나아가니 뉘 능히 알리오. 명조(明朝)에 설매 아름다이 단장을 갖추고 존당에 문안하니 낭중 부부가 요녀를 보고 새로이 혹애(惑愛)[60]하여 태부인이 (16)나호여 요녀의 손을 잡고 왈,

"차녀(此女)의 형모(形貌)가 여아와 방불(彷佛)하니 어찌 아름답지 아니리오."

노씨 문득 천금같이 난 딸로서 태부인이 제왕 빈실(嬪室) 설씨에게 비김을 듣고 사외로이[61] 여겨 낯을 붉혀 왈,

"소고(小姑)[62]가 비록 아름다우나 복록(福祿)이 같지 못하거늘 존고(尊姑)가 어찌 불길한 말씀을 하시나니잇가?"

태부인이 무류하고[63] 노하여 왈,

"여아가 제왕 같은 군자의 배필이 되니 공주 아니런들 일천지하(一天之下)에 다복지인(多福之人)이언마는 공주가 하가(下嫁)[64]하여 상두(上頭)에 거하니 투기(妬忌)는 여자의 상사(常事)라. 여아가 비록 세속(世俗) 투기를 면치 못하여 그릇 천위(天威)[65]를 간범(干犯)하여 십 년 적리(謫裏)[66] 고초(苦楚)를 겪었으나 지금은 금루화당(金樓華堂)[67]에 거하여 비록 정실이 되지 못하나 가부(家夫)가 선대(善待)하고 공주가 화우(和友)(17)하며 아들이 없으나 화옥(花玉) 같은 양녀(兩女)를 두어 일생이 평안하니 이만 팔자도 쉽지 아닌지라. 숙질간 같다 하여든 변저이[68] 여길 것이 무엇이뇨?"

노씨 작색(作色)[69] 왈,

---

59 좃다: '조아리다'의 옛말.

60 혹애(惑愛): 끔찍이 사랑함.

61 사외로이: 꺼림칙하게.

62 소고(小姑): 시누이.

63 무류하다: 부끄럽고 열없다. 무료(無聊)하다.

64 하가(下嫁): 지체가 낮은 곳으로 시집간다는 뜻으로, 공주나 옹주가 귀족이나 신하에게로 시집감을 이르던 말.

65 천위(天威): 제왕의 위엄. 또는 상제(上帝)의 위력.

66 적리(謫裏): 유배지.

67 금루화당(金樓華堂): 화려하게 지은 좋은 집.

68 변저이: 변(變)스럽게. 이상하게.

69 작색(作色): 불쾌한 느낌을 얼굴빛에 드러냄.

"소고의 소년시로부터 중상(中傷) 간고(艱苦)는 남자라도 견디기 어려울 것이요, 이제 겨우 평안하나 공주 같은 여군이 상두(上頭)에 거하고 의빈 같은 강적(强敵)이 좌우에 벌여 옥동화녀(玉童花女)를 껴 당당하니 소고의 서어(鉏鋙)한[70] 자최[71]로 무용한 양아(兩兒)를 두어 무엇이 빛나고 쾌하리오. 실로 소고의 그만 유복은 부러워 아닛나이다."

태부인이 크게 무안하여 늙은 낯가죽이 점점 붉으니 설매 교태하여 양 부인을 해유(解諭)하매[72] 오관(五官)[73]에 쉬슨[74] 설낭중이 손을 잡고 모친께 고하여,

"여아의 관위함을 좇으소서."

하니 태부인이 노함(18)이 깊으나 자부가 해유함을 좇아 노를 도로히더라.[75]

수일이 지나매 애란이 문득 미우(眉宇)[76]에 시름을 맺어 전같이 낭랑(朗朗)한 담소가 없으니 낭중 부처가 괴히 여겨 연고를 물은대 요녀가 함태제미(含態齊美)[77]하여 왈,

"해아(孩兒)가 부모의 생휵지은(生慉之恩)[78]을 받자와 생장(生長)하오매 무슨 의견이 있사리잇고마는 작야(昨夜) 몽사(夢事)가 기이하여 문득 신인이 소년 남자를 이끌어 들어와 이르되, '나는 월하옹(月下翁)[79]이라. 현희문과 설애란이 전세(前世) 숙연(宿緣)이어늘 처음 홍사(紅絲)[80]를 흙성긋이[81] 맺어 현자가 기약을 두 번 두었으나 차 양인은 현자의 호구(好逑)[82]가 아니라. 그런고로 가만한[83] 가운데 신명이 작희(作戲)[84]하여 양녀(兩女)의 인

70 서어(鉏鋙)하다: 뜻이 맞지 아니하여 조금 서먹하다.

71 자최: '자취'의 옛말.

72 해유(解諭)하다: 화해하도록 타이르다.

73 오관(五官): 다섯 가지 감각 기관. 눈, 귀, 코, 혀, 피부를 이른다.

74 쉬슬다: 파리가 알을 여기저기에 낳다.

75 도로혀다: 돌이키다.

76 미우(眉宇): 이마의 눈썹 근처.

77 함태제미(含態齊美): 교태를 머금고 아름답게 가다듬음.

78 생휵지은(生慉之恩): 낳아서 기른 은혜.

79 월하옹(月下翁): 월하노인(月下老人). 붉은 끈으로 부부의 인연을 맺어준다 함. 원문에는 '월화옹'으로 되어 있으나 오기인 듯함.

80 홍사(紅絲): 부부의 인연. 적승(赤繩).

81 흙성긋이: '짓궂게'라는 의미인 듯함. 원문에는 '흑셩구지'로 되어 있음.

82 호구(好逑): 좋은 짝.

83 가만하다: 움직임 따위가 그다지 드러나지 않을 만큼 조용하고 은은하다.

84 작희(作戲): 방해를 놓음.

연을 끊었나니 이제야 천정가연(天定佳緣)[85]을 점복(占卜)하노라.' 하고 소년과 소녀를 인도하(19)여 동상(東廂)의 결승(結繩)[86]을 맺으니 소녀가 저를 보매 전에 숙모가 귀녕(歸寧)[87]하사 유병(有病) 시에 왕래하던 월성 공주의 차자(次子) 현희문이라. 또 숙모가 들어와 이르시되, '내 너와 숙질의 정으로 고식(姑媳)[88] 의(義)를 겸하리라.' 하시거늘 소녀가 놀라 곡절을 묻고자 하다가 깨달으니 꿈이요, 또 월로(月老)가 현자와 소녀의 신변지물(身邊之物)로 증험(證驗)을 끼쳐 신(信)을 정하노라 하더니 이미 소녀의 탄월[89] 한 짝이 없고 옥서징[90]이 소녀의 수중(手中)에 있으니 아니 의괴(疑怪)[91]하니잇가?"

하고 이에 서징을 드리니 차물(此物)을 바꿈은 우화 요니(妖尼) 요술로 꿈을 지어 희롱하여 현자의 상성(喪性)[92]한 넋을 인도함이라. 낭중 부부가 서징을 받아보니 남전미옥(藍田美玉)[93]을 황금으로 꾸몄으니 속없는 태부인과 혼암(昏闇)한 낭중(20)은 신기함을 부르되 노씨 변색 왈,

"요괴로운 꿈으로 어찌 오아(吾兒)의 평생을 점복하리오. 내 들으니 현희문은 영풍준걸(英風俊傑)이나 호일방탕(豪逸放蕩)하다 하니 어찌 그 난잡한 가중에 들여보내리오. 석년(昔年)에 소고가 저 집에 들어가 만상풍액(萬狀風厄)을 무수히 겪었으니 시툿한들[94] 어찌 다시 현가에 결친(結親)하리오."

태부인 모자가 주뼛하여[95] 말을 못하고 애란이 아연(啞然)하여 침소에 돌아와 돌돌(咄咄)[96] 분원(忿怨)하더니, 홀연 일계(一計)를 생각고 가만히 미혼단을 가져 노씨와 태부인 모자를 다 먹이니 이 무리 용렬(庸劣)한 것들이 여지없이 되어 검은 것을 희다 하여도 곧이

---

85 천정가연(天定佳緣): 하늘이 정한 아름다운 인연.

86 결승(結繩): 끈이나 새끼 따위로 매듭을 지음. 또는 그 매듭.

87 귀녕(歸寧): 근친(覲親). 시집간 딸이 친정에 가서 부모를 뵘.

88 고식(姑媳): 고부(姑婦). 시어머니와 며느리.

89 탄월: '귀고리'의 일종.

90 서징: 서진(書鎭). 책장이나 종이쪽이 바람에 날리지 아니하도록 눌러두는 물건. 쇠나 돌로 만든다.

91 의괴(疑怪): 의심스럽고 괴이함. 또는 그렇게 여김.

92 상성(喪性): 본래의 성질을 잃어버리고 전혀 다른 사람처럼 됨.

93 남전미옥(藍田美玉): 남전(藍田) 땅에서 나온 아름다운 옥(玉). 남전(藍田)은 좋은 옥이 많이 나오는 것으로 유명한 중국의 지명.

94 시툿하다: 마음이 내키지 아니하여 시들하다. 어떤 일에 싫증나다.

95 주뼛하다: 어줍거나 부끄러워서 머뭇거리거나 주저하다.

96 돌돌(咄咄): 뜻밖의 일에 놀라 탄식하는 소리.

듣고 가중(家中) 대소사(大小事)에 애란의 지휘를 좇으니 설생 등 오인(五人)의 부부는 다 도로혀[97] 눈 밖의 자식이 되어 (21)입고 먹는 것이 다 요녀의 지휘 간에 있더라.

어시(於是)에 우화가 소혈(巢穴)에 돌아와 그윽이 계교를 생각고 변하여 창승(蒼蠅)[98]이 되어 왕부와 상부에 나아가 아무리 규찰(窺察)하여 틈을 여으나[99] 현부 내외 각 당에 주필부작(朱筆符作)[100]이 곳곳이 붙어 창룡(蒼龍)이 서린 듯하니 우화가 감히 나아가지 못하고 천사만념(千思萬念)이 아니 미친 곳이 없어 오직 유유도일(悠悠度日)[101]할 뿐이러라.

차시(此時) 학사 희문이 부왕의 엄노(嚴怒)를 만나 연희당 심처(深處)에 수계(囚繫)[102]하매 스스로 허물을 알지 못하고 부모의 자애(慈愛) 박하신가 애달프고 근본을 생각한즉 처궁(妻宮)[103]이 박함이라 하여 연·고 양인을 절치(切齒)[104]하고 형수 구씨의 경천(輕賤)함을 개탄하더니 자연 구소저가 여차여차하여 육부인께 득(22)죄(得罪)함을 듣고 경해(驚駭)[105]하더니 일일은 문득 일몽(一夢)을 얻으니 몽혼(夢魂)이 날아 한 곳에 이르니 완연히 설낭중부중(府中)이라. 의괴(疑怪)함을 마지아니하더니 문득 한 신인이 이르되,

"나는 월하옹이러니 이곳에 공자의 진짓 배필이 있으니 보소서."

하고 한 미인을 가리켜 숙연(宿緣)을 일컫고 귀에 걸었던 탄월 한 짝을 끌러 주고 답물(答物)을 구하거늘 생이 연망(連忙)히[106] 받고 소매에 들었던 옥서징을 내어 주고 정히 근본을 묻고자 하더니 신인이 소왈(笑曰),

"설가에 규수가 있음을 알리니 구태여 물으리오."

하고 밀치거늘 학사가 놀라 깨니 침상일몽(枕上一夢)[107]이라. 〈이는 우화의 환술(幻術)이

97 도로혀: 도리어.

98 창승(蒼蠅): 파리.

99 여으다: 여흐다. 엿보다.

100 주필부작(朱筆符作): 붉은 글씨로 쓴 부적.

101 유유도일(悠悠度日): 하는 일 없이 세월만 보냄.

102 수계(囚繫): 죄인을 잡아 가둠.

103 처궁(妻宮): 처첩궁(妻妾宮). 점술에서 쓰는 십이궁의 하나. 처첩에 관한 운수를 점치는 별자리.

104 절치(切齒): 몹시 분하여 이를 갊.

105 경해(驚駭): 뜻밖의 일로 몹시 놀라 괴이하게 여김.

106 연망(連忙)히: 황황(遑遑)히. 어쩔 줄 몰라 하며 급히.

107 침상일몽(枕上一夢): 잠을 자면서 잠깐 꾼 꿈. 원문에는 '상일몽'으로 되어 있으나 서강대본을 참고하여 보충함.

라.〉[108] 미인의 절세애용(絶世愛容)이 눈에 암암(暗暗)하고 수중(手中)에 탄월 한 짝이 있고 자기 서징이 없으니 더(23)욱 신기히 여겨 생각하되, '비록 몽중(夢中)이나 그 집이 분명 설낭중 집이요, 미인이 설씨로다 하니 어찌 괴이치 아니리오.' 하고 십분 의려(疑慮)하더니[109] 문득 오제(五弟) 희원이 들어와 보거늘 생이 반겨 말하다가 언간(言間)에 문왈(問曰),

"부왕이 무슨 연고로 우형을 오래 부르지 않으시나뇨?"

희원이 나이 육 세라. 대왈(對曰),

"부왕이 이르시되 형장이 상심하였으니 마음을 정하거든 부르신다 하시더이다."

생이 대경(大驚)하여 묵묵반향(黙黙半晌)[110]에 왈,

"우형이 무슨 죄 있다 하시더뇨?"

희원이 잠소(潛笑)[111]하고 대왈,

"삼형(三兄)이 소제(小弟)를 어리다 하여 너무 업신여기나이다. 소제가 삼 세 소아가 아니요 숙맥불변(菽麥不辨)[112]이 아니라. 어찌 어른의 기색과 말치[113]를 몰라 들으리잇가. 어찌 두 번 듣고자 (24)하시나니까?"

생이 문득 낯을 붉히고 왈,

"너도 생각하여 보아라. 내 무슨 죄 있관대 부왕이 그대도록 하실 리 무엇인고. 연씨는 요악(妖惡)하고 고씨는 흉휼(兇譎)하니, 하나는 음분(淫奔)하고 하나는 달아나니 이 이찌 내 닷이냐. 공언히 몹쓸 저접으로 하여 부모께 내치이니 이 아니 원통하냐. 비록 천하나 자란인들 무죄(無罪)히 죽으니 아니 불쌍하리오. 내 설사 잘못하였어도 왕사(往事)는 이의(已矣)라.[114] 이리 오래 부르지 아니실 일이 무엇이리오. 연·고 양녀는 나에게 당치 아닌 것들이어니와 천정(天定)한 배필이 있으니 연분을 찾음이 옳지 않으냐?[115] 내 물을 말이 있나니 교혜나 난혜나 두 누의[116] 중 불러 오라."

---

108 〈이는 우화의 환술(幻術)이라.〉: 원문에는 작은 글씨 두 줄로 표기되어 있음.

109 의려(疑慮)하다: 의심하여 염려하다.

110 묵묵반향(黙黙半晌): 한참 동안 말이 없음.

111 잠소(潛笑): 가만히 웃음.

112 숙맥불변(菽麥不辨): 콩인지 보리인지를 구별하지 못한다는 뜻으로, 사리 분별을 못하고 세상 물정을 잘 모름을 이르는 말.

113 말치: 말의 이치. 원문에는 '말쳑'로 되어 있음.

114 왕사(往事)는 이의(已矣)라: 지나간 일은 이미 끝난 것이라.

115 옳지 않으냐: 원문에는 '올흐냐'로 되어 있으나 문맥에 맞추어 고침.

116 누의: 누이.

희원이 연유(年幼)하나 총명한지라 웃고 이르되,

"형언(兄言)이 우습(25)도다. 하늘이 정하신 연분이 어데 있는 줄 알리잇고마는 매자(妹姉)다려 무슨 말을 묻고자 하시나니잇가? 소제도 잠깐 들어보사이다."

생이 소왈,

"너는 알아 부질없나니라."

희원이 소왈,

"무슨 말씀인지[117] 모르거니와 혹 알아 유익할동 어찌 알리잇가?"

생이 청파(聽罷)에 웃고 말을 아니 하니 희원이 더욱 의심하여 지리히 묻는지라. 생이 허황히 웃고 낭중(囊中)을 더듬어 월환[118] 한 짝을 내어 뵈고 꿈 말을 이르고 왈,

"전일 들으니 수덕당 사모께 질녀가 있단 말을 얼풋이 들었으나 자서치 아닌지라. 이러므로 소매에게 진적(眞的)한가[119] 묻고 월환과 서징을 바꿈이 있는가 설가에 묻고자 하노라."

희원이 청필(聽畢)에 허탄(虛誕)히 여겨 왈,

"군자는 몽사(夢事)를 믿지 아니할 (26)것이요, 설사 저 집 규수가 월환으로 서징을 바꿈이 있은들 설부인이 즐겨 작매(作媒)하시며 부왕이 어찌 허락하시리잇고?"

생 왈,

"부왕이 설마 자식을 폐륜(廢倫)[120]하라 하시며 천연(天緣)을 어찌하리오. 너는 요란히 굴지 말고 넌지시 불러 오라."

희원이 응낙하고 나와 두루 헤질러[121] 교혜를 찾되 만나지 못하여 중당에 이르니 모친 의빈이 설부인과 말씀하며 교혜 뫼셔 난혜로 더불어 담소가 낭랑하거늘, 희원이 눈을 들어 자로 저저(姐姐)[122]를 보아 눈치 있게 부르고자 하되 양 소저가 기색을 알지 못하니 희원이 민망하여 기색이 자못 괴이하니 조부인이 아자(兒子)의 거동을 보고 경의(驚疑)하여[123] 이에 물어 가로되,

---

117 말씀인지: 원문에는 '말숨을'로 되어 있으나 서강대본을 참고하여 고침.

118 월환: 앞에서는 '탄월'이라고 했음. '귀고리'의 일종.

119 진적(眞的)하다: 확실하다. 참되고 틀림없다.

120 폐륜(廢倫): 시집가거나 장가드는 일을 하지 않거나 못함.

121 헤지르다: 헤매다.

122 저저(姐姐): 여자 형제에 대한 존칭.

123 경의(驚疑)하다: 놀라고 의심하다.

"아해 무슨 일이 있관대 거동(27)이 자못 당황하뇨?"

희원이 황공하여 낯을 붉히고 본디 직(直)한 아해라 창졸(倉卒)[124]에 꾸미지 못하여 나작이 대왈,

"영희당에 가 삼형(三兄)을 보오니 형이 양매(兩妹)를 불러 달라 하오매 양매께 전코자 함이로소이다."

부인이 정색(正色) 왈,

"아해 말이 심히 간사하도다. 여형(汝兄)이 누의를 보고자 한즉 그 말 전함이 무엇이 어려워 수상히 굴리오. 어린아해 어미 속임을 능사로 하는도다."

설파(說罷)에 안색(顔色)이 씩씩하고 말씀이 준절(峻截)하니[125] 공자가 대황대구(大惶大懼)[126]하여 머리를 숙이고 말을 못 하거늘 설부인이 알연(戛然)히[127] 웃고 왈,

"철모르는 아해 형의 가르침을 받아 그리함이요 실정(實情)이 아니라, 부인은 과책(過責)지 마소서."

공자를 나호여 옥수(玉手)를 어루만져 (28)문왈,

"네 형이 무슨 일로 교아 등을 불러 달라 하더뇨?"

공자가 감히 꾸미지 못하여 한림의 이르던 말을 낱낱이 고하니 양 부인이 청파(聽罷)에 어이없어 조부인이 바야흐로 낯빛을 고쳐 아자(兒子)를 경계 왈,

"옛말에 일렀으되 부모가 유과(有過)라도 자식이 그른 일에 순(順)치 아니하나니 하물며 형제간이냐? 차후는 모든 형과 한가지로 형을 보고 홀로 왕래치 말라."

희원이 배사수명(拜謝受命)하거늘 설부인이 미소 왈,

"후일은 그리하려니와 이번은 교아 등을 보내어 제 묻는 말이 있거든 여차여차 대답하여 오원(迂遠)한[128] 염려를 막자르게[129] 함이 아니 옳으니잇가? 가형(家兄)이 여러 아들이 있으나 딸은 차녀(此女)뿐이라. 재용(才容)이 심히 잔졸(孱拙)하니[130] 부디 종요(29)로운 가서(佳壻)를 얻어 자미를 보려 하는지라. 어찌 즐겨 남의 재취를 주며 몽사(夢

---

124 창졸(倉卒): 미처 어찌할 사이 없이 매우 급작스러움.
125 준절(峻截)하다: 매우 위엄이 있고 정중하다.
126 대황대구(大惶大懼): 몹시 두려워함.
127 알연(戛然)히: 소리가 맑고 은은하게.
128 오원(迂遠)하다: 방법, 태도, 생활 따위가 현실과 멀다.
129 막자르다: 막다. 거절하다.
130 잔졸(孱拙)하다: 몹시 약하고 옹졸하다.

事)가 그러하고 신물(神物)이 있어 서로 바꾸다 하니 자못 괴이하이다."

의빈이 함소점두(含笑點頭)하여 심하(心下)에 기괴함을 마지아니하더라. 희원이 설부인의 가르침으로 양 소저를 따라 이르니 한림이 양매(兩妹)를 보고 가장 반겨 이르되,

"우형(愚兄)은 현매(賢妹) 등을 날포[131] 보지 못하니 그리워 생각하였거늘 너희는 그 사이 한 번도 찾아보지 아니하니 어찌 동기지정(同氣之情)이 그리 박하더뇨?"

양 소저가 낭소(朗笑) 왈,

"거거(哥哥)는 가히 염치 없도소이다. 소매(小妹) 등은 규수라, 외당 출입을 임의로 하오리잇가? 아모커나[132] 무슨 일로 부르시니잇가?"

한림이 소왈,

"동기 사이의 부름이 변괴(變怪)랴? 이미 나왔으니 잠깐 앉아 (30)말하다가 들어가라."

양 소저와 희원이 웃고 차례로 벌여 앉으니 아시비(兒侍婢) 수인(數人)은 말석에 뫼셔 앉고 유모 등은 난간 밖에 머물더라. 한담(閑談)이 이슥하매 생이 문왈,

"설낭중(郎中)에 규수가 계시다 하더니 어데 의혼(議婚)하였으며 재용이 어떠하뇨?"

양 소저가 모친의 가르침을 들었는지라. 정색 왈,

"형이 어찌 이런 말을 묻나뇨? 저는 타문(他門) 규수라, 가불가(嫁不嫁) 유무(有無)를 물어 무엇하리오. 표숙(表叔)[133] 부부가 애녀지정(愛女之情)이 자별(自別)하여 이미 결혼하여 빙례(聘禮)를 행하매 모일(某日)에 모친이 귀녕(歸寧)[134]하사 설매(妹)의 빙채(聘采)[135]를 보시고 돌아와 계시니 혼사가 불원(不遠)하니이다."

생이 아연(啞然) 대경(大驚) 왈,

"이 진정이냐? 우형이 분명 설소저의 공물(空物)[136]로 있음을 들었더니 소(31)매(小妹) 등의 말이 어찌 신실(信實)치 아니하뇨?"

양 소저가 변색 왈,

"아등(我等)이 어찌 거거를 속이며 거거가 타문 남자로 남의 집 규수가 공물이며 아님을 알아 무엇하려 하나뇨?"

---

131 날포: 적지 않은 시간 동안. 하루가 조금 넘는 동안.

132 아모커나: 아무러하거나.

133 표숙(表叔): 외삼촌.

134 귀녕(歸寧): 근친(覲親). 시집간 딸이 친정에 가서 부모를 뵘.

135 빙채(聘采): 혼인할 때 신랑 집에서 신부 집으로 보내는 예물.

136 공물(空物): 결혼하지 않은 것을 비유하는 말.

생이 소매 등의 너무 매몰히 떨침을 보고 또한 노하여 왈,

"너와 내 동기지정이요, 설낭중 집이 모르는 집이 아니라. 설소저 유무를 물었든 이렇듯 매정히 구나뇨? 나는 마음이 그렇지 아니하니 소매 듣기 싫어도 품은 말이나 다 하리라. 우형이 여차여차하여 몽중(夢中)에 가 설부에서 여차여차한 장단체지(長短體肢) 이러이러한 여자를 보고 기녀(其女)의 월환과 우형의 옥(玉)서징을 여차여차한 신인(神人)이 바꾸어 주며 천정연분(天定緣分)이라 하여 몽사(夢事)가 자못 명명한지라. 진실로 천연(天緣)이 중할 양이면 (32)빙채(聘采)를 받았어도 하릴없을까 하노라."

양 소저가 어이없어 도로혀 미소하고 소혜는 어린 마음에 월환이란 말을 듣고 문득 보고자 하여 이르되,

"거거가 거짓말이로다. 어데서 꿈이 그렇듯 이상하리오. 어데 가 임자 없는 월환 한 짝을 가지고 설저의 좀 재용(才容) 있단 말을 듣고 딴 말을 하는도다. 진실로 기물(奇物)이 있거든 내소서. 어데 보사이다."

생이 즉시 낭중(囊中)으로서 월환 한 짝을 내어 주거늘 보니, 원래 설낭중이 여아를 사랑하여 천금을 허비하여 별(別)로[137] 월환을 만들어 주고 진주 박은 잎 사이에 가늘게 새겨 한 짝에는 '사랑 애(愛)' 자를 쓰고 한 짝에는 '난초 난(蘭)' 자를 써 주었으니 교혜 등이 전일 (33)본 바라. 심하에 괴히 여김을 마지아니하고 소혜는 재삼 만지며 왈,

"그와 같은 듯하니 괴이하도다."

교혜 소리쳐 왈,

"천하에 같은 것이 없으리오."

학사가 소왈,

"너희 보매 설소저 월환과 같은즉 가져다가 보내라. 나는 두어 쓸데없도다."

교혜 왈,

"설사 저 집 것이라도 외간 남자의 수중에 떨어졌으니 부질없거든 하물며 분명치 않은 것을 가져 가 무엇하리오. 거거가 이미 얻었으니 버리거나 말거나 임의로 하소서."

설파(說罷)에 소혜를 이끌어 들어가니 학사가 능히 머물지 못하고 희원이 또한 양매를 좇아 들어가니 생이 머물러 왈,

137 별(別)로: 따로 별나게. 따로 특별히.

"양매 등은 외당(外堂)이라 핑계하고 가거니와 너조차 비편(非便)하여[138] 들어가고자 하느냐?"

희원이 혼(34)자 떨어졌다가 또 무슨 말할까 민망하여 이르되,

"소제 매저(妹姐)를 따라감이 아니라 급한 일이 있어 가나이다."

하고 나가니 생이 능히 머물지 못하더라.

양 소저가 돌아와 조·설 양 부인께 뵈옵고 생의 수말(首末)과 월환 사연을 고하니 양 부인이 자못 괴히 여기더니, 좌우가 문득 설낭중의 왔음을 고하니 설부인이 침소에 돌아와 거거를 청하여 서로 볼새, 원래 설공[139]의 이른 곡절이 또한 월환 빌미[140]라. 요녀가 미혼단으로 설공 부부를 먹이고 짐즛 숙식을 폐하고 병이 중한 체하며 몽매(夢寐)같이 섬어(譫語)하는[141] 말이 다 공교(工巧)하여 잠결에도 부르짖으며 혼혼(昏昏)[142] 중에도 쑤어려[143] 하는 말이 '신명(神明)은 용서하소서. 부모가 첩을 사랑하여 차마 남(35)의 여러째 부실(副室)을 삼지 못하니 가취(嫁娶)는 첩이 임의로 못하려니와 현한림의 서징을 지키어 일생을 공규(空閨)[144]에 맞고[145] 타문을 생각지 아니하리이다.' 이렇듯 지저귀며 병세 점점 위중하여 양안(兩眼)을 희게 뜨고 침을 흘리며 일어나[146] 팔을 뽐내고 소리 질러 이르되,

"애란 소녀야, 네 불과 좀먹은 가문의 천한 딸이라, 현자의 빈실(賓室) 되기 무엇이 욕스러워 천연(天緣)을 거절코자 하느냐? 신명이 역천(逆天)함을 뮈이[147] 여겨 너 소녀의 넋을 먼저 잡아다가 풍도옥(酆都獄)[148]에 가두고 버거[149] 네 부모를 다 잡아다가 아비대지옥(阿鼻大地獄)[150]에 넣어 대죄를 다스리이다."

---

138 비편(非便)하다: 순조롭지 아니하거나 편하지 아니하다.

139 설공: 원문에는 '셩공'으로 되어 있으나 오기인 듯함.

140 빌미: 원문에는 '빌믜'로 되어 있음.

141 섬어(譫語)하다: 헛소리하다. 잠꼬대하다.

142 혼혼(昏昏): 정신이 가물가물하고 희미한 모양.

143 쑤어리다: '수군거리다', '떠들다'의 옛말. 쑤어리다.

144 공규(空閨): 원문에는 '공쥬'로 되어 있으나 서강대본을 참고하여 고침.

145 맞다: '마치다'의 준말. 원문에는 '맛고'로 되어 있음.

146 일어나다: 원문에는 '닙써나'로 되어 있음.

147 뮈이: 밉게.

148 풍도옥(酆都獄): 지옥.

149 버거: '이어서', '다음으로'의 옛말.

150 아비대지옥(阿鼻大地獄): '아비(阿鼻)'는 '무간지옥(無間地獄)'. 팔열지옥(八熱地獄)의 하나. 오역죄를 짓거나, 절이나 탑을 헐거나, 시주한 재물을 축내거나 한 사람이 가는데, 한 겁(劫) 동안 끊임없이 고통을

하고 거꾸러져 눈을 보얗게 뜨고 죽어가는 형상을 하니 설공 부부가 크게 경황하여 눈물을 흘리(36)고 꿇어 빌어 왈,

"신명은 살리소서. 애란으로써 현자의 삼실(三室) 아냐 비첩(婢妾)이라도 주오리니 진정하소서."

하고 낭중이 황망히 제궁에 이르러 매자를 볼새 설부인 왈,

"질녀가 유질(有疾)하다 하더니 지금은 어떠하니잇고?"

낭중이 황미(黃眉)를 찡기고 귀밑을 긁적이며[151] 왈,

"여아의 병은 점점 중하니 민망하여라. 수연(雖然)이나 현매에게 양약(良藥)의 묘방(妙方)을 얻고자 이르괘라."

부인이 경아(驚訝)하여 왈,

"소매 의원이 아니라, 무슨 당약(當藥)[152]이 있어 질아(姪兒)의 병을 구하리잇고?"

낭중이 답왈,

"현매다려 약을 이르라 함이 아니라, 다만 한 말 개구(開口)에 있나니라."

하고 드대어 애란의 꿈 말과[153] 월환과 서징 바꾸인 말을 이르고 당병중(當病中) 섬어(譫語)가 여(37)차여차하여 현자의 삼실(三室)을 구하리라 하니[154] 부인이 청파(聽罷)에 불행함을 이기지 못하여 왈,

"차혼(此婚)이 결단코 되지 못하리이다. 질아가 미혼전(未婚前) 괴이한 소문이 전파하면[155] 타처에도 의혼(議婚)치 못할 것이요, 제왕에게는 더욱 개구도 말고 돌아가소서."

낭중이 주뼛하여 왈,

"여아의 색용(色容)이 당시 절색이라. 무엇이 부족하여 현매 미리 거절하나뇨? 현매 아들이 없어 자부(子婦)의 자미를 모르니 숙질(叔姪)이 고식(姑媳)의 의를 맺어 일택(一宅)에 상종(相從)하면 아니 좋으냐?"

부인이 미소 왈,

받는다는 지옥이다. 원문에는 '아미딕지옥'으로 되어 있음.

151 긁적이며: 원문에는 '긁져기멸'로 되어 있으나 오기인 듯함.

152 당약(當藥): 당제(當劑). 어떤 병에 딱 들어맞는 약.

153 말과: 원문에는 '말고'로 되어 있으나 오기인 듯함.

154 하니: 원문에는 없으나 문맥에 맞추어 보충함.

155 전파하면: 원문에는 '하면'이 없으나 서강대본을 참고하여 보충함.

"소매 또한 거거의 말 같아여 백사(百事)에 무광(無光)한[156] 몸이라, 적인(適人) 총중(叢中)에 무엇이 빗저워[157] 신신(申申)치 않은 중매 노릇을 하리오."

낭중이 매자의 거절함을 노하여 발연(勃然)히 일어나며 왈,

"아녀는 색(38)덕(色德)이 겸비한 숙녀이어늘 그리면 매자처럼 간계를 부려 적국(敵國)을 해하다가 들켜나 하마터면 성명을 보전치 못할 뻔하고 연좌(緣坐)[158]가 부모에게 및도록 하다가 제왕 부부의 대덕(大德)으로 용납함을 입어 무용(無用)한 두 딸을 두고 저리 간양부리고 착한 체하는다?"

설파(說罷)에 노기 대발하여 나가니 부인이 어이없어 일성(一聲)을 길이 탄하고 말을 아니 하니 양 소저가 분연(憤然)하여 가로되,

"모친이 비록 당년(當年)에 소소 과실이 계시나 개과천선(改過遷善)하신 후는 비록 정당 왕부모(王父母)[159]와 부왕의 위엄이시라도 일찍 전과(前過)를 들추지 못하였거늘 구씨(舅氏)[160] 동기지정(同氣之情)에 면당(面當)하여[161] 단처(短處)를 들추며 소녀 등의 있음을 휘(諱)치 않아 말씀을 나는 대로 하시니 어(39)찌 노엽지 아니리잇가?"

부인이 탄왈,

"이 도시(都是) 나의 어질지 못한 연고(緣故)라. 동기간에 불평한 일이 있은들 유심(留心)함이 있으리오마는 인가(人家)의 돈목우애(敦睦友愛)는 떳떳한 상리(常理)로되 나는 한낱 동기우애지정(同氣友愛之情)이 남만 못하니 어찌 슬프지 아니하리오."

말을 마치매 상연유체(傷然流涕)[162]하니 양녀(兩女)가 위로함을 마지아니하더라.

낭중(郎中)이 분연히 밖에 나와 제왕을 찾으니 상부에 갔다 하거늘 바로 상부에 이르니 제현(諸玄)이 오·진 양공을 뫼셔 대서헌에 열좌(列坐)하였더니 홀연 설낭중이 불문곡직(不問曲直)하고 달아드니 얼굴을 찌푸리고 양미(兩眉)에 노색(怒色)이 표표하여[163] 들어와 오·진 양공께 절하고 승상, 제왕 등 십사 인으로 예필좌정(禮畢坐定)하매 진공을 향하여

---

156 무광(無光)하다: 빛이 안 나다. '체면 유지를 못하다', '위신이 떨어지다'의 의미.

157 빗접다: 빛나다. 영광스럽다. 원문에는 '빗져워'로 되어 있음.

158 연좌(緣坐): 부자(父子), 형제(兄弟), 숙질(叔姪)의 죄로 무고하게 처벌을 당하는 일.

159 왕부모(王父母): 조부모.

160 구씨(舅氏): 외삼촌.

161 면당(面當)하다: 대면(對面)하다.

162 상연유체(傷然流涕): 애상하고 슬퍼하여 눈물을 흘림.

163 표표하다: 태도나 행동이 눈에 띄게 몹시 사납다.

제복정금(齊服整襟)[164] 왈,

"소생(40)이 누루(陋累)한 소회(所懷) 있어 감히 노선생 안전에 고하여 명찰(明察)하신 의논을 듣고자 하나이다."

진공이 저의 기색을 고이히 여겨 문왈,

"무슨 소회를 발코자 하나뇨?"

낭중이 행여 실수 없이 발설하였다가 매자(妹子)에게 견패(見敗)하듯 할까 저어[165] 문득 가장 지예(踟豫)하여[166] 두용(頭容)을 끄덕이며 목용(目容)을 중지(中止)하여 가장 어른다운 체하며 무릎을 쓸어 공경 대왈,

"소생이 비록 인사(人事)가 미거(未擧)하오나[167] 말씀이 입 밖에 발하매 만일 사람이 미(微)하고 인사가 노둔(駑鈍)함을 견모(見侮)하여[168] 말씀을 청용(聽容)[169]치 않으시는 욕을 볼진대 아이의[170] 불토발설(不吐發說)함만 같지 못한지라. 원컨대 합하(閤下)[171]는 취사(取捨)를 정(定)하시면 진정(眞情)을 고하리이다."

진공이 크게 의려(疑慮)하여[172] 침음양구(沈吟良久)에 왈,

"가여불(41)가(可與不可)에 들은 후 취사를 정하리니 공의 이르는 바가 가(可)치 않을진대 어찌 들으리오."

낭중이 문득 변색(變色)하고 소매를 떨쳐 일어나며 왈,

"생은 본디 노선생에게 와 의논코자 아니하되 소매(小妹) 이르되 제왕은 임의로 못할 것이니 엄구대인(嚴舅大人)께 고하라 하매 궁극히 이르렀더니 이렇듯 면박(面駁)하시니 어찌 있으리오."

하고 나가려 하거늘 오공은 대체(大體)한[173] 장부라 크게 괴이 여겨 머물러 가로되,

---

164 제복정금(齊服整襟): 옷을 단정히 하고 옷깃을 여미어 모양을 바로잡음.

165 젛다: '두려워하다'의 옛말.

166 지예(踟豫)하다: 머뭇거리다.

167 미거(未擧)하다: 철이 없고 사리에 어둡다.

168 견모(見侮)하다: 업신여김을 당하다.

169 청용(聽容): 남의 말을 들어 허락함.

170 아이의: 아예. 처음부터.

171 합하(閤下): 신분이 높은 사람에 대한 존칭. 옛날 삼공과 대신의 집에는 샛문[閤]이 세워져 있던 데서 나온 말임.

172 의려(疑慮)하다: 의심하여 염려하다.

173 대체(大體)하다: 체모를 크게 여기다.

"아무 말이라도 이른 후 가부(可否)를 정하리니 원간 무슨 대사(大事)이완대 이렇듯 지예하리오."

진공다려 왈,

"설군의 혼자 의논이 아니요, 질부(姪婦)가 그리하더라 하니 무방한 일인가 싶으니 아[174]는 듣지 않아 물리치지 말라. 낭중 군(君)이 또 은닉(隱匿)지 말라."

낭중이 노색을 두루혀[175] 사례(謝禮) (42)왈,

"노선생의 관인대도(寬仁大度)하신 덕량(德量)이 여차하시니 하관(下官)이 어찌 감히 만홀(漫忽)하리잇고?"[176]

이에 좌에 나아가 진공을 향하여 염슬치경(斂膝致敬)[177] 왈,

"원간 다른 일이 아니라 하관이 여러 아들을 두고 늦게야 일녀를 낳아 방년(芳年) 십이(十二)에 재용덕행(才容德行)이 족히 군자를 섬김 직하되 아직 나이 어려 의향(意向)한 곳이 없고 널리 종요로온 가서(佳壻)를 듣보더니[178] 천연(天緣)이 기구하여 모일(某日)에 여아가 여차여차한 신몽(神夢)을 얻고 신인(神人)이 명명(明明)히 여차여차 가르치고 탄월 한 짝과 옥(玉)서징을 바꾸며 너의 백년의탁(百年依託)이 현희문에게 있으니 천연(天緣)을 어기지 말라 하여 꿈을 깨어 월환은 없고 서징이 있는지라. 비록 이러하나 일찍 아매(我妹)로서 존부에 결혼하여 좋음(43)을 보지 못하였으니 현문(玄門)에 결친(結親)할 의사가 없고 또한 허탄(虛誕)한 몽사(夢事)를 믿지 아니하더니 여식이 홀연(忽然) 득병(得病)하여 섬어(譫語)가 여차여차하온지라. 사세(事勢) 마지못하여 와 누의를 보고 의논한즉 소매 이르되 존당에 고하라 하오니 바라건대 노선생은 소녀의 잔명(殘命)을 구하소서."

설파에 두 번 절하니 진공이 청미(聽未)[179]에 묵연히 말이 없어 다만 제왕을 돌아보니 왕이 듣기를 다하매 추파쌍광(秋波雙光)에 한풍(寒風)이 소소(蕭蕭)하고 옥안면모(玉顔面貌)에 찬웃음이 가득하여 길이 웃고 가로되,

"하늘이 탕자(蕩子)의 원(願)을 좇으매 도처(到處)에 교아(嬌兒)가 따르고자 하니 희문

174 아: 아우.

175 두루혀: 돌이켜.

176 만홀(漫忽)하다: 한만하고 소홀하다.

177 염슬치경(斂膝致敬): 무릎을 꿇고 존경의 뜻을 표함.

178 듣보다: 듣기도 하고 보기도 하며 알아보거나 살피다.

179 청미(聽未): 청미필(聽未畢). 듣기를 다 못하여.

의 풍류는 이적선(李謫仙),[180] 두목지(杜牧之)[181]에 지나도다. 설형이 패자(悖子)[182]의 소행을 알지 못하고 소교아로써 하위(下位)에 굴욕함을 염(厭)치 아니하니 아(44)들은 비록 용렬(庸劣)하나 며느리는 아름다우면 만행(萬幸)이라 다다익선(多多益善)이니 많을수록 사양치 아니하거니와 탕자의 무상(無狀)한[183] 소실(所失)[184]은 이미 처첩을 다 보전치 못함이 제 용렬한 탓이라. 공이 또 탕자의 연고로 교아를 보전치 못하고 사세[185] 불평함이 많을까 하나니 타일 그름이 있어도 종내(終乃)에 뉘우치지 말라."

진공이 우왈,

"족하(足下)가 천금지벽(千金之璧)으로서 손아의 여러째 부실(副室)을 혐의치 아니하니 영녀의 평생 계활(契活)[186]은 우리 또한 알지 못하거니와 오문가법(吾門家法)은 공이 바히[187] 모르지 아니리니 영녀가 삼빈(三嬪)의 낮음이 있으나 허물치 말라."

낭중이 천만행희(千萬幸喜)하여 연망치사(連忙致謝)[188] 왈,

"영손(令孫) 학사(學士)와 아녀(我女)는 하늘이 정하신 연분이라. 빈실(賓室) 아냐 비첩(婢妾)인들 한(45)하리잇가."

소매로서 옥서징을 내어 전하고 왈,

"서징을 가져왔으니 원컨대 월환을 찾아 신몽의 우합(偶合)함을 보사이다."

왕이 냉소(冷笑)하고 서자(庶子) 희영을 명하여 설공을 인도하여 영희당에 가 학사를 보게 하라 하고 왈,

"차사(此事)가 극히 요황(妖荒)하여 불가사문어타인(不可使聞於他人)[189]이라. 형이 친히 가 찾아 가라."

---

180 이적선(李謫仙): 이백(李白, 701~762). 성당(盛唐) 때의 대시인. 자(字)는 태백(太白). 호(號)는 청연(青蓮). 유유자적한 풍치로 인해 적강(謫降)한 신선(神仙)이라 일컬어졌음.

181 두목지(杜牧之): 만당(晩唐) 때의 시인인 두목(杜牧, 803~852). 자(字)는 목지(牧之), 호는(號)는 번천(樊川). 호방하고 화려한 시풍과 뛰어난 풍채로 유명함.

182 패자(悖子): 사람으로서 마땅히 지켜야 할 도리에 어긋나게 행동하는 자식.

183 무상(無狀)하다: 아무렇게나 함부로 행동하여 버릇이 없다.

184 소실(所失): 흉이나 허물.

185 사세: 원문에는 'ᄉ계'로 되어 있으나 서강대본을 참고하여 고침.

186 계활(契活): 삶을 위하여 애쓰고 고생함.

187 바히: '바이'의 옛말. 아주 전혀.

188 연망치사(連忙致謝): 황급히 고맙고 감사하다는 뜻을 표시함.

189 불가사문어타인(不可使聞於他人): 남들이 듣게 해서는 안 됨.

설공이 왕의 말의 무류함[190]도 모르고 흔연히 칭사하고 좌중에 하직고 영희당에 이르니 차시 희문이 양매(兩妹)를 보내고 심려(心慮)가 무궁(無窮)하더니 문득 설공이 서형(庶兄) 희영으로 더불어 들어오니 생이 심하(心下)에 경희(驚喜)하여 일어 맞아 예필(禮畢)에 문왈,

"소생이 근간 신질(身疾)이 미류(彌留)[191]하여 직사(職事)[192]에 나아가지 못하옵고 노선생께 배현(拜見)치 못하와 스스로 불민(不敏)함을 참수(慙羞)[193](46)하옵더니 관개(冠蓋)[194] 문득 임하시니 불승감사(不勝感謝)하여이다."

낭중이 눈을 들어보니 현생이 허튼[195] 머리에 관잠(冠簪)이 부정(不整)하고 양익(兩翼)에 웃옷을 폐하였으나 수앙(秀昂)[196]한 격조(格調)와 헌앙(軒昂)한 풍신(風神)[197]이 늠름하여 금일 떳떳이 백년가서(百年佳壻)로 알아 유의하여 살피나 더욱 기이하여 볼수록 사랑호온지라. 바삐 집수(執手) 왈,

"만생(晩生)[198]이 족하(足下)의 풍신재모(風神才貌)를 애모하연 지 오래되 소녀가 연치부적(年齒不適)하니 적승(赤繩)[199]의 맺음을 얻지 못하고 질족자(疾足者)[200]에게 아임[201]을 매양 탄아(歎哦)하더니 천연이 기구하여 월하(月下)의 늙은이 홍사(紅絲)[202]를 늦게야 맺으니 어찌 우습지 아니리오. 군의 서징을 가져왔으니 그대는 빨리 월환을 내어 신몽이 헛되지 아니케 하라."

생이 청파에 혼사가 성전(成全)케 됨을 (47)만심환희(滿心歡喜)하여 연망(連忙)히 소매로서 월환을 내어 놓으니 낭중이 받아보니 과연 애란의 월환이라. 크게 깃거 또 서징을 내

---

190 무류하다: 무료(無聊)하다. 부끄럽고 열없다.

191 미류(彌留): 병이 오래 낫지 않음.

192 직사(職事): 직무에 관계되는 일.

193 참수(慙羞): 참괴(慙愧). 매우 부끄러워함.

194 관개(冠蓋): 높은 벼슬아치가 타고 다니던 수레. 말 네 필에 멍에를 매어 끌게 했다.

195 허틀다: '흐트러지다'의 옛말.

196 수앙(秀昂): 높음. 빼어남.

197 풍신(風神): 풍채(風采).

198 만생(晩生): 자기를 낮추어 이르는 일인칭 대명사.

199 적승(赤繩): 인연을 맺는 붉은 끈. 또는 부부의 인연.

200 질족자(疾足者): 발 빠른 사람.

201 아이다: 빼앗기다.

202 홍사(紅絲): 부부의 인연. 적승(赤繩).

어 놓으니 낭중이 이날 깃거함이 평생 처음인 듯한지라. 학사가 또한 서징을 보고 기이히 여겨 왈,

"소생이 월환을 얻으나 진적(眞的)히[203] 영녀의 것임을 알지 못하고 또 들으니 영소저가 벌써 타문(他門)에 빙채(聘采)를 받다 하니 바람이 삭연(索然)하여 신몽이 헛됨을 차석(嗟惜)하더니 선생이 어느 곳으로 인진(引進)[204]하여 호연(好緣)을 점복(占卜)하니잇고?"

낭중이 자초시말(自初始末)을 자서히 전하니 생이 비로소 양매의 속이던 줄 깨달아 심하에 노하나 사색(辭色)[205]지 아니하고 낭중은 여아의 색덕(色德)을 기림을 마지아니하더라. 종일 한담하매 밀밀탐탐(密密耽耽)[206]하니 진짓 상득(相得)(48)한[207] 옹서(翁壻)라. 희문이 일찍 두 악장(岳丈)을 두었으나 연공은 단묵(端默)하고 절도(節度)는 휴휴(烋烋)[208] 엄위(嚴威)하여 다 자미롭지 못하더니 어찌[209] 금일 설공의 부잡(浮雜)한 광언과 부창(浮猖)[210]됨이 상성위광(喪性爲狂)[211]한 희문의 마음에 맞는 악장이라. 희영이 한 가[212]에서 양인의 수작을 보고 실소하더라. 일모(日暮)하매 생이 동자(童子)로 주효(酒肴)를 내와 빈주(賓主)가 취하고 돌아갈새 다시 진공과 왕을 보지 아니하고 돌아가니 인사의 미거(未擧)함이 여차하더라.

차야에 왕이 수덕당에 이르러 부인을 책왈(責曰),

"허랑(虛浪)한 패자(悖子)와 동당(同黨)이 되어 용렬한 오라비를 촉(促)하여 아름답지 않은 혼사를 도모하여 숙질이 동심(同心)하여 궁중을 어즈러이고자 하느냐?"

부인이 대참황괴(大慙荒壞)하여 안서(安舒)히[213] 청죄(請罪) 왈,

"첩의 당(49)년죄(當年罪)는 태산 같사오니 이로써 책하시면 자당감수(自當甘受)어니와 금일 새로 지은 허물은 실로 알지 못하는 일이로소이다."

양 소저가 재측(在側)이러니 일시에 울며 석상(席上) 희원의 말로부터 저희 형제 나아

---

203 진적(眞的)히: 참되고 틀림없이.

204 인진(引進): 인재를 이끌어 등용하는 것을 말함.

205 사색(辭色): 말과 얼굴빛. 또는 말과 얼굴빛으로 나타냄.

206 밀밀탐탐(密密耽耽): 친밀감을 느끼며 즐거워함.

207 상득(相得)하다: 서로 뜻이 맞아서 잘 통하는 상태에 있다.

208 휴휴(烋烋): 뛰어남. 기세가 대단함.

209 어찌: 없는 것이 더 자연스러움. 통사론적 오류인 듯함.

210 부창(浮猖): 허황하고 미친 듯함.

211 상성위광(喪性爲狂): 본래의 성질을 잃어버리고 미친 사람처럼 됨.

212 가: 경계에 가까운 바깥쪽 부분.

213 안서(安舒)히: 편안하고 조용하게.

가 학사를 속이던 말과 외구(外舅)가 이르러 이리이리 말씀하매 모친이 여차여차 대하시매 낭중이 성내어 하직도 아니 하고 돌아간 수말(首末)을 해비(解備)히[214] 아뢰니 왕이 바야흐로 설씨의 허물이 아닌 줄 알되 다시 곡절을 이르지 아니하고 눈썹을 찡기어 기색이 참엄(慘嚴)하니 부인과 양녀가 공구축척(恐懼蹴踖)[215]하더니 왕이 길이 탄(嘆)하고 외당으로 나가매 부인 모녀가 바야흐로 숨을 내쉬고 교혜 애루(哀淚)를 드리워 왈,

"구씨(舅氏)[216] 젊지 않은 체면에 거짓말은 무슨 일고? 모친은 공연(50)한 누설(陋說)[217]을 만나시도다."

소혜 왈,

"설형이 본디 외구(外舅)의 교아(驕兒)로 배운 것이 없거늘 이런 성만(盛滿)한 궁중에 들어와 안과(安過)하기를 어찌 바라리오. 반드시 불평한 사단이 자로 일어나 모친이 편치 않을까 하나이다."

부인이 탄왈,

"질아가 자유(自幼)로 정정유순(貞靜柔順)[218]하니 별단지사(別段之事)가 있으리오마는 문아가 너무 호일방탕하고 용모가 수미(秀美)하여 어느 곳 요인(妖人)이 은복(隱伏)하여 문아를 경영(經營)하여 변(變)을 지으니 반드시 질아(姪兒)가 또한 편치 못할지라. 어찌 근심되지 아니리오. 슬프다! 창천(蒼天)이 오문(吾門)에 적악(積惡)을 나리오사 내 일찍 부모께 이우(貽憂)[219]를 끼쳐 불효한 자식이 되고 또 형의 부부가 이 딸 사랑이 아들에 더으거늘 평생이 좋을 줄 모르니 (51)어찌 한홉지 아니리오."

설파에 석사(昔事)를 감회(感懷)하여 상연하루(傷然下淚)[220]하니 대개 설씨의 우연(偶然) 감회함이 석사를 자회(自懷)하여 자기 숙질의 팔자가 순(順)치 못함을 근심함이어늘 뉘[221] 도로혀 진짓 설소저[222] 애란은 향혼(香魂)이 독수(毒手)에 날아나고 유체(遺體) 산곡암혈(山

---

214 해비(解備)히: 자세히 갖춘다는 뜻으로 '자세히'와 상통함.

215 공구축척(恐懼蹴踖): 몹시 두려워 조심해서 걸음.

216 구씨(舅氏): 외숙.

217 누설(陋說): 더러운 욕설.

218 정정유순(貞靜柔順): 곧고 깨끗하며 남의 뜻에 순종하는 모양.

219 이우(貽憂): 남에게 근심과 걱정을 끼침.

220 상연하루(傷然下淚): 애상하고 슬퍼하여 눈물 흘림.

221 뉘: 없는 것이 더 자연스러움. 통사론적 오류인 듯함.

222 설소저: 원문에는 '셜쇼져의'로 되어 있으나 문맥에 맞추어 '의'를 생략함.

谷巖穴)에 버리어 혼백이 운수에 표탕(飄蕩)하여 원곡(怨哭)이 처처(悽悽)하여 혼백(魂魄)이 흩어지지 않아 꿈을 빌려 부모에게 원상(冤傷)[223]을 하고자[224] 하나 요녀가 자가(自家)[225]의 형모(形貌)를 의구(依舊)히 빌려 가중(家中)에 웅거(雄據)하였으니 놀라고 두려 감히 가까이 머물지 못함이라. 설부인의 우연한 말이 질녀가 보전치 못하리라 함이 인심(人心)의 지령(至靈)함이러라. 교혜와 소혜 백단(百端) 위로하니 설매 요녀(妖女)가 능히 현부에 들어와 변을 지은가 하회(下回)를 분석하라.

(52) 철종황제(哲宗皇帝) 후궁(後宮) 김상궁(金尙宮) 철영 글씨.

223 원상(冤傷): 억울한 죄에 걸린 사람을 불쌍히 여기고 슬퍼함.

224 하고자: 원문에는 '할고ᄌᆞ'로 되어 있음.

225 자가(自家): 자기 자신.

명주옥연기합록

권지십구

(1)차설. 시시(是時)에 설낭중이 부중에 돌아가 모부인께 와 부인과 자부녀(子婦女)에게 애란을 현학사와 결혼한 사연을 이르니 모두 행희(幸喜)하고 요녀가 암희(暗喜)하여 병세 조금 나은 듯하더라. 차일 낭중이 즉시 택일하니 하늘이 요녀의 음흉함을 뮈이[1] 여기시매 길기(吉期) 오륙 삭이 가렸으니[2] 요녀가 악연(愕然)하고 낭중이 현부에 가 보(報)하니 현씨 제공 왈,

"딸 가진 자의 구구함을 참노라 한들 오죽하랴 내종(內腫)[3] 되기 쉬우리라."

낭중이 제공의 비웃음을 알지 못하고 가장 슬거온[4] 체하여 (2)고개를 끄덕이고 건순노치(乾脣露齒)[5]를 들먹여 희희(嬉戲)이 웃고 이르되,

"옳희여이다. 생이 다섯 아들에 이 딸 하나라 귀함이 비할 데 없거늘 색용(色容)이 절세(絶世)하고 덕행이 기특하니 이러므로 구구하여이다."

1 뮈이: 밉게.

2 가리다: 떨어져 있다.

3 내종(內腫): 내장에 난 종기.

4 슬겁다: '슬기롭다'의 옛말.

5 건순노치(乾脣露齒): 윗입술이 위로 들려서 이가 드러나 보임.

하풍익과 가안백이 소왈,

“영녀(令女)가 그렇듯 아름다우면 희문의 삼취(三娶) 부실(副室) 되기 아깝도다. 희문의 재취(再娶) 고씨 조그만 연고로 친당(親堂)에 돌아갔으나 돌아옴이 불구에 있을 것이요, 예부터 이 가중 여부(女婦)들은 죽다 하여도 살기를 잘하나니 연소저가 비록 종적이 없으나 그 죽음을 목전(目前)에 본 이 없고 향체(香體)를 지중(地中)에 장(葬)함이 없는지라. 액운이 소멸⑶하매 또 어느 곳으로조차 신기히 돌아와 희문의 상원위(上元位)를 거(居)할동 알리오. 연즉 영아 옥수(玉樹)는 삼빈(三嬪)[6]의 낮음을 면치 못하고 또 희문의 호일방탕(豪逸放蕩)하매 가간(家間)의 홍장분대(紅粧粉黛)[7]를 지내어 보지 아니하는지라 이후 몇몇 잉첩(媵妾)이 삼길[8]동 알리오. 사세(事勢) 여차(如此)에 장부 무신함은 자고 상사라. 영녀가 능히 백두음(白頭吟)[9]을 면치 못하리니 가히 견딜까 보냐.”

낭중이 청필(聽畢)에 능히 대(對)치 못하고 몸을 일어 영희당에 가 한림을 보니 생이 반겨 맞을새 낭중이 탄식 왈,

“천신만고(千辛萬苦)하여 정한 혼인이 길기(吉期) 차아이[10] 머니 어찌 한흡지[11] 아니리오.”

생이 ⑷길일을 물어 알고 서운하나 하릴없는지라. 다만 가로되,

“선생이 우리 왕부와 부왕의 기색을 보시니 어떠하시더이까? 소생이 이곳에 수금(囚禁)한 후 요행 혼인이나 가까우면 쉬이 나아갈까 하였더니 길일이 차라하니[12] 답답하여이다.”

낭중이 어루만져 애련하여 왈,

“시호(豺虎)도 자식을 사랑하거늘 영대인(令大人)은 진실로 비인정이로다. 그만큼 다녀 보니 기관(奇觀)이 많더라. 누의[13]는 그대의 제모(諸母)[14]나 나의 친동기 사이어늘 여차

---

6 삼빈(三嬪): 셋째 아내.

7 홍장분대(紅粧粉黛): 연지 따위로 한 붉은 화장, 분 바른 얼굴, 먹으로 그린 눈썹. 화장한 아름다운 여자를 가리킴.

8 삼기다: ‘생기다’의 옛말.

9 백두음(白頭吟): 중국 전한 때 사마상여가 다른 여자를 첩으로 들이려 할 때 탁문군이 지어 불렀다는 노래. 이 시를 지어 결별의 뜻을 밝혀 상여가 첩 얻기를 단념하였다고 한다.

10 차아이: 미상. ‘대단히’의 의미인 듯함.

11 한홉다: 한스럽다.

12 차라하다: 막히다. 늦어지다.

13 누의: ‘누이’의 옛말.

14 제모(諸母): 아버지 항렬의 당내친(堂內親)의 아내.

여차 혼인을 거절하니 내 만일 눈치 없고 슬겁지 아니터면 어찌 혼사가 되었으리오."

학사가 분연(憤然) 왈,

"과연 (5)하여이다. 소생이 신몽(神夢)을 얻은 후 양매(兩妹)를 불러 의리를 물으니 양매 벌써 자모의 경계를 들어 여차여차하오니 그런 분한 일이 또 어데 있사오릿가?"

낭중이 분분(忿憤) 왈,

"매자가 소싯(少時)적부터 승기자(勝己者)[15]를 염려하는 심술이라. 그 딸들이 무엇이 의젓하리오. 인하여 전전 간악한 허물을 다 들추어 공주를 해하던 말과 십년 적고(謫苦)를 일일이 설파(說破)하니 학사가 청파(聽罷)에 크게 놀라니, 원래 현부 법령이 엄중하여 사람의 전과(前過)를 들추는 일이 없으므로 희성은 이르지 말고 그 친생(親生)들도 다 후생이므로 다 듣지 못한 일이라. 학사가 대(6)경 왈,

"이 어찐 말씀이니잇가? 수덕당 자모가 요조현철(窈窕賢哲)하시니 무슨 일 정당을 해하며 또 어찌 죄적(罪謫)하시니잇고?"

낭중이 학사의 모름을 보고 누의 허물을 들추매 제 낯이 부끄러움을 알지 못하고 가장 정다운 체하고 희희이 웃으며 당년지사(當年之事)를 낱낱이 베푸니 생이 들으매 모골(毛骨)이 송연(竦然)한지라. 양구묵연(良久默然)이러니 날호여[16] 왈,

"자모의 과실이 비록 그러하시나 이미 고치셨는지라. 다시 일컫지 마소서."

낭중이 마침내 그칠 줄 모르고 종일 쑤어리다가[17] 돌아가니, 이때 하풍익과 가안백이 설공이 희문을 찾아감을 보고 관환(官喚)[18] (7)설향을 명하여 가서 규시(窺視)하고 오라 하여 보내니 설향이 영희당 후함벽 사이에서 규시하여 양인의 문답사(問答事)를 다 듣고 해연(駭然) 망측(罔測)함을 이기지 못하여 돌아오니 하·가 양공이 바삐 묻거늘 향이 주저하여 말을 쉬이 못하거늘 양공이 재삼 힐문(詰問)[19]하니 향이 감히 들은 대로 바로 고(告)치 못하고 설공의 사랑하던 말만 고하니 가안백이 정색 왈,

"너를 보냄이 설공의 수작(酬酌)만 듣고자 함이 아니라. 삼공자의 대답과 설공의 거동을 자시 알아 오라 하였거늘 간악(奸惡)한 비자(婢子)가 속이기를 능사(能事)로 하니 이

---

15 승기자(勝己者): 자기보다 나은 사람.

16 날호여: 천천히.

17 쑤어리다: '수군거리다', '떠들다'의 옛말.

18 관환(官喚): 사환(使喚).

19 힐문(詰問): 따져 물음.

무슨 도리이뇨. 내 벌써 다른 사람으(8)로 하여 자시 들었거니와 네 남의 비자가 되어 그리 무엄하리오."

설파(說罷)에 기색이 준엄하니, 설향이 본디 가안백을 두리는지라 황공전율(惶恐戰慄)하여 대할 바를 모르니 하풍익이 화(和)한 말로 가로되,

"설향이 본디 충근(忠勤)한지라, 저의 주인의 흉이 드러날까 하여 처음은 제 도리에 허물 될 말을 바로 아니하나 본성이 초직(峭直)[20]하매 나중은 다 토설하나니 군평[21]은 노하지 말고 차차 들어 보라."

하고 설향을 은근히 데리고 그윽한 데 가서 이르되,

"가안백 상공은 벌써 다른 길로 다 듣고 아는 것을 네 다 기(欺)이니 어찌 노하시지 (9)아니리오?"

설향이 기이지 못할 줄 알고 고왈,

"소비 도리에 주군 상공의 허물을 차마 고치 못하와 주저함이로소이다."

하고 인하여 설공의 거동과 하던 말을 세세히 고하니 하풍익이 듣고 크게 우습게 여겨 들어와 가안백을 보고 전하니 피차 대소하고 이 말이 벌써 전하여 내당에 이르고 설부인이 들음이 된지라. 동기(同氣)의 무식함을 통한하여 왈,

"나의 당년 죄과는 죽어 마땅하거늘 공주의 혜택으로 보전하여 부귀를 누리나 차마 후생들에 들림이 부끄럽거늘 가형(家兄)의 불통함이 이에 미치니 (10)내 어찌 부끄럽지 아니리오."

좌우(左右)가 또한 설공을 통한하고 부인을 위로하더라.

오래지 않아 설금오 그새 다다르니 부인이 귀녕(歸寧)[22]하여 제좌(諸座)에 예필(禮畢)하고 질녀를 보니 얼굴 모습은 전일 애란이나 행동거지는 애란이 아니라[23] 자못 의아하여 유심히 살피니 요녀가 심히 경황하여 문득 복통을 일컫고 몸을 일어 사침(私寢)으로 돌아가니 태부인이 가로되,

"손아(孫兒)가 심히 잔약(孱弱)하고 미거(未擧)하더니 근래에 영오특달(穎悟特達)[24]한지

---

20 초직(峭直): 성품이 굳세고 곧음.

21 군평: '가안백'의 자(字).

22 귀녕(歸寧): 시집간 여자가 친정에 가는 것. 원문에는 '귀령'으로 되어 있음.

23 아니라: 원문에는 '아리라'로 되어 있음.

24 영오특달(穎悟特達): 남보다 영리하고 사리에 밝음.

라. 여아의 외로운 가운데 사랑함을 교혜 등과 같이 하라."

낭중 부부가 또 말을 이어 부탁하니 (11)부인이 면강화답(勉强和答)하고 가만히 모부인께 고왈,

"질녀를 오래 못 보았더니 그 사이 언사의 능려(凌厲)함[25]과 행동의 민첩함은 도로혀 전자에 비하매 어리고 미거할 적만 같지 못하니 두리건대[26] 구가(舅家) 제인에게 불합할까 하나이다."

태부인이 놀라 왈,

"네 말이 기이하도다. 애란이 처음보다 영오하매 기특히 알거늘 너는 도로혀 처음만 못하다 하니 그 뜻을 알지 못하리로다."

부인 대왈,

"사람이 나이 차면 달리 되오나 애란처럼 변하리잇고. 아해 너무 혼잔(昏孱)[27]하더니 진양(眞樣)을 잃고 반드시 이매(魑魅)[28]를 접하였는가 하나이다."

태(12)부인이 크게 놀라 왈,

"그럴 리 없으니 다시 일컫지 말라. 저의 부모가 들으면 노(怒)리라."

부인이 깨달아 다시 말 아니 하더라. 부인이 인하여 머물러 순일(旬日)[29] 후 궁에 돌아오니라.

이러구러 일월이 천연(遷延)[30]하여 구소저가 사실(私室)에 수계(收繫)하연 지 반 년에 이르렀더니 문득 만월(滿月)[31]하여 시산 생자하니 일척 백옥이요 크게 기이한지라. 유모가 깃거 부인을 구호하며 아해를 강보에 거두고 존당에 보하니 존당구고(尊堂舅姑)가 대희하여 바삐 응휘각에 이르러 소저를 위로하고 신아(新兒)를 살펴보매 과연 일대 서물(瑞物)[32]이라. 제왕과 공주 (13)등이 면면이 어루만져 연석함이 더으고 일로조차 자부의 화액

25 능려(凌厲)하다: 아주 뛰어나게 훌륭하다.

26 두리다: 두려워하다.

27 혼잔(昏孱): 어리석고 못나서 사리에 어두움. 혼암(昏闇).

28 이매(魑魅): 도깨비.

29 순일(旬日): 열흘.

30 천연(遷延): 시일을 미루고 지체함. 시일이 흐름.

31 만월(滿月): 만삭(滿朔). 해산달이 다 참.

32 서물(瑞物): 기린이나 봉황 등의 상서로운 동물. 여기서는 그런 상서로운 인물을 가리킴.

이 빠름이 급어성화(急於星火)[33]할 줄 짐작고 차석(嗟惜)[34]함을 이기지 못하더라.

이때 우화 요니 왕부와 상부에 왕래하여 일동일정(一動一靜)을 세세히 탐지하여 설매에게 보하는지라. 설매 구소저의 생자함을 듣고 더욱 해할 마음이 급하여 좋은 계교를 생각하더니, 마침 노씨의 이종제남(姨從弟男) 양의는 참정(參政) 양무의 자요 귀인 양씨의 오라비라. 별흉극물(別凶劇物)[35]이니 벼슬이 도어사(都御使)에 있어 설가에 왕래 빈빈한지라. 요녀가 그윽이 양어사의 위인이 허패(虛悖)함을 살피고 유인하(14)기 쉬움을 헤아려 교언영색(巧言令色)[36]으로 숙질의 정을 극진히 하니 양어사가 어려서 애란의 거동을 익히 보았으나 바히[37] 미거하고 어리게 보았더니 이제 보매 영오재릉(穎悟才淩)하니 문득 깊은 의사(意思)가 일어나 축일(逐日)[38] 왕래하여 처음은 숙질의 정을 일컫더니 나중은 점점 방자하여 가만히 귤을 던져[39] 뜻을 통하니 요녀가 또한 혼기 차라하여 유춘지심(有春之心)을 이기지 못하더니 양축(畜)의 유정(有情)함을 보매 그윽이 암희(暗喜)하여 마음을 받으니 양축이 대희하여 밤이면 짧은 옷을 입고 설가에 이르러 월장찬혈(越牆鑽穴)[40]에 모듬이 되니 양정(兩情)의 지(15)극함이 비길 데 없더라. 요녀가 천만 교태로 양축을 달래어 품은 소회를 이르고 구씨를 여차여차 모함하여 아조 없이한즉 첩이 비록 현부에 가나 공의 은애(恩愛)를 끊지 아니리라 하니[41] 양축이 언언낙종(言言諾從)[42]하고 흉계를 니르혀니,[43] 구소저의 화액(禍厄)이 어찌 된고. 하회를 보라.

화설. 만세 황야가 천문에 조회(朝會)를 베푸시니 용루(龍樓)[44] 봉각(鳳閣)에 서기(瑞氣)

---

33 급어성화(急於星火): 마치 별똥별같이 급하고 빠름.

34 차석(嗟惜): 애달프고 아까워함.

35 별흉극물(別凶劇物): 대단히 흉악한 사람.

36 교언영색(巧言令色): 교묘한 말과 아첨하는 얼굴색.

37 바히: '바이'의 옛말. 아주 전혀.

38 축일(逐日): 하루도 거르지 않고 날마다.

39 귤을 던져: 당나라 시인 두목(杜牧)이 여자들한테 인기가 있어 그의 수레가 지나갈 때 양주 기녀들이 던진 귤이 수레에 가득 찼다는 투귤(投橘) 고사에서 나온 말(醉過楊州橘滿車). 애정 표시를 뜻함.

40 월장찬혈(越牆鑽穴): 담을 넘고 구멍을 뚫음. 여자나 재물에 욕심이 나 남의 집에 숨어 들어가는 것을 말함.

41 하니: 원문에는 없으나 문맥에 맞추어 보충함.

42 언언낙종(言言諾從): 말마다 응낙하여 좇음.

43 니르혀다: '일으키다'의 옛말.

44 용루(龍樓): 임금이 거처하는 궁궐을 가리킴. 궁궐의 처마를 동룡(銅龍)으로 장식하는 데서 붙여진 이름이다.

애애(靄靄)하고[45] 문무신료(文武臣僚)가 반열(班列)을 정제하여 단지(丹墀)[46]에 고두(叩頭)하고 옥계(玉階)에 산호(山呼)[47]하여 조회하는 예를 파하고 날이 늦으매 홀연 우부 도어사 양의 출반주(出班奏)[48] 왈,

"요사이 국강(國綱)이 해이(解弛)하와 (16)풍화(風化) 대변(大變)이 있으되 풍속이 권세(權勢)를 붙좇아 강상(綱常) 대변(大變)을 묻어 두오니 어찌 통해(痛駭)치 아니리잇고. 소신 양의 미말소관(微末小官)으로 이 말씀을 단계에 주달(奏達)하오매 화가 발뒤축을 따라 이를 줄 모르지 아니하오되 우충(愚忠)[49]이 국정(國政)을 밝히고자 하오매 죽기를 돌아보지 아니하나이다."

주파(奏罷)에 한 장 소봉(小封)을 헌탑(獻榻)하니 학사 현희옥이 옥성(玉聲)을 높여 읽으니 기소(其疏)에 왈,

"도어사 신 양의는 돈수백배(頓首百拜)[50]하와 재상 규문(閨門)의 참덕(慙德)[51]이 사림(士林)에 전행(前行)[52]함을 보오니 스스로 사생(死生) 안위(安危)를 두리지 않아 용전(龍前)(17)에 고달(告達)[53]하나이다. 중서사인(中書舍人) 현희성은 금지옥엽(金枝玉葉)이요, 중서사인 벼슬의 은총(恩寵)이 두터운 옥엽(玉葉)이라. 기처(其妻) 구씨는 평진왕 구경린의 소녀니 구가가 비록 외조(外祖) 번신(藩臣)이나 당당한 공훈지예(功勳之裔)로 위권(威權)이 융중(隆重)[54]하옵거늘 기녀를 국척(國戚)[55]에 연혼(連婚)하여 부귀영광(富貴榮光)이 일신

---

45 애애(靄靄)하다: 분위기가 부드럽고 포근하여 평화롭다.

46 단지(丹墀): 대궐의 계단. 대궐 또는 궁궐을 뜻함.

47 산호(山呼): 산호만세(山呼萬歲). 나라의 중요 의식에서 신하들이 임금의 만수무강을 축원하여 두 손을 치켜들고 만세를 부르던 일.

48 출반주(出班奏): 여러 신하 가운데 특별히 혼자 나아가 임금에게 아룀.

49 우충(愚忠): 어리석고 고지식한 충성심이라는 뜻으로, 임금에게 신하가 자기의 충성심을 낮추어 이르는 말.

50 돈수백배(頓首百拜): 머리가 땅에 닿도록 수없이 계속 절을 함.

51 참덕(慙德): 덕화(德化)가 미치지 못함을 부끄러워함.

52 전행(前行): 전진함. 퍼짐.

53 고달(告達): 어떤 사실에 대하여 알려 줌.

54 융중(隆重): 높고 중요함.

55 국척(國戚): 임금의 인척(姻戚).

에 넘쳐 음란(淫亂)을 일삼으니 구녀의 규문 참덕이 무후(武后),[56] 양비(楊妃)[57]의 일류(一類)라. 연이나 측천(則天), 태진(太眞)은 비록 음란하나 위는 항거치 아니하였거늘 구녀는 문득 권세부귀로써 무세(無勢)한 자를 업신여겨 진공 부빈 육씨를 시조모를 휘(諱)치 아냐 무인반야(無人半夜)(18)에 구타능욕(毆打凌辱)하여 육씨 장차 두골(頭骨)이 깨뜨려지고[58] 비각(臂脚)[59]이 중상(重傷)하여 죽음에 이르되 진공 부자 조손(祖孫)이 육씨의 용렬(庸劣)함으로 그 사생(死生)을 불관(不關)이 여기고 구녀를 책(責)함이 없어 평상(平常)타 하오니 어찌 이런 변고(變故)가 있사오며 또 어찌 물시(勿施)[60]하리잇고. 마땅히 명정기죄(明正其罪)[61]하심을 바라나이다."

하였더라. 현학사가 간필(看畢)에 대경(大驚) 차악(嗟愕)하여[62] 옥면(玉面)이 여회(如灰)하고 천안(天顔)[63]이 경해(驚駭)하사 진공 부자(父子)를 가까이 부르사 곡절을 물으시니 진공 부자가 대경통해(大驚痛駭)하나 원래 이 일이 있을 줄 짐작한 바라 불변안색(不變顔色)하고 전후 사연을 (19)일일이 아뢰고 왈,

"설사 전언이 흉사(凶邪)하오나 구녀의 외모는 성상의 보신 바요, 성덕예행(盛德禮行)이 미진(未盡)함이 없사오니 중목(衆目)이 비록 그 장난을 봄이 있사오나 산간 요니 왕래함이 잦으오니 구녀의 상시(常時) 인사(人事)를 추이(推移)[64]컨대 진실로 오조(烏鳥)의 자웅(雌雄)을 분간키 어렵사오니 혹자(或者) 처치를 소루(疏漏)히[65] 하였다가 증모(曾母)의 투저(投杼)[66]함이 있을진대 법을 세우지 못할 것이요, 평상(平常)이 두옴은 불가하오

---

56 무후(武后): 측천무후(則天武后, ?624~705). 중국 당나라 고종의 황후. 성은 무(武). 이름은 조(曌). 중국 역사에서 유일한 여제(女帝)로, 고종을 대신하여 실권을 쥐고 두 아들을 차례로 제왕의 자리에 오르게 하였으며, 스스로 제왕의 자리에 올라 국호를 주(周)로 고치고 성신 황제(聖神皇帝)라 칭하였다.

57 양비(楊妃): 양귀비(楊貴妃, 719~756). 중국 당나라 현종(玄宗)의 비(妃). 이름은 옥환(玉環). 호는 태진(太眞).

58 깨뜨려지고: 원문에는 'ᄣᅳ려지고'로 되어 있음.

59 비각(臂脚): 팔다리.

60 물시(勿施): 해 온 일을 무효로 함.

61 명정기죄(明正其罪): 명백하게 죄목을 지적하여 바로잡음.

62 차악(嗟愕)하다: 슬픈 일을 당하여 몹시 놀란 상태에 있다.

63 천안(天顔): 용안(龍顔). 임금의 얼굴을 높여 부르는 말.

64 추이(推移): 일이나 형편이 시간의 경과에 따라 변하여 나감. 또는 그런 경향.

65 소루(疏漏)히: 생각이나 행동 따위가 꼼꼼하지 않고 거칠게.

66 증모(曾母)의 투저(投杼): 증자의 어머니가 베 짜는 북을 내던진다는 뜻. 증자의 어머니가 베를 짜고 있는데 어떤 사람이 와서 "증자가 사람을 죽였다."고 하자 처음에는 믿지 않았으나 또 와서 같은 말을 하자 두려워 베를 짜던 북을 내던지고 담을 넘어 달려가 보았다고 한다. 이는 증삼과 동명이인인 사람의 일을 사람들

니 사실(私室)에 계계(繫繫)하와 중인소시(衆人所視)[67]에 임의로 출입지 못하게 하옴이 반 년이라. 연이나 신의 부자, 형제, 숙질이 수구여병(守口如甁)[68]하여 전(20)설(傳說)[69]함이 없더니 언관(言官)이 어찌 들은고? 괴이하여이다. 구녀가 적인(敵人)이 없사오니 해하다 이를 길도 없는지라. 반드시 무근무원(無根無原)한 바의 은복(隱伏)한 간인이 있어 궁극히 해하나 종내(終乃) 출거(出去)치 아님을 앙앙(怏怏)하여[70] 풍문을 이뤄냄인가 하나이다."

상이 침사양구(沈思良久)에 가라사대,

"선악은 외모에 있지 아니나 구녀의 재덕이 숙녀지풍(淑女之風)이요, 월성의 며느리 불사(不似)치 아닌지라. 어찌 이런 변이 있을 줄 알리오."

사인이 반열에 나 면관고두(免冠叩頭)하여 가제(家齊)[71] 잘못한 죄를 청하니 상이 탄왈(歎曰),

"언관의 소사(疏辭)[72]가 여차(21)하나 구녀의 죄 진적(眞的)함[73]을 믿지 않았나니 경부(卿父)의 충효집례(忠孝執禮)와 여모(汝母)의 성자지덕(聖姿之德)을 짐이 아는 바이어늘 구씨 진실로 유과(有過)한즉 물시(勿施)함이 있으리오. 짐이 언관을 다스리고자 하나니 희성이 어찌 청죄하리오. 전자(前者) 황손 옥화가 이런 변이 있어 황씨 모녀를 다스리고자 하더니 이미 도주하여 못 잡았는지라. 요녀의 모녀가 어데 가 무슨 해를 짓는동 알리오. 이런 일을 상량(商量)[74]하매 구씨의 죄를 더욱 맹랑히 아노라."

양의는 담대(膽大)한 흉인이라. 천어(天語)[75]를 들으매 배한(背汗)[76]이 첨의(沾衣)[77]하나

이 잘못 알고 전한 것인데 증자와 같은 현인의 어머니도 계속해서 같은 말을 듣자 이에 현혹될 수밖에 없었다는 고사이다. 『전국책(戰國策)』「진책(秦策) 이(二)」.

67 중인소시(衆人所視): 중목소시(衆目所視). 여러 사람이 다 같이 보고 있는 형편.

68 수구여병(守口如甁): 입을 병마개 막듯이 꼭 막는다는 뜻으로, 비밀을 다른 사람이 알지 못하도록 함을 이르는 말.

69 전설(傳說): 전언(傳言). 말을 전함.

70 앙앙(怏怏)하다: 매우 마음에 차지 아니하거나 야속하다.

71 가제(家齊): 제가(齊家). 집안을 다스림.

72 소사(疏辭): 상소한 글.

73 진적(眞的)하다: 참되고 틀림없다. 확실하다.

74 상량(商量): 헤아려서 잘 생각함.

75 천어(天語): 임금의 말씀.

76 배한(背汗): 등에 나는 식은 땀.

77 첨의(沾衣): 옷을 적심.

(22)유정(有情) 옥인(玉人)의 소청(所請)을 저버리지 못하여 안색을 부동하고 배수(拜手) 왈,

"신수무상(身雖無狀)[78]이오나 제현과 원수가 없는지라. 어찌 허언(虛言)을 주달하오리잇가?"

상이 노왈,

"짐이 이미 아나니 양의 뉘 말을 듣고 이리 수다하뇨? 형벌을 받지 아냐 이실직고(以實直告)하라."

양의 대경황망(大驚慌忙)하나 불변안색(不變顔色)고 청죄(請罪) 왈,

"신이 소장을 올려 취화(取禍)할[79] 줄은 이미 아는 바라. 벼슬이 언관(言官)에 있사와 들은 바를 고함이러니 폐하가 망언한 죄를 다스리신즉 형벌에 나아가오나 신직은 잃지 아니하오리(23)니 이후 언관이 되는 자가 반드시 신을 징계(懲戒)하와 소임을 차리지 아니하리이다."

상이 변색하사 책(責)고자 하시니 진공 부자와 구진왕이 출반(出班) 고간(苦諫)하여[80] 국체(國體)에 언관을 죄 줌이 불가하고 후세 공론이 반드시 위세(威勢)로써 국법을 난(亂)하는 시비 있음을 간하니 유죄무죄간 구녀의 죄를 다스리심을 아뢰니 상이 가로되,

"연즉 지촉자(至囑者)[81]를 양의게 물어 찾지 아니면 구녀를 어찌 신백(申白)[82]하리오."

삼인(三人)이 재삼 간왈(諫曰),

"복망(伏望) 폐하는 사정(私情)으로써 법을 굽히지 마소서."

상이 만만(萬萬) 불쾌하(24)사 왈,

"경 등의 간언(諫言)이 유리하나 구씨를 어찌 처치하리오."

진왕이 주왈(奏曰),

"성상 일월지명이 신의 복분지원(覆盆之怨)[83]을 밝히시니 신의 부녀가 간뇌도지(肝腦塗地)[84]하오나 성은(聖恩)을 다 갚지 못하리로소이다. 비록 죄명이 강상을 범하오나 당당

---

78 신수무상(身雖無狀): 신이 비록 행실을 함부로 하여 예의가 없음.

79 취화(取禍)하다: 화를 당하다.

80 고간(苦諫)하여: 원문에는 '고왈'로 되어 있으나 서강대본을 참고하여 고침.

81 지촉자(至囑者): 간곡히 부탁한 사람.

82 신백(申白): 윗사람에게 사실을 자세히 아룀.

83 복분지원(覆盆之怨): 죄를 뒤집어쓰고 밝히지 못해 원망함.

84 간뇌도지(肝腦塗地): 참혹한 죽임을 당하여 간장(肝臟)과 뇌수(腦髓)가 땅에 널려 있다는 뜻으로, 나라를 위하여 목숨을 돌보지 않고 애를 씀을 이르는 말.

히 법을 굽히심은[85] 국체(國體)의 손상하옴이니 마땅히 다스리심을 바라나이다."

상이 탄왈,

"사람이 모르면 하릴없거니와 이미 무죄함을 알고 어찌 한이 망사대(望思臺)[86]에 및게 하리오. 아직 구씨를 이이(離異)하여 산동 역성현에 정배(定配)하고 희성은 급히 취처(娶妻)를 말라."

제공이 (25)천은을 사하고 물러나매 산동은 현씨 고향이라 양의는 가장 앙앙(怏怏)하더라. 진왕이 술위[87]를 두루혀[88] 현씨 제공을 따라 제궁에 이르러 여아를 데려갈새 이 소식이 상부에 이르니 합가(闔家)[89]가 놀라고 구씨 개연(慨然)히[90] 탄식고 존당(尊堂) 구고(舅姑)께 하직하고 육부인께 청죄하니 상부 대소 인원이 차석(嗟惜)[91] 아닐 이 없고 육부인이 여아의 간언을 좇아 구씨 애매한가 하여 위로코자 하더니 금일 좌에 나와 몸 큰 양하여 왈,

"존당 모첨(冒忝)[92]이 가장 어렵도다. 구씨 유죄무죄간(有罪無罪間) 나를 즐타(叱咤)하다 하여 진왕의 딸이요, 공주의 며느리요, 성상의 손부(孫婦)이로되 법(26)을 굽히지 못하여 귀양 가니 유죄 즉 가(可)커니와 만일 여아의 말같이 애매하면 불쌍하도다. 이제는 후일을 징계할 것이니 아무 찰녀(刹女)라도 범연(凡然)히 대접지 못하리니 이후 옥황의 딸이 들어오나 날 대접 잘 못하다가는 마이 속으리라."

하더니 문득 구소저 수안척용(瘦顔瘠容)으로 나아와 자기에게 청죄(請罪)함을 보매 더욱 존대(尊大)한 듯 턱을 끄덕이며 목용(目容)[93]을 지긋그려 눈살을 찡기고 갈퀴 같은 손으로 구소저의 섬수(纖手)를 잡고 건순노치(乾脣露齒)[94]를 비적여[95] 우는 소리로 이르되,

---

85 굽히심은: 원문에는 '굽혀시문'으로 되어 있음.

86 망사대(望思臺): 한 무제의 태자가 모함을 받자 원흉인 강충을 죽이고 무제의 노여움을 두려워하여 자살하니 무제가 후회하여 망사대를 지어 아들을 생각하였다고 한다.

87 술위: '수레'의 옛말.

88 두루혀다: '돌이키다'의 옛말.

89 합가(闔家): 집안 전체. 전가(全家).

90 개연(慨然)히: 마음에 느끼는 바가 있어 탄식하는 모양.

91 차석(嗟惜): 애달프고 아까움.

92 모첨(冒忝): 주제넘게 관여함.

93 목용(目容): 시선(視線).

94 건순노치(乾脣露齒): 윗입술이 위로 들려서 이가 드러나 보임.

95 비적이다: 비죽이다.

"노모가 불명하여 사리를 모르고 사체(事體)[96]를 돌아보지 아(27)냐 소부의 의형(擬形)[97] 모습한 요인을 잡아다가 너와 면질(面質)[98]할 것을 금일 적행(謫行)이 되게 하니 애달프고 불쌍치 아니리오. 나도 무망(無妄)[99]이요 너도 액(厄)이 궂으니 모로미[100] 시운(時運)을 탄하고 내 탓을 말라. 액이 진한즉 다시 돌아 도로 오리라."

소저가 계수(稽首)[101] 문파(聞罷)에 복수재배(伏受再拜)할 뿐이니 아리따운 거동이 절승(絶勝)한지라. 육씨 소저의 온화한 모양을 보고 우기(愚氣) 크게 발하여 아니 나는 눈물을 끔적이고 입을 비적이며 소리를 크게 질러,

"손부(孫婦)야, 잘 다녀오라. 너를 보내고 그리워 어찌 살꼬."

하며 건침[102]을 줄줄 흘리오니 실로 장관이라. (28)하·윤 양 부인은 미소하고 소아 등은 웃음을 참지 못하여 뱃속에 꾸루룩 소리 스스로 나니 견디지 못하여 입을 싸고 달아나더니라.

구소저가 이에 상부에 하직하매 존당이 참연(慘然)하고[103] 제사(娣姒)[104] 소고(小姑)가 눈물을 흘리며, 때에 옥화 군주가 오자(五子)를 연생(連生)하였으매 장자(長子) 성환은 칠 세요, 차자(次子) 금환·삼자(三子) 월환, 사자(四子) 옥환·오자(五子) 채환이니 오 세, 사 세라. 개개(個個)이 선자(仙子) 같고 난초 같고, 성환은 온중정대(穩重正大)하여 조부 승상을 품(稟)하였고, 버거[105] 사아(四兒)는 영위(英偉)[106] 준엄(俊嚴)한지라. 일시에 구소저를 배별(拜別)[107]할새 옥환·채환이 잠미(蠶眉)[108]를 찡그리(29)고 분기(憤氣) 대발(大發)하여 왈,

---

96 사체(事體): 사리(事理)와 체면(體面)을 아울러 이르는 말.

97 의형(擬形): 의사(擬似). 실제와 비슷함.

98 면질(面質): 대질(對質).

99 무망(無妄): '무망중(無妄中)'의 준말. 별 생각이 없이 있는 상태.

100 모로미: '모름지기'의 옛말.

101 계수(稽首): 구배의 하나. 머리가 땅에 닿도록 몸을 굽혀 하는 절이다.

102 건침: 마른침.

103 참연(慘然)하다: 슬프고 참혹하다.

104 제사(娣姒): 동서.

105 버거: 버금. 으뜸의 바로 아래. 또는 그런 지위에 있는 사람이나 물건.

106 영위(英偉): 영특하고 위대함.

107 배별(拜別): 절하고 작별한다는 뜻으로, 존경하는 사람과의 작별을 높여 이르는 말.

108 잠미(蠶眉): 누에 같은 두툼한 눈썹.

"숙모가 공연한 누설(陋說)[109]을 실어[110] 원적(遠謫)하심을 당하니 어찌 분치 아니리잇고. 우리 언제나 자라 함인(陷人)하는 요인(妖人)을 잡아 죽일꼬."

말로조차 네 아해 일시에 우니 이는 저희 등의 참사(斬死)[111]함을 전신(前身)이 요동하여 설워 요인을 절치(切齒)[112]함이라. 좌우가 경아(驚訝)하고 군주가 책왈(責曰),

"여등(汝等)은 황구소아(黃口小兒)[113]라. 무슨 때를 아노라 잡말을 하는다?"

하고 명모(明眸)[114]를 흘려 길이 보매 사의(辭意) 두려 말을 그치더라. 구소저가 모든 데 하직기를 마치매 궁중에 돌아와 구고와 제모께 하직하니 왕이 옥수(玉手)를 어루만져 연애(憐愛)[115]하여 왈,

"차역(此亦) (30)일시 액을 때움이나 성상(聖上)의 일월지명(日月之明)이 비추시고 우리 또 현부의 애매함을 아는지라. 현부의 빙심열조(氷心烈操)는 신명이 격(格)하리니 부운(浮雲) 같은 누명을 개회(介懷)[116]치 말라. 이름은 구가의 기부(棄婦)[117]요 적객(謫客)[118]이라 하나 적소(謫所)는 우리 고향이라 무슨 근심이 있으리오. 필연 은복(隱伏)한 간인(奸人)이 그만하지 아니리니 처음은 본관의 정하는 하처(下處)에 머물러 있고 불의지환(不意之患)이 있거든 이 봉서(封書)를 개탁(開坼)하여 거취(去就)를 정하라."

하고 일봉서(一封書)를 주니 소저가 성덕을 감사하여 쌍수(雙手)로 받잡고 수명배사(受命拜賜)하니 공주가 또 추연(惆然) 탄왈,

"내 완명(頑命)[119](31)이 무지하여 모후(母后)를 여희고 지금투생(至今偸生)[120]하더니 자부의 액경(厄境)이 자로 일어 만단(萬端) 곡경(曲境)이 층출(層出)하니 생세(生世)의 괴로움

---

109 누설(陋說): 더러운 욕설.

110 싣다: '얻다'의 옛말.

111 참사(斬死): 칼에 베여 죽음.

112 절치(切齒): 절치부심(切齒腐心). 몹시 분하여 이를 갈며 속을 썩임.

113 황구소아(黃口小兒): 젖내 나는 어린아이.

114 명모(明眸): 맑고 아름다운 눈동자.

115 연애(憐愛): 불쌍하게 여겨 사랑함.

116 개회(介懷): 개의(介意). 어떤 일 따위를 마음에 두고 생각하거나 신경을 씀.

117 기부(棄婦): 원문에는 '기'가 없으나 서강대본을 참고하여 보충함.

118 적객(謫客): 귀양살이하는 사람을 점잖게 이르는 말. 원문에는 '적각'으로 되어 있음.

119 완명(頑命): 죽지 않고 모질게 살아 있는 목숨.

120 지금투생(至今偸生): 지금까지 구차하게 살아옴.

이 심하도다. 현부(賢婦)는 방신(芳身)을 보호하여 쉬이 몯기[121]를 바라노라. 양 손아(孫兒)는 내 마땅히 보호하리니 염려 말라."

소저가 나작이 수명(受命)하니 제부인이 한가지로 분수(分手)[122]할새, 신아(新兒)는 삼칠일이 갓 지났고 장아(長兒)는 삼 세라, 자모(慈母)의 유압[123]을 어루만져 낯을 다히고[124] 입을 접하여 차마 떠나지 못하니 좌우가 눈물 아니 흘릴 이 없더라. 소저가 하직(下直)고 연보(蓮步)를 두루혀[125] 침실에 와 제시녀(諸侍女)를 분부하고 본궁에 돌아오(32)니, 진왕궁 혼가(渾家)[126]가 취회(聚會)하여 소저를 볼새 비록 산후(産後) 흠질(欠疾)이 없으나 기부(肌膚)[127]가 수약(瘦弱)하여[128] 향이 여외고 옥이 깎이며 애잔한지라. 제인(諸人)이 참연애석(慘然哀惜)[129]하여 면면(面面)이 위로하며 모친이 손을 잡고 탄왈,

"여모(汝母)가 초년에 액회(厄會)[130] 비상(備嘗)하여[131] 심골(心骨)이 경한(硬寒)[132]하더니 오히려 여액(餘厄)이 미진하여 너의 횡액(橫厄)이 이에 미치니 어찌 놀랍지 않으냐? 연(然)이나 성상(聖上)과 너의 구고(舅姑)가 애매한 줄 아니 현마 어이 하리오. 적소(謫所)가 또한 고향이라 하니 염려가 없으나 산후 기운이 완실(完實)치 못한데 원리지회(遠離之懷)를 어이 견디리오."

소저가 (33)함루(含淚) 대왈,

"이는 다 소녀의 명도(命途)[133]가 기험(崎險)함[134]이오니 수한수원(誰恨誰怨)[135]이리잇고."

제숙모가 면면이 위로하고 여공과 태부인이 어루만져 애석하고 진왕이 위로 왈,

---

121 몯다: '모이다'의 옛말.

122 분수(分手): 서로 작별함.

123 유압: 젖가슴.

124 다히다: '대다'의 옛말.

125 두루혀다: 돌이키다. 돌리다.

126 혼가(渾家): 온 집안.

127 기부(肌膚): 살과 살가죽.

128 수약(瘦弱)하다: 여위고 약하다.

129 참연애석(慘然哀惜): '참연(慘然)'은 '슬프고 참혹함'. '애석(哀惜)'은 '슬프고 아까움'.

130 액회(厄會): 재앙이 닥치는 불행한 고비.

131 비상(備嘗)하다: 여러 가지 어려움을 두루 맛보아 겪다.

132 경한(硬寒): 놀라서 몸과 마음이 굳는 듯하고 싸늘해지는 모습.

133 명도(命途): 명수(命數). 운명과 재수를 아울러 이르는 말.

134 기험(崎險)하다: 기구(崎嶇)하다.

135 수한수원(誰恨誰怨): 누구를 한하고 누구를 원망하겠느냐는 뜻.

"차행(此行)이 비록 적행(謫行)이나 미구(未久)에 돌아오리니 모로미[136] 보호하라."

여공이 탄왈,

"반드시 요인(妖人)이 또 작희(作戲)하리니 손아(孫兒)는 조심하라."

소저가 나작이 제왕의 봉서(封書)를 주며 애휼(愛恤)[137]하던 말을 고하니 여공이 제왕의 신명(神明)함을 일컬어 칭찬 불이(不已)하더라.

석양(夕陽)에 현사인이 부조(父祖)의 명으로 이에 이르러 모든 데 뵈오니 제인이 반겨 맞아 관대하며 여아의 신루(身陋)를 탄(34)하니 생이 유화(柔和)히 위로하매 옥안영풍(玉顔英風)이 더욱 쇄락(灑落)[138]하니 제인이 새로이 애중(愛重)함을 이기지 못하고 이에 동방(洞房)을 쇄소(刷掃)[139]하여 여서(女壻)를 맞고자 한대 소저가 간하여 왈,

"소녀는 국가의 득죄인(得罪人)이요, 우명일(又明日)은 원행지일(遠行之日)이라. 왕모(王母)[140]와 태태(太太)[141]를 시침(侍寢)함이 옳고, 둘째는 소녀가 산후 미차(未差)하오니 침석(寢席)을 받듦이 예(禮) 아니라 불가불가(不可不可)하니이다."

부인 등이 그러히 여기니 제공이 권유 왈,

"일시 부운(浮雲) 같은 누명(陋名)이 있으나 구고가 원억(冤抑)히[142] 여기고 가부(家夫)가 애매타 이르며 황상이 무죄(無罪)타 하사 마지못하여 적(35)거하시나 이 곧 너의 구가 고향이라, 무엇이 관계하며 현생이 부명(父命)으로 이에 옴은 부부가 상별(相別)코자 함이어늘 어찌 곡례(曲禮)[143]를 두어 군자의 지우(知遇)를 경모(輕侮)[144]하리오."

소저가 하릴없어 석식(夕食)을 파한 후 침소에 이르니 사인이 정히 기다리더니 일어 맞아 분좌(分坐)하매 피차(彼此)가 묵연양구(默然良久)에 생이 소왈,

---

136 모로미: 모름지기.

137 애휼(愛恤): 불쌍히 여기어 은혜를 베풂.

138 쇄락(灑落): 기분이나 몸이 상쾌하고 깨끗함.

139 쇄소(刷掃): 쓸고 닦아 깨끗이 함.

140 왕모(王母): 다른 사람에게 자신의 할머니를 높여 이르는 말.

141 태태(太太): 어머니.

142 원억(冤抑)히: 원통한 누명을 써서 억울하게.

143 곡례(曲禮): 예식이나 행사의 몸가짐 따위에 대한 자세한 예절.

144 경모(輕侮): 남을 하찮게 보아 업신여기거나 모욕함.

"아등이 소년결발(少年結髮)[145]로 피차 허물이 없으니 백년종시(百年終始)에 마장(魔障)[146]이 없을까 하였더니 몽외(夢外)에 풍파(風波)가 일어나 부인의 적거함을 뜻하였으리오. 일시 누설(陋說)이 차악(嗟愕)하나[147] 신상(身上)이 옥 같고 마음이 얼음 같(36)으니 무엇이 부끄러우리오. 바라건대 보중(保重)하여 부왕의 지우(知遇)를 간폐(肝肺)[148]에 새겨 잊지 말라."

소저가 공경하여 듣고 염용(斂容)[149] 사왈,

"불초 미질(微質)이 오히려 인심이 행치 못한 고로 신명(神明)의 질오(嫉惡)함을 입어 화기(禍機)[150] 일어나 규리(閨裏) 여자가 적행(謫行)을 이루고 구고께 이우(貽憂)를 증하며[151] 군자께 심우(心憂)를 끼치오니 진실로 불효가 막대하온지라. 스스로 육니우준(忸怩愚蠢)[152]하여 치신무지(置身無地)[153]어늘 존당구고(尊堂舅姑)의 혜택으로 호구(虎口)를 면케 하시고 부자(夫子)가 친림(親臨)하사 여차 관유(寬宥)하시니[154] 첩수불혜(妾雖不慧)나 어찌 잊음이 있으리잇고. 귀신이 죽이지 아니(37)한즉 마땅히 투생(偸生)하와 구고(舅姑) 좌하(座下)에 절함을 기약하나이다."

생이 묵연숙시(默然熟視)하여 아낌을 마지아니하더니 야심(夜深)하매 양인(兩人)이 취침(就寢)하고 명신(明晨)에 일어 부부가 문안하고 생은 하직고 돌아가니 상하가 결연(缺然)함[155]을 이기지 못하더라.

이러구러 수일이 지나매 제왕이 서자(庶子) 희영으로 하여금 소저를 배행(陪行)하여

---

145 소년결발(少年結髮): 어려서 혼인하는 것을 말함. '결발'은 '상투를 틀고 머리에 쪽을 쪄서 정식으로 혼인하는 것'을 이름.

146 마장(魔障): 마희(魔戲). 귀신의 장난이라는 뜻으로, 일의 진행에 나타나는 뜻밖의 방해나 헤살을 이르는 말.

147 차악(嗟愕)하다: 슬픈 일을 당하여 몹시 놀란 상태에 있다.

148 간폐(肝肺): 정성스러운 마음을 비유적으로 이르는 말.

149 염용(斂容): 자숙하여 몸가짐을 조심하고 용모를 단정히 함.

150 화기(禍機): 재앙이나 재난이 일어날 소지가 있는 기틀.

151 구고께 이우(貽憂)를 증하며: 원문에는 없으나 서강대본을 참고하여 보충함.

152 육니우준(忸怩愚蠢): '육니(忸怩)'는 부끄럽고 창피함. '우준(愚蠢)'은 생각이나 행동 따위가 어리석고 굼뜸. 원문에는 '뉵니우즁'으로 되어 있음.

153 치신무지(置身無地): 몸 둘 곳이 없음을 의미함.

154 관유(寬宥)하다: 관면(寬免)하다. 죄나 허물 따위를 너그럽게 용서하다.

155 결연(缺然)하다: 서운하다.

보호하라 하니 희영이 수명(受命)하고 구아(寇衙)에 나아가 납명현알(納名見謁)[156]하고 왕명으로 진왕께 전하니 진왕이 재삼 칭사하고 희영의 충근(忠謹)함을 기특히 여기더라. 일색(日色)이 늦으(38)매 소저가 모든 데 하직하고 승상교(昇上轎)하매 홍파 등 십여 인과 장확(臧獲)[157] 십여 인이 옹위(擁衛)[158]하고 희영이 청려(青驢)[159]를 채쳐 배후(背後)하니 제왕과 진왕은 십 리 밖에 나와 보내고 탄식고 돌아오니 두 집의 화기(和氣) 사연하더라.[160] 아지 못게라. 현사인의 도학군자를 유녀자(有女者)가 무심(無心)하며 성상(聖上)이 친히 재취(再娶)치 말라 하오시고 제왕과 사인이 또한 타의(他意) 없거늘 구소저가 적거하매 환귀지속(還歸之束)이 묘연(渺然)하고[161] 사인이 능히 천연(天緣)이 매인 곳이 있어도 재취를 아니 한가. 하회를 보라.

차설(且說). (39)현사인이 일일은 국사(國事)로 인하여 좌각로(左閣老) 정숙의 집에 이르니, 정각로는 어진 재상이라 다만 유하적자(乳下赤子)[162]가 있고 부인 조씨 현숙하여 의가지락(宜家之樂)[163]이 나쁨이 없고, 정공이 다만 일제(一弟)를 두었으니 명은 윤이라. 성도(性度)[164]가 단아하고 취실하여 다만 일녀를 두고 부부가 쌍망(雙亡)하니 소아의 명은 완혜라. 각로 부부가 크게 설워 질녀를 애휵(愛慉)함이 친녀(親女)에 지나니 소저가 총명다재(聰明多才)하나 용모가 평상(平常)하여 이마가 높고 코가 크고 얼굴이 풍완(豊婉)[165]하더라. 십오 세에 이르매 팔척장신(八尺長身)이요 몸 주(周)[166]가 두 아름은 하고 (40)얼굴이 크고 둥글하나 옥설기부(玉雪肌膚)[167]요 단순호치(丹脣皓齒)며 양안(兩眼)이 별 같으니 능히 사서삼경(四書三經)을 외우고 침선방적(針線紡績)이 부지런하니 가중 상하의 예성(譽聲)[168]이 자옥하고

---

156 납명현알(納名見謁): '납명(納名)'은 윗사람에게 왔다는 뜻으로 이름을 알림. '현알(見謁)'은 지체가 높고 귀한 사람을 찾아가 뵘.

157 장확(臧獲): 장획. 남녀 하인.

158 옹위(擁衛): 좌우에서 부축하며 지키고 보호함.

159 청려(青驢): 털빛이 검푸른 당나귀.

160 사연하다: 사그라들다. 사라지다.

161 묘연(渺然)하다: 멀어서 아득하다.

162 유하적자(乳下赤子): 젖먹이 갓난아이.

163 의가지락(宜家之樂): 부부 사이에 화목한 즐거움.

164 성도(性度): 성품과 도량을 아울러 이르는 말.

165 풍완(豊婉): 얼굴 생김새가 넉넉하고 아름다움.

166 주(周): 둘레의 길이.

167 옥설기부(玉雪肌膚): 백옥같이 희고 깨끗한 피부.

168 예성(譽聲): 칭찬하는 소리.

공의 부부가 과애(過愛)하더라. 정공자 훈은 팔 세니 저저(姐姐)께 우애 지극하매 타인은 다 각로의 친녀로 알더라. 공이 그윽이 인재를 듣보나[169] 마땅한 데 없어 심우(心憂)가 깊더니, 어시(於是)에 현생이 이날 이르매 공자와 소저가 공의 앞에 뫼셨더니 동자가 소저의 있음은 모르고 바로 내서헌으로 인도하여 들어오니 현사인 직입(直入)하매[170] 공이 바야흐로 낮졸음이 몽롱한(41)데 향풍(香風)이 진울(震鬱)하며[171] 옥패(玉佩) 쟁쟁하거늘 대경회두(大驚回頭)하니 일표선아(一標仙娥)가 신장이 숙진(熟盡)하고 용모가 평상하나 녹의홍군(綠衣紅裙)으로 빈하(鬢下)에 탄월[172]을 드리오고[173] 쌍계(雙髻)[174] 불총(不總)이니 분명 규수(閨秀)의 장속(裝束)[175]이라. 무망중(無妄中) 외객(外客)을 만나매 놀라 급히 안으로 들어가고자 하나 공이 내헌을 통한 창을 막아 자는지라. 큰문은 객이 당전(當前)하니[176] 진퇴유곡(進退維谷)이매 촉금자선(蜀錦刺扇)[177]으로 낯을 가리오고 안서(安舒) 정립(停立)[178]이라. 공자가 역경(亦驚)하여 급히 야야(爺爺)[179]를 깨우거늘 사인이 또한 놀라 연망(連忙)히[180] 면차(面遮)하고[181] 몸을 도로혀 난함(欄檻)[182]으로 나리더니, 정공이 가매(假寐)한[183] 가운데 일몽을 얻으니 망제(亡弟) 윤이 일위(一位) 선인(仙人)을 데리고 와 고하여 가로되, '차인(此人)은 곧 완혜의 천정숙연(天定宿緣)이라. 형장(兄丈)은 소제 말씀을 헛되이 알지 마시고 아녀로써 현자에게 돌아보내소서.' 하거늘 공이 놀라 눈을 들어보니 선인은 타인이 아니라 사인 현희성이라. 공이 놀라 보니 소저가 또한 있는지라 더욱 놀라 묻고자 하더니, 아자(兒子)의 소리에 깨치니 몽사가 자못 역력(歷歷)하고 과연 현생과 여아가 마주쳐 피차가 경동

169 듣보다: 듣기도 하고 보기도 하며 알아보거나 살피다.
170 직입(直入)하다: 목적하는 곳에 곧장 들어가거나 들어오다.
171 진울(震鬱)하다: 강하게 진동하다.
172 탄월: '귀고리'의 일종.
173 드리오다: '드리우다'의 옛말.
174 쌍계(雙髻): 쌍상투. 주로 관례(冠禮) 때에 머리를 둘로 갈라 틀어 올린 상투.
175 장속(裝束): 입고 매고 하여 몸차림을 든든히 갖추어 꾸밈. 또는 그런 차림새.
176 당전(當前)하다: 당면(當面)하다.
177 촉금자선(蜀錦刺扇): 촉금에 수놓은 부채. 촉금(蜀錦)은 촉(蜀)나라에서 만든 좋은 비단을 말함.
178 정립(停立): 멈추어 섬.
179 야야(爺爺): '아버지'를 높여 이르던 말.
180 연망(連忙)히: 급히.
181 면차(面遮)하다: 얼굴을 가리다.
182 난함(欄檻): 난간.
183 가매(假寐)하다: 잠자리를 제대로 보지 않고 잠을 자다.

(驚動)한 때라. 공이 놀라고 감회하여 일어나 급히 여아를 들여보내고 사인을 청하니 생이 입실(43)하여 예필한훤(禮畢寒暄)[184]에 피석 사왈(謝曰),

"소생이 연소우매(年少愚昧)하와 고인(古人)의 승당입실(升堂入室)에 눈 들지 아넛난 예를 모르와 무심히 문에 들매 내객(內客)[185]이 놀라시게 하오니 황괴(惶愧)함[186]을 이기지 못하리로소이다."

각로(閣老)가 청파에 흔연히 웃고 왈,

"이는 무정지사(無情之事)[187]라, 무슨 허물이 있으리오. 내 소활(疏闊)하여[188] 외당 가까이 소녀를 두어 낭패케 하니 이는 내 허물이라. 자(子)[189]는 안심하라."

생이 칭사불감(稱謝不堪)하고 이에 국사를 문답할새 공이 이미 뜻이 기울었는지라. 이에 다시 담론(談論)하여 수작(酬酌)이 이윽하매 공이 비로소 자기의 고위(孤危)한[190] 정(44)리(情理)와 일제(一弟) 조사(早死)하고 일괴(一塊)[191] 있는 소유(所由)[192]를 베퍼[193] 혼사를 간청하여 왈,

"존문(尊門) 가법(家法)은 이미 아는 바나 영실부인(令室婦人)[194]이 의외 죄적(罪謫)하시고 군의 내조를 가음알[195] 이 없다 하니 영존(令尊)이 마땅히 황상께 아뢰고 한문(寒門) 미아(迷兒)[196]로 빈위(賓位)를 허하여 군의 건즐(巾櫛)[197]을[198] 권도(權道)[199]로 받들다가 구부인

---

184 예필한훤(禮畢寒暄): 한훤의 예를 마침. '한훤(寒暄)'은 한훤문(寒暄問)의 약자. 인사말. 날씨의 춥고 더움을 묻는 문안을 의미함.

185 내객(內客): 안손님.

186 황괴(惶愧)하다: 황송하고 부끄럽다.

187 무정지사(無情之事): 성심(誠心)이나 지각(知覺)이 없는 일.

188 소활(疏闊)하다: 꼼꼼하지 못하고 어설프다.

189 자(子): 문어체에서 '그대'를 이르는 말.

190 고위(孤危)하다: 일가친척이 없는 홀몸으로 외롭고 위태하다.

191 일괴(一塊): 일괴육(一塊肉). 겨우 살아남은 하나밖에 없는 자손을 일컫는 말.

192 소유(所由): 까닭.

193 베프다: '베풀다'의 옛말.

194 영실부인(令室婦人): 남의 아내를 높여 이르는 말.

195 가음알다: 주관하다.

196 미아(迷兒): 못난 아이라는 뜻으로, '가아(家兒)'를 달리 이르는 말.

197 건즐(巾櫛): 수건과 빗을 아울러 이르는 말. '건즐을 받들다'는 '남편의 시중을 들다'의 의미임.

198 을: 원문에는 없으나 문맥에 맞추어 보충함.

199 권도(權道): 목적 달성을 위하여 그때그때의 형편에 따라 임기응변으로 일을 처리하는 방도.

이 환가하시는 날 황영(皇英)[200]의 자리를 이어 군의 실중(室中)을 다스림이 양편(兩便)[201] 치 않으랴."

사인이 대왈,

"존교가 지당하시나 위에 부모가 계시오니 생의 임의(任意) 아니라. 깊이 사랑하시는 성덕(盛德)을 저버릴까 하나이다."

공이 침사(沈思)[202] 유유(唯唯)[203]에 다시 말 아니 하(45)고 다시 국사를 일러 이윽하매 공이 주찬(酒饌)을 내와 생을 대접하더니 석양에 생이 하직고 돌아가니, 공이 들어와 부인을 대하여 몽사를 이르고 또 현자와 문답함을 이르고 왈,

"이는 천연(天緣)이라 가히 마지못할 것이요, 비록 구혼코자 하나 상명(上命)을 인증(引證)하여 물리치리니 장차 어찌하리오. 부인이 마땅히 주선하여 낭랑(娘娘)께 뵈옵고 사혼(賜婚) 은명(恩命)[204]을 얻고자 하나이다."

조부인은 조황후의 필제(畢弟)[205]라. 대왈,

"어렵지 아니하되 현가에 절색(絶色)이 많다 하니 여아가 들어가매 섞이지 못할까 하나이다."

공이 소왈,

(46)"부인은 염려 말라. 아녀가 색이 부족하나 사덕(四德)이 숙진(熟盡)하고 복록완전지상(福祿完全之相)이니 어찌 절염(絶艶)을 이르며, 망제(亡弟)의 유명(遺命)이 명명(明明)하니 어찌 그름이 있으리오. 호의(狐擬)[206]치 말고 도모하소서."

부인이 응낙고 입궐하매 조후가 인견(引見)하사 좌를 가까이 주시고 왈,

"경의 가부(家夫)가 궐내 출입을 심히 막더니 하유사(何由事)로 들어오뇨?"

부인이 염용(斂容) 주왈,

---

200 황영(皇英): 아황(娥皇)과 여영(女英). 두 사람 모두 요임금의 딸로 함께 순임금의 아내가 되어 매우 사이좋게 지냈음. 아황은 상군(湘君), 여영은 상부인(湘夫人)이 되었다고 함.

201 양편(兩便): 두 쪽 다 원만하고 편함.

202 침사(沈思): 조용히 정신을 모아서 깊이 생각함.

203 유유(唯唯): 주로 문어에서, 시키는 대로 하겠다고 공손히 대답하는 소리. 시키는 대로 순종함.

204 은명(恩命): 임금이 내리는 명령 가운데 관리를 임명하거나 죄를 용서하는 따위의 은혜로운 명령.

205 필제(畢弟): 막내아우.

206 호의(狐擬): 지나치게 의심함. 여우가 의심이 많다는 데서 유래함.

"낭랑이 일찍 『사기(史記)』를 피람(披覽)[207]하여 계실지라. 마황후(馬皇后)[208]가 공검절차(恭儉切磋)[209]하여 대의를 으뜸하고 사정(私情)을 존절(撙節)하사[210] 상총(上寵)과 은혜 구족(九族)에 밎지 아니하므로 마씨 종족이 (47)평안함을 얻삽고, 당적(唐賊) 양씨(楊氏)[211]는 국권을 껴 개열토지(皆列土地)[212]하여 임의로 천자(擅恣)하더니 마침내 어양(漁陽)의 한 북소리[213]에 양가(楊家) 구족이 다 길에 밟혀 죽었사오니, 양비(楊妃)의 부용여면류여미(芙蓉如面柳如眉)[214]로 마외역(馬嵬驛)[215]에 혼이 날고 육군(六軍)의 끄는 주검이 교하(橋下)에 버렸사오니 두렵지 아니하니잇가? 낭랑은 호연(浩然)하신 성덕이 마등(馬鄧)[216]과 상우(相偶)하시니 신이 어찌 지엄 궁중에 자로[217] 출입하여 낭랑 성덕을 상해오리잇고? 가부가 매양 한 고사(故事)로 경계하오니 신이 감히 사정을 발뵈지[218] 못함이니이다."

낭랑(娘娘)이 소왈(笑曰),

(48)"아이[219] 능언(能言)하니 실로 변사(辯士)라 하리로다."

드대어 소작(小酌)[220]을 열어 관대(款待)[221]하시고 말씀하실새 부인이 주왈(奏曰),

---

207 피람(披覽): 책이나 문서 따위를 펼쳐 봄.

208 마황후(馬皇后): 복파장군 마원의 딸로 후한 명제의 황후가 됨. 인자하고 후덕하였다고 함.

209 공검절차(恭儉切磋): '공검(恭儉)하다'는 공손하고 검소하다. '절차(切磋)하다'는 학문과 덕행을 닦다. 옥이나 돌을 갈고 닦는다는 뜻에서 나온 말이다.

210 존절(撙節)하다: 알맞게 절제하다.

211 양씨(楊氏): 양귀비(楊貴妃).

212 개열토지(皆列土地): 백거이(白居易)의 <장한가(長恨歌)>에 '姉妹弟兄皆列土(자매제형개열토) 자매형제 모두에게 영지를 내리다.'라는 구절이 나옴.

213 어양(漁陽)의 한 북소리: 백거이(白居易)의 <장한가(長恨歌)>에 '漁陽鼙鼓動地來(어양고고동지래) 어양 땅을 울리는 북소리 진동하여 들려오니'라는 구절이 나옴.

214 부용여면류여미(芙蓉如面柳如眉): 백거이(白居易)의 <장한가(長恨歌)>에 '芙蓉如面柳如眉(부용여면류여미) 연꽃은 얼굴 같고 버들은 눈썹 같다.'라는 구절이 나옴.

215 마외역(馬嵬驛): 안녹산(安祿山)이 반란을 일으켰을 때 양귀비가 현종과 함께 피난가다가 죽은 곳.

216 마등(馬鄧): 후한(後漢)때 명제(明帝)의 마황후(馬皇后)와 화제(和帝)의 등황후(鄧皇后). 둘 다 현명함으로 이름 높은 황후임.

217 자로: 자주.

218 발뵈다: '발보이다'의 준말. 겉으로 드러내 보이다.

219 아이: 아우.

220 소작(小酌): 조촐하게 차린 술자리.

221 관대(款待): 친절히 대하거나 정성껏 대접함. 또는 그런 대접.

"낭랑께 질녀의 소유(所由)[222]를 아뢰려 하오니 들으시리잇가?"

낭랑이 문기고(問其故)하시니 부인이 주왈,

"낭랑께 질녀의 소유 아뢰려 하옴은 타사(他事)가 아니오라 각로(閣老)의 몽사(夢事)가 여차여차(如此如此)하옵고 현자(玄子)의 소답(所答)이 여차하오니, 천연(天緣)이라 사혼지(賜婚旨)[223]를 청하나니다."

낭랑이 침음(沈吟) 왈,

"이 또 양가(兩家)의 호사(好事)라. 실로 어렵지 아니하되 희성은 황상(皇上)의 손(孫)이요, 기처(其妻) 구씨 색덕(色德)이 겸비(兼備)한 숙완(淑婉)[224]으로 횡액(橫厄)에 적(49)거(謫居)하나 조만(早晚)에 환쇄(還刷)[225]하리니, 취실(娶室)함을 허치 아니실지라. 모르거니와 정녀(女)가[226] 색덕(色德)이 갖춤이[227] 있으랴?"

부인이 배수(拜手) 왈,

"여아가 색(色)에 멀다 할 것이로되 덕(德)이 가작하오니 성녀의 자리를 이을지라. 낭랑이 사혼하신즉 성은을 욕(辱)지 아니리이다."

낭랑이 소왈,

"현저(賢姐)가 나를 속이지 아니리니 마땅히 황상께 고하리라."

부인이 깃거 사은(謝恩)하더라. 종일(終日) 한담(閑談)하여 퇴조하려 하더니 낭랑이 권유하시고 상의(上意)[228]를 알고자 별전에 쉬더라. 상이 정궁에 들르시니 낭랑이 정녀의 현숙함을 아뢰(50)고 은명(恩命)을 청하니 상이 조후(后)를 심히 은애(恩愛)하시므로 허락하시니 낭랑이 깃거 조부인다려 이르시니 부인이 사은(謝恩)하고 인하여 부중(府中)에 돌아오니 이미 은지(恩旨) 나렸더라.

상이 제왕 부자를 인견(引見)하사 정각로 질녀와 결친(結親)[229]하라 하시니, 제왕은 철

---

222 소유(所由): 사연(事緣).

223 사혼지(賜婚旨): 사혼은지(賜婚恩旨). 혼인을 하사하는 임금의 뜻.

224 숙완(淑婉): 아름답고 상냥함.

225 환쇄(還刷): 쇄환(刷還). 사람을 데리고 돌아옴.

226 정녀(女)가: 정녀는 좌각로 정숙의 조카이자 정윤의 딸 완혜. 원문에는 '경녜'로 되어 있음.

227 갖추다: 갖다. 원문에는 '가ᄌᆞ미'로 되어 있음.

228 상의(上意): 임금의 뜻이나 의사.

229 결친(結親): 사돈 관계를 맺음.

인(哲人)이라, 식부(息婦)[230]의 환귀(還歸)함이 수년은 즈음할[231] 것이요, 아자(兒子)가 봉친지절(奉親之節)과 대객수응(待客酬應)[232]에 가모(家母)가 일시(一時) 없지 못할지라. 또 정가 규수의 향명(香名)이 자자하고 상명(上命)이 계신 고로 숙사(熟思)하나 사인(舍人)[233]이 놀라 사양하되 성의(聖儀) 불윤(不允)하시고 엄명(嚴命)이 고집(固執)(51)을 책하시니 마지못하나 말이 없더라. 정공이 사혼은지(賜婚恩旨)를 받자오매 대희하여 택일하여 보(報)하니 길기 수순(數旬)이 격(隔)하였는지라. 현·정 양가에서 길신(吉辰)[234]을 대후(待候)[235]하여 장차 성례(成禮)하려 하더니 구소저 배행(陪行)한 차관(差官)이 이르러 일가(一家)에 서간을 올리오니 문득 구씨의 봉변실리(逢變失離)[236]한 서간이라. 모르는 자는 놀람을 마지아니하되 친구부모(親舅父母)는 동(動)치 아니하더라.

시(時)에 설매 요인(妖人)이 간부(姦夫) 양의를 촉(促)하여 구소저를 해하나 오히려 죽이지 않음을 분하여 천금을 (52)흩어 무뢰협객(無賴俠客)[237]을 사괴어 적소(謫所)에 보내어 무인반야(無人半夜)에 탈취케 하니 우화가 급히 구씨 행도(行道)를 따라 가더니 협순(浹旬)[238]에 돌아와 구소저를 죽여 멸적(滅敵)하였노라 하니 요녀가 대희하여 사례하고 간부로 음락(淫樂)하더니, 문득 정각로의 질녀가 현사인의 재실(再室)로 길기 가까움을 들으니 제게 간섭지 아니하되 매양 절치교아(切齒咬牙)[239] 왈,

“정녀가 어떤 우물(尤物)[240]이완대 감히 구씨의 자리에 앉고자 하는고. 마땅히 정녀의 용색(容色)이 날도곤 승(勝)함이 있거든 애란처럼 죽이고, 나(53)만 못하거든 아직 머물렀다가 그 위인을 보아 처치하리라.”

하고 우화를 보내어 살펴보니 용색이 불미(不美)하다 하는지라. 이러므로 해할 의사

---

230 식부(息婦): 며느리.

231 즈음하다: 특정한 때에 다다르거나 그러한 때를 맞다.

232 대객수응(待客酬應): 손님을 대접하고 요구에 응함.

233 사인(舍人): 현희성을 가리킴.

234 길신(吉辰): 길일(吉日).

235 대후(待候): 어떤 것을 준비하고 웃어른의 명령을 기다림.

236 봉변실리(逢變失離): 뜻밖의 변이나 망신스러운 일을 당하고 이별함.

237 무뢰협객(無賴俠客): 성품이 막되어 예의와 염치를 모르며 함부로 행동하는 협객. 원문에는 ‘물외협긱’으로 되어 있음.

238 협순(浹旬): 열흘 동안.

239 절치교아(切齒咬牙): 교아절치(咬牙切齒). 몹시 분하여 이를 갊.

240 우물(尤物): 얼굴이 잘생긴 여자.

를 멈추니라.

차설. 선시(先時)에 구소저가 낙미지액(落眉之厄)[241]을 만나 친당구가(親堂舅家)를 이별하고 유아적자(乳兒赤子)를 던지고 규리금련(閨裏金蓮)[242]이 고원(故園)[243]을 하직하니 이슬지회(離膝之懷)[244] 장차 어떠하리오마는 품수(稟受)한 바가 삼척미명(三尺微命)[245]이나 뜻 잡음이 천지(天地)의 규량(規量)과 강해(江海)의 웅심(雄心)을 가졌는지라. 설설(屑屑)히[246] 슬퍼하며 소소히 수우(愁憂)함[247]이 없어 음식이 이르면 먹고 밤이 오(54)면 자기를 편히 하니 기색이 유정유일(惟精惟一)[248]하여 아무 근심 없는 듯하니 희영이 항복함을 마지아니하고 유랑, 시녀가 깃거하더라.

구소저가 일로(一路)에 무사히 행(行)하여 순여(旬餘) 일에 적소(謫所)에 이르니 원래 현상부 고택은 비록 산동(山東)이나 촌명(村名)이 다르고 상거(相距)가 같지 않아 삼십여 리 정도니 본관 태수 제공은 사간(司諫)[249] 현정린의 부인 제남(弟男)[250]이니 본디 현씨 제공으로 인친지의(姻親之誼)[251] 있고 위인이 현명정직(賢明正直)하더라. 평제왕의 자부(子婦)며 평진왕의 여아며 현사인의 부인이요 천자의 손부(孫婦)라 (55)어찌 범연하리오. 큰집을 서릇어[252] 하처(下處)[253]하게 하고 기완즙물(器玩什物)[254]을 정제하여 태수 부인 말씀으로 전어(傳語)하여 대접이 관곡(款曲)하며[255] 태수가 친히 문하(門下)에 나아가 문안하니 소저가 대

---

241 낙미지액(落眉之厄): 눈썹에 떨어진 액이란 뜻으로 뜻밖의 다급한 재앙을 말함.

242 규리금련(閨裏金蓮): 규방 속의 아름다운 발. 규리는 규방 안을 말하며 금련은 금으로 만든 연꽃이라는 뜻으로, 미인의 예쁜 걸음걸이를 비유적으로 이르는 말.

243 고원(故園): 고향.

244 이슬지회(離膝之懷): 이별한 마음.

245 삼천미명(三尺微命): 삼척의 작고 보잘 것 없는 몸.

246 설설(屑屑)히: 구구하게.

247 수우(愁憂)하다: 걱정스럽고 근심스럽다.

248 유정유일(惟精惟一): (사람의 마음을) 집중하여 통일함. 인심(人心)은 위태하고 도심(道心)은 희미한 것이므로 마음을 올곧게 집중해서 잘 잡아야 한다는 데서 나온 말. 『서경(書經)』「대우모(大禹謨)」.

249 사간(司諫): 사간원에 속한 종삼품 벼슬.

250 제남(弟男): 남동생.

251 인친지의(姻親之誼): 사돈으로서 친밀한 정.

252 서릇다: 좋지 아니한 것을 쓸어 치우다. 원문에는 '셔르져'로 되어 있음.

253 하처(下處): 손님이 길을 가다가 묵음. 또는 묵고 있는 그 집.

254 기완즙물(器玩什物): 기완집물. 도자기 등의 방안 장식물과 살림살이를 위한 기구들.

255 관곡(款曲)하다: 매우 정답고 친절하다.

경불안(大驚不安)하여 희영으로 전어하여 군이 사양하니 태수가 현씨 제공으로 면분(面分)[256]이 익으나 희영은 초면이라 표치풍광(標致風光)[257]을 사랑하며 구소저의 적행(謫行)을 치위(致慰)[258]하니 희영이 공수사례(拱手謝禮)[259]하더라. 태수가 구소저의 번화(繁華)를 사양함을 더욱 공경하나 그 뜻을 받아 사오 간(間) 초실(草室)을 정하여 일행을 안(56)둔(安屯)하니 소저는 유랑, 시비를 거느려 안에 거하고 희영은 가정장노(家丁長奴)를 거느려 외실에 머물더라. 공자가 하직고 돌아가려 하매 소저가 친당구가 존당부모께 상서(上書)하여 무사안거(無事安居)함을 고하고 세월을 보내더니 이러구러 수순(數旬)이 지났는지라.

일일은 신기(身氣) 불평하여 석식을 물리치고 안침(安枕)에 비겼더니[260] 사몽비몽(似夢非夢) 간에 공중에서 불러 왈,

"부인아, 급화(急禍)가 당전(當前)하였으니 빨리 피하라."

하거늘 놀라 깨달으니 침상일몽(枕上一夢)이요, 한출첨배(汗出沾背)[261]라. 심중에 대구(大懼)하더니 익일 평명(平明)[262]에 (57)현생이 들어와 문침(問寢)[263]하거늘 구부인이 가까이 좌(坐)를 청하고 야간몽사(夜間夢事)를 이르고 왈,

"허탄한 몽사를 취신(取信)할 것은 아니나 금차(今次) 적행이 묘맥(苗脈)이 있거늘 어찌 그만하리오. 이미 변을 알고는 앉아 당하면 우물(愚物)[264]이라. 공자는 탈신지계(脫身之計)를 미리 방비하사이다."

생이 놀라 대왈,

"마땅히 존명대로 하오니리니 피화(避禍)하실 도리를 이르소서."

부인 왈,

"아직 번거하니 조용히 의논하사이다."

생이 지필(紙筆)을 취하여 '피화하시는 밤에 남의(男衣)를 개착하고 협실에 몸을 감추

---

256 면분(面分): 얼굴이나 알 정도로 사귄 교분.

257 표치풍광(標致風光): 수려하거나 아름다운 사람의 용모와 풍채.

258 치위(致慰): 위로의 말을 전함.

259 공수사례(拱手謝禮): 두 손을 앞으로 모아 포개어 잡고 상대에게 고마운 뜻을 나타냄.

260 비기다: 비스듬하게 기대다.

261 한출첨배(汗出沾背): 부끄럽거나 무서워 땀이 솟아 등까지 흠뻑 젖는 것.

262 평명(平明): 날이 밝음. 해가 뜨는 시각. 또는 해가 돋아 밝아질 때를 말함.

263 문침(問寢): 아침, 저녁으로 잠자리 안부를 묻는 일.

264 우물(愚物): 어리석은 사람을 낮잡아 이르는 말.

소(58)서.' 하니 부인이 또한 답하되, '명(命)대로 하여 고택으로 가 은신하사이다.' 피차가 의논을 정하매 생은 외당에 나와 심복 서동과 건장한 노자를 뽑아[265] 약속을 정하고 소저는 홍파 모녀와 은취 등 오인(五人)으로 더불어 남의를 개착(改着)하고 협실에 있어 남녀 노복을 다 약속하여 피(避)케 하니라.

이때 우화 요니 수십 명 무뢰배를 모아 금백(金帛)을 주고 소유(所由)[266]를 이르며 구소저 일행의 재물이 많고 절색이 많으니 마땅히 나아가 겁탈하라 하니 제적(諸賊)이 만구(59)응순(萬口應順)하고 일행을 따라 기계(器械)[267]를 갖추어 근처 산곡(山谷)에 숨어 어둡기를 기다려 작변(作變)하려 할새 우화가 황혼을 타 변하여 창승(蒼蠅)이 되어 문구멍으로[268] 들어가 살피니 부인이 금리(衾裏)[269]에 말리어 호흡(呼吸)이 고요하고 잔촉(殘燭)[270]이 명미(冥微)한데 시녀 등이 좌우로 누우며 앉았고 아무리 살펴보나 각별 아무 동정이 없거늘 우화가 심리(心裏)에 암희(暗喜)하여 도로 나와 유황(硫黃) 염초(焰硝)[271]를 가져 집 기슭에 틈틈이 끼이고 가만히 날아나와 적류(敵類)를 보고 수말(首末)을 전하고 밤들기를 기다려 우화가 또 은신하여 (60)들어가 집 기슭에 두어 곳 불을 놓으니 저근덧 사이에 화세(火勢) 열렬(烈烈)하여 연염(煙焰)[272]이 창천(漲天)하며[273] 제적이 일시에 고함하고 달아드니 제인이 대경하여 수미(首尾)를 돌아보지 못하고 각각 목숨을 도망하니 또 어찌 부인과 유랑 등의 사생을 알리오. 적류가 바로 당전(堂前)하여 돌입고자 하더니 문득 밖으로조차 고성이 일어나며 십여 인 장확(臧獲)[274]이 창도(槍刀)를 들어 살퇴하며 현생이 또한 대도(大刀)를 빗겨 정성대매(正聲大罵)[275] 왈,

"이 행차는 범연한 행차가 아니라 천승국군(千乘國君)의 여(女)와 (61)부(婦)이니 여등(汝等) 산림 초적(草賊)이 방자히 작란(作亂)하거니와 밝는 날 반드시 본관에서 추포(追捕)

---

265 뽑다: '쌛다'는 '뽑다'의 옛말. 원문에는 '쌛'로 되어 있음.

266 소유(所由): '까닭' 혹은 '사연(事緣)'.

267 기계(器械): 연장, 연모, 그릇, 기구 따위를 통틀어 이르는 말.

268 문구멍으로: 원문에는 '문굼그로'로 되어 있음.

269 금리(衾裏): 이불 속.

270 잔촉(殘燭): 새벽녘까지 남아 있는 촛불. 다 타서 거의 꺼져 가는 촛불.

271 염초(焰硝): 화약.

272 연염(煙焰): 연기와 불꽃. 연기 속에서 타오르는 불길.

273 창천(漲天)하다: 하늘에 퍼져 가득하다.

274 장확(臧獲): 장획. 남녀 하인.

275 정성대매(正聲大罵): 바른 목소리로 크게 꾸짖음.

하는 위엄은 이르지 말고 만승천자(萬乘天子)의 위엄과 제(齊)·진(晉) 양국(兩國) 기세로써 천하에 행이(行移)[276]하매 너희 초적을 잡지 못할까 여기느냐?"

설파에 좌우를 지휘하여 제적을 휘각(揮却)하니 이 무리는 본디 적당이 아니라 기한(飢寒)을 이기지 못하여 재물을 사랑하는 오합지졸이라. 저희 공을 이루지 못하면 재물을 아일까[277] 하여 감히 가까이 나아가지 못하고 한갓 어즈러이 덤벙여 아우성 소리뿐이라. 곁방에서 자던 차(62)환(叉鬟)의 무리 자던 눈을 빗씻고[278] 보며 전경(戰警)[279]하여 요란히 부르짖어 부인 노주(奴主)의 피화(避禍)함을 웨지지는 사이에 화세(火勢) 열렬(烈烈)하고 연염(煙焰)이 창천(漲天)하여 사오간(四五間) 초실(草室)이 잠깐 사이에 엎더져 재 되니 제녀가 돈족(頓足)[280] 호통하여 부인이 반드시 화중(火中) 경사(剄死)[281]하다 하니 제적이 이미 여러 가정(家丁)으로 결전(決戰)하여 예기(銳氣) 최찰하니[282] 감히 재물 앗을 뜻을 두지 못하고 집이 이미 소화(燒火)하니 부인 노주가 이미 화중몰사(火中沒死)하다 하매 처음 계교가 그릇되었는지라. 도로혀 하나나 잡힐까 두려 일시에 흩어져 달아나니 (63)현생이 다시 따르지 아니하고 제복(諸僕)을 하령(下令)하여 불을 구할 따름이러라. 우화가 공중에서 동정을 살피고 십분 의혹하여 헤오되, '구씨는 설사 백희(伯姬)[283]의 고집을 가져 불에 들어 죽다 하려니와 그리 많은 노복조차 저리 화소(火燒)[284]하리오. 반드시 간계 있는가 싶거니와 나와 원수가 없으니 구태여 해하여 무엇하리오. 경사(京師)에 가 설랑에게 의심될 말을 하면 응당 괴로이 보채어 부디 없이하라 할 것이니 차라리 진적(眞的)히[285] 죽음을 일러 괴로이 보챔을 면하리라.' 하고 드대어 제적을 보지 (64)아니하고 경사로 돌아가니라.

---

276 행이(行移): 관청에서 문서를 발송하여 조회(照會)함.

277 아이다: 빼앗기다.

278 빗씻다: 비벼 씻다.

279 전경(戰警): 두렵고 놀람.

280 돈족(頓足): 발을 구름.

281 경사(剄死): 스스로 목을 찔러 죽음.

282 최찰하다: 최절(摧折)하다. 좌절하다. 마음이나 기운이 꺾이다.

283 백희(伯姬): 춘추 시대 노나라 선공(宣公)의 딸이며 송나라 공공(共公)의 부인. 공공(共公)이 죽은 후 절개를 지키며 수절함. 노양공(魯襄公) 삼십 년에 송나라 궁전에 불이 났을 때 좌우에서 피하라 권하였으나 백희는 부인이 밤에 보모(保姆) 없이는 당에서 내리지 않는다며 불을 피하지 않고 죽음.

284 화소(火燒): 원문에는 '희소'로 되어 있음.

285 진적(眞的)히: 참되고 틀림없이.

이러구러 날이 밝으니 현생이 본관에 고장(告狀)[286]하여 도적 추포(追捕)하기를 고하고 부인의 거처 없음을 고하니 태수가 대경차악(大驚嗟愕)하여 급히 관군을 발하여 적정(賊情)[287]을 심방(尋訪)하나 종시(終是) 찾지 못하고 하릴없어 구부인 봉변(逢變)한 소식을 경사에 보(報)하니라.

저동궁(苧洞宮) 지밀(至密) 서상궁(徐尙宮) 유순 글씨.

---

286 고장(告狀): 청원(請願)할 일이 있어 관청에 내는 서면. 또는 청원하는 서면을 내는 행위.

287 적정(賊情): 도적 내부의 사정이나 형편.

권지이십

(1)시시(是時)에 현생이 태수를 보고 이르되,

"구부인 거처를 알지 못하고 무단히 돌아가 부왕께 뵈올 뜻이 나지 아닛난지라. 고향이 멀지 아니하니 이에 가 머물다가 거처를 찾은 후 바야흐로 돌아감이 옳다."

하니 태수가 또한 그러히 여기더라. 현생이 하직고 넌지시 경파의 집에 가 부인 노주(奴主)로 더불어 향중고택(鄕中古宅)에 이르러 노복을 불러 가만히 부인이 피화(避禍)함을 이르고 각별 유벽(幽僻)한 당사(堂舍)를 가리어 부인 노주 오 인을 안둔(安屯)하니 부인 노주가 현생의 근신주밀(謹愼周密)[1]함을 탄복하더라. 이에 머물매 처소가 유아(幽雅)[2](2)하고 비복이 정성을 다하고 현생이 또한 받듦이 극진하니 소저 노주가 일신이 안여평석(安如平昔)[3]하더라.

어시(於是)에 경사(京師)[4] 제왕궁에서 일월이 신속하여 사인의 신취(新娶) 길기(吉期) 임박(臨迫)하여, 양가의 혼구(婚具)를 성비(盛備)하여 길일에 사인이 정소저를 백량우귀(百兩

---

1 근신주밀(謹愼周密): 말이나 행동이 신중하고 꼼꼼함.

2 유아(幽雅): 그윽하고 우아함.

3 안여평석(安如平昔): 편안하기가 평소와 같음.

4 경사(京師): 서울.

于歸)[5]할새 허다 위의를 거느려 정부에 나아가 전안행례(奠雁行禮)하고 각로 부부께 뵈오니, 각로 부부가 애중함이 비길 데 없고 망제(亡弟) 부부를 생각고 추연탄식(惆然歎息)하더라. 일모객산(日暮客散)[6]하매 차야(此夜)에 공자 훈이 신랑을 인도하여 신방에 이르니 방중 별인 것이 염결소아(廉潔小雅)[7]하더라. 석상(夕床)[8]을 올리(3)매 훈이 웃고 가로되,

"존형(尊兄)이 천승(千乘) 귀공자로 고량진미(膏粱珍味)를 염어(厭飫)[9]하시리니 어찌 이런 초초(草草)[10] 빈한(貧寒)한 미찬(微餐)이 구미에 합당하리잇고마는 허물치 말고 진음(盡飮)하소서."

사인이 청파에 소아(小兒)의 말이 용속(庸俗)지 아님을 기특히 여겨 미소 왈,

"내 비록 천승지자(千乘之子)나 고량진미를 취치 아니하나니 너 소아가 노형을 기롱하는다?"

공자가 소왈,

"옛말에 일렀으되 십년장즉형사지(十年長則兄事之)[11]라 하니 존형이 불과 소제의 팔년장(八年長)이어늘 그대도록 노쇠(老衰)하여 노형 참례(僭禮)[12]토록 하리잇가? 소제는 오직 저부(姐夫)로 존경함이요 연치(年齒)로 대접함이 아니로소이다."

사인(4)이 우소왈(又笑曰),

"소아가 가히 범람(氾濫)[13]하도다. 팔년이 장이나 아모커나 견수(肩隨)할[14] 법이 있느냐 없느냐?"

공자가 소왈,

"이러나저러나 아해 어른을 겨루리잇가? 어서 하저(下箸)[15]나 하소서."

---

5 백량우귀(百兩于歸): 백 대의 수레로 신부를 맞이함. '량(兩)'은 '수레 량(輛)'의 뜻임. 『시경(詩經)』「소남(召南)」<작소(鵲巢)>.

6 일모객산(日暮客散): 날이 저물어 손님들이 흩어져 감.

7 염결소아(廉潔小雅): 정갈하고 아담함.

8 석상(夕床): 저녁 상.

9 염어(厭飫): 너무 먹어서 싫증날 정도임.

10 초초(草草): 제대로 갖추지 못하여 초라함.

11 십년장즉형사지(十年長則兄事之): 열 살이 많으면 형으로 모신다.

12 참례(僭禮): 분수에 맞지 않는 지나친 예의.

13 범람(氾濫): 분수에 넘침.

14 견수(肩隨)하다: 윗사람과 함께 걸어갈 때 예를 갖추는 의미에서 약간 뒤떨어져 따라가다.

15 하저(下箸): 젓가락을 댄다는 뜻으로, 음식을 먹음을 이름.

언파에 제 상(床)을 나호여 먹으니 사인이 역소(亦笑)하고 기개(器蓋)를 열어 진반(進飯)하기를 맟고 상을 물리매, 문득 촉을 밝히고 정공이 여아의 옥수를 이끌어 곁에 앉히고 생의 앉기를 청하니, 생이 소저를 맞아 동서분좌(東西分坐)하매 공이 군이 청하여 좌우로 앉히고 추연(惆然) 왈,

"노인이 팔자가 궁박하여 상선부모(上仙父母)[16]하고 무타종족(無他宗族)하니 다만 형제 상의(相依)러니 불행하여 아[17]의 부(5)부(夫婦)가 조사(早死)하고 다만 차아(此兒)를 두고 돌아가니 내게 또한 훈아 일 인이라. 남녀간 골육(骨肉)[18]이 희소하거늘 여아가 조별부모(早別父母)하고 노부를 의탁하는 정사(情私)[19]가 자못 애련한지라 우리 사랑함을 훈아에 더어,[20] 비록 용모가 불미하나 부디 옥인군자(玉人君子)를 가리어 저의 종신(終身)을 쾌히 하고 망제(亡弟)의 유명(遺命)을 저버리지 아닐까 하였더니 천연(天緣)이 기구하여 현서(賢壻) 같은 대군자를 맞으니 이는 노인의 과망(過望)이라. 오늘날 무모고아(無母孤兒)를 길러 문미(門楣)[21] 높은 대가의 옥인군자를 의탁하니 평생 무한(無恨)이로되 다만 저희 부모가 알지 못함을 슬퍼하나니 불민(不敏)한 아해 고(6)혈무친(孤孑無親)하여 소학(所學)이 불초(不肖)하나 현서는 유신유덕(有信有德)하여 백년을 저버리지 아니한즉 저의 부모가 구천지하(九天地下)에서 어찌 결초(結草)[22]하기를 생각지 아니하며 노부가 또한 군자의 활은대혜(活恩大惠)를 어찌 잊으리오."

설파(說罷)에 상연타루(傷然墮淚)[23]하니 소저가 또한 아미(蛾眉)를 숙여 홍수(洪袖)를 낮추고 못 듣는 듯하나 쌍안(雙眼)에 애루(哀淚)가 어리었고, 사인은 군자라 정공의 비사고어(悲辭苦語)를 들으매 크게 감동하여 안색을 고치고 배사 왈,

"소신이 설사 무신 불초하오나 합하(閤下)의 지우(知遇)를 저버리며 실인(室人)[24]의 고위(孤危)한 정사를 가석(可惜)지 아니리잇고. 영질(令姪)이 삼가 부도(婦道)를 숙진(熟盡)하

16 상선부모(上仙父母): 부모님이 돌아가심. '상선(上仙)'은 귀한 사람의 죽음을 높여 이르는 말.

17 아: 아우.

18 골육(骨肉): 가까운 혈족. 골육지친(骨肉之親).

19 정사(情私): 친족 사이의 사사로운 정.

20 더으다: 더하다.

21 문미(門楣): 문의 위에 가로 댄 나무. 차양. '문미 높다'는 문벌이 대단한 집안이라는 뜻.

22 결초(結草): 결초보은(結草報恩). 죽어 혼령이 되어도 은혜를 잊지 않고 갚음.

23 상연타루(傷然墮淚): 마음 아파하며 눈물을 흘림.

24 실인(室人): 자기의 아내를 일컫는 말.

고[25] 윤상(倫常)에 (7)득죄함이 없은즉 비록 무염(無鹽)[26]에 더은 박색(薄色)이라도 저버리지 아니하오려니와 서자왕장지색(西子王嬙之色)[27]이 있어도 부도를 잃은즉 군부(君父)의 명이라도 윤기(倫紀)를 차리기 어려울까 하나이다."

각로가 사왈(謝曰),

"불초아가 요행 내훈(內訓)을 유도(有道)[28]하여 고자숙녀(古者淑女)의 성덕을 흠모하나니 군이 색용의 불미함을 나무라 하면 모르거니와 부도의 진선함은 거의 성문(聖門)에 득죄치 아닐까 하노라."

사인이 소이 대왈,

"연즉 근수교의(謹守教義)리이다."

각로가 칭사하고 드대어 아자의 손을 이끌어 나아가니 사인이 몸을 일어 정공을 보내고 좌에 나아가 바야흐로 추파를 들어 신부를 (8)보니 비록 절세요나(絶世嫋娜)[29]한 경국지색(傾國之色)은 아니나 양미(兩眉) 사이에 유화(宥和)한 골격이 상랑(爽朗)[30]하여 춘일(春日)이 영요(榮曜)하고 춘송(春松)이 화무(華茂)한지라.[31] 용색이야 부족한들 어찌하리오. 야심하매 양인이 취금숙침(就衾熟寢)하고 명조에 각로 부부께 문안하니 부부가 새로이 귀애하더라. 생이 조식(朝食)을 하저(下箸)하고 하직고 본부에 돌아와 존당 부모께 문안하니 육부인이 문득 내달아 이르되,

"신부가 용색이 어떠하더냐? 절색은 못 되어도 날만이나 하더냐?"

설파에 좌우 제인이 묵연하고 사인이 화평히 대왈,

"어찌 감히 자손이 되어 (9)조모의 존안을 비겨 하자(瑕疵)하리잇가? 다만 예사 인물이러이다."

부인이 갑갑하여 사인의 소매를 잡고 이르되,

---

25 숙진(熟盡)하다: 익숙하게 다하다. 원문에는 '슉진'으로 되어 있으나 문맥에 맞추어 '숙진하고'로 고침.

26 무염(無鹽): 중국 춘추 시대 제나라 무염에 살았다는 전설적인 추녀 종리춘(鍾離春)을 이름.

27 서자왕장지색(西子王嬙之色): 서시나 왕소군처럼 유명한 미인의 아름다움. 서자는 중국 월나라의 미인 서시(西施)를 말하고, 왕장은 한나라의 미인 왕소군(王昭君)을 말함.

28 유도(有道): 도덕을 몸에 갖추고 있음.

29 절세요나(絶世嫋娜): 한 시대에 으뜸가는 아리따운 모습.

30 상랑(爽朗): 시원하고 맑음.

31 춘일(春日)이 영요(榮曜)하고 춘송(春松)이 화무(華茂)한지라: 봄날 해가 빛나고 소나무가 화사한지라. 중국 조식(曹植, 192~232)의 〈낙신부(洛神賦)〉에 낙수의 신을 표현한 부분 중에 '영요추국 화무춘송(榮曜秋菊 華茂春松)(빛나기는 가을 국화요, 화사함은 봄 소나무네.)'라는 부분이 있음.

"네 나를 흉보면 그르다 하려니와 바른말 하여든 관계(關係)하랴."

생이 민망하여 대왈,

"소손은 그 밖 더 아뢸 것이 없사오니 명일이 멀지 않았으니 보시면 소손의 말씀이 허언이 아님을 아시리이다."

좌우(左右)가 다만 들을 뿐이요 교혜 등이 있더니 교혜는 본디 경도(輕倒)[32]한지라 육부인의 거동을 보매 우습기를 참지 못하여 미미히 함소하고 왈,

"조모가 아무리 물으셔도 거거(哥哥)는 바른말을 아니 하오리니 어제 혼가(婚家)에 왕반(往返)하던 시녀배(侍女輩)다려 묻지 아(10)니시나니잇고?"

부인이 깨달아 허허 웃고 이르되,

"교아는 살가운 아해로다. 노모의 안전(案前) 소차환(小叉鬟) 봉년이 영리하여 말 옮기기를 잘하니 이제 불러 물어보자."

하고 봉년을 불러 물어 가로되,

"정소저가 진실로 어떠하며 눌과 같더뇨? 조부인과 날과 비기매 어떠하뇨?"

봉년이 소이(笑而) 대왈,

"소비 옳은 대로 아뢰고자 하오나 부인이 죄 주실까 저어[33] 못하나니다."

육씨 착급(着急)[34]하여 연망(連忙)히[35] 맹세하여 왈,

"네 아무리 일러도 네 말을 가르면[36] 인면수심(人面獸心) 깨딸괴딸[37]이로다."

봉년이 불과 십일 세 소아라. 부인의 중맹(重盟)을 듣고 불승황공(不勝惶恐)하여 왈,

"과연 정소저가 비록 군주 부인과 소부(11)인 등 제소저와 구부인 성자광휘(聖姿光輝)는 바라지 못하오나 고부인만은 하시고 왕부 조부인도곤 나으시니 더욱 우리 부인은 조부인만도 못하시니 감히 정소저께 미치리잇가?"

육부인이 청파에 자가(自家)를 의빈과 식부(息婦)[38]만 못하다 함을 대로(大怒)하나 이

---

32 경도(輕倒): 성품이 가볍고 사리 분별을 못함.

33 저어: 두려워. '저어하다'는 '두려워하다'.

34 착급(着急): 몹시 급함.

35 연망(連忙)히: 급히.

36 가르다: 옳고 그름을 따지다.

37 깨딸괴딸: '깨딸'은 '개딸(년)' 등의 비속어로 사용되는 말로 '괴딸'과 같이 행실이 나쁘거나 못된 여자를 이르는 말임.

38 식부(息婦): 며느리.

미 맹세를 하였는 고로 불호지색(不好之色)을 두지 못하고 마음에 없이 선웃음 웃으며 이르되,

"아모리면 늙은이를 소년에 비길소냐. 이제 정씨 홍분채장(紅粉彩粧) 가운데 인물이 그만할 양이면 늙으면 날만 아니 더으랴. 나는 소년지시(少年之時)에는 연분 화장을 다스리고 가면 사람들이 침 뱉지 아니터니라마는 젊어서부터 팔자가 좋지 못하여 까다롭고 쓸쓸(12)한 상공을 만나 청년의 박명(薄命)을 즈즐이[39] 겪어 늙기에 미쳤으매 검던 머리 희기에 다다르고 풍화롭던 낯갗이 살찌기에 이르며[40] 희던 낯이 검기에 미쳤으니 서자왕장(西子王嬙)[41] 같은 미색이라도 나처럼 간장을 썩이면 볼 것이 있을까 싶으냐. 나는 점점 연쇠(年衰)하면 죽을 것이니 장래 못 보려니와 여등 소년들은 상하 없이 오래 살 것이니 조씨도 채 늙거든 보고 정씨도 늙거든 보아라. 나에서 뛰어날 것이 없느니라."

하고 겉으로 웃는 체하나 내심은 자못 분분(忿憤)하니 하부인이 소왈,

"육저의 말씀이 정론이라. 사람이 늙은이와 소년이 다르고 모란화가 비록 흐억하나[42] 화엽(花葉)이 떨어지면 (13)황량하여 볼 것이 없으니 꽃이 삼춘(三春)이 진하면 무엇이 빛나며 사람이 쇠하면 무엇이 아름다우리오. 아등은 벌써 반백(半百)을 당하여 지는 꽃 같은지라. 이제 새로이 소년화색을 생각하고 아배(兒輩)로 더불어 투색(鬪色)함이 우습지 아니냐. 연이나 자(子)와 손(孫)은 자기의 후(後)를 잇는 근본이어니와 부(婦)가 남에서 나으면 만행(萬幸)이니 육제는 실없는 객담(客談)을 날회라.[43] 다언(多言)하면 언경(言輕)하기에 및고 언경하면 화기(和氣)를 잃나니 좋은 모꼬지에 아름다운 말씀이 가득하니 그침이 가(可)타."

한대 육부인이 불평하나 본디 하부인을 기탄(忌憚)[44]하는지라. 희희이 선웃음하여 왈,

"어찌 저저(姐姐)의 명을 좇지 아니(14)리오."

하더라.

---

39 즈즐이: 지겹도록. 싫증이 날 정도로 지루하게. 기본형 '즈즐하다'는 '지질하다'의 옛말임.

40 이르며: 원문에는 '니르면'으로 되어 있으나 서강대본을 참고하여 고침.

41 서자왕장(西子王嬙): 중국 고대의 유명한 미녀인 서시(西施)와 왕소군(王昭君).

42 흐억하다: 무르녹다.

43 날회다: '느리게 하다', '삼가다'의 옛말.

44 기탄(忌憚): 어렵게 여기어 꺼림.

이러구러 삼일이 되니 제왕궁 중에 연석을 베풀고 부모, 숙당(叔堂)[45]을 뫼셔 약간 친척을 모아 정소저를 맞아와 보니 정소저가 조율(棗栗)을 받들어 존당구고(尊堂舅姑)께 조율을 헌(獻)하매 만좌가 첨관(瞻觀)하니 정소저가 신장(身長)이 표연(表然)하고 용색이 평평하나 쌍안에 어진 덕과 행동의 유한한 동지(動止)[46] 진짓 숙녀라. 존당구고가 깃거하고 제객의 하성(賀聲)이 여류(如流)하더라.[47] 종일 진환(盡歡)하고 객귀기가(客歸己家)하매 신부 숙소를 정하여 보내고 왕이 아자를 불러 이르되,

"금일 신인(新人)[48]을 보니 내 아해 처궁(妻宮)[49]이 복됨을 깃거하나니 너는 그 친당(親堂)이 영정(零丁)[50]함을 긍념(矜念)하여 자못 후대하라."

생(15)이 수명(受命)하고 물러 취화각에 이르니 신부가 기영(祇迎)[51]하여 동서분좌(東西分坐)하매 생이 침음양구(沈吟良久)에 왈,

"생은 공물(空物)[52]이 아니라. 조강지처가 있고 또 양자(兩子)가 있거늘 천연(天緣)이 기구(崎嶇)하여 자(子)의 명문고벌(名門高閥)을 굴(屈)하여 생의 빈위(嬪位)에 돌아오니 비록 숙연(宿緣)이 금석 같으나 학생의 용우(庸愚)함이 숙녀의 평생을 저버릴까 저어하노라. 아지 못게라. 자가 능히 여영(女英)[53]의 숙신지풍(肅愼之風)을 본받아 나의 가계를 어질이 다스리잇가?"

정소저가 공경(恭敬) 문파(聞罷)에 천연(天然) 손사(遜辭)[54] 왈,

"미첩(微妾)이 한문미질(寒門微質)로 소조(所遭)[55]가 궁박(窮迫)하와 일찍 부훈모교(父訓母教)를 받잡지 못하고 생장(生長)하니 소학(所學)[56]이 극히 노둔(老鈍)하온지라. 어찌 (16)

---

45 숙당(叔堂): 조부(祖父)를 함께하는 일가.

46 동지(動止): 행동거지.

47 여류(如流)하다: (환호성이) 물 흐르듯하다.

48 신인(新人): 막 결혼한 사람. 여기서는 새색시를 말함.

49 처궁(妻宮): 점술에서 십이궁의 하나로 처첩에 대한 운수를 알아보는 별자리임.

50 영정(零丁): 몰락하여 의지할 곳이 없음.

51 기영(祇迎): 공손하게 맞이함.

52 공물(空物): 결혼하지 않은 사람을 비유하여 쓰는 말.

53 여영(女英): 중국 고대 요임금의 딸로 언니인 아황(娥皇)과 함께 순임금의 아내가 되었음.

54 손사(遜辭): 겸손한 말.

55 소조(所遭): 치욕이나 고난을 당함.

56 소학(所學): 배운 바.

감히 대군자의 건즐(巾櫛)[57]을 받듦 직하리잇고마는 대야(大爺)[58]가 경계(警戒)하시되 여자는 유순(柔順)함이 으뜸이라 하시니 어린 뜻에 명심하온 지 오랜지라. 이제 성문(聖門)에 의탁함이 혜택을 입사옴을 바랄 따름이라 무슨 혜아림[59]이 있사리잇고."

언파에 사기(辭氣)[60] 정숙하고 옥성(玉聲)이 한아(閑雅)하니 사인이 깃거 야심하매 이끌어 자리에 나아가니 은애(恩愛) 진중(珍重)하더라. 명조(明朝)에 신부가 일어 존당구고(尊堂舅姑)께 문안하니 제공과 제부인이 새로이 사랑하더라.

차설(且說). 요녀 설매 우화로 하여 현사인이 정씨 취함을 알고 현학사 맞음이 급하나 혼기 차라하고 양축으로 즐기나 (17)어찌 현학사의 옥안영풍(玉顔英風)을 당하리오. 양축이 요녀가 현생을 생각는 뜻이 간절함을 슷치고[61] 마음에 맹세하여 현생을 없이하고 애란으로 평생을 즐기리라 하나 모계(謀計)를 얻지 못하여 발광(發狂)하기에 이르니 요녀가 사기(事機)를 알고 행여 혼인을 저희(沮戱)[62]할까 겁(怯)하여 양축을 달래어 '비록 현생을 맞으나 즐김은 군과 즐기리니 너무 초조치 말라.' 하니 양축이 흔연(欣然)하나 내심에 현생을 죽이려 하더라.

이러구러 길일이 임박하여 사오 일에 미쳤더니 차시(此時) 만세 황야가 춘추(春秋)가 높으사 우연히 옥후(玉候)[63]가 미령(靡寧)하시니[64] 날로 더으사[65] 자못 중하시매 조야신민(朝野臣民)(18)이 황황(遑遑)하고 현상부 제인이 황황망극(遑遑罔極)하여 즉시 입궐(入闕) 시호(侍護)하니 제왕이 바야흐로 학사를 사(赦)하여 탑하(榻下)에 근시(近侍)케 하시니 학사가 오히려 실성하였더라. 상이 점점 옥후가 중하사 일삭(日朔)[66]에 현씨 제공을 가까이 부르사 왈,

"짐이 희성 등의 관작(官爵)을 돋우고자 하더니 병이 이렇듯 중하니 오늘이야 돋우리라."

---

57 건즐(巾櫛): 수건과 빗을 아울러 이르는 말. '건즐을 받들다'는 '남편의 시중을 들다'의 의미.

58 대야(大爺): 큰아버지. 야야(爺爺)는 아버지를 뜻하는 것이므로 대야는 큰아버지를 말하는 것임.

59 혜아림: 생각. '혜다'는 '생각하다'의 옛말.

60 사기(辭氣): 말과 얼굴빛을 아울러 이르는 말. 사색(辭色).

61 슷치다: 스치다. '생각하다', '상상하다'의 옛말.

62 저희(沮戱): 귀찮게 굴어서 방해함.

63 옥후(玉候): 임금의 건강 상태를 이르던 말.

64 미령(靡寧)하다: 어른의 몸이 병으로 인하여 편하지 못하다.

65 더으다: '더하다'의 옛말.

66 일삭(日朔): 초하룻날.

하시고 현씨 제공의 가자(加資)[67]를 주시니 희백으로 병부상서(兵部尙書)를 하이시고 대사마영남후를 봉하시며, 희천으로 호부상서(戶部尙書) 집금오(執金吾)[68]를 배(拜)하시고,[69] 희성으로 이부총재(吏部冢宰) 문연각 태학사를 하이시고, 희문으로 어사태우[大夫] 도찰어사를 하이시니 제(19)왕 부자, 숙질이 천만 불안하여 침상(針床)에 앉은 듯하니 당시 상후(上候)[70]가 불예(不豫)[71]하신 때라 감히 성심을 어즈러이지[72] 못하여 다만 사은수명(謝恩受命)할 뿐이러라.

옥후가 날로 침중하시니 궁중 내외 제신이 황황망극하더니 마침내 천명(天命)이 진(盡)하시니 시위(諡謂) 대송 인종 황제요 재위(在位) 사십여 년이라. 만조백관(滿朝百官)이 태자를 붙들어 발상거애(發喪擧哀)[73]하고 애조(哀詔)[74]를 천하 십삼생(十三省)에 반포(頒布)하시고 성복(成服)[75]을 지내시고 대신이 태자를 붙들어 보위(寶位)에 즉하시니 드대어 종묘(宗廟)와 사직(社稷)에 고축(告祝)[76]하시고 대사천하(大赦天下)[77]하시니 시위(諡謂) 영종 황제라. 구부인도 사중(赦中)에 있을 것이로되 제·진 양왕이 시수(時數)[78]를 (20)헤아려 구씨의 거처가 없음을 아뢴 고로 사(赦)를 준지(蹲止)[79]하시니라.

국휼(國恤)[80]을 당하여 각골비통(刻骨悲痛)하는 이는 월성 공주요, 크게 원망하는 자는 요녀 설매라. 불과 사오 일이 격하였던 혼인이 삼 년이 물러나니 애달프고 분함을 무엇

---

67 가자(加資): 관원들의 임기가 찼거나 근무 성적이 좋은 경우 품계를 올려 주던 일. 또는 그 올린 품계. 왕의 즉위나 왕자의 탄생과 같은 나라의 경사스러운 일이 있거나, 반란을 평정하는 일이 있을 경우에 주로 행하였다.

68 집금오(執金吾): 중국 한나라 때에, 대궐 문을 지켜 비상사(非常事)를 막는 일을 맡아보던 벼슬. 원문에는 '직금오'로 되어 있으나 오기인 듯함.

69 배(拜)하다: 조정에서 벼슬을 주어 임명하다.

70 상후(上候): 성후(聖侯). 임금의 평안한 소식. 또는 임금 신체의 안위.

71 불예(不豫): 임금이나 왕비가 편치 않거나 죽음.

72 어즈러이다: '어지럽히다'의 옛말.

73 발상거애(發喪擧哀): 상례에서, 죽은 사람의 혼을 부르고 나서 상제가 머리를 풀고 슬피 울어 초상난 것을 알림. 또는 그런 절차.

74 애조(哀詔): 황제의 죽음을 사군(嗣君)이 백성들에게 공표하는 일.

75 성복(成服): 초상이 나서 처음으로 상복을 입음. 보통 초상난 지 나흘 되는 날부터 입는다.

76 고축(告祝): 천지신명에게 고하여 빎.

77 대사천하(大赦天下): 죄인을 크게 사면(赦免)함.

78 시수(時數): 시절 운수.

79 준지(蹲止): 일을 중도에서 그쳐 그만둠.

80 국휼(國恤): 국상(國喪).

에 비하리오. 하염없이[81] 눈물로 세월을 보내니 요인이 비록 한때 승시(乘時)[82]하나 어찌 매양 무사하리오.

이때 우화가 왕부에 자주 출입하여 공주를 해하고 제왕의 인연을 도모코자 하나 공주의 정양지기(正陽之氣)를 감히 거우지[83] 못하고 울울(鬱鬱)히 근심하더니 설매 계교를 가르쳐 왈,

"공주는 감히 거우지 못하고 이렇듯 지완(遲緩)하면 종(21)신(終身) 백두(白頭)에 어찌 제왕의 인연을 도모하리오. 모로미 설씨의 용모를 빌려 제왕의 인연을 도모함이 어떠하뇨?"

우화가 깨달아 조각[84]을 엿더니[85] 차시 인산(因山)[86]이 지난 지 오래되 현씨 제공이 내당 숙침(熟寢)을 아니 하는지라. 우화가 틈을 얻지 못하더니 이때 공주가 국상(國喪)에 과척(過慽)[87]하여 병후가 미류(彌留)[88]하니 총재(冢宰)[89] 등이 시약(侍藥)에 분주하고 왕이 홀로 숙침하니 궁환의 무리는 장외에 잠들고 경운전 중에 왕이 홀로 숙침할새 정히 의대(衣帶)를 탈하고 상에 오르고자 하더니 문득 내각으로조차 인적이 훌훌하더니 문득 일개 여자가 선삼나의(蟬衫羅衣)[90]로 개호(開戶) 입실(入室)하거늘 왕이 거안시지(擧眼視之)[91]하니 이 다(22)른 이 아니라 설부인이어늘 왕이 견파(見罷)에 크게 해괴하여 말을 아니 하고 양구(良久) 찰시(察視)하니 요니(妖尼) 스스로 재주를 믿고 앙연(昻然)히[92] 좌하여 함태교미(含態嬌媚)[93] 왈,

"대왕이 실로 고집하도다. 임금이 비록 중하시나 부자유친(父子有親)에 비기지 못하리

---

81 하염없이: 원문에는 '힉음업시'로 되어 있음.

82 승시(乘時): 적당한 때를 탐.

83 거우다: 대적하다. 거스르다.

84 조각: 겨를. 또는 틈.

85 엿다: '엿보다'의 옛말.

86 인산(因山): 태상황, 황제, 황태자, 황태손과 그 비(妃)들의 장례. 또는 상왕, 왕, 왕세자, 왕세손과 그 비(妃)들의 장례.

87 과척(過慽): 과도히 슬퍼함.

88 미류(彌留): 병이 오래 낫지 않음.

89 총재(冢宰): 원문에는 '춍지'로 되어 있음.

90 선삼나의(蟬衫羅衣): 매미 날개같이 얇은 비단으로 지은 옷.

91 거안시지(擧眼視之): 원문에는 '거안지시'로 되어 있으나 서강대본을 참고하여 고침.

92 앙연(昻然)히: 버젓하게. 당당하게.

93 함태교미(含態嬌媚): 교태를 머금고 아리따운 태도로 아양을 부리는 일.

니 공주는 신상에 참최(斬衰)[94] 계시니 대왕이 명광전은 찾지 못하시려니와 첩과 우씨는 무슨 연고로 공규(空閨) 단장(斷腸)을 감심(甘心)하리잇가? 첩이 팔자가 순치 못하여 선(先)으로써 후(後)를 감심하여 형세 감히 황녀를 겨루지 못하나 어찌 녹림(綠林)의 송적지녀(宋賊之女) 우씨만 못하리오. 대왕은 부귀로써 아시(兒時) 결발지정(結髮之情)[95]을 잊으나 첩은 (23)진실로 골돌 원민(寃悶)[96]함을 이기지 못하는데 누삭(屢朔)[97] 상리(相離)하여 왕의 화풍경운(和風慶雲)[98]을 보니 사념(思念)하는 마음과 그리운 정을 이기지 못하여 번거함을 피치 아니하고 이에 이르렀나니 외전이 비록 비편(非便)하나 또한 내전이 가깝고 중소(中宵)[99]가 그윽하니 우리 부부의 사사(私私) 모꼬지[100]를 뉘 알리오. 대왕이 또한 남아의 장년이 바야히라.[101] 달포 공관(公館)에 독처(獨處)를 감심(甘心)하시니 가히 선황께 효서(孝壻)요 공주께 정남(貞男)이라 이르나 장부의 풍채 아니니 첩은 그윽이 대왕의 평일 광풍제월(光風霽月)[102] 같은 기상으로써 어찌 이렇듯 하시나니잇고?"

왕이 양구(良久) 숙시(熟視)에 이미 요정(妖精)을 깨달았는지라. 불승(不勝) 통완(痛惋)[103](24)하나 별단(別段)[104] 묘맥(苗脈)[105]을 알고자 하여 이에 은근히 나수(羅袖)를 이끌어 연기슬(連其膝)[106]하고 미소 왈,

"어찌 그대를 찾지 아니리오마는 국은을 많이 입사와 차마 국상 중 내당에 자최를 이루지 못함이러니 그대 스스로 나와 찾으니 만행(萬幸)이라. 금야(今夜)에 좌우가 고요

---

94 참최(斬衰): 오복(五服)의 하나. 거친 베로 짓되 아랫단을 꿰매지 않고 접는 상복이다. 아버지나 할아버지의 상(喪)에 입는다.

95 결발지정(結髮之情): 혼인한 부부의 정. 결발(結髮)은 예전에, 관례를 할 때 상투를 틀거나 쪽을 찌던 일. 또는 그렇게 한 머리를 말하는 것임.

96 원민(寃悶): 억울하고 답답함.

97 누삭(屢朔): 여러 달.

98 화풍경운(和風慶雲): 성인(聖人)다운 상서로운 풍모.

99 중소(中宵): 한밤중.

100 모꼬지: 모임. 원문에는 '못거지'로 되어 있음.

101 바야히다: '한창이다', '무르익다'의 뜻.

102 광풍제월(光風霽月): 마음이 넓고 쾌활하여 아무 거리낌이 없는 인품을 비유적으로 이르는 말.

103 통완(痛惋): 통한(痛恨). 몹시 원통해 함.

104 별단(別段): 별반(別般). 따로 별다르게.

105 묘맥(苗脈): 일의 실마리. 또는 일이 나타날 단서.

106 연기슬(連其膝): 무릎을 맞댐.

하니 무슨 비편(非便)할 일이 있으리오."

언파에 그 손을 잡고 소매를 이끌어 친밀(親密)코자 하는 기색이 있으니 우화가 대희열열(大喜悅悅)하여 심신이 녹는 듯 기쁨이 아기자기하니 내심(內心)에 결(決)하여 금야(今夜)에 제왕의 은총을 입고 그 길로 설씨를 죽이고 수덕당에 웅거하여 부귀를 누리리라[107] 하여 불같은 욕심이 일어나니 자미롭고 기절함이 정신이 호탕(豪宕)하여 아모란 줄 (25)모르니 불시(不時)로서 열두 넋을 시왕전(十王殿)[108] 차사(差使)가 잡아낸다 하여도 모르고 꼭뒤[109]에 벽력(霹靂)이 나려 만신(滿身)을 분쇄한다 하여도 모를 듯싶은지라. 어찌 잠소(潛笑) 간에 열풍지위(烈風之危) 내릴 줄 알리오. 다만 왕의 얼굴만 바라보아 어린 듯한 사이에 왕이 벌써 요대(腰帶)를 끌러 요니의 양비(兩臂)를 뒤로 제쳐 매고 연갑(硯匣)[110]을 열고 주필(朱筆)을 내어 양협(兩頰)에 어즈러이 점치니 요니 그제야 취한 넋이 깨어 크게 소리 지르고 본형(本形)이 이미 드러나니 머리의 화관이 나려져 구르고 꿔온[111] 운환(雲鬟)[112]이 간 데 없으니 이 한낱 머리 민 여자요 음사(陰邪)한 산승(山僧)이라.

왕이 크게 요괴로이 여겨 일성(一聲) 음아(喑啞)[113]에 숙직(宿直) 궁환(宮宦)을 부르니 불언종시(不言終時)[114]에 십(26)여 궁환과 수십 궁노(宮奴)가 전율(戰慄) 진취(進就)하여 복명(復命)하니 왕이 명하여 요니를 잡아나리와 결박(結縛) 가쇄(枷鎖)[115]하고 당상(堂上) 당하(堂下)에 촉(燭)을 밝히고 금령(金鈴)을 흔들어 사졸을 모으니 저근덧[116] 사이에 건장한 아

---

107 누리리라: 원문에는 '누리라'로 되어 있으나 문맥에 맞추어 보충함.

108 시왕전(十王殿): 시왕을 모신 집. 시왕은 저승에서 죽은 사람을 재판하는 열 명의 대왕. 진광왕, 초강대왕, 송제대왕, 오관대왕, 염라대왕, 변성대왕, 태산대왕, 평등왕, 도시대왕, 오도 전륜대왕이다. 죽은 날부터 49일까지는 7일마다, 그 뒤에는 백일·소상(小祥)·대상(大祥) 때에 차례로 이들에 의하여 심판을 받는다고 한다.

109 꼭뒤: 뒤통수의 한가운데.

110 연갑(硯匣): 벼룻집.

111 꿔오다: 꾸미다. 원문에는 '쉬온'으로 되어 있음.

112 운환(雲鬟): 여자의 탐스러운 쪽진 머리.

113 음아(喑啞): 음아질타(喑啞叱咤). 화난 감정이 일시에 터져 큰 소리로 꾸짖음.

114 불언종시(不言終時): 말을 다 끝내지 못했을 때. 원문에는 '불영둥시'로 되어 있으나 오기인 듯함.

115 가쇄(枷鎖): 죄인의 목에 씌우던 나무칼과 목이나 발목에 채우던 쇠사슬. 또는 그것을 써서 행하던 형벌.

116 저근듯: 잠깐. 잠시.

역(衙役)[117]과 범 같은 사졸이 가야미[118] 쑤시며 벌이 뭉기듯이 모여 긴 매와 너른 곤장을 단단히 헤치고 정하(庭下)에 오형(五刑)[119]을 베풀었으니 규규(赳赳)한[120] 위엄이 장천(長天)에 음예(陰翳)[121]를 지으며 창룡(蒼龍)이 벽파(碧波)를 뒤치는 듯 공산(空山)이 최외(崔嵬)한데[122] 뇌정(雷霆)이 진첩(震疊)하매 백수(百獸)가 진공(震恐)[123]하는 듯하니 진실로 무죄자(無罪者)라도 한출첨배(汗出沾背)[124]함을 면치 못하려든 더욱 당형(當刑)한 요니의 마음이 어떠하리오. 비록 평생 배운 바 재주를 (27)다하여 달아나고자 하나 정인군자(正人君子)의 제요(制妖)[125]하는 주필(朱筆) 부작(符作)[126]이 만면(滿面)하였으니 어데 가 요술을 발뵈리오.[127] 천지 망망하여 아무리 할 줄 모르더라.

이러구러 인성(人聲)이 훤화(喧譁)[128]하고 궁중이 진동하니 일 궁인이 뉘 모르리오마는 요니(妖尼) 오히려 설부인 형모(形貌)를 빌려 작화(作禍)한 줄은 알지 못하고 다만 숫두어려[129] 차차 전하는 말이 경운전에 도적이 들었다 하니 궁중 상하가 대경하고 총재(冢宰) 등이 실색대경(失色大驚)하여 일시에 외전에 나와 보니 청하(廳下)에 국축(跼縮)[130]한 것이 자객의 모양이 아니요 화려한 녹의청상(綠衣靑裳)의 부인이로되, 판판한 승두(僧頭)가 분명하니 제인(諸人)이 더욱 경의(驚疑)[131]함을 마지않아 살펴보(28)니 만면(滿面)에 주필(朱筆)이 난만(爛漫)하고 좌목(左目)이 폐맹(廢盲)[132]하였는지라. 불승괴해(不勝怪駭)하여 이에 승당(昇

---

117 아역(衙役): 수령이 지방 관아에서 사사롭게 부리던 사내종. 아노(衙奴).

118 가야미: '개미'의 옛말.

119 오형(五刑): 예전에 죄인을 처벌하던 다섯 가지 형벌. 태형(笞刑), 장형(杖刑), 도형(徒刑), 유형(流刑), 사형(死刑).

120 규규(赳赳)하다: 씩씩하고 헌걸차다.

121 음예(陰翳): 구름이 하늘을 덮어 어두움. 또는 침침한 그늘. 원문에는 '음애'로 되어 있으나 문맥에 맞추어 고침.

122 최외(崔嵬)하다: 산이 높고 험하다.

123 진공(震恐): 떨면서 무서워함.

124 한출첨배(汗出沾背): 몹시 부끄럽거나 무서워서 흐르는 땀이 등을 적심.

125 제요(制妖): 요술을 제압함.

126 부작(符作): '부적(符籍)'의 변한말.

127 발뵈다: 발보이다. 가진 재주를 일부러 드러내 보이다.

128 훤화(喧譁): 시끄럽게 지껄이며 떠듦.

129 숫두어리다: 수군거리다. 웅성웅성하다.

130 국축(跼縮): 국척(跼蹐). 마음에 황송하고 두려워 몸을 굽힘.

131 경의(驚疑): 놀라고 의심함.

132 폐맹(廢盲): 눈이 멀어 맹인(盲人)이 됨.

堂)하여 부전(父前)에 꿇어 놀라심을 묻잡고 시측(侍側)의 불경(不敬)함을 청죄(請罪)한대 왕이 미소하고 왈,

"이 어찌 여등(汝等)의 태만함이리오. 불과 여부(汝父)의 박면(薄面)이 누추치 아닌 고로 산간 요니의 희롱을 면치 못한 과(過)라. 연이나 차(此) 요니를 추문(推問)[133]하매 별유사단(別有事端)[134]할 듯하니 여등이 또한 참문(參問)하라."

총재 등이 부고(復告) 왈,

"요니를 다스리옴이 바쁘오나 이미 야심(夜深)하였사오니 본부 옥중에 엄수(嚴囚)하였다가 명효(明曉)[135]에 다스리옵고 안침(安枕)[136]하심이 가하올까 하나이다. 이제 야야(爺爺)가 침수(寢睡)[137]를 폐(29)하시고 이렇듯 근로(勤勞)하시니 성체(聖體) 자못 불안하실까 두리나이다."

왕이 불열(不悅) 왈,

"일야(一夜) 잠을 폐하다 간대로[138] 불안하리오. 궁중에 잡인이 없으되 기괴한 변란이 잦아 구·연 양 식부(息婦)[139] 등이 봉변함을 여부(汝父)가 가장 괴이히 여기나니 요니 처음 경색(景色)이 여차여차하니 반드시 환술(幻術)하는 요승이요, 범상한 유(類)가[140] 아니라 어찌 다스리심을 지완(遲緩)하리오."[141]

총재 등이 요니 설부인 형용(形容)을 빌렸던 줄 더욱 놀라고 요괴로이 여겨 다시 간치 못하고 다만 부왕의 결사(決事)하심을 볼새 왕이 제자(諸子)를 거느려 경운전 청중(廳中)에 교의(交椅)[142]를 놓고 좌를 이루니 촉영(燭影)과 횃불이 조요(照耀)하여 백(30)주(白晝)를 묘시(藐視)[143]하리러라.

범 같은 나졸(邏卒)이 요니를 끌어 형판(刑板)에 올리매 치기를 급히 하니 일장(一杖)에

---

133 추문(推問): 죄상을 추궁하여 심문함.

134 별유사단(別有事端): 따로 사단이 날 것.

135 명효(明曉): 이튿날 새벽.

136 안침(安枕): 편안히 잠을 잠. 안면(安眠).

137 침수(寢睡): 잠의 높임말.

138 간대로: 그리 쉽사리.

139 식부(息婦): 며느리.

140 유(類)가: 원문에는 '뉘'로 되어 있으나 서강대본을 참고하여 고침.

141 지완(遲緩)하다: 더디고 느즈러지다.

142 교의(交椅): 의자(椅子). 원문에는 '교위'로 되어 있음.

143 묘시(藐視): 업신여기어 깔봄.

살이 떨어지고 재장(再杖)에 뼈가 바아져[144] 유혈(流血)이 임리(淋漓)[145]하나 처음은 직초(直招)[146]치 아니하고 횡설수설하더니 엄형(嚴刑) 삼차(三次)에 우화가 견디지 못하여 통곡하고 이에 초사(招辭)[147] 왈,

"빈승(貧僧)은 본디 파서(巴西) 용문산 활인사 이고(尼姑)라. 멀리 궁벽(窮僻)에 처하와 경향(京鄕)이 요원(遙遠)하니 현상부와 제왕부를 어찌 알리잇고마는 모년(某年) 모월(某月)에 여차여차한 객인(客人)이 암자에 주인(主人)하니[148] 내력이 자못 수상한지라. 근본을 물어 안즉 다른 이 아니라 가국(家國)이 소요(騷擾)[149]하여 추심(追尋)하는 바 광평 전하의 빈희(賓姬) 황씨와 기녀(己女) 가칭(假稱) 조씨(趙氏) 교주라. (31)악사(惡事)가 발각하매 설매 각하(閣下) 심복 시녀로 있어 누통(漏通)[150]하여 서로 탈신(脫身)하여 전부(前夫) 전기를 찾아가노라 하니, 원래 전기자(者)는 본산 채주(寨主)라. 사중(寺中)에서 멀지 아닛난 고로 빈승이 전기 처의 재물이 많음을 흠선(欽羨)하여[151] 사괴고자[152] 하던 고로 드대어 향도(嚮導)[153]가 되어 저 모녀 노주(奴主)를 데려 산채에 가 부녀 부부가 만나게 하고, 빈승이 또 저를 위하여 심산(深山)에 두루 놀아 이인(異人)을 만나 신술(神術)을 배워 황씨의 질자(姪子) 황제와 전녀(女)[154]를 가르치며 전녀가 드대어 황제로 부부가 되어 음락(淫樂)하며, 전기 무자(無子)하매 타일 여서(女壻)로 후사(後嗣)를 삼으리라 하고 용부(勇夫)를 사괴어 호걸(豪傑)을 모아 무예를 익히고 그윽이 천하 도모(圖謀)함을 꾀하(32)되, 황씨 모녀가 두리는[155] 바는 현상부 제인이라. 먼저 절제(切除)하고자 하여 모년 월일에 설매를 먼저 보내었더니 설매 하산 후 수년이 되도록 소식이 없으니 황씨 모녀가 착급(着急)하여 빈승으로써 소식을 알아 오라 하니, 빈승이 작

---

144 바아지다: 부서지다.
145 임리(淋漓): 피, 땀, 물 따위의 액체가 흘러 흥건한 모양.
146 직초(直招): 지은 죄를 사실대로 바로 말함.
147 초사(招辭): 공초(供招). 죄인이 범죄 사실을 진술하던 일.
148 주인(主人)하다: 잠시 거처할 곳을 정하다.
149 소요(騷擾): 여럿이 떠들썩하게 들고일어남. 또는 그런 술렁거림과 소란.
150 누통(漏通): 비밀을 누설하여 알려 줌.
151 흠선(欽羨)하다: 우러러 공경하고 부러워하다.
152 사괴다: '사귀다'의 옛말.
153 향도(嚮導): 길을 인도함. 또는 그런 사람.
154 전녀(女): '교주'를 가리킴. 교주가 '전기'의 딸임을 밝히고자 한 것임.
155 두리다: '두려워하다'의 옛말.

년 모일에 경사(京師)에 이르러 설매를 찾은즉 저희 주인의 부탁을 저버리고 제왕 전하의 차자(次子) 학사 상공의 유의(有意)하신 바 응휘각 자란이 학사의 풍정(風情)을 가납(嘉納)[156]지 않아 여차여차 득죄하니 한림이 사모함이 방계곡경(傍蹊曲逕)[157]에 미쳐 백수(伯嫂)[158] 구부인께 청하여 겨우 이루니 자란이 지개(志槪) 열렬(熱烈)하여 굴(屈)치 아니하니 한림이 노하여 누실(陋室)에 (33)가두고 식음(食飮)을 그쳐 부디 항복받으려 하는 눈치를 알고 구부인 유모 홍파의 얼굴이 되어 심야에 자란을 여차여차 유인(誘引)하여 연지(蓮池)에 잠그고 설매 자란이 되어 거짓 한림의 위엄에 굴하는 듯이 한림의 명을 순종하니 한림이 자란만 여겨 극히 총행(寵幸)[159]하나 감출 데 없어 궁문 안 경노(奴)의 집에 두고 자로 찾아 총애하나 가만한[160] 자최[161] 구구(區區)함을 한하고, 또 천금(千金) 중탁(重託)[162]을 받은 바가 제왕비의 두 며느리를 해하여 평일 저를 꺼리던 한을 갚으라 한 고로 여차여차하여 한림의 두 부인과 사인 부인을 모해함이 다 설매의 작사(作事)라. 그때 일은 빈승이 자시[163] 모르거니와 설매 여차여차(34)하여 연부인을 잡아다가 죽이려 할 제 공중에 잃고, 또 고부인과 한림을 이간(離間)하고, 스스로 구부인이 되어 육부인을 난타하며, 다시 연·고 양(兩) 소저가 없는 때를 타 혼인을 도모하여 한림의 정실위(正室位)에 나아가기를 꾀하여 설낭중의 여아를 잡아다 죽이고 설매 변하여 설소저가 되고, 빈승이 전하의 용광(容光)[164]을 흠모하여 공주 자리에 나아가고자 하여 변하여 나비 되어 궁중에 들어왔다가 감히 공주의 정명지기(正明之氣)를 감히 하수(下手)치[165] 못하고 나오다가 총재[166] 상공의 파리채에 맞아 치아 하나를 잃고 돌아온 후 한이 깊어 구부인 해함을 급히 하고, 설매와 한림의 넋(35)을 인도하여 몽중(夢

---

156 가납(嘉納): 옳지 못하거나 잘못한 일을 고치도록 권하는 말을 기꺼이 받아들임.

157 방계곡경(傍蹊曲逕): 곁으로 난 좁은 길과 굽은 소로. 정도가 아닌 그릇된 길이나 방법.

158 백수(伯嫂): 맏형수.

159 총행(寵幸): 특별히 총애함. 또는 그런 총애.

160 가만하다: 움직임 따위가 그다지 드러나지 않을 만큼 조용하고 은은하다.

161 자최: '자취'의 옛말.

162 중탁(重託): 중대한 부탁을 함. 또는 그 부탁.

163 자시: 자세히.

164 용광(容光): 빛나는 얼굴이라는 뜻으로, 상대편의 얼굴을 높여 이르는 말.

165 하수(下手)하다: 손을 대어 사람을 죽이다.

166 총재: '현희성'을 말함.

中)에 월환[167]과 서징[168]을 바꾸게 하고 미혼단으로 설낭중 부부를 농락하여 혼사를 정하나 길기(吉期) 차라하매[169] 설매 음심(淫心)을 참지 못하여 양어사를 사통(私通)하고 청촉(請囑)[170]하여 구부인 죄를 이뤄 적거(謫居)하게 하고 적소에 따라가 여차여차 해한 후, 빈승이 대왕의 풍모(風貌)를 크게 흠모하여 설부인의 형(形)을 빌려 대왕의 은애(恩愛)를 입고 설부인을 해하고 부귀를 누리고자 하더니 사이지차(事已至此)[171]하오니 천지망아(天之亡我)[172]라 수한수원(誰恨誰怨)[173]이리잇고. 복원(伏願)[174] 대왕은 호생지덕(好生之德)[175]을 드리오사 잔명(殘命)[176]을 구애(拘礙) 방석(放釋)하소서."

서기 문목(問目)[177]을 잡아 올리오니 왕과 총재 곤계 간파(看罷)에 불각대경(不覺大驚)(36)하여 왕이 서안(書案)을 쳐 대매(大罵) 왈,

"자고급금(自古及今)에 음녀발부(淫女浡婦)가 하대무지(何代無之)[178]리오마는 황씨 모녀, 노주(奴主) 같은 이 어데 있으며 산중요승(山中妖僧)과 녹림초적(綠林草賊)이 세상을 어즈러이니[179] 이 유(類)를 어찌 일시나 머물러 두리오? 더욱 희문 불초자의 호색탕음(好色蕩淫)함으로 요얼(妖孽)[180]의 싹이 맺게 되어 고요한 가중을 소요(騷擾)케 하고 현처(賢妻)를 보전치 못하며 무죄(無罪)한 자란을 원사(冤死)케 하고 설소아까지 죽게 하니 이른바 백인(伯仁)이 유아이사(由我而死)[181]라. 불초자가 전정(前程)이 무엇이 빛나리오."

---

167 월환: '귀고리'의 일종.

168 서징: 서진(書鎭). 책장이나 종이쪽이 바람에 날리지 아니하도록 눌러두는 물건. 쇠나 돌로 만든다.

169 차라하다: 막히다. 늦어지다.

170 청촉(請囑): 청을 들어주기를 부탁함.

171 사이지차(事已至此): 일이 이미 이 지경에 이르렀다.

172 천지망아(天之亡我) : 하늘이 나를 망쳤다는 뜻으로, 자기는 잘못이 없는데 저절로 망함을 탄식하여 이르는 말.

173 수한수원(誰恨誰怨): 누구를 한하고 누구를 원망하겠느냐는 뜻.

174 복원(伏願): 웃어른에게 엎드려 공손히 원함.

175 호생지덕(好生之德): 사형에 처할 죄인을 특사하여 살려 주는 제왕의 덕.

176 잔명(殘命): 얼마 남지 아니한 쇠잔한 목숨.

177 문목(問目): 죄인을 신문하는 조목.

178 하대무지(何代無之): 어느 시대인들 없겠는가.

179 어즈러이다: '어지럽히다'의 옛말.

180 요얼(妖孽): 요악한 귀신의 재앙. 또는 재앙의 징조. 요망스러운 사람.

181 백인(伯仁)이 유아이사(由我而死)라: 백인(伯仁)이 나로 인해 죽었다. 백인은 중국 진(晋)나라 사람 주의(周顗)의 자(字). 왕도(王導)가 죽게 되었을 때 백인이 누명을 벗겨 살려주었는데, 왕도는 이 사실을 몰랐다. 이후 백인이 옥에 갇혔을 때, 왕도는 그를 구하지 않아 백인은 죽고 말았다. 후에 이 사실을 안 왕도

총재 등은 묵연(默然)히 듣잡고 태우[大夫]는 불승황공(不勝惶恐)하여 면관(免冠)[182]을 탈하고 고두청죄(叩頭請罪)할 뿐이러라. 이러구러 동방(東方)이 기백(旣白)하니 왕이 인(37)하여 자지 못하고 작사(昨事)로써 존당에 고하니 오·진 양공이 대경 왈,

"요녀를 실포(失捕)하던 날부터 화가 다시 있을 줄 짐작한 바이어니와 이렇듯 궁극(窮極)할 줄 알리오."

왕이 주왈,

"요니의 한 말로 대옥(大獄)을 이루지 못하오리니 소식이 누통(漏通)[183]치 않아서 설낭중을 청하여 기녀(其女)의 원사함을 이르고 설매를 잡아다가 명정기죄(明正其罪)[184]함이 가하오되 천의(天意)를 난측(難測)이라, 요녀가 속수(速手)하여 매임을 받지 않을까 하나이다."

진공이 점두(點頭)[185] 왈,

"정합아심(正合我心)이라. 차녀를 이번에 실포(失捕)한즉 일후지해(日後之害)[186] 장차 어떠하리오."

설파에 설부에 가인(家人)을 보내어 설낭중을 청하고 설부인을 명하여 진태(38)부인(太夫人)께 여차여차 상서(上書)하여 야간사(夜間事)를 대강 고하고 요녀를 잡아주심을 청하매, 기간(其間)에 어찌 요녀의 조화(造化)가 사특(邪慝)하여 달아날 줄 알리오. 상부 차환(叉鬟)이 설부에 이르러 제왕의 명으로 내림(來臨)하심을 청하고 설부인 서간(書簡)을 태부인께 올리니, 낭중은 무슨 사고가 있는가 하여 왕부로 나아오고 진태부인은 서간을 받아 보기를 다하매 대경실색(大驚失色)하여 눈을 모로 뜨고 소리 남을 깨닫지 못하여 왈,

"세간(世間)에 이 어찌 이런 변이 있나뇨? 애란 소녀가 눌과 원수가 있관대 해를 입고 요물이 안연(晏然)히[187] 거하리오."

가 백인을 구출하지 못한 자신을 자책한 데서 이 말이 생겨났다.

182 면관(免冠): 용서를 빌기 위하여, 쓰고 있던 관이나 갓을 벗음.

183 누통(漏通): 비밀을 누설하여 알려줌.

184 명정기죄(明正其罪): 그 죄를 올바르게 밝힘.

185 점두(點頭): 승낙 또는 옳다는 뜻으로 고개를 약간 끄덕임.

186 일후지해(日後之害): 뒷날의 해.

187 안연(晏然)히: 걱정 없이 편안하게.

차환 계업[188]이 연망(連忙)[189] 휘지(揮之) 왈,

"부인은 성음(聲音)을 낮추소서. 요녀가 알고 달아날(39)까 하나이다."

부인이 경황하여 묵연(默然)히 계업을 바라보고 아무리 할 줄 모르더니, 요녀 설매 단장(丹粧)을 화려히 하고 꽃 같은 얼굴에 웃음을 머금고 안으로조차 들어와 앉으며 이르되,

"무슨 일이 있관대 왕모(王母)[190]가 안색이 불예(不豫)하시니잇고?"[191]

부인이 하[192] 놀랍고 끔찍하여 정신이 빠졌으니 설매 벌써 여어듣고[193] 짐짓 모르는 체 함인 줄 알고 대할 말이 없어 두 눈이 멀금하여[194] 바라보며 여아의 서간을 손에 쥐고 앉았으니 계업이 아무리 눈을 갠들 어찌하며 또 설만(褻慢)히[195] 무엇이라 하리오. 지은 죄 없이 면홍(面紅)이 자저(自著)[196]하니 요녀가 낭랑(朗朗)히[197] 웃고 왈,

"아니 숙모가 또 제왕께 견과(譴過)하여[198] 내치게 되니잇가?"

태부인이 문득 대로하(40)여 진목(瞋目)[199] 여성(厲聲)[200] 왈,

"이 달기(妲己)[201] 같은 요괴 년아! 나의 여아가 무슨 일로 출부(出婦)[202] 되리오? 네 근본을 이제야 안즉 광평궁 한낱 반역(反逆)한 종년이 나의 천금손아(千金孫兒)를 죽이고 작악(作惡)이 무수하다 하니 무슨 말을 하느냐? 제왕이 잡아 보내라 하였으니 하 놀랍고 끔찍끔찍한지라. 정신을 거두지 못하거늘 네 어찌 악착히 내 딸을 거드는다?"[203]

---

188 계업: 원문에는 '계엽'으로 되어 있으나 서강대본을 참고하여 고침.

189 연망(連忙): 연망히. 급히.

190 왕모(王母): 다른 사람에게 자신의 할머니를 높여 이르는 말.

191 불예(不豫)하다: 편치 아니하거나 기쁘지 아니하다.

192 하: 정도가 매우 심하거나 큼을 강조하여 이르는 말. 아주. 몹시.

193 여어듣다: 엿듣다.

194 멀금하다: 멀겋다. 눈이 생기가 없이 게슴츠레하다.

195 설만(褻慢)히: 하는 짓이 무례하고 거만하게.

196 자저(自著): 저절로 드러남.

197 낭랑(朗朗)히: 소리가 맑고 또랑또랑하게.

198 견과(譴過)하다: 잘못이나 허물을 꾸짖다.

199 진목(瞋目): 두 눈을 부릅뜸.

200 여성(厲聲): 성이 나서 큰 소리를 지름. 또는 그 소리.

201 달기(妲己): 중국 은나라 주왕의 비(妃). 왕의 총애를 믿어 음탕하고 포악하게 행동하였는데, 뒤에 주나라 무왕에게 살해되었다. 망국의 악녀로 불린다.

202 출부(出婦): 시집으로부터 쫓겨난 여자.

203 거들다: 거론하다.

설매 청파에 놀라옴이 마른하늘에 벽력(霹靂)이 나리는 듯하니 이 반드시 우화가 실계(失計)하여 대화(大禍)가 났는 줄 알고 삼십육계(三十六計)의 닫는 것이 으뜸이라, 이에 고성발악 왈,

"아무리 밉다 한들 조손지간(祖孫之間)에 이런 맹랑한 말을 하나뇨? 내 애란이 아니요 (41)뉘리오. 조모가 반드시 이매망량(魑魅魍魎)[204]을 씌었도다. 그렇지 않으면 나를 뮈이[205] 여겨 혼인을 작희(作戲)함[206]이로다."

하며 웨지지니[207] 이르거니 대답거니 하매 가중이 소요(騷擾)한지라. 낭중 부인 노씨와 모든 설생 등 부부가 다 이르러 광경을 보고 노씨 성내어 왈,

"존고(尊姑)[208]가 아무리 노혼(老昏)[209]한들 어른의 체면 없이 구시나뇨?"

태부인이 분분(忿憤)히 손의 서간을 던지며 울며 왈,

"너희는 다 이를 보라. 저 요괴 년이 애란을 죽이고 그 얼굴이 되어 작변(作變)한다."

하니, 이때 노씨는 미혼단에 본성을 잃었는지라. 서간을 뮈쳐[210] 버리고 대로 왈,

"존고는 아무리 친생 딸인들 그 간악함을 모르고 도로혀 애란을 죽이고자 하나뇨? 반드시 애(42)란의 아름다움으로 적자(嫡子)의 배필 됨을 시기(猜忌)하여 이런 몹쓸 말을 지어내니 불구(不久)에 천앙(天殃)을 입어 무사치 못하고 그 양녀(養女)도 급살(急煞)[211] 맞아 죽으리라."

태부인이 분기(憤氣) 충천(衝天)하나 노력(老力)에 어찌할 길이 없어 가슴을 두드리고[212] 방성대곡(放聲大哭)[213]하니 설매 발연(勃然)히 일어나 벽상의 보도(寶刀)를 취하여 손에 쥐고 여성(厲聲) 왈,

"금일 경(景)은 인륜대변(人倫大變)이라. 아자미[214]는 조카를 해하고 조모는 손녀를 해

---

204 이매망량(魑魅魍魎): 온갖 도깨비.

205 뮈이: 밉게.

206 작희(作戲)하다: 방해를 놓다.

207 웨지지다: '외쳐 대다'의 옛말.

208 존고(尊姑): '시어머니'를 높여 이르는 말.

209 노혼(老昏): 늙어서 정신이 흐림.

210 뮈치다: 밀치다.

211 급살(急煞): 보게 되면 운수가 나빠진다는 별. 갑자기 닥쳐오는 재액.

212 두드리고: 원문에는 '두리고'로 되어 있으나 서강대본을 참고하여 고침.

213 방성대곡(放聲大哭): 대성통곡.

214 아자미: 아주미. '아주머니'의 낮춤말.

코자 하니 내 살아 무엇하리오."

말을 마치매 삼촌(三寸) 설인(雪刃)[215]이 서리 빛을 토하며 바로 가슴을 향하는 듯 어느 사이 애호일성(哀號一聲)[216]에 몸이 구러지고 정혈(精血)이 물 솟듯하니, 노씨와 제인이 놀라 (43)급히 칼을 빼고 보니 이미 육맥(六脈)[217]이 단절하고 사지절냉(四肢節冷)[218]하여 일분 가망이 없는지라. 노씨 망극하여 신체를 붙들고 통곡하며 차마 구두(口頭)에 올리지 못할 욕언과 원망을 하여 제왕으로부터 모든 현가를 왕망(王莽),[219] 동탁(董卓)[220]의 무리라 하고, 설부인을 욕하여 여아를 해하다 하고 눈치 없는 늙은이 손녀를 죽이랴 하고, 간악(奸惡)한 딸과 동심모의(同心謀議) 하단 말가 당당히 격고등문(擊鼓登聞)[221]하리라 하고, 설생 등도 조모를 핀잔주니 태부인이 목전(目前)에 요녀의 죽는 양과 식부(息婦) 모자의 원망 욕설을 보매 요인의 변화는 모르고 가없이 놀라 삼혼칠백(三魂七魄)[222]이 날아나고 아모란 상 (44)없이 꿀 먹은 벙어리 같으니 계업이 자초지종(自初至終)을 보고 어이없어 하직도 못 하고 총망(悤忙)히[223] 돌아오더니, 설부 문을 막으며 제궁으로조차 범 같은 가정(家丁)[224]이 사슬을 차고 요녀 있는 데 급히 들어가려 하거늘 계업이 급히 손 쳐 수말(首末)을 자시 이르니 제복(諸僕)이 놀라 한가지로 본부에 돌아오니라.

어시에 설낭중(郎中)이 왕궁에 이르매 현상국 곤계와 제왕 곤계 자질(子姪)을 거느려 성렬(成列)하였고 계하(階下)에 형벌기구(刑罰器具)를 벌였는데 일개 산승(山僧)을 매어 지웠거늘[225] 낭중이 의괴(疑怪)하여 좌에 나아가 예필(禮畢)에 제왕이 말을 펴 왈,

---

215 설인(雪刃): 서릿발 같은 칼날. 원문에는 '셜잉'으로 되어 있음.

216 애호일성(哀號一聲): 슬프게 부르짖는 한마디.

217 육맥(六脈): 여섯 가지 맥박. 부(浮), 침(沈), 지(遲), 삭(數), 허(虛), 실(實)의 맥을 이른다.

218 사지절냉(四肢節冷): 팔다리 뼈마디가 차가워짐.

219 왕망(王莽): 중국 전한의 정치가(B.C.45~A.D.23). 자신이 옹립한 평제(平帝)를 독살하고 제위를 빼앗아 국호를 신(新)으로 명명하였다. 한(漢)나라 유수(劉秀)에게 피살되었다.

220 동탁(董卓): 중국 후한(後漢) 말기의 무장(?~192). 189년 외척 하진(何進)이 환관을 토멸할 때 낙양에 입성하여 헌제(獻帝)를 옹립하고 정권을 잡음. 소제를 폐하고 부패, 살인, 약탈, 도굴, 방화, 축재 등 온갖 폭정을 휘둘렀다.

221 격고등문(擊鼓登聞): 등문고를 울림. 등문고는 중국에서 제왕이 신하들의 충간이나 원통함을 듣기 위하여 매달아 놓았던 북.

222 삼혼칠백(三魂七魄): 사람의 몸과 마음에 있는 혼백을 통틀어 이르는 말.

223 총망(悤忙)히: 매우 급하고 바쁘게.

224 가정(家丁): 집에서 부리던 남자 일꾼.

225 지우다: '지다'의 사동사. '지다'는 '줄이나 포승 따위에 묶이다'는 뜻.

"불의(不意) 명공(名公)의 관개(冠蓋)[226]를 수고롭게 함은 필유사단(必有事端)이라. (45)차사(此事)가 오가(吾家)에는 대단치 아니하되 존부(尊府)에는 대변(大變)이라. 가부(可否)를 어찌 현형(賢兄)과 의논치 아니리오. 장화(長話)가 지리하니 공은 먼저 이 글을 보라."

낭중이 눈이 둥그러하여 문목(問目)[227]을 살피니 처음은 극히 요괴로이 여기고 또한 제현을 우습게 여겨 심하(心下)에 생각하되, '광평궁 사단(事端)과 제왕부 사단(事端)이 내 아랑곳없는데[228] 나를 청하여 뵈는다?' 하여 가장 실없이 여겨 냉소하고 차차 보아 가더니 말단(末端)에 사의(事意) 심한골경(心寒骨硬)[229]하니 이 다른 일이 아니라 만금농주(萬金弄珠)로 천금보벽(千金寶璧)같이 사랑하고 중히 여기던 애란 소녀의 봉변참사(逢變慘死)함이라. 초사(招辭)[230]를 미처 다 못 보아 애란을 (46)한 번 부르고 기운이 엄애(奄靄)[231]하여 좌석에 구러지니[232] 좌우가 놀라 붙들어 구호하매 이윽고 정신을 차려 가로되,

"소녀가 진실로 봉변참사(逢變慘死)하단 말가? 내 집에 있는 아해 요사이 거동이 아녀(我女)와 호발(毫髮)도 차착(差錯)[233]지 아니하니 세간에 어찌 이런 괴사(怪事)가 있음을 알리오."

제왕이 종두지미(從頭至尾)[234]를 이르고 왈,

"진짓 영아(令兒)는 독수(毒手)를 만나 신체(身體)[235]를 산벽궁혈(山僻窮穴)[236]에 던지고 즉금(卽今) 공의 슬하에 있는 것은 요물 설매니라."

낭중이 통곡 왈,

"나의 여아가 남과 원수가 없거늘 이렇듯 비명참사(非命慘死)[237]하니 이런 분한(憤恨)한 일이 또 어데 있으리오."

226 관개(冠蓋): 높은 벼슬아치가 타고 다니던 수레. 말 네 필에 멍에를 매어 끌게 했다.
227 문목(問目): 죄인을 신문하는 조목(條目).
228 아랑곳없는데: 원문에는 '아란곳치완디'로 되어 있으나 문맥에 맞추어 고침.
229 심한골경(心寒骨硬): 몹시 놀라 마음이 서늘하고 뼈가 굳는 듯함.
230 초사(招辭): 죄인이 범죄 사실을 진술하던 일.
231 엄애(奄靄): 갑자기 막힘.
232 구러지다: '거꾸러지다'의 옛말.
233 차착(差錯): 어그러져서 순서가 틀리고 앞뒤가 서로 맞지 아니함.
234 종두지미(從頭至尾): 자초지종.
235 신체(身體): 원문에는 '친체'로 되어 있으나 서강대본을 참고하여 고침.
236 산벽궁혈(山僻窮穴): 외진 산에 뚫리어 있는 구멍.
237 비명참사(非命慘死): 뜻밖의 사고를 당하여 제명대로 살지 못하고 죽음.

제왕이 이에 설공 보는 데 우화를 다시 추문(推問)[238]하니 우화가 (47)울며 왈,

"어찌 두 번 기망(欺罔)[239]하리잇고. 이제라도 사람을 보내어 설소저 신체(身體)를 찾아 오소서. 머지않은 곳의 여차여차한 산협토굴(山峽土窟)[240] 속에 있나이다."

낭중이 돈족실성(頓足失性)[241]하며 친히 두어 자 필적으로 모부인께 요녀 잡아 보냈음을 기별하고 기다리더니 이윽고 계업이와 잡으러 갔던 중복(衆僕)이 한가지로 공환(空還)하여[242] 요녀 자결함을 아뢴대 제왕과 좌우는 실포(失捕)함을 놀라고 낭중은 또 통곡 왈,

"요녀를 잡아 내 손으로 죽여 여아의 원수를 갚을까 하였더니 벌써 제 스스로 죽단 말가?"

제왕이 탄왈,

"공은 요녀를 죽다 이르지 말라. 차녀가 금선탈각(48)계(金蟬脫殼計)[243]로 달아남이니 영부(令府)에는 무해(無害)하려니와 오가(吾家)에는 화란(禍亂)이 되리로다."

낭중 왈,

"아무 요괴라도 죽은 후 무슨 작변(作變)하리오."

제왕 왈,

"공은 왕사(往事)를 과상(過傷)치 말고 빨리 돌아가 영녀의 신체를 찾아 안장(安葬)하고 요녀의 시신을 헤쳐 심간(心肝)을 보라. 불측(不測)한 일이 있으리라."

설공이 총총히 하직고 돌아가니 승상이 제왕다려 왈,

"이제[244] 수악(首惡)[245]을 잃었으니 처치(處置)를 어찌코자 하나뇨?"

왕이 대왈,

"간인이 복주(伏誅)[246]할 때 아니므로 생도(生道)를 얻어 달아나오나 그 수(數)가 진(盡)하는 날은 화등(火燈)에 달아드는 나비 같으리이다."

---

238 추문(推問): 죄상을 추궁하여 심문함.

239 기망(欺罔): 남을 속여 넘김.

240 산협토굴(山峽土窟): 산속 골짜기 땅굴.

241 돈족실성(頓足失性): 발을 구르며 목이 메일 정도로 욺.

242 공환(空還)하다: 목적을 이루지 못하고 헛걸음으로 돌아오다.

243 금선탈각계(金蟬脫殼計): 매미가 허물을 벗고 빠져나가는 것 같은 계교.

244 이제: 원문에는 '이'로 되어 있으나 서강대본을 참고하여 보충함.

245 수악(首惡): 원흉.

246 복주(伏誅): 형벌을 순순히 받아 죽음.

승상이 점두(點頭)하고 제복으로 하여금 (49)요니를 본부(本府) 중옥(重獄)[247]에 철박엄쇄(徹縛嚴鎖)하여 타일(他日) 간당(奸黨)[248]을 잡는 날 한가지로 다스리려 하더라. 태우 희문이 요니의 초사를 보고 바야흐로 춘몽이 처음으로 깬 듯하나 오히려 연·고 양 소저의 존망(存亡)을 깨닫지 못하니 이 어찌 액운(厄運)이 가리움이 아니리오. 승상과 제왕이 존당에 소유(所由)[249]를 고하니 오공은 묵연(默然)하고 진공은 빈미(顰眉)하여 후일 요변(妖變)을 염려하더라.

이때 설낭중이 집에 돌아와 모친께 허다(許多) 설화(說話)를 고하니 태부인은 통흉돈족(痛胸頓足)[250]하여 지난 말을 이르고 울며 노씨는 이 말을 듣고 대경실색(大驚失色)하여 아무 말도 못하니 낭중이 절치교아(切齒咬牙)[251] 왈,

"요녀의 시신(屍身)을 죽여 찢어발기(50)고 여아의 시체를 찾아 안장(安葬)하리라."

하고 시신 덮은 이불을 들치고 보니 아무것도 없고 다만 가죽 주머니에 피를 넣고 칼이 오히려 빠지지 않았거늘 낭중이 소리 질러 왈,

"요괴(妖怪)롭고 사특(邪慝)하도다. 이것을 어찌 몰라보았더냐?"

모두 놀라고 황망함이 아자(俄者) 광경에 지난지라. 모두 일신(一身)을 떨며 아무 말도 못하고 낭중이 겨우 진정하여 차환(叉鬟)으로 방중(房中) 더러운 것을 없이하고 건장한 복부(僕夫) 장확으로 요녀의 가리키던 곳에 가 신체를 찾아보라 하니 제노(諸奴)가 청령(聽令)하고 일시(一時)에 가 산 밑에 나아가 바위 밑을 파니 과연 반 길은 파매 한 잎 초석(草席)에 묻힌 것이 있거늘 내어 보니 과연 (51)설소저라. 의상에 혈흔(血痕)이 낭자(狼藉)하고 죽은 지 일 년이나 되었으니 살이 반나마 썩었고 옥안(玉顔)이 변하였으나 의복제도(衣服制度)가 완연(宛然)하니[252] 창두(蒼頭)[253] 반충은 곧 애란의 유부(乳父)[254]라 어찌 모르리오.

대경(大驚)하여 바삐 내당에 와 고하니 낭중 부부와 태부인과 설생 등이 급히 가보니

---

247 중옥(重獄): 중죄인을 가두던 감옥.

248 간당(奸黨): 원문에는 '간장'으로 되어 있으나 서강대본을 참고하여 고침.

249 소유(所由): 사연.

250 통흉돈족(痛胸頓足): 가슴이 아파 발을 구름.

251 절치교아(切齒咬牙): 교아절치(咬牙切齒). 몹시 분하여 이를 갊.

252 완연(宛然)하다: 모양이 서로 비슷하다.

253 창두(蒼頭): 사내종.

254 유부(乳父): 유모의 남편.

얼굴은 분간치 못하나 다만 귀에 걸었던 월기탄(月琪彈)[255]이 완연하니, 이는 노씨 본가에 있을 적 부모가 준 것이니 노씨 극히 사랑하여 여아를 주었더니, 요인이 급히 작사(作事)하매 미처 월환을 끄르지 못하였더니, 그 후 노씨 요녀를 애란으로 알아 탄월[256]을 찾으니 요녀가 잃음으로 대하니 노씨 애꿎은 시녀를 장책(杖責)[257]하니 시녀 (52)등이 크게 원망하여 사처(四處)로 심방(尋訪)하나 깊이 흙 가운데서 임자와 같이 썩는 줄 어찌 알리오. 설가(家) 상하가 월환을 보매 더욱 상감(傷感)하고 노씨 더욱 설워 애란을 불러 통곡하니 좌우가 구하여 정당에 돌아오매 낭중이 이에 애란의 시수(屍首)[258]를 금수나릉(錦繡羅綾)[259]에 염습(殮襲)하여 입관(入棺)하고 선산(先山)에 안장(安葬)하니, 제궁에서 설부인이 또한 이르러 참상(慘狀)을 치위(致慰)하매 불통(不通)한 노씨 여아의 참사(慘死)함이 현부 빌미[260]라 하여 폭백(暴白)[261] 욕설(辱說)이 무쌍(無雙)하니 설부인이 어이없어 잠소(潛笑)하고 즉시 돌아오니라.

이렇듯 반환(盤桓)[262]하는 사이에 광음(光陰)이 신속하여 선제(先帝)의 삼상(三喪)을 마치니 군신(君臣)이 능묘(陵墓)에 현배(見拜)하고 종묘(宗廟)에 참(53)조(參朝)[263]하매 성덕을 추모하여 군신의 지통(至痛)이 새롭더라. 월성 공주가 또한 대내(大內)에 들어가 조태후를 뫼셔 부황(父皇)의 종사(宗社)를 참사(參祀)하매 새로이 애통하여 작수(勺水)[264]를 불음(不飮)하고 기식(氣息)[265]이 엄엄(奄奄)하니 제후와 궁중 상하가 그 대효(大孝)를 감탄하더라. 이미 국기(國忌)[266]를 지나매 공주가 태후(太后)와 양전(兩殿)[267]에 배사하고 궁에 돌아와 존당에 뵈오니 모두 맞아 보매 비록 백의소장(白衣素粧)[268]을 고쳤으나 담담청의(淡淡青衣)로 예복

---

255 월기탄(月琪彈): 달 모양의 둥근 옥구슬로 된 귀고리.
256 탄월: '귀고리'의 일종.
257 장책(杖責): 태형으로 벌함.
258 시수(屍首): 송장.
259 금수나릉(錦繡羅綾): '금수'는 수를 놓은 비단이고, '나릉'은 무늬 있는 비단임.
260 빌미: 원문에는 '빌믜'로 되어 있음.
261 폭백(暴白): 성을 내며 말함.
262 반환(盤桓): 어떻게 할지 결정을 못 내리고 우물쭈물하는 일.
263 참조(參朝): 조정(朝廷)에 들어감.
264 작수(勺水): 한 작의 물이라는 뜻으로, 한 모금의 물을 이르는 말.
265 기식(氣息): 숨을 쉼.
266 국기(國忌): 임금이나 왕후의 제삿날.
267 양전(兩殿): 대전(大殿)과 중궁전(中宮殿)을 아울러 이르는 말. 임금과 왕비를 아울러 이르는 말.
268 백의소장(白衣素粧): 흰 옷을 입고 화장으로 꾸미지 않고 깨끗이 차림.

을 다스리지 않았으니 진공과 주부인이 가로되,

"아등(我等)은 들으니 예(禮)는 왕자(王者)의 지으신 바라. 자천자달어서인(自天子達於庶人)이 천상(天喪) 삼년(三年)에 절육식(切肉食)하며 채소식(菜蔬食)은 천도(天道)의 상(常)이라.[269] 자공(子貢)의 육년상(六年喪)[270]은 부자(夫子)[271]의 경계 아니라 하였나(54)니 옥주의 성효가 지극하시나 선제(先帝)의 계훈(戒訓)이 아닌가 하나이다. 더욱 여자의 상례(喪禮)는 남자와 달라 귀주의 명견(明見)으로 어찌 대의를 생각지 않으시나니잇가?"

공주가 복수청교(伏首聽教)[272]에 하석청죄(下席請罪)[273] 왈,

"첩이 불민하여 한갓 선후황고(先后皇考)[274]의 교애(嬌愛)하시던 성은을 생각하오매 명완(命頑)하와[275] 천양(泉壤)[276]에 따라 뫼시지 못하옵고 천상(天喪)[277] 삼재(三載)의 망극하옴은 세월로조차 더으온지라. 촌장(寸腸)[278]이 여할여절(如割如切)[279]하와 대의와 예절을 미처 생각지 못하였삽더니 성교(聖教)가 지차(至此)하시니 첩이 어찌 감히 존명을 거역하리잇고."

언파(言罷)에 옥성(玉聲)이 유화(宥和)[280]하고 옥면(玉面)에 승안화기(承顏和氣)[281]를 지으나

---

269 자천자달어서인(自天子達於庶人)이 천상(天喪) 삼년(三年)에 절육식(切肉食)하며 채소식(菜蔬食)은 천도(天道)의 상(常)이라: 천자로부터 일반 평민에 이르기까지 부모가 돌아가신 후 삼 년 동안 육식을 끊고 채소를 먹는 것은 하늘의 도리이다.

270 자공(子貢)의 육년상(六年喪): "공자(孔子)가 죽고 삼 년이 지나자 제자들은 짐을 정리해 돌아갔는데, 자공은 다시 돌아와서 공자의 묘 앞마당에 집을 짓고 홀로 삼 년을 지낸 뒤에 돌아갔다(昔者孔子沒 三年之外 門人治任將歸 入揖於子貢 相嚮而哭 皆失聲 然後歸 子貢 反築室於場 獨居三年 然後歸)."는 내용을 말함. 『맹자(孟子)』「등문공(滕文公)」.

271 부자(夫子): '공자'를 높여 이르는 말.

272 복수청교(伏首聽教): 머리를 조아리고 가르침을 들음.

273 하석청죄(下席請罪): 자리에서 내려와 죄를 청함.

274 선후황고(先后皇考): 선대의 군주. 돌아가신 아버지.

275 명완(命頑)하다: 목숨이 모질다.

276 천양(泉壤): 저승.

277 천상(天喪): 부모의 상을 말함.

278 촌장(寸腸): 마디마디의 창자.

279 여할여절(如割如切): 베는 듯하며 끊는 듯하다는 뜻으로 마음이 아픔을 표현하는 말.

280 유화(宥和): 부드럽고 온화함.

281 승안화기(承顏和氣): 승안은 어른을 뵙는 것을 뜻함. 어른을 뵐 때 온화한 기운으로 함.

팔채(八彩)[282]에 수운(愁雲)[283]이 희미하여 가월(佳月)이 (55)침담(浸潭)하고 양시(兩顋)[284]에 수운(愁雲)이 어리어 훈색(纁色)[285]이 몽롱하니 수척(瘦瘠)한 방용(芳容)과 초췌(憔悴)한 기질(肌質)이 더욱 청연교교(淸姸姣姣)[286]하여 높은 골격이 더욱 단중하니 구고(舅姑)가 볼수록 귀중하여 주·철 양 존고가 그 옥비(玉臂)[287]를 잡고 새로이 그 수약(瘦弱)함을 애련하여 위로하더라. 이·설 양 상궁이 구슬함에 예복을 담아 복색 고침을 권하니 공주가 바야흐로 소장(素粧)을 고치고 구고(舅姑)께 뵈오니 구고(舅姑) 숙당(叔堂)[288]이며 제사숙매(娣姒叔妹)[289] 다 깃거하더라.

날이 저물매 상하 제인이 다 돌아가니 공주가 구고께 배사(拜謝)한 후 침전에 돌아오니 자녀 제부가 뫼셔 이르고 의빈과 설부인과 우숙희 다 자녀를 거느려 한 당에 모여 환성(歡聲)이 열렬하고 새로운 화(56)기(和氣) 화원(花園)에 춘색(春色)이 무르녹았더라. 석식(夕食)을 파하고 촉을 밝히매 왕이 제자를 거느려 내각에 들어와 바야흐로 부부가 들어와 상견(相見)할새 각각 예필좌정(禮畢坐定)에 왕이 눈을 들어 공주의 숙태(淑態)[290] 용색(容色)이 수약(瘦弱)함을 보고 화우(華宇)[291]를 찡기어 왈,

"천하가 불행하여 선제(先帝) 안가(晏駕)[292]하시매 신민(臣民)의 지통(至痛)이 범연(凡然)하리오마는 성인도 분상(奔喪)[293] 삼 년의 상례(喪禮)를 다할 따름이라. 세사(世事)가 경권(經權)[294]이 있나니 어찌 한갓 지통을 이기지 못하여 몸이 상하기에 미치리오. 현비

---

282 팔채(八彩): 순임금의 눈썹이 여덟 가지 무늬가 있었다는 데서 기원하여 훌륭하고 범상하지 않은 사람의 눈썹을 표현할 때 사용됨.

283 수운(愁雲): 근심스러운 기색.

284 양시(兩顋): 두 뺨.

285 훈색(纁色): 분홍빛.

286 청연교교(淸姸姣姣): '청연'은 말쑥하고 아름다움을 뜻하고, '교교'는 아름답고 잘 생겨서 출중함을 의미함.

287 옥비(玉臂): 여자의 고운 팔.

288 숙당(叔堂): 조부에게서 갈라져 나온 일가. 삼촌댁.

289 제사숙매(娣姒叔妹): 제사는 동서, 숙매는 시누이.

290 숙태(淑態): 원문에는 '숙치'로 되어 있으나 문맥에 맞추어 고침.

291 화우(華宇): 화려한 눈썹.

292 안가(晏駕): 임금이 세상을 떠남.

293 분상(奔喪): 먼 곳에서 부모의 돌아가심을 듣고 급히 집으로 돌아가는 것.

294 경권(經權): 경법(經法)과 권도(權道). 언제나 변하지 않는 원칙과 상황에 따라 취하는 임기응변을 비유적으로 이르는 말.

의 거조가 비록 성효에 지극함이나[295] 훼불멸성(毁不滅性)[296]을 잊으시니 고(考)[297]의 바라던 바가 아니로소이다."

설파에 광미(廣眉)[298] 씩씩하고 안색이 준절(峻節)하(57)여 엄웅(嚴雄)한 사색이 심히 예사롭지 않은지라. 공주가 일찍 초구(初九) 충년(沖年)[299]에 제왕께 속현(續絃)[300]하여 종풍차포(終風遮暴)[301]의 위엄을 자로 만나 엄준(嚴峻)한 기상과 시험(豺獫)[302]한 호령에 과도히 두리고 부끄려 기운을 펴지 못하다가 천의(天意) 헌사하여[303] 적국(敵國)의 간악한 허물이 드러나고 양액(兩厄)[304]이 진(盡)하매 고결청심(高潔淸心)이 부마의 전일 광패(狂悖)함을 한하고 부끄려 다시 인륜세사에 참예(參預)[305]치 말고자 하나 뜻 같지 못하여 부득이 부부가 화락하여 유자생녀(有子生女)하고 손자까지 보되 매양 엄한 호령이 그치지 아니니 스스로 여자가 됨을 한(恨)터니 근래 천붕지통(天崩之痛)[306]에 삼년을 동처(同處)함이 없다가 금야(今夜) 엄책(嚴責)을 들으매 새로이 (58)싀스럽고[307] 수괴(羞愧)하여 봉관(鳳冠)이 숙고[308] 면홍(面紅)이 자저(自著)하여 유유부대(悠悠不對)[309]하니 조부인과 설씨, 우씨 등이 저 양인(兩人)의 화기(和氣) 없음을 보고 일시에 돌아가더라.

무술년(戊戌年) 저동궁(苧洞宮) 지밀(至密) 서상궁(徐尙宮) 유순 글씨.

---

295 지극함이나: 원문에는 '지극ᄒᆞ미니'로 되어 있음.

296 훼불멸성(毁不滅性): 부모의 상을 당하여 슬퍼해도 생명을 잃지는 않도록 하는 것. 원문에는 '훼불멸상'으로 되어 있으나 서강대본을 참고하여 고침.

297 고(考): 선친(先親).

298 광미(廣眉): 넓은 눈썹.

299 충년(沖年): 열 살 안팎의 어린 나이.

300 속현(續絃): 거문고와 비파의 끊어진 줄을 다시 잇는다는 뜻으로, 다시 결혼하여 아내를 맞이하는 일을 비유적으로 이르는 말. 원문에는 '슉현'으로 되어 있음.

301 종풍차포(終風且暴): 바람이 사납게 몰아침. 『시경(詩經)』「패풍(邶風)」〈종풍(終風)〉. 원문에는 '동풍ᄎᆞ로'로 되어 있으나 문맥에 맞추어 고침.

302 시험(豺獫): 승냥이같이 사나움.

303 헌사하다: 야단스럽다. 호사스럽다.

304 양액(兩厄): 두 사람 사이에 낀 액(厄).

305 참예(參預): 참여(參與).

306 천붕지통(天崩之痛): 하늘이 무너지는 것 같은 아픔이라는 뜻으로, 제왕이나 아버지의 죽음을 당한 슬픔을 이르는 말.

307 싀스럽다: '수줍다'의 옛말.

308 숙다: 앞으로나 한쪽으로 기울어지다.

309 유유부대(悠悠不對): 머뭇거리며 대답하지 않음.

권지이십일

차설. 왕이 침음(沈吟) 반향(半晑)에 세자를 물러가라 하고 사일(斜日)을 흘려 공주를 보니, 저두단좌(低頭端坐)[1]하여 강시(絳腮)에 훈색(纁色)이 염염(冉冉)하니[2] 이화백설향(梨花白雪香)이 취우(驟雨)[3]에 젖었는 듯 만억광채(萬億光彩)와 성자방용(聖姿芳容)이 사순(四旬)[4]이 거의로되 소년 홍옥(紅玉)[5]을 묘시(藐視)[6]하는지라. 왕이 만복 흠경(欽敬)하여 이윽이 바라보며 또 수괴함이 과도함을 실소하여 백안성모(白眼星眸)[7]에 미(微)한 웃음을 띠었더니 이윽고 금리(衾裏)를 병설하고 좌우 시녀가 물러나니 왕이 비로소 좌를 옮겨 이성화난(怡聲和暖)[8]하여 왈,

---

1 저두단좌(低頭端坐): 머리를 숙이고 단정하게 앉아 있음.
2 훈색(纁色)이 염염(冉冉)하다: 분홍빛이 부드럽다.
3 취우(驟雨): 소나기.
4 사순(四旬): 마흔 살. 사십 대의 나이.
5 홍옥(紅玉): 피부색이나 안색 따위가 윤이 나고 아름다운 사람을 비유적으로 이르는 말.
6 묘시(藐視): 대수롭지 않게 여김. 업신여김.
7 백안성모(白眼星眸): 흰 눈자위에 별 같은 눈동자.
8 이성화난(怡聲和暖): 부드럽고 따뜻한 소리를 냄.

"고(孤)[9]의 말씀이 진정소발(眞情所發)[10]이요 현비께 유해함(2)이 없거늘 어찌 답(答)지 아니시며 우리 부부가 우봉(遇逢) 삼십 재(載)[11]에 아들이 자라 며느리를 얻고 제손이 가득하여 손부, 손서를 보려든 현비 어찌 세속 부끄러움이 과도하뇨?"

공주가 또 부답(不答)하니 왕이 소왈(笑曰),

"과인이 시호(豺虎)가 아니로소니 현비 어찌 이대도록 외대(外待)[12]하시나뇨?"

공주가 비로소 입을 열어 왈,

"첩이 불혜(不慧)하와 군왕의 위엄을 자로 번거롭게 하니 무슨 말씀이 있으며 지어(至於) 말단(末端) 말씀은 첩의 인사가 미거하여 비록 삼년의 일실동거(一室同居)를 폐하였으나 일택(一宅)에 처하여 조모(朝暮)에 존문(存問)을 알았으니 천리 원별(遠別)이 아니라 무슨 별회(別懷) 있으리잇고."

언필(言畢)에 옥(3)모가 유화(宥和)하고 말씀이 정대하니 왕이 다시 할 말이 없어 잠소(潛笑)하고 다른 말씀으로 한담하다가 야심(夜深)하매 상요[13]에 나아가니 새로운 은애 여산약해(如山若海)하더라.

이때 총재 희성과 희명 등 제생과 상부 제공이며 제소년이 한결같이[14] 부조(父祖)의 정대한 훈교를 본받아 국상 삼기(三忌)에 백의소대(白衣素帶)와 포의소금(布衣素錦)의 완연한 상인(喪人)으로 거처하여 내당을 찾지 아니며 부인을 보지 아니하더니 및 결복(闋服)[15]하매 바야흐로 각각 부인을 찾아 봉지(鳳池)의 낙(樂)[16]을 이루니 현씨 제공의 충효선행이 여차하더라.

태우 희문이 본성이 호일방탕(豪逸放蕩)하나 예문학종(禮門學種)이라. 일시 운액(運厄)이 기구하여 본성(4)을 잃었으나 또한 신재(神才)라. 제현 제군종(諸群從)[17]이 국상 삼년을

---

9 고(孤): 예전에 임금이나 제후가 스스로를 겸손하게 일컫던 말.

10 진정소발(眞情所發): 진실한 마음으로 꺼낸 바.

11 재(載): 연(年).

12 외대(外待): 푸대접.

13 상요: 잠자리.

14 한결같이: 원문에는 '혼갈갓치'로 되어 있음

15 결복(闋服): 해상(解喪). 탈상(脫喪). 상기를 마침.

16 봉지(鳳池)의 낙(樂): 남녀의 즐김을 말함.

17 제군종(諸群從): 여러 명의 종형제.

마치매 각각 숙소에 왕래하여 부부 화락이 관관(關關)[18]함을 보매 도로혀[19] 부럽고 애달은 지라. 스스로 헤오되, '내 왕궁에 생(生)하여 호치중자(豪侈仲子)라 부귀 극하고 재용(才容)이 하등이 아니며 다시 절염(絶艶)을 취하고 일찍이 계지(桂枝)를 꺾으며[20] 선제의 외손이요 금황(今皇)의 생질이라 은대(銀臺)[21] 자달(紫闥)[22]의 영총(榮寵)을 계승하매 인지생세에 무슨[23] 일이 뜻과 같지 못하리오마는 처궁(妻宮)[24]에 당하여는 금슬(琴瑟)에 마장(魔障)이 많으니 어찌 애달프지 아니하며 제형 군종이 날과 연갑이 상칭(相稱)하고 한가지로 입장(入丈)한 자가 벌써 자녀를 낳아 농장(弄璋)의 자미[25]를 보거늘 ⑸나는 두 아내를 다 실리(失離)하고 소년 호기(豪氣)로써 독수공방(獨守空房)에 환부(鰥夫)[26]의 괴로움을 감심(甘心)할 줄 어찌 알리오.' 이렇듯 헤아리매 사사(事事) 난려(亂慮)가 백출(百出)하는지라.

일일은 존당에 혼정(昏定)을 파하고 서재에 돌아오니 이날 부왕은 상부에 머물고 백형(伯兄) 이부는 입번(入番)하고 희명도 문연각에 입직(入直)하고 희숙 등 제제(諸弟) 촉(燭)을 밝히고 강학하는 소리 자못 요란하거늘 생이 심화가 가득한데 여러 아해 짓궤[27]을 괴로이 여겨 광미(廣眉)를 찡기고 나아가 책을 앗아 던져 왈,

"글을 저대도록 애쓰지 않아도 현마 급제 못하랴. 우형(愚兄)이 심기 불평하니 일찍 쉬고자 하노라."

희몽이 소왈,

"형이 심란하신 중인⑹들 남조차 심란하리잇고. 음풍영월은 장부의 기상이니 글 읽어 급제하기만 바라고 행실은 닦음이 없나니잇가?"

오제 희원이 소왈,

18 관관(關關): '관관저구(關關雎鳩)'. 관관(關關)은 물수리의 우는 소리인데 남녀가 사이가 좋음을 뜻함. 『시경(詩經)』「국풍(國風)」 <관저(關雎)>.

19 도로혀: 도리어.

20 계지(桂枝)를 꺾다: 과거에 장원급제하다.

21 은대(銀臺): 홍문관 또는 승정원. 일정한 지위의 문무관이 허리에 띠던 띠.

22 자달(紫闥): 궁중. 궁내.

23 무슨: 원문에는 '무ᄉᆞ'로 되어 있음.

24 처궁(妻宮): 점술에서 십이궁의 하나로 처첩에 대한 운수를 알아보는 별자리임.

25 농장(弄璋)의 자미: 아들을 낳아 기르는 재미.

26 환부(鰥夫): 홀아비.

27 짓궤다: 지껄이다.

"어찌 한갓 글만 하리잇가? 충효와 오륜을 사못[28] 알지 못하고 오직 급제하여 작록(爵祿)만 허비하면 이는 진회(秦檜),[29] 채경(蔡京)[30]의 무리라. 이러므로 소제 등이 학문을 부지런히 하여 오상(五常)[31]에 득죄커나 면코자 함이로소이다."

칠제 희교가 나이 오 세라. 소왈,

"오형의 언단(言端)[32]이 우습도다. 소제 오히려 옛말을 사못지 못하거니와 삼형이 모르실 것이라 저 말을 하나뇨."

생이 희교의 총명함을 기특히 여겨 나호여 안고 웃어 왈,

"여언(汝言)이 극선(極善)하도다. 우형(7)이 잠이 매우 겨워 잠깐 자고자 하나니 저 놈들이 실없는 객담을 하려 하는도다."

희교가 옥안성모에 향기로운 웃음을 띠어 왈,

"사형이 요사이 수행함이 가장 정대하여 전처럼 희학(戲謔)함이 없어 두용직(頭容直)하며 수용공(手容恭)[33]하여 한갓 존전뿐 아니라 남 없는 곳에도 존객이나 대한 듯이 인사를 차리니 이는 무타(無他)[34]라. 반드시 입장(入丈)하실 날이 가까웠으매 행실을 수렴(收斂)[35]하시는가 싶더이다."

희숙이 문파(聞罷)에 금선(錦扇)으로 어깨를 쳐 꾸짖어 왈,

"어찌 거짓말 하는다? 내 언제 그리하더뇨?"

희교가 왈,

"사형이 일정 그리 아니 하니잇가?"

숙이 우왈,

"우형(愚兄)이 화심당 난간 앞에서 앵모의 노는 (8)양을 보다가 일저저(一姐姐)가 정당

---

28 사못: 투철하게.

29 진회(秦檜): 중국 북송 말 남송 초의 간신. 송나라를 금나라에 넘기려고 충신 악비(岳飛) 등을 무고해 죽였음. 원문에는 '진희'라 되어 있음.

30 채경(蔡京): 중국 북송 말기의 정치인. 재상으로 있으면서 백성을 착취했고 또 간신으로 유명함. 원문에는 '체경'으로 되어 있음.

31 오상(五常): 오륜. 사람이면 지켜야 할 다섯 도리. 인의예지신(仁義禮智信).

32 언단(言端): 말다툼을 일으키는 실마리.

33 두용직(頭容直) 수용공(手容恭): 머리는 곧게 있고 손은 공손히 가져야 한다. 『소학(小學)』.

34 무타(無他): 다른 까닭이 아님.

35 수렴(收斂): 방탕한 사람이 심신을 다잡음.

(正堂) 자위(慈闈)[36]를 뫼셔 지나다가 보고 들었던 주미(麈尾)[37]로 내 이마를 쳐 희롱하거늘 내 또 여차여차하니 정당 자위 행신(行身)의 경도(輕倒)[38]함을 이리 이리 경계하시니 내 경계를 받자온 후로 경심계지(警心戒志)[39]하여 행사(行使)[40]를 수련하거늘 어린아해 어찌 엉뚱한 말을 하나뇨?"

희교가 왈,

"그때 소제도 들었나이다. 모일에 차저저(次姐姐)가 형다려 조어사 부인이 가장 어려우니 부디 조심하여 악모(岳母)[41]께 득죄치 말라 하시니 형이 그 후로부터 가장 조심하더이다."

원래 희숙이 국휼(國恤)[42] 전에 어사중승(御使中丞) 조무의 여아와 맹약 수빙(受聘)하였더니 의외 선제 붕(崩)하시니 드대어 삼 년을 기다려 바야흐(9)로 택일하여 성례 순일(旬日)이 가렸더라. 조어사는 이 곧 차소저 구문(舅門)이라. 조한림 창문의 종숙(從叔) 도찰어사 무가 부인 부씨께 이자일녀를 두었더니 여아 옥계 장성하여 재용이 관세(冠世)[43]하니 부모가 편애하여 희숙의 옥면유풍(玉面遺風)을 흠선(欽羨)하여 제왕께 간청하니 조한림이 작매(作媒)한 바라. 제왕과 의빈이 또한 여아의 소전(所傳)으로조차 조소저의 아름다움을 익히 아는 고로 쾌허하고 길기(吉期)를 등대(等待)하였으니 조어사 부인 부씨 조협교시(躁狹狡猜)[44]하여 투악(妬惡)이 유명한 고로 미혜 소저가 공자를 희롱한 말을 희교가 듣고 옮김이러라.

태우가 심우(心憂)를 도로혀 희숙을 희롱 왈,

"칠제의 말이 옳으(10)니 현제는 수고로이 발명(發明)치 말라. 우형이 들으니 조부인이

---

36 자위(慈闈): '어머니'의 존칭. 자친(慈親).

37 주미(麈尾): 선승이 담론할 때 손에 들던 총채.

38 경도(輕倒): 가볍게 행동함.

39 경심계지(警心戒志): 마음과 뜻을 조심스럽게 함.

40 행사(行使): 행동이나 하는 짓.

41 악모(岳母): 장모.

42 국휼(國恤): 국상(國喪). 국민 전체가 복상(服喪)을 하던 왕실의 초상. 태상왕(太上王), 상왕(上王), 왕, 왕세자, 왕세손 및 그 비(妃)의 상사(喪事)를 이름.

43 관세(冠世): 세상에 으뜸임.

44 조협교시(躁狹狡猜): 속 좁고 시샘이 많음. '조협'은 속이 너그럽지 못하고 좁음을 말하고, '교시'는 교활하고 시샘하는 것을 말함.

투기의 선봉이요 새움[45]의 대장이라 하니 기녀(其女)가 어찌 닮지 아니리오? 네 가히 이제부터 머리를 움치고[46] 기운을 주리혀[47] 타일 위징(魏徵)[48] 왕두(王斗)[49]의 경계를 당치 말라."

공자가 대소 왈,

"형장은 우스운 말 마소서. 아무리 용렬(庸劣)한들 일 여자를 제어치 못하여 위징의 뺨 맞음과 왕두(王斗)의 달아남을 본받으리잇가? 멀지 않았으니 형장은 소제의 제가(齊家)하는 양을 보소서."

태우가 소왈,

"오냐, 어데 보자. 여자도 성악(性惡)하면 제어키 어려우리라."

공자가 기기절도(奇奇絶倒)[50]하여 왈,

"전일 형장이 고수(嫂)의 강렬하신 위엄에 많(11)이 관숙(慣熟)[51]하시도소이다. 범람(氾濫)하거니와 군자는 묵묵(默默)하고[52] 숙녀는 정정(貞靜)하다 하나이다."

태우가 양노(佯怒)[53] 왈,

"연즉 너는 군자요 나는 너만 못하단 말가? 네 미처 보지[54] 아닌 처자를 저리 역성하니 아직은 큰말 하거니와 장래는 머리를 규방에 내왓지[55] 못하고 악모의 위엄을 두리며 처자의 호령을 관속(官束)[56]하여 규중의 사령(使令)이 될 줄 아노라. 연이나 너는 가기(佳期)를 굴지계일(屈指計日)[57] 하노라 경경불매(耿耿不寐)[58]하거니와 우형은 심화 겨운 사람이라 만사를 다 잊고 잠이나 자려 하니 너와 겨루기 싫다."

---

45 새움: 샘. '새우다'는 샘을 내다.
46 움치다: 움츠리다.
47 주리히다: 누그러뜨리다.
48 위징(魏徵): 당나라 개국 공신이자 명재상. 아내의 투기가 심했다 함.
49 왕두(王斗): 중국 전국 시대 제(齊)나라 선왕(宣王) 때의 사람. 공처가로도 유명함.
50 기기절도(奇奇絶倒): 몹시 이상하고 우스워 웃다가 넘어짐.
51 관숙(慣熟): 익숙함. 친밀함.
52 하고: 원문에는 'ᄒᆞᄒᆞ고'로 되어 있으나 오기인 듯함.
53 양노(佯怒): 거짓으로 화를 냄.
54 보지: 원문에는 '보다'로 되어 있으나 문맥에 맞추어 고침.
55 내왓다: 내밀다. 나오다.
56 관속(官束): 단속함. 관리함.
57 굴지계일(屈指計日): 손을 꼽아가며 날을 헤아림.
58 경경불매(耿耿不寐): 불안하여 잠을 이루지 못함.

하고 언파에 관을 해탈(解脫)하고 금리(衾裏)에 나아가니, 희교가 또 품기어 눕거늘 공자가 소왈,

"긴긴 세월에 (12)매양 자는 잠을 저리 못 자 하시나니잇가? 꿈속에나 아니 신녀(神女)를 만나 숙연을 우합(偶合)하려 하시나니잇가?"

태우가 폐목잠와(閉目暫臥)[59]하여 부답하고 희교를 안고 잠드니 제제 또한 웃고 각각 침금에 나아가 자니라.

시야에 태우가 일몽을 얻으니 문득 청의 도동(道童)이 앞에 와 절하고 황번(黃幡) 우개(羽蓋)를 잡아 시위(侍衛)하였는데 일위 노선(老仙)이 머리에 자옥관(紫玉冠)을 쓰고 어깨에 일월포를 입고 허리에 봉 그린 옥대(玉帶)를 띠고 섰으니 송형옥골(松形玉骨)이 범범한 속인(俗人)[60]이 아니라. 흔연히 현생다려 왈,

"현군이 한번 하계에 나리매 선진(仙眞)이 노수(路殊)[61]하여 음신(音信)[62]이 막연하니 사모하는 회포가 (13)간절하여 겨우 잠깐을 얻어 청하였더니 존가(尊家)가 임(臨)함을 얻으니 평생 행(幸)이로다."

생이 공경 복수(伏首) 왈,

"소생은 진토 속객이라 일면지분(一面之分)이 없고 비루한 자최를 이렇듯 은대(慇待)하시니 불승황감(不勝惶感)하여이다."

선군(仙君)이 은근히 좌(座)를 청하여 왈,

"그대 하계에 나려가 홍진(紅塵)에 잠겨 석사(昔事)를 잊었도다."

하고 좌우로 하여금 옥배에 경장(瓊漿)[63]을 내오거늘, 생이 받아 마시니 맛이 청렬(淸冽)[64]하고 구중(口中)이 상연(爽然)하여 전세 일이 목전(目前) 같으니 자가(自家)가 옥청도선(玉淸道仙)으로서 옥제 명으로 노자궁에 왔다가 노군의 필녀(畢女)[65] 운화 선녀를 보고 흠모하여 꽃을 던져 희롱한 죄로 상제 노하사 (14)인간에 적거(謫居)하시니 자가는 공주께 수태(受胎)하여 제왕의 아들이 되고 운화는 연상서의 딸이 되어 부부가 되게 하시나 부부가

---

59 폐목잠와(閉目暫臥): 눈을 감고 갑자기 누움.

60 속인(俗人): 원문에는 '숙인'으로 되어 있으나 서강대본을 참고하여 고침.

61 노수(路殊): 길이 다름. 길이 끊어짐.

62 음신(音信): 먼 곳에서 전하는 소식이나 편지.

63 경장(瓊漿): 선계의 음료수. 좋은 술의 비유로도 쓰임.

64 청렬(淸冽): 맑고 차가움.

65 필녀(畢女): 막내딸.

다 원(怨)을 품어 도선은 운화의 너무 매몰함을 노하고 운화는 도선의 방탕함으로 선당(仙堂) 쾌락을 버리고 홍진에 분주함을 한하여 마음에 차지 못하고 의사가 불합(不合)하여 금슬에 마장(魔障)이 일어남이요, 고씨 또한 전생 부부라 운화로 더불어 강세(降世)할 제 자원하여 하계에 나려가 운화를 먼저 취하거든 버금 아내 되기를 원하니 고씨 전신(前身)은 서왕모(西王母)의 시녀라 왕모가 저의 구차로이 장부를 따르고자 함을 뮈이 여겨 고절(15)도의 여자가 되어 위차(位次)가 낮을 뿐 아니라 재덕이 또한 저를 밎지 못하게 함이요 백수 구부인 시녀 자란이 또한 전생 인연으로 모들 것이로되, 설매는 천 년 묵은 호매(狐魅)의 정령이라 진군(眞君)이 우연히 천태산에 갔다가 여[66]를 만나 쏘아 죽였더니 진군이 재세(在世)할 제 먼저 발원하여 세상에 나와 인연을 도모하고 금슬에 마장(魔障)을 지어냄이러라.

태우가 황연(晃然)[67] 대오(大悟)하여 피석배사(避席拜辭) 왈,

"소생이 진실로 어리고 아득하여 상천(上天)의 외오[68] 여기심을 얻고 또 존하에 죄를 얻음이 많거늘, 이렇듯 성덕(盛德)으로써 대접하시니 불승감은(不勝感恩)하여이다. 아지 못게라. 소생(16)이 영녀(令女)로 기약한 연분을 재세(在世)에 성전(成全)하였은즉[69] 마땅히 유자생녀(有子生女)하여 삼생(三生)의 미진(未盡)함을 다하여 쾌락을 누릴 것이어늘 요매의 작얼(作孼)[70]함으로 연씨의 사생존망(死生存亡)을 알지 못하오니 연씨 만일 살았으면 인세(人世)에 있으려니와 죽었은즉 있던 곳에 돌아왔사오리니 가히 한 번 봄을 얻으리잇가?"

노군이 미소 왈,

"운화가 그대를 좇아 하계(下界)하매 그 거취를 내 어찌 알리오. 연이나 차사(此事)를 위하여 그대를 청하였노라."

하고 즉시 좌우를 명하여 팔진성찬(八珍盛饌)[71]을 내와 권하며 수중(手中)으로 한낱 명주

---

66 여: 여우.

67 황연(晃然): 환히 깨닫는 모양.

68 외오: 그릇. 잘못.

69 성전(成全)하다: 이루어지다.

70 작얼(作孼): 훼방을 놓음.

71 팔진성찬(八珍盛饌): 팔진미(八珍味) 등 풍성하게 차려진 음식.

(明珠)를 내어 놓으니 오채(五彩) 상광(祥光)[72]이 휘휘(輝輝)하고 황황(煌煌)[73](17)하여 서기(瑞氣) 바로 두우(斗宇)[74]에 꿰칠[75] 듯하니 변화(卞和)의 옥(玉)[76]이라도 밎지 못하고 위혜왕(魏惠王)의 십이승(十二乘)에 비추는 벽진주(璧珍珠)[77]라도 이에서 더으지 못할지라. 구슬 가운데 은은한 글자가 있어 명주회합(明珠會合) 네 자가 쓰였더라. 진군이 가리켜 왈,

"그대 이 구슬을 일찍 봄이 있더냐?"

생이 눈을 들어 보고 문득 의의(依依)히[78] 반가운 뜻이 있어 침음양구(沈吟良久)에 문득 깨달아 대왈(對曰),

"이 진주는 생이 옛날 천궁(天宮)에 있을 제 수중지물(手中之物)로 사랑하던 바라. 일찍 영녀(令女)에게 보내었더니 영녀가 반드시 버리고 가도소이다."

진군이 소왈(笑曰),

"그대 가히 총명하도다. 여아가 과연 비례지물(非禮之物)이라 하여 버리고 갔거니와 이 본디 천정(天定)(18)이니 어찌 싫음으로 면하리오. 내 마땅히 차물(此物)로써 그대와 여아의 끊어진 인연을 다시 잇게 하리라."

설파(說罷)에 손에 구슬을 쥐고 입김을 한 번 부니 구슬이 문득 둘이 나고 글자가 깨어지거늘 노군이 일편(一片)을 가져 소매에 장(藏)하고 일편을 생을 주어 왈,

"그대 오래지 아냐 변방(邊方)에 창(槍)대를 베는 근심이 있으리니 반드시 하늘이 이인(異人)을 나리와 도우실지라. 전공(戰功)을 거두지 못할까 근심은 없거니와 고인을 상봉(相逢)하매 조화의 희롱 가운데 아득함이 있으리니 이 반 짝 진주가 족히 기봉(奇逢) 희

---

72 상광(祥光): 서광(瑞光).

73 휘휘황황(輝輝煌煌): 번쩍번쩍 빛나서 밝음.

74 두우(斗宇): 온 세상.

75 꿰치다: 꿰뚫다. 원문에는 '께칠'로 되어 있음.

76 변화(卞和)의 옥(玉): 화씨지벽(和氏之璧).

77 위혜왕(魏惠王)의 십이승(十二乘)에 비추는 벽진주(璧珍珠): 전국시대 제위왕(齋威王)과 위혜왕(魏惠王)에 얽힌 고사에 나오는 말. 위혜왕은 "저의 나라가 비록 작기는 하지만 그래도 수레 12대의 전후를 각기 비출 수 있는 직경 한 치 되는 구슬이 열 개가 있는데 어찌 대국인 제나라에 보물이 없겠습니까?" 하고 물었다. 그러자 제위왕은 "내가 보배로 삼는 바는 대왕과는 좀 다릅니다. 내 신하 가운데 단자(檀子)란 자가 있는데 그가 남쪽 성을 지키면 초(楚)나라가 감히 넘보지 못하며, 전분(田盼)이란 자가 고당(高唐) 지방을 지키면 조(趙)나라 사람이 우리 국경을 넘어와 고기잡이를 하지 못하며, 검부(黠夫)란 자가 서주(徐州)를 지키면 연(燕)나라 사람들이 자기 나라를 침범하지 말아 달라며 제사를 지내니, 이런 사람들이 우리나라의 보배라고 할 수 있지요." 라고 말하였다.

78 의의(依依)히: 기억이 어렴풋하게.

사(喜事)를 도움이 있으리니 버리지 말고 신변에 간수하면 여러 가지 유익(19)함이 많으리라."

생이 흔연(欣然)히 받아 낭중(囊中)에 넣고 사례(謝禮) 왈,

"존선(尊仙)이 소생의 아득한 것을 밝히 가르치시니 지우(知遇)[79]하신 성덕(聖德)을 감사하나이다. 연이나 완전한 구슬을 둘로[80] 깨뜨려[81] 일편은 뉘게 전하려 하시나니잇고?"

진군이 소왈,

"내 스스로 주고자 하는 사람이 있나니 차사(此事)는 알아 부질없다."

하고 밀치거늘 놀라 깨치니 침상일몽(寢牀一夢)이요, 방중(房中)의 서기(瑞氣) 황홀한 곳에 낭중에 명주가 있거늘 크게 신기히 여겨 침상에 놓고 유의하여 살피더니 희숙 등 제아(諸兒)가 잠결에 한 줄 명광(明光)이 실중(室中)에 조요(照耀)함을 보고 문왈(問曰),

"형장(兄丈)이 무슨 기보(奇寶)를 가졌관대 이런 광채 있나니잇가?"

생이 소왈,

"너희 알아 무엇하(20)리오. 이 구슬 출취(出取)한 말을 들으면 놀라 기절할 것이니 밤중에 어데 가 청심환을 얻으리오. 그러므로 이르지 못하노라."

하고 구슬을 거두어 장(藏)하려 하거늘 제제(諸弟) 급히 나와 손을 좌우로 붙잡고[82] 볼새 기중(其中) 어린 아해가 두 눈에 졸음이 몽롱한지라. 눈을 빗씻고[83] 보니 이 불과 반 짝 구슬이로되 기화(其華)가 암암하고[84] 서기(瑞氣) 등등(騰騰)한지라.[85] 제공자(諸公子)가 일시에 칭찬 왈,

"아깝다. 이 구슬을 어데 가 얻었으뇨? 위국 십이승 비추던 벽진주의 유(類)로되 그릇 나려져 파물(破物)이 되었으니 가석(可惜)이로다."

태우가 소왈,

"이 구슬은 천상천하(天上天下)에 무쌍지보(無雙之寶)라. 우형이 마침 길에서 얻었거니와 (21)근본 반 짝이라. 출처야 어찌 알리오."

---

79 지우(知遇): 남이 자신의 인격이나 재능을 알고 잘 대우함.

80 둘로: 원문에는 '둘희'로 되어 있으나 문맥에 맞추어 고침.

81 깨뜨리다: 원문에는 '짜려'로 되어 있으나 문맥에 맞추어 고침. '짜리다'는 '깨뜨리다'의 뜻임.

82 붙잡고: 원문에는 '붓잡죱고'로 되어 있음.

83 빗씻다: 비벼 씻다. 원문에는 '빗씻고'로 되어 있음.

84 암암하다: 미상.

85 등등(騰騰)하다: 기세가 무서울 만큼 높다.

제공자가 묵연(默然)하되 희원, 희교가 괴로이 묻거늘 태우가 다만 길에서 샀노라 하니 희숙이 소왈,

"이는 아마도 신명(神明)이 이를 응하여 합호(合互)에 구슬을 완전할 바가 될까 하나이다."

태우가 그 능활(能猾)한[86] 의견을 항복하나 이르되,

"잠이나 자지 잡말하여 무엇하리오."

하고 구슬을 낭중에 넣고 잠을 드니 제공자가 또한 자더니, 이윽고 금계(金鷄)[87] 악악(喔喔)[88]하니 제공자가 일시에 일어 소세(梳洗)하고 존당 부모께 신성(晨省)하고 물러 상부 서헌(書軒)에 이르니 군종(群從) 형제 성렬(成列)하였거늘 희숙 등 제공자가 이르되,

"제형장(諸兄丈)이 옛글을 보아 벽진주 있더란 말을 들었(22)시니잇가?"

상서 등이 소왈,

"벽진주는 전국(戰國) 적 보배라. 물(物)이 비록 기특하나 차물(此物)로 말미암아 제후가 쟁전(爭戰)하니 무엇이 좋으리오."

제공자가 소왈,

"삼형(三兄)이 어데 가 벽진주 한 짝을 얻었으니 천하 기보(奇寶)라. 열위(列位) 형장은 구경하소서."

상서 등이 청파(聽罷)에 소왈,

"종제(從弟) 어떤 것을 가졌관대 희숙 등이 저리 침을 흘리나뇨. 아모커나 우리도 구경함이 어떠뇨?"

태우가 웃고 낭중으로서 반 짝 진주를 내어 뵈거늘 돌려가며 보니 황황한 서채(瑞彩)와 휘휘한 보광이 사벽(四壁)에 조요(照耀)하거늘 상서 등이 크게 놀라고 괴이히 여겨 서로 이르되,

"가석(可惜)다. 이 어찌 파(23)물(破物)이 된고. 출처(出處)가 반드시 범연(凡然)치 아니리니 얻은 곡절을 듣고자 하노라."

태우가 감히 숨기지 못하여 작야(昨夜) 몽사(夢事)를 고하고 가로되,

---

86 능활(能猾)하다: 능력이 있으면서 교활하다.

87 금계(金鷄): 꿩과의 새. 꿩과 비슷한데 수컷은 광택 있는 황금색 우관(羽冠)과 뒤 목에는 누런 갈색, 어두운 녹색의 장식깃이 있어 매우 아름답다. 암컷은 엷은 갈색 바탕에 검은 점이 있다.

88 악악(喔喔): 닭이나 새가 우는 소리.

"몽사가 가장 허망하오나 얻은 바가 이상하오니 깊이 간수하였다가 무슨 징험(徵驗)이 있는가 보려 하나이다."

한림 희명이 소왈,

"현제 이번도 또 아니 요매의 희롱을 만나 뉘 집 규수가 비명 원사(冤死)함이 있을까 하노라."

상서와 총재 소왈,

"문제(弟)[89] 전일은 요매의 간모(奸謀)에 벗어나지 못하였거니와 이번은 실사(實事)라. 이 진주가 비록 완전치 못하나 서채(瑞彩) 휘황하여 천지(天地)의 정맥(精脈)과 산천의 영기(靈氣)를 거두었으니 벅벅이[90] 요사(妖邪)를 진압(鎭壓)할 것이요, 타일(他日)에 반드(24)시 합주(合珠)의 경사(慶事)가 있을까 하노라."

태우가 수명(受命)하고 이후는 가장 삼가 명주(明珠)의 재합(再合)함을 희망하더라.

이때 제왕 사자(四子) 희숙의 자는 문중이니 좌부인 의빈 군주 조씨의 차자(次子)라. 풍신재화(風神才華)가 부풍모습(父風母習)[91]하여 연기(年紀) 십오에 옥안영풍(玉顔英風)이 재세(在世) 반악(潘岳)[92]이요, 문장필법(文章筆法)이 고인(古人)에 지나고 식견(識見)이 원대(遠大)하고 지혜 선능(善能)하더라. 존당 부모가 사랑하여 일찍 조소저 옥계와 정혼 납빙(納聘)하였더니 국상(國喪) 삼 년이 지나매 택일(擇日)하여 양가(兩家)에서 혼구(婚具)를 성비(盛備)하여 희숙 공자가 옥안영풍에 허다 위의(威儀)를 거느려 조소저를 백량우귀(百兩于歸)[93]하니 조소저의 용색(容色)이 초세(超世)하고 숙덕(淑德)이 현출(顯出)(25)하니 존당 부모가 과애(過愛)하고 희숙 공자가 희열(喜悅)하여 부부가 상경예빈(相敬禮賓)[94]하여 금슬우지

---

89 문제(弟): 현희문을 말함.

90 벅벅이: 그러하리라고 미루어 헤아려 보건대 틀림없이.

91 부풍모습(父風母習): 모습이나 언행이 아버지와 어머니를 고루 닮음.

92 반악(潘岳, 247~300): 중국 서진(西晉)의 문인. 자는 안인(安仁). 권세가인 가밀(賈謐)의 집에 드나들며 아첨하다가 뒤에 손수(孫秀)의 무고로 주살되었다. 미남이었으므로 미남의 대명사로도 쓴다. 작품에 망처(亡妻)를 애도한 〈도망시(悼亡詩)〉가 유명하며 〈서정부(西征賦)〉, 〈금곡집시(金谷集詩)〉, 〈추흥부(秋興賦)〉 등이 있다.

93 백량우귀(百兩于歸): 백 대의 수레로 신부를 맞이함. 정식으로 부인을 맞이하는 것을 의미함.

94 상경예빈(相敬禮賓): 서로 공경하고 마치 손님을 대하듯이 예를 갖춤. 상경여빈(相敬如賓): 부부가 가장 가까운 사이이지만 서로 공경하기를 마치 손님을 대하듯이 함.

(琴瑟友之)[95]의 종고낙지(鐘鼓樂之)[96]하더라.

승상의 빈실(嬪室)[97] 사마영주의 일자(一子) 희연의 자는 사중이니 연급(年級) 십육에 옥모풍신(玉貌風身)과 재학(才學)이 출류(出類)[98]하되 기모(其母)의 소년 과악(過惡)이 만성(萬姓)에 훼자(毁訾)[99]하여 일찍 취처(娶妻)의 길이 막혔더니 승상이 널리 구하여 처사 교운의 일녀와 정혼하여 희연 공자가 교소저를 맞아오니 교소저가 색용(色容)이 절륜(絶倫)하고 사덕(四德)[100]이 온순하니 승상과 사마씨 애중(愛重)하고 공자가 또한 금슬화락(琴瑟和樂)하더라.

제왕의 오자(五子) 희원의 자는 희중이니 의빈 군주의 제삼자(第三子)라. 옥안(玉顔)이 쇄락(灑落)[101]하고, 제(26)사자(第四子) 희몽의 자는 선중이니 이 곧 동태(同胎) 쌍생(雙生)이라. 풍모(風貌)가 한가지로 기특(奇特)하고 문장재화(文章才華)가 금시(今時) 무적(無敵)이라. 연(年)이 십이 세에 어른의 체도(體度)[102]가 이르렀으니 제왕이 널리 구하여 태상경(太常卿) 육보의 쌍녀(雙女)와 정혼하니 이 곧 육부인 재종질자(再從姪子)[103]의 쌍녀라. 제왕이 의모(義母)의 친척이 고고(孤孤)함을 한심(寒心)하더니 육공으로 더불어 정혼할새 육부 세계(世系)를 나리[104] 이르매 비로소 육부인 친척이 분명한지라. 왕이 더욱 행희(幸喜)하여 납빙(納聘)[105]하고 택일(擇日)하여 길일(吉日)에 양가에 대연(大宴)을 배설(排設)하고 빈객(賓客)이 대회(大會)하매 희원, 희몽 양 공자가 쌍으로 옥안영풍(玉顔英風)에 (27)허다 위의(威儀)를 거느려 육부에 이르러 양 신부를 백량우귀(百兩于歸)하여 돌아오니 존당 구고(舅姑)가 양 신

95 금슬우지(琴瑟友之): 거문고와 비파가 서로 짝이 된다는 말로, 부부 사이의 정이 돈독함을 말함.

96 종고낙지(鐘鼓樂之): 부부간의 돈독한 정.

97 빈실(嬪室): 빈첩(嬪妾).

98 출류(出類): 같은 무리 가운데에서 뛰어남.

99 훼자(毁訾): 헐뜯음.

100 사덕(四德): 여자로서 갖추어야 할 네 가지 덕. 마음씨[婦德], 말씨[婦言], 맵시[婦容], 솜씨[婦功]를 이른다.

101 쇄락(灑落): 기분이나 몸이 상쾌하고 깨끗함.

102 체도(體度): 체모(體貌)와 태도를 아울러 이르는 말.

103 재종질자(再從姪子): 재종질(再從姪). 육촌형제의 아들.

104 나리: 잇따라, 계속.

105 납빙(納聘): 납폐(納幣). 혼인할 때에, 사주단자의 교환이 끝난 후 정혼이 이루어진 증거로 신랑 집에서 신부 집으로 예물을 보냄. 또는 그 예물. 보통 밤에 푸른 비단과 붉은 비단을 혼서와 함께 함에 넣어 신부 집으로 보낸다.

부의 조율(棗栗)을 받고 제객(諸客)으로 더불어 첨망(覘望)[106]하니 일쌍(一雙) 부용(芙蓉)이 성개(盛開)한 듯 어여쁘고 진퇴(進退) 예절이 규구(規矩)[107]에 어김이 없는지라. 존당 구고가 환열(歡悅)하고 모든 빈객의 하성(賀聲)이 여류하니[108] 제왕이 희기(喜氣) 만면(滿面)한 중 육부인이 연석(宴席)을 당하여 미주성찬(美酒盛饌)[109]을 포복(飽腹)[110]도록 진음(盡飮)하고 광잡(狂雜)한 객설(客說)[111]은 본품(本品)이라. 양 신부를 한 번 보매 웃는 입을 줄이지 못하고 두 손으로 양 신부를 가로 잡고 왈,

"너희 등이 나의 족친(族親)이로되 일찍 보지 못하였더니 금일 천행(天幸)(28)으로 모여 상면(相面)하니 어찌 기쁘지 아니하리오."

하고 좌우고면(左右顧眄)[112]하며 말을 그치지 아니나 오히려 제왕을 꺼려 참는 거동이 일필난기(一筆難記)[113]라 또한 장관이러라. 일모객산(日暮客散)[114]하매 신부 숙소를 각각 정하여 보내니 양 신랑이 혼정(昏定)[115]을 맞고[116] 각각 신방에 이르매 천정가연(天定佳緣)이라. 금슬지락(琴瑟之樂)이 흡연(洽然)하더라.[117] 이튿날 일어 쌍으로 존당에 문안하니 남풍여모(男風女貌)가 가작한지라 새로이 사랑하더라.

어시(於是)에 만승천자(萬乘天子)가 결사(決事)가 명백하사 교지(敎旨)를 나리사 희성의 처 구씨와 희문의 처 고씨를 복합(復合)[118]하시는 사명(詞命)[119]이 나리니 일가가 경환(慶歡)

---

106 첨망(覘望): 살피면서 바라봄.

107 규구(規矩): '규구준승(規矩準繩)'의 준말. 일상생활에서 지켜야 할 법도.

108 여류하다: 열요(熱鬧)하다. 매우 시끄럽고 떠들썩하다.

109 미주성찬(美酒盛饌): 맛있는 술과 풍성하게 잘 차린 음식.

110 포복(飽腹): 포식(飽食). 배부르게 먹음.

111 객설(客說): 객쩍게 말함. 또는 그런 말.

112 좌우고면(左右顧眄): 좌고우면(左顧右眄). 이쪽저쪽을 돌아본다는 뜻으로, 앞뒤를 재고 망설임을 이르는 말.

113 일필난기(一筆難記): 한 붓으로 이루 적을 수 없다는 뜻으로, 내용이 길거나 복잡하여 간단히 기록하기 어려움을 이르는 말.

114 일모객산(日暮客散): 해가 저물어 왔던 손님들이 돌아감.

115 혼정(昏定): 잠자리에 들 때에 부모의 침소에 가서 잠자리를 살피고 밤 동안 안녕하기를 여쭘.

116 맞다: '마치다'의 준말. 원문에는 '맛고'로 되어 있음.

117 흡연(洽然)하다: 매우 흡족한 듯하다.

118 복합(復合): 다시 합침.

119 사명(詞命): 임금의 말이나 명령.

하나, 이때 구래공(寇萊公)이 정위의 모(29)함을 입어 애주에 폄적(貶謫)[120]하매 진왕이 사직(辭職)하고 부군(父君)을 따라 만 리 절해(絕海)에 돌아갔고 약간 친척이 경사(京師)에 있고 구부(寇府)는 노복(奴僕)이 지키었으니, 전후 자서한[121] 사연은 〈구래공정충직절기(寇萊公貞忠直節記)〉에 기록하였으매 차전(此傳)에는 명주옥연기합(明珠玉燕奇合)하는 사연만 기록하므로 다른 말은 다 빼다.

제왕이 태우의 행사(行使)를 절통(切痛)하여 고소저를 데려올 뜻이 없으니 진공 부부가 왕의 고집을 책(責)하고 식부(息婦)[122] 데려옴을 재촉하니 왕이 수명(受命)하고 주왈(奏曰),

"차사(此辭)는 봉승존교(奉承尊教) 하오려니와 연소부의 생사(生死)를 미분(未分)하옵고 먼저 고씨를 솔귀(率歸)[123]한즉 연공이 비록 말을 않으나 소자의 사(30)리(事理) 모름과 문아의 무신(無信)함을 어찌 유감치 아니리잇고. 매사를 신중히 하여 잠깐 일월(日月)을 지지(遲遲)하여 구소부의 환경지속(還京之速)을 등대(等待)함이니이다."

공이 점두(點頭) 왈,

"여언(汝言)이 선(善)하거니와 매사가 또 경권(經權)[124]이 없으리오."

정언간(停言間)[125]에 가인(家人)이 연상서와 고절도의 도문(到門)[126]하였음을 고하니 왕의 곤계(昆季) 한가지로 출외(出外)하여 양공(兩公)을 맞아 예필좌정(禮畢坐定)하고 먼저 연중(筵中)[127] 설화를 베퍼[128] 성명(成明)[129] 처치(處置) 밝으심을 일컫고 한담(閑談)에 미쳐는 연상서가 추연(惆然) 희허(欷歔) 왈,

"성차(聖次) 홍은(鴻恩)이 망극하사 생사 육률(戮律)에 미쳤으나 사자(死者)는 이의(已矣)라. 약녀(弱女)의 신유(新柳)[130]와 같은 (31)기질로 무인심야(無人深夜)에 독수(毒手)를 만

---

120 폄적(貶謫): 벼슬자리에서 내치고 귀양을 보내던 일.

121 자서하다: 자세하다.

122 식부(息婦): 며느리.

123 솔귀(率歸): 데리고 돌아옴.

124 경권(經權): 경법(經法)과 권도(權道). 언제나 변하지 않는 원칙과 상황에 따라 취하는 임기응변을 비유적으로 이르는 말.

125 정언간(停言間): 말을 잠시 멈춘 사이.

126 도문(到門): 문 앞에 다다름.

127 연중(筵中): 연석(筵席). 임금과 신하가 모여 자문(諮問)·주달(奏達)하던 자리.

128 베프다: '베풀다'의 옛말.

129 성명(成明): 임금이 신하의 신상(身上)에 관하여 결정적으로 내리는 명령.

130 신유(新柳): 새싹이 돋아난 버드나무.

났으니 어찌 살기를 바라리오. 저를 잃던 날 벌써 사생(死生)을 판단하였으되 오히려 목전(目前)에 죽음을 봄이 없으니 혹자(或者) 천행(天幸)을 바라더니 이제 보건대 삶이 무가내하(無可奈何)[131]라. 더욱 통석(痛惜)하는 바는 구고(舅姑)와 가부(家夫)가 있고 친당(親堂)이 계시되[132] 죽으매 알지 못하고 유체(遺體)를 거두어 궁진(窮塵)[133]에 장(葬)치 못하니, 이 마대[134]를 생각하매 복(僕)[135]의 마음이 석목(石木)이 아니라 어찌 슬프지 아니리오. 만일 편친(偏親)[136]을 뫼실 한낱 동기(同氣) 있으면 스스로 주류사해(周流四海)[137]하여 생사간(生死間) 소식을 자시[138] 알고자 하나 봉로시하(奉老侍下)[139]에 그림자가 외로우니 능히 일신(一身)을 자유치 못하매 더욱 (32)골돌 참비(慘悲)함을 이기지 못할소이다."

언파에 출체(出涕) 첨표(沾標)[140]하니 제공(諸公)이 참연(慘然) 변색(變色)하고 왕이 추연(惆然) 탄왈,

"명공(明公)의 말씀을 들으니 인심이 어찌 애석지 아니리오. 불초(不肖) 돈아(豚兒)가 박복하여 평지(平地)에 풍파(風波)를 이루어 현부(賢婦)의 사생을 정치 못하니 인정이 참절(慘絕)하거니와, 그윽이 헤아리면 아부가 본디 심덕(心德)이 절인(絕人)하여 범류(凡類)와 다른 곳이 많고 성도(性度)[141]가 강렬하여 열사(烈士)의 풍채(風采) 있으므로 조물(造物)의 이극지시(怡極之猜)[142]와 천도(天道)의 휴영지리(虧盈之理)[143]를 면치 못하여 소

---

131 무가내하(無可奈何): 어찌할 도리가 없다.

132 계시되: 원문에는 '가즛시되'로 되어 있음. '갖다'는 '갖추어 있다'의 뜻.

133 궁진(窮塵): 땅 속. 황폐하고 먼 곳.

134 마대: 대목. 때.

135 복(僕): '저'를 문어적으로 이르는 말.

136 편친(偏親): 홀어버이.

137 주류사해(周流四海): 온 세상을 두루 돌아다님.

138 자시: 자세히.

139 봉로시하(奉老侍下): 늙은 부모를 받들어 모시고 있는 처지.

140 첨표(沾標): 소매를 적심.

141 성도(性度): 성품과 도량.

142 이극지시(怡極之猜): 기쁨이 지극한 것을 시기함.

143 천도(天道)의 휴영지리(虧盈之理): 천도는 가득 찬 것을 이지러지게 한다는 뜻. 『주역』의 '겸괘(謙卦)'에서 나온 말.

장(蕭墻)의 환(患)[144]이 거의 상신(喪神)[145]하기에 미쳤으나 맑고 좋되 풍염(豐艶)한 기품이 있고 약한 (33)가운데 탈속(脫俗)한 풍격(風格)이 당당하던 것이니 비록 홍안지해(紅顏之害)[146]로 비롯하여[147] 일시 참액(慘厄)이 비상(悲傷)하나 결연히[148] 구슬이 창해(滄海)에 잠기지 않으며 꽃이 진토(塵土)에 떨어지지 않으리니 어찌 요황한 무리의 요란한 말을 곧이들어 사생을 염려하리오. 자고로 성(聖)이 환란(患亂)에 마치시다 함을 듣지 못하였으니, 오부(吾婦)는 여중성인(女中聖人)이요 작중봉황(雀中鳳凰)이라, 명공이 비록 낳았으나 알기는 이 시아비께 밎지 못하리니 청컨대 명공은 나의 광망(狂妄)함을 웃지 말라. 다만 궁달(窮達)이 유수(有數)하고 이합(離合)이 유시(有時)함을 생각하소서."

이어 제공이 관위(寬慰)[149]하니 상서가 척연(戚然)[150] 왈,

"제(34)형의 말씀이 화려하시고 운빈의 화담(和談)이 가히 들음 직하거니와 사람이 한 번 죽으매 살지 못함은 천리상사(天理常事)라. 비록 남자라도 무인심야에 변을 만난즉 보전치 못하려든 하물며 심규(深閨) 아녀(兒女)리잇가?"

고절도가 또한 위로하여 가로되,

"명공은 열위 제형의 의논을 좇으소서. 화복(禍福)이 문이 없고 수달(壽達)[151]이 재천(在天)인즉 근심하여 쓸데없나니 타일을 기다리고 상심치 마소서. 복이 또한 불초한 여식으로써 외람히 문중의 용호(龍虎) 같은 기상을 의탁하매 신명(神明)이 질오(嫉惡)하사 일장풍파(一場風波)에 원앙(鴛鴦)이 상리(相離)하여 지척에 은(35)하수가 가렸으나 행여 친옹(親翁)[152]이 관인명달(寬仁明達)하여 소녀를 깊이 지심(知心)[153]함이 계시니 만생(晚生)[154]

---

144 소장(蕭墻)의 환(患): 소장지변(蕭墻之變). 집안 내부나 한패 속에서 일어나는 변란.

145 상신(喪神): 실신(失神).

146 홍안지해(紅顏之害): 얼굴이 예쁜 여자는 팔자가 사나운 경우가 많은 것을 뜻하는 홍안박명(紅顏薄命)의 의미.

147 비롯하여: 원문에는 '비로셔'로 되어 있음.

148 결연히: '결코'의 옛말.

149 관위(寬慰): 너그럽게 위로함.

150 척연(戚然): 근심스럽고 슬픔.

151 수달(壽達): 수요궁달(壽夭窮達). '수요'는 오래 삶과 일찍 죽음, '궁달'은 빈궁(貧窮)과 영달(榮達)을 아울러 이르는 말.

152 친옹(親翁): 사돈어른.

153 지심(知心): 마음이 서로 통하여 잘 앎.

154 만생(晚生): 말하는 이가 선배를 상대하여 자기를 낮추어 이르는 일인칭 대명사.

은 실로 부지어천(扶支於天)[155]하여 다만 천리의 순환할 때만 기다리고 파렴만사(罷念萬事) 하나이다."

제공이 칭선(稱善)하여 고절도의 통달관인(通達寬仁)함을 일컬어 연상서를 위로하며 주찬(酒饌)을 올려 빈주(賓主)가 통음(痛飮)하니 연상서가 강잉(强仍)[156] 화답하나 즐기지 아니하더라. 제왕이 주배(酒杯) 간에 고절도를 향하여 식부를 쉬이 권실(眷室)[157]할 뜻을 이르니 절도가 미소 왈,

"만생(晩生)이 비록 딸을 낳았으나 이미 존문(尊門)에 속현(續絃)[158]한 후는 사생화복(死生禍福)이 대왕 부자께 있으니 버리며 거둠을 임의로 하실지라. 어찌 새로이 이(36)르시나뇨."

왕이 칭사하고 종일 담화하여 석양에 빈주가 취하고 흩어지니라.

명일(明日)에 존당(尊堂) 상하가 모여 담소하며 일변 가동(家僮)을 산동에 보내어 희영 공자로 하여금 구소저를 보호하여 오게 하고, 우숙희 차자(次子) 희양으로 거마(車馬)를 갖추어 고소저를 데려오니 고소저가 이르러 존당구고숙당(尊堂舅姑叔堂) 문안하고 청죄(請罪)한대, 진공이 평신(平身)[159]함을 이르고 교혜 등 제소저가 반기는 웃음이 가득하니 소저가 존명을 이어 좌에 나아가매 존당 구고가 새로이 무애(撫愛)하고 고소저 침당을 고쳐 청휘각이라 하다.

제담(諸談)이 이윽하매 황혼이 되니 제인(諸人)이 각각 혼정(昏定)을 맞고 물러날(37)새, 고소저가 유랑(乳娘),[160] 시녀를 더불어 침소에 이르니 수호난창(繡戶蘭窓)[161]에 주렴(珠簾)이 정제(整齊)하고 벌인 것이 의구(依舊)하나 옥거울과 구슬경대 위에 티끌이 자옥하였으니 소저가 물색을 감오(感悟)하여 추연(惆然)히 서안(書案)을 의지하였더니, 문득[162] 아소저(兒小姐) 교혜 등저(等姐)가 이르러 웃고 왈,

---

155 부지어천(扶支於天): 하늘에 의지함.

156 강잉(强仍): 마지못해 그대로 함.

157 권실(眷室): 아내를 사랑한다는 뜻. 다시 맞아 데려오겠다는 의미.

158 속현(續絃): 거문고와 비파의 끊어진 줄을 다시 잇는다는 뜻으로, 다시 결혼하여 아내를 맞는 일을 비유적으로 이르는 말.

159 평신(平身): 엎드려 절한 뒤에 몸을 그 전대로 폄.

160 유랑(乳娘): 유모(乳母).

161 수호난창(繡戶蘭窓): 수놓은 문과 아름다운 창.

162 문득: 원문에는 '묵득'으로 되어 있으나 오기인 듯함.

"저저(姐姐)가 청휘각 중의 임자 되신 지 오래지 않아 무단한 출화(黜禍)[163]를 만나 친당에 돌아가시니 소매 등이 저저(姐姐)의 덕성(德性)을 잊지 못하더니 이제 돌아오시니 차후(此後)란 조석상대(朝夕相對) 하사이다."

고소저가 흔연히 맞아 좌정하고 소왈,

"소저가 첩의 용우(庸愚)함[164]을 나무라지 않으시고 여차 권애(眷愛)[165]하시니 어찌 소저 등의 인의(寅誼)[166]를 저버리오리잇가."

제소저가 (38)답소하고 한담할새, 이날은 태우가 이르지 않을 줄 알매 고소저가 시절 과품(菓品)[167]을 내어 모두 진음(盡飮)하고 야심한 후 동숙(同宿)하니라.

태우가 고소저의 왔음을 아나 자기 전일(前日) 광기(狂氣)를 수괴(羞愧)하여 사실(私室)을 찾지 아니하고 서당에 숙침(宿寢)하니 희명 등이 소왈,

"청휘각 중에 은하수를 즈음하여 오작교(烏鵲橋)를 놓았거늘 형장이 어찌 천손(天孫)의 자취를 찾지 않으시고 독서당 공관의 한침독숙(寒寢獨宿)을 따르시나니잇고?"

태우가 소왈,

"너희 어찌 나를 희롱하나뇨? 견우(牽牛)는 동녘의 이름난 선랑(仙郞)이요, 직녀(織女)는 천제(天帝)의 옥엽금지(玉葉金枝)라. 어찌 진세(塵世)의 미천한 아등(我等)에게 비기리오. 연(然)이나 직녀는 천(39)손(天孫)이로되 장부의 은총을 사모하매 견우로 더불어 칠석(七夕) 가회(佳會)를 도모하였거니와 이제 고씨는 세속 비린(鄙吝)[168]의 한 무부(武夫)의 딸이로되 뜻 높음이 태악(太岳) 같으니 어찌 나 같은 광부(狂夫)를 다시 보고자 하리오. 이러므로 우형(愚兄)이 또한 승기자(勝己者)를 보고자 아닛노라."

상서가 정색 왈,

"고수(嫂)는 당세 성염(聖艶)이라. 현제(賢弟) 광망히 말하는도다."

총재 이어 책왈,

"현제 잘한 양하여 말을 나는 대로 하는다? 신인(新人)이 앉은 돗[169]이 덥지 아냐 무단

163 출화(黜禍): 내쫓김을 당하는 화.

164 용우(庸愚)하다: 몽매(蒙昧)하다. 어리석고 사리에 어둡다.

165 권애(眷愛): 아끼고 사랑함.

166 인의(寅誼): 동료 사이의 정의(情誼).

167 과품(菓品): 여러 가지 과실.

168 비린(鄙吝): 견문이 비루함.

169 돗: 돗자리.

한 즐언(叱言)과 작란(作亂)이 광자(狂者)의 거동을 다하고 무엇이 부족하여 실성한 말을 내느냐?"

태우가 수괴하여 피석 사죄하니 제공자가 서로 돌아보아 미미 함소하더라.

(40)이날 태우가 서당에서 밤을 지내고 명조(明朝)에 명광전에 들어가니 고소저가 정히 삼소고(三小姑)로 더불어 병익(竝翼)하여 들어와 태우의 있음을 보고 천연히 걸음을 두루혀[170] 예(禮)하니 태우가 날호여[171] 답읍(答揖)하고 좌에 나아가 투목규시(偸目窺視)[172]하니, 소저가 봉관(鳳冠)[173]을 정히 하고 옥패(玉佩)를 울려 제사소고(娣姒小姑)[174]로 항렬을 이뤘으니 윤택상활(潤澤爽闊)[175]한 기질이 천연수려(天然秀麗)하여 열장부(烈丈夫)의 풍채 있으니 바라보매 송연(悚然)한지라.[176] 사일 쌍광(雙光)이 두 번 거듭 떠 봄을 깨닫지 못하더니 고소저가 우연히 추파(秋波)를 들다가 피차 마주쳐 봄을 면치 못하니 소저가 심하에 설만(褻慢)[177]함을 미흡하여 성안(星眼)을 낮추고 (41)머리를 숙여 정색(正色) 수렴(收斂)하여 문득 양미(兩眉) 춘산(春山)에 하일(夏日)이 가외(可畏)[178]함 같으니, 태우가 저의 설만히 여김을 보고 역시 관을 숙이고 안색이 엄정(嚴正)하니 좌중이 다 무심하되 교혜 눈치를 알고 그윽이 웃더라. 이러구러 여러 날이 지나 일삭(一朔)이 거의로되 태우의 종적(蹤迹)이 청휘각에 임치 아니하니 존당 상하가 모르지 아니하되 짐즛 모르는 체하더라.

차설(且說). 구소저가 산동 고택에 깊이 처하여 비록 구고와 부모를 사념(思念)하나 몸은 평안함이 반석(盤石) 같더니, 일일은 희영 공자가 만면(滿面) 희우(希盱)[179]로 빨리 들어와 봉서(封書)를 올리고 희기(喜氣) 만면하거늘, 소저가 급히 보니 이 (42)문득 구고의 글월

---

170 두루혀: 돌이켜.

171 날호여: 천천히.

172 투목규시(偸目窺視): 몰래 훔쳐봄.

173 봉관(鳳冠): 옛날 부인들이 썼던, 봉황 문양의 장식이 되어 있는 관.

174 제사소고(娣姒小姑): 동서와 시누이.

175 윤택상활(潤澤爽闊): 광택에 윤기가 있고 상쾌함. '상활(爽闊)하다'는 상쾌하다.

176 송연(悚然)하다: 두려워 몸을 옹송그릴 정도로 오싹 소름이 끼치는 듯하다.

177 설만(褻慢): 하는 짓이 무례하고 거만함.

178 하일가외(夏日可畏): 여름 해는 가히 두렵다. 동일가애(冬日可愛) 하일가외(夏日可畏) 겨울 해는 좋지만 여름 해는 무섭다. 겨울 해는 온화하고 자애로운 사람을 말하고, 여름 해는 한여름 태양처럼 무서운 사람을 이른다. 『춘추좌전(春秋左傳)』.

179 희우(希盱): 기뻐하는 모양.

이요 사명(詞命)이 나리사 중사(中使)[180]가 이르렀는지라. 부인이 다만 천은(天恩)을 일컫고 누명(陋名) 신설(伸雪)[181]함을 묻지 아니하니 유모가 답답히 여겨 연고를 물은대, 희영이 가인(家人)의 말로조차 설매 요녀의 허다 작변(作變)과 악사(惡事)가 발각한 소유(所由)를 전하고 부인의 행거(行車)[182]를 재촉하니 부인이 중당에 나와 향안(香案)[183]을 배설(排設)하고 북향사배(北向四拜)[184] 후에 공경하여 조서(詔書)를 뜯으니, 성의(聖意) 은우(恩遇)[185]를 가득히 베푸사 위로하심을 가인지친녀(家人至親女)로 하시고 구씨의 성덕을 표장(表章)[186]하사 만고(萬古) 음녀(淫女) 노주(奴主)의 간악으로 무단한 적행(謫行)을 위무(慰撫) 차탄(嗟歎)하시고, '간당(奸黨)을 사핵(查覈)[187]하매 수악(首惡)[188]을 미(43)처 잡지 못하나 협종(協從)을 먼저 잡아 복초(服招)[189]를 받으매 무죄한 사람이 신원(伸冤)함이 되니 이제 봉하여 이부총재 희성의 원비(元妃) 구씨께 나리노라.' 하여 계시더라.

구씨 간파(看罷)에 황감천은(惶感天恩)[190]하여 망궐사은(望闕賜恩)[191]하고 차환(叉鬟)을 분부하여 주육진찬(酒肉珍饌)으로 황사(皇使)와 태수(太守)를 관대(款待)[192]하고 인하여 치행(治行)하여 금옥채교(金玉彩轎)에 들매 허다 추종(騶從)[193]이 보호하고 홍파 등 제녀(諸女)가 각각 교자를 타 뒤를 따르고 희영 공자가 준총(駿驄)[194]을 채쳐[195] 뒤에 완완(緩緩)히[196] 따르니

---

180 중사(中使): 왕의 명령을 전하던 내시.

181 신설(伸雪): '신원설치(伸冤雪恥)'의 준말로 가슴에 맺힌 원한을 풀어 버리고 창피스러운 일을 씻어버린다는 뜻.

182 행거(行車): 행차.

183 향안(香案): 향로나 향합(香盒)을 올려놓는 상.

184 북향사배(北向四拜): 북쪽을 향해 네 번 절하는 것을 말하는데, 북쪽은 임금이 있는 곳이기에 이는 곧 임금을 우러르거나 임금의 지시를 받을 때 임금에게 네 번 절하는 것을 말함.

185 은우(恩遇): 은혜로 대우함. 또는 그런 대우.

186 표장(表章): 표창(表彰).

187 사핵(查覈): 실제 사정을 자세히 조사하여 밝힘.

188 수악(首惡): 원흉.

189 복초(服招): 문초를 받고 순순히 죄상을 털어놓음.

190 황감천은(惶感天恩): 임금의 은덕에 황송하고 감격스러워함.

191 망궐사은(望闕賜恩): 임금의 은총에 감사하며 왕이 있는 대궐 쪽을 향해 절함.

192 관대(款待): 친절히 대하거나 정성껏 대접함. 또는 그런 대접.

193 추종(騶從): 윗사람을 따라다니는 종.

194 준총(駿驄): 걸음이 몹시 빠른 말.

195 채치다: 채찍 따위로 휘둘러 치다.

196 완완(緩緩)히: 동작이 느리고 더디게.

원래 구씨의 무사함을 제왕이 천정에 주달(奏達)하므로[197] 사명(詞命)[198]이 즉시 나림이라.[199] 태수가 비로소 희영 공자를 만나 왕사(往事)를 물어 알고 바야흐(44)로 선견지명을 탄복하여 지경(地境)을 나와 작별하고 산동(山東) 고택(古宅) 남녀 노복은 백 리까지 나와 배별(拜別)하더라.

구소저 일행이 무사히 순여(旬餘)[200]에 경사(京師)에 이르러 선문(先聞)[201]이 제왕궁 중에 미치매, 궁중 상하가 불승환열(不勝歡悅)하여 왕이 태우 등을 명하여 교외에 나아가 구부인을 맞아 바로 상부에 돌아오니 가중상하(家中上下)가 모두 일제히 볼새 채교(彩轎)에 나려 중계(中階)에 다다라 복지청죄(伏地請罪)하거늘, 진공과 부인이 좌우로 명하여 빨리 승당(昇堂)함을 재촉하여 올리매 구소저가 중좌(衆座)[202]에 예를 다하고 면면이 문후(問候)하매 진공 부부가 불승연애(不勝戀愛)하여 (45)집수무애(執手撫愛) 왈,

"소부는 당세숙완(當世淑婉)이라. 홍안(紅顔)이 너무 절미(絶美)하므로 간인(奸人)의 시애(猜睚)[203]를 입었으나 왕사(往事)는 이의(已矣)라. 다시 일러 무엇하리오. 더욱 통석(痛惜)하는 바는 영존당 여국공의 직절충의(直節忠義)는 가히 금석(金石)에 박아 후세에 전할 것이어늘 시운이 불리하여 만 리에 관계(關係)하시니 식자(識者)의 개탄할 바라. 오부(吾婦)의 지효(至孝)로 상회지심(傷懷之心)이 오죽하리오마는 차역명(此亦命)이라. 아부(兒婦)는 과상(過傷)치 말라."

구소저가 아미(蛾眉)를 숙여 공경하여 들을 뿐이더라. 제담(諸談)이 숙진(熟盡)하매 왕이 정소저로 하여금 구소저와 예를 베풀라 하니 정소저가 안서(安舒)히[204] 일어 구소저 돗[205] 아래 나(46)아가 사배(四拜)하니 구부인이 연망(連忙)히[206] 답읍(答揖)할 뿐이라. 정소저가 구부인의 색덕광휘(色德光輝)를 우러러 일안(一眼)에 항복하고 구부인이 또한 정소저의 상활(爽

197 주달(奏達)하다: 임금에게 아뢰다.

198 사명(詞命): 임금의 말이나 명령.

199 나리다: 내리다.

200 순여(旬餘): 열흘 남짓한 동안.

201 선문(先聞): 어떤 일이 일어나기 전에 미리 알리는 소문. 또는 소식.

202 중좌(衆座): 많은 사람이 모인 자리.

203 시애(猜睚): 시기하여 눈을 흘겨봄.

204 안서(安舒)히: 편안하고 조용하게.

205 돗: 돗자리.

206 연망(連忙)히: 황급히.

闊)한[207] 기상을 애경(愛敬)하더라. 진공이 인하여 구부인 생자(生子) 문환, 기환을 불러 모자가 보게 하니 문환은 오세(五歲)요, 기환은 삼세(三歲)라. 문환, 기환이 구소저 슬하에 절하고 우러러 반기는 눈물이 여우(如雨)하니 존당 상하가 이 문득 상봉하는 경사로되 소아 등의 눈물 나리옴을 보고 모두 탄식유체(歎息流涕)하더라.

날이 저물매 제왕 부부가 자부제손(子婦諸孫)을 거느려 궁에 돌아오니 구부인이 금장소고(錦帳小姑)[208]로 더(47)불어 구고를 뫼셔 명광전에 시립(侍立)하였더니 석양에 총재 조당(朝堂)[209]에서 돌아와 먼저 상부에 나아가 왕부모께 뵈옵고 궁에 이르니 태우 등 형제 중헌(中軒)[210]에 나와 맞아 소왈,

"구현수(賢嫂)[211] 돌아오시니 가중에 이만 경사가 없는지라. 소제 등이 이제야 뵈옵고 나왔나이다."

총재 미소 왈,

"나갔던 사람이 모임은[212] 예사라. 그만 일이 무슨 경사리오."

칠공자 희교가 소왈,

"문왕 같은 성인도 숙녀를 구하심에 오매구지(寤寐求之)[213]하시고 전전반측(輾轉反側)하시니 구현수(寇賢嫂)[214]는 당금(當今) 숙인성사(淑人聖士)시니 형장의 자복(自服)하시는 마음인즉 족히 문왕(文王)의 사씨(師氏)[215] 구하시는 성심과 다름이 없으려든 이렇(48)듯 내외를 달리 하사 소제 등을 어둡게 하시는도다."

총재(冢宰) 미소 왈,

"현제 감히 장형(長兄)을 기롱(欺弄)하느냐? 내 언제 그리 규리(閨裏)의 이별을 못 잊어 하더냐?"

공자가 가로되,

---

207 상활(爽闊)하다: 상쾌하다.

208 금장소고(錦帳小姑): 시누이와 동서를 말함.

209 조당(朝堂): 조정(朝廷).

210 중헌(中軒): 원문에는 '즁현'으로 되어 있으나 서강대본을 참고하여 고침.

211 현수(賢嫂): 아주머니. 형수(兄嫂)와 제수(弟嫂)를 아우르는 말.

212 모임은: 원문에는 '모드면'으로 되어 있음. 몯다: '모이다'의 옛말.

213 오매구지(寤寐求之): 자나 깨나 늘 찾음.

214 구현수(寇賢嫂): 원문에는 '구연슈'로 되어 있으나 문맥에 맞추어 고침.

215 사씨(師氏): 주(周) 문왕(文王)의 비(妃)인 태사(泰師)를 가리킴.

"형장은 매사에 참되고 어질어 애락(哀樂)을 발치 아니시니 본 일은 없사오나 요사이 삼형의 하시는 형상을 보아하니 형장 마음도 저러하실노라 혜어[216] 생각함이러니 내도(乃倒)히[217] 떼치시니[218] 할 말이 없나이다."

총재 미급답(未及答)에 태우가 선자(扇子)[219]로 공자의 머리를 쳐 왈,

"이 아해 가장 영매(英邁)한[220] 체하는도다. 내 언제 너 보는 데 무슨 흉이 있더냐?"

공자가 소왈,

"어린아해라 하고 위엄(49)으로 관속(官束)[221]지 마소서. 소제가 본디 잠이 없고 귀 밝으며 눈이 어둡지 아니하거든 형장의 눈치를 모르리잇가? 자는 듯이 누웠어도 눈치를 다 보았나이다."

태우가 이르되

"우형(愚兄)이 전과(前過)를 추회(追悔)한 후는 여관[222]이 꿈같아서 구씨[223] 돌아온 몇 날에 구구히 찾아 권연(眷然)[224]함이 없으니 장부의 행사가 광풍제월(光風霽月)[225] 같거늘 네 감히 우형을 하자(瑕疵)하는다?"

공자가 영민하나 태우의 유수(流水) 같은 말에 능히 대치 못하니 태우가 심하에 우습게 여겨 옥안에 미미한 웃음을 띠어 말을 아니 하니 총재 제제(諸弟)의 광수(廣袖)를 이끌어,

"한가지로 들어가자."

하니 한림이 대(50)왈,

"소제 등은 이미 혼정(昏定)하였으니 서재에 모여 제제 등으로 훈학(訓學)고자 하나니 형장만 들어가소서."

총재 강권치 아니코 홀로 정전에 들어가니 부모가 병좌(竝坐)하시고 제수(弟嫂), 제매

---

216 혜다: 생각하다.

217 내도(乃倒)히: 판이하게.

218 떼치다: 달라붙는 것을 떼어 물리치다.

219 선자(扇子): 부채.

220 영매(英邁)하다: 성질이 영리하고 비범하다.

221 관속(官束): 단속함. 관리함.

222 여관: 미상.

223 구씨: 원문에는 '고시'로 되어 있으나 문맥에 맞추어 고침.

224 권연(眷然): 사모하여 뒤돌아봄.

225 광풍제월(光風霽月): 시원한 바람과 맑은 달이란 뜻으로, 마음결이 명쾌하고 집착이 없으며 시원하고 깨끗한 인품을 형용한 말.

(弟妹)와 구씨, 정씨 등이 시립(侍立)하였거늘 안서(安舒)히 나아가 부왕, 모비께 반일(半日) 존후를 묻잡고 부인으로 예필좌정(禮畢坐定)하니, 이 본디 정중한 부부로 구별지여(久別之餘)[226]에 반김이 범연하리오마는 좌우관첨(左右觀瞻)[227]이 저 부부의 신상에 비추었으되 군자의 숙연한 위의와 숙녀의 정정한 태도가 백벽(白璧)이 티 없고 수정(水晶)이 맑은 듯하니 부인 여자의 수치(羞恥)하는 마음과 겸손(謙遜), 도리(道理), (51)여도(女道)에 당연하거니와 군자의 예를 잡으며 행을 수련함은 당시의 현총재 일인(一人)이라. 봉안(鳳眼)이 시슬하여[228] 시첨(視瞻)이 띠 위에 오르지 아니하니 두용직(頭容直)하며 목용정(目容端)하며 수용공(手容恭)[229]하여 온중한 기상과 단엄한 골격이 표표양양(表表洋洋)[230]하여 태우의 호호(浩浩)한 기운과 건곤(乾坤)의 수이(秀異)한 정맥(精脈)을 거두어 승당입실(昇堂入室)[231]에 도학진유(道學眞儒)로 공안(公眼)[232]의 바른 줄맥(脈)이 차인(此人)의 신상에 완전하니, 좌우 견시자(見視者)가 경앙(敬仰)[233]하고 부모가 자부(子婦)의 상적(相敵)[234]함을 두굿기고 어여삐 여겨 미우(眉宇) 춘풍이 환열하더니 왕이 자부를 명하여 왈,

"너는 범연한 부부(夫婦)가 아니라 아시맹약(兒時盟約)으로 (52)조강결발(糟糠結髮)이어늘 시운(時運)이 기구(崎嶇)하여 양액(兩厄)이 태심(太甚)하여 소장지환(蕭墻之患)[235]이 일어나 아부의 옥골방신(玉骨芳身)이 위화(危禍)를 경력(經歷)하고 상별(相別) 수삼(數三) 재(載)에 단원(團圓)[236] 중봉(重逢)하니 오가의 경환(慶歡)이 적지 아닌지라. 차후는 마사(魔事)가 없이 화락할 것이요, 정소부(小婦)가 또한 명문 숙녀로 여영(女英)의 풍채 있으니 양부(兩婦)가 각각 적인(敵人) 두 자를 생각지 말고 길이 화우(和友)하여 황영(皇英)의 미

---

226 구별지여(久別之餘): 오랜 이별 후.

227 좌우관첨(左右觀瞻): 좌우 여러 사람이 봄.

228 시슬하다: '시서늘ᄒᆞ다'에서 온 말. '시고 서늘하다' 의 옛말.

229 두용직(頭容直) 목용정(目容端) 수용공(手容恭): 머리는 곧게 있고 눈은 단정하게 떠야 하고 손은 공손히 가져야 한다. 『소학(小學)』.

230 표표양양(表表洋洋): 사람의 생김새나 풍채, 옷차림 따위가 눈에 띄게 두드러지고 사람의 앞날이 한없이 넓어 발전의 여지가 많음. 원문에는 '조표양양'으로 되어 있으나 서강대본을 참고하여 고침.

231 승당입실(昇堂入室): 학문이 점점 깊어짐을 비유적으로 이르는 말.

232 공안(公眼): 여러 사람의 공정한 눈.

233 경앙(敬仰): 원문에는 '경양'으로 되어 있으나 서강대본을 참고하여 고침.

234 상적(相敵): 양편의 실력이나 처지가 서로 걸맞거나 비슷함.

235 소장지환(蕭墻之患): 담장 안, 집안에서 일어나는 다툼.

236 단원(團圓): 가정이 원만함.

사(美事)[237]를 본받을지어다.”

총재 부부 삼 인이 수명배사(受命拜謝)하고 바야흐로 퇴실할새 정소저는 사실(私室)로 돌아가고 총재와 구부인은 응휘각에 이르니 난향보촉(蘭香寶燭)을 밝히고 시녀, 복첩이 당(53)중(堂中)을 수리하여 부인을 맞으니 백척(百尺) 채루(彩樓)에 향연(香煙)이 안개 같고 그림 첨하(檐下)[238]에 경요렴(瓊瑤簾)[239]을 반권(半捲)[240]하여 산호구(珊瑚鉤)[241]에 걸렸으니 수호난창(繡戶爛窓)[242]에 금수병(錦繡屛)[243]을 두르고 부용장(芙蓉帳)[244]을 지웠으니[245] 물색이 번화함이 전일로 다름이 없으니 양인이 입실좌정하매 기화옥수(琪花玉樹)[246] 같은 양자(兩子)가 채수(彩袖)[247]를 이어 들어와 슬하에 앉으니 총재 옥안성모(玉顏星眸)[248]에 혜풍(惠風)이 화란하여 양아(兩兒)를 이끌어 무릎 아래 좌를 주고 눈을 들어보니 부인의 옥안화태(玉顏花態)[249] 찬란한 중 양아의 교미(嬌媚)[250]함을 두굿겨[251] 향기로운 웃음이 어리었으니 총재 화(和)히 웃고 부인의 (54)옥수를 잡아 왈,

“우리 부부가 이합(離合)이 유시(有時)함[252]은 알았거니와 부인이 화란(禍亂) 가운데 명철보신(明哲保身)[253]하여 이제 서로 만나매 기쁘지 아니리오마는, 한하옵은 그 사이 인사(人事)가 윤회(輪廻)하여 영존당 내국공 대인이 소인(小人)의 참해(慘害)를 만나사 절

---

237 황영(皇英)의 미사(美事): 황영은 아황(娥皇)과 여영(女英)을 말함. 두 사람 모두 요(堯)임금의 딸로 함께 순(舜)임금의 아내가 되어 매우 사이좋게 지낸 것을 황영의 아름다운 일이라고 함.

238 첨하(檐下): 처마 밑.

239 경요렴(瓊瑤簾): 아름다운 구슬로 만든 발.

240 반권(半捲): 반 정도 걷어 올림.

241 산호구(珊瑚鉤): 산호로 꾸민 갈고리 장식.

242 수호난창(繡戶爛窓): 수놓은 문과 화려한 창.

243 금수병(錦繡屛): 비단에 수놓은 병풍.

244 부용장(芙蓉帳): 부용을 그리거나 수놓은 방장(房帳).

245 지우다: ‘지다’의 사동사. ‘지다’는 ‘무엇을 뒤쪽에 두다’는 뜻.

246 기화옥수(琪花玉樹): 선경(仙境)에 있다는 옥같이 아름답고 고운 꽃과 나무. 재주가 뛰어난 사람을 가리킴.

247 채수(彩袖): 무늬 있는 아름다운 소매. 채색 단장한 고운 옷.

248 옥안성모(玉顏星眸): 옥 같은 얼굴과 별 같은 눈.

249 옥안화태(玉顏花態): 옥같은 얼굴과 꽃같이 아리따운 태도.

250 교미(嬌媚): 아리따운 태도로 아양을 부리는 일.

251 두굿기다: ‘기뻐하다’의 옛말.

252 유시(有時)하다: 한정된 때가 있다.

253 명철보신(明哲保身): 원문에는 ‘명실보신’으로 되어 있으나 서강대본을 참고하여 고침.

역(絶域)[254] 풍상(風霜)에 마침내 몸을 마치리니 정충지절(貞忠之節)은 이미 상천(上天)[255]이 감동하사 고죽(枯竹)이 생화(生花)하는 이사(異事)가 있으니 꽂다운 영명(英名)이 한갓 천하에 들릴 뿐 아니라 가히 만대(萬代)에 유전(遺傳)하려니와 현인군자가 명도(命途)[256]가 건우(愆尤)하시니[257] 어찌 차(嗟)홉지[258] 아니리잇가? 악장(岳丈)과 제공이 다 산릉(山陵)에 수상(隨喪)[259]하사 경택(京宅)과 진궁(震宮)[260]이 (55)황연(荒煙)[261]한지라. 부인이 환귀(還歸)하나 부모를 뫼셔 고할 곳이 없으니 결활지회(契闊之懷)[262]를 묻지 않아 알리로다."

부인이 청미파(聽未罷)에 사월(斜月)[263] 아황(蛾黃)[264]에 수운(愁雲)[265]이 함집(咸集)하고 추파의 물결이 요동함을 깨닫지 못하여 함척(含慽) 대왈,

"첩신(妾身)의 지난 화액(禍厄)은 생각이 미친즉 경심(驚心)하니 차유기왕(此猶既往)이요, 첩이 죽지 않았으니 현마 어찌하리잇가? 우리 왕부(王父)의 충의대절(忠義大節)로서 그릇 악인의 해를 만나사 만 리 애각(涯角)[266]에 폄적(貶謫)[267]하사 다시 종적이 연곡(輦轂)[268]을 디디지 못하시고 일점(一點) 충혼(忠魂)이 유유하사 천대의 함원(含怨) 합연(溘然)[269]하시니 부모 숙당의 궁천하천지통(窮天下天之痛)[270]을 보옵는 듯한지라. 첩의 통

254 절역(絶域): 멀리 떨어져 있는 다른 나라.

255 상천(上天): 하늘.

256 명도(命途): 명수(命數).

257 건우(愆尤)하다: 잘못되다.

258 차(嗟)홉다: 안타깝다. 한탄스럽다.

259 수상(隨喪): 장사를 지내는 데 따라감.

260 진궁(震宮): 세자궁(世子宮).

261 황연(荒煙): 인기척이 없음.

262 결활지회(契闊之懷): 멀리 떨어져 있어 소식이 막힌 데서 오는 안타까움. 『시경(詩經)』「패풍(邶風)」〈격고(擊鼓篇)〉. 원문에는 '결홀지회'로 되어 있으나 고침.

263 사월(斜月): 서쪽 하늘에 기울어진 달. 또는 지는 달. 여성의 아름다운 눈을 가리키는 듯함.

264 아황(蛾黃): 여자들이 바르던 노란 색 분. 아리따운 여자의 얼굴.

265 수운(愁雲): 근심스러운 기색.

266 애각(涯角): 멀리 떨어져 있어 외지고 먼 땅.

267 폄적(貶謫): 벼슬자리에서 내치고 귀양을 보내던 일.

268 연곡(輦轂): 황제의 수레를 말하나 비유적으로 황성이나 궁궐을 말하기도 함.

269 합연(溘然): 죽음이 급작스러움.

270 궁천하천지통(窮天下天之痛): 온 세상과 하늘에 사무치는 고통이나 설움. 친상(親喪)을 당한 슬픔을 가리킴.

(56)박비원(痛迫悲怨)[271]함을 물어 아실 바가 아니로소이다."

설파에 옥루가 상연하니 총재 부인의 정리(情理)를 차석(嗟惜)하고 여공의 정충직절(貞忠直節)을 역시 차상(嗟傷)[272]하여 낯빛을 고치고 위로 왈,

"차역명운(此亦命運)이요 존부(尊父) 가운(家運)이 불리(不利)함이라. 여공 대인이 학발지년(鶴髮之年)에 참루(慘陋)를 실어 절역만리(絶域萬里)에 명(命)을 버리시나 당당한 정충직절은 인인(人人)의 소공지(所共知)요, 황상이 또한 깨달음이 계셔 전일을 깊이 추회(追悔)하시나니 삼상(三喪)이 지난 후면 반드시 악장(岳丈)과 제공(諸公)을 징소(徵召)하시리니 이별이 비록 지리하나 백구지과극(百駒之過隙)[273]이라. 언마[274] 하여 부자모제(父子母弟) 단원(團圓)[275]하리잇가? 수연(雖然)이나 우리 부부가 격(57)세분주(隔歲分駐)[276]에 생은 일신이 무양(無恙)하거니와 부인은 위화참란(危禍僭亂)에 하마 방신(芳身)이 보전치 못할 뻔하니 가히 이른바 자중자쟁[277]이라. 새로이 신신(新新)치 아닌 비사고어(悲事古語)를 일컬어 즐거운 시절의 화기를 손(損)하리오."

부인이 정금(整襟)[278] 대왈,

"군자의 말씀이 여차하시나 첩이 부모의 구로지은(劬勞之恩)[279]과 조부모의 온양대혜(溫養大惠)[280]를 받자옴이 일체니 구원(九原)[281]의 추모지심(追慕之心)과 만리의 영모지회(永慕之懷)[282] 다름이 있사리잇고?"

총재 재삼 위로하고 양아가 부모에 병좌(竝坐)하여 가차함[283]을 얻으니 아소지심(兒少之心)[284]에 즐거움을 이기지 못하거늘 모친의 비색(悲色)을 보매 양아가 아연 민망하고 문

---

271 통박비원(痛迫悲怨): 절박한 슬픔과 원한.
272 차상(嗟傷): 한탄하며 슬퍼함.
273 백구지과극(百駒之過隙): 흰망아지가 문틈으로 휙 지나감. 이는 세월이 매우 빠름을 비유하는 표현이다.
274 언마: '얼마'의 옛말.
275 단원(團圓): 가정이 원만함.
276 격세분주(隔歲分駐): 해가 바뀌도록 서로 연락하지 못하고 다른 곳에 있음.
277 자중자쟁: 자중(自重)은 스스로를 소중히 여긴다는 뜻이나 '자쟁'은 미상.
278 정금(整襟): 옷깃을 여미어 모양을 바로잡음.
279 구로지은(劬勞之恩): 자식을 낳아서 길러주신 은혜.
280 온양대혜(溫養大惠): 따뜻하게 길러주신 큰 은혜.
281 구원(九原): 저승.
282 영모지회(永慕之懷): 부모를 그리워하는 마음.
283 가차하다: 가까이 하다.
284 아소지심(兒少之心): 어린아이 마음.

아는 저두묵연(低頭默然)하고 기아는 별 같은 양목(兩目)으로 자안(慈顔)을 우러(58)러 옥저(玉箸) 같은 손으로 장박(長襮)[285]을 들어 모친 누흔(淚痕)을 씻으며 즐겨 아니하더라.

저동궁(苧洞宮) 지밀(至密)[286] 서상궁 유순 글씨

285 장박(長襮): 수놓은 긴 옷깃.

286 지밀(至密): 지극히 은밀하고 비밀스럽다는 뜻에서, 임금이 늘 거처하던 곳을 이르던 말. 대전(大殿), 내전(內殿) 등이 있다.

권지이십이

(1)차설. 시시(是時)에 양아(兩兒)가 즐겨 아냐 낭랑(朗朗)한 소음으로 이르되,

"소자가 생세(生世) 삼 세에 존안(尊顔)을 알지 못하다가 비로소 존안을 봉시(逢視)하오니 기쁘고 즐거움이 생세 후 처음이로소이다. 모친은 하고(何故)로 상회(傷懷)하시나니잇고?"

언파(言罷)에 절묘한 용광(容光)과 기이한 말소리 신신요요(申申夭夭)[1]하여 구소(九霄)[2]에 어린 봉(鳳)이 부르지지져 우는 듯 절출기려(絶出奇麗)[3]하여 찬찬화미(粲粲華眉)와 편편양빈(翩翩兩鬢)이 갖추어 기려하매 그림으로 모사(模寫)키 어렵고 입으로 형언치 못할지라. 이 진짓 천보(天寶)며 지보(地寶)요 인호아 지호아 물호아[4] 아마도 산영(山靈)이라. 그 천지별기(天地別氣)와 산천영맥(山川靈脈)이(2)니 인지자애(人之慈愛)는 그 자식이 범연(凡然)하여도 사랑홉고 인사(人事)가 평평(平平)하여도 두굿기거늘[5] 소생지출이 여차(如此) 특초(特超)하

---

1 신신요요(申申夭夭): 편안하고 온화함. 子之燕居, 申申如也, 夭夭如也(선생께서는 집에서는 편안하게 거처하셨는데, 긴장 없이 편안하고 또 온화해 보이셨다). 『논어(論語)』「술이편(述而篇)」.

2 구소(九霄): 높은 하늘.

3 절출기려(絶出奇麗): 빼어나고 아름다움.

4 인호아 지호아 물호아: 미상.

5 두굿기다: '기뻐하다'의 옛말.

니 그 자애지심(慈愛之心)이 어떠하리오. 총재 편편광수(翩翩廣袖)[6]로 문아의 손을 잡고 기아의 머리를 만져 화연(和然)[7] 소왈,

"부인은 즐거운 시절에[8] 빈빈(彬彬)[9]치 아닌 비어(悲語)를 들추지 말라. 부인의 노성(老成)한[10] 인사(人士)도 영모지회(永慕之懷)[11] 이 같을 제 이기지심(以己之心)을 비겨 생각하라. 차 양아가 강보(襁褓) 해제(孩提)[12]로 어미 그리던 마음이 오죽하리오. 이제는 혬[13]이 길고 양자를 낳았으니 하마 수치지심(羞恥之心)도 덜할 듯싶으니 해아(孩兒) 등을 연자(憐子)하여 자모지의(慈母之義)를 다하소서."

부인이 유유잠탄(悠悠潛嘆)하여 마침내 언소(言笑)[14] (3)뜻이 없더라. 한설(閑說)이 진(盡)하고 야심(夜深)하매 양아가 각각 유모를 좇아 협실(夾室)로 퇴(退)하니 유모가 침금(寢衾)을 포설(鋪設)하고 일시에 물러나니 총재 탈관(脫冠) 해의대(解衣帶)하고 촉(燭)을 물리매 부인을 권하여 원앙금(鴛鴦衾)[15]을 한가지로 하니 구정(舊情)의 환흡(歡洽)함이 여교여칠(如膠如漆)[16]하더라.

구부인이 돌아오매 천자가 직첩(職帖) 고명(誥命)을 나리사 표장정문(表章旌門)[17]하시니 은영(恩榮)이 호호(浩浩)하고 존당 구고(舅姑)가 새로이 사랑하며 금장소고(錦帳小姑)가 조모(朝暮)에 따라 정의(情誼) 관숙(慣熟)하고[18] 정소저가 공경하여 섬김을 존형(尊兄)같이 하고 구부인이 정소저를 애경(愛敬)함이 동기같이 하니 상하가 칭찬하며 고소저가 그윽이 탄복하여 반드시 본받고자 하(4)더라. 육부인도 자기 과거가 과하던 줄 생각고 구씨에게 각별 자애하더라.

---

6 편편광수(翩翩廣袖): 하늘거리는 넓은 소매.
7 화연(和然): 온화함.
8 시절에: 원문에는 '시절의나'로 되어 있으나 문맥에 맞추어 '시절의'로 고쳐 풀이함.
9 빈빈(彬彬): 밝음. 빛남.
10 노성(老成)하다: 많은 경험을 쌓아 세상일에 익숙하다.
11 영모지회(永慕之懷): 부모를 그리워하거나 추모하는 마음.
12 해제(孩提): 어린아이.
13 혬: 생각. 헤아림. 원문에는 '혜'로 되어 있으나 서강대본을 참고하여 고침.
14 언소(言笑): 담소(談笑).
15 원앙금(鴛鴦衾): 원앙을 수놓은 이불. 부부가 함께 덮는 이불.
16 여교여칠(如膠如漆): 아교와 옻칠처럼 서로 떨어질 수 없이 가까움.
17 표장정문(表章旌門): 열녀 등을 기리는 정문을 세워 표창함.
18 관숙(慣熟)하다: 아주 친밀하다.

태우 희문이 형의 가사(家事)가 화합을 깃거하고 인봉옥수(麟鳳玉樹)가 층층(層層)함을 부러워하고, 차형(次兄) 희명이 양씨로 화락하여 생자하고, 서형(庶兄) 희영이 조씨로 화락하여 규화(葵花)[19] 같은 여아를 완롱(玩弄)하는지라. 꽃 같은 아소(兒少)들을 볼 적마다 부러움을 이기지 못하더니, 일일은 배회하여 화춘정 난간에 이르니, 차시는 중춘(仲春) 염간(念間)[20]이라. 버들이 푸르고 황앵(黃鶯)이 왕래하며 만화방창(萬化方暢)[21]한 꽃 사이에 제질(諸姪)의 유모가 각각 소아를 주취(珠翠)로 삭이며[22] 능라(綾羅)로 입혀 안으며 업고 화류(花柳)를 구경(5)하는 거동이 멀리 바라보매 꽃과 사람을 분간키 어렵고 가까이 나아가 보매 그림 속 선자(仙子) 같거늘 제아(諸兒)가 옥저(玉箸) 같은 손으로 푸른 잎과 붉은 꽃을 가리켜 말하는[23] 소리 낭랑하여 꾀꼬리 부르지지는 듯하니 기려(奇麗)하고 어여쁜 거동이 비길 데 없는지라.

태우가 아름다이 여김을 이기지 못하여 걸음을 멈추어 바라보더니, 문득 소시아(小侍兒) 앵도가 지나며 혼잣말로 이르되, '모든 소부인과 제소저가 화원에 오신다 하더니 화춘정이 비었으니 반드시 채연지(採蓮池)에 모여 계시도다.' 하고 돌쳐[24] 닫거늘 태우가 반드시 제수, 제매 채연지에 모여 완유(玩遊)[25]함을 알고 보고자 하여 화춘정 후루(候樓)[26]에 올라 바라보더니 과연 (6)구부인 등 제수, 제소저와 소실, 조실 등 제매(諸妹) 다 모였으니 그 수가 칠십이라. 채연당 너른 연지에 채선(彩船)을 꾸며 시흥(詩興)이 발발하니 태우가 수매(嫂妹)의 모인 바를 보아 문득 연소저의 옥모화안(玉貌和顔)이 생각히는지라. 하염없이 탄식하여 자기 불명함으로 숙녀(淑女)의 사생을 모름을 차탄하더니 홀연 일인이 소왈,

"네 무슨 일을 탄하는다? 요사이 은하(銀河)의 물이 지니 작교(鵲橋)를 놓지 못하여 한하느냐? 사자(死者)는 이의(已矣)어니와 목전에 숙녀가인이 화당옥루(華堂玉樓)에 안거(安居)하였거늘 어찐 고로 단장소혼(斷腸消魂)[27]하여 장부의 심장이 병들고 영웅의 기운

---

19 규화(葵花): 접시꽃. 해바라기.
20 염간(念間): 스무날 전후.
21 만화방창(萬化方暢): 따뜻한 봄이 되어 온갖 생물이 나서 자람.
22 삭이다: 새기다.
23 말하는: 원문에는 '말ᄒᆞᆫ'으로 되어 있으나 서강대본을 참고하여 고침.
24 돌치다: 돌이키다.
25 완유(玩遊): 유완(遊玩). 노닐며 즐김.
26 후루(候樓): 망루(望樓).
27 단장소혼(斷腸消魂): 근심이나 슬픔으로 창자가 끊어지고 넋이 빠짐.

이 최찰(摧扎)[28]하여 벽력(霹靂)에 놀란 잠(7)충(蠶蟲) 같으뇨?"[29]

태우가 놀라 보니 중형(仲兄) 한림 희명이라. 한림이 마을로서 돌아와 태우를 보지 못하매 찾아 이르러 희롱함이라. 태우가 강잉(强仍) 소왈,

"중씨(仲氏)는 희언을 그치소서. 남이 들으면 소제를 작히 미치게 굴리잇가? 나이는 많지 않아도 세상 기괴한 변란을 많이 겪었으니 이제는 미색이 귀치 아니하니 월녀(越女)[30]가 천문(天門)을 열고 나려오고 서시(西施) 재생하나 다 시틋하니[31] 처자가 없다 하여 현마 못 살리잇가? 우연히 산보하여 구경함이요 타념(他念)[32]이 없나이다."

한림이 선자(扇子)로 어깨를 쳐 왈,

"네 진실로 군자가 아니로다. 어느 군자가 내외(內外)를 달리하더뇨?"

언파에 서로 웃고 누상(樓上)에 좌를 이루고 (8)연지를 바라보니 과연 기이하여 구름다리에 제선(諸仙)이 모였는 듯 오 세 이하로 아공자(兒公子), 아소저(兒小姐)가 떨어진 이 없이 모친을 좇았으니 연소 부인네 옆옆이 자녀를 껴 소성(笑聲)이 낭랑(朗朗)하되 홀로 고소저가 봉관옥패(鳳冠玉佩)에 홍상채의(紅裳彩衣)를 소담히 하고 좌석에 정돈하여 말씀이 희소(喜笑)에 밎지 아니하니 한림이 가르쳐 왈,

"제수, 제매 신인(新人)을 면한 자는 거의 다 농와(弄瓦)[33]를 얻어 인봉옥수가 쌍쌍이 슬하에 넘놀거늘 현제(賢弟)와 고수(嫂)는 결발(結髮)[34] 사 년에 농장(弄璋)의 자미[35] 없으니 남의 거동 보아 하니 아니 무미(無味)하냐?"

태우가 미소 왈,

"소제와 고씨 이십이 못하였으니 그리 바쁘리잇가? 고(9)인은 삼십(三十)에 가유실인(家有室人) 하였나니다."

한림이 소왈,

---

28 최찰(摧扎): 꺾이고 뽑힘. 최절(摧折).

29 벽력(霹靂)에 놀란 잠충(蠶蟲) 같다: 벼락에 놀라 떨어진 누에처럼 정신없이 어질어질함. '천둥에 떨어진 잠충 같다.'는 속담이 있음.

30 월녀(越女): 월나라의 유명한 미인 서시(西施). 또는 월나라에 미인이 많았다는 데서 나온 말로 미인을 가리킴.

31 시틋하다: 마음에 들지 않다.

32 타념(他念): 다른 생각.

33 농와(弄瓦): 딸을 얻는 일.

34 결발(結髮): 상투를 틀고 쪽을 쪄 정식 혼인을 함.

35 농장(弄璋)의 자미: 아들을 낳는 재미.

"저리 끌끌하고[36] 단정할 양이면 실내에 요조(窈窕) 현필(賢匹)을 두고 무엇이 부족하여 한화야초(閑花野草)[37] 같은 자란을 구구히 가축(家畜)하다가 그 몇몇 인생을 마치며 화란(禍亂)의 싹이 어데까지 미쳤나뇨?"

태우[38]가 척연(惕然) 탄식 대왈,

"소제 이 마대[39]를 생각하매 무슨 사람이리잇고? 경해한심(驚駭寒心)하와 잊기를 공부하나이다."

한림이 역탄(亦嘆)하고 고소저와 화락(和樂)을 열라 하니 태우가 침음 소왈,

"소제 이 뜻이 없지 아니 하오되 고씨 너무 세차 위징(魏徵) 처(妻) 같사오니 아직 버려두어 그 예기(銳氣)를 꺾고자 하나니다."

한림이 소왈,

"네 위징 처의 사오납만 알(10)고 재덕(才德)은 모르는다? 더욱 고수(嫂)는 이에 비할 바가 아니니 네 너무 겁(怯)함이라. 연즉 어떤 처자가 합당하뇨?"

태우가 소왈,

"여자는 온순함이 으뜸이니 매사에 순종(順從)함이 합의(合意)로소이다."

한림이 소왈,

"그리면 소원을 왕모(王母)께 고하여 새로이 공순(恭順)하고 비약(卑約)[40]한 여자를 귀천간 가리어 처여첩(妻與妾)을 네 장중(掌中)에 던져두고 임의로 하여 제어하되 앉으라 하면 앉고 서라 하면 서고 먹으라 하면 먹고 굶으라 하면 굶고 사생을 하라 하는 대로 하는 이런 여자를 구할 것이니, 선조 적에 비단 푸자[41] 하는 부호의 아들 감개[42] 있더라 하니 광대한 천하에 어데 가(11)리면 여자 중(中)인들 어찌 감개 없으리오?"

태우가 역소왈,

"소제는 진정의 말을 하였더니 형은 도로혀 곤히 보채어 웃고자 하시니 동기지정(同

36 끌끌하다: 마음이 맑고 바르다.

37 한화야초(閑花野草): 사람 손길이 닿지 않는 곳에서 저절로 자라는 야생 화초.

38 태우: 원문에는 '태후'로 되어 있으나 서강대본을 참고하여 고침.

39 마대: 대목. 때.

40 비약(卑約): 자신의 몸을 낮춤.

41 푸자: 점포. '포자(鋪子)'의 중국어 발음.

42 감개: 줄이나 실 따위를 감아 두는 기구. 여기서는 사람 이름으로 쓰였으나 앞의 '푸자'와 관련지어 마음껏 풀고 감을 수 있는 사람을 의미하는 말장난인 듯함.

氣之情)이 아니로소이다."

설파에 서로 웃고 소매를 이끌어 돌아오다 태우가 수삼 년 공관독처(空館獨處)에 심사가 자못 무류한지라[43] 고집을 두루혀[44] 차야에 청휘각에 나아가니, 시야(是夜)에 고소저가 야심토록『예기(禮記)』를 수렴(收斂)하다가 정히 촉을 물리고 상(牀)에 오르고자 하더니 문득 계정(階庭)에 신 끄는 소리 완완하며 지게[45]를 여는 자가 있으니 이 곧 태우라. 계파 등이 놀라 퇴(退)하고 소저는 심리(心裏)에 경아(驚訝)하여 의상을 여미고 상에 나려 맞으니 (12)태우가 좌를 이루고 엄연히 이르되,

"이미 야심하였거늘 잠을 폐하리오?"

소저가 공수정좌(拱手正坐)[46]하여 묵묵부대(默默不對)어늘 태우가 정색 왈,

"나의 말을 어찌 답(答)지 아닛나뇨? 나의 당당한 정실(正室)이라도 이렇지 못하리라."

소저가 청파에 무단(無端)[47]한 책언(責言)을 우습게 여기나 대(對)치 아니함은 예(禮) 아니라 강잉(强仍) 대왈,

"군자가 일찍 폐처(弊處)에 임(臨)치 아니시니 대후(待候)할 바가 없는 고로 창졸(倉卒)에 답언이 쉽지 못함이로소이다."

태우가 묵연양구(默然良久)에 왈,

"우리 부부가 우봉(遇逢) 사 년에 엊그제 신인(新人)이 아니라. 어찌 앉아 새오리오."

소저가 청파에 언단(言端)의 거만함을 불복하나 사색(辭色)지 아니하고 시녀를 부르고자 하거늘 (13)태우가 이르되,

"밤이 깊고 춘소(春宵)[48]가 고단하니 아무리 종인들 자는 것을 깨움이 가(可)치 아니하니 금침을 손조[49] 펴 주소서. 펴기 괴로울진대 생이 스스로 포설(鋪設)하리라."

소저가 괴로움을 이기지 못하나 체면에 마지못하여 봉침채금(鳳枕彩衾)[50]을 친히 포설

---

43 무류하다: 부끄럽고 열없다. 무료(無聊)하다.

44 두루혀: 돌이켜.

45 지게: 외짝 문. 호(戶).

46 공수정좌(拱手正坐): 두 손을 맞잡아 공손한 뜻을 나타내며 몸을 바르게 하고 앉음.

47 무단(無端): 까닭 없음.

48 춘소(春宵): 봄밤. 춘야(春夜).

49 손조: '손수'의 옛말. 원문에는 '숀됴'로 되어 있음.

50 봉침채금(鳳枕彩衾): 베갯모에 봉황을 수놓은 베개와 색이 고운 이불.

하고 물러 좌하니 태우가 날호여[51] 의대(衣帶)를 탈(脫)하고 소저를 돌아보니 진수(螓首)[52]를 숙이고 성안(星眼)이 나작하여 좌석을 정돈하고 기색이 씩씩하여 매화가 납설(臘雪)[53]을 띠었는 듯 추국(秋菊)이 상로(霜露)를 아처하는[54] 듯하니 태우가 지기(知機)하고 심하에 실소하나 모르는 체하고 옥안성모(玉顏星眸)에 미(微)한 웃음을 머금고 금선(錦扇)을 들어 멀리 후리치고 서우춘풍(瑞雨春風)[55]이 화난(和暖)하여 화(14)발춘산(花發春山)에 호접(胡蝶)[56]을 날리이니 남자의 이술(異術)과 수단이 어찌 일 여자를 압두(壓頭)치 못하리오. 고소저가 비록 천지를 재작(裁作)[57]하는[58] 슬기와 창해(滄海)를 열게 여기는 역량이나 마침내 여자지심(女子之心)이요 명달식리(明達識理)한 식견이라도 소천(所天)[59]의 전후 행지(行止)를 불복함이 깊으나 여자 일신이 종부지도(從夫之道)가 떳떳하니 혜옴이[60] 있으리오. 원앙장리(鴛鴦帳裏)의 춘락(春樂)이 환연하니 소저는 만심불쾌(萬心不快)하나 태우는 가장 즐기더라. 존당 부모가 태우 부부가 화락함을 알고 두굿기더라.

이렇듯이 세월을 보내더니 이때 문득 변보(變報)가 천정(天庭)[61]에 오르니, 이 다른 도적이 아니라 파서(巴西) 용문에 웅거한 전기, 황축이 황(15)씨 모녀로 더불어 당을 모으며 떼를 무어[62] 날로 창궐하여 인읍(隣邑) 군현을 노략하며 장차 돗 말듯 천하를 취코자 하니 파촉 사천(四川)이 대란(大亂)한지라.

군신(君臣) 상하가 이미 우화의 초사(招辭)[63]로조차 앎이 분명하여 지모(智謀) 양장(良將)이 정히 나아가 초적(草賊)[64]을 잡고 황씨 모녀를 잡고자 하더니 이렇듯 창궐(猖獗)하매 상

---

51 날호여: 천천히.
52 진수(螓首): 매미의 넓은 이마라는 뜻으로 미인의 시원한 이마를 말함.
53 납설(臘雪): 납일(臘日)에 내리는 눈. 섣달에 내리는 눈.
54 아처하다: 싫어하다.
55 서우춘풍(瑞雨春風): 곡물의 생장을 돕는 고마운 비와 봄날의 바람.
56 호접(胡蝶): 원문에는 'ᄒᆞ졉'로 되어 있으나 문맥에 맞추어 고침.
57 재작(裁作): 옷 따위를 마름질하여 만듦.
58 하는: 원문에는 'ᄒᆞ고'로 되어 있으나 문맥에 맞추어 고침.
59 소천(所天): 아내가 남편을 이르는 말.
60 혜옴이: 원문에는 '혀오미'로 되어 있음.
61 천정(天庭): 천제가 사는 궁궐.
62 뭇다: 여러 사람이 한데 모여서 조직, 짝 따위를 만들다.
63 초사(招辭): 죄인이 범죄 사실을 진술하던 일.
64 초적(草賊): 좀도둑. 예전에, 통치자들이 주로 산간 지대에서 장기적으로 항거하며 투쟁하는 사람들을 낮잡아 이르던 말.

이 진노(震怒)하사 조회(朝會)를 크게 베푸시고 문무(文武)를 모아 가라사대,

"음부(淫婦) 찰녀(刹女)의 창궐 국란(國亂)함은 짐의 허물이요, 광평왕 수의 어하(御下)[65] 가제(家齊)[66] 용렬(庸劣)함이라. 소장지환(蕭墻之患)[67]이 종이에 물젖듯하여 장차 가국(家國)을 소요(騷擾)하니 어찌 통해(痛駭)치[68] 아니리오."

광평왕이 출반(出班) 복지(伏地) 주왈(奏曰),

"신의 불명혼암(不明昏闇)[69]하온 죄는 수사난속(雖死難贖)[70]이로소이다. (16)이제 초적이 창궐함으로 인하와 어수(御睡)가 용탑(龍榻)[71]에 불예(不豫)하시니[72] 신이 비록 재주가 노둔(老鈍)하오나 일지병(一枝兵)[73]을 빌려 당당히 음부(淫婦) 요적(妖賊)을 잡아 용탑(龍榻) 하(下)에 헌(獻)하리이다."

상이 미급대(未及對)에 좌반 중으로 일위 소년 진신(縉紳)[74]이 금관자포(金冠紫袍)로 출좌반항(出座班行)하니 월액천정(月額天庭)[75]의 잠미봉안(蠶眉鳳眼)[76]이요 원비일요(猿臂逸腰)[77]라. 추상(秋霜)을 능만(凌漫)할[78] 기상과 옥면단순(玉面丹脣)[79]이 촉한(蜀漢) 백면장군(白面將軍) 마맹기(馬孟起)[80]를 압두(壓頭)[81]하고 늠름쇄락(凜凜灑落)한 기상이 조둔(趙盾)[82]의 하일지

---

65 어하(御下): 아랫사람을 다스림. 통솔함.

66 가제(家齊): 가정(家政). 집안을 다스리는 일.

67 소장지환(蕭牆之患): 집안에서 일어난 재난, 근심. 소장(蕭牆)은 대문이나 중문의 안쪽에 설치하여 밖에서 안을 들여 볼 수 없게 막아 놓은 담. '내부'나 '규방'을 비유적으로 이르기도 한다.

68 통해(痛駭)하다: 몹시 이상스러워 놀랍다.

69 불명혼암(不明昏闇): 어리석고 못나서 사리에 어두움.

70 수사난속(雖死難贖): 죽음으로도 속죄하기 어려움.

71 용탑(龍榻): 임금이 앉거나 눕는 상탑(牀榻). 어탑(御榻).

72 불예(不豫)하다: 임금이나 왕비가 몸이 편치 않다.

73 일지병(一枝兵): 한 무리의 병사

74 진신(縉紳): 벼슬아치.

75 월액천정(月額天庭): 달처럼 환한 이마의 한복판.

76 잠미봉안(蠶眉鳳眼): 누에 같은 두툼한 눈썹과 봉황의 눈.

77 원비일요(猿臂逸腰): 원숭이처럼 긴 팔과 날씬한 허리를 말함.

78 능만(凌漫)하다: 압도하다. 솟아오르다.

79 옥면단순(玉面丹脣): 옥같이 깨끗하고 아름다운 얼굴과 붉고 고운 입술.

80 마맹기(馬孟起, 175~222): 마초(馬超). 중국 후한 말기의 군벌이며 삼국시대 촉한의 무장이다. 자는 맹기(孟起)이다.

81 압두(壓頭): 상대편을 누르고 첫째 자리를 차지함.

82 조둔(趙盾): 조맹(趙孟). 조조의 증조부인 후한 조절의 달리 전해지는 이름.

위(夏日之威)[83] 같으니 용안(龍眼)이 반겨 보시니 이 곧 병부상서[84] 현희백이라. 고두부복(叩頭俯伏) 왈,

"파촉(巴蜀)은 하방(遐方)[85]이라 산장지활(山障地闊)하여 우리 성천자(聖天子) 일월광화(日月光華)가 미처 비추지 못하였삽거늘 망명(亡命) 찰(17)녀와 산림(山林) 여당(餘黨)이 시무(時務)를 알지 못하고 창궐하와 성대(聖代) 왕화(王化)를 더럽히고 생민(生民)을 도탄(塗炭)코자 하오니 기죄(其罪) 불용주(不容誅)[86]라. 신수부재(臣雖不才)오나 원컨대 광평왕 전하를 좇아 종군(從軍)하여 녹림 여당을 무찌르고 요적(妖賊)을 잡아 국가 근심을 덜고자 하나이다."

상이 침음양구(沈吟良久)에 왈,

"광평왕과 현경의 의논이 여차(如此)하니 제경(諸卿)의 소견이 어떠하뇨?"

좌승상 현웅린과 평제왕 천린이 일시에 주왈,

"차적(此賊)은 불과 오합지졸(烏合之卒)이라. 광평왕 전하의 지모재략(智謀才略)이 족히 근심치 아닐 것이요, 희백이 비록 연소하오나 성천자(聖天子) 홍복(興福)을 입사와 성공할까 하나이다."

상이 가라사대,

"적류(賊類)가 심상한 도적(18)이 아니라 요술 변화[87] 무상타 하니 행여 소루(疏漏)할까 하노라."

승상과 왕이 배수(拜手) 주왈(奏曰),

"국도(國都)가 홍륭(興隆)[88]에 승운(乘運)이 만세무강(萬世無疆)하오시니 산중 요술이 어찌 천도(天道)를 이역(移易)하오며[89] 사불범정(邪不犯正)[90]인즉 광평왕은 귀복(貴福)이 갖

---

83 하일지위(夏日之威): 여름 해와 같은 위엄. 똑바로 쳐다볼 수 없는 위엄.

84 병부상서: 원문에는 '서'가 없으나 서강대본을 참고하여 보충함.

85 하방(遐方): 서울에서 멀리 떨어진 지방.

86 불용주(不容誅): 죽여도 시원치 않음.

87 변화: 원문에는 '화'가 없으나 서강대본을 참고하여 보충함.

88 홍륭(興隆): 흥하여 매우 번성함.

89 이역(移易)하다: 옮겨서 바꾸다. 또는 옮겨져서 바뀌다.

90 사불범정(邪不犯正): 바르지 못하고 요사스러운 것이 바른 것을 건드리지 못함. 곧 정의가 반드시 이김을 이르는 말이다.

추어진[91] 정인군자(正人君子)시니 조그만 환술이 어찌 간범(干犯)[92]하리오잇고? 원(願) 폐하는 절우(絶憂)하소서."

언주파(言奏罷)에 문무중관(文武中官)이 연성(連聲)하여 광평왕의 영무(英武)[93]가 개세(蓋世)함과 현희백의 재략 다재(多才)함을 주(奏)하여 출전(出戰) 자원(自願)하매 당당히 대공을 세우고 산점(山占) 초적(草賊)을 삭평(削平)[94]함이 어렵지 아닐 바를 아뢰니 천안(天顔)이 대열(大悅)하사 잠소(潛笑)하시고 즉일(卽日)에 광평왕을 배(拜)하여[95] 천하 대도(19)독 파촉 대원수를 하이시고, 현상서로 부도독을 하이시니 간의태우[96] 현희문이 또 종군하기를 청하온대 상이 놀라사 왈,

"경은 연소(年少) 약관(弱冠)[97]이라. 다만 옥폐(玉陛)[98] 금란(金鑾)[99]에 사기(史記)를 초(抄)하며 성전(聖典)을 의논할 따름이라. 어찌 융복(戎服)[100]으로 흉봉지지(兇鋒之地)를 밟으리오."

희문이 강개(慷慨) 주왈,

"신수미약(臣雖微弱)하오나 어찌 산간 초적을 잡지 못하리잇고? 한(漢) 유후(留侯)[101]가 약질미용(弱質美容)이로되 한제(漢帝) 약하다 아니하고, 제갈(諸葛)[102]이 청수(淸秀)하나

---

91 갖추어진: 원문에는 '가즈신'으로 되어 있음.

92 간범(干犯): 남의 일에 간섭하여 권리를 침범함.

93 영무(英武): 영민하고 용맹스러움.

94 삭평(削平): 평정(平定). 반란이나 소요를 누르고 평온하게 진정함.

95 배(拜)하다: 조정에서 벼슬을 주어 임명하다.

96 간의태우: 간의대부(諫議大夫). 황제에게 간하고 정치의 득실을 논하던 관원. 진나라 때 간대부라 부르던 것을 후한 시대에 간의대부로 개칭하여 황제의 고문과 응대 등을 맡았다.

97 약관(弱冠): 스무 살을 달리 이르는 말. 『예기(禮記)』 〈곡례편(曲禮篇)〉에서, 공자가 스무 살에 관례를 한다고 한 데서 나온 말이다.

98 옥폐(玉陛): 궁전의 계단.

99 금란(金鑾): 금란전(金鑾殿).

100 융복(戎服): 철릭과 주립으로 된 옛 군복. 무신이 입었으며, 문신도 전쟁이 일어났을 때나 임금을 호종(扈從)할 때에는 입었다.

101 유후(留侯, ?~ B.C.189): 장량(張良). 중국 한나라의 건국 공신. 자는 자방(子房). 시호는 문성(文成). 소하(蕭何), 한신(韓信)과 함께 한나라 건국의 3걸로 불린다. 유방(劉邦)으로부터 "군막에서 계책을 세워 천리 밖에서 벌어진 전쟁을 승리로 이끈 것이 장자방이다."라는 극찬을 받았다. 201년 유후(留侯)로 봉해졌다.

102 제갈(諸葛, 181~234): 제갈량(諸葛亮). 중국 삼국 시대 촉한의 정치가. 자(字)는 공명(孔明).

무안왕(武安王)[103]의 적수(敵手) 되었사오니 신이 현마[104] 서절구투(鼠竊狗偸)[105]를 저어하리잇고?"[106]

상이 두굿기사 함소(含笑)하시고 제왕을 돌아보사 왈,

"범의 새끼 개 되지 아닛난다 함이 정히 경의 부자를 이름(20)이로다. 석년(昔年) 서도 출정(出征) 시에 경언(卿言)이 여차하더니 금자(今者)에 희문의 의논이 여차 준상(俊爽)하니[107] 진짓 난부난자(難父難子)로다. 저의 소원이 여차하니 이만 쉬운 청을 듣지 아니리오."

제왕이 불감고두(不敢叩頭)하더라. 상이 이에 희문으로 군중 참모사를 하이시니 태우가 고두(叩頭)하더라. 무반 중 지용양장(智勇良將)을 택하여 천원(千員) 명장(名將)과 십만 비호(飛虎)를 연습하여 삼일(三日) 치행(治行)[108]하여 이발(離發)[109]할새 광평왕과 현상서가 바로 교장(敎場)에 나아가 제군 장졸을 자모[110]받으니 능히 부중(府中)을 찾지 못하여 연습 수일에 바로 행할새 원수가 하령(下令)하여 제군사졸(諸軍士卒)을 각각 부모처자를 이별하라 하고 겨우 틈을 보아 각각 궁에 돌아오니 어시(於是)(21)에 이 소식이 각각 본부에 이르매 광평궁과 현상부에서 대경하여 이르되,

"병기(兵器)는 흉기(凶器)[111]여늘 하물며 흉심이 사생(死生)을 혜지 아니리니 어찌 위태치 아니리오."

하고 절려(切慮)가 비길 곳이 없으되 오공, 진공, 승상, 제왕 부부가 타연무려(安然無慮)[112]하니 육부인이 탄왈,

"황상이 진실로 자애(慈愛) 박하시도다. 희백은커니와 희문은 천황지손(天皇之孫)이어

---

103 무안왕(武安王, ?~219): 관우(關羽). 중국 삼국 시대 촉한의 무장. 자는 운장(雲長). 장비, 유비와 의형제를 맺고 적벽전에서 조조의 군대를 격파하는 등 많은 공을 세웠다. 뒤에 위나라와 오나라의 동맹군에게 패한 뒤 살해되었다.

104 현마: '설마'의 옛말.

105 서절구투(鼠竊狗偸): 쥐나 개처럼 몰래 물건을 훔친다는 뜻으로 '좀도둑'을 이르는 말.

106 저어하다: 염려하거나 두려워하다.

107 준상(俊爽)하다: 재주와 슬기가 뛰어나고 명석하다.

108 치행(治行): 길 떠날 여장을 준비함.

109 이발(離發): 길을 떠남.

110 자모: 초모(招募). 의병이나 군대에 지망하는 사람을 모집함. '즈모'는 중국어 발음에서 온 것.

111 흉기(凶器): 원문에는 '흉지'로 되어 있음.

112 타연무려(安然無慮): 태연(泰然)하고 염려하지 않음.

늘 차마 시석(矢石)을 무릅쓰게 하시리오. 예사 도적과 달라 천지간 짝 없는 대음(大淫) 발부(潑婦)[113] 년들이 제 죄를 모르고 희백을 보면 산 채로 먹으려 하리니 모진 벌의 무심코 쏘는 살과 독한 사물이 불의(不意) 독해(毒害) 있을진대 어찌 두렵지 아니리오. 나는 들으니 음아음아 무서(22)워라."

하더라.

상서가 존당 부모 숙당에 하직하고 군종으로 분수하매 참모 희문이 한가지로 하직하니 진공 부자가 경계 왈,

"오아(吾兒)는 집에 있을 때같이 급거(急遽)[114] 준격(峻激)함[115]을 버리고 주색(酒色)을 멀리 하여 다만 장령(將領)을 순수(循守)[116]하여 백아(兒)의 기모(機謀) 권장함을 어그릇지 말라."

참모가 재배(再拜) 수명(受命)하매 존당 부모가 원수와 참모를 어루만져, '무양보중(無恙保重)하여 국사를 진심하고 집에 돌아와 서로 반기게 하라.' 하고 사기(辭氣)[117] 타연(妥然)하니 육부인이 가장 모질이 여기더라. 참모가 좌상에 고씨 있음을 살피지 않았더니 걸음을 두루혈새[118] 봉안(鳳眼)을 흘려 고씨의 있음을 보고 족용(足容)[119]을 중지하니 고씨 안서(安舒)히 일어 상예(23)필(相禮畢)에 참모가 존당 시봉(侍奉)을 부탁하니 고씨 염용침음(斂容沈吟)하여 지교(指教)하시는 바는 본디 첩의 소임이니 원(願) 군자는 천금중신(千金重身)을 보중(保重)하여 개가(凱歌)[120]로 돌아오심을 청하니 말씀이 간략하고 동지(動止) 천연(天然)하여 추천(秋天) 상월(霜月)이 옥루(玉樓)에 밝으심 같으니 참모가 점두(點頭)하고 상서로 병비(竝轡)[121]하여 밖으로 나가니 거류양정(去留兩情)[122]이 타연무려(妥然無慮)함이 흉봉지지(凶鋒之地)를 향하는 거동이 아니니 육씨 가장 괴이히 여겨 이윽히 보더니 혀 차 이르되,

---

113 발부(潑婦): 막되거나 거센 여자.

114 급거(急遽): 몹시 서둘러 급작스러운 모양.

115 준격(峻激)하다: 엄하고 격렬하다.

116 순수(循守): 준수(遵守). 전례나 규칙, 명령 따위를 그대로 좇아서 지킴.

117 사기(辭氣): 사색(辭色). 말과 얼굴빛을 아울러 이르는 말.

118 두루혀다: '돌이키다'의 옛말

119 족용(足容): 발의 동작. 발걸음.

120 개가(凱歌): '개선가(凱旋歌)'의 준말.

121 병비(竝轡): 둘이 서로 나란히 하여 나아옴.

122 거류양정(去留兩情): 떠나고 머무르는 두 사람의 정.

"이 가중에는 노소(老少) 없이 인정이 아니로다. 석년(昔年)에 우리는 숙숙(叔叔)[123]과 상공이 정벌(征伐)하실 때 구고(舅姑)와 제숙(諸叔) 등이 위로 이별하니 내 홀로 비색(悲色)을 뵈지 못하나 눈물이 샘솟듯하니 구고가 위로하(24)시고 상공의 생철 같은 마음으로도 감동연측(感動憐惻)하시더니라."

하니 모두 웃더라.

차설(且說). 부원수와 참모가 교장(敎場)에 이르니 광평왕이 벌써 이르렀더라. 이에 군위(軍威)를 정히 하여 결진(結陣)하고 시객[124]을 기다릴새 태자가 황조(皇詔)를 받자와 전송하실새 홍금양산(紅錦陽傘)[125]과 금보절월(金寶節鉞)[126]이 일색에 휘영한데 문무 천관이 구름 몯듯 이르러 분답(紛沓)하고[127] 과갈(過喝)[128]이 훤천(喧天)[129]하여 티끌이 일어나니 이 진실로 천자의 친행으로 하심으로 다름이 없더라. 태자가 광평왕의 손을 이어 가라사대,

"광평군은 부원수 이하를 통솔하여 흉지(凶地)에 나아가 도적을 삭평(削平)[130]하고 개가(凱歌)로 반사(班師)[131]하는 날 짐이 당당히 황봉어(25)주(皇封御酒)[132]를 실어 이 땅에 와 맞으리니 경 등은 진사진충(盡事盡忠)하여 황상의 믿어 맡기신 바를 저버리지 말라."

양 원수와 참모가 고두배주(叩頭拜奏) 왈,

"신 등이 비록 경륜(經綸) 재략(才略)이 없사오나 성상(聖上) 홍복(興福)이 제천(齊天)[133]하시며 춘궁(春宮)[134] 전하의 만세덕화(萬世德化)를 입사와 난역(亂逆)[135]하는 도적을 평정

---

123 숙숙(叔叔): '시아주버니'를 문어적으로 이르는 말.

124 시객: '시각'의 옛말.

125 홍금양산(紅錦陽傘): 의장으로 쓰던 붉은 비단 양산.

126 금보절월(金寶節鉞): '금보(金寶)'는 '선왕(先王)이나 선비(先妃)에게 올리는 추상존호를 새긴 도장.' '절(節)'은 행진할 때 장수가 들어 그 직책을 표시하던 군기(軍旗)와 같이 만들고 '월(鉞)'은 '부월(斧鉞)' 즉 도끼와 같이 만든 것으로, 군령을 어긴 자에 대한 생살권(生殺權)을 상징하였다.

127 분답(紛沓)하다: 북적북적하고 복잡하다.

128 과갈(過喝): 갈도(喝道). 고관의 길을 인도하는 하인이 앞장서서 길을 비키라고 외치는 소리.

129 훤천(喧天): 소리가 몹시 커서 하늘까지 울려 퍼지는 것.

130 삭평(削平): 평정(平定). 반란이나 소요를 누르고 평온하게 진정함.

131 반사(班師): 군사를 이끌고 돌아옴.

132 황봉어주(皇封御酒): 황실(皇室)에서 내리는 술. '황봉(皇封)'은 황실에서 밀봉되어 있던 술.

133 제천(齊天): 하늘과 같음.

134 춘궁(春宮): 동궁(東宮). '황태자'나 '왕세자'를 달리 이르던 말.

135 난역(亂逆): 반역(反逆).

(平定)하오리니 복원(伏願) 폐하는 천측(天則)[136]을 봉시(奉侍)[137]하사 성수무강(聖壽無疆)[138]하심을 바라나이다."

태자가 재삼 위유(慰諭)[139]하시고 옥배(玉杯) 향온(香醞)[140]을 각각 나리오시고 삼군을 다 호상(犒賞)[141]하시니 원수 등이 고두사은(叩頭謝恩)[142]하고 잔을 받자오니 만조문무(滿朝文武)가 이르러 승전반사(勝戰班師)[143]함을 부탁하여 날이 이미 반오(半午)[144]에 이르매 어양(魚樣)의 북이 자로[145] 일어 시객[146]을 보(報)하니 군신 상하가 일장(一場) 이별(26)을 마치매 양 원수가 융장(戎裝)[147]을 정제(整齊)하여 상마(上馬)하여 호통 삼차(三次)에 대군이 길을 여니 뇌고함성(擂鼓喊聲)[148]이 천지를 흔들며 산천이 뒤눕는 듯하니 오색(五色) 기치(旗幟)[149]는 일색(日色)을 가리오고 검극(劍戟)[150]은 삼렬(森列)하여[151] 하늘에 일만 무지개를 지었거늘 양 원수가 행군(行軍) 기율(紀律)이 엄숙하여 주아부(周亞夫)[152]의 영풍(英風)과 제갈(諸葛)의 기모비계(奇謀秘計)[153]를 품어 신위(身位) 일월(日月)로 쟁광(爭光)하니 차인 등 한낱 산적초구(山賊草寇)를 파(破)치 못할까 근심하리오. 태자가 불승(不勝) 칭찬하시고 만조문무(滿朝文武)

---

136 천측(天則): 천칙(天則). 하늘의 법칙.

137 봉시(奉侍): 시봉(侍奉). 모시어 받듦.

138 성수무강(聖壽無疆): 임금의 나이가 끝이 없다는 뜻으로, 임금이 오래 살기를 기원하는 말.

139 위유(慰諭): 위로하고 타일러 달램.

140 향온(香醞): 내국법온(內局法醞). 멥쌀과 찹쌀을 쪄서 식힌 것에 보리와 녹두를 섞어 만든 누룩을 넣어 담근 술.

141 호상(犒賞): 군사들에게 음식을 차려 먹이고 상을 주어 위로함.

142 고두사은(叩頭謝恩): 머리를 조아리며 은혜에 감사함.

143 승전반사(勝戰班師): 싸움에서 이겨 군사를 이끌고 돌아옴.

144 반오(半午): 원문에는 '반'으로 되어 있으나 서강대본을 참고하여 보충함.

145 자로: 자주.

146 시객: '시각'의 옛말.

147 융장(戎裝): 싸움터로 나아갈 때의 차림.

148 뇌고함성(擂鼓喊聲): 북을 빨리 치는 소리와 여러 사람의 고함 소리.

149 기치(旗幟): 예전에, 군대에서 쓰던 깃발.

150 검극(劍戟): 칼과 창을 아울러 이르는 말.

151 삼렬(森列)하다: 촘촘하게 늘어서 있다.

152 주아부(周亞夫): 한(漢)나라 문제(文帝) 때 흉노가 대거 침입하자 세류영(細柳營)에서 주둔했다가 흉노를 크게 물리친 한나라 명장군.

153 기모비계(奇謀秘計): 기묘한 꾀와 비밀스러운 계책을 아울러 이르는 말.

가 갈채(喝采)하더라. 순식(瞬息)에 산이 굽이지고 길이 멀었으니 태자가 난가(鸞駕)[154]를 휘동(麾動)[155]하사 환궁(還宮)하여 상후(上候)께 봉명(奉命)하시니 제후가 들으시고 깃거하시더라.

차시(此時) 현상부에서 상(27)서 군종(群從)이 출정(出征)하매 존당 상하가 훌연(欻然)[156] 함을 이기지 못하고 적추(敵酋)[157]의 음해(陰害) 아무 지경에 미칠 줄 알지 못하여 우려 만단(萬端)[158]이러라.

이때 승상의 필자(畢子) 희계의 자는 화중이니 사마부인 필자이라. 생성(生成)하매 풍도(風度)[159]가 쇄락(灑落)하여 방년(芳年) 십삼에 문장재화(文章才華)가 출류(出類)하니 승상이 널리 구혼하여 이부시랑 노공의 여(女)로 성혼(成婚)하니 노공이 다른 자식이 없고 다만 일녀뿐이라. 승상께 현생 부부를 슬하에 둠을 간청하니 승상이 그 고고(孤苦)한 정세(情勢)를 감척(感慼)하여 허(許)하니, 현생이 일찍 문달(聞達)[160]을 구치 아니하고 노씨로 더불어 노공 부부를 받드니 노공이 또한 사직(辭職)하고 고향 산동으로 돌아가니 생이 또한 따라 별(28)호(別號)를 청허 선생이라 하고 한낱 처사(處士)가 되어 노씨로 더불어 고요히 처하여 칠자(七子) 삼녀(三女)를 생(生)하매 장자(長子) 차환으로 노공 부부의 봉사(奉祀)를 잇게 하니라. 이때 현부 제공의 자녀가 층층이 자라매 남혼녀가(男婚女嫁)의 혼취(婚娶)[161] 잦으니 이로 기록지 못할러라.

각설(却說). 평촉대원수 광평왕이 부원수 현희백과 참모 현희문으로 더불어 천원(千員) 명장(名將)과 십만 비호(飛虎)를 거느려 옥궐(玉闕)에 배사(拜謝)하고 문무 중관(中官)[162]을

---

154 난가(鸞駕): 연(輦). 임금이 거둥할 때 타고 다니던 가마. 옥개(屋蓋)에 붉은 칠을 하고 황금으로 장식하였으며, 둥근기둥 네 개로 작은 집을 지어 올려놓고 사방에 붉은 난간을 달았다.

155 휘동(麾動): 지휘하여 움직이게 함.

156 훌연(欻然): 어떤 일이 생각할 겨를도 없이 급히 일어나는 모양. 여기서는 갑자기 쓸쓸해진다는 뜻으로 사용됨.

157 적추(敵酋): 적장(敵將).

158 만단(萬端): 여러 가지나 온갖.

159 풍도(風度): 풍채와 태도를 아울러 이르는 말.

160 문달(聞達): 이름이 세상에 널리 알려짐.

161 혼취(婚娶): 혼인(婚姻).

162 중관(中官): 조정에서 근무하는 벼슬아치.

분수(分手)하매[163] 백모황월(白旄黃鉞)[164]과 기치검극(旗幟劍戟)[165]이 삼라(森羅)하여[166] 대군이 물밀 듯 행하니 소과주현(所過州縣)[167]이 망풍(望風)[168] 영대(迎待)하거늘 지나는 바에 추호(秋毫)를 불범(不犯)[169]하고 이미 파서(巴西) 지경(地境)에 이르매 합주(合州) 자사(刺史)가 영접(迎接)하(29)여 관중(關中)에 들어가 설연(設宴) 관대(款待)[170]코자 하거늘 양(兩) 원수(元帥)가 정색(正色)고 이르되,

"방금 초적(草賊)이 강성하여 사천(四川)을 거의 다 앗고 황성(皇城)을 범코자 하니 주상(主上)이 숙수(熟睡)[171]가 용상(龍床)에 불안하시거늘 이제 어찌 안연(晏然)히[172] 설연 음주하여 임금의 맡기신 바를 해태(懈怠)[173]케 하리오."

자사가 무안함을 이기지 못하여 다만 사죄할 뿐이라. 원수가 이에 적정(賊情)[174]을 물은대 자사가 일일이 아뢰고 왈,

"적세(賊勢) 자못 호대(浩大)할 뿐 아니라 적괴(賊魁) 전기라 하는 자가 참칭제호(僭稱帝號)[175]하고 소위 황후 황씨와 기녀(己女) 능연 공주[176]가 부마 황축으로 더불어 요술 변화가 무궁하오니 이러므로 관군이 자로[177] 접전하다가 패하였나이다."

하거늘 양 원(30)수가 청미(聽尾)에 이미 짐작함이 있는지라. 불승통완(不勝痛惋)하여 가로되,

---

163 분수(分手)하다: 서로 작별하다.

164 백모황월(白旄黃鉞): 백모(白旄)는 털이 긴 쇠꼬리를 장대 끝에 매달아 놓은 기(旗), 황월(黃鉞)은 황금으로 장식한 도끼.

165 기치검극(旗幟劍戟): 기치(旗幟)는 예전에, 군대에서 쓰던 깃발, 검극(劍戟)은 칼과 창을 아울러 이르는 말.

166 삼라(森羅)하다: 벌여 있는 현상이 숲의 나무처럼 많다.

167 소과주현(所過州縣): 거치어 가는 마을.

168 망풍(望風): 높은 명망을 듣고 우러러 사모함.

169 추호(秋毫) 불범(不犯): 매우 청렴하여 남의 것을 조금도 건드리지 아니함을 비유적으로 이르는 말.

170 관대(款待): 친절히 대하거나 정성껏 대접함.

171 숙수(熟睡): 숙면(熟眠). 잠이 깊이 듦. 또는 그 잠.

172 안연(晏然)히: 불안해하거나 초조해하지 아니하고 차분하고 침착하게.

173 해태(懈怠): 게으름.

174 적정(賊情): 도적 내부의 사정이나 형편.

175 참칭제호(僭稱帝號): 분수에 넘치게 스스로를 제왕이라 이름.

176 능연 공주: 교주.

177 자로: 자주.

"명공(明公)은 염려 말라. 이 불과 산림 초적이요 산간 요술이니 아등이 비록 용우(庸愚)하나 당당한 장부로 어찌 족히 쥐 무리를 근심하리오."

자사가 염복칭하(念服稱賀)함을 마지아니하더라. 수일을 관중에 머물러 장졸을 쉬게 하고[178] 관 밖에 영채(營寨)[179]를 세운 후 격서(檄書)[180]를 닦아 살 끝에 매어 적진에 쏘아 보내니 순초(巡哨)[181]하던 적졸이 격서를 얻어 적괴 전기에게 드리니 전기 정히 황씨 모녀와 군정(軍情)을 의논하며 천병(天兵)[182] 왔음을 듣고 탐지하매 대원수는 황자(皇子) 광평왕이요 부원수는 병부상서 현희백이라 하는지라. (31)황씨 모녀가 문득 이 말을 들으매 노발(怒髮)[183]이 상지(上指)[184]하니 황씨는 오히려 광평왕의 은총을 입어 자녀를 갖추어 두며 부귀를 누렸는 고로 일변 감회(感懷)함이 있으나 교주 음녀는 현상서 삼자(三字)를 들으매 미운 한이 철천(徹天)[185]하고 분한 눈물이 돌돌[186]하여 교아절치(咬牙切齒)[187]함을 마지아냐 이르되,

"차인(此人) 등은 진실로 우리 모녀의 불공대천지수(不共戴天之讐)라. 모친은 오히려 광평왕의 석년(昔年) 총애를 생각하나 이제는 서로 원수가 되었으니 다만 우리 부친의 용병(用兵)함을 도와 대업(大業)을 도모한즉 반드시 만승(萬乘)의 부귀를 기약할 것이요, 소녀는 진심하여 만일 현가 축생(畜生)을 사로잡거든 스스로 내 손으로 저를 죽여 분을 설(雪)코자 하나이다."

황녀가 듣고 다만 점두(點頭)하여 (32)묵연하고 전기와 황축이 분매(憤罵)하여 이르되,

"이 말이 가장 유리하니 오직 믿고 바라는 바는 현비와 여아의 주선함을 기다리나니 진심하라."

황축이 이르되,

---

178 쉬게 하고: 원문에는 '쉬오고'로 되어 있음.

179 영채(營寨): 병영의 목책(木柵). 영책.

180 격서(檄書): 적군을 달래거나 꾸짖기 위한 글.

181 순초(巡哨): 돌아다니면서 적의 사정이나 정세를 살핌.

182 천병(天兵): 천자의 군사를 제후의 나라에서 이르던 말.

183 노발(怒髮): 몹시 성이 나서 쭈뼛 일어선 머리카락이라는 뜻으로, 몹시 화가 남을 이르는 말.

184 상지(上指): 위로 솟구침.

185 철천(徹天): 하늘에 사무친다는 뜻으로, 두고두고 잊을 수 없도록 뼈에 사무침을 이르는 말.

186 돌돌: 흐르는 소리. 또는 그 모양.

187 교아절치(咬牙切齒): 몹시 분하여 이를 갊.

"광평왕은 본디 호강하던 귀공자로 목금(目今)은 더욱 쇠모(衰耗)[188]한지라. 혼암한 지혜 오직 비단옷이 가볍고 사미(邪味)[189]한 진찬(珍饌)[190]이 입에 맞을 뿐이니[191] 어찌 군정사(軍情事)를 알며, 현희백은 또한 고량자제(膏粱子弟)[192]로 옥당금마(玉堂金馬)[193]의 명필학사(名筆學士)니 실로 무슨 담략(膽略)과 지혜 있어 승전입공(勝戰立功)하리오. 우리 부부가 마땅히 한번 나아가 소축생(小畜生)을 일전(一戰)에 생금(生擒)하여 대왕 휘하(麾下)에 바치리이다."

전기 이 말을 듣고 대희하여 이르되,

"여아의 신기한 조화와 현서(賢壻)의 웅재(雄才)로 한번 나아가매 어찌 한 무리 고량소아를 근심하(33)리오마는, 이제 천병이 가장 크다 하니 승패는 진실로 미리 정치 못하리니 어찌 근심이 없으리오."

황녀가 왈,

"대왕은 저 무리를 너무 업신여기지 말라. 광평이 비록 나이 많고 쇠모함이 있으나 오히려 지략(智略)이 겸전(兼全)함이 있고, 현희백이 비록 백면서생(白面書生)이나 그 위인을 자시 아나니 재모(才貌)와 의견이 범상한 유(類)가 아니라. 반드시 경적(輕敵)지[194] 못하리니 가장 근심하노라."

전기 듣기를 마치매 아연(啞然)하여 물어 가로되,

"연즉(然則) 우리 채중(寨中)의 많은 호걸이 능히 저를 당할 자가 없으랴."

교주가 변색고 분연히 이르되,

"모친은 이제 말씀을 내매 어찌 적국(敵國)의 강용(強勇)만 자랑하고 우리 채중에 사람이 없는가 여기시나뇨? 이렇듯 하면 군중(34)의 예기(銳氣) 최찰하여[195] 나오지 아닐까 저어하노라."[196]

---

188 쇠모(衰耗): 쇠퇴하여 줄어듦.

189 사미(邪味): 몹시 야릇하고 간사한 맛.

190 진찬(珍饌): 진수(珍羞).

191 뿐이니: 원문에는 '뿐아니니'로 되어 있으나 서강대본을 참고하여 고침.

192 고량자제(膏粱子弟): 부귀한 가문의 자제.

193 옥당금마(玉堂金馬): 한(漢)나라 때 금마문(金馬門) 옥당전(玉堂殿)은 문학(文學)하는 선비가 출사(出仕)하는 관아(官衙). 후세에 한림원(翰林院)을 일컫는 이름이 됨.

194 경적(輕敵)하다: 적을 얕보다.

195 최찰하다: 최절(摧折)하다. 좌절하다. 마음이나 기운이 꺾이다.

196 저어하다: 염려하거나 두려워하다.

황씨 웃고 왈,

"내 뜻이 어찌 이렇지 아니리오마는 설매 한 번 간 후 소식이 아득하고 우화 법사가 또 가더니 세월이 누변(累變)[197]하였으되 오히려 돌아오지 아니하니 이 또한 크게 의심된 일이라. 양인(兩人)이 죽지 않았으면 반드시 달아나지 않았으련마는 종적이 마침내 없으니 어찌 괴이치 아니리오. 내 뜻에 그윽이 생각건대 기간(其間)의 사기(事機)[198] 패루(敗漏)[199]하였으매 두 사람이 다 죽어 돌아오지 못함인가 하노라."

교주가 이 말을 듣고 크게 웃으며 가로되,

"설매는 가장 영리하니 어찌 대사를 당하여 소루(疏漏)할[200] 리 있으며, 법사는 금세(今世)의 생불(生佛)이라 길흉화복(吉凶禍福)을 낱낱이 헤아리나니 어찌 임시응변이 없으(35)며 힘힘히[201] 사람에게 잡혀 몸을 마치리잇가?. 소녀가 다만 의심하는 바는 설매의 위인을 아나니 제 본디 영리하고 지혜로워 매사에 예비함이 많고 그릇함이 없을 듯하되 오직 과시(誇示)한 아해로 한 조각 춘정(春情)이 많던 바니 경사(京師) 번화지지(繁華之地)에 뜻에 찬 가랑(佳郎)을 만나 물욕(物慾)에 쉬이 벗어나지 못하는가 싶고, 법사는 반드시 설매를 만나 달래노라[202] 일월(日月)이 천연(遷延)[203]하여 지금 더딘가 싶거니와 일이 패루(敗漏)한가 근심은 없을까 하나이다."

황씨 머리를 숙여 다만 묵연히 탄식할 뿐이니 전기 문득 작색(作色)[204] 왈,

"그대 광평왕의 부귀와 은총을 저리 못 잊어 할 양이면 당초에 어찌 구태여 나를 좇아 옛정을 다시 이(36)어 망명도주(亡命逃走)하기에 이르렀나뇨? 이제 아무리 뉘우쳐도 광평왕이 다시 용납지 아닐까 하노라."

황씨 청파(聽罷)에 저의 은적(隱迹)을 교주와 황축이 모른다 할 것은 아니로되 좌우의 차환(叉鬟)이 듣는 줄을 부끄리고[205] 노함을 마지않아 역시 변색 왈,

---

197 누변(累變): 거듭 변함.

198 사기(事機): 일이 되어 가는 가장 중요한 기틀.

199 패루(敗漏): 드러남. 탄로 남.

200 소루(疏漏)하다: 생각이나 행동 따위가 꼼꼼하지 않고 거칠다.

201 힘힘히: 부질없이.

202 달래노라: 달래느라고.

203 천연(遷延): 일이나 날짜 따위를 미루고 지체함.

204 작색(作色): 불쾌한 느낌을 얼굴빛에 드러냄.

205 부끄리다: 부끄러워하다.

"첩이 그대를 좇음으로부터 이 뜻이 없거늘 이렇듯 억견(臆見)[206]으로 꾸짖나뇨? 당당히 그대 안전에서 죽기를 결하여 마음을 밝히리라."[207]

설파(說罷)에 누수(淚水)가 방방(滂滂)하여[208] 양목(兩目)에 살기(殺氣) 등등(騰騰)하고[209] 노색(怒色)이 돌돌하여 사갈(蛇蝎)[210]의 독을 뿜는 듯하니 황축이며 교주가 황망히 붙들어 말리고 위로하여 부부의 노를 풀고 화기(和氣)를 권하니 양인이 각각 함노무언(含怒無言)이러라.

문득 군사가 송진(宋陣) 격서를 얻어 올리거늘 열어 보니 가라사대,

"천조(天朝) 대(37)도독(大都督)[211] 친황자(親皇子) 광평왕은 부원수 현공으로 더불어 파서 초적에게 격서를 전하나니 목금에 성천자(聖天子)가 위에 계시고 현상양신(賢相良臣)이 당권(當權)하여[212] 요순(堯舜)의 정사(政事)를 도와 성상(聖上)의 지치(至治)[213] 가작하시거늘 너희 감히 천시(天時)를 알지 못하고 망령되이 사슴을 따르고자[214] 하니 그 죄 불용주(不容誅)[215]라. 하늘과 귀신이 한가지로 진노(震怒)하시니 너희는 빨리 나아와 자웅(雌雄)을 결(決)하라. 불연(不然) 즉각(卽刻)에[216] 대군을 더으는[217] 때에는 옥석(玉石)을 구분(俱焚)[218]하리니 뉘우침이 없게 하라."

하였더라.

전기 견파(見罷)에 고장(鼓掌)[219] 대언(大言) 왈,

"한 무리 고량(膏粱)에 묻혔던 소아(小兒)가 어찌 여차 방자(放恣)하리오. 금일이 오히

---

206 억견(臆見): 어떤 근거에 의하지 아니하고 자기 나름대로 상상하는 소견.

207 밝히리라: 원문에는 '밝히라'로 되어 있으나 문맥에 맞추어 고침.

208 방방(滂滂)하다: 눈물 나오는 것이 비 오듯 하다.

209 등등(騰騰)하다: 기세가 무서울 만큼 높다.

210 사갈(蛇蝎): 뱀과 전갈을 아울러 이르는 말.

211 대도독(大都督): 옛 중국에서, 전군을 지휘하고 통솔하던 벼슬.

212 당권(當權)하다: 집권하다.

213 지치(至治): 매우 잘 다스려진 정치.

214 사슴을 따르다: 진(秦)나라가 정권을 잃은 것을 사슴[鹿]을 잃은 것에 비유해 그 후 군웅이 정권을 다투는 것을 축록(逐鹿)이라 함.

215 불용주(不容誅): 죽음을 면키 어려움.

216 즉각(卽刻)에: 당장에. 곧. 원문에는 '즉긱의'로 되어 있음.

217 더으다: '더하다'의 옛말.

218 구분(俱焚): 한꺼번에 불에 탐.

219 고장(鼓掌): 손뼉을 침.

려 날이 늦지 않았으니 즉각에 나아가 승부를 결하여 나의 분을 풀리라. 뉘 먼저 나아가 대진(對陣)할꼬?"

교주가 저(38)희 부부의 재주를 자랑코자 하여 황축으로 더불어 먼저 나가기를 자원하고 의장(儀狀)[220]을 가장 빛나게 하고 용무(用武)[221]를 비양(飛揚)하여[222] 진문(陣門)을 크게 열고 수천 누라(嘍囉)[223]를 거느려 나아가 송진으로 교전(交戰)할새, 황축이 황금갑(黃金甲)에 수전포(繡戰袍)를 껴입고 봉시(鳳翅)투구[224]에 일장대검(一杖大劍)을 잡고 청총마(青驄馬)[225]를 탔으니 귀밑에 왕후(王侯)의 관면(冠冕)[226]을 엄연히 갖추고, 교주는 분면(粉面)을 빛내 다스리고 머리에 꽃 그린 투구를 쓰고 어깨에 홍금(紅錦) 갑옷에 칠보대(七寶帶)를 두르고 과하(胯下)에 백설마를 타고 양수(兩手)에 궁전(弓箭)[227]과 보검(寶劍)을 들었으니 거동이 표연(飄然)하여[228] 나는 제비 같으니 보는 이 다 칭찬함을 마지아니하더라.

호통(號筒)[229] 삼차(三次)에 진문을 열고 문기하(門旗下)[230]에 나서니, 송진중(宋陣中)에서 금고(金鼓)[231]가 제명(諸鳴)(39)하며 홍양산(紅陽傘)[232]이 움직이는 곳에 대원수 광평왕이 머리에 자금통천관(紫錦通天冠)[233]을 쓰고 어깨에 망룡포(蟒龍袍)[234]를 입고 허리에 통천서(通天犀)띠[235]를 두르고 팔륜거(八輪車)를 탔으며 좌수(左手)에 백옥편(白玉鞭)을 쥐고 우수(右手)

---

220 의장(儀狀): 의용(儀容). 차린 모습.
221 용무(用武): 용병(用兵). 군사를 부림.
222 비양(飛揚)하다: 잘난 체하고 거드럭거리다.
223 누라(嘍囉): 졸개. 중국어 발음에서 온 것.
224 봉시(鳳翅)투구: 봉의 깃으로 꾸민 투구. 원문에는 '봉시투고'로 되어 있음.
225 청총마(青驄馬): 갈기와 꼬리가 파르스름한 백마.
226 관면(冠冕): 갓과 면류관. 벼슬아치를 비유적으로 이르는 말.
227 궁전(弓箭): 궁시(弓矢). 활과 화살을 아울러 이르는 말.
228 표연(飄然)하다: 바람에 나부끼는 모양이 가볍다. 훌쩍 나타나거나 떠나는 모양이 거침없다.
229 호통(號筒): 장명(長鳴). 군중(軍中)에서 호령을 전달할 때 부는 악기.
230 문기하(門旗下): 군기 아래. '문기(門旗)'는 진문 밖에 세우던 군기.
231 금고(金鼓): 군중에서 호령할 때 사용하던 징과 북.
232 홍양산(紅陽傘): 의장으로 쓰던 붉은 빛의 양산.
233 자금통천관(紫錦通天冠): 자줏빛의 비단으로 된 통천관(通天冠). 통천관은 황제가 정무(政務)를 보거나 조칙을 내릴 때 쓰던 관.
234 망룡포(蟒龍袍): 용을 수놓은 도포.
235 통천서(通天犀)띠: 통천서대(通天犀帶). '통천서(通天犀)'는 무소의 뿔.

에 금전도(金鈿刀)를 들었으니 수미(秀眉)[236] 호상(豪爽)하고[237] 청수(青鬚)가 가슴을 눌렀으니 천일지표(天日之表)[238]와 용봉지재(龍鳳之才)[239] 늠연(凜然)하여[240] 군왕의 존귀한 격과 언건(偃蹇)한[241] 기상이 만군(萬軍)에 솟아나고, 부원수 현공이 순금 갑옷에 자금(紫錦) 봉시(鳳翅) 투구를 쓰고 부운총(浮雲驄)을 탔으니 좌수에 장창(長槍)을 잡고 우수에 대도(大刀)를 들었으니 명봉지안(明鳳之眼)과 추수골격(秋水骨格)이 의의(猗猗)히[242] 구천(九天)[243]에 비등(飛騰)하는 대붕(大鵬)이요 옥골영풍(玉骨英風)이 해전[244]의 교룡(蛟龍)이 조화(造化)를 발하는 듯 좌우(40)에 벌었는[245] 천장(天將)[246]과 수하(手下)에 거느린 사졸(士卒)이 개갑(介甲)[247]이 씩씩하여 시위(施威)하였으며,[248] 참모사 현희문이 출발영호(出拔英豪)[249]한 기상이 참치(參差)[250] 선명(鮮明)하여 만군에 조요(照耀)하니[251] 적진 제군이 바라보고 훌훌히 경탄함을 마지아니하더라.

교주가 현원수의 옥골풍광(玉骨風光)을 보매 일변 반갑고 저 같은 낭군을 종시(終是) 금슬(琴瑟)의 낙(樂)을 이루지 못한 상사(相思) 원분(怨憤)이 겸발(兼發)하니 별 같은 눈에 음독(淫毒)이 일어나고 분기(憤氣) 백장(百丈)[252]이나 높으니, 즉각에 나아가 섬분(纖粉)[253]을 만들어 옥화의 일생을 희짓고[254] 광평왕의 애를 끊으며 저의 분을 풀고자 하니 도로혀 분노

---

236 수미(秀眉): 뛰어나게 아름다운 눈썹.
237 호상(豪爽)하다: 호탕하고 시원시원하다.
238 천일지표(天日之表): 사해(四海)에 군림할 인상(人相). 곧 임금의 인상을 이르는 말.
239 용봉지재(龍鳳之才): 용과 봉황과 같은 재주.
240 늠연(凜然)하다: 위엄이 있고 당당하다.
241 언건(偃蹇)하다: 의젓하다. 떳떳하다.
242 의의(猗猗)히: 아름답고 성하게.
243 구천(九天): 가장 높은 하늘.
244 해전: 미상.
245 벌다: 벌여 있다. 늘어서다.
246 천장(天將): 황제의 장수.
247 개갑(介甲): 갑옷.
248 시위(施威)하다: 위엄을 떨치다.
249 출발영호(出拔英豪): 발출영호(拔出英豪). 특출하게 뛰어나고 훌륭함.
250 참치(參差): 참치부제(參差不齊). 길고 짧고 들쭉날쭉하여 가지런하지 아니함.
251 조요(照耀)하다: 밝게 비쳐서 빛나다.
252 백장(百丈): 원문에는 '빅장'으로 되어 있으나 서강대본을 참고하여 고침.
253 섬분(纖粉): 가루.
254 희짓다: 남의 일에 방해가 되게 하다.

가 돌돌하여 능히 진정치 못하더라. 황축이 먼저 여성(厲聲)[255] 대즐(大叱) 왈,

(41)"아등이 사천(四川) 원방(遠方)의 일면(一面) 토지(土地)를 지키고 본디 조정에 간섭함이 없거늘 그대 무슨 연고로 노혼(老昏)한 황제를 도와 부대(部隊) 간과(干戈)[256]를 니르혀[257] 인민을 소요(騷擾)케 하고 감히 나아와 우리 지경을 침노(侵擄)하나뇨."

광평왕이 들으매 어찌 황축을 알지 못하리오. 비록 복색(服色)이 다르나 십오 년 슬하에 양휵(養慉)하여 기출(己出) 친녀(親女)로 알았던 교주 등을 모르리오. 문득 잠미(蠶眉)[258] 상지(上指)[259]하고 봉안(鳳眼)이 진열(震裂)[260]하여 대로대즐(大怒大叱) 왈,

"무지(無知) 적자(賊子)와 교주 찰녀(刹女)가 하면목(何面目)으로 언연(偃然)히[261] 과인을 대하여 이같이 무례하리오. 황가 적자가 한갓 나라를 반할 뿐 아니라 음악(淫惡)한 아자미[262]를 도와 지난 악사(惡事)는 이르지 말고 산림초적(山林草賊)을 (42)교통(交通)하니 가살지죄(可殺之罪)를 헤아리면 만사무석(萬死無惜)이라. 어찌 일시(一時)나 지체(遲滯)하리오."

하고 또 교주를 크게 꾸짖으니 황축은 감히 입을 열지 못하여 묵연(默然)하고 교주가 앙연(怏然)히 대답하여 왈,

"대왕이 그르도다. 첩이 본디 왕의 골육(骨肉)이 아니로되 대왕이 당당한 만승황자(萬乘皇子)로 일면(一面) 군왕이 되어 천하의 미인을 구하려든 어느 곳에 없을 것이라 유부녀자(有夫女子)를 위력으로 강취(强取)하니 자모(慈母)가 형세 마지못하여 왕을 좇아 첩(妾)을 생(生)하다 하니, 어미 이르지 아니하고 아비 세력을 두려 처자(妻子) 아이니[263] 아비 원방(遠方)에 유락(流落)[264]하매 내 어찌 알리오. 왕이 첩을 위지자식(謂之子息)이라 하여 자애하여 기르시니 비록 휵양지은(蓄養之恩)이 크나 생부(生父)가 (43)처아(妻兒)를 찾아 이르니 어찌 천륜을 배약(背約)하리오. 연이나 대왕이 처음에 윤비와 옥화의 간

---

255 여성(厲聲): 성이 나서 큰 소리를 지름. 또는 그 소리.

256 간과(干戈): 전쟁 또는 병란을 비유적으로 이르는 말.

257 니르히다: 일으키다.

258 잠미(蠶眉): 누에 같은 두툼한 눈썹.

259 상지(上指): 위로 솟구침.

260 진열(震裂): 땅이 흔들리고 갈라짐. 봉황의 눈같이 가늘고 길며 눈초리가 위로 째진 모양을 가리킴.

261 언연(偃然)히: 거드름을 피우며 거만하게.

262 아자미: 아주미. '아주머니'를 낮추어 이르는 말.

263 아이다: 빼앗기다.

264 유락(流落): 고향을 떠나 정처 없이 떠돎.

참(姦讒)을 듣고 그윽이 황명을 빌려 첩의 모녀를 사살(射殺)코자 하시니 사람이 어리나[265] 어찌 무고(無故)히 사화(士禍)를 받으리오. 더욱 현희백은 첩의 불공대천지수(不共戴天之讎)라. 오늘날 사생(死生)을 고자(顧藉)[266]치 못하리잇가."

황축이 또 고성대호(高聲大呼) 왈,

"일이 이에 미쳤으니 가여불가(可與不可)에 지난 말을 일러 무엇하리오. 다만 양진(兩陣)이 상대하였으니 승부를 결할 따름이라."

하고 언파에 창을 두루며[267] 말을 뛰어 싸움을 재촉하니 광평왕이 대로대분(大怒大忿)하여 좌우를 돌아보아 이르되,

"뉘 먼저 나가 대적(對敵)할꼬?"

선봉(先鋒) 곽자(44)위 청령(聽令)하고 정창(挺槍)[268] 출마(出馬)하니 표두환안(豹頭環眼)[269]에 원비일요(猿臂逸腰)[270]요 방활삼장[271]이라. 영풍(英風)이 늠름(凜凜)하고 위의(威儀) 엄렬(嚴烈)하더라. 황축으로 교봉(交鋒)[272]하여 수십여 합에 이르렀더니 황축이 점점 창법(槍法)이 어즈러우며 능히 대적(對敵)지 못하니 제 스스로 적수가 아닌 줄 알고 급히 말을 도로혀[273] 닫고자[274] 하거늘 교주가 아비를 대하여 큰말[275]을 하고 어미를 꺾지름[276]이 있는지라. 만일 패함이 있은즉 부모께 할 말이 없고 채중(寨中) 누라(嘍囉) 등 보기 부끄러운지라.

문득 환술(幻術)로써 저를 속여 대적고자 하여 즉시 입으로 진언(眞言)을 염(念)하며 금편(金鞭)을 들어 한 번 두루치니 홀연 음운(陰雲)[277]이 사기(四起)하며 광풍(狂風)이 (45)대작(大作)하여 돌이 달으며[278] 모래 날리니 진토(塵土)가 아득하여 송군(宋軍)이 능히 눈을 뜨지

---

265 어리다: '어리석다'의 옛말.
266 고자(顧藉): 돌아봄. 다시 생각해 봄.
267 두루다: 이리저리 돌리다.
268 정창(挺槍): 창을 겨누어 듦.
269 표두환안(豹頭環眼): 표범의 머리와 고리눈.
270 원비일요(猿臂逸腰): 원숭이처럼 긴 팔과 날씬한 허리를 말함.
271 방활삼장: 미상.
272 교봉(交鋒): 서로 병력을 가지고 전쟁을 함.
273 도로혀: 돌이켜.
274 닫다: 빨리 뛰어가다.
275 큰말: 큰소리. 남 앞에서 잘난 체하며 뱃심 좋게 장담하거나 사실 이상으로 과장하여 하는 말.
276 꺾지르다: 강하게 꺾다.
277 음운(陰雲): 하늘을 덮은 검은 구름.
278 닫다: 여기서는 '굴러가다'는 뜻으로 사용됨.

못하고 사람이 서로 얼굴을 살펴보지 못하니 저마다 낯을 싸고 사산분궤(四散奔潰)[279]하는 지라. 곽선봉이 (능히 눈을 뜨지 못하고 사람이 서로 얼굴을 보지 못하니 저마다 낯을 싸고 사면[四面]으로 허여짐[280]을 보고 곽선봉이)[281] 하릴없어 말을 도로혀 본진으로 돌아오니 송진중(宋陣中)에서 형세 불리함을 보고 또한 날이 이미 늦었는지라, 이에 쟁 쳐 군을 거두매 비록 사망한 자가 없으나 대오(隊伍)가 어즈럽고 기계(機械) 마필(馬匹)을 많이 잃었는지라.

적군이 본디 강도의 무리라 재물 먼저 탐하고 사람을 미처 상해오지 못하고 다만 (46) 기계(機械)를 거두어 돌아가니 날이 벌써 황혼이 되었는지라. 황축과 교주가 돌아가 황씨를 보고 이르되,

"싸움을 거의 이김이 되었더니 날이 이미 저물고 송군이 퇴군하므로 능히 상견(相見)치 못하고 돌아왔으니 날이 새거든 다시 나가 크게 싸워 반드시 송진(宋陳)을 짓밟아 편갑(片甲)[282]도 남기지 아니하리라."

하니 전기 듣고 크게 깃거하며 술을 내와 황축과 교주를 위로하고 모든 누라를 호군(犒軍)[283]하더라. 이날 광평왕이 장대에 돌아와 제장사졸(諸將士卒)을 모으고 상의하여 왈,

"적진(敵陣)에 요술변화(妖術變化)가 있으니 가히 경적(輕敵)지 못할지라. 장차 어찌하여야 적군을 파하리오."

현원수가 답왈,

"악장(岳丈)은 염려를 마소서. 고어(古語)에 일렀(47)으되 사불범정(邪不犯正)이요 요불승덕(妖不勝德)[284]이니 제 비록 변화가 무궁하나 무슨 염려가 있으리잇고? 연이나 승패(勝敗)는 병가(兵家)의 상사(常事)라 대진(大陣)이 적국을 교봉(交鋒)[285]하매 반드시 처음은 흉(凶)하고 나중은 길(吉)하오리니 승패를 가히 근심할 것 없으되, 이 가운데 살운(殺運)과 겁수(刦數)[286]를 채움직한 무리 마침내 천수(天數)[287]를 도망치 못하오리니 이는

279 사산분궤(四散奔潰): 사방으로 뿔뿔이 흩어져 재빨리 달아남.

280 허여지다: 헤어지다. 흩어지다.

281 (능히~곽선봉이): 원문에는 이렇게 되어 있으나 의미상으로 보면 중복 필사된 것인 듯함.

282 편갑(片甲): 갑옷의 조각. 싸움에 지고 난 군사를 비유적으로 이르는 말.

283 호군(犒軍): 군사들에게 음식을 주어 위로함.

284 사불범정(邪不犯正) 요불승덕(妖不勝德): 사악한 것은 바른 것을 침범할 수 없고 요사스러운 것은 덕을 이길 수 없음.

285 교봉(交鋒): 서로 병력을 가지고 전쟁을 함.

286 겁수(刦數): 좋지 않은 운수. 액운. 겁운(刦運).

287 천수(天數): 천명(天命).

다 정수(定數)[288]라. 만사(萬事)가 인력(人力)으로 이룰 바가 아니요 천명(天命)이니 어찌 한(恨)하리잇고?"

왕이 듣고 칭선(稱善)함을 마지아니하며 가로되,

"현서(賢壻)의 정론(正論)이 진실로 금옥(金玉) 같으니 내 무슨 근심이 있으리오."

하니 현원수(玄元帥)가 겸양함을 마지아니하더라. 명조(明朝)에 적군이 또 진전(陣前)에 나와 싸움을 돋우거늘 현원수가 진왈(進曰),

"이제 마땅히 순여(旬餘)[289](48)를 견벽불출(堅壁不出)[290]하여 구치(驅馳)[291]한 장졸을 쉬오고 적심(賊心)이 해태(解怠)[292]하기를 기다림이 마땅히 옳으니 자연 여러 날이 되면 계교가 있으리이다."

왕이 연기언(然其言)하여 이에 군중에 하령(下令)하여 진문을 굳이 닫고 안병부동(按兵不動)[293]하라 하니 군중이 청령(聽令)하고 나지 아니하니 적류(賊類)는 송군이 어제날 우리 도술에 겁하여 반드시 싸우지 아닛난다 하고 더욱 업신여겨 진 밖에 나와 만단수욕(萬端羞辱)[294]하기를 마지아니하되 송군이 다만 고요히 있어 일인(一人)도 나와 보지 아니하니 군사가 이 소유를 전기께 고한대 전기 냉소하고 다만 이르되,

"한 무리 고량(膏粱)[295] 자제 무슨 병법(兵法)을 알리오. 저희 필연 여러 날이 지나지 못하여 우리 손에 사로잡히리니 아직 버려두라. 어느 때 (49)어찌하는고 보리라."

황씨 문득 일러 가로되,

"대왕은 저를 쉬이 여기지 마소서. 광평왕이 본디 지혜롭고 현희백이 또한 재기과인(才氣過人)하니 그 중에 무슨 꾀 있는동 알리오."

교주가 듣고 변색(變色) 왈,

"모친은 매양 저만 기리고[296] 소녀 부부와 산채의 모든 호걸은 썩은 풀같이 여기나니

---

288 정수(定數): 정해진 운수.

289 순여(旬餘): 열흘 남짓한 동안.

290 견벽불출(堅壁不出): 성벽을 굳게 하고 나가지 않음.

291 구치(驅馳): 말이나 수레 따위를 타고 달림.

292 해태(解怠): 게으름.

293 안병부동(按兵不動): 병사를 움직이지 않음.

294 만단수욕(萬端羞辱): 여러 가지 방법으로 부끄럽도록 욕함.

295 고량(膏粱): 부귀한 가문.

296 기리다: 뛰어난 업적이나 바람직한 정신, 위대한 사람 따위를 칭찬하고 기억하다.

잇고? 광평왕이 젊어서 약간 지모(智謀)가 있은들 이제 쇠모(衰耗)[297]함에 미쳤고 전일 혈기 강장(强將)할 적도 혼암(昏暗)하던 것을 저리 일컬으면 모친의 사죄(死罪)를 사(赦)하고 다시 용납할까 여기나니잇가."

황녀가 교주의 억견(臆見)[298]으로 꺾지름을 무류하고[299] 노하여 낯을 붉히고 대(對)코자 하거늘 전기 흔연히 말려 왈,

"현비(賢妃)와 여아는 부질없이 쟁단(爭端)치 말라. 네 이렇듯 이르(50)지 아니나 내 이미 다 아는 일이라 아직 되어감을 봄이 가하니라."

황축이 또한 호언관위(好言寬慰)[300]하고 모녀의 화기(和氣)를 권하니 황씨는 분분(忿憤)하나 오직 말을 아니 하고 교주는 또한 분연(憤然)하되 그윽이 생각는 바가 많아 잠잠(潛潛)하더라. 교주 대음찰녀(大淫刹女)가 작일(昨日) 현원수의 옥골풍광(玉骨風光)을 다시 보매 원한이 더욱 가득하여 부디 제 손으로 잡아 깊이 가두고 사생으로 저혀[301] 저의 음욕(淫慾)을 채우고자 하매 먼저 가슴에 영원(永遠)히 뛰놀아 스스로 진정치 못하거늘 어미 눈치 없는 말을 들으매 심화(心火)가 대발(大發)하여 불공(不恭)한 말로 어미를 촉노(觸怒)하고 사실(私室)에 돌아와 고요히 생각하매 문득 공교(工巧)한 의사가 일어나 헤오되, '현생(玄生)이 나의 도술(道術)을 보고 경겁(驚怯)하여 안병부동(按兵不動)함이니 나는 (51)이 가운데 묘계(妙計)로 운동(運動)하리라.' 하고 가만히 일봉서(一封書)를 닦아 긴긴히 봉하고 심복 소교를 불러 비밀히 일러 왈,

"네 차사(此事)를 부왕과 황장군께 고(告)치 말고 원방(遠邦) 장사(將士)[302]의 모양으로 글을 품고 송진(宋陣) 밖에 가 방황하다가 송군(宋軍)이 보고 묻거든 이리이리 대답하고 들어가 부원수께 글을 드리고 답서를 맡아오면 너를 각별 중상(重賞)하고 만일 아무나 알게 하면 너를 버히리라."[303]

하니 소졸(小卒)이 감히 곡절을 묻지 못하고 복색을 고쳐 송진 밖에 이르러 방황하더니 과연 송군이 보고 잡아 뉜다 물으니 소교가 답하여 이르되,

---

297 쇠모(衰耗): 쇠퇴하여 줄어듦.

298 억견(臆見): 어떤 근거에 의하지 아니하고 자기 나름대로 상상하는 소견.

299 무류하다: 부끄럽고 열없다. 무료(無聊)하다.

300 호언관위(好言寬慰): 좋은 말로 너그럽게 위로함.

301 저히다: 두렵게 하다. 위협하다.

302 장사(將士): 장졸(將卒).

303 버히다: '베다'의 옛말.

"소한(小漢)은 이 땅 소민(小民)이러니 가장 비밀사(秘密事)가 있어 부원수 안전에 글월을 드리고자 하나니 바라건대 인진(引進)하라."

(52)하니 군사가 이 말을 듣고 괴이히 여겨 이르되,

"네 어찌 이곳에 와 이런 오활(迂闊)한[304] 말을 하나뇨? 네 즉시 돌아가지 아니하면 일명(一命)이 경각(頃刻)에 날아나리니 여러 말을 말고 나가라."

소교가 또 간절히 빌어,

"잠깐 들어가 글월만 드리고 나오리니 허하라."

군사가 가장 괴이히 여기며 자저(趑趄)[305]함을 마지아니하다가 다시금 자서히 묻고 이에 기인(其人)을 잡아 부원수 장하(帳下)에 들어가 소졸(小卒)의 말로써 고한대 원수가 듣고 가장 의혹하며 괴이히 여겨 즉시 그 군사를 잡아 장하에 가까이 앉히고 연고(緣故)를 힐문(詰問)한대 소졸이 대왈,

"다만 글월이 있나이다."

하고 즉시 품 가운데로조차 일봉서를 내어 올리거늘 원수가 눈을 들어 보니 피봉(皮封)에 썼으되, '천조(天朝) 부(53)원수(副元帥) 안탑(案榻)에 글월을 올리노라.' 하였거늘 원수가 즉시 뜯어보니 그 글에 대강 가라사대,

"고인(故人)[306] 전씨(氏)는 일봉(一封) 서간(書簡)을 받들어 부원수 현공(玄公) 휘하에 일편(一片) 서찰을 드려 그윽한 소회(所懷)를 고하옵나니 조감(鳥瞰)[307]하시고 여자의 정성을 가애(嘉愛)하소서. 첩이 본디 조씨의 골육이 아니로되, 광평왕이 처음에 황가를 유세하고 자모(慈母)를 탈취(奪取)하여 사람의 처아(妻兒)를 앗아 인륜을 어즈러이니 어찌 윤상(倫常)의 대변(大變)이 아니리오마는, 왕사(往事)는 이의(已矣)라 다시 제기치 아닛나니, 명공이 전일 첩으로서 그릇 조씨로 알고 옥화의 투한(妬悍)을 저어 이미 거절하였거니와 이제는 첩이 조녀가 아니니 실로 무엇을 구애함이 있으리오. 만일 익히 헤아려 (54)끊어진 인연 잇기를 허락하신즉 첩이 당당히 부모를 달래어 천조(天朝)에 귀순케 하고 불연즉(不然卽) 일전의 승부를 결하리니 바라건대 한낱 소졸로 하여금 새로

---

304 오활(迂闊)하다: 곧바르지 아니하고 에돌아서 실제와는 거리가 멀다. 사리에 어둡고 세상 물정을 잘 모르다. 주의가 부족하다.

305 자저(趑趄): 머뭇거리거나 망설임.

306 고인(故人): 이는 이미 전부터 친분 있는 사람이란 뜻으로 특히 친구 간에 사용되는데 여기서는 이미 정혼하여 이전부터 잘 알고 있는 사람을 말하기에 이와 같이 씀.

307 조감(鳥瞰): 새가 높은 하늘에서 아래를 내려다보는 것처럼 전체를 한눈으로 관찰함.

이 매작(媒妁)[308]을 삼아 청조(青鳥)[309]의 소식을 희망하옵나니 원컨대 원수는 물리치지 마시고 인륜을 온전케 하소서."

하였더라. 원수가 견파(見破)에 두발(頭髮)이 상지(上指)[310]하고 목자(目子)[311]가 진열(震裂)하여 크게 꾸짖어 왈,

"네 돌아가 음녀다려 자시[312] 이르라. 불구(不久)에 당당히 몸을 만단(萬端)[313]에 찢어 죽기를 대후(待候)[314]하라 이르라."

하고 글 가져온 소졸의 두 귀를 버혀 원문(轅門)[315] 밖에 내치니 소졸이 혼불이체(魂不離體)[316]하여 울며 돌아와 교주를 보고 수말(首末)을 이르더라.

무술(戊戌) 대한광무(大韓光武) 이년(二年)[317]

(55)무술(戊戌) 시월이십구일(十月二十九日) 필서(筆書) 김상궁(金尙宮) 서상궁(徐尙宮) 글씨.

---

308 매작(媒妁): 중매.

309 청조(青鳥): 반가운 사자(使者)나 편지를 이르는 말. 푸른 새가 온 것을 보고 동방삭이 서왕모의 사자라고 한 고사에서 유래한다.

310 상지(上指): 위로 솟구침.

311 목자(目子): 눈.

312 자시: 자세히.

313 만단(萬端): 수없이 많은 갈래나 토막.

314 대후(待候): 웃어른의 명령을 기다림.

315 원문(轅門): 군영(軍營)이나 영문(營門)을 이르던 말.

316 혼불이체(魂不離體): 정신이 몸에 붙어 있지 못함. 너무 놀라 혼이 흩어짐을 의미함.

317 대한광무(大韓光武) 이년(二年): 1898년. '광무'는 대한제국(大韓帝國) 연호(年號).

권지이십삼

(1)차시에 교주가 소교를 보내고 굼거옴[1]을 이기지 못하여 눈이 뚫어질 듯이 기다리다가 문득 이 말을 듣고 대로대분(大怒大憤)하여 교아절치(咬牙切齒)[2]하며 이르되,

"현가 소축(小畜)을 부디 내 손으로 생금(生擒)[3]하여 고운 낯갖을 벗기리라."

하고 소교가 행여 누설할까 저어하여 큰 잔에 상품주(上品酒)를 가져 가운데 독약을 섞은 후 소교를 가까이 불러 은근히 위로하며 술을 먹으라 하니 소교가 크게 깃거 사례함을 마지아니하고 이에 술을 받아 마시더니 오래지 않아 문득 칠규(七竅)[4]로서 피를 무수히 흘리고 즉사(卽死)하니[5] 교주가 좌우로 하여금 시신(2)을 서릊어[6] 없이하라 하고 호령하여 이르되,

"차사를 만일 구외(口外)에 내어 남이 알게 한즉 일죄(一罪)[7]로 마련하리니 삼가 전설

1 굼거옴: 궁금함.

2 교아절치(咬牙切齒): 몹시 분하여 이를 갊.

3 생금(生擒): 사로잡음. 생포.

4 칠규(七竅): 사람 얼굴에 있는 일곱 개의 구멍. 눈 코 귀의 각 두 개씩과 입 하나.

5 즉사하니: 원문에는 '즉ᄉᆞᄒᆞ니'로 되어 있으나 문맥에 맞추어 고침.

6 서릊다: 거두어 치우다. 정리하다. 원문에는 '셔르져'로 되어 있음.

7 일죄(一罪): 사형에 해당하는 죄. 일률(一律).

(傳說)[8]치 말라."

하니 복부(僕夫), 차환(叉鬟)이 감히 말을 못더라.

이때 교주가 스스로 생각하되 저의 요술로 족히 천병을 무찌르리라 하며[9] 송군(宋軍)의 안병부동(按兵不動)함을 가장 민망히 여겨 날마다 대소 누라(嘍囉)[10]를 시켜 옷을 메왓고[11] 살을 드러내어 수욕(羞辱)[12]게 하니 송진(宋陣) 사졸이 아니 분할 이 없으되 오직 양 원수가 천연자약(天然自若)하여 중청아인(重聽啞人)[13]같이 못 듣는 듯하며 견벽불출(堅壁不出)[14]하더니, 후군 병마사 정간이 본디 장문여종(將門餘種)[15]으로 무예 출인(出人)하나 성도(性度)가 과격하여 범사에 참(3)지 못하는 병통이 있는지라 양 원수가 적인(敵人)을 대진하매 문득 첫 싸움에 예기(銳氣) 소삭(消索)하여 견벽불출함을 의혹하나 자기 소임이 말장(末將)에 있으니 감히 말을 못 하더니 적군이 여러 날 수욕함을 들으매 능히 참지 못하여 장중에 들어가 양 원수께 고하여 왈,

"저 무리 본디 녹림의 전경(剪徑)[16]하는 강도의 무리로서 방자히 참칭(僭稱) 제왕(帝王)하고 이제 천병으로 상지(相持)하연 지 오래되 가지록 참월하여 천장(天將)을 능멸 곤욕하니 어찌 통해(痛駭)[17]치 아니리잇고. 소장이 비록 무재(無才)하나 이제 만일 군사를 빌리시면 당당히 나아가 쥐 같은 도적을 생금하여 (4)돌아오리이다."

양 원수가 듣고 오히려[18] 허치 아니하고 굳이 지키기를 위주하거늘 정간이 분울(憤鬱)함을 이기지 못하여 여러 번 싸우기를 청하되 원수가 전연 부동하니 정간이 무언이퇴(無言而退)하여 장 밖에 나와 들으니 진문 밖에 조성대란(噪聲大亂)[19]하며 모든 적군이 양비용

---

8 전설(傳說): 전언(傳言).

9 천병을 무찌르리라 하며: 원문에는 '텬를 뭇지르고'로 되어 있으나 서강대본을 참고하여 고침.

10 누라(嘍囉): 졸개.

11 옷을 메왓다: 옷을 벗어 어깨를 드러내다.

12 수욕(羞辱): 수치와 모욕. 부끄럽도록 욕함.

13 중청아인(重聽啞人): 귀가 어둡고 말도 못하는 사람. '중청'은 한방에서 귀가 어두워 잘 듣지 목하는 증세를 말하는 용어임.

14 견벽불출(堅壁不出): 굳은 벽으로 둘러싸인 곳에서 나오지 않음.

15 장문여종(將門餘種): 장군 집안의 후예.

16 전경(剪徑): 강도(질).

17 통해(痛駭): 아프고 놀라움.

18 오히려: 원문에는 '오히러'로 되어 있으나 오기인 듯함.

19 조성대란(噪聲大亂): 시끄러운 소리를 내며 크게 어지럽게 함.

약(攘臂勇躍)[20]하여 만단수욕(萬端羞辱)[21]하여 도전하는 형상은 사람이 차마 듣지 못할지라.

정간이 더욱 분해하여 심내(心內)에 생각하되, '대장부가 사즉사의(死卽死矣)[22]라. 인지생세(人之生世)의 생(生)은 기야(起也)요 사(死)는 귀야(歸也)니[23] 죽고 삶이 다 명(命)이라. 어찌 미리 죽을까 겁하여 목을 움치고 들어 있어 저의 욕을 감심(甘心)하리오. 또 (5)장령(將令)을 불봉(不奉)한 죄는 나중에 군법을 받을지언정 어찌[24] 예기를 감추고 적군의 웃음을 취하리오.' 말을 마치며 분연(奮然)히 갑주(甲冑)를 고치고 수하 삼천 군을 호령하여 일시에 진 밖에 내달아 대호 왈,

"무지한 도적이 진실로 방자무인(放恣無人)함이 여차하여 감히 천병을 항거코자 하나뇨. 우리 대원수 흉중(胸中)에 경제대략(經濟大略)이 없음이 아니요, 수하에 용병양장(勇兵良將)이 지능다모(智能多謀)하여 임진(臨陣)[25] 대적(對敵)에 신출귀몰(神出鬼沒)[26]한 자가 하나둘이 아니라. 어찌 너희 등을 일시에 무찌르지 못하리오마는 대군이 원로(遠路)에 발섭(跋涉)[27]하여 피로한 바가 많은 고로 잠깐 안병(按兵)하여 삼군의 기운을 치고자 함(6)이니 어찌 여등 쥐 무리를 두리리오."[28]

하고 이에 칼을 둘러 나오며 적장을 취하거늘 이때 적이 연일 도전하되 송군이 마침내 나오지 아니하니 가장 업신여겨 날마다 전기 황녀로 더불어 황축과 교주로 더불어 연음자락(宴飮自樂)하고 말장소졸(末將小卒)을 보내어 천병을 수욕함을 그치지 아니하더니 정병마(精兵馬)가 불의에 나와 서로 교전(交戰)코자 함을 보고 적장 맹분이 내달아 맞아 싸워 불과 사오 합에 정간의 칼날이 번득이며 맹분의 가슴을 찔러 말에서[29] 나리치고 승세(勝勢)하여 엄살(掩殺)[30]하니 이 불과 한 무리 오합지졸(烏合之卒)이라 정병마의 강용(强勇)을 뉘 능히 당할 자가 있(7)으리오. 또 교주의 요술을 만나지 않았으니 정간의 용맹이 무

---

20 양비용약(攘臂勇躍): 소매를 걷고 용감하게 뜀.

21 만단수욕(萬端羞辱): 여러 가지 방법으로 부끄럽도록 욕함.

22 사즉사의(死卽死矣): 죽으면 죽는 것이다.

23 귀야(歸也)니: 원문에는 '귀예니'로 되어 있으나 문맥에 맞추어 고침.

24 어찌: 원문에는 '엇'으로 되어 있으나 문맥에 맞추어 고침.

25 임진(臨陣): 전쟁터에 나감.

26 신출귀몰(神出鬼沒): 귀신같이 나타났다가 사라짐. 원문에는 '신츌귀믈'로 되어 있으나 오기인 듯함.

27 발섭(跋涉): 산을 넘고 물을 건너 나아감.

28 두리다: 두려워하다.

29 말에서: 원문에는 '말긔'로 되어 있음.

30 엄살(掩殺): 갑자기 엄습해 죽임.

쌍하고 지략이 겸전(兼全)함을 당하니 뉘 항거하리오. 적중이[31] 크게 궤란(潰亂)[32]하여 분주할 즈음에 천병이 승세하여 호장(護將)[33] 육 인을 죽이고 졸도(卒徒)를 무찌르니 적류(賊類)가[34] 황황 도찬(逃竄)[35]하여 산곡으로 닫거늘 정간의 군사가 승승(乘勝)하여 추살하고 정간이 또한 승세하여 점점 따라 들어가며 협곡으로 달아들거늘 송진(宋陣)에서 바라보고 대경하여 급히 쟁(錚)[36]을 치며 군을 도로혐을 재촉하되 정간이 듣지 아니하고 점점 깊이 들어가며 적군을 따르더니[37] 문득 조성(噪聲)이 대진(大振)하며 산상(山上)으로조차 일지군(一枝軍)[38]이 급히 내(8)달으니 이는 황축과 교주라. 정히 전기와 황녀로 연음(宴飮)하더니 저의 선봉과 제군이 송군(宋軍)에게 죽음을 듣고 대로하여 불의(不意) 발군(發軍)하여 나아옴이러니 송군을 만나매 교주가 백설총(白雪驄) 타고 이화창(梨花槍)[39]을 둘러 나아오며 여성대매(勵聲大罵)[40] 왈,

"무명 말장(末將)이 어찌 감히 우리 선봉과 군사를 살해하리오. 네 또 이 깊은 골에 들어왔으니 스스로 죽기를 재촉함이로다. 내 이제 너를 어찌 살려 보내리오."

언파(言罷)에 창을 춤추어 정병마를 취하니 정간이 대로하여 꾸짖어 이르되,

"너는 만고 음녀악부(淫女惡婦)라. 전전 죄악을 헤아리건대 천살무석(千殺無惜)[41]이요 만사유경(萬死猶輕)[42]이어늘 안연(晏然)히[43] 임진(臨陣)하여 전(9)일 아비로 칭호하던 국군(國君)과 전부(前夫)와 결전코자 하는다?"

하고 이에 쌍도를 들어 음녀와 교봉(交鋒)할새 교주가 대로하여 창을 들어 서로 싸워 십여 합에 이르매 황축이 또 협력[44]하여 도전하니 정간의 용력이 출류(出類)하여 고자(古者)

---

31 적중이: 원문에는 '젹즁의'로 되어 있으나 서강대본을 참고하여 고침.

32 궤란(潰亂): 싸움에서 패하여 흩어져 도망침.

33 호장(護將): 대장군을 호위하는 장군.

34 적류(賊類)가: 원문에는 '젹싞'로 되어 있으나 서강대본을 참고하여 고침.

35 도찬(逃竄): 달아남.

36 쟁(錚): 꽹과리.

37 따르더니: 원문에는 '쏘로더니'로 되어 있으나 오기인 듯함.

38 일지군(一枝軍): 한 무리의 병사.

39 이화창(梨花槍): 배꽃같이 날이 흰 창이란 뜻으로, 날이 번쩍거리는 날카로운 창을 가리킴.

40 여성대매(勵聲大罵): 소리를 높여 크게 욕하여 꾸짖음.

41 천살무석(千殺無惜): 천 번을 죽여도 안타까울 것이 없음.

42 만사유경(萬死猶輕): 만 번을 죽여도 시원찮을 만큼 죄가 무거움.

43 안연(晏然)히: 걱정 없이 편안하게.

44 협력: 원문에는 '협역'으로 되어 있음.

초패왕(楚霸王)의 강용(强勇)을 웃을지라. 좌우로 양적을 대적하더니 황축과 교주가 문득 입으로 진언을 염(念)하며 채를 들어 한 번 가리키니 음운(陰雲)이 사기(四起)하며 진토(塵土)가 아득하여 사람을 알아보지 못할러라. 문득 한 줄 독한 내 진동하며 정간의 낯에 끼치니 정신이 아득하며 아무리 할 줄 모르다가 점직이[45] 마하(馬下)에 떨어지거늘 황축이 급히 (10)달아들어 정간을 생금하고 다시 군을 재촉하여 일진을 엄살하니 정간의 일군이 파서(巴西) 금계산 아래서 몰사(沒死)하니라.

교주가 송진을 엄살(掩殺)하고[46] 승승장구하여 정간을 결박하여 산채에 돌아와 공을 드리니 전기 대희하여 장중에 높이 앉고 군사를 명하여 정간을 잡아들이라 한대 군사가 명을 듣고 빨리 정간을 끌어 장하에 꿇리려[47] 하니 정간이 분연대로(憤然大怒)하여 환안(環眼)[48]을 부릅뜨고 소리를 크게 질러 일러 왈,

"나는 천조 명장이요, 너는 하방(遐方)[49] 초적(草賊)이라. 네 감히 천의(天意)를 이렇듯 불만(不滿)한 죄를 생각지 못하나뇨? 대장부가 사즉사의(死卽死矣)어니와 어찌 조그만 초(11)적에게 굴슬(屈膝)[50]하리오."

하고 꾸짖기를 그치지 아니하거늘 전기 대로하여 좌우를 꾸짖어 내어 버히라 하니 제졸(諸卒)이 일시에 나아와 정간을 이끌어 채문(寨門) 밖에 내어가 참(斬)할새 정간이 불변안색(不變顏色)하고 다만 이르되,

"내 혼암(昏暗)하여 일찍 양 원수 장령(將令)을 듣지 아니하다가 오늘날 내 몸이 그릇 돗[51]과 개 같은 무리에게 욕을 보니 수한수원(誰恨誰怨)[52]이리오. 이는 나의 불민(不敏) 용우(庸愚)함으로 스스로 화를 취하도다."

말을 맟고 이에 목을 늘여 칼을 받으니 어찌 차홉지[53] 아니리오. 이날 적군이 정간의 수급(首級)을 기(旗)에 달아 호령하니 송진 세작(細作)[54]이 양 원수께 고하니 광평왕과 현원

---

45 점직이: 창피하게. 부끄럽게. 원문에는 '졈즉이'로 되어 있음.
46 엄살(掩殺)하다: 별안간 습격하여 죽이다.
47 꿇리려: 원문에는 '쑬니러'로 되어 있음.
48 환안(環眼): 고리눈. 놀라거나 화가 나서 휘둥그레진 눈.
49 하방(遐方): 서울에서 멀리 떨어진 지방.
50 굴슬(屈膝): 무릎을 꿇고 절을 함. 남에게 굽혀 복종함.
51 돗: 돼지.
52 수한수원(誰恨誰怨): 누구를 한하고 누구를 원망하리오.
53 차홉다: 슬프다.
54 세작(細作): 간첩.

수가 탄식고 이르되,

(12)"정간은 한낱 용부(勇夫)러니 마침내 장령을 듣지 아니하고 경적(輕敵)하다가 몸이 스스로 망(亡)하니 가련토다."

좌우 제장이 저마다 강개함을 마지아니하고 현참모가 절치분매(切齒憤罵)[55]하여 이르되,

"전기 흉적은 이르지 말고 음녀 모녀의 죄악이 천지에 관영(貫盈)[56]하니 마땅히 잡는 날 오형(五刑)[57]의 율(律)이 오히려[58] 경(輕)할까 하나이다. 정간이 비록 혼암하나 충의와 무용이 절륜하더니 이제 적수(敵手)에 몸을 마치니 가히 참담하도소이다."

양 원수로부터 제군 장졸이 아니 슬퍼할 이 없더라. 명조(明朝)에 적군이 승승하여 진문 밖에 나아와 수욕함을 마지아니하며 싸움을 돋우거늘 광평왕이 대로하(13)여 이에 전령(傳令)하여 진문을 크게 열고 대대 인마가 문기(門旗)[59]하에 일자 장사진(長蛇陣)을 치고 백모황월(白矛黃鉞)이 정정제제(整整齊齊)하여 위엄이 서리 같고 군장 사졸의 개갑(介甲)[60]이 선명하고 대오(隊伍)가[61] 엄숙하니 적괴 전기 멀리서 바라보고 암칭(暗稱)[62]함을 마지아니하며 저의 진중을 돌아보매 대오(隊伍)가 창란(猖亂)[63]하고 장수가 위엄이 없으며 군사가 항오(行伍)를 알지 못하는지라. 전기 스스로 구연(懼然)함을 이기지 못하여 다만 일컫기를 그치지 아니하며 황축과 교주를 돌아보아 가로되,

"과연 황비의 말이 옳도다. 광평왕의 지모와 현희백의 지략을 못내 기리며 일컫더니 내 다만 서의한[64] 계교로써 이란격석(以卵擊石)[65]하는 낭패 (14)있을까 저어하나니 어찌하리오. 가장 근심이 적지 아니되 오직 믿는 바는 너희 부부뿐이라. 모로미 진심하여 소루함이 없게 하라."

---

55 절치분매(切齒憤罵): 이를 갈며 분하여 욕함.

56 관영(貫盈): 가득 참.

57 오형(五刑): 죄인을 다스리던 다섯 가지 형벌. 태형(笞刑), 장형(杖刑), 도형(徒刑), 유형(流刑), 사형(死刑).

58 오히려: 원문에는 '오히러'로 되어 있음.

59 문기(門旗): 진문 밖에 세우던 군기. 호기(虎旗).

60 개갑(介甲): 갑옷.

61 대오(隊伍)가: 원문에는 '디위'로 되어 있으나 서강대본을 참고하여 고침.

62 암칭(暗稱): 암암리에 칭찬함.

63 창란(猖亂): 질서가 없어 어지러움.

64 서의하다: 엉성하다. 쓸쓸하다.

65 이란격석(以卵擊石): 계란으로 바위 치기.

황축이 미처 답(答)지 못하여서 교주가 응성(應聲) 분연(憤然)하여 절치통도(切齒痛悼)[66] 왈,

"부친은 너무 구겁(懼怯)[67]지 마소서. 쇠송(衰宋) 말세(末世)에 손빈(孫臏)[68]이 다시 오면 모르거니와 소녀가 족히 육국(六國)의 대인비[69]를 세우던 협기(俠氣) 있고 겸하여 호풍(呼風)하는 재주가 있으니 이제 어찌 적장(敵將)을 두려 성사치 못할까 근심하리잇가?"

전기 웃고 당부 왈,

"오직 여서(女壻)의 재주를 믿나니 진심하여 성사(成事)키를 바라노라."

하더니 인언(因言)에[70] 송진 중에서 금고(金鼓)가 제명(齊鳴)하며 곽선봉(15)이 승창(乘槍) 출마(出馬)하여 예기(銳氣) 등등(騰騰)하고 용약(勇躍)이 비운(飛雲)하여 싸움을 돋우거늘 교주가 분연(奮然)히 내달아 교봉(交鋒)[71]할새 황축이 또한 말을 내어 도우니 송진에서 우선봉(右先鋒) 이상과 좌장군 우익과 전장군 조성이 일시에 장창(長槍), 대도(大刀)를 좌우로 두르고 예기 등등하여 내달으니 적진(敵陣) 중으로서 또 두 장수가 내달아 교봉(交鋒)하니 금고가 제명하더라.

각각 오십여 합에 불분승부(不分勝負)[72]더니 교주가 문득 창을 머무르고 요술을 행코자 하거늘 곽선봉이 요술의 이해를 이미 알았는지라 급히 마두를 도로혀[73] 달아나니 송장 삼인(三人)이 또 일시에 패주(敗走)하여 곽선봉의 뒤를 이어 따르니 교주가 놀라 저(16)의 술(術)이 미처 행치 않아서 천장(天將)[74]이 문득 패주함을 보고 흔흔(欣欣) 자득(自得)[75]하여 창을 두르며 크게 웨어[76] 이르되,

"너희 재주가 그만이거든 일찍이 항복하여 살기를 요구하라."

---

66 절치통도(切齒痛悼): 이를 갈며 마음이 몹시 아프도록 슬퍼함.

67 구겁(懼劫): 두려워하여 겁을 냄.

68 손빈(孫臏): 중국 전국 시대 제나라의 무장(?~?). 기원전 367년경 위나라 군사와 싸워 크게 이기고, 기원전 353년에 조나라를 도와 위나라 군사를 격파하였다.

69 대인비: 미상.

70 인언(因言)에: 말로 말미암아. 말과 함께.

71 교봉(交鋒): 교전(交戰). 서로 병력을 가지고 전쟁을 함.

72 불분승부(不分勝負): 경기나 싸움 따위에서 이길지 질지를 가리지 못함.

73 도로혀: 돌이켜.

74 천장(天將): 황제의 장수(將帥).

75 자득(自得): 스스로 만족하게 여겨 뽐내며 우쭐거림.

76 웨다: '외치다'의 옛말.

또 이르되,

"희백 소자가 진실로 지혜 있거든 빨리 나아와 자웅(雌雄)을 결(決)하라. 내 당당히 적자(賊子)를 잡아 낮을 벗기고 염통을 빼어 한을 갚으리라. 이때를 더디게 말라."

하고 연하여 꾸짖기를 마지아니하는지라. 현참모가 듣고 대로(大怒)하여 창을 빗기고 내달아 대즐(大叱) 왈,

"만고 음악찰녀(淫惡刹女)가 죽음이 목전(目前)에 있는 줄을 알지 못하고 담대(膽大)한 말을 하는다?"

하고 크게 한 소리를 지르니 산악이 무너지는 듯한지라. 교주 대로(大怒) (17)분매(憤罵) 왈,

"너는 애잔한 월성 공주의 작은 자식이로소니 좋이 네 집에 엎대어 어미 덕(德)에 고량(膏粱)[77]을 배부르게 먹을 것이어늘 피견집예(被堅執銳)[78]하여 임진(臨陣)[79] 대적(對敵)함이 진실로 우습지 아니리오. 내 구태여 너 소아를 죽이려 아닛나니 희백을 불러 나오게 하라."

참모가 부답(不答)하고 쌍도(雙刀)를 들어 핍박(逼迫)하기를 급히 하니 교주가 본디 참모의 청년 수미(瘦微)함을 아조 업신여기는지라. 이에 창을 들어 수십여 합을 싸우매 참모의 칼 쓰는 법이 자못 절륜(絶倫)하여 대적기 어려운지라. 문득 몸을 두루혀[80] 가만히 금비전(金飛箭)을 빼어 참모를 향하여 쏘니 참모의 재주가 진실로 부족함이 아(18)니로되 일시 운액(運厄)이 있고 천정지수(天定之數)로 합주(合珠)[81]의 응함이 급한지라. 미처 피치 못하고 살이 비돌아 우비(右臂)를 맞으니 살이 비록 작으나 살 끝에 독약을 발랐으니 사람이 만일 흉복(胸腹)을 맞으면 반드시 즉사(卽死)하고 수족(手足)이 맞으면 병잔(病殘)하는지라. 참모의 우비 맞으매 문득 유혈(流血)이 돌출(突出)하며 의갑(衣甲)에 피 사못차니 범인(凡人) 같으면 벌써 말에서 떨어져 적수(敵手)에 잡힘을 면치 못할 것이로되 희문은 본디 충천(衝天) 장기(將器)[82]라. 살을 떼고 즉시 본진에 돌아오니 이때 곽선봉, 이선 등은 적장 수인(數人)으로 싸워 이미 머리를 버히고[83] 승전고(勝戰鼓)를 울리며 돌아오고자 하더니

---

77 고량(膏粱): 고량진미(膏粱珍味).
78 피견집예(被堅執銳): 견고한 갑옷을 입고, 날카로운 무기를 잡음. 전투에 참여하는 것을 뜻함.
79 임진(臨陣): 전쟁터에 나섬.
80 두루혀다: 돌이키다.
81 합주(合珠): 명주가 합해짐. 현희백과 연소저의 인연이 이어짐을 뜻함.
82 장기(將器): 장수가 될 만한 인재.
83 버히다: '베다'의 옛말.

참모가 적장의 살을 맞아 패(19)주함을 보고 일시에 말을 도로혀 돌아오니 이미 황혼 때에 이르렀더라.

이때 교주는 본진에 돌아가 싸워 이김을 고하니 황축은 또한 두 장수를 죽이고 가장 무류하니[84] 전기 교주의 승첩(勝捷)[85]함을 듣고 크게 깃거하나 두 장수의 죽음을 듣고 묵연(默然)이어늘 교주가 꾸짖어 왈,

"대장부가 저같이 용렬(庸劣)하고 대사(大事)를 어찌 도모하리오. 나는 하마 적장을 죽이거나 생금(生擒)커나 할 것을 저희 스스로 달아나고 현가 소축(小畜)이 나의 비전(飛箭)을 맞고 달아났으니 비록 죽든 아니나 우비 병잔하리니 이만 하여도 송군이 낙담(落膽)하였고 정간을 버히매 나의 재주를 알았느냐? 불구(不久)에 송군을 무찌르니 필부(匹夫)가 그(20)릇하여 송군이 우리를 업신여기리로다."

황축이 분연 왈,

"승패(勝敗)는 병가(兵家)의 상사(常事)라. 진실로 천수(天數)의 정함이 있은즉 나의 오늘 잘못함으로 패치 아닐 것이요, 천명(天命)이 없는데 그대 양일(兩日) 승첩(勝捷)으로 망치 아닐 이 없는지라."

교주가 노왈(怒曰),

"그대 가지록 불길한 말을 어찌 하나뇨? 우리 부왕이 천명을 받음이 소연(昭然)하거늘[86] 어찌 복 없는 말로 군심(軍心)을 요동(搖動)하나뇨? 부왕이 마침 과인대도(過人大度)하실새 망정[87] 패군장이 무슨 큰말을 하나뇨?"

황축이 문득 낯을 붉히고 크게 다투려 하거늘 전기 부처(夫妻)가 재삼 해유(解諭)[88]하여 술을 부어 화기(和氣)를 권하니 양인이 함노묵연(含怒默然)하더라. 명일(明日)에 교주가 (21)또 진전(陣前)에 나 싸움을 청하니 송군이 또 안병부동(按兵不動)[89]하더라.

화설(話說). 현참모가 살을 떼고 본진에 돌아오니 양 원수가 대경(大驚)하여 급히 붙들어 당에 들이고 살을 뽑으니 성혈(腥血)이 낭자히 흐르는지라. 금창약(金瘡藥)[90]을 바르고

---

84 무류하다: 부끄럽고 열없다. 무료(無聊)하다.

85 승첩(勝捷): 승전(勝戰).

86 소연(昭然)하다: 일이나 이치 따위가 밝고 선명하다.

87 망정: 원문에는 '만정'으로 되어 있으나 문맥에 맞추어 고침.

88 해유(解諭): 서로 화해하도록 타이름.

89 안병부동(按兵不動): 군대를 한곳에 멈추어 두고 움직이지 않음.

90 금창약(金瘡藥): 금창산(金瘡散). 칼, 창, 화살 따위로 생긴 상처에 바르는 약. 석회를 나무나 풀의 줄기

종일 구호(救護)하나 상처가 대단한지라. 군중에 좋은 의자(醫者) 수십 인을 다 불러 치료하며 이튿날 임진(臨陣)치 아니하니 적군은 더욱 적무양위(敵無佯威)[91]하더라.

이렇듯 사오 일이 되니 참모의 상처가 크게 덧나 자로 혼혼(昏昏)[92]하니 군종(軍從)이 황황(遑遑)하고 양 원수가 과려(過慮)[93]하여 주군(州郡)에 방을 붙여 양의(良醫)를 부르며 광평왕은 행여 불행한즉 무슨 낯으로 제왕과 소매(小妹)를 보리오 하여 숙식을 폐하고 우(22)려(憂慮)가 간절하니 부원수가 위로 왈,

"악장은 과려치 마소서. 종제(從弟) 일시 운액(運厄)이 괴이하여 그릇 요술의 곤함이나 마침내 달수하원지상(達壽遐遠之相)[94]이니 어찌 몰몰(沒沒)[95]하리오. 과념(過念) 마옵소서."

왕이 탄왈(嘆曰),

"현서의 논사(論事)가 옳거니와 망망한 천의(天意)를 알기 어렵고 이 아해 병세 가장 위태하니 어찌 염려롭지 아니리오. 악부찰녀(惡婦刹女)를 즉각에 버히지 못함을 한하노라."

하더라.

적진에서 현참모의 병세 중함을 듣고 그윽이 죽기를 암축(暗祝)하여 역시 싸움을 청치 아니하고 깊은 뫼속에 유벽처(幽僻處)[96]를 가리어 교주가 방술(方術) 요법을 행하여 광평왕 옹서(翁婿)의 명 끊기를 도축(禱祝)할새 이러구러 십여 일이 (23)지나니 현참모의 상처는 날로 위태하고 양 원수가 문득 몽매(夢寐) 번잡하고 스스로 신음하되 행여 군심이 요동할까 십분 강잉(强仍)하여 신의(神醫)를 부르는 방문을 써 붙이니 가라사대,

"보천지하(普天之下)는 막비왕토(莫非王土)요, 솔토지민(率土之民)은 막비왕신(莫非王臣)[97]이라. 촉지사천(蜀地四川)이 다 성주의 두신 바요, 인민은 성천자(聖天子)의 적자(嫡子)

와 잎에 섞어 이겨서 만든다.

91 적무양위(敵無佯威): 적수가 없는 것처럼 거짓으로 위협함. 원문에는 '무양위'로 되어 있으나 서강대본을 참고하여 보충함.

92 혼혼(昏昏): 정신이 가물가물하고 희미한 모양.

93 과려(過慮): 정도에 지나치게 염려함.

94 달수하원지상(達壽遐遠之相): 하늘에서 정해진 수명이 멀리 남아 있는 상.

95 몰몰(沒沒): 침멸(沈滅).

96 유벽처(幽僻處): 한적하고 외진 곳.

97 보천지하(普天之下) 막비왕토(莫非王土) 솔토지민(率土之民) 막비왕신(莫非王臣): '넓고 넓은 하늘 아래 왕의 땅이 아닌 곳이 없고 다스리는 땅의 백성들이 왕의 신하가 아님이 없다.'는 뜻. 『시경(詩經)』「소아(小雅)」〈북산(北山)〉.

라. 방금(方今)에 무지한 초적(草賊)이 오합지졸(烏合之卒)을 모아 산중에 웅거(雄據)하고 점점 창궐(猖獗)하여 성지를 앗으며 인민을 소요(騷擾)하여 성상이 친황제와 지모양장(智謀良將)을 보내사 정벌하실새 군중 참모사 현공이 그릇 요적(妖賊)의 난전(亂箭)을 맞아 상처가 대단한지라. 심산 암혈에 도고(道高)한 은자(隱者)의 무리나 민간에 (24)술이 고명(高名)한 자가 있거든 쾌히 나아가 화타(華陀)[98]의 무안왕(武安王)[99] 병 고치던 묘술(妙術)로써 현참모의 병을 구한즉 마땅히 천금상(千金賞)[100]과 논공봉작(論功封爵)을 아끼지 아니리라."[101]

하였더라. 이렇듯 하였더니 과연 수일 만에 한 무리 운유(雲遊)하는 도인이 문득 나와 방을 떼니 모두 보건대 도제(徒弟)[102] 이 인이 개개(個個)이 옥안(玉顔) 소년이요, 선풍(仙風)이 표일(飄逸)하되[103] 하나가 더욱 비상하여 산천 수기(秀氣)와 옥설빙기(玉雪氷肌) 표표(飄飄)히 태허(太虛)의 맑은 기운과 건곤(乾坤)의 가없는 조화를 오로지[104] 거두어 황건도복(黃巾道服) 가운데 앙앙(昂昂)[105]이 승란(乘鸞)하던 자진(子晉)[106]이요, 승운(乘雲)하던 도선(道仙)을 우습게 여기니 벅벅이[107] 옥청(玉清)[108] 상선(上仙)이 진세(塵世)에 내림이라. 보는 자가 훌훌히 소(25)혼(消魂)[109]하니 어린 듯 바라보고 말을 못하니 아지 못게라. 이 어떤 도인(道人)인고? 하회(下回)를 석람(析覽)하라.

각설(却說). 선시(先時)에 연소저가 서촉 청성관에 머무른 지 얼푸시[110] 누세(累歲) 춘추

---

98 화타(華陀 ?~208): 중국 후한(後漢) 말부터 위나라 초까지 산 명의(名醫). 약제의 조제나 침질, 뜸질에 능하고 외과 수술에 뛰어났으며, 일종의 체조에 의한 양생 요법인 '오금희(五禽戱)'를 창안하였다.

99 무안왕(武安王): 삼국 시대 촉한(蜀)의 명장 관우(關羽)를 말함. 자(字)는 운장(雲長).

100 천금상(千金賞): 원문에는 '금'이 없으나 서강대본을 참고하여 보충함.

101 아니리라: 원문에는 '아리라'로 되어 있음.

102 도제(徒弟): 제자(弟子).

103 표일(飄逸)하다: 성품이나 기상 따위가 뛰어나게 훌륭하다.

104 오로지: 원문에는 '오르지'로 되어 있음.

105 앙앙(昂昂): 밝은 모양, 뜻이 높고 뛰어난 모양.

106 자진(子晉): 주(周) 나라 영왕(靈王)의 태자. 중국 하남성(河南省) 언사현(偃師縣) 남쪽에 있는 구씨산 꼭대기에서 7월 7일 흰 학을 타고 가족과 작별한 뒤 신선이 되어 날아갔다고 한다. 또 피리로 봉황 소리를 잘 냈다고 한다.

107 벅벅이: 그러하리라고 미루어 헤아려 보건대 틀림없이.

108 옥청(玉淸): 도교에서, 신선이 산다는 삼청(三淸)의 하나. 상제(上帝)가 있는 곳이다.

109 소혼(消魂): 몹시 근심하여 넋이 빠짐.

110 얼푸시: 어렴풋이.

(春秋)라. 조양석월(朝陽夕月)에 제향(帝鄕)[111]을 첨망(瞻望)[112]하여 사친(思親)하는 눈물이 화협(華頰)[113]에 마를 적이 없으나 자란이 좌에 뫼셔 받드는 정성이 지극하고 일광 노선(老仙)의 무휼(撫恤)하는 은혜 극진하여 일신이 반석 같으니 자연 슬픈 가운데 위회(慰懷)[114]함이 되고 초당 벽실에 고요히 처하여 천문비서(天文秘書)와 손오병서(孫吳兵書)[115]를 잠심(潛心)하고 의서(醫書)를 학습하니 날로 장진(長進)하여 일취월장(日就月將)[116]하매 천리(天理) 인시(人時)와 천지조화(天地造化)를 모를 것이 없고 자란이 능히 (26)술을 통하여 궁시(弓矢)와 검무(劍舞)를 익히매 백보(百步)에 천양(穿楊)[117]함을 백발백중(百發百中) 하는지라. 대사가 칭찬 왈,

"부인의 총명아재(聰明雅才)와 자란의 궁마지재(弓馬之才)[118] 이렇듯 기이함은 하늘이 유의(有意)하심이라. 어찌 아름답지 아니리오."

소저가 축연(蹴然)[119] 사례(辭禮) 왈,

"사부가 첩 등의 누란(累卵)[120]의 급함을 구하시고 또 외도(外道)[121]로써 가르치시니 감히 명을 역(逆)지 못하여 거의 존명(尊命)을 헛되게 않았거니와 아지 못게라. 배운 바를 장차 무엇에 쓰리오."

대사가 소왈(笑曰),

"천기(天氣) 비밀하니 알아 무엇하리오. 다만 오래지 않아 응험(應驗)이 있으리라."
하더라.

일야(一夜)는 소저가 사친지회(思親之懷) 더욱 가이없어[122] 보던 책을 덮고 길이 탄왈,

---

111 제향(帝鄕): 황제가 있는 나라의 서울.

112 첨망(瞻望): 높은 곳을 멀거니 바라다봄.

113 화협(華頰): 아름다운 뺨. 원문에는 '화험'으로 되어 있음.

114 위회(慰懷): 괴롭거나 슬픈 마음을 위로함.

115 손오병서(孫吳兵書): 손무(孫武)와 오기(吳起)의 병법서(兵法書).

116 일취월장(日就月將): 나날이 다달이 자라거나 발전함.

117 백보천양(百步穿楊): 활 쏘는 솜씨가 매우 뛰어남을 이르는 말. 중국 초나라 때 양유기(養由基)라는 사람이 백 걸음 떨어진 곳에서 활을 쏘아 버드나무 잎을 꿰뚫었다는 데서 유래한다.

118 궁마지재(弓馬之才): 활 쏘고 말 타는 재주.

119 축연(蹴然): 삼가는 듯한 모양. 또는 불안한 모양.

120 누란(累卵): 층층이 쌓아 놓은 알이란 뜻으로, 몹시 위태로운 형편을 비유적으로 이르는 말.

121 외도(外道): 원문에는 '위도'로 되어 있으나 서강대본을 참고하여 고침.

122 가이없다: 가없다. 끝이 없다.

"구고(舅姑)와 부모의 좌측을 떠나 (27)이미 누년(累年)이라. 양가 존당(尊堂)이 불초(不肖)의 사생존망(死生存亡)을 몰라 화조월석(花朝月夕)[123]에 단장지곡(斷腸之曲)이 역리(逆理)[124]에 더으시리니[125] 불초는 어느 날 고향에 돌아가리오."

하고 설파에 옥루(玉淚)가 쌍류(雙流)하니 자란이 느껴 왈,

"천첩은 구상부 차환으로 연보(年步) 사오 세로부터 구부인을 종사(從事)하니[126] 부인이 심복(心腹)으로 애휼(愛恤)하사 골경(骨鯁)[127]에 두시니 명위(名謂) 노주(奴主)나 비자(婢子)의 엷은 정성이 백두종시(白頭終時)에 떠나지 아닐 뜻이 있더니 부인이 십여 충년(沖年)에 제왕부 총부(冢婦)[128]가 되시니 그 존하고 귀함이 제후의 일반이라. 천비 역시 옥규심합(玉閨深閤)에 종사하여 발이 계정(階庭)에 나리지 아니코 눈이 중문(中門)을 엿봄이 없으니 어느 곳 탐화봉접(探花蜂蝶)[129]이 희롱하리오마는 삼생(三生) 수(28)가[130]로 천만 의외에 한림 노야의 탐방(探訪)하시는 눈 밖에 도망치 못하였으나 한 조각 금석 같은 마음이 굳이 정하였는 고로 노야의 엄노(嚴怒)를 만나 소당에 계계(繫繫)하매 뉘 이 가운데 흉인(凶人)의 독수(毒手)가 잔명(殘命)을 수중(水中)에 밀칠 줄 알리오. 쇠잔한 목숨이 활불나한(活佛羅漢)[131]을 만나 멀리 산중에 유락(流落)하되 오히려 아득하여 홍파(婆)가 무슨 일로 나를 죽이려 하던고 의혹하나 어찌 나를 죽이고 의형(儀形)[132]을 빌려 한림께 득총(得寵)하여 연부인을 해할 줄 알았으리오. 인인(人人)이 다 자란을 지시(指示)함을 생각하오매 골경심해(骨驚心駭)[133]하여이다."

---

123 화조월석(花朝月夕): 꽃 피는 아침과 달 밝은 밤이라는 뜻으로, 경치가 좋은 시절을 이르는 말.

124 역리(逆理): 역리지통(逆理之痛). 자식이 먼저 죽어 겪는 부모의 고통.

125 더으다: '더하다'의 옛말.

126 종사(從事)하다: 어떤 사람을 좇아 섬기다.

127 골경(骨鯁): 말 듣는 이를 두려워하지 아니하고 입바른 말을 잘하는 사람을 비유적으로 이르는 말. 충직한 비자(婢子)를 이르기도 함.

128 총부(冢婦): 정실(正室). 맏아들의 아내.

129 탐화봉접(探花蜂蝶): 꽃을 찾아다니는 벌과 나비. 여기서는 여성을 좇는 남성을 비유한 말. 원문에는 '담화봉졉'으로 되어 있으나 문맥에 맞추어 고침.

130 수가: 미상.

131 활불나한(活佛羅漢): '활불(活佛)'은 살아 있는 부처라는 뜻으로, 덕행이 높은 승려를 이르는 말. '나한(羅漢)'은 '아라한(阿羅漢)'으로 소승 불교의 수행자 가운데서 가장 높은 경지에 오른 이. 온갖 번뇌를 끊고, 사제(四諦)의 이치를 바로 깨달아 세상 사람들의 존경을 받을 만한 공덕을 갖춘 성자를 이른다.

132 의형(儀形): 의용(儀容). 차린 모습.

133 골경심해(骨驚心駭): 뼈와 마음이 매우 놀람.

소저가 도로혀 위로하더라.

차일야(此一夜)에 소저가 일장기몽(一場奇夢)을 얻으매 몸(29)이 스스로 날아 천궁(天宮)에 이르러 노군(老君)[134]을 보니 군이 명명(明明)히 이르되 전생 여자라 하고 전세(前世) 과보(果報)[135]를 세세히 이르고 반 짝 진주를 주거늘 소저가 받고 깨달으니 남가일몽(南柯一夢)이라. 난데없는 반 짝 구슬이 수중에 있어 비록 파물(破物)이나 서채(瑞彩) 암암(暗暗)하여 벅벅이[136] 위혜왕(魏惠王)의 십이승(十二乘) 비추던[137] 벽진주(璧珍珠)라. 소저가 심하에 신기히 여기나 허탄함을 깃거 아니하고 자기 마침내 현생의 실중(室中)[138]을 면치 못할 줄 알고 심리에 천도(天道)를 탄하더니, 날이 밝으매 문득 대사가 들어와 웃고 가로되,

"부인이 비록 승천입지(昇天入地)[139]하는 재주가 있어도 옥청도군(玉淸道君)의 숙채(宿債)[140]는 면치 못하(30)리니 작야(昨夜) 신몽(神夢)이 그릅이 없나이다."

소저가 대사의 말을 듣고 벌써 알았음을 신기히 여기나 접담(接談)[141]함이 괴로워 묵연칭사(黙然稱謝)할 뿐이러라.

고어함삭(枯魚銜索)[142]에 이수(離愁)[143]가 홀홀하여 반년(半年)이 지났더니, 일일은 대사가 도동(道童)으로 연소저와 자란을 청하거늘 소저가 도복을 정제(整齊)하고 정전에 나아가 대사께 고왈,

"노사가 무슨 가르칠 말씀이 있나니잇가?"

대사가 왈,

"부인이 오늘날 폐암(弊庵)의 인연이 진(盡)하였는 고로 특별히 산촌(山村) 산과(山果)로써 송별코자 청한괘이다."[144]

소저가 대경 왈,

---

134 노군(老君): 태상노군(太上老君). 노자(老子)를 높여 이르는 말.

135 과보(果報): 인과응보.

136 벅벅이: 그러하리라고 미루어 헤아려 보건대 틀림없이.

137 비추던: 원문에는 '빗최엿'으로 되어 있음.

138 실중(室中): 부인의 자리.

139 승천입지(昇天入地): 하늘로 오르고 땅속으로 들어간다는 뜻으로, 자취를 감추고 없어짐을 이르는 말.

140 숙채(宿債): 지난 세상에서 진 빚.

141 접담(接談): 말을 서로 주고받음.

142 고어함삭(枯魚銜索): 마른 고기를 매달아 놓은 노끈이 썩는다는 뜻으로, 세월이 빠름을 비유해 이르는 말.

143 이수(離愁): 이별의 슬픔.

144 청한괘이다: 청하였나이다.

"금일(今日) 존명이 여차하시나 첩등(妾等)이 진토(塵土)의 길이 아득하오니 장차 어데로 가라 하시나니잇고?"

대사가 미소 왈,

"부(31)인이 이제는 액운(厄運)이 소멸하여 풍운(風雲)[145]이 길한 시절이 돌아왔으니 가히 기회를 어그릇지 마소서. 이제 파서(巴西)는 이 곧 서촉(西蜀) 지경(地境)이요, 이곳에서 왕반(往返)[146]이 멀지 아니하니 불과 사오 일 정도라. 용문산(龍門山)에 여차여차한 도적이 창궐하여 사천(四川)을 작란(作亂)하니 이 곧 가국(家國)의 근심이요 다뭇[147] 부인 화란(禍亂)의 근본이라. 중원(中原)에서 대병을 니르혀 정벌하니 대원수(大元帥)는 황자(皇子) 광평왕이요, 부원수(副元帥)는 병부상서 대사마 현일랑(一郞)이요, 참모사(參謀師)는 현태우라. 이제 현참모 요인(妖人)의 비전(飛箭)을 맞아 우비(右臂) 불인(不仁)하고[148] 상처가 대단하여 사생(死生)이 위태하니 만일 무안왕(武安王)[149]의 괄골요독(刮骨療毒)[150]하던 화타(華陀)[151]가 아니면 살기 어렵고, 요인이 또 전국(戰國) 방술(方術)로써 상장(上將)의 명 끊기를 도모하나니 부(32)인이 금차(今次) 소소 예절을 거리껴 나아가지 아니하면 대사(大事)가 그를 것이요, 빈도가 일찍 부인과 삼랑으로 외도(外道)를 가르침이 이에 속하였나니 가히 천명(天命)을 역(逆)지 말고 바삐 산에 나리소서."

소저가 또한 역리(易理)[152] 도수(度數)에 앎이 밝은지라, 싫음으로써 면치 못할 줄 알고 다만 배사(拜謝)[153]하여 가로되,

"사부가 첩등의 사화(死火)[154]를 구하시고 홍진(紅塵)의 천한 자최로 선당(仙堂)에 머물

---

145 풍운(風雲): 용이 바람과 구름을 타고 하늘로 오르는 것처럼 영웅호걸들이 세상에 두각을 나타내는 좋은 기운.

146 왕반(往返): 왕복(往復).

147 다뭇: '더불어'의 옛말.

148 불인(不仁)하다: 몸의 어느 부분이 마비되어 움직이기가 거북한 증세가 있다. 또는 피부 감각이 둔한 상태에 있다.

149 무안왕(武安王): 삼국 시대 촉한(蜀)의 명장 관우(關羽)를 말함.

150 괄골요독(刮骨療毒): 뼈를 깎아내고 독을 치료하는 법.

151 화타(華陀): 중국 후한(後漢) 말기에서 위나라 초기의 명의(名醫)(?~208). 약제의 조제나 침질, 뜸질에 능하고 외과 수술에 뛰어났음.

152 역리(易理): 음양오행설에서, 역(易)의 법칙이나 이치.

153 배사(拜謝): 존경하는 웃어른에게 공경히 받들어 사례함.

154 사화(死火): 큰 화재가 꺼짐과 같다는 뜻으로, '죽음'을 비유적으로 이르는 말.

러 후휼(厚恤)하시고 교훈이 명명하시니 사지(死地)라도 불감역명(不敢逆命)이라. 삼가 명대로 하오리니 전두(前頭)를 밝히 가르치소서."

대사가 칭선 왈,

"부인의 명견달식(明見達識)은 범인의 미칠 바가 아니로소이다. 영존당(令尊堂) 숙렬비는 혈혈척신(孑孑隻身)[155]으로 풍진 사이(33)에 분주하시니 이제 부인은 좌우에 삼개(三個) 호걸에 지난 자란이 뫼셨사오니 무엇을 기탄(忌憚)하리잇고."

드대어 초당에 돗을 열고 선과향다(仙果香茶)를 갖추어 이별하며 한 권 작은 책을 주어 왈,

"비록 장광대소(長廣大小)가 작으나 허다 미묘함이 있나니 행중(行中)에 유익함이 많은지라. 진인(眞人) 후의 별호를 물외객(物外客) 운계자라 하시고 아직 자란의 근본을 누설치 마소서. 행량(行糧)[156]은 부질없으니 약간 미시[157]와 두어 냥 은자(銀子)를 가져가소서. 범인(凡人)은 사오 일에 득달(得達)하거니와 빈도(貧道)의 신행법(迅行法)으로 행하시면 어둡게야[158] 촌점을 찾아 쉬시고 명효(明曉)에 송진(宋陣) 영채(營寨)[159]에 나아가 의원 부르는 방을 뜯으시(34)고, 광평왕과 현원수를 대하시나 조금도 수치지심(羞恥之心)을 두지 말고 임시응변 하오시고 또 합주(合珠)의 이사(異事)[160]와 천정지수(天定之數)를 어기오지 마소서."

소저가 배사하고 자란으로 더불어 하산하여 골 밖에 나오니 대사가 나와 이별할새, 두 쌍 초혜(草鞋)[161]를 내와 노주(奴主)를 신기고 길이 하직하매 한 번 석장(錫杖)[162]을 두르시며 진언(眞言)을 염하니 문득 청풍(淸風)이 삽삽(颯颯)하며[163] 운무(雲霧)가 자욱하여 대사는 간 데 없고 노주의 육신이 표표탕탕(飄飄蕩蕩)히[164] 반일(半日) 내에 육백여 리를 행하여

---

155 혈혈척신(孑孑隻身): 의지할 곳이 없는 외로운 홀몸.

156 행량(行量): 들고 다니는 양식.

157 미시: '미숫가루'의 옛말.

158 어둡게야: 어둑할 무렵. 원문에는 '어두게야'로 되어 있으나 서강대본을 참고하여 고침.

159 영채(營寨): 병영의 목책(木柵).

160 이사(異事): 기이한 일.

161 초혜(草鞋): 짚신.

162 석장(錫杖): 승려가 짚고 다니는 지팡이.

163 삽삽(颯颯)하다: 바람이 몸으로 느끼기에 쌀쌀하다.

164 표표탕탕(飄飄蕩蕩)히: 가볍고 거침없이. '표표(飄飄)히'는 '팔랑팔랑 나부끼거나 날아오르는 모양이 가볍게', '탕탕(蕩蕩)히'는 '물의 흐름 따위가 거세게'.

발이 한 곳에 나리니, 비록 인가(人家)가 많으나 인적이 희소하여 가가호호(家家戶戶)가 다 빈집이니 이 곧 병란(兵亂)이 분기(紛起)하매 피란(避亂)한 양민의 집이러라. 연소저와 자란(35)이 한 곳에 이르러 집에 들어가니 거츨[165] 모히[166] 없이 황연(荒煙)하더라.[167] 미시를 내어 요기하고 차야(此夜)를 지낸 후 명조(明朝)에 일어나 대로(大路)에 나아가 살피니 평원 광야에 병진(兵陣)이 제제(濟濟)하고[168] 군용(軍容)[169]이 삼렬(森列)하더라.[170] 여러 곳 골 어귀마다 의원 부르는 방을 붙이고 군사가 지키었거늘 연소저가 송구함이 침상(針床)을 드된[171] 듯하나 이에 이른 후는 괴로운 경계를 면치 못할지라, 담을 크게 하고 삼녀 등으로 돌아 자란 등을 데리고 나아가 방을 뜯어 소매에 넣으니 중인(衆人)이 저 도인의 풍채(風采) 비범하고 기질이 탈속(脫俗)함을 보고 처음은 반드시 신선이 강림한가 하더니 자란이(36)중인을 향하여 왈,

"우리 사부는 신선도 아니요 귀신도 아니라. 다만 고산(高山) 암혈(巖穴)에 스승을 좇아 수도(修道)하더니 사부의 명을 받자와 천장(天將)의 성명(性命)을 구하고 역천반적(逆天叛賊)을 주(誅)하려 하시나니 우리를 인하여 대원수 휘하(麾下)에 현알(見謁)케 하라."

제인이 듣고 일시에 공경하여 청하여 진문(陣門) 밖에 머무르고 장대(將臺)[172]에 들어가 차사(此事)를 고하니 양 원수가 대희(大喜)하여 바삐 맞을새, 일위 미소년이 황건우의(黃巾羽衣)로 백옥선(白玉扇)을 들어 일광(日光)을 반차(半遮)하고[173] 편편(翩翩)히[174] 걸어 들어오니 휘휘한 광염(光艶)[175]이 요일(曜溢)[176]하(37)여 그 맑고 고움을 어데 비겨 의논하리오. 양 원수가 일견에 불승경아(不勝驚訝)하더니 기인(其人)이 앙연(昂然)히[177] 당에 올라 양 원수를

---

165 거츨다: 거칠다. 허망하다, 망령되다.
166 모히: '모ㅎ'에는 '모퉁이'의 뜻이 있으나 여기에서는 미상.
167 황연(荒煙)하다: 인가가 드물다. 인기척이 없다.
168 제제(濟濟)하다: 많고 성하다.
169 군용(軍容): 군대의 위용(威容)이나 장비.
170 삼렬(森列)하다: 촘촘하게 늘어서 있다.
171 드듸다: '디디다'의 옛말.
172 장대(將臺): 장수가 올라서서 명령·지휘하던 대.
173 반차(半遮)하다: 반쯤 가리다.
174 편편(翩翩)히: 풍채가 멋스럽고 좋게.
175 광염(光艶): 매우 아름다움.
176 요일(曜溢): 크게 빛남.
177 앙연(昂然)히: 뚜벅뚜벅.

향하여 공경재배하니 양 원수가 연망(連忙)히[178] 거수답읍(擧袖答揖)[179]하고 객석을 돋우어 상빈례(上賓禮)[180]로 대할새 기인이 겸양 왈,

"양위(兩位) 귀인(貴人)은[181] 천가지친(天家至親)[182]이니 존귀하심이 일인지하(一人之下)[183]에 계오신 조정귀인(朝廷貴人)[184]이시고 빈도(貧道)는 심산(深山) 암혈의 용부속자(庸夫俗子)[185]라. 일찍 소학(所學)이 불민(不敏)하오나[186] 스승의 지교(指敎)[187]를 받아 군중(軍中)에 혹자(或者) 유익함이 있을까 하여 당돌히 양의(良醫)를 부르시는 방을 뜯었나이다."

옥음(玉音)이 상랑(爽朗)[188]하여 산협(山峽)[189]의 봉(鳳)이 우는 듯하니 양 원수가 더욱 애경(愛敬)(38)하여 흔연(欣然) 왈,

"우리 양인(兩人)은 이 곧 옹서지의(翁壻之誼) 있나니 고(孤)[190]는 광평왕 모(某)요 부원수는 병부상서 현희백이니 옹서 양인이 황조(皇詔)를 받자와 녹림(綠林) 여당(餘黨)을 정벌하더니 승패득실(勝敗得失)이 여차하고, 참모사 현희문은 평제왕 현모의 차자(次子)요 어미 월성 공주의 소생이러니 그릇 요녀의 난전(亂箭)을 맞아 우비(右臂) 중상(重傷)하여 협순(挾旬)[191]에 사생(死生)이 가려(可慮)[192]라. 아등(我等)이 사정(私情)은 지친(至親)이요 의(義)는 동조(同朝) 사군(事君)하던 바로 어찌 그 사생을 아끼지 아니리오. 시고

---

178 연망(連忙)히: 황급히.

179 거수답읍(擧袖答揖): '거수(擧袖)'는 남에게 답례 인사를 하기 위하여 소매를 들어 올림. '답읍(答揖)'은 답례로 두 손을 마주 잡고 서서 허리를 굽혀 공손히 절함. 또는 그런 절.

180 상빈례(上賓禮): 지위가 높은 손님을 모시는 예의.

181 귀인(貴人)은: 원문에는 '귀인을'로 되어 있으나 서강대본을 참고하여 고침.

182 천가지친(天家至親): 천자(天子) 또는 황족(皇族)의 매우 가까운 친족.

183 일인지하(一人之下): 일인지하(一人之下) 만인지상(萬人之上). 한 사람의 아래에 있고, 모든 사람의 위에 있음. 즉 천자(天子) 아래에서, 가장 높은 지위에 있는 승상(丞相)을 의미함.

184 조정귀인(朝廷貴人): 원문에는 '죠졍지인'으로 되어 있으나 서강대본을 참고하여 고침.

185 용부속자(庸夫俗子): 변변하지 못하고 평범한 사람.

186 불민(不敏)하다: 어리석고 둔하여 재빠르지 못하다.

187 지교(指敎): 지도하여 가르침. 또는 그런 가르침.

188 상랑(爽朗): 시원하고 맑음.

189 산협(山峽): 산골짜기.

190 고(孤): 예전에, 왕이나 제후가 자기를 낮추어 이르던 일인칭 대명사.

191 협순(挾旬): 열흘 동안. 십간(十干)을 날짜에 배당하여 갑(甲)에서부터 마지막 계(癸)에 이르는 날수를 뜻한다.

192 가려(可慮): 걱정이 되어 마음이 편하지 못함.

(是故)로 방을 걸어 양의를 구하더니 아지 못게라. 현사가 능히 화타의[193] 청낭술(青囊術)[194]을 배움이 있느냐? 또한 높은 도호(道號)와 귀한 성명을 알고자 하노라."

도사가 손사(遜謝) 왈,

"물외객이 어찌 성명이 (39)있사리잇고? 일찍 도가(道家)의 연분(緣分)이 중한 고로 이친척기부모(離親戚棄父母)하여 일종 스승의 명을 좇으매 성명을 이르지 못하고 다만 천한 별호를 운계자라 하나이다."

현원수가 우문(又問) 왈,

"현사의 청춘이 몇이나 하시뇨?"

대왈,

"헛되이 십팔 춘추(春秋)를 지내었나이다."

양 원수가 점두(點頭)하고 이에 좌우를 인도하여 병소(病所)로 나아가니 근시(近侍)하는[195] 군관이 가득하고 군중의 좋은 의자(醫者)[196] 수십 인이 분분히 약을 의논하다가 양 원수를 인도하거늘, 양 원수가 중인을 다 물리치고 운계자를 청하여 참모와 상(牀)에 나아가니 보건대 의형이 환탈(換脫)하고[197] 일월(日月) 안광(眼光)의 정기(精氣) 소삭(消索)[198]한지라. 상처를 풀(40)어보니 검고 푸르고 독기 장차 오장(五臟)에 사뭇고자[199] 하는지라. 참모의 광천(廣天)을 넘뛰는 기운이나 봉목(鳳目)[200]이 몽롱하고 장기 소삭하여 거의 진(盡)코자 하는지라. 연소저가 비록 저로 더불어 금슬(琴瑟)이 고르지 못한 사이나 여자의 위부지심(爲夫之心)이 어찌 범연하리오. 심하에 경해(驚駭)[201]하되 사색(辭色)을 강잉(强仍)하여 진맥(診脈) 양구(良久)에 왈,

"참모의 환후(患候)가 한갓 난전에 상한 독기만 아니라 운액(運厄)이 건둔(蹇屯)하심[202]

---

193 양의를~화타의: 원문에는 '양태의'로 되어 있으나 서강대본을 참고하여 보충함.

194 청낭술(青囊術): 화타가 저술한 의학서인『청낭서(青囊書)』에 적혀 있는 병을 고치는 기술. 주로 수술을 한 뒤 침으로 병을 고치는 기술이었던 것으로 보임.

195 근시(近侍)하다: 웃어른을 가까이 모시다.

196 의자(醫者): 의원(醫員).

197 환탈(換脫)하다: 병이나 건강의 악화로 모습이 바뀌다.

198 소삭(消索): 점점 줄어들어 다 없어짐.

199 사뭇다: 사무치다. 깊이 스며들거나 멀리까지 미치다.

200 봉목(鳳目): 봉안(鳳眼). 봉황의 눈같이 가늘고 길며 눈초리가 위로 째지고 붉은 기운이 있는 눈.

201 경해(驚駭): 뜻밖의 일로 몹시 놀라 괴이하게 여김.

202 건둔(蹇屯)하다: 운수가 꽉 막혀 있다.

이니 만일 이때에 다스리지 않으면 사생이 위태하리니 소도(小道)가 적은 재주를 시험코자 하나니 강맹(强猛)한 장사로 일신(一身)을 단단히 붙들고 침약(鍼藥)으로 상처를 다스려 독혈을 내고 화타(華陀)의 뼈 긁던 수단을 (41)다하여 골부(骨膚)에 사못찬 독을 없이하고 양약(良藥)을 시험하면 병세 차도(差度)에 들리이다."

양 원수가 개연(慨然) 허락하고 현원수가 이르되,

"내 아니면 뉘 능히 현제의 병체(病體)를 편히 붙들리오."

언파에 큰 옷을 벗고 참모를 붙들어 단단히 안고 운사[203]가 또 도동(道童)으로 참모의 좌수(左手)를 붙들라 하고 스스로 광삼(廣衫)을 높이 걷고 대사의 주던 자금침(紫金針)[204]을 빼어 참모의 우비상(右臂上)[205]에 독혈(毒穴)을 찔러 두어 번 살피더니 옥수(玉手)가 두루치는 곳에 참모가 일신(一身)을 소소와[206] 장호일성(長號一聲)에 검고 누르고 붉고 더러운 악혈(惡血)[207]이 내를 이루니 독취(毒臭)가 코를 거스르고 좌우 시호(侍護)하는 사람의 옷에 뛰는지라.

운사 노주(奴主)(42)의 옷과 손에 다 묻으니 뉘 아니 놀라리오마는 오직 현원수와 운사 노주가 불변 안색하고 일변(一邊) 삼다(蔘茶)[208]를 내와 구호(救護)하며 더욱 단단히 붙들라 하고 은장도(銀粧刀)[209]를 빼어 푸르고 검은 살을 긁으니 소리 십 리에 들리고 사각사각 하는 소리에 참모가 엄홀기색(奄忽氣塞)[210]하니 양 원수가 대경실색(大驚失色)하고 좌우가 다 낯을 가리와 차마 보지 못하고 담이 적은 자는 떨기를 마지아니하고 군종사졸(軍從士卒)이 그 위악(危惡)한[211] 종처(腫處)에 신기한 수단으로 파종(破腫)하여 농혈(膿血)과 악취(惡臭) 대단함을 보고 저마다 탈색(脫色)하더라.

---

203 운사: 운계자 연소저를 이름.

204 자금침(紫金針): 붉은 쇠로 된 침.

205 우비상(右臂上): 오른쪽 팔 위.

206 소소다: 솟구다. 몸 따위를 빠르고 세게 날듯이 높이 솟게 하다.

207 악혈(惡血): 어혈(瘀血)의 일종. 혈관 밖으로 나와 조직의 사이에 몰려 있는 죽은피를 이른다.

208 삼다(蔘茶): 인삼차.

209 은장도(銀粧刀): 원문에는 '은젼도'로 되어 있음.

210 엄홀기색(奄忽氣塞): 갑자기 정신을 잃음.

211 위악(危惡)하다: 위태로울 정도로 악화되다.

화표(話表).[212] 시시(是時)에 현참모가 창처(瘡處)[213]를 파훼(破毁)[214]하매 아프고 쓰려 기색 혼도(昏倒)[215]하매 광평왕과 현원수가 대경(43)실색(大驚失色)하고 운사 노주가 또한 심동경참(心動驚慘)[216]하나 수정안색(修整顔色)[217]고 왈,

"소도(小道)가 명(明)치 못하나 참모 상공 달수완복지상(達壽完福之相)이 귀격(貴格)이 당당하시고 남두(南斗)[218]에 타 나온 바 원수(元壽)[219]가 하원(遐遠)하시거늘 일시 운수가 태험(太險)하시나 이로써 천명(天命)을 감(減)할 바가 아니오니 대왕(大王)과 명공(明公)은 과려(過慮)치 마소서."

언파에 월미봉정(月眉鳳睛)[220]에 모운(暮雲)이 취집(聚集)하여 옥수섬지(玉手纖指)[221]를 동(動)하는 바에 창처(瘡處)에 신약(臣藥)[222]을 붙이고 깁[223]을 끊어[224] 매며 청수(淸水)를 구하여 일환(一丸) 신약을 갈새 향기 옹비(擁鼻)[225]하고 정채(精彩) 약종(藥鍾)[226]에 어리었으니 옥액진수(玉液珍羞)[227]러라. 운사가 친히 약을 들어오매 반륜월액(半輪月額)[228]에 칠사보[229]요, 관

---

212 화표(話表): 소설에서 이야기를 새로 시작할 때 쓰는 말.
213 창처(瘡處): 고름이 생기고 짓무른 환부를 가리킴.
214 파훼(破毁): 깨뜨리어 헐어 버림.
215 혼도(昏倒): 정신이 어지러워 쓰러짐.
216 심동경참(心動驚慘): 마음이 움직여 놀랍고 참혹함.
217 수정안색(修整顔色): 얼굴빛을 고치어 정돈함.
218 남두(南斗): '남두육성(南斗六星)'의 줄임말로, 궁수자리에 있는 국자 모양의 여섯 개의 별임. 북두칠성의 모양을 닮은 데서 이름이 유래하며, 장수(長壽)를 주관하는 별로 전해짐.
219 원수(元壽): 타고난 수명.
220 월미봉정(月眉鳳睛): 반달 같은 눈썹과 봉황의 눈같이 가늘고 길며 눈초리가 위로 째지고 붉은 기운이 있는 눈. 귀상(貴相)으로 여김.
221 옥수섬지(玉手纖指): 여성의 옥같이 아름다운 손과 가는 손가락을 이르는 말.
222 신약(臣藥): 한약 처방에서 군약(君藥)의 효과를 높이는 약.
223 깁: 명주실로 바탕을 조금 거칠게 짠 비단.
224 끊어: 원문에는 '긋처'로 되어 있음.
225 옹비(擁鼻): 코를 찌름. 원문에는 '응비'로 되어 있음.
226 약종(藥鍾): 약을 담은 종지.
227 옥액진수(玉液珍羞): '옥액'은 '옥액경장(玉液瓊漿)' 즉 신선이 마시는 음료수나 빛깔과 맛이 좋은 술을 의미하고, '진수(珍羞)'는 '진귀하고 맛이 좋은 음식'을 의미함.
228 반륜월액(半輪月額): 반달과 같이 아름다운 이마.
229 칠사보: 미상. 여러 가지 보석으로 꾸민 머리 장식을 뜻하는 '칠보전(七寶鈿)과 비슷한 것으로 추측됨.

(冠)이 잠깐 숙었으니 보배로운 귀밑에 서기(瑞氣) 총울(蔥鬱)하고[230] (44)봉미(鳳尾)[231]에 정광(精光)을 흘려 기운을 살피니 태양정채(太陽精彩) 누실(陋室)이 광명(光明)하니 좌우가 변색하고 신선이 강림함인가 의려(疑慮)하더라. 운계자가 문득 신연한[232] 화기 사월(斜月)한 아황(蛾黃)[233]에 침노하여 광평왕과 원수를 향하여 회생(回生)함을 치하(致賀)하고 참모가 호흡을 통하고 숨을 내쉬니 원수가 대열(大悅)하여 연망(連忙)히 나아가 접면(接面)[234] 왈,

"하늘이 현제(賢弟)를 살리시도다. 현제는 사생(死生)의 근심을 두지 말라."

참모가 봉안(鳳眼)을 희미히 떠 좌우를 살피매 오히려 아득하여 타인이 있음을 모르고 다만 외구(外舅)[235]와 종백(從伯)[236]을 분간하여 형장의 안화(顔和)를 접하여 왈,

"소제 정혼(精魂)이 아득하고 창처(瘡處)가 쓰려 아리던 (45)것이 퍽 나아 팔을 움직일 듯싶으니 살까 싶으니다."

성음이 평상(平常)하여 전자(前者)로 다르지 아니하니 왕과 원수가 대희하여 운사를 사례하여 왈,

"이미 날이 저물었으니 석식(夕食)을 아등(我等)[237]과 한가지로 음(飮)하시고 병소(病所)가 누추하나 머물러 구호하심이 어떠하시니잇고?"

운사가 답사(答辭) 왈,

"빈도(貧道)가 이미 사부(師父)의 교(敎)를 받자와 참모 상공 창처를 고치고 소도(小道)가 적은 지혜로 요적을 파하여 양위(兩位) 귀인의 재앙을 구코자 이르렀삽더니이다. 청컨대 원수는 돌아가 헐숙(歇宿)[238]하시면 빈도가 머물러 참모의 환후(患候)[239]를 구호(救護)하고 사부의 명대로 요사(妖邪)를 멸하여 양위 귀인의 신상(身上)이 쾌소(快蘇)[240]

---

230 총울(蔥鬱)하다: 우거지다.

231 봉미(鳳尾): 봉황의 눈썹처럼 고귀하고 아름다운 사람의 눈썹을 의미함.

232 신연하다: 미상.

233 아황(蛾黃): 여자들이 바르던 노란 색 분을 말하며 여기서는 아리따운 여자의 얼굴로 볼 수 있음.

234 접면(接面): 맞아들이어 대면함.

235 외구(外舅): 장인(丈人).

236 종백(從伯): 사촌 맏형.

237 아등(我等): 원문에는 '아당'으로 되어 있으나 서강대본을 참고하여 고침.

238 헐숙(歇宿): 어떤 곳에 대어 쉬고 묵음.

239 환후(患候): 웃어른의 병을 높여 이르는 말.

240 쾌소(快蘇): 시원스럽게 병이 나음.

하시고 전필승공필취(戰必勝功必取)[241]하시게 (46)하리이다."

양 원수가 대희 칭사 왈,

"연즉 만행(萬幸)이라. 아등(我等)이 황야(皇爺)[242]께 주(奏)하고 당당히 많은 지귀(至貴)와 천종지록(千鍾之祿)[243]에 후백지상(侯伯之賞)[244]이 사부에게 더으시고 아름다운 성명이 유전천추(流傳千秋)[245]하리니 아등(我等)이 어찌 대은활혜(大恩活惠)를 잊으리오. 연이나 현사(賢師)는 고재신술(高才神術)이 속인(俗人)의 유(類)가 아니라. 아등이 연야(連夜) 몽조(夢兆)가 번잡(煩雜)하고 각별 병이 없으되 식음(食飮)이 무감(無感)하고 심혼(心魂)이 때때 혼란(昏亂)하니 현사의 말씀을 듣건대 장부의 할 말이 아니나 이[246] 또 요술(妖術)이니 군자지덕(君子之德)이 없어 요법(夭法)이 신상(身上)에 미침을 참괴(慙愧)하나이다."

운사가 미소 대왈,

"대왕과 원수는 하늘 복록(福祿)이 무량(無量)하시니 어찌 요사(妖邪)로써 군자를 범하리(47)잇고마는 요얼(妖孼)[247]이 패운(敗運)이 미처 다닫지[248] 못함으로써 일시 작폐(作弊)하나 무슨 신루(身陋)가 있으리잇고? 소도(小道)가 사부지교(師父之敎)를 받자왔으니 대왕과 원수는 방심(放心)하소서."

양 원수가 언언(言言)이 칭사(稱謝)하고 한담(閑談)하더니 촉을 밝히고 석식을 올리니 금반옥기(金盤玉器)에 산진해찬(山珍海饌)이 가득하더라. 양 원수가 문왈,

"아지 못게라. 선도(仙道)와 유불(儒佛)이 다르니 현사(賢師)가 재계함이 없나니잇가?"

운사가 잠소 왈,

"각별[249] 재계(齋戒)함은 없고 산중암혈(山中巖穴)에 맥숙(麥菽)[250]과 들나물이요 오직 흐

---

241 전필승공필취(戰必勝功必取): 싸움에서 반드시 이기고 공격에서 반드시 취하는 것을 말함. 한(漢)나라의 개국공신인 한신(韓信)과 관련된 구절임. 한신은 한고조(漢高祖) 즉 유방(劉邦)의 장수로 한의 건국에 혁혁한 공을 세우고 초왕(楚王)에 봉해짐.

242 황야(皇爺): 황제를 뜻함.

243 천종지록(千鍾之祿): 천종의 봉록이라는 뜻으로 큰 재물을 뜻함.

244 후백지상(侯伯之賞): 후백의 상. 후백(侯伯)은 제후나 높은 귀족.

245 유전천추(流傳千秋): 오랜 세월 세상에 널리 퍼짐.

246 이: 원문에는 없으나 서강대본을 참고하여 보충함.

247 요얼(妖孼): 요악한 귀신의 재앙. 또는 재앙의 징조. 요망스러운 사람.

248 다닫다: 다다르다.

249 재계함이 없나니잇가 운사가 잠소 왈 각별: 원문에는 없으나 서강대본을 참고하여 보충함.

250 맥숙(麥菽): 보리와 콩을 아울러 이르는 말.

르는 물에 송차(松茶) 일종(一種)이라. 귀한 지방의 성찬화미(盛饌華味)[251]로써 주시나 더욱 주계(酒戒)는 도가(道家)의 상사(常事)니 대왕과 명공은 용서하소서."

양 원수가 명하여 술을 앗고 선과향미(仙果香味)[252]로 권하니 운사가 천만 (48)불평(不平)하나 사양하여 득(得)지 못하고 도로혀 의심만 더을까[253] 두려 십분 강잉(强仍)하여 약간 하저(下箸)[254]할새 촉이 밝고 좌차(座次)[255]가 머나 불 그림자에 운사가 초옥미수(楚玉美手)로 하저(下箸)하는 거동이 더욱 절승(絶勝)하니 동(動)하는 주순(朱脣)과 출몰(出沒)하는 선빈(蟬鬢)[256]이 영요찬란(榮耀燦爛)[257]하니 옥빈(玉鬢)에 덕기(德氣) 현요(顯曜)하고[258] 양성(兩星)[259] 추파(秋波)를 나리는[260] 뜻 가운데 엄약태양(儼若太陽)이 승조하(昇朝霞)요 완약유룡(婉若游龍) 침녹파(沈綠波)라.[261] 교수영채(嬌羞映彩)[262] 만고무비(萬古無比)하니 양 원수가 심하(心下)에 탄지칭선(彈指稱善)[263]하여 석식을 파하매 운계자가 상을 물려 동자를 주더라.

현원수는 운계자를 의심하여 혜오되, '차인(此人)의 용모기질(容貌氣質)과 언사동용(言辭動容)이 결비남자(決非男子)[264]요, 많이 연상서(49)와 흡사하고 연숙모와 방불(彷佛)하니 만사(萬事)가 의외지사(意外之事)가 많으니 비록 자분(自分)을 채 알지 못하나 연가(家) 수수(嫂嫂) 화란(禍亂)을 벗어나 도가에 투입(投入)함이로다.' 이렇듯 생각하매 완연한 총명(聰

251 성찬화미(盛饌華味): 풍성하게 잘 차린 음식.

252 선과향미(仙果香味): 선과는 신선이 먹는 과일이라는 뜻으로, '복숭아'를 달리 이르는 말. 향미는 음식의 향기로운 맛.

253 더으다: '더하다'의 옛말.

254 하저(下箸): 젓가락을 댄다는 뜻으로, 음식을 먹음을 이르는 말.

255 좌차(座次): 좌석의 차례.

256 선빈(蟬鬢): 고대 여자들의 머리모양의 일종으로 양쪽 살쩍을 매미 날개처럼 속이 투명하게 보이도록 꾸민 모양으로 여자의 머리털의 아름다움을 비유.

257 영요찬란(榮耀燦爛): 빛나고 아름답고 찬란함.

258 현요(顯曜)하다: 드러나 빛나는 상태이다. 원문에는 '현효ᄒᆞ고'로 되어 있음.

259 양성(兩星): 별처럼 빛나는 두 눈.

260 나리는: 원문에는 '나리'로 되어 있음.

261 엄약태양(儼若太陽) 승조하(昇朝霞) 완약유룡(婉若游龍) 침녹파(沈綠波): 엄하기는 빛나는 태양이 아침 노을위로 떠오르는 것과 같고 아름답기는 용이 푸른 물결에 노니는 것과 같다. 조식(曹植)의 〈낙신부(洛神賦)〉 중 일부("교약태양(皎若太陽) 승조하(昇朝霞) 완약유룡(婉若游龍) 출녹파(出綠波)")를 차용함.

262 교수영채(嬌羞映彩): 환하게 빛나는 고운 빛과 수줍어하는 예쁜 모습.

263 탄지칭선(彈指稱善): 손가락을 튕기며 칭찬함.

264 결비남자(決非男子): 절대 남자가 아님.

明)이 돌아오나 도차(途次)[265]에 아는 양함이 좋지 않아 다만 공경함을 극진히 하니 왕을 권하여 숙소(宿所)로[266] 갈새 운사를 향하여 누처(陋處)에 안헐(安歇)하심을 재삼 청하더라. 운사가 하당배송(下堂拜送)하고 종자(從者)를 데리고 돌아오니 참모는 모르더라.

광평왕과 원수 장중(帳中)에 돌아와 참모의 사생(死生) 우려(憂慮)는 없음을 치하(致賀)하고 차야(此夜)를 마음 놓아 침변(枕邊)[267]에 나아가니 심사(心思)가 혼곤(昏困)하여 사몽비몽(似夢非夢) 간에 참모 병소(病所)에 나아가니 문득 (50)방중에서 한 줄 서기(瑞氣) 일어나며 일쌍(一雙) 백의동자(白衣童子)가 양 원수를 향하여 배복(拜伏) 왈,

"양위 귀인(貴人)은 소자를 따라 요인(妖人)의 작변(作變)하는 거동과 운화 도선의 제요(除妖)하는 거동을 보소서."

양 원수가 괴히 여겨 동자를 좇아 향하더니 뒤에 금의신장(金衣神將)[268]이 적면환안(赤面環眼)[269]에 황금갑주(黃金甲胄)를 입고 양수(兩手)에 철장(鐵杖)과 강편(鋼片)을 들어 고산절협(高山絶峽)을 지나 곡구(谷口)에 다다르니 산을 등지고 물을 임하여 포진(鋪陳) 향탁(香卓)을 벌이고 촉을 밝히며 향을 피웠는데[270] 양좌(兩座)에 상탑(牀榻)[271]을 벌이고 초인(草人) 둘을 금수의복(錦繡衣服)을 입히고 으뜸 초인의 가슴에는 대자(大字)로 썼으되 송황자(宋皇子) 광평왕 조(51)모(趙某)라 쓰고 둘째 초인 가슴에는 대송(大宋) 병부상서 현희백이라 쓰고 칠규(七竅)[272] 아래 일곱 등(燈)을 벌이고 앞에 각각 제물을 놓고 황씨 모녀 머리에 흑관(黑冠)을 쓰고 흑의(黑衣) 입고 집검궁시(執劍弓矢)하여 사방을 향하여 절하며 양 원수의 명 끊기를 도축(禱祝)하고 활을 만작하여[273] 두 초인의 몸에 살이 무수히 결리고 쏘는 곳마다 적혈(赤血)이 임리(淋漓)[274]하니 백의선동(白衣仙童)이 양 원수를 호위하여 독수(毒手)를 제어(制御)하는 양을 보고 원수가 경동기체(驚動氣體)하여 거의 혼절(昏絶)하려니, 이 배후에 있

---

265 도차(途次): 도중(途中). 일이 계속되고 있는 과정이나 일의 중간.

266 숙소(宿所)로: 원문에는 '로'가 없으나 서강대본을 참고하여 보충함.

267 침변(枕邊): 베갯머리.

268 금의신장(金衣神將): 금빛 나는 옷을 입은 신장(神將). 신장(神將)은 귀신 가운데 무력을 맡은 장수신으로 사방의 잡귀나 악신을 몰아냄.

269 적면환안(赤面環眼): 붉은 얼굴과 눈동자의 둘레에 흰 테가 둘린 눈.

270 물을~피웠는데: 원문에는 없으나 서강대본을 참고하여 보충함.

271 상탑(牀榻): 깔고 앉기도 하고 눕기도 하는 여러 가지 도구. 평상(平牀), 침상(寢牀) 따위가 있다.

272 칠규(七竅): 사람의 얼굴에 있는 일곱 개의 구멍. 귀, 눈, 코에 각 두 개씩 있으며 입에 하나가 있다.

273 만작하다: 활시위를 한껏 당기다.

274 임리(淋漓): 피, 땀, 물 따위의 액체가 흘러 흥건한 모양.

던 황건역사(黃巾力士)가 창(槍)과 철편(鐵片)을 들어 상탁을 깨치고[275] 초인에 결린 살을 뽑더니[276] 열풍(熱風)이 대기(大起)하(52)며 화세(火勢) 일어나 초인을 소화(燒火)하고 황씨 모녀를 절학(絶壑)에 만장(萬丈) 회수[277]하여 멀리 던져 왈,

"여등(汝等) 대음찰녀(大淫刹女)[278]를 어찌 가만히 죽여 후인(後人)이 모르게 하리오. 불구(不久)에 천주(天誅)를 받아 천참만륙(千斬萬戮)하여 천하인(天下人)이 다 알게 하리라."

내어 던지니 홀연 반공(半空) 운무(雲霧) 중에서 웨어[279] 왈,

"아직 죽이지 말라. 옥란·채홍·금대·화월이 살신보수(殺身報讐)하리라."

역사(力士)가 우러러 고두(叩頭)[280]하고 바람과 화세(火勢)를 거두어 거처가 없더라. 양 원수가 경동이각(驚動而覺)[281]하니 침병(枕屛)[282] 일몽이요, 십분 명명(明明)하니 옹서(翁壻) 양인이 요탄(妖誕)함을 깃거 아니 (53)하더라. 요녀 등 용사방술(用事方術)의 요괴로움과 운계자의 신술조화(神術造化)가 비상함을 능히 지기(知機)하더라.[283]

시야(是夜)에 운계자가 참모 병침(病寢)에서 섬옥 등을 명하여 지성(至誠) 완호(完護)하며 야심(夜深) 후 부작(符作)[284]을 날려 황의신장(黃衣神將)을 불러 요인의 작법을 파(破)케 함이요 백의동자(白衣童子)는 일광대사 명으로 운계자를 보호하더니 연소저의 재덕(才德)을 밝히고자 하여 양선(兩仙)이 원수의 혼을 인도하여 시말(始末)을 알게 하니 고요한 가운데 신인의 조화가 여차하더라.

일출동령(日出東嶺)에 삼군사졸(三軍士卒)[285]이 양 원수께 문안하고 참모의 병후를 문침(問寢)[286]하니 양 원수의 신색이 여상(如常)하고 기운이 안(54)안(晏晏)하여[287] 차일(此日) 제장

---

275 깨치다: 깨뜨리다.

276 뽑다: 원문에는 'ᄲᅢ히더니'로 되어 있음. 'ᄲᅢ다'는 '뽑다'의 옛말.

277 회수: 미상.

278 대음찰녀(大淫刹女): 크게 음란한 악녀. 악마 같은 여자. 불교에서 찰귀(刹鬼)는 귀신이나 악마.

279 웨다: '외치다'의 옛말.

280 고두(叩頭): 공경하는 뜻으로 머리를 땅에 조아림.

281 경동이각(驚動而覺): 놀라서 깨어남.

282 침병(枕屛): 머릿병풍.

283 지기(知機)하다: 기미나 낌새를 알아차리다.

284 부작(符作): '부적(符籍)'의 변한 말.

285 삼군사졸(三軍士卒): 군의 군사. 삼군(三軍)은 예전에, 군 전체를 이르던 말. 초기에는 전군(前軍), 후군(後軍), 좌군(左軍), 우군(右軍), 중군(中軍)의 오군(五軍)으로 두었다가 전군, 후군을 없앤 것이다.

286 문침(問寢): 아침저녁으로 부모님의 잠자리 안부를 묻는 일.

287 안안(晏晏)하다: 즐겁고 화평하다.

(諸將)의 문안(問安)을 받는지라. 제군장졸(諸軍將卒)이 양 원수의 안화(顔和)를 우러러 참모 환후(患候)가 나음을 치하하더라. 양 원수가 참모 병소에 나아가 운사에게 하례(賀禮)하니 운사가 불감(不敢)함을 손사(遜謝)[288]하더라. 왕과 원수가 참모를 보니, 누일(累日) 고통(苦痛)하여 정혼(精魂)이 흩어졌더니 차야(此夜)는 아픈 곳이 없사오니 잠을 편히 자고 이따금 약을 먹으시나 본디 소탈(疏脫)한지라 타인이 있음은 알지 못하고 다만 사후(伺候)[289]하는 장관(掌管)[290] 서동(書童)의 무리로 아니, 운사는 다만 좌우를 명하여 때때 약음(藥飮)을 구호(救護)하고 사이에 소금장(小錦帳)[291]을 쳐 지(55)음쳐[292] 머무르시니 어찌 알리오. 태양(太陽)이 부상(扶桑)[293]에 오르도록 측을 끄지 않았더니 양 원수가 타인(他人)과 문답(問答)하는지라. 참모가 의아하여 좌우를 살피니 운사 노주를 본지라. 종백(從伯)께 묻자와 가로되,

"좌우에 일찍 모르던 객이 계시니 뉘니잇고?"

하더라.

무술년(戊戌年) 필서(筆書).

288 손사(遜謝): 겸손하게 사양함.
289 사후(伺候): 웃어른의 분부를 기다리는 일.
290 장관(掌管): 일을 맡아서 주관함.
291 소금장(小錦帳): 작은 비단 장막.
292 지음치다: (사람이 무엇을) 사이에 놓다.
293 부상(扶桑): 해가 뜨는 동쪽 바다.

권지이십사

(1)화표(話表).[1] 시시(是時)에 원수가 아[2]를 어루만져 왈,

"현제(賢弟) 창처(瘡處)가 중난(重難)하니 전하와 우형(愚兄)이 절우(絶憂)가 무궁(無窮)하여 명의(名醫)를 부르는 방(榜)을 걸었더니 작일(昨日) 진인 사부 존체 이르사 너의 병을 다스려 위경(危境)을 면하였느니 현제는 사례하라."

참모가 문파(聞罷)에 번연(飜然) 기동(起動)하여 운사(雲師)를 향하여 칭사(稱謝) 왈,

"병인(病人)이 능히 예를 이루지 못하니 사부는 허물치 마소서. 현사(賢師)가 청풍은일(淸風隱逸)의 맑은 지취(志趣)로써 만생(晩生)의 외질(瘣疾)을 살와내시니, 복(僕)이 만 리에 죽어 부모께 불효를 끼치지 아니하고 다시 고국에 돌아가 부모 동기를 반기올지라. 사부의 활해(2)지은(闊海之恩)이 덕여천자(德如天子)하니 어찌 구설(口說)로써 치하하리잇고? 묻잡나니 사부의 대명을 얻어 들어지이다."

진인이 흠신(欠身)[3] 왈,

"명공은 조정귀인이시고 비인(鄙人)은 산촌 야인이라. 청운(靑雲)과 백운(白雲)이 길이

1 화표(話表): 소설에서 이야기를 새로 시작하거나 장면을 바꿀 때 쓰는 말.

2 아: 아우.

3 흠신(欠身): 경의를 나타내기 위해 몸을 굽힘.

다르고 향수(香水)와 탁수(濁水)가 도(道)가 같지 못하온지라. 어찌 존하에 배현(拜見)하였으리잇고? 역천반적(逆天叛賊)이 무도창궐(無道猖獗)하니 왕사(王師)[4]가 만 리에 근고(勤苦)하시고 명공(名公)이 난전(亂箭)에 중독하사 의원 부르는 방 붙이심을 들으니 비록 산야 우맹(愚氓)이 아는 것이 없으나 보천지하(普天之下)가 막비왕토(莫非王土)요 솔토지민(率土之民)이 막비왕신(莫非王臣)[5]인즉 성주(聖主)의 땅 아닌 곳이 없고 신하가 아니 된 이 없으니 어찌 안연(晏然)[6] 괄목(恝目)[7]하리잇고? 사(3)부가 명하시니 외람히 방을 떼고 명공의 창처(瘡處)를 보았사오나 무슨 칭은(稱恩)[8]하실 바리잇고? 두어 낱 환약이 명공의 무량대수(無量大壽)[9]를 도움이요 빈도의 공이 아니오니 일컫지 마소서."

언파(言罷)에 도건(道巾)을 숙여 정좌단용(正坐端容)하였으니 황관(黃冠)[10] 우의(羽衣) 가운데 선풍옥골(仙風玉骨)이 찬란하고 성음이 청신(淸新)하여 약유봉(若有鳳)이 단혈명(丹穴鳴)[11]이라. 참모가 숙시(熟視)[12] 일견(一見)에 암암(暗暗) 선탄(善嘆) 왈,

"사부는 진짓 선풍도골이라. 학생이 상문(相門)에 생장하여 황성 번화지지(繁華之地)의 열인(閱人)[13]함이 적지 아니하되 현사의 고풍덕재(高風德才)는 본 바 처음이라. 귀향(貴鄕)과 존명(尊名)을 들으리잇가?"

운계자가 십분 수렴(收斂)[14]하여 왈,

(4)"빈도(貧道)가 어려서 부모를 떠나 가향(家鄕)을 모르는지라. 스승이 이름하여 운계자라 하고 천한 나이는 십칠 세로소이다. 차행(此行)에 사부가 이르시되 전시(戰時)에 촌공(寸功)을 이룬 후 번화지지의 부모를 찾아라 하시니 빈도가 행여 부모 찾을 기회

---

4 왕사(王師): 왕이 거느리는 군대.

5 보천지하(普天之下) 막비왕토(莫非王土) 솔토지민(率土之民) 막비왕신(莫非王臣): 넓은 천하에 왕의 영토 아닌 곳이 없고, 그 땅에 사는 사람 중 왕의 신하 아닌 사람 없다. 『시경(詩經)』「소아(小雅)」〈북산(北山)〉.

6 안연(晏然): 마음이 편안하고 침착한 모양.

7 괄목(恝目): 하찮게 대하거나 소홀하게 함.

8 칭은(稱恩): 은혜를 일컬음.

9 무량대수(無量大壽): 한없이 길게 사는 목숨.

10 황관(黃冠): 도사의 관. 또는 그 관을 쓴 도사.

11 약유봉(若有鳳)이 단혈명(丹穴鳴): 봉황이 단혈에서 우는 것과 같다.

12 숙시(熟視): 눈여겨 자세히 봄.

13 열인(閱人): 여러 사람을 겪어 봄.

14 수렴(收斂): 심신을 다잡음.

있을까 명공의 반사지시(班師之時)[15]에 행도(行途)[16]를 따르고자 하나이다."

인언(人言)에 옥면(玉面)에 홍운(紅雲)이 은연하니 설부난질(雪膚鸞質)[17]이 절승(絶勝)하여 엄약소월(儼若素月)이 응부운(應浮雲)[18]하니 만태 교수무비(翹秀無比)[19]하매 안목(眼目)이 현란(眩亂)[20]하더라.

현원수는 유심하나 참모는 혜오되, '차인이 본디 교가(喬家)[21] 자제 아니면[22] 반드시 귀문(貴門) 생장으로 환(患)을 만나 도가(道家)에 투신함이니 부모를 찾아 근본을 안 후 제매(諸妹) 중 의혼(議婚)하리라.' 주의(主意)를 정하니 어찌 우습지 아니리오? 광평왕이 어린 듯이 보고 만구(5)흠애(滿口欽愛)[23] 왈,

"현사가 부모를 상봉하매 반드시 인륜을 갖추리니 과인이 다른 여아가 없음을 탄하노라."

운계자가 미소 왈,

"설사 부모를 찾은들 명화거족(名華巨族)이 되며 요행 부모를 찾아 천륜죄인(天倫罪人)이나 면하면 다시 사부를 좇아 명리(名利)에 벗어남이 원이로소이다."

원수가 실소 왈,

"차사는 내사(來事)니 이제 이를 바가 아니로소이다."

언필(言畢)에 잠소(潛笑)하고 말을 그치더라. 이날 참모의 병세 많이 가헐(加歇)[24]하고 왕과 원수가 신상이 화평하고 침식이 안온(安穩)[25]하니 군장사졸이 대열(大悅)하더라.

참모가 유병(有病)함으로 안병부동(按兵不動)하연 지 수순(數旬)[26]이러니 황씨 모녀가

---

15 반사지시(班師之時): 군사를 이끌고 돌아올 때.

16 행도(行途): 행정(行程).

17 설부난질(雪膚鸞質): 눈처럼 흰 살갗과 난새의 기질. 빼어난 피부와 기질.

18 엄약소월(儼若素月)이 응부운(應浮雲): 그 예쁜 모습이 마치 흰 달이 뜬 구름에 응하는 것과 같다.

19 교수무비(翹秀無比): 뛰어나 비길 데가 없음.

20 현란(眩亂): 어질어질함.

21 교가(喬家): 교목세가(喬木世家). 여러 대에 걸쳐 중요한 위치에 있으면서 나라와 운명을 같이하는 집안.

22 아니면: 원문에는 '아니며'로 되어 있으나 문맥에 맞추어 고침.

23 만구흠애(滿口欽愛): 대단히 기뻐하고 사랑함.

24 가헐(加歇): 많이 좋아짐.

25 안온(安穩): 조용하고 편안함.

26 수순(數旬): 수십 일.

현참모가 창흔(瘡痕)이 덧나 죽기를 죄오고[27] 교주가 요특(妖慝)한 방술(方術)을 행하여 산곡벽처(山谷僻處)에 도장을 벌이고 광평왕, 현원수를 죽이면 천병(天兵)이 솔(6)난(率難)[28]할 것이니 때를 타 승승장구(乘勝長驅)하여 천병을 무찌르고 황성을 도모하리라 하고 역시 싸움을 청치 아니하고 기모신산(奇謀神算)을 헤아려 대사를 도모하더니, 작법 사오 일에 세작(細作)을 보내어 듣보니 참모는 창처(瘡處)가 중(重)타 하되 원수는 앓는 소문이 없는지라. 교주 모녀가 크게 의아하여 제칠야(第七夜)에 미쳐는 맡은 무리 잘못함이라 하고 즐퇴(叱退)[29]한 후 교주 모녀가 목욕재계하고 전도단발(剪刀斷髮)하여 산벽에 나아가 제전(祭奠)을 벌이고 분향도축(焚香禱祝)하여 두 초인(草人)을 활로 무수히 쏘더니, 문득 야심삼경(夜深三更)에 천혼지함(天混地陷)하여 광풍이 대기(大起)하며 비사주석(飛沙走石)[30]하여 향화등촉(香火燈燭)을 다 거꾸러쳐 소화(消火)하고 난데없는 적발환안(赤髮環眼)의 황건역사(黃巾力士)가 황씨 모녀를 만(7)장(萬丈) 회수하여 던지니 비각(臂脚)[31] 두골(頭骨)이 깨어져 유혈(流血)이 일신을 잠갔으니 다만 빌어 왈,

"지죄(知罪)[32] 지죄(知罪)라. 천신(天神)은 용서하소서."

역사(力士)가 노기를 발하여 절학(絶壑)에 던지매 인사를 모르는지라. 좇았던 차환(叉鬟)의 무리 떨고 수풀에 엎디었다가 화세(火勢) 끊어지고 바람이 진(盡)한 후 비로소 일어나 보니 황씨 모녀가 혼절하였다가 겨우 정신을 차려 제녀(諸女)를 당부하여 신령의 작변지사(作變之事)를 불출구외(不出口外)[33]하라 하니 제녀가 비록 응대하나 심하(心下)에 요악히 여겨 천조 운수가 대길(大吉)할 바를 알더라.

오히려 날이 밝지 않았고 전기, 황축이 장중(帳中)에 촉을 밝혀 음주한담(飮酒閑談)이러니 문득 황씨 모녀가 일신에 유혈이 낭자하였거늘 양적(兩賊)이 대경하여 실색 문지(問之)하(8)니 황녀는 묵묵하고 교주가 왈,

"송군이 차사(此事)를 알진대 필연 웃을지라. 우리 일을 극진히 하더니 홀연 공중으로

---

27 죄오다: 재촉하다.

28 솔난(率難): 통제가 되지 않아 질서가 잡히지 않음.

29 즐퇴(叱退): 꾸짖어 물리침.

30 비사주석(飛沙走石): 모래가 날리고 돌멩이가 구른다는 뜻으로, 바람이 세차게 부는 것을 이르는 말.

31 비각(臂脚): 팔과 다리.

32 지죄(知罪): 자기가 저지른 죄를 앎.

33 불출구외(不出口外): 입 밖으로 내지 않음.

자객이 내달아 여차여차하고 물건 상탁(床卓)[34]을 분쇄하고 아등(我等)을 죽이려 하나 촌철(寸鐵)[35]이 없어 이리 중상(重傷)하여 돌아왔노라."

양적이 경혹(驚惑) 왈,

"어찌 이럴 변(變)이 있으리오? 자못 괴이하도다."

황씨 왈,

"아등이 일찍 대사를 도모하매 먼저 산령토신(山靈土神)을 위치 않았으니 산령이 어찌 노(怒)치 아니리오."

양적이 과연(果然)하나 교주 요물이 신장의 수죄하던 말을 생각고 자못 송구(悚懼)하더라. 황씨 모녀가 피 묻은 의상을 벗고 상처를 조리할새, 이 곧 천신이 준 벌이라 약효가 무감(無感)하니 날포[36] 신음(呻吟)하여 고통하는지라. 양진(兩陣)이 고요(9)하여 수월(數月) 쟁전(爭戰)을 그쳤더니, 어시에 운계 진인이 진중에 유처(留處)하연 지 순여(旬餘) 일에 참모가 상처가 완합(完合)하고 기부(肌膚)가 풍완(豊婉)이 씩씩한지라. 운사가 양 원수께 고왈,

"참모 상공 소환(所患)이 차복(差復)[37]하시고 빈도가 심산(深山)에 수도하여 거처(居處)가 안정함을 취하옵는지라. 양위 원수는 일간 고요한 곳을 빌리사 비인(鄙人) 사제를 머물게 하시면 일비지력(一臂之力)을 도우리니 한 간 처소를 청하고 불연즉(不然則) 산으로 돌아감을 고하나이다."

양 원수가 흔연히 좇은 후 정심처(精深處)로 옮기니 참모는 만류 왈,

"사부가 복(僕)을 구생(求生)하시고 진중(陣中)이 비록 번요(煩擾)하나 사부의 사제는 겹겹밀밀(密密)한 장(帳) 속에 처하심이 번극(繁劇)[38]지 아닐까 하나니 동처(同處) 순여(旬餘)에 어찌 딴 처소를 구하시나니잇가?"

(10)진인이 사양(辭讓) 왈,

"빈도는 향암(鄕闇)[39]된 졸사(拙師)라 어찌 번요한 데 머물고자 하리잇고마는 사부지명이시고 명공 창흔이 중하시니 약치(藥治)를 살피고자 함이라. 산중 빈도가 명공 안전에

---

34 상탁(床卓): 제상과 향탁(香卓).

35 촌철(寸鐵): 작고 날카로운 쇠붙이나 무기.

36 날포: 하루가 조금 넘는 동안. 적지 않은 시간 동안.

37 차복(差復): 병이 나아서 회복됨.

38 번극(繁劇): 아주 번거로움.

39 향암(鄕闇): 시골구석에 있어 사리에 어둡고 어리석음.

어찌 오래 유처하리잇고? 양 원수의 덕으로 고요한 곳에 허하시니 명공은 만류치 마소서."

언필에 운빈(雲鬢) 보협(輔頰)[40]에 화기 가득하나 단정열숙(端正烈肅)하여 추월(秋月)이 운중(雲中)에 나왔는 듯 봉정(鳳睛)이 침잠(沈潛)[41]하여 말 붙이기 어려우니 참모는 떠남을 아처하나[42] 원수는 심하(心下)에 웃고 아[43]의 소탈함을 괴이 여겨 다만 실소함을 마지아니하고 운사의 사제(師弟)를 후영(後營)에 옮기니 운사는 깃거하나 참모는 화모월태(花貌月態)를 곁에 두어 기화(奇貨)를 삼다가 연연함을 이기지 못하더라. 수(11)월 후 진인이 자란으로 하여금 장전(將前)에 고왈,

"때 정히 추풍이 일어나 요수(潦水)가 끊어지고자 하니[44] 교전 쟁봉(爭鋒)[45]할 때라. 원수는 쟁전(爭戰)하소서."

양 원수가 깃거 즉시 병갑(兵甲)을 정제하여 싸움을 바야니[46] 적진 중에서 황녀와 교주가 고통(苦痛)하는 고로 견벽불출(堅壁不出)[47]이러니 문득 송군(宋軍)이 금고(金鼓)를 울리며 싸움을 청하거늘 전기가 황축다려 왈,

"황비 모녀가 채 소성(蘇醒)[48]치 못한데 쟁전을 청하니 어찌하리오? 만일 나지 아니면 아군의 겁(怯)함을 웃으리니 내 나가 교전(交戰)할 것이니 그대는 도우라."

황축이 응낙하더라. 전기 금갑 금투구에 장창을 들고 백설(白雪) 대완(大宛)말을 타고 삼천 누라를 거느려 결전할새, 송진 중에서 대선봉 곽자위 승창약마(承槍躍馬)하(12)여 고성 대매(大罵) 왈,

"대장부가 임진(臨陣) 교봉(交鋒)하매 서로 재주로 싸우고 영웅을 겨룸이 옳거늘 여등(汝等) 쥐 무리는 요술로 인심을 현혹하니 어찌 장부의 행할 바리오? 요특(妖慝)함이

---

40 보협(輔頰): 뺨. 원문에는 '보혐'으로 되어 있음.

41 침잠(沈潛): 원문에는 '참잠'으로 되어 있으나 서강대본을 참고하여 고침.

42 아처하다: 싫어하다.

43 아: 아우.

44 요수(潦水)가 끊어지고자 하니: (가을바람이 일어나) 길바닥에 괸 물이 다하고자 하니. 왕발(王勃)의 〈등왕각서(滕王閣序)〉의 한 구절(時維九月 序屬三秋 潦水盡而寒潭淸)에서 나온 듯함. 원문에는 'ᄂᆢ쉬 긋고ᄌᆞ ᄒᆞ니'로 되어 있음.

45 쟁봉(爭鋒): 병기의 끝을 다투다는 뜻으로 전쟁을 말함.

46 바야다: 재촉하다.

47 견벽불출(堅壁不出): 굳건한 벽으로 둘러싸인 곳에서 나오지 않음.

48 소성(蘇醒): 중병을 앓고 난 뒤 몸이 회복됨.

심어구미호(甚於九尾狐)[49]로다. 금일 교전하매 사술(邪術)을 부리지 말고 용력으로 자웅(雌雄)을 결하라."

전기 청필(聽畢)에 부끄리고 노하여 왈,

"아등은 응천순인(應天順人)[50]하나니 어찌 사술을 행하리오? 천신이 도움이니 아무리 영웅호걸인들 적국이 교전 시에 경권(經權)[51]이 없으리오? 금일 너를 섬분(纖紛)[52]을 만들리라."

곽선봉이 대로하여 호안(虎眼)을 부릅뜨고 대검을 들어 교전할새 전기는 한낱 강호에 유락(流落)하여 전경(翦徑)[53]하는 무리로 쓸데없는 용한(勇悍)을 자랑하여 인촌(隣村)에 (13) 노략(擄掠)하여 주육(酒肉)으로 구복(口腹)을 채우던 오합지류(烏合之類)어늘 황씨 모녀의 능휼(能譎)[54]에 빠져 황씨 모녀로써 세상의 무적지인(無敵之人)만 여겨 우화 요니를 한고조(漢高祖)[55]의 유후(留侯)[56] 믿듯 하던지라, 가연히[57] 약마 교전하더니 삼십여 합에 전기 저당(抵當)[58]치 못하여 급히 닫다가 말에서[59] 떨어진지라. 곽선봉이 바삐 버히고자 하더니 황축이 사생을 버려 전기를 구하여 산채로 돌아오니 제적(諸賊)이 주장(主將)의 패함을 보고 싸울 뜻이 없어 사산분궤(四散分潰)[60]하니 곽선봉이 승세하여 일성(一聲) 음아(喑啞)[61]에 적장 무사렴을 버혀 마하(馬下)에 나리치니 제적이 혼비백산(魂飛魄散)하여 풍비(風飛)하는지라.

곽선봉이 제장을 지휘하여 일진을 엄살(掩殺)[62]하니 적시여산(敵尸如山)하고 혈류성천

49 심어구미호(甚於九尾狐): 꼬리 아홉 달린 여우보다 심함.

50 응천순인(應天順人): 하늘의 뜻에 응하고 사람의 도에 따름. 순리대로 함.

51 경권(經權): 경법(經法)과 권도(權道). 언제나 변하지 않는 원칙과 상황에 따라 취하는 임기응변을 비유적으로 이르는 말.

52 섬분(纖紛): 가루.

53 전경(翦徑): 강도(질).

54 능휼(能譎): 속이기를 잘함.

55 한고조(漢高祖): 한나라를 건국한 유방(劉邦).

56 유후(留侯): 한고조를 도와 한나라를 세우는 데 큰 공을 세운 장량(張良).

57 가연히: 흔쾌히.

58 저당(抵當): 맞서서 겨룸.

59 말에서: 원문에는 '말긔'로 되어 있음.

60 사산분궤(四散分潰): 사방으로 흩어져 달아남.

61 음아(喑啞): 음아질타(喑啞叱咤). 화난 감정이 일시에 터져 큰 소리로 꾸짖음.

62 엄살(掩殺): 별안간 습격하여 죽임.

(血流成川)하더라. 일색(日色)(14)이 저무니 양진(兩陣)이 쟁(錚)을 울리어 군을 각각 거두니 곽선봉이 제장을 거느려 공을 바치매 양 원수가 군정사(軍政事)에 치부(置簿)[63]하고 주육(酒肉)을 주어 삼군을 호상(犒賞)[64]하더라.

차시(此時) 운계자가 밤이면 물러가 자고 낮인즉 장중에 모여[65] 전승(戰勝) 득실을 논문(論問)한지라. 양 원수가 왈,

"금일 요인(妖人)이 접전(接戰)치 아니매 선봉이 공을 이루도다. 만일 요술 곧 만나면 어찌 공을 이루리오."

참모(參謀)가 분연(憤然) 왈,

"명일(明日) 소제 마땅히 접전하리니 어찌 요적(妖敵)을 멸(滅)치 아니리잇고?"

원수가 미소 왈,

"너는 어찌 교전(交戰)치 아냐 승패(勝敗)를 미리 아나뇨? 결단코 적진(敵陣) 중에 무슨 연고가 있어 요인이 진상(陣上)에 오지 않았나니 속설(俗說)에 궁한 도적은 따르지 말라 하였나니 현제(賢弟)는 망령된 말을 말(15)라."

참모가 왈,

"소제 실로 요적을 경적(輕敵)하다가 요술에 곤한 바가 되었거니와 다시 어찌 속으리잇고?"

원수가 불허(不許)하거늘 진인 왈,

"만사가 천의(天意)니 혜건대 참모공의 임진(臨陣)하심이 무방한지라. 원수는 허(許)하소서."

원수가 쾌허(快許) 왈,

"사부가 현제로 교전함을 이르니 명조(明朝)에 교봉(交鋒)[66]하라."

참모가 용약(踊躍)[67] 사례(謝禮)하고 명일 조조(早朝)에 참모와 곽선봉이 개갑(鎧甲)[68]을 선명히 하고 진문(陣門)에 내달아 싸움을 청하니 적진이 작일(昨日) 대패(大敗)한 고로 쉬

---

63 치부(置簿): 금전이나 물건 따위가 들어오고 나감을 기록함. 또는 그런 장부.

64 호상(犒賞): 군사들에게 음식을 차려 먹이고 상을 주어 위로함.

65 모여: 원문에는 '모라'로 되어 있음.

66 교봉(交鋒): 교전(交戰).

67 용약(踊躍): 좋아서 뜀.

68 개갑(鎧甲): 갑옷. 쇠로 된 미늘을 달아 만든 갑옷.

이 응치 못하거늘 송진(宋陣)이 적무양위(敵無佯威)[69]하여 진 밖에서 수욕(羞辱)[70]하니 전기, 황축이 분연(憤然) 출마(出馬)하여 사생(死生)을 버려 싸우니 참모가 창을 두르고 말을 몰아 꾸짖어 왈,

"금일은 요녀(妖女)[71] 음부(淫婦)를 나오라 하라. 결단코 실절(失節) 반국(叛國)한 (16)죄를 묻고 죽이리라."

전기 대로(大怒)하여 왈,

"현가 소자가 구상유취(口尙乳臭)[72]어늘 어찌 여차(如此) 교악(狡惡) 당돌하뇨? 네 어슨 체[73]하나 우리 살에 상하여 죽을 것이 무슨 방자한 말을 하나뇨?"

언파에 참모를 취하니 참모가 비록 풍전세류(風前細柳) 같고 화용(花容)이 미부(美婦) 같으나 부숙여풍(父叔餘風)으로 전재(戰才) 가장 출류(出類)한지라. 전기 출마 결전(決戰)함을 대로하여 맞아 싸워 십여 합에 승부를 결치 못하더니 전기 문득 말을 도로혀[74] 닫거늘 곽선봉이 급히 대도(大刀)를 들어 따르며 전기 머리를 치니 전기의 황금 투구가 파산하고 머리 깨어져 유혈이 돌출(突出)하니 전기 정신이 아득하여 마하(馬下)에 떨어지거늘 곽선봉이 칼을 들어 버히고자 하더니 문득 일진괴풍(一陣怪風)이 (17)일며 비사주석(飛沙走石)[75]하니 곽선봉이 분노하나 요술을 저어[76] 물러나니 송군이 쟁을 울려 군을 물리더라. 원래 괴풍과 모래 날림은 교주의 행사함이라. 아픈 것을 강잉(强仍)하여 멀리 관망(觀望)하다가 구함이라. 전기 패주(敗走)하여 돌아오니 두골이 터져 피갑에 젖었더라. 황씨 모녀가 아픔을 잊고 망극하여 누수(淚水)를 흘리고 붙들어 장중에 들어 피 묻은 의갑을 벗기고 술로써 위로하며 황축의 사생을 몰라 가로되,

"우리 모녀가 병 낫기를 기다려 접전치 아니터면 대왕이 무슨 일 이리 중상하시며 부마를 적진에 잡히리오."

---

69 적무양위(敵無佯威): 적수(敵手)가 없는 것처럼 거짓으로 위협함.

70 수욕(羞辱): 부끄럽도록 욕함.

71 요녀(妖女): 원문에는 '오녀'로 되어 있으나 서강대본을 참고하여 고침.

72 구상유취(口尙乳臭): 입에서 아직 젖내가 난다는 뜻으로, 말이나 행동이 유치함을 이르는 말.

73 어슨 체: 잘난 체.

74 도로혀: 돌이켜.

75 비사주석(飛沙走石): 양사주석(揚沙走石). 모래가 날리고 돌멩이가 구른다는 뜻으로, 바람이 세차게 붊을 이르는 말.

76 저어하다: 염려하거나 두려워하다.

전기 분연 왈,

"고어(古語)에 이른바 천망아(天亡我)[77]요 비전지죄(非戰之罪)[78]라. 우리 산채(山寨)에 호걸이 적음이 아니로(18)되 현가 소축(小畜)을 당치 못하니 차(此)는 하늘이 돕지 아님이로다. 일이 불행하여 황랑이 망하고 내 죽을지라도 현비와 여아는 심사(心思)를 초전(焦煎)[79]치 말고 부디 원수를 갚아 한당고사(漢唐故事)를 효측(效則)할지어다. 한(漢) 여후(呂后)[80]와 당(唐) 무후(武后)[81]가 천하를 두었으니 비와 교아는 가부(家夫)와 아비를 위하여 저버리지 말라."

황씨 모녀가 눈물을 뿌려 현가를 원(怨)하고 세작(細作)[82]을 보내어 황적의 사생을 탐지하더라.

재설. 현참모가[83] 황적을 생금(生擒)하여 본영에 돌아오니 곽선봉이 전기 투구와 말을 바치니 양 원수가 장대에 좌하고 제장의 공을 받을새 제장이 각각 공을 헌(獻)하니 장수(將帥)를 죽이고 마필(馬匹)을 얻은 것이 부지기수(不知其數)러라. 양 원수가 대희하여 장중에 술을 두어 삼군을 호궤(犒饋)[84]하니 환성(歡聲)이 춘풍(春風) 같더라.

황적(19)을 장하에 꿇리매 원수가 하령(下令) 왈,

"차적(此敵)이 용한(庸漢)한 유(類)가 아니라 무단히 죽이지 못하리니 명조에 버혀 기둑(旗纛)[85] 아래 제하라."

사졸이 청령(聽令)하고 계설(繫紲)[86] 속박하여 함거(檻車)에 가두니 적진 탐마(探馬)[87]가 알고 돌아가 고한대 황씨 모녀가 왈,

---

77 천망아(天亡我): 천지망아(天之亡我). 하늘이 나를 망쳤다는 뜻으로, 자기는 잘못이 없는데 저절로 망함을 탄식하여 이르는 말.

78 비전지죄(非戰之罪): 싸움에서 진 것이 아니라 운수가 나빠서 실패함을 한탄하여 이르는 말. 항우가 해하(垓下)의 싸움에서 패하고 난 뒤 탄식하여 한 말에서 유래한다.

79 초전(焦煎): 마음을 졸임.

80 한(漢) 여후(呂后): 여후(呂后)는 한(漢) 고조(高祖) 유방(劉邦)의 아내인 여치(呂雉). 아들 유영(劉盈)이 황제에 오르자 황태후가 되어 여태후(呂太后)라 불렀다.

81 당(唐) 무후(武后): 당나라 여황제 측천무후(則天武后).

82 세작(細作): 간첩.

83 황적의 사생을 탐지하더라. 재설. 현참모가: 원문에는 없으나 서강대본을 참고하여 보충함.

84 호궤(犒饋): 군사들에게 음식을 주어 위로함.

85 기둑(旗纛): 쇠꼬리로 장식한 큰 군기.

86 계설(繫紲): 묶어 맴.

87 탐마(探馬): 상대편의 동정을 살피는 사람.

"이는 하늘이 도우심이라. 우리 모녀가 병약하니 겨루든 못하나 신술(神術)을 행하면 어찌 이루지 못하리오. 송병이 양일(兩日) 전승에 예기(銳氣) 승승(乘勝)하리니 반드시 군심이 해완(解緩)[88]할 때 군을 몰아 겁(劫)측하면 뉘 능히 봉예(鋒銳)[89]를 당하리오."

전기 옳다 하고 차석에 대소 누라(嘍囉)[90]를 우양을 죽여 배불리 먹이고 일일 점고(點考)[91]하여 약속할새 차일 황씨 모녀가 적이 나은 듯한 고로 더욱 깃거 융장(戎裝)[92]을 씩씩히 하고 수천 (20)군마를 거느려 송진에 나아갈새 전기는 상처가 대단한 고로 노약(老弱) 수천을 거느려 영수(營守)하고 황씨 모녀가 대대 인마(人馬)를 몰아 송영에 다다르니 시야(是夜) 삼경에 인영(人影)이 적무(跡無)하니 진문을 닫고 영중이 고요하며 경점(更點)[93]이 드물더라. 교주 모녀가 대열(大悅)하여 적졸로 지휘하고 진문을 돌입(突入)하니 만마(萬馬)가 무인지경(無人之境)같이 진문을 깨치되 일인도 조당(阻擋)[94]하는 이 없더라. 이미 중군 장대에 미치되 황연(荒煙)한지라.[95] 계교에 빠진 줄 알고 군을 물리더니 홀연 후영 장대로서 일성(一聲) 대호(大呼)에 대군이 밀밀(密密)하여 고각(鼓角)이 진동하니 촉롱(燭籠)[96]이 여주(如晝)하고 정동(正東)에는 대선봉 곽자위요, 정남(正南)에는 대장군 위함이요, 정서(正西)에는 우선봉 장웅이요, 정(21)북(正北)에는 좌장군 호익이 나아오니, 대오(隊伍)가 정제하고 영무(英武)가 개세(蓋世)하니 개개이 용호지풍(龍虎之風)이요 비웅지상(羆熊之相)이라. 중군이 양 원수가 현참모와 제장을 거느려 겹겹이 쌌으니 비조(飛鳥)라도 날기 어렵더라.

교주가 황망하여 군을 물리고자 하나 이미 망라(網羅)[97]에 걸린 비조요 함정에 치인 호표(虎豹)라. 황황(遑遑) 실색(失色)하여 싸우지 못하고 좌충우돌하여 벗어나지 못할지라. 공중을 우러러 두어 구(句) 진언(眞言)을 염하더니 문득 음풍(陰風)이 대작(大作)하고 모래 날리며 돌이 달음질하니 송군 장졸이 눈을 뜨지 못하여 황황분주(遑遑奔走)하니 교주가

---

88 해완(解緩): 태만(怠慢).

89 봉예(鋒銳): 칼날의 날카로움.

90 누라(嘍囉): 졸개.

91 점고(點考): 명부에 일일이 점을 찍어 가며 사람의 수를 조사함.

92 융장(戎裝): 싸움터로 나아갈 때의 차림.

93 경점(更點): 북이나 징을 쳐서 알려 주던 시간. 하룻밤의 시간을 다섯 경(更)으로 나누고, 한 경은 다섯 점(點)으로 나누어서, 매 경을 알릴 때에는 북을, 점을 알릴 때에는 징을 쳤다.

94 조당(阻擋): 나아가거나 다가오는 것을 막아서 가림.

95 황연(荒煙)하다: 인기척이 없다.

96 촉롱(燭籠): 촛불을 켜 드는, 긴 네모꼴의 채롱. 종이나 무명을 발라서 만든다.

97 망라(網羅): 물고기나 새를 잡는 그물.

좌우를 헤쳐 살출(殺出)[98]하더라. 후면(後面) 장대 상에 일위 선인이 황관(黃冠) 우의(羽衣) 편편(翩翩)하니 별 (22)같은 쌍성(雙星)에 노기(怒氣) 어리어 우선(羽扇)을 들어 흑무(黑霧)를 물리치니 옥경 상선이 하강한 듯 만고무쌍(萬古無雙) 절염(絶艶)이라. 좌하에 일개 선동(仙童)이 맑은 눈이 명경(明鏡) 같고 양협(兩頰)이 도화(桃花) 같으니 비컨대 홍선랑(紅線娘)[99]인가 의심되더라. 교주가 황홀하여 다시 진언을 염하니 진군이 구름 소매를 들어 연하여 우선(羽扇)[100]으로 광풍흑무(狂風黑霧)를 걷으니 교주가 황망하여 고성(高聲) 왈,

"위국 무음군이 적세숙원(積歲宿怨)을 필보(必報)치 못하리로다."

언파에 마하에 떨어질 뻔하니 일개 도선이 양수(兩手)에 태아검(太阿劍)[101]을 두르고 나아오니 교주 모녀가 맞아 정혼(精魂)을 거두어 교봉(交鋒)할새 도선이 아미(蛾眉)를 거사리고[102] 일성(一聲) 음아(喑啞)에 황녀를 활착(活捉)[103]하여 마하(馬下)에 나리치니 황씨 황(23)망히 평생 배운 바를 다하여 달아나고자 하더니 도선이 활을 나호여 살을 만작하여[104] 쏘매 흐르는 살이 황녀의 좌목(左目)을 맞혀 거꾸르치니 교주가 기모(其母)[105]의 잡힘을 보고[106] 대로하여 쌍도(雙刀)를 두르고 달아들거늘 자란이 맞아 싸워 쌍검을 춤추어 달아드니 검광(劍光)이 섬삭(閃爍)[107]하여 교주의 일신을 감아 거의 죽을러니 문득 교주가 청새 되어 달아나고자 하거늘 자란이 벌써 보고 급히 치니 때 벌써 밤이 진하고 동방이 기명(旣明)할 때라. 교주가 기력이 진하여 대적지 못할 줄 알고 급히 일진괴풍(一陣怪風)이 되어 달아나니 요인의 환법(幻法)을 뉘 능히 이기리오. 자란이 대경하여 바삐 따르나 어데 가 찾으리오. 송진이 야전(夜戰)하여 크게 (24)이기매 승승장구(乘勝長驅)하여 적병을 무찌르니 적졸의 죽은 수를 모를레라. 평명(平明)[108]에 쟁을 울려 군을 거두고 광평왕, 현원수가 장대에 좌

---

98 살출(殺出): 힘차게 돌진하여 나아감.

99 홍선랑(紅線娘): 당(唐) 전기(傳奇) 〈홍선(紅線)〉에 등장하는 여협객.

100 우선(羽扇): 새의 깃으로 만든 부채.

101 태아검(太阿劍): 태아(太阿). 중국 초나라 보검(寶劍)의 하나. 구야자(歐冶子)와 간장(干將)이 함께 만든 것으로 용연(龍淵), 공포(工布)와 더불어 명검으로 불린다.

102 거사리다: 곤두세우다.

103 활착(活捉): 생포(生捕).

104 만작하다: 활시위를 한껏 당기다.

105 기모(其母): 원문에는 '기무'로 되어 있으나 서강대본을 참고하여 고침.

106 잡힘을 보고: 원문에는 '잡히 보고'로 되어 있으나 서강대본을 참고하여 고침.

107 섬삭(閃爍): 번쩍하고 빛나는 모양.

108 평명(平明): 해가 뜨는 시각. 또는 해가 돋아 밝아질 때.

하고 운사를 객당(客堂)에 청하여 제장의 공을 받을새 운계자가 흠신(欠身)[109] 왈,

"감히 적은 꾀로 장령(將令)을 기다리지 아니하고 제자를 보내어 적괴를 잡으라 하였더니 양위 원수는 빈도의 당돌함을 허물치 마소서."

양 원수가 칭사(稱謝) 왈,

"존사가 귀한 제자를 보내어 적괴(敵魁)를 잡게 하시니 아등(我等)의 행심(幸甚)이라. 존사의 도제(徒弟) 지혜 족하리니 가히 염려가 없으이다."

운사가 공경 불감(不敢)이러라. 곽·장 양 선봉이 적장 수십 인을 잡고 제장이 각각 적장의 수급(首級)[110]을 장전에 헌(獻)하니 마필(馬匹) 치중(輜重)[111]은 불가승수(不可勝數)[112]라. 군정(25)사가 책을 펴고 기록하더니 참모가 자란을 만나 적채(敵砦)[113]를 소화(燒火)하고 적괴 전기를 잡아 원수 장전에 납공(納貢)하니, 원래 현원수가 참모를 명하여 먼저 적채를 시살(廝殺)[114]하고 전기를 잡아오라 하였는지라. 운사는 교주의 요술을 행치 못하게 하고 자란이[115] 용문산 적진에 나아가 문 지킨 수문장다려 왈,

"낭랑과 옥주가 송진에 가 겁채(劫寨)[116]하여 송장을 죽이고 황장군을 구하여 송진을 무찌르니 송군이 사산분찬(四散分竄)[117]하고 아주(我主)가 우리를 명하여 대왕께 회보를 고하라 하시니 문을 열라."

하매 적이 의심치 아니하고 문을 열거늘 정히 문을 들 사이에 일표(一驃) 인마(人馬)가 일시에 돌입하니 차(此)는 현참모가 (26)장령(將令)을 받음이라. 적진 수문장이 놀라 웨어 왈,

"송군의 추병(追兵)이 급하니 우리 군사로 급히 문에 들고 문을 닫으라."

현참모가 당선(當先)[118] 대호(大呼) 왈,

"선진(先陣)이 어찌 너희 군사리오. 천조(天朝) 대진(大陣)이니[119] 눌만 여기는다?"

---

109 흠신(欠身): 공경하는 뜻을 나타내기 위하여 몸을 굽힘.
110 수급(首級): 전쟁에서 베어 얻은 적군의 머리.
111 치중(輜重): 군대의 여러 가지 물품을 통틀어 이르는 말. 탄약, 식량, 장막, 피복 따위.
112 불가승수(不可勝數): 너무 많아서 셀 수가 없음.
113 적채(敵砦): 적의 성과 요새.
114 시살(廝殺): 싸움터에서 마구 죽임.
115 자란이: 원문에는 '이'가 없으나 서강대본을 참고하여 보충함.
116 겁채(劫寨): 적의 소굴을 위협하거나 힘으로 빼앗음.
117 사산분찬(四散分竄): 사산분주(四散奔走). 사방으로 흩어져 재빨리 달아남.
118 당선(當先): 남보다 앞섬.
119 대진(大陣)이니: 원문에는 '디진니'로 되어 있으나 서강대본을 참고하여 보충함.

언파에 수문장(守門將)을 참(斬)하고 장중에 돌입(突入)하니 송장(宋將) 정희, 조장 등이 또한 후진(後陣)이 되어 참모를 좇아 들어가 적군을 풀 베듯 하니 적시여산(敵尸如山)하더라.

어시(於是)에 전기 머리를 동이고 장중(帳中)에 누워 조리하고 모든 차환(叉鬟)이 대후(待候)하였더니 날이 겨우 밝으매 범 같은 군사가 좌우로 살입(殺入)[120]하니 전기 교주 모녀를 기다려 침불안석(寢不安席)[121]하더니 포성(布城)[122]이 진기(振起)[123]하며 일위 도선(道仙)이 달아들어 홍삭(紅索)을 던져 수족(手足)을 (27)결박(結縛)하여 말에[124] 얹고 풍우(風雨)같이 몰아 송영(宋營)에 다다르니 전기 심혼(心魂)이 산란하여 힘힘히[125] 잡힘이 되어 가니라.

참모가 깃거 정·조 이장(二將)을 지휘하여 적혈(賊穴)을 무찌르니 적군의 항자(降者)가 부지기수(不知其數)라. 참모가 호령하여 산채(山寨)를 소화(燒火)하고 고중(庫中)에 쌓인 미백(米帛)을 나눠 제군(諸軍)을 주니 적당(賊黨)이 황감(惶感)하여 고두배하(叩頭拜賀)하더라. 장활(長闊)한 산채를 불 지르니 화세(火勢) 맹렬하여 아방궁(阿房宮) 삼월화(三月火)[126]에 비길지라. 옥기둥 대모(玳瑁) 반자[127]에 진주로 얽은 난간이 일시에 무너지니 원림(園林) 송죽(松竹)과 원산(遠山) 호표(虎豹)의 무리 한가지로 불 위에 소화하니 누린내 창천(漲天)하더라.[128]

참모가 장졸을 거느려 일시에 승전(勝戰) 개가(凱歌)를 울려 본(28)영에 돌아와 장전(帳前)에 공을 드릴새 자란이 전기, 황녀를 매어 헌공(獻供)하고 양 선봉이 적수(賊首) 천여 급(級) 헌(獻)하니 때 거의 석양(夕陽)이요 다만 배부난녀(背夫亂女)를 잃었는지라. 광평왕이

---

120 살입(殺入): 힘차게 돌진하여 들어감.

121 침불안석(寢不安席): 걱정이 많아서 잠을 편히 자지 못함.

122 포성(布城): 포장(布帳)을 둘러친 곳.

123 진기(振起): 흔들리며 우뚝 솟음.

124 말에: 원문에는 '말긔'로 되어 있음.

125 힘힘히: 부질없이.

126 삼월화(三月火): 항우(項羽)가 진 나라를 멸한 뒤 진시황(秦始皇)의 아방궁을 불살랐는데 세 달 동안이나 불이 꺼지지 않았다 함. 원문에는 '솜월하'로 되어 있음.

127 대모(玳瑁) 반자: '대모(玳瑁)'는 대모갑(玳瑁甲). 즉 대모의 등과 배를 싸고 있는 껍데기. 주로 장식품이나 공예품을 만드는 데에 쓴다. '반자'는 지붕 밑이나 위층 바닥 밑을 편평하게 하여 치장한 각 방의 윗면.

128 창천(漲天)하다: 하늘에 퍼져 가득하다.

원수를 대하여 분노하나 무가내하(無可奈何)[129]라. 도부수(刀斧手)[130]를 꾸짖어 적괴(敵魁) 전기와 황녀와 황축을 함께 참(斬)하라 하니 무사가 청령(聽令)하고 황녀 부부와 황축을 밀어 원문(轅門)[131] 밖에 내오니, 황녀 숙질(叔姪)이 전상을 바라보니 대원수 광평왕과 부원수 현공이 황금 교의(交椅)[132]에 좌하고 참모 현희문이 좌우 편장(偏將)[133]을 거느렸으니 옥안영풍(玉顔英風)이 백일조요(白日照耀)하고[134] 장한 위의(威儀)는 황홀엄숙(恍惚嚴肅)한데, 일위 도선이 황관우복(黃冠羽服)으로 객좌에 앉았(29)으니 옥모선태(玉貌仙態) 휘휘 찬찬(燦燦)하여[135] 일월이 광화(光華)[136]한 듯하니 요녀가 한번 보매 삼혼(三魂)이 이체(離體)하여 무사의 끄는 대로 나아가 형벌을 받으니 앙천대호(仰天大呼) 왈,

"교주 요녀의 지촉(至囑)[137] 곧 아니러면 산중에서 고요히[138] 부귀를 누릴 것을, 차경(此境)을 보건대 어찌 적악(積惡)을 행할 바리오."

전기와 황축이 울고 교주를 원망하더니 무사가 한 소리 호령에 삼 인의 머리를 버히매[139] 군중에 효시(梟示)[140]하고 산채 적당의 사로잡힌 자는 교유(敎諭)하여 각각 놓아 보내니라. 이에 공뇌부(功勞簿)에 운계자의 공을 올리오니 운사가 사례 왈,

"빈도는 산야궁민(山野窮民)이라. 유시(幼時)에 부모를 실산(失散)[141]한 유생으로 스승의 계훈(戒訓)을 받자와 촌공(寸功)을 도왔으나 (30)어찌 감히 공적부(功績簿)에 올려 지존(至尊)의 명감(明鑑)을 번득하리오."[142]

광평왕 왈,

"불가하다. 현사가 비록 고절청풍(孤節淸風)이 은일(隱逸)의 지개(志槪) 있으나 어찌 현

---

129 무가내하(無可奈何): 어찌할 도리가 없음.
130 도부수(刀斧手): 큰 칼과 큰 도끼로 무장한 군사.
131 원문(轅門): 군영(軍營).
132 교의(交椅): 원문에는 '교위'로 되어 있으나 문맥에 맞추어 고침.
133 편장(偏將): 대장 아래의 부하 장수.
134 백일조요(白日照耀)하다: 태양처럼 밝게 비쳐서 빛나는 데가 있다.
135 찬찬(燦燦)하다: 번쩍번쩍 빛이 나며 아름답다.
136 광화(光華): 광휘(光輝). 환하고 아름답게 눈이 부심.
137 지촉(至囑): 간곡히 부탁함.
138 고요히: 원문에는 '괴요이'로 되어 있음.
139 버히다: '베다'의 옛말.
140 효시(梟市): 효수(梟首)하여 경계하는 뜻으로 뭇사람들에게 보임.
141 실산(失散): 서로 헤어져 간 곳을 모름.
142 번득하다: 미상. '번거롭다', '번거롭게 하다'의 뜻인 듯함.

사의 뜻을 좇으리오. 만세황야(萬歲皇爺)가 현사의 대공(大功)을 표장(表章)하시는 날 현사가 만 리를 지척같이 왕래할 때 현사의 지개(志槪) 고중(高重)하나 어찌 능히 득하리오. 모로미[143] 순히 좇아 태평연월(太平烟月)에 관면(冠冕)[144]을 갖추고 홍규심합(紅閨深閤)[145]의 절세명완(絶世名婉)과 분면녹빈(粉面綠鬢)[146]의 초수미녀(超秀美女)로 당을 메우리니 어찌 산야에 골몰하리오."

원수가 이어 왈,

"천여불취(天與不取)면 반수기앙(反受其殃)[147]이라. 현사의 총명달식(聰明達識)으로 어찌 깨닫지 못하나뇨?"

운계 미급답(未及答)에 참모가 이어 가로되,

"선생이 어려서부터 초야(草野)에 생장(生長)하여 (31)경성(京城) 번화지지(繁華之地)를 못 보시므로 쾌언(快言)을 하거니와 한번 구경하라. 장안(長安) 주문(朱門)[148]의 갑제거족(甲第巨族)[149]과 예악문물(禮樂文物)을 볼진대 고체(固滯)[150] 청심(淸心)이 대풍(大風)의 토사(土砂)가 되리라."

운사가 부용쌍협(芙蓉雙頰)[151]에 훈색(纁色)[152]이 어리어 잠소(潛笑) 왈,

"참모공 말씀 같으면 한(漢) 유후(留侯)[153]의 황석공(黃石公)[154] 섬김과 엄자릉(嚴子陵)[155]의

---

143 모로미: 모름지기.

144 관면(冠冕): 갓과 면류관. 벼슬아치를 비유적으로 이르는 말.

145 홍규심합(紅閨深閤): 여인이 거처하는, 화려하게 꾸민 방.

146 분면녹빈(粉面綠鬢): 분을 바른 듯한 흰 얼굴과 윤이 나는 고운 귀밑머리.

147 천여불취(天與不取) 반수기앙(反受其殃): 하늘이 주신 것을 받지 않으면 도리어 재앙을 받는다.

148 주문(朱門): 고관대작의 집.

149 갑제거족(甲第巨族): '갑제(甲第)'는 크고 너르게 잘 지은 집. 원문에는 '갑뎨거죡'으로 되어 있으나 문맥에 맞추어 고침.

150 고체(固滯): 성품이 고집스럽고 융통성이 없음.

151 부용쌍협(芙蓉雙頰): 부용화(芙蓉花) 같은 양 볼. 원문에는 '부농쌍혐'으로 되어 있으나 문맥에 맞추어 고침.

152 훈색(纁色): 분홍빛.

153 유후(留侯): 한(漢)나라 장량(張良)의 봉호(封號). 장량은 한나라 고조(高祖) 유방(劉邦)의 공신.

154 황석공(黃石公): 장량(張良)과 진평(陳平)이 박랑사(博浪沙)에서 시황제(始皇帝)를 습격했으나 실패하고, 하비에 은신하고 있을 때 황석공(黃石公)으로부터 『태공병법서(太公兵法書)』를 물려받았다고 함.

155 엄자릉(嚴子陵): 후한(後漢)을 건국한 광무제(光武帝)의 어릴 적 친구로, 광무제가 황제가 된 이후에도 엄자릉(嚴子陵)을 친구처럼 대하여 함께 침상(寢牀)을 썼다고 함.

엄릉탄(嚴陵灘)[156]이 없으리로소이다. 지취(志趣) 각각 다르니 청운(青雲)과 백운(白雲)이 길이 다른지라. 열위(列位) 귀인(貴人)의 호변주론(好辯主論)[157]이 여차하시나 빈도는 물외인(物外人)이라 어찌 환로(宦路)의 부귀를 탐하리잇고? 명공은 다시 이르지 마소서."

언파(言罷)에 색위(色威)[158] 단엄(端嚴)하니 왕은 저두유유(低頭唯唯)[159]하고 원수는 잠소묵연이로되 참모가 와잠쌍미(臥蠶雙眉)[160]에 동황(東皇)[161]이 무르녹고 소용(笑容)(32)이 환연(歡然)[162]하여 바라보니 진인(眞人)이 사사(事事)가 뜻과 같지 못함을 심불열(心不悅)이되 불쾌하여 모운(暮雲)[163]이 춘산(春山)을 잠갔으니 절세방용(絶世芳容)이요 수출서물(首出庶物)[164]이라. 방불(彷佛)히 비컨대 숙모 연부인으로 흡사한지라. 일변 괴히 여기고 비상한 자품(資稟)[165]을 흠애(欽愛)하여 이르되,

"현사가 고중(高重)한 지취(志趣)를 자랑하시나 복(僕)[166]의 뜻에는 현사의 면모에 귀복(貴福)과 팔덕(八德)[167]이 나타나니 백운(白雲) 마을의 자지곡(紫芝曲)[168]을 외우고 황정경(黃庭經)[169]을 읊어 심산(深山)에 은거(隱居)할 기상이 아니라. 현사는 괴로이 사양치 말고 만세성주(萬歲聖主)의 보필(輔弼) 양상(良相)이 되어 화당금루(華堂金樓)[170]의 부귀를 누리소서."

---

156 엄릉탄(嚴陵灘): 엄자릉(嚴子陵)이 낚시하던 곳.

157 호변주론(好辯主論): 말을 잘하고 논의에 주견이 있음.

158 색위(色威): 기색(氣色).

159 저두유유(低頭唯唯): 머리를 낮게 숙이고 시키는 대로 순종함.

160 와잠쌍미(臥蠶雙眉): 누에가 누워있는 모양 같은 눈썹. 잘 생긴 남자의 눈썹을 표현할 때 주로 사용되는 표현임.

161 동황(東皇): 봄의 신(神). 또는 봄. 여기서는 '온화한 기운' 또는 '춘정(春情)'의 의미인 듯함.

162 환연(歡然): 기뻐하는 모양.

163 모운(暮雲): 날이 저물 무렵의 구름.

164 수출서물(首出庶物): 만물 중의 으뜸임.

165 자품(資稟): 사람의 타고난 바탕과 성품.

166 복(僕): '저'를 문어적으로 이르는 말.

167 팔덕(八德): '인의예지충신효제(仁義禮智忠信孝悌)'의 여덟 가지 덕을 가리킴.

168 자지곡(紫芝曲): 진(秦)나라 말엽에 상산사호(商山四皓)가 세상이 어지러워진 것을 보고 물러나 은거하며 지은 노래.

169 황정경(黃庭經): 도교 경전.

170 화당금루(華堂金樓): 화려하게 지은 좋은 집. 원문에는 '화당굼누'로 되어 있음.

언파에 양소가월(良宵佳月)[171]에 소색(素色)이 영자(榮滋)하니[172] 운사가 숙연 정색 왈, "빈도는 산촌야인(山村野人)[173]이라. 어찌 명공의 (33)위자(慰藉)하심[174]을 감승(堪勝)하며[175] 무슨 재주로 성주(聖主)를 광보(光輔)하리오.[176] 만승(萬乘)이 수존(雖尊)이나 불탈필부지심(不奪匹夫之心)이니 산인(山人)의 지취 소집(所執)이 다르니 다시 일러 비인(鄙人)[177]의 심회를 어즈러이리오. 다시 이르지 마소서. 연이나 빈도는 향곡촌민(鄕曲村民)이라, 연일 군무(軍務)에 참예(參預)하와 신질(身疾)이 일고자 하니 먼저 물러가나이다."

언파에 표연(飄然)히 도제(徒弟)를 데리고 후영(後營)으로 돌아가니 양 원수가 만류(挽留)치 아니하더라. 일색(日色)이 황혼(黃昏)이라. 상장(上將)과 말졸(末卒)[178]까지 차야(此夜)는 비로소 갑(甲)[179]을 벗고 말의 안장을 벗겨 인마(人馬)가[180] 쉬더니, 명조(明朝)에 다시 모여 화답하나 운사가 종일 좌를 기울이지 아니하고 단엄정색(端嚴正色)하였으니 참모의 풍륭활변(風隆活辯)[181]이로되[182] (34)산인의 고체(固滯)[183]함을 실소(失笑)하고 다시 간범(干犯)[184]치 아니하더라. 종일 진환(盡歡)[185]하고 이에 조정에 첩서(捷書)[186]를 올리고 황사(皇使)를 기다려 중지하고 안민(安民)하는 방을 붙여 제민(諸民)을 무휼(撫恤)[187]하니 사천(四川) 원근(遠近)의 향관부로(鄕關父老)가[188] 즐겨하더라.

---

171 양소가월(良宵佳月): 좋은 밤에 뜬 밝은 달.
172 영자(榮滋)하다: 무성하다.
173 산촌야인(山村野人): 원문에는 '산쵸야인'으로 되어 있으나 문맥에 맞추어 고침.
174 위자(慰藉)하다: 위로하고 도와주다.
175 감승(堪勝)하다: 감내(堪耐)하다.
176 광보(光輔)하다: 크게 돕다.
177 비인(鄙人): 자신을 낮추어 이르는 말.
178 말졸(末卒): 원문에는 '마졸'로 되어 있으나 서강대본을 참고하여 고침.
179 갑(甲): 갑옷.
180 인마(人馬)가: 원문에는 '인뫼'로 되어 있으나 문맥에 맞추어 고침.
181 풍륭활변(風隆活辯): 풍류가 넘치고 언변이 활기참.
182 이로되: 원문에는 '이로소이다'로 되어 있으나 서강대본을 참고하여 고침.
183 고체(固滯): 성품이 고집스럽고 융통성이 없음.
184 간범(干犯): 간섭하여 남의 권리를 침범함.
185 진환(盡歡): 기쁨을 다함. 잔치를 끝냄.
186 첩서(捷書): 전쟁에서 이겼음을 임금에게 고하는 글.
187 무휼(撫恤): 어려운 처지에 있는 사람을 불쌍히 여겨 위로하고 물질로 도움.
188 향관부로(鄕關父老)가: 고을의 나이 드신 어른들이. 원문에는 '향관불뢰'로 되어 있음.

운사가 날포[189] 지체하다가 본적(本迹)이 탈루(脫漏)할까 우구(憂懼)하고[190] 천 리 발섭(跋涉)[191]이 어려우니 군중에 좇아 행하고자 하더니 만일 천자의 봉공작상(奉功爵賞)[192]하는 때는 형적(形迹)이 탈루할지라. 연즉 현참모의 내상(內相)[193]을 면치 못할지니 시험(豺獫)[194]한 목자(目眥)[195]와 포려(暴戾)한[196] 호령을 생각하면 심혼(心魂)이 놀라우니 어찌 다시 왕부에 나아가 현태우 빙번(蘋蘩)[197]을 감심(甘心)하리오. 후영에 물러와 자란을 대하여 물러갈 뜻을 이르니 자(35)란이 강개(慷慨) 왈,

"부인의 혜아리신 바가 비자(婢子)의 뜻과 일반이라. 이미 군중에 종사함은 사부지명(師傅之命)이시어니와 노야가 소환(所患)이 쾌복(快復)하시고 사세(事勢) 난처함이 계시니 가만히 군중에 좇음이 비편(非便)한지라. 성의대로 하소서. 아무 촌점이나 산사에 숨었다가 소식을 탐지하여 행군함을 자시[198] 안 후 사오 일 떠져[199] 행하여 비주(婢主) 사인(四人)이 존택(尊宅)에 나아가 선처하심이 가하여이다."

소저가 영합소원(迎合所願)하여 아미(蛾眉)에 희색(喜色)이 어리어 칭지(稱旨) 왈,

"연(然)하다. 너희 슬거운[200] 의사가 자못 묘하니 무슨 시름 있으리오."

언미필(言未畢)에 신 끄는 소리 완완(緩緩)하며 일위 명공이 개호입실(開戶入室)하니 풍채 쇄연(灑然)하고[201] 옥안(玉眼)이 추공망월(秋空望月) 같으니 용호기(36)상(龍虎氣像)이요 대인지격(大人之格)이니 다른 이 아니라 참모 현공이러라. 시에 현공이 군중이 한가함을 타 운사의 화모선채(花貌仙采)를 사모하고 또 괴망(怪妄)함을 괴히 여겨 힐문(詰問)코자 운사의 뒤를 따라 비주가 무엇이라 하는고 들으니 모호하여 자서치 아니나 현상부 일컬음

---

189 날포: 하루가 조금 넘는 동안.
190 우구(憂懼)하다: 근심하고 두려워하다.
191 발섭(跋涉): 산을 넘고 물을 건너 길을 감.
192 봉공작상(奉功爵賞): 상으로 내리는 벼슬과 작위.
193 내상(內相): 남의 아내를 높여 부르는 말.
194 시험(豺獫): 승냥이같이 사나움.
195 목자(目眥): 시선. 눈초리.
196 포려(暴戾)하다: 사납다.
197 빙번: 빈번(蘋蘩). 여자의 제사 준비. 여자의 소임.
198 자시: 자세히.
199 떠지다: 사이가 뜸해지다.
200 슬겁다: '슬기롭다'의 옛말.
201 쇄연(灑然)하다: 상쾌하고 깨끗하다.

을 들으니 경혹(驚惑)하여 헤오되, '너무 빛나고 연약함을 이상히 여겼더니 원간 여자랏다. 연이나 어떤 여자이완대 언단(言端)이 자못 괴이한고?[202] 이렇듯 의심하나 소활객(疏闊客)[203]이 창졸(倉卒)에 진위(眞僞)를 판단하리오. 나의 병을 보고 군중에 머물 적은 묘맥(苗脈)이 심상치 아니하니 아모려나 보리라.' 하고 문을 열고 들어가니 운사 비주가 대경실색(大驚失色)하고 자란이 연망(連忙)히[204] 일어서(37)거늘 참모가 화연소지(和然笑之) 왈,

"복이 시호(豺虎)[205]가 아니어늘 현사의 사제(師弟) 어찌 놀라시나니요?"

운사가 정색 왈,

"고인(古人)이 당(堂)에 오르매 먼저 소리하여 사람이 알게 하라 하거늘 명공이 식리사유(識理士儒)로 어찌 행사에 경거(輕擧)하니잇고? 비인의 도제(徒弟) 귀인(貴人)을 맞는 예 없게 하시나뇨?"

인언(人言)에 쇄옥성(碎玉聲)[206]이 씩씩 한엄(寒嚴)하여 한매납설(寒梅臘雪)[207]을 띠었으며 청공(靑空) 소월(素月)이 운리(雲裏)에 교교(皎皎)한[208] 듯 도건을 숙여 공수정립(拱手正立)[209]하였으니 맑고 풍염(豊艶)[210]하여 서채(瑞彩) 휘요(輝耀)[211]하니 참모가 볼수록 애경칭복(愛敬稱服)[212]하니 어찌 술연이[213] 돌아갈 현공이리오. 거수(擧手) 칭사(稱謝) 왈,

"현사는 득도선인(得道仙人)이라. 복의 사질(死疾)을 회춘(回春)케 하시니 대은활혜(大恩闊惠) 재생은인(再生恩人)[214]이라. (38)복이 수암(雖暗)하나 현사의 후덕(厚德)을 감골(感骨)치[215] 아니리오. 여차 고로 군정이 한가하매 현사를 보고자 함이러니 현사가 책(責)하시니 광망(狂妄)함을 사례하나이다."

---

202 괴이한고: 원문에는 '괴이ᄒᆞ고'로 되어 있음.
203 소활객(疏闊客): 소활(疏闊)한 사람. '소활(疏闊)'은 꼼꼼하지 못하고 어설픔.
204 연망(連忙)히: 급히.
205 시호(豺虎): 승냥이와 호랑이. 사납고 악독한 사람을 비유적으로 이르는 말.
206 쇄옥성(碎玉聲): 옥구슬이 부서지는 듯한 맑은 소리.
207 한매납설(寒梅臘雪): '한매(寒梅)'는 겨울에 피는 매화. '납설(臘雪)'은 납일(臘日)에 내리는 눈.
208 교교(皎皎)하다: 달이 썩 맑고 밝다.
209 공수정립(拱手正立): 두 손을 모으고 바로 섬.
210 풍염(豊艶): 생김새가 살지고 아름다움.
211 휘요(輝耀): 밝게 빛남.
212 애경칭복(愛敬稱服): 사랑하고 공경하여 칭찬하고 탄복함.
213 술연이: 갑자기. 홀연.
214 재생은인(再生恩人): 원문에는 '직상은인'으로 되어 있으나 서강대본을 참고하여 고침.
215 감골(感骨)하다: 뼈에 사무치게 느끼다.

운사가 불감(不敢)함을 답사하고 자란을 명하여 행리(行李)[216]를 앗으라 하니 자란이 행리를 거두더니 행리에 소저 낭대(囊袋)[217]를 감추려 하매 문득 무지개 일어나며 옥소리 낭랑하더니 반 짝 구슬이 낭대로 솟아나니 자란이 대경하여 앗고자 하나 진주가 굴러 서기(瑞氣) 일색(日色)에 어리고 좌를 정(定)치 아니하니 어찌 사람의 손에 잡히리오. 참모 슬하(膝下)에 미쳐는 참모의 요하(腰下)[218] 낭대에 서채(瑞彩) 어리며 낭중(囊中)으로조차 반 짝 구슬이 내달아 쟁연히 울고 경객[219]에 자웅(雌雄)을 응(應)하여 한(39)낱 왼[220] 진주가 되니 장광체도(長廣體度)가 계란만 못 하되 휘휘(輝輝)한 서광(瑞光)이 위국(魏國) 십이승주(十二乘珠) 비추던 화씨벽(和氏璧)[221]의 일류(一類)라. 연소저가 철옥 심장이나 황황저상(遑遑沮喪)[222]하여 훈홍(纁紅)이 보협(輔頰)[223]에 침노(侵擄)하니 월미(月眉)[224]를 숙여 난안(赧顔)함[225]이 불가형언(不可形言)이라. 참모는 합주(合珠)의 이사(異事)를 허탄히 여기나 소년남자가 격년활별(隔年闊別)[226]에 사생존망(死生存亡)을 알지 못하고 천고성사(千古聖士)를 흉인의 독수(毒手)에 제상육(祭床肉)을 만들어 무인심처(無人深處)[227]에 옥골향신(玉骨香身)을 잃어 존문(存問)[228]을 모르니 장부 웅량(雄量)이 설설[229]하여 조운모천(朝雲暮天)에 여유소실(如有所失)[230]하고 경경불매(耿耿不寐)[231]러니 당금(當今)에 찰녀(刹女) 흉인(兇人)이 주

216 행리(行李): 행장(行裝). 행할 때 쓰는 물건과 차림.
217 낭대(囊袋): 주머니.
218 요하(腰下): 허리춤. 원문에는 '요화'로 되어 있으나 문맥에 맞추어 고침.
219 경객: 경각(頃刻). 눈 깜빡할 사이.
220 왼: 온. 온전한. 전부의.
221 화씨벽(和氏璧): 변화(卞和)가 초나라 여왕(厲王)에게 바친 옥.
222 황황저상(遑遑沮喪): 당황하여 기운을 잃음.
223 보협(輔頰): 뺨. 원문에는 '보험'으로 되어 있음.
224 월미(月眉): 반달 같은 눈썹.
225 난안(赧顔)하다: 부끄럽거나 창피하여 얼굴색이 붉어지다.
226 격년활별(隔年闊別): '격년(隔年)'은 사람 사이의 관계에서 한 해 이상 서로 통하지 않고 지냄. '활별(闊別)'은 오랫동안 헤어져 만나지 못함.
227 무인심처(無人深處): 원문에는 '무인침처'로 되어 있으나 오기인 듯함.
228 존문(存問): 안부.
229 설설: 두려워 주눅이 들거나 순종하는 모양.
230 여유소실(如有所失): 잃어버린 것이 있는 것 같음.
231 경경불매(耿耿不寐): 염려가 되어 잠을 자지 못함.

멸(誅滅)[232]하니 존망(存亡)이 경이화수중월(鏡裏花水中月)[233]이라. 비록 신몽(神夢)을 믿고 반짝 명주(明珠)를 (40)신변에 떠나지 아니나 실로 망단(望斷)[234]하더니 우녀(牛女)[235]의 작교회(鵲橋會)[236] 아니로되 사상(死傷)한 부인을 기봉(奇逢)하니 다시 보건대 이 곧 연소저가 아니요 뉘리오. 월면봉목(月面鳳目)에 동군(東君)[237]이 어리어 편편광삼(翩翩廣衫)[238] 사이로 합주를 어루만지며 부인을 투목송아(偸目悚訝)[239]하니 부인이 옥안(玉顔)을 숙여 저수묵연(低首黙然)[240]이러라.

어시에 현참모가 오매사복(寤寐思服)[241]하던 부인을 우봉(遇逢)하니 만심환열(滿心歡悅)하여 염슬부좌(斂膝趺坐)[242] 왈,

"왕사(往事)는 심한골경(心寒骨硬)[243]하니 다시 이르지 말고 평지(平地)에 풍파(風波)[244]가 상생(相生)하여 일야지간(一夜之間)에 부인의 옥골향체(玉骨香體)를 실산(失散)[245]하니 부모께 불효가 비경(非輕)하고[246] 생(生)의 고분지탄(叩盆之嘆)[247]이 양소월야(良宵月夜)[248]에 무궁(無窮)하더니 간인(奸人) 주멸(誅滅)하고 부인의 빙상도행(氷上道行)이 나타나니 양

---

232 주멸(誅滅): 죄인을 죽여 없앰.

233 경이화수중월(鏡裏花水中月): 거울 속의 꽃이요 물속의 달. 실체가 없는 허망한 것의 비유.

234 망단(望斷): 이러지도 저러지도 못하여 처지가 딱함.

235 우녀(牛女): 견우성과 직녀성을 아울러 이르는 말.

236 작교회(鵲橋會): 오작교에서의 만남.

237 동군(東君): 봄의 신. 여기서는 '온화한 기운' 또는 '춘정(春情)'의 의미인 듯함.

238 편편광삼(翩翩廣衫): 가볍게 날리는 넓은 소매.

239 투목송아(偸目悚訝): 흘깃흘깃 바라보며 의아해 함.

240 저수묵연(低首黙然): 고개를 숙이고 잠잠히 말이 없음.

241 오매사복(寤寐思服): 자나 깨나 늘 생각하여 잊지 아니하고 마음에 둠.

242 염슬부좌(斂膝趺坐): 책상다리를 하고 결가부좌(結跏趺坐)하여 앉음. 결가부좌(結跏趺坐)는 부처의 좌법(坐法)으로 좌선할 때 앉는 방법의 하나.

243 심한골경(心寒骨硬): 몹시 놀라 마음이 서늘하고 뼈가 굳는 듯함.

244 평지(平地)의 풍파(風波): 평지풍파(平地風波). 평온한 자리에서 일어나는 풍파라는 뜻으로, 뜻밖에 분쟁이 일어남을 비유적으로 이르는 말. 당나라의 시인 유우석(劉禹錫)의 〈죽지사(竹枝詞)〉에 나오는 말이다.

245 실산(失散): 흩어져 잃어버림.

246 비경(非輕)하다: 일이 가볍지 않고 중대하다.

247 고분지탄(叩盆之嘆): 아내의 죽음을 한탄함을 비유적으로 이르는 말.

248 양소월야(良宵月夜): 달이 밝고 바람이 없는 달밤.

가 부모가 참통(慘痛)하시고 복(僕)의 (41)슬프고 뉘우침이 서제(噬臍)[249]하여도 밎지[250] 못할지라. 어찌 하늘이 도우사 부인을 재봉(再逢)하였나뇨. 연이나 어찌 부인이 보명(保命)하여 가부(家夫)[251]를 사중회생(死中回生)케 하시니잇고?"

소저가 차경(此境)을 목도(目睹)하니 장차 무엇이라 은휘(隱諱)[252]하리오. 추연(惆然)히 하석청죄(下席請罪) 왈,

"비인(鄙人) 명완불사(命頑不死)[253]하여 독수(毒手)를 만나 아녀자가 어찌 보전하리잇고마는 일광 노선(老仙)의 활명대은(活命大恩)이 첩의 잔명(殘命)을 살려내신지라. 차고(此故)로 산중에 처하여 양가 부모께 불효가 비경(非輕)하오니 천하불초죄인(天下不肖罪人)이라. 어찌 안연(晏然)히 명공께 뵈오리잇고마는 일광 노사(老師)의 명으로 군자의 창처(瘡處)를 봄이요, 감히 방자하여 군자에 소유(所由)를 감추고자 함이 아니로소이다. 원컨대 군자는 비인의 당(42)돌함을 용사(容赦)[254]하소서."

설파에 백설무빈(白雪霧鬢)[255]에 서광(瑞光)이 암암(暗暗)하니[256] 우쇄부용(雨灑芙蓉)[257]이요, 향연(香蓮)이 훈풍(薰風)에 웃고자 하고 구름 사이에 명월(明月)이 일어 염용단좌(斂容端坐)[258]하였으니 안목(眼目)이 시슬한지라.[259] 참모가 칭사(稱謝)하고 문왈,

"부(婦)의 이른바 도제(徒弟) 결비남아(決非男兒)리니 하처지인(何處之人)이완대 부인께 시호(侍護)하나뇨?"

소저가 대왈,

"차녀 등(等)은 집에 있을 제 다른 이 아니라 백사(伯姒)[260] 구부인 시녀 자란이오니 세

---

249 서제(噬臍): 서제막급(噬臍莫及). 이미 저지른 잘못에 대하여 후회하여도 소용이 없음을 이르는 말. 사람에게 잡힌 사향노루가 배꼽의 향내 때문에 잡혔다고 제 배꼽을 물어뜯었다는 데서 유래한다.

250 밎다: '미치다'의 줄임말.

251 가부(家夫): 남편이 아내에게 자기 자신을 이르는 말.

252 은휘(隱諱): 꺼리어 감추거나 숨김.

253 명완불사(命頑不死): 목숨이 모질어 죽지 못함.

254 용사(容赦): 용서하여 놓아 줌.

255 백설무빈(白雪霧鬢): 흰 피부에 아름다운 살쩍.

256 암암(暗暗)하다: 깊숙하고 고요하다.

257 우쇄부용(雨灑芙蓉): 비에 씻긴 연꽃.

258 염용단좌(斂容端坐): 자숙하여 몸가짐을 조심하고 용모를 단정히 앉음.

259 시슬하다: '시서늘ᄒᆞ다'에서 온 말로 '시고 서늘하다'의 옛말.

260 백사(伯姒): 남편의 형제 가운데 맏형의 아내. 여자 동서들 가운데 맏동서를 이른다.

세지사(細細之事)[261]를 차녀다려 물으소서."

참모가 경희문지(驚喜問之)한대 자란이 탄식고 이에 궂기던[262] 설화를 일일이 고하거늘 참모가 만면 화기이성(和氣怡聲)[263]하여 부인더러 왈,

"아자(俄者)[264] 세군(細君)[265] 노주(奴主)의 사어(私語)를 일청(一廳)하였더니 너무 고집함을 말 아냐 알지라. 그리 말고 외구(外舅)와 종백(從伯)(43)이 외인(外人)이 아니시니 가부(可否)를 상확(相確)[266]할 것이요, 생과 부인이 우봉(遇逢)함은 희사(喜事)라. 어찌 처음은 복(僕)[267]의 사질(死疾)을 구하고 국가를 위하여 요적(妖賊)을 멸하시고 나중은 물러감을 궤사(詭詐)이[268] 하고자 하시나니잇고? 차(此)는 식리부인(識理婦人)의 할 바가 아니로소이다. 부인은 다시 일컫지 마시고 천의(天意)를 순(順)하소서."

소저가 유유(儒儒)[269] 양구(良久)에 피석정금(避席整衿)[270] 대왈,

"비인(鄙人)[271]의 잔질(孱質)[272]이 어찌 군자의 빙번[273]을 당하여 성문(聖門)에 종신(終身)하리잇고? 재앙이 첩다(疊多)하니 잔천(殘喘)[274]이 능히 보전하였으리오마는 일광 노사(老師)의 자비대덕(慈悲大德)으로 구활(救活)하심을 입어 산사(山寺)에 머물다가 국가에 요적이 창궐(猖獗)하여 군자귀체(君子貴體)를 상해오니 대사의 지휘대로 순여일(旬餘日) 구호함이요 요적을 (44)잡음은 자란의 공이라. 명공(明公)은 홍은(鴻恩)을 드리우사 비

---

261 세세지사(細細之事): 원문에는 '세세지지사'로 되어 있으나 문맥에 맞추어 '지'를 삭제함.

262 궂기다: 고생하다. 어려움을 당하다.

263 화기이성(和氣怡聲): 온화한 기색에 목소리를 부드럽게 함.

264 아자(俄者): 아까.

265 세군(細君): 한문 편지 따위에서, 자기의 아내를 이르는 말. 동방삭이 그의 아내를 농담 삼아 부른 데서 유래한다.

266 상확(相確): 서로 의논하여 확실히 정함.

267 복(僕): '저'를 문어(文語)적으로 이르는 말.

268 궤사(詭詐)이: 속이면서.

269 유유(儒儒): 딱 잘라 결정을 내리지 못하고 어물어물함.

270 피석정금(避席整衿): 공경의 뜻을 나타내기 위하여 웃어른을 모시던 자리에서 일어나며 옷깃을 바르게 함을 말함.

271 비인(鄙人): 비루한 사람이라는 뜻으로, 자기를 낮추어 이르는 일인칭 대명사.

272 잔질(孱質): 약질(弱質).

273 빙번: '비빙'과 비슷한 뜻인 듯함. '비빙'은 궁중에서 '비빈(妃嬪)'을 이르던 말.

274 잔천(殘喘): 아주 끊어지지 아니하고 겨우 붙어 있는 숨. 잔명(殘命).

인(鄙人)을 허(許)하여 부모 슬하에 여년(餘年)을 맞고[275] 세사(世事)를 참섭(參涉)[276]하여 다시 명공가상(明公家上)에 일컫지 아니신즉 첩수불혜(妾雖不慧)나 화봉인(華封人)의 청축성인(請祝聖人)[277]을 본받으리니 원(願) 군자는 찰납(察納)[278]하소서. 여자의 성명(姓名)이 문 밖에 나지 않음이 옳거늘 비인(鄙人)의 행사(行事)가 어찌 규문(閨門) 참덕(慙德)[279]이 아니리잇고?"

참모가 언차(言次)[280]에 만분불예(萬分不豫)[281]하나 소저의 추상지념(秋霜之念)이 붙는 불 같으니 세차(歲次)[282]를 보아 말함이 옳되 함구(緘口)함이 가(可)치 아냐 완이소지(莞爾笑之)[283] 왈,

"부인지언(夫人之言)이 어찌 여자의 종부지도(從夫之道)리오. 비록 여자가 군중(軍中)에 출입하나 성인도 경권(經權)[284]을 허하신 바라 어찌 일도(一道)만 지키리오. 연이나 예[285]서 결할 바가 아니오니[286] 돌아가 (45)양가 부모께 고하여 명(命)대로 할 뿐이라. 복(僕)이 우용(愚庸)하니 어찌 상론(相論)하리잇고?"

소저가 정금문파(整襟聞罷)[287]에 옥루(玉淚)가 구름 소매를 적셔 지취(志趣)를 종시(終是) 굴(屈)하여 현태우 부인지명(婦人之名)을 면치 못할 줄 우탄(憂嘆)하니 가탄재(可嘆哉)라. 참모가 자란을 명하여 부인을 사후(伺候)[288]하라 하고 합주(合珠)를 거두어 낭중(囊中)에 넣고

---

275 맞다: '마치다'의 준말.

276 참섭(參涉): 어떤 일에 끼어들어 간섭함.

277 화봉인(華封人)의 청축성인(請祝聖人): '화봉인'은 화(華) 땅의 봉토를 관리하던 사람이고, '청축(請祝)'은 축송한다는 의미이고, '성인(聖人)'은 요임금을 의미함. 그러므로 화 땅의 봉토를 관리하던 사람이 수(壽), 부(富), 다남자(多男子) 세 가지로 요임금을 축송한 것을 가리킴.

278 찰납(察納): 제안이나 요청을 자세히 살펴본 뒤에 받아들임.

279 참덕(慙德): 언행(言行)에 결점(缺點)이 있어서 마음속으로 부끄러워함을 뜻함.

280 언차(言次): 말과 말 사이 또는 말 속에 담긴 뜻.

281 만분불예(萬分不豫): 아주 좋지 않게 생각함.

282 세차(歲次): 간지(干支)를 따라서 정한 해의 차례. 여기서는 '차례'의 뜻.

283 완이소지(莞爾笑之): 빙그레 웃으며.

284 경권(經權): 경법(經法)과 권도(權道). 언제나 변하지 않는 원칙과 상황에 따라 취하는 임기응변을 비유적으로 이르는 말.

285 예: '여기'의 준말.

286 아니오니: 원문에는 '아오니'로 되어 있으나 문맥에 맞추어 고침.

287 정금문파(整襟聞罷): 옷깃을 여미고 바른 자세로 듣기를 마침.

288 사후(伺候): 웃어른의 분부를 기다림.

돌아가니 자란이 부인을 위로하며 왈,

"사이지차(事已至此)하오니 무가내하(舞可奈何)[289]라. 원컨대 부인은 천리(天理)를 순(順)하소서."

부인이 오열(嗚咽) 왈,

"내 어찌 이를[290] 모르리오마는 명박(命薄)한 인생이 다시 번화지지(繁華之地)를 밟을 뜻이 소연(掃然)하니 고요히 산간(山間)에 처(處)하여 부모를 받듦이 본래사(本來事)이언마는 일이 흑성궂이[291] 방금지사(方今之事)가 난처하니 어찌 차(嗟)(46)홉지 아니리오."

자란이 희허탄식(噫嘘歎息)[292] 왈,

"부인은 오히려 이미 육례를 갖추사 삼종지탁(三從之託)을 맺으시매 사이에 요인이 있어 하마 위태하실 뻔하시거늘 하늘이 정하신 인연이므로 의외에 일광대사의 구함을 입어 구구한 세월을 보내시다가 합주의 기이함을 맞추고자 지휘함이니 이는 곧 면치 못할 일이요 마침내 뜻을 세우지 못하시려니와, 천비는 무슨 곡절로 참모 상공의 호방(豪放)한 그물[293]에 걸려 죽기로 굴(屈)치 아니하다가 요인의 간계 비롯는 싹이 되어 몸을 수심(水心)에 장(葬)하오러니, 대사가 구태여 구하여 무예를 가르쳐 (47)참모공을 도와 적도(賊徒)를 잡고 부인의 장대하(粧臺下)[294]를 떠나지 말아 참모 상공을 뫼시라 하오니[295] 비자가 또다시 죽을지언정 어찌 청정히 잡던 뜻을 굴하리오마는, 벌써 하늘이 정하신 바라 무엇을 탓하며 어찌 면하리잇고? 전세사(前世事)[296]를 원탄(怨嘆)할지언정 다만 세사(世事)가 되어감만 보고자 하나이다."

말을 마치매 느껴[297] 우니 부인이 도로혀 할 말이 없는지라. 탄식 왈,

---

289 사이지차(事已至此) 무가내하(舞可奈何): 일이 이미 여기에 이르렀으니 어찌할 도리가 없음.

290 이를: 원문에는 '일을'로 되어 있으나 서강대본을 참고하여 고침.

291 흑성궂이: 짓궂게. 원문에는 '흑셩구지'로 되어 있음.

292 희허탄식(噫嘘歎息): 한탄하여 한숨을 쉼. 또는 그 한숨.

293 참모 상공의 호방(豪放)한 그물: 원문에는 'ᄎᆞᆷ모 상공의게 호방ᄒᆞ고 긔물'로 되어 있으나 문맥에 맞추어 고침.

294 장대하(粧臺下): 장대는 부녀자의 화장용 경대(鏡臺)로, 규방을 뜻하기도 함. 부인을 직접 지칭하기가 외람되어 그의 장대를 들어 말한 것임.

295 뫼시라 하오니: 원문에는 '뫼시고'로 되어 있으나 서강대본을 참고하여 고침.

296 전세사(前世事): 전생(前生)의 일.

297 느끼다: 서럽거나 감격에 겨워 울다.

"세상의 구차함은 여자라 수한수원(誰恨誰怨)[298]이리오. 너의[299] 맑은 지개로써 능히 천리(天理)를 좇아 말이 여차하니 내 도로혀 사리(事理)를 모름에 가깝도다. 아모커나 너와 내 혈혈(孑孑) 아녀자가 다시 어데를 지향하리오. 마지못하여 경사(京師)에 따라 올라가 부모존당(父母尊堂)의 문안이나 알고 자애하(48)시던 구고존당(舅姑尊堂)께 이우(貽憂)[300]를 덜고 다시 사정을 주달(奏達)하여 뜻을 세우고자 하나 어이 허락함을 얻으리오."

하고 노주가 울울탄돌(鬱鬱嘆咄)[301]하더라.

차시 참모가 장중에 돌아오매 마음이 스스로 기쁨을 이기지 못하여 양 원수께 나아가니 현원수가 눈을 들어 참모를 보고 이윽히 살피더니 웃고 물어 가로되,

"현제 금일 면상(面上)에 춘풍(春風)이 화난(和暖)하니 무슨 기쁨이 있나뇨? 명주기합(明珠奇合)하는 희사(喜事)[302]가 있느냐?"

광평왕은 무심히 듣고 참모가 종백(宗伯)[303]의 신명예지(神明叡智)함을 놀라고 항복하여 이에 낭중(囊中)으로조차 합주(合珠)를 내어 놓으며 전후수답(前後酬答)[304]을 고하고 왈,

"이제 소제(小弟)의 박정(薄情)하던 일을 새로이 원한(怨恨)하여 말씀이 여차여차하오니 소(49)제 이리이리 말하였사오나 장부(丈夫)의 처치(處置) 구구(區區)할 바를 탄(嘆)하나이다."

양 원수가 귀로 말을 들으며 합주를 보니 크게 기이하여 서기(瑞氣) 방광(放光)[305]한지라. 광평왕이 놀라 왈,

"이는 곧 벽진주(璧珍珠)로소니 현경(玄卿)이 위혜왕(魏惠王)[306]이 아니어늘 어데서 얻었으며 운사를 가리켜 연씨라 함은 하등사야(何等事也)오."

현원수가 웃고 말을 펴 연씨의 모야(暮夜) 봉변하던 말과 요인이 작사(作事)하여 연씨

---

298 수한수원(誰恨誰怨): 누구를 한하고 누구를 원망함.

299 너의: 원문에는 '너희'로 되어 있으나 서강대본을 참고하여 고침.

300 이우(貽憂): 남에게 근심과 걱정을 끼침.

301 울울탄돌(鬱鬱嘆咄): 마음이 매우 답답하여 혀를 차며 탄식함.

302 희사(喜事)가: 원문에는 '희석'으로 되어 있으나 서강대본을 참고하여 고침.

303 종백(宗伯): 사촌 맏형을 남에게 이르는 말.

304 전후수답(前後酬答): 앞뒤 묻는 말에 대답함.

305 방광(放光): 빛을 내 쏨. 원문에는 '방랑'으로 되어 있으나 문맥에 맞추어 고침.

306 위혜왕(魏惠王): 전국시대 위혜왕(魏惠王)은 제나라 위왕에게 "우리나라가 비록 작기는 하지만 그래도 수레 12대의 전후를 각기 비출 수 있는 직경 한 치 되는 구슬이 열 개가 있다."고 함.

를 없이한 후 다시 자란을 없이하고 요사를 짓던 말과 일광대사가 연씨와 자란을 구하여 희문을 구하고 요도(妖徒)를 잡게 하였으나, 저적[307] 희문이 몽중에 여차여차(如此如此)하여 이 구슬 반 짝을 얻고 신인이 분명 여차여(50)차 이르매 꿈 깨어 보니 몽중사(夢中事)는 허탄하나 구슬은 수중에 있는지라 자못 허탄(虛誕)[308]히 아나 천리를 예탁(豫度)[309]지 못하여 장(藏)하라[310] 하였더니, 조화(造化)[311]의 신이함이 이러하옵고 아[312]의 말이 여차하매 제 스스로 부명(賦命)[313]의 기구함을 한하여 아의 실중(室中)에 들기를 꺼림이니 허물이 다 아가 당할지라 수한수원(誰恨誰怨)이리잇고?

광평왕이 청파(聽罷)에 격슬탄상(擊膝嘆賞)[314] 왈,

"신재(神哉)며 기재(奇哉)로다. 운사의 사제 원래 연씨와 자란이랏다.[315] 이는 천고의 희사(稀事)니 이미 모르면 하릴없거니와[316] 합주(合珠)의 기이함으로조차 안 연후야 어찌 혈혈(孑孑)한 여자로서 고고히 돌아가 지향이 없게 하리오. (51)희문이 오히려 전일 박정함이 남았도다."

현원수가 옥안영풍(玉顏英風)에 화한 웃음을 띠어 왈,

"존당 부모가 연수(嫂)의 사생을 모르시므로 한 심우(心憂)가 되어 계시더니 금자(今者) 회환(回還)에 고할 말씀이 빛[317]이 있으려니와 아의 주견(主見)은 연수의 지개(志概)를 좇고자 하느냐?"

참모가 양미(兩眉)를 찡기어 대왈,

"소제의 성도가 괴이하와 여자의 과격함은 진정 싫어 말하기 괴로운지라. 소제 비록 처음에 그릇 액운(厄運)[318]에 면치 못하여 저버림이 있사오나 이제는 깨달아 다시 화락

307 저적: 지난번에, 접때에.

308 허탄(虛誕): 원문에는 'ᄒᆞ탄'으로 되어 있으나 서강대본을 참고하여 고침.

309 예탁(豫度): 예측. 원문에는 '혜탁'으로 되어 있으나 서강대본을 참고하여 고침.

310 장(藏)하라 하였더니: 원문에는 '못ᄒᆞᄂᆞ니라'로 되어 있으나 서강대본을 참고하여 고침.

311 조화(造化): 원문에는 '됴하'로 되어 있으나 서강대본을 참고하여 고침.

312 아: 아우.

313 부명(賦命): 천명(天命).

314 격슬탄상(擊膝嘆賞): 무릎을 치며 탄복함.

315 랏다: '구나'의 옛말.

316 하릴없거니와: 원문에는 '호일거니와'로 되어 있으나 문맥에 맞추어 고침.

317 빛: 생광(生光). 체면이 섬.

318 액운: 원문에는 '이운'으로 되어 있으나 서강대본을 참고하여 고침.

기를 바라거늘 제 군이 전일을 한하여 피(避)코자 하거늘 소제 어찌 구구히 애걸하리잇고? 이러므로 저의 거취를 임의로 하게 하고자 함이니(52)이다."

현원수가 탄왈,

"외라,[319] 시하언야(是何言也)오. 현제(賢弟) 오히려 깨닫지 못하도다. 연수(嫂)는 만고성염(萬古聖艶)이시라. 비록 전일 아의 박행(薄行)을 한함이 있으나 어찌 대절(大節)을[320] 알지 못하시리오. 아는 고집지 말고 설설(屑屑)한[321] 처자(妻子)로 대접지 말라. 수연이나 연수(嫂)가 사기(事機) 탈루(脫漏)하매 이곳을 비편(非便)히 여기리니 모로미 우형(愚兄)으로 나아감이 마땅토다."

참모가 유유(唯唯)하니[322] 광평왕 왈,

"내 비록 저의 외구(外舅)나 실은 당내숙질(堂內叔姪)이나 다름없는지라 오역왕견(吾亦往見)하리라."

삼인(三人)이 개소(皆笑)하고 일어나 후당에 이르니 차시(此時) 연소저가 자란으로 더불어 자탄불예(自嘆不豫)하더니 문득 창외(窓外)에 인적이 훌훌하며[323] 삼인이 개호입실(開戶入室)(53)하니 연소저가 놀라 거안시지(擧眼視之)하니 광평왕과 참모 곤계라. 놀라 연망(連忙)히[324] 일어나 맞으매 삼인이 좌정(坐定)하고 소저의 좌(坐)를 청하여 멀리 앉으매 현원수가 거수칭사(擧手稱謝)[325] 왈,

"가운이 불행하여 요인이 작변(作變)하매 아[326]가 실성(失性)하고 현수(賢嫂)가 모야(暮夜) 사망지화(死亡之禍)를 당하시매 능히 자최를 구치 못하고 존당 부모가 과념(過念)[327] 하시고 요인을 잡으매 실사(實事)가 드러나나 현수(賢嫂)의 존망을 모르와 가중 상하가 주야 우황(憂惶)[328]하는 중 아가 비로소 전일을 회과(悔過)하여 숙염(淑艶)을 저버린

---

319 외다: '그르다'의 옛말. 옳지 않다.

320 대절(大節)을: 원문에는 '대절(大節)이'로 되어 있으나 서강대본을 참고하여 고침.

321 설설(屑屑)하다: 자잘하다. 구구하다

322 유유(唯唯)하다: 시키는 대로 순종하다.

323 훌훌하며: '훌훌'은 가볍게 날듯이 뛰거나 움직이는 모양. 원문에는 '훌훌ᄒᆞ면'으로 되어 있으나 서강대본을 참고하여 고침.

324 연망(連忙)히: 황급히.

325 거수칭사(擧手稱謝): 손을 들어 사례함.

326 아: 아우.

327 과념(過念): 지나치게 염려함.

328 우황(憂惶): 근심하며 두려워함.

탄(嘆)이 망자산(望子山)[329]에 미치나[330] 존수(尊嫂)를 어찌 찾으리오. 장부의 분한 탄식이 쉴 새 없더니 천우신조(天佑神助)하와 일광 대사가 현수(54)의 절행재덕(節行才德)을 아껴 힘써 구하여 아의 병을 구하고 요적을 소멸하여 국가에 대공을 세우고 금일 다시 수숙(嫂叔)의 예를 베풀어 회환상경(回還上京)하오매 영존당 합내(閤內)와 생의 존당 부모의 환희쾌락(歡喜快樂)하실 바를 하례하나이다."

하더라.

329 망자산(望子山): 집 가까이 있는 산으로, 어버이가 집 떠난 자식 돌아오기를 기다리는 산.

330 미치나: 원문에는 '이츠나'로 되어 있으나 서강대본을 참고하여 고침.

권지이십오

종(終)

(1)차설. 연소저가 종숙숙(從叔叔)[1]의 말을 들으매 새로이 수괴(羞愧)함을 이기지 못하여 옥안화협(玉顔華頰)에 도화(桃花) 일천 점이 만발(滿發)하고 반월 같으니 아황미(蛾黃眉)에 모운(暮雲)이 자욱하여 저수(低首)[2] 공경 대왈,

"첩의 액회(厄會)[3] 비상하고 요인(妖人)이 작변(作變)하오니 존문(尊門)이 요란하고 구가(舅家) 본가(本家) 존당(尊堂) 부모께 이우(貽憂)[4]를 끼치옵고 백년군자[5]께 허물이 비치와 유사지심(有死之心)하고 무생지기(無生之氣) 하옵더니 요인이 악을 크게 발하여 모야(暮夜)에 첩을 겁탈하여 만장절학(萬丈絶壑)[6]에 명(命)을 끊으려[7] 하거늘, 오히려 첩의 잔명이 죽을 때 아니므로 일광대사가 구하여 산중에 머무르고 외도(外道)를 가르치오니 이 어찌 (2)첩의 소원이오며 혈혈(孑孑) 여자가 규행(閨行)을 버려 산중에 묻히리잇

1 종숙숙(從叔叔): 사촌 시숙.

2 저수(低首): 머리를 낮게 숙임. 저두(低頭).

3 액회(厄會): 재앙이 닥치는 기회. 특별한 고비.

4 이우(貽憂): 남에게 근심, 걱정을 끼침.

5 백년군자: 남편.

6 만장절학(萬丈絶壑): 원문에는 '만장격학'으로 되어 있음.

7 끊으려: 원문에는 '긋치려'로 되어 있음.

고마는, 대사가 천명으로 저히고[8] 백사비(伯姒婢)[9] 자란이 또한 여차여차 봉변하와 대사가 또한 구하여 이미 머물러 있는지라 하릴없이 상의하여 명도(命途)를 탄하고 세사가 되어감만 볼 뿐이러니, 홀연 몽사가 괴이하와 여차여차하온 중 반 짝 명주 완연히 수중에 있으매 자못 요괴로움을 불예(不豫)[10]하거늘 대사의 신명하옴이 벌써 첩의 몽사를 알고 여차여차 이르더니 모일(某日)에 환약을 주며 이리이리 하라 하오매 마지못하와 대사의 명을 받들어 나아와 신기히 무사하오나, 첩이 규중을 버리고 산중에 오유(遨遊)[11]하여 양가 존당에 불효를 끼치옵고 모야(暮夜)(3)에 부지거처(不知去處)하온 아름답지 아닌 말이 가국(家國)에 소요(騷擾)하오니 어찌 다시 살고자 하리오? 대사의 명으로 가군(家君)의 병을 쾌소(快蘇)[12]하고 도적을 삭멸(削滅)함을 보오매 돌아가옴이 급하온지라 행장을 수습(收拾)하옵더니 의외 가군이 입실하와 수작간(酬酌間)에 홀연 반 짝 명주가 여차여차하여 가군의 명주와 합주(合珠)하오매 첩의 사기(事機)[13] 누설하온지라. 더욱 진퇴양난(進退兩難)하와 몸 둘 바를 알지 못하리로소이다."

말씀을 마치매 옥성(玉聲)이 도도하여 옥반(玉盤)에 진주를 굴리고 기산(岐山)에 어린 봉(鳳)이 우는[14] 듯하는[15] 중 척척(慽慽) 애연(哀然)하니, 현원수가 흠신(欠身)[16] 공경하여 듣기를 다하매 일성 장탄(一聲長歎)에 다만 위로 왈,

"현수(賢嫂)의 이렇듯 하심은 오문(吾門) 운액(運厄)이요 아[17]의 불명(不明)함이라. 오(4)문 화란이 만성(萬姓)[18]에 훼자(毁訾)[19]하여 아의 가제(家弟) 불인(不仁)함이 현출(顯出)할

---

8 저히다: 위협하다. 두렵게 하다.

9 백사비(伯姒婢): '백사(伯姒)'의 계집종. '백사(伯姒)'는 남편의 형제 가운데 맏형의 아내. 여자 동서들 가운데 맏동서.

10 불예(不豫): 기뻐하지 않음.

11 오유(遨遊): 즐겁게 놀며 지냄.

12 쾌소(快蘇): 원문에는 '케쇼'로 되어 있으나 서강대본을 참고하여 고침.

13 사기(事機): 일이 되어가는 중요한 기틀.

14 우는: 원문에는 '웃는'으로 되어 있으나 서강대본을 참고하여 고침.

15 기산(岐山)~듯하는: 기산은 중국 섬서성에 있는 산으로 주 왕실의 발상지임. 주 문왕 때 이 기산에서 봉황이 울었다 함.

16 흠신(欠身): 경의를 나타내기 위해 몸을 굽힘.

17 아: 아우.

18 만성(萬姓): 만민(萬民).

19 훼자(毁訾): 헐뜯음.

지언정 현수를 허물하는 이 없고 또한 요인(妖人)이 복초(服招)[20]하매 현수의 절행이 옥무하(玉無瑕)함을 만성(萬姓) 인민이 소공지(所共知)요 성상 일월지명(日月之明)이 진가(眞假)를 아오사 십삼생[十三省]에 반조(頒詔)[21]하여 현수의 사생존망(死生存亡)을 구색(求索)하라 하오신 교지(敎旨) 이미 오래거늘 현수가 대절(大節)을 물리치고 소절(小節)을 생각하여 부모 존당의 절우(絶憂)를 돌아보지 아니시고 장차 어데로 향하리잇고? 왕사(往事)는 이의(已矣)라 다시 일컬을 바가 없사오니 현수는 전일 숙행(淑行)으로써 아의 불명함을 운액에 부쳐 허물치 마오시고 영친(令親) 존당 부모와 오문(吾門) 존당 부모 숙당(叔堂)의 숙식(宿食)을 폐하기에 이르오신 절우(絶憂)를 생각하사 일승(一乘) 소교(小轎)에 (5)자란을 데리시고 함께 상경하심이 마땅할까 하나이다."

소저가 진수(螓首)[22]를 숙여 능히 대(對)치 못하니 광평왕이 또한 위로하며 고집지 말라 하고 이윽이 한담하다가 자란을 부탁하여 소저를 보호하라 하고 나올새, 군중이므로 복색을 고치라 함이 없고 황상(皇上) 비답(批答)[23]을 받자온 후 상경할 바를 이르고 삼인이 장중(帳中)에 돌아오니 일일에 한 차(次)씩 들어가 위로하기는 참모공이러라.

이러구러 여러 날이 지나매 문득 경성으로조차 예관이 조지(詔旨)를 받들어 이르니 이는 곧 다른 이 아니라 예부상서 현희천이라. 현원수의 사제(舍弟)니 청덕(淸德) 명망(名望) 벼슬이 예부상서가 되어 자원하여 이름이러라. 삼종형제 반겨 서로 손을 잡고 먼저 성체(聖體)[24] 안강하심과 (6)부모 존당의 기후(氣候)[25]를 물어 탐탐(耽耽)[26]한 설화가 일필난기(一筆難記)요, 광평왕이 또한 반겨 가향(家鄕) 소식을 묻고 이에 비답을 받자와 향안(香案)[27]에 뫼시고 북향사배(北向四拜) 후 조서를 개람(開覽)하니, 대개 '짐의 박덕함으로 산간 요적이 반역하매 짐이 숙식을 폐하고 주야 근심하더니 광평왕과 현희백, 현희문 삼 인의 충무 영재로 도적을 소멸하고 도탄(塗炭)[28]에 든 백성을 건지니 이 어찌 불세지공(不世之

20 복초(服招): 죄를 시인함.
21 반조(頒詔): 임금의 명을 널리 알림.
22 진수(螓首): 매미의 시원하고 넓은 이마. 미인의 이마를 비유함.
23 비답(批答): 상소(上疏)에 대한 임금의 대답.
24 성체(聖體): 임금의 몸을 높여 이르는 말. 성궁(聖躬).
25 기후(氣候): 기체후(氣體候). 남의 안부를 물을 때 그 사람의 기력이나 체력 상태를 높여 이르는 말.
26 탐탐(耽耽): 즐거워하고 기뻐함.
27 향안(香案): 제사 때 향로나 향합(香盒)을 올려놓는 상. 향상(香床).
28 도탄(塗炭): 몹시 곤궁하거나 고통스러운 지경.

功)[29]이 아니리오. 경 등은 백성을 안무(按撫)[30]한 후 즉일 상래(上來)하여 군신이 반기게 하라.' 하였더라. 받들어 보기를 다하매 예부로 더불어 장중에 오를새 예부가 이에 가서(家書)를 내어 사백(舍伯)과 종제(從弟)에게 전하고 왕부 서찰을 광평왕께 전하니 삼 인 개람(開覽) 희견(喜見)하매 문득 경동(驚動)(7)희색하여 문왈,

"이는 곧 천고희사(千古喜事)요 하늘이 요인을 죽이심이로다."[31]

광평왕이 또한 한가지로 보고 대희 왈,

"설매와[32] 교주의 달아남으로부터 또 무슨 작변이 있을까 하여 무일경경(無逸耿耿)이러니 이제 잡아 죽였으니 무슨 근심이 있으리오마는 금환 등 사아(四兒)가 능히 죽임이 이 어찌 희사가 아니리오."

예부가 왈,

"도차(道次)에 진설(盡說)치 못하오나 요녀 등 실포(失捕)함을 황상이 들으시고 근심하시더니 및 잡아 죽임을 주(奏)하매 대열하사 구태여 비답에 일컫지 아니시고 반기시는 날 말씀하시고자 하더이다. 수연(雖然)이나 운계자는 하등지인(何等之人)이완대 능히 문제(弟)의 병을 고치고 도적을 잡으니잇고?"

현원수가 화안성모(和顏星眸)[33]에 춘풍이 화난하여 왈,

"우형(愚兄)(8)은 운계자로써 일개 도선(道仙)인가 하였더니 뉘 도로혀 명주가 기합(奇合)하고 연수(嫂)가 생존하신 줄 뜻하였으리오."

예부가 청차(聽此)에 대희환열(大喜歡悅)하여 전후사연을 물어 알고 격슬탄상(擊膝歎賞) 왈,

"아름답도소이다. 연수의 성덕으로 요물에[34] 맞지 아닐 바를 바히 모름은 아니오나 기간 사고가 여차하도소이다. 수연(雖然)이나 소제(小弟) 비록 수숙(嫂叔)[35]의 서어(鉏鋙)[36]함이 있사오나 금차 발행에 나아가 치사(致謝)함을 아니치 못하올지라 나아가사

---

29 불세지공(不世之功): 세상에 드문 매우 큰 공로.

30 안무(按撫): 백성의 사정을 살펴 어루만져 위로함.

31 죽이심이로다: 원문에는 '죽이시리로다'로 되어 있으나 서강대본을 참고하여 고침.

32 설매와: 원문에는 '설미왈'로 되어 있으나 서강대본을 참고하여 고침.

33 화안성모(和顏星眸): 부드럽고 온화한 얼굴과 빛나는 눈동자.

34 요물에: 원문에는 '요물이'로 되어 있으나 서강대본을 참고하여 고침.

35 수숙(嫂叔): 형(제)수와 아재비.

36 서어(鉏鋙): 뜻이 맞지 않거나 익숙하지 않아 서름서름함.

이다."

모두 연(然)타 하고 나아가고자 하더니 현원수가 말려 왈,

"불연(不然)하다. 연수의 지개(志槪)로써 왕사를 생각고 여차여차 고집하거늘 우리 사리로써 무수히 해유(解諭)하였으나 일습(一襲) 도의(道衣)로 일개 자란을 데리고 진퇴양난(進退兩難)하여 치신무지(置身無知)[37](9)하거늘 현제 나아가매 더욱 수치(羞恥) 난연(赧然)[38]하리니 모로미 잠연(潛然)[39]하여 저의 마음이 편케 함이 옳을까 하노라."

예부가 옳이 여겨 수명(受命)하고 광평왕이 명조(明朝)에 발행(發行) 회환(回還)하는 영을 군중에 나리니 제군 장졸이 환천희지(歡天喜地)[40]하고 파서(巴西) 태수와 인읍(隣邑) 수령이 잔치를 베퍼 기악을 갖추어 이르렀더라. 명일 조조(早朝)에 크게 잔치하여 만군 장졸이 즐기고 발행할새, 현원수가 참모로 더불어 일승(一乘) 교자(轎子)를 얻어 건실한 군관 사십 명을 뽑아 운사에게 이르러 상경함을 권하니 소저가 만만 불편하나 하릴없는지라. 경대(鏡臺)를 펼쳐 약간 장소(妝梳)[41]를 이루고 도의(道衣)를 벗어 후리치고[42] 이미 입었던 홍상녹의(紅裳綠衣)를 개착하고 교자(10)에 오르매 자란이 또한 담장청의(淡粧青衣)로 소교를 타 뒤에 서매, 사십 명 군관이 호위하고 예부가 뒤떨어져 완완(緩緩)히 행하여 행도를 살피나 구태여 상견치 아니하니 그 마음을 편케 함이라. 일로에 보호하여 행할새 원수의 대군은 앞을 서고 연소저의 행도는 이십 리는 떨어져 뒤에 행케 하니 태수와 수령 방백(方伯)이며 만군 장졸이 비로소 운사가 곧 현참모의 부인임을 알고 모두 깃거 손등 타(打)[43] 신기함을 일컫고 치하(致賀)가 분분하더라. 태수 등은 물러가고 대군을 기(旗)발을 두루혀[44] 북으로 행할새 승전고를 울리고 가향(家鄕)을 바라 행하매 걸음이 빠르고 현공 곤계(昆季)의 충효로 군친을 영모(永慕)하는 정성이 간절하매 몸에 (11)우익(羽翼)이 없음을 한하니 어찌 바쁘지 아니리오마는 만군장졸의 구치(驅馳)[45]할 바를 연소저 일행이

---

37 치신무지(置身無知): 몸을 어디에 두어야 할지를 모름.

38 난연(赧然): 얼굴을 붉힘.

39 잠연(潛然): 잠잠.

40 환천희지(歡天喜地): 하늘을 우러러 기뻐하고 땅을 굽어보며 기뻐한다는 뜻으로, 대단히 기뻐함을 이르는 말.

41 장소(妝梳): 몸단장.

42 후리치다: 감추다.

43 손등 타(打): 손등을 쳐. 손등을 두드려.

44 두루혀: 돌이켜.

45 구치(驅馳): 말이나 수레를 몰아 빨리 달림.

완완히 행하여 편케 함으로 세월을 천연(遷延)[46]하오나 열로(列路) 각 읍(邑)의 지영지송(祗迎祗送)[47]이 장려하고 소과(所過) 군현(郡縣)의 계견(鷄犬)도 놀래지 아니하더라.

아지 못게라. 교주 요녀와 설매 요녀가 어찌하여 천주(天誅)[48]를 받은고? 하회를 보라.

화표. 선시(先時)에 요녀 설매 설낭중 부중(府中)에서 진태부인으로 더불어 일장을 힐난하여 고식(姑媳)의 전쟁을 이루고 사기 탈루(脫漏)할까 겁(怯)하여 즉시 가죽 줌치[49]에 견혈(犬血)을 넣어 진언(眞言)을 염하여 거짓 주검을 이루고 금선탈각계(金蟬脫殼計)[50]를 베퍼 일진 괴풍(怪風)이 되어 반공(半空)에 솟아나오니 뉘 능히 알리오? 바로 상(12)부에 이르니 이때 우화를 복초(服招)[51] 받는 때라. 전상을 바라보니 잠미봉안(蠶眉鳳眼)[52]에 엄위를 발하여 수좌에 앉은 이는 평제왕이요, 좌우에 뫼신 옥골선풍(玉骨仙風)의 추수봉정(秋水鳳睛)으로 부왕을 받들어 사일(斜日)이 고요하니 이는 총재 곤계(昆季) 등이요, 계하(階下)에 엄준한 군관이 열립(列立) 호령하고 범 같은 나졸이 붉은 매[53]를 메웠으며[54] 다시 오형(五刑)[55]을 갖추었고 유혈(流血)이 낭자(狼藉)한 곳에 일개 노승이 포복(怖伏)[56]하여 감히 고개를 들지 못하고 반생반사(半生半死)하여 삼혼(三魂)[57]은 운소(雲宵)에 높이 뜨고[58] 칠백(七魄)은 거의 풍도(酆都)[59]를 향하는 듯하더니 설낭중이 다시 문초하매 자란 주검 감춤을 직초(直招)하니 이 분명 우화가 아니요 뉘리오.

---

46 천연(遷延): 시일을 미루어 감. 지체함.

47 지영지송(祗迎祗送): 공경하여 맞이하고 공경하여 보냄.

48 천주(天誅): 천벌(天罰).

49 줌치: 주머니.

50 금선탈각계(金蟬脫殼計): 매미가 허물을 벗듯이, 위기 상황에서 허세를 부려 벗어나는 계책.

51 복초(服招): 문초를 받고 순순히 죄상을 털어놓음. 원문에는 '복촉'으로 되어 있음.

52 잠미봉안(蠶眉鳳眼): '잠미(蠶眉)'는 와잠미(臥蠶眉). 누에가 누워있는 모양 같은 눈썹. 잘생긴 남자의 눈썹을 표현할 때 주로 사용되는 표현임. '봉안(鳳眼)'은 봉황의 눈같이 가늘고 길며 눈초리가 위로 째지고 붉은 기운이 있는 눈.

53 붉은 매: 주장(朱杖). 주릿대나 무기 따위로 쓰던 붉은 칠을 한 몽둥이.

54 메우다: 메게 하다.

55 오형(五刑): 원문에는 '요형'으로 되어 있으나 서강대본을 참고하여 고침.

56 포복(怖伏): 무서워 엎드려 있음.

57 삼혼(三魂): 도교에서 사람의 몸속에 있다는 세 가지 정혼(精魂). 태광(台光), 상령(爽靈), 유정(幽精).

58 삼혼(三魂)은 운소(雲宵)에 높이 뜨고: 원문에는 '숨혼의 운쇼 놉히 씃고'로 되어 있으나 서강대본을 참고하여 고침.

59 풍도(酆都): 저승.

설매 대간대악(大姦大惡)이나 일신이 떨리고 벽력(霹靂)이 (13)꼭뒤에 임한 듯한지라. 감히 가까이 나가지 못하고 멀리 물러나와[60] 천식(喘息)을 정(整)하고 다시 변하여 창승(蒼蠅)이 되어 높은 첨하(檐下)[61]에 앉아 시종(始終)을 다 보더니 전상(殿上)으로조차 설낭중이 급히 나려 환가(還家)하고 제왕이 분부하여 후정 사옥(私獄)에 가두라 하매 사예(司隸) 청령(聽令)하고 옥리(獄吏)를 불러 우화를 끌어 사옥으로 보내거늘 설매 뒤를 따라 가보니 후정 그윽한 곳으로 점점 들어가매 수목이 울울(鬱鬱)하고 귀매(鬼魅) 슬피 우는 곳에 일간(一間) 사옥이 있으니 짐승의 굴도 아니요 사람의 거할 집도 아니라. 사면으로 형극(荊棘)이 자욱하고 암석이 층층하고 절벽이 차아(嵯峨)[62]한 곳에 바위 밑을 깊이 판 곳이 있으니 집 위와 좌우 벽이 암석이(14)요 사람 하나 겨우 앉을 만하거늘 옥리 우화를 끌어 옥중에 넣고 암석 밖에 형극(荊棘)으로 문을 하여 단단히 닫고 우화를 항쇄(項鎖)[63] 족쇄(足鎖)[64] 한 후 문을 잠그고 돌쳐 가더니, 아이(俄而)오[65] 그릇에 죽물을 가져 이르고 옥문을 열고 우화를 붙들어 죽물을 먹이니 어찌 먹으리오.

이러구러 십여 명 옥리(獄吏) 등이 다 모여 우격[66]으로 죽물을 권하고 수직(守直) 옥리를 분별(分別)하거늘 설매 보다가 문득 모진 마음이 크게 일어나매 분 풀 곳이 없는지라. 진언(眞言)을 염하여 안개를 지어내니 홀연(忽然) 천지 아득하거늘 변하여 삼두육비(三頭六臂)[67]한 사람이 되어 키는 이십 척은 하고 몸은 열 아름은 하고 눈은 동의[68]만 한[69] 신장(神將)이 되어 큰 칼을 (15)두르고 엄연(奄然)히[70] 옥 앞에 나아가 한 소리를 크게 지르니 옥리들이 불의지변(不意之變)을 만나 황황(遑遑) 포복(怖伏)하여 일신을 떨며 숨소리도 없으

---

60 물러나오다: 원문에는 '무루나와'로 되어 있음.

61 첨하(檐下): 처마 아래. 처마 밑.

62 차아(嵯峨): 산이 높고 험함.

63 항쇄(項鎖): 칼. 죄인에게 씌우던 형틀. 두껍고 긴 널빤지의 한끝에 구멍을 뚫어 죄인의 목을 끼우고 비녀장을 질렀다. 원문에는 '황쇄'로 되어 있으나 문맥에 맞추어 고침.

64 족쇄(足鎖): 죄인의 발목에 채우던 쇠사슬.

65 아이(俄而)오: 잠시 후에.

66 우격: 억지로 우김.

67 삼두육비(三頭六臂): 머리가 셋, 팔이 여섯이라는 뜻으로, 힘이 엄청나게 센 사람을 이르는 말.

68 동의: 동이. 질그릇의 하나. 흔히 물 긷는 데 쓰는 것으로 보통 둥글고 배가 부르고 아가리가 넓으며 양 옆으로 손잡이가 달려 있다.

69 한: 원문에는 없으나 문맥에 맞추어 보충함.

70 엄연(奄然)히: 매우 급작스럽게.

니 설매 흉악한 마음이 불같이 일어나 칼을 번득이는 곳에 십여 명 옥리 등의 머리 땅에 구르니 그제야 쾌히 여겨 요술을 거두고 본상(本像)[71]을 내어 우화의 동정(動靜)을 보니 만신 혈육이 읏쳐져[72] 뼈만 남고 면상에 진명[73] 주필(朱筆)이 가득한지라. 두루 돌아 물 밑에 나아가 물을 가져다가 정쇄(精灑)[74]이 씻기고 그 정신 차리기를 기다리더니 이윽고 우화가 정신을 차려 눈을 떠 요녀를 보고 꿈인가 의심하여 말을 쉬이 내지 못하거늘 설매 이에 항쇄 족쇄 한 것을[75] 끄르고 울(16)며 왈,

"사부야 이 어인 일고? 이 곳이 말할 곳이 아니오니 빨리 달아나사이다."

우화가 그제야 정신이 완연(宛然)하여 울며 왈,

"설랑아, 어찌하여 이에 왔느뇨? 내 면모(面貌)에 제왕의 주필이 어리었으니 감히 술(術)을 발치 못하노라."

설매 왈,

"제자가 여차여차한 일로 이곳에 이르러 옥리 등을 다 죽이고 사부 면모의 주필 흔적을 없이하였으니 빨리 가사이다."

우화가 이 말을 들으매 만장절학(萬丈絶壑)[76]에 떨어졌다가 청천(靑天)에 오른 듯한지라. 아픈 곳도 잊히고 양요(兩妖)가[77] 일시에 진언(眞言)을 염하여 괴이한 바람이 되어 구름에 쌓여 이윽히 가다가 한 곳 높은 뫼 위에 나려 숨을 내쉬고 시내를 찾아가 일변 물을 마시고 일변 피 묻은 옷을 빨아 말리며 요술로써 상처가 쉬이 낫(17)는 법을 행하여 즉각에 하리배(下吏輩)[78] 옷을 거두어 입고 서로 의논하며 지낸 수말(首末)을 베풀고 우화가 왈,

"설랑의 구함으로 잔명이 부지(扶持)하나 장차 어데로 향하리오."

설매 왈,

"아등(我等)의 계교가 허(虛)함이 아니로되 하늘이 때를 빌리지 아니시니 어찌하리오. 들으니 광평왕과 현상서 종형제 파서에 출전(出戰)하다 하니 반드시 우리 산채와 겨

---

71 본상(本像): 본색(本色).

72 읏처지다: 으깨어지다.

73 진명: 미상.

74 정쇄(精灑): 매우 맑고 깨끗함.

75 것을: 원문에는 없으나 문맥에 맞추어 보충함.

76 만장절학(萬丈絶壑): 높이가 만 길이나 되는 깎아 세운 듯한 골짜기.

77 양요(兩妖)가: 원문에는 '냥뉘'로 되어 있으나 오기인 듯함.

78 하리배(下吏輩): 원문에는 '하리미'로 되어 있음.

룰지라. 우리 비록 부탁함을 이루지 못하였으나 방금 양진이 상쟁(相爭)에 죄를 묻고 있으리오. 돌아옴만[79] 행희(幸喜)하리니 나아가 선봉이 되어 송진을 무찌르고 현희문을 사로잡아 나의 기물(己物)[80]을 삼고 다시 송 천하를 돗[81] 말듯 짓쳐들어오면 뉘 능히 항거(抗拒)하리오. 제일공을 세운 후에 태평곡 노래할 제 오늘 망단(望斷)[82]하(18)던 일이 일장춘몽(一場春夢)이요 고담(古談) 삼아 즐길지라. 어찌 용렬(庸劣)히 오도 가도 아니하고 탄식만 하오리오."

우화가 칭찬 왈,

"설랑의 신기 묘사(妙思)는 과연 자미(滋味)롭다.[83] 아모커나 나아가자."

하고 양요(兩妖)가 보보전경(步步顚傾)[84]하여 산에 내려가 민가를 겁략(劫掠)[85]하여 음식을 배불리 하여 먹고 여러 날 만에 겨우 파서 용문산에 이르니 백 리 너른 산하에 기치(旗幟) 검극(劍戟)이 삼렬(森列)하고[86] 금고(金鼓) 소리 진동하거늘 탐마(探馬)[87]에 잡힐까 겁하여 몸을 사리쳐[88] 숨겨 전기의 채(寨)에 이르니 이미 불탄 터가 되어 고루거각(高樓巨閣)[89]이며 화동주란(畵棟朱欄)[90]이 꿈속에 본 듯하고 다만 불탄 등걸과[91] 시비(侍婢), 복첩(僕妾),[92] 초목(草木), 금수(禽獸)가 한가지로 타 누린내 코에 거스리고 연염(煙焰)[93]이 오히려 꺼지지 않았는지라. 양요가 일견(一見)에 초(19)연자실(悄然自失)[94]하고 낙담상혼(落膽傷魂)[95]하여 아무리

---

79 돌아옴만: 돌아오면.

80 기물(己物): 자기의 물건.

81 돗: 돗자리.

82 망단(望斷): 어떤 바라던 일이 실패함.

83 자미(滋味)롭다: 재미있다. 아기자기하게 즐겁고 유쾌한 기분이나 느낌이 있다.

84 보보전경(步步顚傾): 넘어질 듯 급히 걸음.

85 겁략(劫掠): 위협을 하거나 폭력 따위를 써서 강제로 빼앗음.

86 삼렬(森列)하다: 촘촘하게 늘어서 있다.

87 탐마(探馬): 상대편의 동정을 살피는 사람.

88 사리치다: 사리다. 어떤 일에 적극적으로 나서지 않고 살살 피하며 몸을 아끼다.

89 고루거각(高樓巨閣): 높고 크게 지은 집.

90 화동주란(畵棟朱欄): 채색한 마룻대와 붉은 칠을 한 난간.

91 등걸과: 원문에는 '등걸만'으로 되어 있으나 서강대본을 참고하여 고침.

92 복첩(僕妾): 곁에서 시중을 드는 계집종.

93 연염(煙焰): 연기 속에서 타오르는 불길.

94 초연자실(超然自失): 망연자실(茫然自失).

95 낙담상혼(落膽喪魂): 몹시 놀라거나 마음이 상해서 넋을 잃음.

할 줄 모르더니 문득 등 뒤로조차 불러 왈,

"사부와 설매는 죽었던가? 무슨 곡절로 이제야 와 아방궁 옛터를 구경하는다?"

양요가 놀라 돌아보니 이 곧 교주라. 서로 반겨 붙들고 일장을 통곡한 후 삼요(三妖)가 피차 지낸 수말을 이르매 다시 베풀 계교가 없는지라. 양요는 제왕 부중의 밝음을 일러 음아음아하여 고개를 흔들고 교주는 현원수와 참모의 재용(才勇)을 일러 혼백을 진정치 못하니 이른바 굴혈(窟穴) 떠난 금수요 수풀 잃은 망량(魍魎)[96]이라. 삼요가 면면상고(面面相顧)[97]하여 무언양구(無言良久)러니 교주가 문득 가로되,

"우리 자소(自少)로[98] 악사(惡事)[99]를 발하매 급격물실(急擊勿失)[100]함은 없고 차례를 너무 보아 지(20)완(遲緩)하매[101] 천지신명이 다 앎이 되니 어찌 악사(惡事) 도우리오. 옛말에 일렀으되, '인불언(人不言)이면 귀부지(鬼不知)라.' 하니 우리 이미 패군지장(敗軍之將)이요 주출망량(晝出魍魎)[102]이나 한 계교가[103] 있으니 아등이 반생(半生) 작술객(作術客)으로 한 일도 이루지 못하고 힘힘히[104] 속수(束手)[105]하여 잡혀 형벌에 나아가면 후세인(後世人)이 어찌 웃지 아니리오. 자소(自少)로 삼대 명현(明賢)이 없느니 현부 진공으로부터 현참모까지 군자의 정명지기(正明之氣)를 가졌으나 기하(其下) 어린 후생(後生)이야 무슨 정명지기 또 있으리오. 제갈(諸葛)[106]의 지혜로 사마의(司馬懿)[107]를 잡지 못하고 장

---

96 망량(魍魎): 도깨비.

97 면면상고(面面相顧): 아무 말도 없이 서로 얼굴만 물끄러미 바라봄.

98 자소(自少)로: 자소이래로. 젊고 어렸을 때부터 이제까지.

99 악사(惡事): 원문에는 '학ᄉᆞ'로 되어 있으나 서강대본을 참고하여 고침.

100 급격물실(急擊勿失): 급하게 쳐서 때를 놓치지 말아야 함. 원문에는 '급격무슬'로 되어 있으나 서강대본을 참고하여 고침.

101 지완(遲緩)하다: 더디고 느즈러지다.

102 주출망량(晝出魍魎): 낮에 나온 도깨비. 원문에는 '주출망녕'으로 되어 있으나 서강대본을 참고하여 고침.

103 계교가: 원문에는 '교괴'로 되어 있으나 서강대본을 참고하여 고침.

104 힘힘히: 부질없이.

105 속수(束手): 속수무책(束手無策).

106 제갈(諸葛, 181~234): 제갈량(諸葛亮). 자(字)는 공명(孔明). 중국 삼국 시대 촉한의 정치가이자 군사 전략가.

107 사마의(司馬懿, 179~251): 중국 삼국 시대 위(魏)나라의 명장·정치가. 자는 중달(仲達). 촉한(蜀漢)의 제갈공명의 도전에 잘 대처하는 등 큰 공을 세워, 그의 손자 사마염이 위(魏)에 이어 진(晉)을 세우는 데에 기초를 세웠다.

료(張遼)를 죽이매 스스로 탄왈, '범을 잡으려다가 그릇 노루를 잡은 괘라.'[108] 하였으나 후인이 지혜 부족하다 이름이 없으니 아등이 이제 분 풀 (21)곳이 없는지라. 일시에 현상부에 나아가 모야에 독서당에 들이달아 아소(兒少)들을 씨 없이 죽이고 다시 사람을 만나는 족족 죽인즉 적적(寂寂) 심야에 우리 삼 인의 봉예(鋒銳)를 뉘 능히 당하며 아소들이 무슨 지각(知覺)으로 불의지변(不意之變)을 깨달으랴. 이 밖 다른 계교가 없으니 어떠하뇨?"

우화와 설매 듣고 의합(意合)한지라. 삼요(三妖)가 낙종(諾從)[109]하여 각각 비수(匕首)를 품고 괴풍이 되어 경성을 바라고 급히 나아오더라.

차설(且說). 현상부에서 현상서 종형제 출전한 후로 일흥(一興)이 돈감(頓減)하고[110] 화기(和氣) 사연하여[111] 울울불락(鬱鬱不樂)하니 승상과 제왕이 자녀·질(姪)을 거느려 신혼성정(晨昏省定)[112]에 승안(承顔)[113]하는 화기 존당 우회(憂懷)를 풀고 성환 등 제아(諸兒)가 슬하(膝下)에 넘놀(22)아 화기를 지어내니 오·진 양공이 적이 수회(愁懷)를 풀어 취와 희손시[114] 청복(淸福)을 본받아 춘풍이 화난(和暖)하고 승상 등은 채의옹(彩衣翁)[115]을 본받아 열친(悅親)[116] 여가(餘暇)에 자여손(子與孫)을 교훈하니 관 쓴 이는 등과(登科)하여 한원(翰苑) 옥당(玉堂)의 출입이 번사(煩事)하고, 어린 이는 십 세 이하로 수삼 세까지 부조여풍(父祖餘風)으로 도학(道學)이 빈빈(彬彬)하여[117] 독서당 수십여 간 방사(房舍)에 낭랑한 글소리 그치지 아니

---

108 장료(張遼)~괘라: 『삼국지연의』에는 '장료'가 아니라 '장합(張郃)'으로, '범'이 아니라 '말'로 나옴. '말을~괘라'는 제갈량이 목문도(木門道)에서 장합을 죽이면서 한 말.

109 낙종(諾從): 마음속으로 받아들여 진심으로 따라 좇음.

110 돈감(頓減)하다: 갑자기 줄어들다.

111 사연하다: 사그라들다. 사라지다.

112 신혼성정(晨昏省定): 혼정신성(昏定晨省). 밤에는 부모의 잠자리를 보아 드리고 이른 아침에는 부모의 밤새 안부를 묻는다는 뜻으로, 부모를 잘 섬기고 효성을 다함을 이르는 말

113 승안(承顔): 웃어른을 만나 뵘.

114 희손시: 미상.

115 채의옹(彩衣翁): 노래자(老萊子)의 '채의오친(彩衣娛親)'에서 나온 말. 노래자(?~?)는 중국 춘추 시대 초나라의 은사(隱士)인데 70세에 어린아이 옷을 입고 어린애 장난을 하여 늙은 부모를 위안하였다고 한다.

116 열친(悅親): 부모의 마음을 기쁘게 함.

117 빈빈(彬彬)하다: 문조와 바탕이 잘 갖추어져 훌륭하다.

하니 기산(岐山)에 어린 봉(鳳) 수백이 떼 지어 붙좇아 기불탁속(飢不啄粟)[118]을 웨지져[119] 수행함이요, 백옥반 위에 진주 수천 개를 난락(亂落)하여 서로 구르는 소리 같으니 기이함이 불가형언(不可形言)이라. 여러 아공자 중 금환·월환은 십 세요, 옥환·채환은 구 세니 파서 부원수 (23)현희백의 두 쌍아자(雙兒子)요 옥화군주의 소생야(所生也)라.[120] 전신(前身)이 옥단, 채월,[121] 금화, 경난의 애매히 요인의 해를 입어 혼백이 유유하여 지장보살께 발원(發願)하여 희백의 생자(生子)가 되어 출세(出世)하매[122] 기질이 영준호상(英俊豪爽)하고 총명재예(聰明才藝)하여 및 자라매 스스로 분개한 마음이 일어나 요인의 말을 들은즉 절치분한(切齒憤恨)[123]하니 모르는 이는 위친지효(爲親之孝)라 하나 전세(前世) 보원코자 함인 줄 뉘 알리오. 연급십세(年及十歲)에 천문지리(天文地理)를 능히 통하고 역리(易理)를 모를 것이 없으며 힘이 능히 구정(九鼎)[124]을 들고 날랩이 족히 나는 제비를 좇아 잡는지라. 영무(英武)가 개세(蓋世)[125]하여 독서 여가(餘暇)에 네 아해 손이 맞아 후원에 들어가 칼춤도 추고 활도 다리어[126] 병법(兵法)에 숙진(熟盡)[127](24)치 아님이 없는지라.

일일은 혼정(昏定)[128]한 후 밤들도록 제아(諸兒)로 더불어 글을 읽더니 홀연 일진음풍(一陣陰風)이 방중으로 일어나며 촉화(燭火)가 멸(滅)코자 하거늘 다른 아소(兒少)들은 무심하되 금환[129] 등 사아(四兒)가 괴히 여겨 소매 가운데로조차 한 괘(卦)를 얻으니 괘에 일렀으되, '금야(今夜) 삼경(三更)에 요적 삼 인이 은신(隱身) 돌입(突入)하여 보원 살인코자 하리니 미리 알고 방비하면 대길(大吉)하리라.' 하였거늘 사아(四兒)가[130] 대경하여 서로 눈으로 뜻을

---

118 기불탁속(飢不啄粟): 봉비천인(鳳飛千仞) 기불탁속(飢不啄粟). '봉황이 웅장한 날개로 넓은 창공을 날다가 아무리 배가 고파도 좁쌀을 쪼아 먹지 않는다.'는 뜻에서 온 말.

119 웨지지다: '외쳐 대다'의 옛말.

120 소생야(所生也)라: 원문에는 '쇼싱예라'로 되어 있으나 서강대본을 참고하여 고침.

121 채월: 원문에는 '채왈'로 되어 있으나 오기인 듯함.

122 출세(出世)하다: 세상에 태어나다.

123 절치분한(切齒憤恨): 몹시 분하고 한스러워 이를 갊.

124 구정(九鼎): 중국 하(夏)나라의 우왕(禹王) 때에, 전국의 아홉 주(州)에서 쇠붙이를 거두어서 만들었다는 아홉 개의 솥. 주(周)나라 때까지 대대로 천자에게 전해진 보물이었다고 한다.

125 개세(蓋世): 기상이나 위력, 재능 따위가 세상을 뒤덮음.

126 다리다: 당기다.

127 숙진(熟盡): 전부 익혀 능숙함.

128 혼정(昏定): 잠자리에 들 때 부모의 침소에 가서 잠자리를 살피고 밤 동안 안녕하기를 여쭘.

129 금환: 원문에는 '금한'으로 되어 있으나 오기인 듯함.

130 사아(四兒)가: 원문에는 '슴이'로 되어 있으나 문맥에 맞추어 고침.

보내고 잠연(潛然)[131] 독서할새 밤이 깊으매 제아가 자고자 하거늘 금환 등 사아가 이르되,

"우리는 잠이 없나니 너희는 모로미[132] 협실에 들어가 쉬오라."[133]

제아가 괴히 여겨 왈,

"어이하여 정침(正寢)[134]을 버리고 협실로 피숙(避宿)하라 하나이까?"

금환 등이 소왈,

"소아가 무슨 (25)말이 지루하뇨? 우리 늦도록 독서하매 너희 귀 솔아[135] 잠 못 잘까 함이로다."

제아(諸兒)가 그러히 여겨 협실로 들어가 쉬더라.

사아(四兒)가 각각 비수를 들고 방문 뒤에 숨고 촉화(燭火)를 끄고 동정을 기다리니 이때는 추구월(秋九月) 망간(望間)이라. 금풍(金風)[136]이 소슬하여 구양영숙(歐陽永叔)[137]의 〈추성부(秋聲賦)〉를 재촉하고 명월이 만정(滿庭)하여 사(四) 공자의 안총(眼聰)을 돕는지라. 미급수경(未及數頃)[138]에서 땅으로조차 괴풍이 일어나며 점점 가까이 이르러 독서당에 이르러는 촉화가 꺼지고 인적이 고요함을 보고 문득 근두(筋斗)쳐[139] 변하여 세 사람이 되어 하나는 머리 민 노승이요, 둘은 청년 여자로되 각각 손에 비수(匕首)를 들고 살기(殺氣) 등천(登天)하여 바로 청상(廳上)에 올라 가벼이 달아들어 방문(26)을 열고자 하거늘 사아(四兒)가 일시에 소리 질러 왈,

"어떤 담(膽) 큰 요물이완대 당돌히 모야(暮夜)에 돌입군자실(突入君子室)하뇨?"

삼요(三妖)가 놀라 뒤로 물러서 바라보더니 칼을 날려 달아들거늘 사아(四兒)가 각각 비도(匕刀)를 들고 춤추어 삼요(三妖)를 취하니 일곱 사람의 칼 부딪히는 소리 가장 요란하니 숙직(宿直) 서동(書童)의 무리 놀라 깨어 내밀어 보고 혼비백산(魂飛魄散)하여 감히 나오지 못하고 숨소리도 없더라. 이윽히 싸우매 일곱 비도가 서로 빛을 토하매 사람은 분

---

131 잠연(潛然): 잠잠.

132 모로미: 모름지기.

133 쉬오라: '오라'는 '~기를 바라다'의 옛말.

134 정침(正寢): 거처하는 곳이 아니라 주로 일을 보는 곳으로 쓰는 몸채의 방.

135 솔다: 시끄러운 소리나 귀찮은 말을 자꾸 들어서 귀가 아프다.

136 금풍(金風): 가을바람.

137 구양영숙(歐陽永叔, 1007~1072): 구양수(歐陽脩). 중국 송나라의 정치가·문인. 자는 영숙(永叔). 호는 취옹(醉翁)·육일거사(六一居士).

138 미급수경(未及數頃): 시간이 얼마 흐르지 않음.

139 근두(筋斗)치다: 재주넘다.

변(分辨)치 못하고 일곱 흰 무지개 전후좌우로 출몰하더니 금환이 한 소리를 크게 지르고 우화의 우비(右臂)를 치니 월환·옥환은 교주의 머리를 치고, 채환은 설매의 가슴을 향하여 치더니 삼요(三妖)가 진력(盡力)하(27)여 능히 당치 못하고 팔이 부러지며 머리 깨어지고 가슴이 질이이니[140] 모두 대경(大驚) 황황(遑遑)하여 일시에 소리 지르고 괴풍(怪風)이 되어 달아나거늘 사아(四兒)가 요물이 달아남을 보고 분기를 이기지 못하여 공중을 우러러 암축(暗祝)하더니 불언종시(不言終時)[141]에 공중으로조차 황발(黃髮) 환안(環眼)[142]의 엄위(嚴威)한 신장(神將)이 크게 웨어[143] 왈,

"옥단·채월·금화·경난[144]이 금야에 요인을 잡아 전세 보원(報怨)[145]할 때라. 어이하여 달아나게 하리오."

말이 마치매 삼요(三妖)를 잡아[146] 뜰에 거꾸로 박으니 사 공자가 눈 들어 보매 신장은 벌써 운간(雲間)의 청풍을 좇아 간 데 없고 삼요(三妖)는 거꾸로 박혀 수족(手足)이 접질매[147] 속히 일지 못하는지라.

사공자(四公子)가 일시에 달아들어 노[148]로 (28)긴긴히 동이며 낭중(囊中)으로조차 제요부(制妖符)를 내어 삼요(三妖)의 머리에 붙였더니 금환·월환이 분연(憤然)히 칼을 들고 저히며[149] 문초(問招)코자 할새 사일(斜日) 쌍광(雙光)이 흘리는 곳에 교주와 설매는 분변치 못하나 머리 민 여승은 저적 왕부(王父)[150]의 다스려 사옥(私獄)에 넣은 바라. 대로(大怒) 왈,

"이 무리를 근본을 모르므로 정히 문초코자 하더니 원래 사옥에 갇힌 요승(妖僧)이로소이다. 차녀(此女) 등을 살려두므로 작변(作變)이 잦음이니 마땅히 먼저 죽이고 명조(明朝)에 존당에 고하리라."

---

140 질이다: 찔리다.

141 불언종시(不言終時): 말을 다 끝내지 못했을 때.

142 환안(環眼): 고리눈.

143 웨다: '외치다'의 옛말.

144 경난: 원문에는 '경환'으로 되어 있으나 오기인 듯함.

145 보원(報怨): 앙갚음.

146 잡아: 원문에는 '잡히여'로 되어 있으나 오기인 듯함.

147 접지다: 접질리다. 심한 충격으로 지나치게 접혀서 삔 지경에 이르다.

148 노: 실, 삼, 종이 따위를 가늘게 비비거나 꼬아 만든 줄.

149 저히다: '위협하다', '두렵게 하다'의 옛말.

150 왕부(王父): 다른 사람에게 자기의 할아버지를 높여 이르는 말.

말을 마치매 금환은 우화의 머리를 버히고,[151] 월환은 교주의 머리를 버히고 옥환은 설매의 머리를 버히고, 채환은 삼녀의 배를 무수히 쑤시니 한 무리 요물이 헛(29)되이 사아(四兒)의 손에 명(命)이 끊어지니 진실로 전세보원(前世報怨)이 분명함이러라. 사공자가 비로소 서동(書童)의 무리를 깨우니 서동의 무리 바야흐로 나아와 보고 일신을 떨며 연고(緣故)를 몰라 하거늘 명하여 장확(臧獲)[152]을 불러 세 낱 주검을 치우라 하니 이러구러 계성(鷄聲)이 악악하여[153] 벌써 신성(晨省) 때 되었는지라. 사공자가 소세(梳洗)[154]하기를 마치매 침실에서 자던 공자도 비로소 깨어 소세하고 나와 정하(庭下)에 세 낱 주검이 비꼈는[155] 바를 보고 놀라 연고를 묻거늘 채환 공자가 야간사(夜間事)를 설파하니 문자(聞者)가 진경(震驚)[156]이러라. 바로 왕부에 나아가매 벌써 제왕, 공주가 자질(子姪)을 거느려 신성에 나아갔더라. 제공자가 걸음을 두루혀[157] 존당에 들어가 신성하매 벌써 합내(閤內)[158] 취회(聚會)(30)하여 남좌(男左)에 여우(女右)를 분(分)하였거늘 사공자가 문득 존당 부모 슬하에 꿇어 고두청죄(叩頭請罪) 왈,

"불초(不肖) 손아(孫兒)가 거야(去夜)에 독서하옵다가 문득 일진음풍(一陣陰風)이 방중에 돌입(突入)하오매 괴히 여겨 한 괘(卦)를 얻사온즉 괘사(卦辭)가 여차여차하온지라. 예비(豫備)치 아니옴은 자취 기화(氣化)하오므로[159] 이리이리 하였삽더니 야지삼경(夜至三更)에 삼요가 돌입하였거늘 소손(小孫) 등이 진력(盡力)하여 나아가 막더니 삼요가 자못 달아나매[160] 잡지 못함을 가장 분연(憤然)하옵더니, 신장(神將)이 여차여차 삼요를 거꾸로 박고 이리이리 이르고 인홀불견(因忽不見)[161]이어늘 심상한 도적이 아님을 알고 나아가 살피오니 양녀(兩女)는 아무인 줄 모르오나 하나는 저적 왕부가 치죄(治罪)

---

151 버히다: '베다'의 옛말.
152 장확(臧獲): 장획. 남녀 하인.
153 악악하다: 몹시 기를 쓰며 자꾸 소리를 내지르다.
154 소세(梳洗): 머리를 빗고 낯을 씻음.
155 비끼다: 비스듬히 놓이거나 늘어지다.
156 진경(震驚): 두렵고 무서워 떪. 원문에는 '진셩'으로 되어 있으나 서강대본을 참고하여 고침.
157 두루혀다: 돌이키다.
158 합내(閤內): 남의 가족을 높여 이르는 말.
159 기화(氣化)하다: 눈에 안보이는 기운으로 바뀌다.
160 달아나매: 원문에는 '다라미'로 되어 있으나 서강대본을 참고하여 고침.
161 인홀불견(因忽不見): 언뜻 보이다가 갑자기 없어짐.

하여 사옥에 가두라 하시던 요승이(31)라. 일찍 주륙(誅戮)[162]을 면하므로 또다시 작변(作變)하옵는 자라. 후환을 끊고자 하와 먼저 죽이옵고 후에 아뢰오니 미처 존당에 고(告)치 못하옵고 자전(自專)[163]하온 죄를 청하나이다."

말이 마치매 좌중지인(座中之人)이 아니 놀랄 이 없고 승상이 정색 왈,

"군자(君子)는 목불시사색(目不視邪色)[164]하며 포주(庖廚)[165]를 멀리 함은 그 살생(殺生)함을 보지 아니코자 함이어늘 너희 소아가 연급십세(年及十歲)에 비록 요적(妖賊)이나 살인함을 능사로 하니 어찌 한심치 아니리오. 네 아비 새외(塞外)에 나아가 집에 없으매 한아비[166]의 위엄 없음을 방심(放心)함이냐?"

사공자가 황공(惶恐)하여 고두청죄하거늘 진공이 소왈,

"금환 등[167] 손아가 방자(放恣)함이 아니라. 또한 부모숙(父母叔)의 원한을 갚고 가란(家亂)을 진정코자 (32)함이니 무슨 허물이 있으리오. 현질(賢姪)은 책(責)지 말라."

오공이 또한 이르되,

"차사(此事)는 가란을 진정코자 함이요, 또한 천리(天理) 소소(炤炤)하여[168] 사아(四兒)로 보원(報怨)케 함이니 무슨 죄 되리오. 아해는 온색(慍色)[169]을 풀라."

승상이 수명배사(受命拜謝)하고 사아를 경계하여 왈,

"군자는 악(惡)을 피할지언정 몸소 행치 아니하나니 위태한 곳에 너희 소아(小兒)가 무엇을 아노라 방자히 요적을[170] 대적(對敵)고자 하리오. 차후는 위방불입(危邦不入)하고

---

162 주륙(誅戮): 죄를 물어 죽임.

163 자전(自專): 자기 마음대로 결정하여 처리함.

164 군자(君子) 목불시사색(目不視邪色): 군자는 눈으로 사특한 것을 보지 않는다. 『순자(荀子)』「악론편(樂論篇)」君子耳不聽淫聲(군자이불청음성) 目不視邪色(목불시사색) 口不出惡(구불출악) 此三者(차삼자) 君子愼之(군자신지) 군자는 귀로는 음란한 소리를 듣지 않고, 눈으로는 사특한 것을 보지 않으며, 입으로는 사나운 말을 내지 않는다. 이 세 가지는 군자가 조심하는 것이다.

165 포주(庖廚): '푸주'의 원말. 푸줏간.

166 한아비: '할아버지'의 옛말.

167 등: 원문에는 '등은'으로 되어 있으나 문맥에 맞추어 삭제함.

168 소소(炤炤)하다: 밝고 환하다.

169 온색(慍色): 성난 얼굴빛.

170 요적을: 원문에는 '요젹을 방ᄌᆞ이'로 되어 있으나 중복되어 나오는 '방ᄌᆞ이'를 삭제함.

난방불거(亂邦不居)[171]하여 행신(行身)[172]을 맑게 닦을지언정 칼을 잡아 무예를 자랑치 말라."

사공자가 돈수재배(頓首再拜) 수명(受命)하니 춘풍화안(春風和顔)에 영무(英武)[173]가 당당하고 존당 슬하(膝下)에 국궁축척(鞠躬踧踖)[174]하매 어리로온[175] 거동이 볼수록 기이한지(33)라. 제왕이 나호여 각각 손을 잡고 머리를 쓰다듬어 승상을 앙견(仰見) 왈,

"형장(兄丈)은 차아(此兒) 등을 무슨 일 꾸짖으시니잇고? 희문의 방탕함이 요첩(妖妾)을 모아 가중(家中)을 요란하고 지어국가(至於國家)에 근심을 이루매[176] 지자철인(知者哲人)[177]도 능히 요적(妖賊)을 주멸(誅滅)[178]치 못하거늘 차아 등의 지용(智勇)이 무쌍하여 능히 요적을 주멸하오니 이는 가국(家國)의 동량지재(棟梁之材)[179]요 불세지공(不世之功)[180]이어늘 논공작상(論功爵賞)은[181] 아니 하오시고 도로혀 꾸짖으시니 소아가 가장 원민(寃悶)[182]히 알리로소이다."

좌중 제인이 함소(含笑)하고 공자 등을 두굿기더라.[183] 제왕이 시노(侍奴)를 불러 옥리(獄吏)의 동지(動止)[184]와 사옥 요승을 탐지하라 하니 수유(須臾)[185]에 회보(回報)하되, '사옥 요승은 간 데 없삽고 옥리 십이 명의 (34)머리 각각 놓아 죽은 지 이미 오래더이다.' 하거

---

171 위방불입(危邦不入) 난방불거(亂邦不居): 위태로운 나라에 들어가지 않고 어지러운 나라에 살지 않는다. 『논어(論語)』「태백편(泰伯篇)」.

172 행신(行身): 처신(處身).

173 영무(英武): 영민하고 용맹스러움.

174 국궁축척(鞠躬踧踖): '국궁(鞠躬)'은 윗사람 앞에서 존경하는 뜻으로 몸을 굽힘. '축척(踧踖)'은 조심하여 걸음.

175 어리롭다: 아리땁다. 귀엽다.

176 이루매: 원문에는 '이르믹'로 되어 있으나 서강대본을 참고하여 고침.

177 지자철인(知者哲人): 원문에는 '지즈현인'으로 되어 있으나 서강대본을 참고하여 고침.

178 주멸(誅滅): 죄인을 죽여 없앰.

179 동량지재(棟梁之材): 기둥과 들보로 쓸 만한 재목이라는 뜻으로, 한 집안이나 한 나라를 떠받치는 중대한 일을 맡을 만한 인재를 이르는 말.

180 불세지공(不世之功): 세상에 보기 드문 큰 공로.

181 논공작상(論功爵賞)은: 원문에는 '논공즉상의은'으로 되어 있으나 서강대본을 참고하여 '의'를 생략함. '논공작상(論功爵賞)'은 공적을 논의하여 벼슬을 새로 주거나 높여 주어 표창하는 일.

182 원민(寃悶): 억울하고 답답함.

183 두굿기다: 대견해하다. 흐뭇하게 여기다.

184 동지(動止): 움직임과 멈춤. 동정(動靜).

185 수유(須臾): 잠시.

늘 좌중이 경해(驚駭)[186]하고 장확(臧獲)[187]으로 하여금 요녀 등의 주검과 옥리의 주검을 서릇어[188] 없이하라 하고 승상 곤계(昆季)와 제왕 곤계 자질(子姪)을 거느려 입궐 조회하고 승상이 출반부복(出班俯伏)[189]하여 야간사를 일일이 주(奏)하니 문무가 실색경동(失色驚動)하고 상이 희동안색(喜動顔色)[190]하사 왈,

"희백은 천원(千員) 맹장(猛將)과 십만 정병(精兵)을 거느려 만리(萬里)에 분주하거늘 기자(其子) 사아가 고요히 앉아 요적 삼 인 죽이니 이 어찌 천고기담(千古奇談)이 아니리오. 차후는 짐이 베개를 높여 근심이 없을 바는 현씨 제인이로다."

하고 금은옥백(金銀玉帛) 한 수레를 사급(賜給)하시니 승상이 불감(不敢)함을 일컬어 황공감은(惶恐感恩)이러니, 문득 파서(巴西)로조(35)차 승전하온 상표(上表)[191]가 오르거늘 군신이 개람(皆覽)하니 소(疏)에 왈, '복(僕)이 신 등이[192] 황명(皇命)을 받자와 파서를 치오매 적세(賊勢) 요술을 행하여 쉬이 파치 못하옵고 현희문이 요적의 암시(暗矢)를 맞아 위태히 병을 이뤘삽더니 문득 운계자라 하는 도사 이인(異人)이 와 병을 고치며 요적을 잡아 죽이오나 만고음녀(萬古淫女) 교주는 달아났사오니 후환이 될 바를 우려하오나 적혈(賊穴)은 이미 다 불 질러 없이하니이다.' 하였고 '광평왕 수와 현희백 등 상소(上疏)라.' 하였더라. 군신이 희열하고 상이 대열하사 즉시 예관(禮官)을 보내어 회환(回還)을 재촉하실새 예부 현희천이 자원하거늘 상이 깃그사 즉시 비답(批答)(36)하사 즉일 상래(上來)하라 하시고 파조(罷朝)[193]하시니 승상과 제왕이 제자질(諸子姪)을 거느려 부중에 돌아와 승전하옴을 존당에 고하여 존당 상하가 아니 깃거할 이 없더라. 예부 예관으로 파서에 발행함을 고하오니 존당 상하가 각각 글월을 부쳐 보내고 회환 일자를 손꼽아 기다리니 부중에 환성(歡聲)이 진동하더라.

때가 지나 날이 뒤이으니[194] 여러 날이 자로 지나매 회군하는 선보(先報)가 경사(京師)

---

186 경해(驚駭): 원문에는 '경희'로 되어 있으나 문맥에 맞추어 고침.

187 장확(臧獲): 장획. 남녀 하인.

188 서릇다: 좋지 아니한 것을 쓸어 치우다. 원문에는 '서르져'로 되어 있음.

189 출반부복(出班俯伏): 여러 신하 가운데 특별히 혼자 나아가 임금 앞에 엎드려 아뢲.

190 희동안색(喜動顔色): 기쁜 빛이 얼굴에 드러남.

191 상표(上表): 임금에게 축하하는 뜻으로 글을 올리던 일. 또는 그 글.

192 등이: 원문에는 '등의'로 되어 있음.

193 파조(罷朝): 신하가 조정에 나아가 임금을 뵙는 일을 마침.

194 뒤잇다: 원문에는 '뒤이즈니'로 되어 있음.

에 이르니 상이 친히 난여(鑾輿)[195]를 동하사 문무를 거느려 교외(郊外)에 나시매 현씨 제공이 시위(侍衛)하여 나아가 멀리 관망(觀望)하더니, 이윽하여[196] 멀리 티끌이 일며 승전고(勝戰鼓) 소리 진동하고 기치검극(旗幟劍戟)[197]이 일자(一字) 장사진(長蛇陣)을 응하여 (37)나아오매 사람은 천신(天神) 같고 말은 비룡(飛龍) 같은지라. 군신 상하가 환희하여 서서 기다리더니 이때 원수의 일행이 무사히 행하여 경성에 다다르매 양 원수가 멀리 바라보니 백사장 너른 뜰에 사람이 자옥하고 홍양산(紅陽傘)[198]이 일광(日光)에 표묘(縹緲)한데[199] 우개(羽蓋)[200] 붙이이고 황봉(黃鋒) 절월(節鉞)[201]이 삼렬(森列)하고[202] 경필(警蹕)[203] 소리 청풍(淸風)을 좇아 진동하며 응포(應砲) 동고(銅鼓)[204]의 기치(旗幟) 황홀하니 어가(御駕)가 친림(親臨)하심을 불문가지(不問可知)라. 양 원수가 이에 다 하마(下馬)하니[205] 예부는 연소저의 일행을 바로 연부로 보내고 원수와 함께 보행(步行)하여 어탑(御榻)[206] 하(下)에 이르매 일시에 산호만세(山呼萬歲)[207]하며 우러러 용안(龍顏)을 반기고 고무(鼓舞) 열복(悅服)하니 상이 용안에 희기(喜氣) 가득하사 광평(38)왕과 원수 종형제를 가까이 명하사 일변 향온(香醞)[208]을 사급

---

195 난여(鑾輿): 연(輦). 임금이 거둥할 때 타고 다니던 가마. 원문에는 '난예'로 되어 있음.

196 이윽하다: 이슥하다. 지난 시간이 얼마간 오래다.

197 기치검극(旗幟劍戟): 기치(旗幟)는 예전에, 군대에서 쓰던 깃발. 검극(劍戟)은 칼과 창을 아울러 이르는 말. 원문에는 '긔치금극'으로 되어 있으나 오기인 듯함.

198 홍양산(紅陽傘): 의장으로 쓰던 붉은 빛의 양산.

199 표묘(縹緲)하다: 끝없이 넓거나 멀어서 있는지 없는지 알 수 없을 만큼 어렴풋하다.

200 우개(羽蓋): 예전에, 녹색의 새털로 된, 왕후(王侯)의 수레를 덮던 덮개.

201 절월(節鉞): 절부월(節斧鉞). 관찰사·유수(留守)·병사(兵使)·수사(水使)·대장(大將)·통제사 들이 지방에 부임할 때에 임금이 내어 주던 물건. '절'은 수기(手旗)와 같이 만들고 '부월'은 도끼와 같이 만든 것으로, 군령을 어긴 자에 대한 생살권(生殺權)을 상징하였다.

202 삼렬(森列)하다: 촘촘하게 늘어서 있다.

203 경필(警蹕): 임금이 거둥할 때에 경호하기 위하여 통행을 금하던 일.

204 동고(銅鼓): 꽹과리. 징. 옛 중국의 군진 따위에서 쓴, 구리로 만든 북.

205 하마(下馬)하니: 원문에는 '함ᄒᆞ니'로 되어 있으나 서강대본을 참고하여 고침.

206 어탑(御榻): 임금이 앉는 상탑(牀榻).

207 산호만세(山呼萬歲): 나라의 중요 의식에서 신하들이 임금의 만수무강을 축원하여 두 손을 치켜들고 만세를 부르던 일. 중국 한나라 무제가 숭산(嵩山) 산에서 제사 지낼 때 신민(臣民)들이 만세를 삼창한 데서 유래한다.

208 향온(香醞): 내국법온(內局法醞). 향온주(香醞酒). 멥쌀과 찹쌀을 쪄서 식힌 것에 보리와 녹두를 섞어 만든 누룩을 넣어 담근 술.

하시며 전진구치(戰陣驅馳)[209]를 위로하시고 공뇌부(功勞簿)를 올려 보시며 운계자의 대공(大功)을 기리시고 거처를 물으시니 참모 희문이 부복(俯伏)하여 연씨의 자초지종 설화(說話)와 명주(明珠)의 기합(奇合)함을 아뢰니, 상이 환희 탄상(歎賞)하사 희문의 손을 잡으시고 제왕을 돌아보아 기자(奇子) 둠을 칭찬하사 연상서를 가까이 부르사 기녀(奇女) 둠을 기리사 각각 사주(賜酒)하고 실포(失捕)한 요인 등을 희백의 해자(孩子)[210] 등이 잡음을 일컬으사 못내 칭찬하시며 일서(日逝)가 늦지 않으므로 차일(此日)에 논공작상(論功爵賞)하실새, 광평왕으로 안평군 더으사[211] 식읍(食邑)[212] 삼천 호를 더으시고, 현희백으로 금자광록태부 좌승상 충(39)정공을 봉하시고, 현희문으로 문현각 태학사 병부상서 충무후를 봉하시고, 현승상의 벼슬을 돋우어 태사공[213] 진무백을 하이시고, 연씨의 노주(奴主)를 아름다이 여기사 연상서로 추밀사 무안후를 하이시고, 연상서 부인으로 인덕부인을 봉하사 식읍 천 호를 사급(賜給)하시고, 연소저로 의열부인을 봉하사 식읍 천 호와[214] 금은옥백(金銀玉帛) 두 수레를 사급하시고, 고소저로 정렬부인을 봉하시고, 자란으로 충정부인을 봉하사 현병부의 우부인 직첩(職牒)[215]을 주오시고 금은옥백 한 수레를 사송(賜送)[216]하시며, 만군 장졸의 공뇌(功勞)를 보아 차례로 봉작하시고 일만 소와 일천 독 술을 (40)군중에 호궤(犒饋)[217]하시며 금은옥백 오십 수레로 장졸을 나눠 주시니 삼군(三軍) 장졸의 즐기는 소리 천지진동(天地震動)하더라. 광평왕과 원수 종형제 봉작이 과하므로 고사(固辭)하온대 상이 불윤(不允)하시고 인하여 환궁하시니 양 원수가 하릴없어 사은(謝恩)하고 각각 부중으로 돌아가매 삼군 장졸이 예수(禮數)하고[218] 또한 각귀기가(各歸其家)하여 부모처자(父母妻子)를 반기더라.

---

209 전진구치(戰陣驅馳): 전쟁터에서 말을 타고 달림. 전쟁터에서 수고함. '전진(戰陣)'은 전투를 하려고 벌여 친 진. '구치(驅馳)'는 말이나 수레를 타고 달림.

210 해자(孩子): 어린아이.

211 더으다: '더하다'의 옛말.

212 식읍(食邑): 식봉(食封). 고대 중국에서, 왕족, 공신, 대신들에게 공로에 대한 특별 보상으로 주는 영지(領地). 원문에는 '식음'으로 되어 있으나 오기인 듯함.

213 태사공: 원문에는 '티공'으로 되어 있으나 문맥에 맞추어 고침.

214 천 호와: 원문에는 '천와'로 되어 있으나 문맥에 맞추어 고침.

215 직첩(職牒): 조정에서 내리는 벼슬아치의 임명장.

216 사송(賜送): 임금이 신하에게 물건을 내려 보내던 일.

217 호궤(犒饋): 군사들에게 음식을 주어 위로함.

218 예수(禮數)하다: 주인과 손님이 서로 만나 인사하다.

현원수가 참모와 예부로 더불어 태사공과 제왕을 뫼셔 돌아오매 이날 합문(闔門)[219] 상하가 상부에 모여 잔치를 크게 배설하고 원근 친척이 다 모여 원수의 승전함을 치하하며 기다리더니, 이윽고 벽제(辟除)[220] 소리 동구(洞口)를 흔들며 과갈(瓜葛)[221]이 문에 임하매 성환 등 제공자가 숙항(叔行)[222]을 뫼(41)셔 빨리 문 밖을 나 맞아 들어오니 원수, 참모가 제자질을 반기며 부숙(父叔)을 뫼셔 하마 입문하여 바로 정당에 들어가 존당부모숙당(尊堂父母叔堂) 제좌에 절하고 우러러[223] 반기며 그 사이 성체 안강(安康)하심을 깃거하고 제수(弟嫂), 제매(弟妹)와 원근 친척으로 예필(禮畢)에 좌에 나아가 국궁궤슬(鞠躬跪膝)[224]하고 엄수저두(嚴修低頭)[225]하니 원수의 옥면화풍(玉面和風) 태양지광(太陽之光)과 참모의 화안영호(和顔英豪) 태산지상(泰山之相)이 수려쇄락(秀麗灑落)[226]하니 양인(兩人)의 팔상(八相)[227]이 두렷하여, 화란춘성(花爛春盛)의 만화방창(萬化方暢)은 그 용색(容色)이요, 태산교악(泰山喬嶽)이 화호고대(華浩高大)는 그 기상(氣象)이요, 북해남명(北海南溟)의 호무애안(浩無厓岸)은 그 국량(局量)이요, 청천백일(青天白日)이 확호소명(確乎昭明)은 그 마음이요, 설만궁학(雪滿窮壑)에 고송(孤松)이 특립(特立)은 그 절개요, 홍(42)명수국(鴻鳴水國)의 비필함로(飛必啣蘆)는 그 지혜요, 봉비천인(鳳飛千仞)의 기불탁속(飢不啄粟)은 그 염치요, 광풍제월(光風霽月)이 부무진애(浮無塵埃)는 그 심지라.[228]

---

219 합문(闔門): '온 집안'이라는 뜻.

220 벽제(辟除): 지위가 높은 사람이 행차할 때 잡인의 통행을 금하던 일.

221 과갈(瓜葛): 과갈지친(瓜葛之親). 덩굴이 벋어 서로 얽힌 오이와 칡이라는 뜻으로, 복잡하게 서로 얽힌 인척 관계를 비유적으로 이르는 말.

222 숙항(叔行): 아저씨뻘이 되는 항렬. 또는 그 항렬의 사람.

223 우러러: 원문에는 '우러'로 되어 있음.

224 국궁궤슬(鞠躬跪膝): 몸을 굽히고 무릎을 꿇음.

225 엄수저두(嚴修低頭): '엄수(嚴修)'는 의식 따위를 엄숙하게 치름. '저두(低頭)'는 머리를 낮게 숙임.

226 수려쇄락(秀麗灑落): 빼어나게 아름다움. 기분이나 몸이 상쾌하고 깨끗함.

227 팔상(八相): 사람 얼굴 생김새의 여덟 가지 모양. 위(威), 후(厚), 청(淸), 고(古), 고(孤), 박(薄), 자(慈), 속(俗)이 있다.

228 화란춘성(花爛春盛)의~ 그 심지라: 꽃피는 봄날 온갖 조화로움이 피어나는 것은 그 얼굴색이요, 높고 높은 산악이 크게 높고 큰 것은 그 기상이요, 남북의 큰 바다가 끝이 없는 것은 그 국량이요, 푸른 하늘이 확실하게 밝은 것은 그 마음이요, 눈 쌓인 깊은 골짜기에 소나무 한 그루 우뚝 서 있는 것은 그 절개요, 기러기 물 위를 울며 날 때 반드시 입에 갈대를 무는 것은 그 지혜요, 봉황이 천 길 높이 날고 주려도 좁쌀 따위는 먹지 않는 것은 그 염치요, 맑은 날의 바람과 비 갠 뒤의 달이 티끌 없이 떠 있는 것은 그 심지라. (원문에는 '화란츈셩의 만화방창은 그 용ᄉᆡᆨ이요 ᄐᆡ산고악이 최ᄒᆞ고ᄃᆡ는 긔 ᄃᆡ상이오 북ᄒᆡ남명의 호무진ᄋᆡ은 그 국냥이요 청천ᄇᆡᆨ일이 만니쇼연은 그 마음이오 셜만궁항의 공숑이 특닙은 그 절긔요 홍명슈국의 비필함노는 그 지혜

제인(諸人)이 새로이 바라보아 치하(致賀)가 분분하고 오·진 양공이 광미대상(廣眉大顙)[229]에 춘풍이 화창하여 승상과 병부의 손을 나호여 잡고 등을 두드려 두굿김[230]을 이기지 못하여 전치진승[231]을 물어 깃거함이 무궁하고 태사공과 제왕의 엄준단묵(嚴峻端默)함으로도 부숙(父叔)을 뫼셔 공경정좌(恭敬正坐)하여 추수(秋水) 사일(斜日)이 승상과 병부 신상에 온전하여 옥면화풍(玉面和風)에 삼춘화기(三春和氣) 익익(益益)하고 두굿기는 웃음이 안모(顏貌)에 넘치더라. 하·윤·주·철·육 오부인(五夫人)의 두굿김은 이르지 말고 사마부인의 고요함과 월성 공주의 단아함으로도[232] 팔채(八彩)[233] 아황(蛾黃)[234](43)에 춘풍이 소소하고 옥안화모(玉顏花貌)에 만화(萬和)가 방창(方暢)하여 두굿기는 웃음을 띠었고 옥화 군주와 고소저가 항렬(行列)을 이뤄 추파(秋波)가 고요하여 시청(視聽)이 없는 듯하는 중 화협(華頰)[235] 아황(蛾黃)에 향기로운 웃음을 띠었으니 각각 가군(家君)의 승전(勝戰)함을 깃거 반기는 줄 묻지 않아 알리러라. 승상과 병부가 이에 전진승패(戰陣勝敗)와 요적(妖賊)을 잡아 죽이며 일요(一妖)는 실포(失捕)[236]하여 근심하옵더니 간흉 찰녀(刹女)가 다시 경사(京師)에 올라와 작변(作變)하고자 하다가 천벌을 입어 소아(小兒)들의 죽인 바를 대강 말씀할새, 이 가운데 좌중 상하 제인이 거의 백여 인의 화기(和氣)를 열고 웃음이 낭자한 말씀이 있으니 이 곧 연씨의 생존하던 사연이라. 현씨 제공은 이미 교외의 어(44)전(御前)에서 아는 바이어니와 하·윤·주·철·육 오부인(五夫人)과 사마부인 칠(七) 금장(錦帳)[237]과 월성 공주 칠(七) 금장(錦帳)과 조부인, 설부인 등 소실(室) 숙혜, 조실(室) 미혜, 광평 세자빈(世子嬪) 운혜와 옥화 군주며 소씨, 구씨, 고씨, 노씨, 양씨, 조씨, 육씨, 교씨, 범씨, 경씨, 조씨, 윤씨 등 오십여 소저와 옥혜, 교혜 등 수십여 소저와 성환 등 제공자와 사지관환(事知官喚)[238]까

요 봉비천인의 긔불탁속은 그 염치요 광풍제월이 호무진이는 근 심지라'로 되어 있으나 문맥을 고려하여 일부 고침.)

229 광미대상(廣眉大顙): 넓은 눈썹과 큰 이마.

230 두굿기다: 흐뭇하게 여기다.

231 전치진승: 미상.

232 단아함으로도: 원문에는 '단아ᄒᆞ무로'로 되어 있으나 서강대본을 참고하여 보충함.

233 팔채(八彩): 순임금의 눈썹이 여덟 가지 무늬가 있었다는 데서 기원하여 훌륭하고 범상하지 않은 사람의 눈썹을 표현할 때 사용됨.

234 아황(蛾黃): 여자들이 바르던 노란 색 분을 말하며 여기서는 아리따운 여자의 얼굴로 볼 수 있음.

235 화협(華頰): 아름다운 뺨. 원문에는 '화혐'으로 되어 있음.

236 실포(失捕): 잡았던 죄인이나 짐승 따위를 놓침.

237 금장(錦帳): 동서.

238 사지관환(事知官喚): 일에 익숙한 사환.

지 비로소 처음 듣는 바라 뉘 아니 깃거하며 칭찬하리오.

육부인이 문득 내달아 노빈(老鬢)을 지긋거리며[239] 건순노치(乾脣露齒)[240]에 요란한 웃음이 쉴 새 없어 손살[241]을 길게 펴서 휘휘 두르며[242] 이날 많은 음식에 배불리 잡사오시고 좋은 술을 진량(盡量)토록 과음(過飮)하여 취한 중 괴이한 겉트림이 곁의 사람의 비위(45)를 역하거늘 크게 웃고 고개를 끄덕여 이르되,

"좌중(座中) 열위(列位) 제좌인(諸坐人)이 날 앎을 송양지인(宋襄之仁)[243]이라 하건마는 내 속셈은 딴딴하여 모를 것이 있으며, 저적[244] 연씨의 부지거처(不知居處)할 시절에, 진공으로부터 제왕까지 신명(神明)함이 여신(如神)하나 날만 못하고 모든 저저(姐姐)와 질부(姪婦)가 비척(悲慽)하여 연씨를 다시 못 볼 줄로 우는 형상이 자못 가소롭데. 나의 슬기함으로 사리(事理)를[245] 이르고 주저(姐)의 왕사(往事)를 인증(引證)하건마는 나의 말을 믿지 아니하데. 희문아 너는 나의 덕담(德談)함을 아느냐, 빨리 하배(賀杯)[246]를 나아오라."[247]

오·진 양공은 미미함소(微微含笑)하고 승상, 제왕 등은 저수공경(低首恭敬)하여 듣자올 뿐이요, 제부인(諸夫人), 제소저(諸小姐)가 웃음을 띠었고 윤(46)부인이 낭소(朗笑)[248] 왈,

"육저의 신명함이 과연 하도다. 연씨의 생존함이 육저의 덕담이니 하배(賀杯) 없지 못하리라."

하고 시녀를 명하여 금잔(金盞)에 향온(香醞)을 만작(滿酌)하여 나아오니 육부인이 받아 거후르며[249] 취중에 횡설수설(橫說竪說)하다가 침소로 돌아가니라.

---

239 지긋거리다: 찡긋거리다. 눈이나 코를 약간씩 자꾸 찡그리다. 원문에는 '씨그거리며'로 되어 있음.

240 건순노치(乾脣露齒): 윗입술이 위로 들려서 이가 드러나 보임.

241 손살: 손가락과 손가락의 사이.

242 두르다: 둥글게 내저어 흔들다.

243 송양지인(宋襄之仁): 하찮은 인정을 이르는 말. 중국 춘추 시대에, 송나라 양공(襄公)이 초나라를 칠 때, 공자(公子) 목이(目夷)가 적이 포진하기 전에 치자고 청하였으나, 양공이 받아들이지 않고 적이 포진하기를 기다리다가 오히려 대패하여 세상 사람들이 비웃었다는 데서 유래한다.

244 저적: 지난번에, 접때에.

245 사리를: 원문에는 'ᄉᆞ리을 ᄉᆞ리을'로 중복 표기됨.

246 하배(賀杯): 축하의 의미를 담은 잔.

247 나아오라: 원문에는 '노ᄋᆞ오라'로 되어 있음.

248 낭소(朗笑): 원문에는 '넝쇼'로 되어 있으나 서강대본을 참고하여 고침.

249 거후르다: 거우르다. 기울이다.

일모(日暮)토록 연락(宴樂)하고 파연(罷宴)하매 각각 침소로 돌아가니 승상은 옥화[250] 군주로 일실에 깃들이고[251] 병부는 고부인으로 정을 잇더라.[252] 명신(明辰)에 제인이 함취정당(咸聚正堂)[253]하여 신성(晨省)한 후 승상과 병부가 부숙을 뫼셔 궐하(闕下)에 나아가 조회(朝會)하고 파조(罷朝)하매 부중(府中)에 돌아올새 승상은 광평왕부로 나아가 빙악(聘岳)[254]께 뵈옵고 문후하며 병부는 연상서 부중으로 나아가니, 선시(先時)에 연상서 (47)부부가 연소저의 생사를 몰라 장우단탄(長憂短嘆)하여 침식(寢食)의 맛을 머무르지 못하여 병이 일게 되니 자여부(子與婦)가 동촉(洞燭)[255]한 정성을 다하여 위로하여 세월을 보내더니 연상서가 어가(御駕)가 교외에 행행(行幸)하사[256] 출전장졸(出戰將卒)을 맞으시니 또한 시위(侍衛)하고 돌아오매 은영(恩榮)[257]을 띠어 만면희색(滿面喜色)으로 제자를 거느려 들어오고 예관(禮官)이 교지(敎旨)를 받자와 이르며 부인의 직첩(職牒)을 나리오시며 금은옥백(金銀玉帛) 여러 수레와 식읍(食邑) 천 호(千戶)가[258] 나리는 은영(恩榮)이니 부인이 연고(緣故)를 물어 여아(女兒)의 수미(首尾)를 다 듣고 그 기쁨이 무엇에 비하리오. 몸이 구소(九霄)[259]에 오른 듯하고 부중(府中)의 환성(歡聲)이 물 끓듯하고 이윽고 부문(府門)이 요란하며 시녀배(侍女輩) 전지도지(顚之倒之)[260]하여 소저(48)의 환귀(還歸)함을 선보(先報)하며 일승채교(一乘彩轎) 정하(庭下)에 이르러 장확(臧獲)[261]은 물러나고 소교(小轎)로조차 자란이 나아와 소저를 뫼셔 나오니 부인과 상서가 미처 그 오름을 기다리지 못하여 빨리 뜰에 나려 소저의 손을 잡고 부인이 울며 왈,

"이 진짓 살아 돌아옴이냐?"

소저가 하 반가움이 이루 형용치 못할지라. 부모의 손을 받들어 체읍(涕泣)하여 올라

---

250 옥화: 원문에는 '유화'로 되어 있으나 오기인 듯함.

251 깃들이다: 어디에 살거나 그곳에 자리 잡다. 원문에는 '길드리고'로 되어 있으나 오기인 듯함.

252 정을 잇더라: 원문에는 '정ᄒᆞ니'로 되어 있으나 서강대본을 참고하여 고침.

253 함취정당(咸聚正堂): 정당에 다 모임.

254 빙악(聘岳): 빙모(聘母)와 악장(岳丈)이라는 뜻으로, 장인과 장모를 아울러 이르는 말.

255 동촉(洞燭): '동동촉촉(洞洞燭燭)'의 준말로 공경하고 삼가 조심스러운 모양.

256 행행(行幸)하다: 임금이나 왕비가 궁궐 밖으로 나들이 행차하다.

257 은영(恩榮): 임금의 은혜를 입는 영광을 이르던 말.

258 천 호(千戶)가: 원문에는 '쳔위'로 되어 있으나 문맥에 맞추어 고침.

259 구소(九霄): 높은 하늘.

260 전지도지(顚之倒之): 엎드러지고 곱드러지며 몹시 급히 달려가는 모양.

261 장확(臧獲): 장획. 남녀 하인.

입실하매 슬하(膝下)에 절하여 불효를 일컫고 남매제매(男妹弟妹) 서로 반긴 후 자란이 정하(庭下)에서 문안하니 연공 부부가 불러 승당(昇堂)하여 좌(座)를 주고 여아와 동고(同苦)하던 바를 못내 일컬으며 소저가 전후수미(前後首尾) 소소사연(小小事緣)을 세세히 고하니 연공 부부가 기쁘고 애중함이 비길 데 없(49)더라. 잔치를 배설(排設)하여 종일 연락(宴樂)하고 금백(金帛)을 내어 멀리 시위(侍衛)한 장확(臧獲)과 군관(軍官)을 사급(賜給)하더라. 소저가 슬하를 떠나지 않아 부모의 열친(悅親)을 돕고 혼정(昏定)한 후는 자란으로 더불어 침실에서 쉬니라.

명조(明朝)에 소저가 부모께 신성하고 설화가 탐탐(耽耽)하더니 시종이 보(報)하되 현 병부(兵部) 내림하신다 하거늘 소저가 자못 불안하나 감히 피치 못하고 상서와 부인이 병부를 맞을새 병부가 옥안면모(玉顔面貌)에 화풍(和風)이 열렬(烈烈)하여 들어와 배례문후(拜禮問候)하고 눈을 들어 소저로 상읍(相揖)하매 좌에 나아가니 공의 부부가 승전(勝戰)함을 하례하고 좌우(座右)로 여서(女壻)를 앉혀 설화가 이윽하매 주식(酒食)을 내와 관대(款待)[262]하니 병부가 하저(下箸)하고 (50)상을 물리매 하직고 돌아올새[263] 소저를 돌아보아 부모존당(父母尊堂)의 바삐 보고자 하심을 전하니 그 재촉함을 알지라. 소저가 진수(螓首)[264]를 나작이 하여 명을 받을 뿐이러라.

이러구러 수삼 일이 지나매 예관(禮官)이 교지를 받들어 현상부에 이르러 연의열[265]의 정문(旌門)[266]을 높이며 금은옥백(金銀玉帛) 여러 수레 이르고 고부인과[267] 자란에게 부인 직첩이 나리며 또한 연소저가 자란을 데리고 돌아오매 감히 승당치 못하고 하정청죄(下庭請罪)하니 오·진 양공이 바삐 명하여 올리매 연소저가 마지못하여 승당입실(昇堂入室)하여 구고존당숙당(舅姑尊堂叔堂)께 절하여 문후하고 제사금장소고(娣姒錦帳小姑)로 (51)예필(禮畢)하매 다시 고소저로 더불어 예읍(禮揖)하며 반기는 정이 무궁하고 제좌(諸座)의 예필(禮

262 관대(款待): 친절히 대하거나 정성껏 대접함. 또는 그런 대접.

263 돌아올새: 원문에는 '돌아오매'로 되어 있으나 서강대본을 참고하여 고침.

264 진수(螓首): 매미의 이마라는 뜻으로, 미인의 이마를 이르는 말.

265 연의열: 의열부인 연씨.

266 정문(旌門): 충신, 효자, 열녀 들을 표창하기 위하여 그 집 앞에 세우던 붉은 문.

267 고부인과: 원문에는 '부인과'로 되어 있으나 서강대본을 참고하여 보충함.

畢)에 존당 사위부인(四位夫人)[268]이 집수무마(執手撫摩)[269]하여 반기며 지낸[270] 수말을 물어 새로이 느끼고 공주가 또한 소저의 옥수를 잡아 무애(撫愛)[271]함이 비길 데 없더라. 존당이 다시 자란을 가까이 불러 위로하니 자란이 고두(叩頭)하며 화근의 빌미 되었던 바를 청죄하고 구부인께 또한 죄를 청하니 모두 위로하고 지난 수말을 물어 고진감래(苦盡甘來)함을 깃거하고 예지(睿旨)[272] 나리매 성은(聖恩)의 호탕하심을 황공하더라.

이에 명휘각을 수쇄(手刷)[273]하여 연부인이 다시 거하고 그 곁에 옥화당을 수쇄하여 자란이 거하게 하니 병부가 일삭(一朔)에 십 일은 존당 부모(52)께 시침(侍寢)하고 십 일은 연부인으로 화락(和樂)하여 금슬우지(琴瑟友之)하며 종고락지(鐘鼓樂之)[274]하여 은정(恩情)이 여산약해(如山若海)하고 각(各) 오일(五日)은 좌우 부인으로 금슬(琴瑟)이 교칠(膠漆)[275] 같으니 요녀 등이 몰사(沒死)하매 현부 일문에 마장(魔障)이 없어 아들을 낳으매 성현군자(聖賢君子)와 영웅준걸(英雄俊傑)이요 딸을 낳으매 요조숙녀(窈窕淑女)요 철부성염(哲婦聖艶)이라. 남취여가(男娶女嫁)하매 며느리마다 색덕(色德)이 초세(超世)하고 사회[276]마다 재용(才容)이 빼어나니 현부 상하의 화기 영자(榮滋)하여[277] 웃음이 떠날 때 없고 만복무흠화길(萬福無欠和吉)한[278] 좋은 소문이 인국(隣國)에 들리더라. 여류세월(如流歲月)에 허다 자손이 날로 장성하여 남혼여가(男婚女嫁)하며 등과입신(登科立身)하여 명망(名望)이 조야(朝野)에 흔드니 날마다 잔치요 시시때때 경사라.

좌승(53)상(左丞相) 현희백의 부인 옥화 군주는 팔자오녀(八子五女)를 생(生)하고, 예부상서(禮部尙書) 희천의 부인 소부인은 오자삼녀(五子三女)를 생하고, 이부총재(吏部冢宰) 연

---

268 사위부인(四位夫人): 하·윤·주·철부인.

269 집수무마(執手撫摩): 손을 잡고 어루만지고 쓰다듬음.

270 지낸: 원문에는 '진넌'으로 되어 있으나 서강대본을 참고하여 고침.

271 무애(撫愛): 어루만지며 사랑함.

272 예지(睿旨): 왕세자가 임금을 대신하여 정치를 할 때 내리는 명령.

273 수쇄(收刷): 흩어진 재산이나 물건을 거두어 정돈함.

274 금슬우지(琴瑟友之) 종고락지(鐘鼓樂之): '금슬우지(琴瑟友之)'는 거문고와 비파를 타며 친구처럼 지낸다는 뜻이고, '종고락지(鐘鼓樂之)'는 종과 북을 치며 즐긴다는 뜻으로 모두 부부 사이의 화목한 정을 이르는 말임.

275 교칠(膠漆): 아교와 옻. 사귀는 사이가 아주 친밀하여 서로 떨어질 수 없음을 뜻하는 말.

276 사회: '사위'의 옛말.

277 영자(榮滋)하다: 무성하게 자라나다.

278 만복무흠화길(萬福無欠和吉)한: 원문에는 '막복무흠화길흔'으로 되어 있으나 서강대본을 참고하여 고침.

진공 희성의 부인 구성렬은 십이자삼녀(十二子三女)를 생하고, 병부상서(兵部尙書) 대사마(大司馬) 충무후 희문의 부인[279] 연의열은 십자오녀(十子五女)를 생하고, 좌빈(左嬪) 고부인은 칠자삼녀(七子三女)를 두고, 우빈(右嬪) 충정[280]은 구자이녀(九子二女)를 생하고, 호부상서(戶部尙書) 희명의 부인 양씨는 오자이녀(五子二女)를 두고, 형부상서(刑部尙書) 희연의 부인 교씨는 삼자삼녀(三子三女)를 생하고, 태상경(太常卿) 희숙의 부인 조씨는 사자이녀(四子二女)를 생하고, 어림대장군(御林大將軍) 희영의 부인 조씨는 팔자칠녀(八子七女)를 생하고, 공부상서(工部尙書) 희송의 부인 경씨는 일자이녀(一子二女)를 생하고, 태(54)학사(太學士) 희계의 부인 노씨는 이자삼녀(二子三女)를 생하고, 대홍로 희화의 부인 이씨는 칠자이녀(七子二女)를 생하고, 도어사 희옥의 부인 범씨는 오자삼녀(五子三女)를 생하고, 추밀사 희량의 부인 윤씨는 이자삼녀(二子三女)를 생하고, 도찰어사(都察御史) 용두각 태학사 희재의 부인 정씨는 오자이녀(五子二女)를 생하고, 집현전 시강학사 희원의 부인 육씨와 희몽의 부인 육씨는 각각 육자육녀(六子六女)를 생하고, 기여(其餘) 제공(諸公)의 생(生)한 바를 이로 기록지 못할러라.

옥혜·교혜 등이 다 고문대가(高門大家)의 영웅군자(英雄君子)를 맞아 금슬(琴瑟)이 고르고 화하여 유자생녀(有子生女)하고 부귀영락(富貴榮樂)하며 성환 등[281] (55)제공자가 각각 장성하여 입장등과(入場登科)하여 한원(翰苑)[282]의 주인이요, 경희, 명희 등 제소저가 또한 장성하니 혼인 잔치 끊일 날이 없고 생남생녀(生男生女)[283]하는 경사가 쉴 새 없어 아침에 경화당 시비, 부인의 생남(生男)함을 고하고 저녁에 명희당 시비, 부인의 생녀(生女)함을 고하니 허다 현공의 부인이 각 당에 거하매 신혼성정(晨昏省定)에 그 수를 혜면[284] 남녀노소(男女老少) 아공자(兒公子) 소저(小姐) 병합(倂合)하여 거의 천 명이나 하니, 정당광실(正堂廣室)이 좁고 경사(慶事)가 무궁무진(無窮無盡)하여 날마다 즐기고 자손이 부성(富盛)하니 현부 제공의 복록(福祿)을 이루 다 기록지 못할러라.

차후 백년에 이르도록 마장(魔障) 없이 지내니 원래 오·진 양공의 사적(事績)은 〈현씨

279 부인: 원문에는 '분인'으로 되어 있으나 서강대본을 참고하여 고침.
280 충정: 원문에는 '정녈'로 되어 있으나 앞서 좌부인 고소저를 '정렬 부인'으로 우부인 자란을 '충정 부인'으로 봉하였으므로 '충정'의 오기인 듯함.
281 등: 원문에는 없으나 서강대본을 참고하여 보충함.
282 한원(翰苑): '한림원'과 '예문관'을 예스럽게 이르던 말.
283 생남생녀(生男生女): 원문에는 '싱녀'로 되어 있으나 서강대본을 참고하여 보충함.
284 혜다: '세다'의 옛말.

양웅쌍린기(玄氏兩熊雙麟記)〉에 (56)해비(賅備)하고[285] 태사공과 제왕의 사적은 〈명주기봉(明珠奇逢)〉에 해비하고 현씨 제인의 후 사적은 〈현씨팔룡기(玄氏八龍記)〉에[286] 해비하나 옥화 군주의 옥연기합(玉燕奇合)과 연의열의 명주기합(明珠奇合)이 기이하므로 현승상 희백과 병부 희문의 사적을 초출(抄出)하여 〈명주옥연기합록(明珠玉燕奇合錄)〉이라 하여 후세에 전하여 선악의 보응(報應)함을 밝힘이니 후인은 다시 현씨(玄氏) 후록(後錄)을 이어 볼지어다.

285 해비(賅備)하다: 갖추어진 것이 넉넉하다.

286 에: 원문에는 없으나 서강대본을 참고하여 보충함.